Noah Gordon wurde 1926 in Worcester, Massachusetts, geboren. Nach dem Abschluß des Studiums der Zeitungswissenschaft und der englischen Sprache wandte er sich dem Journalismus zu. Während seiner Tätigkeit als wissenschaftlicher Redakteur beim Bostoner *Herald* veröffentlichte er eine Reihe von Artikeln und Erzählungen in führenden amerikanischen Blättern. Sein erster Roman »Der Rabbi« verhalf ihm zu einem spontanen Durchbruch. Von seinen weiteren Romanen erschienen »Die Klinik« und »Der Medicus« in deutscher Sprache. Sein vierter Roman »Der Schamane« erschien im Frühjahr 1992 und eroberte auf Anhieb die deutschen Bestsellerlisten. Noah Gordon hat drei erwachsene Kinder und lebt mit seiner Frau Lorraine auf einer Farm in den Berkshire Hills im westlichen Massachusetts.

Von Noah Gordon sind außerdem erschienen:

»Die Klinik« (Band 1568)
»Der Medicus« (Band 2955)
»Der Rabbi« (Band 1546)

Dieses Buch wurde auf chlor- und säurefreiem Papier gedruckt.

Vollständige Taschenbuchausgabe Oktober 1992
Droemersche Verlagsanstalt Th. Knaur Nachf., München

Umschlaggestaltung Agentur Zero, München
Druck und Bindung Ebner Ulm
Printed in Germany 5 4 3 2
ISBN 3-426-60113-3

Noah Gordon

Der Rabbi / Die Klinik

Zwei Romane in einem Band

Knaur®

Noah Gordon:
Der Rabbi

Roman

Für meine Eltern
Rose und Robert Gordon
– und für Lorraine

Wenn ich sehe die Himmel, deiner Finger Werk,
Den Mond und die Sterne, die du bereitest hast:
Was ist der Mensch, daß du sein gedenkest,
Und des Menschen Kind, daß du dich sein annimmst?
Du hast ihn wenig niedriger gemacht denn Gott,
Und mit Ehre und Schmuck hast du ihn gekrönt.
Du hast ihn zum Herrn gemacht über deiner Hände Werk;
Alles hast du unter seine Füße getan . . .

Psalm VIII

Lizenzausgabe mit freundlicher Genehmigung
des Paul Zsolnay Verlages
Titel der Originalausgabe »The Rabbi«

Aus dem Amerikanischen von Anna Gräfe

ERSTES BUCH

Am Anfang

Woodborough, Massachusetts,
November 1964

1

Am Morgen seines fünfundvierzigsten Geburtstags, einem Wintermorgen, lag Rabbi Michael Kind allein in dem mächtigen Messingbett, in dem schon sein Großvater gelegen hatte, noch benommen vom Schlaf und unwillentlich schon das Lärmen im Ohr, das die Frau unten in der Küche verursachte.

Zum erstenmal seit Jahren hatte er von Isaac Rivkind geträumt. Als Michael noch sehr klein gewesen war, hatte der Alte ihn gelehrt, daß die Toten im Paradies es fühlen und sich freuen, wenn die Lebenden ihrer gedenken.

«Ich hab dich lieb, *sejde*», sagte er.

Wäre der Küchenlärm unten nicht vorübergehend verstummt – Michael hätte nicht gemerkt, daß er laut gesprochen hatte. Mrs. Moscowitz hätte wohl nicht verstanden, daß ein Mann an der Schwelle der reiferen Jahre Trost finden könne im Gespräch mit einem, der seit nahezu dreißig Jahren tot ist.

Als er die Treppe hinunterkam und das Speisezimmer betrat, saß Rachel schon an dem altmodischen Eßtisch. Nach altem Familienbrauch hätte das Geburtstagsfrühstück durch die auf dem Tisch aufgebaute Glückwunschpost und kleine Geschenke würdig umrahmt sein sollen. Die aber auf Einhaltung dieser Sitte gesehen hatte, war Leslie, die Frau des Rabbi, und sie fehlte hier nun schon seit drei Monaten. Der Platz neben seinem Gedeck war leer.

Rachel, das Kinn auf dem Leinentischtuch, folgte mit ihrem Blick den Zeilen des Buches, das sie gegen die Zuckerdose gelehnt hatte. Sie trug das blaue «Matrosen». Alle Knöpfe waren säuberlich geschlossen, auch trug sie saubere weiße Halbstrümpfe, aber vor dem dichten Blondhaar hatte die Ungeduld ihrer acht Jahre wie üblich kapituliert. Nun las sie hastig und konzentriert, verschlang den Text Zeile um Zeile, in dem Bestreben, soviel als möglich davon in sich hineinzustopfen, bevor die, wie sie wußte, unvermeidliche Störung sie unterbrach. Immerhin, der Eintritt von Mrs. Moscowitz, welche den Orangensaft brachte, ließ ihr noch einige Sekunden.

«Guten Morgen, Rabbi», sagte die Haushälterin freundlich.

«Guten Morgen, Mrs. Moscowitz.» Dabei tat er, als merkte er ihr Stirnrunzeln nicht. Seit Wochen schon hatte sie ihn gebeten, sie doch

Lena zu nennen. Mrs. Moscowitz war die vierte Haushälterin in den elf Wochen von Leslies Abwesenheit. Sie ließ das Haus verkommen, die Spiegeleier verbraten, sie kümmerte sich nicht um all die Wünsche nach *zimmes* und *kuglen*, und was immer sie buk, war Teig aus der Packung, für den sie überdies reiches Lob erwartete.

«Wie wünschen Sie die Eier, Rabbi?» fragte sie, während sie das Glas eisgekühlten Orangensafts vor ihn hinstellte, von dem er wußte, daß er wässerig und nachlässig aufgerührt sein werde.

«Weichgekocht, Mrs. Moscowitz, wenn Sie so gut sein wollen.» Er wandte sich seiner Tochter zu, die inzwischen zwei weitere Seiten hinter sich gebracht hatte.

«Guten Morgen. Es ist wohl besser, wenn ich dir die Haare frisiere.»

«Morgen.» Sie blätterte um.

«Wie ist das Buch?»

«Langweilig.»

Er nahm es und betrachtete den Titel. Sie seufzte, wissend, daß das Spiel nun verloren war. Das Buch war ein Jugendkrimi. Der Rabbi legte es unter seinen Sessel auf den Boden. Musik von oben verriet, daß Max nun so weit war, um nach seiner Harmonika zu greifen. Wenn sie Zeit genug hatten, spielte Rabbi Kind seinem sechzehnjährigen Sohn gegenüber gern die Rolle des Saul, der David lauscht; jetzt aber wußte er, daß Max ohne väterlichen Einspruch kein Frühstück essen würde. Er rief nach dem Sohn, und die Musik brach ab, mitten in einem dieser Pseudo-*folk songs*. Wenige Minuten danach saß Max frischgewaschen, die Haare noch naß, mit den andern zu Tisch.

«Eigentlich fühl ich mich heute recht alt», sagte der Rabbi.

Max lachte. «Aber Pop, du bist doch noch das reinste Kind», sagte er und langte nach dem bleichsüchtigen Toast. Während der Rabbi sein Ei mit dem Löffel öffnete, überfiel ihn die Trübsal wie eine Wolke von Mrs. Moscowitz' Parfüm: die weichgekochten Eier waren hart. Die Kinder aßen die ihren, ohne zu klagen, lediglich um den Hunger zu stillen, und er das seine ohne Genuß, nur ihnen zusehend. Zum Glück, dachte er, ähneln sie ihrer Mutter, mit ihrem kupfrigen Haar, den kräftigen weißen Zähnen und ihren Gesichtern, die man sich ohne Sommersprossen einfach nicht vorstellen konnte. Zum erstenmal fiel ihm auf, daß Rachel blaß war. Er langte über den Tisch, faßte nach ihrem Gesicht, und sie rieb ihre Nase in seinem Handteller.

«Geh heute nachmittag ins Freie», sagte er. «Steig auf einen Baum. Setz dich irgendwo draußen hin. Schnapp ein wenig frische Luft.» Er sah den Sohn an. «Vielleicht nimmt dich dein Bruder sogar zum Eislaufen mit, der große Sportler?»

Max winkte ab. «Aussichtslos. Scooter stellt heute nachmittag das Team auf, die endgültige Besetzung. Übrigens, könnte ich nicht Eishokkeyschuhe kriegen, sobald mein Chanukka-Scheck von Großvater Abe kommt?»

«Du hast ihn noch nicht. Wenn er da ist, reden wir weiter.»

«Papa, kann ich in unserem Weihnachtsspiel die Maria spielen?»

«Nein.»

«Ich habe Miss Emmons gleich gesagt, daß du nein sagen wirst.»

Er erhob sich. «Lauf nach oben und hol deine Bürste, Rachel, damit ich dein Haar in Ordnung bringen kann. Los, los, ich möchte nicht schuld sein, daß sie mit dem *minjen* im Tempel nicht anfangen können.»

Er fuhr seinen Wagen durch den Stadtverkehr des dämmrigen Massachusetts-Wintermorgens. Beth Sholom lag nur zwei Gassen vom Woodborough-Geschäftsviertel nach Norden. Das Haus stand seit achtundzwanzig Jahren, war altmodisch, aber solid gebaut, und so war es dem Rabbi bis jetzt gelungen, jene Gemeindemitglieder, die ein modernes Bethaus in der Vorstadt errichten wollten, davon abzuhalten.

Wie jeden Morgen seit acht Jahren parkte er den Wagen unter den Ahornbäumen und stieg dann die roten Ziegelstufen von dem kleinen Parkplatz zum Tempel hinauf. Im Arbeitszimmer nahm er den Mantel ab und vertauschte seinen alten braunen Schlapphut gegen das schwarze Käppchen. Dann, die *broche* murmelnd, führte er die *taless*-Fransen an die Lippen, legte sich den Gebetsmantel um die Schultern und ging den dämmrigen Korridor zum Betraum entlang. Während er eintrat und den auf den weißen Bänken Wartenden einen guten Morgen wünschte, zählte er sie mit den Blicken ab. Es waren sechs, einschließlich der beiden Leidtragenden Joel Price und Dan Levine; der eine hatte vor kurzem die Mutter verloren, Dan sechs Monate früher seinen Vater. Mit dem Rabbi waren es sieben.

Gerade als er die *bema* erstieg, traten zwei weitere Männer durch die Vordertür und stampften den Schnee von den Schuhen.

«Nur noch einer», sagte Joel und seufzte.

Michael wußte, daß Joel jedesmal fürchtete, der zehnte könnte ausbleiben. Zehn mußten sie aber sein, um den *kadisch* sprechen zu können, jenes Gebet, das fromme Juden nach dem Tod eines Angehörigen elf Monate lang allmorgendlich und allabendlich beten. Jedesmal zitterte er dem zehnten entgegen.

Der Rabbi blickte durch den leeren Tempel.

O Herr, dachte er, ich bitte dich, mach, daß es ihr heute besser geht! Sie hat sich's um dich verdient – und ich liebe sie so sehr. Hilf ihr, o Gott, ich bitte dich! Amen.

Er begann den Gottesdienst mit den morgendlichen Segenssprüchen, die keine Gemeinschaftsgebete sind und daher keinen *minjan* von zehn Männern erfordern: «Gelobt seist du Gott, unser Herr und Herr der Welt, der dem Hahne hat das Verständnis gegeben, zu unterscheiden zwischen Tag und Nacht ...» Gemeinsam dankten sie Gott für die Gnade des Glaubens, der Freiheit, der Männlichkeit und Stärke. Eben priesen sie Gott dafür, daß er den Schlaf von ihren Augen, den Schlummer von ihren Lidern genommen hatte, als der zehnte Mann eintrat – Jake Lazarus, der Kantor, mit Schlaf in den Augen und Schlummer auf den Lidern. Die Männer lächelten ihrem Rabbi zu – erleichtert.

Nach dem Gottesdienst, sobald die anderen neun ihre Münzen in die *puschke* geworfen, auf Wiedersehen gesagt hatten und zu ihren Geschäften zurückgeeilt waren, verließ Michael die *bema* und ließ sich auf der vordersten weißen Bank nieder. Ein Streifen Sonnenlicht fiel durch eines der hohen Fenster auf seinen Platz. Schon beim Eintreten war ihm dieser Strahl seiner Schönheit und theatralischen Wirkung wegen aufgefallen. Jetzt, da er an diesem Wintermorgen in seiner Wärme saß, liebte er ihn um dieser Wärme willen, die besser tat als jene der Bestrahlungslampe im Sportklub. Etwa fünf Minuten lang blieb er so sitzen und sah den im Lichtstreifen auf und nieder tanzenden Sonnenstäubchen zu. Es war sehr still im Tempel. Er schloß die Augen und dachte an all die Orte, an denen sie miteinander gewesen waren – an die träge Brandung in Florida, an die mit grünen Knospen dicht übersäten Orangenbäume Kaliforniens, an das dichte Schneetreiben in den Ozarks, an das Gezirpe der Grillen auf den Feldern Georgias und an die regennassen Wälder Pennsylvaniens.

An so vielen Orten versagt zu haben, gibt einem Rabbi, wenn schon sonst nichts, gute geographische Kenntnisse.

Schuldbewußt sprang er auf und machte sich für seine Seelsorgegänge fertig.

Sein erster Besuch galt seiner Frau.

Das Areal des Woodborough State Hospital wurde von Fremden manchmal für ein College-Campus gehalten, aber wenn man etwa halben Weges an der langen gewundenen Fahrstraße Herman begegnete, konnte man nicht mehr im Zweifel darüber sein, wo man sich befand.

Michaels Zeit war an diesem Morgen sehr knapp bemessen, und Herman würde schon dafür sorgen, daß er für die letzte Fahrstrecke und das Einparken zehn Minuten brauchte statt einer.

Herman trug Trichterhosen aus grobem Kattun, einen alten Überrock, eine Baseballmütze und wollene Ohrenschützer, die einmal weiß gewesen waren. In den Händen hielt er orangefarbene Pingpongschläger. Er schritt rückwärts, mit gespannter Aufmerksamkeit den Wagen dirigierend, im Bewußtsein seiner Verantwortung für das Leben des Rabbi und für ein teures Militärflugzeug. Vor zwanzig Jahren, im Krieg, war Herman Offizier auf einem Flugzeugträger gewesen, und dabei war er geblieben. Seit nunmehr vier Jahren erwartete er die Wagen auf dem Fahrweg zum Spital und gab den Fahrern Weisungen für ihre Landung auf dem Parkplatz. Er war lästig und rührend zugleich. Wie eilig es Michael auch haben mochte, immer spielte er die Rolle, die Hermans Krankheit ihm zuwies.

Seine Tätigkeit als Rabbiner des Krankenhauses beschäftigte Michael einen halben Tag pro Woche; jetzt pflegte er in seinem Büro zu arbeiten, bis ihm mitgeteilt wurde, daß Dan Bernstein, Leslies Psychiater, frei sei.

Aber diesmal wartete Dan schon auf ihn.

«Entschuldigen Sie meine Verspätung», sagte Michael. «Immer vergesse ich, ein paar Minuten für Herman einzukalkulieren.»

«Er ist lästig», sagte der Psychiater. «Was werden Sie machen, wenn ihm eines Tages einfällt, Ihnen in letzter Minute keine Landeerlaubnis zu geben und Ihnen zu signalisieren, daß Sie ein paar Runden ziehen und von neuem anfliegen müssen?»

«So energisch zurückschieben, daß Sie meinen Kombi bis hinüber in die Verwaltung heulen hören.»

Dr. Bernstein setzte sich in den einzigen bequemen Sessel im Zimmer, streifte seine braunen Sandalen ab und bewegte die Zehen. Dann seufzte er und zündete sich eine Zigarette an.

«Wie geht's meiner Frau?»

«Unverändert.»

Michael hatte sich bessere Nachricht erhofft. «Spricht sie?»

«Sehr wenig. Sie wartet.»

«Worauf?»

«Daß die Traurigkeit von ihr weicht», sagte Dr. Bernstein und rieb seine Zehen mit den dicken, plumpen Fingern. «Irgend etwas ist so schwer für sie geworden, daß sie nicht damit fertigwerden konnte, so hat sie sich in die Krankheit zurückgezogen. Das ist ein recht häufiger Vorgang. Wenn sie einige Einsicht gewonnen hat, wird sie wieder auftauchen und den Dingen ins Auge sehen und vergessen, was ihre Depression verursacht hat. Wir haben gehofft, Psychotherapie könnte ihr dazu verhelfen. Aber sie spricht nicht. Ich glaube, wir werden Ihre Frau jetzt schocken müssen.»

Michael spürte, wie ihm übel wurde.

Dr. Bernstein sah ihn an und knurrte mit unverhohlener Verachtung: «Sie wollen Rabbiner in einer psychiatrischen Anstalt sein – und erschrecken vor einem Elektroschock?»

«Manchmal schlagen sie um sich, und es gibt Knochenbrüche.»

«Das passiert seit Jahren nicht mehr, seit wir Spritzen haben, die den Muskel paralysieren. Heute ist das eine humane Therapie. Sie haben es doch oft genug gesehen, oder nicht?»

Er nickte. «Wird sie Nachwirkungen spüren?»

«Von der Schockbehandlung? Eine leichte Amnesie wahrscheinlich, teilweisen Erinnerungsverlust. Nichts Ernstes. Sie wird sich an alle wichtigen Dinge ihres Lebens erinnern. Nur Kleinigkeiten, unwichtiges Zeug wird sie vergessen haben.»

«Was zum Beispiel?»

«Vielleicht den Titel eines Films, den sie kürzlich gesehen hat, oder den Namen des Hauptdarstellers. Oder die Adresse einer flüchtigen Bekannten. Aber das werden isolierte Vorfälle sein. Zum größten Teil wird ihr Gedächtnis erhalten bleiben.»

«Können Sie es nicht noch eine Weile mit Psychotherapie versuchen, bevor Sie schocken?»

Dr. Bernstein gestattete sich den Luxus einer leichten Verärgerung. «Aber sie spricht doch nicht! Wie wollen Sie Psychotherapie durchführen ohne Kommunikation? Ich habe keine Ahnung, was die *wirkliche* Ursache ihrer Depression ist. Können Sie mir einen Hinweis geben?»

«Sie wissen ja, daß sie Konvertitin ist. Aber sie hat sich schon seit langem völlig als Jüdin gefühlt.»

«Sonst irgendwelche Belastungen?»

«Wir sind oft übersiedelt, bevor wir hierher kamen. Manchmal war es recht schwierig.»

Dr. Bernstein entzündete eine neue Zigarette. «Übersiedeln alle Rabbiner so oft?»

Michael zuckte die Schultern. «Manche fangen in einem Tempel an und bleiben dort bis an ihr Lebensende. Andere wechseln häufig den Ort. Die meisten Rabbiner haben kurzfristige Verträge. Wenn man zu unbequem wird, wenn der Rabbiner der empfindlichen Gemeinde zu nahe tritt – oder sie ihm –, dann zieht er eben weiter.»

«Sie meinen, daß Sie deshalb so oft weitergezogen sind?» fragte Dr. Bernstein in einem beiläufigen unpersönlichen Ton, in dem Michael intuitiv die Technik des Psychotherapeuten erkannte. «Sind Sie der Gemeinde zu nahe getreten – oder die Gemeinde Ihnen?»

Michael nahm eine Zigarette aus der Packung, die Dan auf der Schreibtischplatte liegengelassen hatte. Ärgerlich stellte er fest, daß seine Hand mit dem Streichholz leicht zitterte.

«Wahrscheinlich beides», sagte er.

Er fühlte sich unbehaglich unter dem direkten Blick dieser grauen Augen.

Der Psychiater steckte die Zigaretten ein. «Ich glaube, der Elektroschock gibt Ihrer Frau die beste Chance. Wir könnten es zunächst mit zwölf Schocks versuchen, dreimal die Woche. Ich habe großartige Resultate gesehen.»

Zögernd stimmte Michael zu. «Wenn Sie es für das Beste halten. Was kann ich für sie tun?»

«Geduld haben. Sie können Ihre Frau jetzt nicht erreichen. Sie können nur warten, bis Ihre Frau Sie zu erreichen versucht. Wenn es so weit ist, dann ist es der erste Schritt zur Besserung.»

«Danke, Dan.»

Der Arzt erhob sich, und Michael reichte ihm die Hand.

«Kommen Sie doch einmal in den Tempel, an einem Freitagabend. Vielleicht wirkt mein *schabess*-Gottesdienst ein wenig therapeutisch auf Sie. Oder gehören Sie auch zu den atheistischen Wissenschaftlern?»

«Ich bin kein Atheist, Rabbi», sagte Dr. Bernstein und fuhr in seine Sandalen. «Ich bin Unitarier.»

In der folgenden Woche war Michael am Montag-, Mittwoch- und Freitagmorgen ziemlich unansprechbar. Im stillen verwünschte er es, daß er je Geistlicher einer psychiatrischen Anstalt geworden war; es wäre soviel einfacher gewesen, keine Details zu wissen.

Aber er wußte, daß sie um sieben in der Abteilung Templeton mit den Schockbehandlungen begannen.

Im Vorzimmer Leslie, seine Leslie, wartend auf ihren Aufruf wie die anderen Patienten. Die Schwestern führen sie an ein Bett, sie streckt sich darauf aus. Der Wärter zieht ihr die Schuhe von den Füßen und schiebt sie unter die dünne Matratze. Der Anästhesist stößt ihr die Nadel in die Vene . . .

Sooft Michael der Behandlung beigewohnt hatte, waren da auch Patienten gewesen, deren Venen so schlecht waren, daß man nicht stechen konnte, und der Arzt hatte sich geplagt, murrend und fluchend. Mit Leslie geht alles glatt, dachte er dankbar. Ihre Venen sind schmal, aber ausgeprägt. Berührst du sie mit den Lippen, so spürst du ganz deutlich den Pulsschlag.

Durch die Kanüle führen sie ihr ein Barbiturat zu, und dann wird sie einschlafen, gepriesen seist du, Herr, unser Gott. Dann gibt ihr der Anästhesist eine muskelentspannende Spritze, und die normale Lebensspannung erschlafft. Die schöne Brust hebt und senkt sich nicht mehr. Das besorgt jetzt das schwarze Mundstück, das man ihr über Nase und Mund stülpt: denn der Anästhesist führt ihr Sauerstoff zu – atmet für sie. Die Gummisperre zwischen den Zähnen verhindert, daß sie sich in die Zunge beißt. Der Wärter reibt ihr die Schläfen ab, damit die halbdollargroßen Elektroden besser an der Schädeldecke haften. Dann, auf das gelangweilte «*All right*» des Anästhesisten, drückt der Stationsarzt den Knopf an dem schwarzen Kästchen. Fünf Sekunden lang dringt der Wechselstrom ihr in den Kopf, ein Orkan aus Elektrizität, der ihre Glieder trotz aller entspannenden Mittel zuckend krampft und löst, krampft und löst wie im epileptischen Anfall.

Michael holte sich Bücher aus der Leihbibliothek und las alles, was er über den Elektroschock finden konnte. Und mit Schrecken wurde ihm nach und nach klar, daß weder Dan Bernstein noch irgendein anderer Psychiater genau wußte, was in dem von elektrischen Strömen geschüttelten Gehirn seiner Frau wirklich vorging. Sie hatten nichts als Theorien und die praktische Erfahrung, daß die Behandlung zu Heilerfolgen führte. Nach einer dieser Theorien ließ der elektrische Strom die abnormen Gehirnschaltungen durchbrennen; nach einer zweiten kam der Elektroschock dem Todeserlebnis so nahe, daß er dem Strafbedürfnis Genüge tat und die Schuldgefühle, welche den Patienten in die Depression getrieben hatten, beruhigte.

Genug! Er las nicht mehr weiter.

An jedem Behandlungstag rief er um neun Uhr im Krankenhaus an und erhielt jedesmal von der Stationsschwester die gleichlautende, mit ausdruckslos-nasaler Stimme gegebene Auskunft, daß die Behandlung ohne Störung verlaufen sei und Mrs. Kind schlafe.

Er mied die Menschen, beschäftigte sich mit Schreibarbeiten, erledigte erstmals im Leben seine gesamte Korrespondenz, ja machte sogar Ordnung in seinen Schreibtischladen. Trotzdem: am zwölften Tage der Schocktherapie rief ihn sein Amt. Am Nachmittag mußte er zu einer *briss-mile,* wo er den Segen sprach über ein Kind namens Simon Maxwell Shutzer, während der *mojhel* die Vorhaut wegschnitt, der Vater erbebte und die Mutter erst schluchzte und dann befreit lachte. Hernach durchmaß er das Leben von der Geburt bis zum Tod in kaum zwei Stunden, denn sie begruben die alte Sarah Myerson, deren Enkel weinend dem ins Grab sinkenden Sarg nachsahen. Als er nach Hause kam, war es bereits dunkel. Er war hundemüde. Schon auf dem Friedhof hatte der Schnee zu wehen begonnen, so daß die Gesichter brannten. Michael fror bis ins Mark. Eben wollte er der Hausbar einen Whisky entnehmen, da sah er den Brief auf dem Vorzimmertisch. Als er nach ihm griff und die Handschrift darauf erkannte, zitterten ihm die Hände beim Öffnen. In Bleistiftschrift auf billigem, wahrscheinlich geborgtem blauem Briefpapier las er:

Mein Michael,

heute nacht hat eine Frau durch den ganzen Saal geschrien, daß ein Vogel gegen ihr Fenster schlage, mit seinen Flügeln immer gegen ihr Fenster schlage. Schließlich haben sie ihr eine Injektion gegeben, und sie ist eingeschlafen. Und heute früh hat ein Wärter den Vogel gefunden, es war ein Spatz, schon ganz vereist, auf dem Fußweg. Sein Herz hat noch geschlagen, und als sie ihm mit einem Tropfer warme Milch einflößten, hat er sich erholt. Der Wärter hat ihn der Frau dann gezeigt. In der Apotheke haben sie ihn in eine Schachtel gegeben, aber heute nachmittag war er tot.

Ich bin in meinem Bett gelegen und habe an die Waldvogelrufe vor unserer Hütte in den Ozarks gedacht, und daran, wie ich in Deinen Armen gelegen bin und ihnen gelauscht habe, nach der Liebe, und *in* unserer Hütte war nur unser Herzschlag zu hören und draußen nichts als der Vogelschlag.

Ich sehne mich nach meinen Kindern, ist alles in Ordnung mit ihnen?

Vergiß nicht, warme Wäsche anzuziehen, wenn Du ausgehen mußt. Iß viel frisches Gemüse und würz nicht zu stark.

Alles Gute zum Geburtstag, Du Armer!

Leslie

Mrs. Moscowitz kam herein, um zum Abendessen zu rufen. Erstaunt blickte sie auf seine nassen Wangen. «Ist etwas passiert, Rabbi?»

«Meine Frau hat geschrieben. Es geht ihr schon besser, Lena.»

Das Abendessen war, wie immer, verbraten. Zwei Tage später eröffnete Mrs. Moscowitz, daß ihr verwitweter Schwager, dessen Tochter in

Willimantic, Connecticut, daniederlag, sie brauche. Auf Mrs. Moscowitz folgte Anna Schwartz, ein fettes grauhaariges Weib. Sie war asthmatisch, hatte am Kinn einen Auswuchs, war aber sonst sehr sauber und verstand sich aufs Kochen, sogar auf *lokschenkugl* mit Rosinen und Zibeben – und mit einer Kruste, zu schade zum Hineinbeißen.

2

Als die Kinder ihn fragten, was die Mutter geschrieben habe, sagte er nur, es sei ein verspäteter Geburtstagswunsch gewesen. Es war kein Wink mit dem Zaunpfahl – oder vielleicht doch: jedenfalls bestand anderntags das Resultat in einer selbstgezeichneten Glückwunschkarte Rachels und in einer gekauften von Max, sowie in einer schreienden Krawatte von beiden; sie paßte zu keinem seiner Anzüge, aber er trug sie an jenem Morgen im Tempel.

Geburtstage stimmten ihn optimistisch. Es waren Wendepunkte, wie er sich voll Hoffnung sagte. Der sechzehnte Geburtstag seines Sohnes fiel ihm ein – das war vor drei Monaten gewesen.

An diesem Tag hatte Max seinen Glauben an Gott verloren.

Sechzehn Jahre, das ist das Alter, mit dem man in Massachusetts um einen Führerschein ansuchen kann.

Michael hatte Max in seinem Ford Fahrunterricht erteilt. Die Prüfung war auf Freitag, den Vorabend seines Geburtstags, festgesetzt, und für den Abend des Samstags war er mit Dessamae Kaplan verabredet, einem Mädchen zwischen Kind und Frau, so blauäugig und rothaarig, daß Michael seinen Sohn um sie beneidete.

Sie wollten zu einer Tanzveranstaltung gehen, die in einer Scheune über dem See stattfand. Für den Nachmittag hatten Leslie und Michael ein paar Freunde ihres Sohnes zu einer kleinen Geburtstagsparty eingeladen, in der Absicht, ihm danach die Wagenschlüssel auszuhändigen, so daß er zum Geburtstag erstmals ohne elterliche Aufsicht fahren könne.

Aber am Mittwoch vorher war Leslie in Depression verfallen und ins Krankenhaus gekommen, und Freitag vormittag hatte Michael erfahren, daß von baldiger Entlassung keine Rede sein könne. Hierauf hatte Max seinen Fahrprüfungstermin und auch die Party abgesagt. Als Michael aber hörte, daß Max auch Dessamae versetzte, meinte er, daß Einsiedlertum der Mutter nicht helfe.

«Ich mag nicht hingehen», sagte Max einfach. «Du weißt doch, was am anderen Seeufer steht.»

Michael wußte es und redete Max nicht mehr zu. Es ist kein Vergnügen für einen Burschen, sein Mädchen am Wasser spazierenzuführen und drüben das Krankenhaus vor Augen zu haben, in das seine Mutter kürzlich eingeliefert worden war.

Den größten Teil des Tages verbrachte Max lesend im Bett. Dabei hätte Michael die üblichen Clownerien seines Sohnes gut brauchen können, weil er mit Rachel, die nach ihrer Mutter verlangte, nicht zurechtkam.

«Wenn sie nicht heraus darf, so gehen wir sie doch besuchen.»

«Das geht nicht», sagte er ihr immer wieder. «Es ist gegen die Vorschriften. Jetzt ist keine Besuchszeit.»

«Wir schleichen uns hinein. Ich kann ganz leise sein.»

«Geh und zieh dich an zum Gottesdienst», sagte er beschwichtigend. «In einer Stunde müssen wir im Tempel sein.»

«Daddy, es geht wirklich. Wir brauchen nicht mit dem Auto rund um den See zu fahren. Ich weiß, wo wir ein Boot finden. Wir können direkt hinüberrudern und Momma sehen, und dann fahren wir gleich wieder zurück. Bitte.»

Er konnte nichts tun, als ihr einen freundlichen Klaps hinten drauf geben und aus dem Zimmer gehen, um ihr Weinen nicht zu hören. Im Vorbeigehen warf er einen Blick in das Zimmer seines Sohnes.

«Mach dich fertig, Max. Wir müssen bald in den Tempel.»

«Ich möchte lieber nicht mitkommen, wenn du nichts dagegen hast.»

Michael sah ihn fassungslos an. Niemand in ihrer Familie hatte je, außer im Krankheitsfall, einen Gottesdienst versäumt.

«Warum?» fragte er.

«Ich mag nicht heucheln.»

«Ich verstehe nicht, was du meinst.»

«Ich hab den ganzen Tag darüber nachgedacht. Ich bin nicht sicher, daß es einen Gott gibt.»

«Du meinst, Gott wäre nicht existent?»

Max sah seinen Vater an. «Vielleicht. Wer weiß das schon wirklich? Niemand hat je einen Beweis gehabt. Vielleicht ist er eine Legende.»

«Du glaubst also, ich hätte mehr als mein halbes Leben damit zugebracht, Schall und Rauch zu dienen? Ein Märchen fortbestehen zu lassen?»

Max antwortete nicht.

«Deine Mutter ist krank geworden», sagte Michael, «und da hast du in deiner Weisheit dir ausgerechnet, daß es keinen Gott geben kann, denn Er hätte das nicht zugelassen.»

«Stimmt.»

Dieses Argument war nicht neu; Michael war nie imstande gewesen, es zu widerlegen, und er wollte es auch nicht. Ein Mensch glaubt entweder an Gott, oder er glaubt nicht.

«Dann bleib zu Hause», sagte er. Er wusch Rachels gerötete Augen und half ihr beim Anziehen. Als sie wenig später das Haus verließen, hörte er eben noch, wie Max auf seiner Harmonika einen Blues zu gellen begann. Für gewöhnlich unterließ es sein Sohn aus Achtung vor dem *schabat*, am Freitagabend zu spielen. An diesem Abend aber konnte Michael es gut verstehen. Wenn es wirklich keinen Gott gab, wie Max argwöhnte, wozu sollte er sich länger an das sinnlose Gekritzel auf dem

Totempfahl halten?

Michael und Rachel waren die ersten im Tempel, und er öffnete alle Fenster, in der Hoffnung auf einen leichten Windhauch. Als nächster kam Billy O'Connell, der Organist, und dann Jake Lazarus, der Kantor. Jake verschwand wie üblich sofort auf der Herrentoilette, kaum daß er sich in seinen schwarzen Talar gekämpft und das Käppchen aufgesetzt hatte. Dort blieb er immer genau zehn Minuten, beugte sich über die Waschmuschel und sah in den Spiegel, während er seine Stimmübungen machte.

Der Gottesdienst war für halb neun angesetzt, aber bis dahin hatten sich nur sechs weitere Gläubige eingefunden. Fragend blickte Jake den Rabbi an.

Michael bedeutete ihm, zu beginnen: Gott sollte nicht auf die Saumseligen warten müssen.

In den nächsten fünfunddreißig Minuten kamen noch einige Leute, und schließlich waren es siebenundzwanzig – er konnte sie von der *bema* aus leicht zählen. Er wußte, daß einige Familien auf Urlaub waren. Er wußte auch, daß er auf den Kegelbahnen im Umkreis zumindest einen *minjen* hätte finden können, daß an diesem Abend zahlreiche Cocktailparties stattfanden und daß sich zweifellos mehr von seinen Gemeindemitgliedern in Sommertheatern, Klubs und chinesischen Restaurants aufhielten als hier im Tempel.

Vor Jahren hätte es ihm wie ein Messer ins Herz geschnitten, zu sehen, daß nur eine Handvoll seines Volkes in die Synagoge gekommen war, um den *schabat* zu grüßen. Nun aber hatte er schon seit langem gelernt, daß für einen Rabbi auch schon ein einziger Jude als Gefährte beim Beten genug ist; er war in Frieden mit sich selbst, als er den Gottesdienst für eine kleine Gruppe von Leuten hielt, die kaum die ersten beiden Bankreihen füllten.

Die Nachricht von Leslies Erkrankung hatte sich herumgesprochen, wie sich solche Dinge immer herumsprachen, und während des *oneg schabat*, des geselligen Beisammenseins nach dem Gottesdienst, machten einige der Damen viel Aufhebens um Rachel. Michael war dankbar dafür. Sie blieben lange, begierig nach der schützenden Nähe der Herde.

Als sie heimkamen, brannte bei Max kein Licht mehr, und Michael störte ihn nicht.

Der Samstag verlief wie der Freitag. Für gewöhnlich war der *schabat* ein Tag der Ruhe und der Besinnung, aber dieser brachte den Kinds keinen Frieden. Jeder war auf seine Art mit seinem Kummer beschäftigt. Kurz nach dem Abendessen erhielt Michael die Nachricht, daß Jack Glickmans Frau gestorben war. Er mußte also noch einen Kondolenzbesuch abstatten, obwohl er die Kinder an diesem Abend nur sehr ungern allein ließ.

«Willst du noch ausgehen?» fragte er Max. «Dann bestelle ich einen Babysitter für Rachel.»

«Ich habe nichts vor. Mach dir keine Sorgen um sie.»

Später erinnerte sich Max, daß er nach dem Weggehen des Vaters sein Buch beiseite gelegt hatte und auf dem Weg ins Badezimmer in Rachels Zimmer geschaut hatte. Es war noch kaum dämmrig, aber sie hatte sich schon zu Bett gelegt, das Gesicht zur Wand.

«Rachel», sagte er leise, «schläfst du?» Da sie nicht antwortete, ließ er es dabei bewenden und schlich hinaus. Er nahm sein Buch wieder auf und las weiter, bis er etwa eine halbe Stunde später nagenden Hunger verspürte. Auf dem Weg in die Küche sah er nochmals in Rachels Zimmer.

Das Bett war leer.

Er vergeudete fünf Minuten Zeit, sie im Haus und im Hof zu suchen, er rief nach ihr und wagte nicht, an den See und an das Boot zu denken, nicht an ihren Wunsch, hinüberzurudern, geradewegs in die Arme ihrer Mutter. Er wußte nicht einmal, ob es das Boot wirklich oder nur in ihrer Phantasie gab – aber er wußte, daß er so schnell wie möglich zum See kommen mußte. Sein Vater war mit dem Wagen unterwegs, und so blieb Max nichts als das verhaßte Fahrrad. Er holte es von den zwei rostigen Nägeln an der Garagenwand herunter und bemerkte dabei mit Zorn und zugleich mit Angst, daß Rachels Rad nicht an seinem üblichen Platz neben dem Rasenmäher stand. Dann fuhr er, so schnell er treten konnte, durch die feuchte Augustnacht. Das Haus lag kaum achthundert Meter von Deer Lake entfernt, aber als er das Ufer erreichte, war er in Schweiß gebadet. Von der Straße, die rund um den See führte, konnte man das Wasser auch bei Tag nicht sehen; es lag verborgen hinter Bäumen. Aber da gab es noch einen schmalen Fußpfad am Ufer entlang; der war ausgewaschen und mit Wurzeln verwachsen, mit dem Rad unmöglich befahrbar. Max versuchte es bis zu dem Platz, wo er Rachels Rad fand: er sah die Rückstrahler im Mondlicht aufleuchten – und da stand es, säuberlich an einen Baum gelehnt, direkt neben dem Weg; er ließ sein Rad daneben ins Gras fallen und rannte zu Fuß weiter.

«RACHEL?» rief er.

Grillen zirpten im Gras, und das Wasser schlug an die Felsen. Im bleichen Mondlicht blickte Max suchend über die Wasserfläche.

«RA-A-CHEL . . .»

Unter einem Baum in der Nähe lachte jemand, und einen Augenblick lang glaubte er, sie gefunden zu haben. Aber dann entdeckte er drei Gestalten, zwei Männer in Badehose und eine Frau, die nicht viel älter war als er. Sie trug nur Rock und ärmellose Bluse, und sie saß mit dem Rükken an den Baum gelehnt, die Knie hochgezogen; ihre Schenkel schimmerten im Mondlicht.

«Ist dir dein Mädchen abhanden gekommen, Junge?» fragte sie und lachte wieder.

«Meine Schwester», sagte Max. «Acht Jahre. Habt ihr sie nicht gesehen?»

Die drei hielten geöffnete Bierdosen in den Händen, und die Frau hob die Dose an den Mund und trank, und Max sah die Schluckbewegungen ihrer weißen Kehle. «Ah, das ist gut», seufzte sie.

«Da ist kein Kind vorbeigekommen», sagte einer der Männer.

Max lief weiter, und der andere Mann sagte noch etwas, und die drei unter dem Baum hinter ihm lachten.

Er erinnerte sich eines Nachmittags vor zwei Sommern, als er in dieser Gegend des Sees beim Schwimmen gewesen war und ein Ertrunkener gefunden wurde. Aus den Haaren des Mannes war Wasser geflossen, als sie ihn herauszogen, und sein Körper war schon teigig aufgequollen gewesen. Rachel konnte nicht mehr als ein paar Meter schwimmen, und wenn sie versuchte, sich auf dem Rücken treiben zu lassen, bekam sie Wasser in die Nase.

«Bitte, Gott», sagte er. «O Gott, bitte, bitte, bitte.»

Er rannte und rannte, stolperte auf dem überwachsenen Pfad, der jetzt zu gewunden war, als daß Rufen einen Sinn gehabt hätte, rannte und stolperte und betete lautlos und unaufhörlich.

Als er das Boot entdeckte, war es an die sechzig Meter vom Ufer entfernt. Es war ein alter Kahn, schwarz im Mondlicht, und sein Bug wies in die falsche Richtung, zum nahen Strand. Im Heck saß eine kleine Gestalt in weißem Pyjama.

Max streifte Sandalen und Hosen ab; als er die zusammengerollten Jeans ins Gras warf, kollerten sie über die Uferböschung ins Wasser, doch das kümmerte ihn nicht: er sprang in den See. In Ufernähe war das Wasser seicht, der Felsgrund, den er in flachem Kopfsprung erreichte, begann weiter draußen. Sobald er mit der Brust den Stein streifte, tauchte er auf und begann auf das Boot zuzuschwimmen. Er erreichte es und schwang sich hinein.

«Hallo, Max», sagte Rachel, versonnen in der Nase bohrend. Er lag mit ausgebreiteten Armen im Boot und atmete keuchend. Das Boot hatte viel Wasser gezogen, denn es war alt und schon ziemlich leck.

«Da drüben ist Mama», sagte sie.

Max blickte auf die gelben Lichterreihen, auf die Rachel gewiesen hatte. Sie waren am gegenüberliegenden Ufer, etwa vierhundert Meter entfernt. Er rückte zu seiner Schwester hinüber und legte seine nassen Arme um sie. So verharrten sie minutenlang und ließen die Lichter des Krankenhauses nicht aus den Augen. Keiner sagte ein Wort. Es war sehr still. Dann und wann wehte Tanzmusik von der Scheune jenseits des Wassers herüber. Vom näheren Ufer ertönte schrilles Mädchenlachen, das in Kreischen überging. Die Biergesellschaft, dachte Max.

«Wo sind denn die Ruder?» fragte er schließlich. «Zwei müssen es sein.»

«Es war nur eins da, und das habe ich verloren. Vielleicht ist es untergegangen. Übrigens, warum bist du in Unterhosen, sie kleben dir so komisch am Körper.»

Die ganze Zeit über hatte er den Wasserspiegel im Boot beobachtet. Kein Zweifel, er stieg. «Rachel, das Boot sinkt. Ich werde mit dir an Land schwimmen müssen.»

Rachel blickte auf das dunkle Wasser hinaus. «Nein», sagte sie. Er hatte sie beim Schwimmen schon oft auf sich reiten lassen, aber jetzt war er müde, und er traute sich nicht mehr Kraft genug zu, sie im Fall einer Gegenwehr sicher an Land zu bringen. «Rachel, wenn du dich brav ziehen läßt, bekommst du von mir einen halben Dollar», sagte er.

Sie winkte ab. «Nur unter einer Bedingung.»

Er beobachtete das Wasser im Boot. Es stieg nun rapid.

«Unter welcher?»

«Du läßt mich zwei Tage lang auf deiner Harmonika spielen.»

«Na, so komm schon», sagte er. Er schwang sich über den Bootsrand und hielt ihr wassertretend die Arme entgegen. Zwar schrie sie auf, als sie das Wasser spürte, aber sobald er auf dem Rücken lag, die Hand unter ihrem Kinn, und sie küstenwärts zog, verhielt sie sich ruhig.

Seine Sandalen standen noch auf ihrem Platz, aber die Jeans waren nicht zu finden. Mit den Händen den schlammigen Grund abtastend, suchte er nach ihnen.

«Was suchst du denn da?»

«Meine Hosen.»

«Vielleicht findest du auch mein Ruder.»

Zehn Minuten lang suchte er ohne Erfolg, bereicherte dabei das Vokabular seiner Schwester um einige Ausdrücke und kapitulierte schließlich.

Auf dem Weg zu den Fahrrädern ließ er ihre Hand nicht aus der seinen und spähte dabei nach den zwei Männern und der Frau aus, aber alles, was er von ihnen entdeckte, war ein leerer Bierkarton unter dem Baum, wo sie vorhin getrunken hatten.

Die Heimfahrt dauerte länger als gewöhnlich, denn Max hatte vorn keinen Reißverschluß an der Unterhose; so wählte er nur die schlechtest beleuchteten Straßen und verschwand zweimal im Gebüsch am Straßenrand, weil Autos entgegenkamen.

Müde und zerkratzt, verstaute er endlich die Fahrräder im Dunkel der Garage. Er drehte das Licht nicht an, denn die Garagenfenster hatten keine Vorhänge.

«Ich werde bestimmt nicht in die Harmonika spucken», versprach Rachel, während sie in der Zufahrt stand und sich kratzte. «So mach schon», sagte sie gähnend. «Ich möcht ein Glas Milch.»

Max war schon daran, ins Haus zu gehen, als der Klang sich nähernder Schritte ihn wie angewurzelt erstarren ließ. Es waren leichte weibliche Schritte, und er hatte sie erkannt, noch ehe er Dessamae Kaplans Stimme hörte.

«Rachel? Was machst du da heraußen? Wo ist denn Max?»

«Wir waren schwimmen und radfahren. Ich habe meinen Pyjama an, und Max nur seine Unterwäsche. Sieh mal!»

Damit knipste sie das Licht an, und Max stand in seinen verdreckten gelben Unterhosen wie angewurzelt auf dem ölfleckigen Garagenboden, mit beiden Händen sein Geschlecht bedeckend, während die Liebe seines Lebens quiekend ins Dunkel entfloh.

All dies erzählte Max Rabbi Kind, als sie den folgenden Freitagabend auf dem Weg zum Tempel waren.

Und nun, drei Monate danach, am Tisch sitzend, wo sein eigener Geburtstagsbrief, die Glückwunschkarten und Geschenke vor ihm aufgebaut standen, dachte Michael an jenen Geburtstag seines Sohnes und schrieb seiner Frau einen Brief ins Krankenhaus, das jenen Strand überschaute, wo Max seinen Gott gefunden und seine Hosen verloren hatte.

3

An einem Winterabend – der Nordost wehte die riesigen Flocken beinahe waagerecht vor sich her – trug der Rabbi drei Armvoll Brennholz aus dem hinteren Schuppen ins Haus und machte Feuer, wobei er das Holz viel zu hoch aufschichtete, so daß die Hitze den Raum beinahe versengte. Dann mischte er sich einen doppelten Whisky-Soda, nahm das Buch *Berakoth* zur Hand und verlor sich in die Spitzfindigkeiten des Babylonischen Talmuds wie in einen Traum.

Schon lange hatte er nicht solch einen Abend verbracht. Er las bis nach elf und unterbrach seine Lektüre nur, um Holz nachzulegen und seinen Kindern gute Nacht zu wünschen.

Dann, gähnend und sich streckend, machte er sich an seine tägliche Korrespondenz.

Der junge Jeffrey Kodetz erbat da ein Leumundszeugnis, das er seinem Aufnahmegesuch in das MIT * beilegen sollte. Wenn er damit zuwartete, bis er es seiner Sekretärin Dvora Cantor diktieren konnte, blieb es ewig liegen. So setzte er sich hin und schrieb ein erstes Konzept, das er ihr anderntags zur Reinschrift geben konnte.

Ein weiterer Brief kam von der Absolventenvereinigung des Columbia College, des Inhalts, daß sein Jahrgang in achtzehn Monaten das fünfundzwanzigste Jubiläum feiern werde. Zuzüglich seiner Anmeldung erbat man von ihm innerhalb der nächsten drei Monate auch einen Lebenslauf, der in der Festschrift zur Fünfundzwanzig-Jahr-Feier gedruckt werden sollte.

Er las ein zweites Mal und schüttelte verwundert den Kopf: war das wirklich schon fünfundzwanzig Jahre her?

Er war zu müde, um noch irgend etwas zu schreiben, außer einem Brief an Leslie. Als er das Kuvert zugeklebt hatte, entdeckte er, daß er keine Marken mehr hatte, und das war unangenehm, da er die Briefe an sie allmorgendlich auf dem Weg zum Frühgottesdienst aufgab, zu einer Zeit, da das Postamt noch geschlossen war.

* *Massachusetts Institute of Technology.*

Da fiel ihm ein, daß Max für gewöhnlich Marken in seiner Brieftasche hatte. Er ging in das Zimmer seines Sohnes und fand ihn in tiefem Schlaf, lang ausgestreckt im Bett und leise schnarchend. Die Decke hatte sich verschoben, ein nacktes Bein hing auf den Fußboden. Sein Pyjama war zu kurz, und Michael stellte belustigt fest, daß die Füße seines Sohnes allmählich riesige Dimensionen annahmen.

Die Hosen, ohne übertriebene Sorgfalt an den Aufschlägen befestigt, hingen im Schrank. Michael suchte und fand die Brieftasche. Sie war vollgestopft mit allerlei merkwürdigen, abgegriffenen Papieren. Michaels Finger, die nach dem Markenheft tasteten, griffen etwas anderes: einen kleinen, länglichen, in Stanniol verpackten Gegenstand. Michael wollte nicht glauben, was er da ertastet hatte, so ging er mit seinem Fund zur Tür und las im Lichte der Vorzimmerlampe:

«Trojan-Gummi sind auf unseren Spezialmaschinen auf ihre Undurchlässigkeit geprüft. Young Rubber Corporation Manufacturer, Trenton, N.J., New York, N.Y.»

Michael erschrak. War das möglich – dieser Junge, der noch Ball spielte und ihn heute morgen erst Daddy genannt hatte? Und mit wem? Mit irgendeiner gleichgültigen, vielleicht kranken Schlampe? Oder, schlimmer noch, mit diesem reinen rothaarigen Kind, Gott behüte? Er hielt das Ding gegen das Licht. Die Verpackung war eingerissen. Er erinnerte sich, daß er selbst es vor langer Zeit für ein Zeichen der männlichen Reife gehalten hatte, derlei bei sich zu tragen, wenn schon nicht zu verwenden.

Als er das Päckchen mitsamt der Brieftasche wieder an seinen Platz steckte, fielen ein paar Münzen aus der Hosentasche. Sie klirrten auf den Boden und rollten durch das ganze Zimmer. Michael hielt den Atem an, in der Erwartung, der Junge werde nun aufschrecken und erwachen, aber Max schlief tief wie ein Süchtiger.

Das ist das nächste, dachte Michael bitter – wie ein Süchtiger ... Er kniete nieder, nicht um wie ein Christ zu beten, sondern um den Boden mit den Händen abzusuchen. Unter dem Bett fand er zwei Cents, einen Vierteldollar, einen Penny, drei Socken und viel Staub. Es gelang ihm, die meisten Münzen einzusammeln, er steckte sie zurück in die Hosentasche und ging dann ins Erdgeschoß, um sich die Hände zu waschen und Kaffee aufzustellen.

Er trank die zweite Tasse, als in den Mitternachtsnachrichten der Name eines Mannes aus seiner Gemeinde genannt wurde: Gerald I. Mendelsohn stand auf der Liste der kritischen Fälle von Woodborough General Hospital. Während der Nachtschicht in der Suffolk-Gießerei war sein rechtes Bein zwischen zwei schweren Maschinenteilen eingeklemmt worden.

Erschöpft dachte er: Die Mendelsohns sind neu in der Stadt, haben wahrscheinlich noch keine Freunde hier ...

Zum Glück war er noch nicht im Pyjama. Er kleidete sich fertig an – Krawatte und Jackett, Mantel, Hut und gefütterte Überschuhe – und verließ das Haus so leise wie möglich. Die Straßen waren in schlimmem Zustand. Schlitternd und im Kriechtempo lenkte er den Wagen vorbei an dunklen Häusern, deren Bewohner er um ihren Schlaf beneidete.

Mendelsohns bleiches, unrasiertes Gesicht erinnerte an ein Kreuzigungsbild. Sein Bett stand in einem Zimmer neben dem Saal mit den frisch eingelieferten Fällen, und er lag darin, betäubt von Medikamenten, aber dennoch laut stöhnend.

Seine Frau litt mit ihm. Sie war eine kleine attraktive Person, mit braunem Haar, großäugig, flachbrüstig, und mit sehr langen rotlackierten Fingernägeln.

Michael mußte scharf nachdenken, um auf ihren Namen zu kommen: Jean. Hatte sie ihm nicht ihre Kinder zum Hebräisch-Unterricht in den Tempel gebracht? «Ist jemand bei den Kindern?»

Sie nickte. «Ich habe sehr nette Nachbarn, reizende Iren.»

Sie hatte New Yorker Akzent – vielleicht Brooklyn?

Aber sie war aus Flatbush. Er setzte sich zu ihr und sprach von den Orten, an denen er schon gewesen war. Vom Bett her klang in regelmäßigen Abständen das Stöhnen.

Um 2 Uhr 15 führten sie Mendelsohn weg, und Michael wartete mit der Frau auf dem Gang, während das Bein amputiert wurde. Nachdem es passiert war, schien sie erleichtert. Als er ihr endlich gute Nacht wünschte, waren ihre verweinten Augen schläfrig und ruhig.

Auf der Heimfahrt hörte es zu schneien auf. Die Sterne schienen sehr nahe.

Als er während der Morgenrasur in den Spiegel sah, entdeckte er, daß er nicht mehr jung war. Das Haar war schütter, seine Hakennase glich immer stärker den Judennasen auf antisemitischen Cartoons. Das Fleisch war nicht mehr straff, und der Seifenschaum zitterte auf seinen schlaffen Wangen. Wie ein Blatt, das welk wird, dachte er; eines Tages fällst du vom Baum, und alles geht weiter wie bisher, und kaum einer merkt, daß du nicht mehr da bist. Er wurde gewahr, daß er sich nur mehr undeutlich an seinen Frühling erinnern konnte. Und jetzt war es unwiderruflich Herbst.

Fast war er froh, daß das Telefon ihn vom Spiegel rief. Dr. Bernstein war am Apparat, zum erstenmal in den vier Wochen von Leslies Elektroschockbehandlung; er zerstreute jedoch sofort Michaels Befürchtungen.

«Sie kann euch daheim besuchen, wenn sie will», sagte er nebenbei.

«Wann?»

«Wann Sie wollen.»

Michael sagte zwei Termine ab und fuhr geradewegs zum Krankenhaus. Sie saß in ihrem winzigen Zimmer. Ihr blondes Haar war glatt zurückgestrichen und wurde von einem breiten, häßlichen Gummiband zu einem Pferdeschweif zusammengefaßt, wie sie ihn seit Jahren nicht mehr getragen hatte. Aber jetzt wirkte das matronenhaft, anstatt wie früher jugendlich. Sie trug ein frisches blaues Kleid, und auch der Lippenstift war frisch aufgetragen. Sie hatte ziemlich zugenommen, aber das stand ihr.

«Da bin ich», sagte er.

Dabei fürchtete er, es würde wieder so kommen wie zu Beginn ihrer Krankheit, denn sie sah ihn nur an und sagte kein Wort. Dann aber lächelte sie, während ihr die Tränen kamen.

«Da bist du.»

Endlich hielt er sie wieder in den Armen, so sanft und vertraut wie je; spürte wieder den langentbehrten Geruch, diese Mischung aus Kamillenseife und Paquins Handcreme und atmender Haut. Er preßte sie an sich.

Gepriesen seist du, Herr unser Gott, Amen.

Befangen küßten sie einander, fast scheu, und dann saßen sie auf dem Bettrand und hielten einander an den Händen. Das Zimmer war erfüllt von dem Geruch eines starken Desinfektionsmittels.

«Wie geht's den Kindern?» fragte sie.

«Gut. Sie möchten dich sehen. Wann immer du willst.»

«Ich hab mir's überlegt. Ich möchte sie doch lieber nicht sehen. Nicht hier und nicht so. Ich möchte nach Hause, so bald als möglich.»

«Ich hab das gerade mit Dr. Bernstein besprochen. Wenn du willst, kannst du uns daheim besuchen.»

«Und ob ich will!»

«Wann?»

«Können wir gleich fahren?»

Michael ließ sich mit Dan verbinden, und die Sache war abgemacht. Fünf Minuten später half er ihr schon in seinen Kombiwagen, und dann fuhren sie dem Krankenhaus davon, wie zwei verliebte junge Leute. Leslie trug ihren alten blauen Mantel und ein weißes Kopftuch. Niemals war sie schöner als jetzt, dachte er. Ihr Gesicht war voll Leben und Freude.

Es war kurz nach elf. «Anna hat heute frei», sagte er.

Sie sah ihn argwöhnisch an. «Anna?»

Er hatte ihr schon mehrmals von Anna geschrieben. «Die Haushälterin. Wollen wir nicht lieber in einem netten Lokal zu Mittag essen?»

«Nnn – nein. Lieber daheim. Irgend etwas find ich schon in den Regalen, das ich zubereiten kann.»

Vor dem Haus angelangt, ließ er den Wagen in der Zufahrt stehen, und sie betraten von hinten das Haus. Prüfend durchschritt sie die Küche, das Speise- und das Wohnzimmer, rückte da und dort ein Bild gerade und zog die Vorhänge zur Seite.

«Zieh doch den Mantel aus», sagte er.

«Das wird eine Überraschung sein für die Kinder.» Sie sah auf die Standuhr. «In drei Stunden sind sie da.»

Sie schlüpfte aus dem Mantel, und er hängte ihn in den Vorzimmerschrank. «Weißt du, was ich jetzt möchte? Ein gutes heißes Bad, und lang drin liegen bleiben. Ich brauch keine Dusche mehr für den Rest meines Lebens.»

«Bitte, ganz wie du willst – gehen wir hinauf.»

Er ging voraus und ließ das Wasser für sie einlaufen, setzte ihm auch all die Badesalze zu, die niemand angerührt hatte, seit sie nicht mehr da war. Und während sie badete, entledigte er sich der Schuhe, legte sich auf das Messingbett und lauschte dem Geplätscher und den Weisen, die sie beim Waschen vor sich hinsummte. Schon lange hatte ihm nichts so schön geklungen.

In seinen Schlafrock gehüllt, lief sie durch das ungeheizte Zimmer in ihre Garderobe, wo sie unter all ihren Kleidern eines suchte, das ihr noch paßte.

«Was soll ich für den Nachmittag anziehen? Komm her, hilf mir aussuchen.»

Er trat neben sie. «Das grüne Jerseykleid.»

Unwillig stampfte sie mit dem bloßen Fuß auf. «Da komm ich ja nicht einmal mehr mit dem Kopf hinein, so fett bin ich dort drüben geworden.»

«Zeig her.» Er zog den Schlafrock auseinander, und sie duldete es und ließ ihn sehen, was er wollte.

Plötzlich schlang sie die Arme um ihn und preßte ihr Gesicht an seine Brust. «Mir ist kalt, Michael.»

«So komm doch, ich wärme dich.»

Sie blieb stehen, während er sich hastig auszog, und dann froren sie gemeinsam auf dem kalten Leintuch, einer in den Armen des anderen. Und während sie ihn mit den Beinen hielt und ihm die Zehen in die Waden bohrte, sah er über ihre Schulter hinweg ihrer beider Bild in dem großen Wandspiegel. Er starrte auf die weißen Körper in dem gelblichen Glas und fühlte dabei seine Jugend zurückkehren. Nicht mehr welk war das Blatt nun, nicht herbstlich, sondern prall und voll Sommer. Schon zitterten sie nicht mehr vor Kälte, schon durchströmte sie die Wärme, und er tastete ihr über den Körper und fühlte allen Reichtum dieses feuchten sanften Leibes, während sie lautlos weinte, ein Weinen, das ihm das Herz brach, voll Schwermut und ohne Hoffnung: «Michael, ich will nicht mehr dorthin zurück. Ich kann nicht mehr.»

«Es ist ja nicht mehr für lange», sagte er. «Nicht mehr für lange, ich verspreche es dir.» Doch sie verschloß ihm den Mund mit dem ihren, voll Leben und Liebe und Zahnpastageschmack.

Nachher nahm sie das Leintuch, trocknete erst ihm und dann sich die Augen. «Was sind wir doch für zwei Narren.»

«Willkommen zu Hause.»

«Danke schön.» Sie stützte den Kopf in die Hand, sah Michael sekundenlang an und lächelte vergnügt – lächelte das tägliche vergnügte Lächeln seiner Tochter, nur reifer und wissender. Er sprang aus dem Bett zum Toilettentisch, griff nach Kamm und Bürste, stürzte zurück und unter die Decke, während sie ihm lachend zusah. Dann entfernte er das häßliche Gummiband von ihrem Haar, so daß es ihr offen und schön über die Schultern fiel, wie sie da aufrecht saß, die Steppdecke bis an das Kinn. Und er bürstete ihr Haar und teilte es sorgsam, genau wie bei Rachel. Dann warf er das Gummiband an die Wand, denn jetzt war seine Frau wieder so, wie er sie durch und durch kannte.

Max und Rachel waren an diesem Abend sehr schweigsam, aber sie folgten ihrer Mutter wie ein doppelter Schatten.

Nach dem Abendessen hörten sie Schallplatten, Leslie sitzend mit Max zu ihren Füßen und Rachel auf dem Schoß, Michael auf der Couch liegend und rauchend.

Es war schwierig, den Kindern beizubringen, daß sie ins Krankenhaus zurück mußte, aber sie tat das wie selbstverständlich und mit jener Geschicklichkeit, die er stets an ihr bewundert hatte. Rachel mußte um neun ins Bett, und Leslie bestand darauf, daß Max, nachdem er sie geküßt hatte, seine Schulaufgaben erledigte.

Während der Rückfahrt sprach sie fast nichts. «War das ein Tag», sagte sie nur. Dann nahm sie seine Hand und hielt sie lange fest. «Kommst du morgen?»

«Natürlich.»

Auf dem Heimweg fuhr er langsam. Oben spielte Max auf seiner Harmonika, und Michael hörte ihm eine Zeitlang rauchend zu. Schließlich ging auch er hinauf und schickte Max ins Bett, dann duschte er lange und zog seinen Pyjama an. Er lag wach im Dunkeln. Der Wind draußen kam in Stößen, rüttelte am Haus und klapperte mit den Fensterläden. Das Messingbett schien so groß und leer wie draußen die Welt. Lange blieb er so wach und betete.

Bald nachdem er eingeschlafen war, schrie Rachel angstvoll auf und begann zu schluchzen. Als sie zum zweitenmal aufschrie, hörte er es, erhob sich und eilte barfuß über den kalten Korridor zu ihrem Zimmer, wo er sie aufnahm und an die Wandseite des Bettes legte, damit auch er Platz darin finde.

Sie aber schluchzte weiter im Schlaf, mit tränennassem Gesicht. «*Scha*», sagte er, sie in den Armen wiegend, «*scha, scha, scha.*»

Sie öffnete die Augen, im Finstern wie weiße Schlitze in dem herzförmigen Gesicht. Auf einmal lächelte sie und preßte sich an ihn, und er fühlte ihre nasse Wange an seinem Hals.

Fejgele, dachte er, Vögelchen. Er wußte noch gut, was ihn bewegt hatte, als er so alt war wie sie und sein Vater fünfundvierzig wie er. Mein Gott, jetzt stand ihm sein *sejde* wieder vor Augen, kaum älter als er selbst.

Er lag jetzt sehr still in der Dunkelheit und beschwor das alles herauf.

Brooklyn, New York
September 1925

4

Damals, als Michael noch klein war, mußte seines Großvaters Bart wohl schwarz gewesen sein. Aber daran konnte er sich nicht erinnern. Er wußte nur, wie der Großvater ausgesehen hatte, als er, Michael, selbst schon ein junger Mann war: damals war Isaac Rivkinds Bart dicht und weiß, und er wusch ihn jeden dritten Tag sorgfältig und kämmte ihn liebevoll und eitel, so daß er weich sein hartes dunkles Gesicht umrahmte, niederfließend bis zum dritten Hemdknopf. Der Bart war das einzig Weiche an Isaac Rivkind. Er hatte eine Raubvogelnase und Augen wie ein erzürnter Adler. Sein Schädel war kahl und glänzend wie poliertes Elfenbein, umrahmt von einem Kranz lockiger Haare, die nie so weiß wurden wie sein Bart, sondern dunkelgrau blieben bis zum Tod.

In Wirklichkeit liebte Michaels Großvater die Welt so zärtlich wie eine Mutter ihr todkrankes Kind, aber diese Liebe lag verborgen unter einer dicken Kruste von Angst: Angst vor den Christen. Das hatte in Kischinew begonnen, in Bessarabien, wo Isaac geboren war ...

Kischinew war eine Stadt mit 113 000 Einwohnern. Fast 80 000 davon waren Juden, dann gab es noch ein paar tausend Zigeuner. Der Rest waren Moldau-Rumänen. Obgleich die Juden in Kischinew in der Majorität waren, duldeten sie resigniert die Verwünschungen, den Spott und die Verachtung der Christen: nur zu gut wußten sie, daß ihr Getto eine Insel inmitten eines Meeres von Feindseligkeit war. Selbst wenn ein Jude bereit gewesen wäre, die Stadt zu verlassen, um bei der Obsternte oder Weinlese auf dem Land zu helfen – es wurde ihm nicht gestattet. Der Staat belegte die Juden mit schweren Steuern, achtete streng auf ihre Konfinierung und subventionierte eine Tageszeitung – den *Bessarabetz* –, die von einem fanatischen Antisemiten namens Pavolachi Kruschevan mit dem einzigen Ziel herausgegeben wurde, seine Leser zum Judenmord aufzustacheln.

Der Name Kruschevan war Michael von Kind an bekannt; auf den Knien seines *sejde* lernte er ihn zu hassen, wie man Haman haßt. Wenn er im geheimnisvollen Halbdunkel des winzigen Gemischtwarenladens auf den Schoß seines Großvaters kroch, erzählte ihm jener statt Märchen und Kinderreimen die Legende seiner Irrfahrt nach Amerika.

Isaacs Vater, Mendel Rivkind, war einer der fünf Hufschmiede von Kischinew gewesen, ein Mann, der von Kind auf an den Geruch von Pferdeschweiß gewöhnt gewesen war. Mendel war glücklicher als die meisten Juden: er hatte eigenen Besitz. An der Nordwand der armseligen, baufälligen Holzhütte, die er sein Haus nannte, gab es zwei selbstgebaute Essen aus Ziegelsteinen. Er betrieb sie mit Holzkohle, die er selbst in einem Erdloch brannte, und blies das Feuer mit einem gewaltigen, aus dem Fell eines Stieres gefertigten Blasebalg an.

In Kischinew herrschte große Arbeitslosigkeit. Niemand konnte für das Beschlagen der Tiere viel bezahlen, und die Rivkinds waren ebenso arm wie ihre Nachbarn. Es war schwer genug, auch nur das Leben zu fristen; nie wäre es einem Juden aus Kischinew in den Sinn gekommen, Geld zu sparen – denn es gab einfach kein überflüssiges Geld. Zwei Monate vor Isaacs Geburt geschah es aber, daß zwei Vettern des Mendel Rivkind von einer Horde betrunkener junger Rumänen verprügelt wurden. Und da faßte der Schmied den Entschluß, irgendwie und irgendwann mit seiner Familie in ein besseres Land zu flüchten.

Waren sie bisher nur arm gewesen, so stürzte dieser Entschluß sie ins Elend. Sie versagten sich alles und jedes, ja sie strichen sogar jene Ausgaben, die sie bisher für lebensnotwendig gehalten hatten. So wuchs hinter einem gelockerten Ziegel am Grunde einer der Feueressen Rubel um Rubel, ein winziger Geldschatz, von dem niemand wußte als Mendel und seine Frau Sonya. Und sie erzählten keinem Menschen davon, denn sie wollten nicht zu nachtschlafender Zeit von irgendeinem besoffenen Bauern erschlagen werden.

So gingen die Jahre, und Jahr um Jahr wuchs der Schatz um einen jämmerlich kleinen Betrag. Sobald Isaac *bar-mizwe* war, führte ihn sein Vater in einer dunklen und kalten Nacht zu der Esse, zog den Ziegel heraus und ließ Isaac den Rubelberg fühlen, wobei er ihm seine Zukunftsträume entdeckte.

Es war schwierig, im Sparen mit dem Familienwachstum Schritt zu halten. Erst war nur Isaac da, aber drei Jahre später war eine Tochter zur Welt gekommen, die sie Dora genannt hatten nach ihrer Großmutter, *aleja ha schalom*, sie ruhe in Frieden. Trotzdem hatten sie 1903 genug Rubel gespart, um drei Zwischendeck-Überfahrten nach den Vereinigten Staaten zu bezahlen. Dora war nun achtzehn Jahre alt, und Isaac, mit seinen zweiundzwanzig, war seit mehr als einem Jahr verheiratet. Seine Frau Itta, geborene Melnikov, erwartete schon ein Kind – und das bedeutete, daß sie in den kommenden Jahren noch mehr Rubel würden ersparen müssen.

Die Zeiten wurden schlechter, und Kruschevan wurde gefährlicher. Im jüdischen Spital von Kischinew hatte ein Christenmädchen Selbstmord verübt. In einem nahe gelegenen *schtetl* hatte ein Betrunkener seinen kleinen Neffen zu Tode geprügelt. Kruschevan stürzte sich begierig auf diese beiden Ereignisse: in seinem Blatt stand zu lesen, die beiden seien Opfer der Juden geworden, die der abscheulichen Zeremonie des Ritualmordes anhingen.

Es war Zeit zur Flucht für jene, die flüchten konnten. Mendel befahl Isaac, das Geld zu nehmen und zu gehen; die übrige Familie könnte später nachkommen. Isaac aber hatte andere Pläne. Er war jung und kräftig und hatte von seinem Vater das Schmiedehandwerk gelernt. Er wollte mit Itta in Kischinew bleiben und weiterhin Rubel auf Rubel legen bis zu dem Tag, an dem sie reisen konnten. Inzwischen sollten Mendel, Sonya und Dora nach den Vereinigten Staaten fahren und dort ihrerseits Geld ersparen, um Isaac, Itta und ihrem Kind zu helfen, in die Neue Welt zu kommen. Als Mendel Einwände machte, erinnerte ihn Isaac daran, daß Dora in heiratsfähigem Alter war. Wollte ihr Vater sie einem armen Juden aus Kischinew verheiraten und ihr ein Leben bereiten, wie es in solcher Ehe üblich war? Dora war schön. In Amerika könnte man einen *schidech,* eine Partie für sie finden, mit der sie ihr Glück machen – und noch der Familie helfen konnte.

Zögernd gab Mendel nach; die notwendigen Formulare wurden sorgfältig ausgefüllt und weitergeleitet. Der jüdische Steuereintreiber, der dabei half, protestierte heftig, als Mendel ihm sechs Rubel aufdrängte, machte aber keinerlei Anstalten, sie zurückzugeben. Am 30. Mai sollten sie abreisen. Schon lange vor dem Eintreffen der kostbaren Pässe, die mit dem Geld hinter dem Ziegelstein verwahrt wurden, waren Sonya, Itta und Dora damit beschäftigt, Federbetten und Daunenpolster zu machen und den wenigen persönlichen Besitz wieder und wieder auszusortieren, um die schwere Entscheidung zu treffen, was sie mitnehmen würden und was zurückbleiben sollte.

Anfang April ging den Männern die Holzkohle aus, mit der sie ihre Essen heizten. Mendel bezog sein Holz aus einem Wald zwanzig Kilometer von Kischinew; dort kaufte er die harten Kastanienstämme billig von den Bauern, die den Wald rodeten, um neues Ackerland zu gewinnen. Er führte die Stämme selbst in die Stadt, zersägte und zerhackte sie und brannte Holzkohle daraus. Es war eine äußerst mühsame Arbeit. Im allgemeinen war es den Juden verboten, das Getto zu verlassen; weil es aber auch der Regierung notwendig schien, die Zugtiere arbeitsfähig zu erhalten, bekamen die Schmiede Passierscheine, mit denen sie zum Holzkauf über Land fahren durften. Das sollte diesmal Isaacs Sache sein, war er doch der zukünftige Chef des Geschäftes. Als Itta davon hörte, bat sie, mitfahren zu dürfen. Am nächsten Morgen verließen sie die Stadt, saßen glücklich und stolz auf dem erhöhten Kutschbock des Pritschenwagens hinter den zwei alten Pferden.

Es war eine herrliche Fahrt. Die Luft roch nach Frühling. Isaac ließ die Pferde so gemächlich gehen, wie sie wollten, und freute sich mit Itta der Landschaft, die langsam vorbeizog. Als sie in die Rodung kamen, war es schon Nachmittag. Die Bauern waren froh über die Aussicht auf einen unerwarteten Zuschuß an Bargeld; es kam ihnen gelegen, die Schulden abzuzahlen, in die sie zu Ostern geraten waren. Sie gestatteten Isaac, durch den Wald zu gehen und selbst die Bäume zu bezeichnen, die ihm am besten taugten. Er wählte junge Stämme, die am leichtesten zu verarbeiten waren. Abends aßen Isaac und Itta das köstliche koschere Mahl, das Sonya ihnen eingepackt hatte. Die Bauern kannten diese Eigenheit und verstanden sie. Die Nacht verbrachten sie in einer Hütte draußen in den Feldern, glücklich erregt von dem neuen Erlebnis, fern von zu Hause beisammen zu sein; so schliefen sie, Ittas Kopf an Isaacs Schulter und seine Hand auf ihrem schwangeren Leib. Am Morgen machte sich Isaac in Hemdsärmeln mit den Bauern an die Arbeit: sie fällten die Bäume, hackten die Äste ab und luden die Stämme auf Isaacs Wagen. Als sie fertig waren, stand die Sonne schon hoch. Isaac bezahlte acht Rubel für das Holz, dankte den Bauern von Herzen und wurde gleicherweise bedankt. Dann schwang er sich auf den Kutschbock neben Itta und schnalzte, um die Pferde in Gang zu setzen, die nun so schwer zu ziehen hatten.

Bei Sonnenuntergang näherten sie sich Kischinew. Schon lange zuvor hatten sie bemerkt, daß etwas geschehen sein mußte. Sie begegneten einem Schweinezüchter, der seit Jahren Kunde in der Schmiede war; die Stute, auf der er ritt, hatte Mendel erst vor einer Woche beschlagen. Als Isaac einen fröhlichen Gruß hinüberrief, wurde der Mann bleich, schlug seine Hacken in die Flanken des Pferdes und preschte querfeldein davon.

Dann, der Stadt sich nähernd, sahen sie die ersten Feuer; der steigende Rauch wölkte purpurn im Licht der untergehenden Sonne. Bald darauf hörten sie die Klagegesänge. Sie sprachen beide kein Wort, aber Ittas Atem ging keuchend und unregelmäßig, ein Laut des Entsetzens, der fast ein Schluchzen war, und Isaac hörte es, während die Pferde ihre Last durch die verwüsteten Straßen zogen; die Häuser zu beiden Seiten brannten noch immer.

Von der Schmiede war nichts übriggeblieben als die Essen, und die waren nun außen so schwarz wie innen. Das Haus war zu drei Viertel zerstört, ein ausgebranntes Gerippe ohne Dach. In der Nähe wartete Ittas Bruder, Solomon Melnikov. Er stieß einen Freudenschrei aus, als er sie lebend und heil sah. Dann legte er wie ein Kind den Kopf an Isaacs Schulter und begann zu weinen.

Während der Beerdigung und der sieben Trauertage blieben Isaac und Itta bei den Melnikovs. Ganz Kischinew saß *schiwe*. Siebenundvierzig Juden waren bei dem Pogrom getötet, an die sechshundert verletzt worden. Zweitausend Familien waren völlig zugrunde gerichtet. Der fanatisierte Mob war raubend und vergewaltigend durch die Stadt gezogen, und am Ende hatten sie den Männern die Kehlen durchschnitten und die Schädel eingeschlagen. Siebenhundert Häuser waren zerstört, sechshundert Läden geplündert worden.

Am letzten Abend der Trauerwoche ging Isaac allein zu der zerstörten Schmiede. Die Straßen waren dunkel, die Häuserreihen unterbrochen von den schaurigen Zahnlücken der Brandruinen. Der lockere Ziegel auf dem Grund der Esse ließ sich fast zu leicht entfernen, und einen Augenblick lang erfüllte Isaac die dumpfe Gewißheit, daß Geld und Pässe verschwunden wären. Aber alles lag noch an seinem Platz. Isaac steckte den Schatz zu sich und setzte aus irgendeinem Grund den Ziegel wieder so ein, daß er den leeren Hohlraum sauber verschloß.

Den Paß seiner Mutter gab er den Melnikovs; er sollte nie erfahren, ob irgend jemand ihn späterhin benützt hatte, um Kischinew zu verlassen. Sie verabschiedeten sich nur von Ittas Familie und von Mendels Vettern, denen es auch gelungen war, dem Pogrom zu entgehen.

Die Familie Melnikov fiel 1915 der Grippeepidemie zum Opfer, die Bessarabien heimsuchte. Aber das, pflegte Michaels *sejde* zu sagen, war eine andere Geschichte, deren Einzelheiten nie ganz bekanntgeworden waren.

Der Großvater erzählte diese Ereignisse wieder und wieder, bis Michaels Mutter, die an den schrecklichsten Stellen der Geschichte ihr Grausen nicht verbarg und deren Geduld durch die Hausgenossenschaft mit dem alten, rechthaberischen Mann schon bis zum äußersten beansprucht war, scharf unterbrach. «Wir wissen das alles. Wir haben es schon hundertmal gehört. *Oj*, den Kindern muß er solche Sachen erzählen!» So kam es, daß Michael die Geschichten seines *sejde* zumeist in Rivkinds Gemischtwarenhandlung zu hören bekam, einem Ort, der erfüllt war von den herrlichsten Gerüchen nach Knoblauch und Landkäse und Räucherfisch und süßsaurem Essiggemüse. Auch der Großvater selbst roch gut, und Michael atmete diesen Geruch, wenn er auf den Knien des alten Mannes saß. Der Bart verströmte den Wohlgeruch von Kastilischer Seife und dem starken Prince-Albert-Pfeifentabak, den Isaac an sechs Tagen der Woche rauchte, und der Atem roch immer ein wenig nach kandiertem Ingwer und Kornwhisky, zwei Genüssen, denen der Alte reichlich zusprach. Er war der seltene Fall des Juden, der trinkt. Einsam und wohlhabend, hatte er sich nach dem Tod seiner Frau dem Luxus des Schnapstrinkens ergeben. Alle paar Stunden gönnte er sich einen Schluck aus der Flasche kanadischen Whiskys, die ihm ein wohlmeinender, der Prohibition feindlicher Drogist lieferte und deren Versteck in einem Bohnenfaß er für absolut geheim hielt.

Michael brauchte in seiner Kindheit keine Anregung von Helden aus der Literatur. Er hatte einen lebendigen Helden, eine Mischung aus Don Quichotte, Tom Swift und Robinson Crusoe, der sich in fremder Umwelt ein neues Leben aufbaute. «Erzähl mir die *majsse* von der Grenze, *sejde*», bat er, verbarg sein Gesicht in dem weißen Bart und schloß die Augen.

«Wer hat schon Zeit für solche Dummheiten», brummte Isaac, aber sie wußten beide, daß sie mehr als genug Zeit hatten. Der alte Schaukelstuhl hinter dem Verkaufspult schwang vor und zurück, leise schnarrend wie eine Grille, und Michael versteckte sein Gesicht noch tiefer im Bart seines Großvaters.

«Als ich Kischinew verließ mit meiner Itta, *aleja ha schalom*, sie ruhe in Frieden, fuhren wir mit dem Zug nach Norden, rund um die Berge. Es war nicht schwer, nach Polen hineinzukommen, das gehörte damals zu Rußland. Sie haben die Pässe nicht einmal angeschaut.

Ich machte mir Sorgen über meinen Paß. Er gehörte meinem Vater, er ruhe in Frieden. Ich wußte, daß sie Itta keine Schwierigkeiten machen würden. Sie hatte die Papiere meiner toten Schwester. Aber ich war jung und reiste mit dem Paß eines alten Mannes.

Gefährlich wurde es erst an der Grenze zwischen Polen und Deutschland. Es war eine Zeit der *zoress* zwischen den beiden Ländern. Zwischen

Polen und Deutschland ist immer etwas los, aber damals waren die *zoress* besonders arg. Als wir an die Grenze kamen, wurde der Zug angehalten, und alles mußte aussteigen. Man sagte uns, daß nur eine bestimmte Anzahl Menschen passieren durfte und daß die Quote gerade voll geworden war.»

An dieser Stelle hörte das Schaukeln auf, ein Zeichen für Michael, daß er zur Steigerung der Spannung eine Frage stellen sollte. So murmelte er in seines Großvaters Bart und spürte dabei, wie die Haare seine Lippen und seine Nase kitzelten. Von Zeit zu Zeit wurde der Bart dort, wo das Gesicht des Knaben lag, feucht von seinem Atem, und Michael mußte den Kopf wenden und einen trockenen Fleck suchen. «Und was hast du da gemacht, *sejde*?»

«Wir waren nicht allein. Mit uns waren an die hundert Leute, denen es ebenso erging. Polen, Deutsche, Russen, Juden. Auch ein paar Rumänen und Böhmen. Manche verließen die Station und suchten einen Platz, wo sie schwarz über die Grenze gehen konnten. Es kamen auch Leute aus dem Städtchen zu uns und boten uns an, uns für Geld einen sicheren Weg zu zeigen. Aber sie gefielen mir nicht, sie sahen aus wie Verbrecher. Und außerdem hatte deine Großmutter, *aleja ha schalom*, einen Bauch wie eine Wassermelone. Sie war schwanger mit deinem Vater. Ich hatte Angst vor einem langen Fußmarsch. So warteten wir den ganzen Tag lang beim Schlagbaum an der Grenze. Die Sonne schien, es war heiß wie in einem Backofen, und ich fürchtete, deiner Großmutter könnte übel werden. Wir hatten ein bißchen Brot und Käse mit, und das aßen wir, aber bald darauf wurden wir hungrig. Und wir waren sehr durstig. Es gab nichts zu trinken. Wir warteten den ganzen Tag. Wir blieben auch da, als die Sonne schon unterging, denn wir wußten nicht, wohin wir sonst hätten gehen sollen.»

«Und wer hat euch gerettet, *sejde*?»

«Beim Schlagbaum warteten auch zwei schöne *jiddische* Mädchen. *Schejne majdlach*. Und hinter dem Schlagbaum standen zwei deutsche Soldaten mit roten Gesichtern. Die *majdlach* gingen zu den Soldaten und redeten leise mit ihnen und lachten. Und sie machten den Schlagbaum auf und ließen die Mädchen hinüber. Und wir alle, Juden und Polen und Deutsche und Russen und Böhmen und Rumänen, deine Großmutter mit ihrem dicken Bauch und ich, wir alle schoben und drängten uns durch die Schranke – wie die Herden, die du im Kino sehen kannst –, bis wir über der Grenze waren, und dann mischten wir uns unter die Leute, die in der Station warteten, bis die Soldaten uns nicht mehr finden konnten. Und bald darauf kam ein Zug, und wir stiegen ein und fuhren davon.»

Michael bebte vor Spannung, denn das Beste stand noch bevor. «Und warum haben die Soldaten den Mädchen den Schlagbaum geöffnet, *sejde*?»

«Weil sie den Soldaten etwas versprochen haben.»

Dem Knaben lief das Wasser im Mund zusammen. «Was denn? Was haben sie den Soldaten versprochen?»

«Was Süßes und Warmes haben sie ihnen versprochen – etwas worauf die Soldaten sehr gierig waren.»

«Was war's denn, *sejde?*»

Bauch und Brust des Großvaters erbebten leise. Als er die Geschichte zum erstenmal erzählte, hatte Michael dieselbe Frage gestellt, und der Alte, verzweifelt nachdenkend über eine Antwort, die man einem so kleinen Jungen geben konnte, hatte genau das Richtige gefunden. «Zuckerzeug. So wie das da.»

Der Großvater trug immer einen zerknitterten braunen Papiersack mit dem unvermeidlichen kandierten Ingwer in der Tasche. Die scharfe Wurzel war eingehüllt in Zucker. Anfangs schmeckte sie süß, aber wenn man den Zucker weggelutscht hatte, war sie so scharf, daß einem das Wasser in die Augen trat. Michael liebte das ebenso wie sein Großvater, aber wenn er zuviel davon aß, brannte sein *tasch* am nächsten Morgen so sehr, daß er weinend im Badezimmer saß, immer in Angst, seine Mutter könnte es hören und dem *sejde* verbieten, ihm je wieder Ingwer zu geben.

Jetzt aber, beim Ingweressen im Laden des Großvaters, bat er um noch eine Geschichte. «Erzähl mir, wie es nach dem Zug weiterging, *sejde.*»

Und Isaac erzählte, daß der Zug sie nur bis Mannheim gebracht hatte und daß sie dort wieder wartend in der heißen Frühlingssonne gesessen waren. Der Bahnhof lag unmittelbar am Rhein. Isaac hatte ein Gespräch mit einem holländischen Fährmann begonnen, der eben mit seiner kräftigen, breitschultrigen Frau Kohlensäcke auf sein Lastboot verlud. Er hatte den Holländer gebeten, sie für Geld stromabwärts mitzunehmen, und hatte eine Abfuhr bekommen. Itta saß in der Nähe auf einem Baumstumpf, ihre Röcke schleiften im nassen Ufersand; als sie die Antwort des Holländers hörte, begann sie zu weinen. Das Weib des Schiffers sah die junge jüdische Frau an, ihren dicken Bauch, ihr bleiches Gesicht. Dann sagte sie ein paar scharfe Worte zu ihrem Mann; der schaute zwar ärgerlich drein, aber er wies Isaac und Itta an Bord, wortlos, nur mit einer Geste seines kohlschwarzen Daumens.

Diese Art des Reisens war neu und seltsam für sie, aber sie gefiel ihnen sehr. Das Boot hatte zwar Kohle geladen, aber die Wohnräume waren sehr sauber. Der Unmut des Schiffers verging, sobald er merkte, daß Isaac für die Fahrt nicht nur zu zahlen, sondern auch zu arbeiten bereit war. Die Tage waren sonnig, der Strom floß grün und klar dahin. Isaac sah, daß Ittas Wangen allmählich wieder Farbe bekamen.

Morgens stand er allein auf dem taufeuchten Deck bei den Kohlensäkken, den *taless* um die Schultern, Gebetsriemen um Stirn und Arm, und sang leise, während der stille Kahn vorbeizog an mächtigen Burgen, die ihre Türme in den hellen Himmel hoben, an Knusperhäusern, in denen Deutsche schliefen, an Dörfern und Klippen und weitem Weideland. Als er am vierten Morgen seine Gebete beendet hatte, gewahrte er aufblikkend den Holländer, der an der Reling lehnte und ihn beobachtet hatte. Der Schiffer lächelte respektvoll und stopfte seine Pfeife. Von da an fühlte sich Isaac auf dem Kahn zu Hause.

Der Mittellauf des Rheins mit seinen Burgen blieb hinter ihnen zurück. Auf der Höhe von Bingen arbeitete Isaac schon wie ein Matrose und führte jedes Kommando des Schiffers aus, als das Boot sausend durch die Stromschnellen fuhr. Dann wurde der Fluß zum trägen Strom, und zwei Tage lang trieben sie langsam dahin. Am neunten Tag wandte sich der Rhein nach Westen, in die Niederlande; von da an hieß er Waal. Zwei Tage später trug er sie in den Hafen von Rotterdam. Der Schiffer und seine Frau gingen mit ihnen zu dem Kai, wo die Überseedampfer anlegten. Der holländische Zollbeamte sah sich den jungen Emigranten genau an, dessen Alter im Paß mit dreiundfünfzig Jahren angegeben war. Dann aber, mit einer wegwerfenden Geste, gab er schnell seinen Stempel. Itta weinte, als das holländische Ehepaar sie verließ. «Sie waren wie Juden», sagte Michaels *sejde* jedesmal am Ende dieser Geschichte.

Wenn nicht gerade ein Kunde ins Geschäft kam, erzählte Isaac seinem Enkel als nächstes die Geschichte von der Geburt seines Vaters auf hoher See, während eines wilden atlantischen Sturmes mit Wogen «so hoch wie das Chrysler Building»; in dieser Nacht torkelte der Arzt vor Trunkenheit wie das Schiff, so daß Michaels Großvater mit seinen eigenen bebenden Händen das Kind aus Ittas Leib ziehen mußte.

Es war eine Katastrophe, wenn ein Kunde eine dieser Geschichten unterbrach, aber wenn er ein Italiener oder ein Ire und das Ende schon nahe war, dann ließ Isaac ihn warten und beschloß seinen Bericht. Jenes Viertel von Brooklyn, Borough Park, hatte überwiegend jüdische Einwohnerschaft, aber es gab auch ausschließlich irische und ausschließlich italienische Straßenzüge. Isaacs Laden in einer jüdischen Gasse lag zwischen zwei solchen christlichen Einsprengseln. In der irischen Gasse gab es ein Warenhaus, das einem gewissen Brady gehörte, und drüben bei den Italienern gab es Alfanos Laden. Zumeist hielt sich auch jede der verschiedenen Bevölkerungsgruppen an ihren eigenen Kaufmann. Aber zuweilen kam es vor, daß irgendein Artikel in einem der drei Geschäfte ausgegangen war, so daß der Kunde bei den beiden anderen nachfragen mußte; dort wurde er dann höflich, aber kühl bedient, denn der Besitzer wußte, daß es sich nur um einen einmaligen Kauf in einer vorübergehenden Notlage handelte.

Michaels Großvater hatte den Laden in Borough Park nach dem Tod seiner Itta erworben, als der Knabe drei Jahre alt war. Zuvor hatte er ein ebenso winziges Geschäft in einem anderen Teil von Brooklyn geführt, in Williamsburg, wo er und seine Frau sich nach ihrer Ankunft in den Staaten niedergelassen hatten. Williamsburg war ein von Küchenschaben wimmelndes Armeleuteviertel, aber es war so orthodox wie nur irgendein Getto in Europa; das war wahrscheinlich der Grund, warum Isaac diese Gegend liebte und sie nicht verlassen wollte. Für Michaels Vater aber war der Gedanke unerträglich, den alternden Mann allein und ohne Betreuung zu lassen. So verkaufte Isaac auf Abe Rivkinds Drängen den Laden in Williamsburg und zog nach Borough Park zu seinem Sohn und dessen Familie. Er brachte seine Gebetbücher mit, vier Flaschen Whisky, ein Federbett, das Itta mit eigenen Händen gefertigt hatte, und das große Messingbett, ihre erste Anschaffung in Amerika, in dessen glänzendem Spiegel, wie er seine Enkelkinder zu überzeugen wußte, sie ihre Seelen sehen konnten, wenn sie ohne Sünde waren.

Isaac hätte sich zu dieser Zeit schon zur Ruhe setzen können, denn Abe Rivkind verdiente gut als Inhaber einer kleinen Fabrik, die Mieder und Hüftgürtel erzeugte. Aber er wollte seinen Whisky selbst bezahlen, und Sohn und Schwiegertochter verstummten vor seinem grimmigen Blick; so kaufte er den kleinen Laden um die Ecke von ihrer Wohnung in Borough Park.

Für Dorothy Rivkind mußte der Tag, an dem der Schwiegervater in ihr Haus zog, ein Unglückstag gewesen sein. Sie war eine dickliche, wasserstoffblonde Frau mit sanften Augen. Theoretisch führte sie einen koscheren Haushalt, sie brachte weder Schweinefleisch noch schuppenloses Meeresgetier auf den Tisch, aber nie hielt sie ihr Gewissen nachts wach mit der Frage, ob sie nicht irrtümlich beim Abräumen nach dem Abendessen eine Fleischschüssel zum milchigen Geschirr gestellt haben könnte. Isaac dagegen war ein Mann, für den das Gesetz unantastbar war. Unter dem Pult in seinem Laden bewahrte er einen Stapel oft gelesener und mit Notizen versehener Kommentare auf, und er befolgte die religiösen Vorschriften so selbstverständlich, wie er atmete, schlief, sah und hörte. Die Übertretungen seiner Schwiegertochter erfüllten ihn zuerst mit Entsetzen und dann mit Zorn. Kein Familienmitglied wurde verschont. Die Nachbarn gewöhnten sich allmählich an den Klang seiner Stimme, die in ehrlichem und entrüstetem Jiddisch zu donnern pflegte. Am Abend von Isaacs Einzug gab es Rinderbraten; Michael und seine Schwester Ruthie kamen mit Butterbroten zu Tisch, die sie sich kurz zuvor gestrichen hatten.

«*Gojim!*» brüllte der Großvater. «Mit Butter kommt ihr an einen fleischigen Tisch?» Er wandte sich zur Mutter, die bleich geworden war. «Was für Kinder ziehst du da auf?»

«Ruth, nimm Michaels Butterbrot und wirf es weg», sagte Dorothy ruhig.

Aber Michael war ein kleiner Junge, und das Butterbrot schmeckte ihm. Er wehrte sich, als seine Schwester es ihm wegnehmen wollte, und dabei fiel ein Stückchen Butter auf seinen Teller. Es war ein Fleischteller. Der Großvater begann neuerlich zu schreien, und Ruth eilte mit ihrem Bruder auf sein Zimmer. Dort hielten sie einander angstvoll umschlungen und lauschten fasziniert der großartigen Wut des Alten.

Nach dem Muster dieses Vorfalls spielte sich das weitere Leben des *sejde* im Hause seines Sohnes ab. Er verbrachte soviel Zeit wie möglich in seinem Laden, in dessen Hinterzimmer er auch, Dorothys Proteste nicht achtend, auf einer kleinen elektrischen Kochplatte sein Mittagmahl zubereitete. Wenn er abends heimkam, ertappte sie der Falkenblick unweigerlich bei dem kleinsten Verstoß gegen die rituellen Vorschriften, und der Adlerschrei, uralt und wild, zerstörte ihren Familienfrieden.

Er wußte, daß er sie unglücklich machte, und dieses Wissen machte ihn traurig. Michael bemerkte das, denn er war seines Großvaters einziger Freund. Die ersten paar Wochen nach seinem Einzug hatte er Angst vor dem bärtigen alten Mann. Dann kam Isaac eines Nachts, als die andern schliefen und er keine Ruhe fand, in das Zimmer seines Enkels, um zu sehen, ob der Junge auch zugedeckt wäre. Michael lag wach. Als Isaac dies sah, setzte er sich an den Bettrand und strich mit seiner vom jahrelangen Schleppen all der Kisten und Dosen und Gemüsekörbe hart gewordenen Hand über das Haar des Knaben.

«Hast du heute abend mit Gott geredet?» flüsterte er mit rauher Stimme. Michael hatte nicht gebetet, aber er wußte genau, was dem Großvater Freude machte; so nickte er schamlos, und als Isaac seine Finger küßte, spürte er das Lächeln auf den Lippen des alten Mannes. Mit Daumen und Zeigefinger kniff Isaac den Knaben in die Wange.

«Dos is gut», sagte er. «Red oft mit Ihm.»

Bevor er sich in sein Zimmer zurückschlich, langte er in die Tasche seines verwaschenen Flanellschlafrocks. Papier raschelte, und dann hielten die plumpen Finger ein Stück Ingwer an die Lippen des Knaben. Beseligt schlief Michael ein.

Im Frühherbst, als die Tage kürzer wurden und das Laubhüttenfest herannahte, vertiefte sich die Freundschaft zwischen Michael und seinem *sejde*. In den vier Jahren, die der Alte bei den Rivkinds lebte, baute er in jedem Herbst in dem winzigen Hinterhof eine *ssuke*, eine kleine, mit Zweigen und Garben gedeckte Holzhütte. Für einen alten Mann war das eine schwere Arbeit, vor allem, da Wiesen, Strohschober und Bäume in Brooklyn nicht im Überfluß zu finden waren. Manchmal mußte er das Rohmaterial weit aus Jersey heranbringen, und er quälte Abe wochenlang, bis ihn dieser im Familien-Chevrolet aufs Land führte.

«Warum plagst du dich so?» fragte Dorothy einmal, als sie ihm ein Glas Tee brachte, während er gerade keuchend und schwitzend mit dem Hüttenbau beschäftigt war. «Wozu diese schwere Arbeit?»

«Um die Ernte zu feiern.»

«Welche Ernte, um Himmels willen? Wir sind keine Bauern. Du verkaufst Konserven. Dein Sohn macht Mieder für Damen mit großen Hintern. Wer erntet?»

Mitleidig betrachtete er diese Frauensperson, die sein Sohn ihm zur Tochter gegeben hatte. «Seit Jahrtausenden, seit die Juden aus der Wüste gekommen sind, in Gettos und in Palästen haben sie *ssukess* gefeiert. Man muß nicht Kohl pflanzen, um zu ernten.» Seine große Hand faßte Michael im Nacken und schob ihn seiner Mutter zu. «Da ist deine Ernte.» Sie verstand nicht, und der *sejde* hatte nun auch schon lange genug mit ihnen gelebt, um kein Verständnis von ihr zu erwarten.

Im Gegensatz zu seiner Mutter war Michael von der *ssuke* begeistert. Der *sejde* nahm seine Mahlzeiten unter dem Strohdach der Hütte ein, und wenn das Wetter es zuließ, stellte er auf der bloßen Erde ein Feldbett auf und schlief auch dort. Im ersten Jahr bat Michael so lange, bis seine Eltern nachgaben und ihn beim Großvater schlafen ließen. Es waren die warmen Tage und klaren Nächte des Indianersommers, und sie schliefen unter einem dicken Federbett, das der *sejde* von Williamsburg mitgebracht hatte. Jahre später, als Michael zum erstenmal in den Bergen im Freien schlief, erinnerte er sich lebhaft dieser Nacht. Das Rauschen des Windes im Strohdach der *ssuke* fiel ihm wieder ein, das Licht des Herbstmonds, das durchs Gitterwerk der Äste fiel und ihrer beider Schatten auf den nackten Erdboden warf; und auch der Lärm des Verkehrs, der so gar nicht dazu paßte und doch irgendwie schön, gedämpft und märchenhaft von der zwei Gassen entfernten 13th Avenue in ihren Hinterhof herübertönte.

Nur eine solche Nacht war ihnen gegönnt, dem unglücklichen alten Mann und dem staunenden kleinen Jungen, die sich warm aneinanderschmiegten gegen die Kühle der Nacht und vorgaben, in einer anderen Welt zu sein. Sie wollten es zu diesem Laubhüttenfest noch ein zweites Mal versuchen, aber es regnete. Und in den folgenden Jahren, bis der *sejde* ihr Haus verließ, erklärte die Mutter jedesmal, es sei zu kalt.

Es war klar, daß Isaacs Bleiben im Haus seines Sohnes nicht von Dauer sein konnte. Als er aber wirklich wegging, konnte sein Enkel es nicht ganz verstehen. Der letzte Anlaß war ein neunjähriger Italiener namens Joseph Morello. Er ging in dieselbe Klasse wie Ruthie, und sie war verliebt in ihn. Eines Nachmittags kam sie ganz aufgeregt mit der Neuigkeit nach Hause, Joey habe sie für den kommenden Samstag zu seiner Geburtstagsfeier eingeladen. Unglücklicherweise erzählte sie Michael davon, als der Großvater eben in der Küche seinen Tee trank und den *Jewish Forward* las. Er blickte auf und schob seine stahlgeränderte Brille in die Höhe.

«Am *schabess*? Am *schabess* gibt dieser Bub eine Gesellschaft? Was sind das für Leute?»

«Ach, *sejde*», sagte Ruthie.

«Wie heißt er, der Vater von diesem Joey?»

«Morello.»

«Morello? Ein Italiener?» Er schob die Brille wieder auf seine Nase zurück und schüttelte den *Forward*. «Dort gehst du nicht hin.»

Ruthies herzzerreißendes Klagen rief die Mutter aus dem Schlafzimmer. Sie kam, ein Kopftuch über den Haaren und den Mop in der Hand, hörte sich die geschluchzten Erklärungen ihrer Tochter an und stellte den Mop weg. «Geh in dein Zimmer, Ruthie», sagte sie.

Dann, als die Kleine hinausgegangen war, fixierte sie ihren Schwiegervater, der seinerseits den *Jewish Forward* fixierte. «Sie wird zu dieser Geburtstagsgesellschaft gehen», sagte sie.

«Nicht am *schabess*.»

«Du willst am *schabess* zu Hause bleiben, also bleib zu Hause oder geh zur *schul* mit den andern alten Männern. Aber sie ist ein kleines

Mädchen, das man zu einer Geburtstagsfeier eingeladen hat. Dort wird sie mit anderen kleinen Mädchen und Jungen um einen Tisch sitzen und Kuchen und Eiscreme essen. Das ist doch wohl keine Sünde.»

Die Adleraugen wandten sich ihr zu. «Mit Christen?»

«Mit Jungen und Mädchen.»

«Das ist der erste Schritt», sagte Isaac Rivkind. «Der erste Schritt, und du selbst drängst sie dazu. Und wenn sie erst ein paar Jahre älter ist und schon Brüste hat – wenn dann so ein Italiener daherkommt und ein Kreuz an einer billigen Goldkette dazwischen legt – was wirst du dann sagen?» Er faltete die Zeitung zusammen und erhob sich. «Na, was wird meine feine Schwiegertochter dann sagen?»

«Um Himmels willen, wir reden von einer Geburtstagsgesellschaft für Kinder, nicht von einer Hochzeit», sagte sie. Aber er ging schon aus der Küche.

«Sie wird nicht hingehen», sagte er, die Tür zuschlagend.

Dorothy stand inmitten der Küche, weiß wie die Wand. Dann lief sie zum Fenster und riß es auf. Drunten, zwei Stockwerke unter ihr, trat Isaac eben aus dem Haustor auf die Straße.

«SIE WIRD HINGEHEN», schrie sie ihm nach. «HÖRST DU, ALTER? SIE WIRD HINGEHEN!» Dann knallte sie das Fenster zu und begann zu weinen.

An diesem Abend hielt Michaels *sejde* seinen Laden lange über die normale Sperrstunde hinaus offen. Als der Vater aus der Fabrik nach Hause kam, führten die Eltern ein langes Gespräch in ihrem Schlafzimmer. Ruth und Michael hörten sie streiten. Schließlich kam der Vater heraus, das rundliche Gesicht verzerrt wie das eines Kindes, das weinen möchte und nicht weinen kann. Er holte Fleisch aus dem Kühlschrank und machte einen Teller für den *sejde* zurecht. Die Kinder schliefen ein, bevor der Vater heimkehrte.

Ruthie erklärte ihrem Bruder am nächsten Tag, worüber die Eltern gestritten hatten. «Der eklige Alte wird sich hier nicht mehr herumtreiben», sagte sie.

Er spürte plötzlich einen Druck auf der Brust. «Was meinst du damit?» fragte er.

«Er geht in ein Haus, wo nur alte Männer und Frauen sind. Mama hat es gesagt.»

«Du lügst.»

Er trat sie aufs Schienbein. Sie brüllte, gab ihm eine Ohrfeige und krallte die Nägel in seinen Arm. «Sag nicht, daß ich lüge, du Lausbalg!» Die Tränen standen ihr in den Augen, sie vergönnte ihm jedoch nicht, sie weinen zu sehen. Er aber war verletzt und wußte, daß er gleich zu weinen anfangen würde – so lief er fort und aus dem Haus. Er lief die Stiegen hinunter, hinaus auf die Straße und um die Ecke zu Rivkinds Laden. Der *sejde* saß in seinem Schaukelstuhl, aber er las nicht, er tat überhaupt nichts. Michael kletterte auf seine Knie und versteckte das Gesicht im Bart seines Großvaters. Mit jedem Herzschlag des alten Mannes kitzelte eine Bartsträhne das Ohr des Knaben.

«Gehst du weg, *sejde*?»

«Aber nein. Dummheiten.»

Sein Atem roch stark nach Whisky. «Wenn du jemals weggehst, geh ich mit dir», sagte Michael.

Isaac legte seine Hand auf den Kopf des Knaben und begann zu schaukeln, und Michael wußte, daß alles gut werden mußte. Mitten in der Geschichte vom Zollbeamten kam die dicke Mrs. Jacobson in den Laden. Michaels *sejde* sah zu ihr auf.

«Gehen Sie», sagte er.

Mrs. Jacobson lächelte höflich, wie über einen Witz, den sie nicht verstand. Sie blieb stehen und wartete.

«Gehen Sie», sagte der Großvater nochmals. «Ich mag Sie nicht bedienen. Sie haben einen fetten Hintern.»

Mrs. Jacobsons Gesicht schien in Stücke zu gehen vor fassungslosem Staunen. «Was ist los mit Ihnen?» sagte sie. «Sind Sie übergeschnappt?»

«So gehen Sie doch endlich. Und tappen Sie nicht in den Tomaten herum mit Ihren dicken Fingern. Das wollte ich Ihnen schon lange sagen.»

Ähnliche Freundlichkeiten sagte er im Lauf dieses Nachmittags noch einem halben Dutzend von Käufern, die wütend seinen Laden verließen.

Schließlich kam Michaels Vater, als sie gerade bei der Geschichte vom Kauf des ersten Ladens waren. Er stand da und sah die beiden an, und sie sahen ihn an. Michaels Vater war nur mittelgroß, aber sein Körper war wohlproportioniert, und er sorgte mit regelmäßigem Training in der YMHA* dafür, daß er gut in Form blieb. In seinem Schlafzimmer hatte er einen Satz von Gewichten, und manchmal sah Michael zu, wie er mit einer 25-Pfund-Hantel in jeder Hand Welle um Welle vollführte und wie sein Bizeps dabei schwoll und sich spannte. Sein dichtes schwarzes Haar war kurz geschnitten und immer sorgfältig gebürstet, und seine Haut war tief gebräunt, sommers von der Sonne und winters von der Bestrahlungslampe. Mit Männern kam er gut aus, aber noch erfolgreicher war er bei der weiblichen Kundschaft. Er war ein gutaussehender Mann mit blauen Augen, die immer zu lachen schienen.

Jetzt aber war nur Ernst in seinen Augen. «Zeit zum Abendessen», sagte er. «Gehen wir.»

Aber Michael und sein Großvater rührten sich nicht.

«Papa, hast du überhaupt zu Mittag gegessen?» fragte der Vater.

Der *sejde* zog die Stirn in Falten. «Aber natürlich, was glaubst du denn, bin ich ein Kind? Ich könnt noch heut wie ein Fürst in Williamsburg leben, wenn du und dein sauberes Weib nicht eure Nasen hineingesteckt hättet. Aber ihr habt mich ja dort weggeschleppt, und jetzt wollt

* *Young Men's Hebrew Association.*

ihr mich ins Museum stecken.»

Der Vater setzte sich auf eine Orangenkiste. «Papa, ich war heute im Sons of David-Heim. Ein wirklich schönes Haus – ein wirklich *jiddisches* Haus.»

«Ach, laß mich in Ruh.»

«Papa, ich bitt dich.»

«Jetzt hör einmal zu, Abe. Ich werd deiner sauberen Frau aus dem Weg gehen. Soll sie *trefe* kochen die ganze Woche, ich werd nichts mehr sagen.»

«Mr. Melnick ist auch dort.»

«Reuven Melnick aus Williamsburg?»

«Ja. Er läßt dich grüßen. Er ist sehr gern dort, sagt er. Essen ist wie in den Catskills, sagt er, und jeder Mensch redet *jiddisch,* und eine *schul* haben sie im Haus, und an jedem *schabess* kommt der Rabbi herein und der Kantor.»

Der *sejde* hob Michael von den Knien und stellte ihn auf den Boden. «Abe, du willst mich also aus dem Haus haben. Du willst das wirklich?» Er sagte es *jiddisch* und so leise, daß Michael und dessen Vater ihn kaum verstehen konnten.

Auch der Vater sprach leise. «Papa, du weißt, daß ich es nicht will. Aber Dorothy will, daß wir allein sind, und sie ist meine Frau –.» Er blickte weg.

Der Großvater lachte auf. «Also gut.» Es klang beinah fröhlich.

Er nahm einen leeren Weizenflockenkarton, packte seine Kommentarbände hinein, seine Pfeifen, sechs Dosen Prince Albert, Schreibpapier und Bleistifte. Dann ging er zum Bohnenfaß, brachte daraus die Whiskyflasche zum Vorschein und legte sie obenauf in den Karton. Dann verließ er Rivkinds Gemischtwarenladen, ohne sich umzublicken.

Am nächsten Morgen brachten ihn Michael und sein Vater zum Alters- und Waisenheim der Sons of David. Im Wagen redete der Vater krampfhaft-angeregt drauflos. «Du wirst sehen, Papa, das Zimmer wird dir gefallen», sagte er. «Es liegt direkt neben Mr. Melnicks Zimmer.»

«Red nicht so blöd daher, Abe», sagte der Alte nur. «Reuven Melnick ist ein altes Waschweib, das redet und redet und redet. Schau lieber, daß ich ein anderes Zimmer kriege.»

Der Vater räusperte sich irritiert. «Ist schon recht, Papa», sagte er.

«Und wer wird im Geschäft sein?» fragte steinern der Alte.

«Ach, mach dir da keine Gedanken. Ich verkauf's und leg dir das Geld auf dein Konto. Du hast dich lang genug geplagt, du hast dir die Ruhe verdient.»

Das Sons of David-Heim war ein langer gelber Rohziegelbau in der 11th Avenue. Draußen auf dem Gehsteig standen ein paar Stühle herum, auf denen drei alte Männer und zwei alte Frauen in der Sonne saßen. Sie redeten nicht, sie lasen nicht, sie saßen nur da. Eine der alten Damen lächelte dem Großvater zu, als sie dem Wagen entstiegen. Sie trug einen zimtfarbenen *schejtl*, eine Perücke, die ihr schlecht auf dem Kopf saß. Ihr Gesicht war über und über verrunzelt.

«Schalom», sagte sie, als die drei ins Haus gingen. Aber sie erhielt keine Antwort.

In der Aufnahmekanzlei nahm ein Mensch namens Mr. Rabinowitz des Großvaters Finger in beide Hände und hielt sie fest. «Ich hab schon viel von Ihnen gehört», sagte er. «Sie werden sehen, es wird Ihnen gefallen bei uns.»

Der Großvater lächelte eigentümlich, während er den Weizenflockenkarton unter den anderen Arm klemmte. Mr. Rabinowitz warf einen Blick hinein.

«Aber, aber – das geht doch nicht», sagte er, griff hinein und holte den Whisky heraus. «Das ist gegen die Hausordnung, außer der Doktor hat's Ihnen verschrieben.»

Großvaters Lächeln wurde noch eigener.

Dann führte Mr. Rabinowitz sie durch das Haus. Er führte sie in den Betsaal, wo eine Menge Jahrzeitlichter für die Toten brannten, dann in die Krankenabteilung, wo ein Halbdutzend bejahrter Pfleglinge in den Betten lag, und schließlich in den Tagesraum, wo ein paar alte Knacker Schach spielten, ein paar Weiblein strickten und der Rest die jüdische Zeitung las. Dabei redete Mr. Rabinowitz unaufhörlich. Seine Stimme war heiser, und er mußte sich in einem fort räuspern.

«Übrigens, ein alter Freund erwartet Sie schon», sagte Mr. Rabinowitz, als sie zu dem bewußten Zimmer kamen.

Ein kleiner weißhaariger Kerl kam auf die Eintretenden zu und umarmte Isaac. «Wie ich mich freu, dich zu sehen!»

«Auch da, Reuven», sagte der Großvater.

«Nett haben Sie's hier, Mr. Melnick», sagte der Vater. Das Zimmer war sehr eng. Ein Bett war da, ein Tisch mit Lampe und ein Schrank. An der Wand hing ein jüdischer Kalender von Morrison & Schiff, und dazu auf dem Schrank die Bibel, der Schnaps und die Spielkarten. Reuven Melnick bemerkte, wie Isaac beim Anblick des Schnapses die Brauen hob.

«Mein Sohn, der Doktor, hat mir's verschrieben.»

«Großartiger Doktor, dein Solly. Ich möcht, daß er mich untersucht. Wir werden ja Tür an Tür wohnen», sagte Michaels Großvater.

Abe Rivkind öffnete schon den Mund, denn es fiel ihm ein, daß Isaac ein anderes Zimmer gewollt hatte, aber beim Anblick der Schnapsflasche machte er den Mund wieder zu. Sie gingen ins Nachbarzimmer, packten *sejdes* Koffer aus und stellten die Sachen aus dem Weizenflockenkarton auf den Schrank. Nachdem sie fertig waren, standen sie noch ein wenig auf dem Korridor herum. Der braune Linoleumbelag war frisch gewachst und geglänzt. Wohin man auch blickte, nichts als alte Leute, und so überraschte es Michael, drei Jungen in seinem Alter türschlagend von einem Zimmer ins andere tollen zu sehen. Eine Frau in weißer Schwesterntracht kam vorbei und befahl ihnen, aufzuhören, aber sie lachten nur und schnitten ihr Gesichter. Michael zupfte seinen Vater am Ärmel.

«Was machen denn *die* da?» flüsterte er.

«Die wohnen da», sagte Abe. «Es sind Waisen.»

Plötzlich fiel Michael ein, daß er seinem Großvater versprochen hatte, bei ihm zu bleiben, falls er je weggehen würde, und er bekam's mit der Angst. Er umklammerte die Hand seines Vaters.

«Also, Papa, ich glaube, wir werden jetzt gehen», sagte der Vater.

Wieder lächelte der Großvater so eigen. «Wirst du auch einmal vorbeikommen, Abe?»

«Papa, du wirst uns so oft sehen, daß es dir zu dumm werden wird.»

Großvater griff in die Tasche und zog die zerknitterte Tüte mit dem Ingwerkonfekt heraus. Er nahm sich ein Stückchen, steckte es in den Mund. Dann nahm er Michaels Hand, drückte ihm die Tüte hinein und schloß ihm die Finger darüber. «Geh nach Haus, *mei kind*», sagte er. Und Michael samt Vater machten, daß sie hinauskamen, und ließen ihn stehen, wo er war: allein auf dem glänzenden braunen Linoleum.

Beim Heimfahren war der Vater schweigsam. Aber Michael, sobald er im Wagen war, verlor seine Angst und vermißte seinen *sejde*. Es tat ihm leid, daß er ihn nicht mehr umarmt und zum Abschied geküßt hatte. Dann machte er die Tüte auf und begann den Ingwer zu essen. Obwohl er wußte, daß ihn anderntags sein *tasch* brennen würde, aß er den Inhalt Stück um Stück auf. Und er tat es zum Teil seines *sejde* wegen und zum Teil, weil er fühlte, daß er ab jetzt wohl nicht mehr viel Ingwer bekommen werde.

5

Von Joey Morellos Geburtstagsgesellschaft kam Michaels Schwester Ruthie zerkratzt und weinend nach Hause: sie hatte dort Streit mit einem italienischen Mädchen bekommen. Michaels Gefühle darüber waren gemischt: er freute sich diebisch und ärgerte sich zugleich – freute sich, weil ihr geschehen war, was ihr gebührte, ärgerte sich, weil sein Großvater um einer Party willen, die ihr nicht einmal Spaß gemacht hatte, aus dem Haus gejagt worden war.

Ehe noch eine Woche vergangen war, hatte der Vater den Laden an einen jungen Einwanderer aus Deutschland verkauft, der Licht einleiten ließ und auch nichtkoscheres Fleisch führte. Das Licht verwandelte das Geschäft aus einer geheimnisvollen Höhle in einen langweiligen und schäbigen Verteilungsplatz von Lebensmitteln, und Michael ging nie mehr hin, wenn er nicht geschickt wurde. Aber nicht nur den Laden hatte der Auszug des *sejde* verwandelt. Zu Hause waren noch auffälligere Veränderungen vor sich gegangen. Dorothy, vor sich hin summend und ihre Kinder in die Wange kneifend, frohlockte lästerlich in ihrer neuen Freiheit: sie hörte auf, milchiges von fleischigem Geschirr zu trennen, sie zündete am Freitag mit Einbruch der Dämmerung keine Kerzen mehr an und arrangierte statt dessen an diesem Abend eine wöchentliche Canasta-Partie.

Abe war mit der neuen Atmosphäre offensichtlich zufrieden. Seit seines Vaters anklagender Blick ihn nicht mehr überwachte, konnte er selbst manches tun, was er sich schon lange gewünscht hatte. Das Miedergeschäft prosperierte («Hüftgürtel expandieren rasch, Büstenhalter stagnieren»), und Abe hatte einen kommerziellen Status erreicht, der es vorteilhaft erscheinen ließ, einen Käufer in ein Nobelrestaurant in Manhattan zum Lunch einzuladen, wenn man einen Auftrag abschließen wollte. Abe genoß diese neuen Erfahrungen, und manchmal, wenn er abends heimkam, erzählte er Frau und Kindern von den fremden köstlichen Speisen, die er gegessen hatte. Hummer erregte seine Begeisterung, und er beschrieb ihnen den Geschmack des süßen, rosigen, in zerlassene Butter getunkten Fleisches so lebhaft, daß es ihre Phantasie anregte.

«Schmeckt es wie Huhn?»

«Ein wenig. Aber auch wieder nicht.»

«Schmeckt es wie Fisch?»

«Ein wenig.»

«Wie schmeckt es also *wirklich*?»

Schließlich kam er an einem Samstagnachmittag mit einem großen feuchten Paket nach Hause. «Da», sagte er zu Dorothy. «*Ess gessunteh hait.*»

Sie nahm das Paket und quietschte, als sie es auf den Küchentisch legte. «Da ist was Lebendiges drin», sagte sie.

Er öffnete das Paket und lachte schallend, als er sah, was für ein Gesicht seine Frau beim Anblick der Hummer machte. Er hatte drei Stück mitgebracht, sie waren groß und grün, mit kleinen dunklen, hervortretenden Augen. Dorothy schauderte. Als aber dann der Augenblick kam, die Tiere ins kochende Wasser zu werfen, zeigte es sich, daß Abe selbst keineswegs furchtlos war angesichts der suchenden Fühler und der schrecklichen Scheren, und jetzt war es Dorothy, die lachte. Sie wollte nichts von den Hummern essen. Zwar hatte sie gegen die Strenge ihres Schwiegervaters rebelliert und die Familie dazu ermutigt, sich gegen die Dinge, die er vertrat, zu empören – aber sie fand, es sei ein großer Unterschied, ob sie in ihrem Küchenschrank milchiges und fleischiges Geschirr nicht auseinanderhielt, oder ob sie Fleisch aß, das sie zeitlebens als verboten und widerlich ansehen gelernt hatte. Schaudernd lief sie aus der Küche. Aber den Speck, den Abe nach Hause brachte und knusprig briet, fand sie bald recht wohlschmeckend, und es dauerte nicht lange, da gab es mehrmals in der Woche Speck mit Ei zum Frühstück.

Michaels Vater war einer der ersten in seiner Branche, der Strumpfbandgürtel in bunte Röhrchen verpackte, und die Begeisterung, mit der die Kunden diese Neuerung aufnahmen, ließ ihn von Expansion und weiterem Aufstieg träumen. Eines Tages kam er nach Hause und bat Dorothy, ihre Schürze abzunehmen und sich zu setzen.

«Dorothy», sagte er, «was würdest du davon halten, wenn ich deinen Namen änderte?»

«*M'schugener*, das hast du schon vor vierzehn Jahren getan.»

«Dorothy, ich meine es ernst. Ich meine, den Namen Rivkind ändern. Legal.»

Erschrocken sah sie ihn an. «Ändern? Wie denn? Und warum?»

«Rivkind's Foundations, Inc., darum. Der Name klingt genauso, wie die Firma eben ist: kleine Miedermacher, die niemals in der Branche führend sein werden. Diese neuen Verpackungen verdienen einen Namen von Klasse.»

«Dann ändere doch den Namen der Firma. Was hat das mit unserem Namen zu tun?»

«Schau her. Wir brauchen unseren Namen nur zu halbieren.» Und er zeigte ihr den auf ein Briefblatt getippten Slogan: «*Be KIND To Your Figure.*» (Sei freundlich zu deiner Figur.) So wurde der Name der Familie Rivkind gerichtlich geändert, weil das Wort Kind in einen Werbeslogan auf eine schmale Gürtelverpackung paßte – vor allem aber wohl deshalb, weil es für Michaels Vater aus irgendwelchen zwingenden inneren Gründen so wichtig war, Mr. Kind von Kind Foundations zu sein.

Reformen, selbst im persönlichen Bereich, lassen sich schwer in engen Grenzen halten. Einige der Nachbarn waren schon in neue Stadtviertel in Queens übergesiedelt, und schließlich gab Abe Dorothys Drängen nach, und sie kauften eine Wohnung in einem Neubau in Forest Hills.

Auf Isaac schien die Nachricht keinen Eindruck zu machen, daß sie Brooklyn verlassen hatten und in ein Stadtviertel gezogen waren, das meilenweit vom Sons of David-Heim entfernt lag. Ihre Besuche bei ihm waren seltener und seltener geworden, und als Abe eines Tages, plötzlich von schlechtem Gewissen gepackt, Michael zu seinem *sejde* mitnahm, wußten die drei wenig miteinander zu reden. Der Großvater hatte erreicht, daß Mr. Melnicks Solly ihn untersuchte und ihm ein Rezept schrieb, und Abe bezahlte erleichtert den ärztlich verordneten Kanadischen Whisky, der einen ständigen Ehrenplatz auf dem Schrank seines Vaters einnahm. Isaac Rivkinds Leben war nun nur mehr von Whisky und dem tiefen Studium der Thora ausgefüllt, und über beide Themen hatten die Besucher bald nichts mehr zu sagen.

Immerhin lieferten sie dem Großvater bei einem ihrer Besuche kurz nach ihrer Übersiedlung nach Queens ein Gesprächsthema. *Ssukess* nahte heran, und um diese Jahreszeit dachte Michael jedesmal viel an seinen *sejde*. Wochenlang bat er seinen Vater, mit ihm ins Altersheim zu gehen, und als es endlich so weit war, hatte er einen Stoß Bleistiftzeichnungen als besonderes Geschenk für den alten Mann bereit.

Als Isaac, auf seinem Bett sitzend, die Zeichnungen betrachtete, fiel ihm eine besonders auf. «Was ist das, Michele?» fragte er.

«Das ist dás Haus, in dem wir wohnen», sagte Michael und wies auf einen hohen farbigen Block. «Und das ist ein Baum mit Kastanien drauf, und ein Eichhörnchen. Und das ist die Kirche an der Ecke.» Diese Kirche mit ihrem Kreuz – das am besten von all den dargestellten Dingen kenntlich war – hatte Isaacs Aufmerksamkeit erregt; sie und Michaels sorgfältig hingemalte neue Unterschrift.

«Kannst du deinen Namen nicht schreiben?» fragte er.

«Papa», sagte Abe hastig, «er hat ihn richtig geschrieben. Ich habe unseren Namen ändern lassen.» Er erwartete einen donnernden Ausbruch, wie früher, aber Isaac sah ihn kaum an.

«Du heißt nicht mehr Rivkind?»

Sein Sohn erklärte ihm umständlich die geschäftlichen Gründe für die Namensänderung und beschrieb ihm dann voll Enthusiasmus die neue Linie der Hüftgürtel und Büstenhalter. Isaac hörte zu, ohne etwas dazu zu sagen. Als die Zeit zum Abschied gekommen war, küßte er Michael auf die Wange und reichte seinem Sohn die Hand.

«Danke für deinen Besuch, Abraham.» Dann, nach einer kurzen Pause: «Heißt du eigentlich noch Abraham?»

«Natürlich», sagte Abe.

Auf dem Heimweg wurde er ärgerlich bei jedem Wort, das Michael zu sagen versuchte.

Zwei Tage später erhielt Abe einen Brief von seinem Vater. Es war ein Brief in jiddisch, auf liniiertem Papier, schmierig und mit Bleistift geschrieben, in einer von Alter und Alkohol zittrigen Handschrift. Abe brauchte Stunden, um seiner Erinnerung die Übersetzung der Schriftzeichen abzuzwingen, und was er schließlich herausfand, waren zum größten Teil Talmud-Zitate, die ihm nichts bedeuteten. Und doch verstand er das Wichtigste, was sein Vater ihm sagen wollte: daß er die Hoffnung für die Familie aufgegeben habe, für alle mit Ausnahme seines Enkels Michele. Zwei Drittel des Briefes waren eine leidenschaftliche Argumentation dafür, daß Michael eine jüdische Erziehung erhalten sollte.

Dorothy lachte und schüttelte den Kopf, als ihr Mann ihr den Brief vorlas, soweit er ihn ins Englische übersetzen konnte. Michael aber war unangenehm überrascht, als er merkte, daß sein Vater den Wunsch des alten Mannes ernster zu nehmen schien.

«Es ist an der Zeit», sagte er, «er ist alt genug für den *chejder.*» Und so mußte Michael, der Erwählte der Familie, jeden Nachmittag nach seinem Elementarschulunterricht die Hebräische Schule besuchen. Er ging jetzt in die dritte Klasse der Public School 467 und hatte absolut keinen Wunsch, Hebräisch zu lernen. Dennoch wurde er in die Talmud-Thora der Sons of Jacob-Synagoge eingeschrieben. Die Synagoge war eine halbe Meile von seiner Volksschule entfernt. Daß sie orthodox war, spielte bei der Wahl keine Rolle – Michael wäre dorthin geschickt worden, auch wenn es eine konservative oder eine reformierte Synagoge gewesen wäre. Zufällig war es die einzige Hebräische Schule, die er zu Fuß erreichen konnte. Die Erwachsenen, die sein Schicksal bestimmten, hielten die Tatsache für unwichtig, daß der tägliche Weg von Public School 467 zu Hebräischen Schule durch eines der dunkelsten polnischen Viertel von New York führte.

Am dritten Schultag traf Michael auf dem Heimweg von der Hebräischen Schule Stash Kwiatkowski. Stash war sein Klassenkamerad in der Public School 467. Er ging schon zum dritten Male in die dritte Klasse und war zumindest zwei Jahre älter als Michael: ein blonder Junge mit breitem Gesicht, sehr großen blauen Augen und einem halb verschämten Grinsen, das er wie eine Maske trug. Michael kannte ihn aus der Klasse als einen Jungen, der eine Menge komischer Fehler beim Aufsagen machte, und er begrüßte ihn lachend.

«Hi, Stash», sagte er.

«Hi, Kleiner! Was hast du denn da?»

Stash meinte die drei Bücher, die Michael in der Hand trug: ein *alef-bejss*, aus dem er das hebräische Abc lernte, ein Heft und einen Band Erzählungen aus der Geschichte der Juden.

«Bloß ein paar Bücher», sagte er.

«Wo hast du denn die her? Leihbücherei?»

«Hebräische Schule.»

«Was ist denn das?»

Er merkte, daß Stash sich nicht auskannte, und so erklärte er ihm: er gehe dorthin, wenn alle anderen aus ihrer Klasse schulfrei hätten.

«Laß anschauen.»

Mißtrauisch betrachtete Michael Stashs Hände, die dreckig waren von drei Stunden Spiel nach der Schule. Seine Bücher waren makellos und neu. «Lieber nicht.»

Stash faßte Michael am Handgelenk, und sein Grinsen wurde breiter. «Na komm schon! Laß anschauen.»

Michael war gute zehn Zentimeter kleiner als Stash, aber um vieles behender. Er entwand sich dem Griff und lief davon. Stash verfolgte ihn nur eine kurze Strecke und gab dann auf.

Aber als Michael am nächsten Abend nach Hause ging, trat Stash plötzlich hinter einer Plakatwand hervor, wo er ihm aufgelauert hatte.

Michael versuchte zu lächeln: «Hi, Stash.»

Stash bemühte sich diesmal nicht einmal um den Anschein von Freundlichkeit. Er faßte nach den Büchern, und das *alef-bejss* fiel zu Boden. Ein paar Tage zuvor hatte Michael, tief beeindruckt, gesehen, wie ein junger Rabbiner ein paar Gebetbücher, die ihm hinuntergefallen waren, beim Aufheben ehrerbietig küßte. Etwas später erst sollte er zu seiner tiefen Beschämung lernen, daß man dies nur mit Büchern tut, die den Namen Gottes enthalten; aber damals glaubte er noch, ein Jude tue das mit jedem in hebräisch gedruckten Buch. Ein widernatürlicher Eigensinn zwang ihn, sich auf das Abc-Buch zu stürzen und seine Lippen darauf zu pressen, während Stash ihn verwundert anstarrte.

«Wozu hast du das gemacht?»

In der Hoffnung, daß ein Blick auf eine andere Lebensmethodik Stashs kämpferischen Eifer besänftigen könnte, erklärte ihm Michael, dieses Buch sei in hebräisch gedruckt, und deshalb müsse man es küssen, wenn es zu Boden gefallen sei. Das war ein Fehler. Stash erkannte sofort die

Möglichkeit nicht enden wollender Belustigung, die darin bestand, das Buch immer wieder hinunterzuwerfen, so daß Michael sich immer wieder bücken und es küssen mußte. Als Michaels Hand sich zur Faust schloß, riß ihm Stash den Arm nach hinten und verdrehte ihn, bis Michael schrie.

«Sag: Ich bin ein dreckiger Jud.»

Michael schwieg, bis er glaubte, sein Arm müsse brechen, und dann sagte er es. Er sagte, daß die Juden Scheiße fressen, daß die Juden unseren Erlöser umgebracht haben, daß Juden sich Stückchen vom Schwanz abschneiden und sie am Samstagabend als Stew essen.

Um das Maß voll zu machen, riß Stash die erste Seite aus dem Abc-Buch und knüllte sie zu einem Ball zusammen. Als Michael sich bückte, um das zerknitterte Papier aufzuheben, trat ihn Stash mit solcher Kraft in den Hintern, daß er noch beim Davonlaufen vor Schmerz wimmerte. Nachts, allein in seinem Schlafzimmer, glättete er die Seite, so gut er konnte, und klebte sie wieder in das Buch.

In den folgenden Tagen wurde die Inquisition in Queens zur ständigen Einführung. Stash beachtete Michael in der Schule kaum, und Michael durfte so laut wie alle andern lachen, wenn der ältere Junge eine Aufgabe völlig verpatzte. Aber mit dem letzten Glockenzeichen stürzte Michael davon, um noch vor Stash durch das polnische Viertel zu kommen. Und auf dem Heimweg von der Hebräischen Schule versuchte er es mit allen möglichen Umgehungen, um seinem Peiniger auszuweichen. Doch wenn Stash ihn ein paar Tage lang nicht erwischt hatte, erweiterte er seinen Aktionsradius um ein oder zwei Gassen und wechselte seine Positionen so lange, bis Michael schließlich doch in die Falle ging. Dann entschädigte sich Stash jedesmal mit einer kleinen zusätzlichen Quälerei für den Spaß, den ihm Michael durch seine Ausweichtaktik vorenthalten hatte.

Aber Stash war nicht Michaels einzige Sorge. Die Hebräische Schule erwies sich bald als ein Ort, an dem es strenge Disziplin und keinen Spaß gab. Die Lehrer waren Laien, die man ehrenhalber mit Reb ansprach; mit diesem Titel verband sich ein Status, der etwa in der Mitte zwischen dem des Rabbi und dem des Schuldieners lag. Der Reb, der Michaels Klasse unterrichtete, war ein magerer junger Mann mit Brille und braunem Bart. Er hieß Hyman Horowitz, aber niemand nannte ihn anders als Reb Chaim. Das gutturale ‹ch› seines jiddischen Vornamens faszinierte Michael, und er ernannte ihn im stillen zu Chaim Chorowitz dem Jagdchund, weil er meist mit geschlossenen Augen zurückgelehnt in seinem Sessel hinter dem Katheder saß, während seine Finger unaufhörlich den buschigen Bart durchliefen wie flinke Chunde auf der Jagd nach Chasen oder wilden Chühnern.

Seine Klasse bestand aus zwanzig Jungen. Michael, als der Neue, bekam den Platz direkt vor Reb Chaim, und er merkte bald, daß dies der schlechteste Platz war. Nie blieb ein Schüler lange dort sitzen, wenn er nicht dumm oder ein Erzschlingel war. Es war der einzige Platz, den Reb

Chaim mit seinem Rohrstock erreichen konnte. Schlank, biegsam und gertenähnlich lag er vor dem Lehrer auf dem Katheder. Bei jedem Verstoß gegen das gesittete Betragen – ob es sich um Schwätzen oder schlechte Lernleistung handelte – pfiff das Rohr durch die Luft und landete präzis auf der Schulter des Unbotmäßigen. Unterwäsche, Hemd und Pullover konnten den Schlag nicht zur Gänze abfangen: das Rohr war die bösartigste Waffe, die den Schülern je begegnet war, und sie betrachteten es mit berechtigter Furcht.

Chaim der Jagdchund gab Michael eine Kostprobe seines Rohrstocks, als der Knabe gegen Ende der ersten Schulstunde in dem schäbigen Klassenzimmer umherblickte, statt alle Aufmerksamkeit an seine Studien zu wenden. Eben noch hatte sich der Lehrer in seinem Sessel zurückgelehnt, offensichtlich im Begriff, einzuschlummern, während seine Finger wie flinke Chunde den Bart durchliefen. Im nächsten Augenblick durchschnitt ein Pfeifen die Stille, wie der auf einen Sekundenbruchteil zusammengepreßte Ton einer fallenden Bombe. Der Lehrer hatte nicht einmal die Augen geöffnet, aber der Rohrstock traf Michael genau auf die linke Schulter. Der war zu überwältigt von Bewunderung für die Geschicklichkeit des Reb, als daß er geweint hätte, und das leise Glucksen von unterdrücktem Gelächter, das seine Mitschüler schüttelte, nahm der Strafe einiges vom Charakter einer individuellen Tragödie.

Der Schlag war nur die übliche Eröffnungsprozedur gewesen, und Michael war damit nicht unter die schwarzen Schafe eingereiht worden. Das geschah erst an seinem fünften Tag in der Hebräischen Schule. Reb Chaim hatte seine Schüler außer in Hebräisch auch in Religion zu unterweisen, und er war soeben ans Ende der Geschichte von Moses und dem brennenden Dornbusch gekommen. Ernsthaft teilte er ihnen mit, daß Gott allmächtig sei.

Ein faszinierender Gedanke hatte von Michael Besitz ergriffen. Ehe er noch wußte, was er tat, hatte er schon die Hand gehoben.

«Meinen Sie damit, daß Gott überhaupt alles tun kann?»

Reb Chaim sah ihn ungeduldig an. «Alles», sagte er.

«Kann Er einen riesengroßen Felsen machen? Einen, der so schwer ist, daß eine Million Menschen ihn nicht bewegen können?»

«Natürlich kann Er das.»

«Und kann Er ihn bewegen?»

«Natürlich.»

Michael wurde aufgeregt: «Kann Er auch einen Felsen machen, der so schwer ist, daß sogar Er ihn nicht bewegen kann?»

Reb Chaim strahlte vor Glück darüber, daß er seinen neuen Schüler zu so eifrigem Bemühen angeregt hatte. Er sagte: «Natürlich kann Er das, wenn es Sein Wille ist.»

Michael schrie vor Erregung: «Aber wenn Er den Felsen selbst nicht bewegen kann, dann kann Er nicht alles tun! Also ist Er nicht allmächtig!»

Reb Chaim öffnete den Mund und schloß ihn wieder. Sein Gesicht lief rot an, als er Michaels triumphierendes Grinsen sah.

Der Rohrstock zischte auf beide Schultern des Knaben, ein Schauer von Schlägen, für die Zuschauer wahrscheinlich so aufregend wie ein Tennismatch, aber äußerst schmerzvoll für den Empfänger. Diesmal weinte Michael, aber nichtsdestoweniger war er zum Helden der Klasse und zum öffentlichen Ärgernis Nummer Eins für seinen Hebräischlehrer geworden.

Michael war in einer fürchterlichen Situation. Zwischen Stash und Reb Chaim war sein Leben zu einem einzigen Albtraum geworden. Er versuchte zu entkommen. Nachmittags, wenn er aus der Public School 467 kam, ging er vier Straßen weiter in eine Kegelbahn, saß dort drei Stunden lang auf einer Holzbank und sah den Spielern zu. Dort ließ es sich ganz gut warten. Michael betrieb das vier Tage lang, und jedesmal, wenn er dort hinter der Kegelbahn saß, spielte ein fettes Weib mit riesigen Brüsten und breiten Hüften. Sie hob die schwere Kugel wie einen leichten Ball, und wenn sie geziert auf Zehenspitzen vorwärts schritt, zitterte und bebte alles an ihr, so daß Michael denken mußte, wie gut es doch für sie wäre, einige der Produkte seines Vaters zu tragen. Sie kaute dauernd und mit ausdruckslosem Gesicht an ihrem Kaugummi, nur wenn sie einen Wurf getan hatte und die Kugel donnernd durch die Bahn rollte, hörte sie damit auf, bis die Kegel gefallen waren. Dabei stand sie meistens auf einem Bein, hatte den Mund offen und sah aus wie eine Statue, die ein verrückter Bildhauer aus zuviel Ton geformt hatte. Es war interessant und lehrreich, sie zu beobachten, aber allmählich verließ ihn der Mut, und außerdem verursachte ihr Körpergeruch ihm Übelkeit, wenn sie sich vor ihm auf die Bank setzte. Am fünften Tag ging er wieder in die Hebräische Schule, ausgerüstet mit einer gefälschten Entschuldigung von seiner Mutter, die besagte, er habe eine Magenverstimmung gehabt; die Symptome waren ihm bekannt, weil seine Schwester Ruthie jahraus, jahrein damit zu schaffen hatte.

Der dauernde Druck blieb nicht ohne Wirkung. Michael wurde in zunehmendem Maß gespannt und nervös, und er verlor an Gewicht. Nachts wälzte er sich schlaflos in seinem Bett. Wenn er schlief, träumte er, daß Reb Chaim ihn schlug oder daß Stash, einen Meter größer als er in Wirklichkeit war, auf ihn wartete.

Eines Nachmittags während des Hebräischunterrichts reichte ihm der hinter ihm sitzende Junge ein Blatt Papier über die Schulter. Michael betrachtete es unbesorgt, denn Reb Chaim stand mit dem Rücken zur Klasse und schrieb soeben die Grammatikaufgabe für den nächsten Tag an die Tafel. Michael sah auf das Blatt nieder – eine primitive Karikatur ihres Lehrers, nur kenntlich durch Bart, Brille und Käppchen. Grinsend setzte Michael der Nase noch eine Warze auf, wie der Lehrer sie tatsächlich hatte, und zeichnete den Arm mit der im Bart jagenden Hand, worauf er in Druckbuchstaben darunterschrieb: Chaim Chorowitz der Jagdchund.

Erst am fatalen Schweigen der Klasse merkte er, daß der Reb über ihm stand und zusah, was er da schrieb. Es war plötzlich so still, wie nicht einmal Reb Chaim es verlangte, von keinem Bleistiftgekritzel, keinem Scharren und Schneuzen unterbrochen. Nur die Uhr tickte weiter, laut, langsam und unheimlich.

Er vermied es, in die braunen Augen hinter den blitzenden Brillengläsern zu sehen, und saß da in Erwartung der Schläge auf seine Schultern. Dann schob sich Reb Chaims Hand langsam in das Blickfeld von Michaels niedergeschlagenen Augen; langfingrig, hager, sommersprossig und mit dunkler Behaarung an Gelenk und Fingerknöcheln. Die Hand ergriff das Blatt und entzog es Michaels Sicht.

Und noch immer schlug der Rohrstock nicht zu.

«Du bleibst nachher noch hier», sagte Reb Chaim ganz ruhig. Die Unterrichtsstunde dauerte noch achtzehn Minuten, und jede Minute war wie eine Ewigkeit. Aber endlich war auch die letzte vorüber, und die Klasse wurde entlassen. Michael hörte die anderen polternd und lärmend das Haus verlassen. Es war jetzt sehr still im Zimmer. Reb Chaim ordnete seine Papiere zu einem Stoß, zog ein Gummiband darüber und verstaute sie in seiner zweiten Schublade. Dann verließ er die Klasse und ging über den Gang zum Lehrerklosett. Er schloß die Tür hinter sich, aber es war so still im Haus, daß Michael den Urin fließen hörte – es war wie fernes Maschinengewehrfeuer von einem anderen Frontabschnitt.

Michael stand auf und trat zum Katheder. Dort lag der Rohrstock. Er war braun und glänzte, aber Michael wußte, daß diese Politur vom konstanten Gebrauch auf der zarten Haut jüdischer Knaben herrührte. Er ergriff den Stock und bog ihn zusammen. Es war überraschend leicht, ihn so bösartig durch die Luft pfeifen zu lassen. Ein Zittern überkam Michael, und er begann zu weinen. Er wollte sich einfach nicht mehr quälen lassen, weder von Reb Chaim noch von Stash Kwiatkowski, und er war entschlossen, der Talmud-Schule den Rücken zu kehren. Er drehte sich auf dem Absatz herum, ging aus dem Zimmer, den Rohrstock noch immer in Händen; seine Bücher blieben auf dem Pult zurück. Langsam verließ er das Haus und machte sich auf den Heimweg, wobei er sich ausmalte, wie er den Rohrstock der Mutter bringen und das Hemd ausziehen würde, um ihr die blauen Flecken auf seinen Schultern zu zeigen, ganz so wie Douglas Fairbanks sein Hemd aufgerissen hatte, um seiner Geliebten die Striemen von ihres Vaters Peitsche auf seinen Schultern zu zeigen – im Kino, vergangenen Samstag.

Er war eben dabei, den Vorgeschmack des mütterlichen Schmerzes auszukosten, als Stash hinter einer Anschlagtafel hervor ihm in den Weg trat. «Hello, Mikey», sagte er verdächtig sanft.

Michael hatte vorher nicht gewußt, daß er den Rohrstock für Stash mitgenommen hatte, aber jetzt sauste der Stock durch die Luft und traf den Gegner auf Wange und Lippen.

Stash schrie überrascht auf. «Du kleiner Jude!» Er stürzte sich blindlings auf Michael, der abermals zuschlug, bemüht, die Arme und Schultern seines Gegners zu erreichen.

«Hör auf, du kleines Luder!» schrie Stash. Instinktiv hob er die Arme, um sein Gesicht zu schützen. «Ich bring dich um», tobte er, aber als er sich halb abwendete, um dem pfeifenden Schlag auszuweichen, zog ihm Michael den Rohrstock über sein fettes fleischiges Hinterteil.

Plötzlich hörte er jemanden weinen und konnte kaum glauben, daß es nicht er selbst war. Stashs Gesicht war so schmerzverzogen, daß sein Kinn wie eine geschrumpfte Kartoffel aussah, während sich die Tränen mit dem Blut vermischten, das von seinen Lippen tropfte. Jeder Schlag, den Michael führte, bewirkte einen weiteren Schmerzensschrei, und Michael schlug zu und schlug zu, wie sie da liefen, bis er es schließlich aufgab, den Kerl zu jagen, weil ihm der Arm müde wurde. Stash verschwand um eine Ecke und war weg.

Den Rest des Heimwegs überlegte Michael, wie er es noch besser hätte machen können; wie er mitten im Schlagen hätte aufhören sollen, aufhören und Stash zwingen, zu sagen, daß die Juden Christus nicht umgebracht haben, daß sie keine Scheiße fressen und sich nicht die Schwänze abschneiden, um sie am Samstagabend als Stew zu essen.

Daheim angelangt, versteckte er den Rohrstock hinter dem Heizkessel im Keller des Apartment-Hauses, anstatt ihn der Mutter zu bringen. Anderntags holte er ihn aus dem Versteck und nahm ihn mit in die Schule. Miss Landers, seine Lehrerin in der Public School 467, bemerkte den Stock und fragte ihn danach, worauf er ihr sagte, es sei ein Zeigestab, den seine Mutter sich von der Talmud-Schule geliehen habe. Sie betrachtete ihn, öffnete schon den Mund, schloß ihn aber wieder, als hätte sie sich eines anderen besonnen.

Nach Schulschluß lief er hinüber zur Talmud-Schule, kam dabei ganz außer Atem, hatte Seitenstechen und ging dann so schnell er konnte weiter.

Fünfzehn Minuten vor Schulbeginn war er zur Stelle. Reb Chaim saß allein in der Klasse, mit Korrekturen beschäftigt. Er ließ Michael, der mit dem Stock in der Hand auf ihn zutrat, nicht aus den Augen. Michael übergab ihm den Stock.

«Entschuldigen Sie, ich hab ihn mir ausgeborgt, ohne Sie zu fragen.»

Der Reb drehte den Stock in seinen Händen, so als sähe er ihn zum erstenmal. «Und warum hast du ihn dir ausgeborgt?»

«Ich hab ihn ausprobiert. An einem Antisemiten.»

Michael hätte schwören mögen, daß Reb Chaims Lippen unter dem Bart sich zu einem Lächeln verzogen, doch Reb Chaim war nicht der Mann, sich von vordringlichen Geschäften abbringen zu lassen. «Bück dich», sagte er nur.

Der Reb schlug ihn sechsmal über den Hintern. Es tat sehr weh, und er weinte, aber er dachte ununterbrochen daran, daß er Stash Kwiatkowski weit stärker geschlagen hatte, als Reb Chaim jetzt ihn schlug.

Beim Eintreffen seiner Mitschüler war alles schon vorüber, er weinte nicht mehr, und eine Woche danach wurde er nach hinten versetzt, und

Robbie Feingold nahm seinen Platz ein, denn er war ein dummer Junge, der beim Vorlesen immer kichern mußte. Reb Chaim schlug Michael nie wieder.

6

Am Tag seiner *bar-mizwe*, nervös und unfähig zu schlafen, saß er schon um drei Uhr morgens in der Küche der Wohnung in Queens und führte die imaginären Fransen eines imaginären *taless* an eine imaginäre Thora und dann an die Lippen.

«Borchu es adonai hamvoroch», murmelte er. *«Borchu adonai hamvoroch l'olom voed.»*

«Michael?» Seine Mutter schlurfte schlaftrunken in die Küche, ihre Augen blinzelten ins Licht, ihr Haar war unfrisiert. Sie trug einen blauen Flanellschlafrock über einem zu kurzen rosa Baumwollpyjama. Vor kurzem hatte sie begonnen, ihr Haar tizianrot färben zu lassen; sie sah damit aus wie ein dicker Clown, und Michael spürte trotz all seiner Aufregung, wie Verlegenheit und Liebe bei ihrem Anblick in ihm aufstiegen und ihn überströmten.

«Bist du krank?» fragte sie besorgt.

«Ich bin nicht mehr müde.»

In Wirklichkeit hatte er, wach im Bett liegend, seinen Part in der *bar-mizwe*-Zeremonie memoriert, wie er das in den letzten Monaten zumindest fünfzigmal am Tag zu tun pflegte, und dabei zu seinem Schrecken entdeckt, daß er die *broche* nicht konnte, den kurzen Segensspruch, den er vor der *haftara*, der längeren Stelle aus der Thora, zu sprechen haben würde.

«Du mußt früh genug aufstehen», flüsterte sie erregt. «Geh jetzt noch ins Bett.»

Mehr schlafend als wachend machte sie kehrt und schlurfte zurück in ihr Schlafzimmer. Er hörte seinen Vater fragen, während die Sprungfedern unter ihrem Gewicht ächzten: «Was ist denn mit ihm los?»

«Dein Sohn ist verrückt. Wirklich ein *m'schugener.*»

«Warum schläft er denn nicht?»

«Geh, frag ihn.»

Abe tat, wie sie gesagt hatte; barfuß kam er in die Küche, das wirre schwarze Haar fiel ihm in die Stirn. Er trug nur Pyjamahosen, wie es seine Gewohnheit war – denn er war stolz auf seinen Körper. Michael bemerkte zum erstenmal, daß die krausen Haare auf seiner Brust zu ergrauen begannen.

«Was soll das heißen, zum Teufel?» fragte er. Er setzte sich auf den Küchenstuhl und wühlte mit beiden Händen in seinen Haaren. «Wie stellst du dir vor, daß du morgen *bar-mizwe* werden sollst?»

«Ich hab die *broche* vergessen.»

«Du meinst, du hast die *haftara* vergessen?»

«Nein, die *broche*. Wenn mir die *broche* einfällt, dann kann ich auch die *haftara*. Aber ich weiß die erste Zeile der *broche* nicht mehr.»

«Herr Jesus, Michael, du hast diese verdammte *broche* schon mit neun Jahren gekonnt.»

«Ja, aber jetzt kann ich sie nicht.»

«Hör zu, du mußt sie nicht auswendig können. Sie steht im Buch. Du mußt sie nur ablesen.»

Michael wußte, daß sein Vater recht hatte, aber das nützte ihm nichts. «Vielleicht werde ich die Stelle nicht finden», sagte er verzagt.

«Verlaß dich darauf, es werden mehr alte Männer um dich herumstehen, als dir lieb sein wird. Die werden dir die Stelle schon zeigen.» Seine Stimme wurde scharf. «Du gehst jetzt ins Bett. Genug von der *m'schugass.*»

Michael ging zu Bett, aber er lag wach, bis das Dunkel seines Fensters sich mit grauem Licht füllte. Dann schloß er die Augen und schlummerte ein; er glaubte, kaum eine Sekunde geschlafen zu haben, als seine Mutter ihn weckte. Sie betrachtete ihn ängstlich.

«Alles in Ordnung?»

«Ich glaub, schon», sagte er. Er stolperte ins Badezimmer und tauchte sein Gesicht ins kalte Wasser. Er war so müde, daß er kaum wußte, wie er sich anzog, eilig sein Frühstück aß und mit seinen Eltern zur Synagoge kam.

Vor dem Tor küßte ihn seine Mutter zum Abschied und eilte die Stiegen hinauf, zu den Plätzen für die Frauen. Sie sah aus, als hätte sie Angst. Michael ging mit seinem Vater zu einem Platz in der zweiten Reihe. Die Synagoge war voll mit ihren Freunden und Verwandten. Sein Vater hatte nur wenige Angehörige, aber die Mutter kam aus einer großen und weitverzweigten Familie, und anscheinend waren sie alle gekommen. Viele Männer begrüßten sie flüsternd, als sie zu ihren Plätzen gingen. Michael bewegte die Lippen, die Grüße zu erwidern, aber seine Stimme gab keinen Ton. Er war eingeschlossen in einen Panzer aus Angst, der sich mit seinem Körper bewegte und aus dem es kein Entkommen gab.

Die Zeit schleppte sich dahin. Michael nahm nur verschwommen wahr, daß sein Vater zur *bema* gerufen worden war, und von ferne hörte er Abes Stimme einen hebräischen Text lesen. Dann wurde sein eigener Name auf hebräisch aufgerufen – Mi-cha-el ben Abraham –, und auf steifen, gefühllosen Beinen ging er zum Podium. Er berührte die Thora mit seinem *taless* und küßte die Fransen, dann starrte er auf die hebräischen Buchstaben auf dem vergilbten Pergament. Wie Schlangen wanden sie sich vor seinen Augen. *«Borchu!»* zischte einer der alten Männer neben ihm.

Eine zitternde Stimme, die nicht die seine sein konnte, stimmte an: *«Borchu es adonai hamvoroch. Borchu –»*

«BORUCH.» All die alten Männer korrigierten ihn wie aus einem

Mund, grunzend und brummend, und der Chor ihrer Stimmen schlug ihm ins Gesicht wie ein nasses Handtuch. Wie betäubt blickte er auf und sah Verzweiflung in den Augen seines Vaters. Er begann den zweiten Satz nochmals.

«BORUCH adonai hamvoroch l'olom voed. Boruch ato adonai, elauhenu melach hoalom.» Heiser beendete er die *broche*, ackerte sich blindlings durch den Thora-Text und die folgenden Segenssprüche und begann die *haftara*. Das ging so fünf Minuten lang, seine dünne, piepsende Stimme klang hohl in der Stille, die, wie er wohl fühlte, gespannt war von der angstvollen Erwartung der Gemeinde, er werde sich jetzt oder im nächsten Augenblick hoffnungslos verlieren in dem komplizierten hebräischen Text oder der altertümlichen Melodie. Aber er wehrte sich gegen das schmachvolle Ende wie ein verwundeter Matador, der zu geschult und zu diszipliniert ist, als daß er sich gestatten dürfte, unter den Hörnern des Stiers in gnädiges Vergessen zu fallen. Seine Stimme wurde fester. Seine Knie hörten auf zu zittern. Er sang und sang, und die Gläubigen lehnten sich zurück, fast ein wenig enttäuscht, da sie erkannten, daß sie keine Gelegenheit haben würden, sich an seiner Niederlage zu belustigen.

Bald hatte er selbst die bärtigen Kritikaster vergessen, die ihn umringten, hatte sie ebenso vergessen wie die große Zuhörerschaft von Freunden und Blutsverwandten. Gefangen in Melodie und Vers des wilden, herrlichen Hebräisch, wiegte er sich im Rhythmus seines eigenen Singsangs. Er fühlte sich unbeschreiblich glücklich, und als das Ende seiner Passage nahte, tat es ihm leid, und er ließ den letzten Ton so lange ausklingen, als er nur irgend wagte.

Dann blickte er auf. Sein Vater machte ein Gesicht, als wäre er soeben von der First Lady persönlich zum offiziellen Büstenhalter-Erzeuger des Weißen Hauses ernannt worden. Abe ging auf seinen Sohn zu, aber noch ehe er an ihn herangekommen war, fand sich Michael von einer Unzahl von Händen umgeben, die alle danach drängten, seine schweißnasse Hand zu schütteln, während ein Chor von Stimmen ihm *masel-tow* wünschte.

Er ging mit seinem Vater durch das Hauptschiff der Synagoge auf seine Mutter zu, die im Hintergrund am Fuß der Balkonstiege wartete. Immer noch war des Händeschüttelns kein Ende, und Michael erhielt Briefumschläge, die Geld enthielten, von Leuten, deren Namen er nicht kannte. Die Mutter küßte ihn unter Tränen, und er legte den Arm um ihre üppigen Schultern.

«Schau, wer da ist, Michael», sagte sie. Aufblickend gewahrte er den Großvater, der sich durch das Schiff der Synagoge den Weg zu ihnen bahnte. Isaac hatte in der nahe gelegenen Wohnung eines Arbeiters aus Abes Fabrik übernachtet, um den Weg zur Synagoge am Morgen zu Fuß machen zu können und das Gebot nicht zu verletzen; das Fahren am Sabbat verbietet.

Erst viele Jahre später verstand Michael, wie schlau der Großvater seinen Krieg gegen Dorothy geführt hatte und wie siegreich er gewesen war. Seine Strategie war die der Geduld und der Zeit gewesen. Aber nachdem er einmal beschlossen hatte, sich ihrer zu bedienen, war es ihm ohne ein einziges lautes Wort gelungen, seine Schwiegertochter zu besiegen und aus ihrem Haushalt das gesetzestreue jüdische Haus zu machen, das er sich gewünscht hatte.

Freilich war Michael dabei sein Sachwalter.

Sein Triumph über Stash Kwiatkowski hatte Michael einen Auftrieb gegeben, der monatelang anhielt, so daß er den Weg zur Thora-Schule und zurück kaum erwarten konnte. Und als diese Begeisterung nachließ und er sich nicht mehr wie Jack der Riesenkiller in Person fühlte, war der Lernprozeß längst zu einem gewohnten Rhythmus geworden. Reb Yossle folgte auf Reb Chaim, und Reb Doved folgte auf Reb Yossle, und dann kamen zwei ekstatische Jahre, da Michael jeden Nachmittag im warmen Licht von Miss Sophie Feldmans blauen Augen badete, angeblich der Lehre beflissen, vor allem aber zitternd, sooft sie seinen Namen nannte. Miss Feldman hatte honigfarbenes Haar und eine zauberhafte, von Sommersprossen gesprenkelte Stupsnase, und sie saß während der Schulstunden mit an den Knöcheln überkreuzten Beinen, während ihre rechte große Zehe träge Kreise beschrieb; Michael verfolgte diese Kreisbewegung mit einer Faszination, die es ihm irgendwie möglich machte, seinen Text aufzusagen, wenn er gerufen wurde.

Als Sophie Feldman dann Mrs. Hyman Horowitz wurde und schließlich hochschwanger durchs Klassenzimmer watschelte, hatte Michael schon keine Zeit mehr, sich den Luxus der Eifersucht zu leisten, denn inzwischen ging er ins dreizehnte Jahr, und *bar-mizwe* nahte heran. Jeden Nachmittag saß er nun in der Sonderklasse, die der Schulleiter Reb Moishe als Vorbereitung für die *bar-mizwe* führte, und lernte die *haftara*. An jedem zweiten Sonntag fuhr er mit der Untergrundbahn nach Brooklyn und sang seinem Großvater die *haftara* vor, saß in Isaacs Zimmer neben dem alten Mann auf dem Bett, angetan wie er mit Käppchen und *taless*, während er mit dem Finger den Zeilen im Buch folgte, die er langsam und viel zu überzeugt von seiner eigenen Wichtigkeit sang.

Der Großvater saß mit geschlossenen Augen daneben, Reb Chaim nicht unähnlich, und wenn Michael einen Fehler machte, erwachte er zum Leben und sang das richtige Wort mit altersschwacher Stimme. Nach dieser Übung pflegte Isaac geschickte Fragen nach dem häuslichen Leben zu stellen, und was er zu hören bekam, mußte ihn wohl mit größter Befriedigung erfüllen. Unter dem Einfluß, den die Sons of Jacob-Synagoge auf Michael übte, hatte sich für die Reformbestrebungen in der Familie Kind das Blatt gewendet.

Dorothy Kind war zur Revolutionärin ungeeignet. Als Michael zu fragen begann, wieso es in ihrem Haushalt Fleischsorten und Seetiere zu essen gäbe, die, wie er in der Thora-Schule gelernt hatte, guten Juden verboten sind, nahm seine Mutter dies zum Anlaß, jene Dinge vom Speisezettel zu streichen. Gegen die Vorwürfe ihres Schwiegervaters hatte sie ihr Freidenkertum erbittert verteidigt, aber auf die unschuldige Frage des Sohnes gab sie demütig und mit schlechtem Gewissen nach. Ab nun wurden wieder jeden Freitagabend die Schabbeskerzen angezündet, Milch blieb bei Milch und Fleisch bei Fleisch, und es wurde nichts mehr gemischt.

So kam es, daß Dorothy, als der Großvater langsam durch die überfüllte Synagoge auf sie zukam, ihn mit einem zärtlichen Kuß überraschte. «War Michael nicht großartig?» fragte sie.

«Schön hat er die *haftara* gesagt», gab er mürrisch zu. Dann küßte er Michael auf die Stirn. Der Gottesdienst war zu Ende, und die Gläubigen begannen sich um sie zu sammeln. Sie ließen die Glückwünsche über sich ergehen, bis auch der allerletzte ihnen die Hand geschüttelt hatte, und begaben sich dann in den Gesellschaftsraum, wo die Tische sich bogen unter der Last von gehackter Leber und sauren Heringen, von *kuglen* und geschmuggelten Scotch- oder Korn-Flaschen.

Ehe sie sich zu den Gästen gesellten, nahm der Großvater Michael den Knabengebetsmantel ab, legte ihm seinen eigenen um die Schultern und drapierte die seidenen Falten. Michael kannte diesen *taless*: es war Isaacs Feiertags-*taless*, den er kurz nach seiner Ankunft in Amerika gekauft hatte und nur bei besonders festlichen Anlässen trug. Jährlich einmal wurde er sorgfältig gereinigt und nach jedem Tragen wieder eingepackt und weggelegt. Die Seide war ein wenig vergilbt, aber gut erhalten, und die blauen Nähte waren noch immer fest und farbstark.

«Aber Papa, dein Feiertags-*taless*!» protestierte die Mutter.

«Er wird ihn in Ehren halten», sagte der *sejde*. «Wie *a schejner jid*.»

7

An einem klaren kalten Samstagmorgen seines dreizehnten Winters begann Michaels berufliche Laufbahn. Er fuhr mit seinem Vater nach Manhattan, nachdem die beiden das Haus verlassen hatten, noch ehe die anderen Familienmitglieder aus dem Bett waren. Sie frühstückten Orangenjuice, Rahmkäse und knusprige Semmeln, saßen behaglich vor ihren dicken Kaffeetassen, verließen endlich die Cafeteria und gingen dann über die Straße in das alte Gebäude, in dessen viertem Stockwerk Kind's Foundations untergebracht waren.

Die Träume, um derentwillen Abe mit dem Firmennamen auch seinen eigenen geändert hatte, waren nie in Erfüllung gegangen. Das Geheimnis, welches aus einem gutgehenden Geschäft eine Goldgrube macht, war Abraham Kind verschlossen geblieben. Aber wenn auch das Unternehmen nicht gerade emporgeschossen war, so setzte es sie doch in den Stand, recht gut zu leben.

Der Betrieb bestand aus sechzehn an den geölten Fußboden geschraubten Maschinen, die umgeben waren von Holztischen, auf denen das Zubehör an Stoffen, Brustschalen, Fischbeinstangen, Gummibändern und all das andere Kleinzeug gestapelt war, das hier zu Miedern, Hüftgürteln und Büstenhaltern verarbeitet wurde. Die meisten von Abes Angestellten waren Fachkräfte, die schon seit vielen Jahren bei ihm arbeiteten. Obwohl Michael sie fast alle kannte, führte ihn sein Vater von Maschine zu Maschine und stellte ihn feierlich vor.

Ein weißhaariger Zuschneider, er hieß Sam Katz, nahm die zerknautschte Zigarre aus dem Mund und klopfte sich auf den dicken Bauch.

«Ich bin der Betriebsrat», sagte er. «Möchtest du, daß ich das Gewerkschaftliche mit dir oder mit Vater bespreche, Kleiner?»

Abe grinste. «*Ganew*. Laß den Jungen aus mit deiner Gewerkschaftspropaganda. Wie ich dich kenne, wirst du ihn mir noch in den Ausschuß aufnehmen.»

«Keine schlechte Idee. Danke, ich glaube, das werde ich tun!»

Als sie nach vorn ins Büro gingen, grinste der Vater nicht mehr. «Der verdient mehr als ich», sagte er.

Das Büro war durch eine Wand vom Maschinensaal getrennt. Das Empfangszimmer war teppichbelegt, dezent beleuchtet, und seine teuren Möbel stammten noch aus der Zeit, da Abe sich großartige Illusionen hinsichtlich der Zukunft gemacht hatte. Jetzt, bei Michaels Arbeitsantritt, war vieles schon schäbig geworden, wenngleich es noch immer attraktiv wirkte. Ein Glasverschlag in der Ecke schirmte die beiden Schreibtische ab, deren einer für Vater, deren anderer für Carla Salva, die Buchhalterin, bestimmt war.

Sie saß hinter ihren Büchern, lackierte sich die Nägel und wünschte ihnen lächelnd guten Morgen. Sie hatte strahlend weiße Zähne und einen von Natur aus schmallippigen Mund, den Max Factor zu roter Üppigkeit gewandelt hatte. Gleich neben der Nase, deren Flügel ständig vibrierten, hatte sie ein großes braunes Muttermal. Sie stammte aus Portorico und hatte schmale Hüften, einen üppigen Busen und einen zarten Teint.

«Ist Post gekommen?» fragte Abe. Sie zeigte mit frischlackiertem karminrotem Fingernagel, der an ein blutiges Stilett gemahnte, auf einen Stoß auf ihrem Schreibtisch. Der Vater packte die Briefschaften zusammen, legte sie auf seinen Schreibtisch und ordnetete sie nach Aufträgen und Rechnungen.

Nachdem Michael ein paar Minuten herumgestanden war, räusperte er sich. «Und was soll ich jetzt tun?» fragte er.

Abe blickte auf. Er hatte Michaels Gegenwart gänzlich vergessen.

«Oh», sagte er. Er führte ihn zu einem engen Verschlag und zeigte auf den verbeulten Hoover-Staubsauger. «Saug die Teppiche ab.»

Sie hatten es bitter nötig. Als er mit den Teppichen fertig war, goß er die beiden großen Zimmerpflanzen und polierte dann das Metallgestell des Aschenbechers. Es war soeben zehn Uhr dreißig, und der erste Kunde trat ein. Als Abe seiner ansichtig wurde, kam er hinter dem Glasverschlag hervor.

«Oh, Mr. Levinson», sagte er. Es gab ein herzliches Händeschütteln. «Wie geht's immer in Boston?»

«Könnte besser gehen.»

«Wie bei uns, wie bei uns. Man kann nur hoffen, daß sich das bald ändert.»

«Ich habe eine Nachbestellung für Sie.» Er übergab Abe ein leeres Formular.

«Sie werden doch nicht wegen einer Nachbestellung nach New York gekommen sein. Da gibt's ein paar schöne Neuheiten.»

«Die müßten aber sehr preiswert sein, Abe.»

«Mr. Levinson, über den Preis reden wir später. Jetzt setzen Sie sich erst einmal zu mir und sehen sich die neuen Sachen an.»

Er blickte zu dem Glasverschlag hinüber. «Carla, die neue Façon», sagte er.

Carla nickte und lächelte Mr. Levinson zu. Sie verschwand im Magazin, kam wenige Minuten später mit zwei Schachteln heraus und trug sie in die Garderobe. Als sie schließlich erschien, trug sie ein Korsett und sonst nichts.

Michaels Hände froren am Aschenbechergestell fest. Niemals zuvor hatte er soviel von einer Frau gesehen. Die Brustschalen des Korsetts hoben Carlas Brüste zu fleischigen Kugeln, die ihm die Knie weich machten. Außerdem hatte sie links innen am Oberschenkel ein Muttermal, das ganz dem auf ihrer Wange glich.

Sein Vater und Mr. Levinson aber schienen sie nicht zu bemerken; Mr. Levinson hatte nur Augen für das Korsett, und der Vater nur für Mr. Levinson.

«Eher nein», sagte dieser schließlich.

«Und Sie möchten nicht einmal wissen, was für eine *mezzieh* das ist?»

«*Mezzieh* oder nicht, es wär ein Leichtsinn. Ich habe *jetzt* schon zuviel von dem Zeug auf Lager.»

Der Vater zog die Schultern hoch. «Wir werden nicht streiten darüber.»

Carla verschwand in der Garderobe und kam in Hüftgürtel und schwarzem Büstenhalter wieder zum Vorschein. Der Gürtel war so tief ausgeschnitten, daß sie beim Auf- und Abschreiten vor den beiden Herren Michael mit dem Nabel zublinzelte.

Mr. Levinson zeigte an dem Hüftgürtel ebensowenig Interesse wie vorhin an dem Korsett, aber er lehnte sich zurück und schloß die Augen. «Kostet?»

Es gab ihm einen Riß, als Abe den Preis nannte. Der hitzige Handel dauerte einige Minuten, und schließlich hob der Vater die Schultern und stimmte Mr. Levinsons letztem Angebot mit resignierender Miene zu.

«Und was soll das Korsett kosten?»

Der Vater grinste, und das Handeln begann aufs neue. Am Ende schienen beide zufrieden. Drei Minuten später war Mr. Levinson draußen, und der Vater und Carla saßen wieder an ihren Schreibtischen. Michael hockte da, krampfhaft mit Putzen beschäftigt, und warf verstohlene Blikke auf Carlas gelangweilte Miene, während er den nächsten Besucher herbeisehnte.

Er arbeitete gern bei seinem Vater. Nach Geschäftsschluß um fünf Uhr nachmittags am Samstag pflegten sie in einem Restaurant zu essen, um dann in ein Kino oder zum Garden zu gehen, wo sie beim Basketball oder beim Boxen zusahen. Manchmal gingen sie auch in den YMHA, trainierten miteinander und setzten sich dann ins Dampfbad. Sein Vater konnte nie genug Dampf bekommen und verließ den Raum stets mit rotem Gesicht und glänzenden Augen. Michael hielt es nie länger als zehn Minuten aus, dann wankte er aus dem Dampfraum, mit weichen Knien und völlig entkräftet.

Eines Abends saßen sie wieder mit dampfumwölkten Köpfen auf der Holzbank.

«Den Rücken, bitte», sagte der Vater. Michael ging zum Wasserhahn und tränkte ein Handtuch mit dem eiskalten Wasser. Zähneklappernd klatschte er das Handtuch auf Abes Rücken. Grunzend vor Behagen nahm Abe das Handtuch und schlug es sich um Gesicht und Beine.

«Du auch?»

Michael lehnte dankend ab. Abe drehte den Dampfhahn wieder auf, und Wolken frischen Dampfes strömten in die winzige Kabine. Michael wurde das Atmen schwer, während des Vaters Atem langsam und leicht ging.

«Ich werde dir einen Satz Hanteln besorgen», meinte er. Er lag nun ausgestreckt und mit geschlossenen Augen auf dem Rücken. «Ich werde dir einen Satz Hanteln besorgen, und dann trainieren wir zwei gemeinsam.»

«Großartig», erwiderte Michael lahm. Um die Wahrheit zu sagen, konnte er die meisten der Hanteln, die sein Vater im Schlafzimmer hatte, weder heben, noch empfand er besondere Lust dazu. Mit dreizehn hatte er plötzlich zu wachsen begonnen und war nun aufgeschossen und hager. Während er seinen konditionsstarken Vater betrachtete, mußte er an die kleine fette Mutter denken und wunderte sich über die seltsamen Launen der Natur.

«Was ist los mit dir? Magst du keine Hanteln?»

«Nicht besonders.»

«Willst du sonst irgendwas?»

«Eigentlich nichts.»

«Komischer Kerl.»

Da offenbar keine Antwort erwartet wurde, blieb Michael nur sitzen und keuchte vor sich hin.

«Ich wollte schon lange mit dir reden.»

«Worüber?»

«Sex.»

Michael versuchte seine Verlegenheit zu verbergen. «Hast du Schwierigkeiten, Papa?»

Abe setzte sich grinsend auf seiner Bank auf. «Stell dich nicht blöd. Ich hab solche Schwierigkeiten nie gehabt, *schejgez*. Also ... wieviel weißt du darüber?»

Er wich dem belustigten Blick seines Vaters aus. «Alles.»

Einen Augenblick lang war es ganz still, bis auf das Zischen des Dampfes. «Und woher weißt du's?»

«Von Freunden. Wir reden darüber.»

«Willst du irgendwas fragen?»

Es gab da einige Feinheiten, über die er sich keineswegs im klaren war. «Nein», sagte er.

«Also, wenn du was fragen willst, komm zu mir. Verstehst du?»

«Gewiß, Papa», versprach er. Er wartete noch zwei Minuten lang und flüchtete dann in den Duschraum. Bald darauf kam Abe ihm nach und stellte sich unter die kalte Dusche, während Michael unter der warmen herumtrödelte, und dann sangen sie gemeinsam den *Sheik of Araby*, Abe mit verlegen-unsicherer Stimme.

Abe hatte seinen Sohn gern bei sich im Betrieb, aber er behandelte ihn wie jeden anderen Angestellten. Als Michael zu arbeiten begann, zahlte ihm sein Vater drei Dollar die Woche. Nach einem Jahr wandte sich Michael an Sam mit der Bitte, eine Erhöhung für ihn auszuhandeln. Der Gewerkschaftsvertreter war entzückt. Abe und er *benachezten* sich zwanzig Minuten lang an dieser Sitzung, deren Ergebnis ein Dollar Zulage war.

Nach der Lohnerhöhung sparte Michael zwei Wochen lang und lud dann seinen Vater ins Theater ein. Man gab Maxwell Andersons *‹Mary of Scotland›* mit Helen Hayes und Philip Merivale in den Hauptrollen. In der Mitte des zweiten Akts schlief sein Vater ein. Die Woche darauf nahm Abe Michael ins Jiddische Theater mit. Sie sahen einen Schwank, der *‹De grine kusine›* hieß und zeigte, wie die Ankunft eines neu eingewanderten Kusins eine amerikanische Familie um und um krempelte. Michael konnte dem Jiddisch nicht immer folgen, aber die Witze, die er verstand, ließen ihn Tränen lachen.

Am nächsten kamen sie einander durch die gemeinsamen Freitagabende. Kurz vor der *bar-mizwe* hatte Abe sich zu sorgen begonnen, ob sein Hebräisch auch noch gut genug sein würde, um ihn vor der Gemeinde eine gute Figur machen zu lassen. Deshalb besuchten sie auf seinen Vorschlag hin einen Freitagabend-Gottesdienst in der Sons of Jacob-Synagoge. Es dauerte nicht allzu lange, und Abe merkte überrascht, daß er sein Hebräisch seit der Kindheit recht gut behalten hatte. Am nächsten Freitag gingen sie wieder, und unversehens war es ihnen zur Gewohnheit geworden, gemeinsam dort zu stehen und den Sabbat zu grüßen.

Bald zählten die regelmäßigen Synagogenbesucher sie zu den Ihren, und Michael, neben seinem Vater stehend, war stolz auf ihn, diesen kräftigen, muskulösen Mann mit den freundlichen Augen, der das Lob Gottes sang.

Mit fünfzehn kam er an die Bronx High School of Science und nahm gern die allmorgendliche lange U-Bahnfahrt von Queens auf sich, in dem Bewußtsein, die beste Höhere Schule New Yorks zu besuchen. Aber seine erste Prüfungsarbeit machte ihm Sorgen. Es war ein biologisches Thema über die immense Vermehrungsfähigkeit der Trypedita, jener Insektenfamilie, der auch die Obstfliege angehört. Da ihm die Leihbibliothek nicht genug Literatur zu diesem Thema bieten konnte, erwirkte sein Biologielehrer ihm die Spezialerlaubnis, die New Yorker Universitätsbibliothek zu benützen, und so fuhr er nun an mehreren Abenden der Woche mit der Subway nach Manhattan und machte dort umfangreiche Exzerpte, deren einige er sogar verstand.

Eines Abends, schon gehetzt von dem Bewußtsein, daß die Prüfungsarbeit in zehn Tagen fällig war, saß er an einem Tisch der New Yorker Universitätsbibliothek und arbeitete fieberhaft – fieberhaft im doppelten Wortsinn, denn er war abgespannt und fühlte eine Erkältung in sich stecken; seine Schläfen waren heiß, und er hatte Schluckbeschwerden. So saß er und schrieb sich alles Wichtige über die erstaunliche Vermehrungskraft der Obstfliege und ihrer Konkurrenten heraus:

«Nach Schätzungen von Hodge bringt die San-José-Fliege vier- bis fünfhundert Junge hervor. Die Dobson-Fliege legt zweitausend bis dreitausend Eier. Staatenbildende Insekten sind besonders starke Eierleger. Die Bienenkönigin bringt es auf zwei- bis dreitausend Eier pro Tag; die Ameisenkönigin kann pro Sekunde sechzig Eier legen, und das, bis es mehrere Millionen sind.»

Die Lektüre über all dieses Eierlegen begann ihm in die Lenden zu gehen, aber das einzige Mädchen in seinem Blickfeld hatte schadhafte Zähne und massenhaft Kopfschuppen auf ihrem unförmigen schwarzen Pullover. Ernüchtert schrieb er weiter: «Herrick berichtet, daß ein Fliegenpaar, beginnend mit April, im August 191 010 000 000 000 000 000 hervorgebracht hat. Bliebe all diese Nachkommenschaft durch eine Laune der Natur am Leben, so würde diese Masse, pro Fliege nur zwei Kubikzentimeter gerechnet, die Erde dreizehn Meter hoch bedecken.»

Er stellte sich vor, wie das wäre: die ganze Erde dreizehn Meter hoch mit Fliegen bedeckt, ein einziges ungeheures Gesumm, Befruchten und Paaren, auf daß diese Fliegenflut immer weiter steige. Paarten sich Fliegen überhaupt? Er brauchte ganze zwölf Minuten dazu, die Tatsache nachzuschlagen, daß die Weibchen Eier legen und die Männchen sie befruchten. Bedeutete solche Geschlechtlichkeit überhaupt Lust? War der Befruchtungsvorgang mit Vergnügen verbunden, oder war das Fliegenmännchen eben nur eine Art Sexuallieferant, der, wie der Milchmann, den regelmäßigen Zustelldienst besorgte? Er schlug im Stichwortverzeichnis nach: erst unter Sex, dann unter Verkehr, dann unter Paarung, und schließlich, obwohl schon ohne viel Hoffnung, unter Lust. Aber nirgends wurde ihm Erleuchtung. Immerhin war er damit bis zehn Uhr abends beschäftigt, bis zur Sperrstunde. Er stellte das Buch zurück und fuhr mit dem Lift hinunter. Das Wetter war miserabel. Ein leichter Nieselregen hatte die schmutzigen Schneehaufen längs des Gehsteigs zu seichten Buckeln zusammengeschmolzen, schon mehr Matsch als Schnee. Die Abendschulen leerten sich eben, und Michael wurde von der Menschenflut in Richtung zur Subway-Station gesaugt. Sie drängte und stieß sich vorwärts gegen den schmalen Eingang. Michael stand ziemlich am Rande, Brust an Brust mit einer hübschen Brünetten in braunem Wildledermantel und Barett. Der Reiz der Situation ließ ihn für einen Moment seine Erkältung vergessen. Sie blickte ihm in die Augen und dann auf seine Bücher.

«Was – ein Wunderkind?»

Ihre Stimme klang belustigt. Sich zurücklehnend trachtete er, die Berührung zu vermeiden, wobei er den Umstand verwünschte, daß die Sprecherin nicht drei Jahre jünger war. Die Menge drängte und schob, aber das brachte die beiden dem Subway-Eingang nicht näher. Aus dem Augenwinkel bemerkte er den nahenden Fifth-Avenue-Bus; er war nur mehr eine Straße entfernt. Michael stieß einen dicken bärtigen Jüngling zur Seite und rannte, den Bus zu erreichen und mit ihm bis zur 34th Street zu fahren, denn die dortige Subway-Station war sicherlich weniger überfüllt.

Aber als er bei der 20th Street gewohnheitsmäßig zu den Kind Foundations hinaufsah, bemerkte er, daß die beiden straßenseitigen Fenster beleuchtet waren. Das konnte nur bedeuten, daß sein Vater noch arbeitete. Blitzartig griff er nach der Signalschnur, froh darüber, nun im Chevrolet nach Hause gebracht zu werden, anstatt sich auf der langen Subway-Fahrt die Füße in den Bauch stehen zu müssen.

Im Haus herrschte drückende Hitze, so wie immer im Winter. Der Lift war außer Betrieb, und Michael langte schwitzend und mit trockenem Hals oben an, nachdem er die drei steilen Treppen zum dritten Stock erklommen hatte. Er stieß die Tür zu Kind Foundations auf, stand im Vorraum und sah seinen Vater auf Carla Salva liegen, nackt bis auf das Unterhemd, und auf jener abgenutzten Couch, die Michael jeden Samstagmorgen so fleißig absaugte. Der eine von Carlas langen, schmalen Füßen zerknüllte ihr Seidenhöschen auf dem Boden, der andere rieb sich zärtlich an seines Vaters Wade. Carlas Max-Factor-Mund war leicht geöffnet, ihre schmalen Nüstern dehnten sich, aber sie gab keinen Laut unter Vaters kraftvollen Stößen und hielt die Augen geschlossen. Als sie sie träge aufschlug, sah sie Michael vor sich und schrie auf.

Der drehte sich herum und polterte den dunklen Gang zum Treppenhaus zurück. «Wer war das?» hörte er seinen Vater noch fragen. Und: «Oh, mein Gott!»

Michael war schon im ersten Stock unten, als ihm sein Vater von oben nachrief: «Mike! Mike! Ich muß mit dir reden!»

Aber Michael hastete weiter die Treppen hinunter, bis er die Hitze des Hauses hinter sich hatte und im eisigen Regen stand. Und dann rannte er: glitt auf der eisigen Fläche aus und lag da, während eine Taxihupe aufheulte und der Fahrer ihn im Südstaaten-Jargon verfluchte; kam wieder auf die Beine und rannte weiter, rannte, ohne sich um die Bücher und Hefte zu kümmern, die er liegenließ, wo sie lagen.

Bei der 34th Street angekommen, fühlte er sich krank und taumelte völlig außer Atem auf den Subway-Eingang zu.

An den Heimweg erinnerte er sich nicht mehr. Wußte nur, daß er im Bett lag. Seine Kehle war wie ein Reibeisen, in seinem Schädel pochte es, und sein Körper glühte vor Fieber. Er fühlte sich ausbrennen. Bald wird nur mehr meine Hülle da sein, dachte er.

Manchmal zog Carla durch seine Träume, ihr halboffener Mund, so locker und so feucht, ihre genußvoll sich blähenden Nüstern. Und im Traum wußte er, daß dies Wirklichkeit war, und er schämte sich ihrer im Traum.

Manchmal zog auch die Obstfliege durch seine Träume, zeugend und sich vermehrend mit wunderbarer Leichtigkeit, weit wirksamer sich paarend als der Mensch, doch ohne jede Ekstase.

Und manchmal war es wie Trommeln, und es schlug ihm das Trommelfell durch, wie er da lag auf dem heißen Kissen.

Am zweiten Tag seiner Krankheit erwachte er zum Bewußtsein. Neben seinem Bett saß der Vater, bartstoppelig, ungekämmt.

«Wie geht's dir?»

«Besser», sagte Michael heiser. Und hatte alles wieder vor Augen – nur unbeweglich, starr.

Abe schielte zur Tür und befeuchtete sich die Lippen. Michael hörte seine Mutter in der Küche draußen das Geschirr abwaschen.

«Da ist noch vieles, was du nicht verstehst, Michael.»

«Geh und stemm weiter deine Hanteln.»

Vor Heiserkeit klang seine Stimme tränenerstickt, und er war wütend darüber. Denn er kränkte sich nicht, er verspürte nur Haß, und der Vater sollte das wissen.

«Du bist ein Kind, und ein Kind soll nicht richten. Ich war immer ein guter Vater und ein guter Ehemann – aber ich bin auch nur ein Mensch.»

Michaels Schädel schmerzte, und sein Mund war trocken. «Sag mir nie mehr, was ich tun soll», sagte er, «du nicht.»

Der Vater beugte sich vor und sah ihn durchdringend an. «Du wirst mich schon noch verstehen, später, nach zwanzig Ehejahren.»

Sie hörten, wie die Mutter das Geschirr abstellte und auf Michaels Zimmer zukam. «Abe?» rief sie. «Abe, ist er wach? Wie geht's ihm?» Sie riß die Tür auf und trat hastig ein, ein fettes Weib mit schwabbelnden Brüsten, plumpen Gelenken und lächerlich rotem Haar. Ihr bloßer Anblick machte alles noch schlechter.

Michael drehte das Gesicht zur Wand.

8

Im Apartment gegenüber wohnte Miriam Steinmetz. An einem Abend im Frühling während seines letzten Studienjahres an der High School of Science lagen er und Mimi nebeneinander auf dem dicken Teppich des Steinmetzschen Wohnzimmers und gingen die Stellenangebote für Ferienpraktikanten in *The New York Times* durch.

«Wär's nicht nett, wenn wir etwas im selben Ort finden könnten?» fragte Mimi.

«Und ob!»

In Wirklichkeit graute ihm schon vor dem bloßen Gedanken daran. Wohl hatte er in diesem Sommer einen Ortswechsel nötig, aber noch wichtiger war es, auch die Leute zu wechseln, neue Gesichter zu sehen, fremde, die er nicht kannte. Mimis Gesicht, so hübsch und lebhaft es auch war, gehörte nicht dazu. Die Familie Steinmetz hatte schon im Apartment 3-D gewohnt, als Michaels Familie in 3-C eingezogen war, und Mimi hatte den Nachbarssohn im großen und ganzen ignoriert, bis er mit sechzehn einer Einladung folgte, der Mu Sigma Fraternity seiner Schule beizutreten. Sie war Jota Phi-Mitglied, und die Vorteile der Verbindung waren so offensichtlich, daß sie sich mit ihm anfreundete. Sie lud ihn zu den Tanzabenden ihrer Sorority ein, und er führte sie zu den Tanzabenden seiner Fraternity, und nachher kam es gelegentlich zu fast asexuell zufälligen Zärtlichkeiten. Leider kannte er Mimi besser als seine Schwester Ruthie – und das war für ihre Beziehung nicht von Vorteil. Er hatte Mimi mit frischgewaschenem Haar gesehen – sie wirkte wie eine gebadete Maus –, mit dick eingecremtem Gesicht in erbittertem Kampf gegen Akne, mit einem Fuß in dampfendem Wasser, um eine Eiterung an der Zehe zu kurieren. Es war ihm unmöglich, eine Kleopatra in ihr zu sehen und sich als ihr Mark Anton zu fühlen. Nicht der leiseste Hauch von Geheimnis war geblieben, um solche Phantasie zu nähren.

«Das klingt ganz gut», sagte sie.

Es war die Anzeige eines Hotels in den Catskills, das Küchenhilfspersonal suchte. Unmittelbar darunter gab es ein Inserat, das Michael mehr interessierte: ein Etablissement, das sich The Sands nannte – in der Nähe von Falmouth, Massachusetts –, suchte gleichfalls Küchenhelfer.

«Schreiben wir beide dorthin, magst du?» fragte Mimi. «Wäre doch nett, den Sommer in den Catskills zu verbringen.»

«Okay», sagte er. «Schreib dir die Anzeigennummer auf, und ich nehme die Zeitung mit.»

Sie kritzelte die Chiffre auf einen Block beim Telefon, dann küßte sie Michael flüchtig auf den Mund. «Mir hat er Spaß gemacht, der Film.»

Michael fühlte sich aus Gründen der Galanterie verpflichtet, die Initiative zu ergreifen. Er versuchte, sie mit so viel Hingabe zu küssen, wie sie Clark Gable soeben im Film an Claudette Colbert gewendet hatte. Unwillkürlich verirrte sich seine Hand in ihren Pullover. Sie leistete keinen Widerstand. Ihre Brüste waren wie kleine Kopfkissen, die sich eines Tages zu großen Kopfkissen auswachsen würden.

«Die Szene in dem Motel, wo sie die Decke zwischen den Betten aufgehängt haben, die war großartig!» flüsterte sie ihm ins Ohr.

«Würdest du mit einem Jungen schlafen, wenn du ihn liebst?»

Einen Augenblick lang dachte sie schweigend nach.

«Meinst du *bei* ihm oder *mit* ihm schlafen?»

«Mit ihm schlafen.»

«Ich glaube, es wäre sehr dumm. Sicher nicht, bevor ich verlobt wäre ... Und auch dann – warum nicht lieber warten?»

Zwei Minuten später öffnete er die Tür zur Wohnung seiner Eltern. Leise, um die Familie nicht zu wecken, holte er Feder und Briefpapier heraus und schrieb eine Bewerbung an The Sands.

Ein Wagen erwartete ihn an der Busstation in Falmouth. Der Fahrer war ein wortkarger weißhaariger Mann, der sich Jim Ducketts nannte.

«Hab dich schon beim andern Bus gesucht», sagte er vorwurfsvoll.

The Sands war ein Strandhotel, ein weitläufiges weißes Gebäude, umgeben von breiten Terrassen mit Blick auf Park und Privatstrand.

Im hintersten Winkel des Hotelgeländes stand die Schlafbaracke für das Aushilfspersonal. Ducketts wies auf ein altersschwaches eisernes Feldbett.

«Deines», sagte er und ging grußlos hinaus.

Die Baracke bestand aus rohen Brettern, die vernagelt und mit Teerpappe überzogen waren. Michaels Feldbett stand in einer Ecke, in der es außerdem noch ein riesiges Spinnennetz gab; in seiner Mitte saß, wie ein schimmernder Edelstein, eine große blau und orange gefleckte Spinne mit haarigen Beinen.

Michael bekam eine Gänsehaut. Er blickte um sich nach einem Gegenstand, mit dem er das Ungeheuer hätte erschlagen können, aber er fand nichts Geeignetes.

Die Spinne rührte sich nicht. «Gut», sagte er zu ihr. «Tu mir nichts, dann tu ich dir auch nichts.»

«Mensch, mit wem redest du denn?»

Michael drehte sich um und sah den anderen mit dummem Grinsen an. Der Bursche stand in der Tür und musterte den Neuen mißtrauisch. Sein blondes Haar war auf Bürste geschnitten und seine Haut fast so braun wie die von Abe Kind. Er trug Jeans und Tennisschuhe und ein Trikothemd mit dem Aufdruck YALE in großen blauen Lettern quer über die Brust.

«Mit der Spinne», sagte Michael.

Der andere verstand nicht recht, aber Michael war der Meinung, die Geschichte würde nur noch lächerlicher klingen, je mehr er zu erklären versuchte. Der Bursche gehörte zu den Leuten, die einem die Hand schütteln, und er tat es ausführlich, während er sich vorstellte. «Al Jenkins. Hast du was zu essen?»

Michael hatte einen Schokoladeriegel aufgespart, den schenkte er Al in einem Anfall von Kameradschaftsgeist. Al ließ sich auf Michaels Matratze fallen und stopfte die Hälfte der Schokolade in den Mund, nachdem er die Verpackung unter das Feldbett geschmissen hatte.

«Gehst du noch in die Schule?» fragte er.

«Im Herbst fange ich an der Columbia an. Und du, wieviel Semester Yale hast du schon?»

Al räusperte sich. «Ich komm doch gar nicht von Yale. Ich geh an die Northeastern, Boston.»

«Warum trägst du dann das Yale-Hemd?»

«Das ist Ivy League-Tarnung. Für die Weiber.»

«Für die Weiber?»

«Ja, für die studierten Gänse, die lieben Kolleginnen. Du arbeitest wohl zum erstenmal in einem Urlaubsort?»

Michael mußte das zugeben.

«Du wirst noch viel lernen müssen, mein Bester.» Er verzehrte den Rest der Schokolade, dann, plötzlich sich erinnernd, setzte er sich auf Michaels Bett auf und fragte:

«Hast du wirklich mit der verdammten Spinne geredet?»

Die Küchenhelfer mußten morgens um 5 Uhr 30 aufstehen. In der Baracke schliefen zwanzig Mann. Die Busboys und Strandboys, deren Dienst erst viel später begann, schimpften und fluchten weidlich über dieses vorzeitige Wecken, und nach ein paar Tagen taten sich die Küchenhelfer keinen Zwang mehr an und fluchten ihrerseits.

Der Chef war ein großer, magerer Mann, der Mister Bousquet genannt wurde. Seinen Vornamen bekam Michael nie zu hören, und es fiel ihm auch nicht ein, danach zu fragen. Mister Bousquet hatte ein längliches Gesicht mit verschleierten Augen und starren Zügen, seine einzige Beschäftigung war es, zu kosten und mit teilnahmslos monotoner Stimme sparsame Anweisungen zu geben.

Am ersten Morgen wurden sie in der Küche vom Personalchef des Hotels in Empfang genommen. Michael wurde einem Koreaner undefinierbaren Alters weitergereicht, der sich als Bobby Lee vorstellte.

«Ich bin Küchenmeister», sagte er. «Du bist Küchenboy.» Auf dem Tisch standen drei Kisten voll Orangen. Bobby Lee reichte Michael ein Brecheisen und ein Messer. Er öffnete die Kisten und halbierte die Orangen, bis drei große irdene Bottiche voll waren.

Zu seiner Erleichterung stellte Michael fest, daß die Saftpresse automatisch war. Er hielt eine Orangenhälfte an den rotierenden Bolzen, bis nichts mehr drinnen war als weiße Haut, dann warf er die Schale in einen Korb und griff nach der nächsten Orangenhälfte. Nach einer Stunde preßte er noch immer Orangen aus. Seine Armmuskeln waren verkrampft und seine Finger so steif, daß er glaubte, er werde diese Handhaltung nie mehr loswerden: eine Geste, als wollte er mit der Rechten jedem Weib an die Brust greifen, das dumm genug wäre, ihm nahe zu kommen. Als der Orangensaft erledigt war, gab es Melonen zu schneiden und Grapefruits zu teilen, Dosen voll Kadota-Feigen zu öffnen und Servierwagen mit Eiswürfeln, Juice und Früchten zu bestücken. Als um halb acht die Köche erschienen, schnitten Bobby und Michael Gemüse für das Mittagessen.

«Bei uns wird zeitig Frühstück gegessen», sagte Bobby.

Wenn er von der Arbeit aufsah, konnte Michael durch die Tür der Anrichtekammer die Kellnerinnen sehen, wie sie geschäftig zwischen Speisesaal und Küche hin und herliefen. Da gab es alles, von häßlich bis auffallend schön. Ein Mädchen beobachtete er mit besonderem Vergnügen. Sie hatte einen guten, kräftigen Körper, dessen Bewegungen sich beim Gehen unter ihrer Uniform abzeichneten, und sah mit ihrem dichten blonden Haar aus, als wäre sie von einer Reklame für schwedisches Bier heruntergestiegen.

Bobby merkte, daß er ihr nachsah, und grinste.

«Essen wir mit den Kellnerinnen?» fragte Michael.

«Die essen in Zoo.»

«Im Zoo?»

«So nennen wir Eßraum für Aushilfen. Wir essen gleich hier in Anrichteraum.»

Er merkte, daß Michael enttäuscht war, und sein Grinsen wurde noch breiter. «Sei froh. Fressen in Zoo nicht gut für Tiere. Wir essen wie Gäste.»

Bald darauf lieferte er den Beweis dafür. Michaels Frühstück bestand aus Kadota-Feigen und saurem Rahm, flaumiger Eierspeise und Würstchen, gezuckerten Erdbeeren in der Größe von Pingpongbällen, und zwei Tassen starken heißen Kaffees. Umnebelt von verschlafener Zufriedenheit, kehrte Michael zu seiner Arbeit zurück.

Bobby beobachtete ihn beim Gurkenschneiden und sagte beifällig: «Du gut arbeiten. Du gut essen. Du verdammt guter Kerl.»

Michael stimmte bescheiden zu.

An diesem ersten Abend saß er auf einem vom Regen verzogenen Klavierhocker vor der Baracke. Er war müde und fühlte sich sehr allein. Drinnen spielte jemand mit Ausdauer auf einem Banjo, abwechselnd *«On Top of Old Smoky»* und *«All I Do the Whole Night Through Is Dream of You»*, jedes viermal.

Michael sah zu, wie männliche Hilfskräfte und weibliche Hilfskräfte Kontakt aufnahmen. Man hatte ihnen gesagt, daß der Umgang mit Gästen für sie verboten sei, aber Michael überzeugte sich unverzüglich davon, daß die Direktion unbesorgt sein konnte. Anscheinend hatten die meisten der Aushilfskräfte hier schon einen von vielen früheren Sommern angestammten Platz und knüpften nun, nach Cape Cod zurückgekehrt, ihre Liebesbeziehungen dort wieder an, wo sie am *Labor Day* des Vorjahrs aufgehört hatten. So wurde er zum neidvollen Zeugen zahlreicher Wiedersehensfreuden.

Die Männerbaracke war von den Unterkünften der Frauen durch ein dichtes Kieferngehölz getrennt. Zahlreiche Fußpfade führten durch das Gehölz weiter in die Wälder. Die Begegnungen spielten sich nach einem unverrückbaren Schema ab: Junge und Mädchen trafen einander im Gehölz, plauderten ein paar Minuten lang und verschwanden dann auf einem der schmalen Wege. Das Mädchen mit den schwedischen Zöpfen war nicht zu sehen. Es muß doch eine geben, dachte Michael, die noch keinen Partner hat.

Es begann schon zu dunkeln, als ein Mädchen allein den Weg entlang auf ihn zukam. Sie war eine große, selbstsichere Brünette in einem etwas zu engen Wellesley-Pullover; das erste und das letzte ‹L› in Wellesley waren Michael ein gutes Stück näher als die übrigen Buchstaben.

«Hi», sagte sie, «ich heiße Peggy Maxwell. Sie sind neu hier, nicht wahr?»

Er stellte sich vor.

«Ich habe Sie schon im Anrichteraum gesehen», sagte sie. Sie beugte sich vor. Es sah sehr eindrucksvoll aus, wenn sie sich vorbeugte.

«Würden Sie mir einen Gefallen tun? Das Essen im Zoo ist scheußlich. Könnten Sie mir morgen abend etwas aus der Speisekammer mitbringen?»

Er war eben im Begriff, seine Ernährungsdienste für den ganzen Sommer zu verpfänden, als das Banjo im Schuppen plötzlich schwieg und Al Jenkins in der Tür erschien. Diesmal trug er ein Trikothemd mit Princeton-Aufschrift.

«PEG-LEGS!» brüllte er begeistert.

«ALLIE POOPOO!»

Sie fielen einander in die Arme, lachend und sich aneinander haltend, mit viel gegenseitiger Abtasterei. In Sekundenschnelle waren sie Hand in Hand auf einem der verwachsenen Wege verschwunden. Hinter einer Biegung sah Michael sie noch einmal auftauchen, und er fragte sich, ob Peggy Maxwell wirklich aus Wellesley kam, oder ob das auch zur Ivy League-Tarnung gehörte. Seinetwegen konnte sie jedenfalls verhungern.

Er blieb auf dem Klavierhocker sitzen, bis es dunkel geworden war, dann ging er in die Baracke und knipste die schirmlose Birne an. Er holte ein Buch aus seinem Seesack, die Schriften des Aristoteles, und warf sich auf das Bett. Zwei Fliegen umsummten ein Stückchen Schokolade, das dieser Halunke Al Jenkins fallen gelassen hatte, als er Michaels einzigen Schokoladeriegel verzehrte. Michael erschlug die Fliegen mit dem Buch und warf die Kadaver in das Netz seiner Freundin. Eine kleine Motte hatte sich dort verfangen und hing nun starr, gefangen zum Tode, in der Nähe der Spinne. «Paß auf:

‹Es gibt kaum einen Menschen, der ar. nichts Lust findet und sich der Lust nicht erfreut; solche Gleichgültigkeit ist nicht menschlich. Selbst die Tiere unterscheiden verschiedene Arten der Nahrung und geben der einen vor anderen den Vorzug: und gäbe es ein Wesen, das nichts angenehm findet, und kein Ding mehr wert, danach zu streben, als irgendein anderes Ding – es müßte ein Wesen sein, das ganz anders ist als der Mensch: solches Wesen hat keinen Namen erhalten, weil es kaum je zu finden ist.›»

Als Michael den Absatz beendet hatte, waren die beiden Fliegen verschwunden, und die Spinne saß wieder reglos in ihrem Netz. Die Motte war noch immer da. «Du gut zuhören. Du gut essen. Du verdammt guter Kerl», sagte er. Die Spinne widersprach dem nicht.

Er knipste das Licht aus, entkleidete sich bis auf die Unterwäsche und ging ins Bett. Bald schliefen sie beide, die Spinne und er.

Drei Wochen lang arbeitete er im Anrichteraum, aß, schlief und war allein. Als Al Jenkins gesehen hatte, daß er Aristoteles las, konnte er auch die Mitteilung nicht mehr für sich behalten, daß Michael mit Spinnen sprach; schon nach fünf Tagen war Michael als Sonderling abgestempelt. Ihm war das gleichgültig. Unter all diesen Idioten gab es nicht einen, mit dem er sich auch nur fünf Minuten lang hätte unterhalten wollen.

Das Mädchen mit den Zöpfen hieß Ellen Trowbridge. Das erfuhr er, nachdem er seinen Stolz so weit überwunden hatte, daß er Jenkins fragte.

«Die ist nichts für dich zum Vernaschen, mein Junge», sagte Jenkins. «Die ist ein frigides Stück aus Radcliffe und absolut unbrauchbar. Verlaß dich auf einen erfahrenen Mann.»

Dienstagnachmittag hatte sie frei. Diese Information verschaffte sich Michael von Peggy Maxwell durch Bestechung mit einem Hammelkotelett. Sein freier Tag war Donnerstag, aber Bobby Lee willigte ohne Zögern in einen Tausch.

Am Montagabend ging er zu den Mädchenunterkünften, klopfte an und fragte nach ihr. Sie kam heraus und betrachtete ihn stirnrunzelnd.

«Ich heiße Michael Kind. Wir beide haben morgen nachmittag frei. Ich wollte Sie fragen, ob Sie mit mir zu einem Picknick kommen möchten.»

«Nein, danke», sagte sie eindeutig. Drinnen in der Unterkunft lachte jemand.

«Ich wäre gern mit Ihnen an den Strand gegangen», sagte er. «Es sind zwar eine Menge Leute dort, aber es ist recht hübsch.»

«Ich möchte keine Verabredungen in diesem Sommer.»

«Ach so. Sicher nicht?»

«Ganz sicher», sagte sie. «Danke für die Einladung.»

Sie ging ins Haus. Im selben Augenblick kam Peggy Maxwell von drinnen, begleitet von einer drolligen kleinen Rothaarigen.

«Möchten Sie eine andere Begleitung für morgen nachmittag?» fragte Peggy.

Die Rothaarige kicherte, aber er war auf der Hut. Sie hatte allzu freundlich gefragt.

«Nein, danke», sagte er.

«Ich wollte gerade Aristoteles vorschlagen. Oder Ihre Spinne. Ist es eigentlich eine weibliche Spinne, oder handelt es sich um eine homosexuelle Beziehung?» Die Mädchen krümmten sich vor Lachen.

«Geht zum Teufel», sagte Michael. Er drehte sich auf dem Absatz um und machte sich auf den Weg zu seiner Unterkunft.

«Mr. Kind!» Es war Ellen Trowbridges Stimme. Er blieb stehen und wartete auf sie, aber er sagte nichts, als sie herangekommen war.

«Ich habe es mir überlegt», sagte sie.

Er wußte, daß sie den Zusammenstoß mit Peggy mit angehört hatte.

«Hören Sie zu, mir brauchen Sie keinen Gefallen tun.»

«Ich komme gern morgen mit Ihnen zum Strand. Wirklich.»

«Na dann – gut, ich freue mich.»

«Um drei im Wäldchen? Ist Ihnen das recht?»

«Ich hole Sie lieber bei Ihrer Unterkunft ab.»

Sie nickte, sie lächelte; dann gingen sie jeder seines Wegs, in verschiedenen Richtungen.

Bobby Lee hatte Michaels Picknick-Korb großzügig gepackt. Michael sah mit ergriffenem Staunen zu, wie Ellen sich durch all die Herrlichkeiten hindurchkostete.

«Ist das Essen im Zoo so schlecht?»

«Unbeschreiblich.» Sie unterbrach ihre Beschäftigung mit einem Hühnerbein. «Ich benehme mich wie ein Ferkel, nicht wahr?»

«Nein. Sie sind nur so – hungrig.»

Sie lächelte und wandte sich wieder dem Hühnerbein zu. Er war froh, daß sie mit dem Essen so beschäftigt war. Das gab ihm die Möglichkeit, sie ungehindert zu betrachten. Sie war prächtig gebaut, ihr Körper in dem weißen, einteiligen Badeanzug sah gesund und kräftig aus. Als sie den Korb bis auf den letzten Bissen leergegessen hatte, verlegte er sich aufs Raten.

«Schwedisch?» fragte er und berührte vorsichtig einen ihrer Zöpfe. «Stimmt's?»

Verwundert sah sie ihn an, dann verstand sie und lachte.

«Falsch. Schottisch-deutsch von der Mutterseite, und englisch-yankee vom Vater her.» Sie betrachtete ihn. «Und Sie sind Jude.»

«Nach allem, was die Soziologen sagen, können Sie das nach dem Augenschein nicht entscheiden. Wie sind Sie draufgekommen? Macht es meine Nase? Mein Gesicht? Meine Redeweise?»

Sie zuckte die Schultern. «Ich bin eben draufgekommen.»

Ihre Haut war sehr weiß. «Sie werden sich einen Sonnenbrand holen», sagte er besorgt.

«Meine Haut ist die Sonne nicht gewohnt. Wenn ich mit der Arbeit aufhöre, geht die Sonne schon unter.» Sie holte eine Flasche Sonnenschutz-Lotion aus ihrer Tasche.

«Soll ich Sie einreiben?»

«Nein, danke», sagte sie höflich. Ihre Fingernägel waren kurz, sie verwendete farblosen Lack. Als sie die Innenseite ihrer Schenkel einrieb, raubte es ihm fast den Atem.

«Warum haben Sie gestern gesagt, daß Sie in diesem Sommer keine Verabredungen möchten? Sie haben wohl eine feste Bekanntschaft – mit einem Studenten von Harvard?»

«Nein. Ich fange eben erst an in Radcliffe – erstes Semester. Nein – es gibt keine feste Bekanntschaft ...»

«Also warum dann?»

«In der ersten Woche hier bin ich viermal ausgegangen, mit vier verschiedenen Jungen. Wissen Sie, was passiert ist – regelmäßig, kaum daß wir ein paar Schritte in diesen idiotischen Wald gegangen waren? Mit vier Burschen, die ich noch keine fünf Minuten gekannt habe?»

Sie hatte aufgehört, sich einzureiben, ihre Hand war mitten in der Bewegung erstarrt, wie versteinert saß sie da und sah ihm gerade in die Augen. Ihre Augen waren grün. Er wollte den Blick abwenden, aber es gab nichts, wo er hätte hinsehen können.

Schließlich wandte sie sich ab, schüttete Sonnenschutz-Lotion in ihre hohle Hand. Sie hielt den Kopf gesenkt, aber er konnte ihr Erröten an ihrem weißen Nacken sehen. Es war sehr heiß in der Sonne. Der Strand war voll von Menschen, Kinder lärmten rundum, und nahe dem Ufer heulte ein Motorboot; sie aber saßen auf einer Insel des Schweigens. Offenbar hatte sie zuviel Lotion in ihre Hand geschüttet. Als sie ihre Beine wieder einzureiben begann, verursachte der Überschuß an Flüssigkeit einen erregenden Laut auf ihrer nackten Haut. Michael verlangte es danach, sie mit der Hand zu berühren, gleichgültig wo, nur um eine Beziehung herzustellen. Ihre Beine waren lang und schlank, aber sehr muskulös.

«Tanzen Sie?» fragte er.

«Ballett. Aber nur aus Liebhaberei.» Sie umspannte ihre Beine mit den Händen. «Ich weiß, sie sehen schrecklich aus – aber das ist der Preis fürs Tanzen.»

«Sie wissen genau, daß sie nicht schrecklich aussehen. Warum haben Sie sich's überlegt und sind heute doch mit mir gekommen?»

«Ich hab gewußt, daß Sie anders sind als die andern.»

Seine Knie zitterten vor Verlangen. «Ich bin nicht anders», sagte er heftig.

Überrascht blickte sie auf, dann begann sie schallend zu lachen. Einen Augenblick lang fühlte er sich beschämt und wütend, aber ihre Heiterkeit war ansteckend. Unwillkürlich verzog sich sein Gesicht zu einem Grinsen, und bald lachten sie beide, und die Spannung löste sich; mit ihr schwand, zu Michaels Bedauern, auch die Schwüle des Augenblicks.

«Es war einfach so», sagte sie, nach Atem ringend, «daß ich fand, Sie sehen nett aus und sind allein wie ich, und daß ich es für nicht allzu riskant hielt, mit Ihnen an diesen einsamen Strand zu gehen.»

Sie erhob sich und reichte ihm die Hand, und er ergriff sie im Aufstehen. Ihre Finger waren kräftig, aber weich und warm. Sie suchten sich ihren Weg zwischen ausgebreiteten Decken und sich rekelnden Menschenhaufen.

Gleichzeitig mit ihnen ging eine fette, braungebrannte Frau ins Wasser, die sie mit Seitenblicken beobachteten. Sie ging mit vorsichtigen Schritten, und als ihr das Wasser bis an die hängenden Brüste reichte, schöpfte sie eine Handvoll und noch eine Handvoll Meer und ließ es in den Ausschnitt ihres Badetrikots tröpfeln. Als ihre Brust naß war, richtete sie sich auf und tauchte unter, streckte sich und tauchte wieder ins Wasser, mit jedem Mal tiefer, bis all ihre Fülle unter Wasser war und man nichts mehr von ihr sah als ihren runden Kopf.

«Kommen Sie ein Stück weiter strandabwärts», sagte er. «Das müssen wir ausprobieren.»

Sie gingen so weit, daß die dicke Frau sie nicht mehr sehen konnte, und wiederholten dann die Vorführung, der sie eben beigewohnt hatten. Das Mädchen goß Wasser in den Ausschnitt ihres Badeanzugs, und er hütete sich, zu lächeln. Es war eine ernsthafte Angelegenheit, und sie fanden es äußerst erfreulich. Als nichts mehr über dem Wasser war als ihre Köpfe, schwammen sie aufeinander zu, bis Mund und Mund einander beinahe berührten ...

Sie war auf einer Truthahnfarm in Clinton, Massachusetts, aufgewachsen.

Truthahn und jede andere Art von Geflügel war ihr zuwider.

Auch Eier waren ihr zuwider.

Aber halbgares Fleisch hatte sie gern.

Und Utrillo.

Und Gershwin.

Und Paul Whiteman.

Und Sibelius.

Scotch mochte sie nicht.

Aber sie mochte guten Sherry.

Und sie mochte das Ballett, aber sie hielt sich nicht für begabt genug, um das Tanzen zu ihrem Beruf zu machen.

Sie wollte in Radcliffe studieren, dann Sozialarbeiterin werden, dann Ehefrau und dann Mutter – in dieser Reihenfolge.

Das Wasser war warm, aber schließlich wurden ihre Lippen beinahe blau.

Die Leute verließen schon allmählich den Strand, aber die beiden saßen noch immer im Wasser, landwärts getrieben von den landwärts treibenden Wellen und von den zurückkehrenden wieder meerwärts gespült. Dann und wann mußten sie ihren Platz ein wenig wechseln, um in der gewünschten Wassertiefe zu bleiben. Sie begann zu fragen.

An welche Schule er gehe? Columbia.

Welches sein Hauptfach sei? Physik.

Welchen Beruf sein Vater habe? Erzeugt Büstenhalter.

Ob er New York möge? Doch, vermutlich.

Ob er ein gläubiger Jude sei? Ich weiß nicht.

Wie ein Gottesdienst in einer Synagoge vor sich gehe? Wahrscheinlich ungefähr so wie ein Gottesdienst in einer Kirche, nur auf hebräisch. Aber er konnte ihr das nicht genau sagen, denn er war niemals bei einem Gottesdienst in einer Kirche gewesen.

Was das Wort «koscher» eigentlich bedeute?

«Herr Jesus», sagte er, «Sie brauchen nicht mehr studieren, um Sozialarbeiterin zu werden. Sie machen da schon eine ganz ausgezeichnete ethnische Studie.»

Ihr Blick wurde kalt. «Ich habe *Ihnen* geantwortet. Auf jede Frage. Sie Narr, jetzt haben Sie alles verdorben.» Sie erhob sich, aber er legte die Hand auf ihren Arm und bat ihr ab, daß er sie verletzt hatte.

«Fragen Sie alles, was Sie mich fragen wollen», sagte er. Sie hockten sich wieder ins Wasser. Ihre Lippen waren fast weiß, ihr Gesicht von der Sonne gerötet.

Ob er Geschwister habe? Eine ältere Schwester. Ruthie.

Wie sie sei, diese Schwester? Ein blöder Trampel. In diesem Sommer sei sie in Palästina.

Ob er sich so grob ausdrücken müsse? Manchmal tue es gut.

Ob er Ruthie nicht trotzdem liebe, so ganz tief und uneingestanden? Das glaube er eigentlich nicht.

Wo er wohne? In Queens.

Ob es in der Wohnung einen Speisenaufzug gebe? Ja.

Ob er sich je als Kind darin versteckt habe? Aber wo! Die Mutter hat aufgepaßt, daß immer abgesperrt war und man nicht hineinfallen konnte.

Ob er Opern liebe? Nein.

Ballett? Er habe nie eines gesehen.

Welcher sein Lieblingsschriftsteller sei? Stephen Crane.

Ob die New Yorker Mädchen wirklich so leichtfertig seien? Diejenigen, die er kenne, nicht.

Ob er schon jemals verliebt gewesen sei? Bisher nicht.

«Spielen Sie nicht den Erfahrenen», sagte sie. «Das könnte ich nicht vertragen – im Ernst.»

«Ich bin nicht erfahren», sagte er. Vielleicht erschreckte sie die Direktheit seiner Antwort, jedenfalls hörte sie auf, ihn auszufragen, und in schweigendem Einverständnis erhoben sie sich und verließen ihr Meer. Der Strand war fast menschenleer. Die Sonne ging unter, und die Luft war so kühl geworden, daß Ellen fröstelte. Sie begannen zu laufen, um warm zu werden, aber die Steine machten ihren nackten Sohlen zu schaffen.

Sie hob den Fuß, den sie sich blutig gestoßen hatte, und biß sich dabei in die Lippe. «Ein sauberer Steinbruch ist das hier», sagte sie. «Da ist der Hotelstrand doch etwas anderes! Ein Sand ist das dort – wie Seide!»

«Guter Witz», sagte er. Der Hotelstrand war den Gästen vorbehalten.

Den Angestellten bleute man ein, daß sie sofort entlassen würden, wenn man sie dort anträfe.

«Ich gehe jede Nacht dorthin schwimmen. Wenn alles schon schläft.»

Ein Schauer lief über seine Haut. «Darf ich Sie einmal dort treffen?»

Sie sah ihn an und lachte. «Halten Sie mich denn für verrückt? Ich würde mich doch nie dorthin wagen.» Sie hob ihr Handtuch auf und begann sich trockenzureiben. Ihr Gesicht war sehr rot von der Sonne.

«Geben Sie mir die Lotion», sagte er. Diesmal gab sie nach, und er rieb ihr Stirn, Wangen und Nacken ein. Ihre Haut war warm und elastisch, und er massierte sie noch lange, nachdem von der Lotion schon keine Spur mehr übrig war.

Langsam gingen sie nach The Sands zurück; als sie ankamen, dämmerte es bereits. Im Gehölz reichte sie ihm die Hand. «Es war ein sehr schöner Nachmittag, Mike.»

«Kann ich Sie heute abend noch treffen? Wir könnten in die Stadt ins Kino gehen.»

«Ich muß morgen zeitig aufstehen.»

«Dann gehen wir einfach ein Stück spazieren.»

«Nicht heute abend.»

«Morgen abend.»

«Überhaupt nicht am Abend», sagte sie entschlossen. Dann zögerte sie. «Ich bin am nächsten Dienstag wieder frei. Ich würde sehr gern wieder mit Ihnen an den Strand gehen.»

«Also doch eine Verabredung.» Er blieb stehen und sah ihr nach, wie sie den Fußpfad hinaufschritt, sah ihr nach, bis er sie nicht mehr sehen konnte. Sie hatte einen so schönen Gang ...

Er konnte nicht eine ganze Woche warten. Am Mittwoch lud er sie wieder für den Abend ein und erhielt eine entschlossene Abfuhr. Am Donnerstag antwortete sie mit einem knappen «Nein», in dem Zorn und Tränen mitschwangen, und er trollte sich, schmollend wie ein Kind. In der Nacht darauf konnte er nicht schlafen. Eine Bemerkung, die sie vor zwei Tagen gemacht hatte, kehrte in seiner Phantasie wieder und wieder: der Hotelstrand, wo sie schwimmen ging, wenn alles schlief. Er versuchte, den Gedanken wegzuschieben, erinnerte sich daran, daß Ellen ihre Bemerkung später als belanglosen Witz dargestellt hatte, aber das beschäftigte ihn nur noch mehr. Der Witz war wirklich sinnlos, und Ellen war nicht das Mädchen, das Unsinn daherredet.

Gegen ein Uhr nachts stand er auf, zog Jeans und Tennisschuhe an. Er verließ die Unterkunft und ging den Fußpfad hinunter, am Hotel vorbei, auf den dunklen Strand zu. Als er ihn erreicht hatte, zog er die Tennisschuhe aus und trug sie in der Hand. Ellen hatte recht gehabt: der Sand war weich wie Seide.

Die Nacht war wolkenverhangen, aber sehr schwül. Wenn sie wirklich kommt, dachte er, dann ans äußerste Ende des Strandes, möglichst weit weg vom Hotel. Er ging zu dem Podest für die Badeaufseher und setzte sich dahinter in den weißen Sand.

The Sands war ein Familienhotel mit keinem nennenswerten Nachtbetrieb. Aus einigen Fenstern fiel noch gelbliches Licht, aber während er wartete, wurde eines um das andere dunkel, wie Augen, die sich zum Schlafen schließen. Er saß da und lauschte dem Wasser, das zischend auf den Sandstrand lief, und fragte sich, was er hier eigentlich verloren habe. Er verspürte ein heftiges Bedürfnis, zu rauchen, aber er fürchtete, irgend jemand könnte das Aufleuchten des Streichholzes oder das Glühen der Zigarette bemerken. Manchmal nickte er ein wenig ein und riß sich jedesmal wieder hoch zu verdrossener Wachsamkeit.

Aber schon nach kurzer Zeit fühlte er seine Ungeduld schwinden. Es war angenehm, hier zu sitzen und mit den Zehen Löcher in den seidigen Sand zu graben. Es war eine Nacht, in der auch die Luft weich war wie Seide, und Michael wußte, daß sich das Wasser ebenso anfühlen würde. Er dachte über vieles nach, nicht über irgendein spezielles Thema, sondern über das Leben als solches, über sich selbst und New York und Columbia und die Familie und Sexualität und Bücher, die er gelesen, und Bilder, die er gesehen hatte – und das alles völlig entspannt, friedlich und angenehm. Es war sehr dunkel. Er war schon lange, lange so gesessen, als er ein leises Geräusch vom Wasser her vernahm und plötzlich erschrak: vielleicht war sie schon da, und er hatte es nicht bemerkt. Er stand auf und ging auf das Geräusch zu und wäre beinahe auf drei Sandkrabben gestiegen. Im letzten Augenblick wich er ihnen aus, aber seine Anwesenheit beunruhigte sie mehr als ihn die ihre, und sie verschwanden in der Finsternis.

Sie kam ans Wasser, kaum dreieinhalb oder viereinhalb Meter von der Stelle entfernt, wo er kniete und den enteilenden Krabben nachsah. Der Sand hatte ihre Schritte gedämpft, so daß er sie erst bemerkte, als sie den Strand schon fast überquert hatte. Er wagte nicht zu rufen, aus Angst, sie zu erschrecken, und als er sich endlich entschlossen hatte, war es zu spät.

Er hörte den Ton vom Öffnen eines Reißverschlusses und dann das Rascheln von Kleidern, hörte, wie die raschelnden Kleider den Sand berührten, und sah undeutlich das Weiß von Ellens Körper. Er hörte das Geräusch ihrer Nägel auf der nackten Haut, als sie sich kratzte; er konnte nicht sehen, wo sie sich kratzte, aber das Geräusch war so überaus intim, daß ihm eines ganz klarwurde: entdeckte Ellen Trowbridge ihn jetzt, wie er da im Sand kniete, ein ungebetener Voyeur, nie wieder würde sie auch nur ein Wort mit ihm sprechen.

Sie ließ sich ins Wasser fallen wie ein Stein. Dann hörte er keinen Laut mehr. Jetzt wäre es Zeit für ihn gewesen, zu gehen, so schnell und so leise wie möglich. Aber nun hatte er Angst um sie. Selbst der beste Schwimmer springt nicht mitten in der Nacht allein ins Meer. Er dachte an Wadenkrämpfe, an Unterwasserströmungen, ja selbst an die Haie, von denen alle paar Jahre einmal berichtet wurde, sie hätten einen

Schwimmer angefallen. Er war nahe daran, nach ihr zu rufen, da hörte er das Platschen des Wassers und sah die Weiße ihres Körpers, als sie an Land kam. Schuldbewußt nahm er die Gelegenheit wahr, sich mit einer laut heranrauschenden Woge in den Sand fallen zu lassen, das Gesicht in den Armen versteckt, während das Wasser an seinen Beinen hinaufspülte und seine Jeans bis an die Hüften durchnäßte.

Als er aufblickte, war sie nicht mehr zu sehen. Wahrscheinlich stand sie ganz in seiner Nähe und ließ ihren Körper von der warmen Brise trocknen. Es war sehr dunkel und sehr still, bis auf das Rauschen des Atlantiks. Plötzlich hörte er, wie sie sich auf die Hinterbacken klatschte, hörte, wie sie lief und sprang, lief und sprang. Ein paarmal kam sie ihm gefährlich nahe, ein weißer Schatten, der sich hob und fallen ließ wie eine verspielte Möwe. Obwohl er nie ein Ballett auf der Bühne gesehen hatte, wußte er doch, daß sie tanzte zu einer Musik, die sie innerlich hörte. Er lauschte ihrem Atem, der schneller ging, wenn sie sprang, und er wünschte sich, einen Schalter drücken zu können, so daß die Szene hell würde, daß er sie sehen könnte, wie sie da tanzte, ihr Gesicht, ihren Körper, das Auf und Ab ihrer Brüste im Sprung, all die Stellen ihres Körpers, die er sie berühren gehört, und alle, die sie nie berührt hatte. Aber es gab keinen Schalter, und bald wurde sie müde und hörte auf zu tanzen. Eine Weile noch blieb sie schwer atmend stehen, dann hob sie ihre Kleider auf und schritt nackt zurück, woher sie gekommen war. Am Strand gab es eine frei zugängliche Dusche, wo die Gäste sich Sand und Salz von der Haut waschen konnten. Er hörte es zischen, wie sie an der Kette zog – dann war die Nacht ganz still.

Er wartete noch eine Weile, um sicher zu sein, daß sie fort war, dann kehrte er zu dem Podest zurück und holte seine Tennisschuhe. Später, wieder in der Unterkunft, zog er seine nassen Jeans aus und hängte sie zum Trocknen auf. Beim Schein eines Streichholzes sah er auf seine Uhr: zehn Minuten nach vier. Er streckte sich auf seine Pritsche und lauschte dem häßlichen Geschnarche der allzu vielen Männer, die da unter einem Dach schliefen. Seine Augen brannten, aber er war hoffnungslos wach.

Lieber Gott, dachte er, bitte hilf mir. Ich bin verliebt in eine *schiksse.*

9

Am nächsten Dienstag regnete es. Er erwachte und lauschte dem Getrommel auf dem geteerten Dach mit einem Gefühl dumpfer Resignation. Er hatte keinen Versuch mehr gemacht, sie zu sehen – seine blonde Taube, seine nackte Amazone, seine Tänzerin im Dunkel, seine Ellen –, keinen Versuch mehr seit jenem einen verstohlenen am Strand. Statt dessen hatte er Tag und Nacht davon geträumt, wie der Dienstagnachmittag sein werde. Jetzt wußte er es: verregnet.

Bobby Lee sah ihn lange an, als er um ein Lunchpaket bat.

«Wo willst du denn heute picknicken?»

«Vielleicht hört's auf.»

«Hört nicht auf.» Aber er packte ihm seinen Lunch ein. Zu Mittag, als Michael seine Arbeit beendete, war der Regen zwar feiner und stiller geworden, aber um nichts weniger anhaltend; der Himmel war einförmig grau.

Er hatte vorgehabt, sie um zwei Uhr abzuholen. Aber jetzt schien das ganz sinnlos. Es gab keinen Platz, wohin er mit ihr gehen konnte. «Der Teufel soll es holen», sagte er zu der Spinne und griff nach Aristoteles. Es war still in der Unterkunft. Niemand war da außer ihm, der Spinne und Jim Ducketts, dem grauhaarigen alten Chauffeur, der nahe der Tür auf seiner Pritsche lag und in einer Illustrierten blätterte. Ducketts war nur auf Abruf hier, und als es gegen drei an der Tür klopfte, sprang er auf und öffnete. Aber sogleich legte er sich wieder hin.

«Hey», sagte er, «für dich.»

Sie trug einen roten Regenmantel, einen verbeulten Regenhut und Gummistiefel. Ihre Wangen waren naß vom Regen, und an ihren Wimpern und Brauen hingen winzige Tropfen.

«Ich hab gewartet und gewartet», sagte sie.

«Wird ziemlich naß sein am Strand.» Er kam sich vor wie ein Idiot, aber er war sehr glücklich, daß sie zu ihm gekommen war.

«Wir könnten einen Spaziergang machen. Haben Sie einen Regenmantel?»

Er nickte.

«Dann ziehen Sie ihn an.»

Er tat, wie sie gesagt hatte, und griff im Hinausgehen nach dem Lunchpaket. Schweigend gingen sie dahin.

«Sind Sie böse?» fragte sie.

«Nein, ich bin nicht böse.»

Sie bogen in den Fußpfad ein, der durch ein Gehölz in den Wald führte. Er konnte es nicht lassen, zu fragen: «Fürchten Sie sich gar nicht?»

«Wovor?»

«In den Wald zu gehen. Allein. Mit mir.»

Sie sah ihn traurig an. «Nicht böse sein, bitte. Versuchen Sie doch, zu verstehen, wie das alles ist ...»

Sie waren mitten auf dem Weg stehengeblieben. Von den überhängenden Ästen tropfte es auf ihre Köpfe. «Ich werde Sie jetzt küssen», sagte er.

«Das möchte ich.»

Es war seltsam. Ihr Gesicht war feucht und ein wenig kühl, die Haut roch frisch und sauber, als er den Mund auf ihre Wange drückte. Ihr Mund war weich und leicht geöffnet. Sie erwiderte seinen Kuß.

«Vielleicht liebe ich dich», sagte er. Noch nie zuvor hatte er das zu einem Mädchen gesagt.

«Weißt du das nicht sicher?»

«Nein. Aber – es erschreckt mich ein wenig. Ich habe so etwas noch nie erlebt. Ich kenne dich doch kaum.»

«Ich weiß. Mir geht es genauso.» Sie legte ihre Hand in die seine, als wollte sie ihm etwas geben, und er hielt sie fest, selbst als der Pfad so schmal wurde, daß sie hintereinander gehen mußten. So kamen sie zu einer riesigen Föhre, deren Zweige einen Schirm bildeten. Darunter war der Boden trocken und dicht mit Nadeln bedeckt. Dort setzten sie sich und aßen ihren Lunch. Sie redeten sehr wenig. Nach dem Essen lehnte sie sich zurück und schloß die Augen.

«Ich möchte so gern meinen Kopf in deinen Schoß legen.»

Sie hakte ihren Regenmantel auf und schlug ihn auseinander. Darunter trug sie Shorts und eine Strickjacke.

«Bin ich dir zu schwer?»

«Nein.» Ihre Hand streichelte sein Haar. Ihr Schoß war warm und gewährend. Rund um die beiden tropfte der Regen von den Zweigen. Michael wandte den Kopf, und seine Wange lag auf ihren erträumten nackten Schenkeln.

«Ist dir nicht kalt?» fragte er schuldbewußt. Die Hand, die sein Haar gestreichelt hatte, verschloß ihm sanft den Mund. Sie schmeckte ein wenig salzig, als seine Lippen sie berührten.

Am nächsten Vormittag, beim Saftpressen und Gemüseschneiden, behielt Michael dauernd die Schwingtür im Blick, um Ellen wenigstens kurz sehen zu können. Als sie zum erstenmal durch die Tür kam, lächelte sie, lächelte nur für ihn. Später hatte sie keine Zeit mehr, ihn anzusehen. Die Kellnerinnen arbeiteten wie die Sklaven, kamen eilends wie auf Rollschuhen mit ihren Bestellungen durch die Schwingtüren und mußten dann, das Tablett auf den Fingerspitzen einer Hand hoch über den Köpfen balancierend und mit den Hüften die Türen aufstoßend, denselben Weg wieder in den Saal zurückeilen.

Von Zeit zu Zeit kam sie in den Anrichteraum, und während sie Salat und Grapefruits holte, konnte er ein paar Worte mit ihr wechseln.

«Heute abend?»

«Unmöglich», sagte sie. «Ich geh gleich nach dem Abendessen zu Bett.» Sie rannte weg und ließ ihn stehen wie einen Topf auf dem Herd.

Er begann zu kochen. Was ist los, zum Teufel, dachte er. Gestern haben wir von Liebe geredet, und heute ist ihr nichts wichtiger als ihr Schlaf.

Er machte ein finsteres Gesicht, als sie das nächstemal hereinkam. Sie beugte sich über ihn, der verdrossen seine Zitronenscheiben schnitt. Ihr Kinn war weich und rund, fast noch ein wenig kindlich.

«Ich geh so zeitig zu Bett, damit ich vor Morgengrauen aufwachen und am Hotelstrand schwimmen kann. Magst du kommen?» Ihre Augen glänzten vor Erregung und Geheimnis.

Er verschlang sie mit den Blicken.

«Sicher mag ich», sagte er.

Ein Insekt summte an seinem Ohr und ließ sich nicht verscheuchen, wie immer er den Kopf auch drehte. Er öffnete die Augen. In der Unterkunft war es finster. Seine Hand tastete unter das Kissen. Er hatte den Wecker in zwei Unterhemden und ein Handtuch gewickelt, und ein paar Pfund Federn dämpften sein Summen; trotzdem lag Michael, nachdem er das Läutwerk abgestellt hatte, eine Weile still und lauschte, ob er niemanden geweckt habe. Aber nichts war um ihn als Schlafgeräusche.

Er schlüpfte aus dem Bett. Die Badehose hatte er ans Fußende seiner Pritsche gehängt, er fand sie im Finstern und zog sie erst draußen vor der Unterkunft an. Es war sehr still.

Ellen erwartete ihn im Gehölz. Einander an den Händen haltend, liefen sie hinunter zum Strand.

«Mach keinen Lärm, wenn du ins Wasser gehst», flüsterte sie.

Sie schlichen sich hinein wie Diebe und machten den Atlantik zu ihrem Privatbad, ganz unter Ausschluß der Öffentlichkeit. Seite an Seite schwammen sie hinaus, dann drehte er sich auf den Rücken und sie tat desgleichen, und so ließen sie sich treiben und hielten einander an den Händen und sahen hinauf in den dunklen Himmel und zu dem schmalen Mond, der nicht länger als eine Stunde zu leben hatte.

Als sie aus dem Wasser kamen, umschlangen sie einander, fröstelnd im Frühwind. Seine Finger suchten in ihren Haaren.

«Was machst du denn?»

«Ich möchte dein Haar offen sehen.» Er kämpfte mit einer unendlichen Menge von Haarnadeln und Klammern. Einige fielen in den Sand.

«Du, die kosten Geld», sagte Ellen. Er gab keine Antwort. Bald fielen ihr die Zöpfe frei über die Schultern, und als sie den Kopf schüttelte, lösten sie sich zu einer blonden Mähne. Er hielt ihr dichtes Haar mit beiden Händen, während er sie küßte. Dann ließ er das Haar los. Als er sie berührte, wandte sie ihren Mund ab.

«Bitte, nicht», sagte sie. Ihre Finger schlossen sich um seine Hand.

«Was glaubst du, wer es wohl zuerst sagen wird?»

«Was?»

«Ich liebe dich», sagte er.

Sie ließ die Hände sinken. Aber nur vorübergehend.

So vergingen die Tage. Er produzierte Berge von Obstsalat und Meere von Fruchtsaft. Nach dem Abendessen machten sie einen Spaziergang in den Wald und gingen dann zeitig zu Bett, um wach zu werden, wenn alles sonst schlief: dann schwammen sie und küßten einander und quälten einander mit Zärtlichkeiten und einem gegenseitigen Verlangen, dem Ellen erbittert die Erfüllung versagte.

An ihren freien Tagen fuhren sie nach Cape Cod. An einem Dienstag fuhren sie zum Kanal und zurück per Anhalter, das letzte Stück des Weges bei strömendem Regen hinten auf dem offenen Pferdewagen eines portugiesischen Gemüsehändlers, wo Ellen sich an Michael schmiegte und Michael die Hand zwischen ihren warmen Schenkeln hielt, verborgen unter einer Regenplache, die nach feuchtem Dünger und nach Ellens Toilettenwasser roch.

All das konnte nicht unbemerkt bleiben. Eines Abends, als Michael seine weißen Arbeitskleider auszog und in die Jeans fuhr, trat Al Jenkins zu einem nachbarlichen Klatsch an seine Pritsche. «Hey, Spinner, schaffst du's wirklich bei diesem Eisberg von Radcliffe?»

Michael sah ihn nur an.

«Na», sagte Al herausfordernd, «wie ist sie denn?» Einer von den Busboys stieß seinen Nachbarn an, Michael stand dem andern gegenüber, gespannt und bereit. Er hatte seit seiner Kinderzeit keinen Menschen mehr geschlagen, aber jetzt wußte er, für welche Gelegenheit er es sich aufgespart hatte. Er schloß den obersten Haken seiner Jeans und ging um die Pritsche herum auf Al zu.

«Ein Wort noch», sagte er.

Jenkins hatte sich einen Schnurrbart wachsen lassen, und Michael wußte schon, wo er ihn treffen würde: auf den dünnen blonden Flaum zwischen der Nase und den grinsenden Lippen. Aber Jenkins enttäuschte ihn.

«Scheiße», sagte er und wandte sich zum Gehen. «Verdammt empfindlich werden die Leute hier.»

Die Busboys pfiffen, aber eindeutig nicht über Michael.

Er hätte allen Grund gehabt, bester Laune zu sein, aber wenig später war er in schwärzester Stimmung unterwegs zur Stadt. Als er in den Drugstore kam, hatte sich die Schwärze noch nicht verflüchtigt. Hinter dem Ladentisch stand ein dürres, pickeliges Mädchen, und am anderen Ende des Raumes wartete ein grauhaariger Mann auf Kundschaft.

«Was soll's denn sein?» fragte das Mädchen.

«Ich warte auf ihn.»

Sie entfernte sich mit einem kühlen Nicken.

«Drei oder ein Dutzend?» fragte der Mann diskret.

Sie hatten noch ganze drei Wochen vor sich. «Ein Dutzend», sagte Michael.

In dieser Nacht erschien er am Strand mit einer blauen Reißverschlußtasche.

«Willst du durchbrennen?» fragte Ellen.

Er schwenkte die Tasche, so daß sie es glucksen hören konnte.

«Sherry, mein Liebes. Für dich und mich. Nach dem Baden.»

«Bist ein genialer Junge!»

Sie schwammen, und dann standen sie im Wasser und küßten einander und berührten einander und erzählten einander flüsternd von ihrer Liebe; dann gingen sie hinauf zum Strand. Er hatte sich auf den Wein verlassen, aber dann stieß er auf keinen Widerstand, als er ihr das Badetrikot auszog; er hatte die Reißverschlußtasche noch nicht geöffnet.

«Bitte nicht, Michael», sagte sie verträumt, als er ihr das Trikot über die Hüften streifte.

«Bitte», flüsterte er. «Bitte!» Entschlossen wehrte ihre Hand die seine ab. Sie küßte ihn, und die Spitzen ihrer Brüste berührten seine Haut.

«Mein Gott», sagte er. Seine Hand umschloß ihre weiche, warme Brust. «Nur ausziehen», sagte er. «Nichts weiter. Ich will nichts, als mit dir nackt sein.»

«Bitte, nicht bitten», sagte sie.

Er wurde wütend. «Wofür hältst du mich eigentlich?» sagte er.

«Wenn du mich *wirklich* liebst –»

«Hör auf – stell uns nicht diese Bedingung!»

Aber während sie es sagte, waren ihre Hände an ihren Hüften beschäftigt, und das Badetrikot fiel nieder auf den Sand.

Seine Hände waren klamm vor Erregung, als er die Schwimmhose auszog. Nackt lagen sie nun im weichen Sand. Ellens bebender Körper war in der Dunkelheit voll von Geheimnis. Michael hatte die Hände um ihre Hinterbacken gelegt, sie fühlten sich glatt und fest an und viel kleiner, als er sie sich vorgestellt hatte. Sie sperrte sich, und er keuchte an ihrem Mund.

Er konnte nicht sprechen. Er versuchte, sie zu berühren, aber sie wehrte ihn ab. «Nicht jetzt. Bitte, nicht jetzt.»

Er konnte es nicht glauben. Am liebsten hätte er geheult, sie geschlagen und ihr Gewalt angetan. Seine Finger gruben sich in ihre Schultern. «Nicht *jetzt*? Wann *denn*? *Wann*, um Himmels willen?»

«Morgen nacht.»

«Und was wird morgen anders sein als heute?»

«Versuch es zu verstehen, bitte!»

Er schüttelte sie an den Schultern. «Was, zum Teufel, gibt es da zu verstehen?»

«Ich weiß nichts über Sex. Fast nichts.»

Sie sagte es so leise, daß er sie kaum verstehen konnte. Sie zitterte derart, daß er den Wunsch fühlte, sie still in den Armen zu halten, bis dieses schluchzende Zittern aufhörte – er schämte sich ein wenig und hatte Angst. Er bettete ihr Gesicht an seine Schulter.

«Ist das dein Ernst, Ellen?»

«Ich möchte, daß du es mir sagst. Alles. Daß du mir ganz genau sagst, wie es sein wird. Laß nichts aus. Dann will ich darüber nachdenken, jeden Augenblick von jetzt bis morgen. Dann werde ich so weit sein.»

Er stöhnte. «Ellie.»

«Sag es mir», bat sie. «Bitte, sag es mir.»

So lagen sie beieinander, nackt in der Dunkelheit, und ihre Lippen berührten seine Schulter, und seine Hand streichelte vorsichtig über die schöne Senke ihres Rückens, die relativ am wenigsten erregende Stelle für eine Berührung, die er finden konnte. Er schloß die Augen und begann zu reden. Er redete lange. Als er zu Ende war, lagen sie noch eine Weile reglos. Dann küßte sie ihn auf die Wange, hob ihren Badeanzug auf und lief davon.

Er blieb liegen, noch lange nachdem das Zischen der Dusche verstummt war. Dann holte er die Weinflasche aus der Tasche und watete in die Brandung hinaus. Der Sherry schmeckte nach Kork. Er hatte den Wunsch, eine *broche* zu sagen, aber er fürchtete, das könnte ein Sakrileg sein. Die warme Flut spülte um sein nacktes Geschlecht, und er fühlte sich sehr heidnisch. Er tat einen langen Zug aus der Flasche und goß dann ein wenig Wein in die See: ein Trankopfer an die Götter.

Sie hatte recht gehabt: der Gedanke an das, was in der kommenden Nacht geschehen sollte, war quälend und doch zugleich überaus lustvoll. Michael befand sich in einem Zustand ekstatischer Unruhe, während er am Morgen im Anrichteraum darauf wartete, einen ersten Blick auf Ellen zu erhaschen.

Wie mochte sie auf seinen kleinen Aufklärungsvortrag reagiert haben? Hatte er sie abgestoßen, ihre Angst noch gesteigert?

Sobald er ihrer ansichtig wurde, wußte er, daß alles in Ordnung war. Sie kam eilig herein, um ein Tablett mit Orangenjuice zu holen, und stand nur da und sah Michael an. Ihr Blick war sehr sanft und sehr warm, und sie schenkte ihm ein kleines verschwörerisches Lächeln, ehe sie mit ihrem Tablett davonlief.

Plötzlich bemerkte er, daß die Avocados, die er schnitt, voll Blut waren.

Dann wurde alles wirr und verschwommen. Er hatte sich in den linken Zeigefinger geschnitten. Es tat nicht sehr weh, aber er konnte kein Blut sehen, nicht einmal das von anderen Leuten. Er spürte, wie er erbleichte.

«Ist gleich in Ordnung», sagte Bobby Lee. Er hielt Michaels Hand zuerst unter den Wasserhahn, dann in eine Schüssel voll Peroxyd, bis sich über dem Schnitt ein Schaum von winzigen Blasen bildete.

Dann läutete das Küchentelefon, und gleich darauf erschien Mr. Bousquets Kopf in der Tür.

«Was ist los?» fragte der Chef mit einem Blick auf das Blutbad.

«Nur ein Schnitt. Rein wie ein Kinderpopo. Fertig zum Verbinden», sagte Bobby Lee.

«Ferngespräch für Sie, Mr. Kind», sagte Mr. Bousquet höflich.

Damals war ein Ferngespräch für Michael unter allen Umständen eine Sache von größter Wichtigkeit. Er sprang auf und ging schnell zum Telefon, eine Spur von hellen Blutstropfen hinter sich lassend und gefolgt von Bobby Lee, der irgend etwas Unverständliches sagte; vermutlich fluchte er auf koreanisch.

«Hallo?»

«Hallo, Michael?»

«Wer spricht denn?»

«Michael, ich bin's, Papa.»

Bobby Lee schob eine Schüssel unter Michaels Hand und ging weg.

«Was ist los?» sagte Michael ins Telefon.

«Wie geht's dir, Michael?»

«Gut. Ist etwas geschehen?»

«Wir möchten, daß du nach Hause kommst.»

«Warum?»

«Michael, ich glaube, du wirst hier gebraucht werden.»

Er hielt den Hörer umklammert und starrte in die Sprechmuschel.

«Hör zu, Dad, jetzt sag schon endlich, was los ist.»

«Es ist – wegen Großvater. Er hat sich die Hüfte gebrochen. Er ist gefallen, im Heim.»

«In welchem Spital liegt er?»

«Er ist im Altersheim, auf der Krankenstation. Sie haben dort alles, sogar einen Operationssaal. Ich habe einen großen Spezialisten zugezogen. Er hat den Bruch genagelt – ein Nagel, der die zwei Knochen zusammenhält.»

Bobby Lee kam mit Jod und Verbandzeug zurück.

«Nun, das ist keine gute Nachricht – aber es schaut doch nicht allzu ernst aus.» Michael wußte, daß es ernst war – sonst hätte der Vater nicht angerufen –, aber eine alles überwältigende Selbstsucht hatte von ihm Besitz ergriffen. «Ich kann heute nicht kommen, aber ich kann morgen den ersten Bus nehmen.»

«Heute», sagte sein Vater entschieden.

«Es gibt keinen Bus», sagte Michael. Später erst spürte er, mit der Sorge um den Großvater, auch Scham und ein Gefühl von Schuld.

«Nimm einen Mietwagen, ein Taxi, irgendwas. Er verlangt nach dir.»

«Wie schlecht steht es wirklich um ihn?»

Bobby Lee hielt die Schüssel unter seine Hand und behandelte den Schnitt mit Jod.

«Er hat eine Lungenentzündung vom langen Liegen. Und er ist siebenundachtzig. So alte Leute kriegen leicht Wasser in die Lunge.»

Fast im selben Augenblick fühlte Michael das scharfe Brennen des Jods auf der offenen Wunde und das schärfere der Gewissensbisse, und er atmete tief und so schwer, daß es sein Vater in New York hörte.

Ein seltsamer Ton aus dem Hörer gab ihm die Antwort, und im selben Augenblick wußte Michael, daß er diesen Ton nie zuvor gehört hatte: dieses rauhe, grunzende Geräusch war das Weinen seines Vaters.

10

Es dämmerte schon über Brooklyn, als Michael aus dem Taxi sprang und die gelben Ziegelstufen zum Waisen- und Altersheim der Sons of David hinauflief. Eine Schwester führte ihn durch die mit glänzendem braunem Linoleum belegten Gänge zur Krankenstation. In einem kleinen Einzelzimmer saß sein Vater neben dem Bett des Alten. Die Jalousien waren ganz heruntergezogen, und nur ein kleines Nachtlicht leuchtete in der Finsternis. Über dem Bett war ein Sauerstoffzelt aufgebaut. Durch seine Plastikfenster sah Michael das verschattete Gesicht und den weißen Bart seines *sejde*.

Der Vater sah zu ihm auf. «*Nu*, Michael?» Abe war unrasiert und hatte gerötete Augen, aber er schien völlig gefaßt.

«Es tut mir leid, Dad.»

«Leid? Es tut uns allen leid.» Er seufzte tief. «Das Leben ist ein *cholem*, ein Traum. Es ist vorbei, bevor du's noch richtig bemerkst.»

«Wie geht's ihm?»

«Er liegt im Sterben.» Abe sprach mit normaler Lautstärke, und die Worte dröhnten wie ein unerbittlicher Urteilsspruch. Erschrocken sah Michael zum Bett hinüber.

«Er wird dich hören», flüsterte er.

«Er hört nichts. Er hört nichts und weiß nichts mehr.» Sein Vater sagte es vorwurfsvoll und starrte ihn mit seinen geröteten Augen an.

Michael trat an das Bett und preßte sein Gesicht an die Plastikfenster. Die Wangen des *sejde* waren eingefallen und die Haare in seinen Nasenlöchern verwildert. Die Augen waren blicklos, die Lippen trocken und aufgesprungen; sie bewegten sich, aber Michael konnte die Worte nicht entziffern, die sie zu bilden versuchten.

«Will er uns nicht etwas sagen?»

Sein Vater machte eine müde, verneinende Geste. «Er redet nur wirr vor sich hin. Manchmal glaubt er, er ist ein kleiner Junge. Manchmal spricht er mit Leuten, von denen ich nie gehört hab. Zumeist schläft er – und der Schlaf wird länger und länger.»

«Gestern hat er oft nach dir gerufen», fügte Abe nach einem kurzen Schweigen hinzu. «Nach mir hat er nicht gerufen, kein einziges Mal.»

Darüber dachten sie beide nach und schwiegen noch, als die Mutter, mit ihren hohen Absätzen klappernd, vom Abendessen kam. «Hast du was gegessen?» fragte sie und küßte Michael. «Gleich um die Ecke ist ein gutes Delikatessengeschäft. Komm, ich geh mit dir. Die haben eine ordentliche Suppe.»

«Ich habe gegessen», log er. «Erst vor kurzem.»

Sie redeten ein wenig, aber es gab eigentlich nichts zu sagen, nichts, was so wichtig gewesen wäre wie der alte Mann im Bett. Beim Fenster stand noch ein zweiter Stuhl, und die Mutter setzte sich, und Michael blieb stehen, von einem Fuß auf den andern tretend. Der Vater begann mit den Fingergelenken zu knacken.

Erst die eine Hand.

Pop.

Pop.

Pop.

Pop.

Pop.

Dann die andere.

Pop.

Pop.
Pop.
Pop.
Nur der Daumen gab keinen Laut, wie heftig sich Abe auch bemühte.
«*Oi*, Abe», sagte Michaels Mutter irritiert. Sie betrachtete die Hände ihres Sohnes und bemerkte jetzt erst mit Schrecken seinen verbundenen Finger. «Was hast du dir denn gemacht?»
«Gar nichts. Nur ein Schnitt.»
Aber sie bestand darauf, die Verletzung zu sehen, und quälte ihn dann so lange, bis er gehorsam mit ihr zu Dr. Benjamin Salz hinüberging. Der Arzt, ein Mann in mittleren Jahren mit beginnender Glatze und englischem Schnurrbart, lag hemdärmelig auf der Couch in seinem Büro und blätterte in einer zerlesenen *Esquire*-Nummer.
Verdrossen stand er auf, nachdem Dorothy ihr Anliegen vorgebracht hatte, warf einen gleichgültigen Blick auf Michaels Finger und erledigte die Angelegenheit mit zwei sauberen Injektionen. Der Schmerz, der schon auf ein erträgliches, beinahe gewohntes Maß abgeflaut war, erwachte daraufhin mit neuer Heftigkeit.
Der Arzt blickte sehnsüchtig auf den *Esquire*, während Dorothy ihn zuerst über Michael und dann über den Großvater ausfragte. Michael solle den Finger in heißer Bittersalzlösung baden, sagte er. Und was Mr. Rivkind betraf: er wisse nicht, wie lange es dauern werde. «Er ist zäh. Alte Leute von seinem Schlag brauchen manchmal sehr lang.»
Als sie ins Krankenzimmer zurückkamen, war der Vater eingeschlafen; sein Mund war geöffnet, das Gesicht grau. Eine Stunde später bat Michael seine Mutter, ein Taxi zu nehmen und nach Hause zu fahren; er konnte sie dazu nur durch die Versicherung bewegen, daß er bleiben wolle und ihren Sessel brauche. Um halb elf ging sie weg, und Michael schob den Sessel neben das Bett des alten Mannes, setzte sich und sah ihn an. In seinem Finger pochte ein unablässiger Schmerz, der Vater schnarchte, der Sauerstoff zischte leise, und in den Lungen des *sejde* stieg leise glucksend das Wasser, das ihn unendlich langsam von innen her ertränkte.

Um Mitternacht – er war ein wenig eingedöst – weckte ihn eine schwache Stimme, die ihn auf jiddisch beim Namen rief: «Michele? Michele?» Und nochmals: «Michele?»
Er wußte, daß Isaac nach dem kleinen Michele Rivkind rief, und er wußte auch, mehr schlafend als wachend, daß er Michael Kind war und nicht antworten konnte. Schließlich, mit einem Ruck sich ermunternd, beugte er sich vor und schaute durch das Plastikfenster.
«*Sejde?*» sagte er.
Isaacs Augen verdrehten sich in ihren Höhlen. Stirbt er, dachte Michael, stirbt er jetzt, mit keinem anderen Zeugen als mir? Er dachte daran, seinen Vater zu wecken oder den Arzt zu holen, aber statt dessen öffnete er den Reißverschluß des Sauerstoffzelts, schob Kopf und Schultern durch die Öffnung und ergriff die Hand seines Großvaters. Sie war

weich und warm, aber so leicht und trocken wie Reispapier.

«Hello, *sejde.*»

«Michele», flüsterte er, «*ich schtarb.*»

Seine Augen waren trüb. Er sagte, er wisse, daß er sterben müsse. Wieviel von den Gesprächen im Krankenzimmer hatte er gehört und verstanden? Michael wurde wütend auf seinen schnarchenden Vater, der sich in schuldbewußtem Kummer so selbstsüchtig sicher in der Lüge eingenistet hatte, der Alte sei schon tot, ein Leichnam, der nichts mehr hören konnte von den Worten der Lebendigen.

Hinter der Trübe von Isaacs Augen flackerte etwas, ein Licht – was war es nur? Plötzlich wußte er mit großer Sicherheit, was es war: Angst. Sein Großvater fürchtete sich. Obwohl er ein Leben lang Gott gesucht hatte, war er jetzt, da er am Rand stand, voll des Schreckens. Michaels Griff schloß sich fester um die Hand des Großvaters, bis er die Knochen durch die dünne Haut fühlte, spröde wie alte Fischgräten, und er lockerte seinen Griff wieder, aus Angst, sie zu zerbrechen.

«Hab keine Angst, *sejde*», sagte er auf jiddisch. «Ich bin bei dir. Ich laß dich nie wieder allein.»

Der Alte hatte die Augen schon geschlossen, sein Mund bewegte sich wie der eines Kindes. «Ich laß dich nie wieder allein», wiederholte Michael und wußte, während er es sagte, daß die Worte die langen Jahre nicht auslöschen konnten, in denen der alte Mann allein die langen, mit glänzendem braunem Linoleum belegten Gänge auf und ab gegangen war, mit der Whiskyflasche als einzigem Trost und Freund.

Michael hielt die Hand des Alten, während dieser halluzinierte und zu Menschen sprach, die irgendwann durch sein Leben gegangen waren und eine Spur in seiner Erinnerung gelassen hatten. Manchmal weinte er auch, und Michael wischte die Tränen nicht von den runzligen Wangen; ihm war, als würde er damit in die Intimität des alten Mannes eindringen. Der Großvater erlebte nochmals den Streit mit Dorothy, in dessen Folge er das Haus des Sohnes verlassen hatte. Er tobte und wütete über Michaels Schwester Ruthie und einen kleinen *schkotz*, der Joey Morello hieß. Plötzlich preßte er die Finger seines Enkels mit aller Kraft, öffnete die Augen und starrte Michael an. «Hab Söhne, Michele», sagte er. «Viele jiddische Söhne.» Er schloß die Augen wieder, und minutenlang schien er friedlich zu schlafen, ruhig atmend und mit geröteten Wangen.

Dann öffnete er die Augen weit und unternahm einen wütenden Versuch, aus dem Bett zu kommen. Er wollte schreien, aber seine Kraft reichte nicht aus; flüsternd nur brachte er die Worte heraus: «Keine *schiksse*! Keine *schiksse*!» Seine Finger krallten sich in Michaels Hand, dann fielen die Lider über die Augen, und das Gesicht verzog sich zu einer beinahe komischen Grimasse. Das Blut strömte stärker in seine Wangen, grauschwarz schimmernd unter der durchsichtigen Haut. Dann fiel er schwer zurück und atmete nicht mehr.

Michael löste seine Hand langsam aus der Umklammerung des *sejde* und kam aus dem Sauerstoffzelt hervor. Zitternd und seinen verbundenen Finger reibend, stand er inmitten des Zimmers. Dann trat er zu seinem Vater, der noch immer, den Kopf an die Wand gelehnt, vor sich hin schnarchte. Er sah so wehrlos aus in seinem Schlaf. Zum erstenmal bemerkte Michael, wie ähnlich Abe dem *sejde* wurde, mit seiner im Alter schärfer gewordenen Nase und dem fast kahlen Schädel; nach der *schiwe*-Woche, in der er sich nicht rasieren durfte, würde er einen Bart haben.

Behutsam berührte Michael die Schulter seines Vaters.

11

Die Leichenfeier begann im Sons of David-Heim mit der Ansprache eines ältlichen, asthmatischen orthodoxen Rabbiners und setzte sich mit einer langen Wagenauffahrt zu dem von Menschen überfüllten Friedhof auf Long Island fort. Viele der Heiminsassen gaben dem Toten Geleit. Auf der Fahrt in dem Mietwagen, der nach Blumenspenden roch, zwischen Vater und Mutter sitzend und die wechselnde Straßenszenerie betrachtend, fragte sich Michael, wie oft sein Großvater diese Fahrt wohl gemacht hatte, um von Freunden Abschied zu nehmen.

Isaac wurde, wie es sich für einen frommen Juden geziemt, in einem schlichten Holzsarg begraben; ein neues Gebetbuch mit Elfenbeinschließen und eine Handvoll Erde aus *Erez Jissro'ejl*, dem Gelobten Land, hatten sie ihm mitgegeben. Michael hätte ihn am liebsten mit seinem alten *ssider* begraben, aus dem er so viele Jahre lang gebetet hatte, und er hätte gern noch einen Sack kandierten Ingwer und eine Flasche Schnaps dazugelegt. Als der Rabbiner die erste Schaufel voll Erde ins Grab warf und die Steine auf den Sargdeckel polterten, wankten Abe die Knie. Michael und die Mutter mußten ihn stützen, während der Rabbiner das schwarze Band an seinem Rockaufschlag durchschnitt. Schluchzend sprach Abe den *kadisch*, und Dorothy wandte sich ab und weinte wie ein kleines Mädchen.

Sieben Tage lang saßen sie *schiwe*. Am zweiten Abend der Trauerwoche kam Michaels Schwester Ruthie aus Palästina zurück. Sie hatten ihr nicht telegrafiert, und nach einem ersten Blick auf die verhängten Spiegel brach sie in hysterisches Weinen aus, das auch die Tränen der Eltern von neuem fließen ließ. Aber allmählich beruhigten sich die erregten Gefühle. Die ganze Woche lang gab es zu viele Leute in der Wohnung der Kinds – und zuviel zu essen. Tag für Tag kamen Leute, die eßbare Geschenke brachten – und Tag für Tag wurde eine Menge der Speisen von gestern weggeworfen. Die meisten wirklichen Freunde des *sejde* waren tot. Die Besucher waren Freunde der Familie Kind, Nachbarn, Kunden und Angestellte von Abes Firma. Sie brachten Kuchen und Obst und kaltes Fleisch und gehackte Leber und Nüsse und Süßigkeiten. Mimi Steinmetz kam und drückte Michael die Hand, während ihr Vater seinem Vater riet, einen Dauerauftrag für die Grabpflege zu geben, dann mußte man sich nicht jedes Jahr über Einzelheiten den Kopf zerbrechen und brauchte nicht weiter daran zu denken.

Michael dachte viel nach über alles, was sein Großvater vor dem Sterben gesagt hatte. Er wußte, daß es einfach die Dinge waren, die der *sejde* auf jeden Fall gesagt hätte, und daß seine Warnung nichts mit Ellen Trowbridge zu tun hatte. Aber der Gedanke quälte ihn, daß Isaac auch im Sterben nicht aufgehört hatte, den Tod und die Christen zu fürchten, obwohl der Tod unvermeidlich war und die Christen ihm nun nichts mehr antun konnten. Er versuchte, sich klarzumachen, daß der *sejde* ein alter Mann gewesen war, aus einer Welt, die es nicht mehr gab. Am fünften Abend der Trauerwoche ging er in die Küche, während seine Eltern mit ihren Gästen im Wohnzimmer saßen und Ruthies Erzählungen vom Orangenpflücken in Rehovob zuhörten. Er nahm den Telefonapparat mit und wählte das Fernamt. Es summte in der Leitung, dann war die Vermittlung da. «Ich möchte ein Ferngespräch», sagte er.

«Wie ist die Nummer des Teilnehmers?»

Die Mutter kam in die Küche. «Ich werd Tee aufstellen», sagte sie. «Ach, werd ich froh sein, wenn das vorüber ist. Jeden Tag und jeden Abend Leute.»

Er legte den Hörer auf.

Am ersten Abend nach dem Ende der Trauerwoche gingen sie in ein Restaurant. Michael hatte sein Steak noch nicht zu Hälfte gegessen, als er plötzlich keinen Bissen mehr hinunterbrachte. Er entschuldigte sich und verließ den Speisesaal. An der Kasse ließ er drei Dollar in Vierteldollar, Zehner und Fünfer wechseln. Dann ging er in die Telefonzelle. Er setzte sich auf den Hocker und lehnte den Kopf an die Glasscheibe, aber er meldete das Gespräch nicht an.

Tags darauf war er erleichtert, als seine Mutter ihn bat, nicht mehr nach The Sands zurückzukehren. «Es wird für deinen Vater eine Hilfe sein, wenn du da bist», sagte sie.

Er rief das New Yorker Büro des Hotels an, und man versprach ihm einen Scheck. Er erhielt vierhundertsechsundzwanzig Dollar und neunzehn Cents.

Der Vater ging wieder ins Geschäft, und Michael sah ihn nur selten. Er unternahm lange Spaziergänge und besuchte kleine Kinos, die alte Filme zeigten. Zu Semesterbeginn inskribierte er an der Universität. Am dritten Tag fand er in seinem Postfach auf dem Campus einen Brief von Ellen Trowbridge. Er war kurz, freundlich, aber etwas förmlich. Sie fragte nicht, warum er keine Verbindung mit ihr aufgenommen hatte. Sie teilte ihm nur mit, daß sie in Whiteman Hall wohne, falls er ihr an die Schule schreiben wolle, und daß sie den Tod seines Großvaters bedaure. Er verwahrte das Schreiben in seiner Brieftasche.

Zwei Abende später besuchte er eine Studentenvereinigung in der 114th Street. Nach vier Drinks beschloß er, sich der Gruppe nicht anzuschließen und weiter zu Hause zu wohnen; die Kollegen sahen auch wirklich nicht besonders interessant aus. Er verließ die Party vorzeitig und ging ziellos durch die Straßen, fiel dann in eine kleine Bar, bestellte einen doppelten Whisky und dann noch zwei weitere, eingedenk der Flasche des *sejde* im Bohnenfaß. Dann ging er wieder, ging bis zum Campus. Er umkreiste die Butler-Bibliothek und setzte sich schließlich auf eine Steinbank neben einem plätschernden Brunnen. Bis auf die Bibliothek und das Zeitungswissenschaftliche Institut waren alle Gebäude dunkel. Der schattenhafte Umriß von John Jays Denkmal sah aus wie ein *golem*. Michael holte den Brief aus der Tasche und riß ihn sorgfältig in die Hälfte, dann in Viertel und schließlich in kleine Stücke, die auf die Steine zu seinen Füßen fielen. Irgend jemand schluchzte. Schließlich merkte er, daß das, was er hörte, sein eigenes Schluchzen war. Zwei Mädchen kamen aus der Bibliothek, blieben stehen und glotzten ihn an.

«Ist er betrunken?» fragte die eine. «Soll ich einen Polizisten holen?»

Die andere kam auf ihn zu. «Evelyn», sagte die erste, «sei vorsichtig!» Wie peinlich, dachte er.

Das Mädchen beugte sich über ihn. Sie trug eine Brille, hatte vorspringende Zähne und Sommersprossen. Ihre Jacke war blau und wollig. Sie schnupperte und verzog das Gesicht. «Besoffen wie ein Schwein», sagte sie. «Das heulende Elend.» Mit entrüstet klappernden Absätzen verschwand sie in der Dunkelheit.

Michael wußte, daß sie recht hatte. Auf seinen Wangen waren keine Tränen. Er weinte nicht, weil sein *sejde* unter der Erde lag oder weil er Angst hatte, Ellen Trowbridge zu lieben. Er schluckte und schluchzte, weil der Wind die Fetzen des Briefes in Richtung Broadway blies, anstatt, wie er es gewünscht hatte, in Richtung Amsterdam Avenue. Dann drehte sich der Wind, und die Brieffetzen flatterten eilig nach der richtigen Seite. Michael schluchzte trotzdem weiter. Es tat so wohl.

[illegible]

[illegible]

[illegible]

[illegible]

ZWEITES BUCH

Zug durch die Wüste

Woodborough, Massachusetts
November 1964

12

Oberschwester Mary Margaret Sullivan nahm breithüftig hinter dem Schreibtisch in ihrem Büro Platz. Seufzend langte sie hinüber zum Aktenregal und holte einen Ordner in Metallfolie heraus. Ein paar Minuten lang schrieb sie mit kratzender Feder den Bericht über einen Vorfall auf der Station Templeton: Mrs. Felicia Seraphin hatte eine andere Frau mit ihrem Schuhabsatz ins Gesicht geschlagen.

Am Ende ihres Berichtes angelangt, betrachtete sie gedankenverloren den Wasserkessel und die Kochplatte, die auf einem Aktenschrank an der gegenüberliegenden Wand standen. Als Rabbi Kind zur Tür hereinsah, hatte sie eben entschieden, daß der Kaffee die Anstrengung des Aufstehens nicht wert sei.

«Ah, unser Rabbiner», sagte sie.

«Wie geht's, Maggie?» Er trat ein, einen Stoß Bücher im Arm.

Sie erhob sich mühsam, ging zum Schrank um zwei Tassen und schaltete im Vorbeigehen die Kochplatte ein. Sie stellte die Tassen auf den Schreibtisch und holte eine Dose mit Pulverkaffee aus der obersten Lade.

«Keinen Kaffee für mich, bitte. Ich will nur meiner Frau diese Bücher bringen.»

«Sie ist drüben in der Arbeitstherapie. Wie die meisten.» Schwerfällig setzte sie sich wieder. «Wir haben eine neue jüdische Patientin auf der Station, vielleicht könnten Sie versuchen, mit ihr zu reden. Sie heißt Hazel Birnbaum. Mrs. Birnbaum. Das arme Ding glaubt, daß wir alle uns gegen sie verschworen haben, um sie fertigzumachen. Schizo.»

«Wo liegt sie?»

«Auf Siebzehn. Wollen Sie nicht vorher Kaffee trinken?»

«Nein, danke. Aber ich werde nach ihr sehen. Wenn nachher noch Zeit bleibt, hätte ich gern eine Tasse.»

«Nachher wird's keinen mehr geben. Der Kaplan kommt.»

Lächelnd ging er durch die fast menschenleere Abteilung. Alles war so bedrückend sauber; das Ergebnis rastlosen Bemühens . . .

In Zimmer siebzehn lag eine Frau auf dem Bett.

Ihr Haar hob sich schwarz und wirr von dem weißen Kissen ab. Mein Gott, dachte er, die sieht meiner Schwester Ruthie ähnlich.

«Mrs. Birnbaum?» sagte er und lächelte. «Ich bin Rabbi Kind.»

Ein schneller Blick aus den großen blauen Augen traf ihn sekundenlang und wandte sich dann wieder zur Zimmerdecke.

«Ich wollte Ihnen nur guten Tag sagen. Kann ich irgend etwas für Sie tun?»

«Gehen Sie», sagte sie. «Ich wünsche niemanden zu belästigen.»

«Ist schon gut, ich bleibe nicht, wenn Sie es nicht wollen. Ich mache regelmäßig die Runde durch die Abteilung. Ich werde nächstens wieder vorbeikommen.»

«Morty hat Sie hergeschickt», sagte sie.

«Aber nein, ich kenne ihn nicht einmal.»

«Sagen Sie ihm, er soll mich in RU-HE LAS-SEN!»

Nicht schreien, dachte er, ich bin hilflos gegen Schreien. «Ich komme bald wieder, Mrs. Birnbaum», sagte er. Ihre Beine und Füße waren bloß, und es war kalt im Zimmer. Er griff nach der grauen Decke am Fußende des Bettes und deckte die Frau damit zu, aber Mrs. Birnbaum begann zu strampeln wie ein ungezogenes Kind. Eilends verließ er den Raum.

Leslies Zimmer lag am anderen Ende des Korridors, um die Ecke. Er legte die Bücher auf ihr Bett, riß eine Seite aus seinem Notizbuch und schrieb darauf: «Ich komme nochmals am Nachmittag. Du warst in der Arbeitstherapie. Hoffentlich machst du dort was Brauchbares – zum Beispiel Männersocken ohne Löcher.»

Auf dem Rückweg warf er einen Blick in Maggies Büro, um sich von ihr zu verabschieden. Aber die Oberschwester war nicht da. Aus dem Wasserkessel strömte Dampf und erzeugte einen nassen Fleck an der Decke. Michael zog den Stecker heraus, überlegte, daß er noch Zeit hatte, und goß Wasser in eine der Tassen.

Während er langsam seinen Kaffee trank, notierte er:

Zu erledigen:

Woodborough General Hosp.
Susan Wreshinsky, Entbindungsabtlg. (Bub, Mdch.?) *Maseltow* wünschen.
Louis Gurwitz (Enkln. v. Mrs. Leibling), Apndx.
Jerry Mendelsohn, Beinamp.

Bibliothek
Bialik Biogr. bestellen
Mikrofilm NY Times, jüdische Wachen in Wohnvierteln mit Rassenunruhen, für Predigt.

Er sah den Namen seiner Frau auf einem Ordner im Aktenschrank, und unwillkürlich griffen seine Hände nach dem Faszikel. Er zögerte nur kurz, bevor er ihn öffnete. Während er die Papiere durchblätterte, nahm er noch einen Schluck Kaffee und begann dann zu lesen.

Woodborough State Hospital
Patientin: Mrs. Leslie (Rawlings) Kind
Falldarstellung, vorgetragen bei
Mitarbeiterbesprechung am
21. Dezember 1964
Diagnose: Involutionsmelancholie

Patientin ist attraktiv und gut aussehend, Weiße, vierzig Jahre alt, in guter körperlicher Verfassung. Haar: dunkelblond; Größe: 1,68 m; Gewicht: 64 kg.

Sie wurde am 28. August von ihrem Gatten ins Spital gebracht. Präpsychotische Symptomatik: «neurasthenischer» Zustand, Pat. klagte darüber, daß ihr alles zuviel werde, daß sie körperlich und geistig schnell ermüde, reizbar und unruhig sei und unter Schlaflosigkeit leide.

Während der ersten elf Wochen in der Anstalt blieb Pat. stumm. Oft sah es aus, als wolle sie weinen, sei aber unfähig, sich diese Erleichterung zu verschaffen.

Nach dem zweiten Elektroschock – Pat. erhielt bis zum heutigen Datum neun von den verordneten zwölf Schocks – kehrte die Sprache wieder. Thorazine scheint gute symptomlindernde Wirkung zu haben, wurde nun aber ersetzt durch Pyrrolazote in allmählich steigender Dosierung bis zu 200 mg. q. i. d.

Keine nennenswerte Amnesie nach der Schockbehandlung. Pat. berichtet ihrem Psychiater im Laufe der vergangenen Woche, sie erinnere sich, geschwiegen zu haben, weil sie niemandem ihre Schuldgefühle anvertrauen wollte, die sich aus der Entfremdung von ihrem Vater herleiteten aus dem Gefühl, wegen einer zwei Jahrzehnte zurückliegenden vorehelichen Sexualerfahrung als Collegestudentin nun eine schlechte Frau und Mutter zu sein. Pat. hat dieses Erlebnis ihrem jetzigen Gatten vor ihrer Heirat mitgeteilt und kann sich nicht erinnern, sich je wieder damit beschäftigt oder auch nur daran gedacht zu haben – bis es ihr vor einigen Monaten plötzlich wieder in den Sinn kam. Sie erinnert sich jetzt deutlich an die ihrer Erkrankung vorausgehenden Schuldgefühle wegen jener frühen Sexualbeziehung und des Verlustes der väterlichen Liebe, doch scheinen sie diese Gefühle nicht länger zu quälen. Sie macht jetzt einen ruhigen und optimistischen Eindruck.

Die sexuellen Beziehungen zu ihrem Gatten schildert Pat. als gut. Die Menstruation ist seit einem halben Jahr unregelmäßig. Bei der gegenwärtigen Erkrankung handelt es sich offensichtlich um einen agitierten wahnhaften Depressionszustand der beginnenden Wechseljahre.

Pat. ist die Tochter eines Congregationalisten-Geistlichen und trat, ehe sie vor achtzehn Jahren ihren jetzigen Gatten, einen Rabbiner, heiratete, zum Judentum über. Sie scheint der jüdischen Religion zutiefst verbunden zu sein; Gegenstand ihrer Schuldgefühle ist nicht ihr Austritt aus dem Christentum, sondern ihr Verhalten dem Vater gegenüber, das sie als Verrat an ihm erlebt hat. Im Elternhaus der Patientin spielte die

Lehre der Bibel eine entscheidende Rolle; seit ihrer Heirat widmete sich Pat. dem Studium des Talmud und genießt, nach Aussage ihres Gatten, die Freundschaft und Bewunderung anerkannter Autoritäten rabbinischer Schulen.

Mr. Kind scheint als Geistlicher etwas strenge Vorstellungen hinsichtlich des Verhaltens seiner Gemeinde zu haben; als Folge davon führte die Familie ein ziemlich unstetes Wanderleben. Dies bedeutete offensichtlich eine gewisse emotionale Belastung für beide Ehepartner.

Trotzdem ist die Prognose des Falles gut.

Ich empfehle, nach dem zwölften Elektroschock die Entlassung der Patientin aus der Anstaltspflege in Betracht zu ziehen. Fortsetzung der psychotherapeutischen Behandlung der Patientin durch einen Psychiater, wenn möglich auch eine stützende Therapie für den Gatten wären angezeigt.

(Unterschrift)
Daniel L. Bernstein, M.D.
Chef-Psychiater

Michael wollte sich soeben dem nächsten Bericht zuwenden, als er Maggie bemerkte, die in der Tür stand und ihm zusah.

«Sie gehen wie auf Gummisohlen», sagte er.

Schwerfällig trat sie zu ihrem Schreibtisch, nahm Michael Leslies Krankengeschichte aus den Händen und stellte sie zurück.

«Sie könnten vernünftiger sein, Rabbi. Wenn Sie wissen wollen, wie es Ihrer Frau geht, fragen Sie ihren Psychiater.»

«Sie haben recht, Maggie», sagte er. Sie erwiderte seinen Gruß mit stummem Nicken. Er steckte seine Notizen ein und verließ das Büro. Eilig schritt er durch den hallenden, allzu sauberen Korridor.

Der Brief kam vier Tage später.

Mein Michael,

wenn Du nächstens in Dein Büro im Spital kommst, wirst Du merken, daß die Kabbala von Deinem Schreibtisch fehlt. Ich habe Dr. Bernstein dazu überredet, seinen Universalschlüssel zu verwenden und mir das Buch zu holen. So hat er zwar für mich gestohlen, aber die Idee kam von mir. Der gute Max Gross hat immer darauf bestanden, daß sich kein Mann vor seinem vierzigsten Lebensjahr mit der kabbalistischen Mystik beschäftigen sollte. Er wäre entsetzt, wenn er wüßte, daß ich mich nun schon seit zehn Jahren damit herumplage – und ich bin doch nur eine Frau!

Ich gehe regelmäßig zu meinen Sitzungen bei Dr. Bernstein; «Psycho-Schmonzes» hast Du das früher gern genannt. Ich fürchte, ich werde nie wieder so selbstzufrieden sein, daß ich mich über Psychotherapie lustig machen könnte. Merkwürdig, ich erinnere mich an fast alles aus der Zeit der Krankheit, und ich wünsche sehr, Dir davon zu erzählen. Am leichtesten ist es, glaube ich, das in einem Brief zu tun – nicht, weil ich Dich zuwenig liebe, um diese Dinge mit Dir zu besprechen, während ich Dir in die Augen sehe, sondern weil ich so feig bin, daß ich vielleicht nicht alles sagen würde, was notwendig ist.

So schreibe ich es eben, jetzt gleich, bevor ich den Mut verliere.

Du weißt nur zu gut, daß ich schon seit ungefähr einem Jahr nicht mehr in Ordnung war. Aber du kannst nicht wissen – weil ich es Dir nicht sagen konnte –, daß ich in dem letzten Monat, bevor Du mich ins Spital brachtest, kaum mehr geschlafen habe. Ich hatte Angst vor dem Schlaf, Angst vor zwei Träumen, die immer wiederkehrten; es war wie die Fahrt durch ein Geisterschloß in einem verrückten Vergnügungspark – man fährt wieder und wieder und kann nicht herauskommen.

Der erste Traum spielte im Wohnzimmer des alten Pfarrhauses in der Elm Street in Hartford. Ich sah jede Einzelheit so deutlich wie auf einem Fernsehschirm: das behäbige, abgenützte rote Plüschsofa und die dazu passenden Fauteuils mit den zerschlissenen Polsterschonern, die Mrs. Payson alljährlich regelmäßig und beharrlich erneuerte; den fadenscheinigen Orientteppich und den polierten Mahagonitisch mit den zwei Kanarienvögeln aus Porzellan unter ihren Glasstürzen; an der Wand die handkolorierte Fotografie – ein müder kleiner Bach, der sich spielerisch durch eine senffarbene Wiese schlängelt –, ein gerahmter Strauß künstlicher Blumen, von meiner Großmutter aus den Locken gefertigt, die von meinem ersten Haarschnitt abgefallen waren, und über dem mächtigen Marmorkamin, in dem nie ein Feuer brannte, ein gestickter Spruch:

Des Hauses Schönheit ist Ordnung
Des Hauses Segen ist Zufriedenheit
Des Hauses Stolz ist Gastlichkeit
Des Hauses Krone ist Frömmigkeit

Es war der häßlichste Raum, der je von gottesfürchtigen, aber geizigen Pfarrersleuten eingerichtet worden ist.

Und ich sah auch die Menschen.

Meine Tante Sally, dünn und grauhaarig und verbraucht von der Mühe, sich nach dem Tod meiner Mutter um uns zu kümmern – und so voll von Liebe für den Mann ihrer toten Schwester, daß alle es wußten, nur er nicht, die Arme.

Und mein Vater. Sein Haar war auch damals schon weiß, und er hatte die glattesten rosigen Backen, die ich je bei einem Mann gesehen habe. Ich kann mich nicht erinnern, daß er je so ausgeschaut hatte, als hätte er eine Rasur nötig. Ich sah auch seine Augen im Traum, hellblau, mit einem Blick, der tief in einen eindrang, bis zu der Lüge, die man im geheimsten Gedanken verbarg.

Und ich sah auch mich, zwölfjährig vielleicht, mit langen Zöpfen, dünn und eckig, mit einer Metallrandbrille auf der Nase, denn ich war kurzsichtig bis zu meinem Eintritt in die High School.

Und jedesmal stand mein Vater im Traum vor dem Kamin, sah mir in die Augen und sprach die Worte, die er wohl vielhundertmal am Samstag nach dem Abendessen in diesem häßlichen Zimmer zu uns gesprochen hat:

«Wir glauben an Gott, den Vater, unendlich an Weisheit, Güte und Liebe, und an Jesum Christum, seinen Sohn, unsern Herrn und Heiland, der für uns und unsere Erlösung lebte und starb und wieder auferstand zum ewigen Leben, und an den Heiligen Geist, der uns geoffenbaret ward, zu erneuern, zu trösten und zu erleuchten die Seelen der Menschen.»

Dann wurde es schwarz in meinem Traum, als wäre mein Vater ein TV-Prediger, der ausgeblendet wird, weil jetzt die Reklamen kommen, und ich erwachte in unserem Bett und spürte das Prickeln und die Gänsehaut am ganzen Körper, wie ich sie als Kind immer gespürt hatte, wenn mein Vater mir in die Augen sah und davon sprach, wie Jesus für mich gestorben sei.

Anfangs machte ich mir keine Gedanken über den Traum. Man träumt eben alles mögliche, alle Menschen tun das. Aber der Traum wiederholte sich alle paar Nächte: immer derselbe Raum, dieselben Worte, gesprochen von meinem Vater, der mir in die Augen sah.

Er erschütterte mich nicht in meinem jüdischen Glauben. Das war für mich schon lange bereinigt. Ich bin Deinetwegen übergetreten, aber ich gehörte zu den Glücklichen, die mehr fanden, als sie erwartet hatten. Über all das brauchen wir nicht mehr zu reden.

Aber ich begann darüber nachzudenken, was es wohl für meinen Vater bedeutet haben mußte, als ich verwarf, was er mich gelehrt hatte, und Jüdin wurde. Ich dachte darüber nach, was es für Dich bedeuten würde, käme eines von unseren Kindern zu dem Entschluß, zu konvertieren, katholisch zu werden zum Beispiel. Dann lag ich da und starrte zur finsteren Zimmerdecke hinauf, und ich dachte daran, daß mein Vater und ich einander völlig fremd geworden waren. Und ich dachte daran, wie sehr ich ihn als kleines Mädchen geliebt hatte.

Dieser Traum kam lange Zeit hindurch wieder, aber dann tauchte ein anderer auf. In dem zweiten Traum war ich zwanzig Jahre alt; ich saß in einem Wagen mit Schiebedach, der an einer dunklen Nebenstraße in der Gegend von Wellesley Campus geparkt war, und ich hatte nichts an.

Alle Einzelheiten und Eindrücke waren ebenso deutlich wie in dem ersten Traum. An den Familiennamen des Jungen konnte ich mich nicht erinnern – sein Vorname war Roger –, aber ich sah sein Gesicht: erregt, jung und ein wenig erschrocken. Er hatte einen Bürstenhaarschnitt und trug ein blaues Leverett House-Fußballeibchen mit der weißen Nummer 42. Seine Tennisshorts und seine Unterwäsche lagen auf einem Haufen mit meinen Kleidern auf dem Boden des Wagens. Ich betrachtete ihn äußerst interessiert: nie zuvor hatte ich einen nackten Männerkörper gesehen. Ich empfand weder Liebe noch Verlangen, nicht einmal Zuneigung. Dennoch hatte es keiner Überredung bedurft, als er den Wagen hier im Dunkeln parkte und mich auszuziehen begann – und der Grund dafür waren meine große Neugier und die Überzeugung, daß es Dinge gibt, die ich wissen wollte. Als ich dann dalag, den Kopf an die Wagentür gepreßt und das Gesicht in die rissige Lederlehne des Sitzes, als ich spürte, wie der Junge mit mir beschäftigt war, mit demselben blöden Eifer, den er beim Fußballspiel zeigte, als ich spürte, wie es mich schmerzhaft aufriß wie eine Schote – da war meine Neugier befriedigt. Irgendwo in der Ferne bellte ein Hund, und der Junge im Wagen gab einen Laut von sich, der wie ein Seufzer klang, und ich spürte, wie ich zu einem fühllosen Gefäß wurde. Ich konnte nichts tun, als dem fernen Bellen lauschen und dabei wissen, daß ich betrogen worden war, daß dies nichts war als ein trauriger Einbruch in mein privatestes Leben.

Wenn ich dann aufwachte in unserem dunklen Zimmer und mich wiederfand in unserem Bett neben Dir, dann hatte ich den Wunsch, Dich zu wecken und Dich um Verzeihung zu bitten, Dir zu sagen, daß das dumme Mädchen im Auto tot ist und daß die Frau, die ich geworden bin, niemanden in Liebe erkannt hat als Dich. Aber ich lag nun zitternd wach die ganze Nacht.

Diese Träume kamen immer wieder, manchmal der eine und manchmal der andere, sie kamen so häufig, daß sie sich mit meinem wachen Leben mischten und ich manchmal nicht mehr sagen konnte, was Traum war und was Wirklichkeit. Wenn mein Vater mir in die Augen schaute und von Gott und Jesus sprach, dann wußte ich, daß er die Ehebrecherin in mir sah, obwohl ich erst zwölf Jahre alt war, und ich wünschte mir den Tod. Einmal verzögerte sich die Menstruation um fünf Wochen, und an dem Nachmittag, als sie endlich einsetzte, sperrte ich mich im Badezimmer ein und saß auf dem Rand der Wanne, zitternd, weil ich nicht weinen konnte, und ich wußte nicht mehr, ob ich nun die Studentin war, die erleichtert aufatmete, oder eine dicke, vierzigjährige Frau, die froh war, kein Kind zu kriegen, das nicht von Dir gewesen wäre.

Tagsüber konnte ich Dir nicht mehr in die Augen sehen und ertrug es nicht, wenn die Kinder mich küßten. Und nachts lag ich erstarrt und kniff mich, um nicht einzuschlafen und zu träumen.

Und dann hast Du mich ins Krankenhaus gebracht und mich allein gelassen, und ich wußte, daß es so war, wie es sein sollte: denn ich war schlecht und mußte eingesperrt und zum Tod verurteilt werden. Und ich wartete darauf, daß sie mich töten – bis die Schockbehandlung begann und die verschwommenen Umrisse meiner Welt wieder feste Kontur annahmen.

Dr. Bernstein riet mir, Dir von den Träumen zu erzählen, wenn ich es wirklich wolle. Er glaubt, daß sie mich dann nie mehr heimsuchen werden.

Laß nicht zu, daß sie Dir Schmerz bereiten, Michael. Hilf mir, sie aus unserer Welt zu vertreiben. Du weißt, daß Dein Gott mein Gott ist und daß ich Dein Weib und Deine Frau bin, im Fleisch und im Geist und in der Wahrheit. Ich verbringe die Zeit damit, auf meinem Bett zu liegen und die Augen zu schließen und an das zu denken, was sein wird, wenn ich dieses Haus verlasse – und an die vielen guten Jahre, die ich mit Dir gelebt habe. Küß die Kinder von mir. Ich liebe Dich so sehr,

Leslie

Er las den Brief viele Male.

Es war bemerkenswert, daß sie den Familiennamen des Jungen vergessen hatte. Phillipson hatte er geheißen. Roger Phillipson. Sie hatte ihm den Namen nur einmal genannt, aber er hatte ihn nie mehr vergessen. Und vor sieben Jahren, während er im Haus eines Amtskollegen in Philadelphia auf das Abendessen wartete und das Gedenkbuch zur Zehn-Jahres-Feier der Harvard-Klasse seines Gastgebers durchblätterte, war ihm der Name plötzlich in die Augen gesprungen: er stand unter einem Gesicht, das mit der Aufrichtigkeit des Versicherungsagenten lächelte. Teilhaber: Folger, Folger, Phillipson, Paine & Yeager Versicherungsgesellschaft, Walla Walla, Wash., Gattin: eine geborene Sowieso aus Springfield, Mass. Drei Töchter mit nordischen Namen, im Alter von sechs, vier und eineinhalb Jahren. Hobbies: Segeln, Fischen, Jagen, Statistik. Klubs, Universität, Lions, Rotary, noch zwei, drei andere. Lebensziel: beim fünfzigsten Klassentreffen Fußball zu spielen.

Ein paar Wochen später, zum *Jom Kippur* in seinem eigenen Tempel, hatte er bereut und fastend Buße getan und Gott um Vergebung gebeten für die Gefühle, die er gegen den lächelnden Mann auf dem Bild gehegt hatte. Er hatte für Roger gebetet und ihm ein langes Leben und ein kurzes Gedächtnis gewünscht.

13

Michaels Besorgnis um Max war nach dem Brief eher noch größer geworden.

In dieser Nacht, wach liegend in seinem Messingbett, versuchte er sich zu erinnern, wie sein Sohn als Baby und als kleiner Junge ausgesehen hatte. Max war ein häßliches Kind gewesen, das nur durch sein Lächeln manchmal verschönt wurde. Seine Ohren lagen nicht flach am Kopf an, sie waren abstehend wie – wie heißen die Dinger nur, Schalldämpfer? Seine Wangen waren voll und weich gewesen.

Und heute, dachte Michael, sucht man in seiner Brieftasche nach einer Marke und entdeckt, daß er ein Brocken von einem Mann mit sexuellen Wünschen ist. Er brütete noch immer über dieser Entdeckung.

Seine Phantasie wurde dadurch beflügelt, daß Max vor zwanzig Minuten mit Dessamae Kaplan nach Hause gekommen war. Michael hörte, daß sie im Wohnzimmer waren. Leises Lachen. Und vielerlei andere Geräusche. Welches Geräusch macht das Herausziehen einer Brieftasche?

Michael ertappte sich dabei, daß er mit gespannten Sinnen auf dieses Geräusch lauschte. Laß die Brieftasche, wo sie ist, mein Sohn, bat er stumm. Dann begann er plötzlich zu schwitzen. Aber wenn du schon so blöd sein mußt, mein Sohn, dachte er, dann paß wenigstens auf und hol die Brieftasche heraus.

Sechzehn, dachte er.

Endlich stand er auf, zog seinen Schlafrock und Hausschuhe an. Auf der Stiege konnte er sie deutlicher hören.

«Ich will nicht», sagte Dessamae.

«So komm doch, Dess.»

Michael blieb auf halbem Weg stehen, stand wie erstarrt im dunklen Stiegenhaus. Einen Augenblick später hörte er ein leises Geräusch, regelmäßig und rhythmisch. Am liebsten wäre er davongelaufen.

«Das ist so angenehm . . . Ah, ist das gut.»

«So?»

«Hmmm . . . Hey –»

Sie lachte kehlig. «Jetzt kratz du mir den Rücken, Max.»

Du alter Dreckskerl, sagte Michael zu sich, du schäbiger Voyeur in mittleren Jahren. Fast stolpernd, eilte er die Stiegen hinunter und stand plötzlich im Wohnzimmer, blinzelnd in der Helle.

Sie saßen mit gekreuzten Beinen auf dem Teppich vor dem Kamin. Dessamae hielt den elfenbeinernen chinesischen Rückenkratzer in der Hand.

«Guten Tag, Rabbi», sagte sie.

«Tag, Dad.»

Michael begrüßte sie – aber er konnte ihnen nicht in die Augen sehen. Er ging in die Küche und goß Tee auf. Als er bei der zweiten Tasse war, kamen die beiden ihm nach und leisteten ihm Gesellschaft.

Später ging Max weg, um Dessamae nach Haus zu begleiten, und Michael kroch in sein Messingbett und tauchte in den Schlaf wie in ein warmes Bad.

Das Telefon weckte ihn. Er erkannte Dan Bernsteins Stimme. «Was ist los?»

«Nichts. Ich glaube, es ist nichts. Ist Leslie bei Ihnen?»

«Nein», sagte er, plötzlich schmerzhaft wach.

«Sie ist vor ein paar Stunden hier weggegangen.»

Michael setzte sich im Bett auf.

«Es hat einen kleinen Auftritt zwischen zwei Patientinnen gegeben. Mrs. Seraphin hat Mrs. Birnbaum mit so einem kleinen Taschenmesser verletzt. Gott weiß, wo sie es hergenommen hat. Wir versuchen gerade, der Sache auf den Grund zu kommen.»

Dr. Bernstein machte eine Pause und sagte dann hastig: «Leslie hatte mit der ganzen Geschichte überhaupt nichts zu tun. Aber das war der einzige Augenblick, wo sie unbemerkt hinauskommen konnte; es kann zu keiner anderen Zeit gewesen sein.»

«Wie geht es Mrs. Birnbaum?»

«Alles in Ordnung. Solche Sachen passieren eben.»

«Warum haben Sie mich nicht sofort angerufen?» fragte Michael.

«Man hat jetzt erst bemerkt, daß Leslie nicht da ist. Sie müßte schon dort sein, wenn sie nach Hause gegangen wäre», bemerkte der Psychiater nachdenklich. «Sogar zu Fuß.»

«Besteht irgendeine Gefahr?»

«Ich glaube, nicht», sagte Dr. Bernstein. «Ich habe Leslie heute gesehen. Sie ist in keiner Weise suizid- oder gemeingefährlich. Sie ist wirklich eine recht gesunde Frau. In zwei oder drei Wochen hätten wir sie nach Hause geschickt.»

Michael stöhnte. «Wenn sie jetzt zurückkommt – bedeutet das, daß die Internierung länger dauern wird?»

«Warten wir's ab. Es gibt Patienten, die aus sehr normalen Ursachen ausreißen. Wir müssen erst einmal sehen, was sie vorgehabt hat.»

«Ich werde sie suchen gehen.»

«Es sind ein paar Wärter unterwegs, die nach ihr Ausschau halten. Jetzt könnte sie freilich schon in einem Bus oder in einem Zug sitzen.»

«Das glaube ich nicht», sagte Michael. «Warum sollte sie das tun?»

«Ich weiß ja nicht, warum sie *weggegangen* ist», sagte Dr. Bernstein. «Wir müssen abwarten. Routinegemäß verständigen wir die Polizei.»

«Wie Sie glauben.»

«Ich rufe Sie an, sobald ich etwas weiß», sagte Dan.

Michael hängte den Hörer ab, zog sich warm an und nahm die große Taschenlampe aus dem Werkzeugschrank.

Rachel und Max waren bereits zu Bett. Michael ging in das Zimmer seines Sohnes. «Max», sagte er, «wach auf.» Er rüttelte Max an der Schulter, und der Junge schlug die Augen auf. «Ich muß noch weggehen. Gemeindeangelegenheiten. Paß auf deine Schwester auf.»

Max nickte schlaftrunken.

Die Uhr unten im Vorraum zeigte halb zwölf. An der Tür zog er seine Stiefel an, dann ging er um das Haus herum zum Wagen. Sein Schritt knirschte im frischen Schnee.

Ein leises Geräusch in der Dunkelheit.

«Leslie?» fragte er und knipste die Taschenlampe an. Eine Katze sprang von der Abfalltonne und flüchtete ins Dunkel.

Er ließ den Wagen im Rückwärtsgang aus der Zufahrt rollen und fuhr dann sehr langsam die ganze Strecke vom Haus bis zum Spital ab. Dreimal hielt er an, um seine Scheinwerfer auf Schatten zu richten.

Er begegnete keinem Fußgänger und nur zwei Autos. Vielleicht hat sie jemand im Wagen mitgenommen, dachte er.

Auf dem Krankenhausgelände angekommen, parkte er an einer Stelle, die Aussicht auf den See gewährte, und stapfte dann durch den Schnee hinunter zum Strand und hinaus auf das Eis. Vor zwei Jahren waren zwei College-Studenten nach ihrer Aufnahme in eine Fraternity blindlings quer über den See gegangen, waren im dünnen Eis eingebrochen, und einer war ertrunken; der Neffe von Jake Lazarus, erinnerte sich Michael. Aber diesmal schien das Eis dick und tragfähig. Er ließ das Licht seiner Taschenlampe über die weiße Fläche spielen und sah nichts.

Einem plötzlichen Einfall folgend, ging er zum Wagen zurück und fuhr in die Stadt, zum Tempel. Aber Beth Sholom war dunkel und leer.

Er fuhr nach Hause, durchsuchte jeden einzelnen Raum. Im Wohnzimmer hob er den Rückenkratzer auf. Wir sind niemals so jung gewesen, dachte er müde.

Das Telefon läutete nicht.

Der Brief von Columbia lag auf dem Kaminsims. Er erinnerte ihn zwar an das Harvard-Jahrbuch mit Phillipsons Bild, aber trotzdem nahm er ihn zur Hand und las ihn. Dann setzte er sich an seinen Schreibtisch, und bald begann er zu schreiben. So hatte er wenigstens etwas zu tun.

An die Vereinigung der
Absolventen von Columbia College,
116th Street und Broadway
New York, New York 10027

Gentlemen,

nachfolgend übermittle ich Ihnen meinen autobiographischen Beitrag zum Gedenkbuch anläßlich der Fünfundzwanzig-Jahr-Feier des Jahrgangs 1941.

Ich kann es kaum glauben, daß fast fünfundzwanzig Jahre vergangen sind, seit wir Morningside Heights verlassen haben. Ich bin Rabbiner. Als solcher habe ich in reformierten Gemeinden in Florida, Arkansas, Kalifornien und Pennsylvania gearbeitet. Jetzt lebe ich in Woodborough, Massachusetts, mit meiner Frau Leslie, geb. Rawlings (Wellesley, 1946) aus Hartford, Connecticut, und unseren Kindern Max (16) und Rachel (8).

Ich sehe dem Zusammentreffen anläßlich unseres fünfundzwanzigjährigen Jubiläums mit freudiger Erwartung entgegen. Die Gegenwart stellt so viele Anforderungen an uns, daß wir nur allzu selten Gelegenheit haben, auf die Vergangenheit zurückzublicken ...

Queens, New York
Februar 1939

14

An einem Winternachmittag – Michael absolvierte sein erstes Semester in Columbia – erteilte Dorothy Kind Mr. Lew, ihrem langjährigen Kosmetiker, präzise Aufträge, und er behandelte ihr Haar mit einer faulig riechenden Flüssigkeit, die das Rot in Grau verwandelte. Damit nahm ihr ganzes Leben eine zunächst kaum merkliche Wendung. Vielleicht hatte Abe Kind es allmählich aufgegeben, hinter anderen Frauen her zu sein, nun, da er nicht mehr jung war. Michael zog es vor, anzunehmen, seine Mutter sei endlich mit sich ins reine gekommen. Ein Anzeichen dafür war, daß sie weniger Make-up verwendete: ihr graues Haar umrahmte nun ein Gesicht anstatt einer Maske. Dann lernte sie stricken und versorgte bald die ganze Familie mit Kaschmir-Pullovern und warmen Socken. Abe und Dorothy gewöhnten sich an, am Freitagabend mit ihrem Sohn zum Gottesdienst zu gehen. Zum erstenmal, seit Michael denken konnte, wurden die Kinds eine Familie im echten Sinn des Wortes.

An einem Sonntagmorgen kroch Michael aus dem Bett, während die Eltern noch schliefen. Im Wohnzimmer fand er seine Schwester, noch in Pyjama und Schlafrock; auf dem Sofa zusammengerollt, aß sie *bejgl* mit Rahmkäse und löste *The New York Times*-Rätsel. Mit der Buchbesprechungsseite und dem Rückblick auf die Ereignisse der Woche zog sich Michael in einen Fauteuil zurück. Eine Weile lasen sie schweigend, und Michael hörte, wie Ruthie ihr *bejgl* kaute. Dann hielt er es nicht länger aus; er putzte die Zähne und holte sich gleichfalls ein *bejgl* mit Käse. Sie betrachtete ihn, während er saß, ohne sie zu beachten. Schließlich blickte er auf. Ihre Augen, die denen der Mutter so ähnlich waren, hatten die Intelligenz des Vaters.

«Ich wäre beinahe nicht aus Palästina zurückgekommen», sagte sie.

«Was meinst du damit?» fragte er, aufmerksam werdend.

«Ich habe dort einen Mann kennengelernt. Er wollte mich heiraten, ich wollte es auch, sehr. Hättest du mich vermißt, wenn ich nicht zurückgekommen wäre?»

Er betrachtete sie, weiter sein *bejgl* essend, und kam zu dem Schluß, daß sie die Wahrheit sagte. Hätte sie sich vor ihm in Szene setzen wollen, dann hätte sie die Angelegenheit dramatischer gestaltet.

«Wenn du's wolltest, warum hast du's nicht getan?»

«Weil ich nichts wert bin. Weil ich ein verwöhnter Mittelstandsfratz aus Queens bin und keine Pionierin.»

Er fragte sie nach dem Palästinenser. Sie stand auf und lief barfuß in ihr Zimmer. Er hörte, wie sie ihre Handtasche öffnete. Sie kam zurück mit einer Amateuraufnahme, die einen jungen Mann mit welligem braunem Haar und krausem braunem Bart zeigte. Er trug nur Khakishorts und Leinenschuhe, die eine Hand ruhte auf einem Traktor, der Kopf war ein wenig zurückgeneigt, und die Augen waren gegen die Sonne halb geschlossen. Er lächelte nicht. Sein Körper war gebräunt, muskulös und ziemlich mager. Michael war mit sich nicht ganz einig darüber, ob ihm der junge Mann auf dem Bild gefiele oder nicht.

«Wie heißt er denn?» fragte er.

«Saul Moreh. Früher hat er Samuel Polansky geheißen. Er kommt aus London. Er ist seit vier Jahren in Palästina.»

«Er hat seinen Namen geändert? Er wird doch nicht aus der Miederbranche kommen?»

Sie lächelte nicht. «Er ist ein großer Idealist», sagte sie. «Er wollte einen Namen haben, der etwas bedeutet. Saul hat er sich ausgesucht, weil er in seinen ersten drei Monaten in Palästina Soldat war und arabische Überfälle abgewehrt hat. Und Moreh heißt Lehrer – Lehrer wollte er werden, und jetzt ist er's.»

Michael betrachtete den Traktor. «Ich dachte, er ist Bauer.»

Sie schüttelte den Kopf. «Er unterrichtet in der Schule des *kibbuz*. Die Siedlung heißt Tikveh le'Machar. Sie liegt mitten in der Wüste, nur ganz wenige freundlich gesinnte arabische Nachbarn. Die Sonne ist so kräftig, daß einem die Augen weh tun. Es gibt kaum jemals eine Wolke am Himmel. Die Wüste ist nichts als ausgebleichter Sand und ausgebranntes Gestein, und die Luft ist sehr trocken. Weit und breit kein Grün, außer in den Bewässerungsgräben. Wenn sie kein Wasser führen, verdorren die Pflanzen und sterben.»

Sie schwiegen. Er merkte, wie ernst es ihr war, und er wußte nicht, was er sagen sollte.

«Es gibt ein einziges Telefon, im Büro des *kibbuz*. Manchmal funktioniert es. Und die Toiletten solltest du sehen! Wie bei den ersten amerikanischen Siedlern.» Sie entfernte ein Stückchen *bejgl* von ihrem Schlafrock, drehte es hin und her und betrachtete es aufmerksam. «Er fragte mich, ob ich ihn heiraten wolle, und ich wollte es so sehr. Aber ich konnte die Toiletten nicht aushalten, und so bin ich nach Hause gefahren.» Sie sah ihn an und lächelte. «Ist das nicht ein idiotischer Grund, einen Heiratsantrag abzulehnen?»

«Und was wirst du jetzt machen?» Sie hatte nach zweieinhalb Jahren Wirtschaftswissenschaften an der New Yorker Universität das Studium aufgegeben und arbeitete jetzt als Sekretärin im Columbia Broadcasting System.

«Ich weiß es nicht. Ich bin so durcheinander. Jetzt schreibt er mir seit über einem Jahr. Ich antwortete auf jeden Brief. Ich kann nicht Schluß machen.» Sie sah ihn an. «Du bist mein Bruder. Sag mir, was ich tun soll.»

«Niemand kann dir das sagen, Ruthie, das weißt du doch.» Er räusperte sich. «Was ist mit all den Kerlen, mit denen du dauernd ausgehst. Ist da keiner drunter ...?»

Ihr Lächeln war traurig. «Du kennst doch die meisten von ihnen. Ich bin dazu bestimmt, jemanden zu heiraten, der im Wirtschaftsteil schreibt. Oder einen Vertreter. Oder einen jungen Mann, dessen Vater einen Autoverleih betreibt. Einen jungen Mann, der auf seine Diät aufpassen muß und mir eine Toilette installieren lassen kann, die Brahms spielt, wenn man sich hinsetzt, und Chanel verspritzt, wenn man auf den goldenen Knopf für die Wasserspülung drückt.»

Einen Augenblick lang sah er seine Schwester, wie andere Männer sie sehen mochten. Eine Brünette mit blanken Augen und einem hübschen Lächeln, das ebenmäßige weiße Zähne sehen ließ. Ein Mädchen mit festem Busen und einem gutgebauten Körper. Eine schöne Frau. Er setzte sich neben sie und umarmte sie zum erstenmal seit ihrer Kindheit. «Wenn du das machst», sagte er, «werd ich dich dauernd besuchen, nur um das Klo zu benützen.»

Sein eigenes Liebesleben war um nichts erfreulicher als das seiner Schwester. Er kam mit Mimi Steinmetz zusammen, weil sie eben da war – er brauchte nur über den Korridor zu gehen. Immer wieder einmal ließen sie sich auf kindische sexuelle Spielereien ein, wobei Mimis Hände ihn abwehrten, aber nur zögernd und gleichsam bittend, er möge sie überwältigen. Aber er hatte keine Lust zum Überwältigen, denn er spürte, daß sie mehr nach Besitz verlangte als nach Lust – und er hatte nicht den leisesten Wunsch, zu besitzen oder besessen zu werden.

So fand der Trieb keine wirkliche Entspannung, und Michael wurde unruhig und nervös. Manchmal, wenn er noch spät in der Nacht lernte, ging er im Zimmer auf und ab. Friedmans, die das Apartment unter den Kinds bewohnten, beklagten sich schüchtern bei Dorothy. So gewöhnte sich Michael daran, lange Spaziergänge zu unternehmen. Er durchstreifte die Umgebung des Campus, die Straßen von Manhattan und Queens. Eines Tages setzte er sich in die Hochbahn nach Brooklyn, ursprünglich mit der Absicht, in der altvertrauten Gegend von Borough Park auszusteigen; aber dann blieb er sitzen wie angeleimt, bis der Zug längst weitergefahren war, und erst in Bensonhurst stieg er aus und ging und ging durch Straßen mit alten, schäbigen Häusern. Gehen wurde für ihn zu einer Art Alkohol und er zum Säufer, der sich seinem geheimen Laster hingab, während seine Freunde schliefen oder Musik hörten oder ein Mädchen zur Strecke zu bringen versuchten.

In einer Januarnacht verließ er die Butler-Bibliothek, wo er bis gegen zehn Uhr gelernt hatte, und machte sich auf den Weg zur Untergrundbahn. Schnee fiel in dicken weißen Flocken und hüllte die Welt ein. Wie im Traum ging Michael an der Untergrundstation vorbei. Im Verlauf von zehn Minuten hatte er sich verirrt, aber es machte ihm nichts aus. Er bog um eine Ecke in eine finstere schmale Gasse, kaum breiter als ein Hausdurchgang, mit baufälligen Wohnhäusern an beiden Seiten. Inmitten einer verlorenen Lichtinsel unter einer Straßenlaterne an der Ecke stand ein Polizist, groß und breitschultrig in seiner blauen Uniform, und hob das rauhe rote Gesicht aufwärts, dem fallenden Schnee entgegen. Er nickte Michael zu, als jener vorbeiging.

Auf halbem Wege zur nächsten Straßenecke hörte Michael schnelle leichte Schritte, die ihm folgten. Sein Herz begann zu hämmern, und er wandte sich um, ärgerlich über sich selbst, daß er so dumm gewesen war, nachts allein durch Manhattan zu gehen; der Mann schritt an ihm vorbei, schnell, aber so nahe, daß Michael ihn ausmachen konnte: ein kleiner Mann mit großem Kopf, einem Bart, in dem Schnee hing, mit großer Nase und halbgeschlossenen Augen, die nichts sahen. Er trug den Mantel trotz der Kälte offen, die bloßen Hände hatte er auf dem Rücken gefaltet, und er redete leise vor sich hin. Betete er? Es kam Michael vor, als hätte er Hebräisch gesprochen.

Schon nach wenigen Augenblicken konnte Michael ihn nicht mehr sehen. Er hörte den Überfall mehr, als er ihn sah: das Geräusch von Schlägen, den Grunzlaut entweichender Luft, wie sie ihn in den Magen hieben, das Klatschen von Fäusten.

«POLIZEI!» brüllte Michael. «POLIZEI!» Der Polizist, weit unten an der nächsten Straßenecke, begann zu laufen. Er war sehr dick und wälzte sich unendlich langsam heran. Michael wäre ihm am liebsten entgegengelaufen, um ihn an der Hand zu nehmen, aber dazu war keine Zeit. Er lief auf die Kämpfenden zu, stolperte beinahe über zwei von ihnen, die neben einem reglosen Körper knieten.

Der eine richtete sich schweigend auf und rannte in die Dunkelheit. Der andere, Michael näher, tat noch einen Schritt auf ihn zu, ehe Michaels Faust die bartstoppelige Wange traf. Michael sah Augen voll Haß und Angst, eine zerschlagene Nase, einen verkniffenen Mund. Jung, schwarze Lederjacke, Lederhandschuhe. Als der Schlag seinen Mund traf, fühlte Michael sich beinahe erleichtert: kein Messer! Er trug Fergusons und Bruuns ‹*Survey of American Civilization*› in der Linken – ein Buch von mindestens vier Pfund. Er faßte es mit der Rechten und holte aus, so gut er konnte. Er traf präzis, und der Angreifer fiel in den Schnee. «Arschloch», flüsterte er fast schluchzend. Ein Stück weit kroch er auf allen vieren, dann sprang er auf und rannte davon.

Der kleine bärtige Mann auf dem Pflaster richtete sich auf. Sie hatten allen Atem aus ihm herausgeprügelt, und seine Lungen rasselten, als er die Luft einsog. Schließlich atmete er tief, grinste und wies mit einer Kopfbewegung nach dem Lehrbuch. «Die Macht des gedruckten Wortes», sagte er mit schwerem Akzent.

Michael half ihm beim Aufstehen. Etwas Schwarzes lag im weißen Schnee: die *jarmulka*. Sie war voll Schnee. Mit einer verlegenen Dankesgebärde stopfte der andere sie in die Manteltasche. «Ich habe gerade das *sch'ma* gesagt, das Abendgebet.»

«Ich weiß.»

Der Polizist kam keuchend heran. Michael erzählte ihm, was vorgefallen war, und schluckte dabei Blut, das aus seinen zerschlagenen Lippen quoll. Die drei gingen zurück zu der Lichtinsel unter der Straßenlaterne. «Haben Sie ihre Gesichter ausmachen können?» fragte der Polizist.

Der kleine Mann schüttelte den Kopf. «Nein.»

Michael hatte verschwommene Züge gesehen, von Erregung verzerrt. Der Polizist fragte ihn, ob er die Täter aus einer Erkennungskartei herausfinden könnte. «Sicher nicht.»

Der Beamte seufzte. «Dann können wir die Geschichte ebensogut auf sich beruhen lassen. Die sind jetzt schon über alle Berge. Wahrscheinlich sind sie aus einem anderen Stadtviertel gekommen. Haben sie was erwischt?»

Der bärtige Mann hatte ein blaues Auge. Er griff in seine Hosentasche und zählte nach, was er zutage förderte: einen halben Dollar, einen Vierteldollar und zwei Cents. «Nein», sagte er.

«Das ist alles, was Sie bei sich haben?» fragte der Polizist freundlich. «Keine Brieftasche?»

Der Mann schüttelte den Kopf.

«Die hätten Sie um ein Haar für Ihren letzten Cent erschlagen», sagte der Polizist.

«Ich rufe ein Taxi», sagte Michael. «Kann ich Sie mitnehmen?»

«Aber nein, es ist ja nur zwei Gassen weit. Auf dem Broadway.»

«Dann gehe ich mit Ihnen und nehme das Taxi dort.»

Sie bedankten sich bei dem Polizisten und gingen schweigend durch den Schnee, jeder seine Verletzung spürend. Schließlich hielt der Mann vor einem alten Ziegelbau mit einer unleserlichen Holztafel über dem Tor.

Er ergriff Michaels Hand. «Ich danke Ihnen. Ich heiße Gross, Max Gross. Rabbi Max Gross. Wollen Sie nicht noch zu mir kommen, auf eine Tasse Tee?»

Michael war neugierig, und so nannte er seinen Namen und nahm die Einladung an. Beim Eintreten stellte sich Rabbi Gross auf die Zehenspitzen, um eine hoch oben am Türrahmen angebrachte *m'suse* zu berühren, und küßte dann seine Fingerspitzen. Er zog die *jarmulka* hervor, die jetzt ganz durchweicht war von geschmolzenem Schnee, und setzte sie auf. Dann wies er auf einen Pappkarton, in dem noch eine Menge anderer Käppchen lagen. «Dies ist Gottes Haus.» Wäre dem so, dachte Michael, ein Käppchen aufsetzend, dann hätte Gott wohl eine Unterstützung nötig. Das Zimmer war klein und schmal, eigentlich mehr ein Vorraum als ein Zimmer; zehn Reihen hölzerner Klappsessel und ein Altar füllten es fast zur Gänze aus. Der Boden war mit abgescheuertem Linoleum belegt. In einem winzigen Nebenraum, der sich an der einen Seite anschloß, standen ein abgenützter Bürotisch und ein paar zerschrammte Rohrstühle. Gross zog seinen Mantel aus und warf ihn auf den Tisch. Darunter trug er einen zerknitterten marineblauen Anzug. Ob sich unter dem Bart eine Krawatte befand, konnte Michael nicht feststellen. Obwohl der Rabbi einen sehr sauberen Eindruck machte, hatte Michael doch die Vorstellung, er würde dauernd schlecht rasiert herumgehen, hätte er keinen Bart.

Ein Dröhnen erschütterte das Gebäude und ließ die nackte gelbe Glühbirne an ihrem Kabel tanzen, so daß lange Schatten über die Decke huschten.

«Was ist denn das?» fragte Michael erschrocken.

«U-Bahn.» Über dem Ausguß des Waschbeckens füllte Gross einen verbeulten Aluminiumkessel mit Wasser und stellte ihn auf die Elektroplatte. Die Becher waren dickwandig und gesprungen. Gross färbte beide Tassen Wasser mit einem Teepäckchen, reichte Würfelzucker dazu. Er sagte die *broche*. Sie saßen auf den rohrgeflochtenen Stühlen und tranken schweigend ihren Tee.

Die bläulichen Male der Schläge im Gesicht des Rabbi wurden allmählich rot. Seine Augen waren groß und braun und von sanfter Unschuld, wie die Augen eines Kindes oder eines Tieres. Ein Heiliger oder ein Narr, dachte Michael.

«Leben Sie schon lange hier, Rabbi?»

Gross blies seinen Tee und dachte eine Weile nach. «Sechzehn Jahre. Ja, sechzehn.»

«Wie viele Mitglieder hat Ihre Gemeinde?»

«Nicht viele. Nur ein paar. Alte Männer zumeist.» Er saß einfach da und trank seinen Tee. Er schien nicht neugierig, was Michael betraf, stellte keine Fragen. Sie tranken ihren Tee aus, und Michael verabschiedete sich und zog seinen Mantel an. In der Tür wandte er sich nochmals um. Rabbi Gross bemerkte ihn offenbar nicht mehr. Er hatte seinem Gast den Rücken zugekehrt und wiegte sich und schaukelte beim abendlichen *sch'ma,* dort fortsetzend, wo er auf der Straße unterbrochen worden war: «Höre, Israel, der Herr unser Gott ist einig und einzig.» Die U-Bahn dröhnte. Das Gebäude erbebte. Die Glühbirne tanzte. Die Schatten huschten über die Decke. Michael ergriff die Flucht.

An einem Abend kurz vor Semesterschluß saß er in der Mensa mit einem Kollegen und einer Kollegin, einem Mädchen, das ihm gefiel, beim Kaffee. Alle drei plagten sich gerade ein wenig mit amerikanischer Philosophie. «Und was ist mit Orestes Brownson und seiner Enttäuschung über die Aufklärung?» fragte Edna Roth. Mit flinker rosiger Zunge leckte sie ihre Fingerspitzen ab, die klebrig waren vom Blätterteiggebäck.

«Mein Gott», sagte er seufzend, «katholisch ist er geworden – das ist alles, was ich über ihn weiß.»

«Ich hab über deinen Vater nachgedacht», sagte Chuck Farley aus heiterem Himmel. «Kleine Kapitalisten wie dein Vater sind die größten Feinde der Arbeiterschaft.»

«Mein Vater muß sich fast jede Woche den Kopf drüber zerbrechen, wie er seine Löhne ausbezahlt», sagte Michael kurz. Farley kannte Abe Kind nicht. Ein paarmal hatte er nach Kind Foundations gefragt, und Michael hatte Antwort gegeben. «Die Gewerkschaft liegt ihm im Magen. Was hat das mit amerikanischer Philosophie zu tun?»

Farley zog die Augenbrauen hoch. «Alles», sagte er. «Siehst du das nicht?» Farley war sehr häßlich, hatte eine große sommersprossige Nase und brandrote Haare, Wimpern und Brauen. Er trug eine achteckige randlose Brille und kleidete sich auffallend, aber nachlässig. Wenn er in der Vorlesung oder im Seminar das Wort ergriff, zog er regelmäßig eine goldene Uhr, groß wie ein Wagenrad, aus der Hosentasche und legte sie vor sich auf den Tisch. Michael trank häufig in der Mensa Kaffee mit ihm, weil Edna Roth immer in seiner Gesellschaft war.

Edna war ein freundliches dunkelhaariges Mädchen mit einem winzigen Muttermal auf der linken Wange und einer leicht vorspringenden Unterlippe, die Michael davon träumen ließ, seine Zähne daran zu versuchen. Sie neigte ein wenig zur Fülle, kleidete sich einfach und war weder hübsch noch häßlich; ihre braunen Augen zeigten einen Ausdruck von friedlichem Einverständnis mit ihrer Weiblichkeit; sie strömte eine angenehm animalische Wärme aus und einen zarten, verwirrenden Geruch wie nach Milch.

«Von jetzt an gibt's keine fröhlichen kleinen Saufereien mehr», sagte sie, obgleich Michael noch nie mit ihnen auf Bartour gegangen war. «Kein Schläfchen, keine Spielereien, keine Extravaganzen. Wir müssen noch eine Menge lernen für diese Prüfung.» Sie blinzelte Farley ängstlich an. Die Kurzsichtigkeit gab ihrem Gesicht einen träumerischen, ein wenig entrückten Ausdruck. «Wirst du auch genug Zeit zum Lernen haben, mein Schatz?»

Er nickte. «In der Eisenbahn.» Er fuhr regelmäßig nach Danbury, Connecticut, wo er mithalf, einen Streik in der Hutindustrie zu organisieren. Edna hatte viel Verständnis für seine politische Tätigkeit. Sie war Witwe. Auch Seymour, ihr verstorbener Gatte, war Parteimitglied gewesen. Sie kannte sich aus mit Streiks.

Farley berührte ihren üppigen Mund flüchtig mit seinen dünnen Lippen und verabschiedete sich. Michael und Edna tranken ihren Kaffee aus und begaben sich dann an ihre Arbeitsplätze im dritten Stock des Bibliotheksgebäudes; dort rangen sie bis zum Ende der Bibliotheksstunden mit Brownson und Theodore Parker, mit der transzendenten und der kosmischen Philosophie, den Radikalempiristen und den Calvinisten, mit Borden Parker Browne, Thoreau, Melville, Brook Farm, William Torrey Harris . . .

Er rieb sich die brennenden Augen, als sie das Haus verließen. «Es ist einfach zuviel, zu viele Einzelheiten.»

«Ich weiß. Hast du Lust, noch zu mir zu kommen, mein Schatz? Wir könnten noch ein, zwei Stunden lernen.»

Sie fuhren mit der Untergrundbahn nach Washington Heights, wo Edna ein Apartment in einem alten Rohziegelbau bewohnte. Sie sperrte auf, und Michael erblickte zu seiner Verwunderung eine junge Negerin, die, neben dem Radio sitzend, ihre Mathematikaufgabe machte; sie packte ihre Hefte sofort zusammen, als die beiden eintraten.

«Wie geht's ihm, Martha?» fragte Edna.

«Alles in Ordnung. Er ist ein süßer Junge.»

Das Mädchen packte seine Schulsachen zusammen und verabschiedete sich. Michael folgte Edna in das kleine Schlafzimmer und beugte sich über das Kinderbett. Er war der Meinung gewesen, Seymour hätte ihr nichts hinterlassen als gerade genug Geld, daß sie ins Lehrerseminar zurückkehren konnte. Aber da gab es noch eine andere Hinterlassenschaft.

«Ein hübscher Kerl», sagte Michael, als sie ins Wohnzimmer zurückkehrten. «Wie alt ist er denn?»

«Danke. Vierzehn Monate. Er heißt Alan.» Sie ging in die Küche und kochte Kaffee. Michael sah sich im Zimmer um. Auf dem Kaminsims stand ein Bild. Ohne zu fragen, wußte er, daß es den verstorbenen Seymour darstellte, einen recht gut aussehenden Mann mit lächerlichem

Schnurrbart und angestrengtem Lächeln. Die Kolonialstil-Möbel konnten, wenn Edna Glück hatte, halten, bis sie zu unterrichten beginnen oder wieder heiraten würde. Zum Fenster hinausblickend, sah Michael den Fluß. Das Haus lag näher dem Broadway als dem Riverside Drive, aber die Stadt fällt zum Hudson steil ab, und die Wohnung befand sich im achten Stock. Die kleinen Lichter der Boote krochen langsam über das Wasser.

Sie tranken Kaffee in der winzigen Kitchenette, und dann lernten sie, ohne sich von ihren Plätzen zu rühren; nur sein Knie berührte ihren Schenkel. Noch keine vierzig Minuten waren vergangen, da war er mit seinem Pensum durch, und auch sie hatte ihr Buch geschlossen. Es war warm in der Küche. Er spürte wieder Ednas Duft, den zarten, aber deutlichen Milchgeruch.

«Jetzt muß ich wohl gehen.»

«Du kannst auch dableiben, wenn du magst, mein Schatz. Heute kannst du dableiben.»

Er rief zu Hause an, während sie die Kaffeetassen wegräumte. Seine Mutter war am Telefon, ihre Stimme klang verschlafen, und er sagte ihr, daß er noch lerne und bei einem Freund übernachten werde. Sie dankte ihm dafür, daß er sie angerufen hatte, so daß sie sich keine Sorgen machen mußte.

Das Schlafzimmer lag neben dem Kinderzimmer, und die Verbindungstür war offen. Einander den Rücken zuwendend, entkleideten sie sich im Schein des Nachtlichts, das nebenan bei dem Baby brannte. Er versuchte seine Zähne zart an ihrer Unterlippe, ganz so, wie er es sich vorgestellt hatte. Im Bett, als er ihr ganz nahe war, machte sich der zarte Milchgeruch sehr kräftig bemerkbar. Er fragte sich, ob sie das Baby noch immer stillte. Aber ihre Brustwarzen waren trocken, harte kleine Knospen. Alles übrige war weich und warm, ohne Schrecken oder Überraschungen, ein sanftes Steigen und Fallen, wie das gleichmäßige Schaukeln einer Wiege. Sie war freundlich. Im Einschlafen spürte er, wie ihre Hand sein Haar streichelte.

Um vier Uhr begann das Baby zu schreien; der dünne, klagende Laut riß sie aus dem Schlaf. Edna zog ihren Arm unter Michaels Kopf hervor, sprang aus dem Bett und lief, die Flasche zu wärmen. Nun er sie nackt sah, merkte er, daß ihre Hinterbacken groß und etwas hängend waren. Als sie die Flasche aus dem heißen Wasser nahm, fand auch das Geheimnis des Milchgeruchs seine Lösung; sie spritzte einen weißen Tropfen auf die zarte, empfindliche Haut in der Ellbogenbeuge. Zufrieden mit der Temperatur der Milch, steckte sie dem Kleinen den Sauger in den Mund. Das Weinen hörte auf.

Als sie wieder im Bett lag, beugte er sich über sie und küßte sie in die Ellbogenbeuge. Sie war noch feucht und warm von der Milch. Mit der Zungenspitze fühlte er, wie weich ihre Haut war. Die Milch schmeckte süß. Edna seufzte. Ihre Hand suchte ihn. Diesmal war er seiner selbst sicherer und sie weniger mütterlich. Als sie dann schlief, erhob er sich vorsichtig, kleidete sich im Dunkel an und verließ die Wohnung. Drunten auf der Straße war es finster; Wind kam vom Fluß her. Michael klappte den Mantelkragen hoch und machte sich auf den Weg. Er fühlte sich schwerelos und glücklich, befreit von der Last der Unschuld. «Endlich», sagte er laut vor sich hin. Ein Junge, der auf seinem mit Paketen vollbeladenen Fahrrad vorbeifuhr, musterte ihn mit hellem, hartem Blick. Selbst um fünf Uhr am Morgen, wenn überall anders die Leute noch schliefen, war Manhattan wach. Menschen waren unterwegs, Taxis und Autos fuhren. Michael ging lange. Allmählich wurde es Tag. Plötzlich erkannte er eines der Häuser, an denen er vorüberging. Es war die kleine schäbige *schul* mit den von der Untergrundbahn geschüttelten Lampen, die Synagoge des Rabbi Max Gross.

Er trat dicht an das Tor heran und versuchte die fast nicht mehr leserliche Schrift auf der kleinen Holztafel zu entziffern. Im grauen Licht der Morgendämmerung schienen die verblaßten hebräischen Schriftzeichen sich zu drehen und zu krümmen, aber mit einiger Mühe gelang es ihm, sie zu entziffern. *Shaarai Shomayim*. Pforte des Himmels.

15

Mit vier Jahren, als er noch in der polnischen Stadt Worka lebte, konnte Max Gross Teile des Talmud lesen. Mit sieben, als sich die meisten seiner kleinen Freunde noch mit der Sprache und den Geschichten der Bibel plagten, war er schon tief in die Kompliziertheit des Gesetzes eingedrungen. Sein Vater, der Weinhändler Chaim Gross, war glücklich darüber, daß seine Kaufmannslenden einen *ilui* gezeugt hatten, ein Talmud-Genie, das Gottes Segen über die Seele Soreles bringen würde, seines verstorbenen Weibes, das die Grippe ins Paradies befördert hatte, als ihr Sohn noch nicht gehen konnte. Sobald Max lesen konnte, begleitete er seinen Vater, wenn dieser sich mit all den anderen Chassidim bei Rabbi Label, ihrem Lehrer, einfand. An jedem Sabbatabend hielt der Rabbi von Worka seine Tafelrunde. Die frommen Juden aßen früh zu Abend, wußten sie doch, daß ihr Lehrer sie erwartete. Sobald alle sich um den Tisch versammelt hatten, begann der alte Rabbi zu essen, reichte auch von Zeit zu Zeit einen Leckerbissen – ein Stückchen Huhn, ein saftiges Markbein oder einen Bissen Fisch – einem verdienstvollen Juden, der die Speise beseligt verzehrte, wissend, daß Gott berührt hatte, was aus den Händen des Rabbi kam. Und unter all den Erwachsenen saß Max, das Wunderkind, in seinem weißen Samtkaftan, dünn und großäugig, auch damals schon zu klein für sein Alter, mit ständig gerunzelter Stirn und an einer seiner Schläfenlocken ziehend, während er gespannt den Worten der Weisheit lauschte, die aus dem Munde des Rabbi kamen.

Aber Max war nicht nur ein Wunder, sondern auch ein Kind, und er genoß die Feste mit kindlicher Freude. Am Abend eines jeden Feiertags versammelten sich die Chassidim zu festlichem Mahl. Die Tische bogen sich unter Schüsseln voll *nahit*, Tellern voll Kuchen und *kuglen* und vielen Flaschen Schnaps. Die Frauen, als mindere Geschöpfe, nahmen an diesen Festen nicht teil. Die Männer aßen mäßig und tranken reichlich. Eingedenk der Lehre, daß alles Böse nur durch Freude, nicht aber durch Kümmernis überwunden werden kann, und sicher in dem Glauben, daß die Ekstase sie näher zu Gott brächte, öffneten sie ihre Herzen der Fröhlichkeit. Bald erhob sich einer der bärtigen Chassidim und winkte einem Gefährten. Sie legten einander die Hände auf die Schultern und begannen zu tanzen. Andere fanden sich zusammen, und bald war der Raum voll mit tanzenden bärtigen Paaren. Der Takt war schnell und sieghaft. Sie hatten keine Musik als ihren eigenen Gesang, der unaufhörlich ein und denselben Bibelvers wiederholte. Dann gab wohl einer der Männer Max im Scherz einen Schluck von dem feurigen Schnaps zu trinken, und einer, manchmal sogar der Rabbi selbst, holte den kleinen Jungen zum Tanz. Mit leichtem Kopf und unsicheren Füßen, herumgewirbelt von großen Händen, die ihn an den Schultern faßten, drehte sich Max in atemloser Lust durch den Raum, seine kleinen Füße flogen über den Boden und ahmten das Stampfen der Erwachsenen nach, während die tiefen Stimmen der bärtigen Männer den rhythmisch sich wiederholenden Chor summten: «*W'tah-hair libanu l'awd'scho be-emess.* – Mach rein unsre Herzen, auf daß sie Dir dienen in Wahrheit.»

Schon lange vor seiner *bar-mizwe* war Max zu einer Legende geworden. Tiefer und mit zunehmender Geschicklichkeit tauchte er in das unendliche Meer des Talmud, und immer häufiger geschah es, daß er am Tisch des Rabbi mit einem erlesenen Bissen ausgezeichnet wurde oder daß seines Vaters Freunde ihn auf der Straße anhielten, um ihm den Rükken zu tätscheln oder seinen Kopf zu berühren. Als er acht Jahre alt war, nahm ihn sein Vater aus dem *chejder*, der Schule, die alle Jungen besuchten, und übergab ihn zur persönlichen Unterweisung dem Reb Yankel Cohen, einem tuberkulösen Gelehrten mit krankhaft glänzenden Augen. Für Max war es fast so, als studierte er allein. Er rezitierte Stunden und Stunden, während der hagere Mann neben ihm saß und ohne Ende in ein großes Tuch hustete. Sie redeten nicht miteinander. Wenn Max sich mit müder Stimme in falsche Philosophie oder fehlerhafte Interpretationen verirrte, krallten sich die dürren Finger des Lehrers wie Zangen in seinen Arm; die blauroten Flecken waren noch eine Weile nach Reb Yankels Begräbnis sichtbar. Vier Monate vor seinem Tod teilte der Lehrer Chaim Gross mit, er habe den Zehnjährigen alles gelehrt, was er wisse. Von da an ging Max bis zu seiner *bar-mizwe* allmorgendlich in das Lehrhaus der Gemeinde, wo er mit anderen, oft mit graubärtigen Männern, jeden Tag einen andern Abschnitt des Gesetzes studierte und hitzige Diskussionen über die Auslegung führte. Nachdem er mit dreizehn als Mann in die Gemeinde aufgenommen worden war, übernahm Rabbi Label persönlich die Verantwortung für die weitere Erziehung des Wunderkindes. Das war eine einzigartige Auszeichnung. Im Hause des Rabbi gab es außer Max nur noch einen einzigen Schüler; und das war der Schwiegersohn des Rabbi, ein zweiundzwanzigjähriger Mann, der auf ein Rabbinat wartete.

Chaim Gross dankte Gott täglich dafür, daß er ihn mit diesem Sohn gesegnet hatte. Max' Zukunft war gesichert. Er würde Rabbiner werden und dank seiner glänzenden Gaben eine Schule um sich versammeln, die ihm Reichtum, Ehre und Ruhm bringen würde. Er, der Sohn eines Weinhändlers! Über diesen Träumen von seines Sohnes Zukunft verschied Chaim Gross eines Winterabends lächelnd an einem Herzschlag.

Max zweifelte nicht an Gott, weil dieser ihm seinen Vater genommen hatte. Aber als er auf dem kleinen jüdischen Friedhof an dem offenen Grab stand und *kadisch* sagte, spürte er zum erstenmal in seinem Leben, wie schneidend der Wind und wie bitter die Kälte war.

Auf Rabbi Labels Rat stellte er für den Weinhandel einen polnischen Geschäftsführer namens Stanislaus an. Einmal in der Woche kontrollierte er oberflächlich die Bücher, um Stanislaus' Diebereien in erträglichem Ausmaß zu halten. Der Weinhandel brachte ihm weit weniger Geld ein, als sein Vater damit verdient hatte, aber immerhin konnte er sein ganz dem Studium ergebenes Leben fortsetzen wie bisher.

Als er zwanzig Jahre alt war und nach einem Rabbinat und einer passenden Frau Ausschau zu halten begann, brachen schwere Zeiten über Polen herein. Der Sommer war in diesem Jahr mörderisch heiß und trokken gewesen. Der Weizen verbrannte auf den Feldern, die Halme knickten im Wind, statt sich geschmeidig zu beugen. Die wenigen Zuckerrüben, die in diesem Herbst geerntet wurden, waren weich und runzlig, und die Kartoffeln klein und bitter. Mit dem ersten Schnee drängten sich die Bauern zu den Spinnereien, den Glas- und Papierfabriken und überboten einander an Bereitwilligkeit, für immer niedrigeren Lohn zu arbeiten. Bald wurde jeder Schichtwechsel zu einem erbitterten Kampf, die Hungrigen rotteten sich auf den Straßen und Plätzen zusammen und lauschten finster blickenden Männern, die bei ihren Reden drohend die Faust erhoben.

Anfangs wurden nur wenige Juden verprügelt. Bald aber gab es regelrechte Überfälle auf die Gettos; wenn sie die Männer niederschlugen, die den Erlöser getötet hatten, vergaßen die Polen in der Erregung des Augenblicks das Hungergeschrei ihrer Kinder. Stanislaus erkannte bald, wie schwierig es für ihn als Geschäftsführer einer jüdischen Weinhandlung sein würde, den plündernden Mob davon zu überzeugen, daß er kein Jude sei. Eines Nachmittags machte er sich aus dem Staub, ohne auch nur den Laden abzusperren, und nahm, statt eine Nachricht zu hinterlassen, die Wochenlosung mit. Er hatte gerade noch rechtzeitig die Flucht ergriffen. Am Abend darauf drang eine lachende, betrunkene Menge in das Getto von Worka ein. In den Straßen floß Blut wie Wein; im Laden des verstorbenen Chaim Gross vergossen sie Wein wie Blut. Was sie nicht trinken oder mitnehmen konnten, wurde verschüttet oder zerschlagen. Am nächsten Tag, während die Juden ihre Wunden verbanden und ihre Toten begruben, stellte Max fest, daß der Laden ruiniert war. Er nahm den Verlust mit einem Gefühl der Erleichterung zur Kenntnis. Seine wirkliche Arbeit war Dienst an seinem Volk und an Gott. Er half dem Rabbi bei vier Begräbnissen und betete mit seinen Brüdern um die Hilfe Gottes.

Nach der Katastrophe unterstützte ihn Rabbi Label zwei Monate lang. Max war nun soweit, daß er sein eigenes Rabbinat übernehmen konnte. Aber als er sich nach einer Gemeinde umzusehen begann, stellte sich heraus, daß unter den Juden in Polen kein Bedarf nach neuen Rabbinern bestand. Zu Zehntausenden verließen sie das Land; England oder die Vereinigten Staaten waren die häufigsten Reiseziele.

Rabbi Label bemühte sich, seine Besorgnis nicht zu zeigen. «Dann wirst du eben mein Sohn sein und wirst essen, was wir essen. Es kommen auch wieder bessere Zeiten.»

Max aber sah, daß von Tag zu Tag eine größere Zahl von Juden die Stadt verließ. Wer sollte ihnen helfen, in einer fremden Umgebung Gott zu finden? Als er Rabbi Label fragte, hob der Lehrer hilflos die Schultern.

Aber der Schüler wußte bereits die Antwort.

Er traf im August in New York ein, während einer Hitzewelle, und er trug seinen langen schwarzen Kaftan und einen runden schwarzen Hut. Zwei Tage und zwei Nächte verbrachte er in der Zwei-Zimmer-Wohnung von Simon und Buni Wilensky, die sechs Wochen vor ihm mit ihren drei Kindern Worka verlassen hatten. Wilensky arbeitete in einer Fabrik, die kleine amerikanische Flaggen erzeugte. Er war Weißnäher. Voll Zuversicht versicherte er Max, daß auch Buni, wenn sie nur erst zu weinen aufhörte, Amerika lieben würde. Max hörte Bunis Weinen zwei Tage lang, spürte zwei Tage lang den Geruch der Wilensky-Kinder. Als er es nicht mehr ertragen konnte, verließ er die Wohnung und durchstreifte ziellos die East Side, bis er zu einer Synagoge kam. Der Rabbi hörte ihm zu, setzte ihn dann in ein Taxi und fuhr mit ihm zur Vereinigung Orthodoxer Rabbiner. Im Augenblick sei keine Gemeinde vakant, sagte ihm ein mitfühlender orthodoxer Kollege. Aber Kantoren für die hohen Feiertage würden sehr gesucht. Ob er ein *chasn* sei, ein Kantor? In diesem Fall könnten sie ihn zu der Gemeinde Beth Israel in Bayonne, New Jersey, schicken. Die *schul* sei bereit, fünfundsiebzig Dollar zu zahlen.

Als er in Bayonne seine Stimme erhob, sahen die Gläubigen ihn verwundert an. Er hatte die Gesänge schon als kleiner Bub auswendig gelernt, jeder Ton war ihm vertraut wie ein guter Freund. In seiner Vorstellung klang die Melodie auch ganz richtig und klar, aber was aus seinem Mund kam, konnte kaum Singen genannt werden. Er sang wie ein dressierter Frosch. Nach dem Gottesdienst winkte ihn der gestrenge Schatzmeister der Gemeinde, ein Mann namens Jacobson, mit drohend erhobenem Finger zu sich heran. Jetzt war es zu spät für die *schul*, einen anderen *chasn* zu finden. Aber Max erfuhr in einem kurzen Gespräch, daß er für seinen Gesang während der Feiertage keine fünfundsiebzig Dollar bekommen würde, sondern nur zehn und einen Schlafplatz. Für zehn Dollar kann man keine Nachtigall verlangen, sagte Jacobson.

Max machte seine Sache als Kantor so miserabel, daß die meisten Besucher der Synagoge ihm aus dem Weg gingen. Nur Jacobson wurde nach ihrem ersten Gespräch freundlicher. Er war ein dicker glatzköpfiger Mann mit blasser Haut und einem goldenen Vorderzahn. Aus der Brusttasche seines karierten Jacketts sahen immer drei Zigarren heraus. Er stellte viele persönliche Fragen, die Max höflich beantwortete. Schließlich entpuppte er sich als *schadchen*, als Heiratsvermittler.

«Für Ihre Sorgen gibt es nur eine Lösung: eine gute Frau», sagte er. «‹Denn Er schuf sie, einen Mann und ein Weib. Und er sprach: Seid fruchtbar und mehret euch und füllet die Erde.›»

Max verschloß sich diesem Argument nicht. Als namhafter junger Gelehrter hatte er erwartet, in eine der wohlhabenden jüdischen Familien von Worka zu heiraten. Und hier in Amerika würde das Leben viel freundlicher aussehen mit einem hübschen Mädchen, das ihm ein Heim bereitete, und mit einflußreichen Verwandten, die eine große Mitgift zur Verfügung stellten.

Jacobson aber betrachtete ihn genau und sagte laut auf englisch, das Max, wie er wußte, noch nicht verstand: «Du dummer Junge du, ziehst dich an, als möchtest du die Leute zum Pogrom direkt einladen. Riese bist du auch keiner, kein Mädchen wird sich klein neben dir fühlen.» Er seufzte. «Blatternarbig bist du wenigstens nicht, das ist aber auch das Beste, was man über dich sagen kann.» Dann setzte er Max auf jiddisch auseinander, daß der Markt für polnische Juden in Amerika wesentlich schlechter sei als in Polen.

«Tun Sie Ihr Bestes», sagte Max.

Leah Masnick war fünf Jahre älter als Max, eine Waise, die bei ihrem Onkel Lester Masnick und dessen Frau Ethel lebte. Die Masnicks führten eine koschere Geflügelhandlung. Sie behandelten das Mädchen liebevoll, aber Leah war der Meinung, daß sie selbst in frischgebadetem Zustand nach Blut und Hühnerfedern rochen. Als schon im Land geborene Amerikanerin wäre sie nie auf den Gedanken gekommen, einen Immigranten zu heiraten, wäre es nicht schon Jahre her gewesen, daß ein Mann sie auch nur angesehen hatte. Sie war nicht häßlich, obwohl sie kleine Augen und eine lange Nase hatte, aber es fehlte ihr jeder weibliche Charme; sie wußte nicht, wie man einen Mann anlächelt und wie man ihn zum Lachen bringt. Die Jahre vergingen, und sie fühlte sich immer weniger als Frau. Sie meinte, daß ihre Brüste, flach wie die Pfannkuchen, allmählich noch flacher würden. Die Menstruation wurde unregelmäßig und setzte ein paar Monate lang ganz aus; manchmal stellte sie sich verzweifelt vor, wie sich ihr großer, schlanker Körper plötzlich in den eines Jungen verwandeln würde, weil niemand Verwendung für ihn hatte. Sie hatte 2843 Dollar bei der New Jersey Guarantee Trust Company liegen. Als Jacobson eines Abends im Hause ihres Onkels auftauchte und sie über seine Kaffeetasse hinweg anlächelte, wußte sie, daß sie mit jedem einverstanden sein würde, den er für sie hatte, wußte, daß sie es sich nicht leisten konnte, auf irgendeine Chance zu verzichten. Als sie hörte, daß der Mann ein Rabbiner sei, erbebte sie vor Hoffnung. Sie hatte englische Romane über Geistliche und deren Frauen gelesen, und sie phantasierte von einem Leben in einem kleinen, aber sauberen englischen Pfarrhaus mit *m'susess* an den Türen. Als sie ihn dann sah, einen kleinen Knirps von einem Mann, bärtig und in komischen ungebügelten Kleidern, mit merkwürdigen weibischen Locken an den Ohren, mußte sie sich zwingen, freundlich mit ihm zu sprechen, und ihre Augen glänzten vor Tränen.

Trotz aller Vorsätze wurde sie zehn Tage vor der Hochzeit hysterisch und schrie, sie werde ihn nicht heiraten, wenn er sich nicht die Haare schneiden ließe wie ein Amerikaner. Max war entsetzt, aber er hatte wohl bemerkt, daß die amerikanischen Rabbiner, mit denen er zusammenkam, keine Schläfenlocken trugen. Resigniert suchte er einen Friseursalon auf und nahm es hin, daß der Italiener sich fast schief lachte, als er die *pejess* abschnitt, die Max sein Leben lang getragen hatte. Ohne Schläfenlocken fühlte er sich nackt. Nachdem Leahs Onkel Lester ihn auch noch in ein Warenhaus geschleppt und ihm einen grauen zweireihigen Anzug mit eckig wattierten Schultern gekauft hatte, kam er sich vor wie ein leibhaftiger *goj*.

Als er aber neuerlich das Büro der Vereinigung Orthodoxer Rabbiner aufsuchte, verursachte sein Äußeres keinerlei unliebsames Aufsehen. Er sei zur guten Stunde gekommen, sagte man ihm. In Manhattan habe sich eine neue Gemeinde gebildet, deren Mitglieder die Vereinigung beauftragt hatten, einen Rabbiner für sie zu gewinnen. *Shaarai Shomayim* habe nur wenige Mitglieder und verfüge nur über einen gemieteten Raum, in dem der Gottesdienst stattfinden solle, aber die Gemeinde werde schon wachsen. So versicherten ihm die Rabbiner der Vereinigung, und Max war überglücklich. Er hatte sein erstes Rabbinat.

Sie mieteten eine Vier-Zimmer-Wohnung, nur zwei Straßen von der *schul* entfernt, und gaben einen großen Teil der Mitgift für Möbel aus. In diese Wohnung kamen sie am Abend nach ihrer Hochzeit. Sie waren beide müde von den Aufregungen des Tages und schwach vor Hunger, denn von Tante Ethel Masnicks Hochzeitshühnchen hatten sie nichts essen können. Max saß auf seinem neuen Sofa und spielte mit der Skala seines neuen Radios, während seine neu angetraute Frau sich im Nebenzimmer auszog und in ihr neues Bett stieg. Als er sich neben sie legte, war ihm bewußt, daß sein Scheitel gerade an ihr Ohr heranreichte, während seine kalten Zehen auf ihren bebenden Knöcheln lagen. Ihr Hymen war zäh wie Leder. Er bemühte sich aus Leibeskräften, murmelte hastige Gebete und fühlte sich eingeschüchtert, sowohl von dem Widerstand, dem er begegnete, als auch von den leisen Angst- und Schmerzensschreien seiner Braut. Endlich gelang es ihm, das Häutchen riß, und Leah schrie durchdringend auf. Als alles vorüber war, lag sie allein an der äußersten Kante des Bettes und weinte, weinte über den Schmerz und die Demütigung, aber auch über ihren seltsamen kleinen Gatten, der nackt über zwei Drittel des Bettes ausgestreckt lag und Triumphgesänge auf hebräisch sang, in einer Sprache, die sie nicht verstand.

Anfangs fühlte sich Max von allem bedrückt und bedroht. Die Straßen waren voll mit fremden Menschen, die einander stießen und drängten und es immer eilig hatten. Autos und Autobusse und Trolleybusse und Taxis hupten unablässig und erfüllten die Luft mit dem Gestank ihrer Abgase. Überall gab es Lärm und Schmutz. Und in seinem eigenen Haus, wo er hätte Frieden finden sollen, gab es eine Frau, die es ablehnte, Jiddisch mit ihm zu sprechen, obwohl sie doch sein Weib war. Er sprach nie anders als auf jiddisch zu ihr, und sie antwortete nie anders als auf englisch: es war ein Tauziehen. Erstaunlicherweise erwartete sie Gespräche während der Mahlzeiten und weinte, wenn er darauf bestand, beim Essen zu studieren. Eines Nachts kurz nach ihrer Hochzeit setzte er ihr freundlich auseinander, daß sie die Frau eines Rabbi sei, den Chassidim erzogen hätten. Und die Frau eines Chassid, so erklärte er ihr, müsse kochen und backen und nähen und die Wohnung sauberhalten und beten und *licht benschn*, statt dauernd zu reden, zu reden und zu reden über nichts und wieder nichts.

Tag für Tag ging er früh zur *schul* und blieb bis spät abends; dort fand er Frieden. Gott war derselbe, der Er in Polen gewesen war, die Gebete waren dieselben. Er konnte den ganzen Tag so sitzen und lernen und beten, ganz verloren an seine Betrachtung, während die Schatten des Tages länger wurden. Seine Gemeinde fand, er sei gelehrt, aber distanziert. Sie respektierten sein Wissen, aber sie liebten ihn nicht.

Nach fast zwei Jahren der Ehe packte Leah eines Nachmittags ihre Kleider in einen Koffer aus imitiertem Leder und teilte ihrem Mann schriftlich mit, daß sie ihn verlasse. Sie fuhr mit dem Bus nach Bayonne, New Jersey, bezog wieder ihr altes Zimmer bei den Masnicks und begann wieder, Onkel Lesters Bücher zu führen. Max stellte fest, daß er nach Leahs Weggang allmorgendlich eine halbe Stunde früher aufstehen mußte, um rechtzeitig zum *kadisch* in der *schul* zu sein. Um die Wohnung kümmerte er sich nicht. Staub häufte sich auf dem Fußboden, und der Spülstein war voll mit schmutzigem Geschirr.

Leah hatte nicht mehr an den Blut- und Federngeruch der Geflügelhandlung gedacht. Ihr Onkel hatte seine Verrechnung während ihrer Abwesenheit nur unordentlich geführt, und die Bücher waren voll hoffnungsloser Fehler; sie verursachten ihr Kopfschmerzen, wie sie nun wieder an ihrem alten Schreibtisch im Hinterstübchen des Geschäftes saß, inmitten des Gegackers der Hühner und des Krähens der Hähne, und sich damit plagte, die Bilanz in Ordnung zu bringen. Nachts konnte sie nicht schlafen. Der seltsame bärtige Zwerg, den sie geheiratet hatte, war stark und rüstig gewesen, und zwei Jahre lang hatte er ihren Körper benützt, wann immer er dazu Lust gehabt hatte. Sie hatte geglaubt, sie würde sich frei fühlen ohne ihn. Jetzt aber lag sie wieder im Bett ihrer einstigen Jungfernschaft und entdeckte mit Staunen, daß ihre Hand sich im Einschlafen zwischen ihre Schenkel verirrte und daß sie erschreckend deutlich und eindeutig von dem kleinen Tyrannen träumte.

Eines Morgens, während ihre Finger geschäftig über die Tasten der Addiermaschine liefen und sie sich bemühte, den Geruch des Hühnermistes nicht zur Kenntnis zu nehmen, begann sie plötzlich zu erbrechen. Stundenlang fühlte sie sich elend. Am Nachmittag sagte ihr der Arzt, daß sie im dritten Monat schwanger sei. Als Max tags darauf spät aus der Synagoge nach Hause kam, fand er seine Frau in der Küche bei der Arbeit. Die Wohnung war aufgeräumt Auf dem Herd standen brodelnde und dampfende Töpfe, aus denen es verlockend duftete. Das Abendessen sei gleich fertig, sagte sie. Sie werde darauf achten, ihm nachher nicht beim Studium zu stören, aber während des Essens gebe es keine Bücher mehr auf dem Tisch, oder sie würde sofort wieder nach Bayonne fahren.

Er nickte zufrieden. Wenigstens redete sie mit ihm, wie es sich für eine jüdische Frau gehörte: auf jiddisch.

Die Synagoge *Shaarai Shomayim* entwickelte sich zu keiner großen und einflußreichen Gemeinde. Max war kein Administrator, und er gehörte auch nicht zu jenen Rabbinern, die in der Synagoge eine soziale Einrichtung sehen. *Shaarai Shomayim* hatte keinen Männer- und keinen Frauenverein. Es gab keinen gemeinsamen Ausflug einmal im Jahr, keine Filmvorführungen. Familien, die solche Erwartungen gehegt hatten, waren schnell enttäuscht worden. Die meisten von ihnen wanderten mit ihrer Mitgliedschaft und ihren Jahresbeiträgen zu anderen Synagogen ab, die in den umliegenden Vierteln neu gegründet wurden. Bei Max verblieb schließlich eine Handvoll Männer, die nichts wollten als ihre Religion.

Max verbrachte den größten Teil seiner Tage in dem kleinen dunklen Zimmer mit der Thora. Die Propheten waren seine Familie. Leah hatte ein Kind geboren, einen Sohn, den sie Chaim nannten. Er starb mit drei Jahren an einem Blinddarmdurchbruch. Als Max den sterbenden Jungen in seinen Armen hielt, als er spürte, wie das kleine Gesicht unter seinen Lippen brannte und das Leben unaufhaltsam aus ihm entwich, sagte er seiner Frau, daß er sie liebe. Er sagte es nie wieder, aber Leah vergaß es nicht. Es war nicht genug, sie über die Einsamkeit zu trösten, die nie von ihr wich, über den Kummer, über die Leere ihres Lebens, über die Erkenntnis, daß Gott ihm viel mehr bedeutete als sie; aber es war immerhin etwas.

Die Jahre vergingen, die *schul* wurde immer schäbiger, doch die alten Männer seiner Gemeinde hielten Max eine Treue, die ihn verwunderte, weil sie Liebe enthielt. Er dachte nie daran, sich nach einem einträglicheren Rabbinat umzusehen. Der Hungerlohn, den sie als sein Jahresgehalt aufbrachten, genügte ihm. Zweimal brachte er Leah in Wut, weil er kleine Gehaltserhöhungen ablehnte; er erklärte dem Vorstand der *schul* ganz einfach, ein Jude brauche nicht mehr als sein Essen und seinen *ta-*

less. Schließlich ging Leah selbst zu den Ältesten der Gemeinde und nahm die Erhöhung in seinem Namen an.

Einsam fühlte er sich nur, wenn er an die Chassidim dachte. Einmal erfuhr er, daß einige Familien aus Worka in Williamsburg wohnten. Er nahm die lange Fahrt mit der Untergrundbahn auf sich und suchte, bis er die einstigen Landsleute fand. Oh, sie erinnerten sich seiner, nicht seines Gesichtes oder seiner Person, aber der Legende, die er gewesen war; sie erinnerten sich des *ilui*, des Wunderkindes, des Lieblingsschülers von Rabbi Label, er ruhe in Frieden. Er saß mit ihnen beisammen, und die Frauen brachten *nahit*, und von den Männern trugen einige noch Bärte, aber sie waren keine Chassidim. Sie hatten keinen Lehrer, keinen großen Rabbi, an dessen Tisch sie sich versammeln konnten, um Worte der Weisheit zu hören und Bissen heiliger Speise zu genießen. Sie tanzten auch nicht, und sie freuten sich nicht, sie saßen einfach beisammen und seufzten und redeten davon, wie es in der alten Heimat gewesen war, die sie schon so lange verlassen hatten. Er besuchte sie nie wieder.

Manchmal diskutierte er mit den alten Männern seiner Gemeinde angeregt über das Gesetz, aber seine besten Debatten führte er, wenn er allein in seiner düsteren kleinen *schul* saß, eine entkorkte Whiskyflasche auf dem Tisch, neben den aufgeschlagenen Büchern. Nach dem dritten oder vierten Glas spürte er, wie sein Gesicht sich erhellte und seine Seele glücklich ihre Fesseln abstreifte. Dann hörte er auch die Stimme. Immer war Rabbi Label sein Diskussionsgegner. Nie konnte Max den großen Mann sehen, aber die Stimme war da, die weise, zögernde Stimme, er hörte sie innerlich, wenn sie schon draußen nicht tönte, und dann führten die beiden ihre intellektuellen Duelle, wie sie es einst getan hatten, die Stimme parierte jeden philosophischen Ausfall, den Max unternahm, setzte zum Gegenstoß an und vollendete ihren Sieg mit Berufung auf biblische Quellen und rechtliche Präzedenzfälle. Wenn Max dann vom Kampf so erregt wie erschöpft war, schwand die Stimme, und Max trank, bis der Raum zu schwanken begann; dann lehnte er sich in seinem Sessel zurück, schloß die Augen und wurde wieder zu dem kleinen Jungen, der die großen Hände eines Erwachsenen auf seinen Schultern fühlte und durch den Raum wirbelte, getragen vom schnellen Rhythmus eines donnernden biblischen Gesanges. Manchmal schlief er bei dieser inneren Musik ein.

Eines Nachmittags, als er nach solch einem Schlummer die Augen öffnete, stieg eine Woge der Freude in ihm auf: zum erstenmal glaubte er Rabbi Label leibhaft vor sich zu sehen. Dann erkannte er, daß ein großgewachsener junger Mann sich über ihn beugte, einer, den er schon irgendwann einmal getroffen haben mußte.

«Was wünschen Sie?» fragte er. Irgend etwas in den Augen des Jungen erinnerte ihn – erinnerte ihn an die Augen des Rabbi von Worka. Er stand vor Max und hielt ihm einen Kuchen in der Verpackung einer koscheren Bäckerei unter die Nase, als wäre das eine Eintrittskarte.

«Erzählen Sie mir von Gott», sagte Michael.

16

In den leeren Stunden vor Tagesanbruch hatte Michael an der Existenz Gottes zu zweifeln begonnen, spielerisch zuerst, allmählich aber mit quälender Verzweiflung. Er warf sich hin und her, bis die Bettücher heillos durcheinandergeraten waren, und starrte in die Dunkelheit. Von Kindheit an hatte er gebetet. Jetzt fragte er sich, an wen seine Gebete sich wandten. Wie, wenn er nur zu der summenden Stille der schlafenden Wohnung betete, seine Wünsche und Ängste über Millionen Meilen ins Nichts sandte oder seinen Dank einer Macht darbrachte, die nicht mächtiger war als die Katzen, deren Krallenwetzen am Pfahl für die Wäscheleine er aus dem Durchgang unter seinem Fenster hören konnte?

Die Beharrlichkeit seiner Fragen, die ihn schlaflos machten, hatte ihn schließlich zu Max Gross getrieben; und nun kämpfte er erbittert mit dem Rabbi und haßte ihn für seine ruhige Sicherheit. An dem verschrammten Tisch saßen sie einander gegenüber, ein Glas Tee nach dem andern leerend, im Bewußtsein des bevorstehenden Kampfes.

«Was wollen Sie also wissen?»

«Woher nehmen Sie die Gewißheit, daß der Mensch Gott nicht nur erfunden hat, weil er Angst hatte – Angst vor der Dunkelheit, vor der scheußlichen Kälte –, weil er irgend etwas gebraucht hat, was ihn schützt, sei es auch nur seine eigene dumme Einbildung?»

«Warum glauben Sie, daß es sich so abgespielt hat?» fragte Max ruhig.

«Ich weiß nicht, wie es sich abgespielt hat. Aber ich weiß, daß es seit mehr als einer Billion von Jahren Leben auf der Erde gibt. Und immer, in jeder primitiven Kultur, hat es auch etwas gegeben, zu dem man beten konnte: eine dreckbeschmierte Holzskulptur, oder die Sonne, oder einen riesigen steinernen Phallus.»

«*Wos haaßt* Phallus?»

«*Potz.*»

«Aha.» Einem Mann, der mit der Stimme des Label von Worka zu diskutieren gewohnt war, konnte das keine Schwierigkeit bereiten. «Und wer hat die Menschen gemacht, die das schamlose Idol verehrten? Wer hat das Leben geschaffen?»

Ein Physikstudent von der Columbia konnte darauf leicht Antwort geben. «Der Russe Oparin meint, das Leben könnte mit der zufälligen Entstehung von Kohlenstoffverbindungen begonnen haben.» Er sah Gross an, in der Erwartung, in seinem Gesicht die Langeweile des Laien zu lesen, der in eine wissenschaftliche Diskussion gezogen wird – aber er las darin nichts als Interesse. «Am Anfang enthielt die Erdatmosphäre keinen Sauerstoff, dafür große Mengen von Methan, Ammoniak und Wasserdampf. Oparin nimmt nun an, daß durch die elektrische Energie von Blitzen aus diesen Gasen synthetische Aminoacide entstanden, das Material alles Lebendigen. Dann entwickelten sich in den Tümpeln der Urzeit Millionen Jahre hindurch organische Zellen, und aus ihnen entstanden durch die natürliche Auslese immer kompliziertere Lebewesen – solche, die kriechen, solche, die Schwimmhäute haben – und auch solche, die Gott erfunden haben.» Er sah Rabbi Gross herausfordernd an. «Verstehen Sie, wovon ich rede?»

«Ich verstehe genug.» Er strich sich den Bart. «Nehmen wir an, es war so. Dann habe ich eine Frage: Wer hat das – wie haben Sie gesagt? – ja, das Methan und den Ammoniak und das Wasser gemacht? Und wer hat den Blitz gesandt? Und woher ist die Welt gekommen, in der sich dieses Wunder ereignen konnte?»

Michael schwieg.

Gross lächelte. «Oparin hin oder her», sagte er leise, «glauben Sie denn wirklich nicht an Gott?»

«Wahrscheinlich bin ich Agnostiker geworden.»

«Was ist das?»

«Einer, der nicht sicher ist, ob es Gott gibt oder nicht.»

«Nein, nein, dann sagen Sie lieber, Sie sind ein Atheist. Denn wie kann ein Mensch je sicher sein, daß es Gott gibt? Nach Ihrer Definition wären wir alle Agnostiker. Glauben Sie denn, ich habe wissenschaftliche Beweise für die Existenz Gottes? Kann ich zurückgehen zum Anfang der Zeit und hören, wie Gott zu Isaak spricht oder die Gebote gibt? Wenn das möglich wäre, dann gäbe es nur eine Religion auf Erden; wir wüßten genau, welche die richtige ist.

Nun ist der Mensch aber so beschaffen, daß er Partei ergreifen muß. Ein Mensch muß sich entscheiden. Über Gott *wissen* wir nichts – Sie nicht und ich nicht. Aber ich habe mich für Gott entschieden. Sie haben sich gegen Ihn entschieden.»

«Ich habe mich überhaupt nicht entschieden», sagte Michael eigensinnig. «Deshalb komme ich ja zu Ihnen. Ich möchte mit Ihnen studieren.»

Rabbi Gross strich mit der Hand über den Bücherstoß auf seinem Tisch. «Da drinnen sind viele große Gedanken enthalten», sagte er. «Aber sie geben Ihnen keine Antwort auf Ihre Frage. Sie können Ihnen nicht helfen, Ihre Entscheidung zu finden. Zuerst müssen Sie sich entscheiden. Dann können wir studieren.»

«Gleichgültig, wie ich mich entscheide? Nehmen wir einmal an, ich entscheide mich dafür, Gott für ein Märchen zu halten, für eine *bobemajsse*?»

«Ganz gleichgültig, wie Sie sich entscheiden.»

Draußen auf dem dunklen Korridor wandte sich Michael nochmals um und sah zurück nach der geschlossenen Tür der *schul*. Gottverdammter Kerl, dachte er. Dann lächelte er trotz allem über das Wort, das ihm in den Sinn gekommen war.

17

Michaels Schwester Ruthie verwandelte sich in jener Zeit so gründlich, daß es ihm nicht länger möglich war, mit ihr zu streiten. Ihr nächtliches, vom Kissen gedämpftes Weinen wurde zu einem gewohnten Geräusch, fast nicht mehr bemerkt, wie das Summen des Eiskastenmotors. Die Eltern versuchten es mit allen möglichen Angeboten – von Schiurlauben, die sie finanzierten, über psychiatrische Hilfe bis zu gutaussehenden Söhnen und Neffen von Freunden –, aber das alles half nichts. Schließlich schickte Abe Kind einen Scheck und einen langen Brief nach Tikveh le'Machar, Palästina, und sechs Wochen später betrat Saul Moreh die Werbetextabteilung des Columbia Broadcasting System, mit dem Effekt, daß Ruthie aufsprang, einen Schrei ausstieß und allen Ernstes ohnmächtig wurde. Zur Enttäuschung der Familie stellte sich heraus, daß Saul für sie durchaus ein Fremder war; er war kleiner, als sie ihn sich nach den Bildern vorgestellt hatten, und wirkte sehr britisch mit seiner Briar-Pfeife, seinem Tweedanzug, seinem Akzent und seinen Diplomen von der Londoner Universität. Aber mit der Zeit gewöhnten sie sich an ihn und konnten ihn ganz gut leiden. Ruth erwachte aus ihrer Lethargie und blühte auf. Schon am zweiten Tag nach Sauls Ankunft in New York teilten sie der Familie mit, daß sie heiraten wollten. Es kam für sie nicht in Frage, in den Vereinigten Staaten zu bleiben. Deutsche Juden, die die Flucht bewerkstelligen konnten, fanden ihren Weg nach Palästina. Ein Zionist dürfe *erez-jissro'ejl* jetzt nicht im Stich lassen, sagte Saul; in drei Wochen würden sie in den *kibbuz* in der Wüste zurückkehren.

«Eine typisch amerikanische Aufstiegs-Story», sagte Abe. «Ich arbeite schwer mein Leben lang, ich spare mein Geld, und in meinen mittleren Jahren kaufe ich meiner Tochter einen Bauern.»

Er überließ ihnen die Entscheidung zwischen einer großen Hochzeit oder einer *chupe* im Familienkreis und dreitausend Dollar als Basis für ihren Hausstand in Palästina. Saul wies das Geld mit sichtbarer Genugtuung zurück. «Was wir brauchen, werden wir vom *kibbuz* bekommen. Was wir haben, wird dem *kibbuz* gehören. Also bitte, behalte deine Dollar.» Er hätte die *chupe* einer formellen Zeremonie vorgezogen, aber Ruthie setzte ihren Willen durch und ließ ihren Vater eine Hochzeit im Waldorf bestellen, im kleinen Kreis, aber hochelegant: ein letztes Schwelgen im Luxus. Der Spaß kostete zweitausendvierhundert Dollar, und Saul fand sich schließlich bereit, die verbleibenden sechshundert für den *kibbuz* anzunehmen. Sie wurden zum Grundstock eines umfänglicheren Kapitals, aus Hochzeitsgeschenken stammend, die entweder gleich in Form von Bargeld eintrafen oder nachträglich eingetauscht wurden; denn schließlich sind nur wenige Geschenke brauchbar für ein junges Ehepaar, das im Begriff steht, sein gemeinsames Leben in einer Gemeinschaftssiedlung in der Wüste zu beginnen. Michael schenkte Ruth einen altmodischen Nachttopf und vermehrte den Kibbuz-Fonds um zwanzig Dollar. Bei der Hochzeitsfeier trank er zuviel Champagner und tanzte intensiv mit Mimi Steinmetz, ein Bein zwischen ihre Schenkel schiebend, so daß auf ihren hohen Backenknochen rote Flecken erschienen und ihre Katzenaugen zu funkeln begannen.

Rabbi Joshua Greenberg von der Sons of Jacob-Synagoge zelebrierte die Trauung. Er war ein magerer, gutgekleideter Mann mit wohlgepflegtem Bart, seidenweichem Predigtton und einem ‹R›, das er in Augenblikken der Erregung eindrucksvoll rollen ließ, zum Beispiel bei seiner Frage an Ruthie, ob sie willens sei, ihren Gatten zu lieben, zu ehr-r-ren und ihm zu gehorchen. Während der Feierlichkeit entdeckte Michael plötzlich, daß er Rabbi Greenberg mit Rabbi Max Gross verglich. Beide waren orthodoxe Geistliche, aber damit war die Ähnlichkeit auch zu Ende, und das Ausmaß der Unterschiede war nahezu komisch. Rabbi Greenberg stand im Genuß eines Jahresgehalts von dreizehntausend Dollar. Sein Gottesdienst wurde von gutgekleideten Männern aus der Mittelschicht besucht, die, wenn es an der Zeit war, eine Spende für die *schul* zu geben, zwar murrten, aber zahlten. Er fuhr einen viertürigen Plymouth, den er alle zwei Jahre für einen neuen Wagen in Zahlung gab. Im Sommer verbrachte er mit seiner Frau und ihrer dicken Tochter drei Wochen in einer koscheren Pension in den Catskills und beglich jeweils einen Teil seiner Rechnung durch die Abhaltung von *schabat*-Gottesdiensten. Wenn er Gäste zu sich lud – er bewohnte ein Apartment in einem neuen Genossenschaftshaus in Queens –, war der Tisch blütenweiß und mit echtem Silber gedeckt.

Seien wir ehrlich, dachte Michael, während der Rabbi zuerst Ruthie, dann Saul den hochzeitlichen Wein reichte: verglichen mit Rabbi Greenberg ist Rabbi Gross ein Schnorrer.

Und dann zerklirrte das Glas, in ein Tuch gehüllt, damit keine Scherben umherspritzen konnten, unter Sauls rustikalem Absatz, und Ruthie küßte den Fremden, und die Hochzeitsgäste drängten herzu: *maseltow!*

Hitler, der inzwischen begonnen hatte, Michaels Volk auszurotten, ruinierte nebenbei auch Michaels Sexualleben. Die Hutindustrie stellte sich auf die Erzeugung von Militärkappen für Armee und Marine um, die Gewerkschaft schloß die Kommunisten aus und stellte keine Streikposten mehr auf, und so fuhr auch Farley nicht mehr nach Danbury, und Edna lud Michael nie wieder in ihre Wohnung ein. Schließlich, an einem kalten Freitagmorgen, begleitete Michael die beiden auf ihre Bitte zur City Hall – als ihr Trauzeuge. Er schenkte ihnen eine Silbertasse, die über seine Verhältnisse ging, und legte eine Karte bei, auf der zu lesen stand: «Dich gekannt zu haben, war eine der wichtigsten Erfahrungen meines Lebens.» Farley zog die buschigen Brauen hoch und sagte, Michael müsse sie bald zum Dinner besuchen. Edna errötete und runzelte die Stirn und drückte die Tasse an ihren Busen. Von da an sah Michael die Farleys kaum mehr, auch nicht in der Mensa. Schließlich wurde die Episode in Ednas Bett für ihn wie eine Geschichte, die er irgendwo gelesen hatte, und er war wieder unberührt, ruhelos und voll Verlangen.

Einer seiner Freunde, ein Bursche namens Maury Silverstein, trainierte für einen Platz in der Boxmannschaft von Queens College. Eines Abends boxte Michael mit ihm in der Sporthalle. Maury war gebaut wie Tony Galento, aber er war kein wild drauflosgehender Bulle: seine Linke schoß vor und zog sich zurück, blitzschnell wie die Zunge einer Schlange, und seine Rechte schwang aus wie ein Hammer. Michael war mit ihm in den Ring gegangen, damit er sich an einem Gegner üben könne, der ihm an Körpergröße und Reichweite überlegen war. Silverstein ging anfangs sehr behutsam mit Michael um, und zunächst war der Kampf ein Spaß. Dann aber geriet Maury in Begeisterung; das rhythmische Dröhnen der Schläge brachte ihn außer Rand und Band. Plötzlich fühlte sich Michael von allen Seiten her angegriffen und getroffen von lederbewehrten Fäusten. Ein Schlag landete auf seinem Mund. Er hob die Fäuste und ging unter einem nächsten Schlag, der ihn ins Zwerchfell traf, krachend zu Boden.

Keuchend saß er auf der Matte. Silverstein stand vor ihm, sich auf den Ballen wiegend, verschleierten Blicks, die behandschuhten Fäuste noch immer erhoben. Allmählich nur wich der Schleier von seinen Augen, und die Hände sanken herab; verwundert sah er auf Michael nieder.

«Schönen Dank, Killer», sagte Michael.

Silverstein kniete neben ihm und stammelte Entschuldigungen. Unter der Dusche fühlte Michael sich elend, aber später, als er sich im Umkleideraum frottierte und sein Gesicht im Spiegel sah, empfand er einen erregenden und seltsamen Stolz. Er hatte eine geschwollene Lippe und ein blutunterlaufenes linkes Auge. Maury bestand darauf, daß sie noch einen Keller unweit des Campus aufsuchten. Das Lokal hieß *The Pig's Eye*, und die Kellnerin war eine magere Rothaarige mit unwahrscheinlich wogendem Busen und etwas vorspringenden Zähnen. Beim Servieren warf sie einen Blick auf Michaels zerschlagenes Gesicht und schüttelte den Kopf.

«Hab eben so einen Idioten verdroschen, der einer hübschen Kellnerin nahegetreten ist.»

«Schon gut», sagte sie uninteressiert. «Er hätte dich gleich erschlagen sollen, du Schießbudenfigur. Dürfen denn Kellnerinnen gar kein Vergnügen haben?»

Als sie ihnen die zweite Runde Bier brachte, tauchte sie die Fingerspitze in den Schaum auf seinem Glas und berührte kühl und feucht die blutunterlaufene Stelle unter seinem Auge.

«Wann machst du hier Schluß?» fragte er.

«In zwanzig Minuten.» Sie starrten auf ihre wackelnden kleinen Hinterbacken, als sie sich entfernte.

Silverstein versuchte seine Erregung zu verbergen. «Hör zu», sagte er, «meine Leute sind zu Besuch bei meiner Schwester in Hartford. Die

Wohnung steht leer, die ganze Wohnung. Vielleicht hat sie für mich auch ein Ferkel auf Lager.»

Sie hieß Lucille. Während Michael mit seiner Mutter telefonierte, um ihr zu sagen, daß er nicht nach Hause kommen werde, schleppte Lucille ein Mädchen für Maury herbei, eine kleine Blonde namens Stella. Sie hatte dicke Knöchel und kaute unablässig Kaugummi, aber Maury schien hoch befriedigt. Im Taxi, das sie zu Maurys Wohnung brachte, saßen die Mädchen ihnen auf den Knien, und Michael entdeckte eine kleine Warze auf Lucilles Nacken. Im Aufzug küßten sie einander, und als Lucille den Mund öffnete, spürte Michael Zwiebelgeschmack auf ihrer Zungenspitze.

Maury holte eine Flasche Scotch aus einem Wandschrank, und nach zwei Glas trennten sich die Paare. Maury ging mit seinem Mädchen in das elterliche Schlafzimmer, als solches kenntlich an dem großen Doppelbett, während sich Michael mit Lucille auf der Couch im Wohnzimmer einrichtete. Er bemerkte ein paar Mitesser auf ihrem Kinn. Lucille hob das Gesicht, seinen Kuß erwartend. Nach einer Weile knipste sie das Licht aus.

Aus dem Nebenzimmer hörte man Silversteins Keuchen und das Gekicher des Mädchens.

«Jetzt, Lucille?» rief Stella.

«Noch nicht», gab Lucille etwas gereizt zur Antwort.

Er ertappte sich bei Gedanken an andere Frauen, an Edna Roth, an Mimi Steinmetz, selbst an Ellen Trowbridge. Während der ganzen folgenden Prozedur lag sie reglos, summte nur nasal vor sich hin. April in Paris, dachte er wirr, während er sich auf ihr abplagte. Als es vorüber war, blieben sie im Halbschlaf liegen, bis Lucille sich unter ihm hervorwand.

«Fertig!» rief sie fröhlich und ging nackt hinüber ins Schlafzimmer, das Stella im selben Augenblick verließ. Michael verstand plötzlich, daß die präzise Ausführung dieser Szene das Resultat langer, auf vielen ähnlichen Parties erworbener Übung war. Der Personenwechsel erregte ihn von neuem. Als aber die kleine, dickliche Stella zu ihm kam, berührte er eine teigige Haut, und was ihn einhüllte, war ein Geruch nicht nach Frau, sondern nach ungewaschenem Körper; plötzlich spürte er, daß er nicht mehr konnte.

«Wart einen Augenblick», sagte er. Seine Kleider lagen hingeworfen auf dem Teppich am Fußende der Couch. Er hob sie auf und ging behutsam durch die dunkle Wohnung bis ins Vorzimmer; dort zog er sich eilig an und nahm sich nicht einmal mehr die Zeit, seine Schuhbänder zu knüpfen.

«Hey!» rief ihm das Mädchen nach, als er die Wohnung verließ. Er fuhr im Aufzug hinunter und kehrte dem Haus eilig den Rücken. Es war zwei Uhr morgens. Erst nach einem Fußmarsch von einer halben Stunde fand er ein Taxi und stieg ein, obwohl er da nur mehr zwei Straßen von seiner Wohnung entfernt war.

Zum Glück schliefen seine Eltern, als er nach Hause kam. Im Badezimmer putzte er sich ausführlich die Zähne und duschte sehr heiß und mit großem Seifenverbrauch.

Ihm war nicht nach Schlafen zumute. In Pyjama und Schlafrock schlich er aus der Wohnung und stieg leise wie ein Dieb die Dachstiege hinauf. Auf Zehenspitzen, um die Waxmans nicht zu wecken, die die Mansarde bewohnten, betrat er das Dach und setzte sich hin, den Rükken an den Schornstein gelehnt.

Der Wind schmeckte nach Frühling. Der Himmel war übersät mit Sternen, und Michael lehnte den Kopf zurück und betrachtete sie, bis der Wind seine Augen tränen machte und die weißen Lichtpunkte vor seinem Blick zu kreisen und zu verschwimmen begannen. Das *konnte* nicht alles sein, dachte er. Maury hatte die Mädchen Ferkel genannt, aber wenn man es so betrachten wollte, dann hatten auch Maury und er sich wie Ferkel benommen. Er gelobte sich, daß es nie wieder Sex ohne Liebe für ihn geben sollte. Die Sterne waren ungewöhnlich hell. Er rauchte und beobachtete sie und versuchte sich vorzustellen, wie sie wohl aussahen ohne die Konkurrenz der Lichter einer Stadt. Was hielt sie dort oben, fragte er sich, und dann kam automatisch die Antwort: vage Erinnerungen an Masseanziehung, Schwerkraft, erstes und zweites Newtonsches Gesetz. Aber da gab es so viele Tausende Sterne, ausgestreut über so unendliche Räume, und sie zogen so beständig ihre Bahn und bewegten sich so präzis wie Teile eines riesigen, großartig konstruierten Uhrwerks. Die Gesetze aus dem Lehrbuch reichten nicht aus, es mußte noch etwas geben, sonst, meinte Michael, wäre diese herrlich ineinandergreifende Vielfalt für ihn sinnlos und ohne Gefühl, wie Sex ohne Liebe.

Er entzündete eine neue Zigarette an der abgerauchten und warf den noch glühenden Stummel über den Dachrand. Er fiel wie eine Sternschnuppe, aber Michael merkte es nicht. Den Kopf zurückgeneigt, stand er da und sah auf zum Himmel und versuchte, etwas zu erkennen, fern, jenseits der Sterne.

Als er am Nachmittag dieses Tages die *Shaarai-Shomayim*-Synagoge betrat, saß ein alter Mann bei Max Gross an dem mit Büchern bedeckten Tisch und sprach leise mit dem Rabbi. Michael setzte sich in einen der hölzernen Klappstühle in der letzten Reihe und wartete geduldig, bis der Alte sich mühsam und mit einem Seufzer erhob, die Schulter des Rabbi berührte und die *schul* verließ. Dann trat Michael an den Tisch. Rabbi Gross musterte ihn prüfend. «Nun?» sagte er. Michael sagte nichts. Der Rabbi sah ihn lange an. Dann nickte er befriedigt.

«Nun.» Er wählte zwei Bücher aus den vielen auf seinem Tisch, eine *g'mara* und Raschis Kommentar zum Pentateuch. «Jetzt können wir anfangen», sagte er freundlich.

18

Fünf Monate lang hielt Michael sein Keuschheitsgelübde. Dann besuchte er mit Maury eine *bar-mizwe* in Hartford – die *bar-mizwe* des Sohnes der Schwester von Maurys Schwager – und lernte dort die Schwester des Konfirmanden kennen, ein schlankes, schwarzhaariges Mädchen mit durchsichtiger weißer Haut und schöngeformten, leicht vibrierenden Nasenflügeln. Sie tanzten miteinander, und Michael merkte, daß ihr Haar süß und sauber roch, wie frisch gewaschene Wäsche, die in der Sonne trocknet. Zu zweit verließen sie das Haus und fuhren in Maurys Plymouth ein Stück weit über Wilbur Cross Parkway und dann eine Landstraße hinaus. Michael parkte unter einem riesigen Kastanienbaum, dessen unterste Äste das Wagendach berührten, und sie küßten einander lange, bevor es ohne Vorsatz oder Plan geschah. Nachher, bei einer gemeinsamen Zigarette, erzählte er ihr, daß er ein sich selbst gegebenes Versprechen gebrochen hatte, das Versprechen, dies nie mehr zu tun, außer mit einem Mädchen, das er liebte.

Er hatte erwartet, daß sie lachen werde, aber anscheinend fand sie die Sache eher traurig. «Ist das dein Ernst?» fragte sie. «Wirklich?»

«Wirklich. Und ich liebe dich nicht. Wie sollte ich auch?» fügte er eilig hinzu. «Schließlich kenne ich dich kaum.»

«Ich liebe dich auch nicht. Aber ich mag dich sehr», sagte sie. «Reicht das nicht?»

Sie fanden beide, dies sei wenigstens das zweitbeste.

In diesem Sommer, dem Sommer nach seinem ersten Universitätsjahr, arbeitete er als Hilfskraft in einem Laboratorium auf dem Campus, wusch Retorten und Eprouvetten, reinigte und verwahrte Mikroskope und bereitete das Material für Experimente vor, deren Zweck und deren Resultate er nie erfuhr. Mindestens dreimal in der Woche studierte er mit Rabbi Gross. Abe fragte ihn eifrig aus, wenn er von der Arbeit nach Hause kam. «Na, was hört sich vom Einstein?»

Aus Michaels Antworten sprach nur allzu deutlich seine geringe Begeisterung, seine enttäuschte Interesselosigkeit gegenüber der Physik und den Naturwissenschaften im allgemeinen. Manchmal hatte er dabei auch das Gefühl, daß sein Vater ihm etwas sagen wolle, doch Abe hörte jedesmal auf, noch ehe er begonnen hatte, und Michael drängte ihn nicht. Schließlich fuhren sie auf Abes Anregung an einem Sonntagmorgen zwei Wochen vor Beginn des neuen Semesters nach Sheepshead Bay, mieteten dort ein Boot und kauften eine Schuhschachtel voll schon ziemlich verrottet aussehender Meer-Ringelwürmer. Michael ruderte so weit hinaus, wie es seinem Vater nötig schien, dann warfen sie ihre Köder aus, an denen die Flundern nicht einmal knabberten – was Abes Wunsch, zu reden, durchaus entgegenkam.

«Und was wird nächstes Jahr um diese Zeit sein?»

Michael öffnete zwei Flaschen Bier und reichte die eine seinem Vater.

Das Bier war nicht sehr kalt, und der Schaum quoll über.

«Was soll schon sein, Pop – und mit wem?»

«Mit dir natürlich, mit wem sonst.» Er sah Michael an. «Jetzt studierst du drei Jahre lang Physik, lernst genau, wie alles zusammengesetzt ist aus kleinen Teilen, die du nicht sehen kannst. Du wirst noch ein Jahr studieren. Aber du magst es nicht, das merk ich.» Er nahm einen Schluck Bier. «Stimmt's? Oder stimmt's nicht?»

«Stimmt.»

«Also, was wird sein? Medizin? Jus? Du hast die Zeugnisse dazu – und den Kopf. Und ich hab Geld genug, um einen Doktor oder einen Anwalt aus dir zu machen. Du kannst dir's aussuchen.»

«Nein, Pop.» Die Leine in seinen Händen spannte sich unter den verzweifelten Befreiungsversuchen eines Fisches, der angebissen hatte, und Michael holte sie Länge um Länge ein, froh darüber, daß er etwas zu tun hatte.

«Michael, du bist inzwischen älter geworden. Vielleicht verstehst du gewisse Dinge jetzt besser. Hast du mir vergeben?»

Zum Teufel damit, dachte er wütend. «Was denn?»

«Du weißt ganz genau, wovon ich rede. Von dem Mädchen.»

Michael wollte wegschauen, aber da war nichts als das Wasser, das die Sonne widerspiegelte und seinen Augen weh tat. «Denk nicht mehr daran. Es hilft doch niemandem, solche Dinge wieder auszugraben.»

«Nein. Ich muß eine Antwort haben. Hast du mir vergeben?»

«Ich hab dir vergeben. Und jetzt – *gib Ruh.*»

«Hör zu. Hör mir zu.» Erleichterung klang aus der Stimme seines Vaters, Erregung und aufsteigende Hoffnung. «Das zeigt doch, wie nah wir beide einander wirklich sind, daß wir imstand waren, auch so etwas zu überstehen. Schau – wir haben ein Geschäft in der Familie, von dem wir immer gut gelebt haben. Ein wirklich gutes Geschäft.»

An der Angel hing ein Fisch von Tellergröße. Er schlug um sich, als Michael ihn ins Boot holte; aus der umgestürzten Bierflasche ergoß sich schaumige Flüssigkeit über Michaels Leinenschuhe.

«Früher einmal hab ich geglaubt, ich könnte es selbst schaffen», sagte Abe. «Aber ich bin noch aus der alten Schule, ich kenn mich im großen Geschäft nicht aus. Ich muß das zugeben. Aber *du* – du könntest für ein Jahr nach Harvard gehen, Betriebswirtschaft studieren, dann kommst du zurück mit all den neuen Methoden, und Kind Foundations könnte führend in der Branche werden. Davon hab ich immer geträumt.»

Michael setzte den Fuß im bierdurchnäßten Leinenschuh auf die flache, braungesprenkelte Flunder, um sie am Hin- und Herschlagen zu hindern, und spürte ihr aufgeregtes Zucken durch die dünne Gummisohle. Der Angelhaken war tief eingedrungen. Der Fisch lag mit seiner weißen, blinden Seite nach unten, die zwei schwarzen Glotzaugen sahen Michael an, noch glänzend und nicht erstarrt.

«Es tut mir leid, Pop», sagte Michael schnell, «bitte, hör auf.»

Vorsichtig versuchte er, den Fisch von der Angel zu lösen, hoffte, es möge nicht weh tun, und spürte doch, wie der Widerhaken am Fleisch riß, als er ihn herauszog.

«Ich will Rabbiner werden», sagte er.

19

Der Emanuel-Tempel in Miami Beach war ein großes Ziegelbauwerk mit weißen Säulen und breiten weißen Marmorstufen davor. Im Laufe der Jahre waren die Kristalle im Marmor von den Füßen vieler Gläubiger so blank poliert worden, daß die Stufen nun im starken Licht der Sonne von Florida glänzten. Drinnen im Tempelgebäude gab es eine beinahe geräuschlose Klimaanlage, der Gottesdienst wurde in einem Raum mit fast endlos erscheinenden Reihen roter Plüschsessel abgehalten, es gab einen schalldichten Tanzsaal, eine komplette Küche, eine nicht komplette Judaica-Bibliothek, und auch für den Hilfsrabbiner ein kleines, aber teppichbelegtes Büro.

Michael saß unglücklich hinter dem polierten Schreibtisch, der nur um weniges kleiner war als jener in dem größeren Büro am anderen Ende des Flurs, wo Rabbi Joshua L. Flagerman residierte. Unmutig blickte er auf, als das Telefon läutete. «Hallo?»

«Kann ich den Rabbi sprechen?»

«Rabbi Flagerman?» Er zögerte einen Augenblick. «Er ist nicht hier», sagte er schließlich und gab dem Frager die Privatnummer des Rabbi. Der Mann dankte und legte auf.

Seit drei Wochen war Michael nun auf diesem Posten – gerade lange genug, um sich davon zu überzeugen, daß es ein Fehler gewesen war, Rabbiner zu werden. Die fünf Jahre Studium am *Jewish Institute of Religion* hatten ihn in die Irre geführt. An der Rabbinatsschule war er ein blendender Student gewesen. «Ein Edelstein unter dem Schotter der Reformierten», hatte Max Gross einmal bitter bemerkt. Gross machte kein Hehl daraus, daß er Michaels Entschluß, Rabbiner bei den Reformierten zu werden, als Verrat empfand. Ihre geistige Beziehung blieb zwar bestehen, wurde aber nie so innig, wie sie hätte werden können, hätte Michael sich der Orthodoxie zugewandt. Dem Jüngeren fiel es schwer, seine Wahl zu erklären. Er wußte nur, daß die Welt sich schnell veränderte, und Reform schien ihm der beste Weg, diese Veränderungen zu bewältigen.

In den Ferien arbeitete er als Jugendfürsorger in Manhattan und versuchte Kindern, die im Begriff waren, in unsichtbaren Meeren zu ertrinken, die Strohhalme des Glaubens hinzuhalten. Von den Vätern waren viele bei der Armee, und die Mütter arbeiteten in Tag- und Nachtschicht in den Kriegsbetrieben oder brachten zahlreiche fremde und schnell wechselnde «Onkel» in Uniform nach Hause. Bald erkannte Michael den Jugendlichen, der unter Rauschgift stand, schon an seinem beschwingten Gang und den erweiterten Pupillen und den verschmachtenden armen Teufel, dem seine Droge ausgegangen war, an den verkrampften Bewegungen und dem zwanghaften Kaugummikauen. Er sah, wie die Kindheit vom Schmutz des Lebens zerstört wurde. Nur ganz selten hatte er den Eindruck, daß es ihm gelungen war, irgend jemandem ein klein wenig zu helfen. Immerhin hielt ihn diese Erkenntnis davon ab, seine Arbeit aufzugeben und statt dessen als Sozialarbeiter in ein Sommerlager zu gehen.

Als die Japaner Pearl Harbor angriffen, hatte Michael eben sein drittes Semester an der Rabbinatsschule beendet. Die meisten seiner Freunde meldeten sich freiwillig zum Militär oder wurden rasch vom Sog des Einberufungssystems erfaßt. Theologiestudenten waren nicht dienstpflichtig, aber ein halbes Dutzend seiner Kollegen verließ die Schule und zog die Uniform an. Die übrigen, unter ihnen auch Michael, ließen sich von ihren Lehrern davon überzeugen, daß Rabbiner in den kommenden Zeiten mehr denn je vonnöten sein würden. Michael fühlte im großen ganzen eher Bedauern, als wäre er um ein Abenteuer betrogen worden, auf das er Anspruch gehabt hätte. Zu jener Zeit glaubte er an den Tod, aber nicht an das Sterben.

Die Briefe, die er gelegentlich aus Orten mit unbekannten und manchmal schwer auszusprechenden Namen erhielt, klangen aufregend und romantisch. Maury Silverstein blieb mit ihm in Verbindung. Er war als Rekrut zum Marineinfanteriekorps eingerückt, mit Aussicht auf die Offiziersanwärterschule in Quantico nach Abschluß seiner Grundausbildung. Auf Paris Island boxte er gelegentlich, und während eines solchen Kampfes geriet er mit seinem Ausbilder in einen Streit, dessen Einzelheiten Michael nie genau erfuhr. Maury schrieb nur, daß es zwischen ihm und seinem Gegner einige Wochen später zu einer Begegnung kam, ohne Handschuhe und außerhalb des Rings. Genauer gesagt: der Kampf spielte sich außerhalb – hinter – der Sporthalle ab, vor den Augen der versammelten Mannschaft, die Maury Beifall brüllte, als er seinem Gegner, einem Korporal, den Kiefer brach. Der Korporal hatte sein Hemd mit den Streifen ausgezogen, so kam es zu keinem offiziellen Disziplinarverfahren, aber von da an hatte es das gesamte Unteroffizierskorps auf den Rekruten abgesehen, der einen der Ihren von seinem Podest als Vorbild der Mannschaft gestürzt hatte. Silverstein wurde bei der kleinsten Unzukömmlichkeit zum Rapport gebracht, und seine Aussichten auf die Offizierslaufbahn schwanden bald dahin. Nach Abschluß seiner Rekrutenzeit erhielt er ein paar Wochen Ausbildung als Maultiertreiber, und schließlich wurde ihm ein kurzbeiniges Maultier mit dickem Hinterteil anvertraut. In seinem letzten Brief aus den Vereinigten Staaten teilte er Michael mit, er habe dem Vieh aus sentimentalen Gründen den Namen Stella gegeben. Maury und Stella wurden auf einer namenlosen und vermutlich gebirgigen Pazifikinsel ausgeschifft, wo Maury bis zur Erschöpfung in Anspruch genommen war, anscheinend aber nur, seinen Andeutungen zufolge, von geradezu sagenhaften Abenteuern mit Eingeborenenmädchen. Respekt vor der Uniform, so schrieb er, verbiete ihm, diese Heldentaten in allen Einzelheiten mitzuteilen.

Während seines letzten Studienjahres wurde Michael dazu ausersehen, in einem Tempel in Rockville bei den Gottesdiensten zu den hohen Feiertagen zu assistieren. Die Feierlichkeiten verliefen ohne Zwischenfall, und er hatte das Gefühl, nun zu guter Letzt doch wirklich ein Rabbiner zu sein. Schon begann er von eitlem Selbstvertrauen zu triefen. Dann setzte das Personalreferat des Instituts für ihn drei Wochen vor seiner Graduierung eine Vorsprache im Emanuel-Tempel in Miami fest, wo der Posten eines Hilfsrabbiners vakant war. Er hielt eine Gastpredigt an einem Freitagabend. Den Text hatte er sorgfältig niedergeschrieben und den Vortrag vor dem Spiegel in seinem Schlafzimmer einstudiert. Sein Lehrer an der Fakultät hatte sich lobend über die Predigt geäußert, und Michael selbst wußte, daß Inhalt und Diktion klar und kraftvoll waren. Als er in Miami vorgestellt wurde, fühlte er sich bereit für sein Amt. Er begrüßte Rabbi Flagerman und die Gemeinde mit kräftiger Stimme. Dann stützte er beide Hände auf das Rednerpult und beugte sich ein wenig vor.

«Was ist ein Jude?» begann er.

Die Gesichter in den ersten Reihen blickten mit so stummer Erwartung zu ihm auf, daß er sich genötigt sah, den Blick abzuwenden. Aber wohin er auch schaute, Reihe um Reihe, waren die Gesichter aufwärts- und ihm zugewandt. Alte und junge Gesichter, glatte und solche, die von Erfahrung gezeichnet waren. Er war gelähmt von der Erkenntnis dessen, was er im Begriff stand zu tun. Wer bin ich, fragte er sich, daß ich es wage, ihnen etwas zu sagen, irgend jemandem irgend etwas zu sagen?

Die Pause wurde zum Schweigen, und noch immer konnte er nicht sprechen. Es war schlimmer als an dem Tag, da er *bar-mizwe* wurde. Er erstarrte. Die Zunge klebte ihm am Gaumen. Hinten im Betsaal kicherte ein Mädchen, ein winziger Laut, der allgemeines Füßescharren bei den Wartenden auslöste.

Mit größter Willensanstrengung zwang er sich zu sprechen. Er hetzte die Predigt durch, versprach sich einige Male, machte nachher verzweifelt Konversation und nahm schließlich ein Taxi zum Flughafen. Gleichgültig vor Verzweiflung, sah er fast während des ganzen Rückflugs nach New York zum Fenster hinaus und brummte nur etwas vor sich hin, wenn er Kaffee oder Likör ablehnte, die ihm die rothaarige Stewardess anbot. Nachts fand er, erschöpft von der Reise, Zuflucht im Schlaf, aber am folgenden Morgen lag er wach im Bett und fragte sich, wieso er auf ein Amt verfallen war, für das er nicht das geringste Talent besaß.

Eine Woche lang überlegte er, welche Möglichkeiten außer dem Rabbinat ihm blieben. Der Krieg mit Deutschland war zu Ende, und mit Japan konnte es nicht mehr lange dauern; es wäre pure Resignation gewesen, jetzt noch zur Armee zu gehen. Er konnte unterrichten; aber die Aussicht darauf machte ihn melancholisch. Blieb nur Kind Foundations. Während er noch seinen Mut für ein Gespräch mit Abe sammelte, kam ein Telegramm vom Anstellungskomitee der Gemeinde in Florida. Sie seien noch nicht eindeutig entschlossen; ob er bereit wäre, sie auf ihre Kosten zum kommenden Wochenende nochmals aufzusuchen und zu predigen?

Von Übelkeit und Ekel vor sich selbst gequält, fuhr er ein zweites Mal nach Miami. Diesmal haspelte er seine Predigt ohne Verzögerung herunter, obgleich seine Knie zitterten und er ziemlich sicher war, daß auch seine Stimme schwankte.

Zwei Tage später kam die Berufung.

Seine Pflichten waren einfach. Er hielt den Kindergottesdienst. Er assistierte dem Rabbiner am Sabbat. Er korrigierte die Fahnen des Tempel-Bulletins. Auf Rabbi Flagermans Wunsch arbeitete er an einem Katalog rabbinischer Literatur. Tagsüber, wenn sein Chef und dessen Sekretär anwesend waren, nahm Michael das Telefon nicht ab, das gleichzeitig an allen drei Apparaten läutete. Abends aber, wenn die beiden nicht hier waren und Michael noch in seinem Büro saß, übernahm er die Anrufe. Sooft jemand den Rabbiner zu sprechen wünschte, gab Michael Rabbi Flagermans Privatnummer.

Er machte einige Seelsorgegänge, besuchte erkrankte Gemeindemitglieder. Da er sich in Miami nicht auskannte, fuhren ihn junge Leute aus der Jugendgruppe des Tempels. Eines Nachmittags war sein Chauffeur Toby Goodman, ein blondes sechzehnjähriges Mädchen. Ihr Vater war ein wohlhabender Fleischkonservenfabrikant mit eigenen Herden in den Viehzuchtgebieten rund um St. Petersburg. Sie war sehr braungebrannt, trug weiße Shorts mit einer rückenfreien, ärmellosen Bluse und fuhr einen langgestreckten blauen Wagen mit offenem Dach. Sie sah Michael aus großen Augen an und stellte Fragen über die Bibel, die er ernsthaft beantwortete, obgleich er wußte, daß sie sich über ihn lustig machte. Während er seine Besuche absolvierte, wartete sie geduldig im Wagen, parkte, wenn irgend möglich, im Schatten, aß halb zerschmolzene Schokolade und las ein Groschenheft, dessen Umschlag sexy aussah. Als er fertig war, fuhren sie schweigend zum Tempel zurück. Er betrachtete sie, während sie den Wagen langsam durch die von Menschen wimmelnden Straßen lenkte.

Überall gab es Uniformen. Miami war voll von Veteranen aus Übersee, die in den berühmten Strandhotels stationiert waren, der Ruhe pflegten und auf ihre Entlassung warteten. Sie füllten die Straßen, einzeln, in Gruppen oder in lockeren Zweierreihen, unterwegs zu einem Kurs oder ins Kino.

«Aus dem Weg, Bande», murrte das Mädchen. Sie wechselte den Gang, stieg aufs Gas und zwang drei Air Force-Männer, eilig zur Seite zu springen.

«Vorsicht», sagte Michael sanft verweisend. «Die haben nicht den Krieg heil überstanden, damit sie jetzt von einem Rabbiner auf Gemeindebesuchen über den Haufen gefahren werden.»

«Die tun doch nichts anderes, als in der Sonne liegen und pfeifen und blöde Bemerkungen darüber machen, daß sie einen eben im Kino gesehen haben.» Das Mädchen lachte. «Ich habe einen Freund bei der Navy, wissen Sie. Im vorigen Monat war er zu Hause. Der hat nie was anderes getragen als Zivil. Wir haben diese Kerle verrückt gemacht.»

«Wie?»

Sie musterte ihn mit schmal gewordenen Augen. Plötzlich schien sie zu einem Entschluß gekommen zu sein; sie bremste und beugte sich über ihn, um irgend etwas im Handschuhfach zu suchen. Als sie sich wieder aufrichtete, hielt sie eine halbvolle Ginflasche in der Hand. Etwa zehn Meter von ihnen entfernt bewegte sich eine Zweierreihe von Männern, deren einige das Infanterie-Kampfabzeichen trugen, langsam unter der heißen Sonne. Sie blickten auf, als das Mädchen schrill pfiff. Ehe Michael noch wußte, wie ihm geschah, hatte sie einen Arm um seine Schultern gelegt, während ihre Hand aufreizend die Flasche schwenkte.

«Er ist prima!» rief sie spöttisch zu den marschierenden Männern hinüber. Dann küßte sie Michael auf die Stirn.

Sie gab so heftig Gas, daß Michael in seinen Sitz zurückgeworfen wurde, als der Wagen heulend anzog. Immerhin war ihm die wilde Fahrt noch lieber als die Szene von vorhin. Die Marschlinie der Soldaten hatte sich plötzlich aufgelöst. Einige von ihnen liefen dem blauen Wagen fast bis zur nächsten Straßenecke nach. Das Mädchen schüttelte sich vor Lachen und tat, als höre sie nicht, was die Männer ihr nachriefen.

Michael schwieg, bis sie vor dem Tempel anhielt.

«Jetzt sind Sie wohl wütend, ja?»

«Wütend ist nicht ganz das richtige Wort», sagte er bedachtsam und stieg aus.

«Hey, das ist meine Flasche!»

Er hatte die Flasche aufgehoben, die das Mädchen achtlos unter den Sitz geworfen hatte, hielt sie am Hals.

«Die können Sie sich bei mir abholen, sobald Sie einundzwanzig sind.» Er stieg die Stufen hinauf und trat ins Haus. Das Telefon läutete. Eine Frau verlangte den Rabbiner zu sprechen, und er gab ihr Rabbi Flagermans Privatnummer.

Hinten in seiner Schreibtischlade lag eine Packung Papierbecher. Er goß einen tüchtigen Schuß aus der Flasche des Mädchens, gut drei Finger hoch, trank in einem Zug aus – und stand dann da mit hängenden Schultern und geschlossenen Augen.

Es war warmes Wasser.

Zwei Abende später rief Toby Goodman an und entschuldigte sich. Er nahm ihre Entschuldigung an, lehnte aber ihr Angebot ab, ihn tags darauf wieder zu fahren. Wenige Minuten später läutete das Telefon von neuem.

«Rabbi?» Die Stimme klang seltsam rauh.

Als Michael Rabbi Flagermans Nummer sagte, kam ein Ton wie das

Keuchen eines müden Hundes aus dem Telefon.

Er begann zu lächeln. «Sie glauben doch nicht, daß Sie mich frotzeln können, Toby», sagte er.

«Ich bin drauf und dran, mich umzubringen.»

Es war die Stimme eines Mannes.

«Wo sind Sie?» fragte Michael.

Der Mann nannte eine nur halb verständliche Adresse, Michael bat ihn, sie zu wiederholen. Er kannte die Straße, sie war nur ein paar Häuserblocks vom Tempel entfernt.

«Tun Sie jetzt gar nichts, bitte. Ich komme sofort.» Er lief aus dem Haus, stand auf den Marmorstufen und betete, während er vorbeifahrende Taxis aufzuhalten versuchte. Als er endlich ein leeres gefunden hatte, saß er auf der Kante seines Sitzes und überlegte, was er einem Mann sagen konnte, der Angst hatte, weiterzuleben. Aber als das Taxi hielt, war sein Hirn immer noch leer wie zuvor. Er drückte dem Fahrer einen Schein in die Hand und lief, ohne auf das Wechselgeld zu warten, über einen ausgedörrten, versandeten Rasen auf den Bungalow zu, drei Stufen hinauf zu einer überdachten Veranda.

Auf der Tafel über der Glocke stand: Harry Lefcowitz. Das Tor war offen, der Windfang unversperrt.

«Mr. Lefcowitz?» rief Michael leise. Es kam keine Antwort.

Michael trat ein. Im Wohnzimmer roch es nach Fäulnis. Offene Flaschen und halbvolle Biergläser standen auf den Fensterbrettern. In einer Glasschüssel auf dem Tisch verfaulten ein paar Bananen. Die Aschenbecher waren voll mit Zigarrenresten. Ein Armeehemd hing über einer Sessellehne; Sergeantslitzen auf den Ärmeln.

«Mr. Lefcowitz?» Hinter einer der Türen, die aus dem Wohnzimmer führten, hörte Michael ein leises Geräusch. Er öffnete.

Ein kleiner, schmächtiger Mann in Khakiunterhosen und Leibchen saß auf dem Bett. Seine Füße waren nackt. Der dünne Schnurrbart verlor sich beinahe in den Bartstoppeln auf dem unrasierten Gesicht. Die Augen waren gerötet und traurig. In der Hand hielt er eine kleine schwarze Pistole.

«Sie kommen von der Polizei», sagte er.

«Nein. Ich bin der Rabbiner. Sie haben mich angerufen, erinnern Sie sich nicht?»

«Flagerman sind Sie nicht.» Es gab ein lautes Klicken, als der Mann die Pistole entsicherte.

Michael stöhnte innerlich, als ihm klarwurde, daß sich bestätigt hatte, was er ohnedies schon wußte: seine Unfähigkeit als Rabbiner. Er hatte die Polizei nicht verständigt. Er hatte nicht einmal eine Nachricht in seinem Büro zurückgelassen, niemand wußte, wo er zu finden war.

«Ich bin Rabbi Flagermans Assistent. Ich möchte Ihnen helfen.»

Der Pistolenlauf hob sich langsam, bis er direkt auf Michaels Gesicht gerichtet war. Die runde Öffnung an seinem Ende wirkte geradezu obszön. Der Mann spielte mit der Waffe, sicherte und entsicherte sie wieder.

«Scher dich zum Teufel», sagte er.

Michael setzte sich auf das Bett; er zitterte nur ganz wenig.

Draußen war es dunkel.

«Und was wäre das schon für eine Lösung, Mr. Lefcowitz?»

Die Augen des Mannes wurden schmal. «Du glaubst, ich werd es schon nicht tun, du Held. Glaubst vielleicht, das macht mir was aus, nach dem, was ich gesehen hab? Ich schieß dich über den Haufen, und dann erschieß ich mich.» Er sah Michael an und lachte. «Du weißt nicht, was ich weiß. Es würde gar keinen Unterschied machen. Die Welt geht trotzdem weiter.»

Michael neigte sich ihm zu, streckte die Hand aus: es war eine Geste des Mitleids, aber der andere empfand sie als Drohung. Er drückte die Mündung seiner Pistole in Michaels Wange. Der Druck schmerzte.

«Weißt du, woher ich diese Pistole hab? Hab sie einem toten Deutschen abgenommen. Der Kopf war ihm halb weggeschossen. Ich kann mit dir dasselbe machen.»

Michael sagte nichts. Nach ein paar Minuten nahm der Mann den Pistolenlauf von seiner Wange. Mit den Fingerspitzen fühlte Michael die kleine kreisrunde Vertiefung, die auf seiner Haut zurückgeblieben war. Sie saßen und blickten einander an. Michaels Uhr tickte laut.

Der Mann begann zu lachen. «Das ist nichts als Unsinn, was ich Ihnen da erzählt hab. Ich hab viele tote Deutsche gesehen, manche hab ich angespuckt, aber nie hab ich einem Toten etwas abgenommen. Ich hab das Ding gekauft, für drei Kartons Lucky Strike. Ich wollte was haben für den Jungen, etwas zum Aufheben.» Lefcowitz kratzte seinen Fuß mit der freien Hand. Seine Füße waren groß und knochig, mit krausen schwarzen Haaren an den Gelenken der großen Zehen.

Michael sah ihm in die Augen. «Die ganze Geschichte, die Sie da aufgeführt haben, war doch nichts als Unsinn, Mr. Lefcowitz. Warum sollten Sie mir was antun wollen? Ich will weiter nichts, als Ihr Freund sein. Und es wäre fast noch schlimmer, wenn Sie sich etwas antun wollten.» Er versuchte zu lächeln. «Ich glaube, es war weiter nichts als ein seltsamer Scherz. Ich glaube, die Pistole ist gar nicht geladen.»

Der Mann hob die Waffe, und im selben Sekundenbruchteil, da der Knall schaurig laut in dem kleinen Raum widerhallte, wurde seine Hand ein wenig hochgerissen, und in der weißen Decke über ihren Köpfen zeigte sich ein schwarzes Loch.

«Sieben waren drin», sagte Lefcowitz. «Jetzt sind's noch sechs. Mehr als genug. Also glaub lieber nichts, Kleiner. Bleib sitzen und halt den Mund.»

Lange Zeit sprachen sie kein Wort. Es war eine sehr ruhige Nacht. Nichts war zu hören als gelegentlich ein Autohupen und das langsame, gleichmäßige Zischen der Brandung gegen die nahe Küste. Michael sprach sich selbst Beruhigung zu: jemand mußte den Schuß gehört haben; sie mußten bald kommen.

«Fühlen Sie sich eigentlich jemals einsam?» fragte Lefcowitz plötzlich.

«Immer.»

«Manchmal fühl ich mich so einsam, daß ich schreien könnte.»

«Jedem Menschen geht's manchmal so, Mr. Lefcowitz.»

«Wirklich? Na dann – warum eigentlich nicht?» Er betrachtete die Pistole und schüttelte sie. «Wenn Sie auf den Kern der Sache gehen – warum nicht?» Er lachte freudlos. «Jetzt haben Sie eine gute Gelegenheit, über Gott zu reden, Seele und so Zeug.»

«Aber nein. Es gibt einen viel einfacheren Grund. Das da –» Michael berührte die Pistole mit den Fingerspitzen und gab ihr eine leichte Wendung, so daß sie nicht mehr auf ihn zielte –, «das ist endgültig, unwiderruflich. Nachher haben Sie keine Möglichkeit mehr, es sich zu überlegen und einzusehen, daß Sie unrecht hatten. Und obwohl es eine Menge scheußliche Dinge auf der Welt gibt, ist es doch manchmal großartig, zu leben. Nichts weiter als Wasser zu trinken, wenn man durstig ist, oder etwas Schönes zu sehen – irgend etwas von all den schönen Dingen, die es gibt. Die guten Zeiten wiegen die schlechten auf.»

Einen Augenblick lang sah Lefcowitz nicht mehr ganz so entschlossen aus. Aber dann wendete er den Lauf der Pistole, so daß er nun wieder auf Michael gerichtet war. «Ich bin nur sehr selten durstig», sagte er.

Wieder schwieg er lange, und Michael versuchte nicht, ihn zum Sprechen zu bringen. Einmal liefen zwei Burschen lachend und rufend auf der Straße vorbei, und im Gesicht des Mannes begann es seltsam zu arbeiten.

«Gehen Sie manchmal fischen?»

«Selten», sagte Michael.

«Ich hab grad daran gedacht, daß ich auch meine guten Zeiten gehabt hab, wie Sie das nennen – beim Fischen, mit Wasser und Sonne und so.»

«Ja.»

«Deshalb bin ich ja überhaupt hierhergekommen. Ich war noch ein Junge, hab in einem Schuhgeschäft in Erie, P.-A., gearbeitet. Mit einer ganzen Bande von Kumpels bin ich nach Hialeah hinuntergefahren und hab vierhundertachtzig Dollar gewonnen. Das Geld war ganz hübsch, aber was hab ich schon von Geld verstanden. Damals hab ich für niemanden zu sorgen gehabt. Das Wichtigste war das Fischen. Den ganzen Tag lang hab ich Seeforellen gefangen. Die Burschen haben mich für verrückt gehalten, als ich nicht mit ihnen zurückfahren wollte. Ich hab einen Job in einer Kneipe am Strand gefunden. Da hatte ich das Fischen und die Sonne und Weiber in Badeanzügen, und ich kam mir vor wie im Paradies.»

«Sie waren Bartender, bevor Sie eingerückt sind?»

«Hab mein eigenes Lokal gehabt. Da war dieser Bursche, mit dem ich gearbeitet hab, Nick Mangano, der hatte ein bißchen was auf die Seite gelegt, und ich hab meines dazugetan, und so haben wir eine Muschelbar mit Alkohollizenz übernommen, an diesem Fischplatz, den sie Murphy's Pier nennen. Kennen Sie ihn?»

«Nein.»

«Wir haben ganz ordentlich verdient, und ein paar Jahre später haben wir uns vergrößert, ein Lokal mit ein paar Nischen und einem Pianisten. Es hat sich ganz gut angelassen. Damals war ich verheiratet, und ich hab den Tagdienst gehabt. Den ganzen Tag lang nichts als Fischer, meistens alte Männer. Es gibt eine Menge alte Leute hier. Die sind eine ausgezeichnete Kundschaft. Ein paarmal am Tag kommen sie in aller Ruhe einen heben, und nie hat man Ärger mit ihnen. Nachts war Nick im Geschäft, mit noch einem Burschen, den wir angestellt hatten, damit er sich um die Leute kümmert, die zum Tanzen kamen.»

«Muß ein gutes Geschäft gewesen sein.»

«Sind Sie verheiratet?»

«Nein.»

Lefcowitz schwieg einen Augenblick. «Ich hab eine *schiksse* geheiratet», sagte er dann. «Ein irisches Mädchen.»

«Sind Sie noch immer in der Armee?»

«Ja, ich hab noch einen Urlaubsanspruch gehabt, dann werd ich entlassen.» Seine Kinnladen mahlten. «Wie sie mich eingezogen haben, hab ich Nick alle Vollmacht gegeben. Er hat's mit dem Herzen, das hat ihm den Krieg erspart. Vier Jahre lang hat er den Laden allein geschmissen, mit Tag- und Nachtbetrieb.»

Er sank in sich zusammen. Seine Stimme klang belegt. «Na, ich hab mir vorgestllt, ich werd hineingehen in unser Lokal, und mein Kumpel, der Nick, wird wenigstens eine kleine Wiedersehens-Party für mich machen. Komisch, in Neapel hab ich sogar die italienischen Weiber ordentlich behandelt. Ich hab gedacht, den Nick wird das freuen, wenn ich's ihm erzähl. Na, ich komm hin, alles zu, mit Brettern verschlagen. Kein Knopf auf der Bank.» Er sah Michael an und grinste, mit zitternden Lippen und schwimmenden Augen. «Aber das ist der *komische* Teil der Geschichte. Da hat er gewohnt, die ganze Zeit, die ich drüben war. In diesem Haus.»

«Sind Sie sicher?»

«Herr, ich hab's *gehört*. Wieder und wieder und wieder. Wenn so was passiert – Sie würden sich wundern, wieviel gesprächige Freunde Sie da auf einmal haben. Aus allen Winkeln kommen sie hervor.»

«Wo sind sie jetzt?»

«Der Junge ist fort. Sie ist fort. Er ist fort. Das Geld ist fort. Adresse unbekannt. Alles blankgeputzt wie ein abgenagter Knochen.»

Michael suchte nach Worten, die helfen könnten, aber nichts fiel ihm ein.

«Daß sie eine Niete war, hab ich schon gewußt, wie ich sie geheiratet hab. Dann hab ich mir gedacht, wer ist schon ein Engel, ich hab mir inzwischen auch nichts entgehen lassen, vielleicht können wir miteinander neu anfangen. Das war nicht möglich. Schön, so was passiert, über sie zerbrech ich mir nicht den Kopf. Aber der Bub hat Samuel geheißen. Samuel, nach meinem Vater, *aleja ha schalom*. Die zwei sind Katholiken. Der Bub wird nie *bar-mizwe* werden.»

Er stöhnte, und dann war es, als würde ein Damm brechen. «Mein Gott, ich werd dieses Kind nie wiedersehen.» Er ließ sich fallen, sein Kopf schlug mit solcher Kraft gegen die Schulter seines Zuhörers, daß es Michael fast vom Bett geworfen hätte. Der aber hielt ihn fest, wiegte ihn leise und schwieg. Lange. Dann nahm er sehr sanft die Pistole aus den erschlafften Fingern. Er hatte nie zuvor eine Waffe in der Hand gehalten; sie war überraschend schwer. Über den Kopf des Mannes hinweg las er die erhabene Prägung auf dem Lauf: SAUER U. SOHN, SUHL, CAL 7.65. Dann legte er die Pistole neben sich auf das Bett. Er wiegte noch immer, umfaßte den an seiner Schulter ruhenden Kopf des Mannes mit der Rechten und streichelte sein wirres Haar. «Weinen Sie, Mr. Lefcowitz», sagte er, «weinen Sie.»

Es war noch dunkel, als die Militärpolizei ihn vor dem Tempel aussteigen ließ. Michael entdeckte, daß er das Tor unversperrt gelassen und nicht einmal das Licht ausgeschaltet hatte, und er war froh darüber, daß er zurückgekommen war, anstatt geradenwegs nach Hause zu fahren; Rabbi Flagerman hätte sich wahrscheinlich geärgert. Der Ventilator in seinem Büro lief noch immer auf vollen Touren. Die Nachtluft war frisch, und es war ungemütlich kalt im Zimmer. Er stellte den Ventilator ab.

Dann schlief er an seinem Schreibtisch ein, den Kopf auf die Arme gelegt.

Als ihn das Telefon aufschreckte, zeigte die Uhr auf seinem Schreibtisch acht Uhr fünfundfünfzig. Er fühlte sich zerschlagen, und sein Mund war trocken. Draußen schien die Sonne, warm und golden. Die Luftfeuchtigkeit machte sich schon unangenehm bemerkbar. Er schaltete die Klimaanlage ein, bevor er den Telefonhörer abhob.

Eine Frau war am Apparat. «Kann ich den Rabbiner sprechen?» fragte sie.

Er unterdrückte ein Gähnen und setzte sich auf.

«Welchen Rabbiner?» fragte er.

20

Nicht ganz ein Jahr nach seiner Ankunft in Miami flog Michael nach New York, um Rabbi Joshua Greenberg von der Sons of Jacob-Synagoge bei einer Hochzeit zu assistieren: Mimi Steinmetz wurde einem Wirtschaftsprüfer angetraut, den ihr Vater soeben als Juniorpartner in seine Firma genommen hatte. Als die Jungvermählten einander nach der Zeremonie küßten, spürte Michael plötzlich etwas wie Bedauern und Verlangen – nicht nach diesem Mädchen, sondern nach einer zu ihm gehörenden Frau, nach einem Menschen, den er lieben könnte. Er tanzte den *kosazke* mit der Braut und trank nachher zuviel Champagner.

Rabbi David Sher, einer seiner ehemaligen Lehrer am Institut arbeitete jetzt in der Amerikanischen Union Jüdischer Gemeinden. Zwei Tage nach der Hochzeit suchte Michael ihn auf.

«Kind!» rief Rabbi Sher und rieb sich die Hände. «Sie sind genau der Mann, den ich brauche. Ich habe einen Posten für Sie.»

«Guter Posten?»

«Lausig. Miserabel.»

Hol's der Teufel, dachte Michael, ich habe Miami gründlich satt. «Ich nehme ihn», sagte er.

Michael hatte den Wanderprediger für eine Absonderlichkeit aus der protestantischen Vergangenheit gehalten.

«Jüdische Hinterwäldler?» fragte er ungläubig.

«Juden in den Ozarks», sagte Rabbi Sher. «Sechsundsiebzig Familien in den Bergen von Missouri und Arkansas.»

«Es gibt doch Tempel in Missouri und Arkansas.»

«Ja, im Flachland und in den größeren Gemeinden. Aber nicht in der Gegend, von der ich spreche, im Bergland, wo da und dort ein vereinzelter Jude eine Gemischtwarenhandlung oder ein Fischercamp führt.»

«Sie haben von einem lausigen Posten gesprochen. Das klingt aber doch großartig.»

«Sie haben einen Umkreis von achthundert Kilometern zu bereisen. Nie wird's ein Hotel geben, wenn Sie eines suchen, Sie werden sich mit dem einrichten müssen, was Sie vorfinden. Die meisten von Ihren Gemeindemitgliedern werden Sie mit offenen Armen aufnehmen, aber es wird auch solche geben, die Sie wegschicken, und solche, die sich nicht um Sie kümmern. Sie werden dauernd unterwegs sein.»

«Ein transportabler Rabbiner.»

«Ein rabbinischer Vagabund.» Rabbi Sher nahm einen Ordner aus dem Aktenschrank. «Da ist eine Liste der Dinge, die Sie besorgen müssen; Sie können alles der Union verrechnen. Ein Kombiwagen ist für den Posten vorgesehen. Sie werden einen Schlafsack und sonstige Campingausrüstung brauchen. Und wenn Sie Ihren Wagen kaufen, Rabbi», sagte er mit breitem Grinsen, «dann sorgen Sie dafür, daß man Ihnen extrastarke Stoßdämpfer einbaut.»

Vier Wochen später war er in den Bergen, nach einer zweitägigen Fahrt über zweitausendfünfhundert Kilometer von Miami herauf. Der Kombi war ein Jahr alt, aber er war ein großer, schwerer grüner Oldsmobile, und Michael hatte ihn mit Stoßdämpfern versehen lassen, die stark genug für einen Tankwagen schienen. Bis jetzt waren Rabbi Shers düstere Prophezeiungen nicht eingetroffen; die Straßen waren gut und nach der Karte leicht zu finden, und es war so warm, daß er weiterhin seine Kleidung aus Florida trug und nichts von dem Winterzeug brauchte, das sich hinten im Wagen türmte. Der erste Name auf Michaels Liste war George Lilienthal, Direktor einer Holzfirma mit der Adresse Spring Hollow, Arkansas. Als er ins Vorgebirge kam und die Steigung der Straße fühlbarer wurde, hob sich auch Michaels Stimmung. Er fuhr langsam und genoß den Rundblick: verwitterte Gehöfte, Blockhäuser mit silbrig glänzenden Wänden, Holzzäune, da und dort ein Bergwerk oder eine Fabrik.

Um vier Uhr nachmittags begann es leicht zu schneien, und Michael fror. Er hielt an einer Tankstelle – einem Bauernhaus mit zwei Benzinsäulen – und zog im Haus Winterkleidung an, während ein runzliger alter Mann seinen Wagen auftankte. Nach den Informationen, die Michael aus dem Büro der Union mitgebracht hatte, sollte Spring Hollow siebenundzwanzig Kilometer von Harrison entfernt sein, auf einer Sandstraße erreichbar. Aber der Alte, den Michael zur Sicherheit fragte, schüttelte den Kopf.

«Nein. Sie fahren die Zweiundsechzig, nach Rogers biegen Sie ab nach Osten, bis Monte Ne, dann sind's noch ein paar Kilometer. Schotterstraße. Wenn Sie's nicht finden, müssen Sie eben noch einmal fragen.»

Als Michael hinter Rogers von der Autostraße abbog, war der Schotterbelag der Landstraße unter dem Schnee nur mehr zu ahnen. Der Wind kam in Böen, schüttelte den Kombi und pfiff eisig durch die Fensterspalten. Michael gedachte dankbar der Liste des Rabbi Sher: die dort angegebene Kleidung erwies sich als angemessen. Er trug jetzt schwere Stiefel, Cordhosen, Wollhemd, Pullover, Anorak, Handschuhe und eine Kappe mit Ohrenschützern.

Der schwere Schneefall setzte mit Einbruch der Dunkelheit ein. Manchmal, wenn Michael um eine Kurve fuhr, fiel der Lichtkegel seiner Scheinwerfer direkt in schwarze Leere. Er wußte nur zu gut, daß er von Bergfahrten bei Nacht nichts verstand. Zunächst fuhr er an den Straßenrand und parkte, mit der Absicht, das Unwetter abzuwarten. Aber bald wurde es sehr kalt im Wagen. Er startete den Motor und schaltete die Heizung auf den höchsten Grad, dann kamen ihm Bedenken, ob die Lüftung auch ausreichte, ob man ihn nicht am nächsten Morgen steifgefroren im Wagen finden würde. («Der Motor lief noch, meldet der Polizeibericht.») Überdies, so kam ihm in den Sinn, war der geparkte Wagen ein gefährliches Hindernis für jedes Fahrzeug, das plötzlich aus Schnee und Dunkelheit auftauchen konnte. So fuhr er sehr langsam weiter, bis er, am Ende einer Steigung angelangt, in der Ferne ein gelbliches Lichtviereck sah, das, wie sich im Näherkommen erwies, das erleuchtete Fenster eines Bauernhauses war. Er parkte den Wagen unter einem großen Baum und klopfte ans Tor. Der Mann, der ihm öffnete, sah immerhin nicht wie Li'l Abner aus. Er trug Jeans und ein dickes braunes Arbeitshemd. Michael schilderte; in welch übler Lage er sich befand, und der Mann bat ihn ins Haus.

«Jane», rief er, «da ist einer, der ein Bett für die Nacht braucht.»

Die Frau kam langsam in den vorderen Raum. Durch die Tür, die sie hinter sich offenließ, sah Michael den Feuerschein, der durch die Sprünge eines mit Töpfen besetzten Küchenherdes drang. In der Stube war es sehr kalt. An einem Nagel hing eine Laterne.

«Haben Sie Spielkarten bei sich?» Sie hielt sich die ungeknöpfte Jacke über der Brust zu.

«Nein», sagte Michael. «Bedaure.»

Ihr Mund war streng. «Sie sind hier in einem guten christlichen Haus. Karten und Whisky dulde ich nicht.»

«In Ordnung, Ma'am.»

Dann saß er in der Küche an einem wackligen, offensichtlich selbstgefertigten Tisch, und die Frau wärmte ihm ein Stew auf. Es schmeckte ungewohnt und kräftig, aber Michael wagte nicht zu fragen, aus welcher Art Fleisch sie es zubereitet hatte. Nach dem Essen nahm der Mann die Laterne vom Nagel und führte Michael in ein stockfinsteres Hinterzimmer.

«Scher dich raus», brummte er, und ein großer gelber Hund verließ gähnend und unwillig die schmale Bettstatt. «So, das wär's, Mister», sagte der Mann.

Nachdem Michael die Tür hinter ihm geschlossen hatte und im Dunkeln allein geblieben war, beschloß er, sich nicht auszukleiden. Es war sehr kalt. Er zog nur die Stiefel aus und richtete sich dann im Bett ein, so gut er konnte. Die Decken waren zerfetzt und wärmten nur wenig: sie rochen stark nach Hund.

Die Matratze war dünn, voll Unebenheiten. Michael lag stundenlang wach, spürte die Kälte und den fettigen Nachgeschmack des Stews und konnte nicht verstehen, wie er hierhergekommen war. Um Mitternacht hörte er ein Kratzen an der Tür. Der Hund, dachte er, aber die Tür öffnete sich unter dem Druck einer Menschenhand, und Michael gewahrte, einigermaßen beunruhigt, seinen Gastgeber.

«Scht», sagte der Mann, den Finger an die Lippen legend. In der andern Hand trug er einen Krug. Er stellte ihn neben Michaels Bett und verschwand ohne ein Wort.

Es war das übelste Gebräu, das Michael je gekostet hatte, aber es war stark wie Feuer und ebenso wärmend. Schon nach wenigen Schlucken schlief er wie ein Toter.

Als er am Morgen erwachte, war das Haus verlassen: weder Mann noch Frau, noch Hund waren zu sehen. Er legte drei Dollar auf das Fußende des Bettes. Sein Kopf schmerzte, und er konnte den Krug nicht einmal mehr ansehen, aber er fürchtete, die Frau werde ihn finden. So trug er ihn in den Wald hinter der Hütte und stellte ihn in den Schnee, in der Hoffnung, der Mann werde vorbeikommen, ehe die Frau ihn entdeckt hatte.

Der Wagen startete fast ohne Schwierigkeiten. Nach kaum einem Kilometer sah Michael, wie vernünftig es gewesen war, die Nacht abzuwarten. Die Straße wurde steiler und enger. Zur Linken stieg der Berg an, da und dort ragten Felsblöcke in die Straße hinein; zur Rechten ein senkrechter Absturz und der Blick über ein verschneites Tal, jenseits begrenzt von Gipfel an Gipfel und rings von Bergketten umgeben. Die Haarnadelkurven waren mit Schneematsch und stellenweise mit schmelzendem Eis bedeckt. Er fuhr sie so behutsam wie möglich, immer damit rechnend, daß die Straße hinter jeder Biegung an einem steilen Abhang enden könnte, über den er mitsamt seinem Wagen in die Tiefe stürzen würde.

Erst am späten Nachmittag kam Michael in Spring Hollow an. George Lilienthal war mit den Holzfällern im Wald, aber seine Frau Phyllis begrüßte Michael wie einen neu entdeckten Verwandten. Seit Tagen hätten sie die Ankunft des Rabbiners erwartet, sagte sie.

Die Lilienthals bewohnten ein Haus mit drei Schlafräumen, das der Ozarks Lumber Corporation gehörte. Das Warmwasser funktionierte gut, es gab einen Eisschrank mit Tiefkühlfach und ein schon etwas altmodisches Tonmöbel. Als George Lilienthal zum Abendessen nach Hause kam, hatte Michael bereits den Luxus eines stundenlangen heißen Bades genossen, war frisch rasiert und umgezogen und lauschte, ein Glas in der Hand, einer Debussy-Platte. George war ein schwerer, fröhlicher Mann von siebenunddreißig Jahren, der in Syracuse Forstwirtschaft studiert hatte. Phyllis war eine untadelige Hausfrau, deren sanft ausladende Hüften ihr Wohlgefallen an der eigenen Kochkunst verrieten. Michael sagte die Segenssprüche beim Abendessen und betete nachher mit ihnen, wobei er den *ssider* mit ihrem Sohn Bobby teilte. Der Junge war schon elf Jahre alt; er hatte nur mehr zwanzig Monate bis zur *bar-mizwe,* aber er konnte noch kein Wort Hebräisch lesen. Den ganzen folgenden Nachmittag brachte Michael damit zu, ihn das hebräische Alphabet zu lehren. Dann gab er ihm ein *alef-bejss* und eine Zusammenstellung von Aufgaben, die Bobby bis zu Michaels nächstem Besuch durchführen sollte.

Am folgenden Morgen brachte ihn George bis zu einem Holzweg, auf dem er seine nächste Station erreichen sollte.

«Ich hoffe, Sie werden keine zu unangenehme Fahrt haben», sagte er beim Abschied besorgt. «Sie müssen allerdings über zwei, drei Bäche, und das Wasser ist um diese Jahreszeit ziemlich hoch . . .»

Der Gemischtwarenladen in Swift Bend lag direkt am Fluß – einem reißenden, kalten Fluß, der häßliche graue Eisschollen führte. Ein bärtiger Mann in braunkariertem Wollmantel lud Warenbündel aus einem Ford-Lieferwagen, Baujahr 1937: gestapelte und mit Stricken zusammengebundene Bälge irgendwelcher kleiner Pelztiere. Die Bälge waren steifgefroren, und der Mann schichtete sie bündelweise unter dem Vordach des Ladens.

«Ist das der Laden von Edward Gold?» fragte Michael.

«Ja», sagte der Mann, ohne seine Arbeit zu unterbrechen.

Drinnen gab es einen Ofen, und es war warm. Michael wartete, bis die Frau hinter dem Verkaufspult einem jungen Mädchen drei Pfund ungebleichtes Mehl in einen braunen Papiersack eingewogen hatte. Dann sah sie ihn fragend an. Sie war eine junge Frau aus den Bergen, fast noch ein Mädchen, mager und sommersprossig, mit grober Haut und rissigen Lippen.

«Ist Edward Gold hier?»

«Wer sucht ihn?»

«Ich bin Michael Kind, der Rabbiner. Mr. Gold weiß von meinem Besuch, ich habe ihm geschrieben.»

Sie sah ihn feindselig an. «Sie sprechen mit seiner Frau. Wir brauchen keinen Rabbiner.»

«Ist Ihr Mann zu Hause, Mrs. Gold? Könnte ich ihn einen Augenblick sprechen?»

«Wir brauchen Ihre Religion nicht», sagte sie wütend. «Haben Sie nicht verstanden?»

Er hob die Hand an seine Mütze und ging.

Als er in seinen Kombi stieg, rief ihm der Mann, der unter dem Vordach seine Ware stapelte, leise nach. Michael ließ den Motor warmlaufen und wartete, bis der Mann herangekommen war.

«Sind Sie der Rabbiner?»

«Ja.»

«Ich bin Ed Gold.» Der Mann zog mit den Zähnen den ledernen Fausthandschuh von seiner Rechten und suchte in seiner Hosentasche. Dann drückte er Michael etwas in die Hand.

«Mehr kann ich für Sie nicht tun», sagte er, den Handschuh wieder anziehend. «Besser, Sie kommen nicht wieder.» Dann ging er schnell zurück zu seinem Ford und fuhr davon.

Michael blieb sitzen und schaute ihm nach. In der Hand hielt er zwei Ein-Dollar-Scheine.

Von der nächsten Stadt schickte er sie dem Mann zurück.

Am Ende seiner ersten Rundfahrt hatte er neunzehn Hebräisch-Schüler im Alter von sieben bis zu dreiundsechzig Jahren. Der älteste betrieb einen Campingplatz, war als Junge nicht *bar-mizwe* geworden und wollte das noch vor seinem fünfundsechzigsten Lebensjahr nachholen. Michael hielt Gottesdienste, wo immer er einen Juden fand, der dafür aufnahmebereit war. Die Mitglieder seiner «Gemeinde» waren durch große Entfernungen voneinnader getrennt. Einmal mußte er in einem Zug hundertvierzig beschwerliche Kilometer zurücklegen, um von einem jüdischen Haus zum nächsten zu gelangen. Er lernte, beim ersten Anzeichen von Schnee eine Unterkunft zu suchen, und er fand sie in den verschiedensten Bergbauernhäusern. Eines Abends, als er darüber mit Stan Goodstein sprach – einem Müller, in dessen Haus er regelmäßig Station machte –, erhielt er von seinem Gastgeber einen Schlüssel und eine genaue Lagebeschreibung.

«Wenn Sie in Big Cedar Hill vorbeikommen, übernachten Sie in meiner Jagdhütte», sagte er. «Konserven finden Sie dort reichlich. Sie müssen nur auf eines achten: wenn es zu schneien beginnen sollte, trachten Sie, daß Sie schnell wegkommen, oder Sie müssen sich einrichten bis zur Schneeschmelze. Der Weg führt über eine Hängebrücke. Wenn die Brükke eingeschneit ist, kommen Sie mit dem Wagen nicht mehr hinüber.»

Auf seiner nächsten Rundfahrt machte Michael in der Hütte Station. Die Brücke überspannte eine tiefe Schlucht, die ein reißender, weißschäumender Bergbach in Jahren ausgewaschen hatte. Michael saß starr auf seinem Sitz, als er die Brücke überfuhr, hielt das Lenkrad so fest, daß seine Knöchel hervortraten, und hoffte nur, daß Goodstein die Brücke erst kürzlich auf ihre Tragfähigkeit kontrolliert haben möge. Aber sie hielt der Prüfung stand, ohne zu wanken. Die Hütte lag auf einer kleinen Anhöhe. Der Küchenschrank war wohlgefüllt, und Michael bereitete sich eine reichliche Mahlzeit; er beschloß sie mit drei Tassen starken, heißen Tees vor dem Kamin, in dem er ein mächtiges Feuer entfacht hatte. Beim Dunkelwerden zog er sich warm an und ging hinaus in den nahen Wald, um das *sch'ma* zu sagen. Die riesigen Bäume, die dem Ort seinen Namen gaben, rauschten und seufzten im Wind, das Raunen im Laubwerk stieg und fiel wie das Gebet alter Männer. Michael schritt unter den Bäumen dahin, betete laut und fühlte sich zu Hause.

In der Hütte fand er ein Halbdutzend neuer Maiskolbenpfeifen, in einer Schüssel verwahrt, und einen Rest feuchtgehaltenen Tabaks. Er saß vor dem Feuer, rauchte und hing seinen Gedanken nach. Draußen frischte der Wind ein wenig auf. Michael fühlte sich wohlig warm und mit sich selbst in Frieden. Als er schläfrig wurde, dämpfte er das Feuer und schob das Bett nahe zum Kamin.

Irgend etwas weckte ihn kurz nach zwei Uhr morgens. Als er aus dem Fenster sah, wußte er sofort, was es gewesen war. Es schneite leicht, aber gleichmäßig. Er wußte, daß innerhalb von Minuten dichtes Schneetreiben einsetzen konnte. Stöhnend streckte er sich nochmals im Bett aus. Einen Augenblick lang war er versucht, die Augen zu schließen und wieder einzuschlafen. Würde er eingeschneit, dann könnte er sich drei oder vier Tage lang ausruhen, bis der Schnee wieder geschmolzen wäre. Die Aussicht war verführerisch; zu essen gab es genug in der Hütte, und er war müde.

Aber er wußte, daß er für die Leute, die er aufsuchte, eine vertraute Gestalt werden mußte, wenn er im Bergland mit Erfolg arbeiten wollte. Er zwang sich, das warme Bett zu verlassen und schnell in die Kleider zu schlüpfen.

Als er zur Brücke kam, war sie schon dünn mit Schnee bedeckt. Den Atem anhaltend und wortlos betend, fuhr er den Wagen langsam hinauf. Die Räder griffen; in wenigen Augenblicken war er drüben.

Nach zwanzig Minuten kam er an eine Hütte, deren Fenster erleuchtet waren. Der Mann, der ihm öffnete, war dunkel und mager, sein Haar schon schütter. Ohne ein Zeichen der Bewegung hörte er an, was Michael zu sagen hatte: daß er im Schnee nicht weiterfahren wolle; dann öffnete er die Tür weit und führte den Gast ins Haus. Indessen war es drei Uhr morgens geworden, aber in der Stube brannten noch drei Laternen, im Kamin loderte ein Feuer, und davor saßen ein Mann, eine Frau und zwei Kinder.

Michael hatte auf ein Bett gehofft, aber sie boten ihm einen Stuhl an. Der Mann, der ihm geöffnet hatte, stellte sich als Tom Hendrickson vor. Die Frau war mit ihm verheiratet, das kleine Mädchen war Ella, ihre Tochter. Die beiden andern waren Toms Bruder Clive und dessen Sohn Bruce. «Und das ist Mr. Robby Kind», sagte Hendrickson zu seiner Familie.

«Nein, *Rabbi* Kind», berichtigte Michael. «Mein Vorname ist Michael. Ich bin Rabbiner.»

Sie starrten ihn an. «Was ist das?» fragte Bruce.

Michael lächelte den Erwachsenen zu, während er dem Jungen sagte: «Das ist mein Beruf, damit verdiene ich mein Geld.»

Sie lehnten sich wieder in ihre Stühle zurück. Tom Hendrickson warf von Zeit zu Zeit ein Kiefernscheit ins Feuer. Michael schaute verstohlen auf seine Uhr und fragte sich, was hier vorgehe.

«Wir wachen für unsere Mutter», sagte Hendrickson.

Clive Hendrickson nahm Geige und Bogen wieder auf, die er neben seinem Stuhl auf den Boden gelegt hatte, lehnte sich zurück, schloß die Augen und begann leise zu fiedeln, während sein Fuß den Takt gab. Bruce schnitzte an einem weichen Stück Föhrenholz, die Späne ringelten sich unter seinem Messer, fielen nieder ins Feuer. Die Frau lehrte ihre Tochter ein Strickmuster. Sie beugten sich über ihre Nadeln und sprachen im Flüsterton. Tom Hendrickson starrte ins Feuer.

Michael fühlte sich mit ihnen einsamer als zuvor allein im Wald. Er holte eine kleine Bibel aus der Tasche seiner Jacke und begann zu lesen.

«Mister.»

Tom Hendrickson betrachtete aufmerksam die Bibel. «Sind Sie ein Prediger?»

Das Geigen, das Schnitzen und das Stricken hörten auf: fünf Augenpaare starrten Michael an.

Jetzt wurde ihm klar, daß sie nicht wußten, was ein Rabbiner ist. «Man kann es so nennen», sagte er. «So eine Art Prediger des Alten Testaments.»

Tom Hendrickson griff nach einer der Laternen und lud den verwunderten Michael mit einer Kopfbewegung ein, ihm zu folgen.

In dem kleinen Hinterzimmer verstand Michael plötzlich, warum die Leute im Haus wachten. Die alte Frau war groß und mager wie ihre Söhne. Ihr Haar war weiß, sorgfältig gekämmt und zu einem Knoten geflochten. Die Augen waren geschlossen, Das Gesicht friedlich, zumindest jetzt, im Tod.

«Mein aufrichtiges Beileid», sagte Michael.

«Sie hat ein gutes Leben gehabt», sagte Hendrickson mit klarer Stimme. «Sie war eine gute Mutter. Sie ist achtundsiebzig Jahre alt geworden. Das ist eine lange Zeit.» Er sah Michael an. «Die Sache ist die, wir müssen sie begraben. Es ist jetzt zwei Tage her. Der Prediger, den wir hier hatten, ist vor ein paar Monaten gestorben. Clive und ich haben daran gedacht, sie morgen früh ins Tal zu führen. Sie wollte hier begraben werden. Ich wäre froh, wenn Sie sie einsegnen könnten.»

Michael spürte das Verlangen zu lachen und gleichzeitig zu weinen – und natürlich tat er weder das eine noch das andere. Er sagte nur sehr sachlich: «Sie wissen, daß ich Rabbiner bin. Jüdischer Rabbiner.»

«Die Sekte spielt keine Rölle. Sind Sie Prediger? Ein Mann Gottes?»

«Ja.»

«Dann wären wir Ihnen dankbar für Ihre Hilfe, Mister», sagte Hendrickson.

«Es ist mir eine Ehre», erwiderte Michael hilflos. Dann kehrten sie ins Wohnzimmer zurück.

«Clive, du verstehst dich auf die Tischlerei. Im Schuppen findest du alles, was du für einen Sarg brauchst. Ich geh inzwischen hinunter zum Begräbnisplatz.» Hendrickson wandte sich an Michael. «Brauchen Sie irgendwas Besonderes?»

«Nur ein paar Bücher und Gegenstände aus meinem Wagen.» Michael fühlte sich keineswegs so zuversichtlich, wie er sprach. Er hatte bis jetzt bei zwei – natürlich jüdischen – Begräbnissen assistiert.

Jetzt sollte er zum erstenmal die Rolle des Geistlichen übernehmen, der die Zeremonie zu leiten hatte.

Er ging zum Wagen, holte seine Tasche heraus und saß dann wieder vor dem Feuer, diesmal allein. Bruce half seinem Vater, den Sarg zu zimmern. Ella und ihre Mutter rührten in der Küche einen Kuchen für das Leichenfrühstück. Michael durchforschte seine Bücher nach passenden Texten.

Von draußen drang der gedämpfte Schlag eines Werkzeugs auf gefrorene Erde herein.

Michael las lange in der Bibel, ohne zu einem Entschluß zu kommen. Dann schloß er das Buch, zog Jacke und Stiefel an, setzte seine Kappe auf und trat ins Freie, wie gelenkt vom Geräusch des Grabens. Er folgte dem Laut, bis er den Schein von Hendricksons Laterne sah.

Der Mann hielt in seiner Arbeit inne. «Brauchen Sie etwas?»

«Ich will Ihnen helfen. Als Tischler bin ich wohl nicht viel wert, aber graben kann ich.»

«Nein, Sir. Nicht notwendig.» Doch als ihm Michael die Spitzhacke aus den Händen nahm, überließ er sie ihm.

Hendrickson hatte den Schnee und die oberste gefrorene Erdschicht schon abgegraben. Der tiefer gelegene Boden war weich, aber steinig. Michael keuchte beim Lockern eines großen Steines.

«Schieferboden», sagte Hendrickson gelassen. «Voll Kiesel. Bei uns gibt's mehr Steine als Frucht.»

Es hatte zu schneien aufgehört, aber die Nacht war mondlos. Die Laterne flackerte, doch sie verlosch nicht.

Schon nach wenigen Minuten war Michael außer Atem. Rücken und Armmuskeln schmerzten. «Ich habe vergessen, Sie zu fragen», sagte er, «welche Religion Ihre Mutter hatte.»

Hendrickson stieg in die Grube und löste ihn ab. «Sie war Methodistin, gottesfürchtig, aber vom Kirchengehen hielt sie nicht viel. Mein Vater ist baptistisch erzogen worden, aber ich kann mich kaum erinnern, daß er in die Kirche gegangen ist.» Er wies mit der Schaufel auf ein Grab nahe der Grube, die sie aushoben. «Dort drüben liegt er. Schon seit sieben Jahren.» Eine Weile gruben sie schweigend weiter. Eine Krähe krächzte, und Hendrickson richtete sich auf und schüttelte enttäuscht den Kopf. «Das ist ein Regenvogel. Wird ein nasser Morgen. Nichts ist mir so zuwider wie ein verregnetes Begräbnis.»

«Mir auch.»

«Ich war ihr zweitjüngster Sohn. Der jüngste hieß Joseph. Mit drei Jahren ist er gestorben. Wir sind auf einen Baum gestiegen, und er ist runtergefallen.» Er sah hinüber zum Grab seines Vaters. «Der war nicht einmal beim Begräbnis. Hat damals gerade gesponnen und ist auf und davon. Vierzehn Monate lang. Sie hat für uns gesorgt, als wäre er da. Hat Kaninchen und Eichhörnchen geschossen, so daß immer Fleisch im Haus war. Und aus dem Garten herausgeholt, was nur möglich war. Dann kam er eines Tages zurück, so selbstverständlich, als wäre er nie weggegangen. Bis zu seinem Tod haben wir nie erfahren, wo er die vierzehn Monate gewesen ist.»

Sie wechselten wieder. Die Grube war nun tiefer, und Michael fand den Boden weniger steinig.

«Sagen Sie, Mister, gehören Sie zu den Geistlichen, die gegen das Trinken wettern?»

«Nein. Keineswegs.»

Die Flasche war dicht hinter der Laterne im Schatten gestanden. Hendrickson überließ ihm höflich den ersten Schluck. Die Arbeit hatte Michael in Schweiß gebracht, aber vom Berg her wehte ein kühler Wind, und der Schnaps tat gut.

Als Michael Hendrickson aus dem fertigen Grab half, begann es zu dämmern. Von fern her drang der laute Anschlag eines Hundes zu ihnen herüber. Hendrickson seufzte. «Muß mir einen guten Hund anschaffen», meinte er.

Die Frau hatte schon warmes Wasser vorbereitet, und sie wuschen sich und wechselten die Kleider. Vielleicht hatte die Regenkrähe recht, doch sie war voreilig gewesen. Tiefhängende Wolken jagten über die Berge, aber noch fiel kein Regen. Während sie den Fichtensarg aus dem Schuppen hereinschafften, stellte Michael seine Grabrede zusammen und markierte die betreffenden Abschnitte in der Bibel mit abgerissenen Zeitungsstreifen. Nachdem er damit fertig war, bedeckte er das Haupt mit der *jarmulka* und hängte sich den Mantel um die Schultern. Als sie den Sarg an das Grab schafften, krächzte die Krähe erneut. Die beiden Söhne ließen den Sarg in die Grube, und dann standen alle fünf um das Grab und sahen Michael an.

«Der Herr ist mein Hirte, mir wird nichts mangeln», sagte er. «Er weidet mich auf einer grünen Aue und führet mich zum frischen Wasser. Er erquicket meine Seele, er führet mich auf rechter Straße um seines Namens willen.»

Das kleine Mädchen bohrte mit der Fußspitze so lange in der klumpigen Erde, bis sich ein Brocken davon löste und in das Grab polterte. Bleich vor Schreck zuckte sie zurück.

«Und ob ich schon wanderte im finstern Tal, fürchte ich kein Unglück; denn du bist bei mir, dein Stecken und Stab trösten mich. Du bereitest vor mir einen Tisch im Angesicht meiner Feinde, du salbest mein Haupt mit Öl und schenkest mir voll ein. Gutes und Barmherzigkeit werden mir folgen mein Leben lang, und ich werde bleiben im Hause des Herrn immerdar.»

«Wem ein tugendsam Weib beschert ist», sprach er weiter, «die ist viel edler als die köstlichsten Perlen. Ihres Mannes Herz darf sich auf sie verlassen, und Nahrung wird ihm nicht mangeln. Sie tut ihm Liebes und kein Leides ihr Leben lang. Sie geht mit Wolle und Flachs um und arbeitet gern mit ihren Händen. Sie ist wie ein Kaufmannsschiff, das seine Nahrung von ferne bringt. Sie steht vor Tage auf und gibt Speise ihrem Hause und Essen ihren Dirnen.»

Clive Hendrickson blickte der Mutter ins Grab nach, den Arm um seinen Sohn geschlungen. Tom Hendrickson hielt die Augen geschlossen. Er merkte nicht, daß er die Haut seines Handgelenks zwischen den Fingern und dem hornigen Daumennagel der anderen Hand andauernd hin und her drehte.

«Sie denkt nach einem Acker und kauft ihn und pflanzt einen Weinberg von den Früchten ihrer Hände. Sie gürtet ihre Lenden mit Kraft und stärkt ihre Arme. Sie merkt, wie ihr Handel Frommen bringt. Ihre Leuchte verlischt des Nachts nicht. Sie streckt ihre Hand nach dem Rocken, und ihre Finger fassen die Spindel. Sie breitet ihre Hände aus zu dem Armen und reicht ihre Hand dem Dürftigen. Kraft und Schöne sind ihr Gewand, und sie lacht des kommenden Tages. Sie tut ihren Mund auf mit Weisheit, und auf ihrer Zunge ist holdselige Lehre. Sie schaut, wie es in ihrem Hause zugeht, und ißt ihr Brot nicht mit Faulheit.»

Der erste Tropfen traf Michaels Wange wie ein kalter Kuß.

«Ihre Söhne stehen auf und preisen sie selig; ihr Mann lobt sie: ‹Viele Töchter halten sich tugendsam; du aber übertriffst sie alle.› Lieblich und schön sein ist nichts; ein Weib, das den Herrn fürchtet, soll man loben. Sie wird gerühmt werden von den Früchten ihrer Hände, und ihre Werke werden sie loben in den Toren.»

Die Tropfen fielen nun dichter und klatschten schwer auf. «Lasset uns nun beten, jeder auf seine Weise, für die Seele der Verstorbenen, Mary Bates Hendrickson», sprach Michael.

Die beiden Brüder und die Frau knieten in dem aufgeweichten Erdreich nieder. Erschrocken blickten die Kinder einander an und taten es ihnen nach. Die Frau weinte gesenkten Hauptes vor sich hin. Und über ihnen allen sprach Michael mit lauter, klarer Stimme die alten aramäischen Worte des jüdischen Totengebets. Und sprach noch, da die halbdollargroßen Tropfen dichter und dichter aus den Himmeln fielen.

Und während Frau und Kinder sich eilig und mit unterdrücktem Gekreisch entfernten, verstaute Michael die Bibel in der Jacke und stieß dann mit den Brüdern die Steine und die nassen Erdbrocken zurück in die Grube und häufte mit ihnen den Hügel darüber im Wettlauf gegen die Zeit.

Nach dem Frühstück begann Clive auf seiner Geige fröhliche Melodien zu spielen und brachte die Kinder damit zum Lachen. Der Abschied erleichterte sie sichtlich.

«Ich danke Ihnen für das schöne Begräbnis», sagte Tom Hendrickson und hielt Michael einen ganzen und einen halben Dollar hin. «Soviel hat unser verstorbener Prediger immer verlangt. Geht das in Ordnung?»

Michael hätte das Geld sonst nicht genommen, aber etwas in den Augen des Gebers zwang ihn zu sagen: «Das ist mehr als genug. Vielen Dank.»

Hendrickson begleitete ihn bis zum Wagen. Während der Motor warmlief, lehnte er sich zum Fenster herein. «Hab mal mit so 'nem Kerl auf einer großen Missouri-Farm gearbeitet», sagte er. «Der wollte mir weismachen, die Juden haben Niggerhaare, und aus dem Schädel wachsen ihnen zwei kleine Hörner. Hab immer gewußt, daß er aus Dummheit lügt.» Dann kam ein rauher Händedruck.

Michael fuhr langsam. Der Regen hatte den Schnee zum Schmelzen gebracht. Nach etwa vierzig Minuten kam er durch einen Ort und hielt an der einzigen Tanksäule vor Cole's Gemischtwarenhandlung (SÄMEREIEN, FUTTERMITTEL, HÜLSENFRÜCHTE, LEBENSMITTEL), um aufzutanken, denn die nächste Tankstelle, das wußte er, war drei Stunden entfernt. Nach der Ortschaft sperrte ein breiter Fluß den Weg. Der Fährmann kassierte den Vierteldollar für die Überfahrt und schüttelte den Kopf, als Michael nach den weiteren Straßenverhältnissen fragte.

«Keine Ahnung», sagte er. «War heut noch keiner da von drüben.» Er klatschte dem Leitmaultier mit einer Weidenrute auf den Rücken, beide Tiere zogen an, und die Seilwinde, die das Floß gegen die Strömung hielt, begann sich zu drehen.

Nach zwanzig Fahrminuten am anderen Ufer hielt Michael an, wendete den Wagen und fuhr zurück. Der Fährmann trat aus seiner Hütte in den Regen. «Geht's nicht weiter da drüben?»

«Doch», sagte Michael. «Ich habe nur etwas vergessen.»

«Aber den Fährlohn kann ich Ihnen nicht schenken.»

«Schon recht.» Michael zahlte zum zweitenmal.

Wieder vor Cole's Laden angelangt, parkte er den Wagen und ging hinein. «Gibt's hier ein Münztelefon?»

Es befand sich innen an der Türwand eines Magazins, das nach alten Kartoffeln roch. Er wählte das Amt und gab der Beamtin die Nummer. Obwohl er viel Kleingeld bei sich hatte, reichte es nicht, und er mußte die Dollarnote wechseln, welche ihm Hendrickson aufgedrängt hatte.

Draußen begann es zu schütten; er hörte den Regen auf das Dach trommeln.

«Hallo? Hallo, hier spricht Michael. Nein, gar nichts ist passiert. Ich hatte nur gerade Lust, mit dir zu reden. Wie geht's dir, Mama?»

21

Das Bergland von Arkansas ist von Massachusetts aus auch über ein langes Wochenende nicht erreichbar, während es von Wellesley Campus nach Hartford nur zwei Stunden sind. So kam es, daß Deborah Marcus während ihrer nun schon dreijährigen Freundschaft mit Leslie Rawlings ein halbdutzendmal mit jener nach Connecticut gefahren war. Es war in ihrem vorletzten Semester, auf einer Neujahrsparty in Cambridge. Während Deborah den Mann küßte, den sie liebte, und sich zugleich auf einer anderen Bewußtseinsebene Sorgen darüber machte, ob ihre Eltern wohl mit Mort einverstanden sein würden, kam ihr plötzlich die Idee, Leslie für die Semesterferien nach Mineral Springs einzuladen; sie erwartete sich von der Freundin moralische Unterstützung in dem bevorstehenden Gespräch mit den Eltern.

Fünf Wochen später, an einem Samstagabend, an dem Leslie keine Verabredung hatte, wie eigentlich üblich, war sie allein in dem völlig verlassenen Schlafsaal. Sie trocknete eben in der Duschkabine ihr langes dunkelblondes Haar, als sie bemerkte, daß schon wieder einmal irgend jemand das Klosett verstopft hatte, so daß der Abfluß nicht funktionierte. Über diesen keineswegs seltenen Vorfall ärgerte sie sich so sehr, daß ihr eine Unterbrechung der täglichen Routine plötzlich äußerst wünschenswert erschien. Am nächsten Morgen, während die beiden Mädchen verschlafen in der Sonntagsausgabe des Bostoner *Herald* blätterten und einander Teile der Zeitung von Bett zu Bett zureichten, teilte Leslie ihrer Zimmergefährtin mit, daß sie mit ihr in die Ozarks fahren werde.

«Wie schön, Leslie!» Deborah rekelte sich, gähnte und lächelte dann strahlend. Sie war ein grobknochiges Mädchen mit etwas zu üppigem Busen, schönem braunem Haar und einem ernsten Gesicht, das häßlich war, solange sie nicht lächelte.

«Wird's eine Passahfeier geben?» fragte Leslie.

«Natürlich, mit allem Drum und Dran. Meine Mutter hat diesmal sogar einen Rabbiner bestellt. Du wirst eine perfekte Jüdin sein, wenn die Ferien vorüber sind.»

Das fehlte mir noch, dachte Leslie. «Viele sind berufen, aber wenige sind auserwählt», sagte sie und vertiefte sich in die Comics.

Mineral Springs trug, wie sich herausstellte, seinen Namen zu Recht: auf einer Bergkuppe sprudelten drei Quellen aus dem Boden, und dort hatte Nathan Marcus, Deborahs Vater, im Anschluß an seinen kleinen Gasthof eine Badeanstalt eingerichtet. Die Heilquellen, deren Wasser nach faulen Eiern und Schwefel rochen und kaum besser schmeckten, sicherten dem Gasthof einen kleinen, aber zuverlässigen Kreis von Stammgästen, zum überwiegenden Teil arthritische jüdische Damen aus den großen Städten des Mittelwestens. Nathan, grauhaarig und gerissen, versicherte seiner städtischen Kundschaft im Brustton der Überzeugung, das Wasser enthalte Schwefel, Kalk, Eisen und alles mögliche andere und heile sämtliche Leiden von Ischias bis zu Liebestorheiten. Tatsächlich fühlten sich die Damen schon nach einem zehnminütigen Bad beträchtlich erleichtert. Was so schlecht riecht, muß doch einfach gesund sein, sagten sie oft und gern.

«Die Temperatur der Quellen steigt», sagte Nathan zu dem jungen Rabbiner. Sie saßen in Klappstühlen auf dem Rasen, in Gesellschaft von Deborah und Nathans Frau Sarah. Leslie, mit Jeans und Bluse bekleidet, lag neben ihnen auf einer Decke im Gras und blickte über Wiesen und Wälder, die sich talwärts in Dämmerung verloren.

«Seit wann steigt die Temperatur?» fragte der Rabbiner. Leslie fand, er sehe Henry Fonda ein wenig ähnlich, obwohl er schmaler in den Schultern und überhaupt hagerer war als jener. Überdies hätte er einen Haarschnitt dringend notwendig gehabt. Gestern, bei ihrer ersten Begegnung, als er in Stiefeln und einem zerknitterten Anzug, der augenscheinlich noch nie in einer Reinigung gewesen war, aus seinem schmutzigen Kombiwagen stieg, hatte sie ihn für irgendeinen seltsamen Menschen aus den Bergen gehalten, einen Farmer oder Trapper. Jetzt aber, in einem sauberen Sportanzug, sah er bei weitem annehmbarer, ja sogar interessant aus. Nur seine Haare waren zu lang.

«Seit sechs Jahren steigt sie um ungefähr einen halben Grad im Jahr. Jetzt steht sie auf siebenunddreißig.»

«Wodurch wird das Wasser eigentlich warm?» fragte Leslie träge, zu den andern aufsehend. Er könnte ein Italiener sein, dachte sie, oder ein Spanier, sogar ein Ire.

«Da gibt es verschiedene Theorien. Es kann sein, daß das Wasser unterirdisch mit Lavagestein oder heißen Gasen in Berührung kommt. Oder daß es durch eine chemische Reaktion aufgeheizt wird. Oder durch Radioaktivität.»

«Schön wäre es schon, wenn die Temperatur weiter stiege», sagte Sarah Marcus hoffnungsvoll.

«An wirklich heißen Quellen könnten wir reich werden. Es gibt nichts dergleichen in der ganzen Gegend. Die nächsten sind in der Gegend von Hot Springs, und die gehören dem Staat. Mit heißen Mineralquellen auf unserem Boden könnten wir hier den reinsten Kurort aufziehen. Diese verdammten Weiber wollen doch nur in warmes Wasser steigen, weiß der Teufel, warum. Die Indianer, die Quapaw, haben vor mehr als zweihundert Jahren mit diesen Quellen jede Krankheit behandelt. Angeblich sollen sie in jedem Sommer für ein paar Wochen ihre Zelte hier aufgeschlagen haben.»

«Und was ist schließlich aus ihnen geworden?» fragte seine Tochter unschuldsvoll.

«Größtenteils ausgestorben», sagte er mit ärgerlichem Blick. «Ich muß die Temperatur messen.» Und damit erhob er sich und ging. Sarah schüttelte sich vor Lachen. «Du sollst deinen Vater nicht so frotzeln», sagte sie, während sie mit einiger Mühe aufstand. «Die haben uns nicht genug Mazzesmehl geliefert. Wenn wir morgen Mazzesomeletten essen wollen, dann muß ich jetzt eine Menge Mazzes reiben.»

«Warte, ich helfe dir», sagte Deborah.

«Aber nein, bleib du nur bei den jungen Leuten. Ich brauche keine Hilfe.»

«Ich möchte mit dir reden.» Deborah erhob sich und zwinkerte Leslie zu. «Auf später.»

Leslie lachte leise vor sich hin, als die beiden gegangen waren. «Die Mutter hätte es gern gesehen, daß Deborah hier bei Ihnen bleibt. Ist sie nicht eine gute Ehevermittlerin? Aber Deb ist verlobt, und wahrscheinlich wird sie der Mutter das jetzt erzählen, während sie Mazzesbrösel reiben.»

«Großartig», sagte er. Er reichte ihr eine Zigarette, nahm selbst eine und griff nach seinem Feuerzeug. «Wer ist der Glückliche?»

«Er heißt Mort Beerman, hat am MIT Architektur studiert und kommt in ein paar Tagen hierher. Sie werden ihn sicher gern haben.»

«Woher wissen Sie das?»

«Er ist wirklich nett. Und er ist Jude. Deb hat mir mehrmals erzählt, daß ihre Eltern sich Sorgen machen und sich schuldbewußt fühlen, weil sie ihre Tochter hier auf dem Land aufwachsen ließen, ohne Kontakt mit jungen jüdischen Männern.» Sie erhob sich von der Decke und rieb sich fröstelnd die Arme. Er zog seine Jacke aus, und sie ließ es zu, daß er sie ihr um die Schultern legte, ohne ihm zu danken. Mit untergeschlagenen Beinen saß sie nun in dem Stuhl neben ihm, in dem zuvor Deborah gesessen hatte.

«Es muß schwierig für Sie sein», sagte Leslie. «Es gibt wohl nicht viele jüdische Mädchen in dieser Gegend.»

Aus der Küche des Gasthofs ertönte ein kurzer Aufschrei, dem ein begeistertes Geschnatter folgte.

«*Masel-tow*», sagte Michael, und das Mädchen lachte.

«Nein», fuhr er fort, «es gibt nicht viele jüdische Mädchen in der Gegend. Kaum eine im richtigen Alter, um mit ihr auszugehen.»

Sie sah ihn mit spöttischem Blick an. «Ihr habt doch eine Bezeichnung für nichtjüdische Frauen. Wie heißt das Wort nur?»

«*Wir*? Meinen Sie *schiksse*?»

«Ja.» Dann, nach einer Pause: «Bin ich eine *schiksse*? Ist das der Name, der Ihnen einfällt, wenn Sie mich ansehen?»

Ihre Blicke verfingen sich. Sie sahen einander an, lange. Ihr Gesicht war bleich in der aufkommenden Dunkelheit, er nahm die sanfte Rundung der Wangen unter den hohen Backenknochen wahr, den vollen, aber festen Mund, der vielleicht ein wenig zu groß war, um schön zu sein.

«Ja», sagte er, «das ist's wohl, was mir einfällt.»

Am Morgen nach dem *ssejder* fuhr er weiter und war überzeugt, daß er den Gasthof der Familie Marcus frühestens in vier oder fünf Wochen wieder aufsuchen würde. Aber schon drei Tage später war er von neuem auf dem Weg nach Mineral Springs. Er versuchte sich einzureden, daß er auf Mort Beerman neugierig sei, aber dann ärgerte er sich und wünschte alle Ausflüchte zum Teufel und dachte: Seit ich mich auf diese verrückte Hinterwäldler-Existenz eingelassen habe, war ich keinen Tag lang wirklich auf Urlaub, habe ich mit keiner Frau mehr geredet wie ein Mensch, nur immer wie ein Rabbiner. Außerdem ist's ja möglich, daß sie einen Freund hat, der mit Beerman kam, oder daß sie schon abgereist ist.

Als er aber im Gasthof eintraf, war sie noch da, und weit und breit war kein Freund zu sehen, nur Beerman war inzwischen gekommen. Er hatte schütteres Haar, einen gewissen Sinn für Humor und einen übertragenen Buick, und das stolze Elternpaar Marcus hatte ihn vom ersten Augenblick an wie einen Sohn aufgenommen. An diesem Abend spielten Leslie und Michael Bridge gegen das jungverlobte Paar, Michael reizte schlecht und verrechnete sich andauernd, aber das störte niemanden, denn sie tranken guten Schnaps, den Nathan Marcus aus seinem Keller geholt hatte, und lachten unaufhörlich über Dinge, an die sie sich schon nach einer halben Stunde nicht mehr erinnern konnten.

Als er am nächsten Morgen zum Frühstück kam, fand er Leslie allein. Sie trug einen Baumwollrock und eine schulterfreie Bluse, die ihn unwillkürlich zwang, den Blick abzuwenden.

«Guten Morgen. Hat man Sie ganz allein gelassen?»

«Ja, Mrs. Marcus hat eine neue Wirtschafterin einzuführen, und Mr. Marcus ist unterwegs, um Gemüse einzukaufen.»

«Und das junge Paar?»

«Die wollen allein sein», flüsterte sie.

Er lachte. «Ich bin ihnen nicht bös deshalb.»

«Ich auch nicht.» Sie beschäftigte sich mit ihrer Grapefruit.

«Sagen Sie, hätten Sie Lust, fischen zu gehen?»

«Im Ernst?»

«Natürlich. Ich habe einem kleinen Jungen Hebräischunterricht gegeben, und er hat mich dafür im Fischen unterrichtet. Er hat mir damit ganz ungeahnte neue Perspektiven eröffnet.»

«Ich komme sehr gern mit.»

«Fein, dann los.» Er warf noch einen kurzen Blick auf ihre Bluse. «Aber ziehen Sie lieber irgend etwas Altes an. Dieses Land kann hart sein wie Stein – wie wir sagen.»

Langsam fuhr er nach Big Cedar Hill. An einem Anlegeplatz am Fluß machte er halt, um einen Eimer voll Döbelköder zu kaufen. Er hatte alle Fenster heruntergekurbelt, und die warme Frühlingsluft strömte herein, mit dem erregenden Geruch nach schmelzendem Eis. Das Mädchen trug nun Leinenschuhe, Jeans und einen alten grauen Pullover. Sie streckte und rekelte sich neben ihm, mit allen Anzeichen unverhohlenen Wohlbehagens.

Er fuhr über die Brücke und parkte am jenseitigen Ufer. Leslie nahm eine Decke über den Arm, und er folgte ihr mit den Ködern und der Angelrute. Der Pfad, der am Rand der Schlucht dahinführte, war schmal und gesäumt von Büschen, die schwer von kleinen roten und großen weißen Blüten waren. Leslies Jeans waren so verblichen, daß das Garn an manchen Stellen fast weiß war. Michael konnte sich vorstellen, wie sie in diesen sehr engen Jeans durch das Campus fuhr, über die Lenkstange eines Fahrrads gebeugt. Die Sonne sprenkelte ihr Haar mit kleinen Lichtflecken.

Sie folgten dem Pfad, bis das Ufer flacher wurde und der Fluß in langsamer Strömung sich in ein breiteres Bett ergoß. Schließlich fanden sie einen geeigneten Platz auf einem grasbewachsenen Abhang und breiteten die Decke aus; Treibholz hatte an dieser Stelle im Fluß eine Staustufe gebildet, an deren Fuß das Wasser tief und sehr klar war. Schweigend sah Leslie zu, wie Michael einen Köder aus dem Eimer holte und ihn an die Angel spießte, vorsichtig, um die Wirbelsäule nicht zu verletzen und die Elritze am Leben zu erhalten.

«Tut ihm das weh?»

«Ich weiß es nicht.» Er warf die Angel aus, ein paar Augenblicke lang sahen sie den Köder in der Mitte des Tümpels treiben, sahen, wie er sich in die Tiefe schlängelte, wo das Wasser grünlich war und sehr kalt aussah, bis er ihren Blicken entschwand.

Eine Blüte trieb nahe dem Ufer im Wasser, und Leslie beugte sich über die Böschung, um sie aufzufischen. Ihr Pullover schob sich ein wenig hinauf und ließ Michael zwei Handbreit ihres nackten Rückens und eine verlockende Andeutung des Hüftansatzes über dem gürtellosen Hosenbund sehen, aber schon saß sie wieder aufrecht, die nasse Blüte in der Hand: sie war groß und weiß, aber eines ihrer vier Blätter war gebrochen. «Was ist das?» fragte das Mädchen und betrachtete voll Staunen die Blüte.

«Hartriegel», sagte er.

«Mein Vater hat mir Geschichten vom Hartriegel erzählt», erwiderte sie.

«Was für Geschichten?»

«Legenden. Aus dem Holz des Hartriegels hat man das Kreuz gemacht. Mein Vater ist Geistlicher. Kongregationalist.»

«Das ist schön.» Michael zog prüfend an der Leine.

«Das glauben Sie», sagte das Mädchen. «Er war für mich der Pfarrer, wie für alle anderen Leute, aber er war so damit beschäftigt, Gott und seiner Gemeinde zu dienen, daß er nie Zeit hatte, auch mein Vater zu sein. Achten Sie darauf, Rabbi, wenn Sie je eine Tochter haben sollten.»

Er wollte erwidern, aber dann wies er auf die im Wasser treibende Leine, die allmählich unter den Wasserspiegel zu sinken begann, gezogen von etwas Unsichtbarem. Er stand auf, rollte die Leine auf die Winde, und dann tauchte der Fisch auf, ein stattlicher grünschillernder Fisch von gut dreißig Zentimeter Länge, mit weißem Bauch und breitem Schwanz, mit dem er zweimal um sich schlug, bis er sich von der Leine befreite und im Tümpel untertauchte. Michael zog die Leine ein. «Ich hab zu schnell angezogen und vergessen, den Haken einrasten zu lassen. Mein Lehrer würde sich meiner schämen.»

Sie sah ihm zu, wie er einen frischen Köder auf die Angel spießte und diese von neuem auswarf. «Ich bin fast froh», sagte sie. «Werden Sie mich auslachen, wenn ich Ihnen etwas sage?»

Er schüttelte den Kopf.

«Ich war Vegetarierin, von meinem vierzehnten Lebensjahr bis lang in meine Hochschulzeit. Ich war einfach der Meinung, es sei Sünde, lebendige Wesen zu essen.»

«Und wieso haben Sie Ihre Meinung geändert?»

«Ich hab sie eigentlich nicht geändert. Aber dann hab ich begonnen, mit Burschen auszugehen, und wir gingen gemeinsam essen, eine ganze Gruppe junger Leute, und alle aßen sie Steak, und ich kaute an meinem Salat, und der Fleischgeruch machte mich fast verrückt. Schließlich hab ich eben auch Fleisch gegessen. Aber noch immer ist mir der Gedanke verhaßt, daß wir anderen Lebewesen Schmerz zufügen.»

«Gewiß», sagte er. «Kann ich verstehen. Aber jetzt sollten Sie lieber hoffen, daß *dieses* Lebewesen oder einer seiner Verwandten nochmals anbeißt. Dieser Fisch ist nämlich Ihr Lunch.»

«Sonst haben wir nichts zu essen?» fragte sie.

Er schüttelte wieder den Kopf.

«Gibt es ein Restaurant in der Gegend?»

«Nein.»

«Du lieber Himmel», sagte sie, «Sie sind völlig verrückt. Plötzlich habe ich einen Mordshunger.»

«Na, dann versuchen Sie's.» Er reichte ihr die Angelrute. Gebannt schaute sie ins Wasser.

«Kind ist ein merkwürdiger Name für einen Rabbiner, oder nicht?» sagte sie nach einer Weile.

Er schien nicht ganz zu verstehen.

«Klingt nicht sehr jüdisch, meine ich.»

«Wir haben ursprünglich Rivkind geheißen. Mein Vater ließ den Namen ändern, als ich noch ein Kind war.»

«Ich bin für Originalfassungen. Rivkind gefällt mir besser.»

«Mir auch.»

«Warum lassen Sie ihn nicht wieder ändern?»

«Ich bin daran gewöhnt. Es wäre genauso dumm von mir, den Namen ändern zu lassen, wie es dumm war von meinem Vater. Oder nicht?»

Sie lächelte. «Doch, ich verstehe schon.» Etwa sechzig Zentimeter der treibenden Leine tauchten plötzlich unter, und sie legte die Hand auf seinen Arm. Aber es war blinder Alarm, nichts weiter geschah.

«Es muß sehr unangenehm sein, Jude zu sein; viel schlimmer als Vegetarier», sagte sie. «Mit all der Verfolgung und dem Wissen um die Todeslager und die Krematorien und all das.»

«Ja, sicher ist es unangenehm – wenn man selbst im Krematorium oder im Konzentrationslager ist», sagte er. «Aber draußen, überall sonst, kann es wunderbar sein; da wird's nur unangenehm, wenn man es unangenehm sein läßt – wenn man zum Beispiel duldet, daß Leute einen guten Tag mit Gerede kaputtmachen, statt daß sie sich darauf konzentrieren, ihren schönen, aber hungrigen und knurrenden Bauch zu füllen.»

«Mein Bauch knurrt nicht.»

«Ich hab es ganz deutlich gehört – er knurrt fast wie ein Tier.»

«Ich mag Sie gern», sagte sie.

«Ich mag Sie auch gern. Ich habe so viel Vertrauen zu Ihnen, daß ich mich jetzt ein wenig schlafen lege.» Er streckte sich auf der Decke aus und schloß die Augen, und erstaunlicherweise schlief er wirklich ein, obwohl er das keineswegs beabsichtigt hatte. Als er erwachte, hatte er keine Ahnung, wie lang er geschlafen hatte; aber das Mädchen saß noch immer in derselben Haltung neben ihm, als hätte sie sich überhaupt nicht geregt; nur ihre Schuhe trug sie nicht mehr. Die Füße waren wohlgeformt, nur an der rechten Ferse entdeckte er zwei kleine Stellen gelblich verhärteter Haut und an der kleinen Zehe ein winziges Hühnerauge. Sie wandte den Kopf und lächelte, als sie bemerkte, daß er sie ansah – und in diesem Augenblick zog der Fisch an, und die Leinenwinde begann zu schwirren.

«Da», sagte sie und wollte ihm die Rute reichen, aber er drückte sie ihr wieder in die Hand.

«Langsam bis zehn zählen», flüsterte er. «Dann ein kräftiger Ruck, damit der Haken festsitzt.»

Sie zählte laut, ab vier von nervösem Lachen geschüttelt. Bei zehn riß sie die Angel kräftig hoch. Sie begann die Leine aufzuwinden, aber der Fisch kreuzte im Tümpel hin und her, kämpfte um sein Leben und kam nicht an die Oberfläche, bis Leslie in ihrer Aufregung die Angelrute hinwarf und die Leine Hand über Hand einholte. So brachte sie ihn schließlich aus dem Wasser; er war ein schöner Barsch, besser als der erste, dunkel und dick und an die vierzig Zentimeter lang. Der Fisch zappelte auf der Decke, schlug um sich und versuchte, in den Tümpel zurückzukommen. Sie mühten sich beide, ihn festzuhalten, und als sie sich mit ihm herumbalgten, legte Michael die Arme um Leslie, und ihre Hände waren in seinem Haar, und er spürte ihre Brüste deutlich und lebendig an seiner Brust und fast noch lebendiger den Fisch zwischen ihren Brüsten, und ihr Lachen sprudelte von ihrem Mund in seinen, als er sie küßte.

Er fürchtete, Leslie werde wütend über ihn sein, als er ihr Stan Goodsteins Jagdhütte auf der Anhöhe zeigte, aber beim Anblick all der Regale voll mit Konservendosen begann sie von neuem zu lachen. Er trug ihr auf, Bohnen zu wärmen, während er den Fisch zum Brunnen hinter dem Haus trug. Diesen Teil des Programms hatte er in seiner Planung vergessen gehabt. Außer einer unscheinbaren Barbe, die er vor vierzehn Tagen mit dem kleinen Bobby Lilienthal gefangen hatte, waren seine einzige Beute bis jetzt die Flundern gewesen, die er und sein Vater jedesmal triumphierend bei einem Fischverkäufer aus der Nachbarschaft gegen andere Nahrungsmittel eingetauscht hatten. Er hatte Phyllis Lilienthal zugesehen, wie sie aus dem Fang ihres Sohnes ein Abendessen bereitet hatte; jetzt, bewaffnet mit einer rostigen Schere, einer Zange und einem stumpfen Fleischermesser, versuchte er Schritt für Schritt zu rekonstruieren, wie sie es angestellt hatte.

Mit dem Messer führte er zwei tiefe, wenn auch unsichere Schnitte entlang der Rückengräte, die er dann mit der Zange herausriß. Während dieser Prozedur war Phyllis Lilienthals Fisch nochmals zu unerwartetem Leben erwacht und ihr fast aus den Händen gesprungen. Als Michael sich jetzt daran erinnerte, schmetterte er seinen Fisch mit dem Kopf gegen einen Felsen, mit so viel Nachdruck, als gelte es, einen Mann zu enthaupten; dennoch schauderte er noch immer beim Gedanken an die blutige Erweckung jenes anderen Fisches. Dann schnitt er mit der Schere den weißen Bauch vom After bis zum Maul auf. Mit der Zange zog er die Haut ab und wunderte sich, wie wenig Mühe es bedurfte, die Eingeweide zu entfernen. Das Abschneiden des Kopfes bereitete einige Schwierigkeiten. Während er mühsam mit dem Messer hin und her sägte, schienen die roten Augen anklagend auf ihn gerichtet. Aber schließlich fiel der Kopf zu Boden, und Michael führte das Messer an Rücken und Brust entlang. Die Filets, die er auf diese Art zustande brachte, waren zwar nicht ganz formvollendet, aber immerhin Filets. Er spülte sie am Brunnen ab und trug sie in die Hütte.

«Sie sehen etwas bleich aus», sagte Leslie.

Bobbys Mutter hatte den Fisch in Ei und Paniermehl getaucht und ihn dann in Pflanzenfett gebraten. Hier gab es weder Eier noch Pflanzenfett, aber Michael fand Paniermehl und eine Flasche Olivenöl. Er hatte seine Zweifel wegen der Veränderungen am Rezept, aber der fertige Fisch sah aus wie direkt aus *Ladies Home Journal*. Leslie sah und hörte ihm aufmerksam zu, als er die *broche* sagte. Die Bohnen waren gut, und der Fisch war zart und köstlich, und Michael fand selbst die sonst verabscheuten Zucchini schmackhaft, die Leslie aus eigenem Antrieb geöffnet und gewärmt hatte. Zum Dessert öffneten sie eine Dose Pfirsiche und tranken den Saft.

«Wissen Sie, was ich jetzt gern täte?»

«Nun?»

«Ihr Haar schneiden.»

«Und was sonst noch?»

«Nein, wirklich. Es wäre so dringend nötig. So wie Ihre Haare jetzt aussehen, könnte jemand, der Sie nicht kennt, glauben, Sie sind ... na, Sie wissen schon.»

«Ich weiß gar nichts.»

«Schwul.»

«Sie kennen mich doch auch nicht – fast nicht. Woher wissen Sie, daß ich nicht schwul bin?»

«Ich weiß es eben», sagte sie und neckte ihn weiter mit seinen langen Haaren, bis er nachgab und einen von Stan Goodsteins Ahornstühlen hinaus vor die Hütte trug. Es war warm in der Sonne, er zog sein Hemd aus, und sie holte die Schere und begann an seiner Frisur herumzuschnipseln. Plötzlich schnupperte er und fragte ärgerlich: «Um Himmels willen, haben Sie die Schere nicht abgewaschen? Die ist doch voll Fisch.»

Er wollte die Sache sofort aufgeben, aber sie ging schon zum Brunnen und spülte die Schere ab und trocknete sie an ihrem straffgespannten Hosenboden, und er dachte: Noch nie im Leben war ich so fröhlich wie heute.

Er lehnte sich wieder in seinen Stuhl zurück und schloß die Augen und genoß die Wärme und hörte dem Geklapper der rostigen Schere zu.

«Ich bin Ihnen sehr dankbar», sagte das Mädchen.

«Wofür?»

«Ich habe auf Ihren Kuß reagiert – sehr intensiv sogar.»

«Ist das so außergewöhnlich?»

«Für mich ist's außergewöhnlich – seit dem letzten Sommer. Ich hatte da so eine Affäre ...»

«Nicht!» Er beugte sich vor, so daß sie mit dem Haarschneiden aufhören mußte. «Sie werden mir doch nicht im Ernst solche Geschichten erzählen wollen.»

Sie faßte nach seinen Haaren und zog seinen Kopf nach hinten. «Doch, ich will. Ich habe mit niemandem darüber sprechen können – jetzt kann ich. Hier ist es ungefährlich – es hätte sich gar nicht besser treffen können. Sie sind Rabbiner, und ich bin ... eine *schiksse*, und wir werden einander wahrscheinlich nie wiedersehen. Das ist noch besser als eine Beichte bei den Katholiken – ich muß nicht zu einem unbekannten Pfarrer reden, der hinter dem Beichtstuhlgitter versteckt ist, ich *kenne* den Menschen, zu dem ich spreche.»

Er ergab sich und hielt still, während die Schere klapperte und die abgeschnittenen Haare auf seine nackten Schultern fielen.

«Es war ein Student aus Harvard, den ich nicht einmal gern hatte. Er heißt Roger Phillipson, seine Mutter ist eine Schulkollegin meiner Tante, und wir gingen ein paarmal zusammen aus, nur um darüber nach Hause schreiben zu können und ihnen eine Freude zu machen. Und dann habe ich mit ihm geschlafen, in seinem Auto, nur ein einziges Mal. Ich wollte einfach wissen, wie es ist. Es war scheußlich. Es war überhaupt nichts. Seither hat es mir keine Freude mehr gemacht, wenn ein Mann mich küßte – ich konnte nichts mehr spüren. Das hat mir Sorgen gemacht. Aber als Sie mich küßten, vorhin, als ich den Fisch erwischte – da habe ich es gespürt.»

«Freut mich», sagte er und fand ihre Mitteilung schmeichelhaft und peinlich zugleich. Sie schwiegen beide.

Dann sagte sie: «Jetzt mögen Sie mich nicht mehr so sehr wie vorher.»

«Nein, es liegt nicht an dieser Geschichte. Ich fühle mich nur einfach wie ein Versuchsobjekt, das die richtige Reaktion hervorgerufen hat.»

«Verzeihen Sie», sagte sie. «Seit das passiert ist, habe ich mir gewünscht, es jemandem erzählen zu können. Ich war mir selbst so widerwärtig und so traurig darüber, daß ich meiner Neugier nachgegeben habe.»

«Sie sollten aus dieser einen Erfahrung nicht eine große Angelegenheit machen, die Ihr ganzes Leben verändert», sagte er behutsam. Sein Rücken begann zu schmerzen, und einige Haarbüschel waren ihm in die Hose gerutscht.

«Das möchte ich auch nicht», sagte sie leise.

«Es gibt kein Leben ohne solche Erfahrungen. Es gibt keinen Menschen, der nicht andere verletzt – und auch sich selbst. Wir langweilen uns und spießen einen kleinen Fisch auf den Haken, wir sind hungrig und essen Fleisch, wir spüren Lust und machen Liebe.»

Das Mädchen begann zu weinen.

Er wandte sich ihr zu, staunend ergriffen von der tiefen Wirkung seiner Worte. Aber sie betrachtete weinend seinen Kopf.

«Es ist das erste Mal, daß ich jemandem die Haare geschnitten habe», sagte sie.

Langsam fuhren sie die Bergstraße zurück und führten stille Gespräche in der einbrechenden Dunkelheit. Einmal schlug Leslie die Hände vor das Gesicht und ließ sich in ihren Sitz zurückfallen, aber diesmal wußte er, daß sie lachte. Als sie bei dem Gasthof ankamen, küßte er sie vor dem Aussteigen zum Abschied.

«Das war ein guter Tag», sagte sie.

Ungesehen schlich er sich hinauf in sein Zimmer. Am nächsten Morgen reiste er sehr zeitig ab – er hatte Leslie gebeten, ihn bei ihren Gastgebern zu entschuldigen. Der Friseur war fünfzig Kilometer von Michaels nächster Station entfernt, und er hatte ihn seit Wochen nicht aufgesucht, weil der Mann sein Handwerk nicht verstand.

Kopfschüttelnd betrachtete der Alte den seltsamen Haarschnitt. «Die muß ich aber sehr kurz schneiden, um die Stufen wegzukriegen», sagte er.

Als er fertig war, konnte auch keine *jarmulka* mehr das traurige Resultat verbergen: von Michaels Haaren war nichts als ein brauner Flaum übriggeblieben. In einem Gemischtwarenladen neben dem Friseurgeschäft erstand er eine khakifarbene Jagdmütze, die er in den folgenden Wochen auch an heißen Tagen trug, sich glücklich schätzend, daß er nicht barhäuptig beten durfte.

22

Als es wirklich Sommer geworden war, suchte Michael kein Nachtquartier mehr. Der Schlafsack, den Rabbi Sher so vorsorglich auf seine Liste gesetzt hatte, war zwar etwas stockfleckig geworden, erwies sich aber als äußerst brauchbar. Nachts schlief Michael unter den Sternen, immer darauf gefaßt, von einem Wolf oder einem Luchs verspeist zu werden, und lauschte dem Wind, der über die Berge kam und rastlos in den Bäumen rauschte. Am Nachmittag, wenn die fernen Berge in der Hitze blau zu flimmern begannen, unterbrach er seine Fahrt und tat es den Fischen gleich, anstatt sie zu fangen, lag nackt und allein im seichten Wildwasser, prustend und lachend über die eisige Kälte, oder gesellte sich, nur mit Unterhosen bekleidet, zu ein paar einfältig-schweigsamen Burschen aus den Bergen, die an einer tieferen Stelle des Flusses schwammen. Seine Haare wuchsen; als sie lang genug geworden waren, bürstete er sie jeden Morgen mit nasser Bürste zurück, um den Scheitel loszuwerden, den er vor dem kurzen Haarschnitt getragen hatte. Er rasierte sich regelmäßig und machte an jeder seiner Stationen von Wanne oder Dusche Gebrauch. Seine Gemeinde ernährte ihn nur zu gut, anläßlich der Besuche des Rabbiners gab es überall üppige Mahlzeiten. Er hörte auch auf, sich selbst um seine Wäsche zu kümmern, und führte einen entsprechenden Turnus ein, da vier Hausfrauen an seiner Strecke sich angeboten hatten, ihm diese Arbeit abzunehmen. Bobby Lilienthal hatte genug Hebräisch erlernt, um nun als Vorbereitung auf seine *bar-mizwe* mit der *haftara* beginnen zu können. Stan Goodsteins Mutter starb, und Michael zelebrierte sein erstes jüdisches Begräbnis in seiner Gemeinde, und dann bestellte ihn Mrs. Marcus für den 12. August, und er zelebrierte seine erste Hochzeit.

Es war eine Hochzeit großen Stils, die Räumlichkeiten des Gasthofs wurden fast, wenn auch nicht ganz bis zum äußersten ausgenützt, und es ging für die Ozark Mountains erstaunlich vornehm zu. Die Verwandten beider Familien waren aus Chicago, New York, Massachusetts, Florida, Ohio und zwei Städten in Wisconsin gekommen. Von Morts Freunden war keiner erschienen, wohl aber vier Studienkolleginnen von Deborah, unter ihnen Leslie Rawlings, die den Bräutigam führen sollte.

Vor der Trauung saß Michael fast eine Stunde lang mit Mort und dessen jüngerem Bruder, der als Brautführer figurierte, in einem der Schlafzimmer im Oberstock. Die beiden Brüder waren sehr aufgeregt und stärkten sich pausenlos aus einer Flasche, die Michael beim Verlassen des Zimmers schließlich mit sich nahm. Er stand an der Stiege und überlegte gerade, wo er den Scotch verwahren könnte. Unten in dem großen Raum hatten sich schon die Gäste versammelt, Herren in weißen Jacketts und Damen in festlichen Kleidern, die Diors New Look gehorchten. Von oben betrachtet, sahen die Frauen mit ihren Handschuhen, den duftigen Hüten und pastellfarbenen Seidenkleidern eher wie Blumen aus – selbst die dicken. Unmöglich konnte Michael mit einer Schnapsflasche in der Hand mitten unter sie treten. Er deponierte den Scotch schließlich im Oberstock in einem Abstellraum, zwischen einem Staubsauger und einer großen Dose voll Bodenwachs.

Während der Zeremonie ging dann alles wie am Schnürchen. Mort war nüchtern und ernst. Deborahs weißer Schleier, gekrönt von einem heiligenscheinartigen Kranz weißer Blüten, löste die üblichen Rufe des Entzückens aus, als sie, von ihrem Vater geführt, eintrat. Die Augen hinter dem Schleier waren ernst und sanft, und nur der gespannte Griff, mit dem sie das Gebetbuch umklammerte, strafte ihr gelassenes Aussehen Lügen.

Als alles vorüber war und Michael jedermann beglückwünscht hatte, entdeckte er, nach einem Glas Champagner greifend, daß Leslie Rawlings ihn über den Rand ihres Glases hinweg fixierte.

Sie trank und lächelte ihm zu. «Sie können einen wirklich beeindrukken!»

«War es in Ordnung?» fragte er. «Ich verrate Ihnen ein Geheimnis, wenn Sie's nicht weitersagen. Das war die erste Trauung, die ich allein vollzogen habe.»

«Gratuliere.» Sie streckte ihm die Hand hin, und er schüttelte sie. «Wirklich großartig. Mir ist es heiß und kalt über den Rücken gelaufen.»

Der Champagner, trocken und sehr kalt, war genau das, was Michael jetzt nach der Zeremonie haben wollte. «*Ihnen* muß man gratulieren!» fiel ihm plötzlich ein. «Sie und Deborah haben doch im Juni promoviert, nicht wahr?»

«Ja, ja», sagte sie. «Und ich hab einen Posten. Nach *Labor Day* fange ich in der Research-Abteilung von *Newsweek* an. Ich bin sehr aufgeregt und habe ein bißchen Angst.»

«Denken Sie nur immer daran: bis zehn zählen und dann den Haken einrasten lassen.» Sie lachten beide. Ihr Kleid und die Accessoires waren kornblumenfarbig wie ihre Augen. Die Brautjungfern – drei Mädchen aus Wellesley und eine Cousine Deborahs aus Winnetka – trugen Rosa. Blau machte ihr bronzefarbenes Haar blonder, stellte er fest. «Blau gefällt mir an Ihnen. Aber Sie sind schlanker geworden.»

Sie versuchte gar nicht, ihre Genugtuung zu verbergen. «Bin ich froh, daß es Ihnen auffällt! Ich habe Diät gehalten.»

«Treiben Sie keinen Unsinn. Sie gehen zu *Newsweek*, nicht zu *Vogue*.

Außerdem haben Sie auch vorher ausgezeichnet ausgesehen.» Er griff nach ihrem leeren Glas und kam bald mit zwei vollen Gläsern wieder. «Ich freue mich auf November. Drei Wochen Urlaub! Dann komme ich auch nach New York. Ich kann es kaum mehr erwarten.»

«Ich weiß noch nicht, wo ich wohnen werde. Aber wenn Sie sich langweilen, rufen Sie mich in der Redaktion an. Ich nehm Sie mit zum Fischen.»

«Okay», sagte er.

Rabbi Sher war zufrieden. «*Sehr* zufrieden», wiederholte er. «Ich kann Ihnen gar nicht sagen, wie froh ich bin, daß Ihre Rundreisen sich bewährt haben. Vielleicht können wir nach dieser Erfahrung andere Rabbiner auch in andere abgelegene Gebiete schicken.»

«Ich hätte als nächstes gern ein bißchen Dschungel», sagte Michael. «Etwas mit Sümpfen und viel Malaria.»

Rabbi Sher lachte, aber er sah Michael scharf an. «Müde?» fragte er. «Wollen Sie's jetzt einen andern versuchen lassen?»

«Ich habe zwei Schüler, die demnächst *bar-mizwe* werden. Ich kenne mich nun aus in den Bergen. Ich bereite für nächste Ostern einen gemeinsamen *ssejder* in Mineral Springs vor, an dem ungefähr vierzig Familien teilnehmen werden.»

«Das heißt, wenn ich Sie richtig verstehe, *nein.*»

«Noch nicht.»

«Gut. Nur denken Sie daran, daß ich das nie als Ihre Lebensaufgabe betrachtet habe. In ganz Amerika und auch außerhalb werden Rabbiner gesucht. Wenn Sie vom Pionierdasein genug haben, lassen Sie's mich wissen.»

Beim Abschied waren sie beide zufrieden.

New York, New York. Es war etwas schmutziger, aber viel aufregender, als er es in Erinnerung gehabt hatte. Der gehetzte Rhythmus von Manhattan; das achtlose Gedränge auf den Gehsteigen; der herausfordernde Reiz der smarten Frauen auf der Fifth Avenue und Upper Madison; der Hochmut eines weißen Französischen Pudels, der sich in einem Rinnstein an der 57th Street nahe dem Central Park hinhockt, um seine Notdurft zu verrichten, während der Hauswart, ein grauhaariger Neger, ein Stäubchen von seinen Manschetten schnippt, die Leine locker läßt und nach der anderen Seite sieht – all dies erschien Michael jetzt neu, obwohl er es sein Leben lang gekannt und sich nichts dabei gedacht hatte.

Am ersten Tag, nach dem Gespräch mit Rabbi Sher, ging er lange spazieren und fuhr dann mit der Untergrundbahn zurück nach Queens.

«Iß», sagte seine Mutter.

Er versuchte ihr zu erklären, daß er gut verköstigt worden war, aber sie war überzeugt, daß er log, um sie zu schonen.

«Wie findest du die Kinder?» fragte sein Vater.

Ruthies Sohn war sieben Jahre alt. Er hieß Moshe. Chaneh, das Mädchen, war vier. Die Großeltern waren im Vorjahr für zwei Monate bei ihnen zu Besuch gewesen, trotz Araberüberfällen und britischer Blockade, die sie auf Grund ihrer amerikanischen Pässe durchbrochen hatten. Sie hatten einen ganzen Koffer voll Aufnahmen von zwei kleinen sonngebräunten Fremden für Michael.

«Stell dir nur vor», sagte seine Mutter, «so klein, und schon ganz allein, weit weg von Vater und Mutter schlafen müssen. In einem eigenen Haus, nur mit anderen *pützeles*. Zustände sind das!»

«Lauter Sozialisten, der ganze *kibbuz*», sagte sein Vater. «Und die Araber draußen sehen dich an, als wollten sie dich abstechen. Kannst du dir deine Schwester als Lastwagenfahrerin denken, mit dem Schießeisen am Beifahrersitz?»

«Es ist ein Bus für die Kinder», sagte seine Mutter.

«Ein Lastwagen mit eingebauten Sitzen», sagte der Vater. «Ich bin froh, Republikaner in Amerika zu sein. Und diese britischen Soldaten, die überall ihre Nase hineinstecken. Und nichts zu fressen. Weißt du, daß es nicht möglich ist, auch nur ein Dutzend Eier zu kaufen?»

«Iß doch», drängte die Mutter.

Am dritten Abend ließ er alle die Mädchen, die er gekannt hatte, in Gedanken an sich vorüberziehen. Soviel er wußte, waren nur zwei von ihnen noch ledig. Die eine rief er an – auch sie war verheiratet. Die Mutter der anderen teilte ihm mit, daß ihre Tochter sich an der *University of California* auf ihr Doktorat in klinischer Psychologie vorbereitete. «An der Universität von Los Angeles», betonte sie. «Wenn Sie an die andere schreiben, erhält sie die Post nicht.»

Er rief Maury Silverstein an, der nun in Greenwich Village eine eigene Wohnung gemietet hatte. Maury hatte an Queens College Chemie fertig studiert, war aber gleich nach seiner Rückkehr von der Marine zu einer der größten Fernsehgesellschaften gegangen. «Hör zu, in einer Dreiviertelstunde geht's ab nach Kalifornien», sagte er. «Ich bin aber schon nächste Woche zurück. Dann müssen wir uns treffen. Am Donnerstag gebe ich in meiner Wohnung eine Party. Du bist eingeladen. Ein Haufen interessanter Leute, du mußt sie kennenlernen.»

Er rief auch Mrs. Harold Popkin, née Mimi Steinmetz an. Soeben hatte sie erfahren, daß ihr Schwangerschaftstest positiv war. «Kannst dir was einbilden darauf», sagte sie. «Nicht einmal meine Mutter hat eine Ahnung, nur Hal. Aber alte Liebe rostet nicht, darum sag ich's dir.» Und sie tratschten eine Weile über Schwangerschaft.

«Sag mal», fragte er schließlich, «weißt du nicht irgendein nettes Mädchen, mit dem ich während meines Urlaubs einmal ausgehen könnte? Ich glaube, ich habe hier jeden Kontakt verloren.»

«Siehst du endlich, wohin das Junggesellenleben führt?» Und während sie schwieg, spürte er, wie sie ihren Triumph auskostete. «Wie wär's mit Rhoda Levitz? Wir sind jetzt sehr eng befreundet.»

«War das nicht die Dicke mit dem unreinen Teint?»

«So dick ist die gar nicht», sagte Mimi. «Aber ich werd mir's überlegen. Sicherlich weiß ich irgend jemanden für dich. In New York gibt's genug Mädchen, die allein sind.»

Die Telefonistin von *Newsweek* konnte Leslie zunächst nicht ausfindig machen, aber nachdem er ihr gesagt hatte, Miss Rawlings sei eine neue Angestellte in der Research-Abteilung, schaute sie auf einer Liste nach und stellte die Verbindung her.

Er erwartete sie vor dem Gebäude in der 42nd Street. Zehn nach fünf kam sie herunter, so hübsch und erwartungsvoll, wie man sich's nur wünschen konnte.

«Also so eine sind Sie», sagte er und nahm ihre Hand. «Sie kommen zu spät zum Rendezvous.»

«Und Sie sind einer, der mit der Uhr in der Hand dasteht.»

Er hielt nach einem Taxi Ausschau, aber sie fragte, wohin sie denn gehen wollten, und als er das «Miyako» vorschlug, wollte sie lieber gehen. So schlenderten sie die vierzehn Blocks entlang. Es war nicht sehr kalt, aber der Wind blies stoßweise, hob ihr den Mantel und drückte ihr das Kleid gegen die gutgeformten Beine. Beim Restaurant angelangt, waren sie durch den Fußmarsch angeregt und hatten Lust auf zwei Martinis. «Auf Ihre neue Beschäftigung», sagte er, während sie anstießen. «Wie gefällt's Ihnen?»

«Ach», sagte sie und zog die Nase kraus. «Es ist bei weitem nicht so interessant, wie ich mir's vorgestellt hab. Stundenlang sitze ich in den Büchereien über so dramatischen Werken wie dem Ashtabula-Telefonbuch und schneide Meldungen aus den obskursten Provinzblättern aus.»

«Werden Sie sich nach etwas anderem umsehen?»

«Ich glaube, nicht.» Sie kaute an ihrer Olive. «Seinerzeit haben alle gesagt, als Herausgeber der *Wellesley News* wäre ich sehr gut gewesen. Meine Story über den Reifenwettlauf, den eine verheiratete Frau gewonnen hat, wurde sogar von *Associated Press* nachgedruckt. Ich glaube, ich gäbe einen recht guten Reporter ab. Jetzt bleib ich einmal dabei, bis sie mir die Chance geben, es zu probieren.»

«Reifenwettlauf, was ist das?»

«Das ist ein traditionelles Rennen in Wellesley. Jedes Jahr treiben die Mädchen des letzten Semesters ihre Reifen um die Wette, und zwar in der alten Studententracht. Man sagt, die Siegerin wird sich auch als erste einen Mann angeln. Deshalb war es ja in unserem Jahrgang so komisch. Lois Fenton war schon seit sechs Monaten mit einem Harvard-Medizinstudenten heimlich verheiratet. Nach ihrem Sieg war sie so durcheinander, daß sie in Tränen ausbrach und mit der ganzen Geschichte herausplatzte – das war ihre Heiratsanzeige.»

Es wurde serviert, *tempura* und eine klare, sehr fein gewürzte Suppe mit einer kompliziert geschnittenen Gemüseeinlage. Dann gab es *sukiyaki*, das am Tisch von einem geschmeidigen Kellner zelebriert wurde. Michael bestellte noch einen Steinkrug voll *saki*, aber sie sprach ihm nicht zu, denn das Getränk war heiß, und so trank er allein und verlor bald jedes Gefühl in seinen Fußspitzen.

Als er ihr beim Weggehen in den Mantel half, berührte er zart ihre Schultern, worauf sie den Kopf wandte und ihn ansah. «Ich habe nicht geglaubt, daß Sie mich anrufen werden.»

Vielleicht war es der Schnaps, jedenfalls fühlte er sich dazu gedrängt, ihr die reine Wahrheit zu sagen. «Ich wollte es auch nicht.»

«Ich weiß, ein Rabbiner sollte nicht mit Christenmädchen ausgehen», sagte sie.

«Weshalb sind Sie dann gekommen?»

Sie hob die Schultern und schüttelte dann den Kopf.

Draußen rief er nach einem Taxi, aber sie wollte nirgends mehr hingehen.

«Unsinn», sagte er. «Wir sind erwachsene und moderne Menschen – warum sollten wir nicht Freunde sein? Es ist noch so früh am Abend, gehen wir doch irgendwohin, wo es gute Musik gibt.»

«Nein», sagte sie.

Während der Fahrt bis zu dem roten Ziegelgebäude in der 60th Street, wo sie wohnte, sprachen sie kaum ein Wort.

«Steigen Sie gar nicht erst aus», sagte sie, «hier herum ist ein Taxi nicht so leicht zu bekommen.»

«Ich werde eines bekommen», sagte er.

Sie wohnte im zweiten Stock, der Korridor vor ihrer Wohnung war in düsterem Braun gehalten. Dann stand sie vor ihrer Wohnungstür, und er spürte, daß sie nicht eintreten wollte.

«Versuchen wir's morgen abend noch einmal», sagte er. «Selbe Zeit, selber Ort?»

«Nein», sagte sie, «danke schön.»

Dabei sah sie ihn an, und er hatte das Gefühl, sie würde weinen, sobald sie erst allein wäre.

«So komm doch», sagte er und beugte sich vor, um sie zu küssen, aber sie wandte sich ab, und ihre Köpfe stießen zusammen.

«Gute Nacht», sagte sie und verschwand in ihrem Zimmer. Er fand sehr leicht ein Taxi – hatte das schon vorher gewußt.

Er schlief in den Vormittag hinein und setzte sich, als er nach elf Uhr endlich aufgestanden war, mit einem Wolfshunger zu Tisch.

«Dein Appetit hat sich gebessert», stellte die Mutter erfreut fest. «Muß gestern abend recht gemütlich gewesen sein, mit all deinen alten Freunden.»

Er beschloß, Max Gross anzurufen. Schon seit zwei Jahren hatte er mit keinem Talmud-Gelehrten mehr gearbeitet und wollte nun auf diese Weise den Rest seines Urlaubs verbringen.

Als er aber zum Telefon ging, wählte er die Nummer der Zeitung und verlangte Leslie.

«Ich bin es, Michael», sagte er, als er ihre Stimme hörte.

Sie schwieg.

«Ich würde Sie heute abend sehr gern wiedersehen.»

«Was wollen Sie eigentlich von mir?» fragte sie. Ihre Stimme klang fremd. Offenbar schirmte sie die Sprechmuschel ab, damit ihre Mitarbeiter an den Nebentischen nicht mithören konnten.

«Ich möchte, daß wir Freunde werden.»

«Wohl wegen der Geschichte, die ich Ihnen im Frühjahr erzählt habe? Das ist Ihr Sozialfürsorger-Komplex. Sie sehen in mir einen lohnenden Fall.»

«Reden Sie nicht solchen Unsinn!»

«Na gut, also kein Fall. Aber leicht herumzukriegen – ist es vielleicht das, Michael? Ein kleines Verhältnis in aller Stille, bevor Sie wieder in Ihre Berge gehen?»

Er wurde wütend. «Passen Sie auf, ich spreche von Freundschaft. Wenn Sie das nicht wollen, dann gehn Sie zum Teufel! Also, wie ist es: soll ich um fünf Uhr kommen oder nicht?»

«Kommen Sie.»

Diesmal aßen sie in einem schwedischen Restaurant zu Abend und hörten dann bei Eddie Condon's im Village Musik. Vor dem Haustor gab sie ihm die Hand, und er küßte sie auf die Wange.

Der folgende Abend war der Freitagabend, und Michael ging mit seinen Eltern in die Synagoge, innerlich knirschend den ganzen *oneg schabat* lang, in dessen Verlauf ihn seine Mutter einem Halbdutzend Leuten, die er ohnehin schon kannte, mit «Mein Sohn, der Rabbi» vorstellte, wie in den jüdischen Witzen.

Am Samstag wollte er Leslie anrufen, aber nachdem er die ersten zwei Nummern durchgewählt hatte, hielt er plötzlich inne und fragte sich, was er denn da tue; es war wie das plötzliche Erwachen aus einem Traum.

Er setzte sich in den Wagen und fuhr lange Zeit dahin, und als er endlich um sich sah, war er in Atlantic City. Er parkte den Wagen, klappte den Mantelkragen hoch und ging die Küste bis ans Wasser hinunter. Dabei spielte er das übliche Spiel aller Strandspaziergänger, ließ das Wasser bis knapp an sich heranzischen und trat erst im letzten Moment zurück, um nicht nasse Füße zu bekommen. Dann und wann, wenn er zu lange stehenblieb, gewann das Meer. Er wußte, daß es ein törichtes Spiel war, ebenso töricht wie das eines Rabbiners, der hinter einer Pfarrerstochter her war. Beide Spiele konnte man nur gewinnen, indem man weit und auf Dauer zurücktrat. Also keine gemeinsamen Abendessen mehr, keinerlei Scherze, kein verstohlenes Studium ihres Profils mehr, noch irgendeine Begierde nach ihrem Körper. Er gelobte sich, sie nicht mehr anzurufen, nicht mehr zu sehen und zu sprechen, sie auszutilgen aus seinen Gedanken. Der Entschluß gab ihm Erleichterung, und er trat vom Wasser zurück, von traurigem Stolz erfüllt, beschleunigte seine Schritte und pumpte die salzige Luft in seine Lungen, während er über den festen Sandgrund schritt. Der Wind wehte ihm Gischttropfen ins Gesicht und drang gelegentlich auch durch seinen Mantel. So kehrte er schließlich der Küste den Rücken, betrat eines der von den üblichen Strandbesuchern besetzten Lokale und nahm eine nichtssagende Mahlzeit zu sich.

Er kreuzte weiterhin ziellos durch New Jersey, und es war kurz vor Mitternacht, als er wieder in New York eintraf, anhielt und sie von einer Telefonzelle in einem durchgehend geöffneten Drugstore anrief; als sie sich nach langem, vergeblichem Läuten meldete, fühlte er den Traum in alter Stärke wieder in sich aufleben.

«Ich habe Sie doch nicht geweckt?» fragte er.

«Nein.»

«Wollen wir zusammen Kaffee trinken?»

«Ich kann jetzt nicht. Bin gerade beim Haarewaschen. Ich habe nicht mehr geglaubt, daß Sie heute noch anrufen.»

Er schwieg. «Aber ich habe morgen frei», sagte sie. «Wollen Sie zum Mittagessen heraufkommen?»

«Wann?»

Sie bewohnte ein großes möbliertes Zimmer. «Garçonnière nennt sich das», sagte sie, während sie ihm den Mantel abnahm. «Es unterscheidet sich von einem Studio-Apartment nur durch die Kochnische, oder auch umgekehrt.» Sie lächelte. «Ich hätte ja etwas Besseres kriegen können, aber nur mit einem oder zwei anderen Mädchen zusammen. Und nach vier Jahren Schlafsaal bedeutet einem Alleinsein schon etwas.»

«Es ist sehr hübsch», log er.

Es war ein düsterer Raum mit einem großen Einzelfenster, das sie durch leuchtende Vorhänge zu verschönern versucht hatte. Auf dem Boden lag ein recht abgetretener Orientteppich, dann gab es häßliche altmodische Beleuchtungskörper, einen durchgesessenen Polsterstuhl, einen lackierten Tisch und zwei unbequeme Holzsessel; schließlich einen soliden Mahagonischreibtisch, den sie wahrscheinlich selbst gekauft hatte, und zwei Bücherschränke, die Lehrbücher und eine große Anzahl moderner Romane enthielten. Die winzige Küche bot kaum Raum genug, um auf dem zweiflammigen Gasherd kochen zu können. Der Miniaturkühlschrank stand unter dem Spülstein. Leslie brachte Michael einen Martini, und er nahm auf der harten Couch Platz und nippte daran, während sie das Mittagessen bereitete.

«Ich hoffe, Sie essen gern reichlich», sagte sie.

«O ja. Dann brauchen wir weniger zum Abendessen. Denken Sie nur, wieviel Geld mir das erspart.»

Es gab dänischen Käse und Salzgebäck, Tomatensaft, eine Vorspeise mit viel Anchovis, Kalbskoteletts mit Parmesan, einen Zitronenkuchen und schwarzen, türkischen Mokka. Nachher machten sie sich zusammen an die Lösung des *Times*-Kreuzworträtsels, und als sie nicht weiterkamen, wusch sie das Geschirr, und er half ihr beim Abtrocknen.

Nach dem Wegräumen saß er auf der Couch, rauchte und hatte nur Augen dafür, wie ihre Brüste sich flachdrückten, während sie auf dem

Bauch lag und Wort für Wort von dem Kreuzworträtsel abstrich.

Schließlich musterte er ihre Bücher. «Eine Menge Gedichte», stellte er fest.

«Ich mag Gedichte gern. Meine Literatur- und meine Menschenkenntnis verdanke ich demselben Werk, dem Werk, das jedes Pfarrerskind kennt.»

«Der Bibel?»

«Mhm.» Sie lächelte und schloß die Augen. «Als junges Mädchen träumte ich am hellichten Tag davon, daß mein Mann mir in der Hochzeitsnacht das Lied der Lieder rezitieren würde.»

Er wünschte inständig, ihr Gesicht in seine Hände zu nehmen, ihr das Haar von den rosigen Ohren zu streichen und sie dort zu küssen. Statt dessen griff er nach dem Aschenbecher hinter ihr und klopfte seine Pfeife aus. «Hoffentlich tut er's», sagte er leise.

Am Montag machte sie sich früh vom Büro frei; sie gingen in den Bronx Zoo und lachten viel über die Affen und das scheußliche Stinktier in seinem Käfig, bei dessen Anblick er, wie sie beschwören wollte, leicht grün im Gesicht wurde. Am Dienstag gingen sie in die Metropolitan zu «Aida» und aßen nachher bei Luchow spät zu Abend. Sie war voll des Lobes über das dunkle Bier. «Es schmeckt wie aus Pilzen gebraut», sagte sie. «Essen Sie gern Pilze?»

«Mit Begeisterung.»

«Dann geben Sie das Rabbinat auf, und ich geb die Zeitung auf, und wir werden Bauern und züchten viele Tausende Pilze in herrlich dampfenden Mistbeeten.»

Er sagte nichts, und sie lächelte. «Armer Michael. Sie können sich nicht einmal im Spaß vorstellen, das Rabbinat aufzugeben, nicht wahr?»

«Nein», erwiderte er.

«Das freut mich. So ist es richtig. Wenn ich einmal eine alte Frau sein werde und Sie ein großer Führer Ihres Volkes geworden sind, dann werde ich mich daran erinnern, wie ich Ihnen geholfen habe, Ihren Urlaub zu verbringen, als wir beide noch jung waren.»

Er sah sie an, sah, wie sie das Glas an die Lippen setzte und das dunkle Bier schlürfte. «Sie werden eine prächtige alte Dame abgeben», sagte er.

Am Mittwoch aßen sie früh und gingen dann ins *Museum of Modern Art*, schlenderten herum und schauten und redeten, bis sie nichts mehr aufnehmen konnten. Er schenkte ihr einen kleinen gerahmten Druck, der die Vorhänge im Kampf gegen die Düsterkeit ihres Zimmers unterstützen sollte: drei Flaschen in Orange, Blau und Umbra von einem Künstler, den sie beide nicht kannten. In ihrer Wohnung hängten sie das Bild gemeinsam auf. Leslies Füße schmerzten, und er ließ heißes Wasser in die Badewanne rinnen, während sie nebenan Schuhe und Strümpfe auszog und dann, den Rock über die Knie gerafft, in die Wanne stieg und sich auf den Rand setzte. Sie bewegte die Zehen im warmen Wasser hin und her und gab dabei Laute so tiefen Wohlbehagens von sich, daß auch er seine Schuhe und Socken auszog, die Hosen aufkrempelte und sich neben sie setzte, während sie so lachte, daß sie sich am Wannenrand halten mußte, um nicht hineinzufallen. Seine Zehen und ihre Zehen begannen einander Unterwassersignale zu geben, und sein linker Fuß wagte sich vor, ihrem rechten Fuß zu begegnen, und ihr rechter Fuß kam ihm auf halbem Weg entgegen, und die Füße spielten miteinander wie Kinder und dann wie Liebende. Er küßte sie heftig, und dabei löste sich das hochgerollte rechte Hosenbein und glitt ins Wasser. Sie lachte noch mehr, als er ärgerlich wurde und aus der Wanne sprang, um sich die Füße zu trocknen. Nachdem auch sie herausgestiegen war, tranken sie in ihrem Zimmer Kaffee, und die ganze Zeit über spürte er, wie der feucht gewordene Hosenaufschlag an seinem Knöchel juckte.

«Wenn Sie kein Rabbiner wären», sagte sie langsam, «hätten Sie es schon viel früher ernsthaft bei mir versucht, nicht wahr?»

«Ich bin aber Rabbiner.»

«Gewiß. Ich möchte es ja auch nur wissen. Trotz all der Schwierigkeiten mit jüdisch und christlich – hätten Sie es nicht doch versucht, wenn wir einander vor Ihrem Amtsantritt kennengelernt hätten?»

«Doch», sagte er.

«Das hab ich gewußt.»

«Sollen wir einander nicht mehr sehen?» fragte er bekümmert. «Ich war so gern mit Ihnen beisammen.»

«Aber nein, warum denn», sagte sie. «Es war so schön. Es hat keinen Sinn, die körperliche Anziehung zu leugnen. Aber schließlich ist das eine ... chemische Reaktion ... die zwar ein gegenseitiges Kompliment bedeutet – das heißt, wenn Sie mir gegenüber irgend etwas Derartiges spüren –»

«Das tu ich.»

«Nun – dann ist das zwar ein hübscher Beweis für unser beider guten Geschmack in bezug auf das andere Geschlecht, aber es bedeutet nicht, daß wir deshalb auch schon irgendeine körperliche Beziehung haben müßten. Warum sollten wir nicht imstand sein, über den körperlichen Wünschen zu stehen und eine Freundschaft fortzusetzen, die mir jetzt schon unendlich viel bedeutet.»

«Das ist auch meine Meinung», stimmte er eifrig zu, und sie stellten die Kaffeetassen hin und schüttelten einander die Hände. Und dann redeten sie lange und über vieles. Sein Hosenaufschlag wurde trocken, und sie beugte sich vor, um ihm besser zuhören zu können, und legte dabei die Arme auf den Tisch; er seinerseits zog, während er sprach, einer rein freundschaftlichen Zuneigung folgend, mit der Fingerspitze die schöne Linie ihrer Unterarme nach, an der Außenseite, wo die kurzen Härchen so golden schimmerten, daß sie fast durchsichtig waren, und weiter über das schmale Handgelenk, strich ihre Finger entlang, jeden einzeln, aufwärts und rundherum, und auf und ab, und auf und ab, und auf und ab, und aufwärts und herum um den Daumen, und weiter aufwärts an der weichen warmen Innenseite des Armes – und dabei begann ihr Gesicht vor Freude zu strahlen, und sie sprach und hörte zu und lachte oft über die Dinge, die er sagte.

Am Donnerstag ging er mit ihr zu Maury Silversteins Party. Er hatte den Wagen in einer Garage in Manhattan zum Service stehen, und er holte ihn ab, bevor er sie anrief. Es war noch früh, und so fuhren sie zuerst in Richtung Stadtrand, auf Morningside Heights zu; vor dem Haus, in dem die *Shaarai Shomayim*-Synagoge untergebracht war, parkte Michael den Wagen und deutete auf die *schul* und erzählte Leslie von Max.

«Das muß ein großartiger Mensch sein», sagte sie und schwieg dann eine Weile. «Wissen Sie, daß Sie ein wenig Angst vor ihm haben?» fragte sie schließlich.

«Nein», sagte er. «Da haben Sie unrecht.» Und er spürte Ärger in sich aufsteigen.

«Haben Sie ihn während der letzten zehn Tage gesehen?»

«Nein.»

«Meinetwegen, nicht wahr? Er wäre wohl nicht damit einverstanden, daß Sie mit mir beisammen sind?»

«Nicht einverstanden? Der Schlag würde ihn treffen. Aber er lebt in seiner Welt, und ich in der meinen.» Und er startete den Wagen.

Maurys Wohnung war klein, und die Gesellschaft war schon recht zahlreich, als Michael und Leslie eintrafen. Sie drängten sich durch ein Dickicht von Leuten, die Gläser hielten, und suchten nach dem Gastgeber. Michael kannte niemanden, mit Ausnahme eines dunkelhaarigen kleinen Mannes mit einem Spitzmausgesicht, einer bekannten Stimmungskanone in Gesellschaft und Fernsehen; er stand inmitten einer Gruppe lachender Leute und hatte auf jedes auch noch so ausgefallene Stichwort prompt einen Witz zur Hand.

«Da ist er ja», brüllte Maury und winkte Michael zu, und sie drängten sich durch die Umstehenden zu dem Gastgeber und seinem Gesprächspartner. «Na, du alter Gauner», sagte Maury und faßte Michael mit der freien Hand am Ärmel. Er war stärker geworden, hatte Ansätze zu Tränensäcken unter den Augen, aber sein Rumpf wirkte noch immer geschmeidig und muskulös. Michael meinte zu *sehen*, wie er allabendlich nach Büroschluß auf kürzestem Weg zur Sporthalle eilte; vielleicht auch war einer der Schränke in dieser Wohnung vollgestopft mit Keulen und Hanteln, Hanteln, wie sie auch Abe Kind jahrelang benützt hatte.

Michael machte Leslie mit den beiden bekannt, und Maury stellte ihnen seinen Chef vor, einen stets lächelnden Herrn namens Benson Wood, mit großflächigem Gesicht und der dicksten Hornbrille, die Michael jemals gesehen hatte. Michael war Luft für ihn, der nur Augen für Leslie hatte, ihr betrunken zulächelte und ihre Hand auch nach der Begrüßung nicht losließ. «Meines Freundes Freunde sind meine Freunde», sagte er, jede Silbe gewichtig betonend.

«Da ist jemand, den du kennenlernen mußt – sehr begabter Bursche», sagte Maury und zog Michael am Arm zu jener Gruppe um den spitzmausgesichtigen Kerl. «So, da wäre er, George», wandte er sich an den Komödianten. «Der, von dem ich dir neulich erzählt hab – der Rabbiner!»

Der Komiker machte die Augen schmal. «Rabbiner. Rabbiner. Kennen Sie den von dem Rabbiner und dem Pfarrer –»

«Kenne ich», sagte Michael.

«– die befreundet waren, und der Pfarrer sagt zum Rabbiner, du, hör mal, sagt er, du *mußt* einfach diesen Schinken probieren, der ist delikat. Und der Rabbiner sagt darauf: Du, hör mal, du *mußt* einfach das Mädel da probieren, der Schinken da ist Dreck dagegen –»

«Ja, *ja*, kenne ich», sagte Michael nochmals, während die Umstehenden sich vor Lachen schüttelten.

«*Ja?*» Der Komiker kniff die Augen zusammen und preßte die Finger an die Stirn. «Ja, ja ... Kennen Sie auch den mit dem Kerl, der eine gefällige Lady aus dem Süden ins Drive-in-Kino fährt, und dann bestürmt er sie um ihre Gunst, und als sie ja sagt, ist der Film vorüber, und er muß den Wagen nach hinten hinausfahren.»

«*Nein*», sagte Michael.

Abermals kniff sein Gegenüber die Augen zusammen. «Nein. Nein», überlegte er. Michael wandte sich ab und begab sich wieder zu Leslie, die noch immer Aug in Aug mit Wood stand.

«Wollen Sie lieber gehen?» fragte Michael.

«Erst noch irgendwas trinken.» Und sie wandten sich ab und ließen Wood einfach stehen.

Als Bar diente ein an die Wand gerückter Tisch. Zwei Mädchen standen schon davor, und Michael wartete geduldig, bis sie mit dem Mixen ihrer Drinks fertig waren. Beide waren sie groß, die eine rot, die andere blond, von ausgezeichneter Figur, aber mit durchtriebenen, aufdringlich geschminkten Gesichtern. Fotomodelle wahrscheinlich, oder auch beim Fernsehen, dachte er.

«Nach der Bruchoperation war er ein anderer Mensch», sagte die eine soeben.

«Hoffentlich», gab die Rote zurück. «Sooft er im Sekretariat angerufen hat und die Hexe hat mich hinübergeschickt – sein Diktat war einfach nicht mehr auszuhalten. Ich begreife nicht, wie *du* das monatelang durchgestanden hast. Ich bin fast eingegangen, so lange hat er zu jedem Satz gebraucht.»

Hinter ihnen schrie eine Frau plötzlich auf, und als sie sich umwandten, sahen Michael und Leslie, wie Wood sich übergab: die Leute stießen einander in dem überfüllten Raum, bestrebt, aus seiner Reichweite zu kommen, und verschütteten die Drinks auf ihrer Flucht. Von irgendwoher tauchte Maury auf, sagte «Okay, Wood», stützte seinen Chef und hielt ihm den Kopf. Sieht aus, als wäre er an solche Hilfeleistungen gewöhnt, dachte Michael. Das Mädchen, das aufgeschrien hatte, hielt sein

Kleid vom Busen ab, mit allen Anzeichen des Ekels und der Wut.

Michael ergriff Leslies Hand und führte sie weg.

Den Drink nahmen sie später, in Leslies Zimmer. «Brrr», machte sie und schüttelte den Kopf.

«So eine Schweinerei! Armer Maury!»

«Dieser lärmende Lümmel. Und der häßliche kleine Kerl mit den Witzen. Wenn er das nächstemal im Fernsehen erscheint, dreh ich den Apparat ab.»

«Den Star haben Sie vergessen.»

«Keineswegs. Dieses gräßliche Schwein mit dem geänderten Namen.»

Er hatte das Glas an die Lippen geführt, aber er trank nicht, stellte es zurück auf den Tisch. «Geänderten Namen? Wood?» Er sah sie ungläubig an. «Sie meinen, er hat einmal so ähnlich geheißen wie Rivkind?»

Sie schwieg.

Er stand auf und griff nach seinem Mantel. «Er war ein *goj*, meine Liebe. Ein lauter, schmutziger, geiler *goj*. Ein besoffenes Schwein von einem Christen. Einer von *euch*.»

Sie konnte es nicht fassen, als sie die Tür hinter ihm ins Schloß fallen hörte.

Am Samstagabend blieb Michael zu Hause und spielte Casino mit seinem Vater. Abe war ein guter Kartenspieler. Er wußte immer, wie viele Pik schon gefallen waren und ob von den zehn Assen die zwei guten noch im Talon lagen. Wenn er verlor, konnte er vor Enttäuschung die Karten auf den Tisch werfen, aber mit seinem Sohn als Partner kam er selten in diese Situation.

«Ich dreh zu. Zähl deine Punkte», sagte er und zog an seiner Zigarre.

Das Telefon läutete.

«Zwei Asse, das ist alles», sagte Michael. «Weitere neun Punkte für dich.»

«*A schmeer.*»

«Michael», rief die Mutter. «Das Telegrafenamt.»

Er stürzte zum Telefon. Die Eltern standen wartend in der Küche, während er «Hallo» sagte.

«Rabbi Kind? Ein Telegramm für Sie. Der Text lautet: ‹Ich schäme mich und danke Ihnen für alles. Verzeihen Sie mir Komma wenn Sie können.› Unterschrift: ‹Leslie.› Soll ich wiederholen?»

«Danke, ich habe verstanden», sagte er und hängte ab.

Die Eltern folgten ihm zurück zum Spieltisch. «*Nü?*» fragte der Vater.

«Nichts Wichtiges.»

«So unwichtig, daß man dir hat telegrafieren müssen?»

«Einer von meinen Jungen in Arkansas wird demnächst *bar-mizwe*, und die Familie ist ein bißchen nervös. Sie wollten mich nur noch an ein paar Dinge erinnern.»

«Können sie dich nicht einmal in deinem Urlaub in Ruhe lassen?»

Der Vater setzte sich an den Tisch und schob die Karten zusammen. «Im Casino wirst du kein Meister. Wie wär's mit einem kleinen Gin?»

Um elf, nachdem die Eltern schlafen gegangen waren und Michael in seinem Zimmer war, versuchte er zu lesen, die Bibel zuerst, dann Mickey Spillane und schließlich seinen alten Aristoteles. Aber das alles half nichts, und er merkte nur, wie schadhaft und abgenützt der Einband des Aristoteles war. Er zog seinen Mantel an, verließ die Wohnung, sperrte den Wagen auf, stieg ein und fuhr, fuhr über die Queensboro Bridge statt durch den Tunnel, denn er wollte die Lichter im East River sehen. Er kämpfte sich durch den Verkehr von Manhattan und fand dann, als gutes Omen, einen Parkplatz direkt vor ihrem Wohnhaus.

Einen Augenblick lang stand er unschlüssig in dem düsteren Flur, dann klopfte er und hörte den Schritt nackter Füße.

«Wer ist's?»

«Michael.»

«Mein Gott, ich kann Sie nicht hereinlassen.»

«Warum nicht?» fragte er ärgerlich.

«Ich sehe entsetzlich aus.»

Er lachte. «Mach schon auf.»

Sie öffnete, und er sah, daß sie einen verwaschenen grünen Pyjama trug und einen alten braunen Flanellschlafrock, dessen Ärmelkanten schon durchgewetzt waren. Die Füße waren nackt, und das Gesicht trug keinerlei Make-up. Ihre Augen waren etwas gerötet, als hätte sie geweint. Er umarmte sie, und sie lehnte den Kopf an seine Schulter.

«Hast du meinetwegen geweint?» fragte er.

«Eigentlich nicht. Mir ist so entsetzlich schlecht.»

«Brauchst du irgend etwas? Einen Arzt?»

«Nein. Es ist immer dieselbe Geschichte, alle vier Wochen.» Ihre Worte, an seiner Schulter gemurmelt, waren kaum verständlich.

«Ach so.»

«Gib mir deinen Mantel», sagte sie, aber noch ehe sie ihn weghängen konnte, verzog sie ihr Gesicht. Sie ließ den Mantel fallen und begann so heftig zu weinen, daß er erschrak.

Sie legte sich auf die Couch, mit dem Gesicht zur Wand. «Geh», sagte sie, «bitte, geh.»

Aber er hob seinen Mantel auf, warf ihn über eine Stuhllehne und stand dann neben ihr und sah sie an. Sie hatte die Knie an den Leib gezogen und machte gleichmäßige Schaukelbewegungen, als wollte sie den Schmerz in Schlaf wiegen.

«Kannst du nicht irgendwas nehmen?» fragte er. «Ein Aspirin vielleicht?»

«Kodein.»

Die Flasche stand im Apothekenkasten, und er verabreichte Leslie eine Tablette mit Wasser und setzte sich wartend ans Fußende der Couch. Bald tat das Kodein seine Wirkung, und sie hörte zu schaukeln auf. Er berührte ihren Fuß und fand, daß er kalt war. «Du solltest Hausschuhe anziehen», sagte er, nahm einen Fuß zwischen seine Hände und begann ihn zu kneten.

«Oh, das ist gut», sagte sie. «Deine Hände sind so warm. Besser als eine Wärmflasche.» Er fuhr fort, ihre Füße zu massieren.

«Leg deine Hand auf meinen Bauch», sagte sie.

Er rückte näher an sie heran und ließ seine Hand unter den Schlafrock gleiten.

«Das ist angenehm», sagte sie schläfrig.

Durch den Stoff der Pyjamahose konnte er die weiche Haut ihres Bauches spüren. Mit der Spitze des Mittelfingers stellte er tastend fest, daß ihr Nabel außergewöhnlich groß und tief war. Sie schüttelte den Kopf.

«Kitzelt.»

«Verzeih. Dein Schoß ist wie ein runder Becher, dem nimmer Getränk mangelt.»

Sie lächelte. «Ich will ja gar nicht deine Freundin sein», murmelte sie.

«Ich weiß.»

Er blieb bei ihr sitzen und sah sie an, noch lange nachdem sie eingeschlafen war. Schließlich nahm er seine Hand von ihrem Leib, holte eine Decke aus dem Schrank, deckte sie zu und wickelte ihre Füße gut ein. Dann fuhr er zurück nach Queens und packte seine Reisetasche.

Am nächsten Morgen teilte er seinen Eltern beim Frühstück mit, daß er dringender Gemeindeangelegenheiten wegen seinen Urlaub vorzeitig beenden müsse. Abe fluchte und bot ihm Geld an. Dorothy jammerte und packte ihm eine Schuhschachtel voll mit Hühnersandwiches und füllte ihm eine Thermosflasche mit Tee, während sie sich mit der Schürze die Augen wischte.

Er verließ die Stadt in südwestlicher Richtung und fuhr in gleichmäßigem Tempo, verzehrte ein Sandwich, wenn er hungrig wurde, hielt aber nicht an. Erst um vier aß er in einem Lokal an der Straße zu Mittag und rief Leslie an.

«Wo bist du?» fragte sie, nachdem das Klimpern der letzten Münze verklungen war.

«In Virginia. Staunton, glaube ich.»

«Läufst du davon?»

«Ich brauche Zeit zum Nachdenken.»

«Was gibt's da nachzudenken?»

«Ich liebe dich», sagte er heftig. «Aber ich bin gern, was ich bin. Ich weiß nicht, ob ich das aufgeben kann. Es ist mir sehr viel wert.»

«Ich liebe dich», sagte sie. Dann schwiegen sie beide.

«Michael?»

«Ja, ich bin da», sagte er zärtlich.

«Wenn du mich heiratest, muß das unbedingt bedeuten, daß du deinen Beruf aufgibst?»

«Ich glaube, doch. Sicher.»

«Bitte, tu noch gar nichts, Michael. Warte erst einmal.»

Wieder Schweigen. Schließlich sagte er: «Willst du mich nicht heiraten?»

«Ich will. Mein Gott, wenn du wüßtest, wie sehr ich will! Aber mir sind da ein paar Ideen gekommen, die ich mir überlegen muß. Frage mich nicht und tu jetzt nichts Voreiliges. Warte ein wenig und schreib mir jeden Tag, und ich werde das auch tun. Gut?»

«Ich liebe dich», sagte er. «Ich ruf dich Dienstag an. Um sieben.»

«Ich liebe dich.»

Am Montagvormittag schnitt Leslie die Zeitungen von Boston und von Philadelphia aus und ging dann ins Redaktionsarchiv, wo sie sechs dicke braune Umschläge mit der Aufschrift JUDENTUM an sich nahm. Sie studierte die darin befindlichen Ausschnitte während ihrer Mittagspause, und abends nahm sie eine Auswahl davon, mit einem Gummiband zusammengehalten, in ihrer Handtasche mit nach Hause. Am Dienstagvormittag schnitt sie die Zeitungen von Chicago aus und bat dann Phil Brennan, ihren Chef, ihr zur Erledigung einiger persönlicher Angelegenheiten ein paar Stunden freizugeben. Er nickte zustimmend, und sie nahm Hut und Mantel und fuhr im Aufzug hinunter. Am Times Square wartete sie unter dem Plakat, das wirkliche Rauchringe ausstößt, studierte die Gesichter und versuchte zu erraten, welcher ja und welcher nicht, bis der Broadway-Bus kam, und dann fuhr sie stadtauswärts bis zu dem Haus, in dem sich die komisch aussehende kleine jüdische Kirche – nein, Synagoge befand.

23

Max Gross betrachtete das elegant gekleidete Mädchen, das so schlanke Beine und so unverschämte amerikanische Augen hatte, mit einem heftigen Gefühl des Ärgers. Nur viermal während seiner ganzen Amtszeit in *Shaarai Shomayim* hatten *gojim* ihn aufgesucht mit der Bitte, sie zu Juden zu machen. Jedesmal, so überlegte er, war diese Bitte so vorgebracht worden, als sei er ein Mensch, der mit einer Handbewegung die Fakten ihrer Geburt verändern und zu Rauch auflösen könnte, was sie gewesen waren. Nie hatte er sich in der Lage gefühlt, die Konversion vorzunehmen.

«Was finden Sie an uns Juden, daß Sie wünschen, zu uns zu gehören?» fragte er abweisend. «Wissen Sie nicht, daß Juden der Verfolgung und der Verlassenheit ausgeliefert sind; daß wir als einzelne von den Heiden verachtet werden und als Volk in alle Winde zerstreut sind?»

Leslie stand vor ihm und griff nach Handschuhen und Tasche. «Ich habe nicht erwartet, daß Sie mich annehmen», sagte sie und war schon im Begriff, ihren Mantel anzuziehen.

«Warum nicht?»

Die Augen des alten Mannes waren hell und durchdringend wie die ihres Vaters. Bei dem Gedanken an Reverend John Rawlings verspürte sie Erleichterung darüber, daß dieser Rabbiner sie wegschickte. «Weil ich nicht glaube, daß ich wie eine Jüdin *fühlen* könnte, nicht, wenn ich tausend Jahre alt würde», sagte sie. «Es ist unvorstellbar für mich, daß irgend jemand die Absicht haben könnte, mir ernstich etwas zuleide zu tun, meine künftigen Kinder zu töten, mich auszusperren von der gemeinsamen Welt. Ich muß gestehen, ich habe selbst gewisse Vorurteile gegenüber den Juden gehabt. Ich fühle mich unwürdig, einem Volk anzugehören, daß eine solche Last von kollektivem Haß trägt.»

«Sie fühlen sich *unwürdig*?»

«Ja.»

Rabbi Gross ließ sie nicht aus den Augen. «Wer hat Sie gelehrt, das zu sagen?» fragte er.

«Ich verstehe nicht.»

Er erhob sich schwerfällig und schritt zum Heiligtum, zog die blauen Vorhänge zur Seite, öffnete die Holztür und ließ Leslie die beiden in Samt geschlossenen Thora-Rollen sehen. «Diese Rollen enthalten die Gesetze», sagte er. «Wir werben nicht um Proselyten, im Gegenteil – wir schrecken sie ab. Im Talmud steht geschrieben, was der Rabbiner dem Anhänger einer anderen Religion zu sagen hat, wenn er zu uns kommt und Jude werden will. Die Thora schreibt vor, daß der Rabbiner dem Heiden das Schicksal des Juden in dieser Welt warnend vor Augen führen muß. Die Thora ist aber noch in einer anderen Hinsicht sehr genau. Wenn der Heide sinngemäß antwortet: ‹Ich weiß das alles, und dennoch fühle ich mich unwürdig, Jude zu werden› – dann muß er zur Bekehrung angenommen werden, und zwar unverzüglich.»

Leslie setzte sich. «Sie wollen mich also nehmen?» fragte sie leise.

Er nickte.

Mein Gott, dachte sie, was soll ich jetzt tun?

Jeden Dienstag und Donnerstag abends kam Leslie zu Rabbi Gross. Er sprach, und sie hörte zu, aufmerksamer als selbst der schwierigsten Vorlesung im College, ohne müßige Fragen zu stellen und nur dann unterbrechend, wenn sie unbedingt eine Erklärung brauchte.

Er setzte ihr die Grundlagen der Religion auseinander. «Die Sprache unterrichte ich nicht», sagte er. «Es gibt genug Hebräischlehrer in New York. Wenn Sie wollen, suchen Sie einen auf.» Auf eine Anzeige in *The Times* ging sie zur YMHA in der 92nd Street, und damit hatte sie auch den Mittwochabend besetzt. Ihr Hebräischlehrer war ein bekümmert aussehender junger Doktorand an der Yeshiva University. Er hieß Mr. Goldstein, und sie sah ihn allabendlich in der Cafeteria ein Stockwerk unter ihrem Klassenzimmer sein Abendessen verzehren; es war immer das gleiche: ein Käsetoast mit Oliven und eine Schale schwarzer Kaffee.

In summa: dreißig Cents. Die Manschetten seines Hemdes waren abgescheuert, und Leslie wußte, daß sein Abendessen so bescheiden war, weil er sich mehr nicht leisten konnte. Ihr eigenes wohlgefülltes Tablett erschien ihr vergleichsweise als Schlemmerei, und ein paar Wochen lang versuchte sie, ihre Mahlzeiten einzuschränken. Aber der Sprachkurs dauerte zwei Stunden, und nachher ging sie noch in eine Vorlesung über jüdische Geschichte, bei der ihr vor Hunger schwindlig wurde, wenn sie nicht ordentlich gegessen hatte.

Mr. Goldstein nahm seinen Unterricht ernst; und von den Schülern, die der Abendklasse wertvolle Freizeit opferten, hatte jeder seinen triftigen Grund für das Hebräisch-Studium. Nur eine, eine Frau in mittleren Jahren, kam nach der ersten Stunde nicht wieder. Die übrigen vierzehn Kursteilnehmer lernten die zweiunddreißig Buchstaben des hebräischen Alphabets in einer Woche. In der dritten Woche sagten sie schon einer nach dem andern die albernen kleinen Sätze her, die sie mit ihrem beschränkten Vokabular bilden konnten.

«*Rabi ba*», las Leslie und übersetzte «Mein Rabbi kommt» mit solchem Jubel, daß Lehrer und Mitschüler sie verwundert ansahen.

Aber als sie das nächste Mal zum Vorlesen an die Reihe kam, lautete die Aufgabe: *Mi rabi? Aba rabi.* «Wer ist mein Rabbi? Mein Vater ist mein Rabbi», übersetzte sie. Eilig ließ sie sich in ihren Sessel fallen, und als sie wieder ins Buch sah, war ihr, als sehe sie durch Milchglas.

Eines Abends, als Rabbi Gross über den Götzendienst sprach und sie darauf aufmerksam machte, daß es Christen zumeist überaus schwerfalle, sich einen Gott ohne Bild vorzustellen, merkte sie plötzlich, daß er gar nicht wirklich alt war. Aber er sah aus wie ein alter Mann, und er verhielt sich so. Moses selbst konnte kaum strenger ausgesehen haben. Soeben schaute er ihr über die Schulter ins Heft, und sein Mund wurde schmal.

«Schreiben Sie den Namen Gottes niemals aus. Schreiben Sie immer nur G-t. Das ist sehr wichtig. Es ist eines der Gebote, daß Sein Name nicht eitel genannt werden soll.»

«Entschuldigen Sie», sagte sie. «Es gibt so viele Vorschriften.» Ihre Augen wurden feucht. Peinlich berührt schaute er weg, begann wieder auf und ab zu gehen und setzte seinen Vortrag fort, während die Knöchel seiner rechten Hand leise in die Handfläche der linken schlugen, die er auf dem Rücken hielt.

Nach dreizehn Wochen des Studiums teilte er ihr eines Abends mit, daß ihre Aufnahme in die jüdische Religionsgemeinschaft für den kommenden Dienstag festgesetzt sei; außer, deutete er diskret an, sie könnte an diesem Tag aus irgendeinem Grund nicht in das rituelle Tauchbad steigen.

«Schon?» fragte sie verwundert. «Aber ich habe doch gar nicht lang studiert. Ich weiß noch so wenig.»

«Junge Frau, ich habe nicht gesagt, daß Sie ein Gelehrter sind. Aber Sie wissen jetzt genug, um Jüdin zu werden. Eine ungebildete Jüdin. Wenn Sie eine gebildete Jüdin sein wollen, dann müssen Sie sich darum mit der Zeit selber kümmern.» Sein Blick wurde weicher, und der Ton seiner Stimme veränderte sich. «Sie sind ein sehr fleißiges Mädchen. Sie haben es gut gemacht.»

Er gab ihr die Adresse der *mikwe* und einige vorbereitende Anweisungen. «Sie dürfen keinen Schmuck tragen, auch keinerlei Verband, nicht einmal ein Hühneraugenpflaster. Die Nägel sollen kurz geschnitten sein. Das Wasser soll jede äußere Zelle Ihres Körpers berühren. Sie dürfen nichts tragen, was es abhalten könnte, nicht einmal einen Wattetampon im Ohr.»

Schon am Freitag hatte sie anhaltende nervöse Magenbeschwerden. Sie wußte nicht, wie lange die Zeremonie dauern würde, und beschloß daher, sich im Büro für den ganzen Tag zu entschuldigen.

«Phil», sagte sie zu Brennan, «ich muß Sie bitten, mir den Dienstag frei zu geben.»

Mit einem Blick voll Überdruß sah er zuerst sie, dann den Berg unausgeschnittener Zeitungen an. «Das fehlt gerade noch, wo uns das Wasser bis zum Hals steht.»

«Es ist wichtig.»

Er kannte all die wichtigen Gründe auswendig, mit denen weibliche Angestellte einen freien Tag zu ergattern versuchten. «Ich weiß. Das Begräbnis Ihrer Großmutter.»

«Nein. Ich werde Jüdin, und am Dienstag findet mein Übertritt statt.»

Er öffnete den Mund zu einer Antwort, brach aber dann in schallendes Gelächter aus. «Mein Gott», sagte er, «ich war fest entschlossen, nein zu sagen, aber gegen einen Kopf mit solchen Einfällen komme ich nicht auf.»

Der Dienstag war ein grauer Tag. Sie hatte zuviel Zeit für den Weg berechnet und war um eine Viertelstunde zu früh in der Synagoge, wo die *mikwe* untergebracht war. Der Rabbiner, ein Mann in mittleren Jahren, trug einen Bart wie Rabbi Gross, war aber wesentlich umgänglicher und heiterer als jener. Er bot ihr einen Platz in seinem Büro an und sagte: «Ich habe gerade Kaffee gekocht. Möchten Sie nicht auch eine Tasse?»

Sie wollte ablehnen, aber dann stieg ihr der Kaffeeduft in die Nase, und er schmeckte ihr. Als Rabbi Gross kam, fand er die beiden schon in angeregtem Gespräch. Kurz darauf erschien noch ein dritter Rabbiner, ein junger, bartloser Mann.

«Wir werden Zeugen Ihres Tauchbades sein», sagte Rabbi Gross und lachte, als er ihr Gesicht sah. «Nein, nein, wir bleiben natürlich draußen. Nur die Tür ist einen Spaltbreit offen, so daß wir es planschen hören, wenn Sie ins Wasser steigen.»

Sie führten sie hinunter in den ebenerdigen Anbau an der Hinterfront der Synagoge, wo sich die *mikwe* befand. Die Rabbiner ließen sie allein in einer Kammer, wo sie es sich bequem machen und auf eine Frau warten sollte, die Mrs. Rubin hieß.

Leslie hätte gern geraucht, aber sie war nicht sicher, ob das nicht unpassend wäre. Die Kammer, mit ihrem Holzboden und einer geflochtenen Matte vor einem schmalen, an die Wand gerückten Schrank, machte einen bedrückenden Eindruck. An dem Schrank war ein Spiegel befestigt, der in der rechten unteren Ecke gelb und in der rechten oberen Ecke hellblau gesprenkelt war; er zeigte Leslie ein verschwommenes und verzerrtes Bild, wie die Spiegel im Lachkabinett eines Vergnügungsparks. Sonst gab es keinerlei Einrichtung, außer einem weißgestrichenen Küchentisch und einem Küchensessel, auf den sie sich setzte. Als Mrs. Rubin endlich erschien, war Leslie in die Betrachtung der Kerben in der Tischplatte vertieft.

Mrs. Rubin war eine grauhaarige, dickliche Frau von derber Freundlichkeit. Sie trug ein Hauskleid mit blauer Schürze darüber und schwarze flache Schuhe, die über den geschwollenen Zehenballen kräftig ausgebeult waren. «Ziehen Sie sich aus», sagte sie.

«Alles?»

«Alles», sagte Mrs. Rubin, ohne zu lächeln. «Können Sie die *broches?*»

«Ja. Zumindest hab ich sie vorhin noch gekonnt.»

«Ich laß Ihnen das da – Sie können sich's noch einmal ansehen.»

Sie zog ein hektographiertes Blatt aus der Tasche und legte es auf den Tisch, dann verließ sie die Kammer.

Hänger gab es keine. Leslie hängte ihre Kleider über die Stuhllehne, setzte sich und wartete. Der Sitz war sehr glatt. Sie nahm den Zettel zur Hand und studierte ihn.

Gelobt seist du, Gott unser Herr, Herr der Welt, der uns geheiligt hat durch seine Gebote und uns geboten hat das Tauchbad.
Gelobt seist du, Gott unser Herr, Herr der Welt, der uns das Leben gegeben und erhalten hat und uns diese große Stunde erreichen ließ.
Amen.

ברוך אתה יי אלהינו מלך
העולם אשר קדשנו במצותיו
וצונו על הטבילה.
ברוך אתה יי אלחינו מלך
העולם שהחינו וקימנו והגיענו
לזמן הזה.

Während sie noch die *broches* memorierte, kam Mrs. Rubin zurück und zog eine kleine Nagelschere aus ihrer Schürzentasche. «Zeigen Sie Ihre Hände», sagte sie.

«Ich hab die Nägel schon kurz geschnitten», sagte Leslie und zeigte sie Mrs. Rubin voll Stolz; aber die schnipselte trotzdem noch ein winziges Stückchen von jedem Nagel. Dann entfaltete sie ein frisches Leintuch, breitete es über Leslies Nacktheit, drückte ihr Seife und Badetuch in die Hand und führte sie in einen benachbarten Duschraum mit sieben Kabinen.

«Wasch dich, *mejn kind*», sagte sie.

Leslie hängte das Leintuch an einen Wandhaken und wusch sich, obwohl sie am Abend zuvor gründlich geduscht und erst zwei Stunden zuvor nochmals lange in der Badewanne gesessen hatte.

Durch eine zweite Tür konnte sie, während sie duschte, ein Bassin sehen, dessen ruhiges Wasser, schwer wie Blei, unter dem gelben Licht einer nackten Glühbirne glänzte. Rabbi Gross hatte ihr in einem seiner Vorträge erklärt, daß die Juden das rituelle Tauchbad schon seit Jahrtausenden gepflogen hatten, ehe Johannes der Täufer diese Zeremonie übernommen hatte. Ursprünglich hatte man in Seen und Flüssen gebadet, denn das Wasser der *mikwe* mußte natürliches Wasser sein. Heute, da die *mikwe* in Häusern untergebracht war – dem größeren Bedürfnis des modernen Menschen nach Zurückgezogenheit folgend –, sammelte man Regenwasser in Trögen auf den Dächern und leitete es in ein gekacheltes Bassin. Dieses stehende Wasser wurde schon nach verhältnismäßig kurzer Zeit schal und unappetitlich. Deshalb gab es neben dem Regenwasserbassin ein zweites, das dauernd mit Frischwasser aus der städtischen Wasserleitung versorgt und auf angenehme Temperatur gebracht wurde. Jedesmal, sobald dieses zweite Bassin vollgelaufen war, wurde ein kleiner Stöpsel in der Trennwand zwischen den beiden Becken herausgezogen, so daß sich die zweierlei Wasser für den Bruchteil einer Sekunde miteinander vermischen konnten. Das, versicherte Rabbi Gross seiner Schülerin, heilige das Leitungswasser, ohne seinen Bakteriengehalt zu erhöhen. Trotzdem betrachtete Leslie, während sie duschte, den Wasserspiegel voll Mißtrauen; sie mußte sich eingestehen, daß sie die Sache nicht werde durchstehen können, sollte das Wasser einen irgendwie schmutzigen Eindruck machen.

Mrs. Rubin erwartete sie schon, als sie aus der Kabine kam. Diesmal holte sie aus ihrer Schürzentasche einen kleinen Schildpattkamm hervor. Sie ließ ihn langsam durch Leslies lange Haare gleiten und zog ein wenig, wenn er sich in einem Knoten verfing. «Nichts darf das Wasser von Ihrem Körper abhalten», sagte sie. «Heben Sie die Arme.»

Leslie gehorchte demütig, und die Frau untersuchte ihre ausrasierten Achselhöhlen. «Kein Haar», sagte sie, wie ein Kaufmann, der Inventur macht. Dann, mit einem eindeutigen Hinweis ihres Zeigefingers, reichte sie Leslie den Kamm.

Einen Augenblick lang verharrte Leslie ungläubig, keiner Bewegung mächtig. «Muß das wirklich sein?» fragte sie hilflos.

Mrs. Rubin nickte. Leslie handhabte den Kamm, ohne hinzusehen, und spürte das Blut in ihre Wangen und die Tränen in ihre Augen steigen.

«Kommen Sie», sagte die Frau schließlich und hängte ihr das Leintuch wieder um die Schultern.

Über einen schwarzen Kautschukläufer ging es vom Duschraum zum

Bassin. Auf der obersten der drei Stufen, die ins Wasser führten, ließ Mrs. Rubin das Mädchen warten und ging zur Tür am anderen Ende des Beckens. Sie öffnete und steckte den Kopf hinaus. Leslie spürte einen Luftzug von der Tür her, die in den Hinterhof der Synagoge führte.

«Jetzt», rief Mrs. Rubin. «Sie ist fertig.»

Leslie hörte die Stimmen der Rabbiner, die sich auf jiddisch unterhielten, während sie sich dem Eingang näherten. Mrs. Rubin ließ die Tür nur einen Spaltbreit offen und kam zu dem Mädchen zurück.

«Wollen Sie den Zettel mit den Gebeten haben?»

«Ich kann die Gebete», sagte Leslie.

«Sie müssen ganz untertauchen und *dann* die Gebete sagen. Das ist der einzige Anlaß, bei dem man die *broche* nach der Handlung sagt und nicht vorher. Und zwar deshalb, weil das Tauchbad Sie von jeder früheren Religion reinigt; erst nachher können Sie als Jüdin zu Gott beten. Sie werden wahrscheinlich ein paarmal untertauchen müssen, damit auch sicherlich alles gut naß wird. Sie sind doch nicht wasserscheu?»

«Ich bin nicht wasserscheu.»

«Dann ist's gut», sagte Mrs. Rubin und nahm ihr das Leintuch ab.

Leslie schritt die Stufen hinunter. Das Wasser war warm. In der Mitte des Beckens reichte es ihr gerade an die Brust. Sie hielt inne und blickte hinein. Es schien rein und klar, und der weißgekachelte Boden schimmerte zitternd herauf. Nun schloß sie die Augen und tauchte unter, mit angehaltenem Atem, setzte sich auf den gekachelten Boden und spürte die Fugen der Kachelung auf der nackten Haut. Danach erhob sie sich prustend und sprach mit zitternder Stimme die Gebetsformeln.

«Amen», echote Mrs. Rubin, und Leslie konnte das Amen der Rabbiner durch den Türspalt hören. Mrs. Rubin beschrieb mit beiden Armen eine Abwärtsbewegung, wie ein Sportfunktionär, der seiner Mannschaft Zeichen gibt, und Leslie tauchte erneut unter, diesmal schon gefaßter. Es war so einfach, daß sie das Lachen ankam. Da saß sie nun im Wasser, mit flutendem Haar, und fühlte sich auf wunderbare Weise um die körperliche und geistige Last erleichtert und gereinigt von der Schuld eines zweiundzwanzigjährigen Lebens. Gewaschen im Blut des Lammes, dachte sie benommen und kam wie ein Fisch von unten herauf. Meine lieben Kinder, dachte sie, hört zu, ich will euch erzählen, wie eure Mama eine jüdische Seejungfrau geworden ist, und das ist eine lange Geschichte. Und sie sprach die *broche* diesmal schon mit mehr Selbstsicherheit. Aber Mrs. Rubin war noch immer nicht zufrieden, abermals stießen ihre Arme nach unten, und Leslie tat es ihnen nach. Beim dritten Untertauchen behielt sie die Augen offen und spähte hinauf zu der leuchtenden Glühbirne über dem Becken, und es war ihr, als schwebte Gottes Auge über den Wassern. Sie tauchte abermals auf, etwas außer Atem, spürte ihre Brustwarzen fest werden in der kalten Zugluft, die durch den Türspalt kam, hinter welchem die Rabbiner zuhörten, und diesmal sprach sie die Gebete mit froher Gewißheit.

«*Masel-tow*», sagte die alte Mrs. Rubin, legte Leslie, der beim Heraussteigen das Wasser von den Hüften troff, das Leintuch wieder um und küßte sie auf beide Wangen.

Dann stand sie im Büro des Rabbiners, weggeschwemmt alles Make-up, das Haar strähnig und naßkalt im Nacken, und mit einem Gefühl, als wäre sie soeben im Davenport-Becken des Colleges zehn Längen geschwommen. Der Rabbiner, der ihr den Kaffee angeboten hatte, lächelte ihr zu.

«Willst du den Herrn, deinen Gott, lieben mit all deinem Herzen, mit all deiner Seele und mit all deinem Vermögen?» fragte er.

«Ja», flüsterte sie, ernst geworden.

«Und die Gebote», sagte er, «die ich dir nun gebe, sollen eingepflanzt sein in deinem Herzen: mit Eifer sollst du sie weitergeben deinen Kindern, sie sollen auf deinen Lippen sein, wenn du sitzest in deinem Haus und wenn du gehest auf deiner Straße, wenn du liegst zu Bett und wenn du aufstehst am Morgen. Du sollst sie tragen als Zeichen über deiner Hand und als Siegel zwischen deinen Augen. Du sollst sie schreiben an die Pfosten deines Hauses und über seine Tore: daß ihr möget eingedenk sein all meiner Gebote und tun nach meinen Worten und geheiligt sein dem Herrn eurem Gott.»

Rabbi Gross trat auf sie zu und legte ihr die Hände auf den Scheitel.

«Du bist aufgenommen in das Haus Israel», sprach er. «Die hier versammelten Rabbiner heißen dich willkommen und geben dir den Namen Leah bas Avranom, mit welchem du künftig wirst gerufen werden in Israel.»

«Möge Er, der da segnete unsere Mütter Sara, Rebekka, Rachel und Lea, auch dich segnen, unsere Schwester Leah bas Avrahom, heute am Tage deiner Aufnahme in die Gemeinschaft Israels und deiner Bekehrung inmitten des Volkes unseres Herrn, der da ist der Gott Abrahams. Der Segen des Herrn sei mit dir auf allen deinen Wegen, und gesegnet sei das Werk deiner Hände, Amen.»

Dann überreichte ihr der jüngste der Rabbiner die Übertrittsurkunde, und sie las:

In Gegenwart Gottes
und dieses rabbinischen Rates

Hiermit erkläre ich, daß ich die Gesetze des Judentums anzunehmen wünsche, seinen Bräuchen und Zeremonien anhängen und dem jüdischen Volk angehören will.

Ich tue dies aus freiem Willen und in voller Kenntnis der wahren Bedeutung aller Grundsätze und Glaubensübungen der jüdischen Lehre.

Ich bete darum, daß mein Entschluß mich zeit meines Lebens führen möge, auf daß ich würdig sei der geheiligten Gemeinschaft, der ich ab heute angehören darf. Ich bete darum, stets der Rechte und Pflichten eingedenk zu sein, die meine Zugehörigkeit zum Haus Israel mir auferlegt. Ich erkläre, fest entschlossen zu sein, ein jüdisches Leben und ein jüdisches Haus zu führen.

Sollte ich mit männlichen Kindern gesegnet werden, so gelobe ich, sie dem Bunde Abrahams zuzuführen. Ich gelobe ferner, alle Kinder, mit denen Gott mich segnen möge, getreu dem jüdischen Glauben und seinen Übungen und im Sinne der jüdischen Hoffnungen und des jüdischen Lebens zu erziehen.

Höre Israel, der Herr unser Gott ist einig und einzig!

Geheiliget sei sein Name in Ewigkeit.

Und sie unterzeichnete das alles, und ihre Hand zitterte nicht mehr, als es der Anlaß erlaubte, und die Rabbiner zeichneten als Zeugen, und Mrs. Rubin küßte sie abermals und ward von ihr wiedergeküßt, und dann dankte sie den Rabbinern, und jene schüttelten ihr die Hand. Der jüngste der Rabbiner versicherte ihr noch, sie sei die hübscheste Bekehrung gewesen, an der er je gehofft hatte, teilnehmen zu können, und dann lachten sie alle, und sie dankte ihnen aufs neue und verließ die Synagoge. Draußen war es windig, und der Himmel war noch immer grau. Und obwohl sie sich nicht verwandelt fühlte, wußte sie dennoch, daß ihr Leben von Stund an ganz anders sein würde als alles, was sie jemals für sich erträumt hatte. Einen Augenblick lang, aber auch nur einen Augenblick lang, dachte sie an ihren Vater und erlaubte sich, darüber traurig zu sein, daß die Mutter nicht mehr da war. Dann aber, rasch die Straße entlangschreitend, sehnte sie sich mehr und mehr nach einer Telefonzelle, darin sie endlich ihr Schweigen brechen und ihr welterschütterndes Geheimnis offenbaren könnte.

24

Michael kam schon am nächsten Tag in New York an. Er war mit dem Kombiwagen nach Little Rock gefahren und dann in ein schaukelndes, stoßendes Verkehrsflugzeug gestiegen, das sich durch ein Frühjahrsgewitter nach La Guardia voranskämpfte. Sie erwartete ihn schon am Flughafen, und während er auf sie zustürzte, schien es ihm, daß jede Begegnung mit ihr wie das erste Mal war und daß er nie müde sein würde, ihr Gesicht anzusehen.

«Was ich nicht verstehen kann, ist die Geschichte mit der *mikwe*», sagte er im Taxi, nachdem er sie genugsam geküßt hatte. «Bei einem reformierten Rabbiner hättest du dir die ganze Prozedur erspart!»

«Es war so ergreifend», sagte sie leise. «Und ich wollte mir nichts daran ersparen, es soll doch von Dauer sein.»

Aber als sie am nächsten Vormittag zusammen in die *Shaarai Sho-*

mayim-Synagoge kamen, sahen sie sich einem bleichen und fassungslosen Rabbi Gross gegenüber.

«Warum haben Sie mir das nicht gesagt?» wandte er sich an Leslie. «Hätt ich gewußt, daß Ihr Zukünftiger der Michael Kind ist, ich schwör, niemals hätt ich mich dazu hergegeben, Sie zur Jüdin zu machen.»

«Sie haben mich ja nicht gefragt», sagte sie. «Nichts lag mir ferner, als Sie hereinzulegen.»

«Max», sagte Michael, «ich tue nur, was auch Moses getan hat. Sie ist Jüdin. Du hast sie dazu gemacht.»

Rabbi Gross wehrte ab. «Bist du Moses? Ein Narr bist du, ein Dummkopf. Und ich hab *dabei* mitgeholfen!»

«Trotzdem, wir möchten von dir getraut werden, Max», sagte Michael still. «Wir wünschen es beide von Herzen.»

Aber Rabbi Gross nahm die Bibel vom Tisch und schlug sie auf. Mit wiegendem Oberkörper und laut lesend nahm er keine Notiz mehr von ihnen, als wäre er allein in der *schul*.

Die hebräischen Gebetsworte verschlossen Michael die Lippen. «Gehen wir», sagte er zu Leslie.

Draußen auf der Straße sah sie zu ihm auf. «Sie können doch nicht ... das Ganze rückgängig machen? Oder können sie doch, Michael?»

«Du meinst deinen Übertritt? Nein, natürlich nicht.» Er nahm ihre Hand und hielt sie fest. «Laß dich nicht von ihm durcheinanderbringen, Liebe.»

Während das Taxi stadtwärts fuhr, hielt sie seine Hand fest. «Wen wirst du als nächsten bitten – ich meine, die Trauung zu vollziehen?»

«Ich denke an einen meiner Studienkollegen aus dem Institut.» Er überlegte einen Augenblick lang und sagte dann: «Milt Greenfield ist Rabbiner in Bathpage.»

Noch am selben Nachmittag rief er von einer Telefonzelle in einem Drugstore der Lexington Avenue an. Die Stimme Rabbi Greenfields war voll Anteilnahme, wurde dann aber leiser und distanziert.

«Willst du das auch ganz sicher, Michael?»

«Sei nicht so dumm. Wenn ich nicht sicher wäre, würde ich dich nicht anrufen.»

«Gut, wenn das so ist – dann freue ich mich, daß du gerade *mich* angerufen hast», sagte Greenfield abschließend.

In der Nacht, als die Eltern schon schliefen, saß Michael in seinem altvertrauten Zimmer wach über der *Modern Reader's Bible* und suchte nach der Übersetzung jener Bibelstelle, die Max Gross ihm entgegengeschleudert hatte, um ihn aus der Synagoge zu jagen. Endlich fand er sie. Sprüche 5, 3.

> Denn die Lippen der Fremden sind süß wie Honigseim,
> und ihre Kehle ist glatter als Öl:
> aber hernach bitter wie Wermut
> und scharf wie ein zweischneidiges Schwert.

Ihre Füße laufen zum Tod hinunter,
ihre Gänge führen ins Grab.
Sie geht nicht stracks auf dem Wege des Lebens;
unstet sind ihre Tritte, daß sie nicht weiß, wo sie geht.

Er hatte befürchtet, keinen Schlaf finden zu können. Aber noch während des Gebetes nickte er ein. Als er am anderen Tag erwachte, erinnerte er sich seiner Träume nicht.

Beim Frühstück beobachtete er seine Mutter mit Unbehagen. Leslie hatte mit ihrem Vater telefoniert und dann lange und still vor sich hingeweint. Auf Michaels Vorschlag, den Reverend John Rawlings aufzusuchen und alles durchzusprechen, hatte sie nur stumm den Kopf geschüttelt. Voll Erleichterung drang er nicht weiter in sie.

Er verspürte auch keine Lust, seine Eltern schon jetzt einzuweihen, denn er wußte, daß er damit eine Szene heraufbeschwor, und das schob er gerne hinaus.

Er war eben bei der zweiten Tasse Kaffee angelangt, da läutete das Telefon.

Rabbi Sher war am Apparat.

«Woher wissen Sie, daß ich in New York bin?» fragte Michael nach dem Austausch der üblichen Höflichkeitsphrasen.

«Ich habe zufällig mit Milt Greenfield gesprochen», sagte Rabbi Sher.

Das ist ganz Milt, dachte Michael.

«Können Sie auf einen Sprung bei mir im Büro vorbeikommen?» fragte Rabbi Sher.

«Ja, heute nachmittag.»

«Es besteht für mich kein Zweifel, daß Sie Ihren Entschluß reiflich erwogen haben», sagte Rabbi Sher betont liebenswürdig. «Ich möchte nur sichergehen, daß Sie sich auch aller möglichen Folgen einer solchen Verbindung bewußt sind.»

«Ich heirate eine Jüdin.»

«Möglicherweise ruinieren Sie sich eine brillante Rabbinatskarriere. Solange Sie das wissen, ist alles in Ordnung, wenn auch vielleicht ... nicht sehr realistisch. Ich wollte nur sichergehen, daß Sie nicht vielleicht die Folgen übersehen haben in einer Anwandlung von –» er suchte nach Worten.

«Sinnloser Leidenschaft.»

Rabbi Sher nickte. «Genau das.»

«Ist es nicht so, daß wir zeit unseres Lebens angesichts der weltlichen Verwirrungen drauf bestehen, daß auch Juden nur Menschen sind und daß alle Menschen gleich sind vor Gott. Wenn wir mit unseren Kindern über die Protokolle der Weisen von Zion reden, betonen wir ausdrücklich, daß wir einzig dazu auserwählt sind, die Bürde des Bundes zu tragen. Aber tiefer unter all dem liegt jene Angst, die uns zum vorurteilsbeladensten Volk der Erde gemacht hat. Warum ist das so, Rabbi?»

Von draußen drangen ferne Hupgeräusche an ihr Ohr. Rabbi Sher trat ans Fenster und sah auf das Verkehrschaos der Fifth Avenue hinunter. Nichts als Taxis. Viel zu viele. Außer es regnet und du brauchst eines, dachte er. Er wandte sich um. «Wie sonst hätten wir fünftausend Jahre überdauert?»

«Aber das Mädchen, das ich heirate, *ist* Jüdin.»

«Ihr Vater ist kein Jude.»

«Aber ist Judentum eine Frage des Blutes? Oder ist es ein ethischer, ein theologischer Begriff, eine Art zu leben?»

Rabbi Sher kniff die Augen zusammen. «Bitte, Michael, keine Diskussion! So einzigartig ist Ihre Situation auch wieder nicht, das wissen Sie. Wir haben so etwas schon gehabt, und es hat immer eine Menge Schwierigkeiten damit gegeben.» Er trat vom Fenster zurück. «Sie sind also fest entschlossen?»

Michael nickte.

«Dann wünsche ich Ihnen viel Glück.» Er streckte Michael die Hand entgegen, und dieser schüttelte sie.

«Noch etwas, Rabbi», sagte er. «Sie sollten jetzt jemand anderen für die Ozarks suchen.»

Sher nickte. «So jung verheiratet, werden Sie nicht dauernd unterwegs sein wollen.» Er legte die Finger zusammen. «Damit ergibt sich die Frage Ihrer weiteren Verwendung. Vielleicht hätten Sie Interesse an einer akademischen Laufbahn? Bei einer der Stiftungen für kulturelle Belange? Wir bekommen viele derartige Anfragen.» Nach einer Pause setzte er hinzu: «Auf akademischem Boden ist man doch weniger engstirnig.»

«Ich will eine Gemeinde haben.» Michael wich dem Blick des anderen nicht aus.

Rabbi Sher seufzte. «Ein Gemeindeausschuß besteht aus Eltern. Wie immer Sie selbst über Ihre Heirat denken mögen – Eltern werden darin fast unvermeidlich ein schlechtes Beispiel für ihre Kinder sehen.»

«Ich will eine Gemeinde haben.»

Der Ältere hob hilflos die Schultern. «Ich werde mein möglichstes tun, Michael. Kommen Sie doch mit Ihrer Frau vorbei, wenn Sie ein bißchen Zeit haben. Ich möchte sie gern kennenlernen.» Und sie schüttelten einander nochmals die Hände.

Nachdem Michael gegangen war, ließ sich Rabbi Sher in seinen Sessel fallen, blieb eine Weile reglos sitzen und summte geistesabwesend die Toreador-Melodie aus «Carmen» vor sich hin. Dann drückte er den Summer auf seinem Schreibtisch.

«Lillian», sagte er zu der eintretenden Sekretärin, «Rabbi Kind wird nicht mehr in die Ozarks gehen.»

«Soll ich die Karte in den Ordner Offene Stellen geben?» fragte sie. Sie war eine verblühende Frau in mittleren Jahren, und sie tat ihm immer wieder leid.

«Bitte, tun Sie das», sagte er. Nachdem sie gegangen war, summte er weiter den Bizet vor sich hin, alles, was ihm von den Melodien aus «Carmen» noch irgend einfiel – dann drückte er nochmals den Summer.

«Halten Sie die Ozarks-Karte noch eine Weile zurück», sagte er zu Lillian. «Vielleicht werden wir diesen Posten überhaupt nicht besetzen können, wenn wir nicht einen verheirateten Mann finden, der bereit ist, zu reisen.»

Ihr schneller Blick fragte, ob er nun endlich wisse, was er wolle.

«Das ist aber sehr unwahrscheinlich», sagte sie.

«Allerdings», stimmte er zu.

Er trat ans Fenster, stützte die Hände auf die Brüstung und sah hinunter. Unten tobte der Fifth-Avenue-Verkehr wie eine Schlacht, die Hupen schrillten wie Schreie von Verwundeten. Diese Taxis, dachte er, ruinieren die ganze Stadt.

25

Noch vor gar nicht so langer Zeit hatte es in Cypress, Georgia, keine jüdische Gemeinde gegeben. Vor dem Krieg – dem Zweiten Weltkrieg, nicht dem Bürgerkrieg – lebten in der ganzen Stadt kaum ein paar Dutzend jüdischer Familien. Ihr Oberhaupt war Dave Schoenfeld, Verleger und Herausgeber der wöchentlich erscheinenden *Cypress News*. Als Ururenkel des Captain Judah Schoenfeld, der unter Hood bei Peachtree Creek eine Kompanie kommandiert und dabei eine Miniékugel in den Hals bekommen hatte, war Dave mehr Südstaatler als Jude und unterschied sich kaum von irgendeinem starrköpfigen Baptisten in Cypress, höchstens dadurch, daß er einen etwas größeren Einfluß bei den Wahlen besaß.

Dave Schoenfeld befand sich als Oberstleutnant der Abwehr in Sondrestrom auf Grönland, als daheim in Cypress der erste Freitagabend-Gottesdienst gehalten wurde. Ein Militärrabbiner aus Camp Gordon, Jacobs mit Namen, brachte einen Bus voll jüdischer Infanteristen in die Stadt und zelebrierte in der First Baptist Church mit besonderer Erlaubnis der Diakone eine *Jom-Kippur*-Feier. Sie wurde von sämtlichen Juden der Stadt besucht und fand solchen Anklang, daß sie im darauffolgenden Jahr wiederholt wurde. Aber ein weiteres Jahr später war zu *Jom-Kippur* kein Rabbiner da, der den Gottesdienst hätte halten können, denn Rabbi Jacobs war nach Übersee versetzt worden und ein Ersatzmann für ihn noch nicht eingetroffen. Die hohen Feiertage kamen und gingen in Cypress ohne Gottesdienst, und dieser Mangel wurde in der Stadt bemerkt und kommentiert.

«Warum können wir nicht unseren eigenen Sabbat-Gottesdienst haben?» regte der junge Dick Kramer an; er hatte Krebs und dachte viel über Gott nach.

Andere zeigten sich diesem Vorschlag zugänglich, und so kamen am folgenden Freitag vierzehn Juden im Hinterzimmer von Ronnie Levitts Haus zusammen. Sie rekonstruierten den Gottesdienst aus dem Gedächtnis, und Ronnie, der nach dem Ersten Weltkrieg in New York Gesang studiert hatte, bevor er nach Hause kam, um seines Vaters Terpentinfabrik zu leiten – Ronnie übernahm das Amt des Kantors. Sie sangen, was ihnen vom Ritual in Erinnerung geblieben war, begeistert und lautstark, wenn auch nicht durchaus melodisch. In der Küche im Oberstock sagte Rosella Barker, Sally Levitts Dienstmädchen, mit verklärtem Blick und breitem Grinsen zu ihrem vierzehnjährigen Bruder Mervin, der am Küchentisch Kaffee trank und darauf wartete, seine Schwester nach Hause zu begleiten:

«Diesen Leuten ist der Rhythmus angeboren, Honey. Weiße, gewiß – aber sie haben Musik in sich, und die kommt heraus in allem, was sie tun – schon in ihrem Gang.» Und sie freute sich im stillen über den Ausdruck auf dem Gesicht des Jungen.

Dave Schoenfeld wurde vor seiner Entlassung noch in den Oberstenrang erhoben und rüstete 1945 ab. Die Armee hatte ihn um seine besten Jahre gebracht. Sein Körper hatte an Spannkraft, sein Schritt an Jugendlichkeit verloren. Sein Haar war schütter und grau und sein Prostataleiden schlimmer geworden, so daß er dauernde Pflege brauchte; die bekam er auch – bezeichnenderweise auf dem Weg über ein Verhältnis mit der attraktivsten Krankenschwester des Stützpunkts. Zwei Wochen nach seiner Rückkehr ins Zivilleben teilte ihm ein ehemaliger Offizierskamerad mit, das Mädchen habe eine Überdosis Schlafmittel genommen und sei nach einer Magenauspumpung in die Staaten geflogen worden; sie befinde sich im Walter Reed Hospital zur psychiatrischen Beobachtung. Schoenfeld hatte den Brief in den Papierkorb geworfen, zusammen mit einem umfangreichen Bündel unbrauchbarer Bürstenabzüge und Einladungen zu sozialen Ereignissen, an denen er nicht teilzunehmen wünschte.

Cypress war um fast tausend Einwohner gewachsen. Bei seiner Rückkehr besaß die Stadt eine Sägemühle, eine kleine Fabrik, die im Lizenzverfahren Funkgeräte erzeugte, und die Zusage einer mittelgroßen Textilfirma aus Fall River, Massachusetts, demnächst mit Sack, Pack und Webstühlen hierher zu übersiedeln. Und Dave war ein reicher, gutaussehender Junggeselle von achtundvierzig Jahren, der herzlich empfangen wurde von den vielen Frauen, mit denen er in all den Jahren zu tun gehabt hatte, und den vielen Männern, denen sein politischer Einfluß ein oder das andere Mal von Nutzen gewesen war. All das trug dazu bei, daß er sich glücklich fühlte, zu Hause zu sein. Er investierte 119 000 Dollar, um die *News* und die Lohndruckerei von Buchdruck auf Offset umzustellen, ein Verfahren, dessen Vorzüge er beim Militär schätzengelernt hatte. Er änderte den Erscheinungstermin der Zeitung von wöchentlich auf zweimal wöchentlich, um von der zu erwartenden höheren Auflage entsprechend zu profitieren, und stellte einen agilen jungen Mann an, der direkt von der *Henry W. Grady School of Journalism* kam und den Großteil der redaktionellen Arbeit übernahm; dann zog er sich aus dem Betrieb zurück und widmete sich wieder dem Pokerspiel, zweimal die Woche, mit Richter Boswell, Nance Grant, Sunshine Janes und Sheriff Nate White.

Seit zwanzig Jahren waren diese fünf Männer dem Pokern leidenschaftlich verfallen. Insgesamt kontrollierten sie die Baumwolle, die Erdnüsse, das Gesetz, die Macht und die öffentliche Meinung in Cypress. Ihr stetig sich mehrender Aktienbesitz hatte sie schon längst zu wohlhabenden Männern gemacht.

Sie hießen den heimgekehrten Dave in ihrer Mitte willkommen. «Na, wie hat's dir da droben gefallen in Grön-Land?» fragte der Sheriff, wobei er Grönland betonte, als schriebe man es in zwei Wörtern.

«Es war zum Arschabfrieren», sagte Dave und mischte die Karten.

Sunshine hob ab. «Genug von dem Eskimo-Kaff, wie? Muß ganz schön nach Lebertran stinken.»

«Meinst du mich?»

Sunshine platzte heraus, und auch die andern grinsten.

«Na, dann wollen wir mal sehen, wie es jetzt mit meinem Glück steht», sagte Dave und begann zu geben.

Er hatte sehr viel fotografiert, und so erhielt er sieben Wochen nach seiner Heimkehr eine Einladung, im Männerverein der Methodisten einen Lichtbildervortrag zu halten. Die Farbdias von den Gletschern und Schneeabstürzen waren ein großer Erfolg, und ebenso seine Geschichten und Anekdoten über das Zusammenleben von Eskimos und amerikanischen Soldaten. Am nächsten Tag rief ihn Ronnie Levitt an und fragte, ob er den Vortrag am Freitagabend anschließend an den *oneg schabat* in Levitts Wohnung wiederholen wollte. Der Andachtsraum war gedrängt voll mit frommen Juden, die er aber zum Teil nicht kannte, wie er am Freitagabend überrascht feststellte. Trotz Ronnies mangelhafter Stimmführung fielen alle begeistert in die Gesänge ein. Predigt gab es keine, und Daves nachfolgender Vortrag fand höflichen Applaus.

«Wie lang macht ihr das hier schon?» fragte er.

«Oh, schon lang», sagte Dick Kramer voll Eifer. «Kürzlich erst haben wir Gebetbücher bestellt. Aber Sie sehen ja, was wir am dringendsten brauchen: einen passenden Versammlungsraum und einen ständigen Rabbiner.»

«Eben. Ich habe auch nicht angenommen, daß einzig ein plötzliches Interesse an Eisbären meine Einladung bewirkt hat», bemerkte Dave trocken.

«Wir sind jetzt schon fünfzig jüdische Familien in der Stadt», sagte Ronnie. «Wir brauchen eigentlich nur ein kleines Holzhaus, das billig zu haben ist und das wir zweckentsprechend adaptieren können. Der Rabbiner wird schon nicht soviel kosten. Seinen Beitrag kann hier jeder zahlen.»

«Könnte die Gemeinde genug aufbringen, um alles das zu finanzieren?» fragte Dave, der wohl wußte, daß sie alle miteinander dazu nicht imstande waren, denn sonst wäre er ja gar nicht erst geladen worden.

«Wir würden ein paar Geldgeber brauchen, Leute, die genügend auf den Tisch legen können, daß es für die ersten Jahre reicht», sagte Ronnie. «Ich könnte einen Teil übernehmen. Wenn Sie sich für die andere Hälfte verpflichten, können wir anfangen.»

«Wieviel?»

Levitt hob die Schultern. «Fünf- bis zehntausend.»

Dave tat, als denke er scharf nach. «Ich bin da anderer Meinung», sagte er schließlich. «Mir gefällt diese Art Gottesdienst recht gut, und ich würde gelegentlich auch gern wiederkommen. Aber man soll nichts überstürzen. Warten wir doch lieber, bis die Gemeinde größer geworden ist, so wird sich dann keiner zurückgesetzt fühlen, weil jeder den gleichen Betrag für den Hauskauf und die Anstellung des Rabbiners bezahlt.»

Dicht gedrängt umstanden sie ihn und trugen, wie sie sich nun zögernd zum Gehen wandten, alle den gleichen Ausdruck der baren Enttäuschung auf den Gesichtern.

Samstagabend gewann Schoenfeld hunderteinunddreißig Dollar beim Pokern. «Wie wird sich die neue Fabrik auf unsere Arbeiterschaft auswirken?» fragte er.

«Überhaupt nicht», sagte der Richter.

«Laßt sie nur noch ein paar Fabriken hier bauen, dann werdet ihr schon sehen, was die Arbeiter mit uns machen», sagte Dave.

Nance Grant biß die Spitze von einer dicken schwarzen Zigarre ab und spuckte sie auf den Boden. «Es kommt sonst keine. Wir lassen gerade so viel herein, daß wir mit den ungelernten Leuten keine Schwierigkeiten haben.»

Schoenfeld wunderte sich. «Seit wann gibt's bei uns Schwierigkeiten? Und womit?»

Der Richter legte ihm die gepflegte Hand leicht auf den Arm. «Du warst lange auswärts, Daveyboy. Die verdammte Regierung gibt uns allerhand aufzulösen. Wird uns gar nicht schaden, Freunde um uns zu haben, die uns gegen die Sozialisten beistehen.»

«Auch unsere Spesen werden immer höher», sagte Nance. «Wäre nur recht und billig, sie zu teilen.»

«Was für Spesen?»

«Na, Billy Joe Raye zum Beispiel, der Prediger. Mit Pech und Schwefel und Handauflegen.»

«Ein Gesundbeter?» fragte Schoenfeld. «Warum für so etwas Geld ausgeben?»

Der Sheriff räusperte sich. «Verdammt will ich sein, wenn er die Leute nicht besser für uns auf Vordermann hält als der billigste Schnaps.»

Schoenfeld lehnte einen von Nances Stumpen dankend ab und zog eine

Havanna aus der Brusttasche. «Alles schön und gut», sagte er, während er den Versammelten den Rauch ins Gesicht blies und die Asche länger wurde. «Aber *ein* Prediger? Das kann doch kein Haus kosten.»

Der Richter sah ihn überlegen an. «Hunderttausend.»

Daves Verblüffung brachte alle zum Lachen.

«Das Zelt für seine Meetings kostet einschließlich Klimaanlage beinahe allein schon soviel», sagte Sunshine. «*Und* die Sendegebühren. *Und* das Fernsehen.»

«Dabei zahlen wir ihm ohnehin nur einen Hungerlohn, gemessen an den Einkünften, die er aus seinen Kollekten bezieht», sagte Nance. «Und je stärker diese Stadt ihren Ruf als religiöse, gottesfürchtige Gemeinde ausbaut, desto billiger kommen wir weg.»

«Verdammt noch mal, da gibt es nichts *aus*zubauen», sagte der Richter. «Das *ist* eine gottesfürchtige Gemeinde, wenn doch sogar schon die Juden ihre Gebetsmeetings abhalten.» Keiner erwiderte etwas. «Entschuldige, Dave», sagte er höflich.

«Keine Ursache», sagte Schoenfeld leichthin.

Aber noch am selben Abend rief er Ronnie Levitt an. «Die Geschichte mit dem Tempel geht mir nicht aus dem Kopf», sagte er. «Ich glaube, wir sollten uns noch einmal zusammensetzen und die Sache besprechen, meinen Sie nicht?»

Sie machten ein kleines Gebäude in gutem Zustand ausfindig und kauften es. Dave und Ronnie steckten je fünftausend Dollar in den Kauf des Hauses und der zwei Morgen großen Grundparzelle. Es war vereinbart, daß die jüdische Gemeinde eine Summe aufbringen werde, die für die Renovierungsarbeiten und das Gehalt des Rabbiners reichte.

Zögernd schlug Ronnie Levitt vor, den Tempel Sinai zu nennen. Zögernd stimmte Dave zu. Es wurde kein Einspruch erhoben.

«Ich fahre nächsten Monat nach New York zu Besprechungen mit meinen dortigen Zeitungsleuten», sagte Schoenfeld. «Dabei werde ich sehen, ob ich einen Rabbiner auftreiben kann.»

Vor seiner Reise korrespondierte er mit einem Menschen namens Sher, und in New York rief er dann die *Union of American Hebrew Congregations* an und lud den Rabbiner für den nächsten Tag zum Mittagessen ein. Erst nach dem Gespräch fiel ihm ein, daß jener als Geistlicher vielleicht nur koscher essen dürfe.

Aber als sie im Büro der Union zusammentrafen, machte Rabbi Sher keinerlei diesbezügliche Andeutungen. Unten im Taxi beugte sich Dave zum Fahrer vor und sagte nur: «Voisin.» Er warf einen raschen Blick auf Rabbi Sher, aber dessen Gesicht blieb gelassen.

Im Restaurant bestellte er Hummercrêpes. Der Rabbi bestellte Huhn *sauté echalote*, und Dave erzählte ihm grinsend, daß er sich schon Vorwürfe gemacht hatte, nicht in ein jüdisches Restaurant gegangen zu sein.

«Ich esse alles außer Muscheln und Schnecken», sagte Sher.

«Ist das Vorschrift?»

«Durchaus nicht, eine Sache der Erziehung. Jeder reformierte Rabbiner hält das, wie er will.»

Während des Essens sprachen sie über den neuen Tempel.

«Wie hoch würde uns ein eigener Rabbiner kommen?» fragte Schoenfeld.

Rabbi Sher lächelte vor sich hin. Dann nannte er einen Namen, der zwei Dritteln der Juden Amerikas vertraut war. «Für ihn zahlen sie fünfzigtausend im Jahr, oder mehr. Für einen jungen Absolventen der Rabbinerschule sechstausend. Für einen älteren Rabbiner, den man in keiner Gemeinde behalten hat, auch sechs. Und für einen guten mit einigen Jahren Erfahrung auf dem Buckel vielleicht zehn.»

«Vergessen wir den ersten. Können Sie mir aus Kategorie zwei bis vier ein bis zwei Namen nennen?»

Mit Sorgfalt brach der Rabbiner sein knuspriges Brötchen. «Ich kenne da jemand sehr guten. Er war kurze Zeit Hilfsrabbiner in einer großen Gemeinde in Florida und hat dann eine sehr weit verstreute Gemeinde in Arkansas betreut. Er ist jung, energisch, eine gute Erscheinung und ein gescheiter Mann.»

«Wo ist er jetzt?»

«Hier in New York. Er gibt Kindern Hebräischunterricht.»

Schoenfeld blickte ihn scharf an. «Hauptberuflich?»

«Ja.»

«Wieso?»

«Es ist nicht ganz leicht für ihn, eine Gemeinde zu finden. Vor einigen Monaten hat er ein bekehrtes Christenmädchen geheiratet.»

«Eine Katholikin?»

«Ich glaube, nicht.»

«Diese Heirat wird bei uns keinen Menschen stören», überlegte Schoenfeld. «Wir leben mit unseren Christen in recht gutem Einvernehmen. Und solange dem Mann das Wasser bis zum Hals steht, könnten wir ihn doch für siebentausend kriegen – oder meinen Sie nicht?»

Irgend etwas, Schoenfeld wußte keinen Namen dafür, huschte über die Züge des Rabbiners. «Das müssen Sie schon mit ihm selbst ausmachen», gab Sher höflich zur Antwort.

Schoenfeld brachte ein in Leder gebundenes Notizbuch zum Vorschein und griff nach seiner Feder. «Wie heißt er?»

«Rabbi Michael Kind.»

26

Bei einem Autohändler in Bronx erstanden sie einen blauen Plymouth, ein zwei Jahre altes Kabriolett, aber mit fast neuen Reifen. Dann fuhren sie damit zurück zu ihrer Wohnung in West 60th Street und veranlaßten die Bahnspedition von Leslies Schreibtisch und ihrer beider Bücher.

Es gab noch ein letztes unbehagliches Abendessen bei seinen Eltern. Der Abend zog sich hin und war beschwert mit all den gesagten und den ungesagten Dingen. («Du Idiot!» hatte sein Vater geschrien, als er es erfahren hatte. «So was *heiratet* man doch nicht!» Und etwas in Abe Kinds Augen hatte dabei ein Schuldbewußtsein verraten, das seit Jahren unterdrückt gewesen war.) Den ganzen Abend lang hatten Dorothy und Leslie über Kochrezepte geredet. Als man sich schließlich zum Abschied küßte, hatte Dorothy trockene Augen und schien zerstreut. Abe weinte.

Am nächsten Morgen fuhren sie nach Hartford.

In der Hastings Congregational Church saßen sie in der Düsternis eines Korridors auf einer alten Holzbank und warteten, bis Reverend Mr. Rawlings mit einem jungen Mann und einer jungen Frau aus seinem Büro kam.

«Hochzeiten in aller Stille sind immer am besten», sagte er zu den beiden, sich von ihnen verabschiedend. «Die herzlichste und die würdigste Art, zu heiraten.»

Dann erblickte er das wartende Paar und sagte, ohne den Tonfall zu verändern: «Ah, Leslie.»

Michael und Leslie erhoben sich. Sie stellte ihn vor.

«Wollt ihr nicht Tee trinken?»

Er führte sie in sein Büro, und da saßen sie, tranken Tee und aßen Keks, die von einer nicht mehr jungen, undurchdringlich dreinsehenden Frau aufgetragen wurden, und machten mühsam Konversation.

«Erinnerst du dich noch an die Gewürzkeks, die Tante Sally immer gebacken hat?» fragte Leslie ihren Vater, nachdem die Frau das Teegeschirr wieder hinausgetragen hatte. «Manchmal, wenn ich an die Tante zurückdenke, spüre ich den Geschmack direkt noch auf der Zunge.»

«Gewürzkeks?» sagte er, und, zu Michael gewandt: «Sally war meine Schwägerin. Eine brave Frau. Vor zwei Jahren ist sie gestorben.»

«Ich weiß», sagte Michael.

«Sie hat Leslie tausend Dollar hinterlassen. Hast du das Geld noch, Leslie?»

«Ja», sagte Leslie, «gewiß.»

Der Pfarrer trug eine randlose Brille; die sehr hellen Augen dahinter beobachteten Michael unablässig.

«Glauben Sie, daß Sie sich im Süden wohl fühlen werden?»

«Ich habe ein paar Jahre in Florida und in Arkansas gelebt», sagte Michael. «Soweit ich sehen kann, sind Menschen überall Menschen.»

«Wenn man älter wird, merkt man doch einige wesentliche Unterschiede.»

Sie schwiegen. «Ich glaube, wir müssen jetzt gehen», sagte Leslie und küßte ihren Vater auf die weiche rosige Wange. «Gib acht auf dich, Vater.»

«Das wird der Herr tun», sagte er, sie zur Tür begleitend. «Ich bin in Seiner Hut.»

«Auch wir», sagte Michael, aber sein Schwiegervater schien es nicht gehört zu haben.

Zwei Tage später kamen Leslie und Michael in Cypress, Georgia, an. Es war ein heißer Nachmittag im Frühsommer, der ihnen einen Vorgeschmack von den sommerlichen Temperaturen in dieser Stadt gab. Das bronzene Reiterstandbild des Generals Thomas Mott Lainbridge auf dem Hauptplatz warf die Hitze in sichtbaren Wellen zurück. Michael brachte den Wagen am Rand des grasbewachsenen Rondeaus zum Stillstand, in dessen Mitte sich das Denkmal erhob, und sie warfen einen Blick darauf, von der Sonne geblendet. Sie konnten nur den Namen entziffern.

«Hast du je von ihm gehört?» fragte er Leslie.

Sie schüttelte den Kopf. Er lenkte zum Randstein hinüber, wo vier Burschen vor dem Drugstore im Schatten der Sonnenplane herumlungerten.

«Sir», redete Michael den einen an, mit dem Daumen auf General Thomas Mott Lainbridge weisend, «wer war denn der Herr?»

Der Junge sah seine Freunde an, und sie grinsten.

«Lainbridge.»

«Den Namen wissen wir», sagte Leslie. «Aber was hat er getan?»

Einer der Burschen löste sich träg aus dem Schatten und schlenderte zu dem Denkmal hinüber. Er brachte sein Gesicht nahe an die Tafel am Sockel und studierte sie, während seine Lippen sich lautlos bewegten. Dann kehrte er mit dem Ergebnis seiner Nachforschungen zurück. «Kommandierender General, Second Georgia Fusiliers.»

«Füsiliere waren doch Infanterie», sagte Leslie. «Was macht er auf dem Pferd?»

«Was?»

«Danke schön», sagte Michael. «Können Sie uns sagen, wie wir nach Piedmont Road 18 kommen?»

Nach einer Fahrt von drei Minuten hielten sie vor einem kleinen grünen Haus mit baufälliger Veranda und verwildertem Rasen davor. Die Fenster waren schmutzig.

«Sieht hübsch aus», sagte sie unsicher.

Er küßte sie auf die Wange. «Willkommen zu Hause.» Er erhob sich und schaute die Straße hinunter, auf der ungerade numerierten Seite den Tempel suchend, der Nummer 45 hatte; aber er konnte nicht ausmachen, welches von den Häusern da vorne wohl sein neuer Amtssitz sein mochte.

«Wart einen Augenblick», sagte sie, stieg aus und lief die paar Stufen hinauf. Die Eingangstür war nicht versperrt. «Fahr du nur zu deinem Tempel», sagte sie. «Schau ihn dir zuerst allein an und komm dann zurück.»

«Ich liebe dich», versicherte er ihr.

Man hatte bei den Malerarbeiten die Nummerntafel abmontiert, und Michael fuhr an Sinai vorbei, ohne es zu merken. Aber als er am nächsten Haus eine deutliche 47 entdeckte, wendete er den Wagen und parkte an der Zufahrt zum Tempel. Kein Zeichen an der Tür – und es hätte doch eines da sein müssen, ein kleines, geheiligtes Zeichen.

Beim Eintritt zog er die *jarmulka* aus der Hüfttasche und setzte sie auf.

Drinnen war es kühler. Die Trennwände waren zum Großteil niedergerissen worden, um einen großen Raum für den Gottesdienst zu schaffen. Küche und Badezimmer hatte man belassen, und neben dem Flur lagen noch zwei kleine Zimmer, in denen sich ein Büro und ein Arbeitsraum für den Rabbiner einrichten ließ. Die Böden waren frisch gestrichen. Michael schritt über einen Fußpfad aus Zeitungspapier von Zimmer zu Zimmer.

Es gab keine *bema*, aber ein Schrein stand an der Wand. Er öffnete ihn und sah, daß er die Thora enthielt. Ein kleines Silberetikett auf dem umhüllenden Samt informierte ihn darüber, daß die Thora von Mr. und Mrs. Ronald G. Levitt im Gedenken an Samuel und Sarah Levitt gespendet worden war. Er strich über die Rolle und küßte dann seine Fingerspitzen, wie sein Großvater es ihn vor so vielen Jahren gelehrt hatte.

«Hab Dank für meinen ersten Tempel», sagte er laut. «Ich will versuchen, ihn wahrhaft zu einem Haus Gottes zu machen.» Seine Stimme widerhallte hohl von den kahlen Wänden. Alles roch nach Farbe.

Das Haus Piedmont Road 18 war nicht getüncht und auch schon lange nicht mehr gereinigt worden. Überall lag Staub. Über die Decke krochen kleine rote Spinnen, und das Mittelfenster war besudelt mit weißem eingetrocknetem Vogelmist.

Leslie hatte einen Eimer gefunden und ihn, voll mit Wasser, auf den Gasherd gestellt; aber sie mühte sich vergeblich, das Gas anzuzünden.

«Es gibt kein heißes Wasser», sagte sie. «Wir brauchen einen Mop und eine Reibbürste und Seife. Ich schreibe wohl am besten auf, was wir alles brauchen.»

Ihre Stimme war allzu ruhig und ließ ihn das Schlimmste erwarten, noch ehe er durch das Haus gegangen war. Die Einrichtung war die eines Sommerhauses und benötigte mehr als nur einen frischen Farbanstrich. Die Stühle waren wacklig, einem fehlte eine Sprosse, einem anderen ein Teil der Lehne. Im Schlafzimmer waren die fleckigen braunen Matratzen aufgestellt, so daß man die rostigen und eingesunkenen Sprungfedern sehen konnte. Die Tapete schien noch aus Vorkriegszeiten zu stammen.

Als er in die Küche zurückkam, konnte er ihr nicht in die Augen sehen. Sie hatte eben ihr letztes Streichholz an den Versuch gewendet, die Gasstichflamme anzuzünden.

«Zum Teufel», sagte sie, «was ist los mit dem Ding? Die Zündflamme ist in Ordnung.»

«Wart einen Augenblick», sagte er. «Hast du eine Nadel?»

Die einzige, die sie finden konnte, befand sich am Verschluß einer Gemmenbrosche, aber er verwendete sie dazu, die kleinen Löcher des Gasbrenners zu säubern. Dann riß er eines von seinen Streichhölzern an, und das Gas zündete mit einem Knall und brannte mit ruhiger blauweißer Flamme.

«Bis du mit der Seife zurückkommst, wird das Wasser heiß sein», sagte sie.

Aber er drehte das Gas ab. «Heute abend werden wir beide arbeiten. Aber vorher gibt es was zu essen.»

Als sie ins Auto stiegen, wußten sie beide, wie erleichtert der andere war, aus dem schäbigen, schmutzigen Haus draußen zu sein.

Am Abend schrubbten sie im Schweiß ihres Angesichts Möbel und Wände. Als sie nach Mitternacht endlich fertig waren, wuschen sie einander gegenseitig, in der Badewanne stehend, sauber. Die Dusche funktionierte, aber Vorhang gab es keinen; Leslie drehte den Kaltwasserhahn zu voller Stärke auf und kümmerte sich nicht darum, daß die von ihren Körpern abspringenden Tropfen das ganze Badezimmer naß machten.

«Laß es trocknen», sagte sie müde. Sie ging nackt ins Schlafzimmer und stöhnte. «Es gibt keine Leintücher.»

Sie wies auf die fleckigen Matratzen, und zum erstenmal zitterten ihre Lippen.

«Darauf kann ich nicht schlafen.»

Michael fuhr in seine Hosen und ging barfuß und ohne Hemd zum Wagen, in dessen Kofferraum sich zwei blaue, in einem Überschußgüter-Laden erstandene Navy-Decken befanden. Die trug er ins Haus und spannte sie über die Matratzen, und Leslie drehte das Licht ab. Sie lagen im Dunkel nebeneinander, und er, der sie wortlos zu trösten versuchte, wußte nichts Besseres, als den Arm um sie zu legen und ihren nackten Körper an sich zu ziehen; aber sie antwortete nur mit einem leisen kehligen Ton, der halb Stöhnen, halb Seufzer war.

«Heiß», sagte sie.

Er küßte sie auf die Stirn und rückte von ihr ab. Es war das erstemal, daß sie sich ihm verweigert hatte. Er zwang sich, an anderes zu denken, an den Tempel, seine erste Predigt, an die geplante Hebräisch-Schule. Die Hitze lastete auf ihnen, die Wolldecken waren rauh; irgendwie schliefen sie ein.

Am Morgen erwachte Michael als erster. Er lag da und betrachtete seine schlafende Frau: ihr Haar, das von der gestrigen Dusche und der Feuchtigkeit glatt und strähnig war; ihre Nasenflügel, die sich bei jedem Ausatmen wie nachzitternd fast unmerklich bewegten; das braune Muttermal unter ihrer rechten Brust, aus dem ein einzelnes goldenes Haar wuchs; ihre Haut, die weiß und weich war unter der feuchten Hitze. Endlich schlug sie die Augen auf. Lange sahen sie einander an. Dann zupfte sie ihn an den Haaren auf seiner Brust und sprang aus dem Bett.

«Stehen Sie auf, Rabbi, wir haben einiges vor. Ich möchte aus diesem Misthaufen eine Wohnung machen.»

Sie duschten wieder und entdeckten erst nachher, daß die frischen

Handtücher noch im Kofferraum ihres Wagens lagen. So fuhren sie, tropfnaß, wie sie waren, in die Wäsche und ließen sich von der Luft trocknen, während sie ein Frühstück aus Milch und Cornflakes aßen, die sie am vergangenen Abend gekauft hatten.

«Als erstes solltest du Leintücher besorgen», sagte Leslie.

«Ich hätte gern auch ein ordentliches Bett. Und ein paar Möbel für die Eßnische.»

«Sprich zuerst mit dem Eigentümer. Schließlich haben wir das Haus möbliert gemietet. Vielleicht wechselt er ein paar Stücke aus.» Sie zog überlegend die Brauen hoch. «Wieviel haben wir noch auf der Bank? Für das Haus müssen wir neunzig Dollar im Monat zahlen, ihrem Brief zufolge.»

«Wir haben genug», sagte er. «Ich rufe jetzt Ronald Levitt an, den Gemeindevorsteher, und frage ihn nach den jüdischen Geschäften hier in der Stadt. Schließlich kann ich das, was wir brauchen, auch bei den Leuten kaufen, die mein Gehalt bezahlen.»

Er rasierte sich, so gut es mit kaltem Wasser möglich war, zog sich an und küßte sie zum Abschied.

«Kümmere dich heute nicht um mich», sagte sie. «Kauf ein, was wir brauchen, und laß es im Wagen, während du im Tempel zu tun hast. Ich werde drüben auf dem Hauptplatz zu Mittag essen.»

Nachdem er gegangen war, holte sie ihre alten Jeans und eine ärmellose Bluse aus dem Koffer und zog sie an. Sie strich ihr Haar mit einer Hand zurück und faßte es mit einem Gummiband zu einem Pferdeschweif zusammen. Dann machte sie Wasser heiß und kniete sich barfuß hin, um den Boden zu schrubben.

Im Badezimmer fing sie an, dann kam das Schlafzimmer an die Reihe, dann das Wohnzimmer. Sie war eben mit dem Küchenboden beschäftigt, als sie, mit dem Rücken zur Tür kniend, spürte, daß sie beobachtet wurde, und über die Schulter zurückblickte.

Der Mann stand auf der hinteren Veranda und lächelte sie an. Sie ließ die Bürste in den Eimer fallen, stand auf und wischte sich die Hände an ihren Jeans ab.

«Bitte?» sagte sie unsicher. Er trug blau-weiß gestreifte Leinenhosen, ein kurzärmeliges weißes Hemd, Krawatte und einen Panamahut, aber kein Jackett. Ich muß es Michael sagen, dachte sie, offenbar ist es hier ganz in Ordnung, ohne Rock zu gehen.

«Ich bin David Schoenfeld», sagte er. «Ihr Vermieter.»

Schoenfeld. Sie erinnerte sich, daß er zum Gemeindeausschuß gehörte. «Kommen Sie weiter», sagte sie. «Entschuldigen Sie, ich war so beschäftigt, daß ich Sie nicht klopfen gehört habe.»

Er lächelte, als er eintrat. «Ich habe nicht geklopft. Sie haben so hübsch ausgesehen, wie Sie so eifrig bei der Arbeit waren, ich wollte Ihnen einfach ein wenig zuschauen.»

Sie musterte ihn vorsichtig, spürte wie mit unsichtbaren Antennen, was da an männlicher Bewunderung auf sie zukam, aber sein Lächeln war freundlich und sein Blick distanziert.

In der Küche setzten sie sich. «Ich kann Ihnen leider nichts anbieten», sagte sie. «Wir sind noch keineswegs eingerichtet.»

Er machte eine kleine abwehrende Geste mit der Hand, die den Hut hielt. «Ich wollte nur Sie und den Rabbiner in Cypress willkommen heißen. Wir sind Neulinge in diesen Dingen, wissen Sie. Wahrscheinlich hätten wir ein Komitee bestellen sollen, das alles für Sie vorbereitet. Brauchen Sie irgend etwas?»

Sie lachte. «Ein anderes Haus. Dieses gehört zweifellos gründlich überholt.»

«Wahrscheinlich haben Sie recht», sagte er. «Ich war vor dem Krieg das letztemal hier herinnen. Während ich in der Armee war, hat sich ein Gebäudemakler darum gekümmert. Ich habe Sie nicht so früh erwartet, sonst wäre alles fix und fertig gewesen.» Er betrachtete ihren Nacken, auf dem Schweißperlen standen. «Es gibt hier in der Gegend genug farbige Mädchen, die Ihnen diese Arbeit abnehmen können. Nachmittags schicke ich Ihnen eine her.»

«Danke, das ist nicht notwendig», sagte sie.

«Ich bestehe darauf. Ein Präsent des Hausherrn, zum Einstand.»

«Vielen Dank, aber ich bin wirklich beinahe fertig», sagte sie mit Nachdruck.

Er wandte den Blick ab und lachte. «Na gut», sagte er und rüttelte ein wenig an seinem Sessel, «dann lassen Sie mich wenigstens dieses Klappergestell auswechseln. Ich will sehen, was wir sonst noch in Sachen Möbel tun können.»

Er erhob sich, und sie begleitete ihn zur Tür. «Ja, noch etwas, Mr. Schoenfeld», sagte sie.

«Nun?»

«Ich wäre Ihnen dankbar, wenn Sie auch die Matratzen auswechseln könnten.»

Seine Lippen lächelten nicht – aber sie war froh, als er die Augen von ihrem Gesicht wandte.

«Mit Vergnügen», sagte er, an seinen Hut greifend.

Am nächsten Tag schien ihnen die Zukunft schon nicht mehr unerträglich, auch nicht in ihren verschwiegenen Gedanken.

Michael hatte Ronnie Levitt gegenüber das Fehlen einer *bema* erwähnt, und tags darauf erschien im Tempel ein Tischler, um nach den Angaben des Rabbiners an einem Ende des Raumes ein niedriges Podium zu zimmern. Klappstühle für den Betsaal und Möbel für das Büro wurden geliefert. Michael hängte seine gerahmten Diplome an die Wand und überlegte lange, wie er sein Arbeitszimmer einrichten sollte.

Vor dem Haus fuhr ein Möbelwagen vor, zwei Neger trugen den Großteil des alten Krams hinaus und ersetzten ihn durch ansprechende neue Stücke. Während Leslie eben Anweisungen für das Aufstellen der Möbel gab, erschien Sally Levitt zu einem Antrittsbesuch, und fünf Minuten später läuteten zwei weitere Damen der Gemeinde. Alle drei kamen mit Geschenken: einem Ananaskuchen, einer Flasche kalifornischem Sherry, einem Strauß Blumen.

Diesmal war Leslie schon bereit, Gäste zu empfangen. Sie bot den Sherry an, sie brachte geeisten Tee und schnitt den Kuchen auf. Sally Levitt war klein und dunkelhaarig, eine Frau mit üppigem Mund und jugendlich straffem Körper, den die Krähenfüße um ihre Augen Lügen straften. «Ich kann Ihnen eine Spinnerei sagen, wo Sie herrliche Vorhänge bekommen», sagte sie zu Leslie, während sie den Raum mit Kennerblick taxierte. «Aus dieser Wohnung läßt sich was Großartiges machen.»

«Das glaube ich allmählich selber», sagte Leslie und lächelte.

Abends, als sie eben beim Kochen war, kamen ihr Schreibtisch und die Bücher aus New York.

«Michael», rief Leslie, nachdem sie die Bücher ausgepackt und auf die Regale gestellt hatten, «hoffentlich können wir unser Leben lang hierbleiben!»

In dieser Nacht, auf den neuen Matratzen, liebten sie einander zum erstenmal in dem neuen Haus.

Am folgenden Sonntag wurde der Tempel Sinai feierlich seiner Bestimmung übergeben. Richter Boswell hielt die Festansprache und redete lang und wortreich über das jüdisch-christliche Erbe, die gemeinsame Ahnenreihe von Moses und Jesus und über den demokratischen Geist in Cypress, «der wie edler Wein die friedliche Luft von Georgia erfüllt und die Menschen als Brüder miteinander leben läßt, welcher Kirche sie auch angehören mögen». Während er sprach, sammelte sich auf der anderen Straßenseite eine Gruppe farbiger Kinder, die kichernd herüberwiesen oder mit großäugig schweigender Neugier die weißen Leute auf dem gegenüberliegenden Gehsteig anstarrten.

«Ich betrachte es als ein Glück und eine Ehre», schloß der Richter, «daß meine jüdischen Nachbarn mich eingeladen haben, an der Taufe ihres neuen Gotteshauses teilzunehmen.» Es folgte ein Augenblick der Stille, in dem er merkte, daß irgend etwas nicht ganz stimmte, aber dann setzte der Applaus ein, den der Redner strahlend entgegennahm.

Während der Festakt noch seinen Lauf nahm, war Michael die Wagenkolonne aufgefallen, die langsam und stetig am Tempel vorbeifuhr. Aus Höflichkeit hatte er den Blick nicht vom Gesicht des Redners gewandt, und zum Abschluß der Feierlichkeit war es an ihm, den Segen zu sprechen. Aber als er damit zu Ende war, schaute er, gegen die blendende Sonne blinzelnd, über die Köpfe der sich zerstreuenden Menge.

Die Wagenkolonne riß noch immer nicht ab.

Da kamen Fahrzeuge aller Marken und Modelle, manche mit Alabama- oder Tennessee-Kennzeichen, neue und alte Wagen, Laster und gelegentlich ein Cadillac oder ein Buick.

Ronnie Levitt steuerte auf ihn zu. «Rabbi», sagte er, «die Damen haben drinnen für Kaffee gesorgt. Der Richter bleibt auch noch hier. Das ist eine gute Gelegenheit für ein Gespräch zwischen Ihnen beiden.»

«Was ist mit all diesen Autos los?» fragte Michael. «Wohin fahren die?»

Ronnie lächelte. «Zur Kirche. Findet im Zelt statt. Ein Prediger hält ein Gebetsmeeting fünf Kilometer außerhalb der Stadt. Aus der ganzen Gegend strömen die Leute hin.»

Michael konnte den Blick nicht von den Wagen wenden, die immer noch am einen Ende der Straße auftauchten und am anderen verschwanden. «Der muß seine Sache aber verstehen», sagte er und versuchte vergeblich, den Neid nicht erkennen zu lassen.

Ronnie zuckte die Schultern. «Ich glaube, manche von denen wollen einfach auch einmal auf dem Bildschirm sein», sagte er.

An diesem Freitagabend war der Tempel Sinai voll von Menschen, was Michael freute, aber nicht überraschte. «Heute werden sie kommen, weil es etwas Neues ist», hatte er zu Leslie gesagt. «Aber wirklich zählen wird erst der Alltag.»

Sie begrüßten die Sabbat-Braut mit Inbrunst. Er hatte als seinen ersten Text eine Strophe aus dem «Lied des Vertrauens» gewählt, Psalm 11, 4.

> Der HERR ist in seinem heiligen Tempel,
> des HERRN Stuhl ist im Himmel,
> seine Augen sehen darauf, seine Augenlider prüfen
> die Menschenkinder.

Er hatte die Predigt sorgfältig vorbereitet. Als er mit ihr zu Ende war, wußte er, daß seine Gemeinde ihm mit Anteilnahme gefolgt war. Dann sangen sie das *Ain Kailohainu*, und er hörte die Stimme seiner Frau aus allen anderen Stimmen heraus, und singend lächelte sie zu ihm auf von ihrem Platz in der ersten Reihe.

Nach dem Segen umdrängten sie ihn und sprachen ihm ihr Lob und ihre Glückwünsche aus. Die Frauen kochten in der Küche Tee und Kaffee und arrangierten Sandwiches und kleine Kuchen; der *oneg schabat* verlief ebenso erfolgreich wie der Gottesdienst.

Ronnie Levitt dankte in einer kurzen Ansprache dem Rabbiner und den verschiedenen Komitees, die an der Gründung und feierlichen Eröffnung des Tempels mitgewirkt hatten. Er wies auf den mit Blumen bedeckten Tisch im Vorraum und sagte: «Unsere christlichen Nachbarn haben uns dies als Zeichen ihrer Freundschaft gesandt. Ich glaube, es wäre nun an uns, ihnen zu zeigen, daß wir ihre Freundschaft erwidern. Ich widme deshalb hundert Dollar pro Jahr für die Anfertigung von zwei Ehrenzeichen, die alljährlich von der Gemeinde des Tempels Sinai an zwei würdige Männer verliehen werden sollen.»

Applaus.

Dave Schoenfeld stand auf. «Ich möchte Ron meine Anerkennung für einen schönen Gedanken und eine großmütige Geste aussprechen und zugleich die ersten Anwärter für das Ehrenzeichen unserer Gemeinde vorschlagen: Richter Harold Roswell und Reverend Billy Joe Raye.»

Rauschender Applaus.

«Was haben sie für die Gemeinde getan?» fragte Michael die neben ihm sitzende Sally Levitt.

Sie senkte die langen Wimpern über die Augen, und ihr Flüstern klang rauh vor Bewunderung: «O Rabbi, das sind die zwei großartigsten Männer, die ich kenne!»

27

Nach dem Wunsch der Gemeinde sollte der Hebräisch-Unterricht nur am Sonntagvormittag stattfinden. Aber Michael bestand auf Kursstunden auch am Montag- und Mittwochnachmittag anschließend an den Pflichtschulunterricht, und nach schwacher Gegenwehr gab die Gemeinde nach. Das war die einzige Meinungsverschiedenheit, die Michael mit ihnen hatte, und sein bescheidener Sieg gab ihm ein Gefühl der Sicherheit.

Das soziale Leben der Kinds entwickelte sich überaus zufriedenstellend. Sie versuchten es eher einzuschränken, da Michael oft auch abends und auf Abruf beschäftigt war. Sie lehnten die Mitgliedschaft von drei Bridgeclubs ab, und Leslie begann am Mittwochabend, während Michael ein Männer-Seminar über Judaismus hielt, mit Sally Levitt und sechs anderen Frauen Contract zu spielen.

Auf einer Cocktailparty, die Larry Wolfson anläßlich des Besuches seiner Schwester und seines Schwagers aus Chicago gab, wurde Leslie gefragt, was sie vor ihrer Ehe gemacht habe, und sie erzählte von ihrer Redaktionsarbeit.

«Wir könnten bei den *News* jemanden brauchen, der ordentlich schreiben kann», sagte Dave Schoenfeld, während er von einem Tablett, das eben herumgereicht wurde, flink einen Gibson nahm. «New Yorker Honorare können wir natürlich nicht zahlen, aber es wäre nett, wenn Sie es versuchen wollten.»

«Ich nehme Sie beim Wort», sagte sie. «Worüber darf man bei Ihnen nicht schreiben?»

«Sie können über alles schreiben, nur nicht über verfrühte Schwangerschaften und die Rolle der Schwarzen in den United Nations», sagte er.

«Zu viele Tabus für mich», sagte sie.

«Kommen Sie morgen vormittag in die Redaktion», sagte er beim Weggehen. «Wir werden Ihren ersten Auftrag besprechen.»

Später, als sie zu Bett gingen, erzählte sie Michael von diesem Gespräch.

«Klingt nicht schlecht», sagte er. «Wirst du's machen?»

«Ich glaube, schon», sagte sie. «Aber ich weiß nicht, ob ich es schaffen werde. Sie sind hier so verdammt empfindlich in der Negerfrage. Neulich beim Bridge haben sie sich eine halbe Stunde darüber den Mund zerrissen, wie unmöglich die *schwurzen* seit dem Krieg geworden sind. Und es wäre ihnen nicht eingefallen, aus Rücksicht auf Lena Millmans Dienstmädchen leiser zu sprechen. Das arme Mädchen hat im Nebenzimmer weitergearbeitet, mit völlig unbewegtem Gesicht, als würden sie Hindostani sprechen.»

«Oder Jiddisch», seufzte er. «Dabei haben einige von unseren Mitgliedern eine sehr anständige Einstellung in Rassenfragen.»

«Privat. Ganz privat. Sie sind so eingeschüchtert, daß sie sich nur darüber zu sprechen trauen, wenn alle Fenster zu sind. Sag einmal, Lieber – müßtest du diese Dinge nicht früher oder später von der Kanzel herab zur Sprache bringen?»

«Lieber später», sagte er und schloß die Badezimmertür hinter sich.

Er hatte in der Frage der Rassenbeziehungen schon eine Niederlage hinnehmen müssen.

In einer *schul* in Brooklyn hätte ein frommer alter Jude den Posten des Gemeindedieners bekleidet und sein Amt als Vorwand für ein Leben in Gebet und Studium verwendet; der *schamess* des Tempels Sinai aber war ein feister Neger namens Joe Williams. Michael hatte von Anfang an bemerkt, daß der Abfalleimer nie ausgeleert, das Messing nie geputzt, der Boden nie aufgewaschen und gewachst war, wenn er es nicht ausdrücklich und wiederholt verlangte. Auch in anderen Dingen war Williams eher nachlässig, wie der säuerliche Geruch, den er verströmte, ebenso bewies wie die salzgeränderten Flecken, die sein Hemd unter den Achseln zierten.

«Wir sollten ihn hinauswerfen und uns jemanden anderen suchen», hatte Michael dem Vorstand des Wirtschaftsausschusses, Saul Abelson, wiederholt vorgeschlagen.

Abelson lächelte nachsichtig. «Die sind einer wie der andere, Rabbi», sagte er. «Der nächste wird genausowenig taugen. Man muß jedem auf die Finger schauen.»

«Aber Sie können doch nicht abstreiten, daß man Tag für Tag bei uns auf der Straße saubere, freundliche und aufgeweckte Neger sieht. Warum versuchen wir nicht, so jemanden zu finden?»

«Sie verstehen das noch nicht», sagte Abelson geduldig. «Wenn Joe faul gewesen ist, dann muß ich eben mit ihm sprechen.»

Eines Tages hatte sich Michael wieder darüber geärgert, daß die silbernen Geräte nicht poliert waren, und er beschloß, den *schamess* in seiner Behausung aufzusuchen.

Der Keller war düster, es roch nach Feuchtigkeit und verrottetem Zeitungspapier.

Er fand Joe Williams in trunkenem Schlaf auf einer schmutzigen Armeedecke und schüttelte ihn. Der Mann murmelte etwas und leckte sich die Lippen; aber er wachte nicht auf. Neben dem Schlafenden lagen ein Heft und ein Bleistiftstummel. Michael hob das Heft auf. Er las nur eine einzige Zeile, die auf die erste Seite gekritzelt war:

Der Nigger ist ein Meter achtzig groß, die Welt wie ein Zimmer von nur ein Meter zwanzig Höhe.

Er legte das Heft zurück auf seinen Platz und machte Joe Williams nie wieder einen Vorhalt.

Statt dessen sperrte er sich nun jeden Freitagnachmittag für eine halbe Stunde in seinem Arbeitszimmer ein, breitete Zeitungspapier über seinen Schreibtisch und machte sich mit Lappen und Putzmittel daran, den Silberkelch für den Sabbatwein rechtzeitig vor dem abendlichen Gottesdienst zu polieren. Und manchmal, während er verbissen sein Silber polierte und dabei das graue Putzmittel unter die Nägel bekam, hörte er aus dem Keller einen Schlag oder gelegentlich auch einen Fluch, die bewiesen, daß der *schamess* Joe Williams noch am Leben war.

Leslie schrieb für jede Nummer der *News* eine Story, leichte, humoristische Beiträge oder etwas Historisches mit allgemeinmenschlichen Aspekten. Sie erhielt dafür je sieben Dollar fünfzig Cents und sah ihren Namen gedruckt, was ihr Mann mit einem gewissen Respekt betrachtete.

Mit der Zeit wurde ihr Leben alltäglich, und sie waren es zufrieden. Die gewohnte Routine war so vorhersagbar geworden wie das Fallen der Blechenten in einer Schießbude, und beiden schien es, als wären sie schon immer miteinander verheiratet gewesen. Sie begann einen voluminösen Pullover für ihn zu stricken, ein Geschenk zu ihrem ersten Hochzeitstag, das er bald in einem leeren Schrank versteckt entdeckte und von Stund an geflissentlich übersah.

Mit dem Wechsel der Jahreszeit wechselten auch die Blätter die Farbe, aber sie brachten es nicht zu der leuchtenden Buntheit der Bäume am Hudson oder am Charles, nur zu einem zerknitterten Braun oder einem bleichsüchtigen Gelb. Dann kamen, an Stelle des Schnees ihres letzten Winters, die Regen – ungewohnte Regen für Michael und Leslie.

Eines Abends setzte der Regen sturzflutartig ein, als Leslie auf ihrem Weg in die Redaktion eben am Denkmal des Generals vorbeiging. Sie begann zu laufen und erreichte tropfnaß und atemlos das Zeitungsgebäude. In dem kleinen Redaktionszimmer war nur mehr Dave Schoenfeld anwesend, im Begriff, die Lichter abzudrehen und, wie seine Angestellten, nach Hause zu gehen.

«Haben Sie nicht schwimmen gelernt?» sagte er grinsend.

Sie saß auf einem Schreibtisch, hielt den Kopf zur Seite geneigt und wand das Wasser aus ihren Haaren. «Der gesamte Atlantik ist soeben in fünfcentgroßen Stücken aus dem Himmel heruntergekommen», sagte sie.

«Gute Nachricht», erwiderte er. «Leider nach Redaktionsschluß. Wir werden uns das für Donnerstag aufheben müssen.»

Sie schlüpfte aus ihrem durchnäßten Mantel und rettete das Manuskript aus der Tasche. Ein paar Seiten waren naß geworden. Sie strich sie auf einem Aktenschrank glatt und begann den Durchschlag einzurichten. Die Geschichte handelte von einem Mann, der dreißig Jahre lang als Bremser auf der *Atlantic Coast Line* gefahren war. Nach seiner Pensionierung, so hatte er ihr anvertraut, war er drei Monate lang betrunken gewesen und hatte unter der Obhut von treuen ehemaligen Kollegen in einem ausrangierten Küchenwagen auf einem Abstellgleis außerhalb von Macon gehaust. «Aber das schreiben Sie bitte nicht», hatte er sehr würdevoll erklärt, «schreiben Sie einfach, daß ich drei Monate lang mit meinem Eisenbahnerausweis in der Weltgeschichte herumgefahren bin.» Und Leslie hatte es ihm versprochen, obwohl sie das dunkle Gefühl hatte, damit gegen die journalistischen Berufsnormen zu verstoßen. Wieder nüchtern geworden, hatte der alte Mann aus purer Langeweile zu einem Stück Föhrenholz und einem Taschenmesser gegriffen und zu schnitzen begonnen. Jetzt verkauften sich seine amerikanischen Adler schneller, als er sie produzieren konnte, und mit seinen achtundsiebzig Jahren war er immer noch in der Lage, etwas auf die Bank zu tragen.

Es war eine gute Story, und sie dachte ernsthaft daran, sie an *Associated Press* oder an *North American Newspaper Alliance* zu verkaufen und Michael mit dem Scheck zu überraschen. Sie korrigierte sehr sorgfältig und stöhnte leise, als der Bleistift das Durchschlagpapier an einer feuchten Stelle durchstieß.

Dave Schoenfeld trat herzu und blickte ihr einige Minuten lang mitlesend über die Schulter. «Das ist ja eine recht ordentliche Sache», sagte er, und sie nickte.

«Unser Rabbiner ist jetzt abends oft außer Haus, nicht wahr?»

Sie nickte, immer noch lesend.

«Ein bißchen einsam, was?»

Sie hob die Schultern. «Habe ich mehr Zeit, solche Sachen zu schreiben.»

«Im vorletzten Absatz ist ein Tippfehler», sagte er. «Meißel, nicht Meißle.»

Sie nickte wieder und besserte es aus. Sie war so in ihre Arbeit vertieft, daß sie seine Hand erst nach einer Weile spürte. Aber da hatte er sich schon über sie gebeugt und verschloß ihr den Mund mit dem seinen. Sie stand völlig erstarrt, die Lippen aufeinandergepreßt, in den Händen noch immer den Bleistift und eine Manuskriptseite, bis er zurücktrat. «Nur keine Angst», sagte er.

Sie suchte sorgfältig ihr Manuskript zusammen und ging zum Anzeigenschalter, wo ihr nasser Mantel lag. Nachdem sie ihn angezogen hatte, steckte sie die Story in die Tasche.

«Wann können wir uns treffen?» fragte er.

Sie sah durch ihn hindurch.

«Du wirst dir's schon noch überlegen. Ich kann dir Sachen beibringen, an die du denken wirst.»

Sie wandte sich um und ging zur Tür.

«Von mir wird niemand was erfahren», sagte er. «Aber deinen kleinen jüdischen Pfaffen, den kann ich fertigmachen auf eine Art, von der du dir nichts träumen läßt.»

Draußen ging sie sehr langsam durch den Regen. Sie glaubte nicht zu weinen, aber ihr Gesicht war plötzlich so naß, daß sie dessen nicht sicher war. Hätte sie die Story doch in der Redaktion gelassen! Nun würde der arme Alte mit dem Taschenmesser und dem Schnitzholz vergeblich auf seinen Namen und sein Bild in der Zeitung warten.

Ihr Hochzeitstag fiel auf einen Sonntag, und sie mußten früh aufstehen, weil Michael um neun Uhr Unterricht im Tempel hatte. So beschenkten sie einander beim Frühstück; er zog den neuen Pullover an, und sie war sehr glücklich mit den zur Gemmenbrosche passenden Ohrgehängen, die er schon vor Monaten für sie gekauft hatte.

Nach dem Mittagessen nahm Michael einen Rechen und begann die Beete im Vorgarten zu harken, wobei er kübelweise die welken Blätter entfernte. Ein Beet war schon gesäubert, das andere zur Hälfte, als die Autoprozession begann. Da er diesmal einen günstigen Platz und genügend Zeit hatte, ließ er die Blätter Blätter sein, lehnte sich auf den Rechen und sah zu.

Meist saßen die Kranken im Fond.

Viele von ihnen hatten Krücken. Manche Wagen führten auf dem Verdeck oder im Kofferraum Rollstühle mit. Ab und zu kam auch ein gemieteter Krankenwagen vorüber.

Schließlich hielt er es nicht länger aus. Er ließ sein Werkzeug fallen und ging ins Haus. «Jetzt möchte ich einen Fernseher haben», sagte er zu Leslie. «Nur um zu sehen, was an dem Kerl dran ist, daß er Sonntag für Sonntag solch einen Zulauf hat.»

«Es sind ja nur ein paar Kilometer», sagte sie. «Warum fährst du nicht hinaus und schaust ihn dir an?»

«An unserem ersten Hochzeitstag?»

«So fahr doch», sagte sie, «mehr als zwei Stunden wird es ja nicht dauern.»

«Ich tu's wirklich», sagte er.

Er wußte zwar nicht, wo das Gebetsmeeting stattfand, aber es war leicht zu finden. Er wartete die erste Verkehrslücke ab und reihte sich mit seinem Wagen ein. Der Kurs führte über die kurvenreiche Straße, überquerte den Hauptplatz und führte zur anderen Stadtseite, durch das Negerviertel mit seinen baufälligen Häusern und abblätternden Hütten und hinauf auf die Autobahn. Dort traf er auf eine andere Autokolonne, die aus der Gegenrichtung herankam. In ihr bemerkte Michael nicht nur Georgia-Kennzeichen, sondern auch solche aus South und North Carolina. Schon lange bevor das geräumige Zelt in Sicht kam, bogen die Wagen von der Straße ab und holperten über die Äcker, eingewiesen von halbwüchsigen Negern oder weißen Farmerjungen mit Strohhüten, die neben ihren selbstgemachten Hinweistafeln standen und eine um so höhere Parkgebühr erhoben, je näher man dem Zelt kam:

PARKING C 50.

PARK YOUR CAR C 75.

PARK HERE $ 1.00.

Einige Wagen, und Michael mit ihnen, fuhren auf der Autobahn weiter, bis sie zu der rotlehmigen Parkfläche kamen, die mit Bulldozern rund um das Kirchenzelt ausgepflügt worden war. Man fuhr durch eine schmale Öffnung ohne Seilsperre, gerade so breit wie ein Wagen; an der Sperre stand ein kahlköpfiger Mann in spiegelnden schwarzen Hosen, weißem Hemd und schwarzer Baumwollkrawatte.

«Der Herr segne Ihren Eingang, Bruder», sagte er zu Michael.

«Guten Tag.»

«Das macht zwei Dollar fünfzig.»

«Zwei fünfzig – nur fürs Parken?»

«Wir tun unser Bestes, um diesen Platz für die Lahmen und Bresthaften freizuhalten. Und so erheben wir zweieinhalb Dollar pro Wagen. Das Geld fließt der Predigerschaft der Heiligen Fundamentalisten zu, damit das Werk Gottes gefördert werde. Wenn's Ihnen aber zuviel ist, dann können Sie zurückfahren und den Wagen im Acker parken.»

Michael warf einen Blick zurück. Die Straße hinter ihm war total verstopft. «Ich bleibe», sagte er. Dann fühlte er nach dem Geld in der Tasche und holte zwei Dollarnoten und ein Fünfzig-Cent-Stück heraus.

«Der Segen des Herrn sei mit Ihnen», sagte der Mann, immer noch lächelnd.

Michael stellte den Wagen ab und machte sich auf den Weg zum Zelt. Gerade vor ihm lehnte ein kleiner magerer Junge mit teigigem Gesicht an einem Kotflügel und gab gurgelnde Laute von sich.

«Also paß auf, Ralphie Johnson, jetzt ist Schluß damit», sagte eine Frau mittleren Alters, während sie sich über ihn beugte. «Da fahren wir nun so weit, und du fängst nur ein paar Schritte vor dem Heiligen Mann schon wieder mit deinen Dummheiten an! Sofort kommst du mit, hörst du!»

Das Kind begann zu weinen. «Kann nicht», stammelte er. Seine Lippen hatten einen bläulichen Schimmer, als wäre er zu lange im Wasser gewesen.

Michael blieb stehen. «Kann ich Ihnen helfen?»

«Wenn Sie ihn hineintragen könnten?» fragte die Frau zögernd.

Als Michael ihn aufhob, schloß der Kleine die Augen. Das Zelt war beinahe schon voll. Michael setzte seine Last auf einem der hölzernen Klappstühle ab.

«Bedank dich schön bei dem guten Onkel», sagte die Frau nachdrücklich. Aber die bläulichen Lippen regten sich nicht. Die Augen blieben geschlossen.

Michael nickte der Frau zu und ging.

Die vordersten Reihen waren komplett besetzt. So nahm er in der Mitte einer noch leeren Reihe im hinteren Drittel des Zeltes Platz. Drei Minuten später war auch diese Reihe besetzt. Unmittelbar vor ihm saß ein fettes Weib, deren Kopf in krampfhaftem Rhythmus hin und her schaukelte, als würde er an einem Strick gezogen.

Links neben ihm saß ein Blinder in mittleren Jahren, ein Sandwich in seinen großen, von Arthritis deformans zu Klauen verkrümmten Händen.

Rechts von ihm saß eine gutgekleidete attraktive Frau, die normal und gesund wirkte, sich aber unablässig über die Brust strich. Jetzt wischte sie auch über Michaels Schulter.

«Joy», sagte besänftigend die Frau neben ihr. «Laß doch den Herrn in Ruhe!»

«Aber die Ameisen!» sagte sie. «Er ist doch voller Ameisen.»

«Aber laß doch, er hat Ameisen gern.»

Die Frau schnitt ein Gesicht. «Aber *ich* nicht», sagte sie, strich sich abermals über die Brust und schüttelte sich.

Das Zelt wurde nun sehr schnell voll. Ein vor Gesundheit strotzender Mann in weißem Leinenanzug kam den Mittelgang nach vorne. Ihm folgten zwei Neger mit einer Tragbahre, auf der ein gelähmtes, etwa zwanzigjähriges blondes Mädchen lag.

Ein Ordner stürzte auf sie zu. «Stellen Sie sie gleich im Mittelgang neben den Sitzen ab und bleiben Sie daneben sitzen. Die Eckplätze sind für diesen Zweck reserviert», sagte er. Die Neger setzten die Bahre ab und entfernten sich. Der Mann griff in die Tasche und zog eine Banknote heraus.

«Der Herr segne Sie.»

An der Stirnseite des Zelts war eine Bühne mit Vorhang errichtet, und eine Rampe führte von der Bühne in den Zuschauerraum. Jetzt wurden zwei Fernsehkarren von Kameraleuten herausgefahren, die wie Jockeis auf ihnen ritten. Nachdem sie sie richtig eingestellt hatten, schwenkten sie damit über die Sitzreihen, und schon schwammen wie Schwärme von Fischen die Gesichter über die Bildschirme. Und die Leute sahen sich selber zu. Manche von ihnen pfiffen oder gestikulierten. Der Blinde lächelte. «Was ist denn da los?» fragte er, und Michael sagte es ihm.

Jetzt trat ein hübscher, dunkelhaariger junger Mann durch den Vorhang, eine Trompete in der Hand. Er trug kein Jackett, aber sein weißes Hemd war gestärkt, und seine blaue Seidenkrawatte war zum festen Windsorknoten gebunden. Das pomadisierte Haar war sorgfältig an die Schläfen geklebt, und seine Zähne strahlten nur so, wenn er lachte. «Ich heiße Cal Justice», sagte er in das Mikrophon. «Manche von Ihnen werden mich besser kennen unter dem Namen Trompeter Gottes.» Beifall rauschte auf. «Billy Joe wird in wenigen Minuten hier sein. Bis dahin möchte ich Ihnen gern eine kleine Melodie vorspielen, die Sie alle kennen und lieben.»

Er spielte *«The Ninety and Nine»*, und er *konnte* spielen. Zunächst klang es langsam und melancholisch, aber in der Wiederholung wurde er schneller, und jemand begann, mit den Händen den Takt dazu zu schlagen, und schon klatschte und sang das ganze Zelt mit, ein Sklave der wilden, goldenen Führung dieser Trompetenstimme, die sich hoch über ihre eigenen Stimmen erhob. Das fette Weib vor Michael war zum menschlichen Metronom geworden, so perfekt schaukelte ihr Kopf im Takt des Händeklatschens.

Der Trompeter hatte starken und anhaltenden Applaus, der aber noch stärker wurde, als ein zweiter Mann in Hemdsärmeln durch den Vorhang auf die Bühne trat. Er war groß, breitschultrig, mit großem Kopf und schweren Händen; die Nase war fleischig, der Mund breit, die Augen waren von schweren Lidern bedeckt.

Der Trompeter verließ die Bühne. In ihrer Mitte stand nun der große Mann und lächelte, während das Volk unter ihm in die Hände klatschte und mit Geschrei sein Lob verkündete.

Jetzt hob er beide Hände zum Himmel, mit gespreizten Fingern. Der Lärm verstummte. Von oben senkte sich an seinem Galgen das Mikrophon herab, senkte sich, bis es vor dem Gesicht des Mannes war, nahe genug, daß der heisere übermenschliche Atem das ganze Zelt erfüllte.

«Halleluja», sagte Billy Joe Raye. «Der Herr ist mit euch.»

«Halleluja», sprach das ganze Zelt ihm nach.

«A-men», stammelte der Blinde.

«Der Herr ist mit euch», sagte Billy Joe nochmals. «Sprecht es nun dreimal mit mir: Der Herr ist mit mir.»

«DER HERR IST MIT MIR.»

«DER HERR IST MIT MIR.»

«DER HERR IST MIT MIR.»

«So ist es gut», sagte Billy Joe und nickte strahlend.

«Ich weiß, meine Brüder und Schwestern, weshalb ihr hierhergekommen seid. Ihr seid hierhergekommen, weil ihr krank seid an Leib und an Geist und an Seele, und weil ihr der heilenden Liebe Gottes bedürftig seid.» Stille und ein tiefes Aufatmen.

«Aber wißt ihr auch, weshalb *ich* hier stehe?» fragte der Mund des Predigers von der Bühne, und mit ihm fragten zwei Dutzend Predigermünder aus zwei Dutzend Fernsehmonitoren.

«Um uns zu heilen!» schrie es neben Michael.

«Um mich wieder gesund zu machen!»

«Um meinem Jungen das Leben zu retten», kreischte eine Frau, stieß ihren Stuhl zurück und fiel auf die Knie.

«A-men», sagte der Blinde.

«O nein», sagte Billy Joe, «ich kann euch nicht heilen.»

Eine Frau begann zu schluchzen.

«Sag das nicht!» schrie eine andere. «Das darfst du nicht sagen, hörst du!»

«Nein, Schwester, ich vermag dich nicht zu heilen», sagte Billy Joe abermals. Noch mehr Leute begannen zu weinen.

«Aber GOTT ist es, der euch zu heilen vermag. Durch diese meine Hände.» Und er hielt sie empor, sämtliche Finger gespreizt, so daß jeder sie sehen konnte.

Da erwachte die Hoffnung von neuem in einem Sturm von Hosiannas.

«Denn der Herr ist allmächtig. Sprecht es mir nach», sagte Billy Joe.

«DER HERR IST ALLMÄCHTIG.»

«Er kann auch *dich* heilen.»

«ER KANN AUCH MICH HEILEN.»

«Denn der Herr ist mit *dir*.»

«DENN DER HERR IST MIT MIR.»

«A-men», flüsterte der Blinde, während ihm Tränen in die blicklosen Augen stiegen.

Tief und mit elektronisch verstärktem Gestöhn atmete Billy Joe auf.

«Auch ich war ein todgeweihtes Kind», sagte er.

Abermals kam aus den Verstärkern der Radioatem, diesmal schwer und bekümmert.

«Schon streckte der Teufel die Klauen nach meiner Seele, schon machten die Würmer sich fertig, in meinem Fleische Verstecken zu spielen. An meinen Lungen zehrte die Schwindsucht, die Anämie zersetzte mir das Blut, und Mutter und Vater wußten, daß ich sterben würde. Auch ich wußte es, und ich fürchtete mich sehr.»

Nun war es der Atem eines zu Tode gehetzten Hirsches, der zum letztenmal die Luft einzieht.

«Mein Pfad war der Pfad der Sünde gewesen, ich hatte mich dem billigen Schnaps, ja dem Spiele ergeben, wie weiland die Söldner, die da würfelten um die Gewänder des Herrn. Unzucht hatte ich getrieben mit liebestollen und kranken Weibern, die so geil waren wie die Große Hure Babylon. Aber eines Tages, als ich darniederlag in meinem Bett voll von Verzweiflung, fühlte ich, wie etwas Seltsames in mir geschah. Tief drinnen in mir begann sich etwas zu regen, sacht wie ein Küken, wenn es fühlt, daß die Zeit gekommen ist, die harte Eierschale zu durchbrechen.

Es prickelte in meinen Fingerspitzen und in meinen Zehen, und wo ich die ersten Regungen verspürt hatte, breitete sanfte Wärme sich aus, wie kein von Menschen gebrannter Whisky sie geben kann, und ich fühlte das Licht Gottes ausbrechen aus meinen Augen, und ich sprang aus meinem Bett und rief laut in all meiner Seligkeit und WUNDERBAREN GESUNDHEIT:

‹MAMMI! PAPPI! Der Herr hat mich berührt! ICH BIN GERETTET!›»

Ein Beben der Hoffnung und des Glücks ging durch das Zelt, und die Menschen hoben die Augen zu ihrem Gott und dankten ihm.

Neben dem fetten Weib saß ein junger Mann, dessen Wangen naß von Tränen waren. «Bitte, lieber Gott», sprach er vor sich hin. «Bitte. Bitte. Bitte. Bitte. Bitte. Bitte.»

Michael hatte den jungen Mann erst jetzt bemerkt, und mit einem Gefühl dumpfer Unwirklichkeit erkannte er in ihm Dick Kramer, ein Mitglied der Gemeinde des Tempels Sinai.

Gütig blickte Billy Joe von seiner Bühne auf die Zuhörer herab. «Von diesem Tag an predigte ich das Wort Gottes, obwohl ich damals noch ein Knabe war. Zuerst auf Meetings landauf und landab, später, wie einige von euch guten Leuten wissen, als Seelsorger der Heiligen Kirche der Fundamentalisten in Whalensville.

Und bis vor zwei Jahren dachte ich nicht daran, daß ich noch irgend etwas anderes sein könnte als ein Prediger des heiligen Wortes. Damals planierten einige von unseren Männern auf einem Stück Grund hinter der Kirche ein Baseballfeld für die Kinder der Sonntagsschule. Und Bert Simmons war aus purer Herzensgüte mit seinem leichten Traktor gekommen und ebnete die Erdhügel ein. Plötzlich bockte der Traktor vor einem Stein, nicht größer als ein Bienenstock, kippte um und begrub Bruder Simmons' Hand unter seinem schrecklichen Gewicht.

Als sie mich aus der Kirche holten, sah ich Blut aus seinem Arbeitshandschuh strömen. Wir hoben den Traktor weg, und ich brauchte nur den zerquetschten und flachgedrückten Handschuh anzuschauen, um zu wissen, daß man Bert die Hand werde abnehmen müssen. Da kniete ich nieder in der frisch aufgeworfenen Erde und hob meine Augen zum Himmel und sprach: ‹O Herr, muß dieser treue Diener dafür bestraft werden, daß er geholfen hat bei Deinem Werk?› Und plötzlich zuckte es in meinen Händen, und ich fühlte Kraft in ihnen, Wellen und Funken schossen aus meinen Fingerspitzen, als wären sie mit Elektrizität geladen, und ich nahm Bruder Simmons' zerschmetterte Hand in meine Hände, und ich sprach: ‹Herr, heile diesen Mann!›

Und als Bruder Simmons seinen Handschuh auszog, war seine Hand heil und unverletzt, und ich konnte nicht leugnen, daß ein Wunder geschehen war.

Und ich glaubte die Stimme Gottes zu hören, die zu mir sprach: ‹Mein Sohn, einst habe ich dich geheilt. Gehe nun hin und trage meine Heilkraft zu allen Menschen.›

Und seit damals hat der Herr Tausende durch meine Hände geheilt. Durch seine Güte machte er die Lahmen gehen, die Blinden sehend und befreite die Leidenden von der Last ihrer Schmerzen.»

Billy Joe neigte das Haupt.

Eine Orgel begann leise zu spielen.

Er blickte wieder auf.

«Ich bitte nun jeden in diesem Raum, die Lehne des vor ihm stehenden Stuhls zu berühren und das Haupt zu beugen.

Los, herunter mit den Köpfen, ihr alle.

Jetzt möge jeder, der in seinem Herzen Jesus Christus zu empfangen wünscht, die Hand erheben. Laßt die Köpfe unten, aber hebt die Hand.»

Michael sah vielleicht fünfundzwanzig erhobene Hände.

«Jubelt und freuet euch, meine Brüder und Schwestern», sprach Billy Joe. «Hunderte von Händen weisen in diesem Zelt aufwärts zu Gott.

Nun steht alle auf, die ihr die Hand erhoben habt. Wer die Hand erhoben hat, steht jetzt auf, schnell.

Tretet jetzt vor, und wir sprechen ein besonderes Gebet.»

Zwölf oder fünfzehn Leute, Männer, Frauen, drei halbwüchsige Mädchen und ein Junge, traten vor zur Bühne. Sie wurden von einem Helfer des Predigers hinter einen Vorhang geführt.

Dann schritt Billy Joe, von Orgelklängen begleitet, im Mittelgang auf und ab und betete über den Kranken auf den Bahren.

Inzwischen reichte eine Gruppe von Ordnern die Sammelteller herum, während eine andere Karten an jene ausgab, die den Wundertäter zu sprechen wünschten. Überall im Zelt begannen die Leute, diese Karten zu unterschreiben.

Der Blinde bat: «Können Sie mir bitte zeigen, wo», und während er unterschrieb, las Michael die Karte. Damit erteilte der Unterzeichnete die Genehmigung, sein Bild in Zeitschriften oder über das Fernsehen zu publizieren.

Cal Justice und der unsichtbare Organist spielten noch *«The King of Love My Shepherd Is»* und *«Rock of Ages»*, dann stand Billy Joe wieder auf der Bühne. «Jetzt bitte ich Sie, sich im Mittelgang aufzustellen und geduldig zu warten, bis Sie an die Reihe kommen», sagte er. «Wir werden gemeinsam zu Gott beten um Erlösung von allen Ihren Leiden.»

Überall im Zelt erhoben sich Leute.

Auch Dick Kramer stand auf. Er schaute um sich und wartete, ob nicht auch andere aus seiner Reihe vortreten würden; dabei begegnete sein Blick dem des Rabbiners.

Einen Augenblick lang sahen sie einander an, und irgend etwas an dem Gesichtsausdruck des jungen Mannes ließ Michaels Atem stocken. Dann drängte Dick sich blindlings durch zum Mittelgang, wobei er mit dem Ellbogen das dicke Weib in die Seite stieß. Indigniert setzte sie sich wieder hin.

«Dick!» rief Michael ihm nach. «Warten Sie auf mich!» Er bahnte sich nun selbst seinen Weg zum Mittelgang und entschuldigte sich nach allen Seiten bei den in seiner Reihe sitzenden Leuten.

Schließlich aber war ihm der Weg durch die Bahre des gelähmten Mädchens verstellt. Der Mann in weißem Leinenanzug beugte sich über sie. «Verdammt noch mal, Evelyn», murmelte er mit hilflos schlaffen Lippen, «beweg dich doch. Du kannst, wenn du nur willst.» Bebend wandte er sich an den Ordner. «Gehen Sie zu Mr. Raye und sagen Sie ihm, er soll, zum Teufel, sofort kommen und noch ein bißchen beten.»

28

An einem Herbstmorgen in den Föhrenwäldern bei Athens hatte Dick Kramer zum erstenmal gemerkt, daß er vielleicht doch nicht mit heiler Haut davongekommen war. Er und sein Cousin Sheldon hatten mit ihren Hunden systematisch die Hügel durchstreift. Die beiden gehörten zu den besten Schützen der Universität und waren daher vom Hauskomitee ihrer Studentenverbindung von weniger beliebten Pflichten befreit worden, um für die Küche der Verbindung Schnepfen und Wachteln zu jagen. Die beiden jungen Leute waren seit langem Jagdkonkurrenten, und zur Zeit fühlte sich Dick besonders gut in Form. Er hatte aus der Richtung, in der er Sheldon vermutete, bis jetzt nur drei Schüsse gehört, und er wußte, daß er weit im Vorsprung war, selbst wenn jeder Schuß einen Treffer bedeutet haben sollte. Es war sein erster Versuch mit einem neuen Zwanziger-Browning; seine frühere Waffe war ein Sechzehner gewesen, und er hatte gefürchtet, er werde mit dem kleineren Kaliber Schwierigkeiten haben. Aber schon trug er ein Schnepfenpaar und zwei Wildtauben in seiner Jagdtasche, und während er sich noch im Gedanken daran erwärmte, flatterte eine weitere Taube mit schwerem Flügelschlag vor ihm auf gegen den blauen Himmel, und er hob das Schießeisen genau im richtigen Augenblick an die Schulter, drückte präzis auf den Abzug, spürte den Rückstoß und sah den aufsteigenden Vogel innehalten und dann wie einen Stein zu Boden fallen.

Der Hund holte die Taube, und Dick nahm sie ihm ab und tätschelte den Hund und langte in seine Tasche. Seine Hand – die rechte – umfaßte ein Stück Zucker, aber als er sie aus der Tasche zog, wollten sich die Finger nicht öffnen, um Red seinen Lohn zu geben.

Sheldon kam über den Hügel herangeschlendert, ärgerlich dreinblikkend und gefolgt von der keuchenden und geifernden alten Bessie. «Du Halunke», sagte er. «Das reicht, die Burschen werden ein paar Bohnendosen aufmachen müssen.» Er wischte sich mit dem Hemdärmel über die Stirn. «Ich hab nur zwei. Und du?»

Dick hielt noch immer die Taube in der Hand, die er dem Hund soeben aus dem Maul genommen hatte. Er glaubte zu antworten: «Die da und noch vier.» Aber sein Cousin sah ihn mit verständnislosem Grinsen an.

«Wie?»

Er wiederholte den Satz, und das Grinsen wich von Sheldons Gesicht. «Hallo, Dick, was ist denn, fehlt dir was, mein Junge?»

Er sagte noch irgend etwas, und Sheldon faßte ihn am Ellbogen und schüttelte ihn ein wenig. «Was ist denn los, Dickie?» sagte er. «Du bist weiß wie ein Leintuch. Jetzt setz dich einmal, aber sofort.»

Er setzte sich auf die Erde, und der Hund kam und beschnüffelte sein Gesicht mit seiner kalten Nase, und nach ein paar Minuten konnte er die Finger wieder öffnen und dem Hund den Zucker geben. Die Hand blieb merkwürdig gefühllos, aber davon sagte er Sheldon nichts. «Ich glaube, es geht schon wieder», behauptete er.

Sheldon schien erleichtert, als er Dicks Stimme hörte. «Ist dir wirklich besser?» fragte er.

«Ja.»

«Trotzdem», sagte Sheldon, «gehen wir lieber nach Hause.»

«Warum so früh?» protestierte Dick. «Es geht mir ausgezeichnet.»

«Sag, Dickie – vor ein paar Minuten, wie dein Gesicht so bleich geworden ist –, kannst du dich erinnern, daß du da etwas zu mir gesagt hast?»

«Ja. Ich glaube, schon. Warum?»

«Weil es . . . völlig unverständlich war. Ohne Zusammenhang.»

Er spürte einen Anflug von Angst, kaum merklich, wie ein lästiges Insekt, das er mit einem Lachen verscheuchte. «Hör auf, du willst mich ins Bockshorn jagen, nicht wahr?»

«Nein, im Ernst.»

«Na schön, jetzt geht's mir wieder gut», sagte er. «Und du hast mich ja schließlich verstanden.»

«Du hast keine Beschwerden gehabt in letzter Zeit – oder?» fragte Sheldon.

«Herr Gott, nein!» sagte Dick ungeduldig. «Jetzt sind es fünf Jahre seit dieser Operation. Ich bin gesund wie ein Roß, und du müßtest das eigentlich wissen. Wann wollt ihr endlich aufhören, mich als Kranken zu behandeln?»

«Ich möchte, daß du zum Arzt gehst», sagte Sheldon.

Er war ein Jahr älter als Dick, fast so etwas wie ein großer Bruder.

«Wenn dir davon leichter wird, na bitte», sagte Dick. «Schau dir das an.» Er streckte den rechten Arm aus: nicht das geringste Zittern. «Nerven aus Stahl», sagte er mit einem Grinsen. Aber während er mit Sheldon und den Hunden durch den Wald zum Wagen ging, merkte er, daß die Taubheit in den Fingern immer noch anhielt.

Am nächsten Morgen suchte er den Arzt auf und erzählte dem alten Doktor, was passiert war.

«Sonst haben Sie keine Beschwerden gehabt?»

Er zögerte, während der Doktor ihn abschätzend ansah. «Sie haben abgenommen, nicht wahr? Steigen Sie auf die Waage.» Neun Pfund weniger. «Sonstige Schmerzen haben Sie keine gehabt?»

«Vor ein paar Monaten ist mir der Knöchel angeschwollen, aber das hat nur ein paar Tage gedauert. Und auch Schmerzen hier herum», und er zeigte auf die rechte Leistengegend.

«Wahrscheinlich zu fleißig bei den Mädchen gewesen», sagte der Arzt, und beide grinsten. Trotzdem griff er zum Telefon und meldete Dick im Emory University Hospital in Atlanta zur Untersuchung und Beobachtung an.

«Ausgerechnet am Tag vom Alabama-Match!» jammerte Dick. Aber der Doktor nickte nur.

Im Krankenhaus vermerkte der aufnehmende Arzt für die Krankengeschichte, der Patient sei ein gutentwickelter zwanzigjähriger Mann von etwas bleicher Gesichtsfarbe, mit rechtsseitiger Facialschwäche und stockender Sprechweise. Er erwärmte sich für den Fall, als er feststellte, daß die Krankengeschichte interessant war. Es ging aus ihr hervor, daß an dem Patienten im Alter von fünfzehn Jahren eine Probeexzision vorgenommen worden war, die zur Entdeckung eines Pankreaskarzinoms führte. Der Zwölffingerdarm, der distale Teil des Gallenganges und der obere Teil der Bauchspeicheldrüse waren entfernt worden.

«Man hat Ihnen schon als Kind ein bißchen Bauchweh herausgeschnitten, nicht?» sagte er.

Dick nickte lächelnd.

Die Hand des Patienten war nicht mehr gefühllos. Außer einem rechtsseitigen Babinski ergab die neurologische Untersuchung nichts.

«Komme ich hier noch rechtzeitig weg, um das Spiel zu sehen?» fragte Dick.

Der Doktor zog die Stirn kraus. «Das kann ich jetzt noch nicht sagen», meinte er. Mit dem Stethoskop war ein leichtes systolisches Nebengeräusch zu hören. Er forderte den Patienten auf, sich hinzulegen, und tastete dann seinen Bauch ab. «Glauben Sie, daß wir Alabama heuer schlagen werden?» fragte er.

«Der kleine Stebbins wird sie ganz schön fertigmachen», sagte Dick.

Die Finger des Arztes lokalisierten ein festes, unregelmäßiges Gebilde zwischen Nabel und Brustbein, etwas links von der Mitte, das die Aorta zu überlagern schien; denn mit jedem Herzschlag pulsierte auch dieses Gebilde, als schlügen zwei Herzen in dem Körper unter den Händen des Arztes.

«Ich würde das Match selber gern sehen», sagte er.

Sheldon besuchte ihn, auch ein paar Kollegen von der Universität kamen, und Betty Ann Schwartz in einem enganliegenden weißen Angorapullover. Da während ihres Besuchs gerade niemand anderer da war, mußte er sie immerzu anschauen, und ihr Anblick erregte ihn. «Laß dir nichts einreden», sagte er, «man kriegt hier nichts in den Kaffee.»

Eigentlich hatte er erwartet, daß sie diese Bemerkung überhören werde, aber sie sah ihm direkt in die Augen und lächelte, als hätte ihr sein Ausspruch gefallen. «Vielleicht wäre da eine Krankenschwester das Richtige», sagte sie, und er nahm sich vor, sich gleich nach seiner Entlassung mit ihr zu verabreden.

Am fünften Abend seines Krankenhausaufenthalts kam Onkel Myron zu Besuch.

«Wozu hat Sheldon dich herzitiert?» fragte Dick verärgert. «Ich fühle mich doch sauwohl.»

«Das ist auch kein Krankenbesuch», sagte Myron, «sondern eine geschäftliche Besprechung.» Viele Jahre lang hatten Myron Kramer und sein Bruder Aaron das gleiche Geschäft in verschiedenen Städten betrieben – sie erzeugten Speisezimmereinrichtungen in Hartholz. Aber da

Hyron in Emmetsburgh und Aaron in Cypress arbeitete, konnten sie als Brüder, doch ohne voneinander geschäftlich abhängig zu sein, aus Ersparungsgründen dieselben Entwürfe verwenden und ihre Erzeugnisse durch einen gemeinsamen Vertreter auf der nationalen Möbelmesse lancieren lassen. Nachdem Aaron vor zwei Jahren einem Herzinfarkt erlegen war, hatte Myron die Leitung der Firma übernommen, im Hinblick darauf, daß Dick nach Abschluß seiner Universitätsstudien seine Eigentümerrechte antreten werde.

«Ist etwas nicht in Ordnung mit dem Geschäft, Onkel Myron?» fragte Dick.

«Aber nein, alles ist in Ordnung», sagte der Onkel, «das Geschäft geht ausgezeichnet.» Und sie unterhielten sich über Fußball, wovon Kramer der Ältere so gut wie nichts verstand.

Myron Kramer suchte vor seiner Abreise aus Atlanta den Arzt seines Neffen auf. «Seine Mutter starb, als er noch klein war. Krebs. Mein Bruder ist vor ein paar Jahren dahingegangen. Herz. Ich bin also der einzige nahe Verwandte. Ich bitte Sie, mir zu sagen, wie es um den Jungen steht.»

«Ich fürchte, wir haben es mit einer Neubildung zu tun.»

«Erklären Sie mir bitte, was das bedeutet», sagte Myron geduldig.

«Ein Gewächs in der Brusthöhle, hinter dem Herzen.»

Myron verzog das Gesicht und schloß die Augen. «Können Sie ihm helfen?»

«Ich weiß nicht, wie weit – bei einem Tumor dieser Art», sagte der Arzt vorsichtig. «Und möglicherweise ist das nicht der einzige. Vorgeschrittener Krebs tritt nur selten an einer einzigen Stelle auf. Wir müssen vorerst feststellen, ob noch andere Neubildungen im Körper vorhanden sind.»

«Werden Sie es ihm sagen?»

«Nein, zumindest jetzt noch nicht. Wir werden zuwarten und ihn beobachten.»

«Und wenn wirklich noch ... andere Dinge da sind?» fragte Myron. «Wie wollen Sie das feststellen?»

«Wenn es sich wirklich um Metastasen handelt», sagte der Arzt, «dann wird sich das nur zu bald herausstellen, Mr. Kramer.»

Am neunten Tag wurde Dick aus dem Krankenhaus entlassen. Zuvor versorgte ihn der Arzt noch mit größeren Mengen verschiedener Vitamintabletten und Pankreasfermente. «Die werden Sie wieder auf die Beine bringen», sagte er. Dann gab er ihm noch ein Fläschchen voll rosa Kapseln. «Das ist Darvon. Wenn Sie Schmerzen haben, nehmen Sie eines davon. Alle vier Stunden.»

«Ich habe keine Schmerzen», sagte Dick.

«Ich weiß», sagte der alte Doktor. «Aber es ist gut, sie bei der Hand zu haben, für alle Fälle.»

Dick hatte sechs Vorlesungstage versäumt und eine Menge nachzuholen. Vier Tage lang büffelte er unaufhörlich, aber dann ging ihm der Atem aus. Am Nachmittag rief er Betty Ann Schwartz an, aber sie war schon verabredet.

«Wie wär's mit morgen abend?»

«Das tut mir aber leid, Dick, ich hab auch für morgen schon eine Verabredung.»

«Na schön, kann man nichts machen.»

«Dick, das ist keine Abfuhr, wirklich nicht. Ich möchte so gern mit dir ausgehen. Wie wär's mit Freitag, da hab ich noch gar nichts vor. Da können wir alles unternehmen, was du magst.»

«Alles?»

Sie lachte. «*Fast* alles.»

«Ich halte mich an die erste Aussage. Abgemacht.»

Am nächsten Nachmittag war er zu unruhig, um zu lernen. Obgleich er wußte, daß er sich das nach einer versäumten Woche nicht leisten konnte, schwänzte er zwei Vorlesungen und fuhr hinaus zum Angel- und Jagdklub, wo ein Tontauben-Schießen stattfand. Zum erstenmal verwendete er sein neues Schießeisen in einem Wettbewerb und traf achtundvierzig von den fünfzig Tontauben, stand im warmen Sonnenlicht und knallte sie eine nach der andern ab und holte sich den ersten Preis. Auf der Heimfahrt stellte er fest, daß irgend etwas fehlte, und er fragte sich irritiert, was es wohl sein könnte. Schließlich fand er mit einem traurigen Lachen heraus, was es war: die gehobene Stimmung, die sonst immer mit einem Sieg verbunden gewesen war. Aus irgendeinem Grund fühlte er sich nicht gehoben, sondern niedergeschlagen. In der rechten Leistengegend machte sich ein leises Pochen bemerkbar.

Bis zwei Uhr früh hatte es sich zu einem Schmerz ausgewachsen. Er stand auf, holte die Flasche mit den rosa Kapseln aus der Schreibtischlade, betrachtete das eine Darvon in seiner Hand. «Geh zur Hölle», sagte er, tat die Kapsel in die Flasche zurück und verräumte die Flasche in seinen Kasten, unter die Unterhosen. Er nahm zwei Aspirin, und der Schmerz hörte auf.

Zwei Tage später kam er wieder.

Am Nachmittag ging er mit dem Hund in die Wälder auf Vogeljagd, aber er kehrte unverrichteterdinge zurück, weil seine Hände so gefühllos wurden, daß er nicht laden konnte.

In der Nacht nahm er ein Darvon.

Freitag früh ging er ins Spital. Betty Ann Schwartz besuchte ihn am Abend, aber sie konnte nicht lange bleiben.

Der alte Arzt sagte ihm so zartfühlend wie möglich die Wahrheit.

«Werden Sie operieren, wie schon einmal?» fragte Dick.

«Die Sache liegt jetzt anders», sagte der Arzt. «Es gibt etwas Neues, womit sie schon einigen Erfolg gehabt haben. Gelbkreuz, das Zeug, das man im Gaskrieg verwendet hat. Jetzt setzt man es gegen den Krebs ein, nicht gegen Soldaten.»

«Wann wollen Sie mit der Behandlung beginnen?»
«Sofort.»
«Hat es Zeit bis morgen?»
Der alte Arzt zögerte einen Augenblick und sagte dann lächelnd: «Aber natürlich. Machen Sie einen Tag Urlaub.»

Dick verließ das Krankenhaus vor dem Mittagessen und fuhr fast hundert Kilometer bis Athens. Vor einer Imbißstube hielt er an, aber er war nicht hungrig und ging, statt zu bestellen, direkt in die Telefonzelle, um Betty Ann Schwartz im Haus ihrer Studentenverbindung anzurufen. Er mußte warten, bis man sie aus dem Speisesaal geholt hatte. Ja, sagte sie, sie sei am Abend frei, und mit Vergnügen.

Er wollte keinem seiner Kollegen begegnen, und er hatte den ganzen Nachmittag totzuschlagen. So ging er ins Kino. Es gab drei Kinos für Weiße in Athens, und zwei davon zeigten Horror-Filme. Im dritten spielte man *The Lost Weekend*, was er schon gesehen hatte. Trotzdem ließ er es noch einmal über sich ergehen, aß kaltes fettes Popcorn und verkroch sich im Dunkel in den muffig riechenden Plüschsessel. Beim erstenmal hatte ihm der Film gefallen, aber beim zweitenmal erschienen ihm die dramatischen Stellen trivial, und er fand Ray Milland lächerlich, wie er da mit der Suche nach versteckten Schnapsflaschen die Zeit verschwendete, in der er Jane Wyman hätte umlegen und Stories für *The New Yorker* hätte schreiben können.

Nach dem Kino war es immer noch zu früh. Er kaufte eine Flasche Bourbon, fühlte sich dabei wie Milland und fuhr dann aus der Stadt hinaus. Er suchte bedachtsam und fand einen idealen Parkplatz im Wald, mit Blick über den Oconee River, und da hielt er an und blieb einfach sitzen. Der Schmerz war jetzt sehr arg, und er fühlte sich elend und schwach. Das kam davon, sagte er sich, daß er nichts als das blödsinnige Popcorn im Magen hatte, und er ärgerte sich darüber, daß er manchmal so ein gottverdammter Idiot war.

Als er Betty Ann schließlich abholte, führte er sie zunächst in ein gutes Restaurant, das sich Max's nannte, und sie tranken erst einige Aperitifs und aßen dann zu zweit einen köstlichen Nierenbraten. Nachher gab es Brandy. Vom Restaurant fuhr er geradenwegs zu dem Parkplatz am Fluß. Er holte den Bourbon hervor, und sie hatte nichts dagegen, daß er die Flasche öffnete. Sie nahm einen langen Schluck und reichte ihm die Flasche, und er tat es ihr nach. Er schaltete das Radio ein, fand Musik und stellte den Apparat auf leise, und sie nahmen noch einen Schluck. Dann begann er sie zu küssen und fand keinen Widerstand bei ihr, nur Entgegenkommen. Er spürte ihre kleinen saugenden Küsse auf Gesicht und Nacken und wußte plötzlich mit ungläubigem Staunen, daß es das war, worauf er gewartet hatte, daß es endlich geschehen sollte – aber als es so weit war, reagierte er nicht, wie er erwartet hatte und wie von ihm erwartet wurde. Nichts geschah, und schließlich gaben sie ihre Versuche auf.

«Ich glaube, du solltest mich jetzt nach Hause bringen», sagte sie und zündete eine Zigarette an.

Er ließ den Motor an, legte aber keinen Gang ein. «Ich möchte es dir erklären», sagte er.

«Du brauchst gar nichts erklären», sagte sie.

«Es ist etwas nicht in Ordnung mit mir», sagte er.

«Das habe ich bemerkt.»

«Nein, etwas Ernstes. Ich habe Krebs.»

Sie schwieg und rauchte. Dann sagte sie: «Willst du mich frotzeln? Ist das eine neue Masche?»

«Es wäre sehr wichtig für mich gewesen. Vielleicht wärest du die einzige geblieben – wenn ich sterbe.»

«Mein Gott», sagte sie leise.

Seine Hand griff zum Schalthebel, aber ihre Fingerspitzen berührten ihn zart. «Willst du's noch einmal versuchen?»

«Ich glaube nicht, daß es was nützen würde», sagte er. Aber er stellte den Motor ab. «Ich würde gern wissen, wie eine Frau wirklich aussieht», sagte er. «Darf ich dich sehen?»

«Es ist dunkel», flüsterte sie, und er schaltete die Armaturenbrett-Beleuchtung ein.

Sie hob die Beine auf den Sitz und lehnte sich zurück, mit fest geschlossenen Augen. «Rühr mich nicht an», sagte sie.

Nach einer Weile startete er neuerlich, und als sie spürte, daß der Wagen sich zu bewegen begann, nahm sie die Beine wieder herunter. Sie hielt die Augen geschlossen, bis sie schon auf halbem Weg nach Hause waren, und wandte sich ab von ihm, während sie sich fertig ankleidete.

«Magst du Kaffee trinken?» fragte er bei einem Restaurant.

«Nein, danke», sagte sie.

Als sie zu dem Studentenhaus kamen, in dem sie wohnte, versuchte er nochmals zu sprechen, aber sie hörte nicht zu. «Leb wohl», sagte sie. «Viel Glück, Dick.» Sie öffnete die Wagentür und schlüpfte hinaus, und er blieb sitzen und sah ihr nach, wie sie auf das Haus zulief, über die Stufen und durch die geräumige Veranda, sah ihr nach, bis die Tür hinter ihr zuschlug.

Er hatte keine Lust, in sein Studentenheim zu gehen, und es wäre zu dumm gewesen, in einem Hotel zu übernachten; so fuhr er zurück ins Krankenhaus.

Dort blieb er die nächsten zehn Tage.

Eine hübsche kleine Krankenschwester mit wildem dunklem Haar spritzte ihm das Medikament intravenös. Am ersten Tag hatte er mit ihr gescherzt und nur Augen für ihren schönen Körper gehabt und gehofft, daß sein Versagen vom vergangenen Abend eine einmalige Schwäche gewesen sei, eine vorübergehende psychisch bedingte Störung und nicht eine Begleiterscheinung seiner Krankheit. Am dritten Tag merkte er nicht einmal mehr, ob sie im Zimmer war. Das Gelbkreuz verursachte ihm Durchfall und elende Übelkeit im Magen.

Der alte Arzt kam und verordnete eine neue Dosierung, aber auch von der geringeren Dosis wurde ihm übel.

Onkel Myron kam dreimal die Woche abends nach Atlanta und saß nur an seinem Bett, ohne viel zu reden.

Einmal kam auch Sheldon. Er schaute Dick unentwegt an, stotterte schließlich etwas von bevorstehenden Prüfungen, ging und kam nicht wieder.

Am Abend des zehnten Tages wurde er entlassen. «Sie müssen zweimal die Woche zur ambulanten Behandlung kommen», sagte der Alte.

«Er wird bei mir wohnen», sagte Onkel Myron.

«Nein», sagte Dick. «Ich gehe zurück an die Universität.»

«Ich fürchte, das kommt jetzt nicht in Frage», sagte der Arzt.

«Bei dir wohnen kommt aber auch nicht in Frage», erklärte er Myron. «Dann gehe ich nach Cypress. Ich laß mich nicht als Kranken behandeln.»

«Was ist los mit dir? Was denkst du dir eigentlich?» fragte Myron. «Warum mußt du so eigensinnig sein?»

Aber der Doktor verstand ihn. «Lassen Sie ihn in Ruhe. Er wird es ganz gut allein schaffen – wenigstens noch für kurze Zeit», sagte er zu Myron.

Dick packte seine Sachen am späten Vormittag, als das Haus fast menschenleer war. Nicht einmal von Sheldon verabschiedete er sich. Er verstaute seine Koffer im Wagen und den Hund auf den Koffern und das Schießeisen auf einer Decke unten hinter dem Fahrersitz, dann fuhr er noch ein paar Runden um das Universitätsgelände. Die Blätter begannen sich schon zu verfärben. Vor einem der Studentinnenhäuser war eine Schar Mädchen mit Malerbürsten und Eimern am Werk, um den Wänden einen neuen Anstrich zu geben. Um sie drängte sich eine Horde johlender und pfeifender Jungen.

Dick fuhr über die Autobahn. Innerhalb weniger Minuten hatte er den Tachometer auf hundertzwanzig Stundenkilometer hinaufgejagt, der kleine blaue Sportwagen ging kreischend in die Kurven und schoß in den Geraden dahin, während der Hund winselte und Dick dauernd darauf wartete, daß der Wagen aus einer Kurve getragen oder an einen Baum, eine Mauer oder einen Telefonmast geschleudert würde. Aber nichts geschah, der Tod griff nicht ein, nicht einmal ein Polizist hielt ihn mit einem Strafmandat wegen zu schnellen Fahrens auf, und so jagte er, wie in einer Rakete, durch halb Georgia.

Er richtete sich wieder im Haus seines Vaters ein und stellte zum Aufräumen und Kochen eine Negerin an, die Frau eines Lastwagenfahrers, der die Möbellieferungen für das Geschäft durchführte. Am zweiten Nachmittag seines Aufenthalts zu Hause erschien er im Betrieb, wo zwei Männer ihm versicherten, wie entsetzlich schlecht er aussehe, und einer ihn nur wortlos anstarrte. Von da an blieb er der Möbelfabrik fern. Manchmal ging er mit dem Hund in die Wälder, und der winselte und tänzelte, wenn er Wachteln oder Wildtauben entdeckte, aber Dick unternahm keinen Jagdversuch mehr. Es gab Tage, an denen er es gekonnt hätte, Tage, an denen sich die Taubheit in den Fingern und der Schmerz nicht meldeten. Aber ihm war nicht mehr nach Töten zumute. Zum erstenmal kam ihm zu Bewußtsein, daß er Leben ausgelöscht hatte, wenn er Vögel vom Himmel herunterholte, und nun schoß er nicht mehr, nicht einmal auf Tontauben.

Zweimal in der Woche unternahm er die lange Fahrt nach Atlanta ins Krankenhaus, aber er fuhr langsam, fast träge, und versuchte nicht mehr, irgend etwas zu übereilen.

Es wurde kälter. Die Maulwurfsgrillen auf dem Feld hinterm Haus verschwanden. Waren sie wirklich fort, dachte Dick, oder hatten sie sich irgendwo vergraben, um im Frühling wieder lebendig zu werden?

Er begann, über Gott nachzudenken.

Er begann zu lesen. Er las die ganze Nacht lang, wenn er nicht schlafen konnte, und er las unter Tags, bis er endlich gegen Abend über einem Buch einschlief. In den *Cypress News* las er, daß ein jüdischer Gottesdienst stattfinden sollte, und er nahm daran teil. Als die Gottesdienste zu einer allfreitäglichen Einführung wurden, zählte er zu den regelmäßigen Besuchern. Er kannte fast alle Leute dort, und jeder wußte, daß er krankheitshalber von der Universität nach Hause gekommen war. Sie waren taktvoll, und die Frauen flirteten tapfer mit ihm und bemutterten ihn und fütterten ihn beim *oneg schabat*.

Aber er fand keine Antwort im Gottesdienst. Vielleicht, dachte er, wenn sie ein religiöses Oberhaupt hätten, einen Rabbiner, der ihm helfen könnte, die Antwort auf seine Fragen zu finden. Ein Rabbiner müßte ihm doch zumindest sagen können, was er als Jude nach dem Tod zu erwarten hatte.

Als aber der Rabbiner nach Cypress kam, stellte Dick fest, daß Michael Kind jung war und selbst etwas unsicher aussah. Obwohl er weiterhin getreulich jedem Gottesdienst im Tempel beiwohnte, wußte er doch, daß er von einem so gewöhnlichen Mann das Wunder nicht erwarten konnte, das er brauchte.

An einem Sonntag, als er vor dem Fernsehapparat auf den Beginn der Sportschau wartete, sah Dick die letzten zehn Minuten der Übertragung von Billy Joe Rayes Show. Im weiteren Verlauf des Programms sah er Fischer, die im zugefrorenen Michigansee Weißfische fingen, dann bronzebraune Männer und goldbraune Mädchen, die sich in katalanischer Brandung tummelten, und er gestattete seinen Gedanken nicht, dem vorangegangenen religiösen Programm nachzuhängen. Doch am folgenden Sonntag rasierte und kleidete er sich mit Sorgfalt und reihte sich, statt vor dem Bildschirm zu sitzen, ohne viel Überlegen in die Wagenkolonne ein, die dem Zelt des Wundertäters zustrebte.

Auf Billy Joes Frage nach jenen, die ihren Frieden mit Jesus zu machen wünschten, hatte er die Hand nicht erhoben, aber er hatte die Karte genommen und unterschrieben, mit der die Gläubigen um ein persönliches

Gespräch mit dem Wundermann ansuchten. Während er in der langsam auf die Bühne sich zubewegenden Reihe stand, beobachtete er die Leute, die das Podium verließen. Ein Mann und nach ihm eine Frau warfen unter Triumphgeheul ihre Krücken von sich, ja die Frau tanzte sogar durch den Mittelgang. Andere stiegen verkrüppelt, verfallen oder irr die Stufen hinauf und verließen die Bühne am anderen Ende, allem Augenschein nach unverändert. Eine Frau tat zwei zögernde Schritte und warf dann leuchtenden Blickes ihre Krücken von sich; wenige Minuten später war sie zu Boden gefallen und kroch zu ihren Krücken hin, und ihr Gesicht war verwüstet von Verzweiflung. Aber weder sie noch einen der anderen Enttäuschten behielt Dick in Erinnerung. Er hatte das Wunder von Billy Joes Händen gesehen, und er sah immer neue Beweise.

Unmittalbar vor ihm stand ein etwa zehnjähriges taubes Mädchen. Nachdem Billy Joe für sie gebetet hatte, bedeutete er ihr, sich mit dem Gesicht zur Menge zu drehen, und sprach, da sie seine Lippen nicht mehr sehen konnte:

«Sprich mir nach: Ich liebe dich, mein Gott.»

«Ich liebe dich, mein Gott», sagte das Mädchen.

Billy Joe umfaßte ihren Kopf mit beiden Händen. «Sehet, was Gott gewirkt hat», sprach er feierlich zu der jubelnden Menge.

Nun war Dick an der Reihe. «Was fehlt dir, mein Sohn?» fragte der Wundertäter, und Dick nahm die Linse wahr, die wie ein anklagendes Auge auf ihn gerichtet war, und einen kleinen Hebel an der einen Seite der Kamera, der sich unablässig drehte und drehte.

«Krebs.»

«Knie nieder, mein Sohn.»

Er sah die Schuhe des Mannes, feine braune Schweinslederschuhe, die braunen Seidensocken, deren straffer Sitz Sockenhalter verriet, die Aufschläge beigefarbiger Leinenhosen, die maßgeschneidert aussahen. Die großen Hände des Mannes legten sich über Dicks Augen, über sein Gesicht. Die Fingerspitzen gruben sich in seine Wangen, in seine Kopfhaut, und die Handflächen, die nach dem Schweiß anderer Gesichter rochen, so daß Dick leicht schwindlig wurde, drückten auf seine Nase und seinen Mund und beugten seinen Kopf zurück.

«O Herr», sagte Billy Joe, während er Dicks Augen zudrückte, «die bösen Geister der Fäulnis fressen an diesem Mann, sie verschlingen ihn, Zelle um Zelle.

Herr, zeig diesem Mann, daß Du ihn liebst. Rette sein Leben, auf daß er mir helfe, Dein Werk zu tun. Gebiete Einhalt der Zerstörung, die seinen Körper befallen hat. Tilge aus das Übel mit dem eisernen Besen Deiner Liebe und behüte diesen Mann vor weiterem Unheil durch Krebs, Tumor und andere teuflische Krankheit. Herr–» Die Finger, die groß wie Würste und voll der Stärke waren, strafften sich zu Krallen und umklammerten schmerzhaft Dicks Gesicht.

«HEILE!» befahl Billy Joe.

Zu seiner Verwunderung spürte Dick an diesem Abend und auch am nächsten Tag keine Schmerzen. Das kam freilich zuweilen vor, und er wagte noch nicht, zu hoffen. Aber ein weiterer Tag verging, eine weitere Nacht, es vergingen noch zwei Tage und zwei Nächte der schmerzfreien Pause.

In dieser Woche fuhr er zweimal nach Atlanta, erschien zur festgesetzten Stunde im Krankenhaus, ließ sich vom diensthabenden Arzt eine Kanüle in die Ader einführen und wartete, während das Gelbkreuz in seinen Blutkreislauf tropfte – tropfte – tropfte. Am Sonntag darauf fuhr er wieder zum Zelt, um Billy Joe Raye zu sehen, und am folgenden Dienstag fuhr er nicht ins Krankenhaus, auch am Donnerstag nicht. Obwohl er kein Gelbkreuz bekommen hatte, hielt die Schmerzfreiheit an, und er begann, sich wieder kräftig zu fühlen. Er betete viel. Vor dem Feuer liegend und den Hund zwischen den Ohren kraulend, gelobte er Gott, im Falle seiner Errettung ein Jünger von Billy Joe Raye zu werden. Viele Stunden lang träumte er davon, wie er selbst ein Gebetsmeeting leiten würde – mit Hilfe des Trompeters Gottes und eines Mädchens. Das Gesicht des Mädchens veränderte sich von Traum zu Traum, ebenso wie ihre Haarfarbe. Aber immer war sie wohlgestaltet und schön, ein Mädchen, das auch von Billy Joe gerettet worden war und das nun gemeinsam mit Dick das Glück eines Lebens für Gott genoß.

Am Sonntag nach dem Meeting wandte sich Dick an einen Ordner. «Ich möchte gern auf irgendeine Art helfen», sagte er. «Mit einer Spende vielleicht.»

Der Mann führte ihn in ein kleines Büro hinter einer Trennwand; dort wartete er als dritter in einer Reihe, bis ein dicker Mann mit freundlichem Gesicht ihm zeigte, wo er zu unterschreiben hatte, um Freund der Gesundheit durch Glauben zu werden; gleichzeitig verpflichtete er sich zu einer Zahlung von sechshundert Dollar im Laufe der nächsten zwölf Monate.

Inzwischen hatte der Arzt schon mehrmals mit Onkel Myron telefoniert und ihm mitgeteilt, daß Dick die Behandlung abgebrochen habe. Myron erschien im Haus seines Neffen, und es gab eine häßliche Szene. Dick überstand sie unerschüttert, indem er sich sagte, daß es sich ja schließlich um *seine* Rettung handelte.

Am Samstagnachmittag wurde er ohnmächtig. Als er wieder zu sich kam, war auch der Schmerz wieder da, schlimmer als zuvor.

Am Sonntag wurde es noch ärger. Etwas in seiner Brust schien nach außen zu drängen, gegen die Lungen vielleicht, so daß er ihm schwer wurde, voll durchzuatmen, und er merkte, wie er kleinmütig wurde.

Er fuhr hinaus zum Zelt und saß auf einem der harten hölzernen Klappstühle und betete.

Als er aufstand, um sich den an Billy Joe vorbeiziehenden Besuchern anzureihen, wurde er gewahr, daß in der Reihe hinter ihm der Rabbiner saß.

Zur Hölle mit ihm, dachte er, aber noch im Denken sah er sich aus dem Zelt rennen und weiter über den riesigen Parkplatz, die Ellbogen krampfhaft gegen die schmerzenden Rippen gepreßt, mit bleischweren Armen und Beinen. Und nirgends ein Ort, wo er sich verstecken konnte!

Als Michael vor dem Haus des jungen Mannes anhielt, fand er es verschlossen. Es war ein hübsches Haus, altmodisch zwar, aber solid. Vernachlässigt wirkte es nicht, eher unbenützt: eines von jenen Häusern eben, die erst durch eine große Familie zum Leben erwachen.

Er ließ sich auf den Eingangsstufen nieder und blieb sitzen, bis nach einer Weile ein magerer irischer Setter, der irgendwie an einen traurigen Löwen erinnerte, um die Hausecke auf ihn zukam.

«Hallo», sagte Michael.

Der Hund verharrte reglos und blickte ihn an, schien aber dann den Fremden zu akzeptieren, denn er kam näher und legte sich quer auf eine der Stufen, die rotbraune Schnauze an Michaels Knie gelehnt. So verharrten die beiden, der Rabbi unablässig die Ohren des Hundes kraulend, bis der blaue Sportwagen in der Zufahrt erschien.

Minutenlang blieb Dick Kramer im Wagen sitzen und starrte die beiden an. Endlich stieg er aus und kam über den Rasen auf das Vorhaus zu.

«Der alte Lump hat das gern», sagte er. Er zog den Schlüsselbund aus der Tasche, schloß die Tür auf, und Rabbi wie Hund traten hinter ihm ins Haus, ohne erst eine Einladung abzuwarten.

Das Wohnzimmer war geräumig und gemütlich eingerichtet, wirkte aber mit seinen Geweihen über dem großen gemauerten Kamin und dem verglasten Gewehrschrank eher wie das Innere einer Jagdhütte.

«Trinken Sie etwas?» fragte Dick.

«Mit Ihnen gern», sagte Michael.

«Und ob ich trinken werde! Man hat mir geesagt, daß ein gelegentlicher Schnaps meinen Nerven guttut. Es ist Bourbon. Wasser dazu?»

«Gern.»

Sie gossen es hinunter und saßen dann schweigend, die geleerten Gläser in der Hand, bis Dick sie nachgefüllt hatte.

«Wollen Sie sich's von der Seele reden?»

«Wenn ich das gewollt hätte, dann wäre ich, verdammt noch mal, längst zu Ihnen gekommen. Haben Sie sich das nicht denken können?»

«Doch, doch, natürlich.» Er erhob sich. «Nun, dann ist es wohl besser, ich gehe jetzt. Und danke für den Schnaps.»

Aber an der Tür rief ihn Dick zurück. «Es tut mir leid, Rabbi. Bleiben Sie doch da.»

Michael kehrte um und nahm Platz. Der Hund machte sich's leise ächzend zu Füßen seines Herrn bequem. Michael griff nach seinem Glas und tat einen langen Zug. Dann, nach einer kleinen Pause, begann Dick Kramer zu reden.

Als er geendigt hatte, schwiegen sie wieder eine Weile.

«Warum sind Sie denn nicht zu mir gekommen?» fragte Michael schlicht.

«Sie hatten mir nichts zu geben», sagte Dick. «Zumindest nicht das, was ich suchte, Billy Joe schon. Und eine Zeitlang schien es auch, als hätte er Erfolg gehabt. Und ich hätte einfach alles für ihn getan, wenn es wahr gewesen wäre.»

«Wenn Sie mich fragen, so sollten Sie jetzt schleunigst wieder zu Ihrem Arzt gehen», sagte Michael. «Das ist wohl das wichtigste.»

«Und nicht zu Billy Joe Raye. Sie raten mir davon ab?»

«Das müssen Sie schon mit sich selbst abmachen», sagte Michael.

«Wissen Sie, wenn ich wirklich an ihn hätte glauben können, dann, glaube ich, hätte ich's geschafft. Aber meine jüdische Skepsis hat das nicht zugelassen.» Dick Kramer lächelte traurig.

«Schieben Sie nicht die Schuld auf Ihr Judentum. Die Wunderheilung ist ein altes jüdisches Konzept. Auch Christus gehörte zu den Essenern, das waren jüdische Heilige, die ihr Leben dem Heilen menschlicher Leiden verschrieben hatten. Und noch vor ein paar Jahren haben kranke Juden in Europa und Asien alle möglichen Reisestrapazen auf sich genommen, nur um von einem Wunderrabbi berührt zu werden, dem Heilkraft nachgerühmt wurde.»

Kramer griff nach Michaels Rechter, die das Glas umfaßt hielt. Er hob sie empor und musterte sie. «Berühren Sie mich», sagte er.

Aber Michael wehrte ab. «Bei mir funktioniert das leider nicht», sagte er. «Ich habe keinen heißen Draht zu Gott.»

Der Junge lachte und schob die Hand des Rabbi von sich, wobei etwas von dem Glasinhalt über den Rand spritzte.

«Und wie sonst können Sie mir helfen?»

«Sie müßten versuchen, keine Angst zu haben.»

«Es ist mehr als Angst. Zugegeben, ich *habe* Angst. Aber weit mehr ist es das Wissen um all das, was ich nie werde tun können. Ich habe noch nie eine Frau gehabt, habe noch nie eine große Reise gemacht. Ich habe der Welt noch nichts zu hinterlassen, nichts getan, was die Welt besser gemacht hätte, als sie vor meiner Zeit gewesen ist.»

Michael suchte nach einer Antwort und bedauerte, getrunken zu haben. «Haben Sie jemals für einen Menschen Liebe empfunden?»

«Gewiß.»

«So haben Sie das Gute vermehrt in der Welt, und zwar um Unermeßliches. Und was die Abenteuer betrifft – wenn das, wovor Sie Angst haben, wahr ist, dann werden Sie bald das größte Abenteuer erleben, das dem Menschen bevorsteht.»

Dick schloß die Augen.

Michael dachte daran, daß heute sein Hochzeitstag war und daß Leslie zu Hause auf ihn wartete. Aber er konnte nicht aufstehen. Er ertappte sich beim Studium all der Gewehre in dem Waffenschrank und besonders des einen, das in der Kaminecke lehnte und dem ein fettiger Putzlappen aus der einen Mündung heraussah. Plötzlich fiel ihm die Nacht in Miami Beach wieder ein und die deutsche Armeepistole in der Hand des kleinen verzweifelten Mannes. Aber als er aufsah, begegnete er den Augen des lächelnden Dick.

«So nicht», sagte er.

«Das glaube ich Ihnen», sagte Michael.

«Da muß ich Ihnen etwas erzählen», sagte Dick. «Vor zwei Jahren sollte ich hinunter ins Sumpfgebiet, mit einer Handvoll Burschen, die da unten eine Jagdhütte haben. Es war zu Beginn der Hochwildjagd. Aber mir kam eine scheußliche Erkältung dazwischen, und ich gab ihnen Bescheid, mit mir nicht zu rechnen. Doch am Tag des Jagdbeginns litt es mich nicht länger, und ich stand zeitig auf, nahm mein Gewehr und ging in den Wald. Und nur vierhundert Meter von hier, wo wir beide jetzt sitzen, kaum drei Schritte von der Straße entfernt, sah ich ein Prachtstück von einem jungen Bock und erlegte ihn mit dem ersten Schuß.

Er lebte noch, als ich bei ihm angelangt war, und so griff ich nach dem Jagdmesser und schnitt ihm die Kehle durch. Aber das Vieh war nicht kaputtzukriegen und starrte mich an mit seinen großen braunen Augen und hielt das Maul offen und gab blökende Laute von sich wie ein altes Schaf. Schließlich setzte ich ihm die Mündung an den Kopf und drückte ab. Aber noch immer war es nicht aus, und ich wußte nicht mehr, was ich tun sollte. Ich hatte ihn aufs Blatt getroffen, ihm den Kopf durchschossen und die Gurgel durchschnitten. Ich konnte ihn doch nicht aufbrechen und abhäuten, solange noch Leben in ihm war. Und wie ich noch dasaß und überlegte, raffte er sich auf und verschwand zwischen den Bäumen. Es begann zu regnen, und ich brauchte zwei Stunden, um den Platz zu finden, wo er endlich im Unterholz zusammengebrochen war. Damals hab ich mir beinah eine Lungenentzündung geholt.

Ich habe viel über dieses zähe Vieh nachgedacht», fügte er hinzu.

Michael wartete noch, bis die Negerin da war, die für Dicks Abendessen sorgte. Dann erst verließ er ihn, der da mit dem Hund weiter vor dem kalten Kamin saß und seinen Bourbon trank.

Die Luft draußen war schärfer als bei seinem Kommen und roch süßlicher. Langsam fuhr er nach Hause, im Fahren betend und im Beten in sich aufnehmend all die Schatten, all die wie mit dem Zeichenstift umrissenen Formen und all die Varianten und Schattierungen der herbstlichen Farben. Wieder zu Hause, schlang er die Arme um die über den Herd gebeugt stehende Leslie, umfaßte mit den Händen ihre Brüste und vergrub sein Gesicht in ihrem Haar. Sie ließ ihn eine Weile gewähren, wandte sich schließlich herum, küßte ihn, und er drehte die Gasflamme ab und zog sie zur Schlafzimmertür.

«Verrückter Kerl», sagte sie zwischen Lachen und Ärger. «Und was soll aus dem Abendessen werden?» Aber er schob sie weiter vor sich her und auf das Bett zu.

«So laß mich doch wenigstens noch –» sagte sie mit einem Blick auf die Schreibtischlade, wo sie das Pessar aufbewahrte.

«Nicht heute.»

Das überraschte sie so freudig, daß sie allen Widerstand aufgab.

«Jetzt wird's ein Kind», sagte sie, und ihre Augen glänzten im Widerschein des Lichtes aus der Küche.

«Ein König der Juden», sagte er und griff nach ihr. «Ein Salomon. Ein Saul. Ein David.»

Sie hob sich ihm entgegen und sagte etwas unter seinen Küssen. «Nur keinen David», sagte sie. Zumindest klang es so.

29

Die diesjährigen Ehrenmedaillen der Bruderschaft vom Tempel Sinai kamen per Post aus Atlanta. Es waren zwei hübsche Holzplaketten mit Silberauflage, und Michael wurde im Arbeitsausschuß aufgefordert, unverzüglich die Verleihungsrede auszuarbeiten.

«Mir gibt diese nationale Epidemie zu denken: überall sind wir Juden darauf aus, den *gojim* jüdische Auszeichnungen zu verleihen», sagte Michael nachdenklich. «Warum bekommt kein Jude eine Auszeichnung von den *gojim*, oder, noch besser, warum bekommt kein Jude eine Auszeichnung von Juden?»

Die Ausschußmitglieder blickten ein wenig ratlos, bevor sie zu lachen begannen.

«Erst einmal setzen Sie diese Ansprache auf, Rabbi», sagte Dave Schoenfeld. «*Wir* geben denen Schnaps und ein gutes Essen für den Bauch, Sie rühren ihnen mit Ihrer Rede das Gemüt, und ich überreiche dann die Orden für die Brust.» Und dann kam man überein, daß die Veranstaltung an einem Sonntagabend in sechs Wochen stattfinden sollte.

Zwei Tage später bekam Michael, der gerade in seinem Büro saß und an seiner Predigt für die kommende Woche herumfeilte, Besuch.

Es war Billy Joe Raye, der verlegen auf seinem Sessel herumwetzte, die Füße linkisch auf dem Boden und den Hut auf den Knien. Er strahlte. «Ich dachte, es sei reichlich an der Zeit, Ihnen einen gutnachbarlichen Besuch abzustatten, Rabbi», sagte er. «Ich habe Ihnen auch eine Kleinigkeit mitgebracht.»

Es war das Neue Testament auf hebräisch.

«Ich habe es speziell für unsere jüdischen Freunde drucken lassen.»

«Sehr schön», sagte Michael. «Ich danke Ihnen.»

«Neulich habe ich da einen Ihrer jungen Freunde auf der Straße getroffen, den jungen Richard – wie heißt er nur gleich?»

«Kramer?»

«Genau den. Er hat mir gesagt, daß er nicht mehr zu mir kommen möchte. Sie hätten ein langes Gespräch mit ihm geführt.»

«Stimmt.»

«Ein netter, sauberer Bursche. Schade um ihn.» Kopfschüttelnd blickte er vor sich hin. «Natürlich liegt mir daran, daß Sie nicht etwa glauben, ich hätte ihn zu meinen Meetings gelockt. Ich hab ihn zum erstenmal gesehen, als er zu mir ins Zelt kam.»

«Das ist mir bekannt», sagte Michael.

«Natürlich. Der Himmel sei mein Zeuge, daß Leute wie Sie und ich gerade genug zu tun und es nicht nötig haben, einander was wegzuschnappen. Wie zwei hühnerzüchtende Nigger.» Er lachte vor sich hin, und auch Michael lächelte bedächtig, als er ihn zur Tür geleitete.

Drei volle Wochen vergingen, bevor er sich wieder überwand, an die Ehrenplaketten zu denken. Innerhalb der nächsten zehn Tage schrieb er drei Fassungen seiner Verleihungsansprache. Es ging ihm nur langsam und schwer von der Hand, und jeden dieser Entwürfe zerriß er schließlich und warf ihn weg.

Zwei Tage vor dem Festmahl setzte er sich hin und schrieb die Rede rasch und fast ohne Korrekturen nieder. Kurz, aber treffend, dachte er, während er sie las. Und außerdem wahr, erkannte er mit einem plötzlichen Gefühl der Beklemmung.

Nachdem die Dessertteller und Kaffeetassen weggeschoben waren, erhob sich Michael und begrüßte die Anwesenden – die Mitglieder seiner Synagoge und die zu Ehrenden, die prominenten Christen, am Kopfende der Tafel.

«Wenn ein Geistlicher neu in eine fremde Stadt kommt, so macht er sich Sorgen über das religiöse Klima. Und ich muß zugeben, daß auch ich mir Sorgen gemacht habe, als ich hierher nach Cypress kam. Was habe ich hier angetroffen? Ich habe eine Gemeinde vorgefunden, in der die verschiedenen Bekenntnisse einander in bemerkenswert zivilisierten Formen gegenüberstehen.»

Richter Boswell blickte auf Nance Crant, lächelte und nickte.

«Ich habe eine Gemeinde vorgefunden, in der die Baptisten den Juden ihr Gotteshaus zur Verfügung stellen und die Methodisten Eintrittskarten für die geselligen Veranstaltungen der Baptisten kaufen.

Ich habe eine Gemeinde vorgefunden, in der die Anhänger der Episkopalkirche die Kongregationalisten respektieren und Lutheraner mit Presbyterianern friedlich zusammenarbeiten.

Eine Gemeinde, die den Sabbat achtet und ihm einen hohen Wert zuerkennt. Eine Gemeinde, die jedermann dazu ermutigt, in seiner eigenen Art Gott zu dienen.»

Richter Boswell zog die Brauen hoch, nickte Dave Schoenfeld besinnlich und voll Anerkennung zu und schob die Unterlippe etwas vor, wie er im Gerichtssaal zu tun pflegte, wenn er dem Wahrspruch der Geschworenen lauschte.

«Ich habe in Cypress eine Gemeinde angetroffen, in der die Gefühle der Brüderlichkeit nicht haltmachen an den Grenzen der verschiedenen Glaubensbekenntnisse, sondern frei dahinströmen wie frisches, gottgegebenes Wasser, dem Menschenwerk verbindende Kanäle geschaffen hat», sagte Michael.

«Doch ich fand noch etwas sehr Merkwürdiges.

Dieses Gefühl der Brüderlichkeit, hinströmend durch ober- und unterirdische Kanäle verbindet an die sechzig Prozent der Bevölkerung dieser Gemeinde.»

Richter Boswell hatte lächelnd ein Wasserglas an die Lippen gehoben. Als er es wieder hinstellte, war das Lächeln noch auf seinem Gesicht wie aufgemalt. Es welkte langsam dahin, einer sich schließenden Blume gleich.

«In Cypress ist das Gefühl der Brüderlichkeit wie eine trennscharfe chemische Substanz: es löst sich in nichts auf, wenn es mit einer farbigen Haut in Berührung kommt», sagte Michael.

«Dies wäre also mein Eindruck von dem Makrokosmos dieses Gemeinwesens.

Der Mikrokosmos besteht für mich aus meiner eigenen Gemeinde, mit der ich vertraut bin. So laßt uns also die dreiundfünfzig Familien betrachten, die dem Tempel Sinai von Cypress, Georgia, angehören.

Drei Mitglieder dieser Gemeinde sind Eigentümer von Geschäften, in denen an Männer, Frauen oder Kinder, deren Haut nicht weißer ist als die Haut vom Weib des Moses war, weder Speise noch Trank verkauft wird.

Zwei Mitglieder dieser Gemeinde sind Eigentümer von Geschäften, in denen farbigen Personen weder Herberge noch Unterkunft gewährt wird.

Mehrere Mitglieder unserer Gemeinde verkaufen an Neger minderwertige Ware auf Kredit, nach einem Ratensystem, das die Kundschaft zu Schuldnern macht.

Eines unserer Gemeindemitglieder ist Inhaber einer Zeitung, die jedermann mit Miss, Missus oder Mister tituliert – es sei denn, er oder sie sei farbig.

Die gesamte Gemeinde benützt eine Autobuslinie, in deren Fahrzeugen Neger die Rücksitze einnehmen oder stehen müssen, während in den vorderen Abteilen noch Sitze frei sind.

Diese meine Gemeinde lebt in einer Stadt, in deren Negerviertel viele der vermieteten Häuser aus Gesundheitsgründen abgerissen und neu gebaut werden sollten.

Sie unterstützt ein Erziehungssystem, das Negerkinder in elende Schulen verbannt – Schulen, in denen kein aufgeweckter Verstand sich entwickeln kann.»

Er machte eine Pause.

«Was, zum Teufel, soll das alles?» sagte Sunshine Janes zum Sheriff.

«Wir sind heute hier zusammengekommen, um zwei hervorragende Bürger dieser Stadt für ihre Brüderlichkeit auszuzeichnen», fuhr Michael fort. «Aber steht es *uns* zu, solche Auszeichnungen zu verleihen?

Durch die Verleihung implizieren wir, daß wir selbst in einem Zustand der Brüderlichkeit leben.

Ich sage euch aber in ernster Sorge, daß dem nicht so ist. Und ich glaube nicht, daß wir die Brüderlichkeit anderer richtig zu erkennen und anzuerkennen imstande sind, solange es uns nicht gelingt, sie in uns selbst zu verwirklichen.

Ich begrüße die Absicht, in der wir uns heute hier zusammengefunden haben. Aber weil dieses Unternehmen auf die größte Gefahr verweist, die unseren menschlichen Seelen in den kommenden Tagen und Jahren droht, sehe ich mich zu ernster Warnung gezwungen.

Solange wir nicht fähig sind, einen Neger anzuschauen und einen Menschen zu sehen, tragen wir alle das Zeichen Kains.

Es kann keine Brüderlichkeit geben, solange wir nicht wirklich, in unserem tatsächlichen Handeln, jedes Menschen Bruder sind, sagt Dostojewskij.»

Zwei Dinge nahm er wahr, als er die *bema* verließ: den Ausdruck in Richter Boswells Augen und den lauten, einsamen Applaus seiner Frau, der ihm wie ein Klangsignal den Weg nach Hause wies.

Zwei Abende später durchbrachen Ronnie und Sally Levitt die Mauer des Schweigens, mit der die Gemeinde die Kinds umgeben hatte.

«Ich muß zugeben», sagte Ronnie Levitt, «daß ich bis vor ein paar Stunden die Meinung aller anderen geteilt habe. Schließlich hab ich diese verdammten Auszeichnungen mit meinem eigenen Geld gekauft und bezahlt. Sie dürfen nicht vergessen, daß Cypress nicht New York ist. Und es ist auch nicht Atlanta oder New Orleans. In solchen großen Städten kann man vielleicht die Leute vor den Kopf stoßen und trotzdem durchkommen. Aber hier? Wenn wir uns hier von der Mehrheit absondern, können wir gleich unsere Geschäfte zusperren. Und wir werden nicht zugeben, daß Sie unsere Existenz ruinieren.»

«Das habe ich auch nicht von Ihnen erwartet, Ronnie», sagte Michael.

«Hören Sie zu. Ich nehme an, daß sich die Aufregung legen wird, wenn Sie nur ein bißchen geschickt sind. Ich bin, im Gegensatz zu einigen von unsren Leuten, nicht der Meinung, daß Sie sich entschuldigen sollen. Das würde die Dinge nur schlimmer machen. Wir werden einfach privat erklären, daß Sie jung sind und aus dem Norden kommen und daß Sie von nun an Ihre Zunge besser im Zaum halten werden; und damit wird die ganze Geschichte schließlich einschlafen.»

«Nein, Ronnie», sagte Michael freundlich.

Sally Levitt brach in Tränen aus.

Sie ließen fast alles zurück und nahmen nur leichtes Gepäck mit. «Es wäre zu mühsam, die ganze Strecke im Auto zu fahren», sagte Michael. Sie hatten etwas Geld gespart, und Leslie war einverstanden. So fuhren sie also im Wagen nach Augusta und flogen von dort nach New York.

Rabbi Sher seufzte, nachdem er die Geschichte gehört hatte. «Wie schwer Sie doch uns allen das Leben machen», sagte er. «Wenn Sie wenigstens unrecht hätten!» Er untersagte Michael, seine Unterrichtstätigkeit wiederaufzunehmen. «Wenn Sie nicht achtgeben, werden Sie lebenslang kleinen Kindern Hebräischunterricht geben», sagte er. «Und wie entsetzlich friedlich wäre dann jedermann außerhalb Ihres Klassenzimmers.»

Die Vorverhandlungen dauerten drei Wochen, und schließlich flog Michael nach Kalifornien, um dort eine Gastpredigt zu halten. Er bekam den Posten als Rabbiner am Tempel Isaiah in San Francisco.

«Dort unten sind sie alle Nonkonformisten, und es ist schließlich fast fünftausend Kilometer von hier», sagte Rabbi Sher. «Wenn Sie nur dort blieben bis zu Ihrem seligen Ende als hochbetagter Mann.»

Sie flogen zurück nach Augusta und fuhren in ihrem blauen Plymouth wieder in Cypress ein, genau elf Monate und sechzehn Tage nach ihrem ersten Eintreffen in dieser Stadt.

In ihrem Haus in Piedmont Road fanden sie alles unverändert vor, wie sie es vor drei Wochen verlassen hatten.

Gemeinsam packten sie ihre Bücher. Michael rief Railway Express an und ließ Schreibtisch und Bücher per Schiffsfracht nach Kalifornien transportieren. Sie hatten einen Teppich und eine Lampe gekauft, und nach langem Hin und Her verfrachteten sie auch den Teppich und ließen die Lampe zurück.

«Ich muß in meinem Arbeitszimmer im Tempel noch Ordnung machen», sagte er zu Leslie.

Er parkte den Wagen an der Zufahrt zum Tempel Sinai und bemerkte sogleich die Reste des Kreuzes auf dem Rasen. Lange stand er davor und betrachtete es, ehe er die Tür aufsperrte. Williams, der *schamess*, war nirgends zu sehen; überdies nahm Michael als gegeben an, daß es wohl kaum nach seinem Geschmack sein würde, die Spuren des Klans oder ihm nahestehender Gruppen zu beseitigen. Im Geräteschuppen fand er einen Rechen und einen Spaten, und er harkte die Asche und die verkohlten Holzstücke sorgfältig zusammen, lud alles auf einen Schubkarren und stopfte es in die schon überquellende Abfalltonne im Hinterhof. Dann kehrte er in den Vorgarten zurück und untersuchte, was übriggeblieben war. Der oberste Teil des Kreuzes war offensichtlich schon in Flammen aufgegangen, bevor das ganze Feuerzeichen umgestürzt war und auf der Erde zu Ende gebrannt hatte. Das Ergebnis war ein T-förmiger, schwarz in den Rasen geätzter Fleck, jeder T-Balken an die zwölf Fuß lang. Michael stieß den Spaten in die Erde und begann den Rasen die Brandlinien entlang umzustechen. Es war ein alter Rasen mit tiefreichenden, verfilzten Wurzeln, die wie ein Schwamm nachgaben, ehe der Spaten sie durchstechen konnte. Michael geriet bald in Schweiß.

Ein grüner Chevrolet, ein Vorkriegsmodell, aber sauber und glänzend, fuhr langsam vorbei. Drei Häuser nach dem Tempel hielt der Fahrer an und schob im Retourgang zurück. Ein sehr dunkler Neger stieg aus, setzte sich auf den vorderen Kotflügel des Wagens und rollte die Ärmel seines blauen Arbeitshemdes auf. Er war groß und mager, das schon sehr schüttere Haar war graumeliert. Ein paar Minuten lang beobachtete er Michael schweigend, dann räusperte er sich.

«Das Pech ist», sagte er, «daß man frisch säen muß, dort, wo Sie jetzt umstechen. Das wächst dann heller nach als der übrige Rasen. Das Kreuz wird man immer noch sehen.»

Michael hielt inne und lehnte sich an seinen Spaten. «Sie haben recht», sagte er stirnrunzelnd und blickte nieder auf das schon halb umgestochene T. «Könnte ich nicht einfach die Ecken verbinden?» überlegte er. «Dann wäre nur mehr ein grünes Dreieck da.»

Der Mann nickte. Er griff durch das Wagenfenster und zog den Zündschlüssel ab, ging dann zum Kofferraum und holte einen Spaten heraus. Er kam heran und trieb das halbmondförmige Blatt in den Rasen, an der Stelle, wo sie das Kreuz verbrannt hatten. Sie arbeiteten schweigend, bis das Dreieck umgestochen war. Auf dem Gesicht des Negers hatten sich kleine Schweißperlen gebildet, sein Schädel glänzte dunkel. Er zog ein großes Taschentuch heraus und wischte sich bedächtig über Gesicht und Nacken, trocknete auch seine Glatze und den Haarkranz und schließlich seine Handflächen.

«Ich heiße Lester McNeil», sagte er.

Auch Michael stellte sich vor, und sie schüttelten einander kräftig die Hände.

«Ich heiße Michael Kind.»

«Ich weiß, wer Sie sind.»

«Dank für Ihre Hilfe», sagte Michael. «Sie haben ein prächtiges Stück Arbeit geleistet.»

Der Mann wehrte ab. «Muß ich wohl. Bin Gärtner von Beruf.»

Er blickte nieder auf das Dreieck. «Wissen Sie was», sagte er. «Wir brauchen hier nur drei kleine Ecken dazuzumachen, dann wird draus so einer von euren Sternen.»

«Richtig», sagte Michael. «Ein Davidstern.» Sie begannen wieder zu arbeiten, und bald waren sie so weit.

McNeil ging noch einmal zu seinem Kofferraum und kam mit einem Pappkarton voll Samenpäckchen zurück. «Zum Selbstkostenpreis», sagte er. «Was Großartiges wird ja nicht daraus werden. Viele werden gar nicht aufgehen, aber einige doch. Was für Blumen wollen wir setzen?»

Sie säten Verbenen in die Mitte des Sterns und blaues Alyssum in seine Ecken. «Ein bißchen spät, sie jetzt auszusäen», sagte McNeil. «Aber wenn Sie gut gießen, werden sie schon noch kommen.»

«Ich werde nicht mehr da sein», sagte Michael.

«Wir haben so was reden gehört», sagte McNeil. «Na, vielleicht wird's genug regnen.» Er verstaute Spaten und Samen wieder im Kofferraum. «Wissen Sie was», sagte er, «ich werde hin und wieder vorbeikommen, ihnen an Ihrer Statt was zu trinken geben.»

«Das wäre nett», sagte Michael und fühlte sich plötzlich sehr wohl. «Vielleicht könnten wir das einführen: Wo ein Kreuz verbrannt wurde, werden Blumen gepflanzt.»

«Wäre gut für's Geschäft», sagte McNeil. «Weil wir grad von Trinken reden – hätten Sie was? Die Arbeit macht meine Kehle trocken wie ein Beet ohne Wasser.»

«Kommen Sie», sagte Michael.

Im Eisschrank in der Küche fand er nichts als eine halbvolle Flasche Orangensoda, die von einer *bar-mizwe* vor sechs Wochen übriggeblieben war, und auch das war schal geworden.

«Ich fürchte, wir werden uns mit Wasser zufriedengeben müssen», sagte er und schüttete die abgestandene Limonade in den Ausguß.

«Ich trinke nichts Moussierendes, außer einer Flasche Bier jeden Abend nach der Arbeit, zum Staubwegschwemmen», sagte McNeil. Sie ließen das Wasser rinnen, bis es kalt war, und dann trank Michael zwei Glas davon und McNeil deren vier.

«Warten Sie einen Augenblick», sagte Michael. Er ging zur *bema*, schob den schwarzen Samtvorhang hinter dem Pult zur Seite und holte eine halbvolle Flasche Portwein hervor.

Davon schüttete er etwas in die beiden Gläser, und sie stießen an und lachten einander zu. *«L'chajem»*, sagte Michael.

«Was immer das heißen mag – dasselbe von mir», sagte McNeil. Sie stießen nochmals an und schütteten drei Finger hoch warmen Manischewitz, pur, hinunter.

Als die Zeit zur Abreise gekommen war, rief Leslie Sally Levitt an. Sally kam herüber, und die beiden Frauen umarmten einander, weinten und versprachen, einander zu schreiben. Ronnie kam nicht, und auch sonst niemand von der Gemeinde. Michael wußte niemanden, den er noch zu sehen wünschte, außer Dick Kramer, und so fuhren sie, als sie die Stadt verließen, an seinem Haus vorbei. Tür und Fenster waren verschlossen. Ein Zettel am Eingang teilte mit, daß Post an die Adresse von Myron Kramer, 29 Laurel Street, Emmetsburgh, Ga., nachzusenden sei.

Leslie saß am Steuer, während sie vorbei an General Thomas Mott Lainbridges von Tauben besudeltem Denkmal fuhren, durch das Negerviertel, auf die Autobahn, vorbei an Billy Joe Rayes Zelt und hinaus über die Stadtgrenze.

Michael lehnte sich zurück und schlief. Als er erwachte, hatten sie Georgia schon hinter sich gelassen, und er schaute lange Zeit schweigend hinaus in die Landschaft von Alabama, die langsam vorüberzog.

«Ich hab es falsch angepackt», sagte er schließlich.

«Denk nicht mehr dran. Es ist vorüber», sagte sie.

«Ich hätte die Sache nie so direkt angehen dürfen. Hätte ich es mit mehr Takt angefangen, dann hätte ich dort bleiben und langsam im Lauf der Jahre eine Bresche schlagen können.»

«Es hat keinen Sinn, darüber nachzudenken, was gewesen wäre, wenn», sagte sie. «Es ist vorüber. Du bist ein guter Rabbiner, und ich bin stolz auf dich.»

Ein paar Kilometer lang fuhren sie schweigend, dann begann sie zu lachen. «Ich bin froh, daß wir nicht geblieben sind», sagte sie und erzählte ihm, wie sich Dave Schoenfeld am Abend des Wolkenbruchs ihr gegenüber benommen hatte.

Michael schlug mit der flachen Hand auf das Armaturenbrett. «Dieser schlechte Kerl von einem *mamser*», sagte er. «Nie hätte er das bei der Gattin des Rabbiners versucht, wenn du eine jüdische Frau wärest.»

«Ich bin eine jüdische Frau.»

«Du weißt, was ich meine», sagte er nach einer Weile.

«Nur zu gut», gab sie kurz zur Antwort.

Aber die Verstimmung blieb zwischen ihnen, ein ungeladener und widerwärtiger Mitreisender, und fast zwei Stunden lang sprachen sie wenig und nur das Nötigste miteinander. Dann hielten sie an einer Tankstelle außerhalb von Anniston, um Leslie die Gelegenheit zu geben, die Toilette aufzusuchen, und nun setzte sich Michael ans Steuer. Als sie wieder auf der Straße waren, legte er den Arm um ihre Schultern und zog sie an sich.

Nach einer Weile sagte sie ihm, daß sie ein Kind erwarte, und die nächsten dreißig Kilometer fuhren sie wieder schweigend dahin. Aber diesmal war es ein anderes Schweigen, das sie einhüllte: Michael spürte, wie sein Arm schwer wurde, aber noch immer hielt er Leslies Schultern umfaßt, während ihre Hand leicht auf seinem Schenkel ruhte, eine Gabe der Liebe.

DRITTES BUCH

Die Wanderung

Woodborough, Massachusetts
Dezember 1964

30

Die Wärterin Miss Beverly war ein munteres Mädchen, zart und zäh; sie arbeitete im Krankenhaus, um sich ihre Ausbildung am Institut für Leibeserziehung der Bostoner Universität zu verdienen. Da sie von der heilsamen Wirkung körperlicher Bewegung überzeugt war, hatte sie von Dr. Bernstein die Erlaubnis erwirkt, mit Leslie und einer Patientin namens Diane Miller einen langen Spaziergang zu machen. Sie hatten einander sogar an den Händen gefaßt und waren ein bißchen gelaufen. So kamen sie durchfroren und vergnügt ins Spital zurück und freuten sich auf die heiße Schokolade, die Miss Beverly zu machen versprochen hatte.

Leslie war eben im Begriff gewesen, ihren Mantel auszuziehen, als sich die Seraphin, fauchend wie eine Katze, auf Mrs. Birnbaum stürzte. Sie sahen, wie die Rasende zweimal den Arm hob und fallen ließ, sahen die winzige Klinge in ihrer Hand im trüben gelblichen Licht aufblitzen, und dann sahen sie, wie es unfaßbar rot auf den Boden tropfte, und hörten einen häßlichen Laut: Mrs. Birnbaums Stöhnen.

Miss Beverly hatte Mrs. Seraphins Hand am Gelenk erfaßt und zurückgerissen und hielt sie hoch wie ein Schwergewichtsringer im Fernsehen, aber da Mrs. Seraphin die weitaus Größere war, konnte ihr die Wärterin das Messer nicht aus der Hand winden. So rief Miss Beverly schließlich um Hilfe, und schon kamen sie von allen Seiten herbeigerannt. Die Nachtschwester Rogan stürzte mit einer zweiten Wärterin aus dem Schwesternzimmer, und von draußen aus der Vorhalle kam Schwester Peterson mit bleichem Gesicht und schreckgeweiteten Augen.

Mrs. Birnbaum weinte noch immer und rief nach einem Menschen namens Morty, und Mrs. Seraphin hörte nicht auf zu schreien, und in dem Handgemenge mit ihr war irgend jemand in die Blutlache getreten, so daß der Boden jetzt allenthalben mit roten Fußspuren bedeckt war.

Leslie fühlte sich einer Ohnmacht nahe. Sie wandte sich um und ging auf die Tür zu, die Schwester Peterson angelehnt gelassen hatte. An der Tür machte sie noch einmal halt. Nur Diane Miller starrte sie an. Leslie lächelte ihr beruhigend zu, ging aus der Abteilung und schloß die Tür hinter sich.

Sie ging durch die Vorhalle, vorbei an dem leeren Schalter, wo Schwester Peterson hätte sitzen und ihre Fernsehillustrierte lesen sollen, trat in den kleinen Windfang zwischen innerer Tür und Eingangstor. Da stand sie im Dunkeln, sog den Duft der kalten, frischen Luft ein, die durch den Spalt der Außentür drang, stand und wartete darauf, daß jemand käme und ihr sagte, daß sie hier nichts zu suchen hätte.

Aber es kam niemand.

Nach ein paar Minuten öffnete sie die Außentür und trat ins Freie.

Sie wollte noch einen Spaziergang machen, diesmal allein – so glaubte sie.

Sie schritt die lange, gewundene Auffahrt hinunter, ging durch das Gittertor, vorbei an den zwei sitzenden Steinlöwen mit den schmiedeeisernen Ringen in den Nasen. Sie atmete tief, ein durch die Nase und aus durch den Mund, wie es Miss Beverly von ihnen verlangt hatte.

Sie fühlte sich jetzt wohl, aber sie war müde von der körperlichen Bewegung am Nachmittag und der darauffolgenden Aufregung, und als sie zur Autobushaltestelle kam, setzte sie sich, um zu rasten, auf die von der Busgesellschaft dort aufgestellte Bank.

Nach einer Weile kam ein Auto heran und hielt, und eine sehr freundliche Frau kurbelte das Fenster neben dem Beifahrersitz herunter und fragte, ob sie Leslie vielleicht vor dem Erfrieren retten könnten.

Sie stieg ein, und die Frau erzählte ihr, sie kämen aus Palmer, und auch bei ihnen, wo sich die Füchse gute Nacht sagten, stünde es natürlich mit den Autobusverbindungen nicht zum besten. Sie würden Leslie gern in der Stadt absetzen, sagte die Frau.

Es war viertel vor elf, als sie aus dem Wagen stieg. Um diese Stunde war die Main Street von Woodborough keineswegs mehr strahlend erleuchtet. Maneys Bar & Grill und der Soda Shop hatten noch offen, über dem Fenster der YWCA* brannte ein Licht, und der Bus-Bahnhof war erleuchtet; aber die Schaufenster zu beiden Seiten der Straße waren finster und leer.

Sie betrat den Soda Shop und bestellte einen Kaffee. Die Jukebox dröhnte, und in der Nische hinter ihr saßen drei Jungen, die den Takt der Musik mit den Händen auf der Tischplatte mitklopften. «Ruf sie an, Pekkerhead», sagte einer der Jungen soeben.

«Fällt mir nicht ein.»

«Wahrscheinlich wartet sie jetzt gerade auf dich.»

Los, Peckerhead, dachte sie, ruf sie an, mach einem kleinen Mädchen einen hübschen Abend. Sie waren kaum älter als Max.

Der Kaffee wurde serviert, in einer Tasse wie die im Spital; sogar die Farbe war die gleiche. Sie dachte daran, mit einem Taxi zurückzufahren, aber sie bekam Angst bei dem Gedanken, daß sie davongelaufen war. Sie fragte sich, was Dr. Bernstein wohl sagen würde.

«Ruf sie an, Peckerhead. Sei nicht feig.»

«Ich bin nicht feig.»

«Also, dann ruf sie an.»

* *Young Women's Christian Association*

«Hat jemand einen Zehner?»

Anscheinend hatte er die Münze bekommen, denn Leslie hörte, wie der Junge hinter ihr die Nische verließ. Es gab nur ein Telefon im Laden, und er hing noch immer daran, als sie mit ihrem Kaffee schon fertig war. Aber draußen vor dem Lokal der YWCA gab es einen Automaten, auf den sie zuging, nachdem sie sich vergewissert hatte, daß sie Kleingeld bei sich hatte, um Michael anzurufen.

Im letzten Augenblick besann sie sich anders und ging, statt in die Telefonzelle in das YWCA-Lokal.

Am Empfangspult saß ein Mädchen mit Haaren, die wie eine braune Beatle-Perücke aussahen; sie saß über ein sehr großes Buch gebeugt, das seinem Format nach nur ein College-Lehrbuch sein konnte, und kratzte sich den Kopf mit dem Radiererende eines gelben Bleistifts.

«Guten Abend», sagte Leslie.

«Hi.»

«Ich hätte gern ein Zimmer. Nur für diese Nacht.»

Das Mädchen schob ihr ein Anmeldeformular hin, und Leslie füllte es aus. «Macht vier Dollar.»

Sie öffnete ihr Portemonnaie. Im Spital pflegten die Patienten mit Kupons zu zahlen, die direkt über das Verpflegungsbüro abgerechnet wurden. Von Zeit zu Zeit hatte Leslie von Michael ein paar Dollar in Bargeld bekommen, für den Kaffeeautomaten und für Zeitungen. Ihr Portemonnaie enthielt drei Dollar und zweiundsechzig Cents. «Kann ich das morgen früh mit Scheck bezahlen?»

«Natürlich. Vielleicht könnten Sie ihn gleich jetzt ausschreiben.»

«Das kann ich nicht. Ich habe mein Scheckbuch nicht bei mir.»

«Ach so.» Das Mädchen wandte den Blick ab. «Ja dann ... ich weiß nicht. So was ist mir noch nie passiert.»

«Ich bin YWCA-Mitglied. Voriges Jahr war ich in Mrs. Bosworths Schlankheitsturnen», sagte Leslie und fügte lächelnd hinzu: «Ich bin wirklich eine durchaus seriöse Person.» Sie kramte in ihrer Tasche und fand die Mitgliedskarte.

«Das glaube ich Ihnen schon.» Das Mädchen studierte die Karte. «Es handelt sich nur darum, daß sie mich hinauswerfen, wenn Sie zu zahlen vergessen, verstehen Sie, oder daß ich den Fehlbetrag ersetzen muß, was ich mir wirklich nicht leisten kann.»

Aber sie langte hinter ihr Pult und legte Leslie einen mit Nummernmarke versehenen Schlüssel hin.

«Danke schön», sagte Leslie.

Das Zimmer war klein, aber sehr sauber. Sie hängte ihre Kleider in den Schrank und legte sich in der Unterwäsche zu Bett, erfüllt von dankbaren Gefühlen für das Mädchen am Empfangspult. Morgen würde sie gleich Michael anrufen müssen, dachte sie schläfrig.

Aber am nächsten Morgen blieb alles still; die üblichen frühmorgendlichen Spitalsgerüche fehlten, die sie alltäglich geweckt hatten, und so schlief sie bis gegen neun Uhr.

Als sie die Augen aufgeschlagen hatte, blieb sie noch eine Weile reglos im warmen Bett liegen und dachte, wie angenehm es doch sei, keinen Elektroschock bekommen zu haben, der, wie sie wohl wußte, an diesem Morgen im Krankenhaus fällig gewesen wäre.

Eine Frau in mittleren Jahren mit freundlichen Augen und blaugetöntem Haar saß am Empfangspult, als sie ihren Schlüssel abgab.

Draußen rief sie ein Taxi an und gab dem Fahrer statt der Krankenhaus- ihre Wohnadresse.

Ich bin auf der Flucht, dachte sie beim Einsteigen. Der Gedanke hätte sie erschrecken sollen, aber er war so absurd, daß er sie lächeln machte.

Das Haus lag still und verlassen. Sie fand die Reserveschlüssel am gewohnten Platz auf dem kleinen Sims über der Hintertür. Sie trat ein, putzte sich die Zähne und nahm ein ausführliches Schaumbad. Als sie damit fertig war und sich frisch angekleidet hatte, bereitete sie sich ein Frühstück mit Eiern und Brötchen und Kaffee und aß alles auf bis auf den letzten Bissen.

Sie wußte, daß sie kurz vor der Entlassung aus dem Krankenhaus stand, daß sie jetzt zurückkehren mußte, aber der Gedanke daran war ihr widerwärtig.

Für Patienten, die eine längere Behandlung brauchen, sollten einwöchige Urlaube vorgesehen sein, dachte sie.

Je länger sie diese Idee überlegte, um so besser gefiel sie ihr. Im dritten Fach ihres Schrankes, unter ihren Schlüpfern, fand sie das Bankbuch über das Konto, auf dem Tante Sallys Geld lag. Sie packte eine kleine Reisetasche, schrieb «Ich liebe dich» auf ein Stück Papier und legte es in Michaels Schrank auf den Stapel seiner weißen Hemden.

Dann rief sie abermals ein Taxi und ließ sich in die Stadt fahren; nachdem sie bezahlt hatte, blieben ihr noch elf Cents übrig, doch von der Bank hob sie nahezu sechshundert Dollar ab.

Bei YWCA erfuhr sie, daß das Mädchen vom Nachtdienst Martha Berg hieß, und hinterlegte für sie einen Briefumschlag mit zehn Dollar darin.

Dann fiel ihr noch ein, daß die Nachricht, die sie Michael zurückgelassen hatte, nicht allzu beruhigend sein mochte, und sie machte bei Western Union Halt, um ein Telegramm an ihn aufzugeben.

Der nächste Bus, der vom Bahnhof abging, fuhr nach Boston, und sie stieg ein und bezahlte die Gebühr. Sie verspürte eigentlich nicht den Wunsch, nach Boston zu fahren, aber sie hatte diese Sache noch nicht durchgedacht und wußte nicht genau, wohin sie fahren wollte. Es war ein alter roter Autobus, und sie saß auf der linken Seite zwei Sitze hinter dem Fahrer und versuchte, sich zwischen Grossinger und einem Flug nach Miami zu entscheiden.

Als der Bus aber in Wellesley hielt, stand sie beim Ausstieg und zog die Schnur. Der Fahrer sah sie verdrießlich an, als sie ihm ihren Fahrscheinabschnitt gab. «Bezahlt bis Boston», sagte er. «Wenn Sie was zurückhaben wollen, müssen Sie an die Gesellschaft schreiben.»

«Ist schon in Ordnung.» Sie stieg aus, schlenderte langsam über die Hauptstraße und freute sich an den Schaufenstern. Als sie an die Bahnstation kam, war ihr Arm schon sehr müde, und sie trat ein und verwahrte ihre Reisetasche in einem Fünfundzwanzig-Cents-Schließfach. Dann machte sie sich unbeschwert auf den Weg zum Universitätsgelände.

Vieles war dort neu und unvertraut für sie, aber manches war noch genauso wie vor Jahren. Sie ging weiter, bis sie vor Severance House stand, und trat ein, obwohl sie sich dabei ein wenig närrisch vorkam. Nur wenige Mädchen waren zu sehen; um diese Tageszeit hatten fast alle irgendwo Vorlesungen. Im zweiten Stockwerk fand sie ohne Zögern die richtige Tür, als wäre sie erst vor einer halben Stunde weggegangen, um die Bibliothek aufzusuchen.

Sie hatte fast nicht erwartet, daß ihr Klopfen eine Antwort finden werde, und als das Mädchen öffnete, stand sie einen Augenblick lang sprachlos da, nach Worten suchend.

«Hello», sagte sie schließlich.

«Hello?»

«Entschuldigen Sie die Störung. Ich habe vor vielen Jahren in diesem Zimmer gewohnt – ich hätte es gern wiedergesehen.»

Es war ein chinesisches Mädchen. Sie trug ein kurzes Nachthemd, und ihre kräftigen, muskulösen Beine wirkten wie Säulen aus Elfenbein.

«Bitte, kommen Sie herein», sagte sie, und als Leslie der Einladung folgte, nahm sie einen Schlafrock aus dem Schrank und zog ihn über.

Natürlich war das Zimmer anders möbliert, und auch die Farben waren völlig verändert. Es sah aus, als wäre es gar nicht mehr dasselbe Zimmer. Sie ging zum Fenster und schaute hinaus – und die Aussicht versetzte sie nun wirklich wieder zurück. Lake Waban war derselbe geblieben. Er war zugefroren und verschneit. Nahe dem Ufer war der Schnee entfernt worden, und die Mädchen liefen Schlittschuh auf dem Eis.

«Wie lange haben Sie hier gewohnt?» fragte das Mädchen höflich.

«Zwei Jahre.» Sie lächelte. «Sind die Toiletten noch immer so leicht verstopft?»

Das Mädchen schien verwundert. «Nein. Die Installationen dürften hier sehr ordentlich sein.»

Plötzlich kam Leslie sich völlig verrückt vor. Sie schüttelte dem Mädchen die Hand und ging zur Tür.

«Möchten Sie nicht noch auf einen Kaffee bleiben?» fragte das Mädchen, aber Leslie konnte ihr ansehen, daß sie froh war, den ungebetenen Besuch loszuwerden. Sie bedankte sich und verließ das Zimmer und das Haus.

Die alte Schule, dachte sie, brrr.

Sie entdeckte ein neues Gebäude, das *Jewett Arts Center*, und sie gin-

hinein und besichtigte die Galerie, die gut war. Es gab einen kleinen Rodin und einen kleinen Renoir und einen Baudelaire-Kopf aus hellem Stein mit großen, blicklosen Augen, der ihr gefiel. Sie stand lange vor einem heiligen Hieronymus von Hendrik van Somer. Der Heilige war ein alter Mann mit runzligen Wangen, kahlem Kopf und einer Hakennase, einem langen Bart und wilden Augen, den wildesten Augen, die sie je gesehen hatte, und plötzlich fiel ihr ein, wie Michael ihr seinen Großvater beschrieben hatte.

Sie verließ das Gebäude auf der anderen Seite, und sobald sie aus dem Tor trat, wußte sie genau, wo sie sich befand.

Da waren der alte Galen Turm und der Hof und die Bäume und die steinernen Bänke, die meisten von ihnen jetzt schneebedeckt, aber eine blankgefegt. Sie setzte sich und hatte Severance Hill vor sich, wo ein einsamer Schifahrer am Hang zappelte und schließlich stürzte. Sie erinnerte sich an den Hügel im Mai, an den *Tree Planting Day* und an Debbie Marcus in einer Art Leintuch, als Vestalin verkleidet.

Ein Mann in schwarzem Überzieher und eine Frau in grauem Mantel mit Fuchskragen kamen aus dem Verwaltungsgebäude. Leslie hielt ihn auf Grund seiner roten Gesichtsfarbe für einen Trinker, ohne auch nur das geringste über ihn zu wissen. «Das ist offenbar die einzige schneefreie Bank», sagte die Frau zu ihrem Mann.

«Es ist Platz genug», sagte Leslie, zur Seite rückend. Der Mann setzte sich ans andere Ende der Bank, die Frau in die Mitte.

«Wir besuchen unsere Tochter», sagte sie. «Eine Überraschung.» Sie musterte Leslie. «Besuchen Sie auch eines von den Mädchen hier?»

«Nein», sagte Leslie. «Ich war eben im Museum.»

«Wo ist denn das Museum?» fragte der Mann.

Sie wies auf das Gebäude.

«Lauter so modernes Zeug?» fragte der Mann. «Arrangements vom Schuttablagerungsplatz und gerahmte Fetzen?»

Noch ehe Leslie antworten konnte, kam ein Mädchen auf sie zugelaufen, ein blühendes dunkelhaariges Ding in Blue jeans und Windjacke. «Was ist los mit euch?» sagte sie und küßte die Frau, die, ebenso wie ihr Mann, aufgestanden war, auf die Wange.

«Wir wollten dich überraschen», sagte die Frau.

«Das ist euch gelungen.» Sie entfernten sich von der Bank. «Die Sache ist nur die, ich habe Besuch unten im Gasthof, nur bis morgen. Jack Voorsanger, der junge Mann, von dem ich euch geschrieben habe.»

«Hab nie was von einem Jack Voorsanger gehört», sagte der Mann.

«Können wir denn nicht alle beisammen sein?»

«Abèr ja, natürlich können wir das», sagte das Mädchen herzlich. Sie entfernten sich weiter, das Mädchen hastig redend und die Eltern mit ihr zugeneigten Köpfen lauschend.

Leslie schaute zum Turm auf und erinnerte sich des Glockenspiels, das jedesmal vor dem Gottesdienst und vor und nach dem Abendessen erklungen war. Immer hatte es mit demselben Lied geendet – was war es nur gewesen? Es fiel ihr nicht mehr ein. Sie blieb noch eine Weile sitzen und hoffte, es würde erklingen. Dann stand sie auf, plötzlich eingedenk der Worte jenes Jungen, von dem sie den ersten Kuß ihres Lebens bekommen hatte; ein großer, sehr belesener Junge, Musterschüler aus der Sonntagsschule ihres Vaters; nachdem sie sich bei ihm beklagt hatte, daß sie das Küssen weder besonders unangenehm noch besonders angenehm hatte finden können, hatte er ärgerlich gesagt: «Was hast du dir erwartet? Ein Glockenspiel?»

Sie ging zurück zum Bahnhof, holte ihre Reisetasche und löste eine Karte, und etwa zwanzig Minuten später fuhr der *New England States* ein und sah fast genauso aus wie damals, als er sie in den Ferien nach Hause gefahren hatte, nur ein bißchen schäbiger, wie alle Züge heutzutage.

Gleich nachdem sie dem Schaffner ihre Karte gegeben hatte, schlief sie ein. Sie schlummerte mit kurzen Unterbrechungen, und als sie das letztemal erwachte, waren es nur noch acht Minuten bis Hartford, und mit einem leichten Triumphgefühl erinnerte sie sich nun auch wieder des Liedes: *«The Queen's Change»* hatte es geheißen.

Als der Vater auf ihr Läuten die Tür öffnete, sahen sie einander erstaunt an. Er wunderte sich darüber, daß sie da war, und sie wunderte sich über seinen Aufzug. Er trug ein marineblaues Leibchen und zerknitterte schwarze Hosen voll grauweißer Streifen und Klümpchen von irgend etwas, vielleicht von Wachs. Sein weiches weißes Haar war in Unordnung.

«Ach, du bist's», sagte er. «Komm doch herein. Bist du allein?»

«Ja.»

Sie ging an ihm vorbei ins Wohnzimmer. «Neue Möbel», sagte sie.

«Hab sie selbst gekauft.» Er nahm ihr den Mantel ab und hängte ihn in den Schrank. Einen peinlichen Augenblick lang standen sie da und sahen einander an.

«Was machst du denn eigentlich?» fragte sie mit einem neuerlichen verwunderten Blick auf seinen Anzug.

«Ach, du meine Güte!» Er wandte sich um und stürzte hinaus in die Küche. Leslie hörte, wie er die Kellertür öffnete und die Stiegen hinunterging. Sie folgte ihm.

Der Keller war warm und trocken, und es war auch hell, denn der Vater hatte alle Lichter eingeschaltet. In einem großen gußeisernen Topf glühte ein Kohlenlager, und darin stand ein kleinerer Topf, in dem eine dickliche Masse kochte und brodelte. «Man muß dabeibleiben», sagte er. «Wenn man nicht aufpaßt, kann man sich damit das Haus über dem Kopf anzünden.» Er nahm eine Handvoll Kerzenstummel aus einem braunen Papiersack und warf sie in den kleineren Topf. Begierig schaute er zu, wie sie schmolzen, dann fischte er die auftauchenden Dochte mit einer langen Bratgabel heraus.

Senilität? fragte sie sich und beobachtete ihn aufmerksam. Zweifellos irgendeine Art von Persönlichkeitsveränderung.

«Was machst du denn damit?» fragte sie.

«Alles mögliche. Meine Kerzen mach ich selbst. Abgüsse von allerhand Dingen. Soll ich einen Abguß von deinen Händen machen?»

«Ja.»

Er schien erfreut und nahm das geschmolzene Wachs mit zwei Topfhaltern vom Feuer. Dann holte er einen Tiegel voll Vaseline aus einer Schublade und paßte genau auf, während sie, seinen Anweisungen folgend, Hände und Unterarme mit dem dicklichen Gelee bestrich. Dabei beobachtete er andauernd mit besorgten Seitenblicken den Wachstopf. Schließlich nickte er. «Jetzt tauch die Hände ein. Wenn es einmal zu kühl geworden ist, kannst du's gleich bleibenlassen.»

Mißtrauisch betrachtete sie das heiße Wachs. «Verbrennt man sich da nicht?»

Er schüttelte den Kopf. «Dazu ist ja die Vaseline da. Ich laß dich schon nicht so lange drin bleiben, bis es brennt.»

Sie atmete tief ein und tauchte die Hände in das Wachs, nur für einen Augenblick; dann zog sie die Hände wieder heraus und hielt sie hoch: sie trugen dicke wächserne Handschuhe.

Das Wachs war noch immer heiß, aber Leslie spürte, wie es auskühlte und hart wurde, während die Vaseline zur gleichen Zeit sich erwärmte und schmolz: es war das seltsamste Nebeneinander widerstreitender Empfindungen. Sie war neugierig, wie er die Wachshaut unbeschädigt von ihren Händen ziehen würde, und sie lachte leise vor sich hin. «Das paßt so gar nicht zu dir», sagte sie, und er lächelte ihr zu.

«Wahrscheinlich hast du recht. Wenn ein Mensch alt wird, braucht er so merkwürdige Beschäftigungen.» Er füllte einen Eimer mit Wasser, wobei er Heiß und Kalt sorgfältig austarierte und die Wassertemperatur im Eimer mit den Fingerspitzen prüfte.

«Das hätten wir machen sollen, als ich ungefähr acht Jahre alt war», sagte sie, und ihr Blick suchte den seinen. «Damals wäre ich davon begeistert gewesen.»

«Jetzt –» Er steckte ihre Hände ins Wasser und wartete voll Spannung. «Die Temperatur ist das wichtigste. Wenn das Wasser zu kalt ist, bricht das Wachs, wenn es zu heiß ist, schmilzt es.»

Das Wasser war warm. Das Wachs wurde elastisch genug, daß es sich über ihrem Handgelenk dehnen ließ, so daß sie die Hände herausziehen konnte. Mit der Linken tat sie es zu hastig, und das Wachs riß.

«Gib doch acht», sagte er ärgerlich. Sie zog die Rechte sehr langsam heraus, und ein makelloser Wachshandschuh war das Ergebnis.

«Soll ich die Linke noch einmal machen?» fragte er.

Aber sie wehrte ab. «Morgen», sagte sie, und er nickte.

Sie ließen die Gußform in kaltem Wasser liegen und gingen hinauf.

«Wie lange willst du bleiben?» fragte der Vater auf der Stiege.

«Ich weiß noch nicht», sagte sie. Sie merkte jetzt, daß sie nicht zu Abend gegessen hatte. «Könnte ich eine Tasse Kaffee haben, Vater?»

«Natürlich», sagte er. «Aber wir müssen ihn selbst machen. Die Frau von drüben kommt zum Abendessenkochen und zum Aufräumen. Für das Frühstück sorge ich selbst, und mittags esse ich auswärts.» Er saß auf dem Küchenstuhl und sah ihr zu, während sie Kaffee und Toast zubereitete. «Hast du Streit gehabt mit deinem Mann?»

«Nein, nicht den geringsten», sagte sie.

«Aber du hast irgendwelche Sorgen.»

Sie fand es unendlich rührend, daß er sie hinlänglich verstand, um das zu bemerken; sie hatte es nicht für möglich gehalten. Schon wollte sie ihm das sagen, da sprach er wieder –

«Zu mir kommen Tag für Tag Leute, die Sorgen haben.»

– und sie war froh, daß sie nichts gesagt hatte.

Er tat Saccharin in den Kaffee, den sie ihm hingestellt hatte, und kostete. «Möchtest du mit mir darüber sprechen?»

«Ich glaube, nicht», sagte sie.

«Wie du willst.»

Sie fühlte einen ersten Anflug von Zorn in sich aufsteigen. «Vielleicht möchtest du nach meinem Mann und meinen Kindern fragen. Sie sind schließlich deine Enkel.»

«Wie geht's deiner Familie?»

«Gut.»

Ein paar Minuten lang sprachen sie nichts, bis sie mit dem Kaffee und dem Toast fertig waren und für Hände und Mund keine Beschäftigung mehr hatten.

Dann versuchte sie es nochmals. «Ich muß Max und Rachel zeigen, wie man Wachshände macht», sagte sie. «Besser wär's noch, wenn ich sie herbringen könnte, und du zeigst es ihnen.»

«Gut», sagte er mit wenig Begeisterung. «Wann habe ich sie zum letztenmal gesehen? Vor zwei Jahren?»

«Vor achtzehn Monaten. Im vorigen Sommer. Der letzte Besuch war kein schönes Erlebnis für sie, Vater. Sie lieben ihren Großvater Abe sehr, und sie könnten dich genauso lieben, wenn du ihnen die Möglichkeit geben wolltest. Es hat sie sehr erschüttert, euch beide miteinander sprechen zu hören.»

«Dieser Mensch!» sagte ihr Vater eigensinnig. «Ich verstehe noch immer nicht, wie du auf die Idee kommen konntest, ich hätte irgendein Interesse daran, ihn bei mir zu Gast zu haben. Wir haben nichts gemeinsam. Nichts.»

Sie schwieg und erinnerte sich eines grauenhaften Nachmittags, an dem jeder verstört und zutiefst verletzt gewesen war.

«Kann ich in meinem alten Zimmer schlafen?» fragte sie ihren Vater schließlich.

«Nein, nein», wehrte er ab. «Das ist voll mit Schachteln und allerhand Kram. Geh ins Gästezimmer. Wir sehen darauf, daß dort immer frisch bezogen ist.»

«Gästezimmer?»

«Zweite Tür links, wenn du die Stiege hinaufkommst.»

Tante Sallys Zimmer.

«Im Wäscheschrank findest du frische Handtücher», sagte der Vater.

«Danke.»

«Brauchst du ... hm ... geistlichen Beistand?»

Handtücher und geistlicher Beistand dankend abgelehnt, dachte sie.

«Nein, danke, Vater.»

«Es ist niemals zu spät. Niemals und für nichts – durch Jesus. Ganz gleich, wie weit und wie lange wir in die Irre gegangen sind.»

Sie sagte nichts und machte nur eine kleine bittende Geste – so verhalten, daß er sie vielleicht gar nicht bemerkt hatte.

«Auch jetzt noch, nach so langer Zeit. Es ist mir gleichgültig, wie lange du mit ihm verheiratet gewesen bist. Das Mädchen, das in diesem Haus aufgewachsen ist, kann Christus nicht verleugnen – das kann ich nicht glauben.»

«Gute Nacht, Vater», sagte sie erschöpft. Sie stand auf, trug ihre Reisetasche hinauf, schaltete das Licht ein und verschloß die Zimmertür hinter sich. Sie lehnte dann lange mit dem Rücken an der Tür, ins Zimmer blickend, das sie so gut in Erinnerung hatte aus vielen Nächten, in denen sie sich im Bett ihrer Tante verkrochen hatte und eingeschlafen war, an den ausgetrockneten, altjüngferlichen Körper geschmiegt. Sie wußte noch genau, wie der Körper der Tante sich angefühlt hatte, ja selbst den Geruch wußte sie noch – eine Mischung von Körpergeruch und abgestandenem Rosenduft, wahrscheinlich von einer parfümierten Seife, die Tante Sally im geheimen verwendet hatte.

Sie zog ihr Nachthemd an und fragte sich, ob man wohl noch immer das Gas anzünden mußte, wenn man genügend heißes Wasser für das Bad haben wollte, aber sie war zu müde, um es auszuprobieren. Sie hörte, wie er die Stiegen heraufkam, hörte sein zögerndes Klopfen.

«Du läufst davon, wenn ich mit dir zu sprechen versuche.»

«Ich bin müde», sagte sie, ohne zu öffnen.

«Kannst du behaupten, daß du dich wirklich als zu ihnen gehörig fühlst?» fragte er.

Sie schwieg.

«Bist du Jüdin, Leslie?»

Aber sie gab keine Antwort.

«Kannst du *mir* sagen, daß du Jüdin bist?»

Geh weg, dachte sie, auf dem Bett sitzend, in dem ihre Tante gestorben war.

Nach einer Weile hörte sie, wie er in sein Zimmer ging, und sie langte nach der Schnur, um das Licht zu löschen. Doch statt gleich ins Bett zu gehen, saß sie noch lange beim Fenster auf dem Fußboden, preßte die Brust ans Fensterbrett und das Gesicht an die kalte Scheibe, wie sie es in der Kindheit getan hatte, und schaute durch das Dunkel des Glases hinunter auf die Straße, die einmal zu ihrem Gefängnis gehört hatte.

Als sie einander am Morgen beim Frühstück begegneten, taten beide, als wäre am vergangenen Abend nichts geschehen. Sie briet für ihn Schinken mit Eiern, und er aß mit Appetit, ja beinahe mit Gier. Als sie ihm Kaffee eingoß, sagte er mit einem kleinen Räuspern: «Leider habe ich heute vormittag in der Kirche eine Besprechung nach der anderen.»

«Dann ist es wohl besser, wenn ich mich gleich jetzt von dir verabschiede, Vater», sagte sie. «Ich habe mich entschlossen, mit einem frühen Zug zu fahren.»

«Ja? Nun gut», sagte er.

Bevor er aus dem Haus ging, kam er noch einmal in ihr Zimmer und überreichte ihr zwei gelbe Kerzen. «Ein kleines Geschenk», sagte er.

Nachdem er gegangen war, rief sie telefonisch ein Taxi herbei und ließ sich zum Bahnhof fahren. Dort kaufte sie eine Taschenbuchauswahl von Robert Frost und las darin zwanzig Minuten lang. Fünf Minuten vor Einfahrt des Zuges hob sie ihre Reisetasche auf die Warteraumbank, öffnete sie und nahm die gelben Kerzen heraus, um Platz für das Buch zu schaffen; dabei zerbrach ihr die eine in der Hand, das gelbe Wachs brökkelte ab und ließ den Fehler sichtbar werden: einen uneingeschmolzenen weißen Wachskern im Innern der Kerze. Angewidert säuberte sie die Reisetasche, so gut sie konnte, von den Wachskrümeln und warf diese zusammen mit der zerbrochenen Kerze in den Abfallkorb.

Im Zug begann sie darüber nachzudenken, was sie mit der verbleibenden anfangen könnte; schließlich, während sie Stamford durchfuhren, holte sie die Kerze aus ihrer Tasche und ließ sie in den Spalt zwischen Armlehne und Waggonwand unter dem Fenster fallen. Danach war ihr etwas wohler, ohne daß sie genau wußte, warum.

Nun näherten sie sich allmählich New York, und Leslie sah die Bilder am Fenster vorüberziehen wie eine TV-Sendung für Stadtplanung. Aus dem Schnee neben den Gleisen stieg Nebel in grauen Schwaden, und sie dachte an viele Morgen in San Francisco, da sie, aus dem Fenster blikkend, die Erde wüst und leer gesehen hatte, und Finsternis war über dem Antlitz der Tiefe gelegen, und der Geist Gottes war aufgestiegen über dem Antlitz der Erde und dem Antlitz des Wassers, aufgestiegen als perlmutterfarbener Nebel.

San Francisco, Kalifornien
Januar 1948

31

Das Haus, ein schmales, zweigeschossiges graues Steinhaus mit einem weißen Zaun rundum, klammerte sich mit seinen Fundamenten an den Abhang eines sehr steilen Berges über der San Francisco Bay. Der Mann – untersetzt, vierschrötig und in mittleren Jahren – stand mit einem Fuß auf dem Trittbrett seines schwarzen, mit Seilen, Leitern und farbverkrusteten Kübeln beladenen Lieferwagens. Er machte einen etwas bärbeißig-rechthaberischen Eindruck und trug einen sauberen, aber farbbespritzten weißen Arbeitsanzug und eine Malerkappe, auf der DUTCH BOY geschrieben stand.

«So», sagte er in volltönendem Baß, mit Befriedigung, aber ohne Lächeln, «Sie haben es also geschafft. Glück, daß Sie mich zu Hause getroffen haben. Ich wollte gerade zur Arbeit fahren.»

«Können Sie uns sagen, wie wir zu unserer neuen Wohnung kommen, Mr. Golden?» fragte Michael.

«Das finden Sie nie. Es ist sehr weit. Ich fahre mit dem Lieferwagen voraus, und Sie bleiben hinter mir.»

«Ich will Sie aber nicht in Ihrer Arbeit stören», sagte Michael.

«Ich laß mich Tag für Tag von diesen Tempel-Geschäften in meiner Arbeit stören. Sonst würde doch hier überhaupt nichts geschehen. Haben Sie schon einmal erlebt, daß einer von den Machern was tut, von den großen Herren, die immer nur reden und reden und reden? Die Arbeit bleibt immer an unsereinem hängen.» Er öffnete die Wagentür und stieg ein. Sein Tritt aufs Gaspedal war schwer; der Motor sprang heulend an. «Fahren Sie mir nach», sagte er.

Sie fuhren ihm nach und dankten Gott, daß sie es konnten, denn Michael hatte Schwierigkeiten mit den Verkehrsampeln, die für einen Oststaatler an den unmöglichsten Stellen angebracht waren. Die Fahrt dauerte sehr lange. «Geht das so weiter bis Oregon?» fragte Leslie, wobei sie ihre Stimme dämpfte, als säße Mr. Golden im Fond ihres Wagens und nicht vorn in seinem eigenen.

Aber schließlich bogen sie doch in eine Straße voll niedlicher Reihenhäuser hinter ganz kurz gestutztem Rasen ein. «Michael», sagte Leslie, «da ist ja eines wie das andere.» Straße um Straße die gleichen Häuser, auf gleiche Weise in gleich große Parzellen gesetzt.

«Die *Farben* sind verschieden», meinte Michael.

Das Haus, vor dem Mr. Golden anhielt, war grün und stand zwischen einem weißen zur rechten und einem blauen zur linken Seite.

Es umschloß drei Schlafräume, ein geräumiges Wohnzimmer, eine Eßnische, eine Küche und ein Badezimmer. Die Räume waren teilweise möbliert.

«Es ist ja recht nett», sagte Leslie, «aber rundherum hundertmal dasselbe ...»

«Eine große Siedlung eben», sagte Mr. Golden. «Alles Massenproduktion. So kriegt man mehr für sein Geld.» Er ging zur Wand und strich darüber. «Ich habe da selber ausgemalt. Das ist wirklich gute Arbeit. Da können Sie lange suchen, bis Sie schönere Wände finden.»

Er musterte Leslie kritisch. «Wenn Sie's nicht nehmen, können wir's auch jemand anderem vermieten. Aber so günstig kriegen Sie's nirgends. Die Gemeinde hat es unserem letzten Rabbiner abgekauft. Kaplan hat er geheißen, jetzt ist er am B'nai Israel Tempel in Chicago. Das Haus ist steuerfrei, es gehört einer Glaubensgemeinschaft. Das ist auch für Sie billiger.»

Er trat auf die Straße.

«Vielleicht könnten wir etwas in einem dieser alten überladenen Häuser finden. Oder ein Apartment an einem der Hänge», flüsterte Leslie.

«Ich habe gehört, Wohnungen in günstiger Lage sind in San Francisco jetzt kaum zu kriegen», sagte Michael. «Außerdem sollen sie sehr teuer sein, und wir tun der Gemeinde einen Gefallen, wenn wir das da nehmen.»

«Und die Schablonen rundherum?»

Er verstand sie sehr gut. «Trotzdem ist es ein nettes kleines Haus. Und wenn uns das Wohnen in einer Siedlung nicht behagt, können wir uns immer noch in Ruhe um etwas anderes umschauen.»

«Okay», sagte sie, trat auf ihn zu und küßte ihn gerade in dem Moment, als Phil Golden wieder ins Zimmer kam. «Wir sind eben dabei, das Haus zu nehmen», sagte sie.

Golden nickte. «Wollen Sie jetzt den Tempel sehen?» fragte er sie.

Sie stiegen ins Auto und fuhren bis zu einem gelben Ziegelbau, den Michael zum ersten und einzigen Mal anläßlich seiner Einführungspredigt gesehen hatte. Bei Tag sah er älter und schäbiger aus.

«War früher eine Kirche. Katholisch. St. Jerry Myer. Ein jüdischer Heiliger», sagte Phil.

Das Innere wirkte geräumig, aber düster, und es war Michael, als röche es nach vergangener Zeit und heiliger Beichte. Erst jetzt erinnerte er sich wieder all dieser Häßlichkeit. Er suchte die aufsteigende Enttäuschung zu bemeistern. Nicht das Haus, die Menschen machten den Tempel. Und trotzdem, so wünschte er leidenschaftlich, wollte er irgendwann einmal einen hellen, luftigen Tempel haben, der schön war und dem Wunder bereit.

Den Rest des Nachmittags verbrachten sie damit, Möbel auszuwählen, wobei sie mehr ausgaben, als sie vorgesehen hatten, und damit ihr Bankkonto gründlich durcheinanderbrachten.

«Laß mich doch die tausend Dollar von Tante Sally hernehmen», sagte sie.

Aber das Gesicht ihres Vaters vor Augen, sagte er: «Nein.»

Sie blieb ganz ruhig. «Warum?»

«Ist das so wichtig?»

«Eigentlich ja. Sehr sogar», sagte sie.

«Heb sie auf und warte, bis du unseren Kindern etwas dafür kaufen kannst, was sie sich wirklich wünschen», sagte er und hatte damit das Richtige getroffen.

Das Haus war tadellos sauber, und diesmal hatten sie auch an Bettwäsche und Handtücher gedacht. Trotzdem lagen sie dann schlaflos im Dunkel des ungewohnten Zimmers, und Leslie wälzte sich von einer Seite auf die andere.

«Was hast du denn?» fragte er.

«Ich mag diese Weiber nicht sehen.»

«Was meinst du?» fragte er belustigt.

«Was ich meine? Das weißt du nicht? Ich hab's durchgemacht, diese ... *jentes* ... gackern herein in den Tempel, aber nicht etwa um zu beten, nicht einmal, um den neuen Rabbi zu sehen – *aber* die *schiksse!*»

«Mein Gott», sagte er bedrückt

«So ist es doch. Von Kopf bis Fuß messen sie einen. ‹Seit wann sind Sie verheiratet?› fragen sie, und: ‹Haben Sie schon was Kleines?› Und du siehst förmlich, wie es arbeitet hinter ihren Visagen, wie sie ausrechnen, ob ihr neuer Rabbi nicht etwa heiraten *mußte.*»

«Ich hab nicht gewußt, daß es so schwer für dich ist», sagte er.

«Aber *jetzt* weißt du's.»

Keiner sagte etwas. So lagen sie nebeneinander.

Aber gleich darauf drehte sie sich zu ihm und bedeckte sein Gesicht mit Küssen.

«Ach, laß doch, Michael», sagte sie. «Es tut mir leid. Ich weiß nicht, was ich habe.»

Er wollte sie in die Arme nehmen, aber sie machte sich plötzlich los, glitt aus dem Bett und lief ins Badezimmer. Er horchte und ging ihr dann nach.

«Ist dir nicht gut?» fragte er und schlug an die Tür.

«Geh ins Bett», würgte sie hervor. «Bitte, geh!»

Er legte sich wieder hin und preßte das Kissen gegen die Ohren, ohne damit das quälende Geräusch ihres Erbrechens ganz auslöschen zu können. Und er fragte sich, wie oft er das schon friedlich verschlafen hatte.

Das hat uns noch gefehlt, dachte er.

Schwangerschaftserbrechen.

Ech.

Ihr schöner Leib wird aufgehen wie ein Ballon.

Das mit den Weibern wird sich ganz anders abspielen, dachte er, dafür wird schon die Schwangerschaft sorgen. Jeden Freitagabend wird sie in der ersten Reihe sitzen, und die Weiber werden von ihrem Bauch auf mich schauen und von mir auf ihren Bauch, und mit dem Mund werden sie lächeln, und mit den Augen werden sie sagen: Hund, das hast du *uns* angetan.

Und man wird es bald sehen.

Oj, und ich liebe sie.

Ob das jetzt heißt, daß wir nicht mehr dürfen?

Dann, als sie wieder im Bett lag, erschöpft, schweißgebadet und nach Mundwasser riechend, legte er den Arm um sie und strich ihr vorsichtig über den Leib, aber seine tastenden Finger fanden ihn flach und hart und unverändert.

Prüfend sah er sie an im dämmernden Schimmer des Morgens, aber da war keine Spur mehr von Übelkeit, und plötzlich lächelte sie wie eine befriedigte Frau und schien stolz auf ihr Schwangerschaftserbrechen. Als er seine Arme um ihren Körper und seine Wange an die ihre legte, rülpste sie ihm ins Ohr, aber anstatt sich zu entschuldigen, brach sie in Tränen aus. Ende der Flitterwochen, dachte er, strich ihr übers Haar und küßte sie auf die feuchten, erschlafften Lider.

Es folgten zwei Tage der Kontaktaufnahme, vor allem mit den führenden Mitgliedern der Gemeinde. Die Sekretärin seines Vorgängers hatte sich verheiratet und wohnte nun in San Jose, so daß er einen großen Teil seiner Zeit dazu brauchte, um sich überhaupt zurechtzufinden. Dabei stieß er auf eine Mitgliederliste und begann einen Besuchsplan auszuarbeiten, um auch mit den weniger aktiven Gemeindemitgliedern bekannt zu werden.

Am zweiten Tag zu Mittag kam Phil Golden in den Tempel. «Essen Sie gern chinesisch? Die Straße hinunter gibt's ein Lokal mit einem wahren Wunder an chinesischer Küche. Gehört einem von unseren Leuten.»

Golden verzog das Gesicht. «Hören Sie mich an», sagte er auf dem Weg zum Restaurant. «Früher, wie ich noch jung war, hab ich geschuftet wie ein Pferd. Nichts wie malen. Für das nackte Leben. Na, mit der Zeit hab ich mit meiner Frau vier Söhne gehabt, alle unberufen groß und gesund. Und alle haben sie bei mir das Malerhandwerk gelernt. Immer hab ich davon geträumt, ein Unternehmer zu sein, und meine Söhne werden für mich arbeiten. Und was ist passiert? Heute sind meine Söhne Unternehmer, und ich selber bin der Chef vom Familienbetrieb. Aber das ist auch schon alles. Ein Familienbetrieb. Einen Malerpinsel krieg ich nur mehr in die Hand, wenn was für den Tempel zu tun ist.»

Er lachte in sich hinein. «Ist ja gar nicht wahr. So zirka alle halbe Jahr halt ich's nicht mehr aus, und da stehl ich mich weg und geh pfuschen. Da nehm ich mir einen Mexikanerjungen, der kriegt das ganze Geld. Aber daß Sie ja nichts meinen Söhnen erzählen!»

«Ich schweige wie ein Grab.»

Das Restaurant nannte sich «Moy Sche». «Morris da?» fragte Golden den chinesischen Kellner, der das Essen servierte.

«Er ist einkaufen», sagte der Kellner. Sie hatten Hunger, und das scharf gewürzte Mahl schmeckte ihnen. So sprachen sie nur wenig, bis Phil Golden sich zurücklehnte und eine Zigarre ansteckte.

«Na, und wie kommen Sie zurecht?» fragte er.

«Ich glaube, ich gewöhne mich hier recht gut ein.»

Der Ältere nickte unverbindlich.

«Etwas ist mir aufgefallen», sagte Michael. «Ich habe jetzt mit einer ganzen Reihe von Leuten gesprochen und von vier verschiedenen Seiten dieselbe Warnung erhalten.»

Golden paffte. «Und das war?»

«‹Hüten Sie sich vor Phil Golden. Mit dem ist nicht gut Kirschen essen.›»

Golden betrachtete die Asche seiner Zigarre. «Ich könnt Ihnen jetzt die vier Namen nennen. Und was haben *Sie* gesagt?»

«Daß ich mich hüten werd.»

Goldens Miene blieb ausdruckslos, nur seine Augen lachten. «Daß Sie sich besser hüten können, Rabbi: Ich seh Sie und Ihre Frau morgen bei mir zum *schabess ze nacht*.»

Um den Speisezimmertisch waren elf Leute versammelt. Nebst Phil und Rhoda Golden waren da zwei ihrer Söhne, Jack und Irving, weiters Jacks Frau Ruthie und Irvings Frau Florence sowie drei Enkelkinder von Phil zwischen drei und elf Jahren.

«Henry, das ist unser dritter verheirateter Sohn, wohnt drüben in Sausalito», erläuterte Phil. «Zwei Kinder und ein nettes Haus. Er hat ein armenisches Mädchen geheiratet, und jetzt haben sie miteinander zwei kleine William Saroyans mit großen braunen Hundeaugen und mit Nasen, noch größer als ein echter Jud sie zustande bringt. Wir sehen uns nicht oft. Sie haben sich in Sausalito draußen vergraben, weiß Gott, was sie dort machen, Daumendrehen vielleicht.»

«Phil!» sagte Rhoda Golden.

Phil hatte gar nicht an Leslie gedacht und fühlte sich nun zu einer Erklärung verpflichtet. «Er ist bei seinem Glauben geblieben, sie bei ihrem, und die Kinder glauben überhaupt nichts. Sagen Sie selber, ist das in Ordnung?»

«Ich glaube, nicht», sagte sie.

«Wie heißt Ihr vierter?» fragte Michael.

«Aj – Babe», sagte Ruthie, und alle anderen grinsten.

«Stellen Sie sich vor, Rabbi», sagte Florence – eine gutgebaute, aber hagere Blondine – «stellen Sie sich vor einen hübschen Burschen von siebenunddreißig, noch im vollen Schmuck seiner Haare, macht Geld wie Heu, die Sanftmut in Person, schaut aus wie gemalt, alle Kinder rennen ihm nach, dabei sehr männlich; wenn er durch die Stadt geht, sind die Straßen mit gebrochenen Herzen gepflastert – und was tut er? Er heiratet nicht!»

«Ach, dieser Babe!» sagte Rhoda kopfschüttelnd. «Auf seiner Hochzeit möcht ich tanzen, und wenn's auf armenisch wär. Ist der Fisch zu stark gepfeffert?»

Der Fisch war vorzüglich, ebenso wie die Suppe, das Brathuhn, die zweierlei *kuglen* und das Kompott. Auf dem Pianino im Nebenzimmer brannten in Messingleuchtern die Sabbatlichter. Es war genau die Art Wohnung, die Michael so gut kannte und schon so lange nicht mehr betreten hatte. Nach dem Essen gab es noch einen Schnaps, die Frauen spülten unterdessen das Geschirr, und anschließend sagten die beiden jüngeren Paare gute Nacht und zogen mit ihren schläfrigen Kindern heimwärts ab. Vor dem Weggehen verabredete sich Florence Golden mit Leslie noch für ein Mittagessen und einen anschließenden Besuch im De Young Memorial-Museum am nächsten Tag. So kam das Gespräch auf

Bilder und über die Bilder auf Fotos. Rhoda brachte ein riesiges Fotoalbum zum Vorschein und schleppte es mit Leslie in die Küche, aus der nun gelegentlich Lachsalven herüber ins Wohnzimmer tönten, wo Michael und Phil schon bei dem nächsten Schnaps saßen.

«Na also, jetzt sind Sie ein Kalifornier», sagte Phil.

«Und ein alteingesessener dazu.»

Golden grinste. «Heißt sich alt», sagte er. «*Ich* bin das, was man einen alten Kalifornier nennt. Bin schon als Kind hierher gekommen, mit Vater und Mutter von New London in Connecticut drüben. Mein Vater war Reisender in Schiffsbedarf – Eisenwaren. Hat immer einen Musterkoffer von hundertvier Pfund mit sich herumgeschleppt. Gleich nach unserer Ankunft haben wir eine *schul* nach der andern im alten jüdischen Viertel rund um die Fillmore Street ausprobiert. Die *jidden* sind damals noch zusammengekrochen wie heut die Chinesen. Natürlich hat das bald aufgehört. Heutzutag kennen sie kaum mehr den Unterschied zwischen einem Juden, einem Katholiken und einem Protestanten. Das macht die gute kalifornische Luft. Drei Züge davon genügen, und alle Unterschiede verschwinden. Ach, Rabbi – damals hat es noch was bedeutet, ein Jude zu sein – aber heute?»

«Wie meinen Sie das?»

Golden stieß die Luft durch die Nase. «Nehmen Sie nur die *bar-mizwe*. Was war das für eine Sache für einen Jungen. Zum erstenmal im Leben wird er zur *bema* gerufen, singt einen Abschnitt aus der Thora auf hebräisch, wie durch Zauber wird er plötzlich zum Mann, vor Gott und seinen Mitjuden. Und aller Augen hängen nur an ihm, nicht wahr?

Dagegen heute: es handelt sich nicht mehr um den Jungen, sondern um die Show – mehr Bar als *mizwe*. Was sich da in Ihrem Tempel versammelt, ist eher eine Cocktailgesellschaft: junge moderne Amerikaner. Was wissen die noch von der alten Fillmore Street?»

Er schüttelte den Kopf.

Michael blickte ihn nachdenklich an. «Und vor Ihnen hat man mich gewarnt.»

«Ich bin der Scharfmacher in dieser Gemeinde», sagte Phil. «Ich bestehe darauf, daß der Tempel, wenn man schon einen hat, für den Gottesdienst da ist und daß man jüdisch sein soll, wenn man Jude ist. Und so was hört man nicht gern im Tempel Isaiah.»

«Warum sind Sie dann noch dabei?»

«Ich werd Ihnen sagen, wie's ist», sagte er. «Meine Jungen sind beigetreten. Sie sind nicht besser als die andern, aber ich sage, daß eine Familie als Familie zum Gottesdienst gehen soll. Wenn Sie mich fragen, wird es den andern schon nichts schaden, mit einem altmodischen *jiddel* im selben Tempel zu sitzen, wenn sie zur Jahrzeit hinkommen.»

Michael lächelte. «So schlimm wird es schon nicht sein.»

«Glauben Sie?» Golden lachte in sich hinein. «Vor acht Jahren haben sie die Tempelgemeinde Isaiah gegründet. Und warum? Die andern reformierten haben ihnen zuviel Zeit weggenommen, haben sie persönlich zu stark beansprucht. Die Leute möchten zwar Juden sein, aber nicht in einem Ausmaß, das auch nur im geringsten ihre Freiheit beschneidet, denn um die zu genießen, sind sie ja nach Kalifornien gekommen. *Jom-Kippur* und *Rosch-Haschana* – aber auch nicht mehr, mein Lieber.

Nun glauben Sie aber nur nicht», sagte er, die große Hand wie ein Verkehrspolizist erhebend, «daß die Leute nicht bereit wären, für dieses Vorrecht zu zahlen. Unsere Beiträge sind ziemlich hoch, aber wir sind eine junge blühende Gemeinde. Die Zeiten sind gut. Sie verdienen Geld, und sie zahlen ihren Betrag, und dafür ist es dann die Aufgabe des Rabbiners, an ihrer Statt ein guter Jude zu sein. Wenn Sie für irgendeine Gemeindeangelegenheit innerhalb vernünftiger Grenzen Geld brauchen, werden Sie es bekommen, das kann ich Ihnen heute schon sagen. Nur eines dürfen Sie nicht erwarten: daß viele *Leute* zu Ihren Gottesdiensten kommen. Sie müssen wissen, daß Sie Feinde haben, Rabbi: die vielen Reihen von leeren Plätzen.»

Michael bedachte alles, was der andere gesagt hatte: «Und der Ku-Klux-Klan macht Ihnen hier nicht zu schaffen?»

Golden hob die Schultern und verzog das Gesicht zu einem Ausdruck, der etwa zu fragen schien: *Bist m'schuge?*

«Dann zerbrechen Sie sich nicht den Kopf über die leeren Plätze. Wir werden schon dazu sehen, daß sie besetzt werden.»

Phil lächelte. «Da müßten Sie Wunder wirken können», sagte er ruhig und griff nach der Flasche, um Michael nachzuschenken. «Ich habe niemals Schwierigkeiten mit dem Rabbiner. Mit dem Ausschuß, ja. Mit einzelnen Mitgliedern, ja. Aber nicht mit dem Rabbiner. Ich werd da sein, wenn Sie mich brauchen, aber ich werd Ihnen nicht andauernd in den Ohren liegen. Schließlich handelt es sich um *Ihr* Kind.»

«Erst in sechs Monaten», scherzte Michael, das Thema wechselnd, da Leslie und Rhoda ins Zimmer kamen.

Tags darauf wurden einige Möbel geliefert. Michael saß in einem neuen Stuhl vor dem Fernsehapparat, der früher Rabbi Kaplan gehört hatte. In der Wochenschau von CBS waren arabische Streitkräfte zu sehen, Repräsentanten eines 40 000 000-Mann-Heeres von sechs Staaten, die ihren vereinigten militärischen Haß gegen 650 000 Juden richteten. Der Film zeigte zerstörte *kibbuzim* und Leichen und israelische Frauen, die, in Olivenhainen versteckt, das jordanische Feuer mit langen Salven von Leuchtspurmunition erwiderten. Michael verfolgte die Wochenschau aufmerksam. Seine Eltern hatten jetzt nur selten Nachricht von Ruthie. Sie antwortete ausweichend auf ihre Fragen, wie weit sie in die Kämpfe verwickelt sei. Meist schrieb sie nur, daß es Saul und den Kindern gut gehe und daß es ihr gut gehe. War das seine Schwester Ruthie, dachte Michael, die Frau, die dort hinter einem gefällten Olivenbaum lag und einen Eindringling mit einem Feuerstoß zu treffen versuchte? Er rührte sich den ganzen Tag lang nicht vom Fernsehschirm weg.

Leslie genoß ihren Nachmittagsausflug mit Florence Golden und kam mit der Adresse eines ausgezeichneten Geburtshelfers und mit einem gerahmten Druck von Thomas Sullys ‹*The Torn Hat*› zurück. Lange suchten Michael und sie nach einem geeigneten Platz dafür und standen dann vor dem endlich aufgehängten Bild, einander umschlungen haltend und ganz in den Anblick des süßen, ernsten Knabengesichts versunken.

«Hängt dein Herz daran, daß es ein Sohn wird?» fragte sie.

«Nein», log er.

«Mir ist es wirklich egal. Ich kann nur daran denken, daß aus unserer Liebe ein Menschenwesen wird. Das ist das einzig Wichtige. Ob es einen Penis hat oder nicht, ist völlig gleichgültig.»

«Wenn's ein Bub wird, wär mir schon lieber, er hätte einen», sagte Michael.

In dieser Nacht träumte er von Arabern und Juden, die einander abschlachteten, und er sah Ruthies toten Körper im Traum. Am Morgen stand er zeitig auf und trat barfuß hinaus in den Hinterhof. Der Nebel war dick und klebrig, und Michael atmete ihn tief ein und schmeckte den scharfen Fischgeruch des sechs Kilometer entfernten Pazifiks.

«Was machst du denn da?» fragte Leslie, die ihm schlaftrunken gefolgt war.

«Leben», sagte er. Und sie sahen, wie die Sonne, gleich einem Windschutzscheiben-Defroster, den Nebel durchschnitt.

«Ich möchte hier einen kleinen Garten anlegen und ein paar Tomaten pflanzen», sagte er. «Vielleicht auch einen Orangenbaum. Oder sind wir zu weit im Norden für einen Orangenbaum?»

«Ich fürchte», sagte sie.

«Ich glaub's nicht», sagte er eigensinnig.

«Dann pflanz ihn», sagte sie. «Ach, Michael, das wird sehr gut. Es gefällt mir hier. Hier sollten wir bleiben.»

«Ganz wie du willst, Baby», sagte er, und sie gingen ins Haus; er, um Eier in die Pfanne zu schlagen und Kaffee zu kochen, und sie, um sich ihrem Schwangerschaftserbrechen hinzugeben.

32

An diesem ersten *schabess* im neuen Tempel ergriff ihn die triumphierende Erkenntnis, daß Phil Golden unrecht hatte. Seine Predigt war kurz, glänzend und klug gewesen und hatte die Wichtigkeit der Identifikation aller Mitglieder mit der Gemeinde zum Thema gehabt. Vier Fünftel aller Plätze waren besetzt. Die Zuhörer folgten aufmerksam, und nach dem Gottesdienst streckten sich freundliche Hände ihm entgegen, und er hörte herzliche Worte, die ihn der Unterstützung, ja selbst der beginnenden Zuneigung versicherten. Er war sicher, daß sie alle wiederkommen würden.

Und sie kamen auch fast alle am folgenden Freitag.

Am dritten Freitag war seine Zuhörerschaft schon etwas kleiner geworden.

Nach Ablauf seiner ersten sechs Wochen als Rabbiner am Tempel Isaiah waren die leeren Sitze von der *bema* aus schon recht deutlich zu sehen. Ihre polierten Rückenlehnen warfen die Lichter zurück wie viele spöttische gelbe Augen.

Er versuchte, sie zu übersehen und sich auf die anwesenden Gläubigen zu konzentrieren. Aber ihre Anzahl wurde von Woche zu Woche geringer, und die Anzahl der leeren Sitze nahm zu, so viele Rückenlehnen starrten ihn mit ihren gelben Augen unverwandt an, daß er sie nicht länger übersehen konnte, bis er schließlich Phil Golden recht geben mußte.

Seine Feinde.

Michael und Leslie fanden es einfach, Kalifornier zu werden.

Sie gewöhnten sich ab, die steilen Hänge im Auto hinaufzufahren.

Sie besuchten Golden Gate Park an einem Sonntagnachmittag, an dem die Luft die Farbe von Blütenstaub hatte, und sie saßen im Gras und riskierten Flecken in ihren Kleidern und sahen den Liebespaaren zu, die vorbeigingen und Zärtlichkeiten austauschten, während rund um sie Kinder spielten und lachten und schrien.

Leslie wurde dicker, aber nicht so häßlich und aufgebläht, wie Michael befürchtet hatte. Ihr Bauch begann sich zu wölben wie eine große Knospe aus Fleisch und Blut, nach außen getrieben von dem wachsenden Leben. Nachts schlug er jetzt manchmal die Decken zurück, schaltete die Bettlampe ein und betrachtete sie, während sie schlief. Er lächelte vor sich hin und atmete schwerer, wenn er sah, wie ihr Bauch leise erbebte unter den Bewegungen des Kindes. Schreckliche Gedanken verfolgten ihn, Gedanken an Fehlgeburten und Blutstürze und Steißgeburten und verkrüppelte Hände und fehlende Füße und Schwachsinn, und er betete in langen schlaflosen Nächten, daß Gott sie vor all dem behüten möge.

Der Geburtshelfer hieß Lubowitz. Er war ein dicker Großvater und ein alter Praktiker, der genau wußte, wann er freundlich und wann er streng zu sein hatte. Er verschrieb Leslie Spaziergänge und Turnübungen, die zu einem raubtierhaften Appetit führten, und setzte sie dann auf eine Diät, bei der sie nie satt wurde.

Michael redete mit ihr so wenig wie möglich über Gemeindeangelegenheiten, je weiter die Schwangerschaft fortschritt, denn er wollte sie nicht beunruhigen. Er selbst wurde unruhig genug, und das in steigendem Ausmaß.

Seine Gemeinde gab ihm zu denken.

Phil Goldens Familie und eine Handvoll anderer Leute erschienen verläßlich und regelmäßig zu jedem Gottesdienst. Aber mit der großen Mehrzahl der Leute, die zu seinem Tempel gehörten, hatte Michael so gut wie keinen Kontakt.

Täglich ging er in die Krankenhäuser auf der Suche nach kranken Juden, um sie zu trösten und zugleich auch kennenzulernen. Er fand auch welche, aber nur selten gehörten sie zu seiner Gemeinde.

Bei Hausbesuchen fand er die Mitglieder seines Tempels höflich und freundlich, aber merkwürdig distanziert. Ein Ehepaar namens Sternbane zum Beispiel, das in einem Patio-Apartment auf Russian Hill wohnte, sah ihn verlegen an, nachdem er sich vorgestellt hatte. Oscar Sternbane importierte orientalische Kunstgegenstände und besaß einen kleinen Anteil an einem Kaffeehaus in Geary Street. Celia, seine Frau, gab Gesangunterricht. Sie hatte schwarzes Haar und rosige Haut und trug ihr Aussehen mit hochmütiger Bewußtheit zur Schau: den Sängerinnenbusen im unförmigen Rollkragenpullover, die Hüften, die es verdienten, von blauen Pucci-Slacks umschmeichelt zu werden, die Nasenflügel, die sechshundert Dollar pro Stück wert waren.

«Ich versuche die Gemeinde zu reorganisieren», sagte Michael zu Oscar Sternbane. «Ich dachte, wir könnten mit einem Sonntagsfrühstück im Tempel den Anfang machen.»

«Lassen Sie mich aufrichtig sein, Rabbi», sagte Sternbane. «Wir sind glücklich, der Tempelgemeinde anzugehören. Unser kleiner Junge kann jeden Sonntagvormittag Hebräisch und allerhand aus der Bibel lernen. Das ist sehr hübsch und gehört zur Kultur. Aber *bejgl* und *lokschen* – nein. Wir waren froh, *bejgl* und *lokschen* losgeworden zu sein, als wir aus Teaneck, New Jersey, hierherkamen.»

«Lassen Sie das *Essen* einmal aus dem Spiel», sagte Michael. «Die Gemeinde besteht aus *Menschen*. Kennen Sie die Barrons?»

Oscar hob die Schultern, und Celia schüttelte den Kopf.

«Ich glaube, die würden Ihnen gefallen. Die und noch andere. Die Pollicks zum Beispiel. Die Abelsons.»

«Freddy und Jane Abelson?»

«Oh», sagte er erleichtert, «Sie kennen die Abelsons?»

«Ja», sagte Celia.

«Wir waren einmal bei ihnen, und sie waren einmal bei uns», sagte Oscar. «Sie sind sehr nett, aber ... um ehrlich zu sein, Rabbi, sie sind ein bißchen spießig. Es fehlt ihnen –» er hob die Hand und drehte sie langsam, als schraubte er eine unsichtbare Glühbirne ein – «es fehlt ihnen der gewisse Schwung, den wir gern haben. Verstehen Sie?» Dann fuhr er in freundlichem Ton fort: «Schauen Sie, wir haben jeder unseren eigenen Freundeskreis, unsere eigenen Interessen, und die sind nun einmal nicht um den Tempel konzentriert. Aber um welche Zeit soll denn das Frühstück stattfinden? Ich werde versuchen, es einzurichten.»

So sagte er. Aber er tat es nicht. Am ersten Sonntagvormittag erschienen schließlich acht Leute, und vier von ihnen hießen Golden. Am zweiten Sonntag kam nur mehr Phil mit seinen Söhnen.

«Vielleicht könnte man es mit einer Tanzveranstaltung probieren», regte Leslie an, nachdem er sich eines Abends, nach dem Genuß von drei Martinis vor dem Essen, endlich entschlossen hatte, mit ihr über seine Schwierigkeiten zu sprechen.

Sie verbrachten fünf Wochen mit den Vorbereitungen: sie setzten ein

Flugblatt auf, verschickten zwei Postwurfsendungen, brachten die Sache als Aufmacher in den Tempelmitteilungen, engagierten eine Combo, bestellten ein kaltes Büffet und sahen schließlich am Abend der Veranstaltung gezwungen lächelnd zu, wie ganze elf Paare sich in der geräumigen Tempelvorhalle im Tanz drehten.

Michael setzte seine Krankenhausbesuche fort. Auch wandte er viel Zeit an die Vorbereitung seiner Predigten, als würden sich die Leute um die Plätze in seinem Tempel reißen. Dennoch blieb ihm viel freie Zeit, und da es zwei Blocks weiter eine Leihbücherei gab, löste er dort eine Karte und begann Bücher zu entlehnen. Zunächst wandte er sich wieder den Philosophen zu, doch bald ließ er sich von den Umschlägen der Romane verlocken, was schließlich zu gegenseitigem augenzwinkerndem Einverständnis mit den weiblichen Bibliotheksangestellten führte.

Auch mit Talmud und Thora beschäftigte er sich wieder, nahm allmorgendlich einen Abschnitt daraus vor, den er allabendlich mit Leslie rekapitulierte. An den stillen Nachmittagen, in der lautlos lastenden Luft des menschenleeren Tempels, begann er mit der mystischen Theosophie der Kabbala zu experimentieren, ganz wie ein kleiner Junge die Zehenspitzen in das gefährlich tiefe Wasser taucht.

St. Margaret, die katholische Pfarre, innerhalb derer die Kinds wohnten, baute an einer neuen Kirche. Eines Morgens, als er am Bauplatz vorbeikam, blieb Michael minutenlang in zweiter Spur stehen, um zuzusehen, wie ein Dampfbagger große Erd- und Felsbrocken aus der Baugrube förderte.

Tag für Tag kehrte er wieder. Es wurde ihm zur Gewohnheit, sooft er Zeit hatte, an der Baustelle vorbeizukommen, um den behelmten Männern bei ihrer Arbeit zuzusehen. Es war irgendwie erholsam, auf die aus Abfallbrettern gezimmerte Absperrung gestützt, den lärmenden Maschinengiganten und der wettergegerbten Baubelegschaft zuzusehen. So konnte es nicht ausbleiben, daß er eines Tages den Pfarrer von St. Margaret traf, Reverend Dominic Angelo Campanelli, einen alten Geistlichen mit verhangenem Blick und einem Feuermal auf der rechten Wange, als hätte Gott selbst ihn gezeichnet.

«Tempel Isaiah?» sagte er, als Michael sich vorgestellt hatte. «Das müßte doch das alte Sankt Jeremiah sein. In dieser Pfarre bin ich aufgewachsen.»

«Tatsächlich?» sagte Michael.

Dann mußte der Tempel ja noch gut zehn Jahre länger stehen, als er geschätzt hatte.

«Ich war damals Ministrant bei Pater Gerald X. Minehan, der dann später Weihbischof in San Diego geworden ist», sagte Pater Campanelli. Er schüttelte das Haupt. «St. Jeremiah! Ich habe meinen Namen in den Glockenturm jener Kirche geschnitten.» Er sah gedankenverloren ins Weite. «Ja, ja», sagte er. «Es hat mich gefreut, Sie kennenzulernen.» Und er wandte sich und schritt davon, ein Schwarzrock mit ruhelosen Fingern, welche mit den hundertfünfzig Perlen der Kordel um seine Mitte spielten.

Noch am selben Nachmittag leerte Michael den Inhalt einer alten Schuhschachtel auf seinem Schreibtisch und ging all die an ihren Schlüsseln hängenden Schilder durch, so lange, bis er jenen mit der Aufschrift Glockenturm gefunden hatte.

Die enge Tür öffnete sich mit dem erwarteten Knarren. Drinnen herrschte Düsternis, und eine der wenigen Holzstufen knackte beunruhigend unter Michaels Tritt. Wie peinlich, dachte er, hier durchzubrechen und mit kaputten Knochen dazuliegen. Wie hätte man das den Gemeindemitgliedern erklären sollen?

Die Holzstufen führten zu einem Treppenabsatz; im trüben Licht, das durch hohe, verschmutzte Fenster einfiel, war der auf kleinen runden Schalen an allen vier Wänden ausgelegte Rattenköder zu erkennen. Eine eiserne Wendeltreppe führte zu einer Falltür in der Decke, die sich zwar unter Geknarr, aber ohne Schwierigkeiten öffnen ließ. Vögel stoben auf, als er hindurchkletterte. Der Gestank verschlug ihm den Atem. Die Wände waren weiß von Vogelmist. In drei kotverkrusteten Reisignestern hockte die unglaublich häßliche Taubenbrut: nackt, faustgroß und mit weit aufgerissenen Schnäbeln.

Die Glocke hing noch an ihrem Platz. Eine große Glocke. Mit dem Mittelfinger klopfte er dagegen, was ihm außer einem klanglosen Laut nur einen gebrochenen Fingernagel eintrug. Als er sich dann aus dem Turm beugte, sorgfältig darauf bedacht, seine Kleidung nicht mit dem besudelten Geländer in Berührung zu bringen, fiel die Stadt unter ihm ins Weite und dünkte ihn älter und wissender denn je zuvor. Zwei der Taubeneltern kamen zurück, umflatterten angstvoll und mit aufgeregtem Gegurre den Turm.

«Okay», rief er ihnen zu, schritt vorsichtig durch all den aufgehäuften Mist, zog die Falltür wieder über sich zu und stieß erleichtert die Luft aus, in dem Versuch, den Gestank wieder aus der Nase zu bekommen.

Auf dem Treppenabsatz blieb er stehen und hielt näher Umschau. An der Wand hing noch immer die alte Gasleuchte. Er drehte den winzigen Hahn und war überrascht, daß Gas ausströmte. «Hier wird man etwas tun müssen», murmelte er, während er den Hahn wieder schloß.

Es war zu dunkel, als daß man die Initialen des Priesters an der Wand hätte finden können. So zog er seine Streichhölzer hervor und riß eines an, nachdem er etwa ausgeströmtes Gas mit fächelnden Handbewegungen zerstreut hatte.

Im flackernden Licht eines Streichholzes zeigte sich ein in die Mauer geritztes Herz. Es war ziemlich groß, und in seiner Mitte standen tatsächlich die drei Buchstaben D. A. C.

«Dominic Angelo Campanelli», sagte er laut und belustigt.

Unter dem D. A. C. war ein weiteres Monogramm gestanden, aber die Buchstaben waren mit dickem tiefschwarzem Bleistift unkenntlich gemacht worden. An ihrer Statt war nun das Wort JESUS in das Herz mit Dominic Campanellis Initialen gekritzelt.

Das Streichholz verbrannte ihm die Finger, und er ließ es mit einem unwilligen Laut fallen. Er steckte die Fingerspitzen in den Mund, bis der Schmerz geschwunden war, und fuhr dann die unleserlich gemachten Buchstaben nach: die Gravur war noch immer zu spüren. Der erste Buchstabe war zweifellos ein M. Dann folgte ein C oder auch ein O, das ließ sich nicht so genau sagen. Wie mochte sie geheißen haben? Maria? Myra? Marguerite?

Er stand da und sann darüber nach, ob der junge Dominic Campanelli wohl geweint hatte, als er ihre Initialen ausstrich.

Dann stieg er den Kirchturm vollends hinab, verließ seinen Tempel und machte sich auf den Weg nach Hause, um dort seines Weibes geschwollenen Leib zu betrachten.

In der ersten Morgenfrühe begannen Michael und der Pfarrer miteinander zu reden; sie standen über den Absperrzaun gelehnt, bliesen den Rauch ihrer Pfeifen in den Morgennebel und sahen dem riesigen Dampfbagger zu, wie er sich in den Abhang hineinfraß. Sorgsam vermieden sie alle religiösen Themen. Über Sport redete sich's leichter. Eingehend diskutierten sie den derzeitigen Tabellenstand der Seals und die noch ausstehenden Teamspiele gegen Los Angeles. Und während sie über «*averages*» und «*clutch hitters*» sprachen, über die Katzengewandtheit von Williams und das Draufgängertum von DiMaggio, sahen sie die Baugrube Gestalt annehmen und später die Grundmauern wachsen.

«Interessant», sagte Michael, als der Grundriß deutlich zu werden begann: ein Rechteck, das in einen großen Kreis mündete.

Pater Campanelli ging nicht weiter darauf ein. «Mal was anderes», sagte er, während seine Blicke unwillkürlich die Straße hinauf zu der alten St.-Margarets-Kirche wanderten, wie sie da, alt und viel zu klein, aus roten Ziegeln in einfachen, aber schönen Proportionen errichtet, in efeuüberwachsener Würde sich erhob. Dabei strichen seine langen dürren Finger über das Mal, das sein Habichtsgesicht verunzierte. Michael kannte diese Geste schon: sie erfolgte immer dann, wenn unangenehme Dinge zur Diskussion gestanden waren – zum Beispiel ein Formtief der «Seals», Williams' steifer Finger, der seiner Größe bei den Fans Abbruch tat, ein in hoffnungsloser Liebe zu Marilyn Monroe dahinwelkender DiMaggio.

An einem Sonntag, als er mit Leslie in den sinkenden Nachmittag der Monterey-Halbinsel hineinfuhr, sah er einen Tempel auf einer Felsklippe über dem Pazifik.

Die Lage war herrlich, nicht so das Bauwerk. Ganz aus Rotholz und Glas, schien es dem Fehltritt eines Blockhauses mit einem Eispalast entsprungen zu sein.

«Scheußlich, was?» fragte er Leslie.

«Mhm.»

«Wie wird erst die neue Kirche bei uns drinnen aussehen!»

Verschlafen zuckte sie die Schultern.

Nach einer Weile streckte sie sich und sah ihn an. «Wenn dir ein Architekt einen Tempel entwerfen müßte, was würdest du dir wünschen?»

Jetzt war es an ihm, die Schultern zu zucken. Aber die Frage ging ihm lange nicht aus dem Sinn.

Anderntags, nach der Talmudlektüre, saß er kaffeetrinkend in seinem Arbeitszimmer und machte sich daran, den idealen Tempel zu planen.

Es machte mehr Spaß als das Lesen, entdeckte er, und befriedigte dennoch so wenig wie eine Schachpartie gegen sich selbst. Er hantierte mit Papier und Bleistift, machte Entwurfskizzen, die er prompt wieder wegwarf, Aufstellungen, die er wieder und wieder erwog und umschrieb. Er ging in die Bücherei und verlangte dort Werke über Architektur. Und immer wieder fand er sich in einer Sackgasse, die ihn zwang, seine Vorstellung von dem, was ein Tempel zu sein hätte, zu revidieren, so oft zu revidieren, daß er schließlich ein ganzes Aktenfach in seinem Arbeitszimmer für all diese Notizen und Bücher und Planskizzen frei machen mußte, deren Verfertigung ihm nun die langen Stunden seiner Freizeit unschwer füllte, wenngleich das Ganze nicht mehr war als eine Art Gesellschaftsspiel, eine rabbinische Version, Patiencen zu legen.

Gelegentlich gab es Störungen. Eines Morgens kam da ein betrunkener Handelsmatrose herein, unrasiert und mit angeschlagenem Auge.

«Ich möchte beichten, Hochwürden», sagte er, indem er sich schwer und mit geschlossenen Augen in einen der Stühle fallen ließ.

«Leider ...»

Der Matrose öffnete das eine Auge.

«Ich bin kein Pfarrer.»

«Wo ist er?»

«Das ist keine Kirche.»

«Mach mir nichts vor, Kumpel, hab im Krieg x-mal hier gebeichtet. Kann mich genau dran erinnern.»

«Früher einmal war's eine Kirche.» Und er wollte eben zu erklären beginnen, was mit der Kirche geschehen war, aber der Seemann schnitt ihm das Wort ab.

«Ja, Herrgott noch mal», sagte er, «Herrgott noch mal», während er schwankend aufstand und davonging, «wenn das keine Kirche ist, was, zum Teufel, hast du dann hier verloren?»

Michael saß da und starrte auf die Tür, durch welche der Mann in die Helle des Tages geschlurft war.

«Ich mach dir gar nichts vor, Kumpel», sagte er schließlich vor sich hin. «Ich weiß es selbst nicht genau.»

Eines Abends, als er heimkam, traf er Leslie mit rotgeweinten Augen an. «Ist etwas passiert?» fragte er und dachte schon an Ruthies Familie, an seine Eltern, an ihren Vater.

Aber sie hielt ihm ein Päckchen entgegen. «Ich hab's aufgemacht, obwohl es für dich war.»

Er las den Absender: *Union of American Hebrew Congregations.* Das Päckchen enthielt ein hebräisches Gebetbuch, in schwarzes, abgegriffenes Steifleinen gebunden. Ein Brief lag bei in spinnenhafter, altmodischer Handschrift.

Mein lieber Rabbi Kind,

leider muß ich Ihnen mitteilen, daß Rabbi Max Gross gestorben ist. Mein geliebter Gatte ist am 17. Juli in der Synagoge, während er die *minche* sprach, einem Schlaganfall erlegen.

Rabbi Gross war zeit seines Lebens ein schweigsamer Mann, aber von Ihnen hat er mir erzählt. Er hat mir einmal gesagt, daß er sich gewünscht hätte, unser Sohn, wäre er am Leben geblieben, sollte sein wie Sie – nur orthodox.

Ich erlaube mir, Ihnen den beigeschlossenen *ssider* zu übersenden. Es ist jener, den er für seine täglichen Andachten verwendet hat. Ich weiß, er hätte ihn gern in Ihren Händen gesehen, und es wird mir ein Trost sein zu wissen, daß das Gebetbuch meines Mannes weiter verwendet wird.

Ich hoffe, daß Sie und Mrs. Kind wohlauf sind und sich wohl fühlen in einer so schönen Gegend wie Kalifornien, mit einem so wunderbaren Klima.

Herzlichst Ihre
Mrs. Leah M. Gross

Sie legte ihm die Hand auf den Arm. «Michael», sagte sie. Aber er wehrte ab, wollte nicht darüber sprechen. Er konnte nicht weinen wie Leslie. Er hatte nie über den Tod weinen können. Aber er saß den ganzen Abend allein über dem *ssider*, ging ihn Seite um Seite durch, im Gedenken an Max.

Schließlich ging er zu Bett, fand aber keinen Schlaf neben seiner Frau und betete für Max Gross und für alle, die noch am Leben waren.

Nach geraumer Zeit berührte ihn Leslie bittend an der Schulter. «Darling», sagte sie. Er sah auf den Wecker. Es war zwei Uhr fünfundzwanzig.

«Laß nur, schlaf», sagte er beruhigend. «Wir helfen ihm nichts mehr.»

«Darling», sagte sie nochmals, diesmal mit einem Stöhnen.

Er richtete sich auf. «Ach, du lieber Gott», sagte er, aber diesmal war es kein Gebet.

«Reg dich nicht auf», sagte sie. «Es ist kein Grund dazu.»
«Sind es die Wehen?»
«Ich glaube, jetzt ist es soweit.»
«Ist es schlimm?» fragte er und zog schon die Hosen an.
«Ich glaube, es sind erst die Vorwehen.»
«Wie oft?»
«Zuerst alle vierzig Minuten. Jetzt schon alle zwanzig.»
Er rief Dr. Lubowitz an, trug dann ihren Koffer hinunter, kam zurück und half ihr in den Wagen. Draußen war dicker Nebel, und Michael merkte, wie nervös er war. Er war nicht imstande, tief zu atmen, und fuhr ganz langsam, den Kopf über das Lenkrad gebeugt, fast bis an die Windschutzscheibe.
«Womit lassen sich diese Wehen vergleichen?» fragte er.
«Ich weiß nicht recht, es ist fast wie bei einem sehr langsam fahrenden Lift. Sie steigen an, bleiben eine Weile auf dem Höhepunkt und sinken dann wieder ab.»
«Wie beim Orgasmus?»
«Nein», sagte sie. «Herr Jesus!»
«Sag das nicht!» fuhr es ihm heraus.
«Soll ich Moses sagen? Ist das besser?» Sie schüttelte den Kopf, schloß die Augen. «Für einen so gescheiten Mann kannst du unglaublich dumm sein.»
Er gab keine Antwort und fuhr durch die nebligen Straßen, mit der Hoffnung, sich noch nicht verirrt zu haben.
Sie strich ihm über die Wange.
«Es tut mir leid, Lieber. Oh – jetzt fängt's schon wieder an.»
Sie nahm seine rechte Hand vom Lenkrad und legte sie auf ihren Bauch. Während sie die Hand dort festhielt, wurden die schlaffen Muskeln fest, dann verkrampft, dann ließ der Krampf unter seinen Fingerspitzen allmählich wieder nach. «Innen spür' ich's genauso», flüsterte sie. «Alles zieht sich zusammen zu einer harten Kugel.»
Plötzlich merkte er, daß er zitterte. Er hielt den Wagen hinter einem am Straßenrand unter einer Laterne parkenden Taxi an. «Ich habe mich verfahren, verdammt noch mal», sagte er. «Kannst du in das Taxi umsteigen?»
«Natürlich.»
Der Fahrer war kahl, trug Leinenhosen und ein zerknittertes Buschhemd. Sein rotes irisches Gesicht war verquollen von Schläfrigkeit.
«Lane Hospital», sagte Michael.
Der Fahrer nickte und gähnte ausgiebig, während er den Motor startete.
«Es ist an der Webster, zwischen Clay und Sacramanto», sagte Michael.
«Ich weiß schon, wo's ist.»
Michael musterte Leslies Gesicht und sah, wie ihre Augen sich weiteten. «Du kannst mir nicht erzählen, daß das noch Vorwehen sind», sagte er.

«Nein, jetzt sind's die Wehen.»

Zum erstenmal sah der Fahrer sie richtig an, jetzt plötzlich hellwach.

«Heiliger Strohsack», sagte er, «warum sagen Sie denn nichts!» Er trat aufs Gaspedal und fuhr nun doppelt vorsichtig, aber viel schneller.

Nach einigen Minuten begann Leslie zu stöhnen. Sie war sonst nicht wehleidig. Ihr Stöhnen hatte etwas Tierisches, Fremdes, und es erschreckte Michael.

«Wie sind die Intervalle jetzt?» fragte er, aber sie reagierte nicht. Ihr Blick war glasig.

«Oh – Jesus», sagte sie leise. Er küßte sie auf die Wange.

Abermals stöhnte sie, und es erinnerte ihn an das Klagen einer kalbenden Kuh im Stall. Er sah auf die Uhr, und bald danach löste sich neuerlich diese tierische Klage von den Lippen seiner Frau. Er sah abermals auf die Uhr.

«Mein Gott, das kann doch nicht stimmen», sagte er. «Nur vier Minuten.»

«Beine zusammenhalten, Lady», rief ihr der Fahrer zu, als stünde sie auf der anderen Straßenseite.

«Was machen wir, wenn's im Wagen passiert?» fragte Michael, sah auf den Boden und unterdrückte einen Schauder.

Auf der Gummimatte lag eine dicke, durchnäßte, zertretene Zigarre und sah aus wie ein Stück Kot.

«Hoffentlich nicht», sagte der Fahrer erschrocken. «Wenn ihr hier das Wasser bricht, dann kann ich sechsunddreißig Stunden lang nicht fahren, weil das Taxi desinfiziert werden muß. Sanitätsvorschrift.» Er flitzte um die Kurve. «Gleich sind wir da, Lady», rief er.

Leslie preßte ihre Füße jetzt gegen den Vordersitz. Mit jeder Wehe glitt sie tiefer, die Schultern gegen die Rücklehne und die Füße gegen den Vordersitz gepreßt, stöhnend und das Becken im Krampf nach oben gewölbt. Dabei drückte sie jedesmal den Fahrersitz nach vorn und drängte damit den Chauffeur ans Lenkrad.

«Leslie», sagte Michael, «so kann er nicht fahren.»

«Ist schon gut», sagte der Mann. «Wir sind da.» Er würgte den Motor ab und ließ die beiden in dem noch schütternden Wagen sitzen, während er in das rote Backsteinhaus rannte. Gleich darauf kam er mit einer Schwester und einem Krankenwärter zurück, und sie setzten Leslie in einen Rollstuhl und griffen nach ihrem Koffer und karrten sie davon, ohne Michael zu beachten, der neben dem Fahrer am Straßenrand stand. Er lief ihr nach und küßte sie auf die Wange.

«Die meisten Frauen sind da wie eine Frucht vor dem Aufplatzen», sagte der Fahrer, als Michael zurückkam. «Der Doktor wird ein bißchen quetschen, und schon platscht das Baby heraus wie reifer Samen.»

Der Taxameter zeigte zwei Dollar und neunzig Cent an. Der Mann hatte sich beeilt, dachte Michael, und er hatte sich alle blöden Witze über werdende Väter verkniffen. So gab er ihm sechs Dollar. «Sympathieschmerzen?» fragte der Fahrer, während er die Scheine in seine

Geldtasche stopfte.

«Nein», sagte Michael.

«Den Vätern ist auch noch nie was passiert», sagte der Mann und stieg grinsend in seinen Wagen.

Die Aufnahmekanzlei des Krankenhauses war menschenleer. Ein Mexikaner in mittleren Jahren führte Michael im Aufzug hinauf in die Entbindungsabteilung.

«Ist das Ihre Frau, die sie eben hereingebracht haben?»

«Ja», sagte Michael.

«Wird nicht lange dauern. Sie ist fast soweit», sagte er.

In der Entbindungsabteilung kam ihm ein junger Arzt mit Bürstenhaarschnitt durch die Schwingtür entgegen. «Mr. Kind?» Michael nickte. «Scheint recht gut zu gehen. Sie liegt schon im Kreißsaal.» Er strich sich mit der flachen Hand über den kurzbehaarten Schädel. «Wenn Sie wollen, können Sie nach Hause gehen und ein wenig schlafen. Wir rufen Sie an, sobald es etwas Neues gibt.»

«Ich kann genausogut hier warten», sagte Michael.

Der Arzt runzelte die Stirn. «Es kann lange dauern, aber wenn Sie wollen – bitte.» Und er zeigte ihm den Weg zum Warteraum.

Es war ein kleines Zimmer mit glänzend gewachstem braunem Linoleumboden, das ihn an das Heim erinnerte, in dem sein Großvater gestorben war. Auf der rohrgeflochtenen Sitzbank lagen zwei Illustrierte, eine drei Jahre alte Nummer von *Time* und eine ein Jahr alte Nummer von *Yachting*. Die einzige Lampe im Raum hatte eine zu schwache Birne.

Michael ging zum Aufzug und drückte auf den Knopf. Der mexikanische Liftwärter lächelte noch immer.

«Kann ich hier irgendwo einen Drink für Sie bekommen?» fragte Michael.

«Nein, Sir. Ich kann während der Arbeit ohnedies nicht trinken. Aber wenn Sie Zigaretten und Zeitungen und so wollen, zwei Blocks geradeaus ist ein Drugstore, der die ganze Nacht offen hat.»

Als sie unten angelangt waren, hielt er Michael, der eben aussteigen wollte, noch einen Augenblick zurück. «Sagen Sie, daß ich Sie hingeschickt hab, dann hab ich bei ihm nächstens was zu Rauchen gut.»

Michael grinste. «Wie heißen Sie?»

«Johnny.»

Langsam und unterwegs betend ging er durch die neblige Dunkelheit zum Drugstore, kaufte drei Pakete Philip Morris, einen *Oh Henry* und einen *Clark Bar*, eine Zeitung, *Life*, *The Reporter* und einen Taschenbuchkrimi.

«Johnny hat mich hergeschickt», sagte er zum Verkäufer, während er auf das Wechselgeld wartete. «Vom Krankenhaus.» Der Mann nickte. «Was raucht er für Zigaretten?» fragte Michael.

«Johnny? Ich glaube, der raucht überhaupt keine Zigaretten. Zigarillos.»

Er kaufte drei Päckchen Zigarillos für Johnny. Auf dem Rückweg war der Nebel immer noch dicht, aber das erste Licht brach schon hervor. Mein Gott, sagte er stumm, laß sie gut durchkommen. Das Baby auch, aber wenn nur einer durchkommen kann, dann laß es sie sein, ich bitte dich, Gott, Amen.

Johnny war entzückt von den Zigarillos. «Ihr Doktor ist schon gekommen. Und die Blase ist gesprungen», sagte er. Zweifelnd betrachtete er all die Dinge, die Michael mitgebracht hatte. «So lange werden Sie wahrscheinlich gar nicht hierbleiben», sagte er.

«Der junge Arzt hat aber gesagt, es kann lange dauern», sagte Michael.

«Ist eben jung», sagte Johnny. «Er ist seit acht Monaten hier. Ich bin hier seit zweiundzwanzig Jahren.» Der Summer ertönte, und er schloß die Aufzugtür.

Michael entfaltete die Zeitung und versuchte, Herb Caens Artikel zu lesen. Schon nach wenigen Minuten war der Aufzug wieder da. Johnny kam ins Wartezimmer und nahm nahe der Tür Platz, wo er den Summer hören konnte. Er brannte eine der Zigarillos an.

«Und was machen Sie?» fragte er. «Als Beruf?»

«Ich bin Rabbiner.»

«Was, wirklich?» Er blies nachdenklich den Rauch aus. «Vielleicht können Sie mir da Auskunft geben. Ist das wahr, daß sie eine Party geben, wenn ein jüdischer Junge ein gewisses Alter erreicht hat, und damit wird er zum Mann?»

«Die *bar-mizwe*. Ja, mit dreizehn.»

«Aha. Und ist es auch wahr, daß alle andern Juden zu dieser Party kommen und Geld für den Jungen mitbringen, damit er ein Geschäft eröffnen kann?»

Michael mußte lachen, und noch ehe er soweit war, daß er hätte antworten können, stand eine Schwester in der Tür und fragte: «Mr. Kind?»

«Er ist Rabbiner», sagte Johnny.

«Schön, dann meinetwegen Rabbi Kind», sagte sie müde. «Meinen Glückwunsch, Ihre Frau hat soeben einen Sohn geboren.»

Als er sich über sie beugte, um sie zu küssen, benahm ihm der Äthergeruch fast den Atem. Ihr Gesicht war gerötet, sie hatte die Augen geschlossen und sah aus, als wäre sie noch nicht bei Bewußtsein. Aber sie schlug die Augen auf und lächelte ihm zu, und als er ihre Hand ergriff, hielt sie die seine fest.

«Hast du ihn gesehen?» fragte sie.

«Noch nicht.»

«Oh, er ist schön», flüsterte sie. «Und er hat einen Penis. Zur Sicherheit hab ich den Doktor gefragt.»

«Wie fühlst du dich?» fragte er, aber sie war schon eingeschlafen. Bald darauf erschien Doktor Lubowitz, noch in dem Kittel, den er im

Kreißsaal getragen hatte. «Wie geht's ihr?» fragte Michael.

«Gut. Beiden geht es gut. Das Baby wiegt vier Pfund. Der Teufel soll diese Weiber holen», sagte er. «Sie werden es nie lernen, daß es einfacher ist, die Kinder klein auf die Welt zu bringen und draußen großzuziehen, wo genug Platz zum Wachsen ist. Und der Doktor kann sich plagen wie ein Vieh.» Er schüttelte Michael die Hand und ging.

«Wollen Sie ihn sehen?» fragte die Schwester. Er wartete vor dem Babyzimmer, während die Schwester die richtige Wiege suchte; als sie ihm dann das Neugeborene an die Glasscheibe hielt, stellte er mit einem Schock fest, daß es sehr häßlich war, mit rot verschwollenen Augen und einer breiten, flachgedrückten Nase. Wie soll ich ihn jemals lieben können, dachte er, und das Baby gähnte, öffnete die Lippen, zeigte einen winzigen rosigen Zahnfleischansatz und begann dann zu schreien – und Michael liebte es.

Als er das Krankenhaus verließ, stand die Sonne am Himmel. Er wartete am Gehsteigrand, und bald kam ein Taxi vorbei, das er anrief. Eine dicke grauhaarige Frau saß am Steuer des sehr saubergehaltenen Wagens. An der Rückseite des Fahrersitzes war eine Vase mit würzig riechenden Blumen befestigt. Zinnien, dachte Michael.

«Wohin, Mister?» fragte die Frau.

Er sah sie mit albernem Gesichtsausdruck an, lehnte sich dann zurück, lachte und hörte erst auf, als er ihren erschrockenen Blick bemerkte.

«Ich weiß nicht, wo ich meinen Wagen stehengelassen habe», erklärte er.

34

Als er am Nachmittag ins Krankenhaus zurückkam, war Leslie schon wach. Sie hatte frisches Make-up aufgelegt, trug ein spitzenbesetztes Nachthemd und ein blaues Band im gutfrisierten Haar.

«Wie sollen wir ihn nennen?» fragte er und küßte sie.

«Wie wär's mit Max?»

«Das ist ein Name aus dem *schtetl*, was Häßlicheres und weniger Assimiliertes hätte uns nicht einfallen können», wandte er überglücklich ein.

«Mir gefällt er.»

Er küßte sie wieder.

Eine Schwester brachte das Baby ins Zimmer. Leslie hielt es behutsam. «Er ist so schön», flüsterte sie, während Michael sie voll Mitleid betrachtete.

Doch im Verlauf der nächsten Tage änderte sich das Aussehen des Babys. Die Schwellung seiner Lider ging zurück, und die Augen, die nun allmählich zum Vorschein kamen, waren groß und blau. Die Nase sah bald weniger flachgedrückt und mehr wie eine Nase aus. Das häßliche

Rot am ganzen Körper wich einem zarten Rosa.

Eines Abends bereitete Michael seiner Frau Kopfschmerzen mit der ihr unverständlichen Feststellung: «Er ist doch überhaupt nicht häßlich.»

Der Plymouth wurde schließlich mit polizeilicher Hilfe an genau der Stelle gefunden, wo er ihn damals in der Nacht geparkt hatte. Nichts fehlte als die Radkappen. Diesen Schaden, ebenso wie die fünfzehn Dollar Strafe, die er drei Tage später für verbotenes Parken auf einem Taxistandplatz zu bezahlen hatte, schrieb Michael leichten Herzens auf Geburtsspesen ab.

Abe und Dorothy Kind konnten nicht rechtzeitig zur Beschneidung ihres Enkels nach Kalifornien kommen. Aber wenn sie schon den *briss* versäumten, das *pidjon haben* versäumten sie nicht. Dorothy wollte nicht fliegen. So nahmen sie ein Abteil im *City of San Francisco,* und Dorothy strickte auf der quer durchs Land führenden Reise von drei Nächten und zwei Tagen drei Paar Babyschuhe und eine kleine Mütze. Abe blätterte inzwischen Illustrierte durch, trank Scotch, unterhielt sich mit einem sommersprossigen Schlafwagenschaffner namens Oscar Browning über das Leben und die Politik und betrieb mit Interesse und Bewunderung Verhaltensstudien an einem Corporal der Air Force, der zwei Stunden nach der Abfahrt aus New York im Speisewagen neben einer hochmütigen Blondine zu sitzen kam und sich bis zur Einfahrt in San Francisco bereits im Schlafwagenabteil der Dame eingerichtet hatte.

Dorothy geriet beim Anblick ihres Enkels in Verzückung. «Er sieht aus wie ein kleiner Filmstar», sagte sie.

«Er hat Ohren wie Clark Gable», stimmte Abe zu. Der Großvater hatte sogleich das Amt übernommen, Max nach dem Trinken zum Aufstoßen zu bringen, wobei er sich sorgfältig eine saubere Windel über Schulter und Rücken breitete, um sich vor dem Angespucktwerden zu schützen, und regelmäßig am Ende der Prozedur einen großen nassen Fleck in der Ellbogengegend auf seinem Ärmel hatte. «*Pischerke*», nannte er das Baby, ein Name, der Liebe und Mißbilligung im gleichen Maß ausdrückte.

Abe und Dorothy blieben zehn Tage in Kalifornien. Sie wohnten zwei Freitagabend-Gottesdiensten bei, wobei sie steif links und rechts von ihrer Schwiegertochter saßen, während alle drei so taten, als existierten rund um sie keine leeren Sitze. «Er hätte Radiosprecher werden sollen», flüsterte Abe nach dem ersten Gottesdienst Leslie zu.

Am Abend vor ihrer Rückkehr nach New York machten Michael und sein Vater einen Spaziergang. «Kommst du mit, Dorothy?» fragte Abe.

«Nein, geht nur allein. Ich bleibe bei Leslie und Max», sagte sie und griff sich unruhig mit der Hand an die Brust.

«Was ist los?» fragte er, die Stirn runzelnd. «Dieselbe Geschichte? Soll ich einen Doktor holen?»

«Ich brauch keinen Doktor», sagte sie. «Geht nur.»

«Was heißt ‹dieselbe Geschichte›?» fragte Michael, als sie auf der

Straße waren. «Ist sie krank gewesen?»

«Ah», seufzte Abe. «Sie *kwetscht* herum. Ich *kwetsch* herum. Unsere Freunde *kwetschen* herum. Und weißt du, was es ist? Wir werden alt.»

«Älter werden wir alle», sagte Michael und fühlte sich etwas unbehaglich. «Aber Mama und du, ihr seid doch nicht alt. Ich wette, du stemmst immer noch deine Hanteln im Schlafzimmer.»

«Tu ich», sagte Abe und schlug demonstrierend auf seinen flachen Bauch.

«War hübsch, daß du hier warst, Pop», sagte Michael. «Ist mir gar nicht recht, daß du wieder wegfährst. Wir sehen einander viel zu selten.»

«Wir werden einander jetzt öfter sehen», sagte Abe. «Ich verkaufe das Geschäft.»

Die Mitteilung überraschte Michael mehr, als am Platz gewesen wäre. «Nein, das ist ja großartig», sagte er. «Was wirst du anfangen?»

«Reisen. Das Leben genießen. Deiner Mutter ein bißchen Freude machen.» Abe schwieg eine Weile. «Du weißt, unsere Ehe ist erst recht spät wirklich eine Ehe geworden. Wir haben lange gebraucht, bis wir draufgekommen sind, was der eine am anderen hat.» Er hob die Schultern. «Jetzt möcht ich, daß sie noch etwas hat von ihrem Leben. Im Winter Florida. Im Sommer ein paar Wochen bei euch. Alle paar Jahre eine Reise nach Israel, zu Ruthie, wenn uns die verdammten Araber nur lassen.»

«Und wer kauft Kind Foundations?»

«Ich hab in den letzten Jahren Angebote von zwei großen Konfektionsfirmen gehabt und werd an den Meistbietenden verkaufen.»

«Ich freu mich für dich», sagte Michael. «Das klingt ausgezeichnet.»

«Ja, ich hab mir's gut ausgerechnet», sagte Abe. «Sag nur deiner Mutter noch nichts davon. Es soll eine Überraschung werden.»

Am nächsten Morgen gab es eine Diskussion darüber, ob Michael sie zum Zug bringen sollte oder nicht. «Ich kann diese langen Bahnhofsabschiede nicht leiden», sagte Dorothy. «Gib mir hier einen Kuß, wie es sich für einen guten Sohn gehört, und dann nehmen wir ein Taxi, wie jeder vernünftige Mensch.»

Aber Michael setzte seinen Willen durch. Er fuhr sie zum Bahnhof und kaufte Illustrierte und Zigarren für den Vater und Bonbons für die Mutter. «*Oi,* ich kann das doch nicht einmal essen», sagte sie. «Ich muß Diät halten.» Sie gab ihm einen zärtlichen Stoß. «Du geh jetzt nach Hause», sagte sie, «oder in deinen Tempel. Aber verschwind von hier.» Er sah sie an und meinte schließlich, es wäre besser, ihr nachzugeben.

«Lebt wohl, ihr beide», sagte er und küßte die Eltern auf die Wangen. Dann schritt er schnell davon.

«Warum hast du das gemacht?» fragte Abe ärgerlich. «Er hätte noch gute zehn, fünfzehn Minuten bei uns bleiben können.»

«Weil ich nicht auf einem Bahnhof zu weinen anfangen will, deshalb», sagte sie und fing an zu weinen.

Als sie dann in den Zug stiegen, hatte sie sich einigermaßen gefaßt. Sie strickte und redete nur wenig bis zum Mittagessen. Auf dem Weg zum Speisewagen stellte Abe fest, daß Oscar Browning, der sommersprossige Schlafwagenschaffner, wieder im Zug war.

«Hallo, Mr. Kind», sagte Browning. «Das freut mich, daß Sie auch die Rückreise wieder mit uns machen.»

«Wieviel Trinkgeld hast du dem bei der Hinfahrt gegeben?» fragte Dorothy, als sie im nächsten Waggon angelangt waren.

«Das übliche.»

«Wieso erinnert er sich dann an dich?»

«Wir haben uns lang miteinander unterhalten. Er ist ein intelligenter Mensch.»

«Ja, sicher», sagte sie. Dann schloß sie die Augen. Um ihren Mund zeigte sich ein weißer Strich. «Mir ist *nischt gut*. Übel im Magen. Das macht dieser Zug, er rüttelt so.»

«Ich hab dir gleich gesagt, wir sollten fliegen», meinte er. Er beobachtete sie gespannt. Nach einer Weile verschwand der weiße Strich, und ihr Gesicht bekam wieder Farbe. «Geht's dir besser?»

«Ja.» Sie lächelte ihm zu und tätschelte seine Hand. Der Kellner kam und stellte die Speisen auf den Tisch, und Dorothy schaute Abe beim Essen zu. «Jetzt krieg ich Hunger», sagte sie.

«Magst du ein Steak?» fragte er erleichtert. «Oder etwas von dem da?»

«Nein», sagte sie. «Bestell mir bitte eine Portion Erdbeeren.» Er bestellte, und während sie gebracht wurden, aß er seinen Rinderbraten auf.

«Immer fällt mir dieser Einkaufskorb und die Seilrolle ein, wenn ich dich Erdbeeren essen sehe», sagte er.

«Weißt du's noch, Abe?» sagte sie. «Du hast mir den Hof gemacht, und wir sind immer mit dieser Helen Cohen ausgegangen, die nebenan wohnte, und mit ihrem Freund, wie hat er nur geheißen?»

«Pulda. Hermann Pulda.»

«Richtig, Pulda. Herky haben sie ihn genannt. Später sind sie dann auseinandergegangen, und er ins Fleischgeschäft. Sixteenth Avenue und Fifty-fourth Avenue. Nicht koscher. Aber damals habt ihr beide uns jeden Abend einen Korb voll Obst gebracht, nicht nur Erdbeeren, auch Kirschen, Pfirsiche, Birnen, Ananas, jeden Abend was anderes. Ihr habt gepfiffen, und wir haben den Korb an diesem Seil vom Fenster im dritten Stock hinuntergelassen. *Oi*, hab ich Herzklopfen gehabt.»

«Das war von deinem Schlafzimmerfenster.»

«Manchmal auch von Helens Fenster. Sie war so hübsch, daß einem die Sprache wegblieb, damals.»

«Aber nein, sie konnte sich doch mit dir nicht vergleichen. Nicht einmal heute.»

«Ach, heute! Schau mich doch nur an.» Sie seufzte. «Es kommt einem vor, als wär es gestern gewesen, aber schau mich doch an: graue Haare und schon das vierte Enkelkind.»

«Schön.» Unter dem Tisch legte er seine Hand auf ihre Schenkel. «Du bist eine sehr schöne Frau.»

«Hör doch auf», sagte sie, aber er merkte wohl, daß sie keineswegs ärgerlich war, und kniff sie noch einmal, bevor er seine Hand zurückzog.

Nach Tisch spielten sie Gin-Rummy, bis sie zu gähnen begann.

«Weißt du, was ich möchte?» sagte sie. «Ein Schläfchen machen.»

«Tu's doch», sagte er.

Sie streifte die Schuhe ab und streckte sich auf dem Sitz aus.

«Wart einen Augenblick», sagte er. «Ich werd Oscar sagen, daß er dir das Bett machen soll.»

«Das brauch ich nicht», sagte sie. «Dann mußt du ihm wieder ein Trinkgeld geben.»

«Ich geb ihm auf jeden Fall ein Trinkgeld», sagte er ungeduldig. Sie nahm zwei Bufferin-Tabletten, während Oscar die Koje für sie zurechtmachte, und dann zog sie Kleid und Mieder aus, schlüpfte unter die Dekken und schlief, bis zum letzten Abendessen gerufen wurde. Abe weckte sie so sanft, wie er nur irgend konnte. Nach dem Schlaf war sie ausgeruht und hungrig. Sie bestellte Brathuhn und Apfelkuchen und Kaffee zum Abendessen, aber in der Nacht war sie unruhig und drehte sich hin und her, so daß auch er nicht schlafen konnte.

«Was ist denn los?» fragte er.

«Ich sollte nichts Gebratenes essen. Jetzt hab ich Sodbrennen», sagte sie. Er stand auf und gab ihr ein Alka-Seltzer. Gegen Morgen wurde es besser. Sie gingen zeitig in den Speisewagen und tranken Juice und schwarzen Kaffee. Dann kehrten sie in ihr Abteil zurück, und Dorothy nahm ihre Strickerei wieder auf, die an einem riesigen blauen Garnknäuel hing.

«Was machst du jetzt?» fragte er.

«Einen Strampelanzug für Max.»

Er versuchte zu lesen, während sie strickte, aber er war nie ein großer Leser gewesen, und jetzt war er des Lesens müde. Nach einer Weile unternahm er einen Spaziergang durch den hin und her schwingenden Zug und machte schließlich im Vorraum zu den Herrenwaschräumen halt, wo Oscar Browning Handtücher stapelte und kleine Seifenstücke abzählte.

«Jetzt müssen wir doch bald nach Chicago kommen, nicht wahr?» fragte er und nahm neben dem Schaffner Platz.

«Noch zwei Stunden ungefähr, Mr. Kind.»

«Dort hab ich eine Menge Kundschaften gehabt», sagte er. «Marshal Field, Carson, Pirie and Scott. Goldblatt. Imponierende Stadt.»

«Das stimmt», sagte der Schaffner. «Ich bin dort zu Hause.»

«So», sagte Abe. Dann dachte er eine Weile nach. «Haben Sie Kinder?»

«Vier.»

«Muß schwer sein, immer so herumzureisen.»

«Ja, es ist nicht leicht», sagte der Schaffner. «Aber wenn ich nach

Hause komm – Chicago ist eben Chicago.»

«Und warum suchen Sie sich nicht einen Job in Chicago?»

«Die Eisenbahn bezahlt mir mehr, als ich dort verdienen könnte. Und ich komm lieber einmal in der Zeit zu meinen vier Kindern nach Haus und bring Geld für neue Schuhe mit, als daß ich sie tagtäglich seh und kein Geld für neue Schuhe hab. Stimmt's nicht?»

«Stimmt», sagte Abe, und sie grinsten einander an. «Sie müssen eine Menge zu sehen kriegen bei diesem Job. So ein Zug, vollgestopft mit Männern und Weibern – da muß sich doch allerhand abspielen.»

«Ja, manche Leute beginnt's zu jucken, sobald sie auf Reisen sind. Und in einem Zug ist das ärger als auf einem Schiff. Man kann ja nicht viel anderes anfangen.» Und eine Zeitlang erzählten sie einander Geschichten, Schlafwagengeschichten und Geschichten aus der Miederbranche. Dann gingen Oscar die Handtücher und die Seifen aus, und Abe kehrte in sein Abteil zurück.

Der Garnknäuel war bis zur Tür gerollt, nachdem er ihr vom Schoß gefallen war. «Dorothy?» fragte Abe. Er hob den Knäuel auf und trat näher. «Dorothy?» sagte er nochmals und schüttelte sie, aber er wußte es augenblicks und drückte mit aller Kraft den Knopf des Summers nieder, der den Schaffner herbeirief. Man hätte glauben können, sie schliefe, wären ihre Augen nicht offen gewesen, blicklos auf die kahle grüne Wand gegenüber gerichtet.

Oscar kam durch die Tür, die Abe offengelassen hatte.

«Ja, Sir, Mr. Kind?» fragte er. Dann erfaßte er, was geschehen war.

«O du lieber Gott», sagte er leise.

Abe legte ihr den Garnknäuel in den Schoß.

«Mr. Kind», sagte Oscar, «setzen Sie sich doch lieber hin, Sir.»

Er faßte Abe am Ellbogen, aber der schüttelte seine Hand ab.

«Ich hole einen Arzt», sagte der Schaffner unsicher.

Abe lauschte seinen sich entfernenden Schritten, dann fiel er auf die Knie. Durch den Teppich spürte er das Vibrieren der Schienen und die Spannung und Schwingung des Zuges. Er griff nach ihrer Hand und drückte sie an seine nasse Wange.

«Ich zieh mich aus dem Geschäft zurück, Dorothy», sagte er.

35

Ruthie kam erst zehn Stunden nach dem Begräbnis. Sie saßen auf ihren Hockern im Wohnzimmer der Kinds, als es läutete. Ruthie kam herein und ging von einem zum andern und umarmte Abe, den ein tiefes, keuchendes Schluchzen zu schütteln begann.

«Ich weiß nicht, warum ich geläutet hab», sagte sie, und dann begann sie leise zu weinen, den Kopf an der Schulter ihres Vaters vergraben.

Nachdem sich alle etwas beruhigt hatten, küßte Ruthie ihren Bruder, und Michael machte sie mit Leslie bekannt. «Wie geht's deiner Familie?» fragte er.

«Gut.» Sie schneuzte sich und blickte um sich. Auf Abes Wunsch waren alle Spiegel verhängt worden, obwohl Michael das für überflüssig erklärt hatte. «Es ist vorüber, nicht wahr?»

Michael nickte. «Ja, heute vormittag. Ich fahre morgen mit dir hinaus.»

«Gut.» Ihre Augen waren verschwollen und rot vom Weinen. Sie war tief gebräunt, ihr schwarzes Haar von Grau durchzogen. Der Kontrast von Bräune und ergrauendem Haar war sehr attraktiv, aber sie hatte Übergewicht und mehr als die Andeutung eines Doppelkinns. Und die Beine waren dicker geworden. Michael stellte bestürzt fest, daß sie nicht mehr seine geschmeidige, so amerikanisch aussehende Schwester war.

Nach und nach erschienen die Trauergäste.

Um acht Uhr abends war die Wohnung voll von Menschen. Die Frauen bauten allerhand Eßbares auf dem Tisch auf. Michael ging in sein früheres Schlafzimmer, um Zigaretten zu holen. Zwei Geschäftsfreunde seines Vaters saßen mit dem Rücken zur Tür auf dem Messingbett und tranken Scotch.

«Rabbiner – und hat eine *schiksse* geheiratet! Jetzt sagen Sie mir, wie das zusammenpaßt!»

«Mein Gott, was für eine Zusammenstellung!»

Michael zog die Tür leise wieder zu, kehrte ins Wohnzimmer zurück, setzte sich neben Leslie, faßte nach ihrer Hand und hielt sie fest.

Um ein Uhr nachts, nachdem alle Gäste sich verabschiedet hatten, saßen sie schließlich allein in der Küche und tranken Kaffee. «Warum gehst du nicht zu Bett, Ruthie?» bat Abe. «Du hast diesen langen Flug hinter dir. Du mußt doch völlig erschöpft sein.»

«Und was wirst du anfangen, Papa?» fragte sie.

«Anfangen?» sagte er. Seine Finger zerknüllten ein Stück eines Kuchens, den die Frau eines seiner Zuschneider gebacken hatte. «Kein Problem. Meine Tochter und ihr Mann und ihre Kinder werden von Israel hierher übersiedeln, und wir werden alle sehr zufrieden sein. Ich verkaufe Kind Foundations. Geld wird genug da sein, Saul kann sich als gleichberechtigter Partner an jedem Geschäft beteiligen, das ihm Spaß macht. Oder, wenn er unterrichten will – soll er nochmals aufs College gehen und noch ein Diplom machen. Es gibt wirklich genug Kinder hier, die Lehrer brauchen.»

«Aber Papa», sagte sie, schloß die Augen und schüttelte den Kopf.

«Warum nicht?» fragte er.

«Du müßtest in Israel kein Pionier mehr sein. Du könntest leben wie Rockefeller. Wenn du mit mir hinüberkommst, kannst du ein Haus in unserer Nähe haben, mit einem kleinen Hof zwischen weißgetünchten Mauern, im Schatten von Olivenbäumen», sagte sie. «Du kannst einen Garten haben. Du kannst im Sonnenschein mit deinen Hanteln trainieren. Deine Enkel werden jeden Tag zu Besuch kommen, und du wirst von ihnen Hebräisch lernen.»

Abe lachte, aber er lächelte nicht. «Das hat man davon, wenn man seine Tochter einen Fremden heiraten läßt.» Er sah sie an. «Ich würde viele Briefe schreiben. Zu viele Briefe. Es würde zehn Tage brauchen, bis ich weiß, ob die *Yankees Red Sox* geschlagen haben oder ob *Red Sox* die *Yankees* geschlagen hat. Und manchmal gibt's zwei Spiele an einem Tag.

Ich könnte da drüben nicht einmal *Women's Wear Daily* kaufen. Ich weiß es, ich hab es probiert, als ich das letztemal mit Mama –» Er stand auf und ging schnell ins Badezimmer. Sie hörten die Wasserspülung, sobald er die Tür hinter sich geschlossen hatte.

In ihr Schweigen fragte Michael: «Und wie steht's jetzt mit der Kanalisation dort drüben?»

Ruthie lächelte nicht, und er merkte, daß sie sich nicht erinnerte und dann doch erinnerte. «Das kümmert mich jetzt nicht mehr», sagte sie. «Ich weiß nicht, ob es daran liegt, daß die Toiletten besser geworden sind oder daß ich erwachsen geworden bin.» Sie schaute zur Tür hin, durch die ihr Vater verschwunden war, und schüttelte den Kopf. «Was wißt ihr schon hier herüben», sagte sie leise. «Was wißt ihr schon *wirklich*. Wenn ihr es wüßtet, dann wäret ihr dort und nicht hier.»

«Pop hat dir die Antwort gegeben», sagte Michael. «Wir sind Amerikaner.»

«Eben. Meine Kinder sind Juden, so wie ihr Amerikaner seid», sagte sie. «Sie haben gewußt, was man zu tun hat, als die Flieger herüberkamen. Sie sind wie der Teufel in den nächsten Unterstand gerannt und haben hebräische Lieder gesungen.»

«Gott sei Dank, daß keiner von euch verletzt worden ist», sagte Michael.

«Hab ich das gesagt?» fragte sie. «Nein, sicher nicht. Ich hab gesagt, wir sind wohlauf, und das sind wir auch – jetzt. Saul hat einen Arm verloren. Den rechten.»

Leslie hielt unwillkürlich den Atem an, und Michael fühlte sich müde und elend. «Wo?» fragte er.

«Am Ellbogen.»

Er hatte wissen wollen, wo es geschehen war, und als er nichts erwiderte, merkte sie ihr Mißverständnis und sagte: «Bei einem Ort, der Petach Tikwah heißt. Er war bei der *Irgun Zwi Leumi*.»

Leslie räusperte sich. «Bei den Terroristen? Ich meine, waren die nicht eine Art Untergrundbewegung?»

«Ja, am Anfang, noch unter den Engländern. Später, während des Krieges, wurden sie ein Teil der regulären Armee. In der Zeit war auch Saul dabei. Nur sehr kurz.»

«Unterrichtet er wieder?» fragte Leslie.

«Natürlich, schon seit langem. Durch seine Verwundung hat er es sehr leicht, Disziplin zu halten. Die Kinder sehen in ihm einen großen

Helden.» Sie drückte ihre Zigarette aus und lächelte ihnen zu, aber ihr Lächeln war ohne Zärtlichkeit.

Am Morgen nach der *schiwe* fuhren Abe und Michael mit Ruthie nach Idlewild.

«Aber zu Besuch wirst du doch wenigstens kommen?» sagte sie und küßte Abe zum Abschied.

«Wir werden sehen. Vergiß das Datum nicht – vergiß nicht, *jahrzeit* zu sagen.» Sie klammerte sich an ihn. «Ich komm sicher», sagte er.

«Es ist ein Jammer», sagte sie, als sie Michael knapp vor dem Einsteigen umarmte. «Ich kenne dich und deine Familie nicht, und du kennst mich und meine Familie nicht. Dabei hab ich das Gefühl, daß wir einander alle sehr gern haben könnten.» Und sie küßte ihn auf den Mund.

Sie warteten noch, bis das Flugzeug der EL AL ihren Blicken entschwand, und gingen dann zurück zum Wagen.

«Und was jetzt?» fragte Michael, während sie fuhren. «Wie wär's mit Kalifornien? Du bist bei uns jederzeit willkommen, das weißt du.»

Abe lächelte. «Denk an deinen *sejde*. Nein. Aber ... danke.»

Michael hielt den Blick auf den Verkehr gerichtet. «Also was dann? Florida?»

Sein Vater seufzte. «Ohne sie ist das nichts. Ich könnte es nicht. Ich werd nach Atlantic City gehen.»

Michael seufzte. «Und was hast du dort?»

«Ich kenne Leute, die sich dorthin zurückgezogen haben. Andere, die sich noch nicht zurückgezogen haben, aber ihren Sommerurlaub dort verbringen. Leute aus der Branche – Leute von meiner Art. Fahr morgen mit mir hin. Hilf mir, etwas zu finden, was mir zusagt.»

«Einverstanden», sagte Michael.

«Ich hab das Meer gern. Und all den gottverdammten Sand.»

In einem kleinen, aber guten Villenhotel in Ventnos, nur zwei Blocks vom Strand entfernt, mieteten sie für ihn ein Schlafzimmer mit Kitchenette, Wohnzimmer und Bad, alles möbliert.

«Es ist zwar teuer», sagte Abe, «aber – wenn schon.» Er lächelte. «Deine Mutter ist in den letzten vier, fünf Jahren ein bißchen knauserig geworden, hast du das gewußt?»

«Nein.»

«Willst du das Zeug aus der Wohnung haben?» fragte Abe.

«Hör zu –» sagte Michael.

«Ich will es nicht. Kein einziges Stück davon. Wenn du magst, nimm es dir. Die Wohnung soll dann ein Agent verkaufen.»

«Okay», sagte Michael nach einer Weile. «Vielleicht das Messingbett vom *sejde*.» Er war ärgerlich, ohne zu wissen, warum.

«Nimm alles. Was du nicht brauchen kannst, gib weg.»

Nach dem Mittagessen machten sie einen langen Spaziergang, sahen eine Zeitlang einer Ramschauktion zu, auf der *schnokes* zum dreifachen

Preis ihres Wertes verkauft wurden, und saßen in Strandstühlen unter der blendenden Nachmittagssonne und betrachteten den Menschenstrom, der auf der Strandpromenade unaufhörlich an ihnen vorüberflutete.

Fünfzehn Meter von ihnen entfernt lieferten einander zwei beiderseits eines Bierstandes postierte Wanderhändler einen Wettstreit in Sexualsymbolik. Der eine, in Hemdsärmeln und mit Strohhut, pries heiße Würstchen an. «Die grössten Frankfurter der Welt, nur hier, wirklich heiss, einen halben Meter lang, jeder Zentimeter ein Genuss», brüllte er.

«Ballons in allen Farben, gross, rund, prall, dick und schön», antwortete ein kleiner, italienisch aussehender Mann in abgetragenen Hosen und verwaschenem blauem Pullover.

Ein schwitzender Neger schob in einem Rollstuhl eine sehr dicke Dame mit einem nackten Baby im Arm vorbei.

Dann folgte eine Horde College-Mädchen in Badeanzügen, die mit den untauglichen Mitteln ihrer dürren Teenager-Figuren den rührenden Versuch unternahmen, es dem wollüstigen Hüftenschwingen ihrer angebeteten Hollywood-Stars gleichzutun.

Der Salzwind trug das Gemurmel einer fernen Menschenmenge an ihr Ohr, die sich vielleicht einen Kilometer weiter unten auf der Strandpromenade angesammelt hatte, untermischt mit leisen erschrockenen Schreien.

«Das Weib auf dem Pferd ist mitten in den *jam* hineingeritten», stellte Abe mit Befriedigung fest. Er atmete tief.

«*A m'chaje*. Wirklich, ein Vergnügen», sagte er.

«Bleib hier», sagte Michael. «Aber wenn's dir langweilig wird, denk dran, daß wir in Kalifornien auch einen Strand haben.»

«Ich komm sicher auf Besuch», sagte Abe und brannte eine Zigarre an. «Aber vergiß nicht, hier kann ich jederzeit, wenn mir danach zumut ist, in den Wagen steigen und ihr Grab besuchen. Das kann ich in Kalifornien nicht.»

Sie schwiegen eine Weile.

«Wann fährst du zurück?» fragte er.

«Wahrscheinlich morgen», sagte Michael. «Schließlich hab ich mich um eine Gemeinde zu kümmern. Ich kann nicht für zu lange wegbleiben.» Nach einer Pause setzte er hinzu: «Das heißt natürlich, wenn du soweit in Ordnung bist.»

«Ich bin schon in Ordnung.»

«Pop, geh nicht zu oft zu ihrem Grab.»

Der Vater gab keine Antwort.

«Das hilft doch niemandem. Ich weiß, wovon ich spreche.»

Abe sah ihn lächelnd an. «In welchem Alter müssen Väter eigentlich anfangen, ihren Söhnen zu gehorchen?»

«Überhaupt nicht», sagte Michael. «Aber ich hab mit dem Tod zu tun, manchmal ein halbes dutzendmal in der Woche. Ich weiß, daß es den Lebenden nichts hilft, sich aufzuopfern. Du kannst die Uhr nicht zurückdrehen.»

«Ist dieses Amt nicht manchmal bedrückend für dich?»

Michaels Blick folgte einem schwitzenden Dicken: er trug einen Fez, der zu klein für seinen Kahlkopf schien, und hatte den Arm um eine kleine, frech aussehende Rothaarige gelegt, die kaum älter als sechzehn sein mochte. Im Gehen blickte sie zu ihm auf. Vielleicht ist er ihr Vater, dachte Michael mit einem schwachen Anflug von Hoffnung. «Manchmal schon», antwortete er auf die Frage seines Vaters.

«Die Leute kommen zu dir mit Tod und Krankheit. Ein Junge kommt mit dem Gesetz in Konflikt. Ein Mädchen wird hinter der Scheune geschwängert.»

Michael lächelte. «Nicht mehr, Pop. Heute passiert so etwas nicht mehr hinter Scheunen, sondern in Autos.»

Der Vater maß diesem Unterschied kein Gewicht bei. «Wie hilfst du diesen Leuten?»

«Ich tu, was ich kann. Manchmal gelingt es mir, zu helfen, oft gelingt es nicht. Manchmal kann nur die Zeit und Gott helfen.»

Abe nickte. «Ich bin froh, daß du das weißt.»

«Aber, ich höre immer zu. Das ist immerhin etwas. Ich kann ein Ohr sein, das hört.»

«Ein Ohr, das hört.» Abe blickte hinaus aufs Meer, wo ein Fischdampfer scheinbar reglos stand, ein schwarzer Punkt auf blauem Horizont. «Nimm an, es kommt ein Mann zu dir und erzählt dir, daß er bis zu den Knien im Dreck gelebt hat – was würdest du ihm sagen?»

«Ich müßte mehr von ihm hören», sagte Michael.

«Nimm an, ein Mann hätte den Großteil seines Lebens wie ein Vieh gelebt», sagte er langsam. «Wie ein Hund um jeden Dollar gerauft. Wie ein Kater hergewesen hinter dem Geruch einer Frau. Gerannt wie ein Rennpferd ohne Jockei, noch eine Runde und noch eine und noch eine. Und nimm an», fuhr er leise fort, «der Mann wacht eines Morgens auf und entdeckt, daß er alt ist und daß es keinen Menschen gibt, der ihn wirklich liebt.»

«Pop!»

«Ich meine, *wirklich*, so daß er für diesen andern der wichtigste Mensch auf der Welt wäre.»

Michael wußte nichts zu sagen.

«Du hast mich einmal in einer Situation gesehen, die für dich recht häßlich war», sagte sein Vater.

«Fang nicht wieder damit an.»

«Nein, nein», sagte der Vater und redete schnell weiter. «Ich wollte dir nur sagen, es war nicht das erstemal während meiner Ehe mit deiner Mutter, daß ich eine andere Frau hatte. Auch nicht das letzte. Auch nicht das letzte.»

Michael umklammerte die Lehne seines Stuhls. «*Warum* glaubst du eigentlich, daß du mir das antun mußt?»

«Ich möchte, daß du verstehst», sagte Abe. «An irgendeinem Punkt hat das alles aufgehört.» Er zuckte die Schultern. «Vielleicht waren es die Hormone, vielleicht eine Änderung in meiner Lebenseinstellung. Ich kann mich an mindestens ein halbes Dutzend hübscher Gelegenheiten erinnern. Aber ich hab damit aufgehört und mich in deine Mutter verliebt. – Du hast ja nie eine Möglichkeit gehabt, sie zu kennen, *wirklich* zu kennen. Weder du noch Ruthie. Aber für mich ist es jetzt noch schlimmer. Sehen Sie das ein, Rabbi? Könnten Sie das verstehen, *m'lamed*, mein gescheiter Sohn? Ich hab sie lange Zeit nicht gehabt, und dann hatte ich sie, aber nur für eine kleine Weile, und jetzt ist sie fort.»

«Pop!» sagte Michael.

«Nimm meine Hand», sagte sein Vater. Michael zögerte, und Abe langte hinüber und nahm die Hand seines Sohnes in die seine. «Was ist los?» fragte er mit rauher Stimme. «Hast du Angst, sie werden uns für verrückt halten?»

«*Ich* liebe dich, Pop», sagte Michael.

Abe drückte seine Hand. «*Scha*», sagte er.

Möwen zogen ihre Kreise. Die Menge flutete vorüber. Es gab viele Männer mit Fez darunter, eine ganze Gemeinde von Muslims. Nach und nach verschwand der kleine schwarze Fischdampfer hinter dem Horizont. VIELE BEWERBEN SICH UM DEN TITEL, ABER NUR HIER GIBT ES DIE ECHTEN UND WIRKLICH GRÖSSTEN FRANKFURTER DER WELT.

Das Mädchen auf dem Pferd war anscheinend wieder ins Meer gesprungen, denn sie hörten die Menge in der Ferne leise aufschreien. Ihre Schatten vor ihnen im Sand wurden länger und verschwommener.

Als es Zeit zum Gehen war, zog Abe seinen Sohn zum Bierstand und bestellte, indem er zwei Finger hob. Hinter dem Tisch stand ein junges braunhaariges Mädchen mit gelangweiltem Gesichtsausdruck, ein recht gewöhnliches Mädchen von vielleicht achtzehn Jahren, leidlich hübsch, aber mit schadhaften Zähnen und unreinem Teint.

Abe sah ihr zu, wie sie die Becher von der Tasse nahm und nach dem Hahn griff. «Ich heiße Abe.»

«Ja?»

«Und Sie?»

«Sheila.» Sie hatte ein Grübchen in der Wange.

Er prüfte es mit Daumen und Zeigefinger, ging dann zu dem Luftballonverkäufer hinüber und erstand einen knallroten, den er dem Mädchen ans Handgelenk band, so daß er wie ein großes blutunterlaufenes Auge über ihnen schwebte. «Der Bursche da ist mein Sohn. Von ihm laß die Hände, er ist ein verheirateter Mann.»

Gleichgültig nahm sie das Geld und gab heraus. Aber als sie von der Kasse zurückkam, lachte sie und ließ ihre Kurven beim Gehen mehr spielen als zuvor, und der Ballon schwankte über und immer ein Stück hinter ihr.

Abe schob ihm eine Stange Bier zu.

«Für die Fahrt», sagte er.

36

Michael begann zu verstehen, daß das Leben aus einer Reihe von Kompromissen bestand. Sein Rabbinat am Tempel Isaiah hatte sich nicht so entwickelt, wie er es hoffte, mit Scharen von Menschen, die zu seinen Füßen saßen, um seinen blendenden modernen Interpretationen talmudischer Weisheit zu lauschen. Seine Frau war jetzt Mutter, und er suchte verstohlen in ihren Augen nach den Augen des Mädchens, das er geheiratet hatte, des Mädchens, das erschauert war, wenn er sie mit dem bestimmten wissenden Blick angesehen hatte. Jetzt stieß sie ihn manchmal nachts mitten in der Liebe von sich, wenn ein dünnes Weinen aus dem Nebenzimmer sie zum Baby rief, und dann lag er im Dunkel und haßte das Kind, das er liebte.

Die hohen Feiertage kamen, und der Tempel quoll über von Menschen, die sich plötzlich daran erinnerten, daß sie Juden waren, und meinten, es wäre an der Zeit, so viel Reue zu zeigen, daß es wieder für ein Jahr reichte. Der Anblick des von Menschen überfüllten Gotteshauses erregte ihn und erfüllte ihn mit neuer Hoffnung und dem festen Vorsatz, nicht aufzugeben und sie am Ende doch für sich zu gewinnen.

Er entschloß sich zu einem neuen Versuch, solange ihnen der *Jom-Kippur*-Gottesdienst noch frisch im Gedächtnis war. Einer seiner früheren Lehrer, Dr. Hugo Nachmann, unterrichtete für einige Zeit am Rabbinischen Institut in Los Angeles. Dr. Nachmann war Experte in den Schriftenfunden vom Toten Meer. Michael lud ihn ein, nach San Francisco zu kommen und im Tempel einen Vortrag zu halten.

Zu der Veranstaltung erschienen ganze achtzehn Zuhörer, von denen, wie Michael feststellte, mehr als die Hälfte nicht Mitglieder seiner Gemeinde waren. Zwei entpuppten sich als Journalisten, die Dr. Nachmann über die archäologischen Aspekte der Pergamentenfunde interviewen wollten.

Dr. Nachmann machte es den Kinds nicht schwer. «Sie wissen doch, das ist nichts Ungewöhnliches», sagte er. «Die Leute haben einfach an manchen Abenden keine Lust auf einen Vortrag. Ja, wenn Sie zu einer Tanzveranstaltung eingeladen hätten . . . !»

Am nächsten Morgen, als er mit Pater Campanelli an dem Absperrzaun vor der halbfertigen Kirche lehnte, begann Michael spontan darüber zu sprechen. «Immer wieder mache ich es falsch», sagte er. «Ich kann es anstellen, wie ich will, ich krieg die Leute nicht in den Tempel.»

Der Pfarrer betastete das Mal auf seiner Wange. «So manchen Morgen bin ich dankbar für die Pflichtfeiertage», sagte er still.

Ein paar Wochen später rekelte sich Michael eines Morgens im Bett, etwas niedergeschlagen bei der Vorstellung, wieder einen Tag beginnen zu müssen. Er wußte genug über die Psychologie persönlicher Verluste, um zu erkennen, daß diese Stimmung eine Nachwirkung vom Tod seiner

Mutter war, aber dieses Wissen half ihm nicht, wie er da gedankenverloren in seinem Bett lag, in der Wärme seines Weibes Trost suchte und zu einem Sprung in der Schlafzimmerdecke emporstarrte.

Der Tempel Isaiah hatte wenig zu bieten, was ihn aus dem Bett getrieben hätte; nicht einmal einen sauberen Fußboden, dachte er.

Ausgerechnet vor den Feiertagen hatte der Tempeldiener, ein zahnlückiger Mormone, der drei Jahre lang das Haus peinlichst rein gehalten hatte, mitgeteilt, daß er sich nun zu seiner verheirateten Tochter nach Utah zurückziehe, um dort seine Ischias zu pflegen und seinen Geist wieder aufzurichten. Der Wirtschaftsausschuß, der nur selten zusammentrat, hatte sich wenig angestrengt, den Posten neu zu besetzen. Während Phil Golden schäumte und schalt, wurden Silber und Messing stumpf, und die Böden verloren ihren Glanz. Freilich hätte Michael einen Tempeldiener anstellen und sicher sein können, daß dessen Gehalt auf Wunsch des Rabbiners ausbezahlt würde. Aber schließlich war das Sache des Wirtschaftsausschusses. Wenigstens das werden sie für den Tempel tun müssen, dachte Michael erbittert.

«Steh auf», sagte Leslie und stieß ihn mit der Hüfte an.

«Warum?»

Aber siebzig Minuten später parkte er seinen Wagen vor dem Tempel. Zu seiner Verwunderung fand er das Tor unversperrt. Drinnen hörte er das Kratzen einer Scheuerbürste auf Linoleum und fand, da er dem Geräusch stiegenabwärts folgte, den Mann im farbbespritzten weißen Arbeitszeug kniend den Flurboden säubern.

«Phil», sagte Michael.

Golden strich sich mit dem Handrücken über die feuchte Stirn. «Ich hab vergessen, Zeitungspapier mitzubringen», sagte er. «Wie Sie noch ein Kind waren, hat Ihre Mutter da auch am Donnerstagnachmittag alle Fußböden aufgewaschen und nachher Zeitungspapier ausgebreitet?»

«Am Freitag», sagte Michael. «Freitag vormittag.»

«Nein, am Freitag vormittag hat sie *tscholent* gebacken.»

«Aber was treiben Sie denn? Ein gebrechlicher alter *mamser* wie Sie wird doch nicht Böden reiben! Wollen Sie einen Herzanfall kriegen?»

«Ich hab ein Herz wie ein Stier», sagte Golden. «Ein Tempel muß rein sein. Ein schmutziger Tempel – so was darf es nicht geben.»

«Dann sollen die einen Tempeldiener anstellen. Oder stellen Sie selbst jemanden an.»

«Die werden noch eine Weile herum*krechzn*. Man muß anfangen, an ihrer Statt was zu tun. Die werden sich nie um den Tempel kümmern. Inzwischen werden die Böden sauber sein.»

Michael schüttelte den Kopf. «Phil, Phil.» Und er wandte sich auf dem Absatz um und ging hinauf in sein Büro. Dort zog er seine Jacke aus, band die Krawatte ab und krempelte die Hemdsärmel auf. Dann durchsuchte er mehrere Schränke, bis er noch einen Eimer samt Bürste fand.

«*Sie* nicht», protestierte Golden. «Ich brauch keine Hilfe. Sie sind der Rabbi.»

Aber Michael kniete schon und ließ die Bürste im seifigen Wasser kreisen. Seufzend wandte sich Golden wieder seinem eigenen Eimer zu. So arbeiteten sie beide vor sich hin. Das Geräusch der beiden Bürsten klang freundlich. Golden begann mit kurzatmiger Grunzstimme Opernfragmente zu singen.

«Um die Wette bis zum Ende vom Vorraum», sagte Michael. «Wer verliert, holt Kaffee.»

«Keine Wettrennen», sagte Phil. «Keine Spielereien. Einfach arbeiten, und das gut.»

Golden erreichte das Ende des Korridors als erster und ging trotzdem um Kaffee. Bald darauf saßen sie in einem leeren Klassenzimmer, in dem sonst Hebräisch unterrichtet wurde, tranken langsam ihren Kaffee und betrachteten einander.

«Diese Hosen», sagte Phil. «Die dürfen Sie aber die *rebezen* nicht sehen lassen.»

«Sieht sie höchstens, daß ich endlich was arbeite für mein Geld.»

«Sie arbeiten jeden Tag für Ihr Geld.»

«Nein, Phil, reden Sie mir doch nichts ein.» Er schwenkte den Kaffee in seinem Becher herum und herum und herum. «Ich studiere den Talmud, und das nahezu als Tagesbeschäftigung. Ich sitze Tag für Tag bei den Büchern und suche Gott.»

«So, was ist schlecht dran?»

«Wenn ich Ihn finde, wird meine Gemeinde davon erst zum nächsten *Jom-Kippur* erfahren.»

Golden lachte in sich hinein und seufzte dann. «Ich hab versucht, es Ihnen zu erklären», sagte er. «Diese Gemeinde ist nun einmal so.» Er legte die Hand auf Michaels Arm. «Dabei hat man Sie gern. Sie werden es wahrscheinlich nicht glauben, aber die Leute haben Sie wirklich sehr gern. Sie wollen Ihnen einen langfristigen Vertrag anbieten. Mit einer ordentlichen jährlichen Gehaltssteigerung.»

«Wofür?»

«Dafür, daß Sie hier sind. Daß Sie ihr Rabbi sind. Sicher, was die eben darunter verstehen – aber schließlich doch ihr Rabbi. Ist es für einen Rabbiner so schlecht, finanziell gesichert zu sein und den Großteil seiner Zeit dem Studium widmen zu können?»

Er nahm Michael den Kaffeebecher aus der Hand und warf ihn, zusammen mit seinem eigenen, in den Papierkorb. «Lassen Sie mich zu Ihnen sprechen, als wären Sie einer von meinen Söhnen», sagte er. «Das hier ist kein schlechter Platz. Geben Sie Ruh – und gönnen Sie sich Ruh. Sammeln Sie ein bißchen Wohlstand an. Lassen Sie Ihren Kleinen mit den feinen Pinkeln hier aufwachsen und schicken Sie ihn nach Stanford – und wollen wir hoffen, daß er was Gutes draus macht.»

Michael schwieg.

«In ein paar Jahren wird diese Gemeinde Ihnen einen Wagen kaufen. Später wird sie Ihnen ein Haus kaufen.»

«Mein Gott.»

«Arbeiten wollen Sie?» sagte Golden. «Los, scheuern wir noch ein paar Böden.» Sein Lachen klang wie Trommelschläge. «Ich garantiere Ihnen, wenn ich diesem lausigen Wirtschaftsausschuß erzähle, wer ihnen diesmal die Dreckarbeit gemacht hat, dann haben die morgen einen Tempeldiener angestellt.»

Tags darauf spürte er seine Muskeln als Folge der ungewohnten körperlichen Arbeit. Er hielt vor St. Margaret's, beugte sich über den Absperrzaun und sah den Arbeitern im Stahlhelm zu, die an dem Neubau beschäftigt waren, während er sich durch die Sehnenschmerzen in seinen Oberschenkeln auf eine neue Art mit den Arbeitern aller Welt verbunden fühlte. Pater Campanelli war nicht da. Der Pfarrer erschien jetzt nur mehr selten auf dem Bauplatz; meist blieb er hinter den roten Ziegelmauern seiner alten Kirche, die schon bald dem Abbruch zum Opfer fallen sollten.

Michael konnte ihm das nicht übelnehmen. Die neue Kirche hatte ein häßliches Betondach und Wände aus getönten Glasplatten, die stark abgeschrägt nach innen verliefen, so daß das Gebäude von dieser Seite wie ein riesiger, nach unten sich verjüngender Kegelstumpf aus Eiscreme aussah. Ein Korridor aus Aluminium und Glas führte zu einem Rundbau, der so geistlich wie ein Industriekraftwerk wirkte. Auf dem Dach dieses Bauwerks waren Arbeiter damit beschäftigt, ein glänzendes Aluminiumkreuz aufzurichten.

«Wie schaut's aus?» rief einer der Männer vom Dach.

Ein neben Michael stehender Mann schob seinen Stahlhelm aus der Stirn und visierte Kreuz und Dach. «Gut», brüllte er.

Gut, dachte Michael.

Jetzt konnte wenigstens jedermann das Ding von einem Würstchenstand unterscheiden.

Er wandte sich ab und wußte, daß er nicht wiederkommen würde – aus demselben Grund, der den Pfarrer veranlaßt hatte, nicht länger zuzusehen. Es war ein geschmacklos errechnetes Haus der Andacht.

Und jedenfalls gab es nichts weiter zu sehen; es war zu Ende.

Zu Ende war auch Michael mit seinen Studien über Tempelarchitektur. Er hatte einen Text niedergeschrieben, der, wie ihm schien, ein vernünftiges Grundkonzept für den Bau eines modernen Gotteshauses enthielt. Da die ehemalige St. Jeremiah-Kirche den bescheidenen Ansprüchen der Gemeinde vom Tempel Isaiah mit Leichtigkeit genügen konnte, wußte Michael mit dem Resultat seiner Studien nichts Besseres anzufangen, als es zu publizieren. Er schrieb einen Artikel, den er dem Blatt der Zentralkonferenz Amerikanischer Rabbiner einreichte und der dort auch erschien. Er schickte je eine Nummer der Zeitung an seinen Vater in Atlantic City und an Ruthie und Saul in Israel, dann packte er all seine Notizen in einen Pappkarton, führte ihn nach Hause und verstaute ihn auf dem winzigen Dachboden in der Kommode aus der elterlichen Wohnung, die zu verkaufen er und Leslie sich nicht hatten entschließen können.

Nun, da diese Arbeit abgeschlossen war, hatte er noch mehr unausgefüllte Zeit als zuvor. Eines Nachmittags kam er um halb drei Uhr nach Hause. Leslie war eben damit beschäftigt, ihre Einkaufsliste zusammenzustellen.

«Post ist gekommen», sagte sie.

Es war der neue Vertrag, den Phil Golden ihm angekündigt hatte. Bei seiner Durchsicht stellte Michael fest, daß er äußerst großzügig war, über fünf Jahre lautete und eine beträchtliche Steigerung seines Einkommens mit dem Beginn jedes neuen Jahres vorsah. Michael wußte, daß er nach Ablauf der fünf Jahre einen Vertrag auf Lebensdauer bekommen würde.

Er legte das Schriftstück achtlos auf den Tisch, und Leslie las es, ohne einen Kommentar abzugeben.

«Es ist so gut wie eine Jahresrente», sagte er. «Vielleicht fange ich an, ein Buch zu schreiben. Zeit hab ich ja genug.»

Sie nickte und beschäftigte sich wieder mit ihrer Einkaufsliste. Er unterschrieb den Vertrag nicht, sondern verwahrte ihn vorläufig im obersten Fach seines Schlafzimmerschranks unter der Schachtel mit den Manschettenknöpfen.

Er kam zurück in die Küche, setzte sich zu Leslie an den Tisch, rauchte und sah ihr zu.

«Ich werde die Einkäufe für dich besorgen», sagte er.

«Das kann ich doch machen. Du hast sicher etwas anderes zu tun.»

«Ich habe gar nichts zu tun.»

Sie musterte ihn mit einem schnellen Blick und setzte zu einer Antwort an, besann sich aber dann anders.

«Gut», sagte sie.

Ein paar Tage später kam der Brief.

23 Park Lane
Wyndham, Pennsylvania
3. Oktober 1953

Rabbi Michael Kind
Tempel Isaiah
2103 Hathaway Street
San Francisco, Kalifornien

Lieber Rabbi Kind,

der Geschäftsführende Ausschuß des Tempels Emeth in Wyndham hat mit nicht geringem Interesse Ihren programmatischen Artikel in dem neu gegründeten und ganz ausgezeichneten CCAR Journal gelesen.

Tempel Emeth ist eine seit einundsechzig Jahren bestehende reformierte Gemeinde in der Universitätsstadt Wyndham, fünfunddreißig Kilometer südlich von Philadelphia. Der Zuwachs in den letzten Jahren brachte es mit sich, daß unser fünfundzwanzig Jahre alter Tempel nun wirklich zu klein geworden ist. Da wir vor der Notwendigkeit stehen, über einen Neubau zu beschließen, war uns Ihr Artikel besonders wichtig. Er wurde hier zum Gegenstand zahlreicher Diskussionen.

Rabbi Philip Kirschner, der sechzehn Jahre lang unser geistliches Oberhaupt war, zieht sich am 15. April 1954 zu wohlverdientem und, wie wir hoffen, zufriedenem Ruhestand in seiner Heimatstadt St. Louis, Mo., zurück. Wir möchten seinen Posten gern mit einem Mann besetzen, der uns sowohl ein mitreißendes geistliches Oberhaupt sein kann, als auch darüber nachgedacht hat, wie ein jüdischer Tempel im modernen Amerika beschaffen sein müßte.

Wir würden die Gelegenheit begrüßen, dies mit Ihnen zu besprechen. Ich werde vom 15. bis 19. Oktober in Los Angeles sein, um am Kongreß der Gesellschaft für moderne Sprachen an der *University of California* teilzunehmen. Wir wären Ihnen dankbar, wenn Sie auf Kosten des Tempels Emeth während dieser Zeit per Flug nach Los Angeles kommen könnten. Sollte dies unmöglich sein, würde ich trachten, nach San Francisco zu kommen. Ich habe den Besetzungsausschuß der *Union of American Hebrew Congregations* von unserer Absicht unterrichtet, mit Ihnen über die bevorstehende Vakanz an unserem Tempel zu verhandeln. Ihrer Antwort sehe ich mit großem Interesse entgegen und verbleibe

Ihr ergebener
Felix Sommers, Ph. D.
Präsident des
Tempels Emeth

«Wirst du fahren?» fragte Leslie, als er ihr den Brief zeigte.

«Es kann wohl nichts schaden, hinzufliegen», sagte Michael.

In der Nacht seiner Rückkehr aus Los Angeles betrat er das Haus leise, in der Erwartung, sie schliefe schon. Sie lag jedoch auf dem Sofa und sah dem Spätabend-Programm zu.

«Nun?» fragte sie.

«Es wären um tausend Dollar weniger, als ich jetzt verdiene. Vertrag nur für ein Jahr.»

«Aber du kannst die Berufung bekommen, wenn du sie willst?»

«Sie würden die übliche Gastpredigt verlangen. Aber ich könnte die Berufung bekommen, wenn ich will.»

«Und was wirst du tun?»

«Was möchtest denn *du*, daß ich tun soll?» fragte er.

«Das mußt du selbst entscheiden», sagte sie.

«Du weißt, wie es Rabbinern ergeht, die eine Reihe kurzfristiger Verträge hinter sich haben? Man fängt an, sie herumzustoßen. Nur die problematischen Gemeinden ziehen sie mehr in Betracht, und mit den Mindestbezügen. So wie in Cypress, Georgia.»

Sie schwieg.

«Ich habe schon zugesagt.»

Sie wandte plötzlich ihr Gesicht ab, so daß er nur mehr ihren Hinterkopf sehen konnte. Seine Hand berührte ihr Haar. «Was ist los?» fragte er. «Hast du Angst vor einer neuen Schar von Weibern? Vor den *jentes*?»

«Zum Teufel mit den *jentes*», sagte sie. «Es wird immer Leute geben, für die wir beide ein Greuel sind. Die zählen nicht.» Sie wandte sich schnell ihm zu und umarmte ihn. «Nur eines zählt: daß du mehr tun wirst, als bloß eine fette Jahresrente einzustreifen und daß du nicht mehr nur dem Namen nach Rabbiner sein wirst. Du kannst mehr als das – du weißt es doch.»

Er spürte ihre nasse Wange an seinem Hals, und Staunen erfüllte ihn. «Du bist der bessere Teil meiner selbst», sagte er. «Mein Bestes bist du.» Seine Umarmung, die sie zunächst nur davor bewahren sollte, von dem schmalen Sofa hinunterzufallen, wurde enger.

Ihre Finger verschlossen ihm die Lippen. «Nur eines zählt: daß du tust, was du wirklich tun willst.»

«Ich will», sagte er, sie berührend.

«Ich spreche von Pennsylvania», sagte sie nach kurzem Schweigen, aber schon überließ sie sich seinen Armen und hob ihr Gesicht voll Erwartung ihm entgegen.

Später, im Bett, berührte sie ihn an der Schulter, während er schon im Einschlafen war.

«Hast du ihnen von mir erzählt?» fragte sie.

«Was meinst du?»

«Du weißt, was ich meine.»

«Ach so.» Er blickte empor ins freundliche Dunkel ihres Zimmers.

«Ja, ich hab es ihnen erzählt.»

«Dann ist's gut. Gute Nacht, Michael.»

«Gute Nacht», sagte er.

37

Er fuhr allein nach Wyndham, um seine Gastpredigt zu halten, und das Empfangskomitee, das ihn vom Bahnhof abholte und vor dem Gottesdienst zum Abendessen in Dr. Sommers' Haus brachte, gefiel ihm. Die Stadt war klein und, wie die meisten Universitätsstädte, von trügerischer Ruhe erfüllt, wenn man sie vom Auto aus sah. Es gab vier Buchhandlungen, eine grüne Plakatwand inmitten des Hauptplatzes, auf der die Konzerte und Ausstellungen in der Umgebung angezeigt waren, und überall sah man junge Leute. Die Luft knisterte von herbstlicher Kälte und der

Vitalität der Studenten. Der Teich im Universitätsgelände trug eine dünne Eisschicht. Die majestätischen Bäume mit ihren schon kahlen Ästen waren nackt und schön.

Beim Abendessen setzten ihm die leitenden Herren der Gemeinde mit Fragen zu und wollten vielerlei über den geplanten Neubau wissen. In den langen Wochen einsamer Studien hatte er sich mehr an Wissen angeeignet, als er nun verwenden konnte, und die unverhohlene Bewunderung der Herren machte, daß Michael das Essen voll Selbstvertrauen verließ und alle Voraussetzungen für eine blendende Predigt mitbrachte. Er sprach darüber, wie eine alte Religion all die Dinge überdauern könne, die in der Welt am Werk waren, sie zu vernichten.

Als er Wyndham am folgenden Nachmittag verließ, wußte er, daß die Berufung ihm sicher war, und als sie kaum eine Woche später tatsächlich eintraf, war er nicht verwundert.

Im Februar flogen er, Leslie und das Baby für fünf Tage nach Wyndham. Den Großteil der Zeit verbrachten sie mit Gebäudemaklern. Am vierten Tag fanden sie ein Haus, einen schwarz-roten Ziegelbau im Kolonialstil mit restauriertem grauem Schieferdach. Der Agent sagte, es wäre in ihrer Preislage, weil die meisten Leute mehr als zwei Schlafzimmer haben wollten. Es hatte auch noch andere Nachteile: die Räume waren hoch und schwer sauberzuhalten. Es gab weder Müllschlucker noch Geschirrspülmaschine, wie sie in ihrem Haus in San Francisco vorhanden gewesen waren. Die Installationen waren veraltet, die Rohre gaben gurgelnde und stöhnende Geräusche von sich. Aber der Eichenboden war großzügig im Zuschnitt und mit Sorgfalt verlegt. Es gab einen Ziegelkamin im größeren Schlafzimmer und einen Marmorkamin mit einer schönen alten, gemauerten Feuerstelle im Wohnzimmer. Von dem hohen, achtteiligen Vorderfenster aus überblickte man das Universitätsgelände.

«O Michael», sagte Leslie, «wie schön! Hier können wir zu Hause sein, bis die Familie größer geworden ist. Max könnte von hier aus ins College gehen.»

Diesmal war er schon zu gewitzt, um zu nicken, aber er lächelte, als er den Scheck für den Gebäudemakler ausschrieb.

Seine Tage in Wyndham waren von Anfang an ausgefüllt mit Arbeit und Menschen. Sowohl Hillel als die *Intercollegiate Zionist Federation of America* verfügten über Studentengemeinden an der Universität, und beide hatte Michael zu betreuen. Gelegentlich unternahm er kleine Reisen mit Leuten vom Bauausschuß, um neue Tempel in anderen Gemeinden zu besichtigen.

Leslie inskribierte als außerordentliche Hörerin für semitische Sprachen, und zweimal in der Woche lernte er mit ihr und einigen ihrer Kollegen. Tempel Emeth war eine intellektuelle Gemeinde in einer intellektuellen Stadt, und bald verbrachte Michael viel Zeit mit ähnlichen Studiengruppen und Forumsdiskussionen an der Universität. Er fand, daß die Cocktailparties den leidenschaftlichen Diskussionsabenden alter Talmudisten glichen, mit dem einzigen Unterschied, daß diese ihre modernen Schüler sich zumeist über Propheten wie Teller oder Oppenheimer oder Herman Kahn erhitzten. Die Studenten- und Studentinnen-Verbindungen erfüllten wichtige soziale Funktionen, und die Kinds hatten an den verschiedensten Veranstaltungen teilzunehmen. So fungierten sie eines Winterabends als Anstandspersonen bei der Schlittenpartie einer Jugendgruppe und hofften, während sie über den Schnee dahinglitten und einander unter der Decke an den Händen hielten, daß all das Lachen und Geschnatter rund um sie in der Dunkelheit nichts sei als der Ausdruck unschuldigen Vergnügens.

Die Wochen vergingen so schnell, daß Michael erstaunt war, als die Ausschußmitglieder des Tempels mit einem neuen Vertrag bei ihm erschienen und er gewahr wurde, daß ein Jahr vergangen war. Dieser neue Vertrag lautete über zwei Jahre, und er unterschrieb ihn ohne Zögern. Tempel Emeth war sein Tempel. Der Gottesdienst war jeden Freitagabend gut besucht, und Michaels Predigten lösten beim *oneg schabat* lebhafte Diskussionen aus. Zu *Rosch-Haschana* und *Jom-Kippur* mußte er jeweils zwei Gottesdienste abhalten. Während des zweiten am letzten Tag von *Jom-Kippur* erinnerte er sich plötzlich daran, wie einsam und nutzlos er sich in San Francisco gefühlt hatte.

Er betrieb Eheberatung, aber so wenig wie möglich. Es stellte sich heraus, daß er selbst ein Eheproblem zu bewältigen hatte. Nach ihrer Übersiedlung hatten er und Leslie gefunden, Max sei nun alt genug, einen Bruder oder eine Schwester zu bekommen. Sie verwendeten also keine Schutzmittel mehr, zuversichtlich hoffend, daß der schon einmal vollzogene Zeugungsakt sich mühelos wiederholen ließ. Leslie packte das Pessar in Talkumpuder und legte die kleine Schachtel in die Zedernkiste zu den Reservedecken. So ergaben sie sich zwei- bis dreimal pro Woche mit großen Erwartungen der Liebe, aber nach einem Jahr mußte Michael erleben, daß er jedesmal nachher noch wach lag, während sie ihm den Rükken zukehrte, und, auf jedes Nachspiel verzichtend, schon eingeschlafen war. Er hingegen starrte dann ins Dunkel und sah dort die Gesichter seiner ungeborenen Kinder und fragte sich, warum sie so schwer zum Leben zu erwecken waren. Er betete zu Gott um Beistand und ging dann oftmals barfuß ins Zimmer seines Sohnes, wo er beunruhigt die Decke zurechtschob, so daß sie Max bis an das kindliche Kinn reichte. Er sah auf die magere Gestalt hinunter, die so wehrlos vor ihm im Schlaf lag, ledig aller Revolver, ledig auch der Überzeugung, man könne jedem Übel schon durch einen Schlag in den Magen begegnen. Und abermals betete er um Leben und Glück seines Kindes.

So vergingen viele seiner Nächte.

Die Leute starben, und er übergab sie der wartenden Erde. Er predigte, er betete, die Leute verliebten sich, und er machte ihre Liebe rechtskräftig und segnete sie. Der Sohn des Mathematikprofessors Sidney Landau ging mit der blonden Tochter des schwedischen Leichtathletiktrainers Jensen durch. Und während Mrs. Landau ihren Kummer mit Schlafmitteln betäubte, begab sich Michael mit ihrem Mann noch in der Nacht zu Mr. und Mrs. Jensen und ihrem Geistlichen, einem Lutheraner namens Ralph Jurgen. Am Ende eines unerfreulichen Abends schritten Michael und Professor Landau über das ausgestorbene Universitätsgelände.

«Die machen sich genau solche Sorgen wie wir», sagte Landau. «Sie haben genau solche Angst.»

«Gewiß.»

«Werden Sie mit den jungen Leuten reden, wenn sie zurückkommen?»

«Das wissen Sie doch.»

«Es wird zu nichts führen. Die Eltern des Mädchens sind fromm. Sie haben ja den Pastor gesehen.»

«Nur nichts vorwegnehmen, Sidney. Erst abwarten, bis sie zurückkommen. Geben Sie ihnen eine Chance, sich zurechtzufinden.» Und nach einer Weile: «Ich bin recht vertraut mit ihrem Problem.»

«Das kann ich mir denken», sagte Professor Landau. «Ich hätte mit Ihrem Vater reden sollen, nicht mit Ihnen.»

Michael schwieg.

Professor Landau sah ihn an. «Kennen Sie die Geschichte von dem gramgebeugten jüdischen Vater, der zum Rabbi kommt und ihm sein Leid klagt: der Sohn sei mit einer *schiksse* davongelaufen und habe sich taufen lassen?»

«Kenn ich nicht», sagte Michael.

«‹Rabbi›, sagt der Mann, ‹Rabbi, was soll ich tun, mein Sohn ist geworden ein *goj*.›

Der Rabbi schüttelt das Haupt. ‹Wem sagst du das? Ich hab auch einen Sohn gehabt, und er hat genommen eine *schiksse* und ist geworden ein *goj*.›

‹Und was hast du getan?› Antwortet der Rabbi: ‹Ich bin gegangen in den Tempel und hab gebetet. Und plötzlich ist da eine gewaltige Stimme.›

‹Und was hat Er gesagt, Rabbi?›

‹Was willst du? Ich hab auch einen Sohn gehabt . . .›»

Sie lachten beide, aber es klang nicht froh. An seiner Straßenecke angelangt, war Professor Landau sichtlich erleichtert, sich verabschieden zu können. «Gute Nacht, Rabbi.»

«Gute Nacht, Sidney. Rufen Sie mich an, wenn Sie mich brauchen.» Im Weggehen hörte Michael ihn leise vor sich hinweinen.

So vergingen viele seiner Tage.

Michael stand auf dem gekiesten Bahnsteig, und während er Max an der Hand hielt, sahen die beiden der Einfahrt des Vier-Uhr-Zwei-Zuges aus Philadelphia zu. Als die Lokomotive vorbeidonnerte, verstärkte Max seinen Griff.

«Erschrocken?» fragte Michael.

«Es zischt so schrecklich.»

«Wenn du erst größer bist, erschrickst du nicht mehr», sagte Michael gegen jede Überzeugung.

«Nein, dann nicht mehr», sagte der Junge, ließ aber die Hand seines Vaters nicht los.

Leslie wirkte müde, als sie aus dem Wagen stieg und ihnen entgegenkam. Nachdem sie die beiden mit einem Kuß begrüßt hatte, stiegen sie in den grünen Tudor Ford, der den blauen Plymouth schon lange ersetzte. «Na, wie war es?» fragte Michael.

Sie hob die Schultern. «Dr. Reisman ist ja sehr nett. Er hat mich gründlich untersucht, hat alle Befunde studiert und hat dann gemeint, es *müßte* einfach klappen, wenn wir beide zusammenkommen. Und dann hat er mir Mut gemacht und mir zugeredet, ich sollte es nur weiter versuchen, und dann habe ich seiner Ordinationshilfe unsere Adresse gegeben, damit sie dir die große Rechnung schicken kann.»

«Ausgezeichnet.»

«Und außerdem hat er mir einiges gesagt, was wir machen sollen.»

«Was denn?»

«Das werden wir später üben», sagte sie, während sie Max an sich zog und ihn zärtlich umarmte. «Dich haben wir doch wenigstens, Gott sei Dank», murmelte sie, das Gesicht im Haar ihres Jungen vergraben. Und dann: «Du, Michael, machen wir doch ein paar Tage Urlaub.»

Genau das, was auch ich will, schoß es ihm durch den Kopf. «Wir könnten Vater in Atlantic City besuchen», sagte er.

«Dort waren wir doch erst. Nein, ich wüßte was Besseres. Wir nehmen uns einen Babysitter und ziehen los, wir beide ganz allein! Fahren auf zwei, drei Tage in die Poconos hinauf.»

«Wann?»

«Warum nicht gleich morgen?»

Aber am Abend, Max wurde eben von Leslie gebadet, läutete das Telefon, und Michael führte ein längeres Gespräch mit Felix Sommers, dem Vorsitzenden des Bauausschusses. Sie waren soeben von einer Informationsreise zurückgekommen.

«Haben Sie auch den neuen Tempel in Pittsburgh besichtigt?» fragte Michael.

«Ein sehr schöner Tempel», sagte Professor Sommers. «Nicht gerade das, was wir uns vorstellen, aber wirklich sehr, sehr schön. Übrigens, der dortige Rabbiner kennt Sie und läßt Sie grüßen. Rabbi Levy.»

«Joe Levy. Netter Kerl. – Übrigens, Felix, wie viele Tempel haben wir uns jetzt schon angesehen?»

«Achtundzwanzig. Meine Güte!»

«Na also. Und wann hören wir damit auf und überlegen, was sich daraus machen läßt?»

«Deshalb rufe ich Sie an», sagte Sommers. «Wir haben mit dem Architekten gesprochen, der den Tempel in Pittsburgh gebaut hat. Paolo Di Napoli heißt er. Wir glauben, daß er eine wirkliche Größe ist. Sie sollten hinfahren und sich seine Entwürfe ansehen.»

«Gemacht», sagte Michael. «Setzen Sie den Tag fest.»

«Das ist es ja. Er hat nur an zwei Tagen Zeit. Morgen oder erst am nächsten Sonntag.»

«Beides nicht günstig für mich», sagte Michael. «Wir müssen einen anderen Tag finden.»

«Aber das *ist* es ja, sag ich. Er fährt nach Europa und bleibt drei Monate drüben.»

«Nächsten Sonntag hab ich eine Trauung», überlegte Michael.

«Und morgen –» Er seufzte. «Na schön, machen Sie's für morgen fix», sagte er. Sie verabschiedeten sich, und dann ging Michael zu Leslie, um ihr zu eröffnen, daß ihr Urlaub geplatzt war.

Am Morgen des nächsten Tages fuhr er mit Felix Sommers nach Philadelphia. Da sie zeitig aufgebrochen waren, frühstückten sie unterwegs.

«Was mich stört, ist die Tatsache, daß Di Napoli kein Jude ist», sagte Michael, als sie in dem Restaurant saßen.

Wortlos brach Sommers seine Semmel auseinander, dann meinte er: «Daß gerade *Sie* das sagen.»

Aber Michael gab nicht nach. «Ich kann mir nicht vorstellen, daß ein Christ das richtige Gefühl für den Entwurf eines Tempels aufbringt. Er kann sich nicht hineindenken, hat keine Beziehung dazu. Dem Ganzen wird das fehlen, was mein Großvater den *jiddischen kwetsch* genannt hat.»

«Was ist denn *das* wieder, der *jiddische kwetsch*?»

«Haben Sie Perry Como jemals *Eli, Eli* singen gehört?»

Sommers nickte.

«Und wissen Sie auch noch, wie Al Jolson es gesungen hat?»

«Was weiter?»

«Sehen Sie, der Unterschied – *das* ist der *jiddische kwetsch.*»

«Wenn Paolo Di Napoli den Auftrag übernimmt, kommt etwas Besseres dabei heraus als bei so manchem jüdischen Architekten. Ein großer Mann, sag ich Ihnen.»

«Man wird sehen», erwiderte Michael.

Aber als sie in Di Napolis Büro standen, war es Sympathie auf den ersten Blick. Er wirkte nicht im mindesten arrogant, obwohl er seine Blätter ohne viel Erläuterungen zeigte. Er saß ganz ruhig da, sog an seiner kurzen Bruyère-Pfeife und beobachtete die beiden, wie sie sich über die Entwürfe beugten. Er hatte kräftige Handgelenke, melancholische braune Augen unter dichtem grauem Haar, und auf seiner Oberlippe sträubte sich ein buschiger Schnurrbart – ein Schnurrbart, so schien es Michael, der allein schon seinem Träger in jedem Beruf Bedeutung verliehen hätte. Beim Durchblättern der Arbeiten fanden sich vier wirklich außergewöhnliche Tempelentwürfe, weiters ein Halbdutzend Kirchen, sowie ein bezaubernder Entwurf für die Kinderbücherei einer Stadt des Mittelwestens. All das gingen die beiden durch und verweilten schließlich über den Tempelskizzen.

Auf jedem der Tempelpläne war im Osten, der Tempelfassade gegenüber, eine winzige Sonne zu sehen.

«Wozu diese Sonnen?» fragte Michael.

«Eine private Marotte. Mein persönlicher Versuch, eine vage Verbindung herzustellen mit Zeiten, die lange tot sind.»

«Können Sie uns das nicht näher erklären?» sagte Sommers.

«Als der Tempel Salomonis vor einigen dreitausend Jahren auf dem Berge Moria gebaut wurde, war Jahve ein Sonnengott. Und der Tempel war so orientiert, daß die Strahlen der aufgehenden Sonne über den Gipfel des Olivenberges durch das Haupttor ins Innere fielen. Zweimal im Jahr, zu den Aequinoktien, konnte so die Sonne durch das Osttor direkt in den Tempel scheinen, bis an die westlichste Wand, ins Allerheiligste.» Die Lippen unter dem buschigen Schnurrbart schürzten sich. «Außerdem ergab sich die geostete Lage in diesen vier Fällen aus der Lage des Baugrunds. Ich bestehe aber nicht darauf, den Tempel zu osten, falls Ihr Grund das nicht zuläßt.»

«Mir gefällt der Gedanke», sagte Michael. «‹Tut auf eure Flügel, ihr Tore... O tuet sie auf, ihr ewigen Tore, auf daß der Herr einziehe durch euch in all seiner Herrlichkeit!›» Er wechselte einen Blick mit Sommers, wobei sie grinsten – *Jiddischer kwetsch*.

«Haben Sie Ihre spezielle Wunschliste mit, um die ich Sie gebeten habe?» wandte sich Di Napoli an Sommers.

Sommers zog ein Blatt aus seiner Brieftasche. Der Architekt studierte es lange. «Manches davon läßt sich aus Gründen der Sparsamkeit zusammenlegen, ohne daß die Gesamtkonzeption darunter leidet», sagte er schließlich.

«Es soll ein Ort des Gebetes sein», sagte Michael. «Diese Forderung steht über allem.»

Di Napoli trat an einen Aktenschrank und kam mit der glänzenden Reproduktion einer Architekturzeichnung zurück. Die Basis des skizzierten Gebäudes war eingeschossig, langgestreckt und wuchtig und erinnerte an einen Pyramidenstumpf, über welchem sich der kleinere Komplex des zweiten Geschosses in parabolischen Bogenschwüngen erhob; sie kulminierten in einem Dach, das körperhaft und dennoch schwerelos aufzusteigen schien und nicht weniger nachdrücklich zum Himmel wies, als es die spitzen Kirchtürme Neu-Englands tun.

«Was ist das?» fragte Sommers schließlich.

«Eine Kathedrale für New Norcia in Australien. Der Entwurf stammt von Pier Luigi Nervi», sagte Di Napoli.

«Und Sie könnten für uns etwas machen, das ebenso vom Geist Gottes erfüllt ist?» fragte Michael.

«Ich will es versuchen», sagte Di Napoli. «Aber dazu müßte ich erst den Baugrund sehen. Haben Sie schon einen?»

«Nein.»

«Von der Lage des Baugrundes hängt aber sehr vieles ab. Wissen Sie – ich persönlich bevorzuge das Schaffen in strukturierten Formen. Ich arbeite gern mit Rohziegelflächen, rauhem Beton und mit freundlichen Farben, die einem Bau Leben verleihen.»

«Und wann werden Sie uns einen Vorentwurf zeigen können?» fragte Michael.

«In drei Monaten. Ich werde mich in Europa damit befassen.»

Felix Sommers räusperte sich. «Und – der Kostenpunkt?»

«Wir werden mit unserem Entwurf innerhalb der möglichen finanziellen Grenzen bleiben», sagte der Architekt vage.

«Den Hauptteil der Baukosten müssen wir erst auftreiben», sagte Michael. «Denken Sie nur an das, was *Ihnen* vorschwebt. Ökonomisch, aber trotzdem künstlerisch. Es soll ein Heiligtum werden wie Nervis Kathedrale. Wieviel würde so etwas kosten?»

Paolo Di Napoli lächelte. «Rabbi Kind», sagte er. «Sie sprechen da von einer halben Million Dollar.»

39

Einige Wochen später wurde ein schönes, großes weißes Schild im Rasen vor dem Tempel Emeth aufgepflanzt, das mit großen blauen Buchstaben verkündete: WIR HABEN UNS AUFGEMACHT UND BAUEN. Nehemia 2,20.

Daneben prangte ein dreienhalb Meter hohes schwarzes Thermometer, dessen Gradeinstellung die Bausumme nach Tausendern angab. Der oberste Teilstrich trug die Bezeichnung: Gesamtsumme: $ 450 000, während der aktuelle Stand recht weit unten, zwischen fünfundvierzig- und fünfzigtausend, angezeigt war.

Michael bedrückte der Anblick dieses Schildes, denn das Thermometer erinnerte ihn an jenes Basalthermometer, das Dr. Reisman Leslie gegeben hatte und das sie nun allabendlich vor dem Zubettgehen unter die Zunge schob, wobei sie an das Kissen gelehnt dasaß, unter der angeknipsten Bettlampe ein aufgeschlagenes Buch auf dem Schoß, das Thermometer wie ein Lutschbonbon zwischen den Lippen, während Michael an ihrer Seite die Entscheidung über die nächste Viertelstunde abwartete.

98,2 oder darüber hieß, daß er sich schlafen legen konnte. 97,2 bis 97,4 zeigte an, daß das Tor für zwölf Stunden geöffnet war; worauf er sich zu ermannen hatte, um mit stoßenden Lenden die Gelegenheit wahrzunehmen.

Nein, dachte er, während er, schon im Pyjama, in der Küche saß und wartete, daß seine Frau aus dem Bad käme, damit er seine Pflicht täte: wie ein gelangweilter Arzt, der eine Injektion verabreicht, ein Milchmann, der stur seine Ware abliefert, ein Briefträger, der die Post einwirft, eine Arbeitsbiene, die sich müht, ihren Pollen abzustreifen – in einer unbequemen Lage, die Dr. Reisman Schenkelspreizstellung nannte, wobei Michael, die sanft gebräunten Beine Leslies auf den Schultern, in die nach oben sich öffnende Vagina hineinstoßen durfte, in einer Lage, die größtmögliche Empfängnischancen garantierte. Garantierte! Nach Dr. Reisman und der Zeitschrift *Good House keeping*.

Nachdenklich trat er an den Küchentisch und sah die heutige Privatpost durch. Nichts als Rechnungen. Und dazwischen Felix Sommers' erster Spendenaufruf. Michael goß sich ein Glas Milch ein und setzte sich wieder an den Tisch.

Liebes Gemeindemitglied,

fast siebenhundert Gründe sprechen dafür, daß die Gemeinde des Tempels Emeth eine neue Heimstätte bekommen soll. Sie und Ihre Familie sind einer davon..

Die Zahl dieser Gründe nimmt ständig zu, und ihr Wachstum wird sich in naher Zukunft vervielfachen.

Innerhalb eines Zeitraumes von wenig mehr als drei Jahren hat die Zahl unserer Gemeindemitglieder sich verdoppelt. In zwölf Nachbargemeinden, die keinen Tempel ihr eigen nennen, entstehen zur Zeit Hunderte neuer Wohnungen. Bei Aufnahme auch nur eines Bruchteils der heute noch abseits stehenden Familien ist zweifellos mit einem ähnlich starken Wachstum während der kommenden Jahre zu rechnen ...

Im Badezimmer wurde die Brause abgedreht. Das Klicken der Metallringe verriet Michael, daß der Vorhang zurückgeschoben wurde. Dann hörte er Leslie aus der Wanne steigen.

... Nun liegen die Dinge leider aber so, daß wir gegenwärtig nicht einmal den Bedürfnissen unserer derzeitigen Mitglieder Rechnung tragen können.

Unserer Hebräischen Schule ermangelt einfach alles, was eine Erziehungsanstalt erst zu einer solchen macht. Unser Gotteshaus ist nichts als eine große Halle ohne Betbänke und muß uns für Bankette ebenso dienen wie als Vortragssaal, als Karnevalsdiele und als Unterrichtsraum. Die hohen Feiertage zwingen uns dazu, täglich zwei Gottesdienste abzuhalten und dadurch gerade bei den feierlichsten Anlässen Verwandte von Verwandten zu trennen. Viel zu viele Familien-*ssimchess* wie Trauungen und *bar-mizwes* müssen außerhalb des Tempels stattfinden. Die Gründe dafür liegen auf der Hand. Unsere Speiseräume sind zu klein und zu schäbig; die Küche ist eng und mangelhaft ausgestattet; die Helfer sind dadurch in der Arbeit gehindert.

Aus all dem geht klar hervor, daß wir ein neues Haus brauchen. Ein Architekt ist schon beauftragt, es für uns zu entwerfen. Damit aber unser Traum Gestalt annehme, bedarf es des Opfers jedes einzelnen. Wollen nicht auch Sie sich Gedanken machen über die angemessene Höhe Ihres persönlichen Beitrages? Ein Mitglied des Bauausschusses wird Sie in den nächsten Tagen besuchen. Wenn Sie geben, denken Sie daran, daß es nicht für Fremde ist, sondern für uns und unsere Kinder.

Ihr ergebener
Felix Sommers m. p.,
Vorsitzender des Bauausschusses

Dem Brief lag eine Pappskala mit einem kleinem Schiebefenster bei, das die Aufschrift «Ihr Jahreseinkommen» trug. Michael schob das Fenster bis zur Elftausender-Marke und mußte so erfahren, daß ihm bei seinem Einkommen dreieinhalbtausend Dollar zugemutet wurden. Unangenehm überrascht, warf er den Brief auf den Tisch. Gleichzeitig hörte er Leslie ins Schlafzimmer eilen; gleich darauf knarrte das Bett.

«Michael», rief sie leise.

Nein, man konnte von niemandem ein Drittel des Einkommens verlangen. Wie viele Gemeindemitglieder würden da mitmachen können? Offensichtlich verlangte man mehr, als man erwartete, um dadurch die tatsächlichen Spenden über das normale Ausmaß zu steigern.

Das machte ihm Sorgen; es ist kein guter Start, dachte er.

«Michael», rief Leslie von nebenan.

«Jawohl», sagte er.

«Es geht nur so», erklärte Sommers ihm anderntags, als Michael gegen den Wortlaut des Spendenaufrufs protestierte. «Auch andere Gemeinden haben diese Erfahrungen gemacht.»

«Nein», sagte Michael. «Das gehört sich nicht, Felix. Machen wir uns nichts vor.»

«Jedenfalls, wir haben einen Spezialisten dafür aufgenommen, dessen Beruf es ist, Baukapitalien auf reelle Weise zu beschaffen. Ich glaube, wir sollten ihm dabei völlig freie Hand lassen.»

Michael nickte erleichtert.

Am übernächsten Tag erschien der Experte im Tempel Emeth. Seine Geschäftskarte wies ihn als Archibald S. Kahners aus, von der Firma Hogan, Kahners & Cantwell, Kapitalbeschaffung für Kirchen-, Synagogen- und Spitalsbau, 1611, Industrial Banker Building, Philadelphia, Pennsylvania, 10133.

Nachdem er den Einlaßknopf gedrückt hatte, machte er sich ans Ausladen dreier großer Kisten, die im Gepäckraum des neuen schwarzen Buick-Kombi verstaut waren. In drei Etappen wurden sie ins Haus geschafft. Die Packen waren schwer, und nach der dritten Tour war man in Schweiß geraten. Sobald alle Kisten in Michaels Büro standen, ließ Kahners sich in einen Stuhl fallen und schloß die Augen. Wie ein aus den Fugen gegangener Lewis Stone, dachte Michael: grauhaarig, mit rötlichem Gesicht und ein weniges zu dick, so daß der Hals schon etwas zu sehr über den Kragen des gutgeschnittenen Hemdes hinaustrat. Schuhe und grauer Tweedanzug – bestes Material – sollten betont englisch wirken.

«Was wir auf keinen Fall wollen, ist eine Hochdruck-Kampagne, Mr. Kahners», sagte Michael. «Wir wollen die Gemeindemitglieder nicht vor den Kopf stoßen.»

«Mein lieber Rabbi – äh –» sagte Kahners, woraus Michael ersah, daß jener seinen Namen vergessen hatte.

«Kind.»

«Natürlich – Kind. Mein lieber Rabbi Kind, darf ich Ihnen sagen: die Firma Hogan, Kahners & Cantwell hat schon die Kapitalien für den Bau von zweihundertdreiundsiebzig katholischen und protestantischen Kirchen beschafft, *und* für dreiundsiebzig Spitäler, *und* für hundertdreiundneunzig Synagogen und Tempel. Schauen Sie, es ist unser Geschäft, große Beträge zu beschaffen, und wir haben todsichere Methoden entwickelt, die den Erfolg garantieren. Und darum, Rabbi – äh –, also, ich glaube, Sie überlassen alles Weitere am besten mir.»

«Und wie kann ich Ihnen dabei behilflich sein, Mr. Kahners?»

«Sie machen mir eine Liste von sechs Namen. Ich möchte mich mit den sechs Leuten zusammensetzen, die mir alles über Ihre Gemeindemitglieder erzählen können. Also, was jeder so im Jahr verdient, was er ist, wie alt er ist, wie er wohnt, wie viele und welche Wagen er hat, auf welche Schule er seine Kinder schickt, wohin er auf Urlaub fährt und so weiter. Und außerdem brauche ich noch eine Liste der hiesigen Spender für den *United Jewish Appeal.*»

Michael sah abermals auf die Geschäftskarte. «Werden auch Mr. Hogan und Mr. Cantwell Sie in Ihrer Kampagne hier unterstützen?»

«John Hogan ist schon seit zwei Jahren tot. Seither bearbeitet ein Angestellter die katholische Sparte.» Kahners blickte an sich hinunter und bemerkte dabei einen Schmutzfleck auf seinem grauen Anzug sowie ein winziges Stück braunes Papier von den Pappkartons auf seiner Krawatte. Er schnipste das Papier weg und bearbeitete den Fleck mit dem Taschentuch, wodurch der Fleck nur noch größer wurde. «Und meinen protestantischen Partner brauche ich nicht. Es handelt sich doch nur um vierhunderttausend Dollar», sagte er.

Der Vervielfältigungsapparat und die beiden Schreibmaschinen trafen schon am nächsten Morgen ein, und am Nachmittag desselben Tages saßen die beiden Sekretärinnen bereits hinter ihren Klapptischchen und tippten Namenslisten. Das Geklapper trieb Michael aus seinem Büro, und er machte sich auf seine Seelsorgegänge. Als er dann um fünf Uhr nachmittags den Tempel wieder betrat, lag dieser verlassen und in gähnender Stille. Papiere bedeckten den Boden, die Aschenbecher quollen über, und die Kaffeebecher hatten zwei häßliche Ringe auf seinem Mahagonischreibtisch hinterlassen.

Noch am selben Abend wohnte Michael der ersten Zusammenkunft des Finanzausschusses mit Kahners bei. Das Ganze glich freilich eher einer Unterweisung, wobei Kahners der Vortragende war. Seine Argumentation stützte sich vornehmlich auf die *United Jewish Appeal*-Spenderlisten der letzten fünf Jahre.

«Schauen Sie sich das einmal an», sagte er und warf die grüne UJA-Broschüre auf den Tisch. «Schlagen Sie nach, wer jedes Jahr Ihr größter Spender gewesen ist.»

Keiner an dem langen Tisch mußte nachschlagen. «Das war Harold Elkins von den Elkhide-Strickereien», sagte Michael. «Er gibt fünfzehntausend Dollar jährlich.»

«Und der zweitgrößte?» fragte Kahners.

Michael kniff die Augen zusammen, mußte aber das Buch nicht zu Rate ziehen.

«Phil Cohen und Ralph Plotkin. Jeder gibt siebentausendfünfhundert.»

«Gerade halb soviel wie Elkins», sagte Kahners. «Und die nächstkleineren?»

Michael war nicht ganz sicher.

«Na schön, ich werd's Ihnen sagen: Da ist einmal ein gewisser Joseph Schwartz mit fünftausend. Das ist ein Drittel von Elkins' Beitrag. Nun, meine Herren –» er machte eine Pause und blickte die Versammlung an. Es war, als würde Mr. Chips seine schwächste Klasse belehren. «Wir können daraus eine wichtige Lehre ziehen. Schauen Sie sich zum Beispiel *das* da an!» Er warf ein zweites UJA-Büchlein auf den Tisch. «Das ist die Liste der Spenden, die vor sechs Jahren geleistet wurden. Wir ersehen daraus, daß damals Mr. Elkins anstatt fünfzehntausend nur zehntausend gegeben hat. Weiters sehen wir Phil Cohen und Ralph Plotkin mit nur fünftausend statt siebeneinhalbtausend verzeichnet.» Er blickte die Versammlung abermals bedeutsam an. «Merken Sie was?»

«Wollen Sie damit sagen, daß die Relation immer gleich bleibt, und die Höhe der Spenden vom höchsten Spender bestimmt wird?» fragte Michael.

«Nicht immer», erläuterte Kahners geduldig. «Ausnahmen gibt es immer, und die Relation geht natürlich nicht bis ans Ende der Liste. Voraussagen hinsichtlich der ganz kleinen Spender sind fast unmöglich. Aber als Faustregel, soweit es die großen, die wirklich wichtigen Spender betrifft, zeigt uns die Aufstellung den künftigen Ablauf der Kampagne. Das hat sich seit Jahren in jeder Gemeinde gezeigt, in der wir so was gemacht haben.

Nehmen wir jetzt den Fall, Sam X. gibt für wohltätige Zwecke dieses Jahr weniger als üblich. Was wird Fred Y. sich sagen? ‹Wenn Sam, der zweimal so reich ist wie ich, weniger geben kann, warum soll ich dann leugnen, daß die Geschäfte *auf zoress* waren? Geb ich sonst zwei Drittel von dem, was Sam gibt, werd ich heuer die Hälfte geben!›»

«Und wenn Sam seine Spende erhöht?» fragte Sommers gespannt.

Kahners strahlte. «Es ändert sich nichts am Prinzip! Es funktioniert weiter, aber um wieviel günstiger! Fred wird sich sagen: ‹Was glaubt dieser Sam eigentlich, wer er ist? Ich kann zwar nicht konkurrieren mit ihm, er steckt mich dreimal in den Sack, aber *das* mach ich ihm immer noch nach! Geb ich *sonst* zwei Drittel von ihm, geb ich auch *diesmal* zwei Drittel!›»

«Sie glauben also, daß Harold Elkins' Spende den Schlüssel zu unserer gesamten Kampagne darstellt?» fragte Michael.

Kahners nickte.

«Und wie hoch, glauben Sie, sollte der Beitrag sein, um den man ihn bitten könnte?»

«Hunderttausend Dollar.»

Am unteren Ende des Tisches tat jemand einen überraschten Pfiff. «Er macht nicht einmal viel Gebrauch von der *schul*», sagte Sommers.

«Aber er ist Mitglied?» fragte Kahners.

«Ja.»

Kahners nickte befriedigt.

«Wie interessiert man einen solchen Mann?» fragte Michael. «Ich meine, wie interessiert man ihn hinlänglich, um ihn zu einer so bedeutenden Spende zu motivieren?»

«Indem Sie ihn zu Ihrem Präsidenten machen», sagte Kahners.

40

Michael und Kahners suchten gemeinsam Harold Elkins auf. Die Tür des adaptierten Bauernhauses, in dem der Fabrikant wohnte, wurde von Mrs. Elkins geöffnet, einer weißblonden Frau in rosaseidenem Schlafrock.

«Oh, der Rabbi», sagte sie und schüttelte ihm die Hand. Ihr Händedruck war fest und kühl.

Er stellte Kahners vor.

«Hal erwartet Sie. Er ist hinterm Haus und füttert die Enten. Wollen Sie nicht zu ihm gehen?»

Sie führte die Besucher um das Haus herum. Michael bemerkte, daß ihr Gang frei und schön und völlig unbekümmert war. Er sah nun auch, daß ihre Füße unter dem schwingenden Saum des Schlafrocks nackt waren, lang und schmal und mit sorgfältig gepflegten Zehennägeln, die in der beginnenden Dunkelheit wie kleine rote Muscheln leuchteten.

Sie brachte die Besucher zu ihrem Mann und kehrte dann allein ins Haus zurück.

Elkins war ein alter Mann mit grauem Haar und gebeugten Schultern;

trotz des warmen Abends trug er einen Pullover umgehängt. Er stand am Ufer eines kleinen Teiches, umringt von etwa fünfzig schnatternden Enten, denen er Körner streute.

Er fuhr damit noch fort, während die beiden sich ihm vorstellten. Die Enten waren groß und schön, mit ihren schillernden Federn und den roten Schnäbeln und Füßen.

«Was ist das für eine Rasse?» fragte Michael.

«Brautenten», sagte Elkins und streute weiter seine Körner.

«Die sind aber prächtig», sagte Kahners.

«Mhm.»

Einer der Vögel setzte mit unruhigem Flügelschlag zum Flug an, erhob sich aber nur wenige Fuß über das Wasser.

«Sind sie wild?» fragte Michael.

«Und ob!»

«Warum fliegen sie dann nicht weg?»

«Ich hab ihnen die Flügel gestutzt», sagte Elkins, und seine Augen funkelten.

«Tut ihnen das nicht weh?» fragte Michael unwillkürlich.

«Können Sie sich nicht mehr erinnern, wie Ihnen zumute war, als Ihnen zum erstenmal die Flügel gestutzt wurden?» fragte Elkins grob. Da sie schwiegen, fügte er grinsend hinzu: «Auch die Enten sind darüber hinweggekommen.»

Er nahm eines der Körner zwischen seine blutlosen Lippen und beugte sich über den Teich. Eine große Ente, deren Gefieder edelsteingleich in allen Farben des Regenbogens schillerte, ruderte heran, erhob sich königlich und holte sich das Korn vom Mund des alten Mannes.

«Die sind mir die liebsten», sagte er. «Ich liebe sie wirklich. Besonders in Orangensauce.» Er warf die letzten Körner aus, zerknüllte den leeren Sack und warf ihn weg. Dann wischte er die Hände an seinem Pullover ab. «Sie sind nicht hergekommen, um meine Enten zu bewundern.»

Sie setzten ihm den Grund ihres Besuches auseinander.

«Warum wollen Sie mich zum Präsidenten machen?» fragte er und musterte sie scharf aus der Deckung seiner weißen wilden Brauen.

«Wir wollen Ihr Geld», sagte Kahners ohne Umschweife. «Und Ihren Einfluß.»

Elkins grinste. «Kommen Sie ins Haus», sagte er.

Mrs. Elkins lag auf der Couch und las ein Taschenbuch mit einer nackten Leiche auf dem Umschlag. Sie blickte auf und lächelte den Eintretenden zu. Ihr Blick begegnete Michaels Blick und ließ ihn nicht los. Michael war sich der Gegenwart ihres Gatten und Kahners' bewußt, die rechts und links von ihm standen, aber wie unter einem widersinnigen Zwang vermochte er nicht, den Blick abzuwenden. Nach einer Zeit, die unendlich lang schien, obwohl es in Wirklichkeit nur ein Moment war, lächelte sie abermals und unterbrach den Kontakt, indem sie ihre Lektüre wieder aufnahm. Ihre Figur unter dem rosa Schlafrock war gut, aber in den Augenwinkeln zeigten sich schon kleine Fältchen, und das fahle Haar sah im gelben Licht der Wohnzimmerlampe wie Stroh aus.

Elkins nahm an dem Louis-quatorze-Schreibtisch Platz und schlug ein umfangreiches Scheckbuch auf. «Wieviel wollen Sie?»

«Hunderttausend», sagte Kahners.

Elkins lächelte und zog unter dem Scheckbuch eine Liste der Mitglieder des Tempels Emeth hervor. «Ich hab mir das eben durchgesehen, bevor Sie kamen. Dreihundertdreiundsechzig Mitglieder. Einige davon kenne ich. Männer wie Ralph Plotkin und Joe Schwartz und Phil Cohen und Hyman Pollock. Männer, die es sich leisten können, ein bißchen Geld herzugeben, um eine gute Sache zu unterstützen.» Er schrieb einen Scheck aus und riß ihn aus dem Heft. «Fünfzigtausend Dollar», sagte er und übergab Michael den Scheck. «Wenn Sie versuchen müßten, eine Million aufzubringen, hätte ich hunderttausend gegeben. Aber bei vierhunderttausend soll jeder seinen gerechten Anteil tragen.»

Sie dankten, und Michael verwahrte den Scheck in seiner Brieftasche.

«Ich wünsche eine Tafel in der Eingangshalle», sagte Elkins. «‹In liebendem Gedenken an Martha Elkins, geboren 6. August 1888, gestorben 2. Juli 1943.› Das war meine erste Frau», setzte er hinzu. Mrs. Elkins wandte eine Seite in ihrem Buch.

Sie verabschiedeten sich und wünschten gute Nacht.

Als sie schon draußen waren und in den Wagen stiegen, hörten sie eine Tür zuschlagen. «Rabbi Kind! Rabbi Kind!» rief Mrs. Elkins. Sie warteten, und die Frau kam auf sie zugelaufen, wobei sie den Saum ihres rosa Schlafrocks hochhielt, um nicht zu stolpern.

«Er sagt», berichtete sie atemlos, «daß er den verbindlichen Schriftentwurf für die Gedenktafel sehen will, bevor sie gegossen wird.»

Michael versprach das, und die Frau wandte sich um und ging ins Haus zurück.

Er startete den Wagen, und Kahners, der neben ihm saß, lachte leise, wie einer, der im Crapspiel soeben einen Treffer gelandet hat. «So wird's gemacht, Rabbi.»

«Sie haben nur die Hälfte des gewünschten Betrags bekommen», sagte Michael. «Bedeutet das nicht, daß wir nun von den wichtigeren Spendern auf der ganzen Linie nur die Hälfte kriegen werden?»

«Ich habe Ihnen gesagt, daß wir hundert *verlangen* werden», sagte Kahners. «Gerechnet habe ich mit vierzig.»

Michael schwieg unter dem Druck einer unnennbaren Depression; ihm war, als spüre er die fünfzigtausend Dollar in seiner Brieftasche.

«Ich bin jetzt seit zweieinhalb Jahren Rabbiner in dieser Gemeinde», sagte er schließlich. «In dieser ganzen Zeit habe ich Harold Elkins dreimal gesehen, den heutigen Abend mitgerechnet. Im Tempel war er zweimal, bei *bar-mizwes*, glaube ich, vielleicht auch bei Hochzeiten.» Eine Weile fuhren sie schweigend dahin. «Mir wird um einiges wohler sein», sagte Michael schließlich, «wenn ich Geld von den Leuten bekomme, die vom Tempel auch Gebrauch machen, die ihre Kinder in den Hebräisch-

Unterricht schicken ... Um einiges wohler ...»

Kahners lächelte ihm zu, aber er sagte nichts.

Am folgenden Vormittag läutete das Telefon in seinem Arbeitszimmer im Tempel, und eine zögernde, leise und etwas rauhe Frauenstimme fragte nach dem Rabbi.

«Hier spricht Jean. Jean Elkins», fügte sie hinzu und gestand damit ein, daß sie seine Stimme erkannt hatte.

«Oh, Mrs. Elkins», sagte Michael und merkte gleichzeitig, daß Kahners, als ihr Name fiel, aufblickte und lächelte. «Was kann ich für Sie tun?»

«Die Frage ist vielmehr, was ich für *Sie* tun kann», sagte sie. «Ich würde gern bei der Baukostenkampagne mithelfen.»

«Oh», sagte er.

«Ich kann tippen und Korrespondenz ablegen und mit einer Rechenmaschine umgehen. Harold ist von der Idee sehr angetan», sagte sie nach einer kaum merklichen Pause. «Er hat in nächster Zeit einige Reisen zu machen, und er meint, das würde mich vor dummen Gedanken bewahren.»

«Kommen Sie doch einfach her, wann immer Sie Lust dazu haben», sagte Michael. Als er den Hörer auflegte, bemerkte er, daß Kahners noch immer lächelte, und dieses Lächeln irritierte ihn aus Gründen, die zu definieren ihm schwerfiel.

41

Ein Buick-Händler namens David Blomberg widmete im Gedenken an seine Eltern vier Morgen Baugrund. Bei der Besichtigung stellten Michael und das Komitee auf den ersten Blick fest, daß das Grundstück für ihre Zwecke ideal geeignet war: ein baumbestandenes Areal auf einer Bergkuppe etwas außerhalb der Stadt und nicht viel mehr als einen Kilometer vom Hochschulgelände entfernt. Nach Osten ging die Sicht über weites, von den Windungen eines Flusses durchzogenes Wiesengelände, das gegen einen Jungwald hin abfiel.

«Di Napoli kann seinen Tempel auf der Höhe bauen, im Angesicht der Sonne, ganz wie Salomon», sagte Sommers. Michael nickte bloß. Sein Schweigen war beredter als alle Worte.

Der Grundstückerwerb bewog Kahners, eine Reihe weiterer Veranstaltungen im Dienst der Kapitalbeschaffung anzusetzen. Die erste gab sich als Sonntagsfrühstück für die Herren, dem Michael aber wider Erwarten fernbleiben mußte; eine Beerdigung zwang ihn dazu.

Die zweite war eine Champagnerparty in Felix Sommers' Haus. Als die Kinds eintrafen, war das Wohnzimmer schon übervoll mit herumstehenden, champagnertrinkenden Besuchern. Michael nahm zwei Gläser von einem Tablett, das eben vorübergetragen wurde, und stürzte sich dann in das Stimmengewirr. Er und Leslie kamen mit einem jungen Biologen ins Gespräch und mit einem beleibten Allergiespezialisten.

«Da gibt's einen Kollegen in Cambridge», sagte der Biologe, «der stellt Versuche an mit dem Einfrieren menschlicher Körper. Sie wissen ja, ein Kältestoß genügt, um Bewußtlosigkeit und Tiefschlaf herbeizuführen.»

«Ja, wozu denn, um Himmels willen?» fragte Michael und versuchte den Champagner. Zu warm und eher schal.

«Denken Sie nur an die unheilbaren Krankheiten», sagte der Biologe. «Im Moment nichts zu machen? Na, dann friert man den armen Teufel eben ein und hält ihn unterkühlt, bis die Wissenschaft was Neues gefunden hat. Dann weckt man ihn wieder auf und macht ihn gesund.»

«Das und die Bevölkerungsexplosion – mehr haben wir nicht mehr gebraucht», sagt der Allergiespezialist. «Und wie soll man all diese Tiefkühlware aufheben?»

Der Biologe hob die Schultern. «In Kühlhäusern, Magazinen. In Tiefkühlpensionen – als logische Folge der Sanatorienknappheit.»

Leslie verzog das Gesicht, während sie den warmen Champagner schluckte. «Und bei einer Stromstörung? Wenn alle Pensionäre gleichzeitig aufwachen und gegen die Radiatoren schlagen, weil die Temperatur steigt und steigt?»

Gleichsam zur lautlichen Untermalung des eben Gesagten begann jemand mit dem Löffel Silentium zu klopfen. Leslie fuhr zusammen, und die drei Männer lachten.

«Na also, jetzt geht's los», sagte der Biologe.

«Jetzt kommt der geschäftliche Teil», sagte der Arzt. «Ich kenn ihn schon, Rabbi. Ich habe meinen Beitrag beim letzten Sonntagsfrühstück gezeichnet. Heut bin ich nur als Strohmann da.»

Michael begriff nicht gleich, aber schon strömte die Menge in den benachbarten Raum, wo lange Tische aufgestellt waren. Tischkarten verhinderten eine planlose Sitzordnung, und so kamen Michael und Leslie neben ein ihnen sympathisches Paar zu sitzen – neben Sandy Berman, einen jungen Englischprofessor an der Universität, und seine Frau June. Nach kurzer einleitender Begrüßung stellte Sommers Mr. Kahners als «Finanzexperten» vor, «der die Güte hatte, uns seine Erfahrungen für diese Kampagne zur Verfügung zu stellen», und anschließend sprach Kahners über die Wichtigkeit jeder Spende und forderte die Anwesenden auf, die Höhe ihres Beitrags durch Zuruf bekanntzugeben. Sofort erhob sich der Allergiespezialist und eröffnete die Aktion mit dreitausend Dollar. Unmittelbar nach ihm meldeten sich drei weitere Herren, deren keiner unter zwölfhundert Dollar spendete.

Jede der vier Spenden war rasch und bereitwillig ausgerufen worden. Ein wenig zu rasch und zu bereitwillig, als daß nicht jeder sofort gemerkt hätte, was da gespielt werden sollte. In der nun folgenden peinlichen Stille bemerkte Michael, wie Leslie ihn anblickte: auch sie hatte nun begriffen, was der Doktor mit dem Wort Strohmann gemeint hatte. Alle vier Beiträge waren längst gezeichnet und heute nur ausgerufen worden, um die Gebefreudigkeit anzukurbeln.

«Wer will noch mal, wer hat noch nicht», rief Kahners. «Na, nicht so schüchtern, meine Herrschaften! Nützen Sie diese einmalige Gelegenheit. Hier und jetzt wird Ihr Opfer benötigt.»

Drüben in der Ecke erhob sich ein gewisser Abramowitz und zeichnete eintausend Dollar. Kahners strahlte – aber nur, bis er den Namen auf seiner Liste abgehakt hatte. Offensichtlich hatte er sich von Mr. Abramowitz mehr erwartet. Als dieser sich gesetzt hatte, wurde er von seinem Gegenüber in ein angeregtes Gespräch verwickelt. An jedem der Tische begann nun ein *agent provocateur* für die Spendenaktion Stimmung zu machen, nur an Michaels Tisch forderte niemand zu weiteren Spenden auf. Man saß unbehaglich da und blickte einander an. Sollte, so fragte Michael sich plötzlich, sollte am Ende er selber vom Komitee zum Einpeitscher ausersehen sein? Doch der soeben mit breitem Lächeln sich nähernde Kahners machte seinen Zweifeln ein Ende.

«Schlecht steht es um ein Land und übel um die Zeit, wenn nur der Wohlstand wächst und nicht die Menschlichkeit», sagte er.

«Goldsmith», bemerkte Sandy Berman düster.

«Oh, ein Student, wie ich höre!» Und Kahners legte eine Spenderkarte vor ihn hin.

«Schlimmer – ein Lehrer!» Berman ließ die Karte unbeachtet.

Kahners lächelte und fuhr fort, jedem der Dasitzenden eine Karte auf den Tisch zu legen. «Was haben Sie nur?» fragte er. «Eine einfache Spendenaktion. Zücken Sie Ihre Federn und zeichnen Sie, meine Herren, zeichnen Sie!»

«Es ist besser, du gelobtest nichts, denn daß du nicht hältst, was du gelobtest», sagte Berman.

«Prediger Salomonis», sagte Kahners, diesmal ohne zu lächeln. Er sah von einem zum andern. «Hören Sie», sagte er. «Wir haben wie das liebe Vieh für diese Kampagne geschuftet. Wie das liebe Vieh! Und zwar für Sie! Für Sie und Ihre Kinder! Zum Wohle der ganzen Gemeinde!

Wir haben von den Hauptspendern beispielgebende Beträge erhalten, Beträge, wo Ihnen die Augen herausfallen werden. Allein Harold Elkins hat fünfzigtausend Dollar gegeben! Fünfzigtausend! Jetzt ist es an Ihnen, ebenso generös zu sein. Generös auch vor sich selbst. Schauen Sie, es soll doch ein demokratischer Tempel werden. Und damit er das wird, muß auch der kleine Mann sein Scherflein dazu beitragen.»

«Die Sache ist nur, daß es überhaupt nicht demokratisch dabei zugeht», sagte ein eulenhaft aussehender Jüngling am anderen Tischende. «Es ist doch so, daß den finanziell Schwächsten das Geben am schwersten gemacht wird.»

«Jeder nach seinen Kräften. Alles ist proportional gestuft», sagte Kahners.

«Sagen Sie! Sehen Sie, ich bin ein kleiner Buchhalter. Ein Arbeitnehmer. Soll ich verdienen zehntausend im Jahr. Das bringt mich in die Zwanzig-Prozent-Kategorie. Geb ich nun fünfhundert Dollar, kann ich davon einhundert abschreiben. Also kostet mich meine Spende immer noch vierhundert. Nehmen wir dagegen einen Unternehmer mit, sagen wir, vierzigtausend pro Jahr.» Der Sprecher rückte nervös an seiner Brille. «In seiner Steuergruppe kann er vierundvierzigeinhalb Prozent abschreiben. Gibt er zweitausend Dollar, macht er sich viermal so groß wie ich, und hintenherum bringt er beinah die Hälfte seiner Spende wieder herein.»

Die Umstehenden begannen dieses Phänomen zu diskutieren.

«Nichts als Spitzfindigkeiten. Mit der Statistik beweise ich Ihnen alles! Gentlemen», sagte Kahners, «möchte jemand von Ihnen jetzt gleich unterzeichnen?»

Keiner rührte sich.

«Dann entschuldigen Sie mich. Es war mir ein Vergnügen.» Und schon trat er an den nächsten Tisch. Wenige Minuten darauf begann die Gesellschaft sich aufzulösen.

«Kommen Sie noch mit auf einen Kaffee?» fragte Leslie June Berman. «Wie wär's mit Howard Johnson's?»

June blickte fragend auf ihren Mann und stimmte dann zu.

Als sie an Kahners vorüberkamen, hatte sich der gerade Abramowitz vorgeknöpft, den Spender der eintausend Dollar. «Könnten Sie morgen abend gegen halb neun zu David Binder kommen?» fragte er eben. «Es ist sehr wichtig – wir würden Sie sonst nicht drum bitten. Wir würden großen Wert darauf legen.»

Im Restaurant angelangt, bestellten sie in gedrückter Stimmung.

«Rabbi», meinte Sandy, «ich möchte Ihnen ja nicht nahetreten, aber das war einfach furchtbar!»

Michael nickte. «Aber auch Ziegel und Zement kosten Geld. Und dieses Geld einzutreiben, ist ein ekelhaftes und undankbares Geschäft. Jemand muß es doch tun.»

«Lassen Sie sich von denen doch nicht unter Druck setzen», sagte Leslie. «Schließlich muß jeder selber am besten wissen, wieviel er geben kann. Geben Sie das, und denken Sie nicht länger daran.»

«Wieviel können wir schon aufbringen!» sagte June. Sie wartete, bis das Serviermädchen den Kaffee und die Sandwiches abgestellt hatte. «Es ist doch ein offenes Geheimnis, wie schlecht ein junger Universitätsdozent in Wyndham bezahlt ist. Die Universität zahlt Sandy ganze fünftausendeinhundert im Jahr–»

«Junie», sagte Sandy.

«Fünftausendeinhundert, sage ich, plus weitere zwölfhundert für die Sommerkurse. Und weil wir einen Wagen brauchen, wird Sandy im Herbst auch noch zwei Abendkurse für kaufmännisches Englisch übernehmen müssen. Macht noch einmal bare achtzehnhundert. Zusammen ergibt das ein Jahreseinkommen von achttausendeinhundert Dollar. Und diese ... Idioten ... schreiben uns vor, eintausendsiebenhundertfünfzig Dollar für den Tempel auf den Tisch zu legen.»

«Das sind doch nur vorläufige Schätzungen», sagte Michael. «Ich weiß positiv, daß das Komitee froh ist, einen Bruchteil davon hereinzubekommen.»

«Zweihundertfünfzig, mehr kann ich nicht», sagte Sandy.

«Dann stellen Sie einen Scheck über zweihundertfünzig aus, und wenn man Ihnen ‹Danke schön› sagt, so erwidern Sie ‹Gern geschehen!›», meinte Leslie.

Aber Michael winkte ab. «Es soll eine Mindestgrenze von siebenhundertfünfzig festgelegt werden», sagte er.

Stille.

«Also, dann nicht, Rabbi», sagte Sandy.

«Und wie wird das mit der Hebräischen Schule für Ihre Kinder?»

«Ich zahle den Unterrichtsbeitrag wie bisher. Einhundertvierzig pro Jahr für alle drei, plus dreißig im Monat für die Fahrt.»

«Das wird nicht mehr gehen. Der Geschäftsführende Ausschuß hat beschlossen, daß nur mehr spendende Mitglieder ihre Kinder schicken dürfen.»

«Ist ja großartig», sagte June Berman.

«Und was ist mit der großen alten Idee, die *schul* soll allen, ohne Unterschied, ob arm oder reich, für ihre Gottsuche offenstehen?» fragte Sandy.

«Wir reden von der Mitgliedschaft, Sandy. Kein Mensch wird Sie aus dem Tempel weisen.»

«Aber Sitz wird keiner mehr da sein für mich.»

«Sitz wird keiner mehr da sein.»

«Und wie ist das, wenn einer die siebenhundertfünfzig nicht aufbringen *kann*?» fragte June.

«Dafür gibt es jetzt den Armenausschuß», sagte Michael lustlos. «Das ist aber nicht so schlimm. Ich sitze selber darin. Auch Ihr Freund Murray Engel. Und Felix Sommers, der Chef Ihres Mannes. Und Joe Schwartz. Lauter vernünftige Leute.»

Leslie hatte Berman nicht aus den Augen gelassen. «Schauerlich», sagte sie leise.

Sandy lachte bitter. «Armenausschuß! Wissen Sie, was der Geschäftsführende Ausschuß mich kann? Ich bin kein Armenfall. Ich bin Lehrer. Universitätsdozent.»

Sie beendeten ihren Imbiß. Als die Rechnung kam, wollte Michael zahlen. Aber da er wußte, daß Sandy es gerade heute nicht zulassen würde, überließ er das Zahlen ihm.

Eine Stunde später, man ging schon zu Bett, erörterten Michael und Leslie das Für und Wider des Falles.

«Du solltest dich in Gegenwart von Gemeindemitgliedern nicht abfällig über die Kampagne äußern», sagte er.

«Aber muß man denn zu solchen Methoden greifen? Die Christen kommen auch ohne solche ... Würdelosigkeit ... zu dem, was sie brauchen. Könnte man nicht einfach ein Zehntel vom Einkommen einheben, und damit Schluß?»

«Wir sind aber keine Christen. Ich bin Rabbiner, nicht Pfarrer.»

«Aber es ist einfach nicht richtig», sagte sie. «Solche Methoden sind geschmacklos. Eine Zumutung für jeden denkenden Menschen.»

«Bitte, mach's nicht noch ärger, als es schon ist.»

«Warum redest nicht *du* ihnen ins Gewissen, Michael?»

«Meine Meinung wissen sie ohnehin. Die Geldbeschaffung ist ihre Angelegenheit, und sie sehen in ihrer Methode den einzig möglichen Weg. Wenn ich mich nicht einmische, kommt der Tempel am Ende wirklich zustande, und ist er erst gebaut – vielleicht kann ich dann etwas sehr Schönes daraus machen.»

Sie gab keine Antwort, ließ die Sache auf sich beruhen. Als er aber sah, daß sie zum Thermometer griff, sträubte sich etwas in ihm. «Warte nicht auf mich», sagte er. «Ich hab heute noch zu tun.»

«Wie du willst.»

Er las bis zwei Uhr früh. Als er dann endlich ins Bett stieg, glaubte er sie in tiefem Schlaf und schlief selber fast sofort ein. Als er erwachte, wiesen die Leuchtzeiger der Uhr auf 3 Uhr 20, und Michael wurde gewahr, daß sie nicht mehr neben ihm lag, sondern rauchend am offenen Fenster saß und hinaus in die Dunkelheit starrte. Die Grillen zirpten durchdringend, und er wußte plötzlich, daß ihr schrilles Lärmen ihn aufgeweckt hatte. «Laut sind sie heute, nicht wahr?» sagte er. Dann stand er auf und setzte sich ihr gegenüber aufs Fensterbrett. «Was machst du da?»

«Ich konnte nicht einschlafen.»

Er nahm eine ihrer Zigaretten, und sie gab ihm Feuer, wobei in dem plötzlichen hellen Aufflackern ihre Augen unnatürlich groß wirkten in dem traurigen und überwachen, aus hellen Flächen und tiefen Schatten sich formenden Antlitz. «Was hast du denn, Leslie?» fragte er sanft.

«Ich weiß nicht. Schlaflosigkeit wahrscheinlich. Ich kann in letzter Zeit einfach nicht mehr einschlafen.» Sie schwiegen beide. «Ach, weißt du, Michael», sagte sie nach einer Weile, «wir sind einfach bitter geworden. Einfach zu bitter für etwas so Süßes wie ein Kind.»

«Was redest du da», sagte er heftig und wußte doch im nämlichen Moment, daß er log und als Heuchler entlarvt war, vor ihr, die ihn zu gut kannte, als daß er ihr etwas hätte vormachen können.

«Welch eine Theorie! Und wie wissenschaftlich!»

«Aber, Michael!»

«Wird schon werden», sagte er. «Und für Adoption ist es nie zu spät.»

«Das wäre wohl nicht recht unserm Kind gegenüber.» Sie sah im Dunkel zu ihm auf. «Weißt du, woran es in Wirklichkeit liegt?»

«Geh jetzt ins Bett.»

«Du bist nicht mehr der junge jüdische Lochinvar aus den Bergen, und ich bin nicht mehr das Mädchen, für das du den großen Fisch gefangen hast.»

«Verdammt noch mal», sagte er wütend. Er legte sich wieder hin, allein. Und während sie weiter rauchend im Dunkeln saß, fand jetzt er keinen Schlaf und starrte immerzu auf die rote Glut ihrer Zigarette und dachte an jenes entschwundene Mädchen und eine vergangene Liebe, die noch immer so stark war, daß sie sich auch durch das Kissen nicht erstikken ließ, das er sich übers Gesicht zog, um darunter Vergessen zu finden.

Kahners' Kampagne hatte nun jenen Punkt erreicht, zu dem es an der Zeit war, den Tempel auf Raten zu verhökern. Eine hektographierte Liste mit dem Titel «Zum bleibenden Gedächtnis» wurde zur Aussendung vorbereitet. Darin wurden die Gemeindemitglieder erinnert, daß ein guter Name mehr zähle als aller Reichtum, und liebendes Angedenken mehr als Silber und Gold. Soviel sei sicher: die höchste Tugend bestehe in einem Namen, der der Wohlfahrt der Gemeinde, der Erziehung der Jugend, der Formung edler Charaktere geweiht sei. Man offerierte ihnen die einmalige Gelegenheit, den eigenen oder den Namen eines teuren Verblichenen einem Bauwerk einzumeißeln, das die Zeiten hindurch dauern würde als Beispiel für kommende Geschlechter.

Nur fünfundzwanzigtausend Dollar, und die Synagoge würde den Namen des Spenders tragen.

Der Andachtsraum wäre für zehntausend Dollar zu haben, die Zuhörergalerie für ebensoviel, während die Talmudschule, ein Gesellschaftsraum und die Klimaanlage je siebentausendfünfhundert kosten würden.

Die *bema* war mit sechstausend Dollar ausgeschrieben. Die Thora (komplett mit allem Zubehör, inklusive *Jad*) war um zweitausendfünfhundert Dollar die reinste *m'zi'e*, wenn man bedachte, daß der Raum zur Verwahrung der heiligen Geräte – gravierte Namensplakette in Messing an der Tür – mit dreitausendfünfhundert angesetzt war.

Die Liste war vierseitig, hektographiert und geheftet. Kahners verwendete immer dieselbe, bei jeder jüdischen Finanzierungskampagne. Er hatte ganze Bündel davon bereits mitgebracht, in einer seiner Kisten verstaut, so daß nichts weiter mehr zu tun war, als auf der ersten Seite den Namen des Tempels Emeth einzusetzen und die Listen durch den Adressographen des Tempels laufen zu lassen.

Kahners wandte sich stöhnend an Michael. «Jetzt hab ich die beiden Mädchen gestern bis spät in die Nacht am Adressieren arbeiten lassen. Aber die Listen! Geh, verlaß dich auf reiche freiwillige Mitarbeiter! Nimmt doch diese Elkins die Listen gestern zum Matrizieren nach Hause, und heute ruft sie an, sie kann nicht hereinkommen. Eine Sommergrippe.»

«Ich werd versuchen, jemanden zu finden, der sie am Nachmittag abholen kann», sagte Michael.

«Bis sieben Uhr brauchen wir das Zeug. Spätestens halb acht», sagte Kahners und wurde schon wieder von einer verdrossenen Sekretärin abberufen.

Das dauernde Läuten des Telefons, das Rattern des Abziehapparats und das gleichmäßige Geklapper von zwei Schreibmaschinen vereinten sich zu einem hämmernden Lärm, der erbarmungslos auf Michael einschlug. Am späteren Vormittag verspürte er bereits einen dumpfen Schmerz in der Stirn und suchte nach einem Vorwand, das Büro zu verlassen. Um halb zwölf ergriff er endgültig die Flucht, aß eine Kleinigkeit in einer Imbißstube und machte sich dann auf seine Seelsorgebesuche, deren einer ihm Tee und Strudel zum Nachtisch einbrachte. Um halb drei war er im Krankenhaus bei einer Frau, die soeben um drei Gallensteine erleichtert worden war; er verließ sie kurz vor drei, nachdem sie ihm die Steine gezeigt hatte, wie Gemmen auf schwarzen Samt gebettet, als künftige Familienerbstücke.

Als er auf dem Parkplatz des Krankenhauses in seinen Wagen stieg, fielen ihm die Mitgliederlisten wieder ein, und er zog seine Jacke aus, rollte die Hemdärmel hinauf und das Wagenfenster herunter und fuhr hinaus aus der Stadt, hinaus aufs Land, blinzelnd gegen die blendende Nachmittagssonne.

Vor dem Bauernhaus angelangt, läutete er und wartete, aber niemand kam ans Tor. Er nahm seine Jacke aus dem Wagen und ging um das Haus herum in den Wirtschaftshof. Er fand Mrs. Elkins hingegossen auf einem Liegestuhl im Schatten einer mächtigen Eiche, die langen schlanken Füße hochgelagert und die Knie gespreizt, so daß er durch das braune V ihrer Beine die Schüssel mit den Körnern auf ihrem nackten Bauch sehen konnte. Sie war umgeben von schnatternden Enten, denen sie mit nachlässigen Schwüngen Futter streute. Ihre sehr kurzen Shorts enthüllten, was Modeschöpfer so leicht verbergen können: das zarte Gesprenkel der Adern auf ihren Schenkeln als erstes Anzeichen des Alterns. Die Shorts waren weiß, der Büstenhalter blau und ihre Schultern waren rund, aber sommersprossig. Was Michael jedoch überraschte, war ihr Haar, das nicht strohblond war, sondern von warmem, leuchtendem Braun.

«Oh, Rabbi», sagte sie, stellte die Körnerschüssel ab, schlüpfte in ihre Sandalen und erhob sich.

«Guten Tag. Mr. Kahners braucht die Mitgliederlisten», sagte er.

«Sie sind fertig. Können Sie ein paar Minuten warten, bis ich diese Ungeheuer gefüttert hab?»

«Lassen Sie sich nur nicht stören. Ich hab massenhaft Zeit.»

Sie streute die Körner aus, und er begleitete sie, umringt von den gierigen Enten, zu einem Drahtkäfig im Schatten des Hauses. Sie öffnete den Verschlag, dessen Tür in rostigen Angeln durchdringend knarrte, stellte die Futterschüssel hinein und schlug das Gitter gerade rechtzeitig zu, um die Flucht eines großen Enterichs zu verhindern, der ihnen eilig und flügelschlagend auf seinen roten Schwimmfüßen entgegenkam.

«Warum ist er eingesperrt?» fragte Michael.

«Wir haben ihn eben erst bekommen, und seine Flügel sind noch nicht gestutzt. Das macht Harold, wenn er zurückkommt. Bitte, nehmen Sie Platz. Ich bin gleich wieder da.» Sie wandte sich zum Haus und er zum Liegestuhl, sorgfältig darauf bedacht, ihr nicht nachzusehen. Am Himmel waren indessen Wolken aufgestiegen. Während Michael sich setzte, grollte der erste Donner, dem das aufgeregte Geschnatter der Enten antwortete. Nach einer Weile kehrte Mrs. Elkins zurück und brachte zwar nicht die Listen, aber ein großes Tablett, auf dem Eis, Gläser und einige Flaschen standen.

«Nehmen Sie mir das ab, bitte, es ist schwer!» rief sie ihm zu. «Stellen Sie's nur auf den Rasen.»

Er nahm das Tablett und stellte es hin. «Das wäre nicht notwendig gewesen», sagte er. «Ich komme unangemeldet, und Sie fühlen sich heute nicht wohl.»

«Nicht wohl?»

«Sie sind doch erkältet.»

«Ach so.» Sie lachte. «Nein, Rabbi, ich bin nicht erkältet. Ich hab Mr. Kahners angelogen, weil ich zum Friseur gehen wollte.» Sie sah ihn an. «Haben Sie jemals gelogen?»

«Ich denke, doch.»

«Ich lüge oft.» Sie strich über ihr braunes Haar. «Gefällt es Ihnen?»

«Sehr», sagte er wahrheitsgemäß.

«Ich hab bemerkt, daß Sie mein Haar angesehen haben. Ich meine neulich, als Sie zum erstenmal hier waren, und auch später, als ich in Ihr Büro kam. Ich hätte schwören können, daß Ihnen die frühere Farbe nicht gefallen hat.»

«Sie war sehr hübsch», sagte er.

«Jetzt lügen Sie, nicht wahr?»

«Ja», sagte er und lächelte.

«Die Farbe ist besser, finden Sie nicht? Die gefällt Ihnen?»

Und sie berührte seine Hand.

«Ja, sie ist besser. Wann kommt Mr. Elkins zurück?» fragte er und bemerkte zu spät, daß er in seinem Wunsch, das Thema zu wechseln, nicht gerade die glücklichste Wahl getroffen hatte.

«Er bleibt noch ein paar Tage aus. Kann sein, daß er von New York noch nach Chicago fährt.» Sie begann die Flaschen zu öffnen. «Was darf ich Ihnen anbieten? Gin und Tonic?»

«Nein, danke», sagte er rasch. «Nur irgend etwas Kaltes, wenn Sie so freundlich wären. Ginger Ale, wenn Sie das haben.»

Sie hatte es und goß ihm ein. Da es keine andere Sitzgelegenheit im Hof gab, machte sie es sich neben ihm auf dem Liegestuhl bequem.

Er trank sein Bier und sie ihren Whisky mit Eis, und dann stellte sie das Glas auf den Rasen und lächelte ihm zu. «Ich habe vorgehabt, Sie um einen Termin zu bitten», sagte sie.

«Ja, worum handelt es sich?» fragte er.

«Ich möchte ... Ihnen etwas erzählen. Etwas mit Ihnen besprechen. Ein Problem.»

«Möchten Sie es jetzt besprechen?»

Sie trank hastig den Rest des Whiskys aus und ging zum Tablett, um ihr Glas nochmals zu füllen. Statt dessen kehrte sie aber mit der Flasche zurück und stellte sie neben sich ins Gras. Dann streifte sie ihre Sandalen ab und nahm mit untergeschlagenen Beinen wieder neben Michael Platz; er merkte eine zarte Staubschicht auf den rotlackierten Zehennägeln, die nur ein paar Zoll von seinem Knie entfernt waren. «Werden Sie Mr. Kahners sagen, daß ich gelogen hab?» fragte sie. «Bitte, sagen Sie ihm nichts.»

«Sie sind niemandem Rechenschaft schuldig.»

«Es hat mir solche Freude gemacht, in Ihrer Nähe zu arbeiten.» Die Zehenspitzen berührten leicht und ohne Druck sein Knie.

«Mr. Kahners sagt, Sie seien eine der besten Maschinschreiberinnen, die er je gesehen hat.»

«Sie glauben doch nicht, daß er überhaupt hingeschaut hat», sagte sie. Ein Stückchen Eis knirschte zwischen ihren Zähnen, während sie ihm ihr Glas hinhielt und Michael ein wenig alarmiert feststellte, daß es schon wieder leer war. Diesmal schenkte er sparsam ein und tat die zwei größten Eiswürfel ins Glas, die er finden konnte, um die Portion größer erscheinen zu lassen. Ich muß versuchen, hier herauszukommen, sagte er sich und war im Begriff, aufzustehen, als sie ihm abermals die Hand auf den Arm legte. «Es ist die Farbe, die es einmal hatte», sagte sie, und er verstand, daß sie von ihrem Haar sprach. Er legte seine Hand auf die ihre, um sie sachte von seinem Arm zu schieben, aber die hatte sich plötzlich gewendet, die Innenfläche nach oben gekehrt, so daß nun Hand sich in Hand schmiegte und die Finger einander berührten.

«Mein Mann ist viel älter als ich», sagte sie. «Wenn ein junges Mädchen einen alten Mann heiratet, macht es sich keinen Begriff von den Jahren, die ihr bevorstehen.»

«Mrs. Elkins», sagte er, aber sie ließ seine Hand plötzlich los und lief zu dem Drahtkäfig. Die Tür knarrte beim Öffnen, und der Enterich schoß herbei, hielt aber dann offensichtlich verwirrt inne, als er entdeckte, daß die Tür nicht zugeschlagen, der Weg nicht versperrt wurde.

«Mach, daß du weiterkommst, du blödes Vieh», sagte die Frau.

Der Enterich tat einen leichten Sprung, stieß sich mit den großen roten Füßen ab, während seine Regenbogenschwingen sich schon zum Flug breiteten. Einen Herzschlag lang schwebte er über ihren Köpfen, war nichts als ein Glanz von weißem Bauch und langem schwarzem Schwanz, dann wurde der Flügelschlag lauter, und mit triumphierendem Schrei stieg er auf in einer Geschoßbahn, die ihn hinaustrug in die Wälder, jenseits der Farm.

«Warum haben Sie das getan?» fragte Michael.

«Weil ich möchte, daß alle Geschöpfe in dieser Welt frei sind.» Sie wandte sich ihm zu. «Alle. Er. Sie. Ich.» Sie hob die Arme und umschlang ihn, und er spürte ihren Körper nahe an seinem, spürte ihren Mund, der warm und erregend war, aber nach Kunsteis und Whisky schmeckte. Er versuchte, sich ihr zu entziehen, und sie fuhr fort, sich an ihn zu klammern, als wäre sie am Ertrinken.

«Mrs. Elkins», sagte er.

«Jean.»

«Jean – das hat doch mit Freiheit nichts zu tun.»

Sie rieb ihre Wange an seiner Brust. «Was soll ich nur machen mit dir?»

«Für den Anfang wär's ganz gut, den Whisky ein wenig einzuschränken.»

Einen Augenblick lang sah sie ihn an, während der Donner erneut ihnen zu Häupten grollte.

«Sie sind also nicht interessiert?»

«Nicht auf diese Art», sagte er.

«Sie sind *überhaupt* nicht interessiert. Sind Sie denn kein Mann?»

«Ich bin ein Mann», sagte er freundlich, jetzt schon zwei Schritte von ihr entfernt, so daß ihr Spott ihn nicht berühren konnte.

Sie wandte sich herum und ging ins Haus, und diesmal blieb er stehen und sah ihr nach und bewunderte ihren noblen, unbekümmerten Gang, mit dem Gefühl, daß er sich durch seine Standhaftigkeit das Recht dazu erworben hätte. Dann griff er nach seiner Jacke und ging um das Haus herum zum Wagen. Als er die Wagentür öffnete, pfiff etwas über seinen Kopf, so knapp, daß er den Luftzug spüren konnte, und schlug dann ans Wagendach, wo es eine Kerbe hinterließ. Im Zubodenfallen hatte sich die Schachtel geöffnet, und einiges von ihrem Inhalt fiel heraus, aber zum Glück waren die meisten Karteikarten geordnet und stapelweise mit Gummischnürchen zusammengehalten. Einen Augenblick lang blendete ihn die Sonne, als er aufblickte, aber dann sah er die Frau an dem geöffneten Fenster im ersten Stock.

«Geht's jetzt besser? Möchten Sie, daß ich Ihnen jemanden herausschicke, der bei Ihnen bleiben könnte?»

«Ich möchte, daß Sie sich zum Teufel scheren», sagte sie sehr akzentuiert.

Nachdem sie vom Fenster weggegangen war, kniete er hin, hob die Mitgliederlisten auf und verstaute sie wieder in der auf einer Seite aufgeplatzten Holzschachtel. Dann stieg er in den Wagen, startete und fuhr davon.

Er war schon eine Weile gefahren, als er, ohne zu wissen, warum, den Wagen an den Straßenrand lenkte, eine Zigarette anzündete und versuchte, nicht daran zu denken, wie einfach es wäre, zu wenden und den Weg zurückzufahren, den er gekommen war. Nach wenigen Zügen löschte er die Zigarette im Aschenbecher, stieg aus und ging in den Wald. Beim würzigen Duft der Heidelbeeren wurde ihm wohler. Er marschierte tüchtig drauflos, bis er in Schweiß geriet und nicht mehr an

Jean Elkins, an Leslie und an den Tempel dachte. Schließlich kam er an ein Flüßchen, das, etwa zweieinhalb Meter breit, seicht und klar dahinzog. Der Grund bestand aus Sand und abgefallenen Blättern. Michael zog die Schuhe aus und watete in das kalte Wasser. Er konnte keinen Fisch entdecken, aber nahe dem vor ihm liegenden Ufer sah er Wasserläufer ihr Spiel treiben, und unter einem Stein fand er einen Krebs, den er einige Meter weit stromabwärts verfolgte, bis er unter einem anderen Stein verschwand. In den Binsen über ein paar Miniaturstromschnellen saß eine gelbgezeichnete Spinne in einem großen Netz, und plötzlich fiel ihm die Spinne in der Baracke zu Cape Cod wieder ein, die Spinne, mit der er in jenem Sommer vor dem College gesprochen hatte. Kurz erwog er die Möglichkeit, auch jetzt mit der Spinne zu sprechen, aber die traurige Wahrheit war, daß er sich zu alt dafür fühlte; vielleicht lag es aber auch nur daran, daß er und diese Spinne einander nichts zu sagen hatten.

«He», rief eine Simme vom andern Ufer ihn an.

Ein Mann stand auf der Böschung und sah zu Michael herunter, der nicht wußte, wie lange er von seinem Gegenüber schon beobachtet worden war. «Hello», sagte Michael.

Der Mann trug die Arbeitskluft eines Bauern: abgetragene blaue Arbeitshosen, milchbespritzte Schuhe und ein verschwitztes blaues Hemd. Die Bartstoppeln auf seinen Wangen waren vom selben Grau wie der zerknitterte, bandlose Hut, der ihm etwas zu groß war, so daß die Krempe fast auf seinen Ohren aufsaß.

«Das ist Privatgrund», sagte der Mann.

«Ach so», erwiderte Michael. «Ich habe keine Tafeln gesehen.»

«Pech für Sie. Es gibt aber Tafeln. Fischen und Jagen ist hier verboten.»

«Ich habe nicht gejagt oder gefischt», sagte Michael.

«Machen Sie, daß Sie mit Ihren dreckigen Füßen aus meinem Bach rauskommen, oder ich laß die Hunde los», sagte der Bauer. «Die Sorte kenn ich. Kein Respekt vor fremdem Eigentum. Was, zum Teufel, treiben Sie da überhaupt? Watet im Bach herum mit aufgekrempelten Hosen wie ein Vierjähriger!»

«Ich bin in den Wald gegangen», sagte Michael, «weil ich mit mir zu Rat gehen wollte, weil ich den wesentlichen Dingen des Lebens gegenüberstehen und versuchen wollte, etwas von ihnen zu lernen, um nicht einmal, angesichts des Todes, entdecken zu müssen, daß ich nicht gelebt habe.» Er watete ans Ufer und hielt nahe dem Bauern an, um sich die Füße sehr bedächtig mit seinem Taschentuch zu trocknen, das zum Glück sauber war. Dann zog er Socken und Schuhe wieder an und rollte die völlig zerdrückten Hosenbeine herunter. Auf dem Rückweg durch den Wald meditierte er über Thoreau und die Antwort, die jener dem Bauern wohl gegeben hätte, und als er etwa die halbe Strecke zur Straße zurückgelegt hatte, begann es zu regnen. Er ging weiter, aber bald, als der Baumbestand schütter und der Regen heftiger wurde, begann er zu laufen. Er war schon lange nicht mehr gelaufen, und obwohl seine Atemtechnik nicht die beste war und er bald keuchte, hielt er es durch, bis der Wald hinter ihm lag und er fast gegen ein großes Schild gerannt wäre, mit dem ein gewisser Joseph A. Wentworth der Welt mitteilte, daß dieses Land sein Besitz sei und widerrechtliches Betreten gesetzlich verfolgt werde. Als Michael endlich zu seinem Wagen kam, war er außer Atem und naß bis auf die Haut; er verspürte Seitenstechen und ein leichtes Zittern in der Magengrube und hatte das merkwürdige Gefühl, gerade noch mit heiler Haut davongekommen zu sein.

Drei Tage später nahmen Leslie und er an einem Seminar der Universität von Pennsylvania teil. Zu dem Kolloquium, dessen Thema «Religion im Atomzeitalter» lautete, hatten sich Theologen, Naturwissenschaftler und Philosophen in einer Atmosphäre vorsichtiger interdisziplinärer Kollegialität zusammengefunden, die kaum eine Antwort auf die angesichts der Kernspaltung so dringlich gewordenen moralischen Fragen zeitigte. Max war in der Obhut einer Studentin zurückgeblieben, die sich bereit erklärt hatte, bei den Kinds zu übernachten; so hatten sie es nicht eilig, nach Hause zu kommen, und nahmen nach dem Seminar die Einladung eines Rabbiners aus Philadelphia an, in seinem Haus noch Kaffee zu trinken.

Es war gegen zwei Uhr morgens, als sie sich im Wagen Wyndham näherten.

Leslie hatte den Kopf zurückgelehnt und die Augen geschlossen, und Michael war der Meinung gewesen, sie schliefe, aber plötzlich sagte sie: «Es ist, als wären alle Menschen plötzlich in der Situation der Juden. Nur haben wir jetzt statt der Gaskammern die Bombe vor Augen.»

Er dachte darüber nach, aber ohne zu antworten. Er fuhr langsam und versuchte schließlich, nicht mehr daran zu denken und die Frage zu vergessen, ob Gott auch dann noch da sein könnte, wenn sich die Welt plötzlich in Atomnebel auflöste. Die Nacht war mild, und der Augustmond hing rötlich wie eine Karottenscheibe tief am Himmel. Sie fühlten sich schweigend einander nahe, und nach einer Weile begann sie vor sich hin zu summen. Er hatte keine Lust, nach Hause zu fahren.

«Magst du den Baugrund sehen?» fragte er.

«Ja», sagte sie und richtete sich interessiert auf.

Die Straße, anfangs geteert, wand sich hügelaufwärts, wurde dann auf halber Höhe zu einer schmalen Schotterstraße und endete kurz vor dem Tempelgrundstück. Michael fuhr, so weit es möglich war: schließlich kamen sie an einem Haus vorbei, in dem eine Nachttischlampe aufflammte und wieder erlosch, nachdem der Wagen vorbeigeholpert war.

Leslie lachte mit bitterem Unterton. «Die müssen uns für ein Liebespaar halten», sagte sie.

Michael parkte den Wagen am Ende der Straße. Sie gingen an einem Zaun und an einem schattenhaften Holzstapel vorbei, dann standen sie auf dem Tempelgrund. Es war mondhell, aber der Boden war uneben und schlüpfrig von den Blättern vieler vergangener Jahre; Leslie mußte ihre Schuhe ausziehen, Michael verstaute je einen in jeder Jackentasche und reichte seiner Frau die Hand. Allmählich konnten sie einen Fußpfad erkennen, und dem folgten sie langsam, bis sie den Gipfel der Anhöhe erreichten. Er hob sie auf einen Felsblock, und da stand sie, die Hand auf seine Schulter gestützt, und schaute hinunter auf die schwarze, vom Mond mit weißen Lichtflecken gesprenkelte Landschaft, die aussah wie die Landschaft in einem guten Traum. Leslie schwieg, aber der Druck ihrer Hand auf seiner Schulter verstärkte sich, bis es schmerzte, und zum erstenmal seit Monaten war sie für ihn wieder eine Frau, die er begehrte.

Er hob sie vom Felsen, küßte sie und fühlte sich jung, als sie seinen Kuß erwiderte, bis sie merkte, worauf er aus war, und ihn fast gewaltsam von sich schob.

«Du Narr», sagte sie, «wir sind keine Jugendlichen, die es notwendig haben, mitten in der Nacht in den Wald zu laufen. Ich bin deine Frau, und wir haben ein großes Messingbett zu Haus und Platz genug, uns nackt drauf herumzuwälzen, wenn es das ist, was du willst. Führ mich heim.»

Aber das war es nicht, was er wollte. Er kämpfte mit ihr, lächelnd zuerst, doch dann plötzlich im Ernst, bis sie alle Gegenwehr aufgab, sein Gesicht zwischen ihre Hände nahm und ihn küßte wie eine Braut; sie hielt nur inne, um ihn flüsternd an die Leute im Haus zu erinnern – eine Mahnung, die Michael nicht mehr kümmerte.

Sie schickte sich an, zu tun, was Dr. Reisman ihr aufgetragen hatte, aber er wehrte heftig ab. «Diesmal handelt sich's nicht um ein Kind, sondern zur Abwechslung um dich und mich», sagte er, und sie legten sich im Schatten des Felsens auf die raschelnden dürren Blätter und ergaben sich der Lust wie die Tiere der Wildnis, und dann war sie endlich wieder seine Geliebte, sein Kind und seine Braut, das strahlende Mädchen, für das er den großen Fisch gefangen hatte.

Schuldbewußt schlichen sie zu ihrem Wagen zurück. Michael suchte die dunklen Fenster des Hauses nach schlaflosen Spähern ab, und auf der Heimfahrt schmiegte sich Leslie eng an ihn. Als sie heimkamen, bestand Michael darauf, daß sie die Spuren ihres nächtlichen Abenteuers gründlich verwischten, bevor sie ins Haus gingen. Er war eben damit beschäftigt, die Kehrseite seiner Geliebten von den Resten von Laub und Zweigen zu säubern, und ihre Schuhe schauten noch aus seinen beiden Jakkentaschen, als plötzlich das Licht über dem Eingang aufflammte und die verstörte Studentin ihnen mitteilte, sie hätte gefürchtet, es wären Einbrecher am Werk.

Zehn Tage später kam Leslie zu ihm, umfaßte ihn und sagte: «Meine Periode ist fort – unauffindbar.»

«Sie wird sich eben ein paar Tage verspäten. So was kommt vor.»

«Bei mir nicht; pünktlich wie nur ein Yankee. Und ich fühl mich so kaputt, als hätte ich einen Vitaminstoß nötig.»

«Es wird eine Verkühlung sein», sagte er zärtlich und betete wortlos.

Zwei Tage später verbrachte sie die frühen Morgenstunden im Badezimmer, mit heftigem Erbrechen beschäftigt.

Als dann die Urinprobe einen winzigen Laboratoriumsfrosch potent machte wie einen Stier im Frühling, buchte Dr. Reisman die endlich eingetretene Schwangerschaft triumphierend auf sein Konto. Sie ließen ihn bei seinem Glauben.

42

Sieben Wochen nachdem Kahners in die Stadt gekommen war wie ein fahrender Ritter, allerdings nur in schwarzem Buick statt auf weißem Hengst, packte der Herr von der Kapitalbeschaffung seine Kisten, dirigierte drei Leute, sie aus dem Haus zu tragen, nahm einen Scheck über neuntausendzweihundertachtunddreißig Dollar entgegen und verschwand aus dem Leben der Gemeinde.

Die rote Marke auf dem Thermometer vor dem Tempel war zum höchsten Punkt gestiegen.

Zwölf Familien hatten ihre Mitgliedschaft zurückgelegt.

Dreihunderteinundfünfzig Gemeindemitglieder hatten Beiträge von fünfhundert Dollar bis hinauf zu Harold Elkins fünfzigtausend gespendet.

Paolo Di Napoli kam aus Rom mit hübschen Pastellskizzen zurück, die den Einfluß Nervis ebenso zeigten wie den von Frank Lloyd Wright. Das Baukomitee erklärte sich unverzüglich einverstanden.

Im Oktober polterten schwerfällige Maschinen den Hügel hinan, auf dem der Tempel errichtet werden sollte. Sie rissen die rote Erde auf und fällten zweihundertjährige Bäume, hoben alte Baumstümpfe aus ihren tiefen Verwurzelungen und räumten Felsblöcke weg, die sich nicht mehr geregt hatten, seit sie vom letzten großen Gletscher hier zurückgelassen worden waren.

Zu Thanksgiving Day war der Boden schon hart gefroren, und es hatte zum erstenmal geschneit. Die Baumaschinen wurden zu Tal gefahren. Das dünne Weiß des frischen Schnees linderte die klaffende Wunde der Baugrube.

Eines Tages erschien der Rabbi mit einer eindrucksvollen schwarz-weißen Tafel, die den Leser darüber informierte, daß hier der neue Tempel Emeth erbaut werde. Michael hatte die Tafel selbst zusammengenagelt und gemalt. Aber der Boden war so hart gefroren, daß er sie nicht in die Erde rammen konnte, und so nahm er sie wieder mit und beschloß, bis zum Frühling zu warten.

Dennoch kehrte er oft zum Bauplatz zurück.

Er ließ seine Wasserstiefel im Gepäckraum des Wagens, und manchmal, wenn er das Bedürfnis hatte, ganz allein mit Gott zu sein, fuhr er bis zum Fuß des Hügels, zog die Gummistiefel an und stieg hinauf bis zum Gipfel. Dort saß er dann unter dem Felsen, auf dem Platz, wo er seine Frau geliebt hatte. Er betrachtete die gefrorene Ausschachtung und wiegte sich mit dem Wind. Es gab viele Spuren im Schnee, Kaninchenspuren und andere, die er nicht erkannte. Er hoffte, daß der Tempelbau die Tiere nicht verscheuchen werde. Immer nahm er sich vor, ihnen das nächstemal Futter mitzubringen, aber jedesmal vergaß er darauf. Er stellte sich eine heimliche Gemeinde von pelzigen oder gefiederten Wesen vor, die um ihn hockten und ihn mit im Dunkel glühenden Augen ansahen, während er ihnen das Wort Gottes predigte, eine Art jüdischer Franz von Assisi in Pennsylvania.

Der große Felsen trug nun einen Schneehöcker, der immer größer wurde, je länger der Winter währte. Mit dem Nahen des Frühlings schwand er dahin, und im selben Zeitraum wuchs Leslies Leib, bis schließlich der Schnee auf dem Felsen fast zur Gänze geschmolzen und ihr Leib prall war zum Bersten. Michael verfolgte beide Phänomene als ihr persönliches Wunder.

Sieben Tage nachdem der Schnee auf dem Felsen ganz verschwunden war, kehrten Maschinen und Mannschaft auf den Abhang zurück und nahmen die Arbeit am Tempel wieder auf. Die langwierige und mühsame Arbeit der Grundsteinlegung bedeutete für Michael eine wahre Folter des Wartens, verschärft durch die Erinnerung an die Enttäuschung, die Pater Campanelli in San Francisco beim Anblick seiner endlich vollendeten Kirche erlebt hatte. Doch konnte man von Anfang an sehen, daß hier ein schönes Bauwerk im Entstehen begriffen war und daß Michael keine Enttäuschung bevorstand.

Di Napoli hatte sich der herben Kraft des Betons bedient, um die Erinnerung an die harte Pracht der frühesten Tempel wachzurufen. Die Wände des Heiligtums im Inneren waren aus porösen roten Ziegeln; um die *bema* liefen sie in ein Halbrund aus, das der Akkustik förderlich war. «Sagen Sie Ihren Leuten, sie sollen die Wände abtasten, um ihre Textur zu spüren», sagte der Architekt zu Michael. «Diese Art Ziegel braucht die Berührung, um lebendig zu werden.»

Er hatte vergoldete Kupfernachbildungen der Gesetzestafeln entworfen, die über der Bundeslade aufgerichtet werden sollten, vom Ewigen Licht bestrahlt vor dem dunklen Hintergrund des Steins. Die Klassenzimmer der Hebräischen Schule im Oberstock waren mit warmen israelitischen Pastellen geschmückt, Räume in sanften, freundlichen Farben. Die Außenwände bestanden aus verschiebbaren Glasplatten, so daß Licht und Luft ungehindert eindringen konnten; nur ein Gitter aus schmalen Betonplatten schützte die Kinder vor dem Hinunterfallen und zugleich vor dem blendenden Sonnenlicht.

Ein nahe gelegener Bestand von hohen alten Föhren wurde zu einem Hain der Besinnung, und Di Napoli hatte auch eine *ssuke* vorgesehen, die hinter dem Tempel nicht weit von dem großen Felsen errichtet werden sollte.

Harold Elkins, der im Begriff stand, mit seiner nunmehr braunhaarigen Frau eine zweite Hochzeitsreise ans Mittelmeer zu unternehmen, teilte zuvor noch mit, er hätte einen Chagall erworben, der dem Tempel zugedacht sei.

Die Damen der Gemeinde schmiedeten bereits Pläne für eine Finanzierungskampagne in eigener Regie: sie wünschten sich eine Lipchitz-Bronze für den neuen Rasen.

Nach einem Minimum an höflichem Handeln wurde der alte Tempel für fünfundsiebzigtausend Dollar an die *Knights of Columbus* verkauft; Käufer wie Verkäufer waren von der Transaktion höchst befriedigt. Der Verkauf hätte dem Baufonds einen Überschuß einbringen sollen, aber das Komitee sah sich der traurigen Tatsache gegenüber, daß zwischen den Beträgen, die dank Archibald S. Kahners' Tätigkeit gezeichnet worden waren, und jenen, die tatsächlich eingingen, beträchtliche Differenzen bestanden. Wiederholte Mahnungen zeitigten nur geringen Erfolg bei jenen, die nicht sofort bezahlt hatten.

Schließlich wandte sich Sommers an den Rabbiner. Er überreichte ihm eine Liste jener Familien, die ihre Spendenbeiträge nicht bezahlt oder überhaupt keine Spenden gezeichnet hatten.

«Vielleicht könnten Sie diese Leute besuchen», bemerkte er.

Michael betrachtete die Liste, als gäbe sie ihm ein schwieriges Problem auf. Sie war ziemlich lang. «Ich bin Rabbiner, kein Wechseleintreiber», sagte er schließlich.

«Gewiß, gewiß! Aber vielleicht könnten Sie das in Ihre Seelsorgebesuche einbauen, nur damit die Leute wissen, daß der Tempel sich ihrer Existenz erinnert. Ein diskreter Wink ...»

Sommers winkte seinerseits. Schließlich hatte Michael seine Berufung an den Tempel Emeth in erster Linie einem Aufsatz zu verdanken, in dem er sich als bausachverständiger Rabbiner ausgewiesen hatte. Nun brauchten sie seine Hilfe bei der Realisierung des Bauvorhabens.

Er behielt die Liste.

Der erste Name war Samuel A. Abelson. Als er dort vorsprach, fand er vier Kinder, von denen zwei schlimm erkältet waren, in einer unmöblierten Wohnung, betreut von einer zweiundzwanzigjährigen schwermütigen Mutter, die vor drei Wochen von ihrem Mann verlassen worden war. Es gab kaum etwas zu essen in der übelriechenden Wohnung.

Michael teilte Namen und Adresse dem Direktor der *Jewish Family Agency* mit, der versprach, noch am selben Nachmittag einen Fürsorger hinzuschicken.

Der nächste Name war Melvin Burack, ein Kleidergroßhändler, der zur Zeit von Michaels Besuch in einem der drei Wagen der Familie unterwegs war. Beim Tee in ihrem Wohnzimmer spanischen Stils versprach Moira Burack dem Rabbiner, nicht noch einmal zu vergessen und den Scheck unverzüglich an den Tempel zu schicken.

Nirgends war es ganz so schlimm, wie er gefürchtet hatte. Nicht einmal bei der siebenten Adresse auf seiner Liste: Berman, Sanford: June wartete Kaffee und Marmorkuchen auf, und Sandy Berman hörte ihm zu und bat dann höflich um einen Termin beim Armenausschuß, um eine Regelung zu besprechen, die ihm gestatten würde, seine Kinder in die Hebräische Schule zu schicken.

Was Michael schließlich aus dem Gleichgewicht brachte, war ein Vorfall, der sich ein paar Tage später ereignete: June und Sandy Berman kreuzten, als sie ihn herankommen sahen, auf die andere Straßenseite, um eine Begegnung mit ihm zu vermeiden.

Und dieser Vorfall blieb nicht vereinzelt. Zwar gingen ihm nicht alle säumigen Zahler so auffällig aus dem Weg, aber keiner von ihnen brach in Begrüßungsfreude aus, wenn ihr Rabbiner ihnen begegnete.

Er stellte fest, daß er immer seltener von Mitgliedern seiner Gemeinde um geistlichen Beistand in persönlichen Krisen gebeten wurde.

Am späten Nachmittag saß er jetzt oft in dem noch unvollendeten Heiligtum und fragte Gott im Gebet, was er tun solle, während der Geruch von nassem Kalk und frischem Zement ihm in die Nase stieg und die Arbeiter auf dem Gerüst über ihm Ziegel fallen ließen, Weinflaschen öffneten, fluchten und einander dreckige Geschichten erzählten, da sie sich allein im Tempel glaubten.

Der Tempel Emeth wurde am achtzehnten Mai eingeweiht. Zwei Tage später legte Felix Sommers Michael nahe, für die noch vor den Sommerferien fällige Champagnerparty eine Rede vorzubereiten. Ihr Ziel sollte es sein, die jährlichen *Kol Nidre*-Spenden, die im Herbst eingehoben werden sollten, frühzeitig sicherzustellen. Felix erklärte ihm, der Tempel brauche alles nur irgend verfügbare *Kol Nidre*-Geld, um der Bank seine Hypothek abzuzahlen.

Während Michael dies noch überdachte, läutete das Telefon.

«Michael?» sagte Leslie. «Es ist soweit.»

Er verabschiedete sich hastig von Felix, fuhr nach Hause und setzte Leslie in den Wagen. An der Ausfahrt aus dem Campus war der Verkehr ziemlich dicht, aber die Straße zum Krankenhaus war jetzt, am frühen Nachmittag, relativ wenig befahren. Leslie war bleich, aber zuversichtlich, als sie dort ankamen.

Das kleine Mädchen kam fast so schnell auf die Welt wie sein Bruder acht Jahre zuvor, kaum drei Stunden nach dem Einsetzen der ersten heftigen Wehen. Der Warteraum war nicht weit genug vom Kreißsaal entfernt, so daß Michael von Zeit zu Zeit, wenn eine Schwester durch die Schwingtür am Ende der Halle kam, das Stöhnen und Schreien der Frauen hören konnte. Er war sicher, Leslies Stimme darunter zu erkennen.

Achtundzwanzig Minuten nach fünf Uhr kam der Geburtshelfer ins Wartezimmer und teilte ihm mit, seine Frau habe eine Tochter geboren, sechs Pfund und zwei Unzen schwer. Der Arzt bat Michael, mit ihm in die Cafeteria des Spitals zu kommen, und beim Kaffee erklärte er ihm, das Baby habe die Cervix gerade in dem Augenblick durchstoßen, da der Muttermund zufolge der Wehenbewegung aufs äußerste verengt gewesen sei. Der Riß habe auch eine Arterie verletzt, so daß eine Hysterectomie unmittelbar nach der Geburt notwendig gewesen sei; die Blutung sei nunmehr unter Kontrolle.

Nach einer Weile ging Michael hinauf und setzte sich ans Fußende von Leslies Bett. Ihre Augen waren geschlossen, die Lider bläulich und wie blutunterlaufen, aber bald schon sah sie ihn an und fragte mit schwacher Stimme: «Ist sie schön?»

«Ja», gab er zur Antwort, obwohl er in seiner Sorge noch gar nicht nach dem Kind gesehen und sich auf die Mitteilung des Arztes verlassen hatte, daß es wohlauf sei.

«Wir werden keine mehr haben können.»

«Wir brauchen auch keine mehr. Wir haben einen Sohn und eine Tochter, und wir haben einander.» Er küßte ihre Finger und hielt dann ihre Hand fest, bis sie getröstet eingeschlafen war. Dann machte er seiner Tochter den ersten Besuch. Sie hatte eine Menge Haare und war viel hübscher, als Max unmittelbar nach der Geburt gewesen war.

Er kam mit einer Schachtel voll Kuchen für den Babysitter nach Hause, gab Max einen Gute-Nacht-Kuß und fuhr dann durch den Frühlingsregen zum Tempel. Dort saß er bis zum Morgen, in einem der neuen bequemen, schaumgummigepolsterten Stühle in der dritten Reihe. Er bedachte, was er einmal hatte tun wollen und was er nun wirklich getan hatte mit seinem Leben, dachte nach über Leslie und sich selbst und Max und das neugeborene kleine Mädchen. Und während er Zwiesprache mit Gott hielt, bemerkte er, daß auf der *bema* des neuen, kaum ein paar Wochen alten Tempels eine Maus ihr Spiel trieb, nachts, wenn es ganz still war im Haus.

Fünf Minuten nach halb sechs verließ er den Tempel, fuhr nach Hause, duschte, rasierte sich und kleidete sich um. Er suchte Felix Sommers in seiner Wohnung auf, während jener noch beim Frühstück saß, und nahm Glückwünsche und eine Tasse Kaffee entgegen; dann entdeckte er, daß er völlig ausgehungert war, und so wurde aus dem Kaffee ein komplettes Frühstück. Bei der Eierspeise teilte er Felix mit, daß er sich entschlossen habe, sein Amt zurückzulegen.

«Haben Sie das auch gründlich überdacht? Sind Sie absolut sicher?» fragte Felix, während er Kaffee eingoß; und obwohl Michael seinen Entschluß wirklich überdacht hatte, war es doch ein gelinder Schlag für sein Selbstgefühl, zu merken, daß Sommers keine Anstalten machen würde, ihn zurückzuhalten.

Er sagte, er werde bleiben, bis sie einen Nachfolger für ihn gefunden hätten. «Ihr solltet zwei Leute anstellen», riet er. «Einen Rabbiner, und einen, der auch ein Laie sein kann, vielleicht ein freiwilliger Mitarbeiter, der aus dem Geschäftsleben kommt und etwas von der Verwaltung versteht. Aber den Rabbiner laßt Rabbiner sein.»

Sein Rat war aufrichtig gemeint, und Sommers faßte ihn auch so auf und dankte Michael.

Er wartete ein paar Tage, bevor er es Leslie erzählte, eines Nachmittags, während sie dem Baby zu trinken gab. Sie schien nicht überrascht. «Komm her», sagte sie. Er setzte sich behutsam auf das Bett, und sie küßte ihn und ergriff seine Hand und führte sie an die Wange des saugenden Babys, und er spürte wieder, wie weich das war, so einzigartig weich, daß er nicht mehr gewußt hatte, wie es sich anfühlte.

Anderntags brachte er sie nach Hause: Leslie, das Baby, ein Halbdutzend Flaschen voll ärztlich kontrollierter Babynahrung – denn Leslie hatte keine Milch mehr – sowie eine große Flasche voll meergrüner Kapseln, von denen der Arzt hoffte, sie würden es ihr ermöglichen, zu schlafen. Ein paar Nächte lang halfen sie wirklich, aber schließlich blieb die Schlaflosigkeit Sieger und quälte die Mutter, obwohl das Kind die Nächte durchschlief.

An dem Tag, an dem Rachel drei Wochen alt wurde, fuhr Michael mit einem Frühzug nach New York.

Rabbi Sher war vor zwei Jahren gestorben. Sein Nachfolger war Milt Greenfield, einer von Michaels Jahrgangskollegen im Institut.

«Da gibt's jetzt eine Vakanz, die eine wirkliche Aufgabe ist», sagte Rabbi Greenfield.

Michael grinste. «Dein Vorgänger, *alew ha schalom,* hat mir einmal beinahe dasselbe gesagt. Er hat es nur ein wenig anders formuliert: ‹Ich hab einen lausigen Posten für Sie.›» Und sie lachten beide.

«Es handelt sich um eine Gemeinde, die sich soeben erst durch Stimmenmehrheit als reformiert erklärt hat», sagte Greenfield. «Nach einer Art Bürgerkrieg.»

«Und wie steht es jetzt um den Frieden?»

«Fast ein Drittel der Mitglieder ist orthodox. Du würdest zusätzlich zu deinen gewohnten Pflichten wahrscheinlich noch täglich *schachriss, minche* und *majriw* zu sprechen haben. Du müßtest ein Rabbiner für die Frommen *und* für die Liberalen sein.»

«Ich glaube, das wäre was für mich», sagte Michael.

Das Wochenende darauf flog er nach Massachusetts, und zwei Wochen später fuhr er mit Leslie und den Kindern nach Woodborough, Rachel in ihrer Tragtasche und Max im Rücksitz verstaut. Sie fanden das große alte viktorianische Haus, das aussah, als spuke dort Hawthornes Geist, ein Haus mit eulenklugen Fensteraugen und einem Apfelbaum vor der Hintertür. Der Baum hatte ein paar abgestorbene Zweige, die abgeschnitten gehörten, und für Max gab es eine Schaukel, aus einem abgefahrenen Autoreifen gefertigt, der an dicken Seilen von einem hohen Ast hing.

Am besten aber gefiel ihm der Tempel. Beth Sholom war alt und nicht sehr geräumig. Da war kein Chagall und kein Lipchitz, wohl aber ein Geruch nach Bodenwachs und abgegriffenen Gebetbüchern und trockenem Holz und nach all den vielen Menschen, die hier im Verlauf von fünfundzwanzig Jahren Gott gesucht hatten.

VIERTES BUCH

Das gelobte Land

Woodborough, Massachusetts
Dezember 1964

43

An die Vereinigung der
Absolventen von Columbia College,
116th Street and Broadway
New York, New York 10027

Gentlemen,

nachfolgend übermittle ich Ihnen meinen autobiographischen Beitrag zum Gedenkbuch anläßlich der Fünfundzwanzig-Jahr-Feier des Jahrgangs 1941.

Ich kann es kaum glauben, daß fast fünfundzwanzig Jahre vergangen sind, seit wir Morningside Heights verlassen haben.

Ich bin Rabbiner. Als solcher habe ich in reformierten Gemeinden in Florida, Arkansas, Kalifornien und Pennsylvania gearbeitet. Jetzt lebe ich in Woodborough, Massachusetts, mit meiner Frau Leslie, geb. Rawlings (Wellesley, 1946) aus Hartford, Connecticut, und unseren Kindern Max (16) und Rachel (8).

Ich sehe dem Zusammentreffen anläßlich unseres fünfundzwanzigjährigen Jubiläums mit freudiger Erwartung entgegen. Die Gegenwart stellt so viele Anforderungen an uns, daß wir nur allzu selten Gelegenheit haben, auf die Vergangenheit zurückzublicken. Und doch ist es die Vergangenheit, die uns in die Zukunft geleitet. Als Geistlicher einer fast sechs Jahrtausende alten Religion bin ich mir dessen in zunehmendem Maße bewußt.

Ich habe die Erfahrung gemacht, daß der Glaube nicht nur kein Anachronismus ist, sondern daß ihn der moderne Mensch dringender braucht als je, um tastend seinen Weg ins Morgen zu suchen.

Ich für meine Person bin Gott dankbar dafür, daß er uns die Gelegenheit zum Suchen gegeben hat. Ich verfolge mit angstvoller Sorge die Feuerzeichen am Himmel, wie Sie es sicherlich auch tun; ich habe kürzlich das Rauchen aufgegeben und mir einen Bauch zugelegt; in letzter Zeit habe ich die Bemerkung gemacht, daß viele erwachsene Männer mich mit Sir anreden.

Aber im tiefsten vertraue ich darauf, daß uns die Bombe erspart bleiben wird. Ich habe auch nicht das Gefühl, daß der Krebs mich befallen wird, zumindest nicht, ehe ich wirklich alt geworden bin; mit fünfundvierzig ist man ja heutzutage fast noch ein Kind. Und wer will schon gertenschlank bleiben? Besteht unsere Gesellschaft denn aus lauter Beachboys?

Genug gepredigt – auf zu den Drinks: ich verspreche, bei unserem Treffen nur den Mund aufzumachen, um etwas zu trinken zu verlangen oder um einzustimmen in das Absingen von «*Who Owns New York?*».

Ihr Jahrgangskollege
Rabbi Michael Kind
Tempel Beth Sholom
Woodborough, Massachusetts

Er war schließlich eingeschlafen, den Kopf in den Armen, war, komplett angekleidet, über seinem Schreibtisch zusammengesunken.

Das Telefon schwieg die ganze Nacht lang.

Es läutete erst am Morgen, um 6 Uhr 36.

«Wir haben noch immer nichts von ihr gesehen», sagte Dr. Bernstein.

«Ich auch nicht.» Der Morgen war kalt, die Radiatoren ächzten und klirrten unter der morgendlich verstärkten Feuerung, und Michael dachte daran, Dan zu fragen, wie Leslie bekleidet gewesen und ob sie auch hinlänglich gegen die Kälte geschützt sei.

Ihr blauer Wintermantel samt Handschuhen, Stiefeln und Kopftuch seien mit ihr verschwunden, sagte Dan. Nach dieser Mitteilung war es Michael ein wenig wohler: wer so vernünftig handelte, würde sich wohl kaum wie eine Desdemona im Schnee aufführen.

«Wir bleiben in Verbindung», sagte Dr. Bernstein.

«Ich bitte Sie darum.»

Er war steif und übernächtig nach der im Sessel verbrachten Nacht; so duschte er lange, kleidete sich dann an, weckte die Kinder und kümmerte sich darum, daß sie rechtzeitig zur Schule fertig wurden.

«Kommst du heute abend zu unserer Schulveranstaltung?» fragte Rachel. «Jede Klasse kriegt zwei Punkte für Väter. Mein Name steht auf dem Programm.»

«Ja? Was machst du denn?»

«Wenn du's wissen willst, dann komm, und du wirst sehen.»

«In Ordnung», versprach er.

Er fuhr zum Tempel, früh genug, um mit dem *minjen* den *kadisch* zu sagen. Dann schloß er sich in sein Arbeitszimmer ein und bereitete eine Predigt vor. Er sorgte für Beschäftigung.

Kurz vor elf rief Dan wieder an. «Die Staatspolizei hat festgestellt, daß sie die Nacht in der YWCA verbracht hat. Sie hat das Anmeldeformular mit ihrem Namen unterschrieben.»

«Und wo ist sie jetzt?»

«Das weiß ich nicht. Der Detektiv sagt, daß sie YWCA früh am Morgen verlassen hat.»

Möglich, daß sie nach Hause gegangen ist, dachte Michael; daß sie jetzt zu Hause ist. Die Kinder waren in der Schule, und Anna kam erst gegen Abend, wenn es Zeit war, das Essen zu kochen.

Er dankte Dan, hängte ab und sagte seiner Sekretärin, er werde den Rest des Tages zu Hause arbeiten.

Doch als er sein Büro verließ, läutete eben das Telefon, und einen Augenblick später kam die Sekretärin ihm nachgelaufen.

«Ein Telegramm, Rabbi», sagte sie.

MICHAEL MEIN LIEBER ICH VERREISE FÜR EIN PAAR TAGE ALLEIN. BITTE MACH DIR KEINE SORGEN. ICH LIEBE DICH. LESLIE

Er ging dennoch nach Hause, saß in der stillen Küche, trank Kaffee und dachte nach.

Woher wollte sie das Geld zum Verreisen nehmen, wovon wollte sie leben? Er trug ihr Bankbuch in der Tasche. Soweit ihm bekannt war, hatte sie nur ein paar Dollar bei sich.

Während er noch an dieser Frage herumnagte wie ein Hund an einem Knochen, läutete das Telefon, und als das Fernamt sich meldete, begann er zu beten. Aber dann erkannte er zwischen dem Krachen und Rauschen der Nebengeräusche die Stimme seines Vaters.

«Michael?» sagte Abe.

«Hallo, Pop? Ich hör dich kaum.»

«Ich hör dich gut», sagte Abe vorwurfsvoll. «Soll ich beim Amt reklamieren?»

«Nein, jetzt hör ich dich. Was gibt's Neues in Atlantic City?»

«Ich werde lauter sprechen», brüllte Abe. «Ich bin nicht in Atlantic City. Ich bin –» Wieder das Rauschen atmosphärischer Störungen.

«Hallo?»

«*Miami.* Ich habe mich ganz plötzlich entschlossen und rufe dich an, damit du Bescheid weißt und dir keine Sorgen machst. Ich wohne 12 Lucerne Drive.» Er buchstabierte Lucerne. «Bei Aisner», und er buchstabierte auch den Namen.

Michael notierte die Adresse. «Wo bist du dort, Pop? Ist das eine Pension? Ein Motel?»

«Eine Privatadresse. Ich bin da bei Freunden.» Abe zögerte einen Augenblick. «Wie geht's den Kindern? Und Leslie?»

«Danke, alles in Ordnung.»

«Und dir? Wie geht's dir?»

«Gut, Pop. Uns allen geht es gut. Und dir?»

«Michael – ich bin im Begriff, zu heiraten.»

«Was hast du gesagt?» fragte Michael, obwohl die Nebengeräusche jetzt aufgehört hatten und er seinen Vater deutlich verstehen konnte. «Hast du heiraten gesagt?»

«Bist du bös?» fragte sein Vater. «Du denkst dir wohl, das ist glatt *m'schuge* – ein alter Mann wie ich?»

«Aber nein, ich finde es großartig. Wer ist sie denn?» Er war nicht nur erfreut, sondern auch erleichtert, obwohl ihm mit einem Anflug von Schuldgefühl einfiel, daß es vielleicht gar keine so großartige Sache sein könnte; schließlich wußte ja kein Mensch, mit was für einer Frau Abe sich da eingelassen hatte. «Wie heißt sie denn?»

«Ich hab dir doch schon gesagt, Aisner. Lillian mit dem Vornamen. Sie ist verwitwet, so wie ich. Verstehst du, sie ist die Frau, von der ich die Wohnung in Atlantic City gemietet habe. Na, was hältst du von dem Schachzug?»

«Schlau, sehr schlau!» Michael grinste; das ist ganz Vater, dachte er.

«Sie war mit Ted Aisner verheiratet – vielleicht kennst du den Namen? Ein ganzes Dutzend jüdischer Bäckereien in Jersey hat ihm gehört.»

«Kenn ihn nicht», sagte Michael.

«Ich hab ihn auch nicht gekannt. Er ist neunundfünfzig gestorben. Sie ist eine süße Person, Michael. Ich glaube, sie wird dir gefallen.»

«Hauptsache, daß sie *dir* gefällt. Wann wollt ihr denn heiraten?»

«Wir haben uns vorgestellt, im März. Es hat ja keine Eile, über das Alter der Leidenschaften sind wir schließlich beide hinaus.»

Aus der Art, in der Abe das sagte, erriet Michael, daß er etwas wiederholte, was Lillian Aisner gesagt haben mochte, vielleicht zu ihren eigenen Kindern.

«Hat sie Familie?»

«Ja, du wirst es nicht glauben», sagte Abe, «sie hat einen Sohn, der Rabbiner ist. Allerdings orthodox. Er ist an einer *schul* in Albany, New York. Melvin, Rabbi Melvin Aisner.»

«Melvin Aisner . . . Kenn ich nicht.»

«Ich sag dir doch, er ist orthodox, deshalb habt ihr wahrscheinlich nie miteinander zu tun gehabt. Lillian sagt, er ist sehr angesehen unter den Kollegen. Ein netter Kerl. Sie hat noch einen zweiten Sohn, Phil, aber dem geh ich aus dem Weg, so gut ich kann. Sogar sie selber sagt, daß er ein *schojte* ist. Hat der nicht Auskünfte über mich einholen lassen, der Idiot? Ein Vermögen soll es ihn kosten!»

Michael wurde plötzlich traurig: der doppelte Stein aus behauenem Granit war ihm eingefallen, den sein Vater auf das Grab seiner Mutter hatte setzen lassen, ein Stein, auf dem Abes Name unter dem ihren eingraviert und nur das Todesdatum noch offengelassen war. «Du kannst ihm nicht übelnehmen, daß er seine Mutter zu schützen versucht», gab er zu bedenken. «Sag, ist sie da? Ich hätte ihr gern einiges erzählt über den Gigolo, den sie da kriegt.»

«Nein, sie ist grad einkaufen gegangen fürs Abendessen», sagte Abe. «Ich stell mir vor, wir werden so was wie Flitterwochen in Israel verbringen. Ruthie und ihre Familie besuchen.»

«Möchtet ihr die Hochzeit nicht hier bei uns machen?» fragte Michael, ohne im Augenblick an seine eigenen Schwierigkeiten zu denken.

«Sie ist streng koscher. Sie würde in eurem Haus keinen Bissen anrühren.»

«Paß auf, sag ihr, ich werde über *sie* Auskünfte einholen lassen.»

Abe lachte leise, und dieses Lachen, so ging es Michael durch den Sinn, klang jünger und unbekümmerter als seit vielen Jahren.

«Du weißt, was ich dir wünsche», sagte Michael.

«Ich weiß.» Abe räusperte sich. «Ich mach jetzt lieber Schluß, Michael. Der Phil, dieser *schojte*, soll nicht glauben, daß ich die Telefonrechnung seiner Mutter absichtlich hinauftreibe.»

«Gib acht auf dich, Pop.»

«Du auch. Ist Leslie vielleicht da, ich hätte gern noch ihr *maseltow* gehört.»

«Nein, sie ist auch einkaufen gegangen.»

«Sag ihr alles Liebe von mir. Und den Kindern gib einen Kuß von ihrem *sejde*. Sie kriegen jedes einen Chanukka-Scheck von mir.»

«Das solltest du nicht», sagte Michael, aber die Verbindung war abgerissen.

Er legte den Hörer auf und blieb eine Weile sitzen, in Gedanken verloren. Abe Kind, der Überlebende. Das war die Lehre dieses Tages, das Erbe, vom Vater weitergegeben an den Sohn: wie man am Leben bleibt, wie man sich vorwärtsstürzt vom Heute ins Morgen. Eine prächtige Lehre. Michael kannte Leute in Abe Kinds Alter und Lebensumständen, die nur mehr wie Schlafwandler lebten, in Stumpfheit versunken, die so sicher war wie der Tod. Sein Vater hatte sich für das schmerzhafte Leben entschieden, hatte statt des Doppelgrabes das Doppelbett gewählt. Michael goß sich noch eine Tasse Kaffee ein und überlegte dabei, wie Lillian aussehen mochte; während er die Tasse leerte, sann er darüber nach, ob wohl auch über Ted Aisners Grab ein Doppelstein prangte.

Um sieben Uhr dreißig fuhr er Rachel zur Woodrow-Wilson-Schule. Sie verließ ihn auf dem Flur, und er nahm von einem ernsthaft blickenden Jungen in langen Hosen ein Programm in Empfang und begab sich in den Festsaal. In der Reihe vor dem Mittelgang bemerkte er die allein sitzende Jean Mendelsohn. Er begrüßte sie und nahm neben ihr Platz.

«Oh, Rabbi, was machen denn Sie hier?»

«Wahrscheinlich dasselbe wie Sie, wie geht's Jerry?»

«Nicht so schlecht, wie ich gefürchtet habe. Natürlich ist der Verlust des Beines schlimm. Aber all diese Geschichten, die ich gehört habe – daß man den fehlenden Körperteil immer noch spürt, als wär er vorhanden, daß man Krämpfe in den Zehen hat, die nicht mehr da sind, verstehen Sie ...»

«Ja.»

«Also, so ist es nicht. Zumindest nicht bei Jerry.»

«Fein. Und wie ist seine Stimmung?»

«Könnt besser sein, könnt aber auch schlechter sein. Natürlich bin ich sehr viel bei ihm. Meine jüngere Schwester ist aus New York gekommen. Sie ist sechzehn und großartig mit den Kindern.»

«Spielt eines von Ihren Kindern hier mit?»

«Ja, meine Toby, der Teufel.» Sie schien etwas verlegen, und als er ins Programm sah, verstand er den Grund. Die Schule führte ihr alljährliches Weihnachtsspiel auf, eine Veranstaltung, von der er ursprünglich gehofft hatte, sie werde ihm erspart bleiben. In der letzten Zeile des Programms, als verantwortlich für die Requisiten, war Rachel namentlich genannt. «Meine Toby ist ein Weiser aus dem Morgenland», sagte Jean verdrossen und schnell, um es hinter sich zu bringen. «Diese Kinder quälen einen doch entsetzlich. Sie hat gefragt, ob sie darf, und wir haben ihr gesagt, daß sie *weiß*, wie wir darüber denken, sie soll das selbst entscheiden.»

«Und so ist sie also ein Weiser aus dem Morgenland», sagte Michael lächelnd.

Sie nickte. «In Rom versichern sie uns, daß wir nicht daran schuld sind, und in Woodborough ist meine Tochter ein Weiser an der Krippe.»

Der Saal hatte sich unterdessen gefüllt. Miss McTiernan, die Schulleiterin, betrat das Podium – eine eindrucksvolle Erscheinung mit üppigem Busen und stahlblauem Haar. «Es ist mir eine Freude, Sie im Namen der Schüler und Lehrer der Woodrow-Wilson-Schule bei unserem alljährlichen Weihnachtsspiel zu begrüßen. Wochenlang waren Ihre Kinder mit der Herstellung der Kostüme und mit den Proben beschäftigt. Das Krippenspiel ist seit langem eine Tradition dieser Schule, auf die alle Schüler stolz sind. Ich bin sicher, Sie werden unseren Stolz teilen, wenn Sie das Programm gesehen haben.» Sie setzte sich unter lautem Applaus, während die Kinder in ihren Kostümen durch den Mittelgang aufmarschierten: aufgeregte Schäfer mit langen Hirtenstäben, unsichere Weise aus dem Morgenland mit wuscheligen Bärten, kichernde Engel mit prächtigen Papiermachéflügeln an den Schultern. Nach den Schauspielern erschienen die Schüler der fünften und sechsten Klasse, die Burschen in dunklen Hosen und weißen Hemden, die Mädchen in Rock und Pullover. Rachel trug Notenblätter, die sie an die übrigen Kinder verteilte, sobald diese ihre Plätze eingenommen hatten; sie selbst stellte sich neben das Klavier.

Ein kleiner Junge, dessen Haar noch naß von der Bürste war, erhob sich und begann mit unsagbar süßer Stimme zu sprechen: «Es begab sich aber zu der Zeit, daß ein Gebot von dem Kaiser Augustus ausging, daß alle Welt geschätzt würde.»

Die Schauspieler stellten die Weihnachtslegende dar, und Jean Mendelsohn wand sich vor Verlegenheit, als die Weisen aus dem Morgenland mit ihren Gaben erschienen. Das kleine Spiel klang mit «Stille Nacht, heilige Nacht» aus, und im Anschluß daran sangen die Kinder im Chor «O kleine Stadt von Bethlehem», «Die erste Weihnacht», «Der kleine Trommler», «Kommt, all ihr Gläubigen» und «O heilige Nacht». Michael bemerkte, daß Rachel nicht mitsang, während rund um sie die Stimmen ihrer Mitschüler sich im Gesang erhoben.

Als es zu Ende war, verabschiedete sich Michael von Jean und holte seine Tochter.

«Gut waren sie, nicht wahr?» sagte sie.

«Ja, sehr gut», bestätigte er. Sie drängten sich aus dem überheizten Schulhaus und stiegen in den Wagen. Michael fuhr seine Tochter nach Hause, aber als sie dort angekommen waren, wünschte er sich, noch länger mit ihr beisammen zu bleiben. «Hast du noch Aufgaben zu machen?» fragte er.

«Nein, Miss Emmons hat uns keine gegeben, wegen des Krippenspiels.»

«Ich mach dir einen Vorschlag: gehen wir spazieren, bis wir richtig müde sind. Dann kommen wir nach Haus, trinken heiße Schokolade und gehen schlafen. Was hältst du davon?»

«Mhm.»

Sie stiegen aus dem Wagen, und Rachel legte ihre im Fäustling stekkende Hand in die Hand ihres Vaters. Der Himmel war bedeckt, kein Stern sichtbar. Der Wind blies rauh, aber nicht sehr heftig. «Sag mir, wenn dir kalt wird», sagte Michael.

«Zu Neujahr haben wir auch eine Aufführung. Nicht für die Eltern, nur für die Kinder», sagte Rachel. «Da darf ich aber schon mitsingen, nicht wahr?»

«Natürlich, Honey.» Er zog sie im Gehen an sich. «Es ist dir schwergefallen, heute abend nicht mitzusingen, nicht wahr?»

«Mhm.» Unsicher schaute sie zu ihm auf.

«Warum? Weil du als einzige da vorn gestanden bist, vor so vielen Leuten, und nicht mitgesungen hast?»

«Nicht nur deshalb. Die Lieder und die Geschichte... Sie sind so schön.»

«Das sind sie», stimmte er zu.

«Aber die Geschichten aus dem Alten Testament sind auch schön», sagte sie mit Überzeugung, und er zog sie wieder an sich. «Wenn Max sich Hockeyschlittschuhe kauft, darf ich mir dann mit dem Chanukka-Geld von Großvater Abe Kunsteislaufschuhe kaufen?» fragte sie mit sicherem Gefühl für die ihr günstige Situation.

Er lachte. «Woher weißt du überhaupt, daß du einen Chanukka-Scheck von Großvater Abe bekommen wirst?»

«Weil wir immer einen bekommen.»

«Schön, wenn's dieses Jahr auch so ist, solltest du vielleicht mit dem Geld ein eigenes Bankkonto eröffnen.»

«Wozu?»

«Es ist gut, eigenes Geld zu haben. Fürs College. Oder nur, um es auf der Bank sicher aufzuheben für den Fall, daß du es einmal brauchst...»

Er blieb plötzlich stehen, und sie hielt es für ein Spiel und zerrte lachend an seiner Hand – aber er hatte sich der tausend Dollar erinnert, die Leslie vor ihrer Hochzeit von Tante Sally geerbt hatte. Jenes Geldes, das sie nie für gemeinsame Ausgaben hatte heranziehen dürfen, damit sie es an irgendeinem nebulosen Tag verwenden könnte, wie sie es für gut hielte.

«Daddy!» rief Rachel begeistert und zerrte an ihm, und nun mußte er den ganzen Heimweg über bei jedem dritten Schritt ein Baum werden und wie angewurzelt dastehen.

Am Morgen verließ er nach dem Gebet den Tempel und ging hinüber zu Woodborough Saving and Loan, wo Leslie und er ihre Bankkonten hatten. Das Namensschild am Schalter teilte ihm mit, daß er mit Peter Hamilton sprach. Das war ein großer junger Mann mit energischem Kinn und einer kleinen Falte zwischen den Augen. Sein schwarzes Haar war mit etwas Grau gesprenkelt und über den Ohren sehr kurz geschnitten, so daß er wie ein Marineleutnant in einem Ivy League-Anzug aus braunem Flanell aussah. Michael erinnerte sich, daß Leslie ihn einmal gefragt hatte, ob er je einem dicken Bankkassier begegnet sei.

Hinter ihm hatten sich zwei Leute angereiht, eine Frau in mittleren Jahren und ein älterer Mann, so daß Michael sich etwas befangen fühlte, als er an die Reihe kam. Er wüßte gerne, so erklärte er Peter Hamilton, ob seine Frau heute früh Geld abgehoben habe – und während er das sagte, spürte er förmlich, wie die zwei Leute hinter ihm die Ohren spitzten.

Peter Hamilton schaute ihn an und lächelte, wobei seine Zähne nicht sichtbar wurden. «Handelt es sich um ein gemeinsames Konto, Sir?»

«Nein», sagte Michael. «Es handelt sich um ein Konto meiner Frau.»

«Also nicht um . . . hm . . . gemeinsamen ehelichen Besitz?»

«Wie meinen Sie?»

«Das Geld auf dem Konto gehört rechtlich zur Gänze *ihr*?»

«Ach so, ja, natürlich.»

«Und es ist Ihnen nicht möglich, sie . . . hm . . . einfach zu fragen? Ich fürchte, wir sind moralisch nicht berechtigt, zu . . .»

Waj!

«Kann ich den Direktor sprechen?» fragte Michael.

Das Büro des Direktors war nußgetäfelt und mit einem dicken Teppich in Rostrot ausgelegt – einer für einen Bankmann ziemlich kühnen Farbe. Arthur J. Simpson lauschte Michaels Worten mit unverbindlicher Höflichkeit, drückte, nachdem jener geendet hatte, auf einen Knopf am Haustelefon und bat, man möge ihm die Auszüge von Mrs. Kinds Konto in sein Büro bringen.

«Ursprünglich war es ein Konto über tausend Dollar», sagte Michael. «Inzwischen müßte sich der Stand um die Zinsen erhöht haben.»

«Gewiß», sagte der Bankmann, «das müßte er wohl.» Er griff nach einem Kontoblatt. «Der Stand ist jetzt fünfzehnhundert.»

«Das heißt, sie hat nichts abgehoben?»

«O doch, Rabbi, sie hat. Gestern früh war der Kontostand zweitausendneunundneunzig Dollar vierundvierzig Cent.» Mr. Simpson lächelte. «Die Zinsen summieren sich mit der Zeit. Sie werden jährlich verrechnet, wissen Sie, und der Zinsfuß erhöht sich mit steigendem Kapital.»

«Wer da hat, dem wird gegeben», sagte Michael.

«So ist es, Sir.»

Wie weit konnte sie mit sechshundert Dollar schon kommen? Doch noch während Michael sich diese Frage stellte, gab er sich selbst die Antwort. – Weit genug.

Als abends das Telefon läutete und er ihren Namen hörte, begannen ihm die Knie zu zittern, aber wieder war es falscher Alarm: ein Anruf *für* sie, nicht *von* ihr.

«Sie ist nicht zu Hause», sagte er zu der Beamtin von der Vermittlung, «wer ruft denn, bitte?»

Ein Ferngespräch, wiederholte die anonyme Stimme vom Fernamt. Wann würde Mrs. Kind zu sprechen sein?

«Ich weiß es nicht.»

«Spricht dort Mr. Kind?» fragte eine fremde weibliche Stimme.

«Ja. Rabbi Kind.»

«Ich möchte mit ihm sprechen», sagte die fremde Stimme zur Vermittlung.

«Gewiß, Ma'am. Sprechen Sie.» Die Vermittlungsbeamtin schaltete sich aus.

«Hallo?» sagte Michael.

«Mein Name ist Potter, Mrs. Marilyn Potter.»

«Ja, Ma'am?» sagte Michael.

«Ich wohne gleich neben der Hastings-Kirche – in Hartford.»

Mein Gott, dachte er, natürlich: sie ist für ein paar Tage zu ihrem Vater gefahren! Dann fiel ihm wieder ein, daß der Anruf aus Hartford für sie bestimmt gewesen war, und er wußte, daß es sich um etwas anderes handeln mußte. Aber was, zum Teufel, redete diese Frau nur, fragte er sich, plötzlich seiner Benommenheit gewahr werdend.

«So habe ich ihn gefunden. Es war ein Schlaganfall.»

Oh.

«Besuchszeiten für Trauergäste morgen und Donnerstag von eins bis drei und von sieben bis neun. Einsegnung in der Kirche am Freitag um zwei und Begräbnis am Grace Cemetery, wie er es schriftlich festgelegt hat.»

Er dankte der fremden Frau. Er hörte ihre Beileidsworte und dankte nochmals. Er versprach, auch seiner Frau das aufrichtige Beileid von Mrs. Potter auszusprechen, und dankte und verabschiedete sich. Dann griff er unwillkürlich nach dem Schalter, löschte das Licht und saß im Dunkel, bis das Harmonikaspiel seines Sohnes ihn ins Leben zurückrief.

44

Am Donnerstag war sie noch immer nicht zurückgekommen. Michael hatte kein weiteres Lebenszeichen von ihr erhalten und fühlte sich gelähmt von qualvoller Unentschlossenheit. Die Kinder sollten am Begräbnis ihres Großvaters teilnehmen, dachte er. Aber dann würden sie fragen, warum ihre Mutter nicht da sei.

Vielleicht *würde* sie da sein, vielleicht hatte sie die Todesanzeige gelesen oder irgendwie erfahren, daß ihr Vater gestorben war.

Am Ende entschloß er sich doch, Max und Rachel nichts zu sagen. Am Donnerstag nach dem *schachriss* stieg er in den Wagen und fuhr allein nach Hartford.

Zwei Polizisten in Uniform dirigierten die Autos zu den vorgesehenen Parkplätzen. Drinnen in der Kirche spielte die Orgel leise Hymnen, und fast all die weißen Betstühle waren besetzt.

Michael durchschritt langsam das Kirchenschiff, aber er konnte Leslie nirgends entdecken. Schließlich nahm er auf einem der wenigen noch freien Sitze Platz, in der zweitletzten Reihe neben dem Mittelgang, wo er Leslie sehen mußte, wenn sie noch käme.

Erleichtert stellte er fest, daß der mit Blumen bedeckte Sarg schon geschlossen war.

Neben ihm unterhielt sich eine Frau in mittleren Jahren mit einer jüngeren, die ihr auffallend ähnlich sah, über seinen verstorbenen Schwiegervater. Mutter und Tochter, dachte er, unverkennbar.

«Gott weiß, er war nicht vollkommen. Aber immerhin hat er hier mehr als vierzig Jahre lang sein Amt versehen. Es hätte sich einfach gehört, im Trauerhaus vorzusprechen. Schließlich hätte es dieser Frank doch wohl *einen* Abend lang ohne dich ausgehalten, um Himmels willen.»

«Ich schau mir nicht gern Tote an», sagte die Tochter.

«Tot! Du hättest nicht geglaubt, daß er tot ist. Er hat so vornehm ausgesehen. Direkt *schön* war er. Dabei hat sein Gesicht nicht hergerichtet gewirkt oder irgend so was. Wirklich, du hättest nie geglaubt, daß du einen Toten vor dir hast.»

«Ich schon», sagte die Tochter.

Die Geistlichen erschienen, ein junger, ein alter und einer, der zwischen den beiden etwa die Mitte hielt.

«Drei», flüsterte die Tochter mit rauher Stimme, als sie sich zur Invocatio erhoben. «Mr. Wilson, der schon im Ruhestand ist, und Mr. Lovejoy von der First Church. Aber wer ist der Junge?»

«Er soll von Pilgrim Church in New Haven sein. Ich hab den Namen vergessen.»

Der Geistliche, den das Mädchen Mr. Lovejoy genannt hatte, sprach die Invocatio. Seine Stimme war weich und geschult, eine Stimme, die es gewohnt war, melodisch über gebeugte Häupter dahinzufließen.

Eine Hymne folgte: *«Oh God, Our Help in Ages Past»*. Michael stand inmitten der sich erhebenden Stimmen. Die Mutter sang nur ein paar Zeilen, müde krächzend, aber die Tochter hatte einen süßen, sich aufschwingenden Sopran und wich nur fast unmerklich von der Tonart ab.

«Eins bitte ich vom Herrn, das hätte ich gerne: daß ich im Hause des Herrn bleiben möge mein Leben lang ...»

Psalm Siebenundzwanzig. Einer von unseren Psalmen, dachte Michael und erkannte zugleich, wie sinnlos sein Stolz war.

«Ein Mensch ist in seinem Leben wie Gras, er blühet wie eine Blume auf dem Felde; wenn der Wind darübergeht, so ist sie nimmer da, und ihre Stätte kennt sie nicht mehr ...»

«Ich hebe meine Augen auf zu den Bergen, von welchen mir Hilfe kommt. Meine Hilfe kommt von dem Herrn, der Himmel und Erde gemacht hat ...»

Psalm Hundertdrei und Psalm Hunderteinundzwanzig. Bei wie vielen Begräbnissen hatte er dieselben Texte gewählt?

«Möchte aber jemand sagen: Wie werden die Toten auferstehen, und mit welcherlei Leibe werden sie kommen? Du Narr, was du säst, wird nicht lebendig, es sterbe denn. Und was du säst, ist ja nicht der Leib, der werden soll, sondern ein bloßes Korn, etwa Weizen oder der andern eines. Gott aber gibt ihm einen Leib, wie er will, und einem jeglichen von den Samen seinen eigenen Leib ...»

Das war jetzt Neues Testament: schätzungsweise, dachte Michael, erster Korintherbrief. Die Frau neben ihm verlagerte ihr Gewicht von der rechten auf die linke Hinterbacke.

«In meines Vaters Hause sind viele Wohnungen. Wenn's nicht so wäre, so wollte ich zu euch sagen: Ich gehe hin, euch die Stätte zu bereiten. Und wenn ich hingehe, euch die Stätte zu bereiten, so will ich wiederkommen und euch zu mir nehmen, auf daß ihr seid, wo ich bin. Und wo ich hingehe, das wisset ihr, und den Weg wisset ihr auch ...»

Darauf hob Mr. Lovejoy die Verdienste des Verstorbenen hervor und dankte Gott für die Verheißung des Ewigen Lebens und dafür, daß es dem dahingegangenen Reverend Rawlings vergönnt gewesen war, zur Ehre Gottes und zum Wohle aller unsterblichen Seelen zu wirken.

Dann erhob sich die Gemeinde abermals und sang *«For All the Saints Who From Their Labors Rest»*, und die Stimmen rund um Michael schwangen sich auf und sanken herab, und er verstand, wie es Rachel während der Weihnachtsfeier in der Schule zumute gewesen sein mußte.

Dann erteilte der alte Pfarrer den Segen, und die Orgel begann zu spielen, und die Menge strömte aus dem Gestühl in den Mittelgang und von dort zu den Toren. Michael stand da und schaute nach Leslie aus und konnte sie nirgends entdecken, stand und wartete, bis alle die Kirche verlassen hatten und nur mehr die Sargträger, um den Katafalk versammelt, zurückgeblieben waren; dann trat auch er ins Freie und schloß blinzelnd die Augen vor der Wintersonne. Er wußte nicht, wo der Friedhof gelegen war, so stieg er in seinen Wagen und wartete ein wenig und reihte sich dann in die Kavalkade der Fahrzeuge ein, die dem Leichenwagen folgten, einem neuen, sehr blank polierten, aber mit frischem Schneematsch bespritzten schwarzen Packard.

In den Rinnsalen zu beiden Seiten der Straße türmte sich schmutziger Schnee. Langsam bewegte sich der Leichenzug quer durch die Stadt und rief ein Verkehrschaos hervor, wo immer er hinkam.

Ein Fahrer, zwei Wagen hinter Michael, verlor die Nerven und brach aus der Kolonne aus. Als der blau-weiße Chevrolet an Michael vorbeifuhr, glaubte jener, auf dem Beifahrersitz Leslie zu erkennen, die sich dem jungen Mann am Steuer zuwandte und mit ihm sprach. Zwar trug sie einen kleinen Hut, der Michael unbekannt war, aber um so bekannter waren ihm das dunkelblonde Haar, der blaue Mantel und die Kopfhaltung.

«Leslie!» rief er.

Er kurbelte das Fenster hinunter und rief nochmals.

Der Wagen bog um die nächste Ecke nach links. Nachdem es Michael endlich gelungen war, sein eigenes Fahrzeug aus der Kolonne zu manövrieren und gleichfalls links abzubiegen, war von dem Chevrolet nichts mehr zu sehen. Ein riesiger Möbelwagen fuhr ihm rechts vor, nur Millimeter vom Randstein entfernt, dann überholte er einen Bus – nur um vor einer breiten Avenue vom Rotlicht aufgehalten zu werden.

Hier entdeckte er den blau-weißen Wagen wieder, der sich nach rechts gewandt hatte und, nur zwei Straßen vor Michael, soeben Grünlicht bekam und anfuhr.

Michael wagte nicht, das Rotlicht an seiner Kreuzung zu überfahren; der Verkehr war sehr dicht.

Als er endlich freie Fahrt bekam, ließ er den Wagen in rasendem Tempo um die Ecke schleudern, wie ein Teenager seinen Rennwagen. Die Straße stieg etwas an, und er konnte den anderen Wagen erst wieder sehen, als er am Ende der Steigung angelangt war und jener soeben von neuem links abbog; Michael folgte ihm um dieselbe Ecke und fuhr dann sehr schnell, schneller, als er je in der Stadt gefahren war, geschickt durch den Verkehr sich hindurchschlängelnd. An einer Kreuzung vier oder fünf Blocks weiter vorn mußte der Chevrolet zum Glück bei Rotlicht anhalten, und Michael kam nur drei Wagen hinter ihm zum Stehen.

«Leslie!» rief er abermals, stieg aus und rannte nach vorn und hämmerte an das Fenster des blau-weißen Autos.

Als sie aber den Kopf wandte, sah er in ein fremdes Gesicht. Nicht einmal der Mantel war derselbe, war anders geschnitten und hatte auch nicht ganz dieselbe Farbe und große goldglänzende Knöpfe, während die auf Leslies Mantel kleiner und schwarz waren. Die Frau kurbelte das Fenster hinunter; sie sah Michael an, der Mann neben ihr sah ihn an, beide schwiegen.

«Entschuldigen Sie», sagte Michael, «ich habe Sie verwechselt.» Er lief zu seinem Wagen zurück und kam gerade noch zum Lichtwechsel zurecht. Der blau-weiße Chevrolet fuhr geradeaus, während Michael wendete. Langsam fuhr er den Weg zurück, den er gekommen war; er gab sich alle Mühe, den Rückweg zu finden, aber als es ihm schließlich um all die Ecken herum gelungen war, fand sich keine Spur mehr von dem Leichenzug.

Er folgte der Straße, die der Zug genommen hatte, kam auch bald zu einem Friedhof und fuhr durch das Gittertor.

Es war ein großer Friedhof, blockweise angelegt, mit Kieswegen dazwischen, und er fuhr auf dem einen Weg immer geradeaus, und dann noch auf ein paar anderen Wegen in verschiedenen anderen Richtungen, immer nach dem Leichenzug Ausschau haltend. Die Wege waren von Schnee gesäubert und gut gestreut.

Aber er sah nichts als Grabsteine und keinen Menschen.

Schließlich entdeckte er einen *Mogen Dovid*, dann noch einen, und er verlangsamte das Tempo und las einige der Inschriften:

Israel Salitsky, 2. Februar 1895 – 23. Juni 1947

Jacob Epstein, 3. September 1901 – 7. September 1962

Bessie Kahn, 17. August 1897 – 12. Februar 1960. Unserer guten Mutter.

Oi, haben Sie sich im Friedhof geirrt!

Er hielt an und blieb im Wagen sitzen, von dem heftigen Wunsch beseelt, aufzugeben und nach Hause zu fahren. Aber wenn sie doch da wäre, beim Grab?

Er fuhr noch einen Gräberblock weiter und dort traf er auf einen alten Mann in langem braunem Mantel, der, eine schwarze Zipfelmütze über die Ohren gezogen, auf einem Klappstühlchen neben einem der Grabhügel hockte. Michael hielt neben ihm an.

«An guten Tag.»

Der Mann nickte und sah Michael über die Hornbrille hinweg an, die ihm tief auf der Nase saß.

«Wie komm ich da zum Grace Cemetery?»

«Der für die *sch'kozim* ist das nächste Tor. Das hier ist B'nai B'rith.»

«Gibt's eine Verbindung zwischen den beiden?»

Der Mann hob die Schultern und deutete nach vorn. «Vielleicht dort am End.» Und er blies in seine Hände, die keine Handschuhe trugen.

Michael zögerte. Warum saß der Alte hier, neben dem Grab? Er konnte sich nicht entschließen, zu fragen. Seine Handschuhe lagen neben ihm auf dem Beifahrersitz. Ohne es irgendwie beabsichtigt zu haben, hielt er sie dem Alten durch das Wagenfenster hin. «Morgen wird's wärmer sein», sagte Michael und ärgerte sich gleichzeitig über seine eigenen Worte.

«Gott ze danken.»

Er startete den Wagen und fuhr weiter. Gräber zu beiden Seiten des Weges, so weit das Auge reichte; eine grenzenlose Totenwelt, in der sich Michael wie ein *malach-hamowess* fühlte, wie ein Totenengel des Maschinenzeitalters.

Schließlich kam das Ende des Friedhofs in Sicht. Eine Fahrstraße führte bis zu einem Gitterzaun, auf dessen anderer Seite Michael die Trauergemeinde stehen sah, im Begriff, seinen Schwiegervater in die Erde zu senken.

Er hielt den Wagen an. Der Zaun hatte kein Tor. War denn wirklich eine unübersteigbare Absperrung notwendig, um auch noch Staub von Staub, Seelen von Seelen zu trennen, fragte sich Michael wütend.

Sollte er zurückfahren? Die ganze lange Strecke zurück, hinaus durch das Tor des B'nai B'rith Friedhofs, hinein zum Tor des Grace-Friedhofs, und nochmals dieselbe Strecke auf der anderen Seite? Er war sicher, das Begräbnis würde bis dahin längst vorüber sein.

Er fuhr die Straße am Gitter entlang. Auch auf der anderen Seite gab es Gräber und ab und zu ein Mausoleum. Schließlich hielt er so nahe am Zaun wie möglich, hinter einer imposanten Granitkrypta, und stieg aus. Die Trauergemeinde war jetzt hinter Grabmälern und einer kleinen Anhöhe verborgen. Immer noch zögernd stieg er auf die Motorhaube und weiter aufs Wagendach; von dort aus gelang es ihm, sich auf den Zaun zu schwingen, hinauf und hinüber, während die Metallspitzen des dikken Drahtes ihm durch die Kleider in die Haut stachen.

Mit Befriedigung stellte er fest, daß zumindest nichts zerrissen war. Auf dem Dach der Krypta lag Schnee. Er stapfte hindurch bis zum andern Ende des Daches und blickte nachdenklich hinunter: der Boden fiel ab, er schätzte die Höhe auf mindestens zweieinhalb Meter. Aber er sah keine andere Möglichkeit, hinunterzukommen.

Er sprang.

Ungeschickt, wie ein Klotz, landete er auf dem Boden, die Füße glitten im weichen Schnee unter ihm weg, und schon lag er der Länge nach auf dem Rücken. Als er die Augen wieder aufschlug, sah er hinter und über sich die gemeißelte Inschrift auf der Gruft:

FAMILIE BUFFINGTON

Charles
Regina
Lawrence
Curtis
Virginia

RUHE IN FRIEDEN

Zum Glück schien nichts gebrochen. Michael erhob sich, klopfte, so gut es ging, den Schnee von seinen Kleidern, und spürte die nassen Klumpen, die ihm über Hals und Rücken rannen.

«Entschuldigen Sie», sagte er zu Familie Buffington.

Es gab keinen Pfad durch den tiefen Schnee bis zu dem gesäuberten Weg, der den Friedhof querte; mit Schnee in den Schuhen und den Hosenaufschlägen kam Michael unten an und machte sich auf den Weg zum Begräbnisplatz.

Er stand am äußersten Rand der dichtgedrängten Menge. Leslie, fiel ihm ein, würde neben dem Grab stehen. Er versuchte, sich hindurchzudrängen.

«Verzeihung ... Entschuldigen Sie.»

Eine Frau sah ihn böse an.

«Ich gehöre zur Familie», flüsterte er.

Aber die Leute standen zu dicht, es gab kein Durchkommen. Er hörte den Pfarrer den Segen sprechen. «Der Friede Gottes, der über allem menschlichen Verstand ist, bewahre eure Herzen und eure Sinne in der Liebe Gottes und seines Sohnes Jesus Christus, unseres Herrn. Der Segen Gottes des Allmächtigen, des Vaters, des Sohnes und des Heiligen Geistes sei mit euch und behüte euch auf allen Wegen.»

Aber Michael konnte nicht sehen, welcher der drei Geistlichen sprach, konnte nicht sehen, wer am Grab stand, und er begriff, daß er ebensogut im B'nai B'rith-Friedhof hätte bleiben können.

Plötzlich sah er sich selbst am Zaun stehen, die Nase ans Gitter gepreßt, und das Begräbnis beobachten, ein einsamer, aber nicht minder trauriger Trauergast, und gegen seinen Willen und trotz all seiner Verzweiflung spürte er etwas glucksend in sich aufsteigen: ein fast unbezwingliches Bedürfnis, laut herauszulachen, sich vor Lachen zu schütteln, während nur wenige Meter von ihm entfernt sein Schwiegervater der Erde überantwortet werden sollte. Er grub die Fingernägel in seine zerschundenen Handflächen, aber dann beugten sich die Häupter vor ihm, und er konnte sehen, daß es der junge Geistliche war, der das Begräbnis zelebrierte. Neben dem Grab standen lauter fremde Menschen.

O Gott! schrie es in ihm.

Wo bist du, Leslie?

45

Als sie dem Zug in der Grand Central Station entstieg, ging sie direkt ins Hotel und nahm dort ein Zimmer, das kleiner war als jenes, das sie im Woodborough-YWCA gehabt hatte, aber keineswegs so sauber, mit halbvollen Gläsern und sonstigem Zeug, das überall umherstand, und schmutzigen Handtüchern auf dem Badezimmerboden. Der Zimmerkellner versprach, er werde sofort jemanden schicken, aber als nach fast einer Stunde noch immer niemand gekommen war, wurde ihr die Unordnung zuviel. Sie ließ den Besitzer kommen und machte ihm klar, daß sie für vierzehn Dollar siebzig pro Tag wohl Anspruch auf ein sauberes Zimmer habe. Gleich darauf erschien das Mädchen.

Sie speiste allein zu Abend in Hector's Cafeteria, gleich gegenüber von Radio City. Das war noch immer ein ordentliches Lokal, in dem man ungestört essen konnte. Sie war schon beim Dessert, als ein fremder Mann mit ihr anzubändeln versuchte. Er war höflich, nicht gerade abstoßend und vielleicht ein wenig jünger als sie, aber sie nahm ihn nicht zur Kenntnis, aß ruhig ihren Schokoladepudding auf und verließ dann das

Lokal. Als er sich aber anschickte, ihr zu folgen, verlor sie die Geduld und wandte sich zu dem an einem türnahen Tisch sitzenden Polizisten, der eben sein Gebäck in den Kaffee tauchte. Sie fragte ihn nach der Zeit, wobei sie ihren Verfolger fixierte. Der drehte sich um und war im Nu über die Treppe zum Oberstock des Lokals verschwunden.

Sie begab sich zurück zum Hotel, halb ärgerlich, halb geschmeichelt, und ging früh zu Bett. Die Wände waren sehr dünn, und sie hörte das Paar im Nachbarzimmer der Liebe obliegen. Die beiden machten es sehr ausführlich, und die Dame war ziemlich laut und stieß fortwährend spitze, schrille Schreie aus. Obgleich der Mann sich ruhig verhielt, ließ der Lärm, den das Bett und die Dame machten, Leslie keinen Schlaf finden. Erst gegen Morgen schlummerte sie ein, doch auch da nur für kurze Zeit, denn um fünf Uhr morgens ging es abermals los, so daß ihr nichts übrigblieb, als zuzuhören.

Aber draußen wurde es heller und heller, und als die Sonne über den Dächern erschien, begann Leslie sich besser zu fühlen. Sie öffnete das Fenster und sah über das Fensterbrett gelehnt auf die New Yorker hinunter, wie sie tief unten die Gehsteige überschwemmten. Sie hatte schon fast vergessen, wie aufregend Manhattan sein konnte, und so verspürte sie den Wunsch, auszugehen und es wieder zu erleben. Sie machte sich fertig, ging hinunter, frühstückte in einem Child's-Lokal und las dort die *New York Times*, wobei sie sich in die Rolle einer Büroangestellten versetzte, die auf dem Weg zum Arbeitsplatz war. Nach dem Frühstück ging sie durch die 42nd Street bis zu dem alten Haus, in dem die Redaktion gewesen war, aber die gab es nicht mehr. Sie betrat den *Times*-Turm, suchte im Telefonbuch danach und sah, daß die Zeitung in die Madison Avenue übersiedelt war. Jetzt erst fiel ihr ein, daß sie seinerzeit davon gelesen hatte. Aber es arbeitete ohnehin keiner ihrer alten Kollegen mehr dort: wozu also noch hingehen?

Sie schritt weiter, durch die Nase ein-, durch den Mund ausatmend, und ganz dem Schauen hingegeben. Es war genauso wie auf dem Universitätsgelände: Objekte, an die sie sich erinnerte, waren nicht mehr da, Neubauten hatten sie ersetzt.

An der 60th Street wandte sie sich automatisch nach Westen. Schon lange vorher hielt sie nach dem Logierhaus Ausschau und fragte sich, ob sie es wohl wiedererkennen werde. Sie erkannte es wieder. Die Ziegelfassade war zwar frisch gestrichen, aber noch immer in demselben Rot. An der Tür hing noch immer die Tafel «Zimmer zu vermieten», und sie stieg die Treppe hinauf und klopfte an die Tür des Verwalters, der sie auf Apartment 1-B verwies, wo der Eigentümer wohnte. Dieser war ein schmächtiges Männchen mittleren Alters mit sommersprossiger Glatze und schütterem, ungepflegt grauem Schnurrbart, an dessen Enden er beständig kaute.

«Könnte ich mir etwas ansehen?» fragte sie.

Er ging ihr voran, die Treppen hinauf. Im zweiten Stock fragte sie ihn, ob zufällig Nummer 2-C frei wäre, aber er verneinte. «Weshalb gerade

2-C?» fragte er und blickte sie zum erstenmal wirklich an.

«Ich hab einmal dort gewohnt», sagte sie.

«Ach so.» Er stieg weiter die Treppen hinauf, und sie folgte ihm.

«Aber Sie können im dritten Stock etwas haben, das genauso aussieht.»

«Was ist aus meiner damaligen Hauswirtin geworden?» fragte sie.

«Wie hat sie geheißen?»

Aber Leslie wußte es nicht mehr.

«Ich weiß auch nicht», sagte er gleichmütig. «Ich habe das Haus vor vier Jahren von einem gewissen Prentiss gekauft. Er hat ein Stampigliengeschäft in der Stadt.» Er führte sie den Gang entlang. Die Wände waren noch immer von diesem unglaublich häßlichen Braun. Sie war schon entschlossen, den Rest der Woche hier zu verbringen und nur der Erinnerung zu leben, aber sobald die Zimmertür offenstand, überwältigte sie all diese schmutzige Bräune und Ungepflegtheit so sehr, daß sie nur tat, als sehe sie sich alles eingehend an, und sich dabei fragte, wie sie jemals solche Scheußlichkeit hatte ertragen können.

«Ich muß es mir noch überlegen und gebe Ihnen dann Bescheid», sagte sie schließlich.

Zu spät merkte sie, daß das falsch gewesen war: sie hätte zuerst nach dem Preis fragen müssen.

«Sie sind aber reichlich komisch», sagte er und kaute an seinem Schnurrbart herum. Sie verabschiedete sich rasch und lief, ohne auf ihn zu warten, davon, die Treppe hinunter, nur fort aus diesem Haus.

Sie betrat eine Muschelbar und aß dort Garnelen zu Mittag, trank dunkles Bier dazu und verbrachte den Nachmittag im Museum of Modern Arts, wobei sie mit heiterem Spott jenes Mannes in der Wellesley Universität gedachte. Zu Abend aß sie in einem kleinen französischen Restaurant und besuchte danach ein grelles, lärmendes Musical. Nachts war das Paar nebenan – sie hatte sie die Flitterwöchner getauft – wieder emsig am Werk. Diesmal redete der Mann rasch und leise auf die Dame ein, die wieder ihre Schreie ausstieß, aber Leslie konnte kein Wort verstehen.

Den folgenden Tag verbrachte sie zur Gänze im Metropolitan Museum of Arts und in der Guggenheim-Galerie. Auch am nächstfolgenden klapperte sie Museen ab. Für sechzig Dollar erwarb sie ein Gemälde von der Hand eines gewissen Leonard Gorletz. Sie hatte den Namen noch nie gehört, wollte das Bild aber für Michael. Es war das Porträt eines Mädchens mit Kätzchen. Die Kleine war schwarzhaarig, sah Rachel überhaupt nicht ähnlich, und dennoch erinnerte die Art, wie sie auf das Kätzchen blickte, an Rachels verletzliche Glückseligkeit. Leslie war so gut wie sicher, daß Michael das Bild gefallen werde.

Am nächsten Morgen bekam sie die Flitterwöchner von nebenan zu Gesicht. Sie war eben dabeigewesen, ihre Frisur vor dem Frühstück ein letztes Mal zurechtzukämmen, als sie die Tür zum Nachbarzimmer gehen hörte und Stimmen vernahm. Den Kamm fallen lassen, die Handtasche erwischen und hinter den beiden her sein war eins. Aber der Anblick, der sich ihr bot, war enttäuschend. Sie hatte animalische Schönheit zu sehen erwartet, aber der Mann wirkte klein, plump und schlaff, hatte den blauen Anzug voll Schuppen, und die Dame war dürr und nervös, mit einem scharfen, vogelhaften Profil. Dennoch musterte Leslie im Lift die beiden immer wieder mit verstohlener Bewunderung, hauptsächlich wegen der Ausdauer der Dame und der Modulationsfähigkeit ihres Soprans. Zwei Tage vergingen mit Einkäufen für ihren persönlichen Bedarf. Sie kaufte aber nur, was sie wirklich brauchte, und bewunderte alles andere nur in den Auslagen. Sie kaufte bei Lord & Taylor einen Tweedrock für Rachel und einen dicken blauen Kaschmirpullover für Max bei Weber & Heilbroner.

Aber am Abend ging eine Veränderung mit ihr vor. Sie fand keinen Schlaf mehr und fühlte sich inmitten dieser vier Hotelzimmerwände recht elend. Nun war sie schon den sechsten Tag hier und hatte, wenn auch vielleicht ohne es zu wissen, genug von New York. Zu allem anderen war nun auch noch das Lustgekeuche der «Flitterwöchner» verstummt: sie waren ausgezogen und hatten sie allein zurückgelassen. An ihrer Statt wohnte jetzt jemand da drüben, der fortwährend die Wasserspülung betätigte, einen Elektrorasierer benutzte und das Fernsehen sehr laut drehte.

Gegen Morgen begann es zu regnen; Leslie blieb länger als gewöhnlich im Bett und döste vor sich hin, bis der Hunger sie aufstehen hieß. Den ganzen regennassen Nachmittag verbrachte sie dann bei Ronald's, einem Schönheitssalon mit dem Anstrich eines ehrbaren Playboyklubs in der Nähe von Columbus Circle, wo die Kunden in buntflauschiger Vermummung von der Sauna zur Massage und von dieser zum Friseur wanderten. Sie briet bei 190 Grad Fahrenheit zur Musik der Boston Pops, die «*Fiddle-Faddle*» spielten, und geriet dann einem sadistischen Weibsbild unter die Fäuste, von der sie nach allen Regeln der Kunst durchgewalkt und -geknetet wurde. Ein Mädchen, das man Theresa rief, machte ihr eine Kopfwäsche, und während die rosige Gesichtscreme in ihre Poren drang, wurde Leslie von einer Hélène manikürt und gleichzeitig von einer Doris pedikürt.

Als sie den Salon verließ, hatte der Regen nachgelassen. Er war zum feinen Nieseln geworden, fast schon wie Nebel. Die Broadwaylichter spiegelten sich flirrend in den vorbeifahrenden Autos und der nassen Fahrbahn. Leslie spannte den Schirm auf und wandte sich stadtwärts. Sie fühlte sich erholt und verschönt, und das einzig Wichtige war jetzt, irgendwo zu Abend zu essen. Es verlangte sie nach einem luxuriösen Restaurant – aber dann änderte sie ihren Sinn, und es war ihr plötzlich zu dumm, sich erst umständlich an einen endlich freigewordenen Platz komplimentieren zu lassen, dort ein kompliziertes Mahl zu bestellen, und das alles nur, um es dann allein aufzuessen. So blieb sie unter einer flimmernden Neonreklame stehen, spähte durch die verregneten Scheiben in das Lokal, wo irgendein Talmi-Küchenchef in hoher weißer

Mütze soeben dabei war, einen gelben Omelettenberg in einer Pfanne aufzuschichten, und wurde sich nicht schlüssig. Dann ging sie doch noch einen halben Block weiter und betrat ein Horn & Hardarts-Lokal. Sie wechselte eine Dollarnote gegen eine Handvoll Kleingeld und wählte dann eine Gemüseplatte, Tomatensaft, Parker House-Gebäck und Fruchtgelee. Die Cafeteria war überlaufen, und Leslie mußte lange suchen, ehe sie einen freien Platz fand. Der andere Gast war ein dicker Mann mit vergnügtem Stubby Kaye-Gesicht, der über seinem Kaffee in die *Daily News* vertieft war, wobei ihm die vollgepfropfte Aktentasche an den Beinen lehnte. Sie stellte ihre Teller auf den Tisch und das leere Tablett auf einen eben vorbeikommenden Servierwagen. Zu spät merkte sie, daß sie den Kaffee vergessen hatte. Aber der Kaffeeautomat stand ganz in der Nähe, und sie hatte nur wenige Schritte zu gehen. Die Tasse war ihr etwas zu voll geraten, und sie mußte sie sehr vorsichtig an ihren Tisch tragen.

Während ihrer Abwesenheit hatte jemand ein Flugblatt an ihr Juiceglas gelehnt.

Sie griff danach und las den hektrographierten Titel. Er lautete: DER WAHRE FEIND.

Während sie an ihrem Tomatensaft nippte, begann sie zu lesen. «Der wahre Feind Amerikas ist gegenwärtig jene jüdisch-kommunistische Verschwörung, die uns unterwerfen will, indem sie das Blut unserer weißen christlichen Rasse mit dem minderwertigen der kannibalischen Schwarzen zu verseuchen sucht.

Lang genug haben die Juden unser Geld- und Propagandawesen mit Hilfe ihrer internationalen Kartellmachinationen kontrolliert. Nun richtet sich ihre Heimtücke auf das Erziehungswesen, um die zarten Herzen unserer Kinder zu vergiften. Was wollen wir für unsere Kinder?

Ist dir bekannt, wie viele Kommunistenschweine schon in Manhattans Schulen unterrichten?»

Leslie ließ das Machwerk auf den Tisch fallen. «Gehört das vielleicht Ihnen?» fragte sie den jungen Dickwanst.

Jetzt erst blickte er sie an.

Sie nahm das Heftchen und hielt es ihm entgegen.

«Oder haben Sie gesehen, wer das hierhergelegt hat?»

«Gnädigste, ich war ganz in meine Zeitung vertieft . . . bei Gott.»

Er griff nach seiner Aktentasche und machte sich davon. Der eine Taschenriemen stand offen. War er das auch schon vorher gewesen? Sie konnte es nicht mehr sagen und musterte die Umsitzenden. Aber keiner nahm Notiz von ihr, jeder war mit dem Essen beschäftigt, lauter ausdruckslose Gesichter. Und jeder konnte es gewesen sein. Warum nur? wandte sie sich innerlich an all diese leeren Visagen. Was wollt ihr damit? Was gewinnt ihr damit? Schert euch weg und laßt uns in Ruhe! Geht in den Wald und feiert dort um Mitternacht eure Schwarzen Messen. Geht meinetwegen Hunde vertilgen. Legt den Pelztieren eure Schlingen, oder ersauft meinetwegen im Meer oder, besser noch, geht in die Erde hinein, und die Erde soll euch verschlingen.

Was wollen wir für unsere Kinder?

Was wir wollen? Zuallererst genug Luft, damit sie atmen können, dachte Leslie. Nur frei atmen, sonst gar nichts.

Aber die bekommst du nicht, indem du dich in einem Hotelzimmer verkriechst, dachte sie weiter. Da mußt du zunächst einmal nach Hause gehen.

Aber vorher war noch etwas Wichtiges zu erledigen, fiel ihr ein. Denn zwischen ihrem Vater und jener Person, die das da geschrieben hatte, gab es keine Gemeinsamkeit. Und so mußte sie ihrem Vater in die Augen blicken und ihm Rede und Antwort stehen: Antwort, die ihm endlich begreiflich machte, worum es hier überhaupt ging.

Am nächsten Morgen, sie saß schon im Zug, suchte sie sich zu erinnern, wann sie ihrem Vater wohl zum letztenmal etwas mitgebracht hatte, und sie verspürte den dringenden Wunsch, ihm etwas zu schenken. In Hartford stieg sie aus und kaufte bei Fox's ein Buch von Reinhold Niebur. Erst im Taxi, auf der Fahrt zur Elm Street, ersah sie aus dem Auflagedatum, daß das Buch schon vor mehreren Jahren erschienen war und ihr Vater es möglicherweise schon kannte. Im Pfarrhaus blieb auf ihr Klopfen alles still, aber das Tor war unversperrt.

«Ist jemand da?» rief sie.

Ein alter Mann trat aus der Bibliothek ihres Vaters, Notizblock und Feder in Händen. Er hatte eine weiße Löwenmähne und buschige Brauen.

«Ist Mr. Rawlings nicht hier?» fragte Leslie.

«Mr. Rawlings? Nein. Nicht mehr – oh, Sie wissen es noch nicht?» Er legte ihr die Hand auf den Arm. «Mein Kind, Mr. Rawlings ist tot. Nun, nun», sagte er mit besorgter Stimme.

Aber sie hörte nur noch das Buch zu Boden fallen und spürte dann, wie jemand sie zu einem Stuhl führte.

Nach einigen Minuten ließ er sie ohne jeden ersichtlichen Grund allein. Als sie ihn dann im hinteren Teil des Hauses herumkramen hörte, erhob sie sich und trat an den Kamin. Dort erblickte sie den Gipsabguß ihrer rechten Hand. Er muß das Wachs als Gußform verwendet haben, dachte sie. In diesem Augenblick kam der Alte zurück und brachte zwei Tassen dampfenden Tees. Beide schlürften langsam, und es tat wirklich gut.

Der Alte hieß Wilson und war ein pensionierter Geistlicher, der jetzt die Kirchenbücher ihres Vaters zu ordnen hatte. «Was man eben einem alten Mann so zu tun gibt», sagte er. «Aber ich muß sagen, in diesem Fall ist das wirklich keine Arbeit.»

«Ja, er ist sehr gewissenhaft gewesen», sagte sie.

Sie saß zurückgelehnt und mit geschlossenen Augen. Abermals ließ der Alte sie allein. Nach einer Weile kam er wieder und fragte, ob er sie nach dem Friedhof fahren solle.

«Bitte.»

Dort angelangt, beschrieb er ihr den Weg zum Grab, blieb aber selbst im Wagen, wofür sie ihm dankbar war.

Die Erde sah noch frisch umgegraben aus, und Leslie stand davor, sah darauf nieder und dachte darüber nach, was sie jetzt wohl sagen könnte, um ihrem Vater zu zeigen, wie sehr sie ihn trotz allem geliebt hatte. Fast vermeinte sie, seine Stimme ein Kirchenlied singen zu hören, und so stimmte sie innerlich mit ein:

O Haupt voll Blut und Wunden,
voll Schmerz und voller Hohn,
o Haupt, zum Spott gebunden,
mit einer Dornenkron,
o Haupt, sonst schön gezieret
mit höchster Ehr und Zier,
jetzt aber hoch schimpfieret
gegrüßet seist du mir.

Die letzte Strophe wäre ihr beinahe nicht mehr eingefallen, aber dann sang sie das Lied doch zu Ende:

Wenn ich einmal soll scheiden,
so scheide nicht von mir,
wenn ich den Tod soll leiden,
so tritt du dann herfür,
wenn mir am allerbängsten
wird um das Herze sein,
so reiß mich aus den Ängsten,
kraft deiner Angst und Pein.

Das war nun ihr Geschenk gewesen. Und obwohl es jetzt zu spät war, ihm alles zu erklären, beantwortete sie seine Frage mit dem Gebet, das sie nun schon seit achtzehn Jahren für ihre Mutter sprach: *«Jissgadal w' jisskadasch . . .»*

46

Beim Schlafengehen hatte noch leichter Frost geherrscht, aber als Michael am Morgen erwachte, war Tauwetter über Neu-England hereingebrochen. Als er stadtwärts fuhr, hatten die Rinnsale sich in reißende Bäche verwandelt, und allerorten kam schon der Boden unter dem Schnee zum Vorschein, als hätte die weiße Decke Löcher bekommen.

Im Tempel brachten sie mit Müh und Not ihre neun Mann zusammen, wie das eben an manchen Tagen schon war, und auch dazu mußte er schließlich noch Benny Jacobs, den Gemeindevorsteher, anrufen und ihn bitten, ihm, dem Rabbi zu Gefallen, doch herüberzukommen, damit die *minje* komplett sei. Wie gewöhnlich, kam Jacobs auch. Er macht es einem leicht, Rabbiner zu sein, dachte Michael. Als er ihm aber nach dem Gebet danken wollte, wehrte Jacobs ab. «Ich fahre jetzt hinein, den Schnaps besorgen für die Tempelneujahrsparty. Möchten Sie eine besondere Marke?»

Michael lächelte. «Was das Trinken betrifft, verlaß ich mich ganz auf Sie. Bringen Sie, was Sie für gut halten, Ben.»

In seinem Arbeitszimmer sah er, daß der Terminkalender leer war, und so fuhr er heim, um die Post durchzusehen. Es waren nur die üblichen Rechnungen und der Burpee-Sämereienkatalog. Eine erholsame Stunde lang saß Michael dann über den Abbildungen der Frischgemüse und studierte die appetitanregenden Anpreisungen, ehe er seine Bestellung machte. Sie glich ganz der des Vorjahrs. Dann legte er sich für eine Weile auf die Couch im Wohnzimmer, lauschte zuerst der FM-Radiomusik und dann dem Wetterbericht, welcher leichten Temperaturanstieg und darauffolgenden neuerlichen Kälteeinbruch mit schweren Schneefällen noch für diesen Nachmittag vorhersagte. Michael, der im Herbst verabsäumt hatte, den Garten zu düngen, fiel jetzt ein, daß dieses Tauwetter ihm wohl die einzige Gelegenheit bot, sein Versäumnis noch während des Winters nachzuholen, und so schlüpfte er in seine Arbeitshosen, zog die alte Jacke über, griff nach den Arbeitshandschuhen, zog die Winterstiefel an, fuhr zum Supermarket und lud dort ein Halbdutzend Leerkartons auf. Er hatte ein Dauerabkommen mit einem Truthahnzüchter und fuhr nun zu dessen Farm hinaus, wo der Eigentümer jedes Jahr nach dem Thanksgiving- und Weihnachtsrummel den Geflügelmist zu einem großen Haufen türmte. Der Dünger war locker und gerade richtig, hatte die Beschaffenheit von Sägemehl und war durchsetzt von weißen Flaumfedern, die in der Gartenerde verschwinden würden wie nichts. Er war bei der herrschenden Temperatur praktisch geruchlos, und all das Gewürm, das die Arbeit im Frühling und Herbst so unleidlich machte, war in der Winterkälte eingegangen. Michael schaufelte den Dünger in die Kartons und achtete darauf, daß der Kombiwagen nicht damit beschmutzt würde. Zu diesem Zweck hatte er den Gepäckraum auch mit alten Zeitungen ausgelegt. Die Luft war warm, die Arbeit tat ihm gut, aber er wußte aus Erfahrung, daß er fünfmal würde fahren müssen, um genug Dünger für seinen Garten zu haben. Doch schon nach der dritten Fahrt – er trug die Ladung eben in den Garten und leerte sie dort aus – zogen die Wolken auf, es wurde merklich kühler, und er schwitzte nun nicht mehr. Und als er mit der letzten Ladung in die Einfahrt bog, hatte es schon wieder fein und graupelig zu schneien begonnen.

«He!» Max war aus der Schule zurück, trat an den Wagen und betrachtete die Arbeitskleidung seines Vaters. «Was machst du denn da?»

«Gartenarbeit», sagte Michael, während der Schnee sich ihm an Gewand und Brauen festsetzte. «Willst du mir helfen?»

Sie schleppten die letzten Kartons gemeinsam in den Garten, klopften sie dort aus, und Max ging in den Keller, um die Schaufeln zu holen. Dann begannen sie, den Dünger gleichmäßig über den Garten zu verstreuen, während die Flocken nun schon größer und dichter aus dem grauen Himmel sanken.

«Das gibt Tomaten so groß wie Kürbisse», rief Michael, während er mit Schwung die nächste Schaufel aufstreute, so daß ein weiterer Quadratmeter der Schneefläche plötzlich vom Dünger gebräunt war.

«Kürbisse so groß wie aus Tanger», rief Max und schwang die Schaufel.

«Mais so süß wie das Küssen.» Und schwang die Schaufel.

«Wurmstichige Radieschen! Ein schwarzkrätziger Matsch.» Und schwang die Schaufel.

«Schundleder!» sagte sein Vater. «Der reine Zunder! Schau, mein Daumen ist schon ganz grün.»

«Was, das Zeug frißt sich durch die Handschuhe?» fragte Max. Dabei arbeiteten sie pausenlos weiter, bis all der Dünger aufgebreitet war und Michael sich über den Schaufelstiel lehnte wie der Held jener alten Gewerkschaftscartoons und seinem Sohn bei den letzten paar Schwüngen zusah. Der Bursche hatte einen Haarschnitt dringend nötig, und seine Hände waren aufgesprungen und vom Frost gerötet. Wo hatte er nur seine Handschuhe? Er sah jetzt einem Bauernjungen viel ähnlicher als dem Sohn eines Rabbiners, und Michael dachte ans Frühjahr und wie sie zu zweit alles umstechen und nach der Aussaat wie Kibbuzniks auf die ersten grünen Spitzen warten würden, die durch die gedüngte Erde stießen.

«Weil du vorhin vom Küssen gesprochen hast – brauchst du zu Neujahr den Wagen?»

«Ich glaube, nicht. Danke schön.» Max streute die letzte Schaufel und richtete sich seufzend auf.

«Warum nicht?»

«Wir haben nichts mehr verabredet. Dess und ich gehen nicht mehr miteinander.»

Max untersuchte angelegentlich die Risse in seinen Händen.

«Dieser ältere Bursche hat sie mir ausgespannt. Er geht schon in die Hochschule.» Max zuckte die Achseln. «Tja, so ist das eben.» Er klopfte die Düngerreste von den Schaufeln. «Das Komische daran ist nur, ich bin gar nicht bös darüber. Dabei habe ich immer geglaubt, ganz blödsinnig in sie verliebt zu sein und nicht darüber hinwegzukommen, falls zwischen uns einmal etwas schiefginge.»

«Und jetzt ist es gar nicht so?»

«Ich glaube, nicht. Weißt du, ich bin ja noch nicht einmal siebzehn, und die Sache mit Dess . . . na ja, sagen wir eher platonisch. Aber später, wenn man älter ist, wie weiß man es da?»

«Was meinst du damit, Max?»

«Was ist eigentlich *Liebe,* Dad? Wie kannst du wissen, ob du ein Mädchen wirklich liebst?»

Die Frage war echt gestellt, empfand Michael. Sie beschäftigte den Jungen wirklich. «Weißt du, da gibt's keine Gebrauchsanweisung», sagte er. «Aber wenn's erst soweit ist und du der Frau gegenüberstehst, mit der du dein ganzes weiteres Leben teilen willst, dann fragst du nicht mehr.»

Sie sammelten die leeren Kartons ein und stellten sie zum leichteren Transport ineinander. «Und für eine andere Neujahrsverabredung ist es schon zu spät?» fragte Michael.

«Ja. Ich habe massenhaft Mädchen angerufen: Roz Coblentz, Betty Lipson, Alice Striar ... Aber die sind alle schon vergeben. Schon seit Wochen.» Er sah den Vater an. «Gestern abend hab ich's noch bei Lisa Patruno versucht, aber auch die ist schon besetzt.»

Oj. Langsam, *sejde.*

«Ich glaube, die kenne ich gar nicht», sagte Michael.

«Die Tochter von Pat Patruno, dem Apotheker. Patrunos Pharmacy, weißt du.»

«Ach so!»

«Bist du jetzt böse?» fragte Max.

«Nicht gerade böse.»

«Was dann?»

«Schau, Max, du bist jetzt ein großer Junge, was noch lang nicht heißt, daß du ein Mann bist. Aber von jetzt bis dorthin gibt es gewisse Entscheidungen, die du ganz allein treffen mußt. Und sie werden um so wichtiger, je älter du wirst. Aber wenn du meinen Rat brauchst – er steht dir jederzeit zur Verfügung. Du wirst nicht immer richtig entscheiden – niemand kann das. Aber es müßte schon sehr dick kommen, damit dein Vater böse auf dich ist.»

«Wie immer dem sei, sie war ohnedies schon verabredet», sagte Max.

«Du», sagte Michael, «da gibt es ein Mädchen, Lois heißt sie, aus New York. Derzeit zu Besuch bei Mr. und Mrs. Gerald Mendelsohn. Wenn du magst, kannst du dort anrufen. Sie stehen aber noch nicht im Telefonbuch.»

«Ist sie so, daß man nicht wegschauen muß?»

«Ich habe sie noch nie gesehen. Aber ihre ältere Schwester hätte mir einmal recht gut gefallen.»

Auf dem Weg ins Haus hieb Max seinen Vater plötzlich auf die Schulter, so daß ihm war, als hätte ihn ein Schlachtbeil getroffen und nähme ihm auf Dauer alles Gefühl. «Du bist gar kein alter Narr, wie man ...»

«Danke, das hört man gern.»

«... wie man von einem Rabbiner erwarten müßte, der nur herumsteht und Vogelscheiße in den Schneesturm streut.»

Michael ging unter die Brause, danach hatten sie Suppe aus der Dose zum Mittagessen, und dann fragte Max, ob er den Wagen nehmen und zur Bibliothek fahren dürfe. Als der Junge fort war, stellte sich Michael für eine Weile ans Fenster und sah in das Schneetreiben hinaus. Dabei fiel ihm etwas für seine Predigt ein, er setzte sich an die Schreibmaschine und arbeitete es aus. Nachdem er mit der Niederschrift fertig war, ging er in den Abstellraum, holte die Dose Brasso heraus und ging damit nach oben. *Sejde's* Bettstatt begann unansehnlich zu werden. Er arbeitete langsam und sorgfältig daran, wusch sich nach dem Auftragen des Putzmittels die Hände und begann dann, das Messinggestell mit weichen Lappen sauberzureiben, wobei er sich daran erfreute, wie blank und warm das Metall wieder zu glänzen begann.

Noch war der ganze Kopfteil zu polieren, als er unten die Haustür aufgehen hörte und gleich darauf Schritte auf der Treppe vernahm.

«Wer ist da?» rief er.

«Ja, wer ist da?» sagte sie, während sie hinter ihm ins Zimmer trat.

Und während er sich noch umdrehte, küßte sie ihn schon, hatte ihn gerade noch am Mundwinkel erwischt, und vergrub dann ihr Gesicht an seiner Schulter.

«Am besten, du rufst gleich Dr. Bernstein an», murmelte sie mit gepreßter Stimme.

«Das hat jetzt Zeit», sagte er nur. «Mehr Zeit, als es überhaupt gibt.» Sie standen nur da und hielten einander lange Zeit umschlungen. «Ich war auf der andern Seite des Spiegels», sagte sie schließlich.

«Ja? Und war's schön dort?»

Sie sah ihm in die Augen. «Ich hab mich in einem Zimmer verschanzt und es mit Whisky und Pillen probiert. Und jeden Tag mit einem anderen Liebhaber.»

«Aber nein. Du nicht.»

«Du hast recht», sagte sie. «Ich war nur überall dort, wo ich gelebt habe, bevor du gekommen bist. Ich wollte endlich wissen, was ich eigentlich bin – und wer.»

«Und – jetzt weißt du es?»

«Ich weiß jetzt, daß es für mich außerhalb dieses Hauses nichts Wichtiges mehr gibt. Alles andere ist nur Schall und Rauch.»

Aus seiner Miene ersah sie, wie schwer es ihm fiel, ihr die bittere Wahrheit zu sagen. So kam sie ihm zuvor. «Ich weiß es schon. War heute früh in Hartford», sagte sie.

Er nickte nur und strich ihr über die Wange. «Liebe», sagte er, und weiter, im stillen, zu seinem Sohn: Das ist sie, genau das, was ich für deine Mutter empfinde, für diese eine Frau.

«Ich weiß», sagte sie, und er nahm ihre Hand in die seine und blickte dabei in die verzerrte Spiegelung im Messinggestell des Bettes. Unten ging die Tür auf, und sie hörten Rachels Stimme.

«Daddy!»

«Wir sind hier heroben, Darling!» rief Leslie.

Er preßte Leslies Hand so fest, als wäre sein Fleisch eins mit dem ihren, und nicht einmal Gott selbst könnte es so ohne weiteres wieder trennen.

47

Am letzten Morgen des alten Jahres griff Michael aus dem Bett und stellte die Weckuhr ab. Eben war Rachel zu ihm unter die Decke gekrochen und preßte sich nun wärmesuchend an ihn. Und anstatt aufzustehen, drückte er ihren Kopf an seine Schulter und strich mit den Fingern wieder und wieder über die Eiform des Schädels unter dem dichten, schlafwarmen Haar. Dann schlummerten beide von neuem ein.

Als er zum andernmal erwachte, sah er mit Schrecken, daß es schon zehn Uhr vorbei war. Zum erstenmal seit Monaten hatte er die Morgenandacht im Tempel versäumt. Dennoch war kein dringender Anruf aus dem Tempel gekommen, und der Gedanke, daß sie die *minje* auch ohne ihn zustande gebracht hatten, erleichterte ihn.

Er stand nun auf, ging unter die Brause, rasierte sich und zog dann Jeans und Hemd über. Zum Frühstück nahm er lediglich einen Schluck Juice, wonach er sich, barfuß wie er war, ins Arbeitszimmer begab, um seinem Vater noch vor dem Mittagessen einen langen Brief zu schreiben. «Leslie hat sich so gefreut über diese Nachricht. Wann werden wir die Braut zu Gesicht bekommen? Könnt ihr bald kommen? Gebt uns rechtzeitig Bescheid, damit wir einen würdigen Empfang vorbereiten können.»

Gleich nach Mittag fuhr er ins Krankenhaus. Wie Eskimos gegen die Kälte vermummt, stapften er und Leslie durch den strahlenden Nachmittag. Sie erstiegen den höchsten Punkt des Krankenhausgeländes, einen bewaldeten, pfadlosen Hügel, so daß sie fortwährend in den harschigen Schnee einbrachen. Als sie endlich oben waren, rang Michael nach Atem, und auch Leslie hatte hektisch gerötete Wangen. Der Schnee blendete in der Sonne, und tief unten erstreckte sich der See, zugefroren und verschneit, aber an manchen Stellen freigepflügt, um den flink durcheinanderschießenden Hockeyspielern das Eislaufen zu ermöglichen. Michael und Leslie setzten sich Hand in Hand in den Schnee, und er hätte den Augenblick gern ums Verweilen gebeten. Aber der Wind wehte ihnen den Pulverschnee in geisterhaften Schleiern ins Gesicht, und der Rücken wurde ihnen kalt und gefühllos, so daß sie nach einer Weile aufstehen und den Gipfel verlassen mußten, hinunter in Richtung auf den Krankenhauskomplex.

Elizabeth Sullivan kochte Kaffee in ihrem Verschlag und lud sie auf einen Schluck zu sich. Sie setzten sich eben zum Trinken, da sah Dan Bernstein auf seiner Morgenvisite herein und streckte den Finger anklagend gegen Leslie aus. «Ich habe eine Überraschung für Sie: wir haben gerade in der Teamsitzung über Sie gesprochen und sind drauf und dran, Sie demnächst hinauszuschmeißen.»

«Und wann?» fragte Michael.

«Oh, noch eine Woche Behandlung, ein paar Tage Erholung und dann: Good-by, Johnny!» Er klopfte Michael auf die Schultern und begab sich dann auf die Station, gefolgt von Miss Sullivan mit ihrem Karteiwägelchen.

Leslie wollte etwas sagen, brachte aber kein Wort über die Lippen. So lächelte sie Michael nur zu, hob die Kaffeetasse, er stieß mit ihr an, überlegte sich eine kleine humorvolle Rede, die aber alles Nötige enthalten sollte – und wußte plötzlich, daß es da gar nichts zu reden gab. Statt dessen schluckte er den Kaffee hinunter und verbrannte sich dabei die Zunge.

Am nämlichen Abend fuhr Max mit dem Wagen am Tempel vor und wartete, bis Michael ausgestiegen war.

«Gute Nacht, Dad. Und ein gutes neues Jahr.»

Ohne zu überlegen, lehnte Michael sich über den Sitz und küßte den Jungen auf die Wange, wobei er sein eigenes Rasierwasser zu riechen bekam.

«He, was soll denn das heißen?»

«Ach – es ist das letztemal, weißt du. Ab morgen bist du schon zu groß dafür. Fahr vorsichtig, ja.»

Die Festhalle im Erdgeschoß war voll von Besuchern mit kindischen Papierhütchen auf den Köpfen. Hinter der improvisierten Bar verkauften Gemeindefunktionäre Getränke zugunsten der Hebräischen Schule, während fünf Musiker einen heißen Bossa Nova hinlegten und die Damen in doppelter Reihe ihre Körper im Rhythmus bewegten, die Augen ekstatisch geschlossen, als nähmen sie an einem Stammesritual teil.

«Achtung, der Rabbi!» rief Ben Jacobs in den Raum.

Michael machte langsam die Runde.

Jake Lazarus haschte nach seiner Hand. «*Nü*, wieder zwölf Monat, wieder ein Jahr herum. Zweiundfünfzigmal *schabess* gefeiert», sagte der Kantor mit träumerisch verschleiertem Blick. «Und aber ein paar Jahr, und wir feiern Jahrhundertwende. Das Jahr zweitausend, stellen Sie sich vor.»

«Versuchen Sie lieber, sich vorzustellen, daß wir das Jahr fünftausendsiebenhundertundsechzig feiern», sagte Michael. «*Unsere* Zeitrechnung ist nämlich die ältere.»

«Ob zweitausend oder fünftausendsiebenhundertsechzig, was macht das schon aus. Da werde ich in jedem Fall hundertdrei Jahre alt sein. Was glauben Sie, Rabbi, wie dann die Welt aussehen wird?»

«Mein lieber Jake, bin ich ein Hellseher?» Und er gab dem Kantor einen freundlichen *petsch* auf die Wange.

Er trat an die Bar und verließ sie mit einem generös eingeschenkten Bourbon. Auf einem der Tische, die die Damen der Gemeinde mit Fressalien beladen hatten, entdeckte er inmitten der Tabletts mit *tajglach* und Backwaren ein wahres Wunder: eine Schüssel kandierten Ingwers. Er nahm zwei Stück davon, verließ die Halle und ging die Treppe hinauf.

Nachdem er die Tür zum Andachtsraum hinter sich geschlossen hatte, drang der Lärm nur mehr gedämpft herauf. Er stand im Finstern, aber er kannte seinen Tempel und brauchte kein Licht. Er ging im Mittelschiff nach vorn bis zur dritten Reihe, wobei er die Hand um den Glasrand hielt, damit er nichts verschüttete. Er setzte sich hin, trank den Whisky in kleinen Schlucken und knabberte am Ingwer. Drei Bissen – ein Schluck. War dies das rechte Verhältnis? Denn der Ingwer war bald aufgegessen, und er hatte noch eine ganze Menge Bourbon. So trank er weiter und hing in der Dunkelheit seinen Gedanken nach. Und in dem Maß, wie seine Augen sich an das Dunkel gewöhnten, begann es sich um ihn zu lichten. Schon konnte er Umrisse unterscheiden, schon konnte er ganz gut das Lesepult ausmachen, von dem aus er in vierundzwanzig Stunden den Sabbat-Gottesdienst leiten würde. Wie viele Predigten hatte er nun schon seit jener ersten in Miami gehalten? So viele Predigten, so viele Worte. Er lachte vor sich hin. Nicht so viele, wie noch vor ihm lagen; er spürte in allen Knochen, fast hätte er die Hand ausstrecken und sie berühren können, die Himmelsleiter all der zukünftigen Sabbat-Gottesdienste.

«Und Gott sprach weiter zu Mose: Also sollst du zu den Kindern Israel sagen: Der Herr, eurer Väter Gott, der Gott Abrahams, der Gott Isaaks, der Gott Jakobs, hat mich zu euch gesandt. Das ist mein Name ewiglich, dabei soll man mein gedenken für und für.»

Ich danke dir, mein Gott.

Unten begannen die Musiker fröhliche Weisen zu spielen. Wäre Leslie jetzt da gewesen, sie hätten getanzt – es war ihm zum Tanzen zumute. Und zum nächsten Neujahr *würden* sie auch tanzen.

Der Ingwergeschmack hatte sich nun bis auf einen letzten bittersüßen Rest verloren. Nur keine Angst, *sejde*, sagte er im Dunkel leise vor sich hin. Sechstausend Jahre sind mehr als ein Tag, und dennoch ist nichts Neues auf der alten Erde, und was durch Massenmord und Gaskammern nicht ausgelöscht worden ist, wird auch nicht ausgelöscht sein durch den Wechsel der Namen oder der Nasen, und auch nicht dadurch, daß unser Blut sich mischt mit anderem Blut.

Das zumindest weiß ich von der Zukunft, mein lieber Jake Lazarus, dachte er; ob ich dir das sagen soll? Aber dann streckte er sich nur behaglich und ließ den letzten Rest Bourbon auf der Zunge zergehen, fühlte seine Wärme und verschob den Gedanken auf später.

Da mach ich eine Predigt daraus, dachte er. Morgen.

Noah Gordon:
Die Klinik

Roman

Zitate aus »From the Birthday of a Middle-Aged Child« aus
Selected Poems von Aline Kilmer.

Besonderer Dank gilt:
den Verlegern der *Medical World News* für die Erlaubnis, ein Zitat aus der Nummer vom 12. Juni 1969, Seite 72, auf dem Titelblatt des Romans wiederzugeben; den Verlegern des *Massachusetts Physician* und den Verlegern des *New England Journal of Medicine* für die Erlaubnis, die Namen ihrer Zeitschriften im Zusammenhang mit fingiertem Material zu verwenden.

Lizenzausgabe mit freundlicher Genehmigung
des Paul Zsolnay Verlages, Wien/Hamburg
Titel der Originalausgabe »The Death Committee«

Aus dem Amerikanischen von Emi Ehm

Wieder für Lorraine:
das Mädchen, das ich geheiratet
die Frau, zu der sie wurde

Jemand
gibt einem Arzt
Geld.
Vielleicht
wird er geheilt.
Vielleicht wird er nicht geheilt.

Talmud
Kethubot 105

Ein junger Arzt
betritt
einen Tunnel,
etwas geschieht
dort drinnen
und
später,
nach
sechs oder sieben
oder noch mehr Jahren,
taucht er wieder auf,
als Chirurg.

Medical World News
16. Juni 1967

PROLOG

Als Spurgeon Robinson drei Wochen lang in Sechsunddreißig-Stunden-Schichten als Begleitarzt mit den Krankenwagen gefahren war, ging ihm der Fahrer Meyerson schon längst auf die Nerven, das viele geronnene Blut, all die Verletzungen zermürbten ihn, und sein Dienst gefiel ihm ganz und gar nicht. Er entdeckte, daß er mitunter entrinnen konnte, wenn er seine Phantasie spielen ließ, und auf der jetzigen Fahrt hatte er sich soeben eingeredet, daß er nicht in einem Krankenwagen saß; es war ein gottverdammtes Raumschiff, er war kein Spitalarzt mehr, sondern der erste Schwarze im Weltraum. Das Sirenengeheul war der zu Klang verwandelte Schubstrahl.

Maish Meyerson, der Lümmel, weigerte sich jedoch, mitzumachen und den Piloten zu spielen. »Wer verbrennt«, schnauzte er den eigensinnigen Fahrer eines Chrysler Convertible an, als er ihn mit dem Krankenwagen schnitt.

In einer Stadt wie New York hätten sie vielleicht die Baustelle nur schwer finden können, in Boston jedoch gab es noch immer erst wenige wirklich hohe Gebäude. Das kahle, skelettartige Metallgerüst mit seiner roten Rostschutzfarbe stieß wie ein blutiger Finger in den grauen Himmel.

Dieser Finger winkte sie geradewegs zum Schauplatz des Unfalls. Noch während die Sirene wimmernd verklang, warf Spurgeon schon die Wagentür hinter sich zu, und langsam löste sich der Menschenknäuel um die auf dem Boden liegende Gestalt.

Spurgeon kauerte sich neben den Mann. Die unbeschädigte Kopfhälfte verriet ihm, daß der Mann noch jung war. Seine Augen waren geschlossen. Ein dünnes Geriesel tropfte von dem fleischigen Ohrläppchen.

»Einer hat einen Schraubenschlüssel aus dem dritten Stock fallen lassen«, sagte ein beleibter Mann, der Polier, als Antwort auf die nicht gestellte Frage.

Spurgeon teilte das verfilzte Haar mit den Fingern und spürte, wie sich die Knochenstückchen lose und scharfkantig wie zertrümmerte Eierschalen unter dem zerfetzten Fleisch bewegten. Wahrscheinlich zerebrospinale Flüssigkeit, die aus dem Ohr kam, dachte er. Es hatte keinen Sinn, die Wunde zu säubern, solange der arme Kerl auf dem Boden lag, entschied er, nahm einen sterilen Mulltupfer und legte ihn auf die Wunde, wo er sich sofort rot färbte.

Der Polier kaute an seiner kalten Zigarre und blickte auf den Verletzten. »Er heißt Paul Connors. Ich sage den Schweinehunden immer wieder, setzt die Helme auf. Wird er sterben?«

»Man kann von hier aus nicht viel sagen«, sagte Spurgeon. Er schob das eine geschlossene Augenlid hoch und sah, daß die Pupille erweitert war. Der Puls war sehr schwach.

Der Dicke sah ihn mißtrauisch an. »Sind Sie Arzt?«

Ein Schwarzer?

»Ja.«

»Geben Sie ihm etwas gegen die Schmerzen?«

»Er spürt keine Schmerzen.«

Spurgeon half Maish die Tragbahre herausholen, und sie luden Paul Connors in den Krankenwagen.

»He!« schrie der Polier, als Spurgeon die Tür schließen wollte. »Ich fahre mit.«

»Gegen die Vorschrift«, log Spurgeon.

»Bin früher auch immer mitgefahren«, sagte der Mann unsicher. »Von welchem Krankenhaus sind Sie?«

»County General.« Spurgeon zog an der Tür und ließ sie heftig ins Schloß fallen. Vorne startete Meyerson den Motor. Der Krankenwagen fuhr mit einem Ruck los. Der Patient atmete flach und unregelmäßig. Spurgeon befestigte den Beatmungsschlauch aus schwarzem Gummi in Connors' Mund so, daß die Zunge nicht dazwischen kommen konnte, und drehte den Respirator auf. Er legte die Maske auf das Gesicht des Patienten, und der Sauerstoff aus dem Zylinder begann in schnellen kurzen Stößen, die wie das Rülpsen eines Babys klangen, einzuströmen. Die Sirene fing mit einem kurzen Aufstöhnen zu heulen an, und wieder entrollte sich ein dickes Band elektronischer Geräusche hinter dem Krankenwagen. Seine Räder sausten kreischend über die Fahrbahn. Spurgeon überlegte, wie er den Vorfall als Musikstück instrumentieren würde. Trommeln, Hörner, sonstige Blasinstrumente. Man konnte alles verwenden. Fast alles.

Geigen würde man nicht brauchen.

Im Büro des Oberarztes döste Adam Silverstone, den Kopf auf die über der harten Schreibtischplatte gekreuzten Arme gelegt, und träumte. Er lag wieder auf einem Bett aus dürren, gekräuselten Blättern, einem Haufen angesammelter Reste vieler vergangener Herbste, auf dem er einst als Junge gelegen war, den Blick versonnen in den stillen Tümpel eines Waldbachs verloren. Es war im Spätfrühling seines vierzehnten Lebensjahres gewesen, eine schlimme Zeit, in der sich sein Vater angewöhnt hatte, auf die empörten italienischen Flüche seiner Großmutter mit betrunkenen jiddischen Beschimpfungen eigener Erfindung zu antworten. Um Myron Silberstein und der *vecchia* zu entfliehen, hatte sich Adam eines Samstagmorgens einfach zur Überlandstraße begeben und war drei Stunden lang per Anhalter dahingefahren, ohne bestimmtes Ziel, er wollte nur einfach weg von dem Rauch und dem grobkörnigen Staub Pittsburghs, weg von all dem, was es für ihn bedeutete, bis ihn ein Kraftfahrer schließlich auf einem durch Wälder führenden Straßenabschnitt absetzte. Später hatte Adam ein halbes dutzendmal versucht, die Stelle wiederzufinden, konnte sich jedoch nicht genau erinnern, wo sie eigentlich war. Vielleicht aber war auch der Wald zu der Zeit, als Adam ihn wieder suchte, längst von einem Bulldozer vergewaltigt worden und hatte Häuser ausgebrütet. Nicht daß die Stelle etwas Besonderes gewesen wäre; alle diese Wälder waren spärlich und schütter, weil man zu viele Bäume gefällt hatte, das Rinnsal des Baches hatte nie eine Forelle beherbergt, der Tümpel war nichts als eine tiefe klare Pfütze. Aber das Wasser war kalt, und Sonnenkringel spielten darüber hin. Er hatte, bäuchlings auf den Blättern ausgestreckt, den Geruch des kühlen Waldmoders eingesogen. In seinem Magen begann der Hunger zu rumoren, aber es kümmerte ihn nicht, als er so dalag und zusah, wie kleine Insekten über das Wasser wanderten. Was hatte er in der halben Stunde, in der er dort lag, erlebt — bevor die hartnäckige Frühlingsfeuchtigkeit durch die trockenen Blätter heraufkroch und ihn bewog, sich fröstelnd loszureißen —, was ließ ihn für den Rest seines Lebens von dem kleinen Tümpel träumen? Friede, entschied er Jahre später.

Dieser Friede wurde jetzt durch das Klingeln des Telefons zerschlagen, dessen Hörer er, noch halb im Schlaf, abhob.

»Adam? Hier Spurgeon.«

»Ja«, sagte er gähnend.

»Freundchen, wir haben vielleicht einen Nierenspender.«

Seine Schläfrigkeit wich etwas. »Ja?«

»Ich habe soeben einen Patienten hereingebracht. Komplizierte eingedrückte Schädelfraktur mit schweren Gehirnschäden. Meomartino assistiert Harold Poole. Er läßt Ihnen sagen, daß das EEG keinerlei elektrische Aktivität mehr zeigt.«

Jetzt war Adam hellwach.

»Welche Blutgruppe hat der Patient?« fragte er.

»AB.«

»Susan Garland hat AB. Das heißt also, daß diese Niere Susan Garland gehört.«

»Ah – Meomartino meint, ich soll Ihnen auch sagen, daß die Mutter des Patienten im Wartezimmer sitzt. Sie heißt Connors.«

»Gott verdammt.« Die Aufgabe, die legale Erlaubnis für eine Transplantation zu sichern, fiel dem Oberarzt und dem Fellow der Chirurgie zu. Meomartino, der Fellow, hatte regelmäßig andere dringende Pflichten, wenn es an der Zeit war, mit den engsten Angehörigen zu sprechen. »Ich bin sofort unten«, sagte er.

Mrs. Connors saß neben ihrem Pfarrer und schien nur wenig durch die Tatsache getröstet, daß ihr Sohn die Letzte Ölung erhalten hatte. Sie war eine vom Leben verbrauchte Frau mit einer Begabung für Ungläubigkeit.

»Ah, erzählen Sie mir nicht so etwas«, sagte sie mit Tränen in den Augen und einem zitternden Lächeln, als sei sie imstande, ihm das Ganze auszureden. »Er nicht«, sagte sie beharrlich. »Er liegt nicht im Sterben. Nicht mein Paulie.«

Formal hat sie recht, dachte Adam. In diesem Augenblick war ihr Junge schon tot. Nur die Boston Edison Company ließ ihn noch atmen. Sowie der elektrische Respirator abgedreht war, würde er in zwanzig Minuten völlig weg sein.

Adam konnte ihnen nie sein Beileid ausdrücken; es war so unzulänglich. Sie begann bitterlich zu weinen.

Er wartete lange, bis sie sich etwas gefaßt hatte, und erklärte ihr dann so schonend wie möglich die Sache mit Susan Garland. »Verstehen Sie das mit dem kleinen Mädchen? Auch sie wird sterben, wenn wir ihr keine andere Niere schenken.«

»Armes Lämmchen«, sagte sie.

»Dann würden Sie also die Zustimmung zur Nierenverpflanzung unterschreiben?«

»Er ist schon genug zerstückelt worden. Aber wenn es das Kind einer anderen Mutter rettet ...«

»Das hoffen wir«, sagte Adam. Als er sich die Zustimmung gesichert hatte, dankte er ihr und entfloh.

»Unser Herr hat Seinen ganzen Leib für Sie und für mich hingegeben«, hörte er den Priester noch im Fortgehen sagen. »Übrigens auch für Paul.«

»Ich habe nie behauptet, daß ich die Muttergottes bin, Vater«, sagte die Frau.

Seine Niedergeschlagenheit würde vielleicht verfliegen, wenn er sich dem hoffnungsvolleren Teil des Falles zuwendete, dachte Adam.

Im Zimmer 308 saß Bonita Garland, Susans Mutter, in einem Sessel und strickte. Wie gewöhnlich, wenn ihn das Mädchen von ihrem Bett aus sah, zog es die Decke über die eichelförmigen kleinen Brüste unter dem Nachthemd bis zum Hals herauf, eine Geste, die zu bemerken, er sorgfältig vermied. Von zwei Kissen gestützt, las Susan *Mad*, was ihn irgendwie erleichterte. Vor Wochen, als sie in einer langen schlaflosen Nacht an die plätschernde Blutwäschemaschine angeschlossen war, die in periodischen Abständen ihr Blut von den angesammelten Giften reinwusch, hatte er gesehen, wie sie *Seventeen* durchblätterte, und hatte sie damit aufgezogen, daß sie diese Zeitschrift las, obwohl sie selbst kaum vierzehn war.

»Ich wollte sie mir auf keinen Fall entgehen lassen«, hatte sie, eine Seite umblätternd, gesagt.

Jetzt stand er, übersprudelnd vor guten Neuigkeiten, am Fußende ihres Bettes. »Hallo, Schätzchen«, sagte er. Sie machte eben eine Periode glühender Schwärmerei für englische Musikbands durch, ein Spleen, den er schamlos ausnützte. »Ich kenne ein Mädchen, das behauptet, ich sähe aus wie der Bursche, der immer auf dem Umschlag dieser Zeitschrift zu sehen ist. Wie heißt er?«

»Alfred E. Neumann?«

»Ja.«

»Sie sehen viel besser aus.« Sie legte den Kopf schief, um ihn zu betrachten, und er sah, daß sich die dunklen Ringe unter ihren Augen vertieft hatten, ihr Gesicht schmäler geworden war und um die Nase feine Schmerzlinien trug. Als er dieses Gesicht zum erstenmal gesehen hatte, war es lebhaft und spitzbübisch gewesen. Auch jetzt versprach es, obwohl sich die Sommersprossen scharf gegen die fahl werdende Haut abzeichneten, noch immer eine große Anziehungskraft, wenn sie einmal erwachsen sein würde.

»Danke«, sagte er. »Du solltest mit deinen Komplimenten mir gegenüber lieber vorsichtig sein. Ich könnte es mit Howard zu tun kriegen.« Howard war ihr Freund. Die Eltern hatten ihnen verboten, miteinander zu gehen, hatte sie Adam eines Abends anvertraut, aber sie taten es trotzdem. Manchmal las sie Adam Stellen aus Howards Briefen vor.

»Er wird mich dieses Wochenende besuchen.«

»Warum bittest du ihn nicht, statt dessen nächstes Wochenende zu kommen?«

Sie erstarrte, aufgeschreckt durch das heimliche Warnsystem chronisch Kranker. »Warum?«

»Du wirst gute Neuigkeiten für ihn haben. Wir haben eine Niere für dich.«

»O Gott.« Jubel stand in Bonita Garlands Augen. Sie legte ihre Strickerei nieder und sah ihre Tochter an.

»Ich will sie nicht«, sagte Susan. Ihre dünnen Finger verbogen die Deckblätter der Zeitschrift.

»Warum nicht?« fragte Adam.

»Du weißt nicht, was du redest, Susan«, sagte ihre Mutter. »Wir haben so lange darauf gewartet.«

»Ich habe mich an die Dinge gewöhnt, so wie sie sind. Ich weiß, was ich zu erwarten habe.«

»Nein, das weißt du nicht«, sagte er sanft. Er löste ihre Finger von der Zeitschrift und hielt sie in seinen Händen. »Falls wir nicht operieren, wird es schlechter. Viel schlechter. Nach der Operation wird es besser. Keine Kopfschmerzen mehr. Keine Nächte mehr an der verdammten Maschine. Bald kannst du in die Schule zurück. Du kannst mit Howard tanzen gehen.«

Sie schloß die Augen. »Versprechen Sie mir, daß nichts schiefgeht?«

Jesus. Er sah, daß ihm ihre Mutter zunickte.

»Natürlich«, sagte er.

Bonita Garland ging zu dem Mädchen und nahm es in die Arme. »Liebling, es wird einfach großartig laufen. Du wirst sehen.«

»Mami.«

Bonita drückte den Kopf ihrer Tochter an die Brust und begann sie zu wiegen. »Susie — Kleines«, sagte sie. »Oh, mein Gott, haben wir Glück.«

»Mami, ich habe nur so viel Angst!«

»Du hast gehört, daß dir Dr. Silverstone sein Wort gibt.«

Er verließ das Zimmer und ging die Treppe hinunter. Keine hatte gefragt, woher die Niere kam. Er wußte, wenn er sie das nächstemal sah, würden sie sich dafür schämen.

Der Straßenverkehr flaute allmählich ab. Der Wind blies vom Meer über die schmutzigsten Stadtviertel hin und trug eine vielfältige Mischung von Gerüchen mit sich, meist üblen. Adam verspürte den Drang, zwanzig schnelle Runden zu schwimmen oder ausgiebig zu lieben, irgendeine körperlich rasend anstrengende Tätigkeit zu unternehmen, welche die Last erleichtern würde, die ihn jetzt fast zu Boden drückte. Wäre er nicht der Sohn eines Säufers gewesen, dann hätte er jetzt eine Bar gesucht. Statt dessen ging er über die Straße zu Maxie, aß Chowder aus der Dose und trank zwei Tassen schwarzen Kaffee.

Der Fellow der Chirurgie, Meomartino, hatte die Verbindungen zwischen den Operationssälen und den engsten Verwandten des Spenders organisiert. Man mußte ihm zugestehen, daß das System funktionierte, dachte Adam Silverstone widerwillig, während er seine Fingernägel bürstete.

Spurgeon Robinson war an der Tür des OP 3 postiert.

Im Büro der chirurgischen Station im ersten Stock wartete ein zweiter Spitalarzt namens Jack Moylan bei Mrs. Connors. In Moylans Tasche steckte ein Zettel mit der Zustimmung zur Autopsie. Er saß mit dem Telefonhörer am Ohr da und wartete. Am anderen Ende der Leitung saß ein Facharztanwärter im ersten Jahr namens Mike Schneider hinter dem Schreibtisch auf dem Gang vor der OP-Tür.

Drei Meter von jener Stelle entfernt, wo Spurgeon stand und

wartete, lag Paul Connors auf dem Operationstisch. Es war mehr als vierundzwanzig Stunden her, seit er in das Krankenhaus eingeliefert worden war, aber noch immer atmete der Respirator für ihn. Meomartino hatte Connors bereits für den Eingriff vorbereitet und legte ein steriles Plastiktuch über das Operationsfeld.

Neben ihm sprach Dr. Kender, der stellvertretende Chefarzt der Chirurgie, leise mit Dr. Arthur Williamson von der Internen.

Gleichzeitig ging nebenan im OP 4 Adam Silverstone, jetzt reingebürstet und vermummt, zum Operationstisch, auf dem Susan Garland lag. Das Mädchen starrte ihn schläfrig an. Sie erkannte ihn hinter der Operationsmaske nicht.

»Hallo, Schätzchen«, sagte er.

»Oh. Sie sind's.«

»Wie geht's?«

»Alle verkleidet. Ihr seht aus wie Gespenster.« Sie lächelte und schloß die Augen.

Um 7 Uhr 55 setzten Dr. Kender und Dr. Williamson im OP 3 die Elektroden eines Elektroenzephalographen an Paul Connors' Schädel.

Wie am Abend zuvor zog der Griffel des EEG eine gerade Linie auf dem Millimeterpapier und bestätigte damit, was sie ohnehin wußten: daß sein Geist nicht mehr lebte. Zweimal in vierundzwanzig Stunden hatten sie das Fehlen elektrischer Tätigkeit im Gehirn des Patienten verzeichnet. Die Pupillen waren stark erweitert, die peripheren Reflexe fehlten.

Um 7 Uhr 59 drehte Dr. Kender den Respirator ab. Fast gleichzeitig hörte Paul Connors zu atmen auf.

Um 8 Uhr 16 suchte Dr. Williamson den Herzschlag, und als er keinen fand, erklärte er Connors für tot.

Spurgeon Robinson öffnete die Tür zum Gang. »Jetzt«, sagte er zu Mike Schneider.

»Er ist ex gegangen«, sagte Schneider ins Telefon.

Sie warteten schweigend. Schneider horchte gespannt, wandte sich dann kurz darauf ab und sagte: »Sie hat unterzeichnet.«

Spurgeon ging in den OP 3 zurück und nickte Meomartino zu. Während Dr. Kender zusah, nahm der Fellow ein Skalpell und machte den transversalen Einschnitt, der es ihm ermöglichte, die Niere aus der Leiche zu entfernen.

Meomartino arbeitete mit äußerster Sorgfalt und wußte, daß seine Nephrektomie sauber und richtig war, weil Dr. Kender beifällig schwieg. Er war es gewöhnt, vor den kritischen Augen der Älteren zu operieren, und ließ sich nie aus der Fassung bringen.

Dennoch schwankte seine Selbstsicherheit für den Bruchteil einer Sekunde, als er aufblickte und Dr. Longwood auf der Galerie sitzen sah.

Waren es Schatten? Oder waren es die von ihm in diesem kurzen Augenblick wahrgenommenen angeschwollenen dunklen Zeichen urämischer Vergiftung, die unter den Augen des Alten bereits erkennbar waren?

Dr. Kender räusperte sich, und Meomartino beugte sich wieder über die Leiche.

Er brauchte nur sechzehn Minuten, um die Niere zu entfernen, anscheinend eine gute, mit einer einzigen, klar umrissenen Arterie. Während er mit behandschuhten Fingern das Abdomen abtastete, um sich zu vergewissern, daß kein Tumor vorhanden war, nahm die Verbindungsmannschaft, deren sämtliche Mitglieder jetzt bereits steril gewaschen waren und warteten, die freigelegte Niere und hängten sie an ein Perfusionssystem, das eiskalte Flüssigkeit durch das Organ pumpte.

Die große rote Fleischbohne wurde vor ihren Augen weiß, als das Blut aus ihr herausgewaschen wurde, und schrumpfte vor Kälte zusammen.

Sie trugen die Niere auf einem Tablett in den OP 4, und Adam Silverstone assistierte, als Dr. Kender das Organ zu einem Teil des Mädchenkörpers machte und dann dessen eigene Nieren entfernte, von der Krankheit verwüstete und verrunzelte Stückchen, die seit langem nicht mehr funktioniert hatten. Adam wußte, als er die zweite aus der Zange auf das Tuch fallen ließ, daß jetzt Susan Garlands einzige Lebensader jene Arterie war, die ihr Blut an Paul Connors' Niere anschloß. Nunmehr aber färbte sich das übertragene Organ bereits mit einem gesunden Rosarot, erwärmt von neuem, jungem Blut.

Nicht ganz eine halbe Stunde nach Beginn der Transplantation schloß Adam die abdominale Inzision. Er half dem Krankenwärter, Susan Garland in den sterilen Erholungsraum zu tragen, und war daher der letzte, der in das Zimmer der Jungchirurgen zurückkam. Robinson und Schneider hatten bereits die grünen Operationsanzüge gegen weiße ausgetauscht und waren in ihre Abteilungen zurückgekehrt. Meomartino stand noch in der Unterwäsche da.

»Sieht nach einem Erfolg aus«, sagte er.

Adam hielt die gekreuzten Finger hoch.

»Haben Sie Longwood gesehen?«

»Nein. Der Alte war da?«

Meomartino nickte.

Adam öffnete den Metallschrank, in dem sein weißer Anzug hing, und begann die schwarzen isolierten OP-Stiefel abzustreifen.

»Ich weiß nicht, warum er eigentlich zusehen wollte«, sagte Meomartino nach kurzem Schweigen.

»Er wird bald selbst eine bekommen, wenn wir Glück haben, einen B-negativen Spender zu bekommen.«

»Das wird nicht leicht sein. B-negative sind rar.«

Adam zuckte die Achseln. »Wahrscheinlich wird Mrs. Bergstrom die nächste Niere bekommen«, räumte er ein.

»Seien Sie dessen nicht so sicher.«

Es gehörte zu den ständigen Sticheleien zwischen Fellow und Oberarzt, daß man, wenn einer eine Information erhielt, die den anderen noch nicht erreicht hatte, sich so benahm, als besäße man eine direkte Leitung zum lieben Gott. Adam knüllte den schmutzigen grünen Anzug zusammen und warf ihn in den halbgefüllten Wäschekorb in der Ecke. »Was, zum Teufel, soll denn das heißen? Bergstrom wird eine Niere von ihrer Zwillingsschwester bekommen, oder?«

»Die Schwester weiß noch nicht, ob sie eine hergeben will.«

»O Gott.« Adam zog seinen weißen Anzug aus dem Schrank und stieg in die Hose, die, wie er bemerkte, allmählich schmuddelig wurde und am nächsten Tag durch eine frische ersetzt werden mußte.

Meomartino ging hinaus, als Adam sich die Schuhe zuband. Silverstone wollte eine Zigarette rauchen, aber das kleine elektronische Ungeheuer in dem Täschchen an seinem Rockaufschlag summte leise, und als Adam zurückfragte, erfuhr er, daß Susan Garlands Vater wartete und ihn sprechen wollte, also ging er sofort hinauf.

Arthur Garland war Anfang Vierzig, wurde aber bereits dick, hatte unsichere blaue Augen und einen fliehenden rötlichbraunen Haaransatz. Ein Lederwarenhändler, wie sich Adam erinnerte.

»Ich wollte nicht gehen, ohne mit Ihnen zu sprechen.«

»Ich bin nur ein Hausarzt. Vielleicht sollten Sie mit Dr. Kender sprechen.«

»Ich habe soeben mit Dr. Kender gesprochen. Er sagte, daß alles soweit gutging.«

Adam nickte.

»Bonnie – meine Frau – bestand darauf, daß ich mit Ihnen spreche. Sie sagte, Sie seien so verständnisvoll gewesen. Ich wollte mich bedanken.«

»Nicht nötig. Wie geht es Mrs. Garland?«

»Ich habe sie heimgeschickt. Das Ganze war ein bißchen viel für sie, und Dr. Kender sagte, wir würden Susan einige Tage nicht sehen können.«

»Je weniger Kontakt sie mit der Außenwelt hat, selbst mit Menschen, die sie lieben, um so weniger ist eine Infektionsgefahr gegeben. Die Medikamente, die wir anwenden, damit ihr Körper die neue Niere nicht abstößt, schwächen ihre Widerstandskraft.«

»Ich verstehe«, sagte Garland. »Dr. Silverstone, kann man hoffen, daß alles in Ordnung ist?«

Er war überzeugt, daß Garland bereits Dr. Kender gefragt hatte.

»Der chirurgische Teil verlief glatt«, sagte er. »Es war eine gute Niere. Es spricht viel für uns.«

»Was unternehmen Sie als nächstes?«

»Auf sie aufpassen.«

Garland nickte. »Ein kleines Zeichen der Dankbarkeit.« Er zog eine Brieftasche heraus. »Krokodilleder. Aus meiner Firma.«

Adam war verlegen.

»Ich habe auch Dr. Kender eine geschenkt. Bitte keinen

Dank. Ihr gebt mir mein Mädchen wieder.« Die verängstigten blauen Augen glänzten, schwammen, gingen über. Beschämt schaute der Mann weg, zu der ausdruckslosen Wand.

»Mr. Garland, Sie sind todmüde. Ich gebe Ihnen ein Rezept für ein Beruhigungsmittel, und dann gehen Sie heim.«

»Ja. Bitte.« Er schneuzte sich. »Haben Sie Kinder?«

Adam schüttelte den Kopf.

»Sie sollten sich das Erlebnis nicht entgehen lassen. Wir haben sie adoptiert, wissen Sie das?«

»Ja. Ja, ich weiß.«

Garland nahm das Rezept, wollte noch etwas sagen, schüttelte den Kopf und ging.

Die Transplantation war am Freitag durchgeführt worden. Am nächsten Mittwoch war sich Adam sicher, daß sie es geschafft hatten.

Susan Garlands Blutdruck war zwar noch immer hoch, aber die Niere funktionierte wie angeboren.

»Ich hätte nie gedacht, daß ich je Herzklopfen bekäme, nur weil jemand nach einer Leibschüssel verlangt«, sagte ihm Bonita Garland.

Es würde noch eine gute Weile bis zur Genesung ihrer Tochter dauern. Die Wunde plagte sie, und das Mädchen war durch die Medikamente geschwächt, die man anwandte, damit ihr Körper die Niere nicht abwies. Susan war deprimiert. Sie fuhr bei gutgemeinten Bemerkungen auf und weinte nachts. Am Donnerstag lebte sie während eines Besuchs von Howard auf, der sich als magerer und entsetzlich schüchterner Junge entpuppte.

Es war Howards Wirkung auf Susan, was Adam auf die Idee brachte.

»Welchen Discjockey im Radio hat sie am liebsten?«

»Ich glaube, J. J. Johnson«, sagte ihre Mutter.

»Warum rufen Sie ihn nicht an und bitten ihn, Samstag abend Susan einige Platten zu widmen? Wir können Howard einladen, sie zu besuchen. Sie wird zwar nicht tanzen oder auch nur ihr Bett verlassen können, aber unter den Umständen könnte es ein annehmbarer Ersatz sein.«

»Sie sollten Psychiater werden«, sagte Mrs. Garland.

»Ein Ball für mich allein?« fragte Susan, als sie es ihr erzählten. »Ich muß mir die Haare waschen lassen. Sie sind schmutzig.« Ihre Stimmung schlug derart um, daß Silverstone, hingerissen, telefonisch einen Blumenstrauß bestellte, für rote Rosen Geld ausgab, das er anderen Zwecken zugedacht hatte, mit einer Karte:

»Viel Spaß zum Ball, Schätzchen.«

Am Freitag war ihre Stimmung gut, sank jedoch gegen Abend. Als Adam auf Visite vorbeikam, erfuhr er, daß sie bei der Schwester verschiedene Beschwerden vorgebracht hatte.

»Was ist los, Susie?«

»Mir tut's weh.«

»Wo?«

»Überall. Mein Bauch.«

»Etwas Schmerzen mußt du schon in Kauf nehmen. Schließlich hast du eine schwere Operation hinter dir.« Er wußte, daß man in den Fehler verfallen konnte, einen Patienten zu sehr zu verzärteln. Er untersuchte die Wunde, an der nichts Auffallendes zu bemerken war. Ihr Puls ging schneller, aber als er ihr die Manschette anlegte und den Blutdruck maß, grinste er vor Genugtuung. »Normal. Zum erstenmal. Wie gefällt dir das?«

»Gut.« Sie lächelte schwach.

»Jetzt schau, daß du schlafen kannst, damit du morgen abend frisch für deinen Ball bist.«

Sie nickte, und er eilte davon.

Sechs Stunden später entdeckte die Stationsschwester, die mit Medikamenten in Susans Zimmer kam, daß das Mädchen in den stillen Nachtstunden innerlich verblutet war.

»Dr. Longwood will den Fall Garland bei der nächsten Sitzung des Todeskomitees erörtern«, sagte Meomartino am nächsten Tag beim Mittagessen.

»Das halte ich für unfair«, sagte Adam.

Sie saßen mit Spurgeon Robinson zusammen an einem Tisch an der Wand. Adam stocherte in dem gräßlichen Schmorfleisch herum, das es im Krankenhaus jeden Samstag gab. Spurgeon aß seines lustlos, während Meomartino es buchstäblich in sich hineinschaufelte. Wie, zum Teufel, hatte sich die Vorstellung entwickelt, daß die Reichen empfindliche Mägen haben, fragte sich Adam.

»Warum?«

»Die Nierentransplantation ist kaum über das experimentelle Stadium hinaus. Wie können wir versuchen, jemandem die Verantwortung für den Tod auf einem Gebiet anzuhängen, das wir noch immer verdammt wenig beherrschen?«

»Das ist der springende Punkt«, sagte Meomartino ruhig und wischte sich den Mund ab. »Sie ist längst über das experimentelle Stadium hinaus. Im ganzen Land werden diese Operationen erfolgreich durchgeführt. Wenn wir uns schon zu einer klinischen Anwendung entschließen, müssen wir auch die Verantwortung dafür tragen.«

Er hat leicht reden, dachte Adam; seine Rolle in diesem Fall hatte sich darauf beschränkt, die verdammte Niere aus der Leiche zu holen.

»Gestern abend ging's ihr doch gut, als Sie sie sahen?« fragte Spurgeon Robinson.

Adam nickte und sah den Spitalarzt scharf an. Dann zwang er sich zur Ruhe; im Gegensatz zu Meomartino hatte Spurgeon nichts gegen ihn.

»Ich glaube, daß Dr. Longwood die Sitzung eigentlich nicht leiten dürfte«, sagte Robinson. »Er ist nicht gesund. Er hat diese Exituskonferenzen immer so geführt, als sei er Torquemada und stehe einem Inquisitionstribunal vor.«

Meomartino grinste. »Mit seinem Gesundheitszustand hat das nicht das geringste zu tun. Das Aas hat die Konferenz schon immer so geleitet.«

Die können einem die Karriere in einer solchen Sitzung total versauen, dachte Adam. Er legte die Gabel weg und und schob den Stuhl zurück. »Eines möchte ich wissen«, sagte er in einem plötzlichen Anfall von Streitlust zu Meomartino. »Sie sind doch der einzige auf unserer Station, der von Longwood nie als ›der Alte‹ spricht. Finden Sie den Ausdruck zu respektlos?«

Meomartino lächelte. »Im Gegenteil. Ich halte ihn für einen Ausdruck der Zuneigung«, sagte er ruhig. Und aß mit unvermindertem Genuß weiter.

Kurz vor Dienstschluß erinnerte sich Adam an den Rosenstrauß.

»Blumen? Ja, die sind angekommen, Dr. Silverstone«, sagte die Schwester am Empfang. »Ich habe sie an die Garlands weiterschicken lassen. Das tun wir immer.«

Viel Spaß zum Ball, Schätzchen . . .

Das wenigstens hätte ich ihnen ersparen können, dachte er.

»Es ist doch in Ordnung, nicht?«

»Aber sicher.«

Er ging in das kleine Zimmer im sechsten Stock hinauf, setzte sich nieder und rauchte vier Zigaretten, ohne Genuß, eine nach der anderen, und merkte, daß er Nägel kaute, eine Gewohnheit, die er längst abgelegt zu haben geglaubt hatte.

Er dachte an seinen Vater, von dem er nichts gehört hatte, fragte sich, ob er versuchen sollte, ihn in Pittsburgh anzurufen, beschloß dann erleichtert, es sein zu lassen.

Lange danach verließ er das Zimmer, ging hinunter auf die verlassene Straße. Maxies Lokal war geschlossen und finster. Die Straßenlampen zeichneten einen Weg durch das Dunkel wie Leuchtspurmunition, den Block entlang, da und dort unterbrochen, wo vermutlich Kinder die Glühbirne mit einem Stein zertrümmert hatten.

Zunächst ging er.

Dann begann er zu laufen.

Zur Ecke hinunter; seine Sohlen schlugen hart gegen den zementierten Gehsteig.

Um die Ecke.

Die Avenue entlang, schneller.

Ein Wagen brauste vorbei, hupte, ein Frauenzimmer schrie etwas und kicherte. Er spürte ein erstickendes Gefühl in der Brust und lief noch schneller, trotz des stechenden Schmerzes in seiner rechten Seite.

Um die Ecke.

Am Hof mit den Krankenwagen vorbei. Leer. Der grüne Blechschirm der riesigen gelben Leuchte über dem Eingang zur Ambulanz flatterte in der nächtlichen Brise und warf unruhig tanzende Schatten, als Adam vorbeilief.

An der Laderampe des Lagerhauses nebenan sog ein menschliches Wrack – in der Dunkelheit eine flüchtige Form, ein Klumpen, ein Schatten, sein Vater – die letzten Tropfen aus einer Flasche und schmiß sie dann leer durch das Unbekannte, durch die Luft hinter Adam her, der jetzt mit rudernden Armen dahinrannte, von Rückenschmerzen und dem klirrenden Geräusch zerbrechenden Glases gehetzt.

Um die Ecke.

In den dunkelsten Abschnitt seiner Strecke hinein, auf die Rückseite des Mondes. Vorbei an den leeräugigen Häusern des leeräugigen Elendsviertels der Schwarzen, die in barmherzigem Schlaf lagen.

An geparkten Wagen vorbei, wo die sich windenden Gestalten ihren Rhythmus nicht unterbrachen, das Mädchen jedoch über die Schulter seines Liebhabers und durch die Scheibe nach der gespenstischen Schindmähre spähte, die da vorbeigaloppierte.

Vorbei an der Sackgasse, wo der Lärm seiner Füße irgend etwas Kleines, Lebendiges aufschreckte und Krallen gegen die hartgestampfte Erde schlugen, als es tiefer in den Tunnel hineinfloh.

Um die Ecke.

Wieder die Straßenlampen. Mit brennender Lunge, unfähig zu atmen, den Kopf zurückgeworfen, einen bohrenden Schmerz in der Brust vor Anstrengung, das Band zu durchreißen, obwohl keine Menge dastand und brüllte, erreichte er Maxies Laden, taumelte und blieb stehen.

Jesus.

Er rang nach Luft, fürchtete sich übergeben zu müssen, rülpste laut und mußte sich doch nicht übergeben.

Er war naß unter den Armen und zwischen den Beinen, sein Gesicht war naß. Narr. Keuchend lehnte er sich an Maxies Schaufenster, das bedrohlich knarrte, glitt an der Scheibe hinunter, bis seine Sitzbacken auf der schmalen Holzkante ruhten, die die Scheibe trug.

Er warf den Kopf zurück und schaute in den sternenlosen Himmel.

Sie haben kein Recht, von mir ein Versprechen zu verlangen, sagte er. Warum bitten sie nicht Dich darum?

Er senkte die Augen, und sein Blick fiel auf das Gebäude, das fast bis in den Himmel ragte, er sah die alten roten Ziegel. Er fühlte die unendliche Geduld der narbenreichen Fassade, mit der sie den Schmutz und Rauch der Stadt ertrug, die rings um das Haus gewachsen war. Davon war sie braun geworden.

Er erinnerte sich an den Augenblick, in dem er das Krankenhaus zum erstenmal erblickt hatte, erst vor wenigen Monaten, und doch schon vor tausend Jahren.

ERSTES BUCH

Sommer

I
ADAM SILVERSTONE

Die Sterne am erbleichenden Himmel hatten sich langsam in ihr Versteck gedrückt. Als der hustende Lastwagen die Überlandstraße von Massachusetts verließ und durch die menschenleeren Randbezirke ratterte, flackerte die lange Reihe von Straßenlampen den Fluß entlang zweimal auf und erstarb dann in der Finsternis. Der heiße Tag nahte, aber das Erlöschen der Lichterkette verlieh dem Tagesanbruch eine kurze trügerische Kühle und Dunkelheit.

Er starrte durch die staubige Windschutzscheibe, als sie sich Boston näherten, jener Stadt, die seinen Vater geformt, aufgerieben und zerbrochen hatte.

Mir werdet ihr das nicht antun, sagte er zu den vorbeiziehenden Häusern, der Skyline, dem Fluß.

»Sieht gar nicht nach einer schwierigen Stadt aus«, sagte er.

Der Fahrer sah ihn überrascht von der Seite an. Ihr Gespräch war schon vor achtzig Meilen, zwischen Hartford und Worcester, in ein ermüdendes Schweigen gemündet, als Folge einer heftigen Meinungsverschiedenheit über die John-Birch-Society. Jetzt sagte der Mann etwas Undeutliches, das im Dröhnen des Motors unterging.

Adam schüttelte den Kopf. »Verzeihung, ich habe nicht verstanden.«

»Was ist los, bist du taub?«

»Ein wenig, am linken Ohr.«

Der Mann runzelte die Stirn, weil er sich gefoppt fühlte. »Ich habe gefragt, wartet ein Job auf dich?«

Adam nickte.

»Und was für einer?«

»Ich bin Chirurg.«

Der Fahrer sah ihn angewidert an, jetzt überzeugt, daß sein

Verdacht gerechtfertigt war. »Natürlich, du schäbiger Beatnik. Ich bin Astronaut.«

Adam öffnete den Mund zu einer Erklärung, besann sich, dachte: zum Teufel mit ihm, schloß ihn wieder und wandte seine Aufmerksamkeit der Szenerie zu. Auf der anderen Seite des Charles River vermochte er in der Dunkelheit weiße Türme zu entdecken, zweifellos Harvard. Irgendwo dort drüben war das Radcliffe College, und dort schlief Gaby Pender wie ein Kätzchen, dachte er und fragte sich, wie lange er es wohl aushielt, sie nicht anzurufen. Würde sie sich an ihn erinnern? Unwillkürlich kam ihm ein Zitat in den Sinn — etwas darüber, wie oft ein Mann eine Frau sehen muß, daß es einmal genügt, das zweitemal aber die Bestätigung bringt.

Der kleine Computer in seinem Kopf sagte ihm, wer der Autor der Zeilen war. Wie gewöhnlich erfüllte ihn die Fähigkeit, sich an nichtmedizinische Dinge zu erinnern, mit gereizter Unzufriedenheit statt mit Stolz. Wortverschwender, hörte er seinen Vater sagen. Adamo Roberto Silverstone, du selbstgefälliges Aas, sagte er zu sich, schau, wo dein famoses Gedächtnis bleibt, wenn du mit einem Lehrsatz aus Thoreks *Anatomy in Surgery* oder Wangensteens *Intestinal Obstruction* ringst.

Kurz darauf schlug der Mann das Lenkrad ein, der Lastwagen polterte vom Storrow Drive weg, über eine Rampe, und plötzlich waren erleuchtete Lagerhausfenster da, Lastwagen, Personenwagen, Leute, ein Marktbezirk. Der Fahrer lenkte den Lastwagen eine kopfsteingepflasterte Straße hinunter, an einem Speisehaus vorbei, dessen Neonlicht noch immer blitzte, dann eine zweite lange, kopfsteingepflasterte Straße hinauf, und blieb vor »Benj. Moretti & Sons Produce« stehen. Auf sein Hupen hin trat ein Mann ins Freie und schaute von der Laderampe nach ihnen aus. Fleischig und mit beginnender Glatze sah er in seinem weißen Arbeitskittel einem der Pathologen vom Krankenhaus in Georgia ähnlich, wo Adam seine Spitalspraxis und das erste Jahr seiner fachärztlichen Ausbildung absolviert hatte. *Eh, paysan.*

»Was bringst du?«

Der Fahrer rülpste, als würde ein Teppich zerrissen. »Melonen. Zitronen.« Der Mann in Weiß nickte und verschwand.

»Endstation, Kleiner.« Der Fahrer öffnete die Tür und kletterte schwerfällig aus der Fahrerkabine.

Adam griff hinter den Sitz, nahm den abgewetzten billigen Koffer und sprang zu dem Mann auf die Straße hinunter. »Kann ich Ihnen abladen helfen?«

Der Fahrer sah ihn finster und mißtrauisch an. »Das tun die«, sagte er, mit dem Kopf zum Lagerhaus deutend. »Wenn du einen Job haben willst, frag sie.«

Adam hatte das Angebot aus Dankbarkeit gemacht, sah jedoch erleichtert, daß es unnötig war. »Danke fürs Mitnehmen«, sagte er.

»Schon recht.«

Er ging die Straße hinunter bis zum Speisehaus, mühte sich mit dem Koffer ab, ein kleiner O-beiniger Mann, zu groß für einen Jockey, zu schwach für die meisten Sportarten, außer für Tauchen, das seit fünf Jahren für ihn kein Sport mehr war. In solchen Momenten bedauerte er, den muskulösen Brüdern seiner Mutter nicht ähnlicher zu sein. Er haßte es, der Gnade eines Menschen ausgeliefert oder von irgend etwas abhängig zu sein, einschließlich eines Gepäckstückes.

Aus dem Speisehaus kamen verlockende Düfte und der geschäftige Lärm billiger Restaurants: Reden und Lachen, das hohle Geklapper von Kochgeschirr drang durch das kleine Fenster zur Küche, das massive Geräusch von Kaffeekannen, die auf die weiße Marmortheke gestellt wurden, das Zischen von Dingen, die am Grill brutzelten. Teure Dinge, entschied er.

»Kaffee, schwarz.«

»Erst zahlen«, sagte das strohhaarige Mädchen. Sie war voll entwickelt, von festem Fleisch, mit einer blassen, milchigen Haut und würde mit dem Problem der Fettleibigkeit zu kämpfen haben, bevor sie noch dreißig war. Unter der weißbeschürzten linken Brust stachen zwei parallele Schmutzstreifen wie Stigmata hervor. Der Kaffee schwappte über den Rand der Kanne, als sie ihn Adam zuschob; sie nahm sein Zehncentstück mürrisch entgegen und wandte sich mit einem beleidigenden Hüftschwung ab.

Muh.

Der Kaffee war sehr heiß, und er trank ihn langsam, wagte hie und da sehr mutig einen größeren Schluck und hatte ein siegreiches Gefühl, daß er sich die Zunge nicht verbrannt hatte. Die Wand hinter der Theke war mit Spiegeln verkleidet, aus denen ihn ein Landstreicher anstarrte, stoppelbärtig, zerrauft, in einem verschmutzten, abgetragenen blauen Arbeitshemd. Als er den Kaffee ausgetrunken hatte, stand er auf und trug den Koffer in die Herrentoilette. Er drehte versuchsweise die Wasserhähne auf, aus beiden kam aber nur kaltes Wasser, was Adam nicht überraschte. Er ging in den Speisesaal zurück und bat das Mädchen um eine Tasse heißes Wasser.

»Für Suppe oder für Tee?«

»Einfach nur Wasser.«

Sie ignorierte ihn mit einer Miene langmütigen Widerwillens. Schließlich gab er nach und bestellte Tee. Als er ihn erhielt, bezahlte er, nahm den Teebeutel aus der Tasse und ließ ihn auf die Theke fallen. Er trug die Tasse in die Herrentoilette. Der Boden war mit Schichten von Sand und, dem Geruch nach zu urteilen, eingetrocknetem Urin bedeckt. Adam stellte die Tasse auf den Rand des schmutzigen Waschbeckens, balancierte den Koffer auf dem Heizkörper und öffnete ihn, um seine Toilettensachen herauszunehmen. Indem er kaltes Wasser in der hohlen Hand auffing und heißes aus der Tasse hinzufügte, gelang es ihm, seinen Bart einzuseifen und sich das Gesicht mit dem Wasser genügend warm zu spülen, um die Stoppeln aufzuweichen. Als er mit dem Rasieren fertig war, sah das Gesicht, das ihn aus dem fleckigen Spiegel anblickte, schon zivilisierter aus. Dr. Silverstone. Braune Augen. Eine große Nase, die er gern für römisch hielt, an sich nicht extrem groß, aber doch durch seine geringe Körpergröße auffallend. Ein breiter Mund, wie eine zynische Schnittwunde in dem mageren Gesicht. Ein trotz der Sonnenbräune unleugbar hellhäutiges Gesicht, von braunen Haaren gekrönt. Einem glanzlosen, faden Braun. Er nahm eine Bürste aus dem Koffer und drückte sie in sein Haar. Sein Teint verursachte ihm immer ein leichtes Schuldbewußtsein. Ein Kind sollte die Farbe von Oliven haben, nicht von Zitronen oder Hafergrütze, hatte er einmal seine Mutter sagen hören. Sein Teint war wie Hafergrütze, ein Kompromiß zwischen seinem blonden Vater und seiner italienischen Mutter.

Seine Mutter war dunkel gewesen, eine Frau mit unglaublich schwarzen Augen und unglaublich schweren Lidern, den

Schlafzimmeraugen einer irdischen Heiligen. Er konnte sich kaum an ihr Gesicht erinnern, aber um ihre Augen zu sehen, brauchte er bloß die seinen zu schließen. An den Abenden, wenn sein Vater betrunken heimgekommen war – der abtrünnige Myron Silberstein, der im Schnaps ertrank, eine Gewohnheit, die er zusammen mit italienischen Lieblingsphrasen angenommen hatte, um seine Vorurteilslosigkeit zu demonstrieren, und seine nach Anis riechenden Hilfeschreie ausstieß (*O putana nera! O troia scura! O Donna! Oi, nafke!*) –, an solchen Abenden pflegte der kleine Junge in der Dunkelheit wach zu liegen, und er zitterte bei dem dumpfen Schlag der Fäuste seines Vaters auf dem Fleisch seiner Mutter, der ihn krank machte, bei dem Klatschen ihrer Handfläche gegen sein Gesicht, und die Geräusche mündeten oft in anderen, hitzigen, rasenden, keuchenden, die ihn starr daliegen und die Nacht hassen ließen.

Als er in die Untermittelschule ging und seine Mutter schon vier Jahre lang tot war, entdeckte er die Sache mit Gregor Johann Mendel und den Erbsen, machte sich daran, sein eigenes Erbbild zusammenzubrauen, und hoffte im stillen, daß seine braunen Haare und Augen sich als genetische Unmöglichkeit erweisen würden: daß er die Blondheit seines Vaters hätte erben müssen und daß er vielleicht doch ein Bastard war, das Erzeugnis seiner schönen toten Mutter und eines unbekannten Mannes, der alle jene edlen Tugenden besaß, die dem Mann, den er Paps nannte, so sehr fehlten.

Aber die Biologiebücher enthüllten ihm, daß die Kombination von Mondlicht und Schatten eben – Hafergrütze ergab.

Na schön.

Jedenfalls war er zu jener Zeit bereits mit einer Art Haßliebe an Myron Silberstein gebunden.

Um das zu beweisen, du verdammter Narr, sagte er zu seinem Spiegelbild, kratzt du zweihundert Dollar zusammen und läßt sie dir dann von ihm herauslocken, fast die ganze Summe. Was war es, das in seinen Augen aufleuchtete, als sich seine Hände – diese Hände eines hebräischen Fiedlers und Hausmeisters, in deren Knöcheln der Kohlenstaub eingefressen war – um das Geld geschlossen hatten?

Liebe? Stolz? Die Verheißung der schönsten Überraschung im Leben, einer unverhofften Trunkenheit? Jagte der alte Mann noch immer nach Liebe? Wohl kaum. Die bei Alkoholikern übliche Impotenz des mittleren Alters. Gewisse Ketten binden früher oder später jeden, selbst einen Myron Silberstein.

Nur ein Mensch, die Großmutter, seine *vecchia,* war je imstande gewesen, seinen Vater einzuschüchtern. Rosella Biombetti war eine kleine Süditalienerin gewesen: das weiße Haar zu einem Knoten gedreht, alles übrige natürlich schwarz: Schuhe, Strümpfe, Kleid, Halstuch, oft sogar die Stimmung, als trauere sie um die Welt. In ihrem olivfarbenen Gesicht standen Narben, die ihr geblieben waren, als sie vierjährig in dem Avellino-Dorf Petruro lebte und alle acht Kinder der Familie an *vaiolo,* den gefürchteten Pocken, erkrankten. Die Krankheit raffte keines hinweg, entstellte jedoch sechs der Kinder und zerstörte das siebente, einen Achtjährigen namens Muzi, dessen Hirn das hohe Fieber zu weicher Asche verbrannte und ihn als ein Etwas hinterlassen hatte, das schließlich zu einem alternden kahlköpfigen Mann in East-Liberty von Pittsburgh, Pennsylvanien, wurde; er spielte den ganzen Tag mit seinen Löffeln und Flaschenkappen und trug, selbst wenn die Julihitze die Luft über der Larimer Avenue schimmern ließ, einen zerlumpten Sweater.

Einmal fragte Adam die Großmutter, warum der alte Großonkel so war.

»*L'Arlecchino*«, sagte sie.

Er lernte schon früh, daß der Harlekin die innere Angst war, die das Leben seiner Großmutter durchzog, das Universalübel, ein Erbe aus dem Europa vor zehn Jahrhunderten. Ein Kind stirbt an einem plötzlichen Anfall einer unerwarteten Krankheit? Es wurde vom Harlekin geraubt, der nach Kindern giert. Eine Frau wird schizophren? Der schlanke, teuflisch-schöne dämonische Liebhaber hat sie verführt und ist mit ihrer Seele durchgebrannt. Ein Arm schrumpft gelähmt zusammen, ein Mensch vergeht langsam unter den Verheerungen der Tuberkulose? Der Harlekin pflückt und pflückt Lebenskraft von seinem Opfer und schlürft die Lebensessenz wie Sirup.

In dem Versuch, ihn zu bannen, machte sie ihn zu einem Familienmitglied. Als Adams Kusinen immer mehr erblühten und mit Lippenstiften und hohen spitzen Büstenhaltern zu experimentieren begannen, kreischte die alte Frau, daß sie den Harlekin anlocken würden, der in der Nacht die Jungfernschaft stahl.

Während Adam der *vecchia* jahrelang zuhörte, erfuhr er Einzelheiten. Der Harlekin trug Kniehosen und eine Jacke aus bunten Flicken und war unsichtbar, außer bei Vollmond, der seine Buntscheckigkeit in einen vor tausend Lichtern glitzernden Anzug verwandelte. Er besaß keine Stimme, aber das Geklingel der Glöckchen an seiner Narrenkappe verriet seine Anwesenheit. Er trug ein hölzernes Zauberschwert, eine Art Narrenzepter, das er als Zauberstab verwendete.

Manchmal dachte der Knabe, es wäre ein wunderbares Abenteuer, der Harlekin zu sein, so allmächtig, so herrlich böse. Als Adam elf war und seine ersten Samenergüsse während der nächtlichen Träume hatte, durch die die üppige dreizehnjährige Lucy Sangano geisterte, beschloß er zu Hallowe'en, dem Abend vor Allerheiligen, der böse Geist zu sein. Während die anderen Kleinen in ihren Verkleidungen zu Spaß und Schmaus von Tür zu Tür rannten, wandelte er langsam durch die plötzlich behagliche Dunkelheit und stellte sich wilde Szenen vor, in denen er den zarten jungen Hinterbacken Lucy Sanganos einen leichten Schlag mit seinem Schwert aus einer Kistenlatte gab und stumm befahl: »Zeig mir alles.«

Rosella wehrte den Bösen mit vier Mittelchen ab, von denen Adam nur zwei, das Weihwassersprengen und den täglichen Besuch der Heiligen Messe, für harmlos hielt. Ihr Brauch, die Türknöpfe mit Knoblauch einzureiben, war ihm wegen der ständig klebrigen Hände lästig und brachte ihn wegen des stechenden Geruchs in der Schule immer wieder in Verlegenheit, obwohl er selbst heimlich den letzten Rest, der in seiner verschwitzten Handfläche zurückgeblieben war, genoß, wenn er sie nachts in seinem Bett an die Nase hielt.

Den wirkungsvollsten Schutz erreichte man, wenn man die zwei Mittelfinger unter den Daumen klemmte, den Zeigefinger und den kleinen Finger in Nachahmung der Teufelshörner ausstreckte und zwischen ihnen trocken durchspuckte sowie das Sprüchlein folgen ließ: *Scutta mal occhio,* brich den bösen Blick, *pf, pf, pf.* Rosella führte diesen Ritus täglich viele Male durch, was ihm ebenfalls peinlich war; denn für einige von Adams gleichaltrigen Freunden war das Fingerzeichen ein Geheimsignal anderer Art, eine Abfuhr, ein geringschätziges Zeichen von Ungläubigkeit, die in einem einzigen schnellen, unschönen Wort zusammengefaßt wurde. Für diese Uneingeweihten war es erheiternd, wenn die Großmutter Damo Silverstones das pöbelhafte Geheimzeichen machte. So kostete ihn die Großmutter seine erste blutige Nase und sehr viel Ärger.

Seine junge Seele wurde zwischen dem frommen Aberglauben der alten Frau und dem Vater hin und her gerissen, der an jedem Jom Kippur vorsichtig nüchtern blieb, damit er aus irgendeinem wichtigen geheimen Grund fischen gehen konnte. Ihr Aberglaube und ihre Religion besaßen ihre Reize, aber zuviel von dem, was sie sagte, war einfach nur dumm. Größtenteils ergriff er schweigend die Partei seines Vaters, vielleicht weil er in dem Mann so eifrig nach etwas Bewundernswertem suchte.

Und dennoch, als sie in ihrem achtzigsten und seinem fünfzehnten Lebensjahr kränkelte und es mit ihr zu Ende ging, sehnte er sich schmerzlich nach ihr. Als Dr. Calabreses langer schwarzer Packard mit zunehmender Regelmäßigkeit vor dem Miethaus in der Larimer Avenue parkte, betete er für sie. Und als sie eines Morgens mit einem koketten Lächeln auf den Lippen starb, weinte er um sie und wußte endlich, wer der Harlekin wirklich war. Er wünschte nicht mehr, den verliebten Spaßmacher zu verkörpern, der der Tod war; statt dessen beschloß er, eines Tages wie Dr. Calabrese einen langen neuen Wagen zu fahren und den *arlecchino* bis ans Ende zu bekämpfen.

Er verabschiedete sich von der alten Frau bei dem schönsten Begräbnis, das ihr die Versicherung »Söhne Italiens« nur bieten konnte, aber ganz verließ sie ihn nie. Jahre später, als er Arzt und Chirurg geworden war und Dinge getan und gesehen hatte, die sich in Petruro oder selbst in East Liberty nie hätten träumen lassen, war seine erste Reaktion auf ein Mißgeschick eine spontane unterbewußte Suche nach dem Harlekin. Wenn er eine Hand in der Tasche hatte, machten die Finger unwillkürlich das Zeichen der Hörner. Sein Vater und seine Großmutter hatten ihn in einem unaufhörlichen inneren Konflikt hinterlassen: Scheiße, spottete der Wissenschaftler, während der kleine Junge flüsterte: *Scutta mal occhio, pf, pf, pf.*

Nun packte er in der Herrentoilette des Speisehauses seine Toilettensachen ein. Wie ein ungeschickter Wasservogel, zuerst das eine, dann das andere Bein hochgezogen, um seine Kleider nicht durch den Schmutz des unerquicklichen Fußbodens zu gefährden, zog er die Blue jeans und das blaue Arbeitshemd aus. Das Hemd und der Anzug, die er aus dem Koffer grub, waren etwas zerknittert, aber präsentabel. Die Krawatte sah bei weitem nicht mehr so gut aus wie vor achtzehn Monaten, als er sie aus zweiter Hand »neu« erstanden hatte, von einem Studenten aus dem dritten Studienjahr, der ein schlechter Pokerspieler war. Die dunklen Schuhe, die er gegen die Turnschuhe austauschte, glänzten noch immer schön.

Als er durch den Speisesaal zurück- und hinausging, starrte ihn die Kuh hinter der Theke an, als versuchte sie sich zu erinnern, wo sie ihn schon einmal gesehen hatte.

Draußen war es heller geworden. Am Randstein summte ein Taxi ein ruhiges mechanisches Lied, der Chauffeur saß verloren hinter der Wettliste und träumte den ewigen Traum vom Höchstgewinn. Adam fragte ihn, ob das Suffolk County General Hospital zu Fuß zu erreichen sei.

»Das Allgemeine Krankenhaus? Sicher.«

»Wie komme ich hin?«

Ein schnelles Grinsen spaltete die Lippen des Taxichauffeurs. »Auf die schwere Tour. Quer durch die ganze verdammte Stadt. Zu früh für einen Bus, nirgendwo in der Nähe eine Untergrundbahn.« Der Mann legte die Wettliste hin, überzeugt, daß eine Fahrt herausschaute.

Wieviel steckte in seiner Brieftasche? Weniger als zehn Dollar, wußte Adam. Acht, neun. Und noch ein Monat bis zum Zahltag.

»Fahren Sie mich für einen Dollar?«

Ein angewiderter Blick.

Adam hob den Koffer auf und ging die Straße hinunter. Er kam bis zu »Benj. Moretti & Sons Produce«, als das Taxi an ihm vorbeifuhr und anhielt.

»Steigen Sie hinten ein«, sagte der Taxilenker. »Ich schau den ganzen Weg nach einem Fahrgast aus. Wenn ich einen andern aufgable, steigen Sie aus. Für einen Dollar.«

Dankbar kletterte Adam hinein. Das Taxi kroch durch die Straßen, er blickte aus dem offenen Fenster und ahnte, was für ein Krankenhaus es sein würde. Die Straßen waren alt und traurig, gesäumt von Mietshäusern mit zerbrochenen Stufen und überquellenden Mülleimern, Armeleutegegenden, in denen die Menschen in äußerster Armut zusammengepfercht waren. Es würde ein Krankenhaus sein, wo die Bänke seiner Ambulanz allmorgendlich von den Kranken und Verstümmelten besetzt sein würden, die in die selbstgebauten Fallen der Gesellschaft geraten waren.

Unangenehm für euch, sagte er stumm zu den schlafenden Opfern hinter ausdruckslosen Fenstern, als das Taxi vorbeirollte. Aber gut für mich, ein Lehrhospital, wo ich vielleicht Chirurgie erlernen kann.

Der Krankenhauskomplex ragte wie ein Monolith in das frühe Morgenlicht; große Parklampen leuchteten noch immer gelb um das leere Geviert des Hofes für die Krankenwagen.

Die Eingangshalle war düster und altmodisch. Ein ältlicher Mann mit hängenden verrunzelten Wangen und unwahrscheinlich pechschwarzem Haar saß hinter dem Empfangstisch. Adam sah in dem Brief nach, den er vor vier Wochen vom Verwalter erhalten hatte, und fragte dann nach dem Fellow der Chirurgie, Dr. Meomartino. Ah, Italiener in aller Welt, wir sind überall.

Der Mann sah in einem Telefonverzeichnis des Krankenhauses nach. »Vierte chirurgische Station. Vielleicht schläft er noch«, sagte er zweifelnd. »Soll ich ihn anläuten?«

»Gott, nein.« Er dankte ihm und ging hinaus. Auf der gegenüberliegenden Straßenseite brannte grelles Licht in einem Kaffeehaus, und als er darauf zuging, konnte er einen kleinen dunklen Mann hinter der Theke sehen, der eben Wasser in die Kaffeemaschine zugoß; die Tür war jedoch versperrt, und der kleine Mann blickte nicht auf, als Adam an ihr rüttelte. Er ging ins Krankenhaus zurück und fragte den Mann mit dem gefärbten Haar, wie man zur Abteilung der Vierten chirurgischen Station gelangte.

»Die Halle da immer geradeaus, an der Unfallstation vorbei, dann die zweite Treppe in den ersten Stock. Abteilung Quincy. Können es nicht verfehlen.«

Als er zur Unfallstation kam, zog er halb in Betracht, freiwillig seine Dienste anzubieten. Zum Glück verging der Impuls, noch bevor er in den großen Raum spähte und sah, daß noch keine Patienten gekommen waren. Ein Spitalarzt saß zusammengesunken in einem Sessel und las. Am anderen Ende des

Saals saß eine Schwester und schielte schläfrig auf ihre Strickerei. Auf einer Tragbahre in einer Ecke lag ein Pfleger mit leicht geöffnetem Mund wie ein schlafender Bär.

Adam kletterte die Treppe zur Abteilung Quincy hoch und kam in den stillen Gängen nur an einem mageren blonden Spitalarzt vorbei, dessen offener Kragen unter seinem mit Pickeln übersäten Kinn schlaff wie eine Flagge bei einer Flaute herunterhing.

Mit Ausnahme der Nachtlichter war der Krankensaal dunkel. Die Patienten lagen in Reihen da, einige wie Klötze, andere jedoch unruhig und im Schlummer von Teufeln geritten.

Aus einem Bett kam das Weinen einer Frau. Adam blieb stehen. »Was gibt es denn?« fragte er sanft. Ihr Gesicht war verborgen.

»Ich habe Angst.«

»Dazu ist kein Grund vorhanden«, sagte er. Schau, zum Teufel, daß du hier herauskommst, sagte er sich wütend. Soviel du weißt, ist durchaus Grund dazu vorhanden.

»Wer sind Sie?«

»Ein Arzt.«

Die Frau nickte. »Auch Jesus war es.«

Es gab ihm zu denken, als er wegging.

Im Schwesternzimmer traf er eine ältere Stationsschwester, die an neue Ärzte gewöhnt war. Sie gab ihm Kaffee und frische knusprige Brötchen und Butter aus der Küchenabteilung, köstlicherweise gratis. »Alles, was Sie brauchen, Doktor, ist ein reicher Distrikt. Ich bin Rhoda Novak.« Plötzlich lachte sie. »Sie haben Glück, daß Helen Fultz heute nacht dienstfrei war. Die gäbe niemandem auch nur das Schwarze unterm Nagel.«

Sie ging, bevor er seine Brötchen aufgegessen hatte. Er hätte gern noch eines gehabt, war jedoch für jede Kleinigkeit dankbar. Ein riesiger Mann im grünen OP-Anzug kam herein und seufzte, als er einen Stuhl unter sich begrub. Er hatte rotes Haar unter der Operationskappe, und das Gesicht war trotz seiner Größe weich und ungeformt, ein Knabengesicht. Er nickte Adam zu und griff eben nach der Kaffeekanne, als der kleine Signalapparat an seiner Uniform summte. »Ah«, sagte er. Er ging zum Wandtelefon und sprach hinein, sagte schnell ein paar Worte und eilte fort.

Adam ließ den Rest Kaffee stehen und ging der riesigen grünen Gestalt nach, durch ein Labyrinth von Gängen zur chirurgischen Station hinunter.

Die Chirurgische Abteilung des Krankenhauses in Georgia war rein gewesen, hell erleuchtet, nicht so vollgestopft, der Durchgang nicht behindert. Hier war die Beleuchtung bestenfalls trüb zu nennen. Die Gänge schienen Speicher für zusätzliche Möbel, überflüssige Tragbahren, Büchergestelle und alles mögliche sonst zu sein; bei Hochbetrieb stellte man wahrscheinlich Patienten vor und nach Operationen ebenfalls hier ab. Die Schwingtüren der Operationssäle waren an beiden Seiten zehn Zentimeter breit abgewetzt, wo der Rand unzähliger Betten angestoßen war.

Er ging eine Treppe zur Zuschauergalerie hinauf, die dunkel und von einem seltsamen lauten Atmen erfüllt war. Es war das Keuchen eines Patienten, das über die Sprechanlage kam, die man angestellt gelassen und zu laut aufgedreht hatte. Da Adam den Lichtschalter nicht finden konnte, tastete er sich zu einem Sitz in der ersten Reihe und ließ sich auf ihn fallen. Durch die Glasscheibe konnte er den Mann auf dem Operationstisch unten sehen, einen Mann mit schütter werdendem Haar, dem Blick eines gefangenen Tieres, ungefähr vierzig Jahre alt, der offensichtlich Schmerzen hatte und einer Schwester beim Auflegen der Instrumente zusah. Seine Augen waren trüb; er hatte bestimmt ein Sedativ erhalten, bevor man ihn hereingebracht hatte, wahrscheinlich Scopolamin.

Wenige Minuten später kam der Dicke, der in der Küche Kaffee getrunken hatte, geschrubbt und behandschuht in den OP.

»Doktor«, sagte die Schwester.

Der Dicke nickte teilnahmslos und begann zu anästhetisieren. Seine Wurstfinger spielten am linken Arm des Patienten herum, fanden mühelos die Vene im Bereich der Armbeuge und ließen den intravenösen Katheter hineingleiten. Um den zweiten Arm legte er die Manschette und begann den Blutdruck zu messen.

»Es war einer, den wir nicht erwarteten«, sagte die Schwester.

»Könnten verdammt gut ohne ihn auskommen«, sagte der Dicke. Er verabreichte ein muskelentspannendes Mittel sowie eine Schlafdosis Pentothal, dann führte er den Intubator in die Luftröhre des Patienten ein und regulierte die Atmung des Mannes mit dem Druckgerät.

Der Spitalarzt kam herein, der große, schlampig aussehende, den Adam auf dem Gang gesehen hatte. Weder der Anästhesist noch die Schwester nahmen seine Anwesenheit zur Kenntnis. Er begann die Operation vorzubereiten, indem er den Bauch mit antiseptischen Mitteln, oben beginnend, abrieb. Adam sah interessiert zu, weil er sehen wollte, wie man es hier machte. Es sah aus, als benützte der Spitalarzt eine einzige Lösung. In dem Krankenhaus in Georgia mußten sie das Operationsfeld zuerst mit Äther, dann mit Alkohol, dann ein drittes Mal mit Betadin waschen.

»Bestimmt habt ihr bemerkt, was für ein glattrasierter Mann Mr. Peterson ist«, sagte der Spitalarzt. »Im Vergleich dazu ist ein Babyarsch ein wahrer Urwald.«

»Für einen Chirurgen bist du ein ziemlich guter Barbier, Richard«, sagte der Dicke.

Der mit Richard Angesprochene beendete das Waschen des Bauchs, begann den Patienten mit sterilen Tüchern abzudecken und ließ nur ein dreißig Zentimeter großes Viereck offen.

Ein Chirurg kam herein. Meomartino, der Fellow der Chirurgie, vermutete Adam, war jedoch nicht sicher, weil niemand grüßte. Ein großer Mann mit einer gebrochenen Habichtsnase und einer alten, fast unsichtbaren Narbe auf der Wange, der gähnte, sich streckte und fröstelte. »Ich habe so hübsch geträumt«, sagte er.

»Wie geht's unserem perforierten Ulcus? Blutet er?«

»Ich glaube nicht, Rafe«, sagte der Dicke. »Herzschlag 96. Atmung 30.«

»Blutdruck?«

»110/60.«

»Also los. Ich wette, da drin schaut's aus, als hätte man ein Loch mit einer Zigarette hineingebrannt.«

Adam sah ihn das Skalpell von der Schwester entgegennehmen und auf der rechten Seite den paramedianen Schnitt führen, eine wohlüberlegte Teilung des Fleisches, die zwei Lippen bildete, wo vorher schlaffer Bauch gewesen war. Meomartino schnitt durch die Haut und das fettige gelbe subkutane Gewebe, und Adam bemerkte interessiert, daß der Spitalarzt die Blutung mit Schwämmen statt Klammern abstoppte, wobei er gleichzeitig den Druck des Schwamms ausnutzte, um die Wundränder so zu spreizen, daß die glänzende graue Hülle der Faszies sichtbar wurde. Das ist verdammt praktisch, dachte Adam; in Georgia war es ihnen nie eingefallen, das zu tun. Zum erstenmal empfand er den Schimmer eines Glücksgefühls: die hier können mir noch was beibringen.

Meomartino hatte den Schnitt langsam und sorgfältig geführt, jetzt aber durchtrennte er die Faszies schnell und sauber. Um das so gekonnt zu machen, mit einem einzigen sicheren Schnitt, der nicht in den gleich darunterliegenden Rektusmuskel drang, mußte es dieser Mann schon oft und oft gemacht haben. Einen Augenblick lang war er töricht genug, dem Fellow seine leichte Geschicklichkeit übelzunehmen. Er erhob sich halb, um zuzuschauen, aber der Schlampsack von Spitalarzt bewegte Kopf und Schultern über dem Operationsfeld, und Adam konnte nichts sehen.

Er lehnte sich im Stuhl zurück, schloß die Augen in der Dunkelheit und sah im Geiste, was der Chirurg unten vermutlich machte: Er würde die Faszies heben, sie mit der scharfen Schneide des Skalpells unterfahren, dann mit dem stumpfen Rand loslösen und damit die Mittellinie, wo die beiden Teile des Rektus aneinandertrafen, bloßlegen. Dann würde er den Muskel hochheben, ihn seitwärts zurückziehen und durch das Bauchfell weiter in die Bauchhöhle vordringen.

In den Bauch vordringen. Für jemanden, der sich der allgemeinen Chirurgie widmen wollte, die hauptsächlich aus Bauchoperationen bestand, war das der springende Punkt.

»Da hätten wir's, Richard. Hier ist es«, sagte der Chirurg nach einer Weile. Seine Stimme war tief, sein Englisch um eine Spur zu exakt, dachte Adam, so, als hätte er es als Zweitsprache gelernt. »Direkt durch die Hinterwand des Duodenums. Was tun wir jetzt?«

»Stich, Stich, Stich?«

»Und dann?«

»Vagotomie?«

»Ah, Richard, Richard, ich kann es nicht glauben, so jung und so clever, und doch nur zur Hälfte richtig, mein Junge. Eine

Vagotomie *und* eine Drainage. Dann wird es wunderhübsch heilen. Ein Meilenstein in den Annalen.«

Danach arbeiteten sie schweigend weiter, und Adam hoch über ihnen grinste im Dunkeln, als er den Verdruß des schlampigen Spitalarztes fühlte, den er selbst so oft in ähnlichen Situationen empfunden hatte. Es war warm auf der Galerie, wie in einem Mutterleib. Er döste und träumte einen alten Alptraum von den beiden Hochöfen, die er an den Abenden seiner ersten Semester gefüttert und deren gähnende orangefarbene Mäuler er gehaßt hatte, die nach mehr Kohle gierten, als er zu schaufeln vermochte.

Er stöhnte im Schlaf, riß sich dann wach, steif und unglücklich und für einen Augenblick unsicher, warum seine Stimmung umgeschlagen war. Dann erinnerte er sich, fuhr sich mit der Zunge über die Lippen und grinste: wieder der verdammte Traum. Er hatte ihn schon so lange nicht mehr geträumt, es mußte das neue Krankenhaus sein, die ungewohnte Situation.

Unter ihm arbeitete das Chirurgenteam noch immer. »Hilf mir den Bauch schließen, Richard«, sagte der Fellow. »Ich nähe, du bindest ab. Ich will es schön eng haben.«

»So eng wie bei deiner ersten Liebe«, sagte Richard, der zwar zu Meomartino sprach, aber die OP-Schwester ansah, die mit keinem Zeichen verriet, daß sie es gehört hatte.

»Ich will es noch viel enger haben, Doktor«, sagte Meomartino.

Als er schließlich befriedigt nickte und sich vom Operationstisch abwandte, verließ Adam die Galerie und eilte gerade rechtzeitig hinunter, um den Mann abzufangen, als dieser den Operationstisch verließ.

»Dr. Meomartino.«

Der Fellow blieb stehen. Er war kleiner, als es von oben gesehen den Anschein hatte. Er hätte ein Kind meiner Mutter sein können, dachte Adam albernerweise, als er auf ihn zutrat. Aber kein Italiener, entschied er, Spanier vielleicht. Olivfarben, dunkle Augen, dunkle Haut trotz der üblichen Krankenhausblässe, das Haar unter der OP-Kappe dunkel vor Feuchtigkeit, aber fast völlig ergraut. Dieser Mann ist älter als ich, dachte er.

»Ich bin Adam Silverstone«, sagte er leicht keuchend. »Der neue Oberarzt.« Abschätzende Augen maßen ihn, und er schüttelte eine Hand, die wie ein Holzklotz war.

»Sie sind um einen Tag zu früh eingetroffen. Ich bekomme offenbar Konkurrenz«, sagte Meomartino mit einem leichten Lächeln.

»Ich bin per Anhalter gekommen. Ich habe mir einen zusätzlichen Tag gelassen und brauchte ihn dann nicht.«

»Oh? Haben Sie eine Unterkunft?«

»Hier. In dem Brief heißt es, daß das Krankenhaus ein Zimmer stellt.«

»Üblicherweise benützt es der Oberarzt nur, wenn er Nachtdienst hat. Ich wohne lieber anderswo. Sie und ich stünden verdammt zu leicht zur Verfügung, wenn wir hier wohnten.

»Ich werde zur Verfügung stehen. Ich bin bankrott.«

Meomartino nickte ohne Überraschung. »Ich bin zwar nicht ermächtigt, Ihnen ein Zimmer anzuweisen. Aber ich kann Ihnen helfen, einen Platz zu finden, wo Sie sich hinhauen können. Soweit es noch Nacht ist.«

Der Lift war alt und langsam. »Im Notfall dreimal läuten!« riet ein Schild neben der Glocke. Adam stellte sich vor, in einem Notfall auf dieses knarrende Ungeheuer warten zu müssen, und Zweifel überfielen ihn.

Endlich kam es an und trug sie in den sechsten Stock. Der Gang war besonders eng und dunkel. Die Zimmernummer war 6—13, was kein schlimmes Zeichen sein mußte. Die Decke war schief; das Zimmer lag unter den Dachtraufen des alten Gebäudes. Die Jalousien waren heruntergelassen. In dem trüben Licht konnte er einen riesigen kotfarbenen Riß in einer der Gipswände ausmachen. Unter ihm, den beiden Betten gegenüber, stand ein hölzerner Stuhl, zwischen einem Schreibpult und einem Schreibtisch, alles von der Farbe alten Senfs. Auf einem Bett ausgestreckt lag ein Mann im weißen Ärztekittel, das *New England Journal of Medicine* aufgeschlagen auf der Brust, das er sichtlich um des Schlafes willen im Stich gelassen hatte.

»Harvey Miller, Turnusarzt von der schicken Institution am anderen Ende der Stadt«, sagte Meomartino, ohne den geringsten Versuch zu flüstern. »Für das Haus dort kein schlechter *hombre.«* Sein Ton war geringschätzig. Gähnend winkte er Adam zu und ging hinaus.

Die Luft im Zimmer war muffig. Adam ging zum Fenster

und schob die Jalousie eine Handbreit hoch. Sofort begann sie zu flattern; er schob sie so zurecht, daß das Flattern aufhörte. Der Mann auf dem Bett bewegte sich, wachte jedoch nicht auf.

Adam nahm Harvey Miller die Zeitschrift weg und legte sie vor sich hin. Er versuchte sich zu erinnern, wie Gaby Pender aussah, entdeckte jedoch, daß er Details nicht mehr rekonstruieren konnte; er erinnerte sich nur an eine sehr tiefe Sonnenbräune und ein wunderbares Muttermal auf ihrem Gesicht, und daß das Ganze ein Mädchen war, das ihm sehr gefallen hatte. Die Matratze war dünn und klumpig, Abfall aus den Krankensälen. Aus dem offenen Fenster unter ihm kam ein Schmerzenslaut in sein offenes Fenster geweht, ein Mittelding zwischen Stöhnen und Schreien. Harvey Miller tätschelte seine Leistengegend im Schlaf, ohne zu wissen, daß er nicht mehr allein war. »Alice«, sagte er deutlich.

Adam wandte sich den Annoncenseiten der Zeitschrift mit den Stellenangeboten zu und gab sich den Phantasien über eine Zukunft hin, die ihm alle jene Dinge des Lebens bieten würde, welche er sich nie hatte leisten können, und so viel Geld, daß Myron Silbersteins hingestreckte Hand keine Bedrohung mehr bedeuten würde. Gewisse Annoncen überging er oder las sie nur verächtlich, die Aufforderung an Bewerber zur Fortsetzung des Studiums nach dem Doktorat, Auslagen bezahlt, nur kleine oder gar keine Stipendien; die Bekanntmachungen über Forschungsstipendien mit einem Einkommen von siebentausend Dollar pro Jahr; die Universitätsdozentenstelle, die saftige Zehntausende eintrugen; die trügerisch verlockenden Beschreibungen von billigen Praxen, die in den großen medizinischen Zentren Boston, New York, Philadelphia, Chicago, Los Angeles zum Verkauf standen; dort gab es eingesessene praktische Ärzte, die einem Anfänger die Hände banden und ihn mit dem Blechnapf in der Hand zu Stückarbeit bei den Versicherungsgesellschaften zu sechs Dollar pro Stunde schickten.

Gelegentlich veranlaßte ihn eine Annonce, sie mehrmals zu lesen.

»Vielfältig spezialisierte Zehn-Mann-Privatklinik in Nord-Michigan, im Herzen des Fischerei- und Jagdgebietes, sucht Allgemeinen Chirurgen. Neues Klinikgebäude und Gewinnbeteiligungsplan. Anfangsgehalt 20 000 Dollar. Besitzanteil nach zwei Jahren. Anteilseinkommen zwischen 30 000 und 50 000 Dollar. Anschrift F-213, *New Eng. J. Med. 13–2t.*«

Er wußte, daß er in einem Jahr ein Arbeitsgebiet brauchen würde, das von der berauschenden medizinischen Atmosphäre der Lehrkrankenhäuser, von alteingesessenen Rivalitäten weit entfernt sein mußte. Ideal wäre ein kränkelnder oder alternder Chirurg in einer abgelegenen Gegend, der gewillt war, einen allmählich steigenden Gewinn zu akzeptieren, während er seine Praxis stufenweise abbaute, indem er sie nach und nach einem jungen Partner übergab. So etwas würde gleich zu Beginn 35 000 Dollar wert sein, wobei 75 000 pro Jahr auf längere Sicht nicht unmöglich waren.

Bei den seltenen Gelegenheiten, wenn er seine Gefühle für die Medizin einmal nicht analysierte, wußte er, daß er beides sein wollte: ein Heilender und ein Kapitalist zugleich. Jesus Christus und die Geldwechsler in einer Person. Nun, warum auch nicht? Leute, die es sich leisten konnten, ihre Rechnungen zu bezahlen, wurden genauso krank wie bedürftige Arme. Niemand hatte von ihm ein Gelübde der Armut verlangt. Von der hatte er auch ohne Gelübde genug kennengelernt.

II
SPURGEON ROBINSON

Baby! flüsterte Spurgeons Mami mit federleichter Stimme.

Spurgeon, Baby, sagte sie wieder, nun schon mit schwerer Stimme, die sich aber doch aufschwang wie ein Vogel, der den Raum mit seinem Flattern erfüllte.

Seine Augen waren geschlossen, aber er konnte sie sehen. Sie war über sein Bett gebeugt, wie ein fruchtschwerer Pfirsichbaum, ihr Körper in dem glatten Flanellnachthemd weich und hart zugleich, ihre nackten Zehen knorrig wie Wurzeln unter den stämmigen, ruinierten Beinen. Er schämte sich, daß ihn die Mutter so überrascht hatte, weil er unter der dünnen Decke eine Erektion hatte, das Ergebnis seiner Träume. Vielleicht, dachte er, wenn ich so tue, als schliefe ich, geht sie weg, aber im selben

Augenblick wurde jeder Schlaf unmöglich, wegen eines dünnen, feinen metallischen Schlags, als sich der Ablaufmechanismus in seinem Wecker einschaltete. Die Uhr rasselte, ein vertrauter, fast tröstlicher Klang, der ihn seit Jahren getreulich weckte, und er erwachte sofort, obwohl er einen Augenblick brauchte, um sich zu erinnern, daß er erwachsen war, und was er war.

Doktor Robinson, erinnerte er sich?

Und wo — in einem schäbigen, miserablen Krankenhaus in Boston. Sein erster Tag als Spitalarzt.

In der Toilette am Ende der Halle stand jemand auf Zehenspitzen vor dem fleckigen Spiegel und kratzte mit einem Rasiermesser an seinem Kinn herum.

»Morgen. Ich bin Spurgeon Robinson.«

Der weiße Junge trocknete sich sorgfältig mit seinem Handtuch ab und streckte dann eine gute Chirurgenhand aus, nicht groß, aber kräftig, mit einem festen, aber leichten Griff. »Adam Silverstone«, sagte er. »Ich brauche nur noch etwa drei Striche zu einer sauberen Rasur.«

»Keine Eile«, sagte Spurgeon, obwohl sie beide wußten, daß es eilig war. Das Badezimmer hatte Holzböden, und die Malerei an den Wänden schälte sich ab. An die Tür einer der beiden Kabinen hatte ein Philanthrop geschrieben: Rita Leary ist eine Krankenschwester, die es wie ein zärtliches Häschen macht, A Spinwall 7-9910. Es war der einzige Lesestoff in dem Raum, den Robinson schnell erforscht hatte, und er warf als Reflexbewegung einen Blick auf den Weißen, ob der bemerkt hatte, daß er es las.

»Wie ist der Oberarzt?« fragte er beiläufig.

Das Rasiermesser, das eben schaben wollte, stoppte einen halben Zoll vor der Wange. »Manchmal mag ich ihn. Manchmal mag ich ihn gar nicht«, sagte Silverstone.

Spurgeon nickte und beschloß, den Mund zu halten und den Mann nicht beim Rasieren zu stören. Wenn er noch länger wartete, würde er schon am ersten Tag zu spät kommen, dachte er. Er hängte seinen Bademantel auf, stieg aus der Unterhose und unter die Brause; anfangs wagte er es nicht, sich den Luxus langen Duschens zu gönnen, konnte aber nach der langen Nacht der Hochsommerhitze, die sich in dem Zimmer unter dem Dach angesammelt hatte, unmöglich widerstehen.

Als er herauskam, war Silverstone fort.

Spurgeon rasierte sich sorgfältig, aber schnell, wie ein gespanntes schwarzes Fragezeichen über das einzige altmodische Waschbecken gebeugt; an seinem ersten Tag in einem neuen Krankenhaus mußten Präzedenzfälle gesetzt werden. Einer von ihnen war, zu den Morgenvisiten nicht als letzter im Büro des Oberarztes einzutreffen.

In seinem Zimmer zwängte er sich in den weißen Anzug, der so steif gestärkt war, daß er knisterte, in reine weiße Socken und die Schuhe, die er am Abend vorher geputzt hatte. Es blieben ihm nur noch wenige Minuten. Mit dem Frühstück war es nichts, dachte er bedauernd. Der Lift fuhr langsam; es würde lange dauern, bis er sich angesichts der Hast eines gedrängten Stundenplans an das zähflüssige Tempo der uralten Kabine gewöhnt haben würde. Das Büro des Oberarztes im zweiten Stock war voll junger Männer in weißen Ärztemänteln, die herumsaßen, -lümmelten oder -standen; einige von ihnen versuchten, gelangweilt dreinzusehen, ein paar von ihnen gelang es sogar.

Der Oberarzt saß hinter seinem Schreibtisch und las die *Surgery*. Es war Silverstone, sah Robinson bestürzt. Ein Komödiant oder ein Philosoph, dachte er und ärgerte sich über seinen Lapsus, einen völlig Fremden um dessen Meinung über den ihm noch unbekannten Chef zu fragen. Er ließ seinen Blick über die Gesichter im Zimmer gleiten. Alles Weiße. Bitte, lieber Gott, laß mich nicht schlappmachen, sagte er stumm, das Gebet, das er jahrelang vor jeder Prüfung gesprochen hatte.

Er trat von einem Fuß auf den anderen. Endlich kam der letzte, ein überstellter Facharztanwärter im ersten Jahr, sechs Minuten zu spät, die ersten sechs Minuten seiner Ausbildungszeit zum Facharzt.

»Wie heißen Sie?« fragte Silverstone.

»Potter, Doktor. Stanley Potter.«

Silverstone sah ihn starr an. Die Neuen warteten auf ein Zeichen, eine Enthüllung, eine Vorschau auf Kommendes.

»Dr. Potter, Sie haben uns warten lassen. Jetzt lassen wir die Patienten und Schwestern warten.«

Der Facharztanwärter nickte und lächelte verlegen.

»Haben Sie mich verstanden?«

»Ja.«

»Das hier ist ein klinischer Lehrgang und keine Show, die zu Ihrem Vergnügen inszeniert wurde, die Sie verspätet oder beiläufig besuchen können. Wenn Sie auf dieser Station arbeiten wollen, werden Sie sich wie ein Chirurg bewegen, denken und handeln.«

Potter lächelte unglücklich.

»Haben Sie mich verstanden?«

»Ja.«

»Gut.« Silverstone sah sich langsam im Zimmer um. »Haben Sie mich alle verstanden?«

Einige der Neuen nickten fast glücklich und tauschten heimlich vielsagende Blicke aus, da ihre Frage beantwortet war.

Ein Schwein, sagten sie einander mit den Augen.

Silverstone ging voraus, hinter ihm ein Schwarm von Facharztanwärtern und Spitalärzten. Er blieb nur an bestimmten Betten stehen, plauderte einen Augenblick mit dem Patienten, sprach kurz über die Krankengeschichte, stellte ein, zwei Fragen mit einer schläfrigen, fast teilnahmslosen Stimme und drängte dann weiter. Die Gruppe nahm ihren Weg rund um den großen Saal.

Aus einem der Betten starrte eine Farbige, deren rotes Haar aus einer billigen Flasche stammte, durch ihn hindurch, als er vor ihr stehenblieb und sie von einer stummen Mauer weißgekleideter junger Männer umringt wurde.

»Hallo«, sagte Silverstone.

Sie sieht einem halben Dutzend Huren aus meiner alten Gegend sehr ähnlich, dachte Spurgeon.

»Das ist . . .«, Silverstone sah auf der Tabelle nach, ». . . Miß Gertrude Soames.« Er las einige Augenblicke. »Gertrude war schon früher wegen einiger Symptome im Krankenhaus, die auf Leberzirrhose deuteten – und die wahrscheinlich der üblichen Ursache zuzuschreiben ist. Es scheint eine fühlbare Verhärtung vorhanden zu sein.«

Er zog das Laken zurück, hob das grobe Baumwollhemd hoch und ließ dünne Schenkel sehen, die zu einem melancholischen Dreieck und einem Bauch mit zwei alten Inzisionsnarben aufstiegen. Er betastete ihren Unterleib zuerst mit den Fingerspitzen einer Hand und dann mit beiden Händen, während sie ihm jetzt den Blick zuwandte. Spurgeon dachte an einen Hund, der gern zugebissen hätte, es aber nicht wagte.

»Genau hier«, sagte Silverstone, nahm Spurgeons Hand und legte sie auf die Stelle.

Gertrude Soames sah Spurgeon Robinson an.

Du bist dasselbe wie ich, sagten ihre Augen. Hilf mir.

Er sah weg, bevor ihr seine Augen sagen konnten: Ich kann dir nicht helfen.

»Spüren Sie es?« fragte Silverstone.

Robinson nickte.

»Gertrude, wir müssen etwas machen, das man eine Leberbiopsie nennt«, sagte der Oberarzt freundlich aufmunternd.

Sie schüttelte den Kopf.

»O doch.«

»Nein«, sagte sie.

»Wir können sie nicht machen, wenn Sie es nicht wollen. Sie müssen ein Papier unterschreiben. Aber mit Ihrer Leber stimmt etwas nicht, und wir werden nicht wissen, wie wir Ihnen helfen sollen, falls wir diesen Test nicht machen.«

Wieder schwieg sie.

»Es ist bloß eine Nadel. Wir stecken eine Nadel hinein, und wenn wir sie herausnehmen, ist ein winziges Stückchen Leber an ihrer Spitze, nicht sehr viel, aber für unsere Zwecke reicht es.«

»Tut das weh?«

»Es tut nur ein kleines bißchen weh, aber wir haben keine Wahl. Es muß gemacht werden.«

»Ich bin kein verdammtes Meerschweinchen für euch.«

»Wir brauchen kein Meerschweinchen. Wir wollen Ihnen helfen. Wissen Sie, was geschehen wird, wenn wir es nicht tun?« fragte er sanft.

»Ich habe verstanden.« Ihr Gesicht blieb steinern, aber die trüben Augen glänzten plötzlich, und Tränen liefen ihr zum Mund hinunter. Silverstone nahm ein Papiertaschentuch vom Nachttisch und wollte ihr das Gesicht abwischen, aber sie wandte den Kopf mit einem Ruck ab.

Er zog das Nachthemd wieder herunter und richtete das Laken. »Überlegen Sie es sich«, sagte er, tätschelte ihr Knie, und sie gingen weiter.

In der Männerabteilung lag, von drei Kissen gestützt, ein großer Mann, so breit, daß das Bett überzuquellen schien, und beobachtete sie aufmerksam, als sie sich ihm näherten.

»Mr. Stratton ist Lastkraftwagenfahrer eines Abfüllkonzerns für alkoholfreie Getränke«, sagte Silverstone, die Augen auf die Tabelle gerichtet. »Vor einigen Wochen fiel eine Holzkiste von seinem Lastwagen und traf ihn unterhalb des rechten Knies.« Er entfernte das Laken und enthüllte das Bein des Mannes, stämmig, aber weiß und ungesund aussehend, mit einer häßlichen, schwärenden und ungefähr zwölf Zentimeter langen Wunde.

»Fühlt sich Ihr Bein kalt an, Mr. Stratton?«

»Die ganze Zeit.«

»Man versuchte es mit Absaugen und Antibiotika, aber es heilt nicht richtig, und das Bein hat Farbe verloren«, sagte Silverstone. Er wandte sich an den Facharztanwärter, den er wegen seines Zuspätkommens so scharf gerügt hatte. »Was meinen Sie, Dr. Potter?«

Potter lächelte wieder, sah unglücklich drein, sagte jedoch nichts.

»Dr. Robinson?«

»Ein Arteriogramm.«

»Musterschüler. Wo würden Sie das Kontrastmittel injizieren?«

»Arteria femoralis.«

»Was, ich soll operiert werden?«

»Wir reden nicht über eine Operation, zumindest noch nicht«, sagte Silverstone. »Ihr Bein ist kalt, weil das Blut darin nicht so gut zirkuliert, wie es sollte. Wir müssen herausfinden, warum. Wir werden etwas Kontrastmittel in eine Arterie in Ihrer Leistengegend injizieren und dann einige Aufnahmen machen.«

Mr. Strattons Gesicht färbte sich rot. »So was kann ich nicht ertragen«, sagte er.

»Was meinen Sie damit?«

»Warum saugen Sie es nicht einfach weiter ab, so wie das Dr. Perlman getan hat?«

»Weil es Dr. Perlman versuchte, und es Ihnen nicht gutgetan hat.«

»Versuchen Sie es weiter.«

Langes Schweigen.

»Wo ist Dr. Perlman?« sagte der Mann. »Ich will mit Dr. Perlman sprechen.«

»Dr. Perlman ist hier nicht mehr Oberarzt«, sagte Silverstone. »Wie ich höre, ist er jetzt Hauptmann Perlman und auf dem Weg nach Vietnam. Ich bin Dr. Silverstone, der neue Oberarzt.«

»Ich könnte die Spritzen nicht einmal ertragen, wenn ich in der Handelsmarine wäre«, sagte der Mann. Jemand aus der Gruppe kicherte, Silverstone drehte sich um und starrte den Betreffenden kalt an.

»Es ist vielleicht komisch, daß ein Kerl meiner Größe Angst vor euch Schweinen hat«, sagte Stratton. »Aber es ist nicht komisch, glaubt mir. Den ersten, der Hand an mich legt, schlag' ich zu Hackfleisch.«

Silverstone legte eine Hand leicht, fast geistesabwesend, auf die Brust des Patienten. Sie sahen einander an. In Mr. Strattons Augen standen Tränen.

Niemand kicherte. Sein Gesicht war, Spurgeon sah es staunend, von derselben Angst gezeichnet, die auch das Gesicht der alternden Prostituierten jenseits des Ganges überzogen hatte, ein derart ähnlicher Ausdruck, daß sie seine Schwester hätte sein können.

Diesmal griff Silverstone nicht nach Papiertüchern. »Jetzt hören Sie mir gut zu«, sagte er wie ein Mann, der zu einem verirrten Kind spricht. »Passen Sie gut auf. Sie können es sich nicht leisten, Zeit zu verschwenden. Wenn Sie uns Schwierigkeiten machen — irgendwelche Schwierigkeiten —, Sie zu untersuchen, brauchen wir uns erst gar nicht davor zu fürchten, daß Sie uns zu Hackfleisch machen. Sie werden nicht einmal mehr imstande sein, selbst ein kleines Waisenkind zu Hackfleisch zu machen, mein Bürschchen. Entweder haben Sie dann nur noch ein Bein, oder Sie sind tot. Verstanden?«

»Schlächter«, flüsterte Mr. Stratton.

Silverstone drehte sich auf dem Absatz um und ging, gehorsam gefolgt von vierzehn weißgekleideten Schatten.

Sie versammelten sich zur Exituskonferenz im Operationssaal mit den amphitheatralisch ansteigenden Sitzreihen.

»Was, zum Teufel, ist die Exituskonferenz?« flüsterte Jack Moylan, der neben Spurgeon sitzende Spitalarzt, nach einem Blick auf das hektrographierte Programm des ersten Tages.

Spurgeon wußte es. Sie hatten auch in New York Exituskonferenzen abgehalten, obwohl er ihnen als Student nicht beiwohnen durfte.

»Eine Versammlung, in der Ihre Fehler wie ein Bumerang zu Ihnen zurückfliegen«, sagte er.

Moylan sah ihn verblüfft an.

»Auch Sie werden es bald, wie alle anderen, das Todeskomitee nennen. Der gesamte chirurgische Stab trifft sich, um die Todesfälle der Station zu überprüfen und zu entscheiden, ob sie zu verhindern gewesen wären – und wenn ja, warum sie nicht verhindert wurden. Es ist eine Methode, die Ausbildung und Kontrolle der Chirurgen ständig fortzusetzen. Die Frage nach der Verantwortung, um Sie beruflich in Schwung zu halten, eine Art beruflichen Festnagelns.«

»O Gott«, sagte der andere Spitalarzt.

Sie saßen in den ansteigenden Sitzreihen und tranken Kaffee oder Pepsi-Cola aus Pappbechern. Eine Krankenschwester reichte Teller mit Keksen herum. Unten saßen Silverstone und Meomartino an einem kleinen Tisch, auf dem Krankengeschichten aufgestapelt lagen, einander gegenüber. Zu Verwaltungs- und Lehrzwecken waren die Hausärzte in zwei Gruppen geteilt, in das Blaue und das Rote Team. Fälle, die das Rote Team betrafen, wurden von Meomartino behandelt, während das Blaue Team von Silverstone beaufsichtigt wurde.

Neben einem leeren Sitz ganz oben in der ersten Reihe saß der Chefstellvertreter der Chirurgischen Station, Dr. Bester Caesar Kender (»In Schwierigkeiten nicht verzagen, immer Bester Kender fragen«), ein zigarrenkauender ehemaliger Luftwaffenoberst, der sich als Nierenchirurg und Entdecker neuer Transplantationsmethoden einen im ganzen Land berühmten Namen gemacht hatte, und erzählte Dr. Joel Sack, dem Chef der Pathologie, eine saftige Geschichte. Sie waren ein Bild physischer Gegensätze: Kender ein großer behaarter Mann mit blühendem Teint, in dessen Rede noch immer der langsame Tonfall seiner Herkunft aus der Kartoffelgegend von Maine mitschwang, Sack hingegen war kahl und fahrig wie ein nervöses Eichhörnchen.

Die beiden Chinesen des Stabs, Dr. Lewis Chin, gebürtiger Bostoner und Konsiliarchirurg, und der mondgesichtige Dr. Harry Lee aus Formosa, Facharztanwärter im dritten Jahr, saßen beisammen, und wie zu gegenseitigem Trost auch die beiden Frauen, Dr. Miriam Parkhurst, ebenfalls Konsiliarärztin, und Dr. Helena Manning, ein kühles, selbstsicheres Mädchen, Facharztanwärterin im ersten Jahr.

Alle erhoben sich, als der Chef der Chirurgie den Saal betrat. Spurgeon verschüttete dabei Cola auf seinen wunderschön frischen, weißen Anzug.

Dr. Longwood nickte, und sie setzten sich gehorsam wieder hin.

»Meine Herren«, sagte er, »ich heiße diejenigen unter Ihnen willkommen, die am Allgemeinen Krankenhaus des Suffolk County neu sind.

Unser Krankenhaus ist eine vielbeschäftigte städtische Institution, die Ihnen höllisch viel Arbeit bietet und dafür sehr viel von Ihnen verlangt.

Unsere Maßstäbe sind hoch. Es wird erwartet, daß jeder von Ihnen sein Bestes gibt.

Die hiermit beginnende Sitzung ist die Exituskonferenz. Sie ist für Ihre berufliche Weiterbildung höchst wichtig. Sowie Sie den Operationssaal verlassen, gehört die chirurgische Arbeit, die Sie dort leisteten, der Vergangenheit an. In dieser Versammlung werden Ihre und meine Versager vorgelegt und von unseren Kollegen eingehend geprüft. Was hier geschieht, ist vielleicht sogar mehr als das, was im Operationssaal geschieht, das nämlich, was letztlich aus Ihnen Chirurgen machen wird.«

Er nahm eine Handvoll Kekse, setzte sich in die erste Reihe und nickte Meomartino zu. »Sie können anfangen, Doktor.«

Als der Fellow der Chirurgie die Einzelheiten vorlas, stellte sich heraus, daß der erste Fall eine Routineangelegenheit war, ein Neunundfünfzigjähriger mit fortgeschrittenem Leberkrebs, der zu spät Hilfe gesucht hatte.

»Vermeidbar oder unvermeidlich?« fragte Dr. Longwood und

streifte Keksbrösel von seiner Hose ab. Jeder Dienstältere stimmte für unvermeidlich, und der Chef nickte. »Bei weitem zu spät«, sagte er. »Weist darauf hin, wie notwendig eine Frühdiagnose ist.«

Der zweite Fall betraf eine Frau, die an Herzversagen gestorben war, während sie in der Abteilung wegen eines gastrischen Leidens behandelt wurde. In der Krankengeschichte stand nichts über eine frühere Herzerkrankung, und die Autopsie hatte ergeben, daß die gastrischen Schäden tatsächlich nicht bösartig gewesen waren. Wieder erklärten alle Chirurgen den Tod für unvermeidlich.

»Ich stimme zu«, sagte Dr. Longwood, »muß jedoch bemerken, daß wir sie, wenn sie nicht an einer Koronarerkrankung gestorben wäre, falsch behandelt hätten. Sie hätte aufgemacht und untersucht werden sollen. Ein interessanter Artikel in der *Lancet* vor zwei Monaten hob hervor, daß die Überlebensrate von fünf Jahren für medizinisch behandelte Magentumore — gleichgültig, ob gutartig oder bösartig — zehn Prozent beträgt. Wenn der Patient einer Probeleparatomie unterzogen wird, um herauszufinden, was da drinnen eigentlich vor sich geht, steigt die Überlebensrate von fünf Jahren auf fünfzig bis siebzig Prozent.«

Wie in der Schule, dachte Spurgeon. Seine Spannung ließ nach, und er begann es zu genießen — nur wie in der Schule.

Dr. Longwood stellte Dr. Elizabeth Hawkins und Dr. Louis Solomon vor. Spurgeon spürte eine leichte Veränderung in der Atmosphäre, bemerkte, daß sich Dr. Kender, der Nierentransplantationsmann, vorbeugte und nervös etwas in seiner schinkenförmigen Hand schüttelte.

»Wir freuen uns, daß Dr. Hawkins und Dr. Solomon unserer Einladung gefolgt sind«, sagte Dr. Longwood. »Sie sind Facharztanwärter in der Pädiatrischen Station, wo sie sich dem Ende ihrer Spitalpraxis näherten, als folgender Todesfall eintrat.«

Adam Silverstone las die Krankengeschichte der fünfjährigen Beth-Ann Meyer vor, die eine dreißigprozentige Verbrennung der Hautoberfläche erlitten hatte, als sie sich mit kochendem Wasser verbrühte. Nach zwei Hautverpflanzungen in der Kinderabteilung des Krankenhauses hatte sie eines Nachts um drei

Uhr gespien, und herausgewürgte Speisereste hatten ihr die Luftröhre verschlossen. Ein Facharztanwärter der Anästhesiologie hatte sechzehn Minuten gebraucht, bis er sich meldete. Als er kam, war die kleine Patientin schon tot.

»Es gibt natürlich keine Entschuldigung für die Zeitverschwendung des Anästhesisten«, sagte Dr. Longwood. »Aber sagen Sie mir ...«, die kühlen Augen wanderten von Dr. Hawkins zu Dr. Solomon, »... warum haben Sie keinen Luftröhrenschnitt gemacht?«

»Es ging alles so schnell«, sagte das Mädchen.

»Es war kein Tracheotomie-Besteck vorhanden«, sagte Dr. Solomon.

Dr. Kender hielt zwischen Daumen und Zeigefinger den Gegenstand hoch, den er in seiner Faust geschüttelt hatte. »Wissen Sie, was das ist?«

Dr. Solomon räusperte sich. »Ein Federmesser.«

»Ich habe es immer bei mir«, sagte der Nierenchirurg leise. »Ich könnte damit eine Luftröhre in der Straßenbahn öffnen.«

Die beiden Facharztanwärter der Pädiatrie schwiegen. Spurgeon konnte die Augen nicht von dem blassen Gesicht des Mädchens abwenden. Die verpassen es ihnen eiskalt, dachte er. Sie sagen ihnen: Du — du allein — hast dieses Kind umgebracht.

Dr. Longwood sah Dr. Kender an.

»Vermeidbar«, sagte der Chef-Stellvertreter, ohne die Zigarre aus dem Mund zu nehmen.

Dr. Sack.

»Vermeidbar.«

Dr. Paul Sullivan, ein Konsiliarchirurg.

»Vermeidbar.«

Dr. Parkhurst.

»Vermeidbar«, sagte sie.

Spurgeon saß da, als das Wort wie ein kalter Stein rund um den Saal gereicht wurde, und war nicht mehr fähig, einen der beiden Facharztanwärter der Pädiatrie anzusehen.

Gott, dachte er, laß das hier nie mir widerfahren.

Er wurde mit Silverstone der Abteilung Quincy zugeteilt, und sie gingen miteinander hin. Es war eine arbeitsreiche Stunde für die Schwestern, die Zeit der Routinearbeit, Wechseln einfacher

Verbände und Temperaturmessen, Obstsaft austragen und Leibschüsseln reichen, Pillen austeilen und Aufzeichnungen ergänzen. Die beiden Ärzte standen auf dem Gang, während der Oberarzt die Notizen durchsah, die er sich während der Morgenvisite gemacht hatte, und Spurgeon beobachtete zwei kichernde Schwesternschülerinnen beim Bettenmachen, bis Dr. Silverstone schließlich aufblickte.

Und der Herr sprach, dachte Spurgeon, und sagte . . .

»Harold Krebs, postoperative Prostatektomie, Zimmer 394, braucht zwei Einheiten Blutkonserve. Beginnen Sie mit einer Intravenösen bei Abraham Batson auf 310. Und dann holen Sie ein Inzisionsbesteck, und wir führen Roger Cort, 308, einen Katheter in die Hauptvene ein.«

In der Karteiabteilung saß eine magere alte Frau mit strähnigem Haar und dem Streifen der Oberschwester an ihrem Häubchen. Spurgeon griff mit einer gemurmelten Entschuldigung an ihr vorbei und hob den Hörer ab.

»Haben Sie die Nummer der Blutbank?« fragte er sie.

Ohne ihn anzusehen, reichte sie ihm ein Telefonverzeichnis.

Als er die Nummer gewählt hatte, war sie besetzt.

Eine sehr hübsche brünette Schwester mit einer guten Figur, die in einer Nylonuniform zur Schau gestellt wurde, kam herein und schrieb eine Nachricht auf die schwarze Tafel: *Dr. Levine, bitte rufen Sie W Ayland 872-8694.*

Wieder wählte Robinson die Blutbank. »Verdammt.«

»Kann ich etwas für Sie tun, Doktor?« fragte die junge Schwester.

»Ich versuche, die Blutbank zu erreichen.«

»Diese Nummer ist im Haus am schwersten zu bekommen. Die meisten Hausärzte gehen einfach hinunter und holen sich die Blutkonserven selbst. Die Person, an die Sie sich dort unten wenden müssen, heißt Betty Callaway.«

Er dankte ihr, und sie eilte aus dem Zimmer. Er beugte sich wieder an der Oberschwester vorbei und legte den Hörer auf. Alte weiße Hexe, dachte er, warum hast du mir das nicht gesagt? Teufel, ich weiß nicht einmal, wie ich die verdammte Blutbank finde, merkte er verärgert.

Er beugte sich vor und versuchte das Namensschild der Oberschwester zu entziffern. »Miß Fultz«, sagte er. Sie schrieb weiter in ihren Aufzeichnungen.

»Können Sie mir sagen, wie ich die Blutbank finde?«

»Kellergeschoß«, sagte sie, ohne aufzublicken.

Er fand die Blutbank nach drei weiteren Erkundigungen, bestellte die Blutkonserve bei Betty Callaway und wartete ungeduldig, während sie langsam und umständlich die Blutgruppe von Harold Krebs heraussuchte. Als er in dem trägen Lift hinauffuhr, schimpfte er sich einen Esel, der gegen die Herren des Hauses kämpfte, statt im Krankenhaus herumzuwandern, um zu erkunden, wo sich alles befand.

Nach diesem Anfang wäre er nicht überrascht gewesen, wenn der Patient auf 304 unsichtbare Venen gehabt hätte, aber es stellte sich heraus, daß Harold Krebs ein Mann mit einem guten, klar umrissenen Venensystem war, wie geschaffen für Katheter, und Robinson brachte die Transfusion ohne Schwierigkeiten in Gang.

Jetzt die Intravenöse für 310. Aber wo wurden die Intravenösen aufbewahrt? Er konnte Miß Fultz nicht fragen, überlegte es sich dann aber anders: warum sollte er der alten Hexe erlauben, ihn abzuschrecken?

»Schrank im Hauptgang«, sagte sie, noch immer mit gesenktem Kopf.

Alte Dame, schau mich an, befahl er stumm. Es ist bloß schwarze Haut, die tut deinen Augen nicht weh. Er holte die I.V. Abraham Batson auf 310 war genau das, was Robinson auf 304 erwartet hatte. Ein vertrocknetes Männchen mit haarfeinen Venen und vielen Einstichen, die zeigten, daß es schon andere vergeblich versucht hatten. Es gelang erst nach dem achten Versuch, während das Nadelkissen stöhnte und ihm anklagende Blicke zuwarf, dann endlich konnte Robinson entfliehen.

O Gott, das Inzisionsbesteck.

»Miß Fultz«, sagte er.

Diesmal sah sie ihn an. Er war wütend über die Verachtung in ihren Augen, die von verblichenem Blau waren.

»Wo finde ich ein Inzisionsbesteck?«

»Dritte Tür unten links.«

Er fand es, holte es und traf Silverstone in der Frauenabteilung der Station.

»Gott, ich wollte schon Alarm schlagen lassen«, sagte der Oberarzt.

»Ich habe die meiste Zeit damit verbracht, mich zu verirren.«

»Ich auch.« Zusammen gingen sie auf 308.

Roger Cort hatte Darmkrebs. Wenn man genau hinsah, dachte Spurgeon, konnte man den Engel auf Roger Corts rechter Schulter hocken sehen.

»Haben Sie je eine Inzision gemacht?«

»Nein.«

»Schauen Sie genau zu. Das nächste Mal werden Sie sie allein machen.«

Er sah zu, während Silverstone die Haut über dem Knöchel sterilisierte, Novokain injizierte, dann Handschuhe überstreifte und einen winzigen Einschnitt vor der Innenseite des Knöchels machte, dann zwei Stiche, einen oben, einen unten, die Kanüle einführte und sie mit dem zweiten Stich befestigte. Einige Sekunden später tropfte Glukose in Roger Corts Blutbahn. Wie Silverstone es gemacht hatte, sah es ganz leicht aus. Das werde ich auch fertigbringen, dachte Spurgeon. »Was ist Ihre nächste Nummer?« fragte er.

»Kaffee«, sagte Silverstone, und sie gingen Kaffee trinken.

Die hübsche brünette Schwester schenkte ihnen ein.

»Was halten Sie von unserer Station?« fragte sie.

»An welchem heimlichen Kummer leidet eure Oberschwester?« fragte der Oberarzt. »Sie hat den ganzen Vormittag nichts anderes getan, als mich anzuknurren.«

Das Mädchen lachte. »Oh, sie ist eine legendäre Figur des Krankenhauses. Sie spricht nicht mit den Ärzten, außer wenn sie einen mag, und sie mag sehr wenige Ärzte. Einige der Konsiliarärzte kennen sie schon seit dreißig Jahren, und sie werden immer noch angeknurrt.«

»Welch ein Vermächtnis«, sagte Silverstone düster.

Wenigstens ist es nicht die Farbe, die sie haßt, dachte Spurgeon. Sie haßt jeden. Irgendwie machte ihn der Gedanke froh. Er trank seinen Kaffee aus, verließ Silverstone und wechselte verschiedene Verbände, ohne Miß Fultz fragen zu müssen, wo etwas war. Besser, ich fange an, dieses Haus zu erforschen, dachte er und fragte sich plötzlich, was er täte, wenn jemand einen Herzschlag bekäme. Er wußte nicht, wo der Defibrillator oder der Wiederbelebungsapparat war. Eine Schwester eilte den Gang entlang. »Können Sie mir sagen, wo das Instrumentarium für akutes Herzversagen aufbewahrt wird?« fragte er.

Sie blieb stehen, als sei sie in eine gläserne Wand hineingelaufen.

»Ein akuter Fall?«

»Nein«, sagte er.

»Erwarten Sie einen Notfall, Doktor?«

»Nein.«

»Nun, ich habe eine Frau, die sich die Eingeweide aus dem Leib speit«, sagte sie empört und lief weiter.

Um acht Uhr abends, sechsundreißig Stunden nach dem Beginn seiner Laufbahn als Spitalarzt, öffnete Spurgeon die Tür zu seinem Zimmer im sechsten Stock und zuckte zurück, als die Hitze ihm entgegenschlug.

»Hui«, sagte er leise.

Er hatte in der vergangenen Nacht nur wenige Stunden hier geschlafen, da die Spitalärzte Bereitschaftsdienst hatten, während der Oberarzt nur in einigermaßen ernsten Fällen gestört werden sollte. Acht- oder neunmal war er geweckt worden, um Medikamente zu verschreiben, die den Patienten jenen Schlaf bringen würden, der ihrem Spitalarzt verwehrt war.

Er stellte die Papiertragtasche nieder, die er mitgebracht hatte, und stieß das Fenster weit auf, zog die Schuhe aus, ohne die Schnürsenkel aufzuknüpfen, streifte seinen weißen Anzug ab und schälte sich aus dem durchnäßten Unterhemd. Aus der Tasche holte er eine Sechserpackung Bierdosen, riß die Aluminiumlasche von der einen, trank ein Drittel des Inhalts in einem langen, kalten Zug aus. Dann ging er seufzend zum Schrank und holte die Gitarre.

Auf dem Bett sitzend trank er die Bierdose leer, begann an den Saiten zu zupfen und leise den Tenorpart eines Madrigals zu singen.

There's a rose in my gar-den
And it has one sharp thorn.
And I prick myself on it
At least twice a morn.
And I hasten to plead

As I hasten to bleed:
Wipe the blood
Off the rose
In my gar-den . . .

Teufel, nein, dachte er bekümmert, die Stimmung in diesem Haus war eben nicht das richtige.

Was er selbst immer als Anregung gebraucht hatte, war ein bewunderndes Publikum, ein schlankes Kätzchen, das ihm mit den Augen »kluger Spurgeon« sagte, den leichten, vielversprechenden Druck eines Knies, wenn sie neben ihm auf der Klavierbank saß, Burschen, die ihm einen Drink um den anderen aufdrängten, als sei er Ellington persönlich, und die ihn bestürmten, den einen oder anderen Song zu spielen.

Er vermißte diesen Wirbel.

»Deine Schuld, Onkel Calvin«, sagte er laut.

Onkel Calvin war überzeugt gewesen, daß Spurgeon in irgendeiner Harlemer Kaschemme als Klavierspieler enden und sich für ein Butterbrot oder noch weniger umbringen würde. Er grinste, öffnete eine zweite Dose und trank auf das Wohl seines Stiefvaters, dessen Geld einen Arzt aus ihm gemacht hatte, trotz Spurgeons Weigerung, sich zur Weiterführung des Unternehmens einschulen zu lassen, für das sich der Alte den Großteil seines Lebens abgerackert hatte. Und dann trank er in dem winzigen überhitzten Loch von Zimmer, vor Schweiß triefend, auf sein eigenes Wohl.

»Onkel Calvin«, gestand er sich, »das hier ist nicht ganz das, was ich mir unter Erfolg vorstelle.«

Er ging zum Fenster und blickte auf die Lichter hinaus, die plötzlich aufzuleben begannen, je mehr sich die Stadt verdunkelte. Ich muß aus diesem Kleiderschrank hier weg, sagte er sich. Irgendwo da unten war eine behagliche Bude, wo er vielleicht ein altes Klavier aufstellen konnte.

»Ihr Schweinehunde«, sagte er zu der Stadt.

Drei Tage lang wohnte er im Statler-Hotel, während er Wohnungsanzeigen im *Herald* und im *Globe* beantwortete. Die Makler hatten auf Anrufe von Dr. Robinson herzlich reagiert, aber immer wenn er auftauchte, um sich die betreffende Wohnung anzusehen, war sie soeben vermietet worden.

»Haben Sie je von Crispus Attucks gehört?« fragte er den letzten Wohnungsmakler.

»Von wem?« hatte der Mann nervös gefragt.

»Er war ein Farbiger wie ich. Er war der erste Amerikaner, der in eurer gottverfluchten Revolution getötet wurde.«

Der Mann hatte verständnisvoll genickt und erleichtert gelächelt, als Robinson ging.

Nun, vielleicht hatte er sich Wohnungen angesehen, die zu hübsch waren. Er konnte sich ein behagliches Heim leisten. Einmal monatlich würde ein Scheck von Onkel Calvin kommen, obwohl Spurgeon erklärt hatte, daß er jetzt vom Krankenhaus Gehalt beziehen würde. Sie hatten lange miteinander diskutiert, bis er begriffen hatte, daß Calvin an jedem dritten Donnerstag im Monat, wenn er den Scheck unterzeichnete, zwei Dinge verschenkte: Geld, das er schätzte, denn es hatte eine Zeit gegeben, da er es nicht gehabt hatte, und Liebe, das Wunderbarste in seinem Leben.

Guter Onkel, dachte Spurgeon zärtlich. Warum bringe ich es nicht fertig, ihn Vater zu nennen?

Es hatte eine Zeit gegeben, an die er sich deutlich wie an einen bösen Traum erinnerte, als sie arme Nigger gewesen waren, bevor seine Mutter Calvin geheiratet hatte und sie reiche Neger geworden waren. Er hatte in einem Kinderbett neben dem Bett seiner Mutter geschlafen, in einem kleinen öden Zimmer im westlichen Teil der Stadt, in der 172. Straße. Der Raum hatte verschossene braune Tapeten mit Wasserflecken am oberen Rand der einen Wand, die vor langer Zeit entstanden, als im darüberliegenden Stockwerk etwas übergelaufen oder ein Dampfrohr leck geworden war. Er sah die Flecken immer als Tränenspuren, denn wenn er weinte, deutete seine Mutter auf sie und sagte, wenn er nicht zu heulen aufhöre, bekämen seine Wangen Flecken wie die Tapete. Er erinnerte sich an einen knarrenden Schaukelstuhl mit einem abgenützten karierten Sitzkissen, an den zweiflammigen Gasherd, der schlecht funktionierte, so daß es lange dauerte, bis das Wasser kochte, an den kleinen Spieltisch, auf dem man nichts Eßbares über Nacht stehen lassen konnte, wegen der hungrigen Dinger, die aus den Wänden krochen.

Er dachte an all das nur, wenn ihn die Erinnerung daran überwältigte. Er dachte lieber an Mami, damals, als sie noch jung war.

Seine Mutter hatte ihn täglich bei Mrs. Simpson zurückgelassen, die drei Zimmer des unteren Stockwerks bewohnte, selbst drei Kinder hatte und, da sie weder einen Ehemann noch eine Beschäftigung aufzuweisen hatte, einen Notstandsscheck bezog. Mami bekam keinen Scheck. Als er noch ein Knabe war, arbeitete sie als Kellnerin in allen möglichen Restaurants, und die schwere Arbeit trug ihr schlechte Füße und geschwollene Beine ein. Trotzdem war sie außerordentlich hübsch. Sie hatte ihn geboren, als sie noch ein junges Mädchen war, und über ihren kaputten Beinen war ihr Körper zwar gereift, jedoch schlank und fest geblieben.

Manchmal weinte Mami im Schlaf, und sie rieb immer Desinfektionsmittel auf den Sitz der Toilette, die sie mit den Hendersons und den Catletts gemeinsam benützten. Wenn er gebetet hatte, flüsterte er manchmal ihren Namen in der Dunkelheit: Roe-Ellen Robinson . . . Roe-Ellen Robinson . . .

Wenn sie ihn ihren Namen flüstern hörte, ließ sie ihn zu sich ins Bett kommen. Dann legte sie die Arme um ihn und drückte ihn so heftig an sich, bis er schrie, danach kraulte sie ihm den Rücken und sang ihm Lieder vor —

Oh, the river is deep and wide, hallelujah!
Milk and honey on the other side . . .

und erzählte ihm, was für ein gutes Leben sie haben würden, wenn sie in das Land kämen, wo Milch und Honig fließt, und er legte seinen Kopf auf ihre großen weiche Brüste und schlief glücklich, überglücklich ein.

Er ging in die Schule seines Bezirks, ein altes Gebäude aus roten Ziegeln mit Fenstern, die schneller zerbrachen, als die Stadt das Glas ersetzen konnte, mit einem betonierten Spielplatz im Freien und einem eigenartigen Dunst drinnen, in dem sich hauptsächlich der Geruch von Kohlengas mit dem von Körpern mischte, die nicht an Privatbäder und Heißwasser gewöhnt waren. Als er mit der ersten Klasse begann, sagte ihm seine Mutter, er solle ja lesen lernen, weil sein Vater ein Mann sei, der gern lese und immer mit der Nase in einem Buch stecke. Daher lernte Spurgeon und tat es allmählich gern. In den höheren Klassen, in der vierten, fünften und sechsten, wurde es schwieriger, in der Schule zu lesen, weil es fast immer irgendeine Störung gab, aber da hatte er schon den Weg in die öffentliche Leihbücherei gefunden und nahm ständig Bücher mit nach Hause.

Er lief mit besonderer Vorliebe mit zwei Buben herum, mit Tommy White, der sehr schwarz war, und Fats McKenna, der lichtgelb und sehr mager war, weshalb man ihn »den Fetten« nannte. Zuerst hatten ihn nur ihre Namen fasziniert, später wurden sie auch seine Freunde. Sie liebten alle ein Mädchen namens Fay Hartnett, die wie Satchmo singen und mit den Lippen furzen konnte wie eine nervöse Trompete. Meistens streiften sie einfach nur in der Umgebung der 171. Straße West herum, spielten Stockball, lobten die Giants und kritisierten die Yankees und ihre lausigen weißen Lehrer. Hie und da mausten sie etwas, wobei immer zwei die Aufmerksamkeit des Ladenbesitzers fesselten, während der dritte klaute, gewöhnlich etwas Eßbares. An drei Samstagabenden hatten sie Betrunkene verdroschen, wobei Tommy und Spurgeon die Arme des Mannes hinter dessen Rücken festhielten, während Fats, der meinte, er sähe wie Sugar Ray aus, den physischen Teil verrichtete.

Sie hatten die Veränderungen, die sich an Fay Hartnetts Körper vollzogen, genau beobachtet, und eines Abends zeigte sie ihnen auf dem Dach von Fats' Haus, wie man etwas machte, das ihr einige ältere Buben gezeigt hatten. Sie prahlten damit in alle Winde, und einige Abende später verrichtete sie den gleichen Dienst für sie und eine große Gruppe ihrer Freunde und Bekannten. Zwei Monate später wurde sie aus der Schule entlassen, und von Zeit zu Zeit sahen sie sie dann auf der Straße und kicherten, weil ihr Bauch anschwoll, als hätte sie einen Basketball geschluckt, den jemand aufblies. Spurgeon drückte weder ein Schuld- noch Verantwortungsgefühl; das erste Mal war er der zweite, das zweite Mal der siebente oder achte in der Reihe gewesen. Und wer weiß, wie viele andere Partys es gegeben hatte, zu denen er nicht eingeladen worden war. Aber es fehlte ihm manchmal, sie nicht wie Louis singen zu hören.

Er konnte sich nicht vorstellen, daß Mami das tat, was Fay getan hatte, die Beine spreizen und sich ganz naß und erregt winden, und dennoch wußte er irgendwo tief innen, daß sie es wahrscheinlich doch manchmal tat. Roe-Ellen kannte immer viele Männer, und hie und da pflegte sie Mrs. Simpson dafür zu bezahlen, daß Spurgeon in ihrer Wohnung bei ihren beiden Buben, Petey und Ted, übernachtete. Besonders ein Mann, Elroy Grant, ein großer, schöner Mann, der eine Kleiderreinigung in der Amsterdam Avenue führte, lief Mami ständig nach. Er roch stark nach Whisky und beachtete Spurgeon nicht, der ihn haßte. Er trieb sich mit tausend Frauen herum, und eines Tages fand Spurgeon Roe-Ellen weinend auf dem Bett liegen, und als er Mrs. Simpson fragte, was los sei, erzählte sie ihm, Elroy habe eine Witwe geheiratet, die eine Kneipe in Borough Hall besaß, habe die Kleiderreinigung zugesperrt und sei nach Brooklyn übersiedelt. Noch Wochen danach war Mami niedergeschlagen, dann riß sie sich endlich zusammen und verkündete, Spur müsse sich jetzt besonders vernünftig betragen, weil sie sich in einen Sekretärinnenkurs habe einschreiben lassen und vier Abende der Woche nach der Arbeit in der Patrick Henry High School am oberen Broadway verbringen würde. An den Abenden, an denen sie nicht in die Schule ging, richtete er es immer so ein, daß er zu Hause war; es wurden seine Feiertage.

Roe-Ellen besuchte den Unterricht zwei Jahre lang, und als sie den Kurs beendet hatte, konnte sie 72 Wörter in der Minute tippen und 100 Wörter pro Minute im Greggschen Stenographiesystem aufnehmen. Sie vermutete, daß sie nur schwer eine Stelle finden würde, aber nach zwei Wochen Arbeitssuche wurde sie im Schreibsaal der Lebensversicherungsgesellschaft »American Eagle« angestellt. Jeden Abend kam sie mit strahlenden Augen und mit Geschichten über neue Wunder heim, den Schnellift, die wunderbaren Mädchen im Sekretariat, die Zahl der Briefe, die sie an diesem Tag zustande gebracht hatte, die kurze Arbeitszeit, die Freude, ihre Beine ausruhen zu können und trotzdem einen vollen Arbeitstag bewältigt zu haben.

Eines Tages kam sie heim und sah fast verstört aus. »Liebling, heute hab' ich den Präsidenten gesehen.«

»Eisenhower?«

»Nein. Mr. Calvin J. Priest, Präsident der American Eagle Life Insurance Company. Spur, Liebling, er ist ein Farbiger!«

Es klang unsinnig. »Du mußt dich geirrt haben, Mami. Wahrscheinlich ist er ein sehr dunkler Weißer.«

»Ich sage dir, er ist so schwarz wie du. Und wenn Calvin J. Priest etwas so Wundervolles schaffen konnte, wie Präsident der Lebensversicherung American Eagle zu werden, warum sollte es Spurgeon Robinson nicht auch? Baby, Baby, wir werden das Land, wo Milch und Honig fließt, doch noch sehen, das verspreche ich dir!«

»Ich glaube dir, Mami.«

Ihr Transportmittel in das Land von Milch und Honig war natürlich Onkel Calvin.

Als Spurgeon erwachsen war, wußte er alles über Calvin Priest, wußte, wie er zur Zeit ihrer ersten Begegnung, und auch, wie er früher gewesen war. Calvin war ein mitteilsamer Mensch, der seine Stimme anwandte, um Kontakte herzustellen, und die nach Roe-Ellen und ihrem Sohn mit Worten griff, als seien es Hände. Spurgeon trug im Laufe einer langen Zeit in vielen Gesprächen Stück um Stück von Calvins Leben zusammen, nachdem er endlose Erinnerungen und weitschweifige Geschichten gehört hatte, bis er das wahre Bild dieses Mannes, seines Stiefvaters, besaß.

Calvin Priest wurde während eines Tropengewitters am 3. September 1907 in der Stadt Justin geboren, im Pfirsichdistrikt von Georgia. Die Initiale J seines Namens bedeutete Justin, den Namen der Gründerfamilie der Gemeinde, in deren Haus Calvins Großmutter mütterlicherseits, Sarah, einst als Dienstmädchen und Sklavin gearbeitet hatte.

Das letzte überlebende Mitglied der Familie Justin, Mr. Osborne Justin – Rechtsanwalt, Stadtsyndikus, ein älterer Possenreißer, und Erbe gewisser traditioneller Rollen –, hatte der alten Sarah zehn Dollar geboten, wenn ihre Tochter das Baby Judas nennen würde, aber die alte Dame war zu stolz und auch zu gerissen. Sie nannte das Baby nach der Familie des Weißen, trotz – oder vielleicht wegen – der Tatsache, daß dem Lokaltratsch zufolge ihr Verhältnis zum Sohn des Hauses in ihren jüngeren Tagen weit mehr war als das einer Sklavin, und sicher in dem Wissen um den Brauch, daß der alte weiße Mann dem Kind in

Anerkennung seines Familiennamens auf alle Fälle das Geschenk geben mußte.

Calvin wuchs als ländlicher Neger auf. Solange er in Georgia war, fehlte nie der Nachdruck auf seinem mittleren Namen – Calvin *Justin* Priest –, und vielleicht führte dieses Bindeglied mit einem privilegierten Hintergrund und Omen stolzer zukünftiger Dinge dazu, daß ihm eine erweiterte Schulbildung zugestanden wurde. Er war ein frommer Junge, der das Theatralische der Gebetsversammlung genoß, und er dachte lange daran, Priester zu werden. Es war eine glückliche Kindheit, obwohl seine Eltern von der Influenza-Epidemie hinweggerafft wurden, die 1919 verspätet, aber ebenso tödlich aus den Städten aufs Land hinaussickerte. Drei Jahre später wußte Sarah, daß Gott ihr zwar ein reiches und langes Leben gegönnt hatte, es sich jedoch seinem Ende näherte. Sie diktierte dem jungen Calvin einen Brief, den er sorgfältig in Schriftsprache übersetzte und nach Chicago sandte, dem Ort der tausend Möglichkeiten und der Freiheit. In dem Brief bot Sarah ehemaligen Nachbarn namens Haskins ihr Begräbnisgeld, 170 Dollar, an, wenn sie Calvin in ihr Heim und an ihr Herz nehmen würden. Sarah war überzeugt, daß sich Osborne Justin um ihr Begräbnis kümmern würde; es war die letzte Chance, ihm auf seine Kosten eins auszuwischen.

Die Antwort kam in Form einer Penny-Postkarte, auf die jemand mit Bleistift gekritzelt hatte: Schick den Jungen.

Als er nach Georgia zurückkehrte, war aus ihm ein Mann geworden.

Es stellte sich heraus, daß Moses Haskins ein gemeines Scheusal war. Er verdrosch Calvin und seine eigene Brut regelmäßig und unparteiisch, und Calvin lief davon, noch bevor er ein Jahr in der Haskins-Familie gelebt hatte. Er trug den *Chicago American* aus, arbeitete als Schuhputzer, gab sich für älter aus und arbeitete als Packer in einem Schlachthof. Die Arbeit war bitter hart – wer hätte gedacht, daß tote Tiere so schwer sind? –, und anfangs glaubte er nicht, daß er durchhalten würde, aber sein Körper wurde zäher, und die Bezahlung war gut. Als sich zwei Jahre später die Gelegenheit ergab, bei einem Wanderzirkus für weniger Geld Handlanger zu werden, ergriff er sie begierig. Er reiste mit dem Zirkus durch das weite Land, nahm es in sich auf, all seine Herrlichkeiten, die hochgelegenen Dörfer und fernen, abgelegenen Täler, die verschiedensten Menschen. Er verrichtete alle Arbeiten, die einen starken Rücken verlangten, packte die Planen aus und wieder ein, stellte die Zelte auf und brach sie wieder ab, fütterte und tränkte die armseligen Tiere: ein paar räudige Katzen, einige Affen, eine Meute dressierter Hunde, einen alten Bären, einen Adler mit gestutzten Flügeln, der, an seine Sitzstange gekettet, mit hängenden weißen Schwanzfedern dasaß. Der Adler starb in Chillicothe, Ohio.

Nach zehn Monaten kam der Wanderzirkus auch in die Südstaaten, und an dem Tag, an dem sie in Atlanta einzogen, half er noch die Zelte aufstellen und sagte dann dem Vorarbeiter, er müsse auf ein paar Tage fort, nahm einen Bus und saß im hinteren Teil des Wagens, bis er in Justin ankam.

Sarah war vor einigen Jahren gestorben, und er hatte sie längst beweint, aber er wollte sehen, wo sie begraben war, konnte jedoch das Grab seiner Großmutter nicht finden. Als er am Abend den Prediger aufsuchte, brummte der Mann, weil er nach einem langen Tag vom Pfirsichpflücken müde war, holte dann doch eine Taschenlampe und ging mit Calvin suchen, bis er das Grab fand, klein und unbezeichnet und – wo Sarah im Leben nie hingehört hatte – im Armenwinkel.

Am nächsten Tag nahm Calvin einen Mann als Hilfskraft auf. Neben seiner Mutter war keine Grabstelle frei, hingegen eine nicht allzuweit entfernt. Er grub mit dem Mann zusammen ein Grab, und sie betteten seine Großmutter um. Die Kiste, in der sie begraben worden war, zerbröckelte etwas, als sie sie aufhoben, war aber doch nach zwei Jahren in dem feuchten roten Lehm in überraschend gutem Zustand. Calvin stand abends an dem neuen Grab, während der Prediger schönklingende biblische Sätze in den sich verdunkelnden Himmel sandte. Irgendwo ganz hoch oben schwebte stolz ein Vogel. Ein Adler, entschied Calvin, aber anders als der gefangene Vogel im Zirkus, der gestorben war. Dieser hier bewegte sich frei in der Luft, die ihm gehörte, und Calvin mußte weinen, als er ihm zusah. Es wurde ihm klar, daß Osborne Justin, Rechtsanwalt, Stadtsyndikus, älterer Possenreißer und Erbe gewisser traditioneller Rollen, schließlich doch zuletzt gelacht hatte, als er die alte Niggerdame in ein Armengrab verwies. Calvin hinterließ bei dem Prediger Geld für einen Grabstein und nahm dann den Bus zum Zirkus zurück. Er verwendete seinen mittleren Namen, Justin, nie wieder. Von dem Tag an war er einfach Calvin J. Priest.

Als die amerikanische Wirtschaft zusammenbrach, war er zweiundzwanzig Jahre alt. Er hatte das Land gesehen, seine Weiten und Höhen, die Riesenstädte und die verschlafenen Städtchen, und hatte entdeckt, daß er es verzweifelt liebte. Er wußte, daß es ein Land war, das nicht wirklich ihm gehörte, aber 1700 Dollar davon, sicher in einen braunen Socken gewickelt, gehörten ihm doch.

Der Markt krachte zusammen, als der Zirkus seine herbstliche Südtour begann, und als Geschäfte Bankrott machten und Firmen sich auflösten, konnte die ständig zunehmende Depression an der schwindenden Publikumszahl jeder Vorstellung abgelesen werden, bis der Zirkus in Memphis, Tennessee, seine Vorstellung vor elf Zuschauern hielt und ebenfalls Bankrott machte.

Spurgeon mietete dort ein Zimmer und verbrachte den Herbst damit, zu überlegen, was er jetzt machen sollte. Zunächst lungerte er herum. Es war ein trockener Sommer gewesen, und er hatte viele Tage lang mit einer Mistgabel und einem Sack gefischt, eine Kunst, die ihm einmal ein Zirkusarbeiter aus Missouri beigebracht hatte. Er ging zu dem freiliegenden Bett des zurückgetretenen Flusses und brach die ausgetrocknete, zersprungene oberste Schlammschicht auf, bis er auf den üppig feuchten Untergrund stieß, wo sich die Katzenwelse wie fette schwarze Juwelen bis zu den Winterregen eingegraben hatten. Er erntete sie wie Kartoffeln und schleppte den Sack voller Welse heim, half seiner Hausfrau beim Abhäuten und Säubern; sie briet das süße weiße Fleisch, und die ganze Pension aß davon und sang Hosianna auf seine Fertigkeit mit Angel und Leine. Nachts im Bett las er in der Zeitung über Weiße, die früher Millionäre waren und jetzt aus den Fenstern der Wolkenkratzer sprangen, während er die Hand in die Tasche steckte und das Geld streichelte, wie ein Mann, der geistesabwesend seinen Geschlechtsteil berührt, und er überlegte, ob er in den Norden gehen sollte.

Die Tochter der Hausfrau namens Lena war eine Vagabundin, mit Augen wie weiße Tümpel in dem braunen Gesicht, entkräuseltem Haar und einem heißen Mund, der über Calvins Körper hinspielte, und eines Nachts lag er mit dem Mädchen im Zimmer und wollte sie auf der Matratze lieben, unter der das Geld verborgen war, aber ihr Liebesspiel wurde von einem Geräusch verdorben, das klang, als breche jemandem das Herz.

Als er das Mädchen fragte, wer denn hier weine, sagte sie ihm, es sei ihre Mutter.

Auf seine Frage nach dem Warum erzählte sie ihm, die Bank der Weißen, in der ihre Mutter ihr Begräbnisgeld aufbewahrt hatte, habe soeben Bankrott gemacht und sie weine wegen des Begräbnisses, das sie nun nie haben würde.

Nachdem ihn das Mädchen verlassen hatte, dachte er an die alte Sarah und das Begräbnisgeld, das sie ihm seinerzeit mit einer Sicherheitsnadel an die Unterwäsche geheftet hatte. Er erinnerte sich an das dürftige Armengrab in Justin, Georgia.

Am nächsten Morgen streifte er in Memphis umher, wanderte nach dem Mittagessen aus der Stadt hinaus, an den Randbezirken vorbei, ins offene Land. Nach fünftägiger Suche entschied er sich für ein Grundstück von zwei Morgen, eine ausgelaugte Wiese, die sich zwischen eine Tannengruppe und ein ausgebranntes Flußufer drängte. Es kostete ihn sechs Einhundertdollarnoten, und seine Hände zitterten, als er das Geld auszahlte und die Urkunde entgegennahm, aber nichts hätte ihn abhalten können, denn er hatte sich alles genau überlegt und wußte, daß es das einzig Richtige für ihn war.

Weitere einundzwanzig Dollar und fünfzig Cent kostete ein schönes, großes schwarz-weißes Schild mit der Aufschrift *Shadowflower Cemetery*, Friedhof Schattenblume. Der Name entstammte einem Vers des Buches Hiob, das Sarahs Lieblingsbuch gewesen war: Er gehet auf wie eine Blume / und fället ab / fleucht / wie ein Schatten / und bleibet nicht.

Calvin traf seine Hausfrau in der Küche der Pension gerade beim Wäscheauskochen an, und ihre rotgeränderten Augen strömten im Dampf der Lauge über. Ein Krug mit Buttermilch stand auf dem Tisch, Calvin setzte sich nieder und trank drei volle Gläser, ohne etwas zu sagen. Dann legte er ein Fünfcentstück und ein Zehncentstück auf den Tisch, um die Erfrischung zu bezahlen, und begann zu reden. Er erzählte ihr von seinen Plänen für den Friedhof Schattenblume, von den schönen Grabstellen, größer als die irgendeines Weißen; von den Singvögeln in den Tannen und auch von den großen Katzenwelsen im Fluß, die, wie er irgendwie wußte, dort sein mußten, obwohl er sie nicht gesehen hatte.

»Es nützt nichts, Junge«, sagte sie. »Mein Begräbnisgeld ist weg.«

»Du mußt doch etwas Geld haben. Du hast Pensionsgäste.«

»Nicht wirklich Geld, das ich entbehren könnte. Nicht einmal fürs Begräbnis.«

»Nun, schau her.« Er berührte die Münzen, die er auf den Tisch gelegt hatte. »Du hast das hier.«

»Fünfzehn Cent? Du wirst mir eine Begräbnisstätte für fünfzehn Cent geben?«

»Hör zu«, sagte er. »Rück jede Woche mit fünfzehn Cent heraus, und die Grabstelle gehört dir, jetzt, sofort.«

»Mann«, sagte sie, »was ist, wenn ich in drei Wochen sterbe?«

»Das wäre ein böser Verlust.«

»Und was ist, wenn ich nie sterbe?«

Er lächelte. »Dann werden wir beide glücklich sein, Schwester. Aber du weißt, daß alle Menschen eines Tages sterben müssen. Stimmt's?«

»Das stimmt wirklich«, sagte sie.

Er verkaufte ihr zwei weitere Parzellen, je eine für ihre beiden Töchter. »Hast du Freundinnen, die ihr Begräbnisgeld genauso wie du verloren haben, als die Bank zusammenkrachte?«

»Aber sicher. Eine Grabstelle für fünfzehn Cent! Ich kann es kaum glauben.«

»Gib mir ihre Namen, ich werde sie besuchen«, sagte Calvin. Das war der Auftakt zur Lebensversicherungsgesellschaft American Eagle.

Spurgeon erinnerte sich an den Tag, an dem Mami Calvin heimbrachte. Er saß im Zimmer und machte Hausaufgaben, als der Schlüssel in der versperrten Tür knirschte, und er wußte, das mußte Mami sein. Er stand auf, um sie zu begrüßen, und als sich die Tür öffnete, war ein Mann bei ihr, nicht groß, mit beginnender Glatze und silbergefaßter Brille, spöttischen braunen Augen, die ihn geradewegs ansahen, ihn abschätzten, ihn beurteilten und denen offensichtlich gefiel, was sie sahen, weil der Mann lächelte, Spurgeons Hand nahm und sie mit einem sicheren, trockenen Griff drückte.

»Ich bin Calvin Priest.«

»Der Präsident?«

»Was? Oh.« Er lachte. »Ja.« Er blickte sich langsam im Zimmer um, sah die Wasserflecken an der Decke, die düstere Tapete, die zerbrochenen Möbel.

»Hier können Sie nicht mehr wohnen«, sagte er zu ihr.

Ihre Stimme brach. »Mr. Priest«, flüsterte sie. »Sie haben eine falsche Vorstellung von mir. Ich bin nichts als ein einfaches, gewöhnliches farbiges Mädel. Ich bin nicht einmal eine wirkliche Sekretärin. Den größten Teil meines Lebens war ich Kellnerin.«

»Sie sind eine Dame«, sagte er. Wenn Roe-Ellen die Geschichte für den Rest ihres Lebens immer wieder erzählte, sagte sie stets, der genaue Wortlaut sei gewesen: »Sie sind *meine* Dame«, Don Quichotte und Dulzinea.

Weder Spurgeon noch Calvin widersprachen ihr je.

In der folgenden Woche hatte Calvin beide in einer Wohnung in Riverdale untergebracht. Sie mußte ihm eine Menge über sie beide erzählt haben. Als sie hinkamen, stand in einem eisgefüllten Champagnerkübel eine Flasche Borden's Grade-A auf dem Speisezimmertisch neben einem Glas mit Gristede's Honig.

»Du meinst, wir haben's geschafft, Mami? Ist es das?« fragte Spurgeon.

Roe-Ellen konnte ihm nicht antworten, aber Calvin rieb den wolligen Schädel. »Du hast den Fluß überquert, mein Sohn«, sagte er.

Eine Woche später heirateten sie und fuhren für einen Monat auf die Virgin Islands. Eine dicke, fröhliche Frau namens Bessie McCoy blieb bei Spurgeon. Sie löste den ganzen Tag Kreuzworträtsel, kochte feine Mahlzeiten und ließ ihn in Ruhe, außer einer gelegentlichen Frage nach ausgefallenen Wörtern, die er nie beantworten konnte.

Als die Jungvermählten zurückkehrten, widmete Calvin mehrere Wochen der Suche nach einer guten Privatschule für Spurgeon und entschied sich schließlich für Horace Mann, eine sehr gute liberale Vorschule, die nicht weit von dem Apartmenthaus in Riverdale lag, und nach den Aufnahmeprüfungen und -gesprächen wurde Spurgeon zu seiner ungeheuren Erleichterung angenommen.

Sein Verhältnis zu Calvin war gut, nur einmal fragte er seinen Stiefvater, warum er nicht mehr für andere Leute seiner eigenen Rasse tue.

»Spurgeon, was kann ich tun? Wenn ich mein ganzes Geld nähme und es nur in einem einzigen Wohnblock Harlems unter allen Brüdern aufteilte, gäbe es dort nicht einen, der nicht früher oder später alles verschleudert hätte. Du mußt dir klarwerden, daß alle Menschen gleich sind. Denke daran, Junge, ganz gleich, wie immer ihre Farbe sein mag, man kann sie nur einteilen in solche, die stinkfaul, und in solche, die zu arbeiten bereit sind.«

»Das kann doch nicht dein Ernst sein«, sagte Spur angewidert.

»Doch. Kein Mensch kann ihnen helfen, wenn sie nicht ihre eingefleischten Gewohnheiten ablegen und sich selbst helfen.«

»Wie können sie sich ohne Bildung oder genügend Chancen selbst helfen?«

»Ich habe es gekonnt, oder?«

»Ja, du. Du bist einer unter einer Million. Für uns andere bist du eine Ausnahme, eine Laune der Natur. Ist dir das nicht klar?«

In seiner jungen Unbeholfenheit hatte er es sozusagen als Kompliment gemeint, aber die bittere Verzweiflung in seiner Stimme klang für den Mann wie Verachtung. Trotz ihrer gegenseitigen Bemühungen stand noch Monate später eine dünne Glaswand zwischen ihnen. In jenem Sommer — Spur war damals sechzehn — lief er davon, fuhr zur See und sagte sich, er versuche herauszufinden, was sein toter Seemannsvater gewesen war, aber in Wirklichkeit wollte er seine eigene Unabhängigkeit prüfen. Als er im Herbst zurückkam, vermochten er und Calvin wieder von vorne anzufangen. Die alte Wärme war wieder da, und keiner von beiden wagte es je wieder, sie mit einem Streit über ihre Rasse zu gefährden. Schließlich erstarb der Grund zur Auflehnung in dem Jungen, und es gelang ihm schließlich, über die Einwohner von Bezirken wie der Amsterdam Avenue so zu denken, wie er über Weiße dachte.

Das waren eben »diese Leute«.

Schließlich verwirrte ihn das Zusammenleben mit Calvin völlig. In Riverdale, mit schwarzer Haut, aber weißen Lebensgewohnheiten, wußte er weder, was er war, noch was für eine Art Mensch zu werden man von ihm erwartete. Jetzt, als Arzt, wußte er, daß er Calvin Stolz auf seine Rasse schenkte (selbst die Justins aus Justin, Georgia, hatten nie einen Doktor in der Familie gehabt). Aber noch nach Jahren, nachdem er Riverdale verlassen hatte, dachte Spur sofort an das Apartmenthaus mit dem weißen Portier, wenn er den Godfrey-Cambridge-Standardwitz über die reichen Neger hörte: wenn man denen sagte, daß ein Nigger in der Nähe lauere, schrien sie auf, blickten verstört um sich und kreischten in wilder Angst: »Wo? Wo? Wo denn?!«

Das kleine Zimmer unter dem Krankenhausdach war unerträglich heiß und ebenso weit von der Amsterdam Avenue wie von der behaglichen Klimaanlage in Riverdale entfernt. Er stand auf und blickte aus dem Fenster; das sechste Stockwerk des Krankenhauses war zurückgesetzt. Direkt unter ihm sprang das Dach des fünften Stocks ungefähr drei Meter vor. Er überlegte einen Augenblick, nahm dann ein Kissen und eine Decke, ließ beides aus dem Fenster fallen und kletterte dann mit der Gitarre und dem Bierkarton über das Fensterbrett.

Eine leichte Salzbrise wehte vom Meer herüber, und mit einem Gefühl der Dankbarkeit lag er, mit dem Kissen gegen die Wand gestützt, auf dem Dach. Unter ihm flimmerten die phantastischen Lichter der Stadt, drüben rechts begann das weite Rund der endlosen Finsternis, der Atlantische Ozean, und in der Ferne flackerte gleichmäßig wie ein Zwinkern ein gelbes Licht, ein Leuchtturm.

Durch das offene Fenster hörte er im Zimmer nebenan Adam Silverstone die Tür aufsperren, hereinkommen und dann wieder hinausgehen. Man hörte das Geräusch einer fallenden Münze im Einwurfschlitz des Wandtelefons auf dem Gang, und dann fragte Silverstone jemanden, ob er Gabriele sprechen könne.

Ich bin kein Horcher, dachte Spurgeon; was, zum Teufel, soll ich denn tun – vom Dach springen?

»Hallo, Gaby? Adam. Adam Silverstone. Erinnern Sie sich – aus Atlanta . . .?«

Er lachte. »Ich sagte Ihnen doch, daß ich herkommen würde. Ich habe eine Stellung als Facharztanwärter im County Hospital . . . Oh? Ich bin sehr schreibfaul. Wirklich, ich schreibe niemandem . . . Ich auch. Es war wunderbar. Ich habe viel an Sie gedacht.«

Seine Stimme klang sehr jung, dachte Spurgeon, und ohne jene Sicherheit, die er als Arzt zur Schau stellte. Spurgeon sog an der Bierdose und dachte an das Leben, das dieser Weiße wohl gehabt haben mußte. Jude, dachte er, es ist ein jüdischer Name. Wahrscheinlich in ihn vernarrte Eltern, neues Fahrrad, Tanzschule, Tempel, Haus im Kolonialstil. Adam, bleib in deinem Zimmer, das ist ein häßliches Wort, bring sie mit heim, Lieber, stell sie uns vor.

»Schauen Sie, ich möchte Sie gern wiedersehen. Wie wär's mit morgend abend? . . . Oh«, sagte er niedergeschlagen, und Spurgeon grinste mitfühlend in der Dunkelheit.

»Nein, dann bin ich wieder auf der Station, sechsunddreißig Stunden Dienst, sechsunddreißig Stunden frei. Und die nächsten Male, wenn ich dienstfrei habe, muß ich ein bißchen Nachtarbeit nebenbei machen, um etwas Geld zu erbeuten . . . Nun, schließlich wird es mir doch gelingen, Sie zu sehen«, sagte er. »Ich bin ein geduldiger Mensch. Ich rufe Sie nächste Woche an. Bleiben Sie brav.«

Der Hörer wurde aufgelegt, und die Schritte kamen langsam ins Zimmer zurück.

Dem Weißen hängt der Arsch nach. Oberarzt hin oder her, seine erste Schicht in diesem Haus war wahrscheinlich genauso schwer wie die meine, dachte Spurgeon.

»Hei«, sagte er laut. Er mußte es zweimal sagen, bis Silverstone aus dem Fenster schaute.

Adam sah Robinson in der kurzen Unterhose im Türkensitz wie einen schwarzen Buddha auf dem Dach hocken und grinste.

»Kommen Sie doch heraus. Bier.«

Adam kam, und Spurgeon reichte ihm eine Dose. Er hockte sich nieder, trank, seufzte und schloß die Augen.

»Das war wirklich eine Art Einweihungsfest für uns«, sagte Spurgeon.

»Amen. Jesus. Es wird Tage dauern, bis wir wissen, wo, zum Teufel, alles ist. Sie hätten uns zumindest einmal herumführen können.«

»Ich habe einmal irgendwo gehört, daß in der ersten Juliwoche, wenn die neuen Spitalärzte und Facharztanwärter ankommen, mehr Leute als sonst in den Krankenhäusern sterben.«

»Würde mich verdammt nicht überraschen«, sagte Adam. Er trank wieder und schüttelte den Kopf. »Diese Miß Fultz.«

»Dieser Silverstone.«

»Wie ist der Oberarzt?« fragte Silverstone ausdruckslos.

»Manchmal mag ich ihn, manchmal nicht.«

Sie merkten plötzlich, daß sie lachten.

»Ich mag Ihre Art, mit den Patienten umzugehen«, sagte Spurgeon. »Sie sehen sich ziemlich gut vor.«

»Ich sehe mich schon seit geraumer Weile gut vor«, sagte Silverstone.

»Stratton läßt uns sein Arteriogramm machen. Keine Schwierigkeiten mehr.«

»Diese Farbige, die Gertrude Soames, hat heute nachmittag das Krankenhaus auf eigene Gefahr verlassen«, sagte Adam. »Reinster Selbstmord.«

Vielleicht gibt es nichts, wofür sie leben sollte, mein Junge, sagte Spurgeon stumm.

Es waren noch zwei Dosen Bier da. Er reichte Adam eine und behielt die letzte für sich. »Etwas warm«, entschuldigte er sich.

»Gutes Bier. Das letzte Bier, das ich trank, war Bax.«

»Nie gehört.«

»Seifenschaum und Pferdepiß. Tief unten im Süden.«

»Sie sprechen nicht wie ein Südstaatler.«

»Aus Pennsylvanien. Pitt, Jefferson Medical School. Sie?«

»New Yorker. N. Y.-Uni, die ganze Zeit. Wo haben Sie Ihre Spitalpraxis gemacht?«

»Am Allgemeinen in Philadelphia. Den ersten Teil meiner

Ausbildung zum Facharzt absolvierte ich in der Chirurgischen Klinik von Atlanta.«

»Hostvogels Klinik?« sagte Spurgeon, wider Willen beeindruckt.

»Haben Sie viel von dem großen Alten gesehen?«

»Ich war Hostvogel als Facharztanwärter zugeteilt.«

Spurgeon pfiff lautlos. »Was hat Sie hergeführt? Das Nierentransplantationsprogramm?«

»Nein. Ich gehe in die allgemeine Chirurgie. Das Transplantationszeug ist nur der Zuckerguß auf dem Kuchen.« Er lächelte. »Hostvogel zugeteilt zu sein war nicht so gut, wie es klingt. Der große Mann operiert leidenschaftlich gern. Hausärzte bekommen dort unten kaum ein Messer in die Hand.«

»Allmächtiger.«

»Oh, er tut es nicht aus Bosheit. Aber wenn es etwas zu schneiden gibt, kann er es einfach nicht hergeben. Vielleicht bleibt er gerade deshalb ein großer Chirurg.«

»Ist er wirklich groß? So gut, wie man es von ihm behauptet?«

»Er ist wirklich groß«, sagte Silverstone. »Er ist so großartig, daß er noch einen Puls spürt, den sonst niemand auf der Welt finden kann, weil einfach keiner vorhanden ist. Und die Statistiken wurden eigens für ihn erfunden. Ich erinnere mich an die Versammlung einer medizinischen Gesellschaft, bei der er verkündete, daß sich dank einer von ihm erfundenen chirurgischen Methode nur bei drei von tausend Prostatektomien Schwierigkeiten entwickeln, und da stand so ein alter billiger Chirurg auf, der die Methode anwandte, und näselte: ›Tjaa, un' alle drei sind meine Patienten.‹« Adam grinste. »Ein großer Ruf, ein lausiger Lehrer. Nachdem ich meine Zeit meist damit verbrachte, zuzusehen, sagte ich mir, zum Teufel damit, und kam her, um Chirurgie statt Tiraden zu lernen. Longwood kann sich mit Hostvogels Glanz nicht vergleichen, aber er ist ein phantastischer Lehrer.«

»Er hat mir bei der Exituskonferenz einen höllischen Schrecken eingejagt.«

»Nun, Gerüchten zufolge ist das kein Theater. Dieser chinesische Facharztanwärter — Lee? — erzählte mir, die Tradition in diesem Krankenhaus gehe Jahre zurück, als Longwoods Vorgänger, Paul Harrelmann, gegen Kurt Dorland um den Posten des Chefarztes kämpfte. Sie trugen ihre Rivalität im Komitee aus, forderten einander heraus, debattierten, stichelten, verlangten eine Rechtfertigung der jeweiligen Methode. Schließlich erhielt Harrelmann den Posten, Dorland ging und wurde — natürlich — in Chicago berühmt. Aber sie hatten gezeigt, daß durch das Todeskomitee der Stab veranlaßt wurde, auf chirurgischem Gebiet das Beste zu geben.« Silverstone schüttelte den Kopf. »Es sind keine zahmen Leute. Habe ich auch nicht erwartet.«

Spurgeon zuckte die Achseln. »Es ist nichts Einzigartiges. Selbst ohne jemand wie Longwood sind es nicht nur die Neuen, die während der Sitzung strammstehen müssen. Diese alten Berufshasen wissen recht gut, wie sie einander zur Sau machen können.« Er sah Silverstone neugierig an. »Es klingt, als wäre es Ihnen neu. Hielten Sie dort unten im Land der Pfirsichpfuscher und Lester Maddox' keine Exituskonferenzen ab?«

»O doch. Vielleicht macht man dort eine Pflichtautopsie zu Lehrzwecken. Ein Kerl namens Sam Mayes, Hostvogels Unterbefehlshaber, sitzt mit zwei, drei Ärzten herum, redet darüber, daß Jerry Winters' Sohn drüben in Florida in die Medical School aufgenommen wurde, vielleicht fluchen sie über die Kampftrupps der sozialisierten Medizin in Washington und machen eine Bemerkung über den wohlgeformten Hintern einer neuen Schwester. Dann gähnen sie, einer sagt: ›Zu schlimm für diesen armen Kerl, Tod natürlich unvermeidlich!‹, alle nicken, gehen heim und vögeln ihre Frauen.«

Sie schwiegen einen Augenblick. »Mir gefällt es besser so, wie es hier ist«, sagte Spurgeon schließlich. »Es ist zwar weniger bequem — ja, es jagt mir einen Heidenschrecken ein —, aber es läßt uns bestimmt nicht abstumpfen; vielleicht garantiert es uns, daß wir nicht zu dem werden, was die Öffentlichkeit allmählich von den Ärzten denkt.«

»Und das wäre?«

»Sie wissen doch — Cadillacfahrer. Feiste Burschen. Reiche Spießer.«

»Sch . . . auf die Öffentlichkeit.«

»Leichter gesagt als getan.«

»Was weiß die schon, was es heißt, sich einen Weg in die Medizin zu erzwingen? Ich bin sechsundzwanzig. Ich war sechsundzwanzig Jahre lang bettelarm. Ich persönlich freue mich auf den längsten, teuersten, luxusärschigsten Cadillac, der für Geld zu haben ist. Und auf viele andere Dinge, materielle Dinge, die ich mir mit dem Geld verschaffen werde, das ich als Chirurg verdiene.«

Spurgeon sah ihn an. »Teufel, wenn Sie diese Dinge haben wollen, brauchen Sie sich nicht mit einer langen Spezialausbildung herumquälen. Sie haben Ihre Spitalpraxis hinter sich. Sie können schon morgen hinausgehen und Ihr gutes Geld verdienen.«

Adam schüttelte lächelnd den Kopf. »Ah, da steckt der Irrtum. Gutes, aber nicht vieles. Was in dieser Welt wirklich viel Geld bedeutet, ist das Facharzt-Diplom des Medical Board. Und um das zu erlangen, braucht es Zeit. Daher investiere ich diese Zeit. Für mich wird das kommende Jahr die ärgste Selbstfolterung sein, sozusagen die letzten angestrengten Augenblicke vor dem Orgasmus.«

Spurgeon mußte über das Bild grinsen. »Wenn Sie ein paarmal vor dieses Todeskomitee gestellt werden, können Sie ins Kloster gehen«, sagte er.

Sie tranken wieder, dann deutete Adam mit der Bierdose auf die Gitarre. »Sie spielen dieses Ding?«

Spur hob sie auf und klimperte einige Takte. »Oh, ich wollt', ich wär' im Baumwolland . . .«

Adam grinste. »Verfluchter Lügner.« Einige Häuserblocks weiter heulte die Sirene eines Krankenwagens; der einsame, todverkündende Tod verstärkte sich, je näher er kam.

Als er verklungen war, kicherte Spurgeon. »Heute sprach ich mit einem Krankenwagenfahrer, einem netten bierbäuchigen Schwindler namens Meyerson, Morris Meyerson. ›Nennen Sie mich Maish‹, sagte er. Nun jedenfalls, letzten Monat wurde er in den frühen Morgenstunden ausgeschickt, um einen Burschen in Dorchester zu holen. Anscheinend litt der Patient an Schlaflosigkeit, und eines Nachts konnte er nicht schlafen. Das Geräusch eines tropfenden Wasserhahns in der Küche machte ihn wahnsinnig. Also kletterte er aus dem Bett und ging hinunter, um ihn zu reparieren.« Spur rülpste. »Verzeihung. Jetzt hören Sie zu. Der Mann gehört zu den Leuten, die nur in der Pyjamajacke schlafen. Keine Hose, verstehen Sie. Also er geht in den

Keller, um seinen Franzosen oder so etwas zu holen. Und im Keller halten sie ihren großen, ordinären alten Kater. Auf dem Rückweg in die Küche vergißt der Mann die Kellertür zu schließen und liegt auf allen vieren unter dem Abwaschbecken und dreht das Wasser ab – vergessen Sie nicht, unten herum nichts an –, als lieb Katerlein leise heraufgeschlichen und hereinkommt, dieses gewisse seltsame Ding sieht und –«, die schwarze Hand hob sich, die Finger bogen sich zu Krallen, dann fuhr sie hinunter.

»Nun, natürlich fährt der Mann kerzengerade hoch und haut sich fürchterlich den Kopf an der Unterseite des Abwaschbeckens an. Es ist nur eine leichte Gehirnerschütterung, und als Meyerson und sein Begleitarzt eintreffen, ist der Mann wieder bei Bewußtsein. Sie tragen ihn aus dem Haus. Als Meyerson ihn fragt, wie es geschah, und als es ihm der Mann erzählt, muß Maish derart lachen, daß ihm die Krankentrage aus den Händen rutscht, der Mann fällt herunter und bricht sich die Hüfte. Jetzt prozessiert er mit der Distriktverwaltung.«

Es war eher ihre Müdigkeit als die Geschichte selbst, die beide umwarf. Sie lachten, schüttelten sich, brüllten, die Tränen liefen ihnen über die Wangen, sie hätten sich in ihrer Torheit herumgewälzt, wären sie dem Dachrand nicht so nahe gewesen. Die plötzliche, unerwartete Erheiterung kam tief aus ihren Bäuchen herauf, und die durch die eben vergangenen sechsunddreißig Stunden angestaute Spannung entlud sich so heftig, wie eine eng zusammengedrückte Feder hochschnellt. Mit nassen Wangen strampelte Adam mit den Beinen, und sein Fuß traf eine leere Dose. Sie schlitterte auf der Teerpappe dahin und verschwand über den Dachrand. Sie fiel.

Und klatschte schließlich auf den Beton des Hofes.

Die beiden warteten schweigend und atmeten dann gleichzeitig auf. »Ich sehe lieber nach«, flüsterte Adam.

»Lassen Sie das mich tun. Angeborene Tarnung.« Spurgeon kroch nach vorn und schob den Kopf Zoll um Zoll über den Dachrand.

»Was sehen Sie?«

»Nichts als eine Blechdose«, sagte er. Er lag mit der Wange auf dem Dachrand. Die Ziegel waren noch immer warm von der Sonne des langen Tages. Ihn schwindelte vor Müdigkeit und

Erheiterung und zuviel Bier. Mit mir und diesem Haus kann es vielleicht doch noch ganz gut werden, sagte er sich.

Später in der Nacht verlor er seinen Optimismus. Es war noch heißer, Wärmeblitze zuckten durch die Dunkelheit, aber es kam kein Regen. Spur lag nackt auf dem Bett und vermißte Manhattan. Als nebenan jedes Geräusch einer Bewegung erstarb und er sicher war, daß Silverstone schlief, nahm er die Gitarre und spielte leise im Dunkel, zuerst herumklimpernd, dann jedoch ernsthaft improvisierend, eine fortlaufende namenlose Melodie, eine, die er noch nie gehört hatte, aber die für ihn sprach und erzählte, was er fühlte, eine Mischung aus Einsamkeit und Hoffnung. Erst nach zehn Minuten hörte er zu spielen auf.

»He«, sagte Silverstone. »Wie heißt das?«

Spur antwortete nicht.

»He, Robinson!« rief Silverstone. »Mensch, das war großartig. Spielen Sie das noch einmal, ja?«

Spur lag still. Er hätte es nicht wieder spielen können, selbst wenn er gewollt hätte. Dieses Haus, dachte er, keine Abgeschlossenheit, aber eine schöne Akustik. Die Blitze flammten und riefen hie und da ein murmelndes Donnern herauf. Noch zweimal heulte der Krankenwagen. Ein phantastischer Klang für ein Musikstück, dachte er. Man müßte Hörner verwenden.

Schließlich aber verwandelte er den Klang in Schlaf, ohne erkannt zu haben, daß das möglich war.

III
HARLAND LONGWOOD

Als die Rechtsanwälte Harland Longwoods in den ersten Augusttagen die Bedingungen für den Treuhandfonds aufgesetzt hatten, rief er Gilbert Greene an, den Vorsitzenden des Verwaltungsrates des Krankenhauses, und bat ihn, in sein Büro zu kommen, um die Klauseln seines Testaments mit ihm durchzugehen, in dem er Greene zum Testamentsvollstrecker bestimmt hatte.

Er hatte das Gefühl, daß das Dokument gut abgefaßt war. Der Ertrag aus Wertpapieren würde einen neuen Lehrstuhl für

Kender an der medizinischen Schule dotieren. Longwoods Gehalt als Chefchirurg war seinen unmittelbaren Bedürfnissen mehr als angemessen, aber er hatte die angeborene Abneigung des gebürtigen New Englanders, Kapital anzugreifen.

Der größte Teil seines Vermögens würde der Stiftung erst nach seinem Tod zufließen, wenn man einen Beratungsausschuß der Fakultät zwecks Verwendung des Einkommens zum Nutzen der Medical School einsetzen würde.

»Ich hoffe, daß sich dieser Ausschuß noch lange nicht konstituieren muß«, sagte Greene, als er die Dokumente gelesen hatte.

Diese Bemerkung kam einem gefühlsbetonten Ausspruch so nahe, wie Longwood ihn von dem Bankier nur selten gehört hatte.

»Danke, Gilbert«, sagte er. »Darf ich dir einen Drink anbieten?«

»Etwas Brandy.«

Dr. Longwood öffnete das tragbare Schnapskästchen hinter seinem Schreibtisch und schenkte aus einer alten blauen Flasche ein. Nur ein Glas, keines für sich selbst.

Er hatte den kleinen Barschrank aus wunderschönem dunklen Mahagoni und altem Silber besonders gern. Erstanden hatte er ihn eines Nachmittags bei einer Antiquitätenauktion in der Newbury Street, erst zwei Stunden, nachdem er der Berufung Bester Kenders in den Krankenhausstab zugestimmt hatte. Kender hatte sich mit seinen Neuerungen bereits einen Namen als Transplantationschirurg in Cleveland gemacht, und an jenem Nachmittag war sich Harland Longwood neuerlich bewußt geworden, wie dringend jüngere und klügere Männer in seiner Welt nötig waren. Er bezahlte mehr, als das kleine antike Schränkchen wert war, teils weil er wußte, daß es Frances gefallen würde, teils weil er sich in schwarzem Humor sagte, daß er, wenn ihn die jungen Feuerköpfe in einen stillen Winkel verwiesen, die Flaschen mit seinem Lieblingsgetränk füllen und die langen Nachmittage betäuben konnte.

Jetzt, zehn Jahre später, war er noch immer Chefchirurg, dachte er nicht ohne Genugtuung. Kender hatte weitere junge Genies in den Stab gelockt, aber jedes von ihnen war nur auf seinem engen Spezialgebiet eine Leuchte. Es bedurfte noch immer eines alten, ergrauten Allgemeinen Chirurgen, der alle Bruchstücke zusammenfügte und das Haus als eine echte chirurgische Station leitete.

Greene schnupperte am Glas, schlürfte, drückte den Brandy gegen den Gaumen und schluckte ihn dann bedächtig. »Ein großzügiges Geschenk, Harland.«

Longwood zuckte die Achseln. Sie fühlten sich beide dem Krankenhaus und der Medical School gleichermaßen verpflichtet. Obwohl Greene selbst kein Mediziner war, war doch sein Vater Chefarzt gewesen, und er war fast automatisch in den Verwaltungsrat ernannt worden, sowie er sich hochgearbeitet und seine Stelle in der Bankwelt ihn zu einem Gewinn für das Krankenhaus gemacht hatte. Longwood wußte, daß Gilberts Testament Klauseln enthielt, die dem Krankenhaus sogar noch mehr bringen würden als seine eigenen.

»Bist du sicher, daß deine Treue zu diesem Haus dich nicht dazu veranlaßt hat, die übrigen Nutznießer zu vernachlässigen?« fragte Greene. »Ich sehe, daß die einzigen anderen Legate zu je zehntausend Dollar an Mrs. Marjorie Snyder in Newton Center und an Mrs. Rafael Meomartino in der Back Bay gehen.«

»Mrs. Snyder ist eine alte Freundin«, sagte Dr. Longwood.

Greene, der Harland Longwood sein ganzes Leben lang kannte und auch alle seine alten Freunde zu kennen glaubte, nickte ohne Überraschung. Er war an überraschende Testamente gewöhnt.

»Sie hat ein behagliches Jahreseinkommen, braucht meine finanzielle Unterstützung nicht und wünscht sie auch nicht. Mrs. Meomartino ist meine Nichte Elizabeth, die Tochter von Florence«, fügte er hinzu und erinnerte sich, daß Gilbert einmal ein wenig verliebt in Florence gewesen war.

»Mit wem ist sie verheiratet?«

»Mit unserem Fellow der Chirurgie. Er ist recht gut situiert. Familienvermögen.«

»Ich muß ihn schon einmal kennengelernt haben«, sagte Greene zögernd. Longwood hatte bemerkt, daß Gilbert nicht zugeben konnte, daß er die jüngeren Leute des Krankenhauses nicht mehr so genau kannte, als wäre es noch immer eine kleine, eng miteinander verbundene Gemeinschaft.

»Sonst gibt es niemanden«, sagte Dr. Longwood. »Das ist der Grund, warum ich den Lehrstuhl für Kender ohne Aufschub stiften wollte. Dieser Lehrstuhl ist längst überfällig.«

»Der Harland-Mason-Longwood-Lehrstuhl für Chirurgie«, sagte Greene und genoß den Titel wie den Brandy. Er nickte. »Das ist sehr nett. Es hätte Frances gefallen.«

»Da bin ich nicht so sicher. Ich glaube eher, es hätte sie in Verlegenheit gebracht«, sagte Longwood. »Ich will, daß ihr versteht, daß es nicht das Budget der Abteilung schmälert, Gilbert. Das wäre durchaus nicht der Zweck des Geschenks. Ich will etwas von den Geldern, die dadurch frei werden, nutzbar machen.«

»Wie?« fragte Greene vorsichtig.

»Einmal um eine neue chirurgische Dozentenstelle zu finanzieren. Wir haben unseren eigenen Leuten an der Fakultät zu keiner Weiterentwicklung verholfen. Ich glaube, wir sollten wirklich damit beginnen, und zwar verdammt bald.«

Greene nickte nachdenklich. »Das klingt vernünftig. Hast du einen bestimmten Kandidaten im Auge?«

»Eigentlich nicht. Meomartino vielleicht, aber ich weiß noch nicht, ob er daran interessiert ist. Und ein junger Bursche namens Silverstone, der erst vor kurzem zu uns gekommen ist und äußerst fähig zu sein scheint. Wir müssen uns nicht unbedingt schon jetzt entscheiden. Das ist Sache der Abteilung. Wir können die Augen offenhalten und uns durch den Ernennungsausschuß den Besten, der verfügbar ist, rechtzeitig im Juli sichern.«

Greene erhob sich, um zu gehen. »Wie geht es dir wirklich, Harland?« fragte er, als sie einander die Hand reichten.

»Fein. Ich verständige dich, wenn es sich ändert«, sagte er; er wußte, daß Greene regelmäßig Berichte über seinen Gesundheitszustand erhielt.

Der Vorsitzende des Verwaltungsrates nickte. Er zögerte. »Ich dachte erst unlängst an jene Samstagnachmittage, die wir immer draußen im Bauernhof verbrachten«, sagte er. »Es waren gute Zeiten, Harland. Wirklich herrlich.«

»Ja«, sagte Dr. Longwood erstaunt. Ich muß viel schlechter

aussehen, als ich gedacht habe, wenn sich Gilbert so viel Gefühl abringt.

Als Greene gegangen war, ließ er sich wieder in seinen Sessel fallen und dachte an die Sommernachmittage, an denen er als junger Konsiliarchirurg Nachmittagsvisiten machte und dann drei Wagenladungen Leute – Hausärzte, Angehörige des Stabs, gelegentlich einen Treuhänder – zu dem Bauernhof in Weston brachte, wo sie auf einem holprigen Wiesenabhang übermütig Ball spielten, bis es Zeit für das samstägliche Abendessen war – Würstchen, gebackene Bohnen und Schwarzbrot –, das Frances zubereitet hatte.

Es war nach einem dieser schönen Samstagnachmittage, als sie krank geworden war. Er hatte sofort gewußt, daß es der Blinddarm war und daß noch viel Zeit blieb, um sie in sein eigenes Krankenhaus zu bringen.

»Wirst du ihn selbst herausnehmen?« hatte sie gefragt, trotz der Schmerzen und der Übelkeit lächelnd, weil es so verdammt komisch war, eine seiner Patientinnen zu sein.

Er schüttelte den Kopf. »Harrelmann. Ich werde dabeisein, Liebling.« Er wollte sie nie selbst operieren. Nicht einmal einen Blinddarm.

Im Krankenhaus hatte er sie zwecks Vorbereitung dem jungen Puertorikaner, dem Spitalarzt Samirez, übergeben.

»Meine Frau ist gegen Penicillin allergisch«, hatte er gesagt, für den Fall, daß sie vergaß, es zu erwähnen.

Er hatte es noch zweimal wiederholt, bevor er sie geküßt hatte und davongeeilt war, Harrelmann zu suchen. Später hatten sie entdeckt, daß der Junge fast kein Englisch konnte. Er hatte keine Krankengeschichte von Frances aufgenommen, weil er weder Fragen stellen noch Antworten verstehen konnte. Das einzige Wort, das klar zu ihm durchgedrungen war, war offensichtlich »Penicillin«, und pflichtgetreu hatte er ihr 400 000 Einheiten intramuskulär gegeben. Noch bevor Harland Dr. Harrelmann auch nur gefunden hatte, hatte Frances einen anaphylaktischen Schock erlitten und war tot.

Obwohl seine Freunde versucht hatten, ihn von der Exituskonferenz fernzuhalten, hatte er ihr beigewohnt und auf der Anwesenheit eines Dolmetschers bestanden, damit Dr. Samirez jedes Wort verstehen konnte. Unter Harrelmanns aufmerksamen, analysierenden Augen hatte er den Jungen rücksichtsvoll und mit großer Selbstbeherrschung behandet. Aber er war unbarmherzig gründlich gewesen. Einen Monat nach dem Schuldspruch des Komitees, nachdem Dr. Samirez seine Spitalpraxis aufgegeben hatte und in seine Inselheimat zurückgekehrt war, hatte Dr. Harrelmann Harland zum Mittagessen eingeladen und ihn überredet, nach seiner eigenen Pensionierung die Leitung der Abteilung zu übernehmen.

Longwood hatte seine Privatpraxis aufgeben müssen, hatte es jedoch nie bedauert. Er brach, soweit er konnte, mit seinen bisherigen Lebensgewohnheiten. Im folgenden Herbst verkaufte er die Farm, wobei er einen Profit von 5000 Dollar von einem Buchhalter namens Rosenfeld ausschlug, um sie einem Rechtsanwalt aus Framingham, Bancroft, zu verkaufen. Rosenfeld und seine Frau schienen nette Leute zu sein, und er erzählte keinem seiner Freunde je von ihrem Angebot. Er wußte, daß Frances wütend darüber gewesen wäre, und dennoch war ihm der Gedanke unerträglich, daß das Bauernhaus, das sie geliebt hatte, nun Leuten gehört hätte, die so ganz anders waren als sie.

Er schüttelte den Kopf und stellte die Brandyflasche nach kurzem Kampf zurück.

Er war nie ein großer Trinker gewesen, aber in letzter Zeit hatte er eine leichte genüßliche Neigung für Brandy entwickelt, genährt durch die vernünftige Überlegung, daß der Alkoholgehalt von Brandy fast völlig metabolisiert wurde und daher als eine Art Verordnung *ad usum proprium* betrachtet werden konnte.

Als die ersten Symptome auftauchten, hatte er den Verdacht auf eine Prostatavergrößerung. Er war einundsechzig, gerade in dem Alter, in dem das wahrscheinlich wurde.

Die Aussicht, sich einer Prostatektomie unterziehen zu müssen, war ärgerlich; es bedeutete, daß er Urlaub nehmen mußte, und er begann eben mit einem Projekt, das er jahrelang mit sich herumgeschleppt hatte, einem neuen Lehrbuch über Allgemeine Chirurgie.

Aber es war nicht die Prostata.

»Haben Sie in letzter Zeit Halsschmerzen gehabt?« hatte ihn Arthur Williamson gefragt, als er den Internisten endlich aufgefordert hatte, ihn zu untersuchen. Es war genau die Frage, die er erwartet hatte, und sie ärgerte ihn.

»Ja. Nur einen Tag. Vor ungefähr zwei Wochen.«

»Haben Sie eine Bakterienkultur anlegen lassen?«

»Nein.«

»Haben Sie ein Antibiotikum genommen?«

»Es waren keine Streptokokken.«

Williamson hatte ihn angestarrt. »Wieso wissen Sie das?«

Aber sie vermuteten beide, daß es doch Streptokokken gewesen waren, und irgendwie wußte er mit einer seltsam resignierten Gewißheit, noch bevor die Tests durchgeführt waren, daß die Infektion seine Nieren beschädigt hatte. Williamson überwies ihn sofort an Kender.

Sie hatten ein arteriovenöses Verbindungsstück in eine Vene und eine Arterie seines Beins eingeführt.

Von Anfang an war er ein sehr schlechter Patient, der sich gefühlsmäßig im selben Augenblick gegen die Nierenmaschine wehrte, in dem er an sie angeschlossen wurde.

Der Apparat war laut und unpersönlich, und während des Blutwäschevorgangs, der vierzehn Stunden dauerte, lag Longwood unruhig auf dem Bett, litt an heftigen Kopfschmerzen und versuchte vergeblich, mit den Karteiblättern zu arbeiten, auf denen er das Material für das erste Kapitel des Buchs gesammelt hatte.

»Oft sprechen die Nieren sofort an und beginnen nach einigen Behandlungen mit der Maschine wieder zu funktionieren«, sagte Kender aufmunternd.

Aber er machte das obszöne Ritual mit der verdammten Maschine einen Monat lang zweimal wöchentlich durch, und es stellte sich heraus, daß seine Nieren nicht reagierten und ihn nur der Apparat am Leben halten würde.

Sie gaben ihm feste Behandlungszeiten, jeden Montag und Donnerstag abend um 8 Uhr 30.

Er sagte alle Operationstermine ab und spielte mit dem Gedanken, ganz abzutreten, entschied dann jedoch – wie er hoffte – leidenschaftslos, daß er als Verwalter und Lehrer zu wertvoll war. Er machte weiterhin täglich Visiten.

Am Donnerstag, der siebenten Woche an der Maschine, ging er jedoch, aus einem plötzlichen Entschluß heraus, einfach nicht ins Nierenlabor. Er hinterließ die Nachricht, sie sollten an seiner Stelle einen anderen Patienten an die Maschine anschließen.

Vielleicht würde Kender versuchen, ihn zu überreden, an die Maschine zurückzukehren, aber der Nierenspezialist unternahm am nächsten Tag nichts, um ihn zu sprechen.

Zwei Abende später bemerkte er, daß seine Knöchel infolge eines Ödems angeschwollen waren. Er lag den größten Teil der Nacht wach, rief morgens zum erstenmal seit Jahren seine Sekretärin an und sagte ihr, daß er heute nicht kommen würde.

Einige Kapseln erlaubten es ihm, bis zwei Uhr zu schlafen. Er erwachte nervös und gereizt, machte sich etwas Suppe aus der Dose, die er nicht wirklich wollte, nahm dann noch eineinhalb Tabletten und schlief wieder bis fünf Uhr dreißig.

Da er nichts Besseres zu tun hatte, duschte er, rasierte sich und zog sich an. Dann saß er in dem dunkel werdenden Wohnzimmer, ohne Licht zu machen. Nach einer Weile ging er zum Vorzimmerschrank und nahm eine Flasche Château Mouton-Rothschild Jahrgang 1955 heraus, die ihm vor drei Jahren ein dankbarer Patient mit dem Rat geschenkt hatte, sie für eine besondere Gelegenheit aufzubewahren. Er öffnete sie mühelos und schenkte sich ein Glas ein, dann ging er in das Wohnzimmer zurück, saß in der Dämmerung und schlürfte den warmen dunklen Wein.

Er überlegte scharf.

So weiterzumachen hatte einfach keinen Sinn. Es war nicht so sehr der Schmerz als die Würdelosigkeit dieser Krankheit, was ihn entmutigte.

Die Schlaftabletten waren wirklich schwach, man würde sehr viele nehmen müssen, aber in der kleinen Flasche waren mehr als genug.

Er versuchte sich Situationen vorzustellen, in denen man ihn vielleicht brauchen würde.

Liz hatte Meomartino und ihren kleinen Jungen, und – weiß Gott – ihr bei irgendeinem ihrer Probleme zu helfen, war ihm nicht gelungen.

Marge Snyder würde ihn vermissen, aber sie hatten einander schon seit Jahren sehr wenig gegeben. Sie hatte ihren Mann knapp vor Frances' Tod verloren, und sie hatten in der Zeit der gemeinsamen Not ein Verhältnis gehabt, aber das war schon sehr lange her. Sie würde ihn nur als alten Freund vermissen, und in ihrem geordneten Leben würde er keine Lücke hinterlassen.

Eher vielleicht im Krankenhaus, aber obwohl Kender lieber Spezialist für Transplantationen bleiben würde, würde er die Verantwortung des Chefchirurgen als eine Verpflichtung auffassen, und Longwood wußte, daß er die Rolle sehr gut, zweifellos sogar glänzend spielen würde.

Also blieb nur das Buch.

Er ging in sein Arbeitszimmer und blickte auf die zwei schäbigen Karteikästen mit den vier Laden voll Krankengeschichten und auf die Stapel von Verweiskarten auf dem Schreibtisch.

Würde es wirklich der große Beitrag werden, den er sich vorstellte?

Er nahm die Flasche mit den Schlaftabletten und steckte sie in die Tasche.

Trotzig trank er ein zweites Glas Wein und verließ die Wohnung. Er nahm den Wagen, fuhr durch die umwölkte frühe Dunkelheit zum Harvard Square und überlegte, ob er vielleicht in ein Kino gehen sollte, aber man spielte einen alten Bogart-Film, und so fuhr er über den Platz weiter, den Frances sicher nicht mehr erkennen würde, nichts als Barfüßige und Bärtige und entblößte Schenkel.

Er fuhr rund um den Yard und parkte unweit der Appleton-Kapelle, ohne zu wissen, warum er ausstieg und eintrat, denn sie war still und verlassen; wie es auch die Religion immer für ihn gewesen war.

Bald darauf erklangen Schritte. »Kann ich Ihnen behilflich sein?« Longwood wußte nicht, ob der höfliche junge Mann ein Kaplan war, aber er sah, daß er kaum älter als ein Spitalarzt war.

»Ich glaube nicht«, sagte er.

Er ging wieder hinaus und stieg in den Wagen. Diesmal wußte er, wohin er fuhr. Er fuhr nach Weston, und als er das Bauernhaus erreichte, parkte er den Wagen so, daß er die Wiese überblicken konnte, auf der sie Ball gespielt hatten.

In der Dunkelheit vermochte er nicht viel zu erkennen, aber die Wiese schien unverändert geblieben zu sein. In einiger Entfernung vom Wagen stand noch immer eine große, alte silbergraue Birke; er war froh, daß sie noch da war.

Fast ungläubig spürte er einen einst vertrauten Druck in seiner Blase stärker werden.

Er stieg aus, ging zu einer Stelle zwischen dem Auto und dem großen Baum. Vor der alten Steinmauer öffnete er den Zippverschluß, holte sein Glied heraus und konzentrierte sich.

Es dauerte sehr lange, bis zwei Tropfen herausdrangen und müde, wie von einem abgedrehten Wasserhahn, hinunterfielen.

Scheinwerfer tauchten auf und näherten sich. Er stopfte sein Glied in die Hose zurück wie ein kleiner Junge, der von einer sich öffnenden Tür überrascht wird. Der Wagen brauste vorbei, und er stand zitternd da, ein Idiot, ein Idiot, dachte er wütend, der versuchte, in der Dunkelheit auf ein Beet Maiglöckchen zu pissen, die er hier vor einem Vierteljahrhundert gepflanzt hatte.

Ein Regentropfen küßte ihn kalt auf die Stirn.

Er fragte sich, ob das Todeskomitee, wenn die Zeit kam, entscheiden würde, daß das Versagen Harland Longwoods vermeidbar oder unvermeidlich gewesen war.

Falls er durch irgendeinen Wiedergeburtstrick jener Konferenz vorsitzen sollte, würde er die Verantwortung unzweideutig Dr. Longwood zuschreiben, dachte er.

Für so viele falsche Entscheidungen.

Erschüttert sah er es ganz deutlich:

Die Krankengeschichte begann mit dem ersten Augenblick des verantwortungsbewußten Daseins.

Und früher oder später – zuerst nur im Schneckentempo, dann aber mit verblüffender Schnelligkeit – kam für jeden Menschen der Augenblick, daß die Krankengeschichte abgeschlossen werden mußte. Und er stand vor der Summe seiner eigenen unvollkommenen Leistung.

Und so anfechtbar, so schrecklich anfechtbar.

Meine Herren, überlegen wir uns den Fall Longwood.

Vermeidbar oder unvermeidlich?

Als er wieder in den Wagen stieg, regnete es bereits so stark, als hätte sein Körper das Wasser vom Himmel heruntergezogen.

Als er den Wagen wendete, beleuchteten die Scheinwerfer

das Schild am Ende der Auffahrt, und er sah, daß die Bancrofts den Besitz an Leute namens Feldstein verkauft hatten.

Er hoffte, daß die Feldsteins ebenso nett wie die Rosenfelds waren.

Plötzlich begann er zu lachen, bis es ihn schüttelte und er den Wagen wieder am Straßenrand abstellen mußte.

Oh, Frances, sagte er zu ihr, wie konnte ich, ohne es zu merken, zu diesem dummen, schlechtfunktionierenden alten Mann geworden sein?

In der Erinnerung fühlte er sich innerlich noch immer als derselbe junge Mann, der nackt vor ihr gekniet war, als sie einander zum erstenmal geliebt hatten.

Und nachdem er sein ganzes Leben lang ein solches Heiligtum angebetet hatte, konnte er nicht plötzlich an einen rettenden Gott zu glauben beginnen, einfach weil er es jetzt nötig hatte, gerettet zu werden.

Und er konnte aber auch nicht — wurde ihm plötzlich erschreckend klar —, nachdem er sein ganzes Leben lang den Tod bekämpft hatte, sich jetzt selbst zum Tod verhelfen.

Als er das Krankenhaus erreichte, fand er Kender noch immer im Nierenlabor, wo er mit dem jungen Silverstone Röntgenaufnahmen durchsah.

»Ich möchte an die Maschine zurück«, sagte er.

Kender studierte einen Film, den er hochhielt. »Sie sind alle für den Rest des Abends besetzt«, sagte er. »Ich kann Sie erst morgen anschließen.«

»Wann?«

»Oh, sagen wir, zehn Uhr. Wenn Sie mit der Maschine fertig sind, will ich, daß Sie eine Bluttransfusion bekommen.«

Es war eine Feststellung, keine Bitte; Kender sprach zu einem Patienten, erkannte Longwood.

»Wir glauben nicht, daß die Maschine auf die Dauer die Lösung für Sie ist«, sagte Kender. »Wir werden versuchen, Ihnen eine Niere zu verschaffen.«

»Ich weiß, wie schwer es ist, Nierenempfänger zu wählen«, sagte Dr. Longwood steif. »Ich will keine Begünstigungen.«

Dr. Kender lächelte. »Sie erhalten keine. Ihr Fall wurde auf Grund seines Interesses für Lehrzwecke durch das Transplantationskomitee ausgewählt, aber Sie haben eine seltene Blutgruppe, und natürlich kann es sehr lange dauern, bis wir einen Spender finden. Bis dahin werden Sie zuverlässig zweimal wöchentlich zur Behandlung mit der Maschine hier erscheinen.«

Dr. Longwood nickte. »Gute Nacht«, sagte er.

Draußen vor dem Laboratorium war dank der geschlossenen Türen das Geräusch der Maschine nicht zu hören, und es war still. Er hatte schon fast den Lift erreicht, als er die Tür öffnen und schließen und das Geräusch eiliger Schritte hörte.

Als er sich umdrehte, sah er, daß es Silverstone war.

»Sie haben das hier auf Dr. Kenders Tisch liegenlassen«, sagte Adam und hielt ihm die Phiole mit den Schlaftabletten hin.

Longwood suchte in den Augen des Jüngeren nach Mitleid, fand aber nur wachsames Interesse. Gut, dachte er, der da könnte vielleicht einen Chirurgen abgeben.

»Danke«, sagte er, als er die Flasche entgegennahm. »Ich werde vergeßlich.«

IV
ADAM SILVERSTONE

Die Sechsunddreißig-Stunden-Schichten ließen die Tage und Nächte seltsam ineinanderfließen, so daß Silverstone in Zeiten zusätzlicher Arbeit nicht sicher war, ob es draußen dunkel oder hell war.

Er entdeckte, daß das Suffolk County General etwas war, nach dem er unbewußt schon lange gesucht hatte.

Das Krankenhaus war alt und schäbig, nicht so sauber, wie er es gern gehabt hätte; die ungewaschene Armut der Patienten war nervenzermürbend; die Verwaltung geizte auf üble, kleinliche Art, indem sie zum Beispiel an die Hausärzte nicht oft genug saubere weiße Anzüge ausgab. Aber die Chirurgie, die sie auf der Station praktizierten, war ungeheuer aufregend. Von Anfang an operierte er fast pausenlos, schon in den ersten Monaten, interessantere Fälle verschiedenster Art, als er sie je in Georgia in einem halben Jahr gehabt hatte.

Er hatte ein Gefühl der Entmutigung verspürt, als er zum erstenmal hörte, daß Rafe Meomartino mit der Nichte des Alten verheiratet war, mußte jedoch zugeben, daß die guten Fälle unparteiisch zwischen ihnen aufgeteilt wurden. Zwischen Meomartino und Longwood herrschte jedoch eine unerklärliche Kälte, und er war zu der Erkenntnis gelangt, daß das Verwandtschaftsverhältnis für Rafe eher ein Nachteil war.

Unbehaglich fühlte er sich nur, wenn er den sechsten Stock betrat, den er in einem unbedachten Augenblick zu einem kalten, einsamen Ort gemacht hatte.

Das Schlimmste an der ganzen Seifenepisode war, daß er Spurgeon Robinson wirklich gern hatte.

Er war eines Morgens ins Badezimmer gekommen, in dem sich der Spitalarzt eben rasierte, und sie hatten über Baseball gesprochen, während er aus seinen Kleidern und unter die Dusche stieg.

»Zum Teufel«, murmelte er.

»Was ist los?«

»Verdammt noch mal, ich habe keine Seife.«

»Nehmen Sie meine.«

Adam hatte die weiße Seife in Robinsons Hand angesehen und den Kopf geschüttelt. »Nein, danke.«

Unter dem warmen Sprühregen verflog sein Ärger, und einige Minuten später nahm er – gedankenlos – die dünne Scheibe gebrauchter Seife aus der Seifenschüssel und seifte seinen Körper damit ein.

Als Robinson ging, hatte er einen Blick in die Dusche geworfen.

»Ah, ich sehe, Sie haben ja doch eine gefunden«, sagte er.

»Ja«, sagte Adam in plötzlichem Unbehagen.

»Das ist dasselbe Stück, das ich gestern benützt habe, um meinen schwarzen Arsch zu waschen«, hatte Spur liebenswürdig gesagt.

Geldmangel bedrohte ihn nicht mehr. Er wurde Nachtarbeiter, dank einem Freundschaftsdienst des dicken Anästhesisten, den die OP-Schwestern den »fidelen grünen Riesen« nannten und den er im stillen den »Dicken« nannte, der jedoch schlicht und einfach Norman Pomerantz hieß. Eines Tages schlenderte Pomerantz in das Ärztezimmer und fragte, während er sich Kaffee einschenkte, ob jemand daran interessiert sei, einige

Nächte in der Woche Dienst in der Unfallstation eines Gemeindekrankenhauses zu machen, westlich von Boston.

»Es ist mir egal, wo es ist«, sagte Adam, noch bevor sonst jemand antworten konnte. »Wenn es was einbringt, mache ich es.«

Pomerantz lachte. »Es ist in Woodborough. Sie werden von der Krankenhausversicherung bezahlt.«

Also verhökerte er seinen Schlaf und war mit dem Handel durchaus nicht unzufrieden. Am ersten dienstfreien Abend im Suffolk County General nahm er die Hochbahn zum Park Square und einen Bus nach Woodborough; es war ein wunderliches New-England-Fabrikdorf, das sich erst vor kurzem in einen sich ständig ausbreitenden und dichtbevölkerten Pendlervorort verwandelt hatte. Das Krankenhaus war gut, aber klein, die Arbeit kaum anregend – Schwellungen und Prellungen, Schrammen und Schnitte; der komplizierteste Fall, der ihm unterkam, war eine Colles-Fraktur im Handgelenk – aber finanziell war es wunderbar. Am folgenden Abend saß er im Bus nach Boston, als ihm plötzlich einfiel, daß er solvent war, und es erfüllte ihn fast mit Ehrfurcht. Natürlich war das Geld direkt aus seiner Haut geschnitten; er war sechzig Stunden lang nicht mehr im Bett gewesen – sechsunddreißig Stunden Dienst im Suffolk County General und anschließend weitere vierundzwanzig Stunden in Woodborough, aber das plötzliche Gefühl von Wohlstand war es wert. Als er in sein Zimmer im Krankenhaus zurückkehrte, schlief er acht Stunden durch und erwachte mit leerem Kopf, pelzigem Mund, aber – seltsamerweise – reich.

Er absolvierte die Busfahrt nach Woodborough jedesmal, wenn er dienstfrei war. Als er immer erschöpfter wurde, gewöhnte er sich gierige kleine Nickerchen an – auf Krankentragen, im Ärztezimmer sitzend, einmal sogar an eine Korridorwand gelehnt, und er genoß die Augenblicke des Schlafs wie ein Kind, das an einer Kugel aus hartem Zuckerwerk lutscht.

Er fühlte sich noch einsamer als gewöhnlich. Eines Nachts lag er auf seinem Bett und hörte Spurgeon Robinson auf der Gitarre spielen. Er hatte nicht gewußt, daß es solche Musik gab. Sie erzählte ihm eine Menge über den Spitalarzt. Nach einer Weile stand er auf, ging in einen Spirituosenladen und kaufte eine

Sechserpackung Bier. Als er anklopfte, öffnete Robinson die Tür, stand einen Augenblick wortlos da und sah ihn an.

»Beschäftigt?« fragte Adam.

»Nein. Kommen Sie herein.«

»Ich dachte, wir könnten wieder auf das Dach hinaus und einen Schluck trinken.«

»Verrückte Idee, aber —«

Als perfekter Gastgeber öffnete Robinson das Fenster, ergriff den Papiersack und ließ Adam als ersten über das Fensterbrett steigen.

Sie tranken und plauderten belangloses Zeug, dann aber ging ihnen plötzlich der Faden aus, und sie fühlten sich unbehaglich, bis Adam rülpste und Spur wild anstarrte.

»Gott verdammt«, sagte er, »es tut mir leid. Wir können nicht herumgehen und aufeinander böse sein wie zwei kleine Jungen. Wir haben einen Beruf. Wir haben es mit Kranken zu tun, die darauf angewiesen sind, daß wir uns verständigen.«

»Wenn ich wütend werde, platze ich heraus«, sagte Spurgeon.

»Zum Teufel, Sie hatten recht. Ich mag überhaupt keine fremde Seife benützen —«

Spurgeon grinste. »Ich würde die Ihre auch nicht benützen, und wenn es um eine Wette ginge.«

»— aber je mehr ich darüber nachdenke, um so mehr weiß ich, daß das nicht der eigentliche Grund war, warum ich ablehnte«, sagte er leise.

Spurgeon sah ihn bloß an.

»Ich habe noch nie einen Farbigen wirklich gut gekannt. Als ich ein kleiner Junge in einer italienischen Umgebung in Pittsburgh war, fielen oft Banden schwarzer Kinder über uns her. Bis jetzt war das der erste Versuch, Kontakt mit der anderen Rasse anzuknüpfen.«

Spurgeon sagte noch immer nichts, und Silverstone griff nach einer frischen Bierdose. »Sie kennen viele Weiße?«

»In den letzten zwölf Jahren lebte ich mitten unter ihnen und war ihnen zahlenmäßig unterlegen.«

Sie schauten beide über die benachbarten Dächer zum Meer.

Robinson streckte ihm etwas entgegen, Adam griff danach, in der Meinung, es sei eine Bierdose, aber es war eine Hand.

Die er drückte.

Mit dem ersten Scheck von der Versicherung zahlte er den Vorschuß zurück, den er am Tage seiner Ankunft vom Krankenhaus erhalten hatte, und als der zweite Scheck eintraf, ging er in eine Bank und eröffnete ein Sparkonto. In Pittsburgh gab es den alten Mann, derzeit stumm, der sich aber jeden Augenblick melden und Geld verlangen konnte. Adam schwor sich, ihm zu widerstehen: mein ganzes Vermögen im Fall einer Katastrophe, aber keinen einzigen Cent für Schnaps. Obwohl er das Geld nicht abhob und die Gebrauchtwagenhöfe abzugrasen begann, erlebte er zum erstenmal das Verlangen, rücksichtslos Geld hinauszuwerfen. Er wollte ein Fahrzeug besitzen, mit dem er parken und in dem er mit jemandem ringen konnte, mit Gaby Pender vielleicht.

Nach sechs Wochen hatte er sie noch immer nicht gesehen. Er hatte ein paarmal mit ihr telefoniert, sich jedoch mit einer Einladung zurückgehalten, da er dem Drang nicht widerstehen konnte, nach Woodborough zu fahren, um seinen kleinen Schatz zu vergrößern.

Wenn sie wirklich miteinander ausgehen sollten, sagte er sich, würde er nicht jeden Penny umdrehen müssen.

Aber dann merkte er, daß sie am anderen Ende des Drahtes merklich steifer und mit jedem Anruf kühler wurde, und schließlich fühlte er sich gezwungen, ihr zu sagen, was er mit seiner dienstfreien Zeit anfing.

»Aber Sie werden vor Erschöpfung tot umfallen«, sagte sie entsetzt.

»Ich bin gerade dabei, mich zu bremsen.«

»Versprechen Sie mir, daß Sie sich das nächste Wochenende freinehmen.«

»Ich tue es, wenn Sie mit mir ausgehen. Sonntag abend.«

»Schlafen Sie sich lieber aus.«

»Erst nachdem ich Sie gesehen habe.«

»Schön«, sagte sie nach kurzer Pause. Es klang, als gebe sie gern nach, dachte er optimistisch.

»Wir gehen ganz groß aus.«

»Hören Sie«, sagte sie. »Ich habe eine wunderbare Idee. Sonntag abend wird ein Konzert der Bostoner Symphoniker aus Tanglewood übertragen. Ich bringe meinen Transistor mit, wir können eine Decke auf dem Gras der Esplanade ausbreiten und es uns anhören.«

»Sie wollen mir sparen helfen. Aber ich kann mir einen besseren Abend leisten.«

»Kostspieliger, nicht besser. Bitte. Wir können dort ungestört plaudern.« Sie war mit sechs Uhr einverstanden, damit ihnen mehr Zeit blieb.

»Sie sind verrückt«, sagte er, und das mit der Decke gefiel ihm großartig.

Sonntag nachmittag war seine frohe Erwartung auf ihrem Höhepunkt angelangt. Es war ein ruhiger Tag. Vorausschauend erledigte er alle routinemäßigen Einzelheiten schon frühzeitig, um jede lästige Verzögerung von vornherein auszuschalten. Über dem Schwesternzimmer hing eine große alte Uhr, die Zeiger standen auf fünfundzwanzig Minuten vor fünf, wie die Beine eines Charleston-Tänzers, der unmittelbar nach dem Kniefächeln erstarrt war. Noch fünfundachtzig lange Minuten, dachte er. Er würde duschen, sich umziehen und nach allen Seiten abgesichert das Krankenhaus verlassen. Gesalbt, gegürtet und behelmt, rasiert, das Gesicht mit Lotion abgerieben, gepudert, Schuhe geputzt, Haare niedergebürstet, mit hochfliegenden Träumen — um Gaby Pender abzuholen.

Er lehnte sich in seinem Stuhl zurück und schloß die Augen. Das große Gebäude war wie ein schlafender Hund, dachte er; es konnte zufrieden dahindösen, aber früher oder später ...

Das Telefon surrte.

Schon war die alte Hündin wach, dachte er mit gequältem Lächeln und meldete sich: Unfallstation mit drei Verbrennungsfällen.

»Ich komme«, sagte er und ging. Im Lift überfiel ihn Angst, ob es wohl etwas war, weshalb er sich bei seiner Verabredung verspäten würde?

Schon im Gang zur Halle schlug ihm Brandgeruch entgegen.

Es waren ein Mann und zwei Frauen. Adam sah sofort, daß die Frauen nicht allzu schlimm dran und bereits sediert waren; zwei Punkte für den neuen Facharztanwärter der Unfallstation, ein Bürschchen namens Potter, das gute Noten dringend brauchte. Potter hatte eine Tracheotomie bei dem Mann durchgeführt, wahrscheinlich seine erste (ein Pluspunkt für den Mut, und fünf Punkte minus: in diesem Fall hätte er noch ein paar Minuten warten und sie im Operationssaal machen sollen), und hantierte geschäftig und zitternd mit einem Beatmungskatheter herum und versuchte, Sekretionen abzusaugen.

»Hat man Meomartino angerufen?«

Potter schüttelte den Kopf, und Adam rief den Fellow an. »Wir könnten Hilfe brauchen, Doktor.«

Meomartino zögerte. »Können Sie nicht allein damit zurechtkommen?« fragte er scharf.

»Nein«, sagte Adam und legte den Telefonhörer auf die Gabel zurück.

»Gott, schauen Sie sich dieses Zeug an, das ich ihm aus der Lunge ziehe«, sagte Potter.

Adam sah hin und stieß ihn mit der Schulter beiseite. »Das ist gastrischer Inhalt aus dem Magen. Erkennen Sie denn nicht, daß er aspiriert ist?« sagte er ärgerlich. Er begann, soweit das möglich war, die Kleidung von dem verbrannten Fleisch abzuschneiden und abzuziehen. »Wie ist es passiert?«

»Der Branddirektor untersucht den Fall, Doktor«, sagte Maish Meyerson von der Tür her. »Es war in einem Delikatessenladen. Soweit wir herausbekommen konnten, explodierte eine Bratpfanne. Der Laden war wegen Renovierung geschlossen. Dem Geruch nach zu schließen, war die Pfanne mit einer Mischung aus Kerosin und Heizöl gefüllt. Wahrscheinlich entzündete sie sich, knapp bevor man sie zudeckte.«

»Ein Glück für ihn, daß es keine Pizzeria war. Nichts Schlimmeres als Mozarella-Verbrennungen dritten Grades«, sagte Potter und bemühte sich mühsam, seine Fassung einigermaßen wiederzugewinnen.

Der Mann stöhnte.

Adam vergewisserte sich, daß er noch nicht sediert worden war, gab ihm fünf Milligramm Morphium und sagte dem Facharztanwärter, er solle die Verletzten soweit wie möglich reinigen, was unter den gegebenen Umständen nicht viel war; Feuer verursacht so viel Schweinerei.

Meomartino erschien mit steinernem Gesicht, wurde jedoch etwas umgänglicher, als er sah, daß tatsächlich mehr Hände benötigt wurden, nahm den Frauen Blut für Laborzwecke ab und bestimmte die Blutgruppen, während Adam dasselbe bei dem Mann durchführte; dann gaben sie den Patienten die ersten Elektrolyten und Kolloide mit denselben Nadeln, mit denen sie das Blut entnommen hatten. Als man die drei Patienten in den OP 3 brachte, hatte eine Schwester inzwischen die Brieftasche des Patienten durchsucht, Namen und Alter festgestellt, Joseph P. – für Paul – Grigio, 48. Rafael Meomartino überwachte Potter, der sich um die Frauen kümmerte, während Adam den Harnkatheter bei Mr. Grigio einführte und dann einen Schnitt auf der langen Vena saphena des Knöchels machte, eine Kunststoffkanüle einführte und sie mit Seidenligaturen fixierte, um die intravenöse Rettungsleine herzustellen.

Der Mann hatte schwere Verbrennungen, etwa fünfunddreißig Prozent seiner Körperoberfläche – Gesicht (Lunge?), Brust, Arme, Leistengegend, an einem kleinen Teil der Beine und des Rückens. Früher einmal war er muskulös gewesen, jetzt aber war er schlaff. Wieviel Kraftreserven besaß wohl dieser Körper mittleren Alters?

Adam merkte plötzlich, daß ihn Meomartino beobachtete, wie er den Patienten abschätzte.

»Nichts zu machen, morgen ist er nicht mehr da«, sagte der Fellow, als sie ihre Handschuhe abstreiften.

»Ich glaube doch«, sagte Adam unwillig.

»Warum?«

Er zuckte die Achseln. »Bloß so ein Gefühl. Ich habe ziemlich viel Verbrennungen erlebt.« Im selben Augenblick wurde er wütend über sich: er hatte sich wohl kaum auf Verbrennungen spezialisiert.

»In Atlanta?«

»Nein, als ich noch an der Medical School in Philadelphia war, arbeitete ich als Famulus in der Leichenkammer.«

Meomartino sah ihn gequält an. »Es ist nicht dasselbe wie an Lebenden zu arbeiten.«

»Das weiß ich. Aber ich habe das Gefühl, daß es dieser Bursche schaffen wird«, sagte er störrisch.

»Ich hoffe es, aber ich glaube es nicht. Er gehört Ihnen.« Meomartino wandte sich zum Gehen, blieb dann aber stehen. »Ich mache Ihnen einen Vorschlag. Falls er es schafft, bezahle ich Ihnen eine Woche lang den Kaffee in Maxies Laden.«

Verfluchter Witzbold, dachte Adam, als er ihm nachsah, wie er die Frauen zur Station begleitete.

Er verabreichte dem Mann eine vorbeugende Tetanusspritze und folgte ihm dann, als er in die Station hinaufgebracht wurde. Er errechnete nach der Evansregel, wieviel Flüssigkeitsersatz für einen Mann von fünfundachtzig Kilo Körpergewicht nötig war, kam auf 2100 Kubikzentimeter Kolloide, 2100 Kubikzentimeter Salze und 2000 Kubikzentimeter Wasser zwecks Harnabsonderung. Die Hälfte davon mußte in den ersten acht Stunden in die Vene geträufelt werden, gleichzeitig mit einer massiven Dosis Antibiotika, um die Bakterien zu bekämpfen, die sich auf der gesamten verkohlten und verschmutzten Fläche einnisten würden.

Als sie im zweiten Stock das Bett aus dem Lift schoben, sah er mit plötzlicher Bestürzung auf die Uhr. Sechs Uhr fünfzehn.

Er hätte sich schon längst für Gaby fertigmachen sollen. Statt dessen lagen noch mindestens zwanzig Minuten Arbeit vor ihm, bis er seinen Patienten verlassen konnte.

Das Zimmer 218 war frei, er legte Mr. Grigio hinein und überlegte, wie er die Verbrennungen lokal behandeln könnte; was wohl Meomartino bei den Patienten in der Frauenabteilung unternahm?

Miß Fultz saß in der Schwesternstation und arbeitete mit ihrem dicken schwarzen Füllfederhalter an den unvermeidlichen Krankengeschichten. Wie gewöhnlich hätte er auch der Schatten einer Mücke sein können. Es war sinnlos zu warten, bis sie aufschaute; er räusperte sich. »Wo finde ich ein großes steriles Becken? Und ich brauche noch einige andere Sachen.«

Eine Lernschwester eilte soeben vorbei. »Miß Anderson, geben Sie ihm, was er braucht«, sagte die Oberschwester leise, ohne die Feder abzusetzen.

»Joseph P. Grigio liegt auf 218. Er braucht Spezialschwestern für mindestens drei Schichten.«

»Keine verfügbar«, sagte sie zu ihrem Schreibtisch.

»Zum Teufel, wieso nicht?« sagte er, mehr verärgert über ihre Weigerung, mit ihm zu sprechen, als über das Problem selbst.

»Aus irgendwelchen Gründen werden Mädchen heute nicht mehr Krankenschwestern.«

»Wir werden ihn auf die Station für Intensivpflege legen müssen.«

»Die Pflege auf der Station für Intensivpflege ist gar nicht so intensiv. Sie ist seit einer Woche überbelegt«, sagte sie, während die große Lanze der Feder enge kleine Kreise in der Luft zog, bevor sie auf die Seite niederstieß und einen Punkt festnagelte.

»Fordern Sie Spezialschwestern an. Benachrichtigen Sie mich, sobald Sie etwas wissen, bitte.«

Er nahm eine weiße sterile Schüssel von Miß Anderson entgegen und mischte darin seinen Hexentrank. Eiswürfel, um die Verbrennungen zu kühlen und zu betäuben und das Anschwellen soweit wie möglich niederzuhalten. Bittersalz, weil gewöhnliches Wasser eine auslaugende Wirkung auf die Elektrolyten des Körpers gehabt hätte. Phisohex zum Reinigen; es gerann zu Wirbeln, als er die Mischung umrührte. Fehlten nur noch Drachenblut und die Zunge eines Wassermolchs ...

Er wollte Mulltupfer aus einem Schrank nehmen, als er jedoch auf einem höheren Bord Monatsbinden entdeckte, nahm er drei Schachteln Kotex heraus, ideal für seine Zwecke.

»Ah — Sie sind zufällig nicht frei, um diesem Patienten eine kleine Hilfe zu leisten?«

»Nein, Herr Doktor. Miß Fultz beschäftigt mich mit tausend Dingen gleichzeitig, einschließlich Austragen von Leibschüsseln für die ganze Station.«

Er nickte seufzend. »Würden Sie wenigstens eines für mich tun? Schnell einen Anruf machen?« Er schrieb Gabriele Penders Namen und Telefonnummer auf einen Rezeptblock und riß den Zettel ab. »Sagen Sie ihr, daß ich mich etwas verspäten werde.«

»Gut. Sie wird warten. Ich jedenfalls täte es.« Das Mädchen grinste und war weg; er dachte eine Weile über die Anziehungskraft kleiner skandinavischer Hinterbacken nach, aber nicht lange. Er trug die Schüssel vorsichtig auf Zimmer 218, verschüttete nur wenig auf dem gewachsten Boden des Ganges und ließ die Bauschen in das Gebräu fallen. Er drückte sie leicht aus, um die überflüssige Nässe zu entfernen, und legte dann jeden nassen Bausch auf verbranntes Fleisch, beim Kopf beginnend und nach unten arbeitend, bis Mr. Grigio einen verrückten Anzug aus durchtränkten Kotextüchern trug. Als er die Schienbeine bedeckt hatte, fing er wieder oben an und ersetzte die ersten, schon erwärmten Bauschen durch kalte, nasse.

Mr. Grigio schlief, von einer Opiumwelle getragen. Vor zehn Jahren war sein Gesicht zweifellos schön gewesen, das Gesicht eines italienischen Fechters, aber das gute Aussehen des Südländers hatte durch den zurückweichenden Haaransatz und die Hängebacken gelitten. Morgen früh würde das Gesicht ein grotesker Ballon sein.

Der Verbrannte bewegte sich. *»Dove troviamo i soldi?«* stöhnte er. Er fragte sich, woher er Geld bekommen konnte. Nicht von der Versicherung, dachte Adam. Armer Mr. Grigio. Das Öl und das Kerosin waren auf dem Ofen gewesen, aber jetzt, da sich das Amt des Branddirektors für den Fall interessierte, hieß das für Mr. Grigio, Öl ins Feuer gießen.

Der Mann bewegte sich unruhig und murmelte einen Namen, vielleicht den seiner Frau, gepeinigt von seinem Gewissen oder einer Vorahnung kommender Schmerzen, falls er am Leben blieb.

Adam tauchte die Bäusche in die eisige Schüssel, wand sie aus, legte sie auf, und die Armbanduhr, die er am Arm hochgeschoben hatte, tickte spöttisch.

Kurz nachdem er den Inhalt der vierten eisgekühlten Schüssel aufgebraucht und wieder aufgefüllt hatte, machte er eine Pause und bemerkte, daß Miß Fultz neben ihm stand und ihm eine bauchige Kanne hinstreckte.

Erstaunt nahm er den Tee entgegen.

»Ich glaube, ich habe für heute abend eine Spezialschwester aufgetrieben«, sagte Miß Fultz. »Sie ist um elf fällig, und ich bin bis dahin frei. Es ist nur eine Stunde. Gehen Sie jetzt.«

»Ich hatte tatsächlich eine Verabredung«, sagte er, als er seine Sprache wiedergefunden hatte.

Zehn Uhr fünf!

In der nächsten Telefonzelle wählte er Gabys Nummer und hörte gleich darauf eine amüsierte weibliche Stimme. »Das muß wohl Doktor Silverstone sein?«

»Ja.«

»Hier spricht Susan Haskell, Gabys Zimmergenossin. Sie wartete und wartete. Vor ungefähr einer Stunde sagte sie mir, wenn Sie anrufen, soll ich Ihnen sagen, daß Sie sie auf der Esplanade treffen sollen.«

»Sie ist allein hingegangen, um in der Dunkelheit am Fluß zu warten?« fragte er und dachte an Mord und Vergewaltigung.

Es entstand eine Pause. »Sie kennen Gaby nicht sehr gut, nicht wahr?« sagte die Stimme.

»Wo auf der Esplanade?«

»Neben dem Podium der Musikkapelle, das wie eine Muschel geformt ist. Kennen Sie es?«

Er kannte es nicht, wohl aber der Taxilenker. »Heute abend gibt's kein Konzert«, sagte der Taxilenker.

»Ich weiß, ich weiß.«

Als er aus dem Taxi stieg, ging er vom Storrow Drive über das weiche Gras in die Dunkelheit hinein. Zuerst dachte er, sie sei nicht da, dann aber sah er sie ziemlich weit vorne auf ihrer Decke unter einem Laternenpfahl sitzen, als sei dieser eine schützende Tanne.

Als er sich neben sie auf die Decke fallen ließ, lächelte sie ihn warm an, und er vergaß, daß er müde war.

»War es etwas Welterschütterndes, dessentwegen Sie mich fast sitzenließen?«

»Ich bin soeben erst fertig geworden. Ich war überzeugt, daß Sie nicht warten würden.« Er wies auf seinen Ärztekittel. »Ich habe mir nicht einmal die Zeit genommen, mich umzuziehen.«

»Ich bin froh, daß Sie schließlich doch gekommen sind. Sind Sie hungrig?«

»Am Verhungern.«

»Ich habe Ihre belegten Brote verschenkt.«

Er sah sie an.

»Sie sind nicht aufgetaucht. Da sind drei hochaufgeschossene Schuljungen dahergekommen. Einer war ein lieber kleiner Kerl, dem herausrutschte, daß sie kein Geld fürs Abendessen hätten. Hier ist eine Pflaume.«

Er nahm und aß sie, weil ihm nichts Charmantes einfiel, das er hätte sagen können. Die Pflaume war peinlich saftig. Er bekleckerte sich und fühlte sich im Nachteil, wo er doch diesem Mädchen Eindruck machen wollte. Ihre Zimmergenossin hatte, während er fast krank war vor Sehnsucht, sie wiederzusehen, absolut recht gehabt: er kannte sie überhaupt nicht; praktisch war er nur drei Stunden mit ihr beisammen gewesen, eine davon mitten in einer Gesellschaft in dem überfüllten Wohnzimmer von Herb Shagers Schwester in Atlanta.

»Schade, daß Sie die Symphonie versäumt haben«, sagte sie. »Kommt das häufig vor?«

»Nicht ganz so häufig«, sagte er, weil er sie nicht abschrecken wollte.

Er legte sich auf die Decke zurück. Später erinnerte er sich daran, daß er mit ihr über Musik und ihren Lehrplan in Psychologie gesprochen hatte und ihm dann die Augen zugefallen waren. Als er sie wieder öffnete, merkte er, daß er geschlafen hatte, wußte jedoch nicht, wie lange. Sie saß da, blickte zum Fluß hinüber und wartete geduldig. Wie hatte er dieses Gesicht nur vergessen können. Falls die Nase das Ergebnis einer Schönheitsoperation war, hatte sich das Geld dafür gelohnt. Die Augen waren braun, jetzt still, aber sehr lebendig. Ihr Mund war vielleicht etwas groß, die Oberlippe dünn und deutete auf Bissigkeit, die Unterlippe üppig. Das dunkelblonde Haar, das im Laternenlicht schimmerte, hatte Sonnenstreifen. Ein Muttermal saß unter dem linken Auge und betonte den Backenknochen. Ihre Züge waren nicht regelmäßig genug, um sie zu einem wirklich hübschen Mädchen zu machen. Sie war zwar sehr klein, aber sexuell zu anziehend, um das Prädikat »nett« nicht zu verdienen. Etwas zu dünn, entschied er.

»Das ist die tiefste Sonnenbräune, die ich seit langem gesehen habe. Sie müssen Ihr Leben am Strand verbringen«, sagte er.

»Ich habe eine Höhensonne. Drei Minuten täglich, das ganze Jahr hindurch.«

»Auch im Sommer?«

»Aber sicher. Mehr Abgeschlossenheit in meinem Schlafzimmer.«

Es würden keine weißen Flecken oder Trägerstreifen vorhanden sein. Er spürte eine Schwäche in den Knien.

»Einer der Jungen an der Uni behauptet, meine Leidenschaft für körperliche Wärme rühre daher, daß ich aus einer zerrütteten Familie komme. Ich liebe heiße Tage.«

»Ihr analysiert einander im Psychologieunterricht?«

Sie lächelte. »Nach dem Unterricht. Ständig.« Sie legte sich neben ihn auf die Decke zurück. »Sie riechen nach starken männlichen Säften«, sagte sie, »und als wären Sie bei einem Brand gewesen.«

»Gott, so schlimm ist es? Ich hatte vor, duftend wie eine Blume zu Ihnen zu kommen.«

»Wer will schon, daß ein Mann wie eine Blume riecht?«

Ihre Köpfe waren einander auf der Decke sehr nahe, und es bedurfte nur geringer Anstrengung, sie zu küssen.

Er küßte das Muttermal.

Aus dem Transistor klang leise das Leitmotiv aus »Sonntags nie«.

»Können Sie Hasapiko?«

»Ich möchte es gern lernen«, sagte er wollüstig.

»Den griechischen Tanz.«

»Oh, den. Nein.«

Er erhob sich unwillig, als sie darauf bestand, ihm die Schritte zu zeigen. Er hatte den angeborenen Rhythmus eines guten Tauchers und lernte den Grundschritt schnell. Sie hielten einander an den Händen, tanzten zu dem trägen Rhythmus und dann, als die Musik aus dem Apparat zu einem Crescendo anschwoll, immer wilder. Sorbas und seine Frau auf dem weichen Gras der Esplanade, aber natürlich machte er einen Fehler, und sie stürzten, lachend und atemlos, und er küßte sie wieder und fühlte ihre Wärme unter seinem Mund, in seinen Armen.

Es war hübsch. Sie lagen da, ohne zu reden und mit einem Gefühl der Geborgenheit, während hinter ihnen der Verkehr über den Storrow Drive donnerte und der Fluß vor ihnen bis zu den Lichtern des Memorial Drive auf dem Cambridge-Ufer dunkel dahinzog; in seiner Mitte schwebte ein verschwommenes weißes Segel.

Natürlich wurden sie unter ihrem Laternenpfahl von den Scheinwerfern des Bootes erfaßt.

Das Segel zog weiter. »Ich möchte eine Bootsfahrt machen«, sagte er.

»Im Segelklub, gleich hinter der Konzertmuschel, gibt es ein paar Ruderboote.«

Er streckte die Hand aus, sie ergriff sie, und sie liefen zum Dock.

Die Ruder fehlten, aber er half ihr trotzdem in ein Boot. »Wir können so tun, als sei ich Odysseus«, sagte er, noch immer in hellenischer Stimmung. »Du bist eine Sirene.«

»Nein. Ich bin einfach nur Gabriele Pender.«

Sie saßen im Heck, mit dem Gesicht zum gegenüberliegenden Ufer und den Lichtern, die eigentlich die Stimmung hätten stören müssen, es aber nicht taten, Cambridge Electric und die Electronic Corporation of America und alle anderen. Wieder küßte er sie, und als er sich von ihr löste, sagte sie: »Er war verheiratet.«

»Wer?«

»Odysseus. Erinnerst du dich an die arme Penelope, die daheim in Ithaka wartete?«

»Er hatte sie zwanzig Jahre lang nicht mehr gesehen. Also schön, dann bin ich jemand anders.« Er vergrub sein Gesicht in ihrem Haar. Gott, roch sie gut. Ihr kaum merkbarer Atem wurde schneller, als er ihren Hals küßte, und ihr zarter Puls trommelte kleine Hammerschläge auf seinen Lippen. Das Boot hob und senkte sich auf den winzigen Wellen, die von der Flußmündung zu ihnen kamen und unter dem Dock plätscherten.

Die Stechmücken trieben sie an Land. Er half ihr, die Decke zu falten, und sie verstauten sie in ihrem Wagen, einem arg mitgenommenen blauen Plymouth Convertible Baujahr 1963, der abseits vom Storrow Drive geparkt war. Sie gingen in eine Cafeteria in der Charles Street, saßen an einem Tisch an der Wand und tranken Kaffee.

»War es ein Unfall, der dich im Krankenhaus festhielt?«

Er erzählte ihr von Grigio. Sie war eine gute Zuhörerin und stellte intelligente Fragen.

»Ich fürchte mich nicht vor Feuer oder Ertrinken«, sagte sie.

»Das heißt, daß du dich doch vor etwas fürchtest.«

»Wir hatten viele Krebsfälle in der Familie, auf beiden Seiten. Meine Großmutter ist vor kurzem daran gestorben.«

»Das tut mir leid. Wie alt war sie?«

»Einundachtzig.«

»Darauf würde ich mich einlassen.«

»Nun ja, ich auch. Aber meine Tante Louisa zum Beispiel. Eine junge, schöne Frau. Ich will nicht sterben, bevor ich wirklich alt bin«, sagte sie. »Sterben sehr viele Patienten in dem Krankenhaus? Eine hohe Zahl, meine ich?«

»In einer Abteilung wie der unseren monatlich ein paar. Wenn auf unserer Station ein Monat ohne Todesfall vergeht, gibt der Oberarzt oder der Fellow ein Fest.«

»Feiert ihr viele Feste?«

»Nein.«

»Ich könnte das nicht tun, was du tust«, sagte sie. »Ich könnte den Schmerzen und dem Sterben nicht zusehen.«

»Es gibt viele Arten zu sterben. Auch in der Psychologie gibt es Leiden, denen man zusehen muß, nicht?«

»Sicher, in der klinischen. Das ist auch der Grund, warum ich dabei landen werde, süße kleine Jungen zu testen, um zu sehen, warum sie nicht unter dem Bett hervorkommen.«

Er nickte lächelnd.

»Wie ist das, jemanden sterben zu sehen?«

»Ich erinnere mich an das erste Mal . . . Ich war noch Student. Da war dieser Mann . . . Nun, ich sah ihn auf meinen Visiten. Er war einfach prima, lachte und riß Witze. Während ich seine I. V. fixierte, blieb sein Herz stehen. Wir versuchten alles nur Mögliche, um ihn zurückzuholen. Ich erinnere mich, wie ich ihn ansah und mich fragte: Wohin ist er gegangen? Was war es, das fortging? Was hat ihn von einem Menschen in . . . das hier verwandelt?«

»Gott«, sagte sie. Dann: »Ich habe so einen Knoten bekommen.«

»Was?« sagte er.

Sie schüttelte den Kopf.

Aber er hatte es doch gehört. »Wo?«

»Das möchte ich lieber nicht sagen.«

»Um Christi willen«, sagte er, »ich bin doch Arzt, nicht?« Wahrscheinlich die Brust, dachte er.

Sie schaute weg. »Bitte. Es tut mir leid, daß ich es erwähnt habe. Ich bin überzeugt, es ist nichts. Ich gehöre zu der Sorte, die sich pausenlos Sorgen macht.«

»Warum meldest du dich dann nicht bei einem Arzt zu einer Untersuchung an?«

»Ich werde es tun.«

»Versprichst du es mir?«

Sie nickte, lächelte ihn an und wechselte das Thema, erzählte ihm von sich: Eltern geschieden; Vater wiederverheiratet und Kurdirektor in einem Ort in den Berkshires, Mutter mit einem Viehzüchter in Idaho wiederverheiratet. Er erzählte ihr, daß seine Mutter Italienerin gewesen und gestorben und sein Vater Jude war, vermied es aber sorgfältig, mehr von sich zu erzählen. Sie merkte es und drängte ihn nicht.

Als jeder drei Tassen Kaffee getrunken hatte, bestand sie darauf, ihn zum Krankenhaus zurückzufahren. Er gab ihr keinen Gutenachtkuß, teils weil sie am Eingang zum Krankenhaus nicht ungestört waren, teils weil er zu müde war, um Sorbas oder Odysseus oder sonst jemand sein zu wollen, außer einer schlafenden Gestalt auf einem Bett in dem Zimmer im obersten Stock.

Dennoch ließ er den Lift im zweiten Stock anhalten und ging, wie von einem Magneten angezogen, zu Zimmer 218. Nur einmal schnell nachsehen, versprach er sich, dann würde er zu Bett gehen.

Helen Fultz lehnte steif über Joseph Grigio.

»Was tun Sie da?«

»Die Schwester von elf bis sieben ist nicht aufgetaucht.«

»Nun, jetzt bin ich hier.« Sein Schuldgefühl äußerte sich in Ärger. »Bitte gehen Sie schlafen.« Wie alt sie wohl war, fragte er sich. Sie sah erledigt aus, ihr graues Haar hing in Strähnen über das zerfurchte Gesicht mit den verkniffenen Lippen.

»Ich gehe nicht. Es ist zu lange her, seit ich altmodischen Schwesterndienst verrichtet habe. Schreibarbeiten verwandeln einen in einen Beamten.« Ihr Ton duldete keine Widerrede, aber er suchte sie doch zu überreden. Schließlich schlossen sie einen Kompromiß. Es war kurz nach Mitternacht. Er sagte, sie könne bis ein Uhr bleiben.

Die Anwesenheit eines zweiten, fand er, machte alles anders. Sie hüllte sich zwar weiterhin in ihr neurotisches Schweigen, braute jedoch einen Kaffee, der heißer war als Gabys Fleisch und schwärzer als Robinsons Haut. Sie wechselten einander beim Auflegen der Verbände ab, wenn ihre Hände durch das ständige Eintauchen in die eisgekühlte Salzlösung steif wurden.

Joseph Grigio atmete weiter. Diese alte Schraube, diese stumme graue Hexe, diese müde alternde Frau hatte ihn am Leben erhalten. Mit Hilfe eines Chirurgen erholte er sich jetzt vielleicht doch und würde sich als Esel erweisen. Shakespeare.

Um zwei Uhr früh vertrieb er sie trotz ihrer bösen Blicke. Allein war es schwerer. Die Augenlider fielen ihm zu, in seinen verkrampften Rückenmuskeln meldete sich ein leiser Schmerz. Das linke Bein seiner einst weißen Hose war vom tropfenden Salzwasser der Naßpackungen feuchtkalt.

Das Krankenhaus war still.

Mit Ausnahme gelegentlicher kleiner Geräusche. Schmerzensschreie, unterdrücktes hohles Trommeln von Urin in Leibschüsseln, das Klopfen von Gummiabsätzen auf Linoleumböden; alles verschmolz mit dem Hintergrund wie Grillenzirpen und Vogelrufen auf dem Land, mehr erahnt als tatsächlich gehört.

Zweimal döste er kurz ein und riß sich wach, um hastig die Eiswasserpackungen zu wechseln.

Entschuldigen Sie, Mr. Grigio, sagte er stumm zu der auf dem Bett liegenden Gestalt.

Wäre ich nicht so geldgierig gewesen, dann wäre ich jetzt ausgeruhter, besser imstande, mich um Sie zu kümmern. Aber ich bin mit gutem Grund geldgierig, und ich brauche das Geld, das ich für die Nachtarbeit erhalte. Brauche es wirklich.

Nur bitte, sterben Sie nicht, weil ich einschlafe.

Gott, laß mir das nicht zustoßen. Laß ihm das nicht zustoßen.

Seine Hände tauchten in das Eiswasser.

Würgten das kalte Tuch.

Legten die eisige Packung auf.

Nahmen das Gewebe, das für warme weibliche Lenden bestimmt war, dessen Hitze jedoch jetzt von männlichem Fleisch ausging, und ließen es zum Erkalten wieder in die Schüssel fallen.

Er wiederholte die Prozedur immer wieder, während Joseph Grigio unbewußt leise Seufzer hauchte, hie und da unverständliche italienische Sätze wimmerte. Sein verbranntes Gesicht und sein Körper waren nun merklich geschwollen.

Höre, sagte Adam zu ihm.

Wenn du stirbst, komme ich in höllische Schwierigkeiten. Du wirst mir nicht wegsterben, du erbarmungswürdiger Hurensohn von einem Brandopfer.

Tu's lieber nicht, drohte er.

Einmal meinte er, den Harlekin durch die Gänge der Station gehen zu hören.

»Weg von hier«, sagte er laut.

Scutta mal occhio, pf, pf, pf.

Und wiederholte es wie eine Litanei, als er die Hände in die kalte Nässe zwang.

Er merkte nicht mehr, wie die Stunden vergingen, aber er mußte nicht mehr gegen den Schlaf kämpfen. Schmerzen spornten ihn an und hielten ihn wach. Manchmal weinte er fast vor Schmerz, wenn er in die Schüssel griff, deren Eis er im Laufe der Nacht noch dreimal nachgefüllt hatte. Seine Hände schwollen an und wurden blau, die Finger ließen sich nur schwer krümmen, die Fingerspitzen waren runzelig und gefühllos.

Einmal vergaß er vor eigener Qual den Patienten und verließ ihn. Er stand auf, rieb sich die Hände, streckte sich, krümmte den steifen Rücken, bog die Finger, blinzelte heftig, ging in die Toilette, erleichterte sich, wusch die wunden Hände in wunderbar warmem Wasser.

Als er ins Zimmer 218 zurückkehrte, waren die Packungen auf Mr. Grigios Körper warm, viel zu warm. Wütend drückte er neue aus, legte sie auf, ließ die gebrauchten in die Schüssel fallen.

Mr. Grigio stöhnte, und er antwortete ihm mit einem Stöhnen.

»Sie waren doch nicht die ganze Nacht hier?« sagte Meomartino.

Er erwiderte nichts.

»*Cristos.* Offenbar tun Sie alles, um den Kaffee zu gewinnen.«

Er hörte die Stimme wie durchs Telefon, obwohl der Fellow jetzt neben ihm stand.

Es war Tag, erkannte er.

Mr. Grigio atmete noch immer.

»Zum Teufel, Sie gehen jetzt hinauf, schlafen.«

»Eine Schwester?« fragte er.

»Ich werde jemanden auftreiben, Dr. Silverstone«, sagte Miß Fultz. Er hatte nicht gesehen, daß sie in der Tür stand.

Er stand auf.

»Soll ich Ihnen das Frühstück hinaufschicken? Oder Kaffee?« fragte Miß Fultz.

Er schüttelte den Kopf.

»Los. Ich fahre mit Ihnen hinauf«, sagte Meomartino.

Als sie den Lift betraten, sprach ihn Helen Fultz wieder an. »Haben Sie besondere Anweisungen, Dr. Silverstone?«

Er schüttelte den Kopf. »Wecken Sie mich, wenn es Schwierigkeiten geben sollte.« Er merkte, daß er sehr sorgfältig artikulieren mußte.

»Sie wird *mich* rufen«, sagte Rafe Meomartino verärgert.

»Sicher, Dr. Silverstone. Schlafen Sie gut«, sagte sie, als sei Meomartino gar nicht vorhanden.

Während der Lift hinauffuhr, sah ihn Meomartino neugierig an. »Wie lange sind Sie jetzt hier, sechs, sieben Wochen? Noch keine zwei Monate. Und sie spricht mit Ihnen. Ich habe zwei Jahre dazu gebraucht. Einigen Burschen gelingt es nie. Sechs Wochen sind die kürzeste Zeit, von der ich je gehört habe.«

Adam öffnete den Mund, um etwas zu sagen, aber es wurde nur ein Gähnen.

Um 7 Uhr 15 sank er in Schlaf und wurde irgendwann nach 11 Uhr 30 durch ein Trommeln an seiner Zimmertür geweckt. Meyerson, der Ambulanzfahrer, stand draußen und sah ihn mit freundlicher Verachtung an.

»Nachricht aus dem Büro, Doktor. Sie haben auf Ihren Aufruf nicht reagiert.«

Adams Kopf tobte. »Herein«, flüsterte er, sich die Schläfen reibend. »Gottverfluchter Traum.«

Meyerson sah ihn mit neuem Interesse scharf an. »Worum ging's?«

Er und Gaby Pender waren gestorben. Sie hatten einfach aufgehört lebendig zu sein, waren jedoch nirgendwohin gegangen; es hatte sich nichts geändert, es gab weder ein Leben nach dem Tod noch auch kein solches.

Meyerson hörte interessiert zu.

»Sie haben keine Zahlen geträumt?«

Adam schüttelte den Kopf. »Was wollen Sie mit Zahlen?«
»Ich bin ein Mystiker.«
Ein Mystiker? »Was geschieht mit der Seele nach dem Tod, Maish?«
»Wie gut kennen Sie Ihren Talmud?«
»Das Alte Testament?«
Meyerson sah ihn sonderbar an. »Nein. Jesus Christus, wo sind Sie in die hebräische Schule gegangen?«
»Ich habe keine besucht.«
Der Ambulanzfahrer seufzte. »Ich weiß ja nicht viel, aber so viel weiß ich. Der Talmud ist das Buch der alten Gesetze. Darin heißt es, daß die guten Seelen unter Jehovas Thron gestellt werden.« Er grinste. »Es muß ein verflucht großer Thron sein, oder aber es gibt verdammt wenige, die was taugen.«
»Und die bösen Seelen?« fragte Adam unwillkürlich.
»An den entgegengesetzten Ecken der Welt stehen zwei Engel und spielen Fangball mit den schlechten Kerlen.«
»Sie ziehen mich auf.«
»Nein. Schmeißen die armen *momsers* hin und her.« Meyerson erinnerte sich an seinen Auftrag. »Hören Sie, unten ist ein R-Gespräch aus Pittsburgh. Wenn Sie es annehmen, wählen Sie die Zentrale ...« Er sah auf einem Zettel nach. »... Apparat 284.«
O Gott.
»Danke. He!« Er rief ihn zurück. »Können Sie mir wechseln?«
»Nur mein Schmu-Geld.«
»Was?«
»Meinen Spieleinsatz. Pokergeld.«
»Oh, geben Sie mir etwas davon ab?« Er reichte ihm zwei Noten und erhielt dafür Silbermünzen.
»Nur Sie und das Weibsbild in dem Traum? Keine Zahlen?«
Adam schüttelte den Kopf.
»Das sind zwei Leute. Ich werde 222 spielen. Kleines Lotto. Wollen Sie, daß ich einen halben Dollar für Sie setze?«
So etwas nennt sich Mystiker. »Nein.«
Maish zuckte die Achseln und ging. Adams Kopf schmerzte, und sein Mund war trocken, als er zu dem Wandtelefon in der Halle ging.

Einmal mußte es ja kommen, dachte er.

Endlich ist er von einer Brücke gestürzt. Oder hinuntergesprungen.

Oder er ist vielleicht in einem Krankenhaus, möglicherweise verbrannt wie Mr. Grigio. Es passiert jeden Tag, daß Kinder Betrunkene anzünden.

Aber der Anruf kam von seinem Vater persönlich, sagte die Telefonistin. Fünfmal ein 25-Cent-Stück, ein 5- und ein 10-Cent-Stück.

»Adam? Bist du's, mein Sohn?«

»Was ist los, Paps?«

»Nun, ich brauche ein paar Hunderter. Ich will, daß du sie mir beschaffst.«

Erleichterung und Zorn, wie eine Kinderschaukel.

»Ich habe dir das letzte Mal Geld gegeben. Deshalb bin ich auch wie ein Vagabund hierhergekommen und mußte mir selbst Geld leihen, einen Vorschuß vom Krankenhaus.«

»Ich weiß, daß du selbst keines hast. Ich habe gesagt: beschaff es mir. Hör zu. Borg es dir wieder aus.«

»Wozu brauchst du es?«

». . . krank wie ein Hund.«

Plötzlich war es ganz leicht. Er mußte betrunken sein, sonst hätte er nicht so plump gelogen. Nur nüchtern war er gerissen und gefährlich. »Geh in die Medical School und sag Maury Bernhardt – Dr. Bernhardt –, daß ich dich schicke. Er wird mich anrufen, und ich sage ihm, daß er dir alle Pflege angedeihen lassen soll, die du brauchst.«

»Ich brauche Geld, das Geld.«

Es hat eine Zeit gegeben, dachte Adam, da hätte ich etwas versetzt, nur damit du es bekommst.

»Von mir bekommst du nichts mehr.«

»Adam –«

»Wenn du stockbesoffen bist, und es klingt ganz danach, dann werde nüchtern und such dir Arbeit. Ich schicke dir zehn Dollar Zehrgeld.«

»Adam, tu mir das nicht an. Sei barmherzig, Sohn . . .« Das Schluchzen kam prompt wie auf ein Stichwort.

Adam wartete, bis der Anfall vorbei war, und wurde um eine

Spur nachgiebiger. »Ich lege noch fünf drauf. Fünfzehn Dollar, aber das ist alles.«

Sein Vater schneuzte sich gemächlich in Pittsburgh auf Kosten der Zusatzgebühr für Ferngespräche. Als er wieder sprach, lag die alte Arroganz wieder in seiner Stimme. »Ich habe ein Zitat für deine Sammlung, du Dampfplauderer.«

»Paps . . .« Aber dann wartete er aufmerksam.

»Schade, daß du klüger geworden bist, schade, daß du größer geworden bist . . . Verstanden?«

Adam wiederholte es.

»Ja«, sagte Myron Silberstein und legte auf. Oh, der alte Schurke, wie er den großen Abgang liebte!

Adam stand mit dem Hörer am Ohr da und wußte nicht, sollte er lachen oder weinen, die Augen geschlossen gegen das beharrliche Dröhnen im Kopf, das immer lauter wurde. Er spürte, wie er wegen seiner Gedanken von dem Engel gepackt, hochgehoben, durch die eisige Finsternis geschleudert, von den schrecklichen wartenden Händen aufgefangen und wieder zurückgeschleudert wurde.

Als er den Hörer auflegte, läutete das Telefon sofort wieder, und gehorsam warf er die von der Zentrale geforderten zusätzlichen dreißig Cent ein.

Er ging wieder zu Bett, aber an Schlaf war nicht zu denken. Er kannte das Zitat nicht. Schließlich gab er es auf, zog sich an und ging in die Krankenhausbibliothek, um in Bartletts »Zitatenschatz« nachzuschlagen. Das Zitat stammte von Aline Kilmer:

Schade, daß du klüger geworden bist,
schade, daß du größer geworden bist.
Mir warst du lieber, als du noch dumm warst,
mir warst du lieber, als du noch klein warst.

Der Stich saß, wie sein Vater es beabsichtigt hatte. Ich sollte ihn einfach vergessen, dachte er, ihn aus meinem Leben streichen.

Statt dessen setzte er sich hin, schrieb einen kurzen Brief, legte die fünfzehn Dollar bei und sandte ihn mit einer Flugpostmarke ab, die er im Schwesternzimmer stahl, während Helen Fultz so tat, als bemerkte sie es nicht.

Gaby Pender.

Sie hatte ihn hypnotisiert, mit ihrer Sonnenbräune am ganzen Körper und mit ihrer saftigen Pflaume. Er dachte ständig an sie, rief sie zu oft an. Sie war beim Studentischen Gesundheitsdienst gewesen, erzählte sie, als er fragte; der Knoten hatte sich als ein Nichts herausgestellt, es war nicht einmal ein Knoten, nur ein Muskel, eine Einbildung. Dankbar sprachen sie über anderes. Er wollte sie wiedersehen, so bald wie möglich.

Susan Garland trat dazwischen, als sie starb. Die Rettung von Joseph Grigios Leben wog den Verlust von Susan Garland nicht auf: Adam entdeckte, daß es in der Medizin keinen Punktausgleich gibt.

Er wurde von einer Weltmüdigkeit angesteckt, die ihn erschreckte, aber er vermochte sie nicht abzuschütteln. Vielleicht hatte ihn Gabys Angst vor dem Sterben sensibler gemacht, als ihm lieb war, dachte er. Was immer der Grund sein mochte, eine tiefe Wut über die Ohnmacht der Ärzte, der Verschwendung schöner Leben nicht Einhalt gebieten zu können, wallte in ihm hoch.

Zum erstenmal, seit er die Medical School verlassen hatte, überfielen ihn große Zweifel bei seinen Visiten auf der Station. Er entdeckte, daß er eine Bestätigung seiner fachlichen Meinungen suchte, daß er davor zurückscheute, selbständige Entscheidungen zu treffen, die er noch vor wenigen Wochen ohne Zögern getroffen hätte.

Er kehrte seinen Zorn gegen sich selbst und fand tausend Fehler an Adam Silverstone.

An seinem Körper, zum Beispiel.

Die alten Zeiten des Tauchens waren vorbei, aber er war noch immer jung, sagte er sich verdrossen, als er in den Spiegel blickte und an die weichen weißen Maden dachte, die sein Onkel mit dem Spaten zutage förderte, wenn er im Frühling die Erde in seinem Tomatengarten umgrub.

Wenn er in der Unterwäsche dastand und an sich hinunterblickte, konnte er eine leichte Wölbung des Bauches sehen, die Art Abdomen, die nur eine Schwangere im Frühstadium haben durfte, nicht aber ein junger Mann.

Er kaufte Turnschuhe und einen Turnanzug im Harvard-Konsumladen und begann regelmäßig zu laufen, ein halbdutzendmal um den Block, wann immer er eine Dienstpause hatte. Nachts schützte ihn die Dunkelheit, aber wenn er morgens trainierte, mußte er vor kichernden Schwestern Spießruten laufen.

Eines Morgens blickte ein kleiner farbiger Junge, etwa sechs oder sieben Jahre alt, vom Staubsieben im Rinnstein auf. »Mensch, wer ist hinter dir her?« rief er leise.

Das erstemal antwortete Adam nicht, um Luft zu sparen. Als ihm jedoch die Frage jedesmal wieder gestellt wurde, wenn er um die Ecke des Blocks bog, begann er dem Jungen Antworten, kleine Geständnisse zuzuwerfen.

»Susan Garland.«

»Myron Silberstein.«

»Spurgeon Robinson.«

»Gaby Pender.«

Er litt unter dem Zwang, die Frage ehrlich zu beantworten. Als er daher auf seiner letzten Strecke um den Block herumkam, mit Beinen wie Pumpenschwengel, mit Armen, die wie Dreschflegel durch die Luft flogen, rief er dem Kind über die Schulter zu: »Ich bin hinter mir selbst her!«

An dem Vormittag, an dem sie den Fall Susan Garland diskutierten, entdeckte er etwas Neues an der Exituskonferenz.

Er machte die Erfahrung, daß das Todeskomitee dann, wenn man selbst in einen der untersuchten Fälle verwickelt war, plötzlich zu einem ganz anderen Tier wurde.

Es war wie der Unterschied zwischen dem Spiel mit einer Hauskatze und mit einem Leoparden.

Er schlürfte Kaffee, der ihm sofort den Magen versäuerte, während Meomartino die Krankengeschichte vortrug und Dr. Sack dann den Post-mortem-Bericht erstattete.

Die Autopsie hatte ergeben, daß die transplantierte Niere in Ordnung gewesen war, was Meomartino sofort freisprach.

Bei der Transplantationsmethode Dr. Kenders hatte es mit den Anastomosen oder irgendeinem anderen Faktor kein Problem gegeben.

Damit blieb nur einer übrig, erkannte Adam.

»Dr. Silverstone, wann haben Sie sie das letztemal untersucht?« fragte Dr. Longwood.

Plötzlich waren aller Augen auf ihn gerichtet. »Knapp vor neun Uhr abends«, sagte er.

Die Augen des Alten sahen größer aus als gewöhnlich, weil der Gewichtsverlust seine langgezogenen häßlichen Gesichtszüge fast hager gemacht hatte. Dr. Longwood fuhr sich nachdenklich mit den Fingern durch das schüttere weiße Haar. »Es waren keinerlei Anzeichen einer Infektion vorhanden?«

»Nein, keine.«

Die Schwester hatte sie um 2 Uhr 42 früh tot vorgefunden.

Dr. Sack räusperte sich. »Die Zeit ist unwichtig. Sie wäre in verhältnismäßig kurzer Zeit verblutet. Vielleicht in eineinhalb Stunden.«

Dr. Kender klopfte die Asche von seiner Zigarrenspitze. »Hat sie über etwas geklagt?«

Sie wollte die Haare gewaschen haben, dachte Adam idiotischerweise. »Allgemeines Unbehagen«, sagte er. »Leichte Bauchschmerzen.«

»Welche Anzeichen?«

»Der Puls leicht erhöht. Auch ihr Blutdruck schien erhöht, war jedoch normal, als ich ihn maß.«

»Wie haben Sie sich diese Tatsache erklärt?« fragte Dr. Kender.

»Zu der Zeit hielt ich es für ein günstiges Zeichen.«

»Wofür halten Sie es jetzt, nach allem, was Sie heute wissen?« fragte Dr. Kender nicht unfreundlich.

Sie behandelten ihn sehr sanft. Vielleicht war das ein Zeichen dafür, daß sie eine gute Meinung von ihm hatten. Dennoch war ihm elend zumute. »Vermutlich blutete sie innerlich bereits, als ich sie untersuchte, was den gesenkten Blutdruck erklärt.«

Dr. Kender nickte. »Sie haben einfach noch keine genügend große Anzahl von Transplantationspatienten erlebt. Daraus kann man Ihnen keinen Vorwurf machen.« Er schüttelte den Kopf. »Ich möchte Ihnen jedoch klarmachen, daß Sie in Zukunft, wenn Sie bei einem meiner Patienten vor einem Rätsel stehen, einen der Stabsangehörigen holen müssen. Jeder Konsiliarchirurg an unserer Station hätte sofort gewußt, was los ist. Wir hätten ihr Blut spenden, sie sofort aufmachen und versuchen können, die Arterie zu reparieren, ein tiefes Entleerungsrohr hinter die Niere setzen und sie mit Antibiotika vollpumpen können. Selbst wenn die Niere nicht zu reparieren gewesen wäre, hätten wir sie entfernen können.«

Und Susan Garland wäre noch am Leben, dachte Adam. Er erinnerte sich dumpf, seitdem mit dem latenten Wissen herumgegangen zu sein, daß er in jener Nacht einen Konsiliarchirurgen hätte rufen sollen. Das war der Grund, warum er in letzter Zeit selbst in Routineangelegenheiten Konsiliarärzte befragt hatte.

Er nickte Kender zu.

Der Transplantationsspezialist seufzte. »Das verdammte Abstoßungsphänomen verfolgt uns noch immer. Als chirurgische Mechaniker sind wir gerade gut genug, um rein physisch alles transplantieren zu können — Herzen, Glieder oder Hundejungenschwänzchen. Aber dann machen sich die Antikörper des Empfängers an die Arbeit, das übertragene Organ abzustoßen, und um das zu verhindern, vergiften wir den Organismus mit Chemikalien und setzen den Patienten weitgehend einer Infektion aus.«

»Planen Sie bei der nächsten Transplantation — die Niere für Mrs. Bergstrom — eine Verminderung der Dosis?« fragte Dr. Sack.

Dr. Kender zuckte die Achseln. »Wir werden ins Laboratorium zurückmüssen. Wir werden weitere Tierversuche machen und dann erst entscheiden.«

»Kehren wir zum Fall Garland zurück«, sagte Dr. Longwood ruhig. »Wie klassifizieren Sie den Tod?«

»O Himmel, vermeidbar«, sagte Dr. Parkhurst.

»Vermeidbar«, sagte Dr. Kender und sog an seiner Zigarre.

»Auf jeden Fall«, sagte Dr. Sack.

Als Meomartino an die Reihe kam, hatte er die Gnade, bloß stumm zu nicken.

Der Alte fixierte Adam mit seinen riesigen Augen. »Wann immer ein Patient an unserer chirurgischen Station verblutet, Dr. Silverstone, wird angenommen, daß der Tod hätte vermieden werden können.«

Wieder nickte Adam. Es schien zwecklos, etwas zu sagen.

Dr. Longwood stand auf, die Sitzung war geschlossen.

Am selben Abend nach Dienstschluß suchte Adam Dr. Kender im Tierlabor auf und traf ihn beim Zusammenstellen einer neuen Reihe von Medikamentexperimenten an Hunden an.

Kender begrüßte ihn herzlich. »Ziehen Sie sich einen Stuhl herbei, mein Sohn. Anscheinend haben Sie Ihre Feuerprobe überlebt.«

»Nicht ohne mich versengt zu haben«, sagte Adam.

Der ältere Mann zuckte die Achseln. »Sie haben es verdient, sich den Arsch zu verbrennen, aber es war ein Fehler, den die meisten von uns mit Ihrer Unerfahrenheit in Transplantationen begangen hätten. Sie machen sich ausgezeichnet. Zufällig weiß ich, daß Dr. Longwood ein Auge auf Sie hält.«

Adam zitterte innerlich vor Freude und Erleichterung.

»Natürlich würde ich mich nicht darauf verlassen, falls Sie regelmäßig vor die Exituskonferenz zitiert werden«, sagte Kender nachdenklich, während er sich am Ohrläppchen zupfte.

»Das werde ich nicht.«

»Ich glaube es auch nicht. Nun, was kann ich für Sie tun?«

»Ich glaube, es wäre gut, wenn ich etwas über diese Seite der Medaille lerne«, sagte Adam. »Könnte ich mich hier nützlich machen?«

Kender warf ihm einen interessierten Blick zu. »Wenn Sie einmal so lange hiergewesen sind wie ich, werden Sie niemanden ablehnen, der sich freiwillig zur Arbeit meldet.« Er ging zu einem Wandschrank und nahm ein Tablett voll Fläschchen heraus. »Vierzehn neue Medikamente. Wir bekommen sie zu Dutzenden von den Krebsleuten. Auf der ganzen Welt entwickeln die Forscher Chemikalien zur Krebsbekämpfung. Wir haben herausgefunden, daß die meisten Agenzien, die gegen Tumore wirksam sind, auch die Fähigkeit des Körpers, Fremdgewebe abzustoßen oder zu bekämpfen, ausschalten.« Er wählte zwei Bücher von seinem Bücherbord und reichte sie Adam. »Wenn Sie wirklich daran interessiert sind, lesen Sie das hier. Dann schauen Sie wieder herein.«

Drei Abende darauf war Adam wieder im Tierlabor, diesmal, um Kender bei der Übertragung einer Hundeniere zuzusehen und die beiden Bücher gegen ein drittes umzutauschen. Sein nächster Besuch verzögerte sich wegen seiner Geldgier und der Gelegenheit, seine Freizeit in Woodborough zu verkaufen. Aber eine Woche später, abends nach Dienstschluß, war er wieder auf dem Weg zum Labor und stieß die alte Tür mit der abgeblätterten Farbe auf. Kender begrüßte ihn ohne ein Zeichen der Überraschung, schenkte ihm Kaffee ein und sprach mit ihm über eine neue Reihe von Tierexperimenten, die er beginnen wollte.

»... Meinen Sie, daß Sie das alles verstanden haben?« fragte er schließlich.

»Ja.«

Kender grinste und griff nach seinem Hut. »Prima primissima. Dann gehe ich heim und versetze meiner Frau einen Schock.«

Adam sah ihn an. »Sie wollen, daß ich allein damit anfange?«

»Warum nicht? Ein Medizinstudent namens Kazandjian kommt in einer halben Stunde. Er arbeitet als Techniker hier und weiß, wo alles zu finden ist.« Er nahm ein Heft vom Bücherbord und warf es auf den Schreibtisch. »Machen Sie genaue Aufzeichnungen. Wenn Sie nicht weiter wissen, dann ist hier das ganze Schema skizziert.«

»Prima primissima«, sagte Adam schwach.

Er sank auf einen Stuhl und erinnerte sich, daß er am nächsten Tag in der Unfallstation in Woodborough eingeteilt war.

Als der Medizinstudent eintraf, hatte er das Notizbuch schon studiert und war froh, daß er hier war. Er half Kazandjian, eine Hündin namens Harriet für die Operation vorzubereiten, einen Colliebastard mit einem gräßlichen Atem und glänzenden braunen Augen, der ihm mit einer warmen rauhen Zunge die Hand leckte. Am liebsten hätte er einen Knochen gekauft und die Hündin heimlich in das Zimmer im sechsten Stock geschmuggelt, aber er dachte an Susan Garland, stählte sich und betäubte statt dessen den Hund mit einer kräftigen Spritze Pentothal. Er schrubbte ihn ab und machte ihn bereit, genauso wie er es bei einem menschlichen Patienten getan hätte, und während Kazandjian einen deutschen Schäferhund, der Wilhelm hieß, vorbereitete, entfernte er bei Harriet eine Niere, später, während Kazandjian Harriets Niere durchschwemmte, eine bei Wilhelm, und von da an vergaß er, daß es Hunde waren. Die Venen waren Venen und die Arterien Arterien, und er wußte nur, daß er seine erste Nierenübertragung durchführte. Er arbeitete sehr sorgfältig und sauber, und als Harriet endlich eine von Wilhelms Nieren besaß und Wilhelm eine von Harriets, war es fast ein Uhr morgens, aber er spürte Kazandjians stummen Respekt, der ihn mehr freute, als wenn der Student etwas gesagt hätte.

Sie gaben Harriet eine Minimaldosis Imuran, Wilhelm eine Maximaldosis; es war kein neues Mittel – es war dasselbe, das sie bei Susan Garland verwendet hatten –, aber Kender wollte zuerst mit den schon eingeführten Medikamenten experimentieren, um für die kommende Transplantation bei Mrs. Bergstrom gerüstet zu sein. Kazandijan stellte einige intelligente Fragen über Immunounterdrückung, und nachdem sie die Hunde in ihre Kotter zurückgebracht hatten, braute der Student Kaffee über einem Bunsenbrenner, während ihm Adam erklärte, daß die Antikörper in dem Organismus des Empfängers wie Verteidigungssoldaten wirken, die so reagieren, als sei das übertragene Gewebe eine einmarschierende Armee, und daß das immunounterdrückende Medikament einen entscheidenden Schlag gegen die Verteidigungskräfte führen sollte, damit diese das fremde Organ nicht abstoßen konnten.

Als er wieder in sein Zimmer kam, war es fast zwei Uhr geworden. Er hätte eigentlich wie ein Klotz ins Bett fallen müssen, aber der Schlaf entzog sich ihm. Das Erlebnis der Transplantation hatte ihn aufgepeitscht, und ein schrecklicher Zwang verfolgte ihn, Arthur Garland anzurufen und sich zu entschuldigen.

Es war vier Uhr vorbei, als er endlich einschlief. Spurgeon Robinsons Wecker weckte ihn um sieben.

Um etwa acht Uhr beschloß er, aufzustehen, einen kurzen Lauf und dann eine sehr lange Dusche zu absolvieren, nach seiner Erfahrung beides zusammen fast ein Schlafersatz.

Er zog einen Turnanzug und die Turnschuhe an, ging hinunter und begann dahinzutraben. Als er um die Ecke zum Negerviertel bog, sah er, daß der kleine Junge bereits aus der Höhle geflohen war, die seine Familie bewohnte.

Der Junge hockte im Rinnstein und siebte Staub. Sein dunkles Gesicht leuchtete auf, als er Adam müde auf sich zutrotten sah.

»Mensch, wer ist hinter dir her?« flüsterte er.

»Das Todeskomitee«, antwortete Adam.

ZWEITES BUCH

Herbst und Winter

V
RAFAEL MEOMARTINO

Die einzigen Geräusche im Büro Rafe Meomartinos waren die Stimme der Frau und das Singen der komprimierten Luft, die wie Blut durch die Rohre kreiste, die an der Decke des kleinen Raumes entlangliefen. Das summende Geräusch erfüllte ihn immer mit dem Gefühl einer unerklärlichen heimwehkranken Euphorie, bis er eines Morgens erkannte, daß es dasselbe Gefühl war, das er in einer anderen Welt, in jenem anderen Leben erlebt hatte, als er auf der Veranda des Klubs saß, *El Ganso Oro,* der »Goldenen Gans«, eines der Stammlokale seines Bruders am Prado; damals war er zwar von Alkohol betäubt gewesen, aber er hörte doch, wie der heiße kubanische Wind in den Palmen krächzend stöhnte, ähnlich dem Geräusch, das jetzt aus den Heißluftrohren des Krankenhauses kam.

Sie sieht müde aus, dachte er, aber es war nicht nur Müdigkeit, die die Gesichter der beiden Schwestern unterschied; die Frau auf Zimmer 211 hatte einen weichen, fast schlaffen Mund, etwas schwächlich vielleicht, aber auch sehr feminin. Der Mund dieser Zwillingsschwester war ... eher weibhaft als weiblich, entschied er. Da war keine Schwäche. Wenn die harten, gemeißelten Züge durch das Make-up hindurch überhaupt etwas ausstrahlten, dann war es die Andeutung einer Sprödigkeit, die wie eine Schutzmaske über dem Gesicht lag.

Während er sie beobachtete, strichen seine Finger über die winzigen Engel, die als Basrelief in die schweren Silberdeckel seiner Taschenuhr, die jetzt vor ihm auf dem Schreibtisch lag, gebosselt waren. Das Spielen mit der Uhr war eine Schwäche, ein nervöser Fetischismus, in den er nur verfiel, wenn er sich in einem Spannungszustand befand; als er es merkte, ließ er davon ab.

»Wo haben wir Sie endlich erwischt?« fragte er.

»Bei Harold in Reno. Ich habe gerade ein vierzehntägiges Engagement beendet.«

»Vor drei Tagen waren Sie in New York. Ich habe Sie abends im Fernsehen in der Sullivan Show gesehen.«

Sie lächelte zum erstenmal. »Nein, dieser Teil der Show wurde schon vor Wochen auf Band aufgenommen. Ich habe gearbeitet und daher nicht einmal Gelegenheit gehabt, es mir selbst anzuschauen.«

»Es war sehr gut«, sagte er wahrheitsgetreu.

»Danke.« Das aufblitzende Lächeln wurde automatisch strahlender und verschwand sofort wieder. »Wie geht's Melanie?«

»Sie braucht eine neue Niere.« Wie Dr. Kender dich schon telefonisch unterrichtete, dachte er, bevor du ihm die Andeutung machtest, daß es wahrscheinlich keine von dir sein würde. »Gedenken Sie eine Zeitlang in Boston zu bleiben?«

Sie erkannte die Bedeutung dieser Frage. »Ich weiß noch nicht. Wenn Sie mich erreichen müssen: ich bin im Sheraton Plaza abgestiegen. Als Margaret Weldon gemeldet«, fügte sie nachträglich hinzu. »Mir wäre es lieber, wenn es nicht bekannt wird, daß Peggy Weld hier ist.«

»Ich verstehe.«

»Warum muß es meine sein?« fragte sie.

»Es muß nicht«, sagte er.

Sie sah ihn an, bemüht, ihre Erleichterung zu verbergen.

»Wir könnten Mrs. Bergstrom eine Niere aus einer Leiche übertragen, aber wir werden keine immunologisch so gut passende wie die Ihre bekommen.«

»Kommt das daher, weil wir Zwillinge sind?«

»Wenn Sie eineiige Zwillinge wären, dann würden Ihre Gewebe voll harmonieren. Aber soviel uns Melanie erzählt hat, sind Sie zweieiige Zwillinge. Wenn das stimmt, dann ist die Sache schon nicht mehr so vollkommen, aber Ihre Gewebe würden vom Körper Ihrer Schwester bereitwilliger angenommen werden als irgendein anderes, das wir finden könnten.« Er zuckte die Achseln. »Sie hätte damit eine größere Chance.«

»Ein Mädchen hat nur zwei Nieren«, sagte sie.

»Nicht jedes Mädchen.«

Sie schwieg. Dann schlug sie die Augen auf und sah ihn an. Er fuhr fort:

»Man braucht nur eine Niere zum Leben. Viele Leute sind bloß mit einer Niere geboren worden und haben doch ein hohes Alter erreicht.«

»Und einige Leute haben eine Niere gespendet, und dann ist mit der anderen etwas schiefgegangen. Und sie sind gestorben«, sagte sie ruhig. »Ich habe das Meine getan.«

»Stimmt«, gab er zu.

Sie nahm eine Zigarette aus der Handtasche und zündete sie geistesabwesend selbst an, noch bevor er eine Bewegung machen konnte.

»Wir können die Risiken nicht verkleinern. Wir dürfen Sie in moralischer Hinsicht gar nicht dazu drängen. Es ist eine absolut persönliche Entscheidung.«

»Es ist sehr viel mit hineinverwickelt«, sagte sie müde. »Ich soll an die Westküste fahren, um einen Film über die große Zeit des Jazz zu machen. Es ist die Chance, auf die ich immer gewartet habe.«

Diesmal schwieg er.

»Sie verstehen nicht, wie das zwischen manchen Schwestern ist«, sagte sie. »Ich habe gestern abend im Flugzeug viel darüber nachgedacht.« Sie lächelte freudlos. »Ich bin die Ältere, wußten Sie das?«

Er lächelte ungläubig.

»Um zehn Minuten. Nach dem Getue meiner Mutter könnte man meinen, es seien zehn Jahre. Melanie war die Babypuppe mit dem hübschen Namen, und Margaret war die verläßliche ältere Schwester. Unser ganzes Leben lang war ich diejenige, die sich um sie kümmern mußte. Seit unserem sechzehnten Lebensjahr sangen wir in Kneipen, wo wir uns fürchteten, die Toilette zu benützen, und ich mußte sie überwachen, daß sie es hinter dem Podium nicht mit irgendeinem lausigen Trompeter trieb. So ging das sechs Jahre lang. Aber nach einer guten Saison mit Leonard Rathbones Fernsehshow begannen wir Erfolg zu haben, wurden für Blinstrub gebucht, und unser Agent stellte Melly seinem Bostoner Vetter vor. Und das war das Ende der Weldon-Zwillinge.«

Sie stand auf, ging zum Fenster und starrte auf den Parkplatz hinaus. »Ich habe mich für sie gefreut. Ihr Mann ist ein netter, anständiger Junge. Hochschulabsolvent, der recht gut verdient. Er behandelt sie wie eine Königin. Mir lag nichts an unserem gemeinsamen Auftreten. Ich habe wieder ganz von vorn angefangen, allein, als eigene Nummer.«

»Sie haben viel Erfolg gehabt«, sagte Meomartino.

»Von dem habe ich mir jedes bißchen selbst verdient. Es bedeutete, wieder ganz unten anzufangen, in den gleichen öden obskuren Lokalen, immer unterwegs. Es bedeutete, jeden Sommer mit der USO in Grönland und Vietnam und Korea und Deutschland und wer weiß wo noch überall auf Tournee zu sein, in der Hoffnung, daß mich jemand Wichtiges sehen würde. Es bedeutete auch vieles andere.« Sie sah ihn kühl an. »Sie sind Arzt, für Sie dürfte es nichts Neues sein, daß auch eine Frau ein Sexleben braucht.«

»Nichts sehr Neues.«

»Nun, es bedeutete auch viele schreckliche Affären einer einzigen Nacht, weil ich nie lange genug an einem Ort blieb, um eine echte Beziehung entwickeln zu können.«

Er nickte, wie immer empfänglich für aufrichtige Frauen.

»Schließlich hatte ich Glück und machte ein paar Platten mit Novitäten, die die kleinen Dummköpfe alle kaufen. Aber wer weiß, was für Platten sie nächstes Jahr oder vielleicht schon nächsten Monat kaufen? Mein Agent erzählt allen, ich sei sechsundzwanzig, aber ich bin dreiunddreißig.«

»Das ist kaum alt zu nennen.«

»Es ist alt, wenn man seinen ersten Film macht. Und es ist zu alt, wenn man zum erstenmal groß im Fernsehen und in den Klubs herauskommt. Dieser Erfolg hätte mir zehn Jahre früher beschieden sein sollen. Es wird immer schwieriger, die Figur zu halten, und in ein paar Jahren habe ich einen faltigen Hals. Wenn ich jetzt nicht ganz hart anziehe, ist alles vorbei. Sie verlangen daher von mir, ihr nicht nur eine Niere zu schenken. Sie verlangen von mir, ihr mehr zu geben, als ich ihr je wieder geben will.«

»Ich verlange nicht, daß Sie ihr überhaupt etwas geben«, sagte Meomartino.

Sie drückte ihre Zigarette aus. »Nun, dann tun Sie es bitte wirklich nicht. Ich muß mein eigenes Leben führen.«

»Möchten Sie sie sehen?«

Sie nickte.

Ihre Schwester schlief, als sie ihr Zimmer betraten.

»Wecken wir sie lieber nicht«, sagte Meomartino.

»Ich werde nur hier sitzen und warten.«

Aber Melanie öffnete die Augen. »Peg«, sagte sie.

»Hallo, Mellie.« Sie beugte sich über sie und küßte sie. »Wie geht's Ted?«

»Fein. Wie wunderbar, aufzuwachen, und du bist da.«

»Und den beiden kleinen Schweden?«

»Sie sind bezaubernd. Sie haben die Sullivan Show gesehen. He, du, die war so gut, ich war ganz stolz.« Sie blickte zu ihrer Schwester hoch und setzte sich im Bett auf. »Ah, nein, Peg. Nicht.«

Sie nahm ihre Zwillingsschwester in die Arme und streichelte ihren Kopf. »Bitte, Peggy. Peggy, Liebling, tu's nicht ...«

Rafe ging in sein Büro zurück. Er saß an seinem Schreibtisch und versuchte, schriftliche Arbeiten loszuwerden.

Sie verstehen nicht, wie das zwischen manchen Schwestern ist.

Aber ich weiß, wie es zwischen manchen Brüdern ist, dachte er.

Der Grundstein der brüderlichen Beziehung war gelegt worden, als Rafael fünf und Guillermo sieben Jahre alt war.

Leo, das Familienfaktotum – ein großes, watschelndes Menschentier, das Rafe liebte –, versuchte es ihm eines Tages zu erklären, als er Rafael eben dabei erwischt hatte, wie er mit Papierflügeln, die ihm Guillermo an die Schultern gebunden hatte, aus dem Fenster springen wollte.

»Er wird dein Ruin sein, dieser kleine Hurensohn, möge deine Mutter mir verzeihen«, sagte Leo und spuckte durch das offene Fenster. »Höre nie auf ihn, denk daran, was ich dir sage.«

Aber es war immer so interessant, Guillermo zuzuhören.

Wochen später sagte Guillermo: »Ich hab' was.«

»Laß es mich sehen.«

»Es ist ein Ort.«

»Nimm mich mit.«

»Es ist ein Ort für große Jungen. Du pißt noch immer in die Hose.«

»Nein«, sagte Rafael hitzig und fürchtete, daß er weinen

würde, weil er genau in dieser Minute das leise Ziehen in seiner Leistengegend spürte und sich erinnerte, daß er erst vor drei Tagen das Badezimmer nicht rechtzeitig erreicht hatte.

»Es ist ein wunderbarer Ort. Aber ich glaube nicht, daß du schon groß genug bist, um dich mitnehmen zu können. Wenn du dort in die Hose machst, wird dich die alte Hexe holen. Sie kann sich in jedes Tier verwandeln, in das sie will. Und dann heißt's Adio.«

»Du hältst mich zum Narren.«

»Nein. Aber es ist ein großartiger Ort.«

Rafael schwieg. »Hast du sie gesehen?« fragte er schließlich.

Guillermo starrte ihn düster an. »Ich mach' nie in die Hose.«

Sie spielten und wanderten nach einer Weile in das Elternzimmer. Guillermo stellte sich auf das Bett, um die oberste Lade der Kommode zu erreichen, und nahm die rote Samtschachtel heraus, in die der Vater allabendlich die Uhr legte und aus der er sie jeden Morgen holte.

Er öffnete und schloß sie mit einem Knall, öffnete und schloß sie wieder, ein befriedigendes Geräusch.

»Du wirst bestraft«, sagte Rafael.

Guillermo gab ein rüdes Geräusch von sich. »Ich darf sie anfassen, weil sie mir gehören wird.« Die Uhr wurde jeweils an den ältesten Sohn weitergegeben, hatte man den Jungen erklärt. Dennoch legte er sie in die Lade zurück und schlenderte in sein Zimmer zurück, Rafael im Schlepptau.

»Nimm mich mit, Guillermo. Bitte.«

»Was schenkst du mir dafür?«

Rafael zuckte die Achseln. Sein Bruder wählte die drei Spielsachen, von denen er wußte, daß sie dem Herzen des kleinen Jungen am nächsten standen, einen roten Soldaten, ein Bilderbuch über einen traurigen Clown, einen Teddybären namens Fabio, bucklig, weil Rafael ihn immer so krampfhaft an sich drückte, wenn er nachts mit ihm schlief.

»Nicht den Bär.«

Guillermo warf ihm einen eiskalten Blick zu und willigte dann ein.

Am selben Nachmittag, als man meinte, daß sie ihr Schläfchen hielten, führte ihn Guillermo durch den Wald mit den verkrüppelten Tannen hinter dem Haus. Sie brauchten über den alten gewundenen Pfad zehn Minuten, um die kleine Lichtung zu erreichen. Die Räucherkammer war ein großer fensterloser Kasten. Die rohen Balken waren von der Sonne gebleicht und vom Regen silbergrau geworden.

Innen war Nacht.

»Geh voraus«, drängte Guillermo. »Ich gehe direkt hinter dir.«

Aber als Rafe eintrat und die Welt des Lichts und Grüns verließ, fiel hinter ihm die Tür zu, und der Riegel wurde mit einem Klicken zugeworfen.

Rafe plärrte.

Gleich darauf hörte er auf.

»Guillermo«, sagte er dann mit einem glucksenden Lachen, »halt mich nicht zum Narren.«

Ob er die Augen öffnete oder schloß, sie waren erfüllt von Licht. Purpurschatten schwangen an ihm vorbei, auf ihn zu, durch ihn hindurch, Formen, die er nicht erkennen wollte, die Farbe des Bluts von dem großen Schwein, das hier gehangen hatte. Sein Vater hatte ihn ein paarmal zum Schlachten mitgenommen. Er erinnerte sich an die Gerüche und das Blut und das Grunzen, an das wilde Augenrollen.

»Guillermo«, schrie er keuchend, »du kannst Fabio haben.«

Die Stille war schwarz.

Weinend warf er sich vorwärts und stieß unerwartet an die nicht sichtbare Wand, die er erst einige Fuß weiter vermutet hatte. Anstelle seiner Nase war nichts als ein großer Schmerz. Als die Knie unter ihm nachgaben, riß ein vorstehener Nagel seine weiche Wange auf, knapp an seinem rechten Auge vorbei. Auf seinem Gesicht war etwas Nasses, das weh tat, so weh, und in seinem Mundwinkel sammelte sich Salz.

Als er auf den kühlen harten Lehmboden sank, spürte er eine sich ausbreitende weiche Wärme, ein gräßliches Hinunterrieseln an der Innenseite seiner Schenkel.

In der dunklen Ecke raschelten Blätter, und etwas Kleines hastete davon.

»Ich will ein großer Junge sein, ich will ein großer Junge sein«, kreischte Rafael.

Fünf Stunden später, als man auf der Suche nach ihm, seinen Namen schreiend, immer wieder an ihm vorbeigegangen war, hatte jemand – das Faktotum Leo – die Idee, die Tür der Räucherkammer zu öffnen und hineinzuschauen.

In dieser Nacht, beruhigt, behutsam gewaschen, die Rißwunde im Gesicht vernäht und mit grotesker, aber versorgter Nase, schlief er in den Armen seiner Mutter ein.

Leo hatte berichtet, daß die Räucherkammer von außen verriegelt gewesen war. Im Bett des Kindräubers entdeckte man Fabio. Guillermo beichtete und wurde gebührend verprügelt. Am nächsten Morgen fand er sich bei seinem Bruder ein und brachte eine beredte und bußfertige Entschuldigung vor. Zur Verblüffung der Eltern spielten die beiden Knaben zehn Minuten später wieder miteinander, und Rafael lachte zum erstenmal seit vierundzwanzig Stunden.

Aber sein Intelligenzquotient betrug 147, und selbst im Alter von fünf Jahren war er schon klug genug, um zu wissen, daß er etwas gelernt hatte.

Sein Leben wurde davon geformt, daß er seinem Bruder auswich.

Die Männer der Meomartinos pflegten im Ausland zu studieren; als Guillermo sich entschieden hatte, an die Sorbonne zu gehen, wurde Rafael ein Jahr später Student an der Harvard-Universität. Vier angenehme Jahre lang wohnte er mit einem Jungen aus Portland, Maine, zusammen, George Hamilton Currier, dem derbknochigen Erben einer Konservenfabrik für gebackene Bohnen, deren Produkte als Grundvorrat in drei von zehn amerikanischen Küchenschränken standen. »Beany« Currier verlieh ihm seinen ersten und einzigen Spitznamen – Rafe – und setzte ihm ständig seine Ansichten über die Herrlichkeiten der medizinischen Laufbahn auseinander. Guillermo hatte beschlossen, an der Universität von Kalifornien Jus zu studieren – es war Tradition bei den Männern der Meomartinos, sich für einen Intelligenzberuf zu entscheiden, wenn sie auch später ihr Leben damit verbrachten, sich den Zuckerinteressen der Familie zu widmen, und als Rafe Cambridge als Zweitbester verließ, entschloß er sich nach genauer Überlegung, in Kuba Medizin zu studieren. Sein Vater war einige Jahre zuvor einem Schlaganfall erlegen. Die Welt seiner Mutter, die immer um das milde Feuer ihres Gatten gekreist war, erhielt ihre Stabilität durch eine ähnliche Kreisbahn um ihren Jüngsten. Sie war eine schöne Frau mit einem süßen, aber gequälten Lächeln, eine altmodische kubanische Dame, deren lange schlanke Hände leicht und geschickt Frivolitätenspitze zauberten, die aber doch so modern war, um abstrakte Kunst zu sammeln und sofort zum Hausarzt der Familie zu gehen, als sie schließlich den Knoten in ihrer rechten Brust entdeckte. Das schreckliche Wort wurde in ihrer Gegenwart nie ausgesprochen. Die Brust wurde eilig und unter besänftigenden Worten entfernt.

Rafes Jahre an der Facultad de Medicina de la Universidad de la Habana waren schön, so wie sie nur einmal im Leben kommen, zusammengesetzt aus Jugend und Unsterblichkeit und Sicherheit in allem, woran er glaubte. Von Anfang an war der Krankenhausgeruch für ihn berauschender als die ekelerregende Süße des Preßrückstands von Zuckerrohr. Es war ein Mädchen da, eine Kommilitonin, Paula, klein und dunkel und warm, mit leicht vorstehenden Zähnen, mit nicht ganz vollkommenen Beinen, aber mit einem birnenförmigen Gesäß und einer Wohnung in der Nähe der Universität und einer absolut klinischen Verläßlichkeit in Sachen Geburtenkontrolle. Wurde Batista erwähnt, sah sie finster drein und verlor alles Interesse, daher ließ er es, Batista zu erwähnen – kaum ein Problem. Es gab Zeiten, da er in ihre Wohnung kam und eine kleine Gruppe, nie mehr als ein halbes Dutzend schnell redender Männer und Frauen, antraf, die seltsam verstummte, wenn er in das Zimmer trat, das er dann sofort, ohne verstimmt zu sein, verließ.

Er kümmerte sich nicht um die Fädchen, die Paula in den geheimen Zusammenkünften ohne ihn spann; es verlieh dem Gewürz Paula nur ein zusätzliches Ingrediens. Was die Zusammenkünfte selbst betraf, so hatte es in Kuba immer geheime Treffen gegeben, wer regte sich schon über Zusammenkünfte auf? Über Zukünftiges, das nie kam, zu träumen und zu planen, gehörte genauso zu der Atmosphäre wie die Sonne, die Liebenden auf dem Gras, das Handballspiel *jai alai*, wie Hahnenkämpfe, wie die geheimnisvollen Flecken auf den Marmorgehsteigen des Prado, wenn man auf die dunkelblauen Beeren trat, die von den niedrig gestutzen Bäumen fielen. Er kümmerte sich um seine eigenen Angelegenheiten, und niemand nahm sich die Mühe, ihn zu Zusammenkünften einzuladen, da er ein Meomartino war, einer Familie angehörte, welche die jeweiligen Machthaber bereicherte, mochte auch die Regierung unvermeidlicherweise und periodisch wechseln.

Guillermo kehrte heim, als Rafael sein letztes Jahr an der medizinischen Fakultät absolvierte, das Jahr als Spitalarzt am Hospital Universitario General Calixto García. Guillermo hängte sein Jus-Diplom an die Wand eines Büros in der Zuckerfabrik und verbrachte seine Zeit damit, so zu tun, als zeichnete er Tabellen, die das Verhältnis zwischen Zuckerrohr, braunem Rohzucker und Sirup zeigten. Die Feder in seiner Hand schwankte oft dank einer leidenschaftlichen Vorliebe für doppelt und dreifach destillierte Getränke, einheimische und importierte. Rafael sah ihn selten, da seine Spitalpraxis seine ganze Zeit beanspruchte und die Tage in der Hitze des Gefechts mit zusätzlicher Arbeit, zu vielen Kranken und zu wenig Ärzten dahinschmolzen.

Zwei Tage nach seiner Graduierung zum *Doctor en Medicina* kam Erneida Pesca auf Besuch. Der Bruder seiner Mutter war ein großer hagerer Mann mit militärischem Gehaben, einem grauen, aber gefärbten Schnurrbart in einem faltigen, eingefallenen Gesicht und einer Vorliebe für Partagas-Zigarren und gut gebügelten, weißen Leinenanzügen. Er nahm seinen Panamahut ab, enthüllte seine blaugraue Mähne, seufzte, verlangte einen Drink – worunter er Rum verstand – und sah mißbilligend zu, als sich sein Neffe einen Scotch einschenkte.

»Wann trittst du in die Firma ein?« fragte er schließlich.

»Ich dachte«, sagte Rafael, »mich vielleicht der Medizin zu widmen.«

Erneido seufzte. »Dein Bruder«, sagte er, »ist ein Narr und ein liederlicher Schwächling. Vielleicht Schlimmeres.«

»Ich weiß.«

»Dann mußt du in die Firma eintreten. Ich werde nicht ewig leben.«

Sie stritten leise, aber hitzig.

Schließlich kam es zu einem Kompromiß. Er würde das Büro neben Guillermo in der Zuckerfabrik bekommen. Er würde auch ein Laboratorium an der medizinischen Fakultät erhalten, Erneido würde dafür sorgen. Drei Tage der Woche in der Fabrik, zwei Tage der Woche an der Medizinischen Fakultät; soweit war Erneido als Familienoberhaupt und Nachfolger von Rafes Vater bereit, nachzugeben.

Resigniert stimmte Rafe zu. Es war mehr, als er erhofft hatte.

Der Dekan, ein in akademischen Diensten ergrauter Veteran mit einer Begabung im Auftreiben von Stiftungsgeldern, führte ihn persönlich in das große, aber schäbige Laboratorium mit einer Ausstattung, die für drei Forscher gereicht hätte, und das Rafe zusammen mit dem Titel eines wissenschaftlichen Assistenten als Geschenk erhielt.

Als er Paula das Labor zeigte, war er stolz wie ein kleiner Junge auf ein neues Spielzeug. Sie sah ihn verwundert und amüsiert an. »Du hast nie etwas von Forschung gesagt«, sagte sie. »Woher dieses plötzliche Interesse?« Sie hatte eine Stellung beim Gesundheitsdienst der Regierung angenommen und war im Begriff, wegzufahren und Gesundheitsbeamtin in einem kleinen Bergdorf in der Provinz Oriente in der Sierra Maestra zu werden.

Weil ich bis zum Arsch in Preßrückständen von Zuckerrohr stecke, weil ich nicht in Zucker ertrinken will, dachte er. »Forschung ist notwendig«, sagte er und überzeugte damit weder sich noch sie.

Im Laboratorium nebenan saß ein Dr. phil. und Biochemiker, Rivkind, der aus dem Staat Ohio dank einem kleinen Stipendium der Krebs-Foundation nach Kuba gekommen war. Der Grund seiner Anwesenheit hier war, wie er Rafael gestand, daß man in Havanna billiger als in Columbus lebte. Das einzige Mal, als Rivkind ein Gespräch begann, war eine bittere Klage, daß ihm die Universität keine lausige 270-Dollar-Zentrifuge kaufen wollte. Rafe besaß eine in seinem neuen Labor, schämte sich jedoch, es zu erwähnen. Sie freundeten sich nicht an. Jedesmal, wenn Rafe in Rivkinds enge, überfüllte Koje kam, schien der Amerikaner zu arbeiten.

Verzweifelt beschloß er, selbst zu arbeiten.

Er begann zu schreiben und verfaßte eine Liste.

Leptospirose, ein gemeiner kleiner Kerl.
Lepra, ein zerlumpter Bettler.

Gelbsucht, ein gelber Bastard.
Malaria, etwas zum Schwitzen.
Andere fieberhafte Krankheiten, viele heiße Probleme.
Elephantiasis, ein einziges großes Problem.
Dysenterie-ähnliche Krankheiten, ein Haufen Scheiße.
Tuberkulose, können wir ihr einen Tritt geben?
Parasiten, leben von der Substanz.

Er trug die Liste tagelang gefaltet in der Tasche und zog sie immer wieder heraus, um sie zu lesen, bis sie zerfetzt und reif zur Vernichtung war.

Auf welches Problem sollte er sich zuerst konzentrieren?

Er begann zu lesen. Aus der Bibliothek holte er ganze Stapel von Büchern, saß jede Woche Montag und Dienstag mitten unter ihnen in seinem Privatlaboratorium, las und machte sich ausführliche Notizen, deren einige er sogar zu retten vermochte. Mittwoch, Donnerstag und Freitag ging er in sein Büro in der Zuckerfabrik und sammelte andere Literatur, *Pythium Root Rot and Smut in Sugar Cane, The Genesis and Prevention of Chlorotic Streak*, Marktberichte, Traktate des US-Landwirtschaftsministeriums, Verkaufsberichte, vertrauliche Memoranden, eine ganze Zuckerbibliothek, die Onkel Erneido liebevoll für ihn zusammentrug. Die las er allerdings mit geringerem Interesse. Ab der dritten Woche ignorierte er die Zuckerliteratur, brachte in der Aktentasche ein medizinisches Buch in das Büro der Zuckerfabrik und las es wie ein Dieb bei versperrter Tür.

Oft ließ sich am späten Nachmittag ein zaghaftes Kratzen an der Tür hören. »Pst. Gehen wir doch heute abend aus und versuchen wir unser Glück«, sagte dann Guillermo mit einer schon vom Whisky heiseren Stimme. Es war eine Einladung, die er oft vorbrachte, eine, die Rafe mit, wie er hoffte, brüderlicher Liebenswürdigkeit ablehnte. Hätte Pasteur die Mikrobiologie begründen, hätte Semmelweis das Wochenbettfieber bremsen, hätte Hippokrates den verfluchten Eid schreiben können, wenn sie sich die ganze Zeit gedrückt hätten, um mit Weibern zu schlafen? Er verbrachte seine Abende im Laboratorium, trödelte herum, zerbrach Glasretorten, züchtete Schimmelpilze, betrachtete im Mikroskopspiegel seine Wimpern.

Eines Nachmittags kam Paula aus dem kleinen Dorf in der

Sierra Maestra, wo sie als Gesundheitsbeamtin eingesetzt war, nach Havanna.

»Woran arbeitest du?« fragte sie.

»Lepra«, sagte er in plötzlichem Entschluß.

Sie lächelte skeptisch. »Ich werde lange nicht mehr nach Havanna kommen«, sagte sie.

Er verstand, daß sie ihm Lebewohl sagte. »Gibt es dort so viele Kranke, die auf dich angewiesen sind?« Der Gedanke erfüllte ihn mit Neid.

»Das ist nicht der Grund. Es ist etwas Persönliches.«

Etwas Persönliches? Was war bei ihr persönlich? Sie erörterten ihre Monatsregel wie Baseballpunkte. Das einzige Persönliche in ihrem Leben war Politik. Fidel Castro steckte irgendwo in jenen Bergen und veranstaltete in regelmäßigen Abständen einen Wirbel. »Bring dich nicht in Schwierigkeiten«, sagte er, streckte die Hand aus und berührte ihr Haar.

»Läge dir etwas daran?« Überraschenderweise standen Tränen in ihren Augen.

»Natürlich«, sagte er. Zwei Tage später war sie aus seinem Leben verschwunden. Er sollte erst wieder an sie denken, als er ihre Stimme — zum letztenmal — hörte.

Da er ihr erzählt hatte, daß er über Lepra arbeite, studierte er eifrig den *Index Medicus*, stellte lange Listen von Quellenmaterial auf, holte weitere Berge von Zeitschriften aus der Bibliothek, um noch mehr zu lesen.

Es führte zu nichts.

Er saß einfach in seinem kostspieligen Labor, sah zu, wie Stäubchen in dem Sonnenstrahl schwebten, der durch die leicht verschmutzten Fenster hereinfiel, und versuchte, ein Forschungsprogramm aufzustellen.

Wäre er fähig gewesen, sich etwas Böses auszudenken, hätte er auch nicht verschreckter sein können.

Es kam überhaupt nichts dabei heraus.

Schließlich schob er alle Angst von sich. Er sah sein Spiegelbild an, kritisch, aber aufrichtig, und gestand sich zum erstenmal ein, daß dieser Mensch, den er da sah, kein Forscher war.

Den Korridor auf und ab und über drei Stockwerke, manchmal fast laufend, verschenkte er, wie ein kubanischer Weihnachtsmann der modernen Medizin, alle kleineren tragbaren Ausrüstungsgegenstände, alle Retorten, alle die schönen unbenützten Chemikalien. Er nahm die Zentrifuge und trug sie in das kleine Labor Rivkinds. Das Mikroskop – ein nützlicher Gegenstand für die öffentliche Gesundheitsfürsorge? – packte er sorgfältig ein und sandte es an Paula in die wilden Berge, wo sie eine wirkliche Ärztin war. Dann hinterließ er seinen Schlüssel und einen kurzen, aber dankbaren Brief mit der Mitteilung seines Rücktritts im Briefkasten des Dekans, verließ das Gebäude, und sein Herz ließ, fast sichtbar, große schmerzliche Tropfen zurück.

Das war es also.

Er war kein medizinischer Forscher.

Er würde den Genen seines Vaters gehorchen und ein Zuckermensch werden.

Er ging täglich in das Büro im *central*.

Zu Onkel Erneidos Linken (Guillermo zu dessen Rechten) wohnte er Verkaufsberatungen bei, Produktionssitzungen, Beratungen über die Besetzung wichtiger Posten und der Entlassung wichtiger Angestellter, Programmsitzungen, Transportkonferenzen.

Kein großer, zu schnell aufgeschossener kleiner Junge mehr, der Wissenschaftler spielte.

Jetzt war er ein großer aufgeschossener kleiner Junge, der Geschäftsmann spielte.

Jeden Abend, wenn er das Büro verließ, ging er, wie verabredet, in eines der verschiedenen Sauflokale, wo kurz darauf Guillermo mit den Frauen aufzutauchen pflegte, meist Halbberuflichen, manchmal aber auch nicht, quasi als Appetitanreger; wenn sie durch den Raum auf Rafe zugingen, versuchte er zu erraten, was sie waren, irrte sich aber oft. Von einem Paar, das er als Callgirls eingestuft hatte, stellte sich heraus, daß es zwei Lehrerinnen aus Flint in Michigan waren, die bei allem Schuldbewußtsein doch ihrem Bedürfnis nachgaben, sich nützlich zu fühlen.

Guillermo war, wie Rafe bald erkannte, auch in diesen Angelegenheiten nur zweitklassig. Sie besuchten banal-verruchte Lokale, Suchtgifthöhlen, Sex-Bumsen, Klischees, die beschlagene und klügere Habaneros als Fallen für verlegene Yankeetouristen und Hemingway-Sucher verächtlich abtaten. Er erkannte, daß er einer aufgedunsenen Zukunft zutrieb. Er sah sich, wie er in zehn Jahren trübäugig und gleichgültig an einer Zuckerwarze saugte und mit Guillermo in den Bars am Prado dreckige Geschichten austauschte. Trotzdem fühlte er sich seltsam ohnmächtig, sich aus diesem Sumpf zu ziehen, als sei er eine Hindufigur, die gegen ihren Willen in einem obszönen Steinfries erstarrt war und den Bildhauer verfluchte.

Später bestand für ihn kein Zweifel, daß ihn Fidel Castro gerettet hatte.

Einige Tage blieben alle in ihren Häusern. Da und dort kam es zu Zerstörung und Plünderung im Namen der Gerechtigkeit, wie etwa beim Deauville-Kasino, wo Batista mit amerikanischen Spielern die Einnahmen geteilt hatte.

Überall waren Castroleute in allen möglichen schmutzigen Kleidern. Ihre Uniformen bestanden aus rot-schwarzen Armbinden, *26 de Julio*, geladenen Gewehren und Bärten, wodurch einige Christus, andere aber nur Ziegen ähnelten. Im Sportpalast von Havanna begannen die Hinrichtungskommandos mit ihrer Arbeit, die täglich fortgesetzt wurde, manchmal schon morgens.

Als Rafe eines Nachmittags in dem fast verlassenen Jockey-Klub saß, wurde er ans Telefon gerufen. Er hatte niemandem gesagt, wohin er gegangen war. Jemand muß mir gefolgt sein, dachte er.

»Hallo?«

Die Frau am anderen Ende der Leitung nannte sich »eine Freundin«. Er erkannte Paulas Stimme sofort.

»Diese Woche ist gut zum Verreisen.«

Kleine Kinder, die Theater spielen, dachte er, aber unwillkürlich fühlte er den weichen Kuß der Angst. Was hatte sie erfahren?

»Meine Familie?«

»Auch. Es sollte eine lange Reise werden.«

»Wer spricht?« fragte er barmherzig.

»Stellen Sie keine Fragen. Noch etwas. Ihr Telefon daheim und im Büro wird überwacht.«

»Haben Sie das Mikroskop bekommen?« fragte er und machte Schluß mit der Barmherzigkeit.

Jetzt weinte sie, trocken und schmerzlich, als sie zu sprechen versuchte.

»Ich liebe dich«, sagte er und haßte sich dafür.

»Lügner.«

»Nein«, log er.

Das Telefon verstummte plötzlich. Er stand mit dem Hörer in der Hand da, ein Gefühl der Lähmung und der Dankbarkeit erfaßte ihn zugleich, und er fragte sich, was er sich wohl hatte entgehen lassen, als er sie so sorgsam von seinen Problemen ferngehalten hatte. Dann legte er den Hörer auf und eilte zu seinem Onkel.

Sie schliefen nicht in jener Nacht. Den Boden, die Gebäude, die Maschinen, die langen guten Jahre konnten sie nicht mitnehmen. Wohl aber waren Wertsachen vorhanden, Juwelen, die kostbarsten Gemälde seiner Mutter sowie Geld auf der Bank. Vom Standpunkt der Meomartinos aus gesehen, würden sie arm sein; an den gängigen Maßstäben gemessen, würden sie noch immer wohlhabend sein.

Das Schiff, das Erneido besorgte, war kein Fischerboot. Es war eine Motorbarkasse, eine siebzehn Meter lange Chris-Craft 320 mit Zwillingsdieselmotoren der General Motors, einer Luxuskabine, einem mit Teppichen ausgelegten Salon und einer Küche; ein schnelles, komfortables Boot, als Hobby für reiche Leute gebaut. Als sie in der darauffolgenden Nacht in Matanzas ablegten, gab er seiner Mutter 0,16 Gramm Nembutal. Sie schlief fest.

Seine Mutter und er blieben nur zehn Tage in Miami. Guillermo und Onkel Erneido richteten sich ein Wohn- und Hauptquartier in zwei Zimmern des Holiday Inn ein und entwarfen einen juristischen Feldzugsplan, von dem sie hofften, daß er ihnen irgendwie die Besitzungen der Familie Meomartino *in absentia* erhalten würde. Sie betrachteten Rafes Entschluß, in den Norden zu gehen, als vorübergehende Geistesverwirrung.

Seine Mutter genoß die Eisenbahnfahrt nach Boston mit dem East Coast Champion sehr. Sie fuhren durch die eiskalte Frühlingsluft New Englands direkt zum Ritz.

Einige Wochen lang spielten sie Touristen und trieben sich in den Welten Paul Reveres und George Apleys herum. Die Kräfte seiner Mutter verrieselten wie Sägemehl aus einer zerrissenen Puppe. Als sie ständig erhöhte Temperatur aufzuweisen begann, fand er einen berühmten Krebsarzt im Massachusetts General Hospital und blieb bei ihr, bis das Fieber verschwunden war. Dann nahm er seine rastlose Suche — wonach? — ohne sie wieder auf.

Es war ein kühler, grausamer März. Die Flieder- und Magnolienbüsche an der Commonwealth Avenue hatten noch feste harte Knospen, braun und schwarz, aber in dem öffentlichen Park gegenüber dem Ritz setzten Beete mit Glashaustulpen Farbkleckse auf den noch schlafenden Rasen.

Er fuhr die kurze Strecke nach Cambridge, ging im Yard auf und ab, betrachtete die rosenwangigen Studenten, von denen einige Castrobärte trugen, studierte die robusten, nüchternen Studentinnen des Radcliffe-College mit ihren Büchersäcken aus grünem Filz und fühlte sich nicht wieder zu Hause.

Er traf sich einmal mit Beany Currier, nunmehr Facharztanwärter für Pädiatrie im zweiten Jahr am Bostoner Floating Hospital for Infants and Children. Durch Beany lernte er andere junge Spitalärzte kennen, trank mit ihnen Bier bei Jake Wirth und hörte ihnen zu. Eines Morgens erkannte er glücklich, daß die Medizin für ihn doch nicht erledigt war. Er begann das Gebiet aus einer neuen Perspektive zu betrachten, langsam und sorgfältig, und Krankenhäuser und chirurgische Abteilungen zu studieren. Er verbrachte ganze Abende damit, durch die Gänge des Massachusetts General zu wandern, des Peter Bent Brigham, Varney, Beth Israel, Boston City, des New England Medical Center. In dem Augenblick, als er das Suffolk County General Hospital erblickte, spürte er ein seltsames Flattern im Bauch, als hätte er eben ein begehrenswertes Mädchen erblickt. Es war ein großes altes Ungeheuer von einem Krankenhaus, vollgestopft mit Armen. Seine Mutter hätte er nicht hierhergeschickt, aber er wußte, daß es ein Haus war, in dem er die Chirurgie mit einem Skalpell in der Hand erlernen würde. Es zog ihn an, und die Geräusche und Gerüche, die zu ihm herausdrangen, erwärmten ihm das Blut.

Dr. Longwood, der Chef der Chirurgie, war alles andere als

herzlich. »Ich weiß nicht, ob ich Ihr Ansuchen befürworten kann«, sagte er.

»Warum nicht?«

»Lassen Sie mich offen sein, Doktor«, sagte Longwood mit einem kalten Lächeln. »Ich habe sowohl persönliche wie berufliche Gründe, Ärzten, die im Ausland geschult wurden, zu mißtrauen.«

»Ihre persönlichen Gründe gehen mich nichts an«, sagte Rafe vorsichtig. »Aber würde es Ihnen etwas ausmachen, mir Ihre beruflichen zu verraten?«

»Wie alle Krankenhäuser im Land haben auch wir Schwierigkeiten mit ausländischen Hausärzten gehabt.«

»Was für Schwierigkeiten?«

»Wir haben gierig nach ihnen gegriffen, um das Problem unseres Ärztemangels zu lösen. Und wir haben entdecken müssen, daß manche nicht einmal eine Krankengeschichte aufnehmen können. Oft können sie zu wenig Englisch, um überhaupt zu verstehen, was in Notfällen zu geschehen hat.«

»Ich glaube, Sie werden sehen, daß ich eine Krankengeschichte aufnehmen kann. Englisch beherrschte ich von Kindheit an, noch bevor ich Harvard besuchte«, sagte er und bemerkte Dr. Longwoods eigenes Harvarddiplom an der Wand.

»Die Schulen im Ausland behandeln die gleichen breiten Gebiete nicht mit der Gründlichkeit amerikanischer Fakultäten.«

»Ich weiß nicht, wie das in Zukunft sein wird, aber meine medizinische Fakultät wurde in diesem Land immer anerkannt. Sie hat eine berühmte Tradition.«

»Sie würden hier die Spitalpraxis wiederholen müssen.«

»Das wäre für mich nur nützlich«, sagte Rafe ruhig.

»Und Sie würden die Prüfung des Erziehungsrats für Absolventen ausländischer medizinischer Fakultäten machen müssen. Ich darf hinzufügen, daß ich zu jenen gehöre, die für die Einführung der Prüfung verantwortlich waren.«

»Gut.«

Er legte die Prüfung im State House in Gesellschaft eines Nigerianers ab, mit zwei Männern aus Irland und einer Gruppe unglücklicher, schwitzender Puertorikaner und Lateinamerikaner. Es war die einfachste Prüfung über die einfachsten Grundregeln der Medizin und der englischen Sprache, fast eine Beleidigung für einen Mann, der die Hochschule mit *magna cum* absolviert hatte.

Den Vorschriften der American Medical Association entsprechend, legte er sein Diplom der Facultad de Medicina de la Universidad de la Habana zusammen mit einer beglaubigten Berlitz-Übersetzung vor.

Im weißen Ärzteanzug, wieder Spitalarzt, meldete er sich am 1. Juli im Krankenhaus zum Dienst. Longwood behandelte ihn so, wie er selbst einst die Aussätzigen an der Küste von Havanna behandelt hatte, höflich, aber mit gezwungener Duldung. Er besaß kein großes Labor mehr, niemand hätte im Traum daran gedacht, ihm eine Zentrifuge oder sonst etwas zu kaufen; aber er fühlte sich noch immer wohl und ohne Angst, wenn er ein Skalpell in der Hand hielt, und er war überzeugt, daß er im Laufe der Zeit immer besser werden würde.

Es war im Massachusetts General Hospital. Seine Mutter wartete in einem Büro im achten Stock des Warren Building auf ihre wöchentliche Untersuchung und einen frischen Vorrat an zeitgewinnenden Steroiden. Er wanderte in Bakers Café im Erdgeschoß und bestellte eine Tasse schwarzen Kaffee bei einem Mädchen in dem üblichen blauen Arbeitskittel, in den über der linken Brust das Wort »Freiwillige« gestickt war. Sie war dunkelblond, hatte schwere Lider und war attraktiv in einer sicheren, überlegenen Art, die ihn im allgemeinen nicht anzog, vielleicht deshalb, weil es genau das war, was Guillermo bei einer Frau in Schwung brachte, ein Hauch von früherer Wollust.

Er hatte seinen Kaffee halb ausgetrunken, als das Mädchen die Theke verließ und zu seinem Tisch mit einem Tablett herüberkam, auf dem eine Zeitschrift, eine Tasse Tee und ein Dessertteller mit einem Stück Torte lagen.

»Darf ich?«

»Natürlich«, sagte er.

Sie machte es sich bequem. Es war ein kleiner Tisch, und ihre Zeitschrift war groß. Sie stieß mit ihr an seine Untertasse, als sie sie auf den Tisch legte, so daß der Kaffee schaukelte, aber nicht überlief.

»Verzeihung!«

»Unsinn, nichts passiert.«

Er trank und starrte durch die Glaswände in den Gang hinaus. Sie las, trank, knabberte an ihrer Torte. Er spürte ein zartes, zweifellos teures Parfüm, Moschus und Rosen, entschied er. Unwillkürlich schloß er die Augen und sog es ein. Neben ihm blätterte sie eine Seite um.

Er riskierte einen schnellen Seitenblick und wurde dabei ertappt — direkte graue Augen, die Kraft und Tiefe verrieten, eine Andeutung von Krähenfüßen in den Augenwinkeln, Lachfältchen oder Lasterspuren? Statt wegzuschauen, wandte er trotz seiner Verlegenheit den Kopf nicht ab, sondern schlug nur die Augenlider schuldbewußt wie Falltüren nieder.

Sie lachte wie ein Kind.

Als er die Augen wieder aufschlug, sah er, daß sie eine Zigarette aus ihrer Handtasche geholt hatte und nach einem Streichholz tastete. Er zündete eines an, überzeugt, daß seine Chirurgenhände nicht zittern würden, aber dann, als ihre Fingerspitzen seine Hand streiften, um die Flamme an das Zigarettenende zu führen, zitterten sie doch.

Dieser Augenblick gab ihm die Chance, sie anzusehen. Ihr Blond war nicht ihre natürliche Haarfarbe, eine zwar kostspielige, aber trotzdem erkennbare Tönung. Ihre Haut war gut, die Nase leicht vorspringend, gebogen, leidenschaftlich; der Mund um eine Spur zu breit, aber voll.

Sie merkten beide gleichzeitig, daß er sie anstarrte. Sie lächelte, und er kam sich wie ein Abenteurer vor.

»Sind Sie mit einem Patienten hier?«

»Ja«, sagte er.

»Es ist ein sehr gutes Krankenhaus.«

»Ich weiß«, sagte er. »Ich bin Arzt, Spitalarzt am Suffolk County General.«

Sie hob den Kopf. »Welche Abteilung?«

»Chirurgie.« Er streckte die Hand aus. »Ich heiße Rafe Meomartino.«

»Elizabeth Bookstein.« Aus irgendeinem Grund lachte sie, was ihn ärgerte. Er hatte sie nicht für eine dumme Frau gehalten. »Dr. Longwood ist mein Onkel«, sagte sie, als sie ihm die Hand gab.

Christos.

»Oh?«

»Ja«, sagte sie. Sie lachte nicht mehr, beobachtete jedoch sein Gesicht und lächelte. »Himmel. Sie mögen meinen Onkel nicht. Gar nicht.«

»Nein«, sagte er, zurücklächelnd. Er hielt noch immer ihre Hand.

Zu ihrer Ehre fragte sie nicht, warum. »Es heißt, er sei ein guter Lehrer«, sagte sie.

»Das ist er auch«, sagte Rafe. Die Antwort schien sie zu befriedigen. »Ihr Name. Woher haben Sie das ›Bookstein‹?«

»Ich bin eine geschiedene Frau.«

Er sah seine Mutter durch die Tür kommen, sie sah viel kleiner aus als gestern und bewegte sich viel langsamer, als sie sich einst bewegt hatte.

»Mama«, sagte er und stand auf. Als sie herüberkam, stellte er sie einander vor. Dann verabschiedete er sich höflich von dem Mädchen und verließ langsam das Kaffeehaus, seinen Schritt dem seiner Mutter anpassend.

Bei ihren späteren Krankenhausbesuchen suchte er das Mädchen, aber sie war nicht im Kaffeehaus; die Freiwilligen arbeiteten unregelmäßig und kamen mehr oder weniger, wann sie wollten. Er hätte ihre Telefonnummer finden können – aber er nahm sich nicht einmal die Mühe, das Buch aufzuschlagen. Die Arbeit im Krankenhaus war sehr schwer, und der sich verschlimmernde Zustand seiner Mutter lag mit jedem Tag schwerer auf seinen Schultern. Ihr Fleisch schien dünner und durchsichtiger zu werden, sich fester über das zarte Rahmenwerk ihrer Knochen zu spannen. Ihre Haut entwickelte eine leuchtende Helligkeit, die er für den Rest seines Lebens bei Krebskranken sofort erkennen sollte, wann immer er sie sah.

Sie sprach jetzt öfter von Kuba. Manchmal, wenn er heimkam, fand er sie im Zimmer am Fenster sitzend und auf den Verkehr hinunterschauend, der leise über die Arlington Street glitt.

Was sah sie, fragte er sich: Kubanische Gewässer? Kubanische Wälder, kubanische Felder? Gesichter von Geistern, von Menschen, die er nie gekannt hatte?

»Mamacita«, sagte er eines Abends, unfähig zu schweigen. Er küßte ihren Scheitel. Er wollte die Hand ausstrecken, ihr Gesicht

streicheln, sie sanft an sich ziehen, seine Arme um sie legen, damit nichts sie erreichen und alles, was ihr schaden konnte, zuerst durch ihn hindurchgehen mußte. Aber er fürchtete, daß er sie erschrecken würde, daher tat er nichts von alledem.

Nach sieben Wochen hatten sich Aspirin und Kodein als unwirksam erwiesen. Der Krebsarzt ersetzte diese Mittel durch Demerol.

Elf Wochen später brachte sie Rafe wieder in das hübsche sonnige Zimmer im Phillips House des Massachusetts General Hospital. Reizende Schwestern füllten ihre Venen regelmäßig mit der Gabe der Mohnblumen.

Zwei Tage nachdem seine Mutter in Koma verfiel, sagte ihm der Krebsspezialist gütig, aber sachlich, er könne zwar weiterhin einiges unternehmen, um das Funktionieren ihrer lebenswichtigen Organe zu verlängern, er könne aber auch damit aufhören, so daß sie ziemlich schnell sterben würde.

»Wir sprechen nicht von Euthanasie«, sagte der alternde Arzt. »Wir sprechen von dem Entschluß, ein Leben zu stützen, in dem keine Hoffnung mehr auf ein wirkliches Leben besteht; nur Perioden schrecklicher Schmerzen. Ich treffe diesen Entschluß nie allein, wenn ein Verwandter vorhanden ist. Überlegen Sie es sich. Es ist ein Entschluß, vor dem Sie als Arzt immer wieder stehen werden.«

Rafe brauchte nicht lange zu überlegen. »Lassen Sie sie gehen«, sagte er.

Als er am folgenden Morgen das Krankenzimmer seiner Mutter betrat, sah er einen dunklen Schatten über sie gebeugt, einen großen mageren Priester, dessen sommersprossiges Babygesicht und Karottenhaar über seiner schwarzen Soutane wie ein Witz wirkten.

Schon schimmerte Öl auf den Augenlidern seiner Mutter und spiegelte winzige Lichtfünkchen.

». . . Möge dir der Herr deine Sünden vergeben, welche immer du begangen hast«, sagte der Priester soeben; sein in Weihwasser getauchter Daumen machte das Kreuzzeichen auf ihrem verzerrten Mund, seine Stimme war ein Greuel, ärgster Südbostoner Akzent.

Du ungesund nüchterner junger Mann, was für ernsthafte

Sünden konnte sie schon begangen haben, fragte sich Rafe. Wieder wurde der jungendliche Daumen eingetaucht. »Durch diese Heilige Ölung ...«

Gott, es heißt, es gäbe dich nicht, denn, wenn du existiertest, würdest du uns dann so quälen? Ich liebe dich, Mutter. Stirb nicht. Ich liebe dich. Bitte.

Aber laut sagte er nichts.

Er verharrte am Fußende des Bettes seiner Mutter und fühlte sich plötzlich allein, eine gräßliche Isolierung, und wußte, daß er nichts als ein Fleckchen Taubenmist in der grauenhaften Leere war.

Bald darauf bemerkte er, daß sie nicht mehr atmete. Er ging zu ihr, schob die Hand des Priesters mit einem Achselzucken beiseite und nahm sie in die Arme.

»Ich liebe dich. Ich liebe dich. Bitte.« Seine Stimme war laut in dem stummen Zimmer.

Seine Mutter ging in kostspieligem, aber einsamem Prunk dahin. Rafe veranlaßte, daß sie in Blumen schwamm. Der Sarg war ein kupferner Cadillac, mit blauem Samt austapeziert. Das letzte, das er noch für sie tun konnte, war, die feierliche Seelenmesse in der Cäcilienkirche zu bezahlen. Guillermo und Onkel Erneido flogen von Miami her. Die Wirtschafterin und das Zimmermädchen aus dem Ritz kamen und saßen in der letzten Reihe. Ein zitternder Trunkenbold, der vor sich hin murmelte und zu den falschen Zeiten niederkniete, saß allein in der Ecke, vier Sitze vom Meßner entfernt. Ansonsten war die St.-Cäcilia-Kirche völlig leer, ein poliertes Echo, das nach Bodenwachs und Weihrauch roch.

Am Grab in Brookline standen sie allein, fröstelnd vor Kummer und Angst und der bis in die Knochen dringenden Kälte. Als sie zum Ritz-Carlton zurückkehrten, entschuldigte sich Erneido und ging mit Kopfschmerzen und Pillen zu Bett. Rafe und Guillermo zogen sich in die Hotelhalle zurück und tranken Scotch. Es war wie in den schlimmen alten Zeiten: trinken und Guillermo nicht zuhören. Schließlich verstand er durch einen Alkoholdunst wie aus der Ferne, daß Guillermo ihm etwas höchst Wichtiges erzählte.

»... geben uns Waffen, Flugzeuge, Panzer. Schulen uns ein.

Sie werden Schulter an Schulter mit uns kämpfen, diese Marinesoldaten sind wundervolle Kämpfer! Wir werden Deckung aus der Luft haben, wir werden jeden Offizier brauchen, du wirst mit jedem, den du kennst, Kontakt aufnehmen müssen. Ich bin Hauptmann. Auch du wirst zweifellos Hauptmann werden.«

Rafe konzentrierte sich, erkannte, worüber sein Bruder sprach, und lachte freudlos. »Nein«, sagte er. »Danke.«

Guillermo hörte zu reden auf und sah ihn an. »Was meinst du damit?«

»Ich brauche keine Invasionen. Ich gedenke hierzubleiben. Ich werde um die amerikanische Staatsbürgerschaft ersuchen.«

Sechzig Prozent Entsetzen, dreißig Prozent Haß, zehn Prozent Verachtung rechnete er, als er die verschleierten Meomartino-Augen seines Bruders beobachtete.

»Du glaubst nicht an Kuba?«

»Glauben?« Rafe lachte. »Ich werde dir die Wahrheit sagen, großer Bruder. Ich glaube an überhaupt nichts, nicht so, wie du meinst. Ich glaube, daß alle ideologischen Bewegungen, alle großen Organisationen dieser Welt Lügen und Profit für irgend jemanden sind. Vermutlich glaube ich nur an Menschen, die anderen Menschen so wenig wie möglich schaden.«

»Edel. Was dir fehlt, ist Mut.«

Rafe starrte ihn an.

»Du hast nie welchen gehabt.« Guillermo stürzte seinen Drink hinunter und schnalzte mit den Fingern nach dem Kellner. »Ich habe Mut, genug für alle Meomartinos. Ich liebe Kuba.«

»Du redest nicht über Kuba, *alcahuete.*« Sie hatten spanisch gesprochen; plötzlich entdeckte Rafe, daß er aus unerfindlichen Gründen ins Englische verfallen war. »Du redest über Zucker, Kuba ist nur das Alibi. Was wird es schon den armen Schweinen helfen, die das wirkliche Kuba sind, wenn wir Fidel in den *nalgas* zum Teufel jagen und uns alle unsere Schätze zurückholen?« Wütend nahm er einen Schluck Scotch. »Würde sie einer, den wir an seine Stelle setzen, anders behandeln? Niemals«, beantwortete er seine eigene Frage. Zu seinem Verdruß merkte er, daß er zitterte.

Guillermo wartete, bis er zu Ende gesprochen hatte.

»In unserer Bewegung sind nur wenige Zuckerleute. Darunter sind einige der Besten«, sagte er, als spräche er zu einem Kind.

»Vielleicht sind sie alle Patrioten. Selbst wenn sie es sind, sind ihre Gründe zweifellos genauso schlecht wie deine.«

»Es ist wundervoll, allwissend zu sein, du rückgratloser Hurensohn.«

Rafael zuckte die Achseln. Guillermo war auf seine Art ein liebevoller Sohn gewesen. Rafe wußte, daß die gedankenlose Beleidigung ihm und nicht ihrer Mutter gegolten hatte. Endlich, dachte er mit einem seltsamen Gefühl der Erleichterung, beschimpfen wir einander laut mit den Bezeichnungen, die wir immer verdrängt haben.

Dennoch bedauerte Guillermo offensichtlich seine Wortwahl. »Mama«, sagte er.

»Was ist mit ihr?«

»Glaubst du, sie kann friedlich in einem Grab ruhen, auf dem Schnee liegt? Sie muß zurückgebracht werden, um in Kubas Erde zu schlafen.«

»Warum gehst du nicht zum Teufel«, sagte Rafe wütend. Er stand auf, ließ den Rest seines Getränks stehen, ging weg und ließ seinen Bruder sitzen und ins Glas starren.

Guillermo und Onkel Erneido fuhren am selben Abend zurück, nachdem sie ihm wie Fremde die Hand gegeben hatten.

Vier Tage später versetzte der letzte Nordostwind des kalten Frühlings New England einen weißen Schlag, indem er von Portland bis Block Island die Küste entlang zwölf Zentimeter hoch Schnee ablud. Am späten Nachmittag nahm Rafe ein Taxi zum Holyhood-Friedhof. Der Sturm war vorbei, aber der Wind blies Schneewirbel hoch, die in den Kragen und in die Ärmel seines Mantels drangen. Auf dem Weg zum Grab drang ihm Schnee in die Schuhe. Der Hügel war noch immer hoch aufgehäuft; zwischen den gefrorenen Erdklumpen liefen Adern gefangenen Schnees. Er stand da, solange er konnte, bis seine Nase lief und er seine erstarrten Füße nicht mehr spürte. Als er in sein Zimmer zurückkam, saß er im Finstern am Fenster, wie sie dagesessen hatte, und sah dem Verkehr zu, der sich weiter über die Arlington Street bewegte. Zweifellos zum Teil dieselben Maschinen; Autos sterben langsamer als Menschen.

Er übersiedelte aus dem Ritz in eine Pension. Jenseits der Halle lebten zwei aalglatte Studenten, vielleicht in Sünde. Einen Stock höher wohnte ein schielendes Mädchen, das er für eine Hure hielt, obwohl es keine Anzeichen dafür gab.

Er verbrachte den Großteil seiner Freizeit im Krankenhaus, verstärkte seinen Ruf kompetenter Verläßlichkeit und erreichte, daß er im folgenden Jahr für eine fachärztliche Ausbildung ausgewählt wurde, lehnte es jedoch ab, formell dort zu wohnen, weil er sich selbst nicht eingestehen wollte, daß er eine Zuflucht brauchte.

Der Frühling überfiel ihn unversehens. Er vergaß, sich die Haare schneiden zu lassen; brütete über die Möglichkeit eines Lebens nach dem Tod und kam dank seiner Intelligenz zu dem Schluß, daß es kein Jenseits gab; er erwog, sich psychotherapeutisch behandeln zu lassen, bis er in einem Artikel Anna Freuds las, daß der einzelne außerhalb der Reichweite des Analytikers steht, wenn er in Trauer um einen Toten oder verliebt ist.

Die Invasion in der Schweinebucht riß ihn jäh aus seiner Lethargie. Er hörte die Nachricht zuerst über einen Transistorapparat in der Frauenabteilung. Der Bericht klang optimistisch in bezug auf den Erfolg der Invasion, war jedoch skizzenhaft und übermittelte sehr wenige Tatsachen außer der, daß die Landung in der Schweinebucht erfolgt war.

Rafe erinnerte sich gut an sie, ein Gebiet mit Erholungsorten, wohin ihn seine Eltern manchmal mitgenommen hatten, als er noch klein war. Er und Guillermo hatten jeden Morgen, während die Eltern noch schliefen, am Strand große Haufen Schätze aus dem Meer gesammelt, die abends bereits stanken, und kleine, glatte, weiße Steine wie versteinerte Vogeleier.

Mit jedem Bericht wurden die Nachrichten schlechter.

Er versuchte, Guillermo in Miami anzurufen, ohne Erfolg, erreichte jedoch endlich Onkel Erneido.

»Unmöglich zu sagen, wo er ist. Er ist irgendwo dort. Es scheint sehr schlecht zu stehen. Dieses gottverfluchte Land, von dem wir glaubten, daß es unser Freund sei . . .«

Der alte Mann konnte nicht weitersprechen.

»Laß es mich wissen, sobald du etwas hörst«, sagte Rafe.

In wenigen Tagen war es möglich, einen Teil des schrecklichen Bildes zu rekonstruieren und den Rest zu erraten: das ungeheure Ausmaß der Niederlage, die geringe Vorbereitung der angreifenden »Brigade«, die veraltete Ausrüstung, die mangelhafte Unterstützung aus der Luft, die arrogante Pfuscherei des CIA, die offensichtliche Qual des jungen amerikanischen Präsidenten, das Fehlen der Marine der Vereinigten Staaten, als sie so verzweifelt gebraucht wurde.

Rafe verbrachte viel Zeit damit, sich vorzustellen, wie es gewesen sein mußte. Das Meer in ihrem Rücken, vor ihnen der Sumpf und Fidel Castros von den Sowjets bewaffnete Miliz. Die Toten, die spärlichen Einrichtungen zur Behandlung der Verwundeten.

Als er langsam durch das Krankenhaus ging, sah er bestimmte Dinge zum erstenmal.

Einen Wiederbelebungsapparat, einen Schrittmacher.

Einen Absaugapparat.

Betten, die Wärme und Ruhe für geschockte Patienten boten.

Die einfach phantastische Reihe von Operationssälen, die aufeinander eingespielten Ärzte und Schwestern.

Gott, die Blutbank. Alle Meomartinos hatten seltene Blutgruppen.

Er hatte nie ein Hehl daraus gemacht, daß er Kubaner war; eine Anzahl der Stabsangehörigen und einige Patienten murmelten mitfühlende Worte, aber die meisten vermieden das Thema. Manchmal verstummte das Gespräch schuldbewußt, wenn er eintrat.

Plötzlich konnte er nachts schlafen; sowie er sich ins Bett legte, versank er in den tiefen bewußtlosen Schlaf eines Menschen, der die Flucht ergreift.

Eines Tages im Mai kam die schwere Silberuhr mit den Engeln auf dem Deckel wie eine weiße Feder dahergeschwebt, von Onkel Erneido eingeschrieben übersandt. Der Begleitbrief war kurz, enthielt jedoch einige Mitteilungen.

Mein Neffe,

wie Du weißt, gehört diese Familienuhr zum Meomartino-Erbe. Sie wurde von jenen, die sie mit treuen Händen für Dich bewahrten, in Ehren gehütet. Bewahre sie sorgfältig. Mögest Du sie noch an viele Generationen Meomartinos weitergeben.

Wir wissen nicht, wie Dein Bruder starb, aber wir haben es

aus erster Quelle, daß er zugrunde ging und sich vor seiner Vernichtung gut hielt. Ich will versuchen, im Laufe der Zeit mehr zu erfahren.

Ich glaube nicht, daß wir einander in naher Zukunft treffen. Ich bin ein alter Mann, und die Energien, die mir noch geblieben sind, will ich anwenden, so gut ich nur kann. Ich hoffe und vertraue darauf, daß Deine ärztliche Laufbahn gut verläuft. Ich glaube nicht mehr daran, mein Kuba in Freiheit zu erleben. Es gibt nicht genügend Patrioten mit Männerblut in den Adern, um Fidel Castro das zu entreißen, was zu Recht das ihre ist.

Dein Onkel Erneido Pesca

Rafe legte die Uhr in seinen Schreibtisch und fuhr ins Krankenhaus. Als er vierzig Stunden später zurückkehrte und die Lade öffnete, war sie da und wartete auf ihn. Er starrte sie an, schloß die Lade, zog den Mantel an und verließ die Pension. Draußen versuchte der Nachmittag mit sich ballenden Regenwolken zu entscheiden, ob er Ausklang des Frühlings oder Auftakt des Sommers war. Rafe ging lange, Block um Block, über die Gehsteige Bostons durch die Nachmittagshitze.

Auf der Washington Street verspürte er, wie eine plötzliche Überraschung, Hunger und betrat ein Gasthaus im Schatten der Hochbahn. Der Bostoner *Herald-Traveler* war einen Häuserblock entfernt. Es war ein gutes Lokal, eine Bar für arbeitende Menschen, voll von Zeitungsleuten, die ihr Abendessen einnahmen oder tranken, einige Setzer trugen noch immer die Kappe aus gefalteten Zeitungsblättern, um das Haar vor Druckerschwärze und Fett zu schützen.

Auf dem Barhocker am Ende der Theke bestellte er ein Kalbskotelett mit Parmesan. Ein Fernsehapparat über dem Spiegel spie eine Nachrichtensendung aus, die letzten Daten der Katastrophe in der Schweinebucht.

Wenige Invasoren waren evakuiert worden.

Ein großer Prozentsatz von ihnen war getötet worden.

Praktisch alle Überlebenden waren in Gefangenschaft.

Als sein Kalbskotelett kam, nahm er sich nicht einmal die Mühe, es anzuschneiden. »Einen doppelten Scotch.«

Er trank ihn, dann einen zweiten und fühlte sich besser, und dann einen dritten, von dem ihm sehr schlecht wurde. Da er

Luft brauchte, ließ er eine Banknote auf die Mahagoniplatte fallen und ging auf müden Beinen fort.

Draußen hing der neue Nachthimmel niedrig und schwarz, der Wind klatschte wie eine Reihe nasser Handtücher vom Meer herein. Er suchte einen Unterstand, als ein Taxi hielt.

»Bringen Sie mich zu irgendeiner guten Bar. Und warten Sie dort, bitte.«

Park Square. Das Lokal hieß The Sands. Die Beleuchtung war trüb, aber der Scotch entschieden nicht verwässert. Als er hinauskam, stand das Taxi da, ein gespenstiges Schlachtroß, das ihn mit tickendem Taxameter im Galopp zu den neonerleuchteten Vergnügungspalästen der Lebenden brachte. Sie rückten mit häufigen Pausen nach Norden vor. Als Rafe vor einer Taverne in der Charles Street ausstieg, drückte er dem Fahrer dankbar für seine Loyalität eine Banknote in die Hand und bemerkte den Irrtum erst, als das Taxi wegfuhr.

Als er das Lokal in der Charles Street verließ, waren alle Gegenstände verschwommene Flecken, einige heller als andere. Der Wind vom Charles River herüber war rauh und naß. Der Regen trommelte und zischte auf dem Gehsteig zu seinen Füßen. Seine Kleider und Haare sogen ihn auf, bis sie ihn nicht mehr halten konnten, und liefen dann über, wie die übrige Welt. Der Regen, hart und kalt, biß ihn ins Gesicht und bewirkte, daß ihm unerklärlich übel wurde.

Er ging an der Massachusetts-Augenklinik und an den triefenden Umrissen des Allgemeinen Krankenhauses vorbei. Er war sich nicht sicher, wann eigentlich die Feuchtigkeit in ihm hochwallte, um der Nässe draußen zu begegnen, aber plötzlich entdeckte er, daß er von tief, tief innen her weinte.

Um sich selbst.

Um den Bruder, den er so sehr gehaßt hatte und nie wieder sehen würde.

Um seine tote Mutter.

Um den Vater, an den er sich kaum erinnern konnte.

Um seinen verlorenen Onkel.

Um die Tage und Orte seiner Kindheit.

Um die lausige Welt.

Er hatte ein erleuchtetes Vordach vor einem scheinwerfererhellten Hafen erreicht, wo von Menschen errichtete Springbrunnen im Regen plätscherten.

»Weg da«, sagte der Türhüter des Charles River Park drohend *sotto voce.* Rafe drückte sich beiseite, um zwei Frauen vorbeizulassen, die nach zerquetschten Rosen rochen. Die eine war schon in das Taxi gestiegen, als die andere zurückkam und die Hand ausstreckte, als wollte sie ihn berühren. »Doktor?« sagte sie ungläubig.

Er erinnerte sich irgendwoher an sie und versuchte zu sprechen.

»Doktor«, sagte sie. »Ich habe Ihren Namen vergessen. Wir haben einander in dem Kaffeehaus im Massachusetts General kennengelernt. Ist Ihnen nicht gut?«

Ich bin ein Feigling, sagte er, aber es kam kein Ton heraus.

»Elizabeth!« rief das andere Mädchen aus dem Taxi.

»Kann ich etwas für Sie tun?« fragte Elizabeth.

Jetzt war das andere Mädchen ausgestiegen. »Wir sind doch ohnehin schon spät dran«, sagte sie.

»Weinen Sie nicht«, sagte Elizabeth. »Bitte.«

»Elizabeth«, sagte das andere Mädchen, »was fällt dir eigentlich ein? Was glaubst du, wie lange die Burschen warten?«

Liz Bookstein legte den Arm um seine Mitte und begann ihn unter dem Vordach über den blutroten Teppich zum Eingang des Hotels hinunterzulotsen. »Sag ihnen, es täte mir leid«, sagte sie, ohne sich umzudrehen.

Als er das erstemal erwachte, sah er in dem trüben Licht der Nachtlampe, daß sie in dem Sessel neben dem Bett schlief; sie trug noch immer ihr Kleid, aber ihr Strumpfbandgürtel, die Strümpfe und Schuhe lagen auf dem Boden, und sie hatte die bloßen Füße unter sich gezogen, um sich gegen die Kälte zu schützen. Das zweitemal lag das graue Licht der ersten Dämmerung im Zimmer, sie war wach und sah ihn mit jenen Augen an, an die er sich jetzt mühelos erinnerte; sie lächelte nicht, sie sagte nichts, sondern schaute nur, und nach einer kleinen Weile schlief er wieder, ohne es zu wollen. Als er erwachte, strömte die helle Vormittagssonne durch die Fenster. Sie saß in demselben Sessel, trug noch immer ihr Kleid, ihr Kopf war auf die Seite gesunken; sie war seltsam wehrlos und sehr schön im Schlaf.

Er erinnerte sich nicht, daß er entkleidet worden war, aber als er aus dem Bett stieg, war er nackt. Zu seiner eigenen Verlegenheit hatte er eine starke Erektion und tappte hastig ins Badezimmer. Er war ein schlechter Betrunkener, überlegte er düster, als er seinen Körper von Giften reinigte.

Nach einer Weile klopfte sie an die Tür.

»Im Arzneischränkchen ist eine neue Zahnbürste.«

Er räusperte sich. »Danke.«

Er entdeckte sie neben einem Rasierapparat, was ihm einen Schock versetzte, bis er sich wütend sagte, daß er ihr gehörte, für die Beine. Unter der Dusche merkte er, daß die Seife mit dem Duft zerdrückter Rosen imprägniert war, zuckte jedoch die Achseln und wurde zum Sybariten. Er gönnte sich eine Rasur und öffnete dann die Tür einen Spaltbreit, während er sich fertig abtrocknete.

»Kann ich meine Kleider haben?«

»Sie waren verschmutzt. Ich habe alles zum Reinigen geschickt, bis auf Ihre Schuhe. Die Kleider kommen bald zurück.«

Er schlang das feuchte Handtuch um seine Lenden und ging hinaus.

»Na also. Jetzt sehen Sie schon besser aus.«

»Entschuldigen Sie, daß ich Ihr Bett benützt habe«, sagte er. »Als Sie mich gestern abend gefunden haben –«

»Nicht«, sagte sie.

Er setzte sich in den Sessel, und dann kam sie auf ihren bloßen Füßen zu ihm. »Entschuldigen Sie sich nicht dafür, daß Sie ein Mann sind, der weinen kann«, sagte sie.

Die Erinnerung überfiel ihn, und er schloß die Augen. Ihre Finger berührten seinen Kopf, er stand auf und legte die Arme fest um sie, fühlte ihre weichen warmen Handflächen und ausgestreckten Finger auf seinem nackten Rücken. Er wußte, daß sie ihn durch das Handtuch hindurch spürte, aber sie trat nicht zurück.

»Meine einzige Absicht war, Sie aus dem Regen hereinzuholen.«

»Das glaube ich Ihnen nicht.«

»Sie kennen mich schon gut. Ich glaube, Sie könnten der eine sein. Ich habe so sehr gesucht.«

»Wirklich?« sagte er traurig.

»Sind Sie irgendein Südamerikaner?« fragte sie dann.

»Nein. Kubaner.«

»Warum muß ich immer in Minoritätengruppen geraten!« sagte sie in seine Brust hinein.

»Vielleicht weil Ihr Onkel ein solches Schwein in diesen Dingen ist.«

»Ja, aber seien Sie nett. Bitte, entpuppen Sie sich nicht als garstiges Etwas. Ich könnte es nicht ertragen.« Sie hob das Gesicht, und er mußte den Kopf neigen, um sie auf den Mund zu küssen, der bereits weich war und sich bewegte. Er tastete an ihrem Nacken, um die Knöpfe des zerdrückten Kleides zu öffnen. Als er es schließlich aufgab und sie zurücktrat, um es selbst zu tun, rutschte das Handtuch an ihm hinunter, und ihre Kleidungsstücke fielen eines nach dem anderen daneben auf den blauen Teppich. Ihre Brüste waren klein, aber schon Jahre jenseits des Knospenstadiums, ja, sie waren leicht überreif, mit Warzen wie Fingerspitzen. Sie trug sonnenbraune Strümpfe an ihren hübschen, molligen, muskulösen Beinen — Tennisspielerin? —, deren volle Schenkel wie ein Begrüßungskomitee bereit waren.

Einige Augenblicke später mußte er zu seinem Entsetzen feststellen, daß es genauso war wie am Abend vorher, als er halb verhungert eine Mahlzeit bestellt und sich dann außerstande gesehen hatte, sie zu essen.

»Mach dir nichts draus«, sagte sie schließlich und drückte ihn sanft nach hinten, bis er rücklings mit geschlossenen Augen auf der Matratze lag; die Sprungfedern seufzten, als sie aufstand.

Sie war eine sehr erfahrene Frau.

Als er nach ganz kurzer Zeit die Augen öffnete, stand ihr Gesicht dicht vor seinem und verdeckte die ganze Welt für ihn, ein sehr ernstes Gesicht, wie das eines kleinen Mädchens, das in ein Problem versunken ist; dort, wo sich die Nasenflügel an der grausam gebogenen Nase weiteten, begann Schweiß zu schimmern, die grauen Augen waren sehr groß, die Iris flammender Jett, die Pupillen warm und feucht, allumfassend; die Augen wurden größer und größer, bohrten sich in seine und sogen seinen Blick an, bis er es zuließ, daß der seine in sie hineinglitt, tief, tief, mit einer Zärtlichkeit, die seltsam und neu war. Vielleicht, Gott, dachte er flüchtig, ein eigenartiger Augenblick, um religiös zu werden.

Monate später, als sie zum erstenmal jenen Morgen in Worte zu fassen und zu erörtern vermochten – es war lange bevor sie wieder rastlos geworden war und er begonnen hatte, ihre Liebe wie Sand zwischen seinen Fingern verrieseln zu spüren –, erzählte sie ihm, daß sie sich ihrer Erfahrenheit geschämt hatte und traurig gewesen war, ihm nicht das Geschenk der Unschuld machen zu können.

»Wer kann das schon?« hatte er sie gefragt.

Jetzt wurde das stöhnende Geräusch der in den Rohren gefangenen Luft zu einem hohlen Pfeifen. Angewidert gab Meomartino jeden Versuch auf, sich auf die schriftlichen Arbeiten zu konzentrieren, und schob den Stuhl zurück.

In der Tür erschien Peggy Weld mit geröteten Augen und das Gesicht von allem Make-up reingewaschen. Ihr Maskaron muß zerflossen sein, sagte er sich.

»Wann wollen Sie meine Niere herausnehmen?«

»Ich weiß es nicht genau. Es sind viele Vorbereitungsarbeiten zu machen. Tests und solche Dinge.«

»Wollen Sie, daß ich ins Krankenhaus ziehe?«

»Wenn es soweit ist, ja, aber noch nicht gleich. Wir verständigen Sie, wenn es an der Zeit ist.«

Sie nickte. »Vergessen Sie lieber, daß ich Ihnen erzählt habe, ich sei im Hotel zu erreichen. Ich werde bei meinem Schwager und den Kindern in Lexington wohnen.«

Mit dem frisch gewaschenen Gesicht war sie unendlich anziehender, dachte Meomartino.

»Wir nehmen die Sache in Angriff«, sagte er.

VI
SPURGEON ROBINSON

Spur lebte genau im Mittelpunkt einer ihm vertrauten Insel, die sich mit ihm bewegte, wohin er auch ging. Einige Patienten schienen dankbar für seine Hilfe zu sein, aber er wußte, daß andere ihre Augen nicht von dem Purpur seiner Hände auf ihrer blassen Haut losreißen konnten. Eine uralte Polin stieß seine Finger von ihrem verrunzelten Bauch dreimal zurück, bis sie ihm erlaubte, ihr Abdomen abzutasten.

»Sie Arzt?«

»Ja.«

»Echter Arzt? Auf Schule gewesen, und so alles?«

»Ja.«

»Na ja . . . ich weiß nicht . . .«

Bei den Negerpatienten war es meistens leichter, aber nicht immer, da ihn einige automatisch für einen Überläufer hielten: Wenn ich hier niggerarm und voller Schmerzen im Bett liege und der Weiße da die ganze Zeit an mir herumbohrt und mir weh tut, was hast dann du in diesem weißen Anzug und einem feinen Leben zu suchen?

Er fühlte sich nie ganz wohl in seiner Rolle als Neger in einem Intelligenzberuf, umgeben von Weißen, so wie es zum Beispiel für die Orientalen im Stab ganz selbstverständlich war, voll anerkannt zu werden. Eines Tages sah er im OP Dr. Chin und Dr. Lee warten, um Dr. Kender als dem chirurgischen Chefstellvertreter in seinen Operationsanzug hineinzuhelfen. Alice Takayawa, eine der Anästhesieschwestern, Tochter eingewanderter Japaner und in erster Generation Amerikanerin, also eine *nisei,* hatte soeben einen Hocker dicht an den Kopf des Patienten gerückt und setzte sich nieder. Dr. Chins Gesicht war ausdruckslos, als er Dr. Kender die Handschuhe geöffnet hinhielt.

»Sir, Sie kennen ja wohl das Blaue Team und auch das Rote Team?«

Dr. Kender wartete.

»Darf ich Ihnen das Gelbe Team vorstellen?«

Der Ausspruch rief großes Gelächter hervor, wurde im ganzen Krankenhaus herumgetragen und machte die chinesischen Ärzte noch beliebter, als sie es schon vorher gewesen waren. So etwas hätte Spur in nüchternem Zustand einem weißen Vorgesetzten niemals über seine Farbe sagen können. Seine Freundschaft mit Adam Silverstone ausgenommen, wußte er von Stunde zu Stunde nie wirklich, wie er mit dem übrigen Stab stand.

Als er eines Morgens um drei Uhr eben auf seinem Weg zu einer Kaffeepause allein dahinschlenderte, sah er Lew Holtz und

Ron Preminger einen dritten Spitalarzt, Jack Moylan, im Gang aufhalten. Sie flüsterten mit heftig zitternden Schultern und vielen verstohlenen Blicken in Richtung Unfallstation miteinander. Moylan zog zuerst eine Grimasse wie bei einem schlechten Geruch, dann jedoch grinste er und ging zur Unfallstation.

Holtz und Preminger gingen breit grinsend durch die Halle hinunter, und beide sagten Hallo zu Spur. Holtz sah aus, als wollte er stehenbleiben und noch etwas sagen, aber Preminger zupfte ihn am Ärmel, und sie gingen weiter.

Spurgeon hatte noch zehn Minuten frei. Er schlenderte selbst langsam zur Unfallstation.

Ein schwarzer Junge – vermutlich sechzehn Jahre alt – saß auf der Holzbank allein in dem nur schwach erhellten Gang. Er sah Spurgeon an. »Sind Sie ein Spezialist?«

»Nein. Nur ein Spitalarzt.«

»Wie viele Ärzte braucht man? Ich hoffe, sie kommt wieder in Ordnung.«

»Bestimmt sorgt man gut für sie«, sagte er vorsichtig. »Ich bin gerade auf einen Kaffee heruntergekommen. Willst du einen?«

Der Junge schüttelte den Kopf.

Spur warf zwei Münzen in die Kaffeemaschine, zog den vollen Becher heraus und setzte sich neben den Jungen auf die Bank. »Unfall?«

»Nein ... Ah, es ist etwas Persönliches. Ich habe es dem Doktor drinnen erklärt.«

»Oh.« Spurgeon nickte. Langsam schlürfte er den Kaffee.

Zwei Türen weiter unten kam Jack Moylan aus der Unfallstation. Spurgeon meinte ihn lachen zu hören, als er die Halle hinunterging. Jedenfalls sah er, wie Moylan den Kopf schüttelte.

»Jetzt paß auf. Ich bin Arzt«, sagte Spurgeon. »Wenn du mir sagst, was geschehen ist, kann ich vielleicht helfen.«

»Haben die hier viele farbige Ärzte?«

»Nein.«

»Wir, äh, haben geparkt, ja?« sagte der Junge, der beschlossen hatte, ihm zu trauen.

»Ja.«

»Wir haben das gemacht. Sie wissen, was ich meine?«

Spurgeon nickte.

»Bei ihr war es zum erstenmal. Nicht bei mir. Das, äh, Ding rutschte von mir herunter und blieb in ihr drin.«

Wieder nickte Spurgeon, schlürfte Kaffee und hielt die Augen auf den Becher gerichtet.

Er begann das Ausspülen zu erklären, aber der Junge unterbrach ihn.

»Sie verstehen nicht. Ich habe alles darüber gelesen. Aber wir konnten es nicht einmal aus ihr herauskriegen. Uuh, wurde sie hysterisch! Wir konnten nicht zu meinem Bruder oder auch nicht zu ihrer Mutter gehen. Die hätten uns umgebracht. Daher habe ich sie direkt hierher gebracht. Der Doktor da drinnen hat fast eine Stunde lang Spezialisten hineingerufen.«

Spurgeon trank seinen Kaffee aus, stand auf und ging in die Unfallstation.

Sie waren in einem Untersuchungszimmer mit zugezogenen Vorhängen. Das Mädchen hielt die Augen geschlossen. Ihr Gesicht, der Wand zugekehrt, war wie eine geballte braune Faust. Sie lag in Lithotomiestellung auf dem Tisch, die Füße in den Steigbügeln. Potter, der durch einen otolaryngologischen Kopfspiegel, der ein Auge bedeckte, spähte, verwendete eine dünne Stablampe als Zeigestab und hielt einem Spitalarzt, der hinter dem Kopf des Mädchens stand, einen gelehrten Vortrag. Der Spitalarzt war aus der Anästhesiologie. Spurgeon kannte seinen Namen nicht. Er krümmte sich vor stummem Gelächter.

Als der Vorhang sich teilte, fuhr Potter erschrocken auf, aber als er Spurgeon erkannte, grinste er. »Ah, Dr. Robinson, ich bin froh, daß Sie für eine Konsultation frei sind. Hat Sie Dr. Moylan geschickt?«

Ohne einen der beiden Männer anzusehen, nahm Spurgeon eine Zange, fand den verpönten Gegenstand, entfernte ihn und ließ ihn in den Abfalleimer fallen. »Ihr Freund wartet draußen, um Sie heimzubringen«, sagte er.

Sie entfernte sich sehr schnell.

Der Spitalarzt aus der Anästhesiologie hatte zu lachen aufgehört. Potter stand da und schaute Spurgeon durch den dummen runden Spiegel auf seiner Stirn an. »Es war harmlos, Robinson. Nur ein Witz.«

»Du gottverdammter Halunke.«

Er wartete einen Augenblick auf einen Wirbel, aber natürlich kam keiner; er verließ die Unfallstation und ging leicht zitternd in seine Abteilung hinauf.

Wenn er sich einen Feind im Stab hätte machen müssen, dann wäre seine Wahl auf Potter gefallen; er war ein völliger Versager. Als er angewiesen wurde, einem Spitalarzt zu zeigen, wie man eine Krampfader herauszieht, hatte Lew Chin den ganzen Vorgang theoretisch mit ihm durchgesprochen. Als der Konsiliarchirurg in den danebenliegenden OP geholt worden war, um bei einem Herzstillstand zu helfen, war Potter hingegangen und hatte irrtümlicherweise statt der Krampfader die Oberschenkelarterie herausgezogen. Dr. Chin, so wütend, daß er kaum sprechen konnte, hatte versucht, den Schaden zu beheben und die lebenswichtige Arterie durch einen Nylonschlauch zu ersetzen. Aber es war ein Schlamassel: die Übertragung war unmöglich durchzuführen; und eine Frau, die wegen einer einfachen Korrektur in den Operationssaal gekommen war, wurde mit einer Amputation in die Abteilung zurückgebracht. Dr. Longwood hatte sich in einer Diskussion über die Komplikationen der Woche sehr scharf zu dem Fall geäußert. Aber kaum eine Woche später hatte Potter, als er die einfachste Bruchoperation durchführte, die Samenschnur mit dem Bruchsack zusammen abgebunden. Die Blutversorgung in diesem Gebiet war schwer gefährdet, und innerhalb von Tagen hatte der Mann unwiederbringlich die Funktion einer Hode verloren. Diesmal hatte der Alte den Fall noch schärfer kritisiert und den Stab daran erinnert, daß die Medizin noch keinen Zutritt zu einem Ersatzteillager habe.

Potter hatte Spurgeon leid getan, aber die arrogante Dummheit des Facharztanwärters machte jedes Mitgefühl weiterhin unmöglich, und jetzt genoß er es, verächtlich ignoriert zu werden, wann immer er Potter auf dem Gang traf. Auf Jack Moylan hatte der Vorfall in der Unfallstation die entgegengesetzte Wirkung, er versuchte besonders freundlich zu sein, eine Bestechung, die Spur verachtete.

An dem Vorfall waren nur wenige Leute beteiligt gewesen, und die meisten Kollegen behandelten ihn wie vorher. Er und Silverstone hatten den sechsten Stock rassenintegriert. Ansonsten aber lebte er allein auf seiner Insel. Hie und da war ihm seine Einsamkeit sogar lieb.

Mitte September gab es einige kalte Tage, dann einen Hitzeeinbruch, aber trotzdem konnte er es in der Luft spüren, die jeden Morgen durch sein offenes Fenster wehte, eine seltsame Mischung von Meeresozon und Stadtgestank, daß selbst der Nachsommer bald vorbei sein würde. An seinem nächsten freien Tag, einem Sonntag, zog er die Decke vom Bett, nahm seinen Badeanzug und fuhr mit dem alten Volkswagenbus zum Revere-Strand, dort war es hübscher als am Coney, wenn auch bei weitem nicht so nett wie am Jones. Als Spur um halb elf Uhr vormittags hinkam, lag der Strand fast verlassen da, aber nach dem Essen, das für ihn aus heißen Würstchen, einem Brötchen und einer Flasche Millers' bestand, kamen die Leute.

Er nahm seine Decke, beschloß, auf Erkundung auszugehen, und wanderte mühsam am Rand des Wassers dahin, bis er die städtischen Strandanlagen verlassen hatte. Die Anlagen hier waren zwar noch immer öffentlich, wurden jedoch nicht instand gehalten. Der Sand war aschgrau und spärlich statt weiß und tief, mit Lastwagen herangefahren, und streckenweise gab es nur rauhe Steine. Aber hier waren weniger Menschen. In unmittelbarer Nachbarschaft ließen sich vier gutgewachsene Kerle voll Selbstgefälligkeit und strotzenden Muskeln nieder; ein dicker Mann mit einem blassen Bauch lag wie ein Schwamm im Sand, das Gesicht mit einem Handtuch bedeckt; zwei Kinder liefen und sprangen tänzelnd am weißschäumenden Rand der Brecher dahin und kreischten wie kleine Tiere; ein Negermädchen lag ausgestreckt in der Sonne.

Er ging langsam an dem Mädchen vorbei, um mehr Zeit zu haben, es zu betrachten, dann kehrte er um und wählte einen Platz etwa vier Meter von der Stelle entfernt, wo sie mit geschlossenen Augen auf dem Rücken lag. Anderswo gab es schöne Sandstellen, dort, wo er seine Decke ausbreitete, nur Steine; als er sich setzte, gruben sie sich in sein Fleisch.

Sie war heller als er, eine Art Schokoladebraun gegenüber seinem Purpurschwarz. Sie trug einen einteiligen Trikotanzug, sehr weiß, auf Sittsamkeit bedacht, ein Eindruck, der jedoch dank der Figur des Mädchens nicht zustande kommen konnte.

Ihr Haar war kraus, schwarz und so kurz geschnitten, daß es ihren schönen Kopf wie eine prächtige enganliegende Kappe schmückte. Sie war, wie kein weißes Mädchen je zu sein erhoffen konnte.

Nach einer Weile waren es die Kerle müde, alle möglichen Muskeln spielen zu lassen, und warfen sich in den Atlantik. Der vierte, anscheinend von Johnny Weismüller mit Isadora Duncan gezeugt, trabte verächtlich über das entmutigende Gelände und hockte sich neben die Decke des Mädchens. Ah, er bestand nur aus Muskeln, vom Scheitel bis zur Sohle: er redete über das Wetter, die Gezeiten und lud sie großzügig auf ein Coca-Cola ein. Endlich sah er seine Niederlage ein und zog sich finster zurück, um einen Bizeps, groß wie eine nachgeburtliche Brust, anschwellen zu lassen.

Spurgeon hielt sich zurück und gab sich damit zufrieden, sie einfach nur zu beobachten, gewarnt, daß das keine Frau für eine beiläufige Annäherung war.

Nach unbestimmter Zeit setzte sie ihre Badekappe auf, stand auf und ging ins Meer. Klinisch geschult wie er war, bemerkte er interessiert, daß es ihn körperlich schmerzte, ihr zuzusehen.

Er verließ seine Decke und machte die lange Wanderung zu dem blauen Volkswagenbus zurück; er ging schnell, zwang sich jedoch, nicht zu laufen. Die Gitarre lag, wo er sie gelassen hatte, auf dem Boden unter dem zweiten Sitz. Er trug sie zur Decke zurück und verbrannte sich auf den heißen Steinen jämmerlich die Sohlen. Er war überzeugt, daß sie, wenn er zurückkam, für immer fort sein würde, aber sie saß auf ihrer Decke, nachdem sie sichtlich lange geschwommen und ihr Haar trotz der Kappe naß geworden war. Sie hatte sie abgenommen und saß zurückgelehnt, das Gewicht auf die Arme gestützt. Von Zeit zu Zeit schüttelte sie den Kopf, während ihr Haar in der Sonne trocknete.

Er setzte sich nieder und begann die Saiten zu zupfen. Auf Gesellschaften und bezahlten Veranstaltungen hatte er diese Kraftprobe unzählige Male versucht, ein Mädchen ohne Worte, nur mit den Klängen seiner Gitarre zu erobern. Manchmal hatte es funktioniert, manchmal war es danebengegangen. Er vermutete, daß meistens, wenn es funktioniert hatte, auch alles andere funktioniert hätte, Augen, Rauchsignale, ein gesungenes Telegramm oder ein winkender Finger.

Trotzdem, in der Liebe ist jede Waffe erlaubt.

Die Gitarre sprach sie schüchtern an, in offener, tapfer jede Erotik zurückdrängender Unaufrichtigkeit.

Ich möchte Ihr Freund sein, namenloses Fräulein.

Ich möchte wie ein Bruder zu Ihnen sein.

Glauben Sie mir.

Das Mädchen starrte aufs Meer hinaus.

Ich möchte mit Ihnen über die Trugschlüsse Schopenhauers reden.

Ich möchte mit Ihnen über die besten künstlerischen Filme streiten.

Ich möchte mit Ihnen an einem Regennachmittag fernsehen und Ihnen die Hälfte meiner Haferflockenkekse schenken.

Sie warf ihm schnell einen Blick zu, sichtlich verblüfft.

Ich möchte über Ihre Wortspiele kichern, gleichgültig, wie pathetisch sie sind.

Ich möchte von Herzen über alle Ihre Witze lachen, selbst wenn sie mir unverständlich sind. Seine Finger flogen dahin, spielten Läufe und freudige kleine Lachausbrüche, und sie wandte ihm den Kopf zu ... und ... ah, sie lächelte!

Ich möchte diesen amüsierten afrikanischen Mund küssen. Vorsicht, heimtückische Gitarre.

Du bist eine schwarze Blüte, die nur ich auf diesem wunderbaren schmutziggrauen Strand entdeckt habe.

Jetzt war die Musik kaum mehr unerotisch zu nennen. Sie flüsterte ihr ins Ohr, streichelte sie.

Das Lächeln verblaßte. Jetzt wandte sie das Gesicht von seinen Augen ab.

Ich muß mein Gesicht in dem runden Braun deines Bauchs vergraben.

Jetzt träume ich davon, nackt mit dir zu tanzen, dein Gesäß in meinen Handflächen.

Das Mädchen stand auf. Sie hob ihre Decke auf, ohne sie zu falten, und verließ den Strand, sie ging schnell, vermochte jedoch nicht, ihren wunderbaren Gang zu verbergen, zu verstellen oder zu ruinieren.

Gottverdammte heißärschige Gitarre.

Er hörte zu spielen auf und sah erst jetzt einen Wald häßlicher Knie vor sich. Die vier Kerle, der Dicke, die beiden Kinder und einige Fremde standen wie erstarrt neben seiner Decke.

»Hui«, flüsterte er, ihr nachblickend.

Die folgenden sechsunddreißig Stunden waren arg. Noch am selben Abend bereitete er vier Patienten für einen chirurgischen Eingriff vor, eine Aufgabe, die er haßte; den Bauch oder den Hodensack eines Patienten zu rasieren, mit dem Messer in unerwartete Muttermale zu geraten, unvermutete Flecken abzuschneiden und widerborstige kleine Haarbälge, die der schärfsten Klinge spotteten, war etwas ganz anderes, als das eigene, wenn auch häßliche, Gesicht zu rasieren. Er assistierte Silverstone am Montagmorgen getreulich bei einer Blinddarmoperation und durfte zur Belohnung ein übles Paar infizierter Mandeln ausschälen.

Dienstag, acht Uhr früh, war er dienstfrei und um zehn Uhr dreißig am Strand. Der Vormittag war bedeckt und windig, und als er hinkam, waren nur sehr wenige Leute da. Er sah den Möwen zu und lernte eine Menge über leichte Aerodynamik. Um etwa elf Uhr dreißig brach die Sonne durch, er fror nicht mehr so, und als er vom Mittagessen zurückkam, waren allmählich mehr Leute eingetroffen, aber es blieb leicht windig, und von dem Mädchen keine Spur.

Er verbrachte den frühen Nachmittag damit, auf der Suche nach sinnlichen braunen Beinen über andere zu steigen. Aber er fand das richtige Paar nicht, daher übte er Kraulen und Hand-über-Hand-Schwimmen, schlief etwas, wobei er von Zeit zu Zeit mit einem jähen Ruck erwachte, sich aufsetzte und auf dem Strand herumstarrte. Schließlich las er eine Sechsjährige namens Sonja Cohen auf, und sie bauten aus Sand Jerusalem, ein interkonfessionelles Bauprojekt, das um vier Uhr sieben von einer römischen Welle zerstört wurde. Das kleine Mädchen setzte sich ans Wasser und weinte.

Er verließ den Strand im allerletzten Augenblick, kehrte gerade noch rechtzeitig ins Krankenhaus zurück, um ganz schnell zu duschen, und meldete sich in der Abteilung zum Dienst, immer noch mit leicht knirschendem Sand von Sonjas Schaufel auf der Kopfhaut.

Die Schicht in der Abteilung war langweilig, aber leichter zu ertragen. Er hatte sich mittlerweile mit der Tatsache abgefunden, daß er das Mädchen nie wiedersehen würde, und er war zu der Überzeugung gelangt, daß sie nicht so auffallend gewesen sein konnte wie in seiner Erinnerung. Am Donnerstagabend stellte der Kretin Potter in einer Selbstdiagnose einen Virus fest, was wahrscheinlich bedeutete, daß er etwas ganz anderes hatte, und befahl sich ins Bett. Adam stellte die Diensteinteilung um, mit dem Ergebnis, daß Spurgeon vier Stunden Dienst in der Unfallstation bezog.

Als er dort eintraf, saß Meyerson trübsinnig auf einer Bank und las eine Zeitung.

»Was muß ich über den Betrieb hier wissen, Maish?«

»Sehr wenig, Doc«, sagte der Fahrer. »Merken Sie sich eines: Wenn jemand hereinkommt, der aussieht, als kratze er ab, dann weisen Sie ihn in eine der Abteilungen ein. Schnell. Alte ungeschriebene Regel.«

»Warum?«

»In Stoßzeiten ist dieser Laden gerammelt voll. Manchmal müssen die Patienten lange warten. Sehr lange. Es spricht sich herum, daß irgendwer im Unfall abgekratzt ist, und das erste, was die Leute denken, ist, daß in dieser gottverdammten Station jeder stirbt, bevor sich einer um ihn kümmert.«

Dies veranlaßte Spurgeon, sich auf eine anstrengende Arbeit gefaßt zu machen, aber es wurden vier ruhige Stunden, überhaupt nichts von der wahnwitzigen Tätigkeit, die er erwartet hatte. Er las die einzige Notiz auf dem Wandbrett dreimal.

An: Das gesamte Personal
Von: Emmanuel Brodsky, R. N. Ph. B. Chefpharmazeut
Betrifft: Fehlende Rezeptblöcke.

Der pharmazeutischen Abteilung kam zur Kenntnis, daß in den vergangenen zwei Wochen eine Anzahl von Rezeptblöcken verschiedener Kliniken als fehlend gemeldet wurden. Im Sommer dieses Jahres entdeckte man, daß auch eine gewisse Menge von Barbituraten und Amphetaminen fehlte. Wegen des zunehmenden Mißbrauchs von Rauschgiften legt die pharmazeutische

Abteilung dem Personal nahe, weder Rezeptformulare noch Drogen und Medikamente an Stellen zu hinterlassen, wo sie in unverantwortliche Hände fallen können.

Am frühen Abend brachte Maish eine Alkoholikerin herein, die Spur nicht sehr überzeugend erzählte, die Quetschungen an ihrem mißhandelten Körper rührten von einem Sturz auf der Treppe her. Er wußte, daß sie jemand – ihr Mann, ein Liebhaber? – geschlagen hatte. Die Röntgenaufnahmen erwiesen sich als negativ, aber er wartete mit der Entlassung, bis er, der Krankenhausregel folgend, daß nur vorgesetzte Fachärzte endgültige Anordnungen über Unfallpatienten treffen dürfen, einen Oberarzt herbeigerufen hatte. Adam hatte einen freien Abend und arbeitete in Woodborough. Endlich kam Meomartino und schickte die Frau zu heißen Bädern heim. Es war genau das, was er selbst zwanzig Minuten früher getan hätte, dachte Spurgeon, und hielt Krankenhausregeln für läppisch.

Kurz nach zehn Uhr abends kam ein farbiges Paar namens Sampson mit seinem vierjährigen Kind, das schrie und aus einer zerschnittenen Handfläche blutete. Nachdem er die Glassplitter entfernt hatte, legte er ein Dutzend Nähte an; der kleine Junge war irgendwie vom Waschbecken im Badezimmer heruntergefallen, während er eine Medizinflasche in der Hand hielt.

»Was war in der Flasche?«

Die Frau blinzelte. »Irgendein altes Zeug. Ich habe vergessen, was. Es war rötlich. Ich hatte es schon sehr, sehr lange.«

»Sie haben Glück. Er hätte den Inhalt auch trinken können. Jetzt wäre er vielleicht tot.«

Sie schüttelten verständnislos den Kopf, als spräche er eine fremde Sprache.

Diese Leute, dachte er.

Er konnte ihnen nur eine kleine Flasche Ipecac geben und hoffen, daß sie, falls der Junge je etwas Giftiges, aber Nichtätzendes schluckte, daran denken würden, ihm sofort eine Dosis davon zu geben, so daß er speien würde, während sie auf den Arzt warteten.

Falls sie einen Arzt rufen, dachte er.

Kurz nach Mitternacht brachte ein Polizeistreifenwagen Mrs. Therese Donnelly herein; sie war angeschlagen, aber wütend.

»Ich habe ein Rätsel für Sie. Was wird aus einem Iren, wenn man ihn zum Polizisten macht?«

»Ich passe«, sagte er.

»Ein Engländer.« Der Polizist an ihrer Seite bewahrte sorgfältig eine ausdruckslose Miene.

Mrs. Donnelly war einundsiebzig. Sie war mit ihrem Wagen mit voller Wucht an einen Baum gefahren. Sie hatte sich bei dem Aufprall den Kopf angeschlagen, behauptete jedoch, sie fühle sich wohl. Es war erst der dritte Unfall, den sie in mehr als achtunddreißig Jahren vorsichtigen Fahrens gehabt hatte, betonte sie.

»Die beiden anderen waren ganz winzig, verstehen Sie, und ich war nie schuld. Die Männer, diese Esel, zeigen ihre wahre Natur erst, wenn man sie hinter das Steuer setzt.« Und gab, zusammen mit ihrer Empörung, die schwachen Dünste von geistigen Getränken von sich.

»Jetzt habe ich ein Rätsel für Sie«, sagte Spurgeon und zog aus irgendeiner Gedächtnislade die Witzfrage heraus, die er vor Jahren in einem zweifellos schon lange verbrannten Witzbuch gelesen hatte: »Falls Irland versinkt, was würde auf dem Wasser schwimmen?«

Der Polizist und die alte Dame dachten angestrengt nach, sagten jedoch nichts.

»Kork«, sagte er.

Sie kreischte vor Entzücken. »Was ist der größte Teil eines Pferdes?«

Über ihren Kopf hinweg tauschten er und der Polizist ein Grinsen wie einen heimlichen brüderlichen Händedruck.

»Nein, ihr Schmutzfinken! Die Antwort lautet: der Hauptteil!«

Senilität? fragte er sich. Sie war munter genug, um bissig zu sein, und protestierte während der ganzen Untersuchung, die nichts Bemerkenswertes ergab.

Er ordnete Schädelaufnahmen an und studierte eben das feuchte Röntgenbild, als ihr Sohn eintraf. Arthur Donnelly hatte ein fleischiges Gesicht und war sichtlich besorgt.

»Ist sie in Ordnung?«

Die Filme zeigten keine Schädelfrakturen. »Anscheinend ja.

Aber ich halte es für unklug, sie in ihrem Alter noch selbst fahren zu lassen.«

»Ich weiß, ich weiß. Aber es ist ihr größtes Vergnügen. Seit dem Tod meines Vaters ist es ihre einzige Freude, mit dem Wagen Freundinnen zu besuchen. Sie spielen Bridge zu dritt und genehmigen sich vielleicht hier und da einen kleinen Schluck.«

Oder auch zwei, dachte Spurgeon. »Sie scheint ausgezeichnet in Form zu sein«, sagte er. »Aber angesichts der Tatsache, daß sie einundsiebzig ist, behalten wir sie vielleicht über Nacht zur Beobachtung hier.«

Mrs. Donnelly machte bei dem Vorschlag ein steinernes Gesicht. »Was ist ein Narr?« fragte sie.

»Ich passe«, sagte er hilflos.

»Jemand, der nicht verstehen kann, daß ich nach dem, was ich durchgemacht habe, im eigenen Bett schlafen will.«

»Schauen Sie, wir kennen dieses Haus«, sagte ihr Sohn. »Mein Bruder Vinnie – Sie kennen ihn, Vincent X. Donnelly, den Abgeordneten?«

»Nein«, sagte Spurgeon.

Donnelly sah verärgert drein. »Nun, er ist einer der Treuhänder des Krankenhauses, und ich weiß, er würde wünschen, daß sie heimgeht.«

»Wir werden Ihrer Mutter hier alle Pflege angedeihen lassen, Mr. Donnelly«, sagte Spurgeon.

»Lassen Sie das. Wir kennen dieses Haus. Es ist kein Rosenbeet. Euch fallen genug Menschen zur Last, ohne daß ihr euch auch noch um unsere alte Dame Sorgen machen müßt. Seien Sie nett und lassen Sie sie mich mit nach Hause nehmen in ihr eigenes Bett. Wir werden Dr. Francis Delahanty rufen, der sie seit dreißig Jahren kennt. Wir stellen sogar Privatschwestern zu ihrer Pflege an. So lange Sie wollen.«

Spurgeon rief Meomartino an, der ungeduldig zuhörte, während Spurgeon kurz die Befunde umriß.

»Ich beobachte unter anderem gerade einen Herzstillstand«, sagte Meomartino. »Außerdem brauche ich heute abend unbedingt noch etwas Schlaf. Brauchen Sie mich wirklich?«

Es war bestenfalls ein stillschweigender Vertrauensbeweis, aber er klammerte sich daran. »Ich kann es selbst erledigen«, sagte er. Er entließ die alte Frau aus dem Krankenhaus und kam sich wie ein richtiger Arzt vor.

Der Rest der Nacht verlief ruhig. Er machte seine eigenen Nachtvisiten, gab Medikamente aus, wechselte einige Verbände, sagte dem gespenstigen alten Gebäude gute Nacht, es gelang ihm sogar, drei Stunden ununterbrochener Ruhe vor dem Morgen zu erhaschen, und er kehrte am Ende seiner Schicht ins Bett zurück, um bis mittags zu schlafen.

Auf dem Weg zum Eßsaal der Hausärzte änderte er seinen Entschluß fast mitten in einem Schritt, und ohne erst seine Badesachen zu holen, verließ er das Krankenhaus und fuhr zum Revere-Strand.

Sonja Cohen war nirgendwo zu sehen, aber das Mädchen lag auf dem Platz, wo er sie zuerst gesehen hatte, und beobachtete ihn, als er mit Sand in seinen Wildlederschuhen auf sie zuging. Er meinte etwas zu erkennen – ein kurzes freudiges Aufblitzen in den Augen? –, bevor sie ihn anblickte, als hätte sie ihn noch nie gesehen.

»Darf ich mich neben Sie setzen?«

»Nein«, sagte sie.

Er humpelte mit seinen sandgefüllten Schuhen zu der steinigen Stelle für stumme Verehrer, wo er seine Decke am ersten Tag ausgebreitet hatte. Als er sich niedersetzte, verbrannten ihm die Steine das Fleisch durch den Stoff seiner Hose.

Das Mädchen versuchte sich zu benehmen, als sei sie allein am Strand, bewegte sich von Zeit zu Zeit mit zielloser Anmut, um ins Wasser zu gehen, schwamm mit einem Vergnügen, das ungeziert und echt zu sein schien, und verließ dann das Wasser, um sich wieder auf der alten U.S.-Navy-Decke niederzulassen.

Es war einer jener frühherbstlichen Tage, wie sie manchmal direkt aus den Tropen nach New England kommen. Er saß in der strahlenden Sonne und spürte die Säfte aus seinen Poren fließen, bis sein verfilztes, kurz gestutztes Haar naß war, der Schweiß wie Regentropfen über seine Wangen rollte, seine Kleidung am Körper klebte.

Er hatte das Mittagessen versäumt. Gegen drei Uhr hatte er ein hohles, leichtes Gefühl im Kopf, als sei sein Gehirn durch die mächtig ausdörrende Sonne zu gewichtloser Asche verbrannt. Seine Augen schmerzten von seinem eigenen Salz. Wenn er sie jetzt offenhielt, sah er drei Mädchen, die sich wie ein schickes modernes Ballett-Team in anmutiger Eintracht bewegten. Periodischer Strabismus, sagte er sich und dachte, wie wunderbar tüchtig Augenmuskeln für gewöhnlich sind.

Kurz nach drei Uhr dreißig gab sie auf und entfloh wie am ersten Tag. Diesmal jedoch folgte er ihr.

Er wartete vor dem Badehaus, als sie herauskam. Jetzt trug sie ein gelbes Baumwollkleid, ihre Decke und die Badesachen. Er ging ihr entgegen.

»Hören Sie . . .«, sagte sie.

Er sah, daß sie Angst hatte.

»Bitte«, sagte er. »Ich bin weder ein Lustmörder noch ein Zuhälter, noch sonst etwas dergleichen. Ich heiße Spurgeon Robinson. Ich bin ehrbar, äußerst — sogar bis zur Langeweile, aber ich will es nicht riskieren, Sie nicht mehr zu treffen. Es ist ja niemand da, der uns einander vorstellen könnte.«

Sie wandte sich zum Gehen. »Werden Sie morgen wieder hier sein?« fragte er, ihr folgend.

Sie antwortete nicht.

»Sagen Sie mir wenigstens Ihren Namen.«

»Ich bin nicht das, was Sie suchen«, sagte sie. Sie blieb vor ihm stehen, sah ihn an, und die harte Verachtung in ihren Augen gefiel ihm. »Sie wollen ein kleines aufregendes Mädchen, um die langweiligen Tage am Strand amüsanter zu gestalten. Ich habe Ihnen nichts Aufregendes zu bieten, Mister. Warum versuchen Sie es nicht einfach bei einer anderen?«

Das nächste Mal sah sie sich um, als sie die Treppe an der Hochbahn erreichte.

»Sagen Sie mir bloß Ihren Namen. Bitte«, sagte er leise.

»Dorothy Williams.«

Dazustehen und hinaufzustarren, wie sie die steile Treppe emporkletterte, war kaum etwas Ehrbares, aber er konnte seine Augen nicht losreißen, bis sie die Marke in das Drehkreuz oben fallen ließ und verschwand.

Sehr bald löschte ein Zug, ein Drache, der alles erbeben ließ, das Licht oben, und als er abfuhr, ging auch Spur.

Die Sonne schien, aber die Hitze war vorbei, zweifellos endgültig. Er trug trotzdem seine Badehose und war irgendwie nicht überrascht, sie dort zu finden, als er ankam. Sie begrüßten einander schüchtern, und sie protestierte nicht, als er seine Decke neben der ihren ausbreitete, wo der Sand am weichsten war.

Sie plauderten.

»Ich habe mir die ganze Woche die Augen aus dem Kopf geschaut.«

»Ich war in der Schule. Gestern war mein erster freier Tag.«

»Sie sind Studentin?«

»Lehrerin. Kunstunterricht an der Mittelschule, siebente und achte Klasse. Sie sind Musiker?«

Er nickte in dem Bewußtsein, daß es keine Lüge war, und weil er noch nicht auf den Rest eingehen wollte und zunächst lieber alles über sie erfahren wollte. »Malen Sie, bildhauern Sie, machen Sie Sachen aus Ton?«

Sie nickte.

»Was davon?« fragte er. »Ich meine, was ist Ihr Spezialfach?«

»Ich bin in allem ganz gut, aber nirgends wirklich gut. Deshalb unterrichte ich. Wenn ich eine Begabung wäre – wenn ich so arbeiten könnte, wie Sie spielen –, würde ich es ausschließlich und ständig machen wollen.«

Er lächelte und schüttelte den Kopf. »Das ist der Ausspruch eines Amateurs. ›Tut das Schöpferische oder sterbt dafür, alle ihr schrecklich Begabten, während wir übrigen Unglückseligen euch behaglich zusehen.‹«

»Sie haben kein Recht, mich als Heuchlerin hinzustellen«, sagte sie.

Selbst ihr Mißvergnügen machte ihm Freude. »Das tue ich nicht. Aber mein ursprünglicher Eindruck ist der, daß Sie kein Mädchen sind, das Risiken auf sich nimmt.«

»Eine altjüngferliche Tante.«

»Zum Teufel, nein. Das habe ich nicht gesagt.«

»Aber ich bin ja fast eine alte Jungfer«, räumte sie ein.

»Wie alt?«

»Letzten November vierundzwanzig.«

Das überraschte ihn; sie war nur um ein Jahr jünger als er. »Sie glauben, daß Sie schon zu verwelkt zum Heiraten sind?«

»Oh, es hat nichts mit Heiraten zu tun. Ich spreche über eine Geistesverfassung. Ich werde allmählich konservativ.«

»Eine kleine Farbige hat kein Recht darauf, konservativ zu werden.«

»Interessieren Sie sich sehr für Politik?«

»Dorothy, ich bin schwarz«, sagte er. Es war das erstemal, daß er sie bei ihrem Namen nannte; sie schien erfreut, entweder darüber oder über seine Antwort.

Er begann Sandburgen zu bauen, und sie kniete nieder und grub ein Loch, damit sie feuchten Sand von unten bekämen, dann begann sie selbst mit dem feuchten Sand zu spielen, modellierte ein Gesicht, die Augen auf seine Züge gerichtet, während sie mit langen zarten Fingern den Sand in einer Art streichelte, daß sich seine Knochen in Gelee verwandelten. Sie hatte recht mit ihrem Talent, dachte er, als er das Gesicht im Sand betrachtete, das keine sehr starke Ähnlichkeit mit dem seinen trug.

Als sie schließlich voll Sand waren, sprang sie plötzlich auf und lief ins Wasser, und er folgte ihr durch die eisige Brise und entdeckte zu seiner Erleichterung, daß das Wasser im Gegensatz zur kalten Luft seine Haut wie warme Seide bedeckte. Sie schwamm direkt ins Meer hinaus, und er planschte tapfer dahin, um neben ihr zu bleiben. Als er fast aufgeben mußte, kehrte sie um, und sie begannen Wasser zu treten, die Körper nahe beisammen, aber einander nicht berührend. »Sie sind eine tolle Schwimmerin«, keuchte er mit einem stechenden Schmerz in der Brust.

»Wir wohnen in der Nähe eines Sees. Ich bin sehr viel im Wasser.«

»Ich habe erst mit sechzehn Jahren schwimmen gelernt, an der Riviera.« Sie glaubte, er scherze. »Nein, ehrlich.«

»Was haben Sie denn dort gemacht?«

»Ich habe meinen Vater nie gekannt. Er war Matrose der Handelsmarine, auf Öltankern. Meine Mutter heiratete wieder, als ich zwölf war, einen wunderbaren Menschen. Meinen Onkel Calvin. Als ich nach meinem wirklichen Vater fragte, war alles, was sie mir je erzählten, nur, daß er tot sei. In dem Sommer, als ich sechzehn wurde, beschloß ich, den Versuch zu machen, die Welt so zu sehen, wie er sie gesehen hatte. Jetzt erscheint es dumm, aber vermutlich dachte ich irgendwie, daß ich ihn vielleicht finden würde. Zumindest aber verstehen.«

Sie trat das Wasser mit sehr wenig Bewegung, der weiße Badeanzug war untergetaucht, ihre glatten braunen Schultern über der Oberfläche sahen nackt und lieblich aus. »Es ist nicht dumm«, sagte sie. Auf ihrer Oberlippe über dem vollen rosa Mund lag eine ganz schwache weiße Staubschicht, als das Meerwasser in der Sonne trocknete. Er hätte sie lieber mit seiner Zunge gelöscht, hob jedoch einen nassen Daumen und fuhr ihr sanft über die Lippe.

»Salz«, erklärte er, als sie zurückzuckte. »Nun, ich konnte keinen Job auf einem Tanker bekommen, was ein Glück für mich war. Aber ich sagte, ich sei achtzehn, und wurde auf der *Ile de France* als Pianist aufgenommen. Die erste Nacht in Le Havre herrschte dichter Nebel, und ich lungerte einfach nur in den Straßen herum, sah mir alles an, sagte nein zu den Huren und versuchte mir vorzustellen, daß ich älter und zäher sei und eine Frau und einen Babysohn hätte, die auf mich in den Staaten drüben warteten, aber natürlich ging das nicht. Ich konnte es mir nicht vorstellen, wie es für meinen Vater wirklich gewesen war.«

»Gott. Das ist das Traurigste, das ich je gehört habe.«

Er beschloß, ihre Traurigkeit auszunutzen, und bewegte sich wie ein ungeschickt werbender Seelöwe, um mit seinem Mund den ihren zu berühren. Sie riß sich los, überlegte es sich dann, legte die Hände auf seine Schultern und für einen kurzen Augenblick die Lippen weich auf die seinen, ein Kuß, der nach Meer schmeckte, ohne Leidenschaft, aber mit sehr viel Zärtlichkeit.

»Ich kann mich an viel Traurigeres erinnern«, sagte er und griff wieder nach ihr, und sie zeigte ihm ihre schönen Zähne, stemmte beide Füße gegen seine Brust und stieß sich von ihm ab, kein wirklicher Fußtritt, aber es genügte, daß er unterging und Ozean inhalierte, und als er zu husten aufhörte, waren sie einer Meinung, daß es Zeit war, das Wasser zu verlassen.

Sie schwammen an Land, zitterten vor Kälte, bekamen eine Gänsehaut, und er bot ihr an, sie mit dem Handtuch warm zu reiben, aber sie lehnte ab. Sie lief den Strand entlang, um sich aufzuwärmen, und es war sogar noch schöner, als wenn sie ging. Es war zu schnell vorbei, sie kehrten zur Decke zurück, und sie öffnete einen Sack, den er für einen Strickbeutel gehalten hatte, und teilte einen sehr guten Lunch mit ihm. »Aber Sie haben mir noch immer nicht erzählt, wie Sie schwimmen lernten«, sagte sie.

»Oh.« Er schluckte Thunfischsalat auf Roggenbrot. »Ich machte die Rundfahrt den ganzen Sommer mit, Manhattan—Southampton—Le Havre, zwei Tage Pause, und dann denselben Weg zurück. Es war ein elegantes Schiff, und ich sparte Geld, aber alles, was ich sah, war Wasser. Ich hatte viel zu große Angst, auch nur den Nachtzug nach Paris zu nehmen. Gerade um diese Jahreszeit blieb das Schiff zum Überholen eine Woche lang in Le Havre. Auf dem Schiff gab es einen Zahlmeister, einen Burschen, der Dusseault hieß. Seine Frau führte eine Boutique für Schmarotzer in Cannes, und er bot mir die Mitfahrt an, wenn ich abwechselnd mit ihm den Peugeot lenkte. Die Fahrt dauerte dreißig Stunden.

Während er es mit seiner Frau trieb, saß ich täglich am Strand und starrte in Bikinis. Eine französische Teenagerbande adoptierte mich gewissermaßen. Eines der Mädchen lehrte mich in drei Tagen schwimmen.«

»Haben Sie sie geliebt?« fragte sie nach einer Pause.

»Es war ein weißes Mädchen. Meine Erinnerungen an die Amsterdam Avenue waren noch zu deutlich. Damals hätte ich mir eher die Kehle aufgeschlitzt.«

»Und jetzt?«

»Jetzt?« Jahrelang war das kleine französische Mädchen eine Hauptfigur seiner sexuellen und sozialen Phantasien gewesen. Wiederholt hatte er sich gefragt, was wohl geschehen wäre, wenn er dortgeblieben wäre, sie wirklich kennengelernt, sie umworben, sie geheiratet hätte, ein Europäer geworden wäre. Manchmal hatte ihn der verlorene Traum in Sehnsucht und Bedauern erstarren lassen; meistens jedoch sagte er sich, daß es eine Katastrophe geworden wäre.

Er bat sie, mit ihm zu Abend zu essen, aber sie lehnte ab.

»Meine Eltern erwarten mich.«

»Ich fahre Sie heim.«

»Es ist zu weit«, sagte sie, aber er bestand darauf. Sie lachte, als sie den VW-Bus sah. »Sie sind kein Musiker. Sie sind irgendein Lieferant.«

»Ein Band-Leader ist ein Lieferant. Man transportiert einen Baßspieler, ein paar Hörner, einen Sänger und einen Burschen, der ein ganzes Bündel von Trommeln schleppt.«

Sie schwieg.

»Was ist los?«

»Nichts«, sagte sie.

»Sie tun, als hätten Sie Angst.«

»Woher soll ich wissen, wer Sie sind?« platzte sie heraus. »Ein Mann, dem ich erlaubte, mich an einem öffentlichen Strand aufzulesen. Sie können ein Pusher sein. Sie können etwas viel Schlimmeres sein.«

Er lachte hell auf. »Ich bin ein Strandgutjäger«, sagte er. »Ich werde Sie auf eine einsame Insel entführen und Ihnen Frangipani ins Haar flechten.« Fast hätte er ihr die Sache mit der Medizin erzählt, aber er unterhielt sich zu gut, und sein Heiterkeitsausbruch war so spontan, daß sie beruhigt war. Ihre Stimmung schlug um, sie wurde gesprächig, fast heiter. Es machte ihm Spaß, nur mit ihr beisammen zu sein, und bevor er es merkte, bog der Volkswagen auch schon bei einem Ort namens Natick von der Massachusetts-Autobahn ab. Das Haus war nur einige Minuten von der Mautstraße entfernt, ein peinlich sauberer Bungalow, mit verwitterten Schindeln verkleidet, in einer sonst weißen Umgebung. Die Mutter war dünn und mager, mit scharfen Zügen, die auf eine längst vergessene weiße Vergewaltigung hindeuteten. Der Vater war ein brauner, stiller Mann, der aussah, als verbringe er seine freien Stunden damit, den Rasen zu maniküren, die Hecke zu stutzen, ängstlich vergleichende Blicke auf die nahe gelegenen angelsächsischen und semitischen Rasen und Büsche zu werfen.

Die Eltern gaben ihm unsicher die Hand, waren jedoch aufrichtig erfreut, daß das Mädchen jemanden heimgebracht hatte. Es war ein Kind da, eine dreijährige Marion mit verfilztem schwarzem Haar und einer Milchkaffeehaut. Er entdeckte, daß er unwillkürlich von einem Gesicht zum anderen schaute und die sich wiederholenden Züge bemerkte.

Ihr Kind, sagte er sich.

Mrs. Williams besaß eine feine angeborene Wahrnehmungsgabe. »Wir nennen sie Midge«, sagte sie. »Die Tochter meiner Jüngsten, Janet.«

Sie führten ihn in die Laube hinter dem Haus, einem Platz im tiefen Schatten, nach Trauben duftend, aber voll Stechmücken. Während Spurgeon nach ihnen schlug, schenkte Mr. Williams Bier ein, bei dessen Herstellung er mitgeholfen hatte.

»Qualitätskontrolle. Vom Produkt Proben nehmen, während es durch die einzelnen Herstellungsphasen geht. Chemische und bakteriologische Überprüfungen jeder Partie während der Gärung durchführen.« Er hatte in der Brauerei als Kehrer begonnen und dann sechs Jahre als Verlader gearbeitet, vertraute er Spur an, während seine Frau und seine Tochter mit einer Geduld schwiegen, die deutlich lange Praxis verriet. Er mußte eine Unzahl von Prüfungen bestehen, um den Job zu erhalten. Und dann kam sein Schlager:

»Gegen drei Weiße!«

»Wunderbar«, sagte Spurgeon.

»Bildung ist wunderbar«, sagte Mr. Williams. »Das ist der Grund, warum es mich freut, Dorothy als Lehrerin das tun zu sehen, was sie für die jungen Leute nur tun kann.« Er hob den Kopf. »Was machen Sie, mein Sohn?«

Er und das Mädchen sprachen gleichzeitig.

»Er ist Musiker.«

»Ich bin Arzt.«

Ihre Eltern waren offensichtlich verblüfft. »Ich bin Arzt«, sagte er. »Spitalarzt an der chirurgischen Abteilung im Suffolk County General Hospital.«

Sie sahen ihn an, die Eltern staunend, das Mädchen angewidert.

»Mögen Sie Hühnerpastete?« fragte Mrs. Williams und strich sich die Schürze glatt. Er mochte sie so, wie sie aufgetragen wurde, dampfend, mit Semmelbröseln überbacken und mit mehr mageren Hühnerstücken als Gemüse darin, mit frischem Sommerkürbis und kleinen Kartoffeln, die sie wahrscheinlich selbst in dem großen Gemüsegarten hinter dem Haus zogen. Als Nachtisch gab es eisgekühltes Rhabarber-Apfelmus, gefolgt von eisgekühltem Zitronentee. Während die Frauen das Geschirr spülten, spielte Mr. Williams alte Carusoplatten, die zerkratzt, aber interessant waren.

»Er konnte mit seiner Stimme ein Glas zum Bersten bringen«, sagte Mr. Williams. »Vor einigen Jahren, bevor ich Qualitätskontrolleur wurde, habe ich hie und da an Wochenenden einen Dollar dazu verdient. An einem Samstagmorgen räumte ich eine Garage drüben im Framingham Center aus, und so eine hochnäsige Dame kam heraus und legte einfach einen großen Stapel Carusoplatten auf den Mist.

›Ma'am‹, sagte ich, ›Sie werfen soeben ein Stück Ihrer Kultur weg.‹ Sie maß mich nur geringschätzig, und so legte ich die Platten auf den Rücksitz meines Wagens.«

Sie lauschten der großen toten Stimme, wie sie sich hochschwang; das kleine Mädchen saß leicht wie eine Schneeflocke auf Spurgeons Knie, während aus der Küche das Geräusch von Geschirr kam, das mit der Hand gespült wurde. Nachher sah Spurgeon den Berg Platten durch und suchte nach Dixie oder moderner Musik, fand jedoch nichts Gutes. Es stand ein altes Pianino da, abgenutzt und nachgestrichen, aber, als er einige Tonleitern versuchte, von schönem Klang. »Wer spielt?«

»Dorothy hat einige Stunden genommen.«

Die Frauen waren eben zurückgekommen. »Ich habe genau acht Stunden genommen. Ich spiele drei Kinderlieder von Anfang bis zum Ende und eine Handvoll Bruchstücke. Spurgeon spielt wie ein Berufsmusiker«, erzählte sie ihren Eltern boshaft.

»Oh, spielen Sie uns einige Hymnen vor«, bat die Mutter.

Was zum Teufel, dachte er. Er saß auf dem Drehschemel und spielte *Steal Away, Go Down Moses, Rock of Ages, That Old Rugged Cross* und *My Lord, What a Morning*. Keiner von den vieren hatte eine anständige Stimme, und jeder mistige Weiße, der behauptet, alle Neger besäßen einen angeborenen Rhythmus, hätte den alten Herrn hören sollen. Aber er lauschte dem Mädchen, nicht, wie er einer Berufssängerin zugehört hätte, sondern als ein Mensch, der einem anderen zuhört, und als sich ihre Stimme erhob, dünn und schrill wie eine Rohrpfeife und voll echten Gefühls, als sie so mit ihrer Mutter und ihrem Vater sang, fühlte er sich wie ein Fisch, der mit einem Köder herumgespielt hat und plötzlich erkennt, daß ihm der Widerhaken in der Kehle sitzt.

Sie sagten allerlei Herzliches über sein Spiel, und er murmelte Heucheleien über ihren Gesang, dann gingen die Eltern das

Kind schlafen legen und Kaffee kochen. Sobald sie allein waren, behandelte sie ihn, als sei er keinen Fußtritt wert.

»Warum mußten Sie lügen?«

»Habe ich nicht.«

»Sie haben ihnen erzählt, daß Sie Arzt seien.«

»Das bin ich.«

»Mir haben Sie gesagt, daß Sie Musiker seien.«

»Das bin ich. Ich war Musiker, bevor ich Arzt wurde, aber jetzt bin ich Arzt.«

»Ich glaube Ihnen nicht.«

»Ihr Pech.«

Der Vater kam zurück, dann die Mutter mit einem Tablett, und sie tranken Kaffee und aßen Bananenbrot. Er sah, daß es draußen dunkel geworden war, und sagte, daß er gehen müsse.

»Sind Sie Kirchgänger?« fragte die Mutter.

»Nein, Ma'am. Ich glaube, ich war in den letzten fünf Jahren keine sechsmal in der Kirche.«

Sie schwieg einen Augenblick. »Ich schätze Ihre Aufrichtigkeit«, sagte sie endlich. »Welche Kirche besuchen Sie, wenn Sie gehen?«

»Meine Mutter ist Methodistin«, sagte er.

»Wir sind Unitarier. Wenn Sie morgen früh mit uns kommen wollen, sind Sie willkommen.«

»Ich habe irgendwo gehört, daß ein Unitarier jemand ist, der an die Vaterschaft Gottes, die Brüderlichkeit der Menschen und an seine Bostoner Adresse glaubt.«

Henry Williams warf den Kopf zurück und brüllte vor Lachen, aber Spurgeon sah die zusammengepreßten Lippen von Mrs. Williams und merkte, daß er sich wie ein verdammter Narr betrug. »Ich habe die nächsten beiden Sonntage Dienst im Krankenhaus. Ich möchte sehr gern in drei Wochen in der Kirche neben Dorothy sitzen, wenn die Einladung bis dahin noch gilt.«

Er sah, daß beide Eltern sie ansahen.

»Ich gehe nicht in die Kirche«, sagte sie rundheraus. »Ich bin in den Bostoner Tempel Elf gegangen.«

»Sie sind Muselmanin?«

»Nein«, sagte ihre Mutter schnell. »Sie interessiert sich nur sehr für diese Bewegung.«

»Einiges an dieser Religion klingt ganz vernünftig«, sagte Henry Williams unbehaglich. »Ohne Frage.«

Spur bedankte sich bei ihnen und verabschiedete sich, und das Mädchen begleitete ihn zur vorderen Veranda.

»Mir gefallen Ihre Eltern«, sagte er.

Sie lehnte sich an die Haustür und schloß die Augen. »Mein Vater und meine Mutter sind Onkel Tom und seine alte Dame. Und Sie«, sagte sie, öffnete jetzt die Augen und sah ihn an, »Sie haben sie wie ein Scharlatan aus der Hand fressen lassen. Mir erzählen Sie, daß Sie der und der sind, und ihnen sagen Sie, daß Sie ganz jemand anders seien.«

»Kommen Sie nächstes Wochenende mit mir zum Strand.«

»Nein«, sagte sie.

»Ich halte Sie für ein sehr schönes Mädchen. Aber ich bettle nicht. Danke für die Einladung.«

Er kam bis zur Gartentür, als ihn ihre Stimme zurückhielt. »Spurgeon.«

Das Weiße ihrer Augen schimmerte in der Dunkelheit auf der weinbewachsenen Veranda. »Auch ich bettle nicht. Aber kommen Sie vor dem Mittagessen und bringen Sie einen warmen Sweater mit. Wir machen einen Spaziergang.« Sie lächelte. »Ich habe mir den Hintern abgefroren, als ich auf dem elenden Strand auf Sie wartete.«

Im Krankenhaus war alles so, wie er es verlassen hatte. Derselbe Geruch kranker Armut hing schwer und verdrossen in der Luft. Der Aufzug knarrte und stöhnte, als er langsam hochstieg. Einem Impuls folgend, stieg Spurgeon im vierten Stock aus und schaute prüfend in die Abteilung. Sie war unterbesetzt, da sich einige Schwestern mit dem gleichen Coxsackie-Virus hingelegt hatten, der Potter und mehrere andere Stabsmitglieder gefällt hatte.

»Bitte«, sagte eine Stimme. Hinter einem zugezogenen Vorhang lag die uralte Polin, die Glieder dürr wie Stöcke, von eitrigen Wunden übersät, und starb in den schrecklichen Gerüchen ihrer Ausscheidungen langsam dahin. Er reinigte sie, wusch sie vorsichtig, gab ihr ein Betäubungsmittel, richtete ihren Harnkatheter, beschleunigte das Fließen der intravenösen Flüssigkeit und ließ sie süßer sterbend zurück, als sie vorher dahingestorben war.

Als er auf dem Rückweg zum Lift an Silverstones Büro vorbeikam, öffnete sich die Tür.

»Spurgeon.«

»Hallo, Chefmensch.«

»Komm herein, ja?«

Er fühlte sich wieder wohl, hatte die alte Frau, deren Leben verebbte, schon vergessen und erinnerte sich an die junge Frau, deren Leben erst heranreifte. »Was ist los, Baby?«

»Du hattest unlängst abends im Unfall eine Patientin namens Mrs. Therese Donnelly?«

Die Rätseldame. Ein winziger Angstknoten bildete sich in seiner Brust. »Ja, sicher. Ich erinnere mich an den Fall.«

»Sie kam vor sechs Stunden ins Krankenhaus zurück.«

Der Knoten wuchs, versteifte sich. »Willst du, daß ich vorbeigehe und sie mir anschaue?«

Adams Augen waren direkt und ohne zu blinzeln auf ihn gerichtet. »Es wäre eine gute Idee für uns beide, in der Frühe dem Pathologen bei der Autopsie über die Schulter zu sehen«, sagte er.

VII
ADAM SILVERSTONE

Adam Silverstone hatte große Achtung vor den Pathologen, beneidete sie aber nicht. Er hatte ihre lebenswichtige Arbeit oft genug selbst verrichtet, um zu wissen, daß sie die Kenntnisse eines Wissenschaftlers und die Geschicklichkeit eines Detektivs erforderte, aber gefühlsmäßig hatte er nie verstanden, daß sie jemand als Lebensaufgabe der Ausübung der Medizin an Lebenden vorzog.

Er mochte Obduktionen noch immer nicht.

Ein Chirurg lernt den menschlichen Körper als wunderbare Maschine aus Fleisch kennen, eingehüllt in eine bemerkenswerte epidermische Verpackung. Das ganze Ding pulst vor vielschichtigen Prozessen. Seine Säfte und Fasern, die eindrucksvolle Kompliziertheit seiner wunderbaren Substanz sind durchströmt von Leben und ständiger Veränderung. Chemikalien reagieren auf Enzyme; Zellen ersetzen sich selbst, manchmal sogar verbrecherisch; Muskeln wirken auf Hebel, und Glieder bewegen sich auf Kugellagern; daneben gibt es noch Pumpen, Ventile, Filter, Verbrennungskammern, neutrale Netzwerke, komplizierter als die elektronischen Anlagen eines Riesencomputers — alles *arbeitet*, während der Arzt versucht, die Bedürfnisse des ganzen integrierten Organismus vorauszusehen.

Im Gegensatz dazu müht sich der Pathologe an verwesenden Objekten ab, in denen nichts arbeitet.

Dr. Sack kam herein, mürrisch vor Sehnsucht nach seinem Morgenkaffee. »Was führt Sie her?« begrüßte er Adam. »Wissensdurst? War doch nicht Ihre Patientin, oder?« Er kochte den Kaffee in einer riesigen angeschlagenen grünen Kanne mit der Aufschrift MUTTER.

»Nein, aber sie wurde auf meiner Station behandelt.«

Dr. Sack knurrte etwas.

Als er ausgetrunken hatte, begleiteten sie ihn in den weißgekachelten Obduktionsraum. Mrs. Donnellys Leiche lag auf dem Tisch. Die Instrumente waren vorbereitet und warteten.

Adam sah sich beifällig um. »Sie müssen einen guten Famulus haben«, sagte er.

»Verdammt richtig«, sagte Dr. Sack. »Er ist seit elf Jahren bei mir. Was wissen Sie über Famuli?«

»Ich habe in meiner Studentenzeit als Famulus gearbeitet. Für den Leichenbeschauer in Pittsburgh.«

»Für Jerry Lobsenz? Gott geb ihm die ewige Ruh', er war ein guter Freund von mir.«

»Auch von mir«, sagte Silverstone.

Dr. Sack hatte es nicht sehr eilig anzufangen. Er saß in dem einzigen Sessel des Raums und las langsam und sorgfältig die Krankengeschichte durch, während sie warteten.

Endlich verließ er seinen Sessel und ging zu der Leiche. Er hielt den Kopf in den Händen und bewegte ihn von einer Seite zur anderen. »Dr. Robinson«, sagte er nach einem Augenblick, »wollen Sie bitte herkommen?«

Spurgeon ging hin, und Adam folgte ihm. Dr. Sack bewegte den Kopf wieder. Im Tod schien die alte Frau etwas hartnäckig zu leugnen. »Hören Sie?«

»Ja«, sagte Spurgeon.

Adam, der neben ihm stand, konnte das kleine kratzende Geräusch ebenfalls vernehmen. »Was ist das?«

»Das werden wir bald mit Sicherheit wissen«, sagte Dr. Sack. »Helft mir, sie umzudrehen. Ich glaube, wir werden einen Bruch des *processus odontoideus,* des Zahnfortsatzes, am zweiten Halswirbel finden«, sagte er zu Spurgeon. »Kurz, das arme alte Frauenzimmer hat sich den Hals gebrochen, als sie sich bei dem Autounfall den Kopf anschlug.«

»Aber sie hatte keine Schmerzen, als ich sie sah«, sagte Spurgeon. »Es war überhaupt kein Schmerz vorhanden.«

Dr. Sack zuckte die Achseln. »Es müssen nicht unbedingt Schmerzen auftreten. Sie hatte alte, mürbe Knochen, die leicht brechen konnten. Der Zahnfortsatz ist nur ein winziges Ding, ein knochiger Vorsprung des Wirbels. Ihr Sohn berichtete, daß sie sich gestern abend sehr wohl fühlte, mit gutem Appetit aß, praktisch nur eine Stunde vor ihrem Tod. Sie lag im Bett, mit drei Kissen als Stütze im Rücken. Sie war hinuntergerutscht und warf sich ziemlich gereizt auf die Kissen zurück. Ich würde sagen, daß der Stoß und dazu eine teilweise Drehung des Kopfes das lose Bruchstück in das Rückenmark trieb, was den Tod fast sofort eintreten ließ.«

Er führte eine Laminektomie durch, indem er in den Nacken schnitt, um die Wirbel der Halswirbelsäule bloßzulegen, und durchtrennte gekonnt den roten Muskel und die weißlichen Sehnen. »Haben Sie den harten Überzug des Rückenmarks bemerkt, Dr. Robinson?«

Spurgeon nickte.

»Genau wie die Membran, die das Gehirn einhüllt.« Mit seiner behandschuhten Fingerspitze und dem Skalpell hielt er den Einschnitt weit offen, so daß sie das Gebiet des Blutergusses und das durch das Knochenstückchen zerdrückte Rückenmark, die Todesursache, sehen konnten.

»Da haben wir's«, sagte er heiter. »Sie haben keine Halsröntgen machen lassen, Dr. Robinson?«

»Nein.«

Dr. Sack schürzte die Lippen und grinste. »Ich prophezeie Ihnen, daß Sie es das nächste Mal tun werden.«

»Ja«, sagte Spurgeon.

»Drehen Sie sie wieder herum«, sagte Dr. Sack. Er sah Silverstone an. »Schauen wir, wie gut Sie der alte Jerry unterrichtet hat«, sagte er. »Machen Sie das statt mir.«

Ohne zu zögern nahm Adam das Skalpell von ihm entgegen und machte den breiten, tiefen Y-Einschnitt über dem Brustbein.

Als er einige Minuten später aufblickte, las er in Dr. Sacks Augen Befriedigung. Aber als er zu Spurgeon hinüberblickte, erstarb sein frohes Gefühl. Die Augen des Spitalarztes waren auf Adams Messer gerichtet, aber sein Gesicht war starr und verstört.

Was immer er sah, war von der kleinen Gruppe um den Seziertisch sehr weit entfernt.

Spurgeon tat Adam leid. Aber das lähmende Wissen, daß man allein dafür verantwortlich ist, den Tod nicht verhindert zu haben, ist ein Gorgonenhaupt, das sich früher oder später vor jedem Arzt erhebt, und Adam wußte instinktiv, daß es dem Spitalarzt erlaubt werden mußte, sich ihm auf eigene Weise zu stellen.

Adam hatte seine eigenen Probleme im Tierlabor.

Der deutsche Schäferhund Wilhelm, der erste Hund, dem er eine große Dosis Imuran gegeben hatte, entwickelte fast dieselben Symptome wie Susan Garland vor ihrem Tod, und innerhalb von drei Tagen ging Wilhelm an einer Infektion zugrunde.

Die Mischlingshündin Harriet, der er eine Minimaldosis des immunounterdrückenden Medikaments gegeben hatte, stieß die übertragene Niere am Tag vor Wilhelms Tod ab.

Adam operierte eine Reihe von Hunden, einige alt und häßlich, andere ganz jung und so reizend, daß er sein Herz wappnen mußte, um nicht an die wunderlichen, verrückten Zeitungsaufrufe der Antivivisektionsgruppen zu denken, die lieber Kinder opferten, um Tiere zu retten. Im Lauf seiner Arbeit steuerte er auf die wirkungsvollsten Dosen hin, indem er die Maximalmengen senkte und die Minimaldosen anhob, und verzeichnete die Ergebnisse sorgfältig in Kenders kaffeefleckigem Heft.

Drei der Hunde, die große Mengen des Medikaments erhalten hatten, entwickelten Infektionen und starben.

Vier von den Tieren, die kleinere Dosen erhalten hatten, stießen die übertragene Niere ab.

Als er das Gebiet der Wahlmöglichkeiten eingeengt hatte, zeigte sich, daß der Grad der wirkungsvollsten und zugleich sichersten Dosierungen zwischen Abstoßung der übertragenen Niere auf der einen Seite und der Herausforderung einer Infektion auf der anderen hauchdünn war.

Er fuhr fort, andere Medikamente zu prüfen, und hatte über neun Agenzien Tierstudien abgeschlossen, als Dr. Kender Peggy Weld für eine voroperative Untersuchung im Krankenhaus aufnahm.

Kender studierte das Laborheft sorgfältig. Miteinander berechneten sie das Verhältnis von tierischen und menschlichen Gewichten sowie die entsprechende Medikamentendosierung.

»Welches die Immunitätsreaktion unterdrückende Medikament werden Sie bei Mrs. Bergstrom anwenden?« fragte Adam.

Kender ließ seine Fingerknöchel knacken, ohne zu antworten, dann zupfte er sich am Ohrläppchen. »Welches würden Sie verwenden?«

Adam zuckte die Achseln. »Unter den Medikamenten, die ich bisher getestet habe, scheinen keine Allheilmittel zu sein. Ich vermute, daß vier bis fünf unbefriedigend sind. Ein paar sind ungefähr so wirkungsvoll wie Imuran, würde ich sagen.«

»Aber nicht besser?«

»Ich glaube nicht.«

»Ich stimme mit Ihnen überein. Ihr Versuch ist ungefähr der zwanzigste, den wir hier gemacht haben. Ich selbst habe zehn oder zwölf davon durchgeführt. Zumindest ist unser Übertragungsteam mit dem Medikament vertraut. Wir bleiben bei Imuran.«

Adam nickte.

Sie setzten die Transplantation auf den Operationskalender für den Donnerstagmorgen an. Mrs. Bergstrom im OP 3 und Miß Weld im OP 4.

Adam war gut bei Kasse und machte wesentlich weniger Nachtarbeit, kam jedoch noch immer nicht zu genügend Schlaf, jetzt wegen Gaby Pender. Sie besuchten Museen, gingen in Konzerte und nahmen an einigen Parties teil. Eines Abends blieben sie in Gabys Wohnung, und alles ließ sich sehr erfolgversprechend an, aber ihre Zimmergenossin kam nach Hause. An Tagen, an denen sie sich nicht sehen konnten, telefonierten sie miteinander.

Dann erzählte sie ihm Anfang November beiläufig, daß sie auf vier Tage nach Vermont fahren müsse, und fragte ihn, ob er mitkommen könne. Er überlegte, was sich aus diesem Angebot alles ergeben konnte, und dann ihre Wortwahl. »Was meinst du mit: du mußt?«

»Ich muß meinen Vater besuchen.«

»Oh.«

Warum nicht, dachte er. Er war der Bergstrom-Transplantation zugeteilt, aber Donnerstag abend konnten sie abreisen.

Regulär hatte er nur sechsunddreißig Stunden frei, aber er tauschte mit Meomartino eine künftige Doppelschicht, so daß sie mehr Zeit haben würden.

Miriam Parkhurst und Lewis Chin, die beiden Konsiliarchirurgen, hatten in den frühen Morgenstunden des Donnerstag im OP 3 einen dringenden Fall gehabt, einen mit viel Schmutz verbundenen Fall, was bedeutete, daß der ganze Operationssaal geschrubbt werden mußte, bevor Mrs. Bergstrom hineingebracht werden konnte. Adam wartete im Gang vor dem OP mit Meomartino neben den fahrbaren Krankentragen, auf denen die Zwillinge lagen, sediert, aber bei Bewußtsein.

»Peg?« sagte Melanie Bergstrom schläfrig.

Peggy Weld stützte sich auf einen Ellbogen und sah zu ihrer Schwester hinüber.

»Ich wollte, sie hätten uns eine Probe gegönnt.«

»Das hier können wir aus dem Stegreif.«

»Peg?«

»Mmm?«

»Ich habe dir die ganze Zeit noch nicht danke gesagt.«

»Fang nicht jetzt damit an, ich könnte es nicht aushalten«, sagte Peggy Weld trocken. Sie grinste. »Erinnerst du dich, daß ich dich, als wir noch Kinder waren, immer in die Damentoilette führte? In gewisser Weise nehme ich dich noch immer in die Damentoilette mit.«

Berauscht von Pentothal bekamen sie einen Kicheranfall, der in Schweigen verrann.

»Wenn mir irgend etwas zustößt, kümmere dich um Ted und die Mädchen«, sagte Melanie Bergstrom.

Ihre Schwester antwortete nicht.

»Versprichst du's, Peggy?« fragte Melanie.

»Oh, halt den Mund, du dumme Gans.«

Die Türen des OP 3 flogen auf, und zwei Pfleger kamen heraus, die den fahrbaren Kippeimer mit den Füßen vor sich her stießen.

»Gehört ganz Ihnen, Doc«, sagte der eine.

Adam nickte, und sie schoben Mrs. Bergstrom in den OP.

»Peg?« sagte sie wieder.

»Ich liebe dich, Mellie«, sagte Peggy Weld.

Sie weinte, als Adam ihren Wagen in den OP 4 schob. Ohne daß man es ihm sagen mußte, gab ihr der Dicke eine weitere Injektion in den Arm, bevor man sie auf den Operationstisch hob.

Adam ging sich die Hände schrubben. Als er zurückkam, saß der Anästhesist bereits auf seinem Hocker neben ihrem Kopf und hantierte an seinen Ziffernscheiben herum. Rafe Meomartino, der dem anderen OP zugeteilt war, stand über Peggy Weld und wischte ihr mit einem sterilen Mullstück sanft streichelnd die Nässe vom Gesicht.

Es ging reibungslos. Peggy Weld hatte sehr gesunde Nieren. Adam assistierte, während Lew Chin eine von ihnen entfernte, dann spülte er die Niere durch und sah im anderen OP zu, während Meomartino Kender bei der Übertragung half.

Danach verlief der Tag ohne Höhepunkte und rückte nur langsam vor, und Adam war sehr glücklich, Gaby zu sehen, als sie abends vorfuhr, um ihn abzuholen.

Auf der Straße sprachen sie sehr wenig. Die Landschaft war auf eine strenge herbstliche Weise sehr hübsch, aber bald wurde es finster, und außerhalb des Wagens war nichts zu sehen als sich bewegende Schatten; drinnen war Gaby im spärlichen Licht des Armaturenbretts eine liebliche Silhouette, die sich nur hie und da veränderte, etwa wenn sie einen langsamer fahrenden Wagen überholte oder bremste, um nicht durch ein Lastauto hindurchzusausen. Sie fuhr zu schnell; sie raste dahin, als jagten sie den Teufel oder Lyndon Johnson.

Sie merkte, daß er sie betrachtete, und lächelte.

»Paß lieber auf die Straße auf«, sagte er.

Als sie ins Vorgebirge kamen, sank die Temperatur. Er kurbelte das Fenster herunter und zog den scharfen Herbstgeruch ein, der in der Luft lag, die von den pflaumenblauen Bergen auf sie herunterströmte, bis Gaby ihn bat, das Fenster zu schließen, weil sie Angst hatte, sich zu erkälten.

Das Kurhotel ihres Vaters hieß Pender's North Wind. Es war ein großes, unregelmäßig angelegtes Landhaus, das in friedlicheren Zeiten große Tage erlebt hatte. Gaby bog von der Straße ab, fuhr zwischen zwei steinernen Wasserspeiern durch, einen langen, knirschenden Kiesweg entlang auf ein viktorianisches Herrenhaus zu, das unglaublich hoch aufragte, weil nur im Mittelteil des Erdgeschosses Lichter brannten.

Als sie aus dem Wagen stiegen, stieß irgend etwas in der Nähe, ein Tier oder ein Vogel, einen schrillen, hohen, klagenden Schrei aus, der immer wieder in einer rastlosen, kummervollen Litanei wiederholt wurde.

»Gott«, sagte er, »was ist das?«

»Ich weiß nicht.«

Ihr Vater kam zu ihrer Begrüßung heraus, als Adam die Reisetasche aus dem Wagen holte. Pender war ein großer Mann, mager und in guter Form, in Arbeitshosen und einem blauen Baumwollhemd. Sein Haar war grau, aber dicht und gewellt. Er sah sehr gut aus mit einem klaren Profil, das besonders eindrucksvoll gewesen sein mußte, als er noch jünger war.

Er scheute sich, seine Tochter zu küssen, merkte Adam. »Na«, sagte er. »Also hast du's geschafft, mit einem Freund. Freue mich, daß du diesmal jemanden mitgebracht hast.«

Sie machte die beiden Männer miteinander bekannt, und sie reichten sich die Hand. Mr. Penders Augen waren hell und hart. »Nennen Sie mich Bruce«, befahl er. »Lassen Sie die Taschen. Wir werden dafür sorgen, daß man sich um sie kümmert.« Er führte sie einen Seitenpfad hinunter, an einem Golfplatz vorbei, wo die letzten Nachtfalter um die Lichtträger flitzten, und blieb vor einer stummen, schimmernden Wasserfläche stehen. »Das hast du noch nicht gesehen, nicht wahr?«

»Nein«, sagte sie.

»Olympische Ausmaße. Darin könnte eine ganze verdammte Armee schwimmen, Wettschwimmen darin abhalten. Dennoch hättest du sehen sollen, wie es in diesem Sommer an schönen heißen Wochenenden mit Fleisch vollgepackt war. Hat mich einen Haufen Geld gekostet, war es aber wert.«

»Sehr hübsch«, sagte sie mit einer seltsam förmlichen Stimme.

Er führte sie durch eine Seitentür eine Innentreppe hinunter, durch einen Tunnel, und bald befanden sie sich in einer Kellerbar. Der Raum war für etwa zweihundert Menschen gebaut. Vor dem großen Kamin, in dem die Flammen über den Leichen dreier Scheiter tanzten und knisterten, saßen eine Frau und zwei kleine Mädchen und warteten, die gleichen schlanken bloßen Beine gegen das Feuer gestreckt, das sich schimmernd in dreißig gelackten Zehennägeln wie in kleinen blutroten Muscheln spiegelte.

»Sie hat einen Freund mitgebracht«, sagte Gabys Vater. Pauline, Gabys Stiefmutter, war eine sorgfältig gepflegte Rothaarige; ihr üppiger Körper war noch immer jung, aber nicht so jung, wie nach ihrem Haar zu schließen gewesen wäre. Die Mädchen, Susan und Buntie, waren ihre Töchter aus einer früheren Ehe, elf und neun Jahre alt und noch im Kicherstadium. Ihre vorsichtige Mutter redete wenig; wenn sie etwas sagte, schien jedes Wort vorausgeplant zu sein.

Bruce Pender warf noch ein Scheit ins Feuer, das für Adams Geschmack ohnehin schon zu heiß war. »Habt ihr gegessen?« Sie hatten schon vor langer Zeit gegessen, und Adam war jetzt hungrig, aber beide nickten. Mr. Pender schenkte mit schwerer Hand Drinks ein.

»Was hörst du von deiner Mutter?« fragte er Gaby.

»Es geht ihr gut.«

»Noch immer verheiratet?«

»Soweit ich weiß, ja.«

»Gut. Prima Frau. Zu schade, daß sie so ist, wie sie ist.«

»Ich glaube, es ist Zeit, daß ihr Kinder zu Bett geht«, sagte Pauline. Die Mädchen protestierten, fügten sich jedoch, schlüpften in ihre Schuhe und sagten schläfrig gute Nacht. Adam bemerkte, daß Gaby sie mit einer Wärme küßte, die sie Pauline oder ihrem Vater gegenüber nicht aufbrachte.

»Pauline kommt gleich wieder zurück«, sagte Bruce, als sie allein waren. »Das Haus ist gleich unten an der Straße.«

»Oh, Sie leben nicht hier im Hotel?«

Pender lächelte und schüttelte den Kopf. »Den ganzen Sommer lang und jedes Wochenende in der Skisaison ist dieses Haus ein Irrenhaus. Musikalische Betten. Mehr als tausend Gäste, hauptsächlich Alleinstehende, die heraufkommen, um einen Höllenwirbel zu veranstalten und Orgasmen zu haben.«

»Wie du siehst, ist mein Vater sehr taktvoll«, sagte Gaby.

Pender zuckte die Achseln. »Man muß die Dinge beim richtigen Namen nennen. Ich mache Geld damit, daß ich einen legalisierten Puff führe. Alle wirtschaftlichen Vorteile, keinerlei legales Risiko. Hauptsächlich New Yorker, aber gute Zahler, Unmengen von Bargeld.«

Sie schwiegen. »Silverstone«, sagte er. Er zwinkerte Adam zu. »Sie sind ein Judenjunge?«

»Mein Vater ist Jude. Meine Mutter war Italienerin.«

»Oh.« Er schenkte weiter Schnaps für sich, Gaby und die abwesende Pauline ein. Adam legte abwehrend die Hand über das Glas.

»Im vergangenen Sommer, eines Morgens ungefähr gegen zwei Uhr«, sagte Pender, »wäre um ein Haar einer im Springbrunnen auf dem Rasen ertrunken. Nicht im Schwimmbecken, wohlgemerkt, im Springbrunnen. Originell. Zwei Collegestudenten, stockbesoffen.«

Gaby sagte nichts und nippte an ihrem Drink.

»Einige Mädchen sind außerdem zum Anbeißen. Aber Pauline hält mich kurz.« Er trank nachdenklich. »Das ist natürlich ihr Haus. Ich meine, es ist auf ihren Namen geschrieben. Gabys Mutter hat mich ausgeräumt. Hat mich bar zahlen lassen.«

»Sie hatte ihre Gründe, teurer Vater.«

»Zum Teufel mit den Gründen.« Er trank.

»Ich kann mich noch gut an die Szenen aus meiner Kindheit erinnern, Väterchen. Bietet ihr, du und die liebe Pauline, Suzy und Buntie das gleiche Theater?«

Pender sah seine Tochter ausdruckslos an. »Ich habe geglaubt, daß man leichter mit dir auskommt, wenn ein Gast da ist«, sagte er.

Draußen setzte das klagende Tremolo wieder ein. »Was ist das nur?« fragte Adam.

Pender schien gewillt, das Thema zu wechseln. »Kommen Sie«, sagte er. »Ich zeig' es Ihnen.«

Auf dem Weg nach draußen schaltete er ein Außenlicht an, das einen Teil des Rasens hinter dem Schwimmbecken beleuchtete. In einem Drahtkäfig schritt ein großer Waschbär wie ein Löwe auf und ab, die kleinen Augen funkelten bösartig rot in der schwarzen Gesichtsmaske.

»Wo haben Sie den her?« fragte Adam.

»Einer der Collegejungen holte ihn mit einer Stange aus einem Baum und fing ihn, indem er einen Brotkarton darüberstülpte.«

»Werden Sie ihn als eine – Touristenattraktion halten?«

»Teufel, nein, sie sind gefährlich. Eine Bärin wie die hier kann einen Hund umbringen.« Er hob einen Besen auf, stieß den Stiel durch den Draht und bohrte ihn in die Rippen des Tieres. Die Waschbärin drehte sich um; ihre Pfoten, die zierlichen Damenhänden glichen, ergriffen den Stock, das Maul schnappte nach ihm und zersplitterte ihn. »Sie ist läufig. Ich habe sie hierhergebracht, damit sie Bärenmännchen anlockt.« Er wies auf zwei kleinere Kisten am Rand des Lichttümpels. »Fallen.«

»Was tun Sie mit ihnen, wenn Sie sie gefangen haben?«

»Köstlich rösten, mit Süßkartoffeln. Delikatesse.«

Gaby wandte sich ab, ging ins Haus zurück, und sie folgten ihr. Als sie sich mit frischen Drinks vor den Kamin setzten, kam Pauline herein.

»Brr«, sagte sie und klagte über die Nachtkühle. Sie schmiegte sich an ihren Mann und stellte Gaby Fragen über die Hochschule. Bruce legte den Arm um sie und zwickte besitzbetont einmal in eine der melonenrunden Brüste. Adam schaute weg. Die beiden Frauen sprachen weiter und taten, als hätten sie nichts bemerkt.

Das Gespräch schleppte sich mühsam dahin und wurde mitunter aus reiner Verzweiflung wieder lebhafter. Sie sprachen über Theater, Baseball, Politik. Mr. Pender beneidete Kalifornien, weil es Ronald Reagan hatte, murmelte in sein Glas, daß die Republikanische Partei durch Rockefeller und Javits nur verdorben werde, behauptete, die Vereinigten Staaten sollten die Kraft aufbringen und Rotchina in einem 4. Juli-Feuerwerk von Atomexplosionen ausradieren. Adam, nunmehr fasziniert von seiner ungeheuren Abneigung gegen den Mann, konnte es nicht über sich bringen, ernsthaft über den Massenwahn zu streiten. Außerdem war er unglaublich müde. Nachdem er dreimal gegähnt hatte, nahm Pender endlich die fast leere Flasche Bourbon an sich zum Zeichen, daß der Abend vorbei sei. »Gewöhnlich bringen wir Gabriele bei uns im Haus unter. Aber angesichts dessen, daß sie sich einen Spielgefährten mitgebracht hat, haben wir euch im dritten Stock Zimmer nebeneinander gegeben.«

Sie sagten Pauline gute Nacht, die dasaß und sich nachdenklich mit einem der scharfen Fingernägel, die in der Farbe zu ihren blutroten Zehen paßten, den schmalen weißen Fuß kratzte. Pender führte sie hinauf.

»Gute Nacht«, sagte Gaby kalt, sichtlich zu beiden Männern. Sie ging in ihr Zimmer, ohne sie anzusehen, und schloß die Tür.

»Alles, was Sie brauchen, müssen sie sich selbst holen. Gabriele weiß, wo alles ist. Ihr habt das ganze gottverdammte Haus für euch.«

Wie konnte ein Mann so lüstern grinsen, wenn das Mädchen, von dem er glaubt, daß es sofort Verkehr haben wird, seine eigene Tochter ist, fragte sich Adam.

Er war überzeugt, daß Gaby auf der anderen Seite der geschlossenen Tür horchte.

»Gute Nacht«, sagte er.

Pender winkte ihm und ging.

Adam legte sich angezogen aufs Bett. Er hörte, wie Pender die Treppe hinunterging, kurz mit seiner Frau zusammen lachte, und dann das Geräusch beider, als sie das Hotel verließen. Das alte Haus war sehr still. Im Zimmer nebenan konnte er Gaby Pender umhergehen hören, offensichtlich machte sie sich zum Schlafen bereit.

Die Zimmer waren durch ein Badezimmer getrennt. Er durchquerte es und klopfte an die geschlossene Tür.

»Was ist?«

»Möchtest du gern mit mir reden?«

»Nein.«

»Nun, dann gute Nacht.«

Er schloß die beiden Badezimmertüren, zog seinen Pyjama an, löschte das Licht und lag im Dunkeln. Vor dem offenen Fenster zirpten Grillen eine schrille Serenade, vielleicht in der Ahnung, daß der Frost, der sie töten würde, irgendwo dicht über dem Horizont lauerte. Die Waschbärin jammerte verzweifelt und weinerlich. Gaby Pender ging ins Badezimmer, und er konnte durch die geschlossene Tür das Rieseln und die Wasserspülung hören, Geräusche, die ihn trotz seiner langen klinischen Erfahrung starr daliegen und ihren Vater hassen ließen.

Er stand auf und schaltete das Licht ein. Auf dem Schreibtisch lag Briefpapier mit dem Briefkopf des Hotels. Er benützte seine eigene Feder und schrieb so schnell, als kritzelte er ein Rezept.

An den Beauftragten für
Fischerei und Wildhege
Montpellier, Vermont

Sehr geehrte Herren,

Ein großer weiblicher Waschbär, ungesetzlicherweise gefangen, wird in diesem Hotel in einem Käfig als Köder für illegales Fangen männlicher Waschbären gehalten. Ich habe mit angesehen, wie das Tier mißhandelt wurde, und ich stelle mich gern als Zeuge zur Verfügung. Ich bin an der Chirurgischen Station des Suffolk County General Hospital in Boston zu erreichen. Ich ersuche um Ihre unverzügliche Untersuchung des Falles, da die Waschbären verzehrt werden sollen.

Hochachtungsvoll
Dr. med. Adam R. Silverstone

Er steckte das Schreiben in einen Briefumschlag, befeuchtete den Umschlag mit der Zunge und versiegelte ihn sorgfältig, fand Marken in seiner Brieftasche und klebte eine auf, dann steckte er den Brief in seine Reisetasche und legte sich wieder ins Bett. Ungefähr eine Viertelstunde lang warf er sich herum, trotz seiner überwältigenden Müdigkeit überzeugt, daß er jetzt nicht einschlafen konnte. Das alte Hotel knarrte, als hüpften wollüstige Geister von Zimmer zu Zimmer in die Betten und schwangen befreite Keuschheitsgürtel statt Ketten. Die Grillen zirpten ihren schrillen Schwanengesang. Der Waschbär weinte und wütete. Einmal dachte Adam, er höre Gaby weinen, entschied jedoch, daß er sich vielleicht geirrt hatte. Und schlief ein.

Er wurde – seinem Gefühl nach fast sofort danach – von ihrer Hand geweckt.

»Was ist?« fragte er und dachte zuerst, er sei im Krankenhaus.

»Adam, bring mich weg von hier.«

»Natürlich«, sagte er benommen, halb im Schlaf, halb wach, und schloß dann die Augen gegen das Licht, als sie es aufdrehte. Er sah, daß sie in Hosen und Sweater war. »Du meinst, jetzt?«

»Auf der Stelle. Jetzt sofort.« Ihre Augen waren verweint. Eine Welle von Zärtlichkeit und Mitleid überschäumte ihn. Gleichzeitig drückte ihm die Müdigkeit den Kopf in das Kissen zurück.

»Was werden sie denken?« sagte er. »Ich glaube nicht, daß wir einfach bei Nacht und Nebel verschwinden sollten.«

»Ich hinterlasse einen Brief. Ich sage ihnen, daß du vom Krankenhaus zurückgerufen wurdest.«

Er schloß die Augen.

»Wenn du nicht mitkommst, fahre ich allein.«

»Geh den Brief schreiben. Ich ziehe mich inzwischen an.«

Sie mußten sich die breite Treppe im Finstern hinuntertasten. Der Mond stand jetzt niedrig, warf jedoch ein Licht, durch das sie ihren Weg zum Wagen leicht zurückgehen konnten. Die Grillen waren eingeschlafen, oder was immer sie taten, wenn sie zu zirpen aufhörten. Hinter dem Becken sang der arme Waschbär noch immer sein Klagelied.

»Warte«, sagte sie.

Sie drehte die Scheinwerfer auf und kniete in ihrem Licht nieder, um einen großen Stein auszusuchen. Als er ihr folgen wollte, hielt sie ihn zurück. »Ich will es allein machen.«

Er saß auf dem Ledersitz, der naß vom Tau war, und fröstelte, während sie das Schloß des Käfigs zerschlug, und fragte sich, ob er den Brief mit der Anzeige gegen ihren Vater wirklich abgesandt hätte. Nach einem Augenblick verstummte das Wehklagen. Er hörte, daß sie zu ihm zurücklief, dann das Geräusch eines Aufschlages und ihr Fluchen.

Als sie den Wagen erreichte, lachte und schluchzte sie gleichzeitig und sog an ihrer abgeschürften Handfläche. »Ich hatte Angst, daß sie mich beißen würde, und als ich wegrannte, stolperte ich über eine der Fallen«, sagte sie. »Ich bin fast in das gottverdammte Schwimmbecken gestürzt.«

Er begann mit ihr zu lachen; sie lachten den ganzen Weg die lange Auffahrt hinunter, an den steinernen Wasserspeiern vorbei und auf der Überlandstraße. Als er zu lachen aufhörte, sah er, daß sie weinte. Einen Augenblick überlegte er, ob er das Lenkrad von ihr übernehmen sollte, damit sie ungestört weinen konnte, aber er war so müde, daß er möglicherweise hinter dem Steuer eingeschlafen wäre.

Sie gehörte zu den Menschen, die geräuschlos weinen; es ist viel schlimmer, solche Leute zu beobachten als die dramatischen, dachte er.

»Hör zu«, sagte er schließlich mühsam, da seine Stimme schwer vor Müdigkeit war, als sei er betrunken. »Du hast kein Monopol auf gräßliche Eltern. Bei deinem Vater ist es der Sex, bei meinem die Flasche.«

Er erzählte ihr die wesentlichen Einzelheiten über Myron Silberstein, nüchtern, sachlich und ohne Erregung, und ließ nur sehr wenig aus: die Geschichte eines Wandermusikanten aus Dorchester, der zufällig in eine Anstellung im Orchesterraum des Davis-Theaters in Pittsburgh geraten war und eines Abends ein viel jüngeres und unerfahrenes, kleines italienisches Mädchen kennenlernte.

»Ich bin überzeugt, er hat sie nur geheiratet, weil ich unterwegs war«, sagte er. »Er begann zu trinken, noch bevor ich mich an ihn erinnern konnte, und er hat noch nicht damit aufgehört.«

Als sie wieder auf der Route 128 waren und der Wagen sich in die Nacht hinein in die Richtung bohrte, aus der sie gekommen waren, berührte sie seinen Arm.

»Wir könnten der Beginn einer neuen Generation sein«, sagte sie.

Er nickte und lächelte. Dann schlief er ein.

Als er erwachte, überquerten sie soeben die Sagamore-Brücke.

»Wo, zum Teufel, sind wir?«

»Wir hatten unsere Freizeit schon arrangiert«, sagte sie. »Es schien mir zu schade, einfach heimzufahren und die freien Tage zu verschwenden.«

»Aber wohin fahren wir?«

»An einen mir bekannten Ort.«

Er schwieg wieder und ließ sie fahren. Fünfundvierzig Minuten später waren sie in Truro, dem Wegweiser nach, der kurz aufleuchtete, als sie den Wagen von der Route 6 weg und auf eine Straße nach Cape Cod lenkte, zwei Wagenspuren aus weißem Sand, zwischen denen ein Streifen Riedgras wuchs. Sie fuhren eine kleine Anhöhe hinauf, und rechts, hoch über ihnen, tastete ein sich drehender Lichtfinger den schwarzen Himmel am Rand des Meeres ab. Plötzlich war der Lärm der Brandung da, als hätte ihn jemand mit einem Schalter angedreht.

Der Wagen rollte ganz langsam dahin. Er wußte nicht, was sie suchte, aber sie fand es schließlich und lenkte das Auto von der Straße weg. Er sah nichts als tintenschwarze Nacht, aber als sie ausstiegen, vermochte er die massigere Dunkelheit eines kleinen Hauses zu erkennen.

Ein sehr kleines Gebäude, ein Bauernhaus oder eine Hütte.

»Hast du einen Schlüssel?«

»Es gibt keinen Schlüssel«, sagte sie. »Es ist von innen verriegelt. Wir gehen durch den Geheimeingang.«

Sie führte ihn hinten herum, und kleine Föhren zerrten mit unsichtbaren Fingern an ihnen. Die Fenster waren mit Brettern vernagelt, sah er bei näherer Untersuchung. »Zieh fest an den Brettern«, sagte sie.

Er tat es, und die Nägel glitten so leicht heraus, als wären sie es gewohnt. Sie schob das Fenster hoch und schlüpfte über das niedrige Fensterbrett hinein. »Gib auf deinen Kopf acht«, sagte sie.

Er schlug ihn sich trotzdem an, an der oberen Schlafkoje. Das Zimmer war nicht viel größer als ein Wandschrank und ließ seine Kammer im Krankenhaus im Vergleich dazu geräumig erscheinen. Die derben Holzkojen nahmen den meisten Platz ein, so daß man gerade knapp zur Tür durchgehen konnte. Die nackten Glühbirnen leuchteten auf, wenn man an Schnüren zog. Es waren noch zwei andere Kammern vorhanden, ganz ähnlich der, durch die sie eingedrungen waren; ein winziges Badezimmer mit Dusche, aber ohne Wanne; ein Mehrzweckraum mit Kücheneinrichtung, ein altersschwacher Schaukelstuhl und ein mottenzerfressenes Sofa voller Beulen und Gruben. Der Zimmerschmuck war klassischer Cape-Cod-Stil: Meeresmuscheln als Aschenbecher, ein Hummerkorb als Kaffeetisch, Seeigel und Seesterne auf dem Kaminsims, eine gebrauchsfertige Angelrute lehnte in einer Ecke, in einer anderen stand ein Gasherd, den sie fachmännisch in Gang setzte und mit Leichtigkeit anzündete.

Er stand schwankend da. »Was kann ich tun?« fragte er.

Sie sah ihn an und erkannte zum erstenmal, wie müde er war. »O Gott«, sagte sie. »Adam, es tut mir so leid.« Sie führte ihn zu einer unteren Koje, zog ihm die Schuhe aus, deckte ihn zärtlich mit einer braunen Wolldecke zu, die ihn am Kinn kitzelte, küßte ihn auf die Augen, schloß ihm damit die Lider und ließ ihn allein, damit er im Tosen der Brandung versinken konnte.

Endlich erwachte er beim Tuten von Nebelhörnern, das wie ein ungeheures Magenknurren klang, vom Duft und Gebrutzel des Essens und mit dem Gefühl, daß er im Zwischendeck auf einem sehr kleinen Schiff reiste. Ein rauchiger Nebel trübte das Fenster und machte es stumpf wie die Augen eines kleinen Waisenmädchens.

»Ich habe gehofft, daß du lange schläfst«, sagte sie, den Speck wendend. »Aber ich bin so verdammt hungrig geworden, daß ich zu dem Laden am Campingplatz um Lebensmittel fahren mußte.«

»Wem gehört diese Hütte?« fragte er und sah sich schon samt Gaby wegen Einbruchs verhaftet.

»Mir. Sie wurde mir als kleines Legat von meiner Großmutter vermacht. Mach dir keine Sorgen, wir sind legal hier.«

»Jesus, eine Erbin.«

»Es gibt viel heißes Wasser aus einem guten Boiler«, sagte sie stolz. »Zahncreme ist im Schränkchen.«

Die Dusche stellte seine Begeisterung wieder her, aber der Inhalt der Hausapotheke dämpfte sie wieder. Da lag ein Ding, von dem er zuerst fürchtete, daß es eine Birnspritze sei, das sich aber als Klistierspritze herausstellte, daneben Arzneien, Nasentropfen und Augentropfen, Aspirin und schmerzstillende Mittel verschiedenster Art sowie ein Durcheinander von Vitaminen, unbeschrifteter Pillen und Fläschchen, die Ansammlung einer Hilf-dir-selbst-Apotheke einer pillensüchtigen Neurotikerin.

»Gott«, sagte er verdrießlich, als er auftauchte, »willst du mir einen Gefallen tun?«

»Was für einen?«

»Diesen ... Mist in deinem Schränkchen wegschmeißen.«

»Ja, Herr Doktor«, sagte sie zu nachgiebig.

Sie frühstückten Pfirsiche aus der Dose, Speck und Eier und tiefgekühlte Maiskolben, die am Toaster kleben blieben und als Krümel gegessen werden mußten.

»Du machst den besten Kaffee der Welt«, sagte er in milderer Stimmung.

»Spezielle Kenntnis der Kaffeebraukunst. Ich habe ein Jahr lang allein hier gelebt.«

»Ein ganzes Jahr? Du meinst, den ganzen Winter hindurch?«

»Gerade im Winter. Unter solchen Umständen kann eine gute Tasse Kaffee absolut lebensrettend sein.«

»Warum wolltest du dich verkriechen?«

»Nun, ich will es dir sagen. Man hat mich sitzengelassen.«

»Wirklich?«

»Wirklich.«

»Der verdammte Narr.«

Sie lächelte. »Danke, Adam. Das ist sehr lieb.«

»Es ist mein Ernst.«

»Nun, wie dem auch sei. Zusammen mit meinem nicht gerade idealen Verhältnis zu meinen Eltern – mit dem du etwas vertraut geworden bist – bin ich echt gemütskrank geworden. Ich glaubte, was für einen Thoreau gut war, müsse für alle gut sein. Also nahm ich einige Bücher und bin hergekommen. Um die Dinge zu Ende zu denken. Um herauszufinden, wer ich wirklich bin.«

»Hast du das? Herausgefunden, meine ich.«

Sie zögerte. »Ich glaube ja.«

»Dann bist du zu beneiden.«

Er half ihr beim Geschirrspülen. »Es sieht so aus, als wären wir eingenebelt«, sagte er, als sie die Tassen aufstapelten.

»O nein. Hol dir eine Jacke. Ich will dir etwas zeigen.«

Vor der Hütte führte sie ihn über einen Pfad, der in der niedrigen, dichten Vegetation fast nicht zu erkennen war. Adam erkannte Lorbeer und hie und da eine blattlose Strandpflanze. Der Nebel war so dicht, daß Adam nur die nächsten paar Schritte weit und den schönen Schwung ihrer Hüfte in den enganliegenden Blue jeans direkt vor sich sehen konnte.

»Weißt du auch, wohin du gehst?«

»Ich könnte mit geschlossenen Augen gehen. Vorsicht jetzt. Langsam. Wir sind fast da.«

Die Klippe, an deren Rand sie stehenblieben, schien senkrecht in die Tiefe zu fallen. Der Nebel stand wie eine Wand vor ihnen, aber er spürte den Abgrund unter ihnen — trotz des dichten Nebels —, der in Adams Phantasie grauenerregend war, ähnlich dem, in den er sich einst, um Geld in Bensons Aquacade zu machen, vom Dreißig-Meter-Turm stürzte.

»Ist es steil? Und tief?«

»Sehr steil. Und ziemlich tief. Es erschreckt alle, wenn sie ihn zum erstenmal sehen. Aber es ist ungefährlich. Ich komme hinunter, wenn ich mich niedersetze und mit dem Hintern auf einer kleinen Erdscholle hinunterfahre.«

»Na, kein übles Fahrzeug.«

Sie grinste, nahm es als Kompliment. Während er sich nervös in einiger Entfernung hinter sie setzte, ließ sie die Füße über den Rand der Klippe baumeln und sog mit geschlossenen Augen den kalten salzigen Nebel ein.

»Du liebst es«, sagte er vorwurfsvoll.

»Die Küste hier ändert sich ständig, ist aber trotzdem noch immer so, wie sie war, als mein Großvater diese Hütte für meine Großmutter bauen ließ. In Provincetown bietet mir ein Grundstücksmakler ständig ein kleines Vermögen für den Grund, aber ich will, daß meine Kinder es sehen, und Ihre Kinder auch. Es ist ein Teil der John-F.-Kennedy-Seashore, daher darf hier nichts anderes gebaut werden, aber der Ozean knabbert an dem Land und nimmt jedes Jahr ein paar Fuß weg. In ungefähr fünfzig Jahren wird die Klippe fast bis zur Hütte abgenagt sein. Ich werde das Haus zurücksetzen lassen müssen, sonst holt es sich der Ozean.«

Ihm war es, als hingen sie schwebend im Nebel. Weit unten dröhnte und zischte die Brandung. Er lauschte und schüttelte den Kopf.

»Was ist?« fragte sie.

»Der Nebel. Es ist eine fremdartige Atmosphäre.«

»An Land nicht ganz so. Im Wasser ist er etwas völlig Fremdes, ein fast mystisches Erlebnis«, sagte sie. »Als ich hier lebte, brauchte ich keinen Badeanzug und ging im Nebel nackt baden. Es war unbeschreiblich – als würde man zu einem Teil des Meeres.«

»Ist das nicht gefährlich?«

»Man kann die Brandung hören, selbst von weit draußen. Sie sagt einem, wo das Land ist. Ein paarmal ...« Sie ließ den Anfang des Satzes ungewiß in der Luft hängen, dann aber, als hätte sie einen Entschluß gefaßt, fuhr sie fort: »Ein paarmal schwamm ich hinaus, hatte aber nicht den Mut, weiterzuschwimmen.«

»Gaby, warum wolltest du weiterschwimmen?« Hinter ihnen im Nebel begann eine Wachtel zu rufen. »Hat dir der Mann, der dich verließ, so viel bedeutet?«

»Nein, er war ein Junge, kein Mann. Aber ich war .. Ich dachte, daß ich im Sterben liege.«

»Warum?«

»Ich hatte furchtbare Schmerzen. Dann wieder stellenweise Gefühllosigkeit, überwältigende Müdigkeit. Die gleichen Symptome, die meine Großmutter hatte, als sie im Sterben lag.«

Ah. Plötzlich paßte die Sammlung von Quacksalbereien im Medizinschränkchen zu der Erzählung. »Klingt wie ein klassischer Fall von Hysterie«, sagte er sanft.

»Natürlich.« Sie ließ eine Handvoll Sand durch die Finger rieseln. »Ich weiß, daß ich eine Hypochonderin bin. Aber damals war ich überzeugt, daß mich eine schreckliche Krankheit das Leben kosten würde. Wenn man überzeugt ist, daß man so eine Krankheit hat, kann das genauso schlimm sein, als hätte man sie wirklich. Glauben Sie mir, Herr Doktor.«

»Ich weiß.«

»Vermutlich war das Schwimmen ein Weg, herauszufinden, was ich fürchtete, ein Versuch, Schluß damit zu machen.«

»Jesus, aber warum bist du hierhergekommen? Warum bist du nicht zu einem Arzt gegangen?«

Sie lächelte. »Ich bin ja bei Ärzten gewesen, noch und noch. Ich habe ihnen einfach nicht geglaubt.«

»Glaubst du ihnen jetzt, wenn sie sagen, daß du in Ordnung bist?«

Sie lächelte. »Meistens.«

»Das freut mich«, sagte er. Irgendwie wußte er, daß sie log. Der Nebel um sie herum begann sich zu lichten. Über ihnen drang ein Glanz durch den Dunst.

»Was haben deine Eltern dazu gesagt, daß du hier draußen allein lebst?«

»Meine Mutter hatte eben wieder geheiratet. Sie war ... zu beschäftigt. Gelegentlich kam ein Brief von ihr. Von meinem Vater nicht einmal eine Postkarte.« Sie schüttelte den Kopf. »Er ist wirklich ein Schwein, Adam.«

»Gaby ...« Er suchte die richtigen Worte. »Ich mag ihn nicht, aber wir haben alle unsere Fehler, jeder von uns. Ich wäre ein Heuchler, wenn ich ihn verurteilte. Ich bin überzeugt, daß ich das meiste von dem getan habe, weswegen du ihn haßt.«

»Nein.«

»Ich war den größten Teil meines Lebens auf mich allein gestellt. Ich habe viele Frauen gekannt.«

»Du verstehst nicht. Er hat mir nie etwas gegeben. Nie einen Teil von sich. Er bezahlte mein Hochschulstudium, dann lehnte er sich bequem zurück und wartete, daß ich ihm gebührend dankbar sei.«

Adam sagte nichts.

»Ich habe das Gefühl, daß du dir dein Mittelschulstudium selbst verdient hast«, sagte sie.

»Ich bin dank meinem Onkel Vito durch die Mittelschule in Pittsburgh gekommen.«

»Deinem Onkel?«

»Ich hatte drei Onkel. Joe, Frank und Vito. Frank und Joe waren stark wie Stiere, sie arbeiteten in Stahlwerken. Vito war groß, aber zart. Er starb, als ich fünfzehn war.«

»Er hinterließ dir Geld?«

Er lachte. »Nein. Er hatte kein Geld. Er war Wäschebeschließer im Umkleideraum der Zweigstelle East Liberty des Pittsburgher Christlichen Jungmännervereins. Und unter anderem drückte er auf den kleinen Summer, wenn die Leute in das Schwimmbecken durften. Jeden Tag, wenn ich aus der Schule kam und die *Pittsburgh Press* ausgetragen hatte, ging ich in die

Whitfield Street, und Vito ließ mich in das Schwimmbecken. Als sie schließlich mitkriegten, daß ich kein Eintrittsgeld zahlte, kannte mich schon jeder, und sie gaben mir ein Stipendium des Zeitungsjungen-Klubs. Ein großer Trainer, Jack Adams, nahm mich in die Hand, und als ich zwölf war, war ich Kunsttaucher. Ich tauchte so viel, daß ich mir eine Ohreninfektion zuzog, deshalb höre ich jetzt schlecht.«

»Das habe ich nie bemerkt. Bist du taub?«

»Nur ganz leicht, links. Gerade genug, um nicht zum Militär eingezogen zu werden.«

Sie berührte sein Ohr. »Armer Adam. Hat es dich sehr gestört?«

»Nicht wirklich. Als Taucher vertrat ich den Verein und meine Mittelschule, und als Mitglied der Schwimmannschaft lebte ich vier Jahre in Pitt von einem Sportstipendium. Ich schöpfte aus dem vollen. Dann entdeckte ich in meinem ersten Jahr an der Medizinischen Schule, daß ich plötzlich wieder arm war. Um Geld für Essen und ein Bett aufzutreiben, holte ich jeden Morgen die Wäsche von allen Schlafsälen für eine Trockenreinigung und lieferte sie wieder ab. Und jeden Abend legte ich dieselbe Tour mit einem Karton Sandwiches zurück.«

»Ich wollte, ich hätte dich damals gekannt«, sagte sie.

»Ich hätte keine Zeit gehabt, mit dir auch nur zu reden. Nach einer Weile mußte ich sowohl den Reinigungsdienst als auch die Tour mit den belegten Broten aufgeben, die Schule stellte zu hohe Anforderungen. Zwei Semester arbeitete ich in einem billigen Restaurant für meine Mahlzeiten, und für mein Zimmer lieh ich mir Geld von der Universität. Im ersten Sommer arbeitete ich als Kellner in einem Hotel in den Poconos. Ich hatte eine Affäre mit einem der weiblichen Gäste, einer reichen Griechin, deren Mann sich nicht scheiden ließ; er war Präsident eines Warenhauskonzerns. Sie lebte in Drexel Hill, nicht weit von meiner Universität. Ich sah sie ständig, fast ein Jahr lang.«

Gaby saß da und hörte zu.

»Es war nicht bloß eine Affäre. Manchmal gab sie mir Geld. Ich mußte nicht arbeiten. Wenn sie mich anrief, ging ich zu ihr, und nachher steckte sie mir oft eine Banknote in die Tasche. Eine große Banknote.«

Sie hatte den Kopf von ihm abgewandt. »Hör auf«, sagte sie.

»Schließlich stellte ich meine Besuche ein. Ich konnte mich selbst nicht mehr ausstehen. Ich bekam einen Job als Kohlenschaufler, wo ich für mein Geld wirklich schwitzen mußte, wie zur Sühne.«

Von weit her begann eine zweite Wachtel der ersten zu antworten.

Jetzt sah sie ihn an. »Warum erzählst du mir das?«

Weil ich ein Narr bin, dachte er staunend. »Ich weiß nicht. Ich habe es noch nie jemandem erzählt.«

Wieder streckte sie die Hand aus und berührte sein Gesicht. »Darüber bin ich froh.« Nach einem Augenblick sagte sie: »Darf ich dich etwas fragen?«

»Natürlich.«

»Wenn du mit jener Frau beisammen warst . . . nun, das war eine flüchtige Affäre. Aber mit jemandem, den du liebst – ist es dann anders?«

»Ich weiß es nicht«, sagte er. »Ich habe noch nie jemanden geliebt.«

»Das ist wie . . . wie bei Tieren.«

»Wir sind Tiere. Es ist nichts dabei, Tier zu sein.«

»Aber wir sollten mehr sein.«

»Das ist nicht immer möglich.«

Der Nebel zerriß. Adam sah einen ungeheuren Sonnenreflektor durch den Dunst schimmern, viel mehr Ozean, als er je gesehen hatte. Der Strand war breit, weiß, nur an den höher gelegenen Rändern von Strandgut und Treibholz gesäumt, an der tiefer gelegenen Küste glänzend und hart und von Brechern glattgehämmert, so daß er in der Sonne funkelte.

»Ich wollte, daß du das siehst«, sagte sie. »Hier saß ich immer und sagte mir, wenn man dort unten alle die scheußlichen Schmerzen und das Leid aufhäufte, würde sie die Flut wegschwemmen.«

Er dachte darüber nach, als sie zu seinem Entsetzen einen freudigen Schrei ausstieß und vor seinen Augen über den Rand des Abgrunds verschwand, der weit unten in einem schwindelerregenden Winkel von mindestens hundert Grad endete. Ihre Sitzbacken hinterließen in dem weichen roten Sand eine gerade Furche. Im nächsten Augenblick lachte sie von unten zu ihm herauf. Es blieb ihm nur eines übrig. Er setzte sich auf den

Rand, schloß die Augen und glitt hinunter. Die Allmacht schleuderte ihn lodernd in furchtbarem Verderben und Brand aus den ewigen Himmeln hinab in bodenlose Verdammnis. John Milton. Er hatte Sand in den Schuhen, und zweifellos war seine Scholle nicht groß genug gewesen: sein Gesäß war aufgeschunden. Das Mädchen bog sich vor Lachen. Als er die Augen öffnete, sah er, daß sie, wenn sie glücklich war, äußerst hübsch war; nein, mehr als das, sie war das schönste Mädchen, das er je gesehen hatte.

Sie kämmten den Strand ab, fanden eine Anzahl stinkender Schwämme, aber keinen Schatz.

Als sie zu frieren begannen, versuchten sie erfolglos, den Sand aus ihren Schuhen zu klopfen, kletterten die steile Klippe über die altersschwache Holztreppe empor und gingen in die warme Hütte zurück. Die Sonne strömte durch das Fenster und übergoß das verbeulte Sofa. Während er im Kamin Feuer machte, legte sie sich nieder, und als es prasselte, machte sie Platz für ihn; er legte sich neben sie, und sie schlossen die Augen und ließen den Sonnengott ihre Welt in einen großen roten Kürbis verwandeln.

Nach langer Zeit öffnete er die Augen, rollte sich herum, küßte sie sehr zart und berührte sie noch zärtlicher mit den Fingerspitzen. Ihre Lippen waren warm und trocken und salzig. Es war still, bis auf die Brandung und das Gekreisch einer Möwe draußen, das Knistern des Feuers und ihres Atems drinnen. Er berührte ihre kleine, feste Brust durch das blaue Wollhemd, und sie dachten beide an ihren Vater, als er die gleiche Geste in ein verächtliches Brandmal verwandelte, mit dem er seine Frau gezeichnet hatte.

Das hier ist etwas anderes, sagte er ihr stumm. Verstehe es. Bitte verstehe es. Er konnte in ihr ein schwaches Zittern wie einen unterdrückten Schauer spüren, mehr Angst als Verlangen, die sich irgendwie, trotz all der Mädchen und Frauen, die er besessen hatte, auf ihn übertrug, so daß auch er zu zittern begann; dennoch ließ er seine Hand weiter den Raum zwischen ihnen überbrücken, bis er spürte, daß das Zittern nachließ, seines und ihres. Diesmal küßte sie ihn, zuerst zögernd, und dann in einem Gefühlsausbruch, als wollte sie ihn verschlingen, und es erschütterte ihn; schließlich trennten sie sich in stummer

Übereinkunft und halfen einander hastig mit Dingen wie Knöpfen, Reißverschlüssen und Schnallen. Es war, wie er es erwartet hatte: keine weißen Stellen, keine Trägerzeichen, sah er mit flüchtigen Blicken, die seine Beine unter ihm wegzogen.

»Du hast einen kleinen Dickbauch«, bemerkte sie.

»Ich bin regelmäßig gelaufen«, sagte er, sich verteidigend.

»Du bist sehr fest«, sagte er.

»Nicht immer.«

Dann lagen sie wieder dicht beieinander. Gott, wie süß in der warmen Sonne! Sie küßte sein beschädigtes Ohr und weinte, und er erkannte mit einem plötzlichen neuen Gefühl, daß er nichts nehmen wollte, er sehnte sich nur danach, zu geben, ihr zärtlich alles, was er in der Welt besaß, zu geben, alles, das Adam Silverstone war.

Schließlich verspürten sie Hunger.

»Morgen«, sagte sie, »stehen wir rechtzeitig für die frühe Flut am Head-of-the-Meadow auf. Ich fange dir einige kleine, aber dicke Flundern, und du kannst sie als guter Chirurg für mich putzen, und ich röste sie dir auf Holzkohle, eingerieben mit frischem Zitronensaft und einer Menge Butter.«

»Mmm . . .« Dann: »Aber was ist mit heute?«

»Heute . . . wir haben noch einige Eier übrig.«

»Glaube ich nicht.«

»Portugiesische Suppe?«

»Was ist das?«

»*Specialité de la région.* Nudeln und Gemüse, hauptsächlich Kohl und Tomaten, mit Schweinefleisch zusammen gekocht. In Provincetown gibt es ein gutes Lokal. Mit heißem knusprigen Weißbrot serviert. Dazu gutes kaltes Bier vom Faß, wenn du magst.«

»Gemacht, Charlie.«

»Ich bin kein Charlie.« Sie funkelten einander an, und er grinste.

»Das habe ich gemerkt.«

Sie wanderten im Zimmer herum, hoben hingeworfene Kleidungsstücke vom Fußboden auf, zogen sich nur leicht verlegen an, gingen dann zum Wagen hinaus und fuhren langsam durch den vollkommenen Tag die Route 6 hinunter, an den Dünen vorbei, die fünf Meilen nach Provincetown. Sie aßen die Suppe, die heiß und rauchig schmeckte, voll köstlicher Fleischstücke, gingen dann, als ein Boot einlief, an den Fischkai, und Gaby handelte schamlos, bis sie für fünfunddreißig Cent eine noch immer um sich schlagende wunderschöne große Flunder kaufte, als Versicherung gegen die Möglichkeit, daß es am nächsten Morgen regnete oder sie verschlafen und nicht fischen gehen würden.

Als sie in die Hütte zurückkamen, legte sie den Fisch in den Eisschrank, kam zu ihm, nahm sein Gesicht in ihre Hände und hielt es fest. »Deine Hände riechen nach Flunder«, klagte er, küßte sie dann lange und sah sie an, und sie wußten beide, daß er sie wieder lieben würde, ohne ihr die Möglichkeit zu geben, sich den Fischgeruch von den Händen wegzuwaschen.

»Adam«, sagte sie mit schwankender Stimme, »ich will dir sechs Kinder schenken. Mindestens sechs. Und fünfundsiebzig Jahre lang mit dir verheiratet sein.«

Verheiratet, dachte er.

Kinder?

Dieses verrückte Weibsbild.

»Gaby, hör zu ...«, sagte er ängstlich.

Sie zog sich zurück, und er griff wieder nach ihr, um sie festzuhalten, während er sprach, aber sie wollte nichts davon hören. Sie sah ihn fest an.

»Oh, Herrgott«, sagte sie.

»Hör zu ...«

»Nein«, sagte sie. »Ich will nichts hören. Ich bin nicht sehr geschickt. Es ist keine Überraschung für mich, ich habe es immer gewußt. Aber du. Gott«, sagte sie. »Armer Adam. Du bist ein – ein Nichts.«

Sie lief ins Badezimmer und versperrte die Tür. Er hörte kein Weinen, aber nach einer Weile kam das Geräusch von etwas Schrecklichem, das stoßweise Geräusch von Speien, das Ziehen der Wasserspülung.

Mit einem tiefen Schuldgefühl klopfte er an die Tür. »Gaby, fühlst du dich nicht wohl?«

»Geh zum Teufel«, keuchte sie, und jetzt weinte sie.

Nach langer Zeit hörte er das Geräusch von fließendem Wasser, als sie sich wusch, und endlich öffnete sich die Tür, und sie erschien.

»Ich will weg«, sagte sie.

Er trug die Reisetaschen zum Wagen, sie drehte das Gas ab und versperrte die Tür von innen und kletterte durch das Fenster, an dem er die Bretter wieder festmachte. Als er versuchte, sich hinter das Lenkrad zu setzen, fauchte sie ihn an. Sie fuhr selbstmörderisch, bis sie schließlich auf der Route 128 in Hingham ein Strafmandat wegen überhöhter Geschwindigkeit bekam, wobei der Polizist als Hüter und Bewahrer der öffentlichen Sicherheit bissig und sarkastisch war.

Nachdem sie den Strafzettel bekommen hatte, fuhr sie vorsichtiger, begann jedoch zu husten, eine Reihe krächzender asthmatischer Anfälle, die ihre ganze Gestalt schüttelten, während sie sich über dem Lenkrad krümmte.

Er ertrug das Geräusch, solange er nur konnte. »Fahr von der Autobahn herunter und suche eine Apotheke«, sagte er. »Ich schreibe dir ein Rezept für Ephedrin.«

Aber sie fuhr weiter.

Die Dämmerung brach schon herein, als sie schließlich mit dem Wagen vor dem Krankenhaus anhielt. Sie hatten ihre Fahrt nicht unterbrochen, um zu essen, und Adam war wieder müde, hungrig und zermürbt.

Er stellte seine Reisetasche auf den Gehsteig.

Er konnte ihr Husten hören, als sie das Gaspedal heftig niedertrat. Der Plymouth schoß auf die Straße, einem herankommenden Taxi in den Weg und wieder heraus, der Fahrer fluchte und drückte heftig auf seine Hupe.

Adam stand auf dem Gehsteig, und plötzlich fiel ihm ein, daß sie vergessen hatte, den Fisch aus dem Eisschrank zu holen. Wenn sie das nächstemal in ihre Hütte fuhr, würde sie der ekelerregende Geruch an ihre unterbrochenen Ferien erinnern. Widersprechende Gefühle, Kummer, Schuld und Bedauern bedrückten ihn. Er hatte sie mit peinlichen Geständnissen der entwürdigendsten Art bis über beide Ohren angefüllt, und dann hatte er sich erlaubt ...

Verdammt, dachte er, habe ich denn etwas versprochen?

Habe ich einen Vertrag unterzeichnet?

Aber in plötzlichem Ekel vor sich selbst wußte er, daß er,

während er ihren Körper zärtlich behandelte, wie ein Tier ihre Seele zerfleischt hatte.

Er warf den Kopf zurück und schaute zu dem alten Ungeheuer von Gebäude hinauf.

Als die Dunkelheit hereinbrach, gingen die Lichter an, und das Krankenhaus sah ihn mit vielen Augen an. Er dachte an das, was drinnen vorging, an all die Ameisen in dem großen Haufen, und fragte sich, wie viele Patienten der Abteilung in der kommenden Woche von ihm operiert werden würden.

Als Mensch bin ich ein leidiges Miststück und ein Narr, dachte er, aber als Chirurg funktioniere ich gut, und das ist immerhin etwas. Gott gebe denen Klugheit, die sie schon haben; und diejenigen, die Narren sind, sollen ihre Talente anwenden. Will Shakespeare.

Er hob seine Reisetasche auf. Das Haupttor öffnete sich wie ein Maul, und grinsend schluckte ihn das Gebäude.

Als er ausgepackt hatte, ging er in die Station hinunter, um sich eine Tasse Kaffee zu stehlen, und es tat ihm fast sofort doppelt leid, daß er wieder da war.

Mrs. Bergstrom war es sehr gut gegangen, erzählte ihm Helen Fultz, aber seit dem frühen Nachmittag gab es Anzeichen dafür, daß sie die Niere abstieß. Ihre Temperatur war hoch, und sie klagte über Unbehagen und Schmerzen in der Wunde.

»Sondert die Niere Urin ab?« fragte er.

Miß Fultz schüttelte den Kopf. »Sie hat prächtig funktioniert, aber heute ist die Leistung abgesunken.«

Er warf einen Blick auf die Tabelle und sah, daß Dr. Kender versuchte, durch Anwendung von Prednison und Imuran die Abstoßung zu unterbinden.

Das hat als Krönung des Tages noch gefehlt, sagte er sich.

Er dachte kurz daran, ins Tierlabor zu gehen und zu arbeiten, konnte sich jedoch nicht dazu aufraffen. Für den Augenblick hatte er genug von Hunden und Frauen und Chirurgie. Er ging hinauf, um sich schlafen zu legen, als sei das eine Medizin, und genoß mit Behagen die Aussicht auf Bewußtlosigkeit.

VIII
SPURGEON ROBINSON

Spurgeon verbrachte viel Zeit damit, sich Sorgen zu machen.

Wenn schon einer deiner Fälle der Exituskonferenz vorgelegt werden muß, überlegte er, so sollte es dann sein, wenn sonst alles in Ordnung war. Jetzt aber, mit einer Nierenübertragung, die eine zunehmende Zahl von Abstoßungserscheinungen zeigte, da der Alte wie der Teufel dreinsah, würden die Stabsangehörigen bei der Konferenz in der Stimmung sein, jemanden zu zerfleischen.

Er fragte sich, was er anfangen würde, falls sie ihn hinauswarfen.

Statt zu schlafen, dachte er an die Rätsel der Mrs. Donnelly. Eines Nachts träumte er wieder von dem Vorfall in der Unfallstation, nur statt die Frau aus dem Krankenhaus zu entlassen und sie in den Tod zu schicken, erlaubte ihm diesmal seine große ärztliche Kunst, sofort zu erkennen, daß ein Bruch des Zahnfortsatzes vorlag. Am Morgen erwachte er mit einem Glücksgefühl in jeder Faser seines Körpers, und als er sich fragte, warum, erinnerte er sich, daß er Mrs. Donnelly gerettet hatte. Schließlich aber wußte er wieder, daß es ein Traum gewesen war und sich nichts an den Tatsachen geändert hatte. Er hatte sie umgebracht. Todunglücklich lag er da, unfähig, aus dem Bett zu steigen.

Er war Doktor der Medizin. Das konnten sie ihm nicht nehmen. Aber sonst – falls man ihn aus der Spitalpraxis entfernte, blieb ihm einzig eine Stellung mit Gehalt, irgendwo. Onkel Calvin würde ihm liebend gern einen medizinischen Posten bei der American Eagle Life geben, Aufstieg garantiert. Und manche große pharmazeutische Firmen stellten Negerärzte an. Aber er wußte, wenn sie ihn aus dem Krankenhausstab feuerten und er die Medizin nicht so ausüben konnte, wie er wollte, dann würde er dorthin zurückkehren, wo er vor ein paar Jahren gewesen war, und versuchen, seine Vorstellungen von Musik zu verwirklichen.

Er begann Vorwände zu erfinden, um in Peggy Welds Zimmer gehen und die Sängerin in Gespräche über Musik verwickeln zu können.

Zuerst hielt sie ihn nur für einen jungen Burschen, der ein bißchen spielte und sich einbildete, Musiker zu sein, dann aber entdeckten sie einen Namen, den sie beide kannten.

»Sie wollen sagen, daß Sie bei Dino in der 52. Straße spielten? In Manhattan?«

»Meine kleine Band. Drei andere Burschen, ich am Klavier.«

»Wer ist der Manager?« forderte sie ihn heraus.

»Vin Scarlotti.«

»Das stimmt. Ich habe selbst ein paarmal dort gesungen. Sie müssen gut sein. Vin ist schwer zufriedenzustellen.«

Aber mit der Zeit gingen ihm die Ausreden aus, über Musik mit ihr zu reden, und sie hatte ihre Schwester im Kopf. Er hörte auf, sie zu belästigen.

Wenn er nach sechsunddreißig Stunden dienstfrei hatte und sich nach Schlaf sehnte, saß er auf seinem Bett und spielte Gitarre und zwang sich zu üben, wie er es einige Jahre nicht mehr getan hatte.

Er brauchte dringend ein Klavier.

An einem Nachmittag nahm er nach einem kurzen Schlaf die Hochbahn nach Roxbury, stieg an der Haltestelle Dudley Street aus, wo viele Farbige ausstiegen, und ging die Washington Street hinunter, bis er das Lokal fand, das er suchte, eine schäbige Gettokneipe mit rot-schwarz bemalten Fenstern, deren noch dunkles Neonschild eine Pokerhand und den Namen des Klubs in weißen Glasröhren zeigte, »Ace High«. Nachtklub wäre ein zu großartiges Wort dafür gewesen, es war eine billige Kaschemme für Farbige, aber in einer Ecke stand ein Pianino.

Er bestellte einen Scotch mit Milch, den er nicht wollte, und trug ihn zum Klavier. Der zerkratzte Baldwin war verstimmt, aber als er zu spielen begann, war es Musik wie Balsam. Er vergaß alles, was Onkel Calvin sagen würde, wenn sich sein Junge heimschleppen und ihm mitteilen würde, daß er doch nicht so fähig war wie die Weißen. Er vergaß sogar die tote Irin und ihre Rätsel.

Der Barmann kam herüber. »Kann ich Ihnen sonst etwas bringen, Freund?« fragte er und warf einen Blick auf den Drink auf dem Klavier, den Spurgeon kaum berührt hatte.

»Tja, ich trinke noch einen.«

»Sie spielen wirklich gut, aber wir haben schon einen Pianisten. Einen Burschen namens Speed Nightingale.«

»Ich spiele nicht zur Probe.«

Der Kellner brachte den zweiten Drink, und Spur bezahlte einen Dollar achtzig. Danach ließ ihn der Barmann in Ruhe. Am späten Nachmittag verließ Spur das Klavier, setzte sich auf einen Barhocker und bestellte noch einen Drink. Die Augen des Barmanns huschten zu den zwei noch immer auf dem Klavier stehenden Gläsern, von denen nur eines leer war.

»Sie brauchen nichts zu bestellen, nur um mit mir zu reden. Wollen Sie mich etwas fragen?«

»Ich bin Arzt drüben im Distriktkrankenhaus. Ich kann mir kein Klavier in mein Zimmer stellen. Ich möchte herkommen und an einigen Nachmittagen der Woche spielen, so wie heute.«

Der Barmann zuckte die Achseln. »Mir tut es nicht weh, ist mir doch völlig egal.«

Aber es stellte sich heraus, daß es ihm doch nicht egal war. Er liebte Debussy, den er mit Scotch-and-Milk statt Applaus belohnte.

Als er einige Tage später wieder in den Klub kam, stand ein magerer brauner Mann mit Zulu-Haaren und einer dünnen Schnurrbartlinie an der Bar und sprach mit dem Barmann. Spurgeon nickte und ging sofort zum Klavier. Den ganzen Weg herüber hatte Musik in seinem Kopf geklungen, und jetzt setzte er sich hin und spielte sie. Bach. Das Wohltemperierte Klavier, und dann das eine und andere aus den Französischen Suiten und der Chromatischen Phantasie und Fuge.

Nach einer Weile kam der magere Braune mit zwei Scotch-and-Milk herüber.

»Große Klasse, wie Sie klassische Klaviermusik spielen.« Er hielt ihm ein Glas hin.

Spurgeon nahm es entgegen und lächelte. »Danke.«

»Können Sie auch etwas weniger Anstrengendes?«

Spur nahm einen kleinen Schluck, stellte dann das Glas hin und spielte etwas von Shearing.

Der Mann zog einen Stuhl heran, seine Linke übernahm den Baß und seine Rechte schlich in die Harmonie ein, Spur rückte nach rechts und begann auf den hohen Tasten zu improvisieren, immer wilder, als ihn der Baß in ein schnelleres Tempo drängte. Der Barmann vergaß die Gläser zu polieren und hörte einfach zu. Abwechselnd übernahmen sie die Führung, kämpften es untereinander aus, bis Schweiß auf ihren Gesichtern glänzte, und als sie in gegenseitigem Einverständnis Schluß machten, hatte Spur das Gefühl, als sei er eine lange Strecke durch strömenden Regen gerannt.

Er streckte die Hand aus, und sie wurde ergriffen.

»Spurgeon Robinson.«

»Speed Nightingale.«

»Oh, diese Musicbox gehört Ihnen?«

»Unsinn. Gehört dem Lokal. Ich bin bloß Angestellter. Danke fürs Mitspielen. Es hat schon lange nicht mehr so gut bei mir geklungen.«

Sie übersiedelten an einen Tisch, und Spurgeon gab eine Runde aus.

»Ein paar von uns treffen sich regelmäßig und improvisieren, schon am frühen Vormittag, in einer kleinen Wohnung in der Columbus Avenue, unten in der Wohnhausanlage, Wohnung 4-D, Haus 11. Wirkliche Musik. Kommen Sie doch hin.«

»He.« Spur zog sein Notizbuch heraus und notierte die Anschrift. »Abgemacht.«

»Gut. Wir spielen ein bißchen, rauchen und trinken ein bißchen. Sie können auch einen Joint nehmen – meistens bringt jemand einen guten Stoff mit.«

»Ich nehme keine Drogen.«

»Überhaupt keine?«

Spur schüttelte den Kopf.

Nightingale zuckte die Achseln. »Kommen Sie trotzdem. Wir sind demokratisch.«

»Schön.«

»Seit kurzem ist guter Stoff in dieser Stadt schwerer zu bekommen als eine gute Hure.«

»Wirklich?«

»Tja. Sie sind Arzt?«

»Wer hat Ihnen das gesagt?« Der Mann hinter der Bar polierte beflissen Gläser. Spur wartete. Im nächsten Augenblick kam es, wie es kommen mußte.

»Bringen Sie etwas Stoff zu einer unserer kleinen Sitzungen mit, wir wären Ihnen wirklich dankbar.«

»Aber woher soll ich ihn nehmen, Speed?«

»Zum Teufel, jeder weiß doch, daß in Krankenhäusern alles mögliche Zeug herumliegt. Niemand wird ein bißchen davon vermissen. Nicht, Doc?«

Spurgeon stand auf und ließ eine Banknote auf den Tisch fallen.

»Wissen Sie was«, sagte Nightingale. »Vergessen Sie es. Unterschreiben Sie mir nur ein paar Rezepte. Ich verschaffe uns einen erstklassigen Stoff.«

»Adieu, Speed«, sagte er.

»Verdammt guten Stoff.«

Als er an dem Mann hinter der Bar vorbeiging, blickte der Musikliebhaber nicht einmal vom Gläserpolieren auf.

Er fand in der Musik jene Katharsis, die ihn im OP lockerer machte, ihn als Chirurg tüchtiger und intensiver arbeiten ließ. Verglichen mit den anderen, war er wirklich nicht schlecht. An einem Freitag sah er sich als Assistent für Dr. Parkhurst und Stanley Potter eingeteilt. Es ließ sich nicht vermeiden, immer wieder mit dem Facharztanwärter zusammenzuarbeiten, aber jedesmal war es ein unerfreuliches Erlebnis, ohne die üblichen, kollegialen Neckereien, bei dem die Zeit nur langsam verging.

An jenem Morgen machten sie an Joseph Grigio, dem Verbrennungsfall, weitere Hautübertragungen und verpflanzten frische Haut vom Schenkel auf die Brust. Dann hatten sie eine Blinddarmoperation bei einem sehr dicken Patienten namens Macmillan, einem Sergeanten der Städtischen Polizei. Die Fettleibigkeit des Mannes zwang sie, durch anscheinend nicht enden wollendes Fett zu schneiden, und dann entfernte Dr. Parkhurst den Wurmfortsatz und ließ sie den Darmstumpf abbinden und schließen.

Spurgeon schnitt, während Potter festhielt und abband. Es schien Spur, daß der Facharztanwärter den Katgutfaden zu fest um den Stumpf anzog, und er war sich dessen sicher, als die Naht im Gewebe zu verschwinden begann.

»Sie haben zu straff angezogen.«

Potter sah ihn kalt an. »Das ist genauso, wie ich es bisher immer mit Erfolg gemacht habe.«

»Die Naht sieht aus, als könnte sie durch die Serosa schneiden.«

»Es ist schon in Ordnung so.«

»Aber . . .«

Potter hielt die Naht, starrte ihn höhnisch an und wartete, daß Spur schnitt.

Spurgeon zuckte die Achseln und schüttelte den Kopf.

Er ging nie wieder ins Ace High. Statt dessen bat er an diesem Sonntag Mrs. Williams, ob er hie und da auf ihrem Klavier üben dürfe. Es war ein schlechtes Instrument, und nach Natick zu fahren war nicht so bequem wie die Untergrundbahn zur Washington Street zu nehmen, aber die Musik erfreute Mrs. Williams und gab ihm die Möglichkeit, Dorothy zu sehen.

Am Dienstagabend, während draußen der erste Winterschnee fiel, saßen sie flüsternd im Wohnzimmer beieinander, während die Eltern und das kleine Mädchen nebenan hinter teilweise geschlossenen Türen schliefen, und sie sagte ihm, sie habe bemerkt, daß ihn irgend etwas quäle.

Schließlich erzählte er ihr heiser flüsternd von der alten Dame, die seinetwegen gestorben war, vom Todeskomitee und davon, daß er mit seiner Musik immer noch ganz gut verdienen konnte.

»Oh, Spurgeon.«

Sie zog seinen Kopf an sich, und er ruhte so weich wie bei Roe-Ellen, als er noch ein kleiner Junge war. Dorothy beugte sich nieder, um seine geschlossenen Augen zu küssen, und er spürte alles aus ihr hervorbrechen, während sie ihn in den Armen hielt, Mitgefühl, Verlangen, die Bereitschaft, in seiner Welt alles wieder in Ordnung zu bringen.

Aber als er auf diese Annahme hin handelte, heimste er nur eine zerbissene Lippe ein, einen zerkratzten Handrücken und die Erkenntnis, daß sie noch immer an einer der Grundlehren der Muslims festhielt.

Er konnte es nicht glauben. In den Milieus, in denen er aufgewachsen war, den schwarzen und weißen, gab es nur wenige vierundzwanzigjährige Jungfrauen. Es erfüllte ihn mit Ehrfurcht, aber er lächelte trotz der schmerzenden Lippe über sie.

»Ein Stückchen Fleisch. Dünn, oft sehr zart. Hat nichts mit Intimität zu tun. Was bedeutet es schon? Wir sind ja schon intim.«

»Kennst du dieses Haus, diesen Hof? Es ist nichts anderes als Bauholz, Glas, ein paar Bäume, ein halbes Dutzend Sträucher. Aber weißt du, was es für meine Familie bedeutet?«

»Achtbarkeit des Mittelstandes?«

»Genau.«

Ungeduldig rief er aus: »Gott, was für eine Analogie! Ihr wollt so sehr konform gehen, daß ihr schließlich als Nonkonformisten endet. Es gibt in dieser Straße kein zweites Anwesen, das so gut gehalten ist wie das deines Vaters. Und ich würde wetten, daß ärztliche Untersuchungen bestimmt keine Armee vierundzwanzigjähriger Jungfrauen feststellen könnten. Du glaubst, du müßtest strenger zu dir sein als zu all diesen Weißen, um dir deinen Weg in ihre Welt zu erkaufen?«

»Wir versuchen nicht, konform zu gehen. Wir glauben nur, daß viele Weiße etwas verloren haben, das sie einmal besaßen, etwas sehr Wertvolles. Wir versuchen, es zu gewinnen«, sagte sie und griff in seine Tasche nach einer Zigarette. Er zündete ein Streichholz an. Im Aufflammen des weichen, flüchtigen Lichts ließ das afrikanische Gesicht seine Hand erzittern, und das Streichholz ging aus, aber die Zigarettenspitze glühte, als Dorothy den Rauch einsog. »Schau«, sagte sie, »du hast geglaubt, Midge sei mein Kind, nicht wahr? Nun, du warst fast auf der richtigen Spur. Sie gehört meiner Schwester. Meiner unverheirateten Schwester Janet.«

»Deine Mutter hat es mir erzählt. Ich wußte nicht, daß kein Ehemann vorhanden ist.«

»Nein, keiner. Du weißt, wie Lena Horne aussah, als sie jung war? Füge eine Portion . . . unbekümmerter Wildheit hinzu. Das ist meine kleine Schwester.«

»Wieso habe ich sie noch nicht kennengelernt?«

»Sie kommt nur selten nach Hause. Dann spielt sie mit Midge, aber nicht wie eine Mutter, sondern als wäre sie selbst ein kleines Mädchen. Sie sagt, sie fühle sich nicht als Mutter. Sie lebt in Boston mit einem Pack weißer Hippies zusammen.«

»Das tut mir leid.«

Sie zuckte die Achseln. »Janet sagt, bei ihnen spiele die Farbe keine Rolle. Sie wird nie lernen. Midges Vater war ein Baseballspieler aus Minneapolis, der einige Wochen probeweise bei den Red Sox war. Er spielte Third base. Und mit meiner Schwester.«

»Sie ist nicht das erste Mädchen, das diesen Fehler gemacht hat«, sagte er sanft.

»Sie hätte wissen sollen, daß sich weiße Baseballspieler nicht mit farbigen Mädchen verabreden, um die amerikanische Demokratie zu fördern. Als er in der Unterliga war, blieb ihre Periode zum erstenmal aus.« Sie drückte die Zigarette aus. »Sie wäre froh gewesen, das Kind herzugeben, aber mein Vater ist der seltsamste Mensch. Er nahm das Baby zu sich, wollte den Baseballspieler nicht wegen Unterhaltspflicht verklagen und gab Midge seinen Namen. Er sah allen weißen Nachbarn in die Augen und forderte sie stillschweigend heraus, ihm zu sagen, daß seine Familie eben doch der Mist sei, aus dem er sich alle die Jahre herauszuarbeiten bemüht hatte. Meines Wissens sagte nie jemand ein Wort zu ihm. Aber mein Vater, sehr viel an ihm . . .«

Er nahm sie in die Arme.

»Sie war sein Liebling«, sagte sie in seine Schulter hinein. »Er würde es leugnen, aber ich weiß, daß sie es war.«

»Liebling, du kannst deinen Vater nicht damit entschädigen, daß du wie eine Nonne lebst«, sagte er leise.

»Spur, es wird dich zweifellos sofort verjagen, aber ich sage es trotzdem. Er geht den ganzen Tag mit angehaltenem Atem herum, weil er glaubt, es bestehe eine Chance, daß sich zwischen uns etwas Ernstes entwickelt, daß du mich vielleicht bittest, dich zu heiraten. Ein schwarzer Schwiegersohn, der Arzt ist, mein Gott!«

Er ließ seine Handfläche auf ihrem Rücken auf und ab gleiten. »Ich glaube nicht, daß es mich verjagen wird.« Als er sie diesmal küßte, küßte sie ihn wieder.

»Vielleicht sollte es das doch«, sagte sie atemlos. »Ich will, daß du mir etwas versprichst.«

»Was?«

»Sollte ich je ... die Beherrschung verlieren ... bitte, schwöre mir ...«

Er war nur einen Augenblick lang erbittert, dann mußte er sehr kämpfen, um nicht zu grinsen. »Wenn du heiratest, bekommt dein Gatte das Päckchen ganz, mit unversehrtem Siegel«, sagte er trocken. Dann warf er den Kopf zurück, brüllte vor Lachen, machte sie schrecklich böse und weckte ihre Eltern auf. Mr. Williams kam in Bademantel und Pantoffeln heraus, und Spurgeon sah, daß er in langer Unterhose schlief. Ihre Mutter tauchte blinzelnd und murrend und ohne ihr oberes Gebiß auf. Sie machte ihm heißen Kakao, bevor sie wieder ins Bett ging, aber sein Gelächter hatte Midge geweckt, und als das kleine Mädchen zu weinen begann, schalt sie ihn unverfroren, weil er so laut und äußerst rücksichtslos war.

Als er ins Krankenhaus zurückkehrte, war es zwei Uhr vorbei. Auf dem Weg zu seinem Zimmer kontrollierte er einige Patienten, darunter auch Macmillan. Er traf den dicken Polizisten stöhnend und fiebernd an. Die Tabelle zeigte eine erschreckend hohe Temperatur und hundert Puls.

»Hat Dr. Potter diesen Mann heute abend gesehen?« fragte er die Schwester.

»Ja, er hat über Unbehagen und Schmerzempfindlichkeit geklagt. Dr. Potter sagt, er habe eine sehr niedrige Schmerzschwelle. Er verordnete Demerol«, sagte sie und wies auf die Anordnung auf der Tabelle.

Noch eine Sorge mehr, dachte er, als er auf den Lift wartete. Er lag wach in seinem Bett und spähte in die Dunkelheit, auf die verschiedenen Pfade, die er einschlagen konnte.

Wenn sie ihn hinauswarfen, konnte ihm vielleicht einer seiner ehemaligen Professoren helfen, ihn in einem der New Yorker Krankenhäuser unterzubringen.

Aber er würde Dorothy verlassen müssen. Er konnte es sich noch nicht leisten, sie zu heiraten: er wollte nicht, daß Onkel Calvin seine Frau ernährte.

Bis zur Exituskonferenz, die den Fall Donnelly prüfen würde, war nur noch eine Woche ...

Es war sein letzter Gedanke, bis er im trügerischen Licht der frühen Dämmerung erwachte; trotz des kalten Zimmers waren die Laken feucht von Schweiß.

Er konnte sich deutlich erinnern, daß er sowohl von dem Mädchen als auch vom Todeskomitee geträumt hatte.

Als er Samstag in die Abteilung kam, ging es Macmillan viel schlechter. Das Gesicht des Mannes war hochrot, die Lippen trocken und aufgesprungen. Er stöhnte vor Schmerzen, die wie er sagte, tief in seinem harten Bauch wühlten. Sein Puls hämmerte hundertzwanzigmal in der Minute, und seine Temperatur war auf vierzig gestiegen.

Potter war auf einer mit viel Publicity aufgemachten Exkursion zu den Fleischtöpfen von New York City. Oh, du elender Schlampsack, ich wünsche dir viel Vergnügen, dachte Spurgeon, und hoffentlich entgeht dir auch nichts. Er ging zum Telefon und verlangte Dr. Chin, den Konsiliarchirurgen, der Bereitschaftsdienst hatte. »Wir haben einen Fall hier, der einen klassischen septischen Verlauf nimmt«, sagte er. »Ich bin fast sicher, daß es Bauchfellentzündung ist.« Er beschrieb die Symptome.

»Rufen Sie den OP an und setzen Sie die Operation sofort an«, sagte Dr. Chin.

Sie brachten den Mann hinunter und machten ihn auf. Der Blinddarmstumpf war geplatzt. Von Ödemen angeschwollen, hatte sich das Gewebe gegen den engen Ring des Katguts gepreßt wie Käse gegen ein scharfes Messer, mit dem gleichen Ergebnis.

»Wer hat dieses verdammte Ding abgebunden?«

»Dr. Potter«, sagte Spurgeon.

»Wieder dieser Kerl.« Der Konsiliarchirurg schüttelte den Kopf. »Das Gewebe ist ödematös. Es ist zu brüchig, um damit herumzuspielen. Wenn wir es mit einer Zange anrühren, fällt es auseinander. Wir werden den Blinddarm zur Bauchwand hinaufziehen und eine Coecostomie machen müssen.«

Unter der geduldigen Anleitung des älteren Chirurgen brachte Spurgeon Potters Pfuscherei in Ordnung.

Am Montagmorgen gab es einen Turnuswechsel im Dienst, und Spurgeon sah fünf Wochen Unfallstation vor sich; er erstarrte innerlich, weil dies ein Ort war, wo er bereits einmal versagt hatte, ein Ort, wo alles sehr schnell vor sich ging, wo Entscheidungen schnell getroffen werden mußten. Eine Wiederholung des Falles Donnelly, wußte er, und ...

Er versuchte, nicht daran zu denken.

Er machte Ambulanzdienst mit Maish Meyerson, das bedeutete einen intensiven Debattierkurs, einen »Überblick über die Weltnachrichten«, einen mündlichen Schmierzettel, ein Seminar in Philosophie. Die Ansichten des Ambulanzfahrers waren endgültig und aufreizend, und mittags konnte ihn Spurgeon nicht mehr ertragen.

»Nehmen Sie zum Beispiel das Rassenproblem«, sagte Meyerson.

»Schön, in dem stecke ich bereits.«

Maish sah ihn mißtrauisch an. »Warten Sie nur, Sie werden nichts zu lachen haben. Zwei Armeen, eine weiß, eine schwarz. Das Land wird in Flammen stehen.«

»Warum?«

»Sie glauben, alle Weißen seien Liberale in Brooks-Brothers-Uniformen?«

»Nein.«

»Wetten Sie Ihren Arsch dagegen. Für viele von uns ist der Farbige eine Bedrohung.«

»Ich bin eine Bedrohung für Sie?«

»Sie?« sagte Meyerson verächtlich. »Nein, Sie sind ein gebildeter junger Hund, ein Doktor. Ein schwarzer Weißer. Ich bin mehr Nigger als Sie, ich bin ein weißer Nigger. Es sind die schwarzen Nigger, die eine Gefahr für mich sind, und es gibt verdammt viele schwarze Nigger. Zuerst werde ich mir selbst helfen. Das Hemd ist mir näher als die Jacke.«

Spurgeon sagte nichts. Meyerson warf ihm einen Blick von der Seite zu. »Ich bin ein schlechter Kerl, stimmt's?«

»Stimmt verdammt.«

»Sie sind besser?«

»Ja«, sagte Spurgeon, aber weniger nachdrücklich.

»Einen Dreck sind Sie. Haben Sie sich je selbst mit einem farbigen Patienten reden hören? Es klingt, als täten Sie dem armen Schlucker aus reiner Herzensgüte einen ungeheuren Gefallen.«

»Tun Sie mir einen Gefallen. Halten Sie den Mund«, sagte Spur mit einem wilden Blick.

Triumphierend zwängte sich Meyerson hinter einen langsamen, von einer Frau gelenkten Sportwagen und erschreckte sie mit schnellen, ungeduldigen Signalen, obwohl der Krankenwagen leer war und sie gemächlich ins Spital zurückfuhren.

Irgendwie brachte Spurgeon die Stunden herum.

An diesem Abend tat ihm Stanley Potter sehr leid.

»Bist du sicher?« fragte er Adam.

»Ich habe es selbst gesehen«, sagte Adam. »Er war im Zimmer der Jungchirurgen, las die Zeitung und trank eine Tasse Kaffee, als er in das Büro des Alten hinuntergerufen wurde. Als er bald darauf zurückkam, sah er aus, als hätte man auf ihm herumgetrampelt, er räumte seinen Schrank aus und trug seine Sachen in einem Papiersack weg. Adieu, Dr. Stanley Potter.«

»Amen. Der nächste bin ich.«

Er wußte nicht, daß er laut gsprochen hatte, bis er sah, daß ihn Adam anblickte.

»Sei kein Esel«, sagte Adam scharf.

»Noch zwei Tage, Mensch. Das Todeskomitee wird mich in der Luft zerreißen.«

»Bestimmt. Aber wenn man dich hinausschmeißen wollte, Freundchen, würde man auf keine Komiteesitzung warten. Man hat bei Potter nicht viel Zeit verschwendet, oder? Weil er überhaupt eine Niete war. Du bist ein Spitalarzt, der einen Fehler gemacht hat. Eine Frau starb, und das ist eine lausige Schande, aber wenn man jeden Arzt vor die Tür setzte, der einen Fehler gemacht hat, dann gäbe es bald keine Ärzte mehr im Krankenhaus.«

Spurgeon antwortete nicht. Sollen sie mir nur die Facharztanwartschaft vorenthalten, sagte er stumm. Wenn ich nur als Spitalarzt arbeiten darf!

Er mußte in der Medizin bleiben.

Er brauchte die Musik, um von der Häßlichkeit der Krankheit, die ihn verfolgte, in die Schönheit fliehen zu können. Aber selbst wenn die Welt auf vierzig verschiedene Arten zum Teufel ginge, konnte er sich nicht einreden, daß er den Rest seines Lebens nur mit Klavierspielen verbringen wollte.

Am Mittwochmorgen war er nicht mehr so sicher. Der Tag begann unheilverkündend. Adam Silverstone blieb mit Fieber im Bett, als letztes Opfer des Virus, der den Krankenhausstab in Patienten verwandelte. Spurgeon hatte bis dahin nicht gewußt, wie sehr er von Adams stiller Unterstützung abhängig war.

»Kann ich irgend etwas für dich tun?« fragte er unglücklich.

Adam sah ihn an und stöhnte. »O Gott, geh einfach hinunter und bring es hinter dich.«

Er schlang das Frühstück hinunter. Draußen schneite es heftig. Einige Gastärzte hatten telefoniert, sie würden an der Sitzung nicht teilnehmen; er hielt das für eine gute Nachricht, bis durchgegeben wurde, daß die Exituskonferenz vom Operationssaal in die Bibliothek verlegt worden war; diese Intimität würde die Untersuchung noch qualvoller machen.

Als er um neun Uhr fünfzig telefonisch gesucht und ihm gesagt wurde, er möge sich in Dr. Kenders Büro melden, reagierte er wie betäubt, überzeugt, daß man ihn noch vor der Exituskonferenz von seiner Entlassung unterrichten würde. In dieser Woche räumten sie die Versager aus.

Als er in das Büro kam, waren zwei Männer bei Kender, die Spurgeon als Leutnant James Hartigan vom Rauschgiftdezernat und Mr. Marshall Colfax, ein Pharmazeut aus Dorchester, vorgestellt wurden.

»Haben Sie dies hier geschrieben, Dr. Robinson?« fragte Kender ruhig.

Spurgeon nahm die Rezepte und blätterte sie durch. Jedes war auf vierundzwanzig Tabletten Morphiumsulfat ausgeschrieben, 0,015 Gramm, auf Namen, die ihm unbekannt waren. George Moseby, Samuel Parkers, Richard Meadows.

Alle waren mit seinem Namen unterzeichnet.

»Nein.«

»Weshalb können Sie so sicher sein?« fragte der Leutnant.

»Erstens habe ich bis zur Beendigung meiner Spitalpraxis nur eine beschränkte Lizenz, zu praktizieren: das heißt, daß ich zwar Rezepte für die Krankenhausapotheke ausschreibe, jedoch keine Rezepte für auswärts ausstellen darf. Zweitens ist das zwar mein Name, nicht aber meine Unterschrift. Und außerdem hat jeder Arzt eine Registriernummer des Bundesrauschgiftdezernats, aber die Nummer auf diesen Rezepten ist nicht meine.«

»Sie brauchen sich keine Sorgen zu machen, Dr. Robinson«, sagte Kender schnell. »Sie sind nicht der einzige Arzt hier, dessen Name verwendet wurde. Bloß der neueste. Ich bitte Sie, das hier niemandem gegenüber zu erwähnen.«

Spurgeon nickte.

»Was veranlaßte Sie zu dem Verdacht, daß diese Rezepte gefälscht waren?« fragte Kender Mr. Colfax.

Der Apotheker lächelte. »Mir fiel allmählich auf, wie sauber sie ausgefüllt waren. Und so vollständig. Nehmen Sie zum Beispiel die Abkürzungen. Wissen Sie, fast jeder Arzt, den ich kenne, kritzelt nur prn, für pro re nata.«

»Was heißt das?« fragte Hartigan.

»Lateinisch, ›wie es die Umstände verlangen‹«, sagte Spurgeon.

»Ja. Nun schauen Sie sich einmal diese Rezepte an«, sagte Colfax.

»Die Abkürzung ist ausgeschrieben. Als ich zurückblätterte, sah ich, daß ein Rezept wie das andere war, als hätte der Mann, der sie geschrieben hat, alle auf einen Sitz kopiert.«

»Aber er hat einen Fehler gemacht«, sagte Hartigan. »Als mir Mr. Colfax die Rezepte am Telefon vorlas, wußte ich sofort, daß es ein Schwindel ist. Der Mann verwendete eine Bundesnummer mit sechs Ziffern. So viele Ärzte haben wir in Massachusetts gar nicht.«

»Haben Sie den Mann gefunden, der das hier weitergegeben hat?« fragte Kender.

Hartigan schüttelte den Kopf.

»Ich habe ihm einige Fragen gestellt, als er das letztemal hereinkam, kurz bevor ich die Polizei anrief«, sagte Colfax. »Ich muß ihn abgeschreckt haben.« Er lächelte. »Ich bin ein lausiger Detektiv.«

»Im Gegenteil«, sagte Hartigan. »Es gibt nicht viele Apotheker, denen das aufgefallen wäre. Können Sie Dr. Robinson den Mann beschreiben?«

Colfax zögerte. »Nun, es war ein Neger . . .« Er schaute unbehaglich zur Seite.

Schau dir nur unsere Gesichter an, sagte ihm Spurgeon stumm. »Er hatte einen Schnurrbart. Leider kann ich mich sonst an keine besonderen Merkmale erinnern.«

Speed Nightingale?

Hartigan lächelte. »Es ist mir klar, daß man damit nicht sehr viel weiterkommt.«

Es wäre unfair gewesen, Nightingale zu nennen, dachte Spurgeon; es gab sehr viele Schwarze mit Schnurrbärten, von denen sicher einige Drogen nahmen. »Es könnte jeder sein.«

Hartigan nickte. »Viele Leute können ihre Hand auf leere Rezeptformulare legen. Arbeiter in der Druckerei, Leute im Krankenhaus, Patienten und ihre Familien, wenn ihr ihnen den Rücken zukehrt.« Er seufzte.

Dr. Kender sah auf seine Armbanduhr und schob den Stuhl vom Schreibtisch zurück. »Sonst noch etwas, meine Herren?«

Beide Besucher lächelten und standen auf.

»Leider müssen Dr. Robinson und ich einer Konferenz beiwohnen«, sagte Dr. Kender.

Um zehn Uhr dreißig saß Spurgeon auf einem der Stühle an dem langen blankpolierten Tisch, knabberte Kekse, schlürfte Cola und blickte auf die Wand vor sich, die mit dem Kunstdruck einer pharmazeutischen Firma, einem Porträt Marcello Malpighis, geschmückt war, dem Entdecker der Kapillarzirkulation; er sah ein bißchen wie Dr. Sack aus und trug einen Bart.

Sie kamen nacheinander herein, und schließlich stand er beim Eintritt Dr. Longwoods mit ihnen zusammen auf.

Meomartino trug einen Fall vor, einen langen.

Meomartino trug einen weiteren verdammten Fall vor. Nicht *den* Fall. Vielleicht, betete Spur, werden sie ihn überhaupt nicht angreifen. *Vielleicht* würde keine Zeit mehr bleiben. Aber als er die Augen zu der Wanduhr hob, sah er, daß noch mehr als genug Zeit bleiben würde; sein Magen drehte sich um, und er dachte schon, er würde der erste Spitalarzt in der Geschichte des Krankenhauses sein, der sich über den polierten Tisch, die Pepsi-Flaschen, die Kekse und den Chef der Chirurgie hin übergeben würde.

Und dann trug Meomartino weiter vor, und er hörte alle Einzelheiten, die er so gut kannte. Ihren Namen und ihr Alter und die Umstände des Autounfalls, das Datum, an dem er sie in der Unfallstation gesehen hatte, ihre frühere Krankengeschichte, die Filme, die im Röntgenlabor gemacht worden waren, und, o

Gott, die Filme, die nicht gemacht wurden, wie er sie aus eigener Initiative entlassen hatte, wie sie heimgefahren war.

Jetzt aber halt, dachte er plötzlich. Was geht hier vor?

O du gemeiner Schweinehund.

Was ist mit meinem Anruf beim Surgical Fellow? Dem Anruf, den ich bei dir machte, dachte er dumpf.

Aber Meomartino kam zum Schluß und erzählte, wie die Rätseldame zum letztenmal ins Krankenhaus kam, tot.

Dr. Sack beschrieb, was sie bei der Obduktion erfahren hatten, und legte die Ergebnisse in wenigen Minuten knapp und bündig dar.

Dr. Longwood lehnte sich in seinem Sessel zurück. »Einen solchen Fall zu verlieren ist das Schlimmste«, sagte er. »Dennoch verlieren wir immer wieder solche Patienten. Warum, glauben Sie, geschieht das, Dr. Robinson?«

»Ich weiß es nicht.«

Die hohlen Augen hielten ihn fest. Er sah mit einer erschreckenden Faszination, daß ein schwacher Tremor Dr. Longwoods Kopf fast unmerklich zu schütteln begonnen hatte.

»Es kommt daher, weil gerade ein solcher Fall verlangt, daß wir auch eine ungewöhnliche Verletzung erkennen, die uns nicht alle Tage begegnet. Eine Verletzung, die korrigierbar ist, die aber, wenn sie nicht korrigiert wird, den Tod verursachen kann.«

»Ja«, sagte Spurgeon.

»Niemand braucht mir zu erzählen, unter welchem Druck und welcher schweren Arbeitslast unsere Hausärzte stehen. Vor ziemlich vielen Jahren war ich hier Spitalarzt und Facharztanwärter, dann Konsiliarchirurg, bis ich eine Ganztagsstellung in diesem Krankenhaus übernahm. Ich weiß, wir bekommen vernachlässigte Fälle, komplizierte, und sie werden uns in solcher Zahl aufgehalst, daß einige Privatinstitutionen einfach nicht glauben würden, was wir vollbringen.

Aber es ist gerade die armselige Verfassung vieler unserer Patienten und die Anforderungen an unsere Zeit, die uns eine doppelte Aufmerksamkeit auferlegen, die es einem Spitalarzt nicht ersparen, sich zu fragen, ob tatsächlich jeder diagnostische Vorgang, jede nötige Röntgenaufnahme durchgeführt wurde. Haben Sie sich diese Dinge gefragt, Dr. Robinson?«

Der Tremor war stärker geworden. »Ja, das habe ich, Dr. Longwood«, sagte er fest.

»Warum also ist diese Frau gestorben?«

»Ich nehme an, ich wußte nicht genug, um ihr helfen zu können.«

Dr. Longwood nickte. »Es fehlte Ihnen die Erfahrung. Und dies ist der Grund, warum ein Spitalarzt es niemals auf sich nehmen sollte, einen Patienten aus diesem Krankenhaus zu entlassen, obwohl sich der Patient vielleicht bitter beklagt, daß man ihn warten läßt, bis ein erfahrener Arzt Zeit finden kann, ihn zu entlassen. Kein Patient ist je daran gestorben, weil er klagte. Wir sind dafür verantwortlich, ihn vor sich selbst zu schützen. Wissen Sie, was geschehen wäre, wenn Sie die Frau nicht entlassen hätten?«

Spurgeon suchte mit den Augen Meomartino, aber der Surgical Fellow war in die Krankengeschichte vertieft. »Sie würde noch leben«, sagte er.

Alles schwieg, und er sah wieder Dr. Longwood an. Die tiefliegenden blauen Augen, die ihn die ganze Sitzung hindurch beunruhigt hatten, waren noch immer auf ihn gerichtet.

»Dr. Longwood?« sagte Dr. Kender. »Harland«, fuhr Dr. Kender sanft fort. »Sollen wir abstimmen lassen?«

»Wie?«

»Sollen wir abstimmen lassen, Harland?«

»Ja«, sagte er.

»Ein vermeidbarer Tod«, sagte Dr. Kender.

Dr. Longwood fuhr sich mit der Zunge über die trockenen Lippen und sah Dr. Sack an.

»Vermeidbar.«

Dr. Parkhurst.

»Vermeidbar.«

Vermeidbar.

Vermeidbar.

Wieder versuchte Spurgeon, Meomartinos Augen einzufangen, vermochte es jedoch nicht. Es konnte auch unbeabsichtigt gewesen sein, sagte er sich, daß er dasaß und Marcello Malpighis Porträt studierte.

Als er in Silverstones Zimmer im sechsten Stock kam, dachte er, daß Adam in seiner Wut die Wände hochgehen würde.

Eine Wut, die sich gegen Spurgeon richtete, entdeckte er erstaunt.

»Wie konntest du Meomartino so etwas durchgehen lassen?«

»Er hat mir nicht gesagt, ich solle sie entlassen. Es stimmt, daß ich ihn anrief, aber er hat mir nicht ein verdammtes Wort gesagt, Mensch. Er fragte mich nur, ob ich ihn wirklich brauchte, und ich sagte, ich könne selbst damit zurechtkommen.«

»Aber du hast ihn angerufen«, sagte Adam. »Er hätte dir sagen müssen, daß du die Patientin festhalten sollst, bis er hinunterkommen könnte. Das Komitee hätte das gewußt.«

Spurgeon zuckte die Achseln.

»Ich gehe zum Alten.«

»Es wäre mir lieber, wenn du es nicht tätest. Er sieht so schlecht aus, daß ich nicht sicher bin, ob er fähig ist, sich mit einer solchen Situation auseinanderzusetzen.«

»Dann geh zu Kender.«

Spurgeon schüttelte den Kopf.

»Warum nicht?«

»Weil«, sagte er, »es tatsächlich eine Regel gibt, nach der Spitalärzte Patienten nicht entlassen dürfen, und ich habe diese Regel gebrochen. Weil Meomartino mir nicht sagte, ich solle sie heimschicken. Weil ich, wenn ich irgendeine Beschwerde hätte vorbringen wollen, das in der Konferenz hätte tun sollen.«

»Robinson, du bist der dümmste Mensch, dem ich je in meinem Leben begegnet bin«, hörte er Adam hinter sich rufen, als er hinausging.

Meomartino hatte sich als jämmerlicher Feigling entpuppt, dachte er, als er todunglücklich zum Lift stapfte.

Während der qualvollen Fahrt vom sechsten Stock ins Kellergeschoß zwang er sich jedoch, besessen von der alten, widerlichen Furcht, den eigentlichen Grund einzugestehen, warum er während der Sitzung nichts von dem Anruf erwähnt hatte.

Alle diese weißen, weißen Gesichter hatten ihm Entsetzen eingeflößt.

Der Tag ging weiter, wie er begonnen hatte. Katastrophal.

Er und Meyerson hatten nichts zu tun und ödeten einander bis in den tiefen Nachmittag hinein an. Von drei Uhr dreißig bis kurz vor acht Uhr dreißig hatten sie sechs Abholfahrten, vier davon lange und schwierige Transporte. Um acht Uhr fünfunddreißig wurden sie ausgeschickt, um Mrs. Thomas Catlett zu holen, eine bevorstehende Entbindung, Simmons Cort 31, Charlestown. Meyerson verließ jedoch die Schnellstraße und wand sich durch Straßen, die nicht mehr verbreitert worden waren, seit man sie als breit genug für Paul Reveres Pferd erklärt hatte. Zum Schluß fuhr er in eine Parkverbotszone vor Shapiros Buchladen in der Essex Street ein.

»Wohin fahren Sie?« fragte Spurgeon mißtrauisch.

»Ich habe Hunger. Ich hole ein belegtes Brot und einen Drink im Delikatessenladen, Sie fahren, während ich esse. In Ordnung?«

»Machen Sie schnell.«

»Beruhigen Sie sich. Soll ich Ihnen etwas mitbringen? Ein Corned beef?«

»Nein, danke.«

»Pastrumi? Das Fleisch wird dort gedünstet.«

»Maish, ich will keine Zeit verschwenden.«

»Essen müssen wir.«

Spurgeon gab nach und reichte ihm einen Dollar aus seiner Brieftasche. »Schweizerkäse auf Weißbrot. Kaffee, normal.«

Er saß auf dem Fahrersitz der Ambulanz und studierte die Bücher in Shapiros Auslagen, während die Sekunden zu Minuten wurden und Maish nicht auftauchte. Nach einer Weile stieg er aus, ging zur Ecke und spähte durch die Auslage des Essex-Delikatessenladens. Durch die Scheibe sah er Maish, eingerahmt von einem riesigen Salamiring im Schaufenster, den Torso hinter einer Pyramide von Knackwürsten versteckt, Schlange stehen und mit zwei Taxifahrern reden.

Ungeachtet der etlichen hundertzwanzig Augen, die sich ihm sofort zuwandten, klopfte Spurgeon an das Fenster und deutete auf seine Armbanduhr.

Maish zuckte die Achseln und deutete auf den Ladentisch.

Himmel, er war noch immer nicht bedient worden.

Spur drehte sich um und ging in die andere Richtung, an dem Buchladen vorbei zum Ende des Wohnblocks. Drüben lag Chinatown, ein blitzender Neondschungel von Palmen und Drachen.

Er ging zurück. Eine Weile lehnte er am Krankenwagen.

Schließlich hielt er es nicht länger aus, ging zum Essex und trat ein.

»Lösen Sie einen Scheck«, sagte der Mann am Eingang.

»Ich kaufe nichts.«

»Dann geben Sie ihn auf dem Weg hinaus zurück.«

Maish saß mit den Taxifahrern an einem Ecktisch, den Teller vor sich leer bis auf ein paar Fleischkrümel. In seiner Flasche war noch zwei Finger hoch Bier.

»Jetzt aber raus hier und in den Krankenwagen, verdammt noch mal«, sagte Spurgeon.

Maish sah die Taxifahrer an und hob die Augenbrauen. »Ein Neuling«, sagte er.

Im Wagen reichte er Spurgeon einen braunen Papiersack und zwanzig Cent Wechselgeld. »Ich hab' mir gedacht, ich freß es lieber drinnen«, sagte er. »So kann ich selbst fahren. Ich kenne Charlestown. Ich hab' mir gedacht, Sie könnten sich verfahren.«

»Beeilen wir uns lieber, diesen Entbindungsfall abzuholen. Wäre vielleicht keine schlechte Idee, was?«

»Sobald wir sie eingeliefert haben, garantiere ich Ihnen, daß sie noch eineinhalb Tage brauchen wird.«

Sie fuhren durch Chinatown zur Schnellstraße. »Essen Sie«, befahl Maish, die jüdische Mutter des Ambulanz-Korps. Das belegte Brot schmeckte auf Spurs nervöser Zunge wie Pappe, der Kaffee war ekelhaft kalt, und er schluckte ihn hinunter, als sie über die Tobin-Gedächtnisbrücke rumpelten. »Haben Sie fünfundzwanzig Cent?« Es war Sache des Fahrers, Mauten zu bezahlen, aber Spurgeon rückte mit dem Geld heraus und nahm sich vor, es später einzutreiben.

Die Straßen sahen alle gleich aus, die Häuser sahen alle gleich aus.

Maish brauchte zehn Minuten, bis er zugab, daß er Simmons Court nicht finden konnte, und weitere fünf, bis er die Suche auf der Straßenkarte aufgab.

Nach längeren Beratungen mit zwei Polizisten und einer Küstenpatrouille der Marine fanden sie ihren Bestimmungsort, eine unbeleuchtete Sackgasse am Ende einer Privatstraße mit tiefen Schneefurchen. Natürlich wohnten die Catletts im dritten Stock. Die Wohnung war dunkel und schmutzig und roch nach Unterstützungsgeldern. Aus dem Schlaf gerissene Kinder und ein stummer, mürrischer Mann. Die Frau war aufgeschwemmt von allzu stärkehaltiger Ernährung, Sorgen und zu häufigen Geburten. Sie legten sie, beide keuchend, auf die Krankentrage. Das älteste Mädchen legte einen braunen Papiersack neben die Mutter auf die Tragbahre.

»Mein Nachthemd und so Sachen«, sagte die Frau stolz zu Spurgeon.

Sie gingen zur Tür, dann aber blieb Spurgeon stehen, wobei sich ihm die Tragbahre in die Kniekehlen bohrte. »Wollen Sie ihr nicht Adieu sagen?« fragte er den Mann.

»'dieu.«

»'dieu«, sagte sie.

Sie war sehr schwer. Spurgeon und Meyerson manövrierten sie die schmalen knarrenden zwei Treppen hinunter und aus dem düsteren Gestank des Vorhauses hinaus.

»Vorsicht auf dem Eis«, warnte Maish.

Ihre Arme und Beine waren steif und zitterten, als sie sie endlich in den Krankenwagen schoben.

Sie schrie wild auf.

»Was ist los?« fragte Spurgeon.

Es dauerte fast eine Minute, bis sie antworten konnte. In seinem ersten Schrecken hatte er nicht daran gedacht, auf die Uhr zu schauen.

»Ich hab' Schmerzen.«

»Was für Schmerzen?«

»Sie wissen doch.«

»War das die erste Wehe?«

»Nein. Hab' schon eine Menge gehabt.«

»Meyerson, fahren Sie lieber los«, sagte er. »Schalten Sie Ihr Spielzeugpfeifchen ein.«

Maish, der Prahler, der Kretin, drückte sofort auf die Sirene, und sie fuhren durch den leeren Hof und die leere Straße hinunter, während in jeder Wohnung Lichter angingen und ein schwarzes oder braunes Gesicht aus einem Fenster spähte.

Spur setzte sich neben die Frau und stemmte die Füße gegen

die gegenüberliegende Wand, um auf seinen Knien schreibend ihre Personalien aufzunehmen.

»Ich stelle lieber gleich den ersten Teil der Krankengeschichte zusammen«, brüllte er gegen das anstürmende Sirenengeheul. »Wie ist Ihr voller Name, Mutter?«

»Was?«

»Ihr voller Name!«

»Martha Hendricks Catlett. Hendricks ist mein Mädchenname.« Heiser buchstabierte sie.

Er nickte. »Wo geboren?«

»Rochester.«

»New York?« Sie nickte. »Thomas heißt Ihr Mann. Mittlerer Anfangsbuchstabe?«

»C. Für Charlie.« Ihr Gesicht verzog sich, sie kreischte auf und rollte sich auf der Tragbahre herum.

Diesmal blickte er auf die Uhr. 9,42. Die Wehe dauerte fast eine Minute.

»Wo ist Ihr Mann geboren?«

»Choctaw, Alabama. Verdammter Lügner.«

»Warum?«

»Erzählt den Kindern, daß er Halbindianer ist.«

Grinsend nickte er. Allmählich mochte er sie. »Wo arbeitet er?«

»Arbeitslo – oos« – der Schrei verwandelte sich in Angstgekreisch.

Er blickte wieder auf seine Uhr. 9,44. Zwei Minuten.

Ich kann kein Kind entbinden, dachte er benommen.

Seine Erfahrung beschränkte sich auf fünf Tage Unterricht in Geburtshilfe während seines dritten Jahres an der Medizinischen Schule, vor zwei Jahren.

Hatte er sich etwas von damals gemerkt?

»Haben Sie eine Leibschüssel, Doc?«

»Können Sie nicht warten?«

»Ich glaube nicht.«

Das war die Entscheidung; er wußte, daß das Kind fast da war. Er stürzte nach vorn und klopfte Meyerson auf die Schulter. »Fahren Sie an den Straßenrand und halten Sie.«

»Warum?«

»Ich will Ihnen noch ein gottverdammtes Corned-Beef-Sandwich kaufen!« schrie er.

Der Krankenwagen verlangsamte sein Tempo, hielt an, verschluckte sein Sirenengeheul mit einem Geräusch, das wie Schluckauf klang. Plötzlich war es sehr still, mit Ausnahme des Fsch, fsch, fsch der sehr schnell und sehr dicht vorbeifahrenden Autos.

Spurgeon blickte hinaus, ihm wurde schwach. Sie standen auf der Brücke.

»Haben Sie Rauchsignale, Sie wissen schon, Verkehrsfackeln?« fragte er Meyerson.

Maish nickte.

»Nun, stellen Sie sie auf, damit wir nicht umgebracht werden.«

»Soll ich sonst noch was tun?«

»Reiben Sie zwei Hölzer aneinander und machen Sie Feuer. Kochen Sie viel Wasser. Bitte. Bleiben Sie mir zum Teufel vom Leib.«

»Aaach«, stöhnte die Frau.

Unter der Bahre befand sich ein kleiner Behälter mit Nitrooxyd und eine Gesichtsmaske für Notfälle. Und ein Geburtshilfe-Instrumentarium. Er zerrte die Sachen heraus und dachte angestrengt nach. Sie war bestimmt keine *primipara,* keine Erstgebärerin. Aber wie viele Kinder waren dort gewesen? Eine Vielgebärerin?

»Wie viele Kinder haben Sie, Mutter?«

»Acht«, sagte sie keuchend.

»Wie viele Buben?« fragte er, obwohl es ihn überhaupt nicht interessierte. Sie war eine *multipara,* und die Chance war groß, daß sie das Baby wie eine Bombe fallen ließ.

»Die beiden ersten sind Buben, sonst lauter Mädchen«, sagte sie, als er ihr die Schuhe auszog. Natürlich waren keine Steigbügel vorhanden. Er hob ihre Füße und stemmte sie gegen die Bänke auf beiden Seiten der Trage, damit das Blut abfließen konnte.

Meyerson öffnete die Tür und ließ Verkehrsgeräusche ein. »Doktor, haben Sie Kleingeld? Ich geh' zu einem Telefon, das Krankenhaus anrufen.«

Er gab ihm eine Münze.

»Ich muß noch einige andere Anrufe machen.«

Also gab er ihm eine Handvoll Kleingeld, drängte ihn aus dem Krankenwagen und versperrte die Tür von innen. Die Frau stöhnte. »Ich gebe Ihnen ein bißchen was gegen die Schmerzen, Mutter.«

»Zum Einschlafen?«

»Nein. Nur für einen kleinen Schwips.«

Sie nickte, und er ließ sie ein, zwei Züge Nitrooxyd einatmen, wobei er die Menge aufs Geratewohl dosierte, aber sehr vorsichtig war, um keinen Fehler zu begehen. Es wirkte schnell.

»Froh«, murmelte sie.

»Worüber?«

»Farbiger Doktor. Hab' noch nie einen farbigen Doktor gehabt.«

Mein Gott, arme Frau, dachte er. Ich würde mit Freuden zulassen, daß das Baby von George Wallace oder Louise Day Hicks entbunden würde, wenn der eine ein Geburtshelfer oder die andere eine Hebamme, aber beide bloß hier wären.

Er öffnete den Instrumentenkasten, der nicht viel enthielt: einen kleinen Absaugballon, ein paar blutstillende Mittel, Scheren und Zangen. Er zog ihr Kleid hoch und legte Schenkel wie Eichenstämme und eine braunseidene Unterhose bloß, die er von ihr abzuschneiden begann.

Sie fing zu weinen an. »Geschenk von meiner Zweitältesten.«

»Ich kaufe Ihnen eine neue.«

Bloßgelegt war der Bauch erschreckend, eine Masse dunklen Fleisches mit Fettwülsten, die Haut voll Schwangerschaftsstreifen; auf ihm hatte ihr Mann gelegen und sich dem einzigen Vergnügen hingegeben, das sich ein armer Schwarzer leisten kann, der einzigen Freude, die kein Geld kostet, billiger als Kino, billiger als Suff, um den winzigen Samen abzulegen, der zu diesem Ding geworden war, groß und fest wie eine Wassermelone unter ihrer Haut.

So tief unten, so tief.

Ich habe eine Frage an Sie, Doktor Robinson. Wie bekomme ich einen Gegenstand, der so groß wie das zweifellos dicke Baby dieser fetten Frau ist, durch eine Öffnung, die – obwohl ich kleinere gesehen habe – dennoch verhältnismäßig klein ist?

So klein.

Es war eine Gelegenheit, erkannte er grimmig, gleich zwei Patienten auf einmal zu verlieren, Schlag zwei und Schlag drei auf dem Schuldkonto zu buchen, sozusagen.

Es war eine Flasche Zephiran vorhanden. Er schraubte die Kappe ab und goß es großzügig über den Scheideneingang und den Damm, dann etwas davon auf seine Hände und schlenkerte sie, bis sie trocken waren, kein vollwertiger Ersatz für das Bürsten der Hände, aber immerhin der beste verfügbare.

Die Frau keuchte, schnaubte, blies, als versuchte sie, ein ganzes Haus niederzublasen.

»Wie geht's, Mutter?« Sie knurrte bloß.

Bitte, Gott.

Ein großer Wassersturz ergoß sich über seine weiße Hose, ein strohfarbener Niagarafall. Sie hielt die Augen geschlossen, die großen Beinmuskeln waren verkrampft. In der Öffnung tauchte ein kleiner kahler Kopf auf und trug die Haare der unvorbereiteten und daher unrasierten mütterlichen Genitalien wie eine Tonsur.

Zwei weitere Wehen, und der Kopf lag frei. Spurgeon verwendete den Ballon, um Flüssigkeit aus dem winzigen Mund zu saugen, und erkannte dann, daß die Frau es mit den Schultern des Kindes schwerer hatte. Er machte einen kleinen Einschnitt in den Damm, der sehr wenig blutete. Als sich die Frau das nächste Mal zusammenkrümmte, half er mit den Händen nach, und das ganze Baby war draußen in der kalten Welt. Er steckte zwei Klemmen auf die Nabelschnur, schnitt sie zwischen ihnen durch und sah sofort pflichtbewußt auf die Uhr; es war aus legalen Gründen wichtig, die Zeit der Geburt zu verzeichnen.

In einer Hand hielt er den winzigen Hals und Kopf, mit der anderen den kleinen Steiß, warmer Samt, weich wie — wie eben ein Babyarsch. Du Musikschreiber, Musikmacher, versuch's doch und verwandle dieses Geschehen in Klang, sagte er sich, und er wußte, daß es nicht zu machen war. Das Baby öffnete den Mund, machte eine Backpflaume aus seinem Gesicht, stieß einen kleinen Schrei aus und sandte gleichzeitig einen Urinstrom aus dem winzigen Penis — ein strammer Junge.

»Sie haben einen prächtigen Buben«, sagte er zu der Frau. »Wie wird er heißen?«

»Wie heißen Sie, Doktor?«

»Spurgeon Robinson. Sie wollen ihn nach mir nennen?«

»Teufel, nein. Nenne ihn nach seinem Paps. Wollte nur Ihren Namen wissen.«

Einen Augenblick später lachte er noch immer, als Meyerson und der Polizist an die Tür des Krankenwagens klopften.

»Kann ich Ihnen irgendwie helfen, Doktor?« fragte der Polizist.

»Ich habe alles unter Kontrolle, danke.« Hinter ihnen staute sich der Verkehr eine halbe Meile weit. Das Hupen kam ihm zum erstenmal zu Bewußtsein. Es war ohrenbetäubend.

»Einen Augenblick. Kommen Sie herein und halten Sie Thomas Catlett einen Augenblick, ja bitte?«

Bei einer Entbindung war es genauso wie bei jedem anderen chirurgischen Eingriff, die Möglichkeit eines Schocks war vorhanden. Er leitete eine intravenöse Infusion bei der Frau ein, Dextrose und Wasser.

Dann deckte er sie mit einer Decke zu und beschloß, zur Entbindung der Nachgeburt auf aseptischere Verhältnisse zu warten. Er nahm dem Polizisten das Baby wieder ab.

»Mr. Meyerson«, sagte Dr. Robinson sehr würdevoll, »wollen Sie uns bitte von dieser verdammten Brücke wegfahren?«

Als sie den Hof des Krankenhauses erreichten und er die Tür des Krankenwagens öffnete, überraschte ihn das erste Blitzlicht.

»Halten Sie das Baby hoch, Doktor. Steigen Sie noch einmal ein und setzen Sie sich neben die Mutter«, befahl ein Kameramann.

Es waren zwei Fotografen, drei Reporter und zwei Fernsehteams da.

Wie zum Teufel, fragte er sich, und dann erinnerte er sich an all das Kleingeld, das Meyerson gebraucht hatte, um Anrufe zu machen. Er sah sich böse um.

Maish war eben dabei, durch den Eingang zur Ambulanz zu verschwinden.

Viel später kam Spurgeon in sein Zimmer. Er schälte sich aus dem weißen Anzug, der stark nach Blut und Fruchtwasser roch. Die Dusche in der Halle unten lockte, aber lange saß er in seiner Unterwäsche einfach nur auf dem Bett, dachte wenig und fühlte sich großartig.

Champagner, dachte er schließlich. Er würde duschen und sich umziehen und zwei kleine Flaschen erstklassigen Champagners holen. Die eine würde er mit Adam Silverstone trinken. Die zweite mit Dorothy.

Dorothy.

Er ging hinaus, ließ zwei Münzen ins Hallentelefon fallen und wählte Dorothys Nummer.

Mrs. Williams kam ans Telefon.

»Wissen Sie, wie spät es ist?« fragte sie scharf, als er Dorothy verlangte.

»Ja. Das ist eben eines der Dinge aus dem Leben eines Arztes. Gewöhnen Sie sich lieber schon jetzt daran, Mama.«

»Spurgeon?« fragte Dorothy einen Augenblick später. »Was war in der Konferenz?«

»Ich bleibe Spitalarzt.«

»War es gräßlich?«

»Sie haben mir die Nase drin gerieben, wie man das bei einem Hundejungen macht.«

»Geht's dir halbwegs?«

»Mir geht's prima. Die größte lebende Kapazität der Welt in Sachen Zahnfortsatz.« Plötzlich erzählte er mit belegter Stimme von der großen dicken Seelenschwester und dem süßesten kleinen, weichärschigen, gut gebauten Babyjungen, der das Licht der Welt erblickte, weil Dr. Robinson als furchtloser Arzt an der vordersten Front stand.

»Ich liebe dich, Spurgeon«, sagte sie sehr leise, aber deutlich, und er konnte sich vorstellen, wie sie da in der Küche in ihrem Nachthemd stand, ihre wunderschöne Hand um den Hörer gekrümmt, und ihre Mutter wie ein großer dunkler Schmetterling herumflatterte.

»Hör zu«, sagte er ganz laut, und es war ihm gleichgültig, ob Adam Silverstone oder sonst jemand auf der ganzen Welt ihn hörte. »Auch ich liebe dich, sogar mehr, als ich deinen heiratsfähigen nubischen Körper besitzen will. Was sehr viel mehr als beträchtlich ist.«

»Du bist verrückt«, sagte sie mit ihrer altjüngferlichen Lehrerinnenstimme.

»Aha. Aber wenn deine Fahrkarte in die große Welt des weißen Mittelstandes endlich gelocht ist, werde ich das Annullierungswerkzeug sein.«

Er glaubte sie lachen zu hören, war sich jedoch nicht sicher, weil sie einfach eingehängt hatte. Er blies einen lauten schmatzenden Kuß in das summende Telefon.

IX
HARLAND LONGWOOD

Im Verlauf seiner Krankheit gewöhnte sich Harland Longwood an sie wie an ein häßliches, verhaßtes Kleidungsstück, das man aus wirtschaftlichen Gründen nicht wegwerfen kann. Er fand nachts immer weniger Schlaf, worüber er jedoch nur zum Teil unglücklich war, da er am besten schreiben konnte, wenn das Wohnhaus in Cambridge in schwarzen Samt gehüllt war und die Welt mit einem Minimum an Geräuschen durch die geschlossenen Fenster drang.

Er schrieb schnell, arbeitete das Material auf, das im Laufe vieler Jahre gewissenhaft und langsam angesammelt worden war, und vollendete für jedes Kapitel einen sorgfältigen zweiten Entwurf, bevor er zum nächsten schritt. Als er drei Kapitel geschrieben hatte, wußte er, daß es Zeit für eine Überprüfung war, und nach langer Überlegung wählte er drei hervorragende Chirurgen, die weit genug von Boston entfernt lebten, so daß die Nachricht von seiner Krankheit noch nicht zu ihnen gedrungen sein konnte. Das Kapitel über Thoraxchirurgie ging an einen Professor am McGill-Institut, das Kapitel über Bruchoperationen an einen Chirurgen am Loma-Linda-Hospital in Los Angeles, das Kapitel über die Methodik an einen Mann an der Mayo-Klinik in Minnesota.

Als ihre Rezensionen eintrafen, wußte er, daß er keinem aus bloßer Ichsucht geborenen närrischen Traum nachgejagt war.

Der Professor vom McGill war von dem Teil über die Thoraxchirurgie begeistert und bat um die Erlaubnis, ihn in einer von ihm herausgegebenen Zeitschrift veröffentlichen zu dürfen. Der Chirurg der Mayo-Klinik zollte ihm hohes Lob, wies jedoch auf ein zusätzliches Gebiet hin, das in diesem Zusammenhang interessant sein würde, was drei weitere Wochen mühevoller

Arbeit bedeutete. Der Kalifornier, ein eifersüchtiger Pedant, mit dem er jahrelang in Streit gelegen hatte, räumte zwar mürrisch den Wert des Materials ein, fügte aber drei haarspalterische redaktionelle Korrekturen hinzu, mit denen Longwood nicht übereinstimmte und die er überging.

Er schrieb mit einer Feder und füllte liniiertes Papier mit einer verkrampften, spinnenartigen Schrift. Gelegentlich überwältigte ihn der Schlaf bei Tag, wenn er einen Teil an dem Buch fertiggeschrieben hatte, und zum erstenmal im Leben begann er häufig im Krankenhaus zu fehlen und daheim zu bleiben, dankbar für Bester Kenders Fähigkeit, ihn abzulösen.

Er fühlte sich jetzt sicher genug, eines Tages beim Mittagessen das Buch Elizabeth gegenüber zu erwähnen, und war gerührt, als sie sich freiwillig anbot, das Manuskript zu tippen, weil er glaubte, sie wolle über ihn wachen. Zwei Tage spielte sie wie ein Kind an der Schreibmaschine herum, am dritten Vormittag stand sie jedoch nach zwanzig Minuten auf und verbrachte lange Zeit vor dem Spiegel, um sich den Hut aufzusetzen.

»Ich habe Edna Brewster versprochen, mit ihr einkaufen zu gehen, Onkel Harland«, sagte sie, und als er nickte, küßte sie ihn auf die Wange.

Nach einigen Tagen war es Bernice Lovett, die krank war und besucht werden mußte.

Zwei Vormittage später sagte sie, Helen Parkinson habe darauf bestanden, daß sie dem Komitee die neue Vincent-Club-Show planen helfe.

Danach wurde ihre Anwesenheit von Susan Silberger, Ruth Moore, Nancy Roberts gebraucht, während der Stapel des ungetippten Manuskripts neben der Schreibmaschine wuchs.

Der Kubaner war nicht fähig, ihr Halt zu geben, dachte er, endlich in seiner Mißbilligung Meomartinos bestätigt.

Sie blieb immer eine Weile in seiner Wohnung und ging dann, nachdem sie nachdrücklich die Frau genannt hatte, mit der sie den Tag verbringen würde. Er brauchte nur bis zu dem Vormittag mit Helen Parkinson, um sich die Dinge zusammenzureimen.

»Du meinst, falls dein Mann anruft«, bemerkte er, als sie es ihm sagte.

Liz sah ihn an und lächelte dann. »Jetzt sei nicht töricht und sage ja nichts, das wir beide bedauern würden, Onkel Harland«, sagte sie.

»Elizabeth, du bist hergekommen, um mir bei der Arbeit zu helfen. Möchtest du mit mir über ... irgend etwas sprechen? Kann ich dir helfen?«

»Nein«, sagte sie.

Statt darüber nachzudenken, rief er ein Schreibbüro an und traf eine Vereinbarung über die stundenweisen Dienste einer Typistin, die jederzeit für ihn bereitstand.

Am schlimmsten waren die Nächte, die er an dem Blutwäscheapparat verbrachte, festgehalten von Nadelfingern, während sich die Glasrohre hellrot färbten, ihm wie ein Vampir das Blut aussaugten. Er lag da, lange Stunden an das Bett gefesselt, Gefangener einer Maschine, die ihm Leben spendete.

Sie machte keinen Lärm, aber sie plätscherte leise. Er wußte, daß es ein lebloses Produkt der menschlichen Begabung für Mechanik war, dennoch kam ihm mitunter das Plätschern wie ein leises spöttisches Lachen vor.

Wenn er befreit wurde, entfloh er ihr erleichtert und ging in die Stadt wie ein Seemann auf Urlaub, nahm einen Drink im Ritz Carlton, aß bei Locke-Ober, wo er oft seine Diätregeln mit dem Gefühl durchbrach, daß ihm die Kochsalzbeschränkung buchstäblich etwas vom Salz des Lebens raubte. Regelmäßig bestellte er nach dem Essen reichlich Brandy. Er war nie knausrig gewesen, jetzt aber erstaunte er Louie, den Kellner, der ihn seit dreißig Jahren bediente, mit verschwenderischen Trinkgeldern.

Besessen von dem Wunsch, das Buch fertigzuschreiben, arbeitete er jede Nacht; er schrieb, so schnell er nur konnte, und beobachtete sich mit der Distanz eines Fremden, der einem Pferderennen zusieht und ironisch amüsiert fragt, wer wohl gewinnen würde.

Ein-, zweimal ließ Elizabeth den kleinen Jungen bei ihm in der Wohnung, und Longwood spielte mit seinem Großneffen auf dem Boden, während die Sonne durch das Fenster strömte und er sich in seiner Schwäche mit dem Jungen gleichaltrig fühlte, sich zufriedengab, die Spielzeugautos, die Miguel mitgebracht hatte, herumzurollen; das blaue wurde von der kleinen dicken Hand und das rote von den langen knochigen Fingern geschoben, die noch vor kurzem chirurgische Instrumente gehalten hatten, um den Teppich herum, zwischen den Sesselbeinen hindurch und unter dem Speisezimmertisch. Manchmal nahm er nachmittags den Jungen auf wirkliche Fahrten in einem wirklichen Auto mit, gewöhnlich auf kurze Ausflüge, aber eines Nachmittags befand er sich auf der Route 128, hielt das Gaspedal niedergedrückt, die Tachometernadel rückte immer höher und höher, und der Wagen jagte über die Straße.

»Du fährst zu schnell, Lieber«, sagte Frances milde.

»Ich weiß«, sagte er grinsend.

Dann hörte er, wie er glaubte, einen Krankenwagen, und als er seinen Irrtum erkannte, hatte der Verkehrspolizist bereits sein Motorrad neben ihm angehalten, und er fuhr den Wagen an den Straßenrand.

Der Polizist sah sein graues Haar und dann die Nummerntafel des Arztes am Wagen. »Ein Notfall, Doktor?«

»Ja«, sagte er.

»Soll ich Sie begleiten?«

»Nein, danke«, sagte er, und der Polizist nickte, salutierte und fuhr weg.

Als Longwood wieder nach Frances blickte, war sie verschwunden, bevor er sie hatte fragen können, was er wegen Elizabeth tun solle, und der kleine Junge schlief auf dem Vordersitz, eingerollt wie ein Kätzchen. Longwood begann zu zittern, zwang sich jedoch, weiterzufahren, kehrte mit dreißig Stundenkilometer nach Cambridge zurück und hielt sich dicht an der rechten Straßenseite.

Er nahm den Jungen nie wieder auf eine Fahrt in dem wirklichen Auto mit.

Die Kanülen eiterten in seinem Fleisch. Man versetzte die Anschlußstücke mehrmals, bis die kleinen Einschnittnarben ein Muster auf seinem Bein bildeten. In seinem Organismus hatten sich Toxine angesammelt, und eines Nachmittags begann sein ganzer Körper zu jucken. Er kratzte sich, bis er blutete, und dann lag er im Bett und wand sich, und Tränen strömten ihm über das Gesicht.

Am Abend ging er zur Blutwäsche ins Krankenhaus, und als sie die Kratzspuren sahen, verschrieben sie ihm Benadryl und

Stelazin, und Dr. Kender sagte ihm, daß er statt zweimal wöchentlich nunmehr dreimal an die Maschine müsse. Sie gaben ihm Montag, Mittwoch und Freitag neun Uhr früh als Termine, statt wie bisher Dienstag und Donnerstag abend. Das bedeutete, daß er, selbst wenn er sich an jenen Tagen wohlfühlte, nicht zur Arbeit ins Krankenhaus kommen konnte. Er rief noch immer jeden Abend Silverstone oder Meomartino an, um einen Bericht über die Station zu erhalten, stellte jedoch die Visiten ein.

Gelegentlich, wenn er allein war, weinte er. Einmal blickte er auf und sah Frances neben seinem Bett sitzen.

»Kannst du mir nicht helfen?« fragte er sie.

Sie lächelte ihn an. »Du mußt dir selbst helfen, Harland«, sagte sie.

»Was hätten wir für diesen Mann tun können, meine Herren?« fragte er das Todeskomitee.

Aber niemand antwortete.

Er versuchte nicht mehr, in die Appleton-Kapelle oder eine andere Kirche zu gehen, aber eines Nachts, als er dasaß und an dem Buch arbeitete, erfüllte ihn plötzlich eine neue Gewißheit: er würde es beenden. Dieses Wissen war sehr stark. Es überfiel ihn nicht in einem Ausbruch farbiger Lichter oder aufklingender Musik, wie solche Augenblicke immer in schlechten Fernsehsendungen am Ostermorgen geschildert wurden. Es war einfach ein ruhiges, kraftvolles Versprechen.

»Danke, Herr«, sagte er.

Am nächsten Morgen ging er, bevor er sich an der Maschine meldete, in Mrs. Bergstroms Zimmer und stand an ihrem Bett. Sie schien zu schlafen, aber nach einigen Augenblicken öffnete sie die Augen.

»Wie fühlen Sie sich?« fragte er.

Sie lächelte. »Nicht sehr gut. Und Sie?«

»Sie wissen von mir?« fragte er interessiert.

Sie nickte. »Wir sitzen im selben Boot. Sie sind der Doktor, der krank ist, nicht?«

Also wußten es sogar die Patienten. Es gehörte zu jenen Neuigkeiten, die sich in einem Krankenhaus schnell verbreiten.

»Kann ich irgend etwas für Sie tun?« fragte er.

Sie fuhr sich mit der Zunge über die Lippen. »Dr. Kender und seine Leute kümmern sich um alles. Machen Sie sich keine Sorgen. Sie werden sich auch um Sie kümmern.«

»Ja, bestimmt«, sagte er.

»Sie sind wunderbar. Es ist gut, jemanden zu haben, dem man vertrauen kann.«

»Ja, wirklich«, sagte er.

Kender kam herein und sagte ihm, daß sie warteten, um ihn an den Apparat anzuschließen. Sie verließen zusammen das Zimmer, und auf dem Gang wandte sich Longwood an den jüngeren Mann. »Sie hat ein unglaubliches Vertrauen zu Ihnen. Sie glaubt, Sie seien unfehlbar.«

»Das kommt vor und ist kein Nachteil. Es hilft uns«, sagte Kender.

»Aber es ist natürlich ein Nachteil, daß ich mir Ihrer Grenzen bewußt bin«, sagte er.

Longwood legte sich nieder und ließ sich von der Schwester an die Maschine anschließen. Im nächsten Augenblick begann der Apparat spöttisch zu plätschern.

X
RAFAEL MEOMARTINO

Meomartino kam an diesem Abend nach Hause, als Huntley eben Brinkley im Fernsehen gute Nacht sagte. Liz lag in einem Hauskleid auf der Couch im Wohnzimmer, die Schuhe auf dem Boden, das Haar nur ganz leicht in Unordnung, und ihre Müdigkeit betonte die zarten Linien um ihre Augen. Sie drehte den Kopf herum und bot ihm die Wange zum Kuß. »Wie war es heute?«

»Schrecklich«, sagte er. »Wo ist der Junge?«

»Im Bett.«

»So früh?«

»Weck ihn nicht. Er ist total erschöpft, und ich auch.«

»Papi?« rief Miguel aus seinem Zimmer.

Er ging hinein und setzte sich auf das Bett. »Wie geht's?«

»Gut«, sagte der Junge; er fürchtete sich im Dunkeln, und sie ließen eine Lampe mit einer schwachen Birne auf dem Schreibtisch brennen.

»Kannst du nicht einschlafen?«

»Nein«, sagte er. Als Rafe die Hand des Kindes unter der Decke hervorholte, sah er, daß sie schmutzig war.

»Hast du nicht gebadet?«

Miguel schüttelte den Kopf. Rafe ging ins Badezimmer, ließ eine Wanne mit warmem Wasser vollaufen und trug dann den Jungen aus dem Bett ins Bad, zog ihn aus und wusch ihn sehr behutsam. Gewöhnlich schlug Miguel um sich und planschte, jetzt aber war er schläfrig und lag still. Er begann schneller zu wachsen, als sein Fleisch nachkommen konnte. Seine Hüftknochen standen vor, seine Arme und Beine waren dünn.

»Du wirst ein sehr großer Mann werden«, sagte Rafe.

»Wie du.«

Rafe nickte. Er rieb ihn mit einem Tuch ab, zog ihm einen frischen Pyjama an und trug ihn ins Schlafzimmer zurück.

»Mach ein Zelt«, bat Miguel.

Er zögerte, denn er war müde und hungrig.

»Bitte«, sagte der Junge.

Also ging er in sein Arbeitszimmer und kam mit einer Ladung Bücher zurück, nahm eine Decke vom Bett, breitete sie zwischen Bett und Schreibtisch aus und beschwerte jede Ecke des Tuchs mit vier, fünf Büchern. Dann löschte er das Licht, und er und sein Sohn krochen in das Zelt. Der Acrylteppich war weicher als ein Rasen. Der kleine Junge schmiegte sich an ihn und umfing ihn mit den Armen.

»Erzähl mir über den Regen. Du weißt schon.«

»Draußen regnet es sehr stark. Alles ist kalt und naß«, sagte Rafe gehorsam.

»Was noch?« Der Bub gähnte.

»Im Wald zittern die kleinen Tiere vor Kälte und vergraben sich im Laub und in der Erde, damit ihnen warm wird. Die Vögel haben die Köpfe unter ihre Flügel gesteckt.«

»Ja.«

»Aber ist uns kalt und sind wir naß?«

»Nein«, murmelte der Junge.

»Warum nicht?«

»Ein Zelt.«

»Ganz richtig.« Er küßte die Wange, die noch immer babyweich war, und berührte seinen Sohn sanft zwischen den dünnen Schulterblättern, halb tätschelnd, halb streichelnd.

Nach einer Weile verriet ihm das ruhige gleichmäßige Atmen, daß das Kind schlief. Vorsichtig machte er sich frei, kroch dann hinaus, nahm das Zelt auseinander und brachte Miguel wieder in sein Bett.

Im Wohnzimmer lag Liz noch immer auf der Couch.

»Das hättest du nicht tun müssen«, sagte sie.

»Was?«

»Ihn baden. Ich hätte ihn in der Frühe gebadet.«

»Es macht mir nichts aus, ihn zu baden.«

»Er wird nicht vernachlässigt. Ich habe viele Fehler, aber ich bin eine gute Mutter.«

»Was gibt's zum Abendessen?« fragte er.

»Ich hab' eine *casserole*. Ich brauche nur den Herd anzudrehen, um sie zu wärmen.«

»Bleib nur«, sagte er. »Ich mach' schon.«

Während er wartete, daß das Essen warm wurde, dachte er, ein Drink würde sie beide erfrischen. Er suchte in einem Küchenschrank nach dem Kräuterlikör, als er die Beefeater-Flasche hinter einer runden Hafermehlschachtel erblickte. Sie war noch immer kalt, als er sie berührte, und hatte sichtlich bis kurz vor seiner Heimkehr im Eisschrank gestanden.

Es wird Zeit, dachte er, daß du diesen Dingen ins Auge blicken mußt.

Er stellte die Flasche auf ein Tablett mit zwei Gläsern und trug sie in das Wohnzimmer.

»Martini?«

Sie sah die Flasche an, sagte aber nichts. Er goß den Drink ein und reichte ihn ihr.

Sie schlürfte. »Er müßte kälter sein«, sagte sie. »Aber sonst hätte selbst ich keinen besseren mixen können.«

»Liz«, sagte er, »warum das Theater? Du willst untertags trinken? Dann trinke. Du brauchst die Flaschen nicht vor mir zu verstecken.«

»Halte mich«, sagte sie nach einem Augenblick. »Bitte.«

Er legte sich neben sie und hielt sie in den Armen, während er auf dem Rand des schmalen Sofas balancierte.

»Warum hast du getrunken?«

Sie lehnte sich zurück und sah ihn an. »Es hilft«, sagte sie.

»Wogegen?«

»Ich habe Angst.«

»Warum?«

»Du brauchst mich nicht mehr.«

»Liz —«

»Es ist wahr. Als ich dich kennenlernte, hast du mich schrecklich gebraucht. Jetzt bist du stark. Selbständig.«

»Muß ich schwach sein, um dich zu brauchen?«

»Ja«, sagte sie. »Ich werde es verderben, Rafe. Ich weiß es. Ich tue es immer.«

»Unsinn, Liz. Siehst du nicht, wie dumm das ist?«

»Vor unserer Ehe kam es nie wirklich darauf an. Nachdem ich es mit Bookstein verpfuscht hatte und wir geschieden waren, war ich tatsächlich glücklicher. Aber ich kann den Gedanken nicht ertragen, es wieder zu verpfuschen.«

»Wir werden nichts verpfuschen«, sagte er hilflos.

»Wenn du daheim bist, ist alles in Ordnung. Aber das verdammte Krankenhaus nimmt dich alle sechsunddreißig Stunden wieder weg. Wenn du nächstes Jahr in die Praxis gehst, wird es noch schlimmer werden.«

»Nächstes Jahr wird es besser sein«, sagte er. »Nicht schlimmer. Ich verspreche es dir.«

»Nein«, sagte sie. »Wenn ich mich an Tante Frances erinnere, dann sehe ich sie vor mir, wie sie auf meinen Onkel wartete. Sie sah ihn fast nie. Er verkaufte seine Praxis und ging erst, nachdem sie gestorben war, ins Krankenhaus arbeiten. Als es zu spät war.«

»Du wirst dein Leben nicht damit verbringen, auf mich zu warten«, sagte er. »Das verspreche ich dir.«

Sie umschlang ihn fester. Um nicht von der Couch zu fallen, hielt er sie dort fest, wo die Rückseite des Schenkels breiter wurde, eine massive Stelle zum Festhalten. Bald darauf wurde ihr Atem an seinem Hals langsam und regelmäßig; sie schlief ein wie der Junge, dachte er. Er spürte Verlangen, unternahm jedoch nichts, da er die behagliche Vertrautheit nicht verletzen wollte. Gleich darauf döste er selbst ein und träumte unerklärlicherweise, daß er wieder ein kleiner Junge war, der in seinem

Schlafzimmer in dem großen Haus in Havanna schlief. Es war ein unglaublich klarer und realistischer Traum, und er war sicher, daß seine Eltern in dem großen geschnitzten Bett im Schlafzimmer unten bei der Halle lagen und Guillermo nebenan schlief.

Der Summer am Herd der Bostoner Wohnung weckte sie gleichzeitig, die schlafende Traumfamilie und den Mann, dessen Frau aus Fleisch und Blut aufsprang, um die Herduhr abzudrehen, bevor diese ihren Sohn störte.

Meomartino blieb auf dem Sofa liegen.

Der Fernsehapparat brachte noch immer Nachrichten, und er beobachtete einen dreizehnjährigen Südvietnamesen, der von einem amerikanischen Infanterieregiment gegen den Wunsch seiner Eltern adoptiert worden war. Die Soldaten hatten dem Jungen Zigaretten und Bier und ein Gewehr gegeben, und er hatte bereits zwei Vietkong getötet.

»Was für ein Gefühl war es, zwei Menschen zu töten?«

»Ein gutes Gefühl. Sie waren schlecht«, sagte der Junge, obwohl er seine zwei erschossenen Landsleute erst knapp vor dem Abdrücken gesehen hatte, als er das automatische Gewehr abfeuerte; es war so konstruiert, daß es reibungslos und ohne Rücksicht auf die Mentalität des Benützers arbeitete.

Rafe stand auf und stellte den Apparat ab.

Sie weiß nicht das geringste von mir, dachte er.

Manchmal träumte er jetzt wieder vom Krieg.

Die Alpträume begannen immer mit der Schweinebucht und betrafen auch Guillermo, aber gewöhnlich endeten sie in Vietnam. Als eingebürgerter Staatsbürger und Arzt würde ihn der Einberufungsbefehl erreichen, sowie er das letzte Jahr der Facharztanwartschaft beendet hatte, und viele der jungen Doktoren, die im vergangenen Jahr am Krankenhaus gewesen waren, dienten jetzt in Vietnam. Einer war schon getötet und einer verwundet worden. Das war ein Krieg, der keinen Respekt vor Ärzten hatte, überlegte er düster. Statt rekrutierter Medizinstudenten waren Fachchirurgen an die Front geschickt worden, und die Krankenhäuser in Saigon waren genauso exponiert wie die Truppenverbandsplätze.

Seine Frau hatte teilweise recht, entschied er. Er war tatsächlich stärker geworden.

Denn nun stellte er sich mutig der Tatsache, daß er ein Feigling war.

Es war sehr ungewöhnlich. Der Brief enthielt nur eine Zeile: »Sind Sie zum Mittagessen frei?« Er war mit »Harland Longwood« unterzeichnet. Kein Titel. Wenn es eine berufliche Angelegenheit betroffen hätte, wäre unter der Unterschrift säuberlich »Chefchirurg« getippt gewesen. Das hieß, daß die Zusammenkunft wahrscheinlich irgend etwas mit Liz zu tun haben würde. Das einzige persönliche Thema, das Rafe mit dem Onkel seiner Frau erörterte, war seine Frau.

Er sprach im Vorbeigehen im Büro des Alten vor und sagte der Sekretärin, er stehe für das Mittagessen zur Verfügung. Er hatte nur einmal mit Dr. Longwood allein gegessen, fünf Tage vor seiner Hochzeit mit Liz. Sie waren in die Herrenbar des Locke-Ober gegangen, wo Dr. Longwood inmitten von Zinngeschirr und poliertem Mahagoni ihm taktvoll und mürrisch nahezulegen versuchte, daß Liz zwar viel zu gut für einen Ausländer sei, trotzdem nicht unproblematisch war, Alkohol, Sex und anderes, das er bloß andeutete, und Dr. Meomartino würde allen Beteiligten, besonders aber sich selbst einen großen Gefallen erweisen, wenn er seine Besuche sofort einstellte.

Und so heirateten sie.

Diesmal nahm ihn Longwood zu Pier Four mit. Die Krabben in den weichen Schalen waren sehr gut. Der Wein war mild und hatte genau die richtige Temperatur. Er half Rafe durch das mühsame Einleitungsgeplauder.

Beim schwarzen Kaffee, den er allein trank, riß ihm die Geduld. Er sah Longwood fest an.

»Was haben Sie auf dem Herzen?«

Dr. Longwood nahm einen kleinen Schluck Brandy. »Ich möchte gern wissen, wohin Sie nächstes Jahr gehen.«

»Vermutlich in die Privatpraxis. Wenn ich durch ein Wunder der Armee entgehe.«

»Ihre Frau ist eine Frau mit Problemen. Sie braucht einen Halt«, sagte Longwood.

»Das weiß ich.«

»Sie haben für das kommende Jahr noch keine Maßnahmen getroffen?«

Diese Frage verriet Rafe sofort den Grund der Einladung zum Mittagessen. Der alte Mann fürchtete, daß er Liz und den Jungen um die halbe Welt entführen würde.

Longwood sah jetzt wirklich sehr krank aus, dachte er mitleidig. Er wandte den Blick ab und ließ ihn über das gut besuchte Restaurant gleiten. »Ich habe noch keine Maßnahmen getroffen, obwohl es vermutlich an der Zeit ist, daß ich damit beginne. Boston ist mit Chirurgen überfüllt, und wollte ich hier eine Praxis eröffnen, müßte ich mit einigen der besten Leute der Welt konkurrieren. Ich könnte versuchen, mich einem von ihnen als Partner anzuschließen. Wissen Sie jemanden mit einer vielbeschäftigten Praxis, der Unterstützung sucht?«

»Es gibt ein, zwei Leute.« Longwood holte ein Zigarrenetui aus einer Innentasche, öffnete es, bot Rafe eine an, der jedoch ablehnte. Dr. Longwood beschnitt die Zigarre und beugte sich vor, als Rafe das Feuerzeug aufschnappen ließ, dann nickte er dankend, während er an ihr sog. »Sie sind finanziell unabhängig. Sie brauchen kein großes Anfangsgehalt. Stimmt das?«

Rafe nickte.

»Haben Sie je an eine wissenschaftliche Laufbahn gedacht?«

»Nein.«

»Wir werden im September einen Dozenten für Chirurgie einstellen.«

»Bieten Sie mir die Ernennung an?«

»Nein«, sagte Dr. Longwood vorsichtig. »Wir werden noch mit einigen anderen Leuten sprechen. Ich glaube, Ihr einziger Konkurrent könnte Adam Silverstone sein.«

»Ein guter Mann«, sagte Meomartino zögernd.

»Man hält ihn für gut, aber das sind Sie auch. Wenn Sie auf die Stelle reflektieren, würde ich mich natürlich für Sie verwenden. Dennoch glaube ich, daß Sie dank Ihrer Verdienste eine vortreffliche Chance haben.«

Rafe merkte leicht amüsiert, daß ihm der Alte mit dem gleichen Mangel an Begeisterung Lob zollte, mit dem er von Adams Verdiensten gesprochen hatte.

»Eine Dozentur bedeutet Forschung«, sagte er. »Silverstone hat mit Kenders Hunden gearbeitet. Ich weiß längst, daß ich kein Forscher bin.«

»Sie muß nicht unbedingt Forschung bedeuten. In der Jagd

nach Zuschüssen und Laborgebäuden haben die Medizinischen Schulen den Grund für ihre Existenz aus den Augen verloren – die Studenten –, und wir beginnen das allmählich zu erkennen. Gute Lehrer werden immer wichtiger, denn der Unterricht wird immer schwieriger.«

»Jedenfalls ist da noch mein Militärdienst«, sagte Rafe.

»Wir ersuchen für Dozenten um Aufschub«, sagte Dr. Longwood. »Man kann ihn jährlich erneuern.«

Seine Augen verrieten nichts, aber Rafe hatte das unbehagliche Gefühl, daß Longwood jetzt innerlich lächelte.

»Ich werde es mir überlegen«, sagte er.

In den nächsten zwei Tagen versuchte er sich einzureden, es bestehe eine Möglichkeit, sich nicht um die Stellung zu bewerben.

Dann kam der Vormittag mit der Exituskonferenz, und er saß benommen und voll Scham da, während Longwood Spurgeon Robinson an die Wand der Bibliothek nagelte, obwohl er wußte, daß er die Wucht des Angriffs – die Kreuzigung – mit der Feststellung mildern konnte, daß ihn der Spitalarzt angerufen hatte, bevor er die Frau aus dem Krankenhaus entließ.

Es hätte nur eines einfachen erklärenden Satzes bedurft.

Nachher versuchte er sich mit wenig Erfolg zu überzeugen, daß er ihn nicht ausgesprochen hatte, da er den kranken Dr. Longwood schonen und die Sitzung so schnell wie möglich beenden wollte.

Aber er war sich bewußt, daß sein Schweigen der erste Schritt zu seiner Kandidatur gewesen war.

Am Abend traf er auf seinem Weg zum Speisesaal Adam Silverstone, der eben aus dem Lift trat.

»Ich sehe, daß Sie das Krankenbett verlassen haben«, sagte er. »Fühlen Sie sich besser?«

»Ich habe es überlebt.«

»Vielleicht sollten Sie sich etwas länger ausruhen. Diese Viren können gemein sein.«

»Hören Sie. Sie haben heute morgen Spurgeon Robinson im Stich gelassen.«

Meomartino starrte ihn an, sagte jedoch nichts.

»Er leidet mehr als andere an dieser Quälerei«, sagte Silverstone. Nach einer Pause fuhr er fort:

»Von jetzt ab heißt es: was Sie ihm antun, tun Sie mir an.«

»Sehr heroisch von Ihnen«, sagte Meomartino ruhig.

»Ich bin für solche Situationen gewappnet, verstanden?«

»Ich werde es mir merken.«

»Aug um Aug, Zahn um Zahn«, sagte Adam. Er nickte und ging weiter zum Speisesaal.

Rafe folgte ihm nicht. Statt Hunger erfüllte ihn jene kalte, dunkle Angst, die er seit Jahren nicht mehr gekannt hatte. Er brauchte die Aufmunterung seiner Familie, dachte er; vielleicht würde Liz' Reaktion auf die Neuigkeit, daß er sich um den Lehrauftrag bemühen würde, etwas davon verjagen.

Er rief Harry Lee an und bat ihn, für ihn einzuspringen, während er zum Essen nach Hause fuhr.

Es war eine noch nie dagewesene Bitte, und dem Facharztanwärter gelang es nicht ganz, seine Überraschung zu verbergen, als er zustimmte.

Die Stoßzeit war lange vorbei, und der Verkehr auf der Schnellstraße floß ruhig dahin. Rafe umfuhr die Innenstadt, bog dann in die Seitengasse der Charles Street ein und parkte so, daß der Wagen fast den Verkehr in der engen Gasse blockierte. Seine Armbanduhr zeigte sieben Uhr zweiundvierzig, als er die Treppe hochstieg. Zeit genug, dachte er, um schnell ein belegtes Brot zu essen, den Jungen zu küssen, seine Frau zweimal an sich zu drücken und zum Krankenhaus zurückzufahren, ohne dort auch nur vermißt worden zu sein.

»Liz?« rief er, als er mit einem Schlüssel aufsperrte.

»Sie ist nicht zu Hause.« Es war das Babysittermädchen, an deren Namen er sich nie erinnern konnte, und ein Junge, der neben ihr auf der Couch saß. Beide waren leicht zerzaust und offenkundig beim Schmusen unterbrochen worden.

»Wo ist sie?«

»Sie sagte, falls Sie anriefen, solle ich Ihnen sagen, daß sie sich mit ihrem Onkel zum Abendessen trifft.«

»Dr. Longwood?«

»Ja.«

»Wann?«

»Das sagte sie nicht.« Das Mädchen stand auf. »Ah, Herr Doktor, darf ich Ihnen meinen Freund Paul vorstellen.«

Rafe nickte und fragte sich, ob es wohl im Interesse seines

Sohnes lag, daß sie beim Kinderhüten Gesellschaft hatte. Vielleicht gedachte der Junge wegzugehen, bevor Liz und ihr Onkel heimkamen. »Wo ist Miguel?«

»Im Bett. Er ist gerade eingeschlafen.«

Rafe ging in die Küche, zog sein Jackett aus, hängte es über den Stuhl und fühlte sich in seiner eigenen Wohnung wie ein Eindringling, als das Gespräch im Wohnzimmer zu einer Reihe kurzer geflüsterter Sätze und einem gelegentlichen unterdrückten Kichern wurde.

Brot war da, etwas altbacken, und Reste von Schinken und Käse. Und eine Beefeater-Flasche, halb voll, mit Martini, die sie, sicher vor seiner programmgemäßen Rückkehr aus dem Krankenhaus, am nächsten Morgen aus dem Eisschrank genommen hätte.

Er machte sich das Sandwich, öffnete eine kleine Flasche Ingwerbier, trug alles durch das Wohnzimmer in das Schlafzimmer seines Sohns und schloß die Tür vor den neugierigen Augen der beiden jungen Leute auf der Couch.

Miguel schlief mit einer ausgestopften orangefarbenen Schlange namens Irving quer über dem Gesicht, das Kissen lag auf dem Fußboden. Rafe stellte Sandwich und Getränk auf dem Schreibtisch ab, hob das Kissen auf und starrte seinen Sohn im Schein des trüben Nachtlichts an. Sollte er das ausgestopfte Tier wegnehmen? Er wußte sehr gut, daß keine Erstickungsgefahr bestand, rückte es aber doch weg, so hatte er die Möglichkeit, das kleine Gesicht zu betrachten. Miguel bewegte sich, wurde jedoch nicht wach. Der Junge hatte dunkles, strähniges Haar, schon im Alter von zweieinhalb Jahren im Beatlestil geschnitten, hinten lang, über der Stirn in Fransen; Liz mochte es so, Rafe gefiel es überhaupt nicht. Liz' Onkel haßte den Haarschnitt sogar noch mehr, als er den »ausländisch« klingenden Namen des Jungen ablehnte, den er durch das annehmbarere »Mike« ersetzte. Miguel hatte männliche, sogar häßlich abstehende Ohren, die seine Mutter unglücklich machten. Sonst war er schön, zäh und drahtig, mit der hellen Haut seiner Mutter und den warmblütigen zarten Zügen seiner Großmutter väterlicherseits. Der Señora Mamicita.

Das Telefon klingelte.

Er erreichte es vor dem Mädchen und erkannte Longwoods

kultivierte Aussprache, die eine Nennung des Namens überflüssig machte.

»Ich dachte, Sie haben heute abend Dienst in der Abteilung.«

»Ich bin zum Essen heimgefahren.«

Longwood erkundigte sich nach mehreren Fällen, und Rafe berichtete, während beide wußten, daß der Chefchirurg keine Möglichkeit mehr hatte, das Wohlergehen der betreffenden Patienten aktiv zu beeinflussen. An Rafes Ohr drangen Restaurantgeräusche aus dem Hintergrund, leises Murmeln von Stimmen, das Klirren von Metall gegen Glas.

»Kann ich Elizabeth guten Abend sagen?« fragte Longwood, als Rafe mit seinem Bericht fertig war.

»Ist sie nicht mit Ihnen zusammen?«

»Heiliger Himmel, sollte ich sie treffen?«

»Zum Abendessen.«

Einen Augenblick herrschte Schweigen, dann bemühte sich der alte Knabe angestrengt um eine Ausrede. »Diese verdammte Sekretärin! Das Mädchen hat meinen Terminkalender völlig durcheinandergebracht. Ich weiß nicht, wie ich das Elizabeth je erklären soll. Wollen Sie ihr meine aufrichtigste Entschuldigung übermitteln?« Die Verlegenheit in seiner Stimme war echt, aber es war noch mehr, und Rafe erkannte mit plötzlichem Widerwillen, daß es Mitgefühl war.

»Ja«, sagte Rafe.

Er hängte ein, holte das Sandwich und das Ingwerbier, setzte sich an das Fußende vom Bett seines Sohnes, kaute, trank und schluckte und dachte an viele Dinge und beobachtete das regelmäßige, ruhige Heben und Senken von Miguels Brust beim Atmen. Die Ähnlichkeit des Kindes mit der Señora war in dem Zwielicht besonders stark.

Etwas später überließ er die Wohnung den jungen Verliebten und kehrte ins Krankenhaus zurück.

Früh am nächsten Morgen machten Dr. Kender und Lewis Chin Mrs. Bergstrom auf und entfernten das Stückchen verdorbene Fleisch, das einst Peggy Welds Niere gewesen war.

Nachher saßen sie alle im Aufenthaltsraum der Chirurgen und tranken bitteren Kaffee.

»Was jetzt?« fragte Harry Lee.

Kender zuckte die Achseln. »Das einzige, das uns bleibt, ist, es wieder mit der Niere einer Leiche zu versuchen.«

»Man wird es Mrs. Bergstroms Schwester sagen müssen«, sagte Rafe.

»Ich habe es ihr bereits gesagt«, sagte Kender.

Als Rafe den Aufenthaltsraum verließ und in Peggy Welds Zimmer kam, traf er sie beim Packen an.

»Sie verlassen das Krankenhaus?«

Sie nickte. Ihre Augen waren rot, aber ruhig. »Dr. Kender sagte, ich brauchte nicht länger zu bleiben.«

»Wohin gehen Sie?«

»Nur nach Lexington. Ich werde Boston erst verlassen, wenn meine Schwester diese Sache hinter sich gebracht hat. So oder so.«

»Ich möchte Sie gern irgendwann einmal am Abend sehen«, sagte er.

»Sie sind verheiratet.«

»Wieso wissen Sie das?«

»Ich habe gefragt.«

Er schwieg.

Sie lächelte. »Sie versteht Sie vermutlich nicht.«

»Ich verstehe *sie* nicht.«

»Nun, das ist nicht mein Problem.«

»Nein.« Er sah sie an. »Tun Sie mir einen Gefallen?«

Sie wartete.

»Verwenden Sie weniger Make-up. Sie sind sehr anziehend. Es tut mir leid wegen der Niere. Es tut mir leid, wenn ich es war, der Sie dazu überredet hat, sie zu spenden.«

»Mir auch«, sagte sie. »Aber es täte mir nicht leid, wenn sie nicht abgestoßen worden wäre. Daher brauchen Sie sich nicht länger schuldig zu fühlen, weil ich meine Entscheidungen selbst treffe. Auch über mein Make-up.«

»Kann ich irgend etwas für Sie tun?«

Sie schüttelte den Kopf. »Ich habe mir die Dinge ganz gut zurechtgelegt.« Sie tätschelte seine Hand und lächelte. »Doktor, eine Frau, die nur eine Niere hat, kann es sich nicht leisten, nach jedem Mann zu greifen, der mit ihr herumspielen will.«

»Ich will nicht herumspielen«, sagte er nicht überzeugend. »Ich möchte Sie kennenlernen.«

»Wir haben nichts gemeinsam.« Der Koffer schnappte mit einem harten, entschiedenen Knacken zu.

Er ging in sein Büro und rief Liz an.

»Wie schade, daß ich dich gestern abend verfehlt habe«, sagte sie.

»Hast du das Abendessen genossen?«

»Ja, aber es war zu dumm. Ich habe die Verabredung verwechselt. Ich war gar nicht mit Onkel Harland zum Abendessen verabredet.«

»Ich weiß«, sagte er. »Was hast du unternommen?«

»Ich rief schließlich Edna Brewster an. Zum Glück mußte Bill bis spät abends arbeiten, daher aßen wir beide bei Charles und saßen dann in ihrer Wohnung herum und haben den neuesten Klatsch ausgetauscht. Kommst du nach Hause?«

»Ja«, sagte er.

»Ich sage es Miguel.«

Er räumte seinen Schreibtisch auf, schloß die Tür und zog sich um. Dann setzte er sich und suchte Edna Brewsters Nummer im Telefonbuch.

Sie war Liz' Freundin, nicht seine, und sie war verblüfft, aber erfreut, von ihm zu hören.

»Ich habe versucht, mir zu Weihnachten für Liz etwas Besonderes auszudenken«, sagte er. »Ihr Mädchen habt ja alles.«

Sie stöhnte. »Ich bin die Ungeeignetste, zu der man um Geschenkvorschläge kommen könnte.«

»Keine Vorschläge. Halten Sie nur Ihre Ohren offen, wenn Sie mit ihr beisammen sind. Versuchen Sie herauszufinden, ob es etwas gibt, das sie wirklich gern hätte.«

Sie versprach getreulich zu spionieren, und er dankte ihr. »Wann sehen wir Sie beide einmal? Liz sagte erst unlängst, sie hätte Sie seit Ewigkeiten nicht mehr gesehen.«

»Seit Monaten. Ist das nicht schrecklich?« sagte sie. »Anscheinend hat man nie Zeit, die Leute zu sehen, die man wirklich sehen möchte. Spielen wir doch einmal eine Partie Bridge! Sagen Sie Liz, daß ich sie anrufe.« Sie kicherte. »Wenn ich es mir genauer überlege, sagen Sie ihr lieber nicht, daß wir miteinander gesprochen haben. Es bleibt unser Geheimnis. Einverstanden?«

»Einverstanden«, sagte er.

XI
ADAM SILVERSTONE

Adam schrieb es seiner Wut auf Meomartino zu, ihn aus dem Bett getrieben zu haben, aber er kehrte aus dem Gleichgewicht gebracht und brütend in den Dienst zurück, dachte in den unwahrscheinlichsten Momenten an Gaby Pender, wie sie rein und unbefleckt, mit geschlossenen Augen, in der Sonne geruht hatte, an ihre vollkommene, eindringliche kleine Gestalt, an ihr scheues, gebrochenes Lachen, als sei sie nicht sicher, ob sie ein Recht darauf habe.

Er versuchte, sie aus seinen Gedanken zu verdrängen, indem er an alles mögliche dachte.

Dr. Longwood unterrichtete ihn von der bevorstehenden Postenbesetzung an der Chirurgischen Fakultät, und er verstand plötzlich, was in Meomartino vorgegangen war. Er erzählte Spurgeon davon, als sie in seinem Zimmer saßen und Bier tranken, das sie im Schnee auf dem Fensterbrett kühlten.

»Ich werde diesen Job festnageln«, sagte Adam. »Meomartino wird ihn nicht bekommen.« Seine Finger umklammerten eine leere Bierdose so fest, daß er sie zusammendrückte.

»Nicht nur, weil du ihn nicht magst«, sagte Spurgeon. »So unsympathisch kann dir niemand sein.«

»Stimmt zum Teil. Ich will den Posten wirklich haben.«

»Weil er in das Plansoll Silverstones paßt?«

Adam lächelte und nickte.

»Die Prestigestellung, die geradewegs zu einer anderen führt, die dicke Gelder einbringt?«

»Jetzt hast du's erraten.«

»Du betrügst doch nur dich selbst, Freundchen. Weißt du, was das Plansoll Silverstones in Wirklichkeit ist?«

»Was denn?« fragte Adam.

»Scheißdreck und Kuhmist.«

Adam lächelte nur.

Spurgeon schüttelte den Kopf. »Mensch, du glaubst, du hättest dir alles fein ausgerechnet, nicht?«

»Alles, woran ich nur denken kann«, sagte Adam.

Unter anderem hatte er sich ausgerechnet, daß Spurgeons Episode mit dem Zahnfortsatz ein Zeichen dafür war, daß der

Spitalarzt mehr über Anatomie wissen mußte. Als er ihm das Angebot machte, mit ihm zu arbeiten, nahm es Spurgeon voll Eifer an, und Dr. Sack erlaubte ihnen, im Pathologielabor der Medizinischen Schule zu sezieren. Sie arbeiteten dort mehrmals in der Woche, Spurgeon lernte schnell, und Adam machte die Lehrtätigkeit Spaß.

Eines Abends kam Sack herein und nickte ihnen zur Begrüßung zu. Er sagte wenig, aber statt wieder zu gehen, zog er einen Stuhl herbei und sah ihnen zu. Zwei Abende später kam er wieder, und diesmal bat er Adam, als sie fertig waren, in sein Büro zu kommen.

»Wir könnten stundenweise eine Hilfe in der Pathologischen Abteilung des Krankenhauses brauchen«, sagte er. »Wollen Sie uns helfen?«

Die Arbeit würde bei weitem nicht so viel einbringen wie die Nachtarbeit in der Unfallstation in Woodborough, aber sie würde auch nicht so an seinen Kräften zehren oder seinen wertvollen Schlaf so stark beschneiden. »Ja«, sagte er ohne Zögern.

»Jerry Lobsenz hat gute Arbeit an Ihnen geleistet. Könnten wir Sie vielleicht nächstes Jahr in die Pathologie locken?«

Langsam kamen die Angebote, ein Zeichen, daß der Kampf zu Ende war. »Leider nein.«

»Die Bezahlung nicht hoch genug?«

»Stimmt zum Teil, aber nicht ganz. Ich möchte es nicht hauptberuflich machen.« Es lag nicht im Plansoll Silverstones.

Sack nickte. »Nun, Sie sind diesbezüglich wenigstens ehrlich. Lassen Sie es mich wissen, sollten Sie es sich je anders überlegen.«

Er hatte also wenig Grund, das Krankenhaus zu verlassen. Die alten Backsteingebäude wurden seine Welt. Seine Stunden in der Pathologie waren unregelmäßig, aber nicht unangenehm. Es machte ihm Spaß, allein in der summenden Stille des weißen Labors in dem Bewußtsein zu arbeiten, daß es eine Umwelt war, in der einige Leute zusammenklappten, er jedoch wieder einmal imstande war, Höchstleistungen zu vollbringen.

Er teilte seine Freizeit zwischen der Pathologie und dem Tierlabor, wo er sehr viel von Kender lernte. Die Verschiedenheit der beiden Männer, die ihn das meiste gelehrt hatten, verblüffte ihn.

Lobsenz war ein kleiner, introspektiver Jude gewesen, mit einem leichten deutschen Akzent, der nur dann hörbar wurde, wenn er müde war. Und Kender ...

Kender war eben Kender.

Aber vielleicht hatte er sich zuviel vorgenommen. Zum erstenmal im Leben schlief er regelmäßig schlecht und träumte wieder, nicht den Hochofentraum, sondern den Tauchertraum.

Zu Beginn des Traums kletterte er immer die Leiter in das gleißende Sonnenlicht hinauf. Es war sehr realistisch: er spürte die Kühle des Stahlgerüsts in seinen Händen vibrieren, wann immer es vom Wind getroffen wurde. Der Wind setzte ihm zu. Im Klettern schaute er unentwegt zu der oberen Plattform hinauf, wo die Leiter hoch über ihm wie eine Bleistiftspitze immer schmäler wurde, bis seine Augen in der Sonne zu tränen begannen und er sie schließen mußte. Er blickte nie hinunter. Wenn er schließlich die Plattform erreichte, schaute er mit angespannten Sitzbacken und trockenem Mund in die Welt hinaus, die sich dreißig Meter tief unter ihm dehnte. Die Plattform schwankte und zitterte im Wind, das Schwimmbecken unten blitzte winzig und hart in der Sonne, mehr eine Hundemarke als ein Fangnetz. Er trat von der Plattform ins Leere hinaus, ließ den Kopf zurückfallen, breitete die Arme aus, als sein Körper sich hoch, hoch in der Luft drehte, während der Wind sich in ihm wie in einem Segel fing, ihn stieß, sein Gleichgewicht störte, ihn von seinem Kurs abdrängte. Er versuchte verzweifelt, es wettzumachen, weil er wußte, daß er das Becken ebensogut völlig verfehlen wie schlecht landen konnte, nur nicht an der tiefsten Stelle, wo das Wasser drei Meter tief als Stoßkissen wirkte. Er würde schlecht landen, dachte er dumpf, während er grotesk in der Luft hing und das Wasser auf ihn zuraste. Er würde sich verletzen, und er würde nie Chirurg werden.

O Gott.

Der Traum endete immer auf halbem Weg zwischen der Spitze des Sprungturms und dem Wasser. Wenn er erwachte und in der Finsternis lag, sagte er sich, daß er nie wieder etwas so Törichtes tun würde, daß er ja bereits Chirurg sei, daß ihn jetzt nichts mehr aufhalten würde.

Warum kam der Traum immer wieder?

Er konnte keine Ursache finden, bis er eines Nachts in der

Pathologie die Augen schloß, tief atmete und durch einen Geruch, der herben Essenz von Formaldehyd, über Zeit und Raum hinweg in das Pathologie-Labor Lobsenz' versetzt wurde, wo er den Tauchertraum zum erstenmal geträumt hatte.

Es war in seinem dritten Jahr an der Medizinischen Schule in Pennsylvanien gewesen, in der Zeit seiner größten finanziellen Schwierigkeiten.

Die Schande und der Ekel vor der alternden Geliebten und ihren Almosen lagen hinter ihm. Das Kohlenschaufeln hatte ihn durch den kalten Winter gebracht und versorgte ihn bis zum Frühjahrsbeginn; dann aber begann er regelmäßig während des Unterrichts einzuschlafen und mußte die Arbeit aufgeben, denn hätte er sie behalten, wäre er aus zwei Kursen ausgeschieden. Er gewöhnte sich so sehr an die Verzweiflung, daß er sie die meiste Zeit zu ignorieren vermochte. Seine Schulden waren auf sechstausend Dollar Studentenanleihe angewachsen. Er war mit seiner Miete im Rückstand, aber die Hauswirtin war bereit, zu warten. Er strich das Mittagessen mit der Begründung, daß er ohnehin zuviel aß, und zwei Wochen lang überfiel ihn mittags Hunger, nachmittags Schwäche, dann aber machte er von Anfang April bis Mitte Mai Dienst im Krankenhaus und bekam das Stationsessen umsonst, indem er den richtigen Schwestern schöntat.

Im Juni erwog er, eine Stellung als chirurgischer Techniker anzunehmen, mußte jedoch mit Bedauern erkennen, daß er das nicht konnte: bei der mageren Bezahlung hätte er nicht genug sparen können, um das Abschlußjahr an der Medizinischen zu überleben. Schon begann er zu erwägen, in den Kurort in den Poconos zurückzukehren, als er eine winzige Annonce im *Philadelphia Bulletin* sah, in der Berufstaucher für eine Wassershow am Strand von Jersey gesucht wurden. Barneys Aquacade war mit zwei Filipinos und einem Mexikaner eine Attraktion der Seepromenade, aber sie brauchten fünf Taucher für die Show, und Adam war einer der beiden College-Taucher, die angestellt wurden. Die Bezahlung betrug fünfunddreißig Dollar pro Tag, sieben Tage in der Woche. Obwohl er noch nie dreißig Meter tief gesprungen war, fiel es ihm nicht schwer, richtig zu tauchen: einer der Filipinos zeigte ihm in unzähligen Trockenläufen, wie er, sobald er auf die Oberfläche des Schwimmbeckens traf, die Arme zurückwerfen und die Knie an die Brust ziehen mußte, so daß er die drei Meter Wasser in einem Bogen hinunterglitt und schließlich sanft auf dem Grund aufsetzte. Als er zum erstenmal auf dem Turm stand, war die Höhe das Schlimmste an dem Erlebnis.

Die Stahlleiter fühlte sich zu glatt, fast schlüpfrig an, unmöglich, sie im Griff zu behalten. Er kletterte sehr langsam und versicherte sich jedesmal, ob er auch seine Hand fest um eine Sprosse geschlossen hatte, bevor er die andere Hand losließ und seinen Fuß höher setzte. Er versuchte, geradeaus zu schauen, zum Horizont, aber die große untergehende Sonne war noch immer da, und sie erschreckte ihn, ein goldenes böses Auge — er hielt in seinem Aufstieg inne, hängte sich mit der Armbeuge fest um eine Sprosse und machte mit den Fingern das Zeichen der Teufelshörner, *scutta mal occhio, pf, pf, pf* —, dann blickte er entschlossen hinauf und heftete seinen Blick auf die hohe Plattform, die, während er kletterte, mit tödlicher Langsamkeit immer größer wurde und näher rückte, die er aber endlich doch erreichte. Als seine Füße auf der Plattform standen, fiel ihm das Loslassen der Leiter und das Umdrehen sehr schwer, aber es gelang ihm.

Die Höhe betrug, wußte er, nicht mehr als fünf Stockwerke, aber sie erschien ihm höher; zwischen ihm und der Wasseroberfläche lag nichts, und alle Gebäude der Umgebung hockten dicht am Boden. Er stand auf seinem Horst und schaute nach rechts, wo die Seepromenade endete, die Küste abfiel und einen Bogen beschrieb, und nach links, wo weit weg und tief unten winzige Wagen über die Gleise einer Hochschaubahn krochen.

Hallo, Gott.

»Los«, stieg die ungeduldige Stimme Bensons, des Managers, zu ihm herauf.

Er trat hinaus.

Die Doppelrolle war sehr leicht. Man hatte dafür viel mehr Zeit als vom Vier-Meter-Brett aus. Aber er hatte sich noch nie vorher durch einen so langen Fall steif gehalten. Er begann sich einzurollen, sowie seine Zehen das Wasser berührten. Im nächsten Augenblick war er nach vorn geglitten und landete schräg mit der rechten Hinterbacke auf Grund. Er setzte zwar hart, aber nicht zu hart auf. Dann richtete er sich auf, saß blasenwerfend und grinsend da, stieß sich von dem Zementboden ab und schoß an die Oberfläche.

Kein Mensch schien beeindruckt zu sein, aber nach zwei Übungstagen begann er an der Show teilzunehmen, zweimal täglich.

Der andere neue Mann, der Jensen hieß, erwies sich als prachtvoller Taucher, ein ehemaliger Angehöriger der Universitätsmannschaften in Exeter und in Brown. Er studierte Schriftstellerei an der Universität von Iowa und war unbezahlter Bühnenautor an einem nahe gelegenen Provinztheater. Er gab Adam den Tip für eine billige Pension, wo sich in der Nacht Mäuse, laut wie Löwen, herumtrieben und es auch sonst noch Lärm und Balgereien gab, aber die Matratze war in Ordnung. Das gute Wetter hielt an, ebenso seine Nerven. Ein Mädchen vom Wasserballett mit wunderschönen Brüsten begann mit ihm zu liebäugeln, und er machte Pläne, sie an seinen Busen und vice versa zu nehmen. Er führte lange Gespräche über Eliot und Pound mit Jensen, mit dem er sich vielleicht befreunden würde. Er tauchte wie eine Maschine und dachte viel darüber nach, was er anfangen würde, wenn er als ungeheuer reicher Mann an die Schule zurückkehrte.

Die Geschichten über Unglücksfälle erschienen ihm wie Fabeln. Am fünften Tag jedoch krümmte sich Jensen zu früh zusammen und landete auf dem Rücken im Becken. Als er auftauchte, war er weiß vor Schmerzen, konnte jedoch noch weggehen und sich selbst ein Taxi rufen, das ihn ins Krankenhaus brachte. Er kam nie wieder zu der Show zurück. Als Adam im Krankenhaus anrief, hieß es, sein Zustand sei ganz gut und er sei zur Beobachtung aufgenommen worden. Der nächste Tag war grau, aber ohne Regen, der Wind rüttelte an der Leiter, und die Plattform schwankte. Die hoch oben stehen, werden von vielen Windstößen erschüttert. Shakespeare. Adam machte seine zwei Sprünge ohne Zwischenfall und war am nächsten Morgen erleichtert, daß die Sonne herausgekommen und der Wind verschwunden war. Am gleichen Abend machte er seinen ersten Sprung, fast ohne über ihn nachzudenken. In der zweiten Show erkletterte er die Leiter und stand im gelben Licht der großen Scheinwerfer auf der Plattform. Weit draußen im Meer enthüllten ihm die Lichter eines Fischdampfers dessen geheimnisvolle, ferne Anwesenheit, und die Lichter der Seepromenade lagen wie verstreute Juwelen in langer Reihe vor ihm.

Du gottverdammter Narr, sagte er sich.

Er hatte keine Angst. Aber plötzlich wußte er, daß er nicht springen würde. Das Geld, das er in diesem Sommer verdienen konnte, wäre nichts wert, wenn er sich derart verletzte, daß es ihn als Arzt beeinträchtigen oder verhindern würde, Chirurg zu werden. Es war sinnlos.

Er drehte sich um und begann die Leiter hinunterzuklettern.

»Fühlen Sie sich nicht wohl?« fragte Benson über das Mikrofon. »Wollen Sie, daß jemand hinaufkommt und Ihnen hinunterhilft?«

Wie Insektengeräusch drang das Summen der Menge zu ihm herauf.

Er blieb stehen und machte ein Zeichen, daß er in Ordnung war und keine Hilfe brauchte, aber das zwang ihn, zum erstenmal direkt hinunterzuschauen, und plötzlich war ihm durchaus nicht wohl. Er kletterte sehr vorsichtig weiter abwärts. Er hatte den halben Weg noch nicht hinter sich, als die Buh-Schreie und das Höhnen begannen; es waren viele junge Leute im Publikum.

Benson war wütend, als Adam den Boden erreichte.

»Sind Sie krank, Silverstone?«

»Nein.«

»Zum Teufel, dann gehen Sie wieder hinauf. Jeder bekommt hie und da einmal Angst. Man wird Ihnen mehr Beifall spenden als sonst, wenn Sie wieder hinaufgehen und tauchen.«

»Nein.«

»Sie werden nie wieder beruflich tauchen, Sie gelber kleiner Judenbastard, das versprech' ich Ihnen!«

»Danke sehr«, sagte Adam höflich, und er meinte es ehrlich.

Am nächsten Morgen nahm er den Bus nach Philadelphia zurück. Tags darauf ging er in das Krankenhaus, um als chirurgischer Techniker zu arbeiten, ein Posten, der ihm viele Erfahrungen im Operationssaal vermittelte.

Drei Wochen vor Beginn des Herbstsemesters las er eine Notiz auf der Anschlagtafel der Medizinischen Schule.

Wenn Sie sich für Anatomie interessieren und
Geld brauchen, habe ich vielleicht eine Stellung für Sie.
Wenden Sie sich an das Büro des amtl. Leichenbeschauers
Dr. med. Gerald M. Lobsenz, Medical Examiner,
Philadelphia County, Pennsylvania.

Das Bezirks-Leichenschauhaus war ein altes dreistöckiges Steingebäude, das dringend einen Verputz nötig gehabt hätte, das Büro des Leichenbeschauers ein unaufgeräumtes, staubiges Raritätenkabinett im ersten Stock. Ein mageres Negermädchen saß hinter einem Schreibtisch und klapperte auf der Schreibmaschine.

»Ja?«

»Ich möchte bitte Dr. Lobsenz sprechen.«

Ohne im Tippen innezuhalten, deutete das Mädchen mit dem Kopf auf einen Mann in Hemdsärmeln hinter einem Schreibtisch im Hintergrund des Zimmers.

»Setzen Sie sich«, sagte er. Er kaute an einer Zigarre, die ausgegangen war, und schrieb in einem Verzeichnis der Sektionsfälle. Adam saß auf einem Holzstuhl mit gerader Lehne und schaute um sich. Die Schreibtische, die sonstigen Tischflächen und die Fensterbretter waren mit zum Teil bereits vergilbten Büchern und Papieren beladen. Eine Buntnessel leuchtete in einem billigen rosa Plastikbehälter. Daneben stand ein kleiner Zweig voll absterbender Blätter, den Adam nicht identifizieren konnte und dessen trockene Wurzeln verzweifelt nach einem Zoll trüben Wassers auf dem Grund einer Laborretorte aus Pyrex angelten. Eine Whiskyflasche, halb voll, mit einem Schildchen, stand auf einem Bücherstapel. Auf dem Boden abgetretenes, nacktes Linoleum. Die Fenster waren schmutzig und vorhanglos.

»Sie wünschen?«

Dr. Lobsenz hatte verblichene, aber durchdringende blaue Augen. Sein Haar war grau. Er war schlecht rasiert, und sein weißes Hemd sah nicht mehr ganz frisch aus.

»Ich habe Ihre Notiz in der Schule gelesen. Ich bewerbe mich um den Posten.«

Dr. Lobsenz seufzte. »Sie sind der fünfte Bewerber. Wie heißen Sie?«

Adam sagte es ihm.

»Ich habe eine kleine Arbeit vor. Wollen Sie mitkommen? Ich interviewe Sie unterwegs.«

»Ja«, sagte Adam. Er wunderte sich, warum das Negermädchen grinste, während es, ohne aufzublicken, auf seiner Maschine dahinhämmerte.

Dr. Lobsenz führte ihn ins Kellergeschoß, zwei Dutzend Stufen tief, und die Temperatur sank um mindestens ebenso viele Grade.

Auf Tischen und Tragen lagen Leichen, einige mit Tüchern bedeckt, einige nicht. Sie blieben bei der Leiche eines alten mageren und abgezehrten Mannes mit sehr schmutzigen Füßen stehen. Lobsenz wies mit der kalten Zigarre auf die Augen. »Sehen Sie den weißen Ring in der Hornhaut? *Arcus senilis*. Bemerken Sie die Schwellung in der Tiefe der Brust? Das ist Altersemphysem.« Er drehte sich um und sah Adam an. »Werden Sie sich an diese Dinge erinnern, wenn Sie sie das nächste Mal sehen?«

»Ja.«

»Hm. Möglich.«

Er ging zu einer der Laden entlang der Wand, zog sie auf und blickte auf den darinliegenden Toten. »Verbrennungstod. Ungefähr fünfundvierzig Jahre alt. Sehen Sie die rosa Farbe? Zwei Ursachen. Erstens Kälte, zweitens Karbonmonoxyd im Blut. Wann immer Rauch oder gelbbrennende Flamme vorhanden ist, ist auch Karbonmonoxyd vorhanden.«

»Wie ist er gestorben?«

»Wohnungsbrand. Ging hinein, seine Mutter suchen. Alles, was man je von ihr fand, konnte von der übrigen Asche nicht unterschieden werden.«

Er führte Adam zu einem Lift und nahm ihn schweigend in den dritten Stock mit.

»Noch immer an der Stellung interessiert?«

»Worin besteht die Arbeit?«

»Sich um sie kümmern.« Er deutete mit dem Kopf zu dem kalten Kellerspeicher hinunter.

»Gut«, sagte Adam.

»Und bei Obduktionen assistieren. Haben Sie je einer Obduktion beigewohnt?«

»Nein.«

Er folgte Lobsenz in einen weißgekachelten Raum. Auf dem weißen Seziertisch lag eine winzige Gestalt, eine Puppe, dachte er, und erkannte dann, daß es ein farbiges Baby war, höchstens ein Jahr alt.

»Tot im Kinderbett gefunden. Weiß nicht, warum sie starb. Tausende von Kindern tun uns das jedes Jahr an. Eines der Geheimnisse. Der verdammte Narr von einem jungen Hausarzt machte Mund-zu-Mund-Beatmung bei ihr, bis er es aufgab. Wartete einen Tag und geriet dann allmählich in Panik, als ihm klar wurde, daß sie vielleicht an irgend etwas Ansteckendem gestorben sein konnte. Hepatitis, Tb, wer weiß. Geschähe ihm recht, wenn wir etwas fänden, der Dummkopf.«

Er schob die Hände in die Handschuhe, lockerte die Finger, nahm dann ein Skalpell und machte einen Schnitt, der von jeder Schulter zum Brustbein und dann zum Bauch hinunter verlief. »In Europa macht man das in einer geraden Linie vom Kinn abwärts. Wir ziehen das Y vor.« Die braune Lederhaut teilte sich magisch, darunter lag eine gelbe Schicht – Babyfett, dachte Adam etwas vorschnell – und darunter weißes Gewebe.

»Man muß sich immer vor Augen halten«, sagte Lobsenz nicht unfreundlich, »daß das kein Fleisch ist. Das ist kein menschliches Wesen mehr. Was einen Körper zu einem Menschen macht, ist Leben, Persönlichkeit, die göttliche Seele. Die Seele ist aus diesem Käfig fortgegangen. Was übrigbleibt ist Ton, eine Art plastisches Material, von einem höchst tüchtigen Hersteller erzeugt.«

Während er sprach, forschten die behandschuhten Hände, das Skalpell schnitt auf, er entnahm Proben, hier ein Stückchen, dort ein Klümpchen, ein Teilchen von diesem, eine kleine Schnitte von jenem. »Die Leber ist wunderschön. Haben Sie je eine hübschere Leber gesehen? Bei Hepatitis wäre sie geschwollen, wahrscheinlich mit Blutungsflecken. Sieht auch nicht nach Tuberkulose aus. Der Dummkopf hat Glück.«

Er ließ die Proben für Laboruntersuchungen in irdene Töpfe fallen, legte alles wieder in die Höhlung zurück und nähte den Brustschnitt zu.

Es hat mir überhaupt nichts ausgemacht, dachte Adam. Ist das alles?

Lobsenz führte ihn die Halle entlang in einen weiteren Sezierraum, fast ein Duplikat des ersten. »Wenn wir es eilig haben, richtet der Famulus den einen Raum her, während ich in dem anderen arbeite«, erklärte er. Auf dem Tisch lag eine alte Frau, verbrauchter Körper, schlaffe Zitzen, verrunzeltes Gesicht: Mein Gott, mit einem Lächeln. Die Arme waren über der Brust gefaltet. Lobsenz entfaltete sie, ächzend vor Anstrengung. »Die Lehrbücher erzählen einem, daß der *rigor mortis* in den Kiefern beginnt und sich schön ordentlich den Körper hinunter fortsetzt. Lassen Sie sich von mir gesagt sein: so ist es nie.«

Als sie offen war, duftete sie nicht gerade nach Rosen. Adam hielt die Kiefer fest zusammengepreßt – *rigor vitae* –, atmete so sparsam wie möglich und spürte, wie sich sein Bauch unter seinem leeren Magen zusammenkrampfte. Wer hielt Speien für ein großes Vergnügen? Samuel Butler. Ich werde mir dieses Vergnügen nicht gönnen, sagte er sich energisch.

Schließlich nähte Lobsenz die Brust wieder zu.

Als sie in das Büro zurückkehrten, nahm der amtliche Leichenbeschauer zwei zerkratzte Schnapsgläser aus der Mittellade seines Schreibtisches und goß Adam und sich aus der Whiskyflasche mit dem Schildchen puren Schnaps ein. Die Aufschrift lautete »Probe Nummer Zwei – Elliot Johnson«. Sie gossen den Whisky hinunter.

»Muß aufs Klo«, sagte Lobsenz und nahm einen Schlüssel von einem Nagel an der Wand.

Als er hinausgegangen war, sagte das magere Mädchen, ohne von der Schreibmaschine aufzublicken: »Er wird Ihnen ein Zimmer und monatlich fünfundsiebzig bieten. Nehmen Sie den Job nicht unter hundert. Er wird Ihnen sagen, daß er andere Kandidaten hat, aber es war nur ein Bewerber da, der sich während der Obduktion erbrach.« Die Tasten klapperten weiter. »Er ist ein phantastischer Bursche, aber voller Tricks«, sagte sie.

Dr. Lobsenz kam händereibend zurück. »Nun, was meinen Sie? Wollen Sie den Job? Sie können hier mehr über den menschlichen Körper lernen als in vier Medizinischen Schulen. Ich unterrichte Sie, während wir arbeiten.«

»Gut«, sagte Adam.

»Wir haben ein gutes Zimmer für Sie hier. Fünfundsiebzig Dollar monatlich.«

»Das Zimmer und hundert Dollar.«

Lobsenz' Lächeln verschwand. Er blickte mißtrauisch zu dem Mädchen hinter dem Schreibtisch hinüber, das weitertippte. »Ich habe andere Bewerber.«

Vielleicht war es der Schnaps, der gerade jetzt seinen Magen wie eine Faust traf; er hatte das Gefühl, daß sein Kopf riesengroß wie ein Ballon in der Luft schwebte. »Doktor, in einigen Monaten werde ich verhungern, wenn ich nicht sofort Arbeit bekomme. Wenn es nicht so wäre, würde ich diese schöne Stellung hier nicht mit einem nassen Fetzen anrühren.«

Lobsenz sah ihn an und lächelte plötzlich. »Los, kommen Sie, Silverstone. Ich lade Sie zum Mittagessen ein«, sagte er.

Das Zimmer im zweiten Stock mit der Milchglastür sah von außen wie ein Büro aus, aber es enthielt ein Bett und einen Schreibtisch. Die Laken konnten gewechselt werden, sooft er wollte; er konnte die Dienste der Bezirkswäscherei für seine persönlichen Bedürfnisse in Anspruch nehmen, eine wunderbare Zulage, die Dr. Lobsenz zu erwähnen vergessen hatte. Reinheit des Körpers wurde schon immer als eine Folge von Gottesfurcht erachtet. Francis Bacon.

Die Aufgaben waren für einen, der zwei Jahre medizinischer Schulung hinter sich hatte, nicht schwer. Anfangs störten ihn die Gerüche noch sehr, und er haßte das Kratzen der Säge, wenn sie sich durch einen Schädel biß. Aber Lobsenz unterrichtete während seiner Arbeit, und er war ein guter Lehrer. Im ersten Jahr der Medizinischen Schule hatte Adam in einem Anatomielabor einen konservierten Kadaver namens Cora mit sechs anderen Studenten geteilt. Als er Cora erbte, waren ihre Teile und Organe bis zur Unkenntlichkeit zerschnitten und untersucht. Jetzt hielt er die Augen offen und hörte Lobsenz aufmerksam zu, der sich sichtlich über sein Interesse freute, aber brummte, daß er eigentlich für den Unterricht bezahlt werden sollte. Insgeheim war auch Adam davon überzeugt; es war ein erstklassiger Privatunterricht in Anatomie.

Anfangs waren die Nächte schlimm. Das Nachttelefon stand in seinem Zimmer. Von sieben bis acht Uhr dreißig telefonierten Leichenbestatter, um die fünfunddreißig Dollar einzutreiben, die ihnen die Bezirksverwaltung jedesmal zahlte, wenn sie eine Leiche, um die sich niemand kümmerte, formlos in einer gewöhnlichen Holzkiste bestatteten; es war der gleiche Preis, den Benson für zwei Sprünge vom Turm gezahlt hatte.

In der ersten Nacht nahm er die Anrufe der Leichenbestatter entgegen, studierte zwei Stunden, richtete seinen Wecker, legte sich nieder, schlief ein und träumte vom Tauchen.

Als er erwachte, lachte er sich in der Dunkelheit aus. Typisch für einen Narren wie ihn: während der Arbeit am Sprungturm war ihm alles egal gewesen, aber jetzt zitterte er in seinem Bett vor dem, was hätte geschehen können.

In der zweiten Nacht sprach er mit den Leichenbestattern am Telefon, studierte bis nach Mitternacht, richtete den Wecker, drehte das Licht ab und lag hellwach in der Dunkelheit.

Er zählte Schafe, kam bis sechsundfünfzig, bis sich jedes Schaf in eine Leiche verwandelte, die langsam über das Drehkreuz schwebte, während er sie abzählte. Er zählte von hinten, begann bei hundert und erreichte zweimal die Eins ohne das geringste Anzeichen von Schlaf, während seine Augen die Dunkelheit um ihn durchforschten.

Er dachte an seine Großmutter, erinnerte sich, wie sie ihn an ihre flache Brust hielt, wenn sie ihn in der Küche in Schlaf wiegte. *Fa nana, fa nana,* schlaf ein, Adamo. Bete zum heiligen Michael, er wird den Teufel mit seinem Schwert vertreiben.

Es war ein großes Gebäude, und es machten sich allerlei Geräusche bemerkbar, das Rütteln des Windes am Fensterglas, Knarren und Stöhnen, eine Art Geklingel, das Geräusch von Schritten.

Er war doch angeblich allein im Haus. Er stand auf und machte Licht, um seine Kleider zu finden. Nicht Geister beunruhigten ihn; als Wissenschaftler glaubte er selbstverständlich nicht an das Übernatürliche. Aber das Eingangstor und der Eingang zur Ambulanz waren beide versperrt. Er hatte sie selbst verschlossen. Daher hatte sich vielleicht jemand gewaltsam den Eintritt zu irgendeinem Zweck verschafft.

Er verließ sein Zimmer und drehte die Lichter an, als er durch das Gebäude ging, zuerst hinauf, durch die Sezierkammern, dann an den Büros im zweiten und ersten Stock vorbei. Es war niemand da.

Schließlich stieg er in der Kälte des Leichenschauhauses hinab und tastete nervös nach dem Schalter. Auf den Steinplatten außerhalb der Laden lagen vier Leichen, eine von ihnen die alte Frau, bei deren Obduktion er Dr. Lobsenz assistiert hatte. Er betrachtete das erstarrte Lächeln.

Wer warst du, Tantchen?

Er ging zu einem sehr mageren, wahrscheinlich tuberkulösen Chinesen.

Bist du sehr weit weg von daheim gestorben? Hast du Söhne in der Roten Armee, Vettern auf Formosa?

Zweifellos war der Mann in Brooklyn geboren, sagte er sich. Närrische Idee. Er ging den Weg zurück, drehte die Lichter ab, betrat sein Zimmer und stellte das Radio an, ein schönes Haydnkonzert.

Er meinte die Leichen tanzen zu hören und konnte sich vorstellen, wie sich die alte Frau in ihrer Nacktheit vor dem Orientalen verbeugte und die anderen aus ihren geöffneten Eisboxladen spähten, der stumme Harlekin stand in seinem bunten funkelnden Anzug da, lächelte und wiegte den Kopf im Takt der Musik.

Die Schellenmütze klingelte.

Nach einer Weile verließ er das Zimmer wieder und drehte alle Lichter an. Er versperrte die Tür zur Leichenhalle, stellte seinen Wecker auf sechs Uhr, damit er alle Lichter abdrehen und die Leichenhalle aufsperren konnte, bevor am nächsten Morgen der erste Angestellte eintraf, dann schlief er ein und träumte vom Tauchen.

In der nächsten Nacht ließ er die Lichter brennen und träumte nicht. In der darauffolgenden Nacht vergaß er die Leichenhalle zuzusperren, aber der Traum kam wieder. Schließlich lernte er klopfende Rohre, das Klingeln lockerer Fensterscheiben und andere durchaus erklärbare Geräusche zu unterscheiden, er löste sich von seinem Traum, und sein Schlummer wurde wieder tief und erholsam. Sein Dasein erschien ihm allmählich uninteressant. Zwei Monate, nachdem er Famulus geworden war und mit einer Kommilitonin vom Penn in ihrem Zimmer rang, amüsierte es ihn, als sie plötzlich innehielt und ihr Gesicht an seiner Brust barg. »Du hast einen verdammt erotischen Geruch«, sagte sie.

»Du auch, Puppe«, sagte er zu ihr und meinte es ehrlich. Er

unterließ es, zu erwähnen, daß es bei ihm der schwache, unzerstörbare Geruch von Formaldehyd war.

Als er jetzt in Dr. Sacks Pathologielabor arbeitete, gewöhnte er sich wieder an den herben Geruch chemischer Schutzmittel, und schließlich träumte er nicht mehr, wenn er einschlief. Es kam niemand dicht genug an ihn heran, um die Essenz des Formaldehyds zu riechen. Er erwog, sich mit der kleinen blonden Lernschwester Anderson zu verabreden, aber irgendwie kam er nie dazu.

Er hatte versucht, Gaby anzurufen.

Susan Haskell, ihre Zimmergenossin, informierte ihn eisig und wiederholt, daß Gaby nicht in der Stadt und nicht zu erreichen war.

Schon gar nicht von Dr. Silverstone, hatte der Tonfall des Mädchens angedeutet.

Er hatte ihr fünf Tage nach ihrer Rückkehr aus Truro geschrieben.

Gaby,

immer wieder habe ich die Erfahrung gemacht, daß ich ein verdammter Narr bin.

Wirst du bitte einen Anruf entgegennehmen oder diesen Brief beantworten?

Ich habe herausgefunden, daß es ganz anders ist mit jemandem, den man liebt.

Adam.

Aber es kam kein Antwortbrief, und sie blieb unerreichbar, wenn er anrief.

Der Winter zog sich dahin. Schnee fiel, wurde von dem großstädtischen Schmutz besudelt, fiel wieder und wurde wieder schmutzig, bis sich, wenn Schaufeln die Haufen durchschnitten, der Kreislauf an aufeinanderliegenden Schichten von Weiß und Grau ablesen ließ.

Eines Morgens erzählte Meomartino im Aufenthaltsraum der Chirurgen den kaffeetrinkenden Kollegen, er habe seinen Sohn nach Jordan Marsh mitgenommen, um ihm den Weihnachtsmann zu zeigen.

»Bist du ein Mann?« hatte Miguel gefragt.

Die bärtige Gestalt hatte genickt.

»Ein wirklicher Mann?«

Wieder ein Nicken.

»Hast einen Penis und alles?«

Die Chirurgen brüllten vor Lachen, und selbst Adam lächelte.

»Was hat der Weihnachtsmann dazu gesagt?« fragte Lew Chin.

»Er fand es gar nicht lustig«, sagte Meomartino.

Die Kaufleute Bostons nahmen die bevorstehende Weihnachtszeit gebührend zur Kenntnis. Die Warenhausfenster waren voll Stechpalmen und lebenden Bildern, und an den Wänden der Krankenhauslifte tauchten grüne Plastikkränze auf. Schwestern summten Weihnachtslieder, und Dr. Longwood reagierte auf die Festesfreude so, als bestätigte sie seine schlimmsten Befürchtungen über die menschlichen Schwächen junger Chirurgen.

»Ich glaube, mit Longwood geht's abwärts«, sagte Spurgeon zu Adam.

»Ich glaube, er ist ein großer Mann.«

»Vielleicht war er ein großer Mann, aber jetzt kann er nicht praktizieren, weil er krank ist, und benimmt sich wie ein permanentes Ein-Mann-Todeskomitee. Dieser Bursche sieht jedesmal, wenn jemand stirbt, einen ärztlichen Kunstfehler. Man weiß genau, an welchem Vormittag die Exituskonferenz angesetzt ist, allein an der Art, wie der gesamte Stab unter hochgradiger Spannung steht.«

»Wir bezahlen für sein Pech mit ein wenig zusätzlichem Streß. Das ist ein geringer Preis, wenn es ihn noch ein kleines bißchen länger in Gang hält«, sagte Adam.

Ironischerweise war er zwei Stunden später bei Meomartino, als Longwood anrief, um eine Blinddarmoperation in Frage zu stellen, die beide vor zwei Tagen durchgeführt hatten. Der Chefchirurg war nicht überzeugt, daß die Operation nötig gewesen war. Er ordnete an, daß der Fall am nächsten Morgen bei der Hauptvisite vorgelegt werde.

»Treten Sie den Fall nicht breit«, sagte Adam kurz angebunden zu Meomartino. »Die mikroskopischen Gewebsproben der

Pathologie zeigen eine starke Entzündung und viele weiße Zellen. Der Fall liegt absolut klar.«

»Ich weiß«, sagte Meomartino. »Ich habe die Objektträger gestern mit heimgenommen und sie eine Zeitlang im Mikroskop betrachtet. Oh, zum Teufel.«

»Was ist?«

»Ich habe vergessen, sie zurückzubringen. Wir werden sie bei der Erörterung des Falles zur Vorlage brauchen.«

»Ich habe in zwei Stunden dienstfrei; dann muß ich sie wohl holen«, sagte Adam.

»Würden Sie das tun? Nehmen Sie meinen Wagen.«

»Nein, danke«, sagte Adam. Es machte ihm jedoch nichts aus, von Spurgeon einen Gefallen anzunehmen, und als er seine Schicht beendet hatte, fuhr ihn Robinson in dem Volkswagenbus durch den düsteren Winterabend quer durch die Stadt. Meomartino hatte ihnen die Route angegeben, aber im letzten Augenblick hatten sie Schwierigkeiten; die Gasse war eher ein Gäßchen, und Schneehaufen, die sich auf beiden Seiten türmten, machten es noch schmäler.

»Schau, ich kann den Bus nicht allein hier stehenlassen und die Straße blockieren. Ich warte unten auf dich«, sagte Spurgeon.

»Gut.«

Meomartino hat einen guten Geschmack und das Geld, sich ihn zu leisten, dachte Adam neiderfüllt, als er läutete. Die umgebauten Stallgebäude ergaben ein reizendes Wohnhaus.

Ein Dienstmädchen mittleren Alters öffnete die Tür. »Ja?«

»Ist Mrs. Meomartino zu Hause?«

»Ich glaube nicht, daß sie jemanden empfangen kann.«

Er erklärte ihr seinen Auftrag.

»Nun, in diesem Fall kommen Sie lieber herein«, sagte sie zögernd. Er folgte ihr ins Haus, und da er nicht wußte, was sonst tun, in die Küche, wo ein kleiner Junge am Tisch saß und sein Abendbrot aß.

»Hallo«, sagte Adam lächelnd, als er sich an die Weihnachtsmanngeschichte erinnerte. Es war leicht, Meomartino in dem Kind zu erkennen.

»Hallo.«

»Ich weiß nichts von irgendwelchen Glasplättchen«, sagte das Mädchen mürrisch.

»Sie dürften bei seinem Mikroskop sein. Vielleicht kann ich sie finden.«

»Im Arbeitszimmer«, sagte sie mit einer Kopfbewegung, als sich sich wieder dem Herd zuwandte. »Nicht die erste Tür, das ist das Schlafzimmer. Die zweite.«

Es war ein hübsches Zimmer mit einem teuren Perserteppich und tiefen Lederfauteuils. Die Wände waren mit Bücherborden bedeckt. Die meisten Bücher waren gediegene medizinische Werke, aber es gab auch Biographien und geschichtliche Werke, eine Mischung aus englischen und spanischen Titeln. Sehr wenig Belletristik, mit Ausnahme einer kleinen Abteilung, die auch moderne Lyrik enthielt.

Die Glasplättchen standen direkt neben dem Mikroskop, einige lagen noch auf dem Tisch, und er steckte sie in die Schachtel zurück. Er wollte eben wieder gehen, als sich die Schlafzimmertür öffnete.

Sie trug den Pyjama ihres Mannes, der ihr zu groß war. Ihr Haar war zerrauft, die Füße nackt, und vielleicht trug sie sonst eine Brille und vermißte sie jetzt; sie sah ihn mit komisch schielenden Augen an. Der Gesamteindruck war wundervoll anziehend. Er registrierte, daß sie nicht zu den Frauen gehörte, die aufkreischten und um einen Morgenrock rannten.

»Hallo«, sagte er. »Ich bin kein Einbrecher. Ich bin Adam Silverstone.«

»Silverstone. Irgendwie mit den Booksteins verwandt?«

Ihre Stimme klang belegt, aber sowohl das tiefe Register als auch das kurzsichtige Starren waren vielleicht darauf zurückzuführen, daß sie getrunken hatte. Sie tappte herein und stand schwankend da.

»He«, sagte er, streckte den Arm aus, um sie zu stützen, und entdeckte einen Augenblick später zu seiner Verblüffung, daß sie sich an ihn lehnte, den Kopf an seine Brust.

»Nicht verwandt«, sagte er. »Ich arbeite mit Rafe. Er hat die Objektträger vergessen.«

Sie ließ den Kopf zurücksinken und sah ihn an, ohne von ihm abzurücken. »Er hat von Ihnen gesprochen. Der Rivale.«

»Ja.«

»Der arme Rafe«, sagte sie. »Guten Tag.« Sie küßte ihn; ihr Mund war warm und bitter von Gin.

»Guten Tag«, sagte er höflich. Diesmal küßte er sie, und der Gedanke war da, bevor der Kuß vorbei war. Als er sie ansah, wußte er, daß er Meomartino auf eine absurd klassische Art vernichten konnte: im eigenen Haus des Gegners, während Spurgeon unten im Wagen wartete und das Dienstmädchen sie jeden Augenblick überraschen konnte.

Aus einem anderen Teil der Wohnung hörte er den kleinen Jungen fröhlich lachen.

Außerdem war die Dame betrunken.

»Entschuldigen Sie mich«, sagte er.

Er machte sich los, nahm die Glasplättchen und ließ die Frau mitten im Zimmer zurück.

Zwei Tage später kam sie ins Krankenhaus.

Sie kamen gerade alle von den Visiten in Adams Büro, und als er die Tür öffnete, sah er als erstes den über seinen Stuhl geworfenen Nerzmantel. Sie trug ein schickes schwarzes Kostüm und sah wie ein Fotomodell aus.

»Liz«, sagte Meomartino.

»Man sagte mir, daß ich dich hier treffen könnte, Rafe.«

»Ich glaube, du kennst diese Herren noch nicht«, sagte Meomartino. »Spurgeon Robinson.«

»Oh, hallo«, sagte Spurgeon und drückte ihr die Hand.

»Adam Silverstone.«

Sie streckte ihm die Hand hin, und er nahm sie, als sei es eine verbotene Frucht. »Guten Tag.«

»Guten Tag«, sagte sie.

Er konnte Meomartino nicht ansehen. Ein Shakespearezitat über einen Hahnrei fiel ihm ein. Er murmelte einen Abschiedsgruß, während die übrigen vorgestellt wurden, kehrte auf die Station zurück, arbeitete schwer, war jedoch unfähig, den Gedanken an die Frau, die sich ihm im Pyjama ihres Mannes angeboten hatte, zu verdrängen.

Mitten am Nachmittag, als er zum Telefon gerufen wurde, wußte er schon, bevor er sich meldete, wer es war.

»Hallo«, sagte sie.

»Wie geht's?« murmelte er mit schwitzenden Handflächen.

»Ich fürchte, ich habe etwas in Ihrem Büro verloren.«

»Was denn?«

»Einen Handschuh. Schwarzes Ziegenleder.«

»Ich habe ihn nicht gesehen. Leider.«

»O Himmel. Wenn Sie ihn finden, verständigen Sie mich?«

»Ja. Natürlich.«

»Danke. Adieu.«

»Adieu.«

Als er eine Viertelstunde später in sein Büro zurückkehrte, kroch er unter den Schreibtisch, wo der Handschuh noch immer lag und wohin sie ihn zweifellos geworfen hatte. Er holte ihn hervor, saß einen Augenblick da und rieb das weiche teure Leder zwischen den Fingern. Wenn er ihn sich an die Nase hielt, brachte das Parfüm sie zu ihm zurück.

Jetzt ist sie nüchtern, dachte er.

Er suchte die Nummer im Telefonbuch, wählte, und sie antwortete sofort, als hätte sie gewartet.

»Ich habe ihn gefunden«, sagte er.

»Was?«

»Den Handschuh.«

»Oh, fein«, sagte sie. Und wartete.

»Ich kann ihn Rafe mitgeben.«

»Er ist so zerstreut. Er wird ihn nie heimbringen.«

»Nun, ich habe morgen dienstfrei. Ich kann vorbeikommen.«

»Ich hatte vor, Einkäufe zu machen.«

»Ich muß auch Verschiedenes besorgen. Treffen wir uns doch, ich übergebe Ihnen den Handschuh und lade Sie auf einen Drink ein.«

»Gut«, sagte sie. »Zwei Uhr?«

»Wo?«

»Kennen Sie The Parlor? Es ist nicht weit vom Prudential Center.«

»Ich werde es finden«, sagte er.

Er war zu früh dran. Er setzte sich auf eine Steinbank im Prudential Center und sah den Eisläufern zu, bis seine Sitzbacken und Füße erstarben, dann gab er es auf, ging die Boylston Street hinunter und in die Halle. Abends würden hier zweifellos einige Quartalsäufer und Männer und Frauen nach Vergnügen jagen. Jetzt waren nur Studenten zu einem späten Mittagessen da. Er bestellte eine Tasse Kaffee.

Als sie hereinkam, waren ihre Wangen vor Kälte hochrot. Er bemerkte zum zweitenmal, daß sie einen ausgezeichneten Geschmack besaß. Sie trug einen schwarzen Tuchmantel mit Biberpelz, und als er ihr heraushalf, sah er anerkennend ein beigefarbenes Strickkleid, sehr einfach geschnitten, als ein einziges Schmuckstück eine alte Kamee.

»Möchten Sie einen Drink?« fragte er.

Sie blickte auf seine Kaffeetasse und schüttelte schnell den Kopf. »Es ist wirklich zu früh dafür, nicht?«

»Ja.«

Sie bat um eine Tasse Kaffee, und er bestellte ihn, aber als er gebracht wurde, sagte sie, sie wolle ihn nicht. »Fahren wir ein Stück?« fragte sie.

»Ich besitze keinen Wagen.«

»Oh, dann gehen wir zu Fuß.«

Sie zogen die Mäntel an, verließen die Halle und gingen in Richtung Copley Square. Er konnte sie nicht ins Ritz oder ins Plaza oder sonst ein elegantes Hotel führen, dachte er. Sie würden unweigerlich in jemanden hineinlaufen, den sie kannte. Es war sehr kalt, sie begannen beide zu frösteln. Er sah sich verzweifelt nach einem Taxi um.

»Ich fürchte, ich muß einmal verschwinden«, sagte sie. »Macht es Ihnen etwas aus, zu warten?«

Auf der gegenüberliegenden Straßenseite lag das Regent, ein drittklassiges Hotel, und er lächelte sie bewundernd an.

»Aber gar nicht«, sagte er.

Während sie in der Damentoilette war, nahm er ein Zimmer. Der Portier nickte uninteressiert, als er sagte, daß ihr Gepäck vom Flughafen Logan nachkommen würde. Als sie in die kleine Halle zurückkam, nahm Adam sie am Ellbogen und führte sie sanft zum Lift. Sie sprachen nicht. Sie hielt den Kopf hoch und starrte vor sich hin. Als er die Tür des Zimmers Nr. 314 hinter sich geschlossen hatte, wandte er sich ihr zu, und sie sahen einander an.

»Ich habe vergessen, den Handschuh mitzubringen.«

Später schlief sie, während er neben ihr in dem überheizten Zimmer lag und rauchte, und schließlich erwachte sie und sah, daß er sie beobachtete. Sie streckte die Hand aus, nahm ihm die

Zigarette aus den Lippen, zerdrückte sie sorgfältig in dem Aschenbecher neben dem Bett, dann wandte sie sich ihm zu, und das Ritual begann von neuem, während sich draußen das graue Licht verdunkelte.

Um fünf Uhr stieg sie aus dem Bett und begann sich anzukleiden.

»Muß das sein?«

»Es ist fast Zeit fürs Abendessen.«

»Wir können hinuntertelefonieren. Ich würde aber liebend gern darauf verzichten.«

»Ich habe einen kleinen Jungen zu Hause«, sagte sie. »Er muß gefüttert und zu Bett gebracht werden.«

»Oh.«

Sie kam im Unterkleid zu ihm, setzte sich auf das Bett und küßte ihn. »Warte hier auf mich«, sagte sie. »Ich komme zurück.«

»Gut.«

Als sie gegangen war, versuchte er zu schlafen, konnte aber nicht atmen, das Zimmer war zu heiß. Es roch nach Samen, nach Zigarettenrauch und nach ihr. Er öffnete ein Fenster und ließ die arktisch kalte Luft herein, dann zog er sich an, ging hinunter und bestellte ein Sandwich, das er gar nicht wollte, und eine Tasse Kaffee, ging zum Copley Square, setzte sich in die öffentliche Leihbücherei und las alte Exemplare der *Saturday Review*.

Als er um acht Uhr zurückging, war sie bereits da, unter der Bettdecke. Das Fenster war geschlossen, und es war wieder zu heiß. Die Lampen waren abgedreht, aber das Hotelschild vor dem Fenster blinkte, und wenn es aufblitzte, sah das Zimmer wie eine psychedelische Malerei aus. Sie hatte ihm ein Sandwich mitgebracht, Eiersalat. Sie teilten es miteinander um elf Uhr, und der Geruch von hartgekochtem Ei wurde zu einem Teil der starken Gerüche, die den Tag in sein Gedächtnis einbrannten.

Am Weihnachtsmorgen hatte Adam als Bereitschaftschirurg allein Dienst im OP. Er lag auf der langen Bank in der Küche der chirurgischen Station und hörte den einsamen Geräuschen der Kaffeemaschine zu, als das Telefon läutete.

Es war Meomartino. »Sie werden heute nachmittag irgendwann eine Amputation vornehmen müssen. Ich bin dann schon weg.«

»Schön«, sagte er kalt. »Wie heißt der Patient?«

»Stratton.«

»Den kenne ich gut«, sagte er mehr zu sich als zu Meomartino.

In der vergangenen Woche hatten sie versucht, auf einem arteriellen Umweg die Zirkulation in Mr. Strattons Bein zurückzubringen. Der ursprüngliche Plan war gewesen, die Saphena, die Große Vene im Unterschenkel, herauszuziehen und sie als ein arterielles Übertragungsstück umgekehrt einzupflanzen, so daß die Ventile sich in die gleiche Richtung öffnen würden, in der das Blut durch die Arterie floß. Aber Mr. Strattons Venen hatten sich als miserabel erwiesen, nur zwei Zehntel Zentimeter im Durchmesser, ungefähr ein Viertel des Durchmessers, den die Ärzte gern gesehen hätten. Sie hatten die große arteriosklerotische Platte herausgeschnitten, die den Kreislauf blockierte, und hatten die Arterie mit einem Plastikersatz zusammengefügt, was nur für ein oder bestenfalls zwei Jahre gehalten hätte, aber es ging von Anfang an daneben. Nun war das Bein ein weißes, totes Ding, das man abnehmen mußte.

»Wann wird er heraufgebracht?«

»Ich weiß nicht. Wir versuchen, seinen Anwalt zu erreichen, damit er ihn dazu bringt, die Dokumente zu unterzeichnen. Mr. Stratton ist verheiratet, aber seine Frau liegt mit einer gefährlichen Erkrankung im Beth Israel, daher kann nicht sie unterzeichnen. Ich vermute, daß er oben sein wird, sobald der Rechtsanwalt da ist. Wir versuchen ihn seit gestern abend zu erreichen.«

Adam seufzte, als er auflegte, nahm einen grünen Operationsanzug vom Stapel und ging in den Umkleideraum der Jungchirurgen, um seinen weißen Anzug abzulegen. Der Operationsanzug fühlte sich vertraut und behaglich an. Er hob ein Paar schwarze Plastikstiefel auf, riß die perforierten Oberteile ab und legte die so gewonnenen Plastikstreifen zwischen seinen bestrumpften Fuß und seinen Schuh, bevor er die Stiefel mit elastischen Bändern an seinen Knöcheln befestigte. Dann, zum Kampf gegürtet, gestiefelt und gespornt gegen die Möglichkeit eines elektrischen Funkens, der einen sauerstoffgeladenen OP in einer feurigen Explosion hochgehen lassen könnte, kehrte er zu seiner Küchenbank und seinem Buch zurück, aber nicht für lange.

Als er sich diesmal am Telefon meldete, war es die Unfallstation. »Wir schicken euch einen Mesenterialinfarkt hinauf. Sie können schon anfangen, sich die Hände zu schrubben. Dr. Kender treibt eine ganze Versammlung zusammen, um den Fall zu besetzen.«

»Louise«, rief er, als er auflegte. Die OP-Schwester, die am Fenster saß, legte ihre Stickerei hin.

»Fröhliche Weihnachten«, sagte sie.

Es war eine erfreuliche Tatsache, daß man so viele chirurgische Talente in so kurzer Zeit versammeln konnte. Vierzehn Leute – Schwestern, Chirurgen, Anästhesisten – drängten sich in dem kleinen OP mit den vielen Geräten. Der Patient war grauhaarig, unrasiert und im Koma. Er mochte in den späten Fünfzigern oder frühen Sechzigern sein, hatte einen kräftigen Körper, aber einen großen weichen Bierbauch. Die Polizei, die ihn in seiner Wohnung im Koma gefunden hatte, wußte bereits, daß er herzkrank war und Digitalis nahm. Man nahm an, daß sein Kreislauf als Nebeneffekt der Digitalisdosis in Mitleidenschaft gezogen worden war, obwohl man keine Ahnung hatte, wieviel und wann er es genommen hatte.

Man hatte ihn heraufgebracht, während er schon intravenöse Flüssigkeit bekam, und ein Facharztanwärter für Anästhesie betätigte ein fahrbares Sauerstoffgerät, um ihm atmen zu helfen.

Adam beobachtete Spurgeon Robinson, wie er die Brust des Mannes wusch. »He«, sagte Spurgeon und winkte ihn herbei. Eine Tätowierung. Adam las über den Patienten gebeugt den Satz, und ihm war lächerlich zumute, als er betete: »Lieber Gott, bitte nimm diesen Mann in den Himmel auf . . . seine Zeit in der Hölle hat er schon abgedient.« Was für ein Leben mochte wohl eine solche Verzweiflung ausgelöst haben, daß sie den Mann veranlaßt hatte, diesen Gedanken wie eine Rüstung zu tragen? Er prägte ihn sich ein, als Spurgeon mit seinem Bausch darüberfuhr und der Satz unter Betadin verschwand. Falls es eine Quelle für dieses Zitat gab, funktionierte Adams Computer nicht.

Der Patient war bereits an einen Schrittmacher angeschlossen. Andere Apparate waren dicht an den Operationstisch gerollt worden, ein Gerät zur Messung der Blutgase, eines zur Messung des Blutvolumens, ein Elektrokardiograph, der wie ein tollwütiges Tier aus Glas und Metall ein Biip-biip-biip von sich gab, und die aufleuchtenden Kurven marschierten über seinen Schirm, während das Herz des Mannes weiter kämpfte.

Kender wartete ungeduldig, bis die Vorbereitungen für die Sterilisation des Operationsfeldes vollendet waren, dann trat er an den Operationstisch heran, nahm das Skalpell von Louise entgegen und machte schnell den Schnitt. Adam stand mit dem Absaugapparat bereit, und der Behälter an der Wand begann wie ein Niagarafall zu tosen, als die peritonäale Flüssigkeit aus der Bauchhöhle des Patienten hineingesogen wurde.

Ein Blick, und er wußte, daß er eine Bauchfellentzündung und Gangräne vor sich hatte. Kenders Hände kneteten und bewegten sich über den geschwollenen und entfärbten Eingeweiden, als streichelte er eine kranke Pythonschlange. »Rufen Sie Dr. Sack zu Hause an«, rief er einem Studenten im vierten Jahr zu. »Sagen Sie ihm, daß wir einen gangränösen Bauch haben, bis hinunter zum Dickdarm. Fragen Sie ihn, ob er sofort mit seiner Ausrüstung ins Krankenhaus kommen kann.«

»Was für einer Ausrüstung?«

»Er weiß schon.«

Unter Kenders Anleitung injizierten sie ein Kontrastmittel in die Hauptschlagader des Bauches, das im Röntgen enthüllen würde, was im Blutkreislauf des Patienten vor sich ging, und es wurde noch ein Apparat hereingebracht, diesmal ein tragbarer Röntgenapparat.

Adam bemerkte, daß das Blut im Operationsgebiet sehr dunkel war. Die Oberarmmuskeln des Patienten begannen zu zucken wie bei einem Pferd, das Fliegen verjagt. »Es sieht aus, als habe er Schwierigkeiten mit dem Sauerstoff«, sagte er.

»Wie steht's mit ihm?« fragte Kender den Anästhesisten.

»Blutdruck kaum der Rede wert. Das Herz verteufelt arhythmisch.«

»Säurewert?«

Spurgeon prüfte ihn. »6,9.«

»Stellt lieber Natriumbikarbonat bereit«, sagte Kender. »Der Herzstillstand kann jeden Augenblick eintreten.«

Die gelben Kurven auf dem Kontrollschirm, deren jede ein Zusammenziehen des sterbenden Herzmuskels bedeutete, lebten immer seltener auf, die kleinen Lichtkämme erschienen als schwächere Linien mit niedrigeren Spitzen, bis schließlich, während sie hinsahen, die Kurven verschwanden.

»Mein Gott, er geht dahin«, sagte Spurgeon.

Kender begann mit seinem Handballen einen regelmäßigen, immer wieder aussetzenden Druck auf die Brustwand auszuüben. »Bikarbonat«, sagte er.

Adam injizierte es in eine Beinvene. Er beobachtete Dr. Kender.

Niederdrücken.

Hochheben.

Der regelmäßige Druck mit gestreckten Armen, der Körper des Chirurgen, der vor- und zurückschaukelte, erinnerte ihn – woran? Dann fiel ihm seine italienische Großmutter ein, wie sie Teig für das hausgemachte Brot knetete. In der Küche (zerrissene Jalousien, verschossene gelb-weiße Vorhänge, Kruzifix auf dem Kaminsims, *Il Giornale* der letzten Woche auf der alten Singernähmaschine und der verdammte Kanarienvogel, der ständig trillerte); sie knetete das Brot auf einem großen alten Holzbrett mit den Kerben, die ständig mit weißem hartgewordenen Makkaroniteig gefüllt waren, der dem abkratzenden Messer entgangen war. Mehl auf ihren braunen Armen. Ein sizilianischer Fluch für seinen Vater auf den Lippen unter dem leichten Bartanflug.

Zum Teufel, fragte er sich und versuchte seine Aufmerksamkeit wieder dem Mann auf dem Operationstisch zuzuwenden.

»Epinephrin«, sagte Kender.

Die diensthabende Schwester riß die Glasampulle heraus und kappte sie mit den Fingern. Adam zog mit einer Injektionsspritze das Hormon auf und injizierte es in eine andere Beinvene.

Los, du gottverdammter Muskel, sagte er stumm. Schlag doch.

Er blickte zu der OP-Uhr hinauf, die genauso stillstand wie das versagende Herz. Sämtliche Uhren in den OPs waren nutzlos. Eine Krankenhauslegende behauptete, sie seien jahrelang von einem alten Bezirksingenieur betreut worden, der wußte, wie man sie in Gang brachte, und als er in Pension ging, taten das auch die Uhren.

»Wie lange dauert es schon?« fragte er.

Eine der Schwestern, die nicht keimfrei sein mußte und daher ihre Armbanduhr tragen durfte, blickte kurz auf ihr Handgelenk.

»Vier Minuten und zehn Sekunden.«

O Gott. Nun, wir haben es versucht, wer immer du warst, dachte er. Er sah Kender an und wünschte, daß er mit seinen Bemühungen aufhörte. Nach vier Minuten ohne sauerstoffgeladenes Blut war das Gehirn nur noch ein Brei. Selbst wenn dieser Körper ins Leben zurückgezerrt werden sollte, würde er nie wieder denken oder fühlen; nie mehr wirklich leben.

Kender schien nicht gehört zu haben. Er schaukelte weiter vor und zurück, sein Handballen drückte die Brust zusammen und ließ sie wieder hochschnellen.

Wieder.

Und wieder.

»Dr. Kender?« sagte Adam schließlich.

»Was ist?«

»Es sind fast fünf Minuten.« Laß das arme Schwein gehen, wollte er sagen.

»Versuchen Sie nochmals Bikarbonat.«

Noch eine Injektion in die Vene. Dr. Kender schaukelte weiter und handelte nach dem alten Spruch der amerikanischen Luftwaffe: *No sweat, bombs away, never say die* – Ruhig Blut, Bomben los, nie »sterben« sagen.

Die Sekunden schwanden dahin.

»Jetzt haben wir einen Herzschlag«, sagte der Anästhesist.

»Adrenalin«, sagte Kender, als befehle er Adam, die Napalmbombe auszuklinken.

Auf dem Kontrollschirm erschien eine Nova, dann eine zweite, und die kleinen Lichtkurven begannen zu marschieren; sie nahmen den alten Rhythmus wieder auf, der Muskel zog sich zusammen, erfrischt, pulsierend, und schlug wieder so, wie er es fast für immer vergessen hätte.

Er ist auferstanden, dachte Adam.

Dr. Sack kam mit zwei Kameras herein, eine für Objektträger, eine für Farbfilm.

»Halten Sie den Schnitt weit auseinander«, befahl Kender.

Adam tat es. Die Kamera surrte, und er, jetzt ein Filmstar, zuckte zurück.

Es war nur ein Take, in wenigen Augenblicken hatten die Kameras ausgedient, und sie wurden wieder zu Chirurgen. Er sah zu, während sie das abdominale Ganglion herausschnitten und Medikamente injizierten, um den Muskelkrampf zu lösen und den Blutkreislauf wieder in Gang zu bringen. Der Darm war natürlich inoperabel. Sie machten sich die Mühe, den Bauch mit Drahtnähten zu schließen.

Nach getaner Arbeit rieben Adam und Spurgeon das Feld mit Alkohol ab. Während Blut und Betadin weggewaschen wurden, erschienen langsam wieder die Buchstaben: »Lieber Gott, bitte nimm diesen Mann in den Himmel auf ... seine Zeit in der Hölle hat er schon abgedient.«

»Ich brauche ständig zwei Leute, um sein Herz in Gang zu halten«, sagte Kender soeben.

Adam half den Patienten auf die Tragbahre heben. Dann zog er die Stoffmaske von seinem schwitzenden Gesicht und sah ihnen nach, als sie mit einem Anästhesisten, der den Sack des fahrbaren Sauerstoffgeräts betätigte, um für den Patienten zu atmen, das Stück vegetabilen Daseins wegrollten.

Es gab Tage, an denen Adam Chirurgie im Dienst des Lebens praktizierte. Die Operationen, die er durchführte, waren für die Lebenden gedacht, Vorgänge, die ihr Leben leichter, ihr Dasein behaglicher, schmerzfrei machen würden. Es gab andere Tage, an denen er Chirurgie gegen Tod und Verzweiflung praktizierte, an denen er die Menschenschale öffnete, um Zellen zu entdecken, die zu einer Häßlichkeit entartet waren, die man nur wegsperren und verstecken konnte, und er arbeitete verzweifelt, um Gehirn und Hände zu koordinieren, in dem Wissen, daß selbst sein Möglichstes unzulänglich war, um großes Leiden und schließlich den Tod zu verhindern.

Heute war so ein Tag; er spürte es.

Spät nachmittags wurde Mr. Stratton in die chirurgische Station hinuntergebracht. Mit ihm kam ein Mann, zweifellos der

Rechtsanwalt, dessen Erlaubnis zur Amputation nötig war. Der Mann trug einen ausgebeulten braunen Anzug; sein Hemdkragen war schmutzig und der Krawattenknoten viel zu groß; er hatte ein müdes Gesicht, das zu seinem Hut paßte, der um das Schweißband herum fleckig war. Er sah durchaus nicht wie Melvin Belli oder F. Lee Bailey aus. Er stand im Gang vor dem OP und sprach leise mit Mr. Stratton, bis Adam ihn bat, wegzugehen, was er schnell und ohne den Versuch tat, seine Dankbarkeit über diese Bitte zu verhehlen.

»Hallo, Mr. Stratton«, sagte Adam. »Wir werden uns Ihrer gut annehmen.«

Der Mann schloß die Augen und nickte.

Helena Manning, Facharztanwärterin im ersten Jahr, kam herein, gefolgt von Spurgeon Robinson. Adam beschloß, ihr das Erlebnis einer Amputation zu schenken. Da nur eine Schwester Dienst hatte, bat er sie, die Hilfsarbeiten zu übernehmen, und fragte Spurgeon, ob es ihm etwas ausmache, die OP-Schwester zu spielen. Im Waschraum gab es eine weitere erheiternde Note. Der Heißwasservorrat konnte mit dem alten Rohrsystem nicht Schritt halten; jetzt gaben die Heißwasserhähne, wie das mehrmals in der Woche vorkam, oft eine ganze Stunde lang nur eisigkaltes Wasser her. Keuchend und fluchend schrubbten sich die drei Chirurgen Hände und Arme die vorgeschriebenen zehn Minuten lang unter dem eisigen Strom und gingen dann rücklings, die gefühllos gewordenen Hände hochhaltend, durch die Schwingtüren in den OP.

Die diensthabende Schwester war verhältnismäßig neu und, wie sie zitternd gestand, nervös, weil sie zum erstenmal allein im OP Dienst tat.

»Das macht nichts«, sagte Adam, innerlich stöhnend.

Er sah zu, wie Spurgeon das Amputationsbesteck vorbereitete und die Instrumente in säuberlich glitzernden Reihen anordnete, die Fäden und das Nahtmaterial so unter ein steriles Tuch steckte, daß sie der Reihe nach herausgezogen werden konnten. Die Ärztin rückte den Patienten zurecht und begann unter den Augen des Anästhesisten eine Rückenmarkinjektion zu geben.

Mr. Stratton stöhnte.

Helena Manning schrubbte das Bein hinunter und legte mit Adam zusammen die Tücher zurecht.

»Wo?« fragte er sie.

Mit ihrem behandschuhten Zeigefinger zeichnete sie den Verlauf des Einschnitts unterhalb des Knies.

»Gut. Schneiden Sie lange vordere und kurze hintere Hautlappen, damit die Geschichte ordentlich vernarbt und er es leichter hat, wenn er wieder zu gehen anfängt. Los.«

Spurgeon reichte ihr das Messer und begann Adam Klemmen zu reichen, der die Blutgefäße ebenso schnell abklemmte, wie sie sie durchschnitt. Sie arbeiteten gleichmäßig weiter, dann hielten sie inne, um die Blutgefäße abzubinden und die Klemmen zu entfernen.

»Richten Sie das Licht«, sagte Helena zur Schwester.

Die Schwester stellte sich auf einen Hocker und richtete die Lampe über dem Operationstisch. Als diese um ihre Achse schwang, sah Adam, wie ein Schauer feinen Staubes von der Deckenbefestigung herabschwebte und auf das Operationsfeld niederging. Die OP-Lampen waren ebenso wie die OP-Uhren und die Heißwasserversorgung Überbleibsel aus einer Vergangenheit, die das Krankenhaus einem anderen Zeitalter zuordneten. Seit er aus Georgia gekommen war, hatte er sich immer wieder gefragt, wie ernsthafte Universitätschirurgen so viel Zeit und Geduld für Abbürsten, Desinfizieren und andere aseptische Einzelheiten aufwenden konnten und dann nachlässig das Operationsfeld mit Staub berieseln ließen, sooft die Lampe gerichtet wurde.

Helena verrichtete schlampige Arbeit, sie schnitt zu tief. »Nein«, sagte er. »Sie sollen die linea aspera höher legen. Wenn Sie die Beinhaut hinaufschieben, wird sie verknöchern und einen Sporn bilden.«

Sie schnitt noch einmal, diesmal höher, wodurch die Amputationszeit um Minuten verlängert wurde. Die Klimaanlage machte ein schwirrendes Geräusch. Der Kontrollapparat ließ sein einschläferndes Biip-biip-biip hören. Adam spürte das erste sanfte Streicheln des Schlafes und zwang sich zur Konzentration. Er dachte voraus und nahm vorweg, was die Chirurgin brauchen würde.

»Wollen Sie uns etwas reinen Alkohol besorgen?« bat er die Schwester.

»O Himmel.« Sie blickte verstört umher. »Wozu brauchen Sie den?«

»Um ihn in den Nerv zu injizieren.«

»Oh.«

Die Ärztin hatte die Oberschenkelarterie lokalisiert und abgebunden. Jetzt kehrte die Schwester rechtzeitig mit dem Alkohol zurück. Helena fand den Ischiasnerv, klemmte ihn ab, fixierte ihn mit einer Schlinge, verband ihn und injizierte den Alkohol.

»Würden Sie bitte das Knochenwachs holen?« bat Adam die Schwester.

»Aha.« Vor eine neue Herausforderung gestellt, verschwand die Schwester wieder.

Adam reichte Helena die Säge. Hier wurde zu seinem großen Entzücken die Ärztin zur Frau. Sie wußte nicht, wie sie die Säge halten sollte. Sie ergriff sie zimperlich und schob sie sehr würdevoll, mit wackelndem Blatt, auf dem Knochen vor und zurück.

»Sie haben in der Untermittelschule nie einen Fußschemel für Ihre Mutter gemacht«, sagte er. Sie funkelte ihn an und sägte mit zusammengebissenen Zähnen weiter.

Die Schwester kam zurück. »Wir haben kein Knochenwachs.«

»Was benützen Sie, um Nähte zu wachsen?«

»Wir ölen Nähte.«

»Nun, verdammt, sie wird aber Knochenwachs brauchen. Sehen Sie in der Orthopädischen nach.« Es war das sichere Ende ihrer herzlichen beruflichen Beziehung, aber sie ging. In wenigen Minuten kam sie damit zurück.

»Kein Knochenwachs?« sagte er lächelnd.

»Nun, oben war keines.«

»Ich danke Ihnen vielmals.«

»Bitte sehr«, sagte sie kühl und ging.

Helena nähte den Lappen sehr genau, zweifellos hatte sie viel Erfahrung mit Puppenkleidernähen gehabt.

»Mr. Stratton«, sagte der Anästhesist soeben, »Sie können jetzt aufwachen. Wachen Sie auf, Mr. Stratton.«

Der Patient öffnete die Augen. »Alles ging einfach wunderbar«, sagte Adam zu ihm. »Es wird Ihnen prima gehen.« Mr. Stratton starrte mit zusammengekniffenen Augen zur Decke des OP hinauf, in die weihnachtlichen Gedanken eines einbeinigen Lastwagenfahrers vertieft, dessen Frau in einem anderen Krankenhaus an einer so schweren Krankheit litt, daß sie nicht einmal ein Dokument unterzeichnen konnte.

Die Schwester hatte das amputierte Bein in zwei Tücher gehüllt. Als Adam wieder im weißen Anzug war, nahm er es und Helenas Operationsbericht für die Pathologie und ging zum Lift, der endlich ankam. Die Pathologie war im vierten Stock. Im ersten betraten einige Fahrgäste den Lift, und während sich die Kabine zum zweiten hob, bemerkte Adam, wie eine Dame mittleren Alters von der Sorte, die Bulldoggen in Babysprache ansäuselt, das Bündel in seinen Armen anstarrte.

»Darf ich mir das Kleine nur gerade einmal ansehen?« fragte sie und griff nach dem oberen Teil des Tuchs.

»Nein.« Adam trat schnell einen Schritt zurück. »Ich möchte es nicht wecken«, sagte er.

Dies Kind will ich zu mir selbst nehmen. Wordsworth. Den ganzen Weg zum Vierten tätschelte er zärtlich Mr. Strattons Wade.

Von Gaby kam kein Wort. Wieder rief er an und wurde von Susan Haskell, die er nunmehr haßte, abgespeist.

Er fühlte sich Liz Meomartino gegenüber schuldig, weil er sie, genauso wie einst die Griechin, nur für seinen schäbigen Triumph über ihren Mann ausgenützt hatte.

Er würde sie nie wieder anrufen, sagte er sich erleichtert. Es war eine unwürdige Episode, aber er würde sie begraben.

Und dennoch entdeckte er, daß er an sie dachte. Sie war eine große Überraschung gewesen, nicht von der üblichen Sorte reicher Frauen. Sie besaß Bildung, gutes Aussehen, Geschmack, Geld, sie war so wunderbar sinnlich ...

»Hallo?« sagte sie.

»Hier Adam«, sagte er, während er die Tür der Telefonzelle schloß.

Sie spielten die gleiche Scharade, trafen sich im Parlor, gingen durch den schmutzigen Schnee zum Regent. Er verlangte dasselbe Zimmer.

»Bleiben Sie lange?« fragte der Portier.

»Nur über Nacht.«

»In drei bis vier Stunden werden wir voll haben. Ein Treffen in der Krieger-Gedenkstätte unten an der Straße. Ich mache Sie lieber aufmerksam, falls Sie das Zimmer für den Rest der Woche zu reservieren wünschen.«

Die Tür der Damentoilette öffnete sich, und er sah sie in die Halle zurückkommen.

Warum nicht? Nichts hielt ihn im Krankenhaus, wenn er nicht arbeitete.

»Verrechnen Sie den Wochenpreis«, sagte er.

An diesem Nachmittag lagen sie im Zimmer 314 bei Orchesterbegleitung durch Gekreisch und Gelächter unsichtbarer Männer, die in den blaugoldenen Mützen des Übersee-Einsatzes Beschimpfungen und Botschaften durch Türen brüllten, leere Flaschen und wassergefüllte Säcke den Luftschacht hinunterbombardierten, die irgendwo weit unten aufklatschten.

»Welche Farbe hatte es ursprünglich«, fragte er, ihr strohfarbenes Haar streichelnd.

»Schwarz«, sagte sie stirnrunzelnd.

»Du hättest es so lassen sollen.«

Sie wandte den Kopf ab. »Nicht. Das sagt auch er immer.«

»Deshalb ist es nicht unbedingt falsch. Es sollte seine natürliche Farbe haben«, sagte er sanft. »Es ist dein einziger Fehler.«

»Ich habe andere«, sagte sie.

»Ich habe nicht geglaubt, daß du mich anrufen würdest«, sagte sie nach einer Weile.

Im Flur marschierten sie und zählten im Takt. Er betrachtete die Decke und rauchte seine Zigarette. »Ich hatte es nicht vor.« Er zuckte die Achseln. »Ich konnte dich nicht vergessen.«

»Bei mir war es genauso. Ich habe viele Männer gekannt. Macht dir das etwas aus? Nein« – sie hielt ihm die Lippen mit den Fingerspitzen zu –, »antworte nicht.«

Er küßte ihre Finger. »Warst du je in Mexiko?« fragte sie.

»Nein.«

»Als ich fünfzehn Jahre alt war, fuhr mein Onkel zu einer Medizinerkonferenz, und ich fuhr mit.«

»Oh?«

»Cuernavaca. In den Bergen. Strahlend bunte Häuser. Ein wunderbares Klima, Blumen das ganze Jahr hindurch. Eine hübsche kleine Plaza. Wenn sie die Gehsteige nicht vor Mittag fegen, werden sie zur Polizei vorgeladen.«

»Kein Schnee«, sagte er. Draußen schneite es.

»Nein. Es ist nicht weit bis Mexico City. Fünfzig Meilen. Sehr international, wie Paris. Große Krankenhäuser. Großes Gesellschaftsleben. Ein talentierter *Norteamericano*-Doktor kann dort äußerst gut verdienen. Ich habe so viel Geld, um jede Praxis zu kaufen, die dir gefällt.«

»Worüber sprichst du?« sagte er.

»Über dich und mich und Miguel.«

»Wen?«

»Meinen kleinen Jungen.«

»Du bist verrückt.«

»Nein, bin ich nicht. Dir würde der Kleine nichts ausmachen. Ich könnte ihn nicht verlassen.«

»Das heißt, es braucht mir nichts auszumachen. Es ist unmöglich.«

»Versprich mir bloß, daß du darüber nachdenkst.«

»Schau, Liz ...«

»Bitte. Nur darüber nachdenken.«

Sie rollte sich herum und küßte ihn, ihr Körper ein Sommer, in dem er spielte, Honigtau, Brombeeren, Pfirsichflaum, Moschus.

»Ich werde dir den Palast der Cortez zeigen«, sagte sie.

Am frühen Sonntagabend brachte Kender den Peritonitisfall wieder in den OP, und als sie ihn zum zweitenmal aufmachten, entdeckten sie, daß die Maßnahmen vom Samstagmorgen offensichtlich den Blutkreislauf angeregt hatten. Es war bereits genügend Gewebe frei von Gangräne, um eine Rückoperation zu erlauben; sie entfernten den größten Teil des Dünndarms und einen Teil des Dickdarms. Während der ganzen Operation schlief der Patient den Schlaf des permanent Komatösen.

Beim Frühstück am Montagmorgen hörte Adam, daß das Herz des Mannes erneut zweimal versagt hatte. Er erhielt eine massive Therapie, alles, was Kender tun konnte, um ihn technisch am Leben zu erhalten. Mindestens zwei Ärzte waren ständig bei ihm, beobachteten die Lebenszeichen, verabreichten ihm Sauerstoff und Medikamente, atmeten für ihn, tropften lebenserhaltende Flüssigkeiten in seine Venen.

An diesem Nachmittag schaute Adam in die Küche der chirurgischen Station und sah Kender in einem Sessel in einer Ecke sitzen, schlafend oder einfach nur sehr ruhig mit geschlossenen Augen. Adam schenkte sich so geräuschlos wie möglich eine Tasse Kaffee ein.

»Schenken Sie mir auch eine ein, ja?« Adam reichte sie dem Stellvertretenden Chef der Chirurgie, und sie tranken schweigend. »Ein komischer Beruf, diese Chirurgie«, sagte Kender. »Ich habe mich jahrelang mit Transplantationen herumgeschlagen. Nächstes Jahr wird ein neuer Lehrstuhl für Chirurgie an der Medizinischen Schule geschaffen. Sie wollen ihn mit einem Transplantationsspezialisten besetzen, aber ich werde nicht darauf sitzen. Ich werde Chefchirurg sein.«

»Bedauern Sie es?« fragte Adam.

Kender grinste müde. »Nicht wirklich. Aber ich lerne allmählich, daß Dr. Longwood keinen leichten Job hatte. Ich habe alle seine Fälle übernommen.«

»Ich weiß«, sagte Adam.

»Kennen Sie auch die Sterblichkeitsrate für die Fälle Dr. Longwoods und Dr. Kenders zusammengerechnet in den letzten drei Monaten?«

»Sie muß hoch sein, sonst würden Sie nicht fragen. Fünfzig Prozent?«

»Sagen Sie ruhig hundert«, erwiderte Kender leise. Er griff in seine Tasche und zog eine Zigarre heraus. »In drei Monaten. Das ist eine lange Zeit ohne einen einzigen überlebenden Patienten. Ein Haufen Operationen.«

»Wie kommt das?«

»Weil, gottverdammt, die leichten an euch Burschen gehen. In einem Haus wie diesem bekommt sie der Oberste erst, wenn sie bereits arschtief in der Grube sitzen.«

Zum erstenmal erkannte Adam, daß das stimmte. Gott. »Nächstesmal, wenn ich einen Bruch oder einen Blinddarm bekomme, bitte ich Sie, mir zu assistieren.«

Kender lächelte. »Dafür wäre ich dankbar«, sagte er. »Sehr.« Er zündete die Zigarre an und blies den Rauch zur Decke. »Wir haben eben den Burschen mit den gangränösen Eingeweiden verloren«, sagte er.

Adams Mitgefühl zerrann. »Würden Sie nicht sagen, daß wir

ihn in Wirklichkeit schon während des ersten Herzstillstands von sechs Minuten verloren haben?«

Kender sah ihn an. »Nein«, sagte er. »Nein, das würde ich nicht sagen.« Er stand auf und ging zum Fenster. »Sehen Sie jenes Backsteinmausoleum gegenüber?«

»Das Tierlabor?«

»Es wurde vor einer teuflisch langen Zeit erbaut, noch vor dem Bürgerkrieg. Oliver Wendell Holmes sezierte einst Katzen in jenem Gebäude.«

Adam wartete unbeeindruckt.

»Nun, Sie und ich und Oliver Wendell Holmes sind nicht die einzigen, die dort gearbeitet haben. Seit langer Zeit haben sich Dr. Longwood und Dr. Sack und einige andere Hunde vorgenommen, die an Gangräne in den Eingeweiden starben, und indem sie mit ihnen dasselbe taten, wie wir mit diesem Burschen in unserem OP, konnten sie einige dieser Hunde retten.«

»Das hier aber war ein Mensch«, sagte Adam. »Kein Hund.«

»In den letzten zwei Jahren hatten wir sechzehn solche Patienten. Jeder von ihnen starb, aber jeder hat länger gelebt als sein Vorgänger. Dieser Mann lebte achtundvierzig Stunden lang. Die Experimente haben sich bei ihm ausgewirkt. Sie verwandelten einen inoperablen gangränösen Zustand in einen, den wir chirurgisch behandeln konnten. Wer weiß — der nächste Patient wird vielleicht, falls wir Glück haben, keinen Herzstillstand mehr erleiden.«

Adam sah den älteren Chirurgen an. Alle möglichen Empfindungen strömten gleichzeitig auf ihn ein. »Aber wann sagen Sie sich eigentlich: Dieser Mann ist weg, wir können ihn nie zurückbringen, lassen wir ihn friedlich und in Würde sterben?«

»Das entscheidet jeder Arzt selbst. Ich sage es nie.«

»Nie?«

»Verdammt, mein junger Freund«, sagte Kender, »sehen Sie sich doch einmal an, was in diesem Krankenhaus schon alles geschehen ist, noch gar nicht lange her, Leute, die hier arbeiten, können sich noch gut daran erinnern. Im Jahre 1925 begann ein junger Arzt namens Paul Dudley White ein fünfzehn Jahre altes Mädchen aus Brockton zu behandeln. Drei Jahre später lag sie im Sterben, weil ihr Herz von einem lederartigen pericordialen Überzug zu Tode gewürgt wurde. Er ließ sie acht- oder neunmal in das Massachusetts General Hospital einliefern, und jeder sah sie sich an und behandelte sie, aber keiner konnte etwas unternehmen. Also schickte er das arme Ding wieder heim und wußte, daß es sterben mußte, falls das Pericardium nicht irgendwie entfernt werden konnte. Er grübelte und grübelte darüber nach und ließ Katherine noch einmal in das M. G. H. aufnehmen, in der Hoffnung, daß sich ein chirurgischer Eingriff doch irgendwie als möglich erweisen würde. Durch einen Glücksfall – nennen Sie es einen Fall der zufälligen, ›glücklichen Entdeckungen‹ – war gerade um jene Zeit ein junger Chirurg namens Edward Delos Churchill aus Europa in das Massachusetts General zurückgekehrt, er hatte eben ein, zwei Jahre fortgeschrittenere Schulung in Thoraxchirurgie hinter sich sowie eine Zeitlang unter dem großen Ferdinand Sauerbruch in Berlin gearbeitet. Natürlich sollte Churchill später Chefchirurg am Massachusetts General Hospital werden.

Nun, Dr. White traf ihn in dem alten Backsteinkorridor dort drüben und überredete ihn, in die Station hinaufzukommen und sich Katherine anzusehen. In den Vereinigten Staaten war es noch nie jemandem gelungen, einer konstriktiven Pericarditis mit dem Messer oder mit Medikamenten beizukommen. Dr. White bat jedoch Dr. Churchill, es doch zu versuchen, schließlich –« Kender zuckte die Achseln – »starb das Mädchen langsam dahin.

Nun, Churchill operierte. Und sie lebte. Tatsache ist, daß sie heute Großmutter ist. Und in den letzten vierzig Jahren wurden Hunderte mit konstriktiver Pericarditis erfolgreich operiert.«

Adam sagte nichts. Er saß einfach da und trank seinen Kaffee.

»Wollen Sie noch weitere Beispiele? Dr. George Minot. Glänzender junger Bostoner Forscher, starb fast an Diabetes, als es noch keine wirksame Behandlung gab. Kurz vor seinem Ende erhielt er eine der frühesten Proben eines funkelnagelneuen, von zwei Kanadiern, Dr. Fredrick C. Banting und Dr. Charles H. Best, entdeckten Hormons – Insulin. Er starb nicht. Und weil er nicht starb, bekam er schließlich den Nobelpreis, weil er die Heilmethode für perniziöse Anämie ausarbeitete, und eine ungeheure Zahl anderer Leute wurde gerettet, wer weiß, wie viele davon gerade noch rechtzeitig.« Er schlug Adam kräftig auf den Schenkel und blies ihm Zigarrenrauch ins Gesicht. »Das ist der Grund, warum ich keine eleganten Zugeständnisse an einen leichten Tod mache, mein Sohn. Das ist der Grund, warum ich lieber bis ans Ende kämpfe, obwohl es scheußlich ist und schmerzt.«

Adam, nicht überzeugt, schüttelte den Kopf. »Es spricht trotzdem sehr viel dafür, angesichts einer unvermeidlichen Niederlage schreckliche und grausame Schmerzen nicht zu verlängern.«

Kender sah ihn an und lächelte. »Sie sind jung«, sagte er. »Ich bin neugierig, ob Sie Ihre Ansichten nicht ändern.«

»Das bezweifle ich.«

Kender blies ihm eine Wolke stinkenden Zigarrenrauch ins Gesicht. »Wir werden sehen«, sagte er.

Als er mitten in der Nacht in Turnanzug, Handschuhen, Halstuch und Pelzstiefeln über weichen Neuschnee lief, der wie zermalmtes Glas unter den Straßenlampen glitzerte, und er seine Kreise um das Krankenhaus, seine Sonne, zog, bis sich die Kälte des Weltraums in seine Lungen fraß und sein Lebenszentrum mit Speeren durchbohrte, wußte er, daß Spurgeon Robinson recht hatte: Silverstones Plansoll war Scheiße und Kuhmist. Liz Meomartino bot ihm die Erfüllung von Silverstones Plansoll auf einem Silbertablett an, und er erkannte blitzartig, daß es durchaus nicht das war, was er wollte. Er sehnte sich verzweifelt danach, in zwanzig Jahren eine Mischung aus Lobsenz und Sack und Kender und Longwood zu werden, und diese Verwandlung würde sich nicht in Cuernavaca oder sonst irgendwo mit Liz Meomartino vollziehen.

In der Frühe rief er sie an und sagte es ihr so taktvoll wie möglich.

»Bist du sicher?«

»Ja.«

»Treffen wir uns, Adam.«

Er wußte, sie glaubte seinen Entschluß ändern zu können. »Lieber nicht, Liz.«

»Rafe ist heute abend zu Hause, aber ich werde wegkommen. Ich will dir nur Lebewohl sagen.«

»Lebe wohl, Liz. Alles Gute«, sagte er.

»Sei dort. Bitte.« Sie hängte ein.

Er arbeitete den ganzen Tag wie ein freigelassener Sklave, der jetzt auf eigene Rechnung werkte. Er hatte um sechs dienstfrei, aß mit gutem Appetit sein Abendessen und schaltete einige Stunden im Tierlabor ein.

Als er in den sechsten Stock kam, duschte er, lag in der Unterhose auf dem Bett, las drei Zeitschriften und zog dann den Straßenanzug an. Er suchte ein frisches Taschentuch, als sich seine Hand um etwas in der Schreibtischlade schloß, es aufhob, hin und her drehte und untersuchte, als hätte er den schwarzen Ziegenlederhandschuh noch nie im Leben gesehen.

Diesmal war das Regent vollgestopft von Legionären und ihren Frauen, und er mußte sich mühsam durch die Halle drängen.

»Felix, hast du die Karten?« kreischte eine dicke Frau in einer zerknitterten Hilfskräfteuniform.

»Sicher«, sagte ihr Mann und stupste Adam plötzlich aus Jux mit einem Stachelstock in das Gesäß.

Adam fuhr hoch, erregte allgemeines Gelächter, wurde jedoch in den Lift geschoben.

Sie waren in den Gängen, auf den Treppen; er hatte das Gefühl, als säßen sie selbst unter seinen Fingernägeln.

Er steckte den Schlüssel ins Schloß, und als er die Tür von 314 öffnete, blitzte draußen das elektrische Schild auf und knipste ein weiteres psychedelisches Foto, in dessen Brennpunkt die blau-goldene Soldatenmütze des Übersee-Einsatzes auf dem Toilettentisch lag. Adam hob die lächerliche Kopfbedeckung auf. Der Mann im Bett sah ihn unsicher an. Nicht Vietnam. Sogar für Korea zu alt. Jahrgang Zweiter Weltkrieg, dachte Adam. Alte Soldaten scheinen, ich weiß nicht warum, unansprechbarer zu sein als alte Seeleute. Hawthorne.

Der Mann war ganz offensichtlich sehr erschrocken. »Was wollen Sie? Geld?«

»Hinaus.« Adam reichte ihm die Mütze und hielt die Tür auf, während der Mann in seine Hose schlüpfte und dankbar entfloh.

Sie sah ihn an. Sie war betrunken. »Du hättest mich retten können«, sagte sie.

»Ich bin nicht einmal sicher, ob ich mich selbst retten kann.«

Er hob ihre Strümpfe auf und legte sie und den schwarzen Handschuh in ihre Handtasche.

»Geh«, sagte sie.

»Ich muß dich heimschicken, Liz.«

»Es ist viel zu spät.« Sie lächelte. »Ich sagte, daß ich nur Zigaretten holen gehe.«

Sie hatte ihr Unterkleid an, aber das Kleid machte Schwierigkeiten. Sie half ihm nicht, und es dauerte eine Weile, alles an Ort und Stelle zu bringen. Der Reißverschluß klemmte auf halbem Weg. Schwitzend kämpfte Adam mit ihm, aber es nützte nichts, der Reißverschluß ging weder vor noch zurück.

Der Mantel würde es verdecken, sagte er sich.

Als er ihr die Schuhe anzog und sie auf die Beine stellte, schwankte sie. Seinen Arm um ihre Taille, ihren um seinen Hals gelegt, führte er sie wie eine Patientin zur Tür.

Im Flur reichten die Generale Bier und Whisky-Soda herum.

»Nein, danke«, sagte Adam höflich und drückte mit dem Rücken auf den Liftknopf.

Als er sie unten in die Halle brachte, sah er, daß der Mann mit dem Viehstock zu einem neuerlichen Spaß ansetzte.

»Wenn Sie mit diesem Ding einen von uns berühren, Felix«, sagte er, »wickle ich es Ihnen um Ihren gottverdammten Hals.«

Felix sah verletzt drein. »Hast du diesen Schweinehund gehört?« fragte er die dicke Frau.

»Ich habe dir ja gesagt, die Leute hier sind genauso kalt wie ihr Wetter«, sagte sie, als Adam mit seiner Last weiterging. »Das nächste Mal wird man auf uns hören und es in Miami abhalten.«

Draußen fiel Schnee wie dünner Haferschleim. Adam wagte nicht, sie gegen die Hauswand zu lehnen; aneinandergeklammert schwankten sie in den nassen Matsch hinaus.

»Taxi!« schrie er.

»Du hast mich im Stich gelassen«, sagte sie.

»Ich liebe dich nicht«, sagte er. »Verzeih.«

Sein Haar war bereits triefnaß; in seinem Nacken schmolz der Schnee und durchweichte seinen Hemdkragen. »Außerdem sehe ich nicht ein, wieso du das Gefühl haben kannst, mich zu lieben. Wir kennen uns kaum.«

»Das macht nichts.«

»Natürlich macht es etwas. Um Christi willen, man muß sich doch wirklich kennen. Taxi!« schrie er einem vorbeifahrenden Schatten zu.

»Ich meine, das Lieben. Es wird überschätzt. Ich mag dich einfach.«

»Gott«, sagte er. Wieder schrie er und merkte, daß er heiser wurde. Wie ein Wunder blieb ein Taxi stehen, aber bevor er Liz von der Stelle rühren konnte, war ein listiger Exkorporal mit einer Mütze hineingesprungen und hatte die Tür zugeschlagen. Das Fahrzeug fuhr ab.

Wieder kam ein Taxi in Sicht, glitt vorbei, aber dann blieb es stehen, drei Meter vor ihnen, und zwei Männer stiegen aus.

»So komm doch«, sagte er und zog sie hinter sich her. »Bevor es uns entwischt.« Er rief nach dem Taxi, während sie ausrutschten und dahinschlitterten. Die beiden Männer waren jetzt ausgestiegen und kamen auf sie zu, und er sah, daß der eine Meomartino und der andere Dr. Longwood war. Der Alte sollte in einer solchen Nacht nicht ausgehen, dachte er.

Er zog sie nicht weiter. Sie sackten einfach zusammen und warteten. Meomartino starrte sie an, als er sie erreichte, sagte jedoch nichts.

»Wo bist du gewesen?«, fragte Dr. Longwood. »Wir haben dich überall gesucht.« Er warf einen Blick auf Adam. »Wo haben Sie sie gefunden?«

»Hier«, sagte Adam.

Er wurde sich bewußt, daß ihr Arm noch immer um seinen Hals lag, daß er sie noch immer um die Taille hielt. Er machte sich los und übergab sie Meomartino, der stumm wie ein Fisch war und ihn anstarrte.

»Ich danke Ihnen sehr«, sagte Longwood steif. »Gute Nacht.«

»Gute Nacht.«

Ihr Mann und ihr Onkel teilten sich die Last und brachten sie zum Taxi. Die Tür öffnete sich und schloß sich endlich, der Motor heulte auf, die Hinterräder drehten durch. Matsch flog zurück und traf ihn wie eine Strafe am rechten Hosenbein, aber das war schon naß, und es kümmerte ihn nicht, denn er erinnerte sich an den verklemmten Reißverschluß.

In den folgenden Tagen wartete er, an einer schweren Erkältung leidend, daß Longwood Blitz und Donner auf den Verführer seines Fleisches und Bluts herunterprasseln lassen würde. Der Alte konnte ihn auf alle mögliche Arten vernichten. Aber zwei Tage nach der Katastrophe vor dem Hotel hielt ihn Meomartino im Aufenthaltsraum der Chirurgen auf. »Meine Frau erzählte mir, daß Sie, als ihr schlecht wurde, so freundlich waren, sich beträchtliche Mühe zu machen, um ihr ein Taxi zu verschaffen.« Seine Augen sahen ihn herausfordernd an.

»Nun ...«

»Es war ein Glück, daß Sie sie zufällig getroffen haben. Ich möchte mich bei Ihnen bedanken.«

»Nicht der Rede wert.«

»Sie wird Ihre Hilfe bestimmt nicht wieder brauchen.« Meomartino nickte und ging, irgendwie Sieger. Nie hatte Adam so viel Abneigung und so viel Respekt empfunden. Was war aus seiner Revanche geworden, fragte er sich.

Longwoods Wut brach nicht über ihn herein. Adam arbeitete schwer, blieb im Krankenhaus und verbrachte seine dienstfreien Stunden in seinem Zimmer oder in der Pathologie oder im Tierlabor. Er erbte alle möglichen chirurgischen Fälle, einen Blinddarm, eine Gallenblase, mehrere Magenoperationen, weitere Hautverpflanzungen bei Mr. Grigio.

Mrs. Bergstrom bekam ein Weihnachtsgeschenk: eine Niere. In der vorletzten Dezembernacht schmiß ein plötzlicher sonntäglicher Schneesturm vier Zoll reines Weiß auf die schmutzige Stadt herunter. Jenseits des Flusses, in Cambridge, stahl der sechzehnjährige, stockbesoffene Sohn eines berühmten Gelehrten einen Wagen, und als er vor dem Polizeifahrzeug davonsauste, das ihn vorsichtig über die Schneeglätte des Memorial Drive verfolgte, fuhr er an einen Betonpfeiler und war auf der Stelle tot. Seine kummervollen Eltern verlangten nur, nicht genannt zu werden, um der unbarmherzigen Publicity zu entgehen, und spendeten die Augenhornhaut des Jungen der Augenklinik und je eine Niere dem Bringham- und dem Suffolk-Country-Krankenhaus.

Adam saß bei Kender und quälte sich mit dem Problem ab, welche Dosis immunounterdrückende Medikamente man Mrs. Bergstrom mit der neuen Niere geben sollte.

Kender entschied sich für 130 mg Imuran.

»Ihre Nierenfunktion ist sehr niedrig«, sagte Adam zweifelnd. »Wären 100 mg nicht genug?«

»Das letzte Mal habe ich 90 mg gegeben«, sagte Kender, »und sie stieß die Niere entschieden ab. Ich will sie nicht wieder das Ganze durchmachen lassen.« Sie operierten nach Mitternacht, und als man Mrs. Bergstrom aus dem Operationssaal brachte, gab die neue Niere Urin ab.

Am Silvesterabend war Adam wieder im Operationssaal und bereitete sich auf eine Milzoperation bei dem ersten betrunkenen Fahrer vor, der so vernünftig gewesen war, sich die Milz nur zwei Wohnblöcke vom Krankenhaus entfernt auf der Autobahn zu zerreißen. Adam wartete, die behandschuhten Hände auf der Brust gekreuzt, mit Harry Lee als Assistenten. Norm Pomerantz gab die allgemeine Anästhesie, wobei die Dosierung nicht einfach war, weil sich der Mann bereits mit Alkohol betäubt hatte. Es war sehr still im OP.

»Es ist zwölf Uhr, Adam«, sagte Lee.

»Ein glückliches neues Jahr, Harry.«

Am folgenden Abend studierte Adam, besorgt über die Medikamentendosierung, die Kender Mrs. Bergstrom gegeben hatte, ihre Aufzeichnungen stundenlang, fand jedoch keine Beruhigung darin, gab schließlich auf und schlief über seinem Heft ein, den Kopf auf den Armen. Er träumte von Zimmer 314 und der Frau; die Gestalt, die sich ihm anbot, verschmolz mit einer anderen, wurde schlanker, fester und weniger reif, bis er Gaby liebte, statt einen Ritus mit Liz Meomartino durchzuführen.

Als er erwachte, lachte er sich aus.

Irgendwie aber wußte er, daß der Mann, der schließlich bei Gaby Pender landete, sich nie sorgen müßte, wenn er einen anderen Arzt heimsandte, um einige Glasplättchen abzuholen.

Bei ihr gab es andere Probleme. Gut, daß er das verrückte kleine Weibsstück los war, sagte er sich.

Eine Stunde später ging er zum Telefon und wählte ihre Nummer.

Er erwartete Susan Haskell, aber statt der Stimme der Zimmergenossin war es ihre, die hallo sagte.

»Gaby?«

»Ja.«
»Hier Adam.«
»Oh.«
»Wie ist es dir gegangen?«
»Fein. Das heißt, zunächst nicht, aber jetzt.«
»Wirklich?« fragte er sehnsüchtig.
»Ja.«
»Mir nicht. Glückliches neues Jahr, Gaby.«
»Glückliches neues Jahr, Adam.«
»Gaby, ich —«
»Adam.« Sie hatten gleichzeitig gesprochen, und jetzt warteten sie beide.
»Ich muß dich sehen«, sagte er.
»Wann?«
»Ich habe heute abend Dienst. Höre, komm um neun Uhr auf den Parkplatz des Krankenhauses. Falls ich nicht gleich auftauche, warte auf mich.«
»Wieso glaubst du, daß ich gelaufen komme, wenn du mit dem Finger schnalzt?« fragte sie kalt. »Und wartend herumstehe?«
Er erschrak, Verdruß und großes Bedauern erfüllten ihn.
»Oh, Adam, mir geht's auch nicht gut«, platzte sie heraus. Sie lachte und weinte gleichzeitig, seines Wissens das einzige Mädchen, das das zustande brachte. »Ich bin dort, Liebling. Adam-Liebling.« Und legte auf.

DRITTES BUCH

Der Kreis schließt sich
Frühling und Sommer

XII
ADAM SILVERSTONE

Adam hatte ruhig und sehr ausführlich mit Gaby gesprochen, als sie auf dem Parkplatz des Krankenhauses in dem blauen Plymouth saßen, bei aufgedrehter Heizung, während draußen der Schnee fiel; das Blinklicht eines Krankenwagens blinzelte sie an, bis eine Schicht Weiß die Windschutzscheibe so dicht bedeckte, daß die restliche Welt ausgeschlossen war.

»Es war meine Schuld«, sagte er. »Ich werde es nie wieder zulassen, daß wir einander das antun.«

»Du hast mich fast erledigt. Ich konnte nicht einmal mehr mit einem anderen Mann reden.«

Er schwieg.

Es blieben noch andere unerfreuliche Tatsachen, denen man sich stellen mußte.

»Mein Vater ist ein hoffnungsloser Alkoholiker. Derzeit scheint er sich zu beherrschen, wenn man das so nennen kann. Aber er ist schon früher einmal schwer zusammengebrochen und wird es wahrscheinlich wieder. Wenn es soweit ist, werde ich jeden Cent, den ich zusammenkratzen kann, brauchen, um ihn in Pflege zu geben. Ich kann nicht heiraten, solange ich nicht in der Lage bin, etwas Geld zu verdienen.«

»Wann wird das sein?«

»Nächstes Jahr.«

Sie besaß nichts von Liz' triebhafter Sinnlichkeit, und dennoch war sie für ihn so viel begehrenswerter. Lieb und teuer. Er war darauf bedacht gewesen, sie nicht zu berühren, und er machte auch jetzt keinen Versuch, es zu tun.

»Ich will nicht bis nächstes Jahr warten, Adam«, sagte sie fest.

Er erwog, mit jemandem in der psychiatrischen Abteilung des Krankenhauses zu sprechen, und erinnerte sich dann, daß Gerry Thornton, ein ehemaliger Studienkollege, jetzt an der Massachusetts-Nervenklinik arbeitete. Er rief ihn an, und sie plauderten fünf Minuten über das Wie und Wo der anderen, früheren Studienkollegen.

»Ah — hast du mich wegen etwas Bestimmtem angerufen?« fragte ihn Thornton schließlich.

»Nun, eigentlich ja«, sagte er. »Ich habe eine Freundin. Eine sehr enge Freundin, die ein Problem hat, und ich dachte, es wäre gut, mich mit jemandem darüber zu unterhalten, der Verständnis hat und schon psychoanalysiert ist.«

»Meine eigene Analyse wird zwar noch einige Jahre dauern«, sagte Thornton gewissenhaft und wartete.

»Gerald, wenn dein Terminkalender sehr besetzt ist, muß es nicht diese Woche sein . . .«

»Adam«, sagte Thornton vorwurfsvoll, »wenn ich mit einem akuten Blinddarm zu dir käme, würdest du mich bitten, bis nächste Woche zu warten? Wie wär's mit Donnerstag?«

»Mittagessen?«

»Oh, ich glaube, in meinem Büro ist es besser«, sagte Thornton.

». . . Du siehst also«, sagte er, »die Möglichkeit, daß ihr unsere Affäre seelisch schadet, macht mir Sorgen.«

»Nun, natürlich kenne ich das Mädchen nicht. Aber ich glaube, man kann mit Sicherheit sagen, wenn sie ernsthaft engagiert ist, du aber nur mit ihr herumschmust, falls du den Ausdruck entschuldigen willst . . .«

»Es geht mir nicht nur ums Schmusen. Aber ich will wissen, du Klugscheißer und Freudianer, wie und ob eine Affäre einem Mädchen schaden kann, das anscheinend an ausgesprochener Hypochondrie leidet.«

»Hm. Nun, ich kann sie ebensowenig diagnostizieren, wie du am Telefon sagen kannst, ob ein Patient Krebs hat.« Thornton langte nach dem Tabak und begann seine Pfeife zu stopfen. »Du sagst, ihre Eltern seien geschieden?«

Adam nickte. »Sie hat sich seit einiger Zeit von beiden getrennt.«

»Nun, das kann es natürlich sein. Wir lernen langsam etwas über eingebildete Krankheiten. Einige Hausärzte schätzen, daß von zehn Patienten in ihrem Wartezimmer acht aus psychosomatischen Gründen da sind. Ihr Schmerz ist natürlich genauso echt wie der anderer Patienten, aber er wird durch den Geist verursacht und nicht durch den Körper.« Er zündete ein Streichholz an und paffte. »Kennst du die Gedichte von Elizabeth Barrett Browning?«

»Einige.«

»Es gibt einige Zeilen, die sie an ihren Hund Fluff schrieb.«

»Ich glaube, der Hund hieß Flush.«

Thornton war ärgerlich. »Stimmt, Flush.« Er ging zu einem Bücherschrank, zog einen Band heraus und blätterte darin. »Da ist es.«

But of thee it shall be said,
This dog watched beside a bed
Day and night unweary,
Watched within a curtained room
Where no sunbeam broketh bloom
Round the sick and dreary

»Alle Zeugnisse deuten darauf hin, daß sie vierzig Jahre lang ein klassischer Fall von Hypochondrie war. So schwer erkrankt, daß man sie die Treppen hinauf und hinunter tragen mußte. Dann verliebte sich Robert Browning zuerst in den Geist ihrer Dichtung, dann in sie selbst, berannte die Festung des alten, ehrwürdigen Barrett in der Wimpole Street, und die Hypochondrie war wie vom Winde verweht oder vielleicht vom Hochzeitsbett. Ich weiß es nicht. Sie gebar ihm sogar ein Kind, als sie über vierzig war. Wie heißt dein Mädchen?« fragte er unvermittelt.

»Gaby, Gabriele.«

»Bezaubernder Name. Wie fühlt sich Gabriele derzeit?«

»Derzeit zeigt sie keine Symptome.«

»Hat sie sich je einer Psychotherapie unterzogen?«

»Nein.«

»Weißt du, Leuten mit Ängsten wird täglich geholfen.«

»Willst du sie sehen?«

Thornton runzelte die Stirn. »Lieber nicht. Ich glaube, es wäre besser, wenn sie einen klugen Jungen drüben im Beth Israel aufsuchen würde, der sich sozusagen auf Hypochondrie spezialisiert hat. Laß es mich wissen, wann es ihr paßt, und ich rufe ihn an und vereinbare einen Termin mit ihm.«

Adam drückte ihm die Hand. »Danke, Gerry.«

Gerald, du endest noch als aufgeblasener Hohlkopf, prophezeite er, als er durch den Pfeifenrauch watete und das Büro verließ.

Gaby sah Dorothy sehr häufig. Sie hatten sofort Gefallen aneinander gefunden, und wenn Adam und Spurgeon arbeiteten, trafen sich die beiden Mädchen fast regelmäßig. Es war Dorothy, die Gaby in die Gegend von Beacon Hill mitnahm, wo sie die Wohnung fand.

»Meine Schwester lebt hier in der Nähe«, sagte Dorothy. »Meine Schwester Janet.«

»Oh? Sollen wir bei ihr vorbeigehen und guten Tag sagen?«

»Nein. Wir vertragen uns nicht.«

Gaby spürte, daß Dorothy bedrückt war, stellte jedoch keine Fragen. Zwei Tage später, als sie Adam in die Beacon Street führte, hatte sie den Vorfall vor Aufregung vergessen.

»Wohin führst du mich?« fragte er sie.

»Du wirst schon sehen.«

Die vergoldete Kuppel des State House glühte in der Morgensonne wie der brennende Dornbusch, verbreitete jedoch keine Wärme. Nach einer Weile nahm sie seine Hand in ihren Fäustling und führte ihn aus dem windigen Bostoner Common in die verhältnismäßig geschützte Joy Street.

»Wie weit noch?« fragte er, und sein Atem blies Frostwolken.

»Du wirst schon sehen«, sagte sie wieder.

Sie trug eine rote Skijacke und eine blaue Stretchhose, die sich an das schmiegte, was er am Vorabend streichelnd als das reizendste Gluteálgebiet bezeichnet hatte, das er je auf einem Operationstisch oder außerhalb davon gesehen hatte; und eine blaue Wollmütze mit einer weißen Quaste, an der er zupfte, als sie auf halbem Weg den Beacon Hill heruntergekommen waren, damit sie stehenbliebe.

»Ich rühre mich nicht von der Stelle. Keinen Schritt, bevor du mir nicht sagst, wohin wir gehen.«

»Bitte, Adam. Wir sind fast da.«

»Schwöre einen Sex-Eid.«

»Auf dein Ding.«

Sie gingen durch die Phillips Street bis zur Mitte des nächsten Häuserblocks und blieben vor einem vierstöckigen Wohnhaus mit zersprungenen Stuckwänden stehen. »Vorsicht, Stufen«, sagte sie und deutete auf den Eingang, der sehr tief lag.

»Selbstmörderisch«, murmelte er. Die Betonstufen waren mit sechs Zentimeter dickem, zerkratztem Eis bedeckt, über das sie sich vorsichtig bewegten. Unten nahm sie einen Schlüssel aus der Tasche und sperrte auf.

Das eine Fenster ließ nur wenig Licht in das Zimmer.

»Warte einen Augenblick«, sagte sie hastig und drehte alle drei Lampen auf.

Es war ein Atelierraum. Die Tapete war mit einem Braun gestrichen, das für die geringe Beleuchtung zu dunkel war. Der Boden bestand aus ziegelfarbenen, stellenweise zersprungenen Asphaltplatten, von einer Staubschicht bedeckt. Eine ziemlich neue Couch stand da, die zweifellos in ein Bett verwandelt werden konnte, ein dickgepolsterter, mit verblichenem Damast bezogener Sessel und ein zweiter, der aus einer Garnitur geflochtener Verandamöbel stammte.

Sie zog ihre Fäustlinge aus und knabberte am Daumenknöchel, was sie immer tat, wenn sie sich in gespannter Erregung befand. »Nun, was meinst du?«

Er zog ihr die Hand vom Mund. »Was meine ich wozu?«

»Ich habe der Hausfrau gesagt, daß ich sie bis zehn Uhr wissen lasse, ob ich es miete.«

»Es ist ein Keller.«

»Ein Kellergeschoß.«

»Selbst der Boden ist schmutzig.«

»Ich werde ihn schrubben und wachsen, bis er glänzt.«

»Gaby, ist das dein Ernst? Es ist nicht so hübsch wie deine Wohnung in Cambridge. Bei weitem nicht.«

»Außer diesem Wohnschlafzimmer gibt es noch ein Badezimmer und eine Kochnische. Schau einmal.«

»Du kannst mir nicht erzählen, daß es Susan Haskell hier besser gefallen wird als in der anderen Wohnung.«

»Susan Haskell wird nicht hier wohnen.«

Er überlegte einen Augenblick. »Nein?«

»Wir werden hier wohnen. Du und ich.«

Sie standen da und sahen einander an. »Es kostet fünfundsiebzig Dollar monatlich. Ich glaube, es ist ein gutes Geschäft, Adam«, sagte sie.

»Oh, wirklich«, sagte er. »Stimmt.«

Er legte die Arme um sie.

»Gaby, bist du überzeugt, daß du das tatsächlich willst?«

»Fest überzeugt. Außer du willst es nicht.«

»Ich werde die Wände streichen«, sagte er nach einer Pause.

»Sie sind häßlich, aber die Wohnung ist phantastisch gelegen. Die Hochbahnstation ist nur ein paar Häuserblocks entfernt«, sagte sie. »Ebenso das Gefängnis in der Charles Street. Und die Hausfrau sagte mir, daß man von hier nur drei Minuten zu der Wohnung in der Bowdoin Street braucht, wo Jack Kennedy wohnte.«

Er küßte sie auf die Wange und entdeckte, daß sie naß war. »Wie bequem«, sagte er.

Er hatte sehr wenig einzupacken. Er nahm seine Sachen aus der Kommode und steckte sie in die Reisetasche. Im Schrank hingen nur wenige Kleidungsstücke und lagen einige Bücher, die er in einen braunen Papiersack steckte, damit war die Sache erledigt. Das Zimmer sah genauso aus wie an dem Abend, als er eingezogen war. Nichts blieb von ihm in dieser kleinen Zelle zurück.

Spurgeon hatte Dienst in der Abteilung, und daher war niemand im sechsten Stock, von dem man sich verabschieden konnte.

Sie fuhren zu der Wohnung in Cambridge, und Susan Haskell half Gaby, ihre Sachen zu verpacken, während er den Inhalt zweier Bücherregale in Pappkartons verstaute.

Susan war sehr aufgeregt, behandelte Adam jedoch mit eisiger Höflichkeit.

»Der Plastikeimer gehört mir«, sagte Gaby schuldbewußt. »Ich habe zwar einen Haufen Vorräte und Sachen gekauft, vergaß aber, einen Eimer zu besorgen. Macht es dir etwas aus, wenn ich ihn mitnehme?«

»Natürlich nicht. Nimm, was du bezahlt hast, Dummes.«

»In einigen Tagen veranstalten wir ein Mittagessen«, sagte Gaby. »Ich rufe dich an.«

Sie schwiegen beide, als sie über die Harvard-Brücke und dann den Charles River entlang auf der Bostoner Seite fuhren. Der Himmel war aschgrau, und ihre Stimmung gesunken, aber als sie in der Phillips Street eintrafen, brach das Ausladen den Bann.

Er führte zwar einen bewegten, halsbrecherischen Tanz auf den vereisten Stufen auf, als er die Sachen hineintrug, aber es gelang ihm, nicht zu stürzen. Als der letzte Karton auf dem Fußboden stand, hatte sie die Laden der Kommode mit einem Desinfektionsmittel ausgewischt und legte sie eben mit Butterbrotpapier aus. »Es ist nur die eine Kommode da«, sagte sie. »Ist es dir egal, in welche Laden ich deine Sachen lege?«

»Tu, was dir beliebt«, sagte er plötzlich fröhlich. »Ich will das Eis von den Stufen räumen.«

»Großartige Idee«, sagte sie und machte ihn stolz, daß er ein so verantwortungsbewußter Hausvater war.

Als er ins Haus zurückkam, erfroren, aber über Naturgewalten triumphierend, hinderte sie ihn daran, den Mantel auszuziehen.

»Wir brauchen Bettwäsche«, sagte sie.

Er ging zu Jordan, wo ihn die Frage bewegte, ob weiß oder bunt, glatt oder geschlungen. Schließlich entschied er sich für beige und geschlungen und kaufte vier Garnituren.

Als er die Tür öffnete, sah er sie auf allen vieren den Boden schrubben.

»Dicht an der Wand entlang, Liebling«, sagte sie. »Ich habe einen Streifen für dich ausgespart.«

Er ging rund um das Zimmer. »Kann ich sonst etwas tun?«

»Nun ja, die Böden im Klo und in der Kochnische müssen noch gewaschen werden«, sagte sie. »Du kannst sie schrubben, während ich hier den Boden wachse.«

»Ist das unbedingt nötig?« fragte er schwach.

»Wir können nicht in einer Wohnung leben, ohne sie erst zu säubern«, sagte sie entsetzt.

Daher nahm er den Plastikeimer, schüttete das gebrauchte Wasser weg, spülte ihn aus, bereitete eine neue Seifenlauge, ging ebenfalls in die Knie und schrubbte. Die Böden schienen zu wachsen, wenn man sich niederkniete, aber er sang bei der Arbeit.

Als er fertig war, war es draußen dunkel geworden, und sie waren beide hungrig. Er verließ sie, als sie gerade den Boden des Badezimmers wachste, und obwohl er stark schwitzte, überließ er es seinen Gummibeinen, ihn über die kalte, windige Nordseite des Beacon Hill zur Roastbeefbude neben dem Gefängnis von Charles Street zu tragen, wo er Sandwiches und Limonade bestellte und das deutliche Gefühl hatte, der Mann hinter dem Ladentisch sei überzeugt, er bringe das Essen einem Gefangenen.

Als sie gegessen hatten, wäre er am liebsten tot ins Bett gefallen, aber sie bat ihn, die Schränke in der Kochnische auszuwaschen, während sie die Kästchen und Armaturen im Badezimmer reinigte.

Diesmal sang er nicht. Als es gegen das Ende zuging, arbeiteten beide nur noch mechanisch und verbissen. Sie war zuerst fertig, und während sie duschte, wartete er im Rohrstuhl, zu müde, um etwas anderes zu tun als zu atmen. Als sie in ihrem Bademantel herauskam, ging er hinein und ließ sich von dem schönen heißen Sprühregen durchweichen, der jedoch schnell kühler wurde, so daß er einen Wettlauf mit der sinkenden Temperatur veranstalten mußte und sich im Bruchteil einer Sekunde einseifte und abspülte, bevor das Wasser unerträglich kalt wurde.

Sie hatte die Couch geöffnet, das Bett gemacht, lag in einem blauen Nachthemd da, las eine Zeitschrift und zeichnete Rezepte an, die ihr gefielen.

»Das ist ein miserables Licht. Du wirst dir die Augen ruinieren«, sagte er.

»Warum löschst du es nicht aus?«

Er drehte der Reihe nach die drei Lampen mit den schwachen Birnen aus und stolperte auf dem Rückweg im Finstern über ihre Schuhe. Vorsichtig ließ er sich neben sie ins Bett gleiten, unterdrückte ein Stöhnen, weil seine Muskeln bereits schrecklich steif geworden waren, und hatte sich ihr gerade zugewandt, als irgendwo eine Frau kreischte; es war ein langgezogener, entsetzter Schrei, dem ein dumpfer Schlag irgendwo vor ihrer Wohnungstür im Kellergeschoß folgte.

»Mein Gott!«

Er sprang aus dem Bett. »Wo hast du meine Arzttasche hingetan?«

»In den Schrank.«

Sie lief, reichte sie ihm, er fuhr mit den bloßen Füßen in die Schuhe, mit den Armen in seinen Bademantel und stürzte hinaus.

Es war sehr kalt, und er konnte nichts sehen. Irgendwo oben kreischte die Frau wieder. Er stürzte die Haupttreppe hinauf, die in die oberen Stockwerke führte, und als er in die Halle kam, öffnete sich die Tür der Wohnung Nr. 1 und eine Frau schaute heraus.

»Ja?«

»Wir haben etwas gehört. Wissen Sie, was das war?«

»Ich habe nichts gehört. Wer sind Sie?«

»Ich bin Dr. Silverstone. Wir sind eben eingezogen. Unten.«

»Oh, ich freue mich, Sie kennenzulernen.« Die Tür öffnete sich weiter und enthüllte einen kleinen untersetzten Körper, angegrautes Haar, ein rundes schlaffes Gesicht mit einem leichten Bartanflug auf der Oberlippe. »Ich bin Mrs. Walters. Die Hausfrau. Ihre Gattin ist eine reizende kleine Frau.«

»Danke«, sagte er; die Frau oben kreischte wieder.

»Das«, sagte er.

»Oh, das ist nur Bertha Krol«, sagte die Frau.

»Oh. Bertha Krol.«

»Ja. Lassen Sie sich nicht durch sie stören. Sie hört von selbst wieder auf.« Sie sah ihn an, wie er, bloßfüßig in den Schuhen, in dem aufgekrempelten Pyjama und in dem alten Bademantel dastand, die Arzttasche in der Hand, und ihre Schultern begannen zu zucken.

»Gute Nacht«, sagte er steif.

Als er die erste Treppenflucht der Vorderstiege hinunterging, plumpste etwas nach unten, und mit einem dumpfen Schlag zerplatzte der zweite Sack mit Müll mitten auf der Straße. Verblüfft sah er nun im Licht der Straßenlampe den unsauberen Inhalt des ersten Sacks, den sie vor wenigen Minuten auf die Straße hatten fallen hören. Er blickte rechtzeitig hoch, um oben im Fenster einen Kopf zurückzucken zu sehen.

»Das ist ja fürchterlich!« rief er. »Hören Sie auf damit, Bertha Krol!«

Etwas pfiff an seinem Kopf vorbei und klirrte auf die Stufen. Eine Bierdose.

Drinnen saß Gaby verängstigt im Sessel. »Was war es?« fragte sie.

»Nur Bertha Krol. Die Hausfrau sagt, sie hört von selbst wieder auf.«

Er stellte die Arzttasche in den Wandschrank zurück, löschte die Lichter aus, warf den Bademantel ab, stieg aus den Schuhen, und sie gingen wieder zu Bett.

»Adam?«

»Was?«

»Ich bin erschöpft«, sagte sie mit einer kleinen Stimme.

»Ich auch«, sagte er erleichtert. »Außerdem steif und wund.«

»Morgen hole ich irgendein Einreibemittel und reibe dich ein«, sagte sie.

»Mmmm. Gute Nacht, Gaby.«

»Gute Nacht, Adam-Liebling.«

Oben heulte die Frau. Draußen klapperte wieder eine Dose auf das eisige Pflaster. Neben ihm fröstelte sie leicht, und er drehte sich herum und legte seinen Arm um ihre Schultern.

Nach einer Weile spürte er, wie es sie unter seinem Arm genauso schüttelte, wie es die Hausfrau geschüttelt hatte, er konnte jedoch nicht sagen, ob vor Kummer oder Heiterkeit.

»Was ist denn los?« fragte er sanft.

»Ich bin so entsetzlich müde. Und ich denke ständig, so also ist das, wenn man ein gefallenes Mädchen ist.«

Er lachte mit ihr, obwohl es ihm an allen möglichen Stellen weh tat.

Ein kleiner kalter Fuß fand seinen Weg in seinen Spann. Oben jammerte die Frau – betrunken oder geistesgestört? – nicht mehr. Gelegentlich fuhr draußen ein Wagen vorbei, das Eis und Mrs. Krols Mist zermalmend, und ließ kurz aufflammende Schattenbilder über die Wand flitzen. Ihre Hand kam und fiel leicht und warm auf seinen Schenkel. Sie schlief, und er entdeckte, daß sie schnarchte, fand jedoch, daß das leise, rhythmische Zischen musikalisch und anziehend war.

Am Morgen wachten sie früh auf, und trotz großer Muskel- und Knochenschmerzen liebten sie einander voll Entzücken unter der Schicht dicker Decken in dem stillen, kalten Zimmer, und weil es in den Küchenschränken noch nichts zu essen gab, zogen sie sich an und gingen den Berg hinunter, der in der Nacht von weichem weißen Schnee bedeckt worden war, und frühstückten ausgiebig in einer Cafeteria in der Charles Street.

Sie ging mit ihm zur Hochbahnstation, küßte ihn zum Abschied für die nächsten sechsunddreißig Stunden, und sie konnten ihre Freude einander vom Gesicht ablesen; aber keiner von ihnen versuchte, es in Worte zu fassen, vielleicht aus Angst, es dadurch zu zerstören.

Sie ging zum Supermarkt und kaufte ein, wobei sie sehr sparsam und vernünftig zu sein versuchte, weil er einen Komplex hatte, was ihr Leben von seinem Krankenhausscheck betraf; sie wußte, er würde nicht weit reichen, wenn sie mit ihrer üblichen Sorglosigkeit Geld ausgab.

Aber als sie die reifen Avocados sah, konnte sie nicht widerstehen und kaufte zwei. Trotz ihrer Vorsicht und der Tatsache, daß sie nur zu zweit waren, kaufte sie Vorräte, um den leeren Küchenschrank zu füllen; schließlich waren es fünf volle Papiersäcke. Sie überlegte, ob sie den Wagen holen sollte, fragte dann aber den Geschäftsführer, ob sie sich einen Einkaufswagen leihen dürfe. In der Regel war es verboten, aber er war so überwältigt, daß sie sich die Mühe genommen hatte zu fragen. Er half ihr sogar, die Bündel aufzuladen. Zunächst schien es eine gute Lösung, bis sie das Ding den Berg hinaufzuschieben begann. Die Stahlräder waren für den Schnee zu glatt. Sie glitten aus und rutschten, und sie auch.

Ein farbiges Mädchen mit einem grauen Streifen im Haar kam ihr aus dem Nichts zu Hilfe. »Schieben Sie auf der einen und ich auf der anderen Seite«, sagte sie.

»Danke«, keuchte Gaby. Zusammen gelang es ihnen, die Phillips Street zu erreichen. »Sie haben mir das Leben gerettet! Kommen Sie auf eine Tasse Tee herein?«

»Gern«, sagte das Mädchen.

Sie trugen die Lebensmittel hinein, zogen die Mäntel aus und ließen sie auf die Couch fallen. Das Mädchen trug verschossene Blue jeans und ein altes Baumwollhemd. Sie hatte hohe Backenknochen und eine reizende samtbraune Haut. Sie sah aus wie siebzehn. »Wie heißen Sie?« fragte sie.

»Oh, Verzeihung. Ich bin Gabriele –« Sie unterbrach sich, weil sie nicht wußte, sollte sie Pender oder Silverstone sagen.

Das Mädchen schien es nicht zu merken. »Ein sehr hübscher Name.«

»Und wie heißen Sie?«

»Janet.«

Gaby stand auf Zehenspitzen, um die Teekanne herunterzuholen.

»Doch nicht Dorothys Janet?«

»Ich habe eine Schwester, die Dorothy heißt.«

»Aber das ist ja meine Freundin!«

»Oh?« sagte das Mädchen fast teilnahmslos.

Gaby braute zum erstenmal Tee in der Kochnische und öffnete ein Päckchen Kekse, sie tranken Tee und aßen ein paar Kekse und plauderten. Janet wohnte in der Joy Street. »Der Name war einer der Gründe, warum wir dort einzogen. In dieses riesengroße Haus.«

Gaby lachte. »Das klingt ja ungeheuer groß.«

»Ist es auch.«

»Wie viele Zimmer?«

»Ich habe sie nie gezählt. Achtzehn, vielleicht zwanzig. Wir brauchen Platz. Ich lebe in einer ungewöhnlich großen Familie.«

»Wie viele Leute?«

Sie zuckte die Achseln. »Das ist verschieden. Manchmal gehen welche weg, andere kommen und bleiben. Ich weiß nicht, wie viele wir gerade jetzt sind. Eine ganze Menge.«

»Oh«, sagte Gaby und verstand.

»Es funktioniert recht gut«, sagte Janet und nahm noch ein Keks. »Jeder tut einfach das Seine.«

»Was zum Beispiel?«

»Sie wissen schon, Poster machen. Oder Blumen, oder Sandalen. Alles, was gefragt ist.«

»Was tun Sie?«

»Ich treibe Essen auf. Ich bin ein Digger. Ich geh' aus und bring' Essen heim.«

»Wo bekommen Sie das?«

»Oh, überall. Auf den Märkten und in Bäckereien. Man gibt uns altbackenes Zeug und verdorbenes Gemüse und so Sachen. Sie würden staunen, wieviel Brauchbares übrigbleibt, wenn man die verdorbenen Teile wegschneidet. Und die Leute hier in der Gegend schenken uns Sachen. Es gibt noch fünf andere Digger in meiner Familie. Wir kommen prima zurecht.«

»Ich verstehe«, sagte Gaby schwach. Nach einer Weile nahm sie die Tassen und stellte sie in das Spülbecken in der Kochnische.

»Ich bringe lieber den Karren zurück«, sagte sie.

»Ich bringe ihn zurück. Ich gehe sowieso dorthin.«

»O nein, wirklich ...«

»Trauen Sie mir nicht?«

»Aber natürlich traue ich Ihnen.«

Gaby ging in die Kochnische und steckte ein Glas Erdnußbutter, zwei Gläser Jam, einen Brotlaib und – warum eigentlich? – eine der Avocados in einen Sack. »Darf ich Ihnen das hier schenken?« fragte sie das Mädchen und schämte sich aus einem ihr unverständlichen Grund.

Janet zuckte gleichgültig die Achseln. »Sie haben eine Menge Bücher«, sagte sie und wies auf die auf dem Fußboden aufgestapelten Bände. »Orangenkisten ergeben großartige Bücherborde. In verschiedenen Farben gestrichen.« Sie winkte mit der Hand und ging. Als sie fort war, wirkte die Wohnung still und verlassen. Gaby räumte ihre Einkäufe weg, wobei ihr einfiel, daß sie jetzt noch einmal um Erdnußbutter, Jam und Brot den Berg hinuntergehen mußte. Sie schnitt zwei Streifen Klebeband ab, tippte »Gabriele Pender« auf das eine und »Dr. med. Adam R. Silverstone« auf das andere und klebte sie dann beide draußen auf den verrosteten schwarzmetallenen Briefkasten.

Im Supermarkt ersetzte sie die Sachen, die sie dem Diggermädchen gegeben hatte, bat impulsiv um Orangenkisten und bekam sechs. Sie füllten den Plymouth aus. Auf dem Heimweg hielt sie bei der Eisenwarenhandlung an und kaufte zwei Pinsel, Farbverdünner und Dosen mit schwarzer, orange und weißer Emailfarbe.

Der Rest des Tages wurde dem geplanten Unternehmen gewidmet. Sie breitete die Morgenzeitung auf dem Boden aus und arbeitete peinlich genau ohne Unterbrechung und strich je zwei Kistchen in einer Farbe; sie wollte, daß sie gut ausfielen, damit sie Adam überraschen konnte. Als alle sechs Kistchen gestrichen waren, reinigte sie die Pinsel und räumte sie samt den Farbdosen unter das Spülbecken, duschte lange und stieg in den Pyjama. Sie war nicht ganz glücklich über die Einordnung ihrer Sachen in den Kommodeladen; jetzt nahm sie die Hälfte von Adams Sachen aus seinem und die Hälfte ihrer aus ihrem Fach und vertauschte sie, bis alle Fächer gemischt waren, seine Sokken sich an ihre Strümpfe schmiegten, ihre Höschen ordentlich aufgestapelt neben seinen kurzen Unterhosen lagen. Unter ihre Blusen und neben seine Hemden steckte sie die kleine runde Schachtel aus imitiertem Perlmutter mit den Pillen, den Glückssteinen ihrer Beziehung, den magischen Tränken, die ihnen ihr illegitimes Zusammenleben erlaubten.

Sie studierte bis zehn Uhr, versperrte dann die Tür, legte die Kette vor, nahm eine der gräßlichen kleinen Pillen, drehte die Lichter ab und ging zu Bett.

Die Wohnung roch stark nach Farbe. Mrs. Krol kreischte dreimal, war aber anscheinend nicht ganz bei der Sache und schmiß auch nichts aus dem Fenster auf die Straße. Aus der Richtung des Massachusetts General stöhnte eine Ambulanzsirene, und sie fühlte sich Adam nahe. Wenn Autos auf der Phillips Street vorbeifuhren, malten ihre Scheinwerfer weiterhin Ungeheuer, die einander von den Wänden jagten.

Sie hatte zu dösen begonnen, als jemand klopfte.

Sie sprang aus dem Bett, stand im Finstern hinter der Tür und öffnete sie nur den Spalt, den die kleine Kette zuließ.

»Wer ist da?«

»Janet schickt mich.«

Im Licht der Straßenlampe konnte sie durch den Spalt einen Mann sehen, nein, einen Burschen. Einen großen Burschen mit langem blonden Haar, das in dem trüben Licht fast die Farbe von Janets Haar hatte.

»Was wollen Sie?«

»Sie schickt etwas.« Er streckte ihr ein formloses Bündel entgegen.

»Können Sie es vor die Tür legen? Ich bin nicht angezogen.«

»Gut«, sagte er heiter. Er legte es hin und sein bärenhafter Schatten hüpfte weg. Sie zog ihren Bademantel an, drehte alle Lichter an und wartete lange, bis sie Mut gefaßt hatte, dann schob sie rasch die Kette zurück, packte das Bündel, warf die

Tür zu, versperrte sie und saß klopfenden Herzens auf dem Bett. In eine lose Hülle aus altem Zeitungspapier war ein großer Strauß bunter Papierblumen eingewickelt. Große Blüten, schwarz, gelb und orange schattiert. Genau die richtigen Farben.

Sie ging ins Bett zurück, ließ das Licht brennen, lag da und blickte weniger ängstlich in das Zimmer. Schließlich hörte sie auf, sich einzubilden, daß sich jemand an ihrer Tür zu schaffen machte, und schlief bald danach ein.

XIII
RAFAEL MEOMARTINO

Als Meomartino ein kleiner Junge war, begleitete er Leo, das Familienfaktotum, regelmäßig zur Sankt-Raphaels-Kapelle, einer kleinen weißgekalkten Kirche mitten in den Zuckerrohrfeldern seines Vaters; dort legte ihm Vater Ignacio die kühle Oblate auf die Zunge, ein *guajiro*-Arbeiterpriester mit schlechtem Mundgeruch, dem er regelmäßig die Sünden seiner frühen Jugend beichtete und von dem er die milden respektvollen Strafen für Privilegierte erhielt.

Ich hatte böse Gedanken, Vater.

Fünf Ave Maria und fünf Bußgebete, mein Sohn.

Ich habe meinen Körper mißbraucht, Vater.

Fünf Ave Maria und fünf Bußgebete. Kämpfe gegen die Schwäche des Fleisches, mein Sohn.

Bei Hochzeiten und Begräbnissen war die Familie an den Prunk der Kathedrale in Havanna gewöhnt, aber zu den gewöhnlichen Gelegenheiten fühlte sich Rafe in der kleinen Kirche zu Hause, die am Tage seiner Geburt von den Arbeitstrupps seines Vaters erbaut worden war. Wenn er in dem dunklen feuchten Inneren vor der Gipsstatue seines Schutzheiligen kniete, verrichtete er seine Buße und bat dann den Erzengel um Fürsprache gegen einen tyrannischen Lehrer, ihm Latein lernen zu helfen, ihn vor Guillermo zu schützen.

Als Rafe jetzt Schenkel an Schenkel mit seiner schlafenden Frau lag, der er vor einer Stunde kalte, verzweifelte Liebe geschenkt hatte, dachte er an den heiligen Raphael und wünschte brennend, wieder zwölf Jahre alt zu sein.

In Harvard hatte er seinen Glauben aufgegeben. Es war lange her, daß er gebeichtet hatte, Jahre, seit er mit einem Priester aufrichtig gesprochen hatte.

Heiliger Raphael, betete er in das dunkle Zimmer. Zeig mir, wie ich ihr helfen kann.

Hilf mir zu sehen, wo ich sie im Stich gelassen habe, warum ich ihren Durst nicht stillen kann, warum sie zu anderen Männern geht.

Silverstone, dachte er.

Er war ein besserer Mann und ein besserer Chirurg als Silverstone, und dennoch bedrohte Silverstone seine Existenz auf beiden Gebieten.

Er lächelte freudlos und dachte, daß Longwood sichtlich entschieden hatte, es gäbe schlimmere Dinge als einen Kubaner in der Familie. Der Alte war beim Anblick von Liz und Silverstone entsetzt gewesen. Seit jener Nacht war er Rafe gegenüber fast herzlich und freundlich gewesen, als versuchte er anzudeuten, daß er wußte, wie schwierig seine Nichte war.

Jetzt aber setzte ihn Longwood täglich stärker unter Druck, um sicherzustellen, daß er, und nicht Silverstone, die Dozentur bekam.

Meomartino quälte sich mit Zweifeln an sich selbst.

Heiliger Raphael, sagte er. Bin ich nicht Manns genug? Ich bin Arzt. Ich weiß doch, daß sie, sowie wir miteinander fertig sind, befriedigt ist.

Zeige mir, was ich tun muß. Ich verspreche, daß ich beichten gehe, kommuniziere, daß ich wieder ein echter Katholik werde.

Es war still in dem dunklen Zimmer, bis auf das Geräusch ihres tiefen Atmens.

Er erinnerte sich, daß er trotz all seinem Knien vor der Statue in Latein durchgefallen, daß sein Körper von Guillermo gewöhnlich grün und blau geschlagen worden war, bis er stark genug war, seinen älteren Bruder zu besiegen.

Der heilige Raphael hatte auch damals nicht geholfen.

Am Morgen ging er mit müden Augen ins Krankenhaus und kämpfte sich durch die frühen Stunden. Seine Stimmung war schon schlecht, als er die Hausärzte durch die Morgenvisite führte, und sie besserte sich nicht, als er James Roche erreichte, einen neunundsechzigjährigen Herrn mit vorgeschrittenem Dickdarmkrebs, der für den nächsten Morgen sehr früh zur Operation eingeteilt war.

Während Schwestern und Diätspezialisten mit Tabletts durch die Höhlen der Abteilung eilten, umriß Meomartino den Fall, mit dem die meisten Hausärzte schon vertraut waren, und wollte eben einige Lehrfragen stellen.

Aber er hörte mitten im Satz zu sprechen auf.

»*Cristos*, ich kann es nicht glauben.«

Mr. Roche aß eben sein Mittagessen. Auf seinem Teller lagen Huhn, Kartoffeln, grüne Bohnen.

»Dr. Robinson, wieso ißt dieser Mann das hier?«

»Ich habe keine Ahnung«, sagte Spurgeon. »Die Anordnung, seine Diät zu ändern, steht im Buch. Ich habe sie selbst eingetragen.«

»Bitte geben Sie mir das Auftragsbuch.«

Als er es öffnete, stand tatsächlich die Anordnung drinnen, in Robinsons sauberer, beherrschter Handschrift, aber es besänftigte seinen Zorn nicht.

»Mr. Roche, was hatten Sie zum Frühstück?« fragte er.

»Übliches Frühstück. Obstsaft, ein Ei, Haferflocken. Und ein Glas Milch.«

»Streichen Sie seinen Namen vom Operationsprogramm«, sagte Meomartino. »Setzen Sie ihn für übermorgen an, verdammt.«

»Oh, und Toast auch«, sagte der Patient.

Meomartino sah die Hausärzte an. »Können Sie sich vorstellen, was geschehen wäre, wenn wir den Dickdarm beim Vorhandensein dieses kompakten Stuhls aufgemacht hätten? Können Sie sich vorstellen, durch einen solchen Mist hindurch Blutgefäße abzuklemmen? Können Sie sich das Übermaß an Infektionsmöglichkeiten vorstellen? Nein, wahrscheinlich können Sie es erst, wenn Sie es selbst erlebt haben.«

»Doktor«, sagte der Patient ängstlich, »soll ich den Rest stehenlassen?«

»Sie lassen sich Ihr Huhn jetzt gut schmecken«, sagte er. »Morgen früh werden Sie die Diät bekommen, die Sie heute hätten bekommen sollen, eine flüssige Diät. Wenn irgend jemand versucht, Ihnen morgen etwas Festeres als Gelee zu geben, essen Sie es nicht und lassen Sie mich sofort holen, *comprende?*«

Der Mann nickte.

Seltsamerweise wußte keine der Schwestern, wer Mr. Roche das Frühstück und Mittagessen serviert hatte.

Zwanzig Minuten später saß Meomartino in seinem Büro. Er bereitete eine Dienstbeschwerde gegen die unbekannte Schwester vor.

Nachmittags kam ein Anruf von Longwood.

»Ich bin durchaus nicht glücklich über die Zahl der Bewilligungsscheine für Obduktionen, die Sie abgeliefert haben.«

»Ich habe mein Bestes getan«, sagte er.

»Surgical Fellows an anderen Stationen haben doppelt so viele Bewilligungen erhalten wie Sie.«

»Vielleicht gab es auf ihren Stationen mehr Todesfälle.«

»An unserer eigenen Abteilung hat ein anderer Chirurg in diesem Jahr weitaus mehr Bewilligungen bekommen als Sie.«

Er brauchte Longwood nicht nach dem Namen des Chirurgen zu fragen. »Ich werde mir in Zukunft größere Mühe geben«, sagte er.

Kurz darauf kam Harry Lee ins Büro.

»Ich habe soeben eins aufs Dach gekriegt, Harry. Dr. Longwood will mehr Obduktionsbewilligungen von mir haben. Ich werde diesen Anschnauzer an jeden Hausarzt weitergeben, der an einem meiner Fälle arbeitet.«

»Wir sind nicht jedesmal, wenn wir einen Patienten verloren haben, vor der Familie auf die Knie gefallen«, sagte der chinesische Facharztanwärter. »Das wissen Sie selbst. Wenn sie einer Obduktion zugestimmt haben, dann haben wir ihre Unterschriften bekommen. Wenn sie triftige persönliche Gründe für die Ablehnung haben . . .« Er zuckte die Achseln.

»Longwood wies darauf hin, daß Adam Silverstone viel mehr Zustimmungen eingebracht hat als ich.«

»Ich wußte nicht, daß Sie beide miteinander im Wettstreit liegen.« Lee sah ihn neugierig an.

»Jetzt wissen Sie es.«

»Jetzt weiß ich es. Soll ich Ihnen verraten, wie einige Stationen die Bewilligungen bekommen?«

Rafe wartete.

»Sie treiben den Hinterbliebenen den Widerstand mit Angst aus, deuten an, daß die ganze Familie den Keim zu irgendeiner geheimnisvollen Krankheit in sich tragen könnte, die auch den Patienten tötete, und daß der Chirurg durch eine Obduktion nur ihr Leben retten will.«

»Das ist ekelhaft.«

»Stimmt. Wollen Sie, daß auch wir damit anfangen?«

Rafe sah ihn an und lächelte. »Nein, tun Sie einfach nur Ihr Möglichstes. Wie viele Bewilligungsscheine haben wir letzten Monat eingereicht?«

»Keinen«, sagte Lee.

»Verdammt.«

»Wir konnten nicht gut Obduktionsbewilligungen bekommen«, sagte Lee milde.

»Warum, zum Teufel, nicht?«

»Weil wir letzten Monat auf der Station keinen Patienten verloren haben.«

Ich will mich nicht entschuldigen, dachte er. »Das bedeutet, daß ich euch allen ein Fest schulde.«

Lee nickte. »Sie oder Silverstone.«

»Ich werde es geben«, sagte Meomartino. »Ich habe eine Privatwohnung.«

»Adam hat jetzt auch eine Wohnung, soviel ich höre«, sagte Lee. »Zumindest wohnt er nicht mehr im Krankenhaus.«

Dort also geht Liz hin, dachte Meomartino betäubt.

Zu seinem Ärger merkte er, daß er wieder die Engel auf der Taschenuhr mit dem Daumenballen rieb.

»Sie können die Nachricht verbreiten«, sagte er. »Das Fest findet bei mir statt.«

Liz war entzückt.

»Oh, ich liebe Feste. Ich werde die Gastgeberin sein, die dir Onkel Harlands Stellung einträgt, wenn er in Pension geht«, sagte sie, zog die langen Beine auf die Couch und füllte einen Schmierblock mit einer Liste all dessen, worum man sich kümmern mußte, Schnaps, Kanapees, Blumen, Servierhilfe . . .

Er erinnerte sich plötzlich voll Unbehagen, daß die meisten Leute auf der Station nicht an große Blumenrechnungen oder

Dienstbotengehälter gewöhnt waren, wenn sie einander bewirteten.

»Wir wollen es ganz einfach machen«, sagte er. Sie schlossen einen Kompromiß: nur einen Barmann und Helga, die Frau, die für sie regelmäßig stundenweise arbeitete.

»Liz«, sagte er, »ich wäre dir dankbar, wenn du nicht ...«

»Ich werde keinen Tropfen trinken.«

»Das ist nicht nötig. Nur übertreib es nicht.«

Der Waffenstillstand mit dem Tod war nicht von Dauer. Am Freitag, dem Tag vor dem Fest, bekam Melanie Bergstrom eine Lungenentzündung. Angesichts einer rasch steigenden Temperatur und der Tatsache, daß beide Lungen betroffen waren, pumpte sie Kender mit Antibiotika voll.

Peggy Weld saß neben dem Bett ihrer Schwester und hielt ihre Hand unter dem Rand des Sauerstoffzeltes. Meomartino fand Ausreden, um ins Zimmer zu kommen, aber Peggy interessierte sich nicht für ihn. Ihre Augen waren auf das Gesicht ihrer Schwester geheftet. Er hörte nur einmal ein Gespräch.

»Durchhalten, Baby«, befahl Peggy.

Melanie fuhr sich mit der Zunge über die Lippen, die durch ihr mühsames Atmen ausgetrocknet waren. »Du wirst dich um sie kümmern?«

Der Sauerstoff zischte laut.

»Was?«

»Ted und die Mädchen.«

»Hör zu«, fauchte Peggy. »Ich habe dein ganzes Leben lang deine Dreckarbeit gemacht. Du wirst dich selbst um sie kümmern.«

Melanie lächelte. »Ah, Peg.«

»Du wirst jetzt nicht nachgeben!«

Aber am frühen Morgen starb sie in der Abteilung für Intensivpflege.

Joan Anderson, die kleine blonde Lernschwester, entdeckte es. Joan war ruhig und diszipliniert, aber nachdem sie Meomartino die Meldung gemacht hatte, begann sie zu zittern.

»Schicken Sie sie heim«, sagte er zu Miß Fultz.

Aber die Oberschwester hatte hundert junge Mädchen erlebt, die plötzlich vor der Realität des Todes gestanden hatten. Für den Rest des Tages teilte sie Miß Anderson den unangenehmsten Patienten der Abteilung zu, Männern und Frauen, die überflossen von Verbitterung und Selbstmitleid.

Meomartino wartete auf Peggy Weld, als sie ins Krankenhaus kam.

»Hallo«, sagte er.

»Guten Morgen. Wissen Sie, wie es meiner Schwester geht?«

»Setzen Sie sich einen Augenblick und plaudern wir miteinander.«

»Es ist vorbei, nicht?« sagte sie leise.

»Ja«, sagte er.

»Arme Mellie.« Sie wandte sich zum Gehen.

»Peg«, sagte er, aber sie schüttelte den Kopf, ging weiter und verließ das Krankenhaus.

Einige Stunden später kam sie zurück, um die Sachen ihrer Schwester abzuholen. Sie war blaß, hatte jedoch trockene Augen, was ihn bekümmerte. Er hatte das Gefühl, daß sie eine Frau war, die warten würde, bis sie völlig allein war, und wenn es Wochen dauern sollte, dann aber einen hysterischen Anfall bekommen würde.

»Fühlen Sie sich wohl?« fragte er.

»Ja. Ich bin nur spazierengegangen.«

Sie saßen schweigend eine Weile da.

»Sie hat es besser verdient«, sagte sie. »Wirklich. Sie hätten sie kennen sollen, als sie gesund war.«

»Ja. — Was werden Sie jetzt tun?« fragte er sanft.

Sie zuckte die Achseln. »Das einzige, das ich kann. Nach ... allem ... werde ich meinen Agenten anrufen und ihm sagen, daß ich wieder einsatzfähig bin.«

»Das ist gut«, sagte er, und die Erleichterung war nicht zu überhören.

Sie sah ihn neugierig an. »Was soll das heißen?«

»Verzeihung, aber ich habe ein Gespräch mit angehört ...«

Sie sah ihn an und lächelte wehmütig. »Meine Schwester war sehr unpraktisch. Mein Schwager möchte mich nicht einmal auf einem Silbertablett präsentiert haben«, sagte sie. »Er glaubt, ich sei ein lockeres Dämchen. Um die Wahrheit zu sagen, ich kann den ekelhaften Spießer nicht ausstehen.«

Sie stand auf und streckte ihm die Hand hin. »Leben Sie

wohl, Rafe Meomartino«, sagte sie, ohne den Versuch, ihr Bedauern zu verbergen.

Er nahm ihre Hand und dachte, wie sinnlos Menschenleben einander überkreuzen, und fragte sich, was geschehen wäre, wenn er diese Frau vor jener Nacht getroffen hätte, als Liz einen betrunkenen Fremden aus dem Regen zu sich genommen hatte.

»Leben Sie wohl, Peggy Weld«, sagte er und ließ ihre Hand los.

Nachmittags traten die Stationsärzte in Abwesenheit Dr. Longwoods und mit Dr. Kender als Vorsitzenden zur Exituskonferenz zusammen und widmeten die ganze Sitzung dem Fall Melanie Bergstrom.

Dr. Kender stellte sich ohne Umschweife dem Thema und schrieb den Tod der Infektionsempfänglichkeit zu, die durch die Anwendung von zu hohen Dosen unterdrückender Medikamente hervorgerufen worden war. »Dr. Silverstone schlug Dosierungen von 100 mg vor«, sagte er. »Ich entschied mich für 130 mg.«

»Hätte sich Ihrer Meinung nach eine Lungenentzündung auch dann ergeben, wenn Sie ihr die von Dr. Silverstone vorgeschlagenen 100-mg-Dosierungen gegeben hätten?« fragte Dr. Sack.

»Wahrscheinlich nicht«, sagte Kender. »Aber ich bin ziemlich sicher, daß sie mit nur 100 mg das übertragene Organ abgestoßen hätte. Dr. Silverstone hat die Tierexperimente durchgeführt, und er wird Ihnen bestätigen, daß es nicht einfach so ist, daß x Einheiten des Körpergewichts y Einheiten des Medikaments verlangen. Es kommen andere Faktoren hinzu – der Lebenswille der Patientin, die Stärke ihres Herzens, der ihr innewohnende Widerstand gegen Krankheit, zweifellos noch andere Dinge, die wir nicht einmal ahnen.«

»Welchen Weg schlagen Sie jetzt ein, Doktor?« fragte Sack.

Kender zuckte die Achseln. »Es gibt eine Substanz, gewonnen aus Pferden, denen man zermahlene Lymphknoten aus menschlichen Leichen injiziert hat. Sie heißt Anti-Lymphocytenserum, abgekürzt ALS. Bisherigen Berichten zufolge ist es in Fällen wie diesem sehr wirksam. Wir werden mit den Tierexperimenten beginnen.«

»Dr. Kender.« Es war Miriam Parkhurst. »Wann gedenken Sie Harland Longwood eine Niere einzusetzen?«

»Wir suchen einen Spender«, sagte Kender. »Seine Blutgruppe ist B-negativ. Spender an sich sind schon rar, dazu noch die Komplikation einer seltenen Blutgruppe ...« Er schüttelte den Kopf.

»Ein verdammtes Hindernis«, sagte Joel Sack. »Kaum zwei von hundert Spendern, die in unsere Blutbank kommen, sind B-negativ.«

»Haben Sie die anderen Krankenhäuser verständigt, daß wir einen B-negativen suchen?« fragte Miriam.

Kender nickte. »Es gibt noch etwas, das Sie alle wissen sollten«, sagte er. »Wir sind zwar imstande, Dr. Longwoods körperliche Verfassung am Blutwäscheapparat zu erhalten. Aber er ist emotional für die Behandlung ungeeignet. Aus psychischen Gründen kann er nicht länger auf Dialyse gehalten werden.«

»Das meine ich ja«, sagte Miriam Parkhurst. »Wir müssen etwas unternehmen. Einige von uns kennen diesen Mann – diesen großen Chirurgen – seit Jahren als Freund und Lehrer.«

»Dr. Parkhurst«, sagte Kender sanft, »wir tun, was möglich ist. Keiner von uns kann Wunder vollbringen.« Offensichtlich entschlossen, zum eigentlichen Thema der Sitzung zurückzukehren, wandte er sich an Joel Sack. »Ist die Obduktion Bergstrom schon durchgeführt?«

Dr. Sack schüttelte den Kopf. »Ich habe keine Einwilligung für die Autopsie erhalten.«

»Ich habe mit Mr. Bergstrom gesprochen«, sagte Adam Silverstone. »Er weigert sich, eine Obduktion in Betracht zu ziehen.«

Kender runzelte die Stirn. »Glauben Sie, daß seine Entscheidung endgültig ist?«

»Ja«, sagte Silverstone.

»Ich möchte versuchen, seinen Entschluß zu ändern«, sagte Meomartino plötzlich.

Sie starrten ihn an.

»Das heißt, falls Dr. Silverstone nichts dagegen hat.«

»Sicherlich nicht. Ich halte es nicht für wahrscheinlich, daß er das Dokument unterzeichnet, aber wenn Sie es versuchen wollen ...«

»Es kann nichts schaden«, sagte Kender und warf Meomartino einen beifälligen Blick zu. Er sah die versammelten Chirurgen an. »Solange wir nicht die Ergebnisse einer Obduktion haben, ist es sinnlos, in diesem Fall abzustimmen. Aber es scheint auf der Hand zu liegen, daß bei unserem gegenwärtigen Wissensstand über das Abstoßungsphänomen dieser Tod unvermeidlich war.« Er schwieg wegen möglicher Einwände, und als er die allgemeine Zustimmung spürte, nickte er zum Zeichen, daß die Sitzung zu Ende war.

Meomartino rief von seinem Büro aus an.

»Hallo?« sagte Ted Bergstrom.

»Mr. Bergstrom? Hier spricht Dr. Meomartino vom Krankenhaus.«

»Was ist?« fragte Bergstrom mit einer Stimme, in der Meomartino den unterbewußten Haß des Hinterbliebenen gegenüber den Chirurgen, den Verlierern, spürte.

»Es handelt sich um die Obduktion«, sagte er.

»Ich habe meine Einstellung bereits dem anderen Doktor mitgeteilt. Es ist vorbei. Wir haben alle genug durchgemacht. Mit ihrem Tod ist der Fall abgeschlossen.«

»Ich meine, ich sollte Ihnen gegenüber noch etwas erwähnen«, sagte er.

»Und das wäre?«

»Sie haben zwei Töchter.«

»Und?«

»Wir halten sie zwar nicht für gefährdet, da wir noch keinen echten Beweis dafür haben, daß eine Veranlagung für ein Versagen der Nieren erblich ist.«

»O mein Gott«, sagte Bergstrom.

»Bestimmt wird die Obduktion zeigen, daß absolut kein Anlaß zu Sorge besteht«, sagte Meomartino.

Bergstrom schwieg. Dann kam ein heiseres Knurren, der Laut eines Tieres in Not.

»Ich schicke sofort jemanden mit dem Einwilligungsformular hinüber. Sie brauchen es nur zu unterzeichnen, Mr. Bergstrom«, sagte Meomartino.

Am Abend um acht Uhr zwanzig, als die Türglocke läutete und den ersten Ankömmling meldete, öffnete er selbst.

»Hei, Doktor«, sagte Maish Meyerson.

Meomartino führte den Ambulanzfahrer herein und stellte ihn Liz vor. Sie war am Vormittag beim Friseur gewesen und hatte Meomartino damit überrascht, daß sie mit schwarzem Haar heimgekommen war.

»Gefällt es dir?« hatte sie fast schüchtern gefragt. »Sie sagten, es würde sich zu meiner eigenen Farbe auswachsen, so daß man es kaum merkt.«

»Sehr.« Es erschreckte ihn etwas, rückte sie noch ferner, machte sie zu einer völlig Fremden. Aber er hatte sie lange dazu gedrängt und war glücklich, daß sie es um seinetwillen getan hatte, voll Hoffnung, daß es ein gutes Zeichen sei.

Meyerson wählte Sour Mash-Bourbon. Sie prosteten einander zu. »Für Sie nichts, Mrs. Meomartino?«

»Nein, danke.«

Sie gossen den Drink beide auf einen Zug hinunter und schnappten nach Luft.

»Was ist das, Maish?« fragte Meomartino.

»Was?«

»Dieses Teufelszeug.«

»Nicht die leiseste Ahnung.« Sie grinsten einander an, und er füllte Meyersons Glas und dann sein eigenes noch einmal.

Wieder läutete es, und in Liz' Gesicht malte sich Erleichterung, aber nur einen Augenblick lang. Es war Helen Fultz. Sie überließ Helga ihren Mantel und schloß sich ihnen an, wollte jedoch nichts Stärkeres als Tomatensaft nehmen. Die vier saßen da, sahen einander an und versuchten zu plaudern, aber dann begann die Türglocke regelmäßig zu läuten, und die Wohnung füllte sich. Bald standen überall Leute herum, und es gab den bei Gesellschaften üblichen Lärm. Rafe fragte sich plötzlich, ob Peggy Weld schon eine Möglichkeit gehabt hatte, zu weinen, dann aber ertrank er als Gastgeber allmählich in einem Menschentümpel.

Einige der Hausärzte waren verheiratet und brachten ihre Frauen mit.

Mike Schneider, dessen Ehe weithin als festgefahren bekannt

war, stellte eine leicht fettleibige Rothaarige als seine entfernte Kusine aus Cleveland, Ohio, vor.

Im Gegensatz dazu war Jack Moylan mit der reservierten Joan Anderson gekommen. Die Augen der Lehrschwester strahlten etwas zu stark, aber es schien ihr trotz des Schocks, den sie heute morgen erlitten hatte, nicht schlechtzugehen.

»Ich war noch nie betrunken, Rafe«, sagte sie. »Kann ich das heute abend ändern?«

»Seien Sie mein Gast«, sagte er.

»Ändern ist das Schlüsselwort. Nieder mit dem Establishment«, sagte Moylan und führte sie zur Bar.

Harry Lee, den noch nie jemand mit einem Mädchen gesehen hatte, war mit Alice Tayakawa, der Anästhesistin, gekommen. Spurgeon Robinson, begleitet von einer schwarzen Athene, der er Meomartino kühl vorstellte, war mit Adam Silverstone und einer kleinen Blonden mit einer Florida-Sonnenbräune eingetroffen. Meomartino beobachtete sie, als ihr Weg den der Gastgeberin kreuzte.

Seine Frau betrachtete sie neugierig. »Guten Tag«, sagte sie.

»Guten Tag.«

Um zehn Uhr dreißig hatte Meyerson Helen Fultz überredet, einen Screw Driver zu versuchen, weil Orangensaft Vitamin C enthält. Harry Lee und Alice Tayakawa saßen in einer Ecke und diskutierten erregt über die Gefahren einer Leberschädigung als negative Folge der Halothan-Narkose. »Nehmen Sie noch einen«, rief Jack Moylan Joan Anderson zu, die in ihrem Programm schon so weit fortgeschritten war, daß sie eine bemerkenswerte Leistung im Limbo vollbrachte, indem sie unter einer Vorhangstange, die nur sechzig Zentimeter über dem Fußboden schwebte, durchschlüpfte, während Moylan und Mike Schneider dasaßen und sie vom klinischen Standpunkt aus studierten.

»Enges Becken«, bemerkte Moylan.

»Masters und Johnson sollten eine Arbeit über die Penisempfänglichkeit junger Schwestern nach Ersterfahrung mit dem Tod schreiben«, sagte Schneider, als das Mädchen den Rücken bog und das enge Becken unter die Stange drückte.

Moylan eilte zur Bar, um ihr Glas wieder zu füllen.

»Kann ich Ihnen etwas holen?« fragte Meyerson Liz Meomartino.

Sie lächelte ihn an. »Nein, danke«, sagte sie.

». . . und ich nähte gerade die Schnittwunde in ihrem Deltoid«, sagte Spurgeon soeben. »Und ich sagte zu ihr: Du bist also in dem Spektakel verwundet worden, und sie sagte zu mir: Nein, in der Schulter . . .«

Damit begann eine Runde von Anekdoten, wie Patienten ihre Krankheiten beschrieben: Fibroide des Uterus wurden zu fiebrigen Mutterrissen, Sichelzellen zu Sicherstellen, alte Jungfern mit geschwollenen Drüsen behaupteten, sie hätten Mumps, und Eltern von ihren krätzigen Kindern, sie hätten die Windpocken. Meyerson wußte Saftigeres und erzählte von einer Dame, die jahrelang in den Kramladen seines Onkels im West End gekommen war, um statt Farina Tante Vaginas Pfannkuchenmehl zu kaufen.

»Werden Sie nach Formosa zurückkehren?« fragte Alice Tayakawa Harry Lee.

»Wenn ich meine Ausbildung beendet habe.«

»Wie ist es dort?«

Er zuckte die Achseln. »In vieler Hinsicht halten sie noch an alten Bräuchen fest. Achtbare unverheiratete Männer und Frauen würden an einer Zusammenkunft wie dieser nie teilnehmen . . .«

Alice Tayakawa runzelte die Stirn. Sie war in Darien, Connecticut, geboren. »Sie sind ein sehr ernster Mensch«, sagte sie.

Wieder zuckte er die Achseln.

»Ich möchte Sie etwas fragen«, sagte sie mit schüchterner Förmlichkeit.

»Ja?«

»Ist es wahr, was man über chinesische Burschen sagt?«

Er sah sie verwirrt an. Dann blinzelte er.

Die Sache mit ihrem Haar war ein völliger Fehlschlag, dachte Elizabeth Meomartino niedergeschlagen. Als es blond gewesen war, war es nicht mit der sonnenstreifigen Lichtbronze der kleinen Penderhure vergleichbar, und jetzt, da es wieder seine eigene Farbe hatte, ließ es das schimmernde afrikanische Haar des Negermädchens als das aussehen, was es war: gefärbtes Stroh. Sie sah Dorothy Williams verstimmt an und bemerkte dann, daß Adam Silverstone und Gaby Pender engumschlungen miteinander tanzten. Gaby lächelte, als er ihr etwas zuflüsterte, und berührte seine Wange mit den Lippen.

»Ich glaube, ich werde doch einen ganz winzigen Martini nehmen«, sagte Liz zu Meyerson.

»Es ist so heiß hier drinnen«, sagte Joan Anderson.

»Ich hole Ihnen noch einen Drink«, sagte Moylan.

»Mir ist schwindlig«, flüsterte sie.

»Gehen wir in ein Zimmer, wo mehr Luft ist.«

Händehaltend schlenderten sie in die Küche und dann weiter in ein Schlafzimmer.

Dort lag ein kleiner Junge schlafend im Bett.

»Wohin?« flüsterte sie. Er küßte sie, ohne das Kind aufzuwecken, und sie wanderten durch einen Gang in das Elternschlafzimmer.

»Ich glaube, Sie sollten sich hinlegen«, sagte Moylan und schloß die Tür.

»Da liegen Mäntel auf dem Bett.«

»Wir werden ihnen schon nichts tun.«

Sie lagen auf ihrem Nest von Kleidungsstücken, und sein Mund fand ihr Gesicht, ihren Mund, ihren Hals.

»Darfst du denn das?« fragte sie nach einer Weile.

Er bemühte sich erst gar nicht um eine Antwort.

»Doch«, sagte sie verträumt.

»Jack«, sagte sie einen Augenblick später.

»Jack.«

»Ja, Joannie«, sagte Moylan, jetzt großartig zuversichtlich.

»Jack . . .«

»Wir wollen es nicht überstürzen«, sagte er.

»Jack, du verstehst nicht. Ich muß mich übergeben«, sagte sie. Und tat es.

Auf seinen Mantel, sah Moylan zu seinem Entsetzen.

Rafe ging in Miguels Zimmer und steckte die Decken um die kleinen dünnen Schultern zurecht. Er saß auf dem Bett und sah den schlafenden Jungen an, während aus dem Wohnzimmer noch immer das Geräusch von Lachen und Musik und das Singen der heiseren Rothaarigen drang.

Jemand kam in die Küche. Durch die offene Tür konnte er hören, wie Eis in Gläser geworfen und eingeschenkt wurde.

»Sie sind ganz allein hier draußen?« Es war Liz' Stimme.

»Ja. Nur ein paar letzte Drinks machen.«

Spurgeon Robinson, dachte Meomartino.

»Sie sind zu nett, um allein zu sein.«

»Danke.«

»Sie sind sehr groß, nicht wahr?«

Er hörte sie etwas flüstern.

»Es ist allseits bekannt, daß wir Farbige begabt sind.« Die Stimme war plötzlich tonlos geworden. »Darin und im Steppen.«

»Von Steppen verstehe ich nichts«, sagte sie.

»Mrs. Meomartino, ich habe ein netteres, süßeres Mädchen in einem grüneren, reineren Land.«

Einen Augenblick Stille.

»Wo liegt das?« fragte sie. »In Afrika?«

Meomartino trat in die Küche.

»Haben Sie alles, was Sie brauchen, Spurgeon?« fragte er.

»Durchaus alles, danke.« Robinson verließ die Küche mit den Drinks.

Meomartino sah sie an. »Nun, glaubst du, daß du mich zum Chefchirurgen gemacht hast?« fragte er.

Später, als sie endlich gegangen waren, brachte er es nicht über sich, sich neben sie zu legen. Er nahm ein Kissen und Decken und legte sich auf die Couch mitten in das verlassene Schlachtfeld, das nach Whiskyresten und kaltem Rauch stank. Als er in Halbschlaf versank, sah er ihren Körper, die wunderbar blassen Schenkel, blockiert von vielen männlichen Rücken in allen Hautfarben; einige gehörten Fremden, andere waren allzu leicht zu erkennen.

Halbwach, tötete er sie in seiner Phantasie und wußte zugleich, daß er dazu nicht fähig war, ebensowenig wie er es fertigbrachte, die Wohnung zu verlassen und wegzufahren.

Wenn es Narkotika wären, argumentierte er wütend, würde ich sie dann verlassen?

Jetzt war er hellwach.

Heiliger Raphael, sagte er in das dunkle Zimmer hinein.

Er überlegte die ganze Nacht, und am nächsten Morgen rief er vom Krankenhaus aus eine der Nummern im Branchenverzeichnis an.

»Hier Mr. Kittredge«, sagte eine neutrale Stimme.

»Ich heiße Meomartino. Ich wäre Ihnen dankbar, wenn Sie einige Informationen für mich einholen könnten.«

»Möchten Sie mich irgendwo treffen, oder kommen Sie in mein Büro?«

»Können wir es nicht gleich jetzt besprechen?«

»Wir nehmen neue Klienten nie über Telefon an.«

»Nun ... ich werde erst um sieben herum in Ihr Büro kommen können.«

»Ausgezeichnet«, sagte die Stimme.

Wieder bat er Harry Lee, in der Abendpause für ihn einzuspringen, und fuhr zu der im Telefonbuch angegebenen Anschrift, die sich als ein baufälliges altes Haus in der Washington Street erwies, in dem sehr viele Firmen des Juwelengroßhandels untergebracht waren. Die Büros sahen wie sehr gewöhnliche Geschäftsräume aus, die auch einer Versicherungsgesellschaft hätten gehören können. Mr. Kittredge war ungefähr vierzig und konservativ gekleidet. Er trug einen Freimaurerring und sah aus, als legte er nie die Füße auf den Tisch.

»Ein Familienproblem?« fragte er.

»Meine Frau.«

»Haben Sie eine Fotografie?«

Meomartino grub eine aus seiner Brieftasche aus: kurz nach der Geburt Miguels aufgenommen, ein Bild, auf das er stolz gewesen war, Liz lachend, den Kopf schiefgelegt, Sonnenlicht und Schatten gut ausgenützt.

Mr. Kittredge warf einen Blick darauf. »Wollen Sie sich von ihr scheiden lassen, Herr Doktor?«

»Nein. Das heißt, vermutlich hängt es davon ab, was Sie herausfinden«, sagte er müde.

Die erste Konzession an eine Niederlage.

»Ich frage nur«, sagte Mr. Kittredge, »um zu wissen, ob schriftliche Berichte nötig sein werden.«

»Oh.«

»Wissen Sie, daß Sie jetzt keine Schlafzimmerbilder und diesen ganzen Unsinn mehr brauchen?«

»Ich weiß wirklich sehr wenig darüber«, sagte Meomartino steif.

»Alles, was das Gesetz verlangt, ist ein Beweis für Zeit, Ort und Gelegenheit, damit Ehebruch als begangen gilt. Das ist der Punkt, an dem meine schriftlichen Berichte aktuell wären.«

»Ich verstehe«, sagte Rafe.

»Für schriftliche Berichte wird keine zusätzliche Gebühr erhoben.«

»Vielleicht nur mündliche Berichte«, sagte Meomartino. »Zumindest vorderhand.«

»Kennen Sie die Namen irgendwelcher Freunde von ihr?«

»Ist das nötig?«

»Nein, aber es könnte mir helfen«, sagte Kittredge geduldig.

Rafe wurde übel, die Wände rückten leicht zusammen. »Ich glaube, Adam Silverstone. Er ist Arzt am Krankenhaus.«

Kittredge notierte es sich.

»Mein Honorar beträgt zehn Dollar pro Stunde, zehn Dollar täglich für Wagenmiete und zehn Cent pro Meile. Zweihundert Dollar Minimum, im voraus zu bezahlen.«

Das war der Grund, warum er keine Klienten über das Telefon annahm, dachte Meomartino. »Genügt ein Scheck?« fragte er.

»Durchaus«, sagte Mr. Kittredge höflich.

Als Meomartino ins Krankenhaus zurückkam, wartete Helen Fultz auf ihn. Ohne die Wohltat des Alkohols war sie wieder eine von Sorgen zermürbte alternde Frau.

»Ich möchte Ihnen sehr gern das hier zurückgeben, Dr. Meomartino«, sagte sie.

Er nahm das Papier und sah, daß es die Dienstbeschwerde war, die er gegen die nicht identifizierte Schwester eingebracht hatte, die Mr. Roche entgegen der schriftlichen Anordnung zwei Mahlzeiten am Tag vor der Operation serviert hatte.

»Was soll ich damit?«

»Ich hoffe, Sie zerreißen es.«

»Warum sollte ich?«

»Ich weiß, welches Mädchen diese Mahlzeiten serviert hat«, sagte sie. »Ich werde mich auf meine Weise der Sache annehmen.«

»Sie verdient einen ernsten Verweis«, sagte Meomartino. »Der alte Mann hat genug gelitten. Mit der Operation konnten wir nur die Schmerzen seiner letzten Tage erleichtern. Weil irgendein Biest zu faul war, die Anordnungen zu lesen, bekam er zu seinem Todesurteil noch zusätzlich zwei Tage Qual.«

Miß Fultz nickte zustimmend. »Als ich angefangen habe, hätten wir sie als Schwester erst gar nicht ernsthaft in Betracht gezogen. Sie ist eine Kuh.«

»Warum verteidigen Sie sie dann?«

»Schwesternmangel — wir brauchen jede Kuh, die wir behalten können. Wenn der Verweis durchgeht, wird sie den Dienst quittieren und hat in einer halben Stunde einen anderen Posten. Man wird sich um sie streiten.«

Er starrte auf das Papier in seiner Hand.

»Es hat Abende gegeben, an denen ich in dieser Abteilung ganz allein war«, sagte sie leise. »Bisher hatten wir Glück. Noch hat uns kein Notfall bei zu knappem Personal erwischt. Verlassen wir uns nicht auf unser Glück. Die Kuh hat ein Paar Hände und ein Paar Beine. Verweigern Sie meinen echten Schwestern nicht die Verwendung dieser Hände und Beine.«

Er riß das Papier zweimal durch und ließ die Fetzen in den Papierkorb fallen.

»Danke«, sagte Helen Fultz. »Ich werde dafür sorgen, daß sie von jetzt an jede Tabelle liest, bevor sie die Mahlzeiten serviert.« Sie lächelte ihn an.

»Helen«, sagte er, »wie würde dieses Haus ohne Sie funktionieren?«

»Wie immer«, sagte sie.

»Sie hetzen sich zu sehr ab. Sie sind nicht mehr sechzehn.«

»Nicht sehr galant heute, was, Doktor?«

»Wie alt sind Sie? Im Ernst?«

»Wozu, was würde das ändern?« sagte sie.

Sie war dem Pensionsalter zu nahe, um darüber sprechen zu wollen, erkannte er. »Es ist nur, weil Sie müde aussehen«, sagte er sanft.

Sie schnitt eine Grimasse. »Alter hat damit nichts zu tun. Ich glaube, daß ich vielleicht ein Geschwür bekomme.«

Er sah sie plötzlich nicht als Helen Fultz, sondern als erschöpfte alte Dame, die Patientin war.

»Wie kommen Sie darauf?«

»Ich habe genug Geschwüre gepflegt, um die Symptome zu kennen. Ich kann vieles nicht mehr essen, was ich früher vertragen habe. Und ich habe leichte rektale Blutungen.«

»Los mit Ihnen ins Untersuchungszimmer«, sagte er.

»Ich will nicht.«

»Schauen Sie, wenn Dr. Longwood routinemäßige Vorsichtsmaßnahmen getroffen hätte, wäre er heute ein gesunder Mann. Nur weil Sie Schwester sind, entbindet Sie das nicht der Verantwortung gegen sich selbst. Ab ins Untersuchungszimmer. Das ist ein dienstlicher Befehl.«

Er grinste, als er ihr in das Zimmer folgte, weil er wußte, daß sie wütend auf ihn war.

Sie war nicht leicht zu untersuchen, aber das Ergebnis brachte keine Überraschungen. Sie litt an zu hohem Blutdruck, 190 zu 90. »Haben Sie je Brustschmerzen gehabt?« fragte er, ihr Herz abhorchend.

»Ich kenne dieses untergründige systolische Gemurmel seit neun Jahren«, sagte sie schroff. »Wie Sie schon andeuteten, bin ich nicht mehr sechzehn.«

Während der Rektaluntersuchung, die sie in gedemütigtem Schweigen über sich ergehen ließ, sah er, daß sie Hämorrhoiden hatte, zweifellos die Ursache der Blutung.

»Na?« fragte sie, als sie angekleidet und ihre Würde wieder hergestellt war.

»Sie dürften eine ziemlich gute Diagnostikerin sein«, sagte er. »Meine Vermutung wäre ein Zwölffingerdarmgeschwür. Aber ich werde Ihnen einen Termin für eine gastro-intestinale Untersuchungsreihe festsetzen lassen.«

»Ah, so viel Schererei.« Sie schüttelte den Kopf, unfähig, ihm zu danken, aber dann lächelte sie ihn an. »Ich habe mich gestern abend sehr gut unterhalten, Dr. Meomartino. Ihre Frau ist sehr schön.«

»Ja«, sagte er. Unerklärlicherweise spürte er zum erstenmal seit Guillermos Tod hinter seinen Augenlidern ein scharfes, salziges Brennen, das er ignorierte, bis es, wie alles sonst, verging.

XIV
SPURGEON ROBINSON

Nach der Übersiedlung Adams in die Wohnung am Beacon Hill blieb Spurgeon ganz allein und einsam im sechsten Stock zurück und begann den alten Wänden immer häufiger auf der Gitarre vorzuspielen; seine Musik war wie der Spiegel eines Lachkabinetts, der das Spiegelbild seiner Seele verzerrte. Er war schwer verliebt und hätte eigentlich in Ekstase sein sollen. Aber die Songs, die er spielte, kicherten mit jener Heiterkeit, die auf eine so tiefe Traurigkeit hindeutete, daß es ihm unerträglich war, darüber nachzudenken. Um glücklichere Musik zu machen, hätte er sich ein Banjo kaufen und auf den Feldern arbeiten müssen.

Es war um ihn herum, und jeden Tag sah er es deutlicher.

»Können Sie mir sagen«, fragte ihn Moylan eines Morgens, »wieso so etwas *hier* geschehen kann?« Er betrachtete ein Baby mit einer Faszination, die sich aus Entsetzen und Angst zusammensetzte. Sein Ausdruck erinnerte Spurgeon an die Gesichter von Medizinstudenten, die zum erstenmal Fotos abnormaler Fötusse im Lehrbuch betrachteten.

Das Baby war farbig. Es war schwer, sein Alter zu bestimmen, weil Unterernährung das Babyfett, eine Geburtstagsgabe der Natur, aufgefressen und das magere, runzlige Gesicht eines alten Mannes zurückgelassen hatte. Die Muskeln atrophiert, lag das Kind schwach und sterbend da, und die streichholzdünnen Glieder betonten das aufgeschwollene Bäuchlein.

»Das kann überall geschehen«, sagte Spurgeon. »Überall, wo ein Kind nicht genug Essen bekommt, um das Lebenslicht zu nähren.«

»Nein. Ich kann verstehen, daß man so etwas vielleicht in der Hütte eines Erntearbeiters in Mississippi findet«, sagte Moylan. »Das können Sie verstehen, Mensch?«

»Zum Teufel, Sie wissen doch, wie ich das meine. Aber hier, in dieser Stadt ...« Er schüttelte den Kopf, und sie wandten sich ab.

Spurgeon konnte nicht weit genug fliehen.

Wenn er seine sechsunddreißig Stunden abgedient hatte, nahm er fast gegen seinen Willen die Hochbahn nach Roxbury, stieg an der Pudley-Street-Haltestelle aus, passierte das Ace High, ohne hineinzugehen, wanderte ohne ein bestimmtes Ziel dahin, bis er kein weißes Gesicht mehr sah, nur Häute in allen Schattierungen von Lederbraun bis Schwarz.

Bruchstücke seiner Kindheit tauchten auf, da ein Anblick, dort ein Gestank oder ein Geräusch, die müden Häuser mit zerborstenen Stufen, der Abfall und Mist auf den Straßen, das wilde Kindergeschrei, ein zerbrochenes Fenster mit einer herzzerreißend-rührenden Pflanze in einer Tomatendose auf dem Fensterbrett.

Was war aus Fay Hartnett mit den dicken Schenkeln geworden, was aus Petey und Ted Simpson, Tommy White, Fats McKenna?

Wenn er die Macht gehabt hätte, die Leute zu sehen, aus denen sich das Gefüge seiner Kindheit zusammengesetzt hatte — so, wie sie gerade jetzt, in diesem Augenblick waren — hätte er das wollen?

Er wußte, daß er es nicht gewollt hätte.

Sie waren wahrscheinlich tot, oder schlimmer: Huren, Zuhälter, Zutreiber, menschliches Strandgut, aktenkundig bei der Polizei, fast selbstverständlich in der mühelosen, von Drogen gebotenen Flucht verstrickt, wenn nicht durch sie getötet.

Ein kleiner Junge mit weichem Wollhaar kam um die Ecke gestürmt, wich ihm mit einer Drehung der Hüfte wie ein laufender Torero aus, fegte dicht an ihm mit einem kurzen, spöttischen Fluch vorbei. Spur blieb stehen und sah dem laufenden Jungen mit einem traurigen Lächeln nach.

Gleichgültig, wie schnell du rennst, Söhnchen, dachte er, falls du nicht selbst einen Calvin J. Priest triffst, bist du eine Fliege, gefangen im heißen Teer, schon im Schatten der Dampfwalze. Als er die Chancen berechnete, die der Junge zu einer Flucht hatte, blickte er erschrocken im plötzlichen Bewußtsein seiner eigenen wunderbaren Rettung um sich.

Als er ins Krankenhaus zurückkehrte, sah er nach seiner Post, fand aber nur einen Katalog einer pharmazeutischen Firma, den er im Lift öffnete und durchsah, während die alte Kabine gegen die Schwerkraft kämpfte.

Auf dem Gang vor seinem Zimmer wartete jemand, ein kleiner rotgesichtiger Mann in einem schwarzen Mantel mit Samtkragen; er trug, wie Spur ungläubig bemerkte, eine Melone.

»Dr. Robinson?«

»Ja.«

Der Mann streckte ihm einen Briefumschlag entgegen. »Für Sie.«

»Ich habe soeben meine Post abgeholt.«

Der Mann kicherte. »Per Eilboten«, sagte er. Spurgeon nahm den Briefumschlag und sah, daß er keine Marke trug. Er tastete nach einer Münze, aber der Mann setzte die Melone auf und wandte sich lächelnd zum Gehen. »Ich bin kein Botenjunge«, sagte er. »Stellvertretender Sheriff.«

Im Zimmer setzte sich Spurgeon auf das Bett und öffnete den Umschlag.

Commonwealth of Massachusetts, Landesgericht

Suffolk, SS:
An Spurgeon Robinson
Boston, Suffolk
Mit Schreiben vom 21. Februar 1968 hat Arthur Donnelly, Boston, Suffolk, eine Klage wegen falscher ärztlicher Behandlung gegen Sie eingebracht und fordert als Schadenersatz die Summe von 200 000 Dollar. Die Verhandlung findet am 20. Mai 1968 statt. Im Falle Ihres Nichterscheinens ergeht das Urteil in Ihrer Abwesenheit.
Bezeugt von R. Harold Montano.
Boston, am 21. September 1967

Homer P. Riley
Schriftführer

Als erstes rief er Onkel Calvin an. Er versuchte, die Geschichte sachlich zu erzählen und schonte sich nicht, übersah jedoch auch keinen wichtigen Punkt.

»Überlaß nur alles mir«, sagte Calvin.

»Das will ich nicht«, sagte Spurgeon.

»Versicherungswesen ist mein Beruf. Ich kenne viele Leute. Ich kann die Sache ohne viel Aufhebens in die Hand nehmen.«

»Nein, ich will sie selbst in die Hand nehmen.«

»Warum hast du mich dann angerufen?«

»Mein Gott, Calvin, kannst du mich nicht ausnahmsweise einmal verstehen? Ich wollte einen Rat. Ich will nicht, daß du es für mich erledigst. Ich wollte nur, daß du dir mein Problem anhörst und mir sagst, was ich tun soll.«

»Die Versicherungsgesellschaft hat einen guten Anwalt in Boston. Setz dich sofort mit ihm in Verbindung. Wie hoch bist du versichert?«

»Diesbezüglich ist alles in Ordnung, auf 200 000, doppelt so hoch wie die meisten meiner Kollegen.« Es war Calvin gewesen, der darauf bestanden hatte, daß er sich auf mindestens diese Summe gegen ärztliche Kunstfehler versichern ließ.

»Schön. Gut. Brauchst du sonst noch etwas?«

Calvin fühlte sich zurückgewiesen; Spurgeon merkte es an seiner Stimme. »Nein. Wie geht's meiner Mutter?«

»Roe-Ellen?« Die Stimme wurde weich. »Gut. Sie verbringt ihre Vormittage im Geschenkladen der Vereinten Nationen, hat großen Spaß daran und verkauft Dschungeltamtams an kleine weiße Mädchen aus Dubuque.«

»Erzähle ihr nichts von dieser Angelegenheit.«

»Nein. Paß gut auf dich auf, Junge.«

»Auf Wiedersehen, Calvin«, sagte Spur und fragte sich, warum er nach diesem Anruf deprimierter war denn je.

Vier Tage später waren sie in Boston.

»Calvin mußte geschäftlich herkommen«, erzählte ihm Roe-Ellen, als sie ihn im Krankenhaus anrief. »Er meinte, es wäre eine gute Gelegenheit für mich, meinen Sohn zu sehen«, sagte sie bedeutungsvoll.

»Es tut mir leid, daß ich euch nicht öfter besucht habe, Mama«, sagte er bedauernd.

»Nun, wenn der Berg nicht zum Propheten kommt ...«

Sie waren im Ritz-Carlton abgestiegen. »Kannst du mit uns hier zu Abend essen?«

»Ja, sicher.«

»Um sieben Uhr?«

Blitzschnell rechnete er, wie lange er brauchen würde, um nach Natick und zurück zu kommen. »Acht Uhr wäre besser. Ich möchte jemanden mitbringen.«

»Oh?«

»Ein Mädchen.«

»Oh, Spurgeon, Liebling! Wie nett.«

Zum Teufel, dachte er resigniert. »Bei näherer Überlegung möchte ich drei Leute mitbringen.«

»Drei Mädchen?« fragte sie hoffnungsvoll.

»Sie hat Mutter und Vater.«

»Wunderbar.«

Er hörte die Vorsicht heraus, die sich während des einen Wortes in ihre Stimme schlich.

Als sie jedoch Dorothy sah, bemerkte Spurgeon die Erleichterung seiner Mutter und wußte, daß sie befürchtet hatte, er habe mit irgendeinem weißen Gänschen angebändelt. Als die Priests sie in ihrem einfachen braunen Seidenkleid und mit ihrem kurzen afrikanischen Haar sahen, schlossen sie sie sofort ins Herz. Ihre Eltern gefielen ihnen. Die Williams' waren noch nie in einem Lokal wie dem Ritz gewesen, aber sie besaßen Würde, und Calvin und Roe-Ellen waren einfache Leute. Als der Nachtisch serviert wurde, waren sie alle vier Freunde geworden, und die New Yorker hatten versprochen, bei ihrem nächsten Bostonbesuch zum Abendessen in das Haus nach Natick zu kommen.

»Kannst du auf dem Rückweg auf einen Sprung vorbeikommen?« fragte Calvin, als Spur sich bereitmachte, Dorothy und ihre Eltern nach Hause zu fahren.

»Wirst du noch auf sein?«

Calvin nickte. »Deine Mutter nicht. Aber ich habe noch einige Schreibarbeiten zu erledigen.

Als er an die Tür klopfte, kam Calvin sofort und hielt den Finger an die Lippen.

»Sie schläft«, flüsterte er.

Sie hatten zwar einen Salon, aber die beiden Männer beschlossen, in den öffentlichen Park gegenüber zu gehen.

Die Nachtluft war ziemlich kühl, so daß sie die Kragen ihrer Wintermäntel hochschlugen. Sie fanden eine Bank neben einem Hyazinthenbeet, das im Lampenlicht leuchtete. Sie saßen mit dem Gesicht zur Boylston Street und sahen dem vorbeiflutenden späten Verkehr zu.

»Ein nettes Mädchen«, sagte Calvin.

Spurgeon lächelte. »Der Meinung bin ich auch.«

»Deine Mutter hat sich Sorgen um dich gemacht.«

»Das tut mir leid«, sagte Spurgeon. »Das Jahr der Spitalpraxis ist das schwerste. Ich hatte nicht viel Freizeit.«

»Du könntest sie hie und da anrufen.«

»Ich werde von nun an öfter anrufen«, sagte er.

Calvin nickte. »Hübscher Park. Gibt's Fische in dem Teich?«

»Ich weiß nicht. Im Sommer gibt es Paddelboote mit großen weißen Schwänen drauf.«

»Hast du den Anwalt aufgesucht?«

»Ja. Er sagte, ich brauchte mir keine Sorgen zu machen. Er meinte, für einen jungen Arzt sei ein Prozeß wegen eines ärztlichen Kunstfehlers heutzutage reine Routinesache, wie man sozusagen erst dann ein Mann ist, wenn man die erste Gonorrhöe gehabt hat.«

Calvin sah ihn an. »Was hast du darauf geantwortet?«

»Ich sagte ihm, ich hätte einige sehr häßliche Fälle von Gonorrhöe gesehen, und einige von ihnen bei äußerst armseligen Exemplaren von Männern.«

Calvin lächelte. »Ich mache mir keine Sorgen um dich«, sagte er.

»Danke.«

»Ich mache mir mehr Sorgen um mich«, sagte er. »Warum weist du mich immer ab, Spurgeon?«

Auf der gegenüberliegenden Seite der Boylston Street erhoben sich Stimmen, Gesang und Gelächter, Wagentüren wurden zugeschlagen.

»Das ist der Playboy-Klub«, sagte Spurgeon. »Ein Haufen aufreizender Weiber mit Hasenschwänzchen am Arsch.«

Calvin nickte. »Ich war in dem New Yorker Klub«, sagte er. »Aber danke für die Definition.«

»Es fällt mir schwer, es in Worte zu fassen«, sagte Spurgeon.

»Es ist aber an der Zeit, daß du es versuchst«, sagte Calvin. »Ich könnte dich nicht mehr lieben, wenn ich dein leiblicher Vater wäre. Das weißt du.«

Spurgeon nickte.

»Du hast mich nie im Leben um etwas gebeten. Nicht einmal als Kind.«

»Du hast mir immer Sachen geschenkt, bevor ich noch darum bitten konnte. Weißt du noch, wie Rap Brown und Stokely gesagt haben, die Weißen schnitten uns die Hoden ab?«

Calvin sah ihn an und nickte.

»Nun, so ungefähr ist es.«

»Ich habe dir die Hoden abgeschnitten?« fragte Calvin leise.

»Nein, nein, so meine ich es nicht. Schau, du hast mir das Leben gerettet. Wohin ich auch schaue, sehe ich es. Du hast mein Leben gerettet.«

»Ich bin kein Lebensretter. Ich will dein Vater sein.«

»Dann hör' zu, was ich dir sage. Und versuche zu verstehen. Du bist ein besonderer Mensch. Es wäre leicht, wenn ich dich für den Rest meines Lebens alles für mich tun ließe. Ich müßte ersticken.«

Calvin sah ihn scharf an und nickte. »Ja. Das verstehe ich.«

»Laß mich ein Mann sein, Calvin. Biete mir keine Hilfe mehr an.«

Calvin sah ihn noch immer an. »Wirst du deine Mutter anrufen? Wirst du heimkommen, wenn es dir möglich ist?«

Spurgeon lächelte und nickte.

»Und falls du mich je brauchst – meine Hilfe wirklich brauchst –, wirst du sie verlangen? Als wäre ich dein leiblicher Vater?«

»Das verspreche ich dir.«

»Was hättest du getan, wenn sie mich gehaßt hätten?« fragte ihn Dorothy, einige Tage nachdem Roe-Ellen und Calvin nach New York zurückgeflogen waren.

»Sie haben dich nicht gehaßt.«

»Aber wenn?«

»Das weißt du«, sagte er.

Ohne viele Worte war zwischen ihnen das Verstehen der gegenseitigen Abhängigkeit entstanden, aber er fand es immer schwieriger, sie zu behandeln, als hätten sie sich eben erst kennengelernt; erschwert wurde dies noch durch den Umstand, daß sie Adam Silverstone und Gaby Pender sehr häufig sahen, die so offenkundig in fleischlicher Lust schwelgten, daß er sich manchmal in ihrer Gegenwart wie ein Voyeur vorkam.

An ruhigen Nachmittagen erforschten sie zu viert Beacon Hill, wanderten über den Hügel mit einem Gefühl, als gehörte er ihnen. Sie bewunderten alles, die elegante alte Bostoner Ordentlichkeit des Louisburg Square, das glatte Kopfsteinpflaster, das noch aus der Zeit stammte, als die Straßenbaukontrakte von Politikern vergeben wurden, lächelten spöttisch über die dicken Politiker, die in dem Kaffeehaus hinter dem State House debattierten; sie bewunderten die noch erhaltenen reizenden Laternen in der Revere Street; an dunklen Abenden hatten sie das Gefühl, daß auf der anderen Seite des Hügelkammes noch immer das Jahr 1775 wartete. Immer wenn sie zur plebejischen Nordseite des Hügels zurückkehrten, zu ihrer Seite, hauptsächlich von arbeitenden Menschen und einer schnell wachsenden Kolonie von Bärtigen und leicht Verrückten bewohnt, stimmten sie darin überein, daß es die bessere von beiden war, die lebendigere, die saft- und kraftvollere.

Eines Morgens wanderten die vier nach Anweisungen, die Gaby von ihrer Hausfrau bekommen hatte, durch einen kalten, nebelfeinen Frühlingsregen und fanden das gewöhnlich aussehende Rathaus in der Bowdon Street Nr. 121, in dem ein außergewöhnlicher Präsident der Vereinigten Staaten seine Wahlrede gehalten hatte, und sie fragten sich, was wohl mit der Welt geschehen wäre, wenn es dem jungen Mann erlaubt gewesen wäre, älter und klüger zu werden.

Plötzlich drehte sich Dorothy um und lief weg.

Spur folgte ihr und holte sie in der Beacon Street auf den Stufen des State House ein, legte die Arme um sie und küßte ihr nasses Gesicht, das nach Salz schmeckte.

»Der Gouverneur des ganzen Staates kann uns jetzt aus einem dieser Fenster zusehen«, sagte sie.

»Dann geben wir ihm etwas zu sehen«, sagte er und zog sie an sich, so daß sie leicht schwankend auf den Stufen im Regen dicht beisammenstanden.

»Verzeih«, sagte sie.

»Schon gut. Er war ein großer Mensch.«

»Nein, du verstehst nicht«, sagte sie. »Ich trauere nicht um Kennedy. Ich habe geweint, weil du mich so glücklich machst und ich dich so sehr liebe, und Gaby und Adam so kühl und schön sind, und ich weiß, daß diese herrliche Zeit für keinen von uns von Dauer sein wird.«

»Sie wird von Dauer sein«, sagte er.

»Aber sie wird sich verändern. Nichts bleibt, wie es ist.«

Auf ihrer braunen Haut über der Oberlippe standen Wasserperlen, und er wischte sie sanft mit seinem Daumen weg, wie er an jenem ersten Tag am Strand das trockene Salz weggewischt hatte. »Ich will ja, daß es sich zwischen uns ändert«, sagte er.

»Armer Spurgeon«, sagte sie. »Ist es sehr schwer für dich?«

»Ich werde es überleben. Aber ich wünsche mir verzweifelt, daß es sich ändert.«

»Heirate mich«, sagte sie. »Bitte, Spurgeon.«

»Ich kann nicht. Zumindest nicht, bevor ich meine Spitalpraxis im Juli beendet habe.«

Sie blickte auf die vom Regen trübe goldene Kuppel des State House. »Dann könnten wir wenigstens manchmal die Wohnung in der Phillips Street benützen. Gaby und ich haben darüber gesprochen.«

Er nahm ihren nassen, wolligen Kopf in seine Hände. »Ich könnte ihnen einen Hund kaufen. Und wir könnten unsere Besuche so einrichten, daß sie inzwischen den Hund um den Häuserblock spazierenführen.«

Sie lächelte ihn an. »Sie könnten mit dem Hund sogar zweimal um den Block gehen.«

»Wir könnten den Hund Bimbam nennen«, sagte er.

»O Spurgeon.« Sie begann wieder zu weinen.

»Nein, danke, Gnädigste«, sagte er. Er vergrub sein Gesicht in der schwarzen Wolle. »Wir heiraten im Juli«, sagte er in ihr nasses Haar hinein. Dann faßte er sie an der Hand, sie winkten dem Gouverneur Lebewohl, gingen zurück und fanden Gaby und Adam. Sie hatten sich nicht abgesprochen, aber in stummer Übereinkunft sagte keiner von beiden den Freunden etwas von der bemerkenswerten Veränderung, die in der Welt stattgefunden hatte.

Am nächsten Morgen holte er sie ab und fuhr mit ihr zum Roxbury-Getto. Er parkte den Volkswagen, und sie gingen langsam die Straßen entlang, ohne miteinander zu reden. Der Regen hatte in der Nacht aufgehört, aber die Sonne war grausam.

»Warum hast du mich hierher gebracht?« fragte sie schließlich.

»Ich weiß nicht«, sagte er. »Ich fahre manchmal hierher.«

»Ich hasse diese Gegend. Bitte, bring mich weg.«

»Schön«, sagte er. Sie drehten um und gingen zum Wagen zurück.

Auf der Straße spielten einige Jungen Baseball und ignorierten den Winter. »Huh, Charlie«, höhnte der eine am Schlagholz den Werfer. »Du hast Jim Lonborg nicht gevögelt. Dein Arsch ist zu sonnverbrannt.«

»Aufgepaßt!« brüllte der Werfer und schleuderte den Ball heftig gegen ihn.

»Du hast auch Looey Tiant nicht gevögelt. Du hast nicht einmal Jim Wyatt gevögelt.«

Als sie den Wagen erreicht hatten, verließ er Roxbury ohne jeden Umweg.

»Ich ertrüge es nicht, hier ein Kind aufzuziehen«, sagte sie.

Er summte ein paar Takte einer heiteren Melodie. »Es leben nicht nur arme Leute hier, sondern auch viele Akademiker. Sie schaffen es, ihre Kinder hier aufzuziehen.«

»Dann möchte ich lieber keine Kinder haben.«

»Da kannst du auch unbesorgt sein«, sagte er gereizt. »Du wirst deine Kinder nicht in einer solchen Umgebung aufziehen müssen.«

»Du hast mir einmal eine Insel und Frangipani im Haar versprochen.«

»Das Versprechen halte ich«, sagte er.

»Warum können wir nicht wirklich dorthin?«

»Wohin? Auf eine einsame Insel?«

»Nach Hawaii.«

Er sah sie an, überzeugt, daß es nicht ihr Ernst war.

»Dort gibt es keine Rassenfrage. Es ist genau die Welt, in der ich meine Kinder aufziehen will.«

»Deine Enkel bekämen Schlitzaugen.«

»Oh, ich würde sie lieben. Sie würden deine Nase haben.«

»Das möchte ich ihnen geraten haben.«

»Es ist mein Ernst, Spurgeon«, sagte sie nach einer Weile.

Das konnte er sehen. Er begann sich mit dem Gedanken vertraut zu machen und ihn auf seine schwachen Punkte hin zu prüfen. »Ich habe erst noch meine dreijährige Facharztausbildung zu absolvieren«, sagte er.

»Könnten wir nicht danach hingehen? Ich würde auch nach unserer Heirat arbeiten, und wenn wir wie Geizhälse sparen, könnten wir vielleicht in ein, zwei Jahren hinfahren, uns umsehen und Pläne schmieden.«

»Das könnte so gehen«, sagte er vorsichtig, von ihrem Glück angesteckt.

Als sie nach Natick zurückkamen, entdeckte er, daß jemand die Radkappe vom linken Hinterrad gestohlen hatte. Den ganzen Weg zum Krankenhaus sang er aus voller Kehle.

XV
ADAM SILVERSTONE

Adam gefielen die Bücherregale aus Orangenkistchen. Sie inspirierten ihn, weiße Farbe und eine Walze zu kaufen, und bevor die alten Schmerzen nachließen, hatte er sich neue erworben, aber die weißen Wände weiteten den Raum und machten aus ihm ein völlig anderes Zimmer. Gaby kaufte in der Newsbury Street zwei billige Drucke, die Reproduktion einer Bauernmutter mit Kind von Käthe Kollwitz und ein buntes abstraktes Bild voll Kugeln und Würfeln, das gut zu den Papierblumen paßte.

Sie hob eine Avocadohälfte auf, spickte sie mit Zahnstochern und legte sie in ein Wasserglas – sie hatte in einer Zeitschrift darüber gelesen –, wartete und beobachtete sie neugierig. Drei Wochen lang geschah nichts, aber gerade als sie beschlossen hatte, sie wegzuwerfen, keimte eine kleine lichtgrüne Schlange, ein Schößling und dann ein Blatt, das dunkler und glänzend wurde, als sie es in fette schwarze Erde umsetzte, die sie in einem Sack im Supermarkt gekauft hatte. Die Avocadopflanze trieb zwei weitere Blätter, fiederig und glänzend, und wurde in dem immer rasch verschwindenden Sonnenfleck des einzigen Fensters löffelweise mit Liebe und Pflanzendünger aufgepäppelt.

Die Kellerwohnung wurde zum festen Rahmen ihres Lebens; sie hätten sie nicht gegen das Weiße Haus eingetauscht. Sie liebten sich fröhlich und oft und nur mit einem kaum merkbaren Schuldgefühl, und lernten einander immer besser kennen. Gaby fühlte sich stark und frei, eine Pionierfrau. Sie wußte, daß sie die ersten und einzigen Liebenden auf der Welt waren, obwohl Adam ihr sagte, daß sie trotz all ihrer Phantasie und aller Bücher, die er in der Medizinischen Schule gelesen hatte, nie eine Erbsünde schaffen würden.

Zum erstenmal in ihrem Leben machte sie sich keine Sorge um ihre Gesundheit. Das einzige Unbehagen, woran sie litt, war dem Hormondruck der Pille zuzuschreiben, der ihr manchmal ekelhafte Anfälle von Morgenübelkeit verursachte, da sie auf die Pille noch nicht eingespielt war. Adam versicherte ihr, daß die Symptome verschwinden würden.

Sie war stolz auf das, was sie aus der Wohnung gemacht hatten, und hätte gern alle ihre und Adams Bekannte eingeladen, traute sich jedoch nur bei Dorothy und Spurgeon. Susan Haskell kam einmal zum Mittagessen, war schüchtern und unglücklich und wartete so offensichtlich auf spannende Enthüllungen, wie Adam Gaby traktierte, daß sie die Einladung nie mehr wiederholen würde. Aber sie merkte, daß ihre Wohnung für einige ihrer Nachbarn aus der Joy Street eine Art zeitweiliger Kneipe darstellte. Janet Williams kam häufig vorbei, aber nicht so oft, daß sie lästig geworden wäre. Mehrmals brachte sie einen zweiten Digger mit, den großen blonden Jungen, der die Papierblumen abgeliefert hatte. Er hieß Charles, war sanft und höflich und wußte eine Menge über Musik und Kunst. Ein andermal brachte sie jemand namens Ralph mit, der einen schütteren Bart trug und aussah, als hätte er schon lange nicht mehr gebadet. Er war benebelt und geistesabwesend und stand offensichtlich unter Einwirkung eines Rauschgiftes. Janet schien es nicht zu bemerken. Sie behandelte ihn genauso wie Charles.

Oder übrigens auch wie Gaby. Nach jedem Besuch trugen die Diggers einen Teil ihres Lebensmittelbudgets davon.

Natürlich kamen sie eines Abends, als Dorothy und Spurgeon da waren.

»Hei«, sagte Janet zu ihrer Schwester.

»Hallo«, sagte Dorothy.

Sie wartete, während alle einander vorgestellt wurden, und sagte dann: »Möchtest du nicht wissen, wie es Midge und Paps und Mama geht?«

»Wie geht's Midge?«

»Gut.«

»Wie geht es Paps und Mama?«

»Gut.«

»Prima«, sagte Janet.

Sie waren sehr höflich. Adam bot Drinks an, mischte sie, reichte Salznüsse herum und beteiligte sich an dem Gespräch. Es begann, als Spurgeon etwas über die Wahlen sagte.

Ralph runzelte die Stirn und blinzelte. Er war auf seinen Stuhl geklettert und saß nun auf der Lehne, die Füße auf dem Sitz, wie auf einem Thron, und schaute auf sie herunter. »Wenn man nur auf uns hören wollte«, sagte er. »Und das Ganze ins Rollen bringen und dann abhauen. Die Schweinehunde hätten dann niemanden, den sie beherrschen könnten. Wir versuchen, es euch zu sagen, aber ihr wollt einfach nicht hören.«

»Sie glauben doch nicht wirklich, daß das funktionieren würde«, sagte Spurgeon milde.

»Halten Sie mir keine Vorträge, was ich glaube oder nicht, Mensch. Ich glaube, alle sollten einfach in die Wälder abhauen und *high* werden und ihr Dings machen.«

»Was würde aus der Welt werden, wenn jeder *high* wäre?«

»Was wird denn jetzt Großartiges aus der Welt, mit euch stocknüchternen Spießern?«

»Ihr braucht uns stocknüchterne Spießer zu eurer bloßen Existenz«, sagte Adam. »Ohne uns könntet ihr euer ›Dings‹ gar nicht machen. Wir ernähren euch, Freundchen, und machen eure Kleider und die Häuser, in denen ihr lebt. Wir stecken die Sachen in die Dosen, die ihr kauft, wenn ihr genügend Blumen und Plakate verkauft, um Dosen kaufen zu können, und wir liefern das Heizöl, das eure Betten im Winter warm hält. Wir machen euch gesund, wenn ihr die schönen Körper, die Gott euch gegeben hat, verderbt.«

Er sah Ralphie an und lächelte. »Jedenfalls würdet ihr, wenn wir alle so wären wie ihr, wieder etwas anderes sein wollen. Ihr könnt es einfach nicht ertragen, so zu sein wie alle übrigen.«

»Mensch, Sie reden Mist.«

»Warum, zum Teufel, sitzen Sie dann so da, thronend wie ein erhabener Guru, der auf die Welt herabblickt?«

»Weil ich eben gern so sitze. Es tut niemandem weh.«

»Es tut Gaby und mir weh«, sage Adam. »Sie verschmutzen mit Ihren Schuhen den Sitz unseres Stuhls.«

»Psychoanalysieren Sie mich nicht«, sagte Ralphie. »Ich kann den Spieß umdrehen. Sie sind ein richtig aggressiver Hund, wissen Sie das? Wahrscheinlich würden Sie als Schlächter arbeiten statt als Chirurg und Ihre Aggressivität abreagieren, indem Sie Messer in Kühe statt in Menschen stecken, wenn Sie nicht reiche Eltern gehabt hätten, die Sie ins College und an die Medizinische Schule geschickt haben. Haben Sie sich das je überlegt?«

Gaby und Adam waren nicht in der Lage, ihr Gelächter zu beherrschen, und versuchten auch gar nicht, es zu erklären.

Janet brachte die anderen Digger nie wieder mit und kam selbst nie mehr am Abend, aber gelegentlich schaute sie weiterhin zum Morgenkaffee herein.

Eines Tages saß sie auf der Couch, als die Übelkeit Gaby aus dem Zimmer trieb. Als sie endlich wiederkam, mit weißem Gesicht, und sich entschuldigte, sah Janet sie mit einem Mona-Lisa-Gesicht an. »Sind Sie schwanger?«

»Nein.«

»Aber ich.«

Gaby sah das Mädchen an und fragte dann sehr vorsichtig: »Sind Sie sicher, Janet?«

»Mhm.«

»Was werden Sie tun?«

»Es von der Familie aufziehen lassen.«

»Wie Midge?«

Das Mädchen sah sie kalt an. »Von meiner echten, wirklichen

Familie. Hier in der Joy Street. Alle werden seine Eltern sein. Das wird sehr nett sein.«

Das Gespräch verfolgte Gaby. War Charles der Vater des Kindes? Oder Ralphie? Oder, ein noch erschreckenderer Gedanke: Wußte Janet überhaupt, wer der Vater war?

Eines war sicher: das Mädchen würde ab sofort ärztliche Betreuung brauchen. Als sie mit Adam darüber spach, schloß er die Augen und schüttelte den Kopf. »Verdammt. Jemand hat also nicht gewußt, wie er das ›Dings‹ zu machen hat.«

»In unserer Situation dürfen wir uns wohl kaum solche Bemerkungen erlauben.«

»Siehst du denn keinen Unterschied?« fragte er sie.

Sie gab nach. »O Adam, natürlich. Aber ich werde nachts nicht schlafen können, wenn wir nicht etwas für diese kleine Närrin tun. Sollen wir es Dorothy sagen?«

»Lieber nicht. Zumindest noch nicht. Wenn sie ins Krankenhaus kommt, werde ich dafür sorgen, daß sie untersucht wird und ihre Vitamine und alles Nötige bekommt.«

Sie küßte ihn und wartete ungeduldig auf Janets nächsten Besuch, aber das Mädchen kam nicht wieder. Sechs Tage später, als sie einen Sack Lebensmittel den Hügel hinaufschleppte, kam ihr Ralphie entgegen.

»Hei. Wie geht's Janet?« fragte sie.

Seine Augen waren glasig. »Was, dem Kind?« fragte er. »Die Familie kümmert sich um sie.« Er ging weiter, zum Takt einer anderen Trommel marschierend.

Zwei Tage später sah sie Charles Plakate abliefern und fragte wieder nach dem Mädchen.

»Sie lebt nicht mehr bei uns.«

»Wo ist sie?«

»Ich glaube, in Milwaukee.«

»Milwaukee?« fragte Gaby schwach.

»Dieser Kerl, den sie kennengelernt hat, ist gekommen und hat sie uns weggenommen.«

»Haben Sie ihre Adresse?«

»Ich habe sie irgendwo zu Hause aufgeschrieben.«

»Könnten Sie sie mir einmal geben? Ich möchte ihr schreiben.«

»Sicher tu ich das.«

Aber er tat es nie.

Gaby vermißte die Kaffeebesuche. Sie hatte das sichere Gefühl, daß Mrs. Walters gern hereingekommen wäre, sich hingesetzt und geklatscht hätte, wenn sie gebeten worden wäre, aber Gaby mochte die Hausfrau nicht und wich ihr aus. Eine andere Bewohnerin des Hauses faszinierte sie, eine kleine gebeugte Frau, die alle paar Tage, in ihren Schal gewickelt, wegging und immer mit einem einzigen Papiersack zurückkam. Ihr Gesicht war wie gegen eine feindliche Welt fest verkniffen. Das arme Ding sah aus wie eine Hexe mit Katzenjammer, dachte Gaby, und wußte sofort, wer es war.

Eines Morgens öffnete sie die Tür und trat hinaus, um sie abzufangen. »Mrs. Krol«, sagte sie.

Bertha Krol zitterte, als Gabys Hand ihren Ellbogen berührte.

»Ich bin Ihre Nachbarin, Gabriele Pender. Möchten Sie nicht hereinkommen und eine Tasse Tee mit mir trinken?«

Die verschreckten Augen durchforschten die Phillips Street wie Vögel, die einem Käfig zu entkommen suchen. »Nein«, flüsterte sie.

Gaby ließ sie gehen.

Es regnete sehr viel, ein nasser Frühling. Die von der Pille verursachte Übelkeit verschwand. Die Erde verwandelte sich, die Tage wurden länger und weniger kalt; alle paar Tage regnete es, und die Abwässer stürzten die gepflasterten Rinnsteine des Hügels hinunter und in kleinen Wasserfällen in die alten Kanäle und Abflußrohre. Adam assistierte im Krankenhaus bei einigen Thoraxfällen, und die Herzchirurgie wirkte wie LSD auf ihn. Nachts, wenn sie im Bett lagen und in der Dunkelheit leise miteinander plauderten, erzählte er ihr, daß er die Hand in die aufgeschnittene Brust gelegt und durch die dünnen Gummihandschuhe das Pulsieren der sich zusammenziehenden rosaroten Pumpe, des lebendigen Herzens, gespürt hatte.

»Wie war das?« fragte sie ihn.

»So, wie wenn ich dich berühre.«

Adam hatte aufgehört, die Hunde beim Namen zu nennen. Es berührte ihn nicht weiter, im Tierlabor von Kazandjian zu erfahren, daß das chirurgische Experiment Nr. 37 ein Fehlschlag gewesen war; es war etwas ganz anderes, vom Tod einer lebendigen Kreatur zu erfahren, die Lovely oder May, Wallace oder Blumenkind hieß. Er zwang sich, die Hundezungen zu übersehen, die versuchten, seine Hand zu küssen, und sich statt dessen auf die mikrokosmischen Kriege zwischen Antigenen und Antikörpern zu konzentrieren, die im Inneren der Hunde wüteten.

Nachdem Kender ihn monatelang vertrauensvoll allein hatte arbeiten lassen, begann er immer wieder das Labor zu besuchen und Adam genau zu beobachten.

»Die Fakultätsernennung dürfte kurz bevorstehen«, sagte er eines Abends zu Gaby und erzählte ihr von Kender, während sie sich unter der Bestrahlungslampe mit Babyöl einrieb.

»Vielleicht ist es gar nicht das«, sagte sie, drehte sich auf den Bauch und reichte ihm das Öl. »Vielleicht interessiert er sich nur so für die Experimente, daß er einfach nicht wegbleiben kann.«

»Er hat sich immer für die Experimente interessiert, ohne mich zu beobachten«, sagte Adam. Seine ölige Handfläche machte saugende Geräusche, als er seine Lieblingsstelle einrieb, die kleine Höhlung, wo ihr Rückgrat endete und die gluteale Erhebung begann. Er atmete den Duft des Öls auf warmem Fleisch ein, und sie konnten es beide nicht aushalten, als er versuchte, ihre Kniekehlen einzureiben. Als sie sich endlich umdrehte, bekamen seine Kleider Fettflecke, und als er am nächsten Tag zur Arbeit ging, scheuerte sein Hemd an dem leichten Sonnenbrand auf seinem Rücken und Nacken.

Zwei Abende später, als Kender ihn bat, ihm einen Vorgang zu erklären, den er bereits in allen Einzelheiten im Arbeitsbuch beschrieben hatte, war Adam sicher.

Er wiederholte das Experiment mündlich, sah dann den älteren Chirurgen an und lächelte.

»Was mich betrifft, sind Sie durchgekommen«, sagte Kender.

»Wie, glauben Sie, werde ich bei den anderen, auf die es ankommt, abschneiden?« fragte Adam, mit dem intuitiven Gefühl, daß dies der richtige Augenblick sei, offen zu sein.

Kender wickelte eine Zigarre aus. »Das ist schwer zu sagen. Ich kann Ihnen nur verraten: es ist ein kleines Feld. Man zieht nur Sie und einen zweiten in Betracht. Ich nehme an, Sie wissen, wen?«

»Ich bin ziemlich sicher.«

»Es spricht viel für Sie.«

»Wann werden wir verständigt?« Kender schüttelte den Kopf. »Man verständigt nur einen, denjenigen, der ernannt wird. Der andere Kandidat erfährt davon durch geheime Verbindungskanäle, Gerüchte. Man wird ihm nie sagen, warum er nicht berufen wurde, und er wird nie erfahren, wer gegen ihn gestimmt hat.« Kender zuckte die Achseln. »So ist das System«, sagte er. »Zumindest erlaubt es dem erfolglosen Kandidaten, sich mit dem Gedanken zu trösten, daß er vielleicht deshalb verloren hat, weil irgendeinem voreingenommenen Hund die Wahl seiner Krawatten oder die Farbe seiner Augen nicht gefiel.«

»Ziehen Sie diese Möglichkeit auch in Betracht?«

Kender paffte. Die Zigarrenspitze glühte wie Neonlicht, die Luft des Labors wurde stickig vor Rauch. »Auch das dürfte vermutlich schon vorgekommen sein«, sagte er.

Am selben Abend kam Dr. Longwood ins Tierlabor, und Adam bereitete sich etwas gereizt auf eine weitere Prüfung vor.

Aber der Alte bat bloß, das Laborbuch über die Reihe mit dem Anti-Lymphocytenserum lesen zu dürfen.

Er saß da wie eine tragische Karikatur und las, während seine Hand in seinem Schoß zitterte und Adam gezwungen war, wegzuschauen. Vielleicht spürte es der Alte; seine Hand begann mit einem Schlüsselring zu spielen, während er las, und die Schlüssel machten dabei ein leises mißtönendes Geräusch wie ... was?

Die Harlekinglöckchen, dachte Adam.

»Sind die Pferde hier, in diesem Gebäude?« fragte Dr. Longwood.

»Nein«, sagte Adam. »Die Tiere gehören zwar dem Krankenhaus, aber sie stehen in den staatlichen biologischen Laboratorien. Wir sammeln Lymphknoten aus Menschenleichen, zermahlen sie und schicken sie in die Staatslabors, wo sie den Pferden zwecks Produktion des Serums injiziert werden.«

Dr. Longwood klopfte mit einem dünnen Finger auf das Heft. »Sie haben einige Ergebnisse erzielt.«

Adam nickte. »Das Serum verzögert den Abstoßungsmechanismus. Wenn wir es verwenden, können wir kräftige immunounterdrückende Medikamente wie Imuran in Dosierungen geben, die klein genug sind, um dem Tier Schutz gegen Infektion zu gewähren.«

Longwood nickte, weil er anscheinend das erfahren hatte, weshalb er gekommen war. »Sie machen diese Tierversuche gern?«

»Sie machen mich, glaube ich, zu einem besseren Chirurgen.«

»Das stimmt.«

Plötzlich fühlte Adam die Gewalt dieser Augen.

»Wohin gehen Sie nächstes Jahr, wenn Sie uns verlassen?«

Die Frage traf ihn wie ein Schlag, weil er darin die Entscheidung Longwoods erkannte, daß alles vorbei war. Dann jedoch tröstete er sich damit, daß Kender dieses Gefühl offenbar nicht gehabt hatte.

»Ich weiß noch nicht.«

»Entscheiden Sie sich doch für eine bestimmte Gegend und lassen Sie es mich wissen. Ich würde mich freuen, Ihnen helfen zu können, dort etwas zu finden.«

»Danke«, vermochte Adam zusagen.

»Ich möchte gern, daß Sie etwas lesen.« Dr. Longwood griff in seine Aktentasche und nahm eine Schachtel heraus. »Es sind ungefähr zwei Drittel eines Buchmanuskripts. Ein Lehrbuch der allgemeinen Chirurgie.«

Adam nickte. »Wenn Ihnen an der Meinung eines Oberarztes etwas liegt, sollen Sie sie hören.«

»Drei sehr erfahrene Chirurgen in anderen Landesteilen haben schon einige Kapitel gelesen. Ich möchte wissen, welchen Eindruck es auf jemanden macht, der die Medizinische Schule noch vor nicht allzu langer Zeit verlassen hat.«

»Es ist mir eine Ehre.«

»Noch eines.« Wieder hielten ihn die Augen fest. »Ich will nicht, daß jemand von unserem Stab davon erfährt. Ich kann mir meine Arbeitszeit wegen meines Zustandes nicht einteilen. Ich habe keine Zeit mehr.«

Gott, dachte Adam, was sage ich darauf? Aber es war unnötig, etwas zu sagen, weil Longwood nickte und sich aus dem Sessel hochzog.

»Gute Nacht, Sir«, sagte Adam.

Der Alte schien es nicht gehört zu haben.

Er versorgte einige Tiere mit Medikamenten, registrierte wichtige Symptome, brachte das Laborbuch auf den laufenden Stand. Es war sehr spät, als er Schluß machte, und er war versucht, das Lesen des Manuskripts zu verschieben, wußte jedoch, daß er es vielleicht nie lesen würde, wenn er damit nicht wenigstens anfing, solange er die Möglichkeit dazu hatte. Er rief die diensthabende Telefonistin an und sagte ihr, daß er im Labor zu erreichen sei. Dann setzte er sich hinter den alten Eichentisch und nahm das Manuskript aus der Schachtel. Der Kaffee auf dem Bunsenbrenner brodelte, das alte Gebäude knarrte. In den Käfigen bissen einige Hunde nach Flöhen; andere stöhnten und kläfften im Schlaf, vielleicht jagten sie langsame Traumkaninchen oder besprangen läufige Hündinnen, von denen sie in der kalten, wachen Vergangenheit zähnefletschend vertrieben worden waren. Der Lärm weckte einige Tiere, und im nächsten Augenblick hatte ihr Bellen die übrigen aufgeweckt. Das Labor hallte wider vor Hundeprotest.

»Ist schon gut«, sagte er. »Gebt jetzt Ruhe. Geht schlafen, geht schlafen.« Albern, mit ihnen zu sprechen, als seien sie menschliche Patienten und könnten die beruhigenden Töne verstehen.

Aber sie beruhigten sich.

Er schenkte sich eine Tasse heißen schwarzen Kaffee ein, setzte sich wieder hin, schlürfte vorsichtig und begann zu lesen.

Die meisten Kapitel beeindruckten ihn tief. Der Stil war eindringlich und täuschte Einfachheit vor, jene Art leichter wissenschaftlicher Lektüre, die schwer zu schreiben ist. Longwood hatte die erstklassigen chirurgischen Erfahrungen eines ganzen Lebens destilliert und nicht gezögert, sich auf die Arbeit vieler anderer chirurgischer Kapazitäten zu beziehen. Als Adam hundert Seiten des Manuskripts gelesen hatte, läutete das Telefon, und der Gedanke, daß man ihn vielleicht wegholte, erfüllte ihn mit Bedauern. Zum Glück war es Spurgeon mit der Bitte um einen

Rat, den er ihm telefonisch geben konnte, ohne weggehen zu müssen. Begierig kehrte er zu dem Manuskript zurück.

Er las die ganze Nacht hindurch.

Als er mit den letzten drei Kapiteln fertig war, hatten sich die Fenster des Labors zu einem düsteren Grau erhellt.

Vielleicht, dachte er, kam es von seiner Müdigkeit. Er rieb sich die Augen, wärmte den Kaffee auf, trank noch eine Tasse und las die letzten drei Kapitel langsam noch einmal.

Es war, als seien sie von einem anderen Menschen geschrieben worden.

Trotz seiner verhältnismäßig geringen Erfahrung stieß er auf grobe Irrtümer. Der Stil war unklar, die Satzkonstruktion gewunden, und es war schwierig, ihnen zu folgen. Im Material tauchten große Lücken auf.

Er las die Seiten noch einmal, und jetzt enthüllte sich ihm die schreckliche Entwicklung, das Bild des Dahinschwindens einer ungeheuren intellektuellen Kapazität.

Der Zerfall eines Geistes, erkannte er erschüttert.

Er versuchte zu dösen, konnte aber ausnahmsweise nicht einschlafen. Er verließ das Labor und frühstückte als Maxies erster Gast, ging dann durch die kalte Morgendämmerung wieder ins Tierlabor und legte das Manuskript sorgfältig in die Schachtel zurück.

Drei Stunden später wartete er auf Kender, der in sein Büro kam.

»Ich glaube, das sollten Sie lesen«, sagte er.

Als er in der folgenden Nacht im Finstern bei Gaby lag, erzählte er ihr, daß Longwood am Nachmittag von seinem Posten als Chefchirurg zurückgetreten war.

»Der Arme«, sagte sie. »Kann man denn nichts unternehmen?« fragte sie einen Augenblick später.

»Die Chancen, einen Leichenspender mit einer seltenen Blutgruppe zu bekommen, sind gering. Longwood kann durch Dialyse am Leben erhalten werden, aber Kender sagt, der Apparat sei die Ursache seines psychischen Versagens.«

Seite an Seite blickten sie zu einem schwarzen Himmel auf.

»Ich glaube nicht, daß ich die Maschine lange ertragen würde, wenn ich . . .«, sagte sie.

»Wenn du was?« fragte er schläfrig.
»Zum Tod verurteilt wäre.«
Aber er war schon eingeschlafen.

Nach einer Weile streifte sie ihn mit ihren Zehennägeln zweimal, bis er erwachte und sich ihr zuwandte. Ihre wilden Schreie sandten Klangkreise über das schwarze Meer.

Nachher trieb sie dahin, den Kopf an seiner Brust, während er wieder schlief und sein klopfendes Herz an ihrem Ohr flüsterte.

Lebendig, sagte es.

XVI
SPURGEON ROBINSON

Der Mann war gebeugt und schwarz und weinte, ein keineswegs seltsamer Anblick im Krankenhaus, aber Spurgeon blieb doch bei der Bank stehen.

»Fühlst du dich nicht wohl, Alterchen?«

»Sie haben ihn umgebracht.«

»Das tut mir leid«, sagte er sanft und fragte sich, ob es ein Sohn oder ein Bruder war, ein Straßenunfall oder Mord.

Zuerst verstand er den Namen nicht.

»Haben ihn erschossen. Tot für immer. Unser Befreier, unser King.«

»Martin Luther?« fragte er schwach.

»Weiße Mütter. Erwischen am Ende alle und jeden von uns.«

Der alte Schwarze wankte fort. Spurgeon haßte ihn für diese ungeheure Lüge.

Aber es war die Wahrheit. Bald bestätigten es sämtliche Rundfunk- und Fernsehapparate im ganzen Krankenhaus.

Spurgeon wollte sich selbst auf die Bank setzen und weinen.

»O Gott, es tut mir so leid«, sagte Adam zu ihm. Andere sagten Ähnliches. Er brauchte eine Weile, um zu erkennen, daß die Menschen ihm ihr Beileid genauso ausdrückten, wie er es dem alten Patienten gegenüber getan hatte, in dem Glauben, dieser habe einen persönlichen Verlust erlitten; im wesentlichen ließ es ihn unberührt. Erst später wurde er wütend darüber.

Er hatte keine Zeit, sich den Luxus eines Schocks zu gönnen.

Dr. Kender berief das gesamte dienstfreie Personal ein. Das Suffolk County General Hospital hatte erst einmal, im Jahr zuvor, einen Rassenkonflikt erlebt und war damals unvorbereitet gewesen. Jetzt wurde nur das notwendigste Personal in den Abteilungen belassen, man stellte jeden Operationssaal zu sofortiger Benützung bereit. Jeder Krankenwagen wurde mit zusätzlichen Tragbahren und Material ausgerüstet.

»In jedem Fahrzeug muß ein zusätzlicher Arzt sein«, sagte Dr. Kender. »Falls die Hölle losbricht, will ich nicht, daß Sie nur mit einem Patienten zurückkommen, sondern mit zwei oder sogar drei.« Er wandte sich an Meomartino und Adam Silverstone. »Einer von Ihnen bleibt hier und leitet die Unfallstation. Der andere soll in dem Krankenwagen mitfahren.«

»Was wollen Sie übernehmen?« fragte Meomartino Adam.

Silverstone zuckte die Achseln und schüttelte den Kopf, als Moylan hereinkam und über Schüsse aus dem Hinterhalt von Dächern berichtete, vor denen der Polizeifunk gewarnt habe.

»Ich kann ebensogut auch in der Unfallstation bleiben«, sagte Meomartino.

Adam teilte die Bemannung der Krankenwagen ein und setzte sich mit Spurgeon in Meyersons Wagen. Ihre erste Fahrt stellte sich als Antiklimax heraus: auf der Schnellstraße waren drei Wagen zusammengestoßen, zwei Verletzte, keiner schwer.

»Ihr habt euch einen schlechten Zeitpunkt ausgesucht«, sagte Meyerson zu dem einen, als sie ihn zum Krankenwagen trugen.

Aber das Krankenhaus war ruhig, als sie zurückkamen. Die Berichte über Schießereien hatten sich als unrichtig erwiesen. Die Polizei war zwar weiterhin in Alarmbereitschaft, aber noch hatte sich nichts ereignet.

Ihre nächste Ausfahrt galt einem Mädchen, das in eine zerbrochene Flasche getreten war.

Ihre dritte Fahrt ging nach Roxbury, wo es eine Schießerei in einer Kneipe gegeben hatte.

»Dort fahre ich nicht hin«, sagte Meyerson.

»Warum nicht?« fragte Spurgeon.

»So viel Geld verdiene ich nicht. Sollen sich die Schweinehunde doch gegenseitig umbringen.«

»Los, heb deinen Arsch«, sagte Spurgeon.

»Ganz wie Sie wollen«, sagte Adam ruhig. »Wenn Sie heute abend nicht fahren, sind Sie hier erledigt. Dafür werde ich sorgen.«

Meyerson sah sie an. »Pfadfinder«, sagte er.

Er stand auf und ging langsam hinaus. Spurgeon dachte, er würde vielleicht einfach am Krankenwagen vorbeigehen, aber er öffnete die Tür und setzte sich hinter das Lenkrad.

Spurgeon ließ Adam in der Mitte sitzen.

Einige Läden in der Blue Hill Avenue waren mit Brettern verschlagen. Die meisten waren dunkel. Die beleuchteten trugen hastig über die Auslagenscheiben geschmierte Aufschriften: »Seelenbruder«, »Gehört einem Schwarzen«, »Eigentümer ist ein Bruder«. Sie fuhren an einem schon völlig ausgeplünderten Schnapsladen vorbei, einem von Ameisen kahlgefressenen Skelett, und aus den scheibenlosen Auslagen schlüpften Kinder mit Flaschen.

Spurgeons Herz brach um ihretwillen. Trauere, sagte er stumm. Verstehst du nicht zu trauern?

Nicht weit von Grove Hall trafen sie auf die erste Menschenmenge, riesig ergoß sie sich wie eine Viehherde über die Straße, Gruppen, die sich drängend und schiebend von einer Straßenseite zur anderen im Kreis bewegten. Der durch die offenen Wagenfenster dringende Lärm war eine Mischung aus Karnevalsgebrüll, Flüchen und Faschingsdienstag-Gelächter.

»Da kommen wir nicht durch«, sagte Meyerson. Er hupte.

»Wir drehen lieber ab und umfahren sie«, sagte Adam.

Aber hinter ihnen war die Straße bereits von Menschen verstopft.

»Andere Vorschläge?« sagte Meyerson.

»Nein.«

»Pfadfinder.«

Einige Männer und Jungen begannen einen unter einer Straßenlaterne geparkten Wagen zu schaukeln, eine schwarze, viertürige Limousine. Es war ein schweres Modell, ein Buick, aber nach kurzer Zeit schwankte er wie ein Spielzeug vor und zurück. Nach jedem Stoß hoben sich zwei Räder vom Boden und krachten wieder hinunter, bis er schließlich unter Gekreisch und Triumphgeschrei im Gedränge umkippte.

Meyerson stieg mit dem Fuß auf den Sirenenknopf.

»Los, auf ihn!« brüllte jemand.

Der Ruf pflanzte sich fort, und sofort waren sie eine Insel in einem Menschenmeer. Hände begannen an die metallenen Seiten des Krankenwagens zu hämmern.

Meyerson kurbelte das Fenster an seiner Seite hoch. »Die werden uns umbringen.«

Im nächsten Augenblick begann der Krankenwagen zu schaukeln.

Spurgeon drückte den Türgriff nieder, stieß die Tür mit der Schulter auf, so daß draußen jemand wegflog. Er stieg aus, kletterte auf die Motorhaube und stand mit dem Rücken zu den beiden Männern im Innern da.

»Ich bin ein Bruder«, brüllte er in die fremden Gesichter.

»Und was sind die dort — Vettern?« rief jemand, und alle lachten.

»Wir sind Ärzte auf dem Weg zu einem Verletzten. Er braucht unsere Hilfe, und ihr haltet uns von ihm fern.«

»Ist er ein Bruder?« brüllte eine Stimme.

»Zum Teufel, ja, er ist ein Bruder.«

»Laßt sie durch!«

»Zum Teufel, ja!«

»Ärzte, die einem Bruder helfen sollen!« Er konnte hören, wie die Parole weitergegeben wurde.

Er saß auf der Motorhaube: neun Jahre Studium, um eine Kühlerfigur zu werden. Meyerson drehte den Scheinwerfer wieder auf. Der Krankenwagen fuhr ganz langsam an, und die Menge teilte sich vor ihm, als sei Spurgeon Moses und sie das Rote Meer.

Sie kamen durch.

Sie fanden die Kneipe. Der Verwundete lag mit dem Gesicht nach unten auf dem Boden, seine Hose war von dunklem Blut durchtränkt. Weit und breit niemand, der auf ihn geschossen hatte. Auch keine Waffe. Die Zuschauer wußten von nichts.

Spurgeon schnitt die blutdurchtränkte Hose und Unterhose weg.

»Die Kugel ist glatt durch den glutaeus maximus gegangen«, sagte er gleich darauf.

»Bist du sicher, daß sie nicht mehr drin ist?« fragte Adam.

Spurgeon berührte die Wunde mit der Fingerspitze und nickte; der Mann zuckte zusammen und stöhnte. Sie legten den Patienten bäuchlings auf die Tragbahre.

»Ist es schlimm?« keuchte der Mann.

»Nein«, sagte Spurgeon.

»Man hat dich in den Arsch geschossen«, sagte Meyerson knurrend, als er sein Ende der Trage aufhob.

Im Krankenwagen gab Adam dem Patienten Sauerstoff, und Spurgeon setzte sich neben Meyerson. Maish benützte die Sirene nicht. Einige Minuten später erkannte Spurgeon, daß sie sich dem »Frontgebiet« in North Dorchester näherten, einer nicht ganz geheuren Gegend, in der sich die schwarze Bevölkerung in bisher »weiße« Straßen ausbreitete.

»Sie machen einen Umweg«, sagte er zu Meyerson.

»Es ist der kürzeste Weg aus Roxbury«, sagte Meyerson; er schlug das Lenkrad ein, der Krankenwagen bog um eine Ecke und kam quietschend zum Stehen, als Meyerson heftig auf die Bremse trat.

»Was, zum Teufel, ist jetzt wieder los?« fragte er.

Ein geparkter Wagen mit offener Tür blockierte das Ende der schmalen Straße. Das andere Ende war ebenfalls abgeschnitten, durch zwei etwa sechzehnjährige Jungen, einem Farbigen und einem Weißen, die aufeinander eindroschen.

Meyerson hupte und ließ dann die Sirene aufheulen. Blind gegen alles rauften sie weiter. Es war keine Technik an ihrem Kampf. Sie schlugen einfach so fest wie nur möglich aufeinander los. Wer weiß, wie lange der Kampf schon dauerte. Das linke Auge des weißen Jungen war geschlossen, der schwarze blutete aus der Nase und schluchzte nervös.

Meyerson seufzte. »Entweder wir trennen diese Idioten, oder wir rücken den Wagen weg«, sagte er. Sie stiegen aus.

»Passen Sie auf, daß Sie nicht eins abkriegen«, warnte Meyerson, während sie sich anschlichen.

»Jetzt packen wir sie«, sagte Adam, als die Jungen in einen Clinch gingen und fest umklammert miteinander rangen.

Es war überraschend leicht. Sie leisteten nur Widerstand, um das Gesicht zu wahren, denn beide waren zweifellos erleichtert, daß die Qual vorüber war. Spurgeon hatte die Arme des weißen Jungen von hinten gepackt. »Ist das dein Wagen?« fragte er.

Der Junge schüttelte den Kopf. »Seiner«, sagte er und deutete mit dem Kopf auf seinen Gegner. Jetzt bemerkte Spurgeon, daß Adam die Arme des farbigen Jungen festhielt, während Meyersons große blasse Hände in wolliges schwarzes Haar – wie das von Dorothy – verkrampft, den Kopf des Jungen nach hinten zwangen.

»Das ist unnötig«, sagte er scharf. Der weiße Junge wimmerte.

Als er einen Blick hinunterwarf, sah er, wie seine eigenen, ihm vertrauten schwarzen Finger sich in sommersprossiges Fleisch gruben. Verblüfft öffnete er sie, und der Junge entfernte sich wie ein befreites Tier, steif vor gespielter Gleichgültigkeit.

Trotzig ließ der schwarze Junge seinen Vergaser aufheulen, als sie zum Krankenwagen zurückgingen.

Spurgeon befiel das gleiche Gefühl, das der alte Mann, der auf der Holzbank geweint hatte, gehabt haben mußte.

»Wir haben Partei ergriffen«, sagte er zu Adam.

»Was meinst du damit?«

»Ich konnte nicht schnell genug hinspringen, um mit dem kleinen weißen Gangster abzurechnen, und ihr beiden tapferen Weißen habt das farbige Kind grob behandelt.«

»Sei kein paranoides Arschloch«, fuhr ihn Adam an.

Auf dem Heimweg zum Krankenhaus stöhnte der Verwundete gelegentlich; die übrigen Insassen des Wagens schwiegen.

In der Unfallstation ließen sich drei Polizisten verarzten, die von Steinen getroffen worden waren, aber sonst merkte man noch immer nichts von den vorausgegangenen Krawallen. Sie mußten noch einmal nach Roxbury zurückfahren, um einen Zimmermann abzuholen, der sich die Hand an der Elektrosäge aufgeschnitten hatte, als er Bretter zum Vernageln von Ladenfenstern zurechtschnitt. Dann wurden sie nach einem Mann ausgeschickt, der einen Herzanfall vor der North Station erlitten hatte. Um neun Uhr zwanzig fuhren sie wieder aus, um jemanden zu holen, der sich angeblich beim Sturz von einer Leiter den Rücken verletzt hatte, als er die Decke seiner Wohnung malte.

Der nächste Ruf kam von einem Wohnhauskomplex im

South End. Neben dem großen plätschernden Teich wartete ein Junge in einer schmutzigen weißen Nehrujacke auf sie, ungefähr so alt wie die beiden Straßenkämpfer, aber sehr mager.

»Hier geradeaus, meine Herren«, sagte er und ging in die Dunkelheit hinein. »Ich bringe Sie zu ihm hinauf. Sieht wirklich schwer verletzt aus.«

»Sollen wir die Tragbahre mitnehmen?« fragte Spurgeon.

»He«, rief Adam dem Jungen zu, »welcher Stock?«

»Vierter.«

»Ist ein Lift vorhanden?«

»Kaputt.«

»Zum Teufel«, sagte Meyerson.

»Bleiben Sie hier«, sagte Silverstone und griff nach seiner Arzttasche. »Es ist zu hoch, um die Bahre hinaufzuschleppen, wenn wir sie nicht brauchen sollten. Dr. Robinson und ich sehen ihn uns an. Wenn wir die Bahre brauchen, wird einer von uns herunterkommen und Ihnen tragen helfen.«

Der Komplex bestand aus einer Reihe kastenförmiger Betonbauten. Das Haus II stand neben einem Teich und war noch nicht alt, aber schon ein Elendsquartier. Anatomisch unwahrscheinliche Bleistiftzeichnungen bedeckten die Wände des Vorhauses, waren jedoch auf höheren Treppenabsätzen nicht zu sehen, weil dort gähnende Finsternis herrschte, da die Glühbirnen gestohlen oder zerbrochen waren. Im zweiten Stock stank die Dunkelheit nach altem Müll und Schlimmerem.

Spurgeon hörte, wie Adam den Atem anhielt.

»Welche Wohnung?« fragte er.

»Folgen Sie mir nur.«

Oben spielte jemand eine wüste Sache von Little Richard, es dröhnte wie das Gestampfe wilder Pferde, die in rasender Flucht dahinjagten. Je höher sie kamen, um so lauter wurde es. Im vierten Stock ging der Junge über einen Gang auf eine Tür zu, hinter der die Musik lärmte. Wohnung D. Er hämmerte an die Tür, und drinnen nahm jemand die Nadel von der Platte.

»Aufmachen. Ich bin's.«

»Hast sie mit?«

»Ja. Zwei Doktoren.«

Die Tür öffnete sich, der Junge in der Nehrujacke ging hinein und Adam hinter ihm. Als Spurgeon folgte, kam Adams Warnung.

»Lauf, Spur! Hol –«

Aber er war schon drinnen, und die Tür wurde hinter ihm zugeschlagen. Eine einzige Lampe brannte. In ihrem Lichttümpel sah er vier Männer; nein, fünf zählte er, als noch einer aus der Dunkelheit in den Lichtkegel trat, drei Weiße und zwei Farbige, den Jungen nicht mitgezählt. Er erkannte nur einen von ihnen, einen mageren braunen Mann mit Zuluhaaren und einem strichdünnen Schnurrbart, der ein zu einer schmalen Klinge zugefeiltes Küchenmesser in der Hand hielt.

»Hallo, Speed«, sagte er. Nightingale lächelte ihn an. »Nur herein, Doc«, sagte er.

Sie traten näher und standen vor den Männern.

»Wußte nicht, daß Sie es sein würden, Langhaar. Kein Grund zur Aufregung. Wir wollen nur die Tasche Ihres Freundes.«

»Talentverschwendung«, sagte Spurgeon. »Jemand, der so Klavier spielt wie Sie.«

Speed zuckte die Achseln, grinste jedoch geschmeichelt. »Wir haben ein paar Burschen, denen es schlechtgeht. Sie brauchen etwas, ganz schnell. Tatsache ist, daß auch ich selbst zu lange ohne war.«

»Gib ihnen die Tasche, Adam«, sagte Spurgeon.

Aber Adam ging zum Fenster.

»Mach keine Dummheit«, sagte Spurgeon. »Gib ihnen die verdammte Tasche.« Er sah entsetzt, daß Adam auf den Teich hinuntersah. »Einen so guten Taucher gibt es nicht«, sagte Spur.

Jemand lachte.

»Plansch doch«, sagte eine Stimme aus der Dunkelheit.

»Das ist nämlich ein Planschbecken, Mister«, sagte der Kleine.

Speed ging zu Adam und nahm ihm die Arzttasche weg. »Seid ihr alle miteinander besoffen?« sagte er gutmütig. Er reichte Spurgeon die Tasche. »Suchen Sie es für uns heraus, Doc.«

Spurgeon öffnete sie, fand eine Flasche Ipecac, ein Brechmittel, und reichte sie ihm. Nightingale nahm die Kappe ab, steckte seine Zungenspitze in die Flasche und spuckte aus.

»Was ist das?« fragte einer der Männer.

»Vermutlich etwas zum Speien.« Er sah Spurgeon an, diesmal ohne zu lächeln, und ging auf ihn zu.

Adam schlug bereits wild um sich.

Spurgeon versuchte einen Schlag zu landen, aber er war noch ungeschickter als die Straßenkämpfer. Jetzt wurden seine Arme von Händen festgehalten, und ein *déjà vu* überwältigte ihn. Als die großen schwarzen Fäuste auf ihn losschlugen, drehte sich die Welt im Kreis, er war wieder vierzehn und verdrosch einen Betrunkenen in einem dunklen Eingang in der 171. West Street zusammen mit seinen Freunden Tommy White und Fats McKenna, wobei er den Platz hinter dem Opfer einnahm. Der Mann, der jetzt die Rolle Fats McKennas übernahm, würde ganze Arbeit leisten, erkannte er, als er mit großer Kraft in den Magen getroffen wurde und ihm der Atem stockte. Etwas stieß gegen seine Schläfe, den Rest spürte er kaum mehr. Er sah durch den Nebel jenen Mann, zu dem er vielleicht geworden wäre, wäre ihm nicht die Gnade Gottes und Calvins widerfahren, der jetzt auf dem Fußboden kniete, die Arzttasche durchwühlte, sie schließlich umdrehte und ihren Inhalt auf den Fußboden stürzte.

»Hast es, Baby?« fragte eine Stimme.

Spurgeon hörte nicht mehr, ob Speed Nightingale es hatte. Jemand stellte die Nadel wieder auf die Platte von Little Richard, und das Dröhnen der wilden Pferde überrannte alles. Auch ihn.

Er kam zweimal zu Bewußtsein.

Als er das erstemal die Augen öffnete, sah er Meyerson.

»Ich weiß nicht«, sagte Maish soeben. »Es ist schwieriger geworden, leere Formulare zu kriegen. Ich werde vielleicht einen Dollar draufschlagen müssen. Sechs Dollar pro Rezept ist nicht zu hoch.«

»Wir streiten nicht um den Preis«, sagte Speed. »Bloß her damit, Mensch. Bloß her damit.«

»Der ganze Handel könnte hochgehen, wenn ihr diese beiden Kerle ex gehen laßt«, sagte Meyerson.

»Über die brauchst du dich nicht aufzuregen«, sagte eine Stimme verächtlich.

Spurgeon wollte wissen, wie es ausging, und als die Stimmen schwanden, empfand er eine Art zornigen Bedauerns.

Das Gesicht, in das er das zweitemal blickte, war groß, irisch und häßlich. »Der Nigger dürfte sich erholen«, sagte er.

»Der andere Bursche auch. Aber ich glaube, seine Würde ist angeknackst.«

Als er sich aufsetzte, übergab er sich und sah, daß zwei Polizisten in der Wohnung standen.

»Wie geht's, Adam?« fragte er mit schmerzendem Kopf.

»Ganz gut. Dir, Spur?«

»Ich werd's überleben.«

Speed und seine Freunde waren bereits abgeführt worden.

»Aber wer hat Sie gerufen?« fragte Adam den Polizisten.

»Der Bursche sagte, er sei euer Fahrer. Er sagte, ich solle euch sagen, die Schlüssel des Krankenwagens seien unter dem rechten hinteren Sitz.«

Die beiden Polizisten fuhren sie ins Krankenhaus zurück. In der Halle drehte sich Spurgeon um, um ihnen zu danken. Er war genauso verblüfft wie sie, als er sich sagen hörte:

»Nenn du mich ja nie wieder Nigger, du dickes Schwein.«

Er schlief lange, wachte blaugeschlagen und steif und mit dem Gefühl auf, daß er etwas vergessen habe.

Der Aufruhr.

Aber der Rundfunk unterrichtete ihn, daß es keinen gegeben hatte. Ein paar in Brand gesteckte Läden, geringfügige Plünderungen. Jimmy Brown war in der Stadt, und der Bürgermeister hatte ihn gebeten, eine Rede zu halten, die das Fernsehen aus dem Boston Garden übertrug. Die Leute, die sonst Brände gelegt hatten, blieben daheim und sahen sich Jimmy im Fernsehen an. Die anderen hielten bereits Versammlungen ab und bemühten sich, die Stimmung abzukühlen.

Er blieb fast eine Stunde unter der Dusche und trocknete eben die Haut zwischen den blauen Flecken ab, als das Telefon in der Halle läutete.

Die Polizei hatte Meyerson geholt. Er konnte gegen zweihundert Dollar freigehen. Er brauchte zwanzig Dollar, die zehn Prozent für den Kautionsbürgen.

»Ich komme hinüber«, sagte Spurgeon.

In der Polizeidirektion in der Berkeley Street bezahlte er das Geld und erhielt eine Quittung.

»Sie sehen müde aus«, sagte er, als Maish herauskam.

»Miese Matratze.«

Im Morgen lag die erste Andeutung von Frühlingswärme, und die Luft war zitronengelb vor Sonnenlicht, aber sie gingen in unbehaglichem Schweigen dahin, bis sie den Park Square überquerten.

»Danke, daß Sie die Polizei gerufen haben«, sagte Spurgeon.

Meyerson zuckte die Achseln. »Ich habe es nicht für euch getan. Wenn sie euch umgebracht hätten, wäre ich ein Helfershelfer gewesen.«

Daran hatte Spurgeon noch gar nicht gedacht.

»Sie bekommen Ihre zwanzig Dollar zurück«, sagte Maish.

»Eilt nicht.«

»Ich habe Geld in meinem Zimmer versteckt, mein Spielgeld. Sie haben gestern abend schon auf mich gewartet, als ich es holen ging. Ich schicke Ihnen die zwanzig per Post.«

»Sie werden die Kaution fahrenlassen, nicht wahr?« sagte Spurgeon.

»Ich habe noch was auf dem Konto. Diesmal würde es eine unbedingte Gefängnisstrafe bedeuten.«

Spurgeon nickte. »Ein Philosoph!« sagte er traurig.

Meyerson sah ihn an. »Ich bin ein Vagabund. Ich hab's Ihnen ja gesagt, und wenn Sie ein echter Nigger wären, würden Sie so etwas nicht sagen.«

Sie waren die Boylston Street in Richtung Tremont gegangen. Als sie jetzt stehenblieben und einander anstarrten, kam ein bärtiger, bloßfüßiger Prophet vom Common herüber auf sie zu und verkündete, daß er, falls sie ihm nicht einen Dollar gäben, nichts zum Frühstück haben würde.

»Dann verhungere eben, Schmock«, sagte Meyerson, und der Junge wanderte, ohne beleidigt zu sein, davon.

»Sie wissen nicht, was das heißt, etwas so sehr haben zu wollen, daß Sie alles täten, um es zu bekommen«, sagte Maish. »Sie sind ein weißer Schwarzer, das ist's, warum Sie die Nigger nicht verstehen. Deshalb sind Sie genauso schlimm wie wir übrigen Weißen, die es einen Dreck schert, wie es anderen geht, weil wir nur an uns selbst denken. Oder vielleicht sind Sie noch schlimmer.« Er drehte sich um und ging auf die Haltestelle der Untergrundbahn zu.

Nein, bin ich nicht, versicherte sich Spurgeon.

Und auch sonst keiner.

»Sie sind nicht alle wie du, Meyerson!« schrie er. »Nein, nein, nein!« Aber Maish war bereits die Treppe hinunter verschwunden.

Wider Willen zog es ihn zum Getto.

Der Wind blies von Süden, und noch bevor er über die Grenze gefahren war, füllte sich der VW mit einem schwachen, bitteren Brandgeruch. Nicht alle waren daheimgeblieben, um Jimmy Brown zu sehen.

Er fuhr sehr langsam.

Die Bretter über den Auslagen sahen bei Tageslicht kläglich unwirksam aus. Einige waren abgerissen worden. An einem Schnapsladen war das metallene Schutzgitter aus den Angeln gerissen. Die Scheibe war zerbrochen, und er konnte im Inneren flüchtig nackte Gestelle und Trümmer auf dem Fußboden sehen. Die Inschrift auf der Eingangstür — »Seelenbruder« — war durchgestrichen und durch eine andere ersetzt worden: »Verdammter Lügner«.

Die erste Brandstätte lag nicht weit von Ace High, ein Mietshaus. Der Brand war zweifellos von jemandem gelegt worden, der von Ratten und Küchenschaben genug gehabt hatte.

Der zweite Brand, auf den er stieß, lag eine halbe Meile weiter und war kein Brand mehr. Ein halbes Dutzend Feuerwehrleute ließen zwei Schläuche über den Schauplatz einer verlorenen Schlacht spielen. Nichts war übriggeblieben als ein geschwärztes Ziegelfundament und ein paar verkohlte Balken.

Er parkte den Wagen und ging zu der Ruine. »Was war das?« fragte er einen der Feuerwehrleute.

Der Mann warf ihm einen kühlen Blick zu, sagte jedoch nichts. Ein Punkt für Maish, dachte er.

»Ein Möbelgeschäft«, sagte ein anderer.

»Danke.«

Er hockte sich nieder und starrte eine Weile in die rauchenden Trümmer, dann richtete er sich auf und ging zu Fuß weiter.

In jedem Hausblock waren die Läden gegen den Wirbelsturm

verschlagen worden. Die meisten, die nicht mit Brettern verschlagen waren, standen leer. An einem hing ein gemaltes Schild, über das er lächeln mußte. »Hilfsstation«. Die Tür war unversperrt, er trat ein, und sein Lächeln erstarb. Es war kein Witz. In einem Kleenexkarton lagen Rollen groben Verbandzeugs, kaum aseptisch zu nennen, zweifellos von schwarzen Frauen in ihren Wohnungen aus alten Hemden und Schürzen zurechtgeschnitten. Wahrscheinlich hatte das zu dem größeren Plan irgendeines Black Panther gehört, vermutlich eines Vietnamheimkehrers, der den Napoleon spielen wollte, nur war diesmal nichts daraus geworden. Zweifellos freute er sich schon auf das nächste Mal.

Spurgeon fragte sich, ob sie wohl Antibiotika, Blutspender, geschulte Leute hatten, wußte aber gleichzeitig, daß dies unwahrscheinlich war. Außer ein paar leeren Läden und versteckten Waffen sowie selbstgefertigten Bandagen besaßen sie sicher nur die Überzeugung, daß sie nun lange genug gewartet hatten.

Es war ein sehr großer Laden.

Im Zentrum der schwarzen Gemeinde.

Er erinnerte sich, wie Gertrude Soames, die Hure mit dem gefärbten roten Haar, das Krankenhaus aus eigenen Stücken verlassen hatte, trotz Leberkrebs, weil sie den weißen Händen nicht traute, die bohrten und weh taten, weil sie den Augen der Weißen entfliehen wollte, denen ja in Wirklichkeit nichts an ihr lag.

Er dachte an Thomas Catlett jr., dem er im Krankenwagen auf der Brücke einen Klaps auf den kleinen schwarzen Arsch gegeben hatte, Catlett jr., der acht Geschwister besaß und dessen arbeitsloser Vater jetzt wohl schon wieder die Samen für Nummer zehn in Martha Hendricks Catletts schlaffen Schoß gebettet hatte, weil der Orgasmus gratis ist und niemand sie gelehrt hatte, zu lieben, ohne Babys zu machen.

Er fragte sich, wie die Selbstzerstörung von Menschen wie Speed Nightingale verhindert werden konnte, wer schon bereit war, einem Süchtigen bei dem Versuch, davon loszukommen, zu helfen.

Der Schreiber des Schildes hatte einige zerbrochene Kreidestücke auf den sandigen Fußboden fallen lassen, und Spurgeon hob eines auf und zeichnete gedankenlos auf den Boden neben der Tür: ein Wartezimmer mit einem Empfangstisch, ein Untersuchungszimmer und eine unfallchirurgische Abteilung, eine Ecke für Röntgen, und in der Toilette, die von dicken Spinnweben und drei toten Motten bewohnt war, eine Dunkelkammer.

Dann hockte er sich wieder nieder und studierte die weißen Linien auf dem schmutzigen Fußboden.

Am selben Nachmittag trieb er sich in der chirurgischen Station herum, bis er den Vertreter einer pharmazeutischen Kleinhandelsfirma entdeckte, den er kannte.

Er hieß Horowitz, war ein netter Bursche und so weit Geschäftsmann, um zu wissen, daß junge Spitalärzte manchmal in verhältnismäßig wenigen Jahren wichtige Kunden werden konnten. Er saß bei einer Tasse Kaffee in Maxies Laden und hörte Spurgeon zu.

»Es ist nicht so wild«, sagte er. »Frank Lahey startete die Lahey-Klinik 1923 bloß mit einer einzigen Operationsschwester.«

Er runzelte die Stirn und begann Ziffern auf eine Papierserviette zu kritzeln.

»Gewisse Gegenstände könnte ich Ihnen umsonst verschaffen, weil die pharmazeutische Industrie so etwas unterstützt. Einen Vorrat an Medikamenten, Verbänden. Einen Teil der Ausstattung könnten Sie aus zweiter Hand bekommen. Einen Röntgenapparat brauchen Sie nicht, solche Fälle könnten Sie ins Krankenhaus schicken —«

»Nein, Röntgen wäre wichtig. Es geht ja vor allem darum, eine Klinik in einem schwarzen Stadtteil zu schaffen, in die sie gern und voll Vertrauen mit dem Bewußtsein kommen, daß sie die *ihre* ist. Und diese Leute haben Tuberkulose, Emphyseme, alle möglichen Atembeschwerden. Zum Teufel, sie leben in der vergifteten Luft des Stadtkerns. Röntgen wäre unbedingt nötig.«

Horowitz zuckte die Achseln. »Schön, also auch Röntgen. Für das Wartezimmer könnten Sie alte Möbel besorgen. Sie wissen ja, Faltstühle, einen hölzernen Schreibtisch, solche Dinge.«

»Sicher.«

»Sie brauchen ferner einen Untersuchungstisch, einen Behandlungstisch, chirurgische Instrumente, einen Sterilisator. Untersuchungslampen. EKG. Diathermie. Ein paar Stethoskope, ein Otoskop, ein Mikroskop, ein Ophthalmoskop. Dunkelkammer und Geräte zum Entwickeln. Wahrscheinlich noch diverse Kleinigkeiten, die mir jetzt nicht einfallen.«

»Wieviel?«

Wieder zuckte Horowitz die Achseln. »Schwer zu sagen. Man findet diese Dinge nicht immer aus zweiter Hand.«

»Stellen Sie keine Gebrauchtwarenpreise auf. Diese Menschen haben in ihrem Leben noch nie etwas gehabt, das erstklassig ist. Alte Möbel, schön, aber rechnen Sie mit einer neuen Ausrüstung.«

Der Vertreter addierte noch einiges und steckte dann seinen Kugelschreiber ein. »Neuntausend«, sagte er.

»Hm.«

»Und Sie müßten auch weitermachen können, wenn Sie eröffnet haben. Einige Ihrer Patienten haben vielleicht eine Krankenversicherung, die meisten aber nicht. Viele können nur ein sehr bescheidenes Honorar zahlen.«

»Dazu kommen noch Miete und Stromrechnungen«, sagte Spurgeon. »Glauben Sie, daß man mit zwölftausend über das erste Jahr kommen kann?«

»Klingt realistisch«, sagte Horowitz. »Lassen Sie mich wissen, wenn ich sonst noch etwas für Sie tun kann.«

»Ja. Danke.«

Er blieb sitzen und trank ein zweite Tasse Kaffee und dann noch eine. Schließlich bezahlte er und bat Maxie um Wechselgeld für einen Dollar. Er summte vor sich hin, als er die Zentrale wählte, aber sein Magen krampfte sich vor Nervosität zusammen.

Er kam mühelos durch, bis er die letzte Bastion erreichte, die englische Sekretärin mit der eisigen Stimme, die Calvin Priest vor den gewöhnlichen Sterblichen schützte.

»Mr. Calvin hat jemanden bei sich, Dr. Robinson«, sagte sie, wie immer mißbilligend. »Ist es sehr wichtig?«

»Nun, nein«, sagte er, und sofort empfand er Widerwillen gegen sich. »Ja doch, es ist wichtig. Wollen Sie ihm sagen, daß sein Sohn am Apparat ist und seine Hilfe braucht?«

»O ja, Sir. Wollen Sie warten oder soll ich Mr. Priest bitten, zurückzurufen?«

»Ich werde auf meinen Vater warten«, sagte er.

Am nächsten Tag nahm er Dorothy zu dem Laden mit. Hinter ihm lag eine Nacht voller Zweifel, und er hatte viele Drachen erfunden, die er nicht alle mit Vernunftgründen zu erschlagen vermochte. Der Häuserblock und der Laden sahen irgendwie düsterer aus als zur Zeit, da er ihn verlassen hatte. Jemand hatte ein Kreidestückchen gestohlen und eine Anzahl Bilder von einem Paar in verschiedenen Liebesstellungen gezeichnet, oder vielleicht war es mehr als ein Paar, eine Gehsteigorgie. Der Künstler hatte die Kreide zurückgelassen, und jetzt spielten zwei kleine Mädchen, die sich nicht um das Bacchanal kümmerten, verbissen »Himmel und Hölle«. Der Laden war weniger geräumig als in seiner Erinnerung und schmutziger.

Sie hörte ihm zu, und sie schaute auf die Kreidelinien auf dem Boden. »Klingt ziemlich langfristig«, sagte sie.

»Nun ja.«

»Kurzfristig könntest du es nicht machen«, sagte sie. »Das merke ich schon.« Es entstand ein Schweigen, in dem sie einander nachdenklich ansahen, und er wußte, daß sie Hawaii und den sorgenfreien kleinen Enkelkindern mit den Schlitzaugen adieu sagte.

»Ich habe dir Frangipani versprochen«, sagte er schuldbewußt.

»Ah, Spurgeon«, sagte sie. »Ich hätte ja gar nicht gewußt, daß es Frangipani sind — ich kenne sie doch nicht!« Sie begann zu lachen, und einen Augenblick später lachte er mit ihr und liebte sie leidenschaftlich.

»Hast du Angst?« fragte sie.

»Ja. Du?«

»Todesangst.« Sie suchte in seinen Armen Trost, und er schloß die Augen und vergrub sein Gesicht in der flaumweichen schwarzen Wolle. Die zwei kleinen Mädchen auf dem Gehsteig beobachteten sie durch das Ladenfenster.

Nach dem letzten Kuß ging er ins Ace High, borgte vom Barmann einen Besen, und sie fegte den Boden für ihn. Während er die Spinnen und die Motten aus der Dunkelkammer vertrieb, befeuchtete sie ihr Taschentuch und zerfetzte es beim Wegwaschen der kopulierenden Figuren auf dem Gehsteig. Dann gab sie den kleinen Mädchen Zeichenunterricht. Als er herauskam, hatte die Sonne den Beton getrocknet, und der Gehsteig war mit Kreideblumen bedeckt, einem ganzen Lilienfeld.

XVII
ADAM SILVERSTONE

Als der April kam, war es, als müßte eine Uhr in Gaby ein wenig aufgezogen werden. Sie keuchte etwas mehr, wenn sie den Hügel erklomm, sie war etwas weniger zum Lieben bereit, sie begann nachmittags bleischwer zu schlafen. Noch vor einem Jahr hätte sie vor Sorge schlaflose Nächte verbracht und wäre zum Doktor gerast. Jetzt sagte sie sich energisch, daß das alles hinter ihr lag, daß sie kein Hypochonder mehr war.

Sie glaubte, der Winter sei für sie zuviel gewesen und jetzt habe sie die Frühjahrsmüdigkeit gepackt. Sie sagte weder Adam noch dem netten jungen Psychiater am Beth Israel etwas davon, der ihr einmal wöchentlich zuhörte, den interessanten Geschichten über die Ehe ihrer Eltern lauschte und gelegentlich mit schläfriger, fast teilnahmsloser Stimme eine Frage stellte; manchmal brauchte sie Wochen zu einer einzigen Antwort, jedesmal eine unglaublich schmerzhafte Geburt, wenn sie sich durch Narbengewebe wühlte, von dessen Vorhandensein Gaby nicht einmal etwas geahnt hatte. Sie begann ihre Eltern weniger zu hassen und mehr zu bemitleiden. Sie schwänzte einige Vorlesungen und wartete, bis milderes Wetter die öffentlichen Gärten und kleinen privaten Vorgärten auf dem Hügel verändern und den Sträuchern, Blumen und ihr neue Kraft bringen würde. In der Wohnung begann die Avocadopflanze gelb zu werden, und sie nährte sie mit Dünger und Wasser und kränkte sich über sie. Als sie das Bett machte, schlug sie sich das Schienbein an und heimste einen blauen Fleck ein, groß wie eine Steckdose; er wollte nicht vergehen, obwohl sie ihn mit Cold Cream massierte.

»Fühlst du dich wohl?« fragte Adam sie eines Morgens.

»Klage ich denn?«

»Nein.«

»Natürlich fühle ich mich wohl. Du?«

»Mir ist es noch nie besser gegangen.«

»Gut, Darling«, sagte sie stolz. Aber als die Zeit ihrer Periode kam und die Periode ausblieb, wußte sie, starr vor Gewißheit, was sie plagte.

Trotz ihrer großen Müdigkeit konnte sie nicht schlafen, und am Morgen — ein Syndrom von Ereignissen, die sie hatte vermeiden wollen — rief sie den Gesundheitsdienst der Studenten an und ließ sich einen Termin für eine Untersuchung geben.

Der Arzt hieß Williams. Er war grauhaarig, etwas beleibt und trug zwei dicke Zigarren in der Brusttasche.

Viel mehr Vaterfigur als ihr eigener Vater, dachte sie. Als er sie nach ihren Beschwerden fragte, fiel es ihr daher ganz leicht, ihm ihren Verdacht auf eine Schwangerschaft auszusprechen; das Einleitungsgeplauder fiel weg.

Er war seit neunzehn Jahren College-Arzt und hatte vorher als Arzt an einer privaten Vorbereitungsschule für Mädchen gearbeitet. In einem Vierteljahrhundert hatte er es noch immer nicht gelernt, diese Mitteilung ohne Mitgefühl aufzunehmen, wohl aber hatte er sich einigermaßen an sie gewöhnt.

»Nun, wir werden sehen«, sagte er.

Als ein Tropfen ihres Urins — vermischt mit einem Tropfen Antiserum und zwei Tropfen Antigen — auf einem Glasplättchen vor ihren Augen in zwei Minuten agglutinierte, konnte er ihr sagen, daß sie nicht Mutter werden würde.

»Aber meine Periode«, sagte sie.

»Manchmal ist sie wie ein Lokalzug. Fassen Sie sich in Geduld, einmal wird sie ja doch eintreffen.«

Sie lächelte ihn voll törichter Erleichterung an und wollte gehen, aber er hob die Hand. »Wohin laufen Sie?«

»Doktor«, sagte sie, »ich komme mir so dumm vor. Ich gehöre zu jenen Idioten, die ihr Ärzte manchmal galant einen überängstlichen Patienten nennt. Ich dachte, ich sei darüber hinweg, bei jedem Schatten an der Wand aufzukreischen, aber ich fürchte, ich bin's doch nicht.«

Dr. Williams zögerte. Sie war früher schon öfter bei ihm gewesen, und er wußte, daß sie die Wahrheit sagte; ihre Krankengeschichte auf seinem Schreibtisch war von Berichten über eingebildete Leiden angeschwollen, die bis zu ihrem ersten Semester vor sechs Jahren zurückreichten.

»Erzählen Sie mir, wie Sie sich sonst in letzter Zeit gefühlt haben«, sagte er. »Ich glaube, wenn Sie schon einmal da sind, könnten wir genausogut ein paar Tests machen.«

»Nun«, sagte sie fast eine Stunde später zu ihm. »Kann ich zu meinem Psychiater gehen und beichten, daß ich doch wieder rückfällig geworden bin?«

»Nein«, sagte er. »Sie sind müde, weil Sie anämisch sind.«

Sie empfand fast etwas wie Triumph: anscheinend war sie also doch nicht bloß eine dumme Neurotikerin.

»Was muß ich tun? Viel rohe Leber essen?«

»Ich möchte noch eine Untersuchung machen«, sagte er und reichte ihr ein Uringlas.

»Muß ich mich ausziehen?«

»Bitte.«

Er rief die Schwester, und gleich darauf fühlte sie den kalten Kuß eines Alkoholbausches auf ihrer Hüfte über der linken Backe und den Stich einer Nadel.

»Ist das alles?« fragte sie.

»Ich habe es noch nicht gemacht«, sagte er, und die Schwester kicherte. »Ich habe Ihnen nur etwas Novocain gegeben.«

»Warum? Wird es weh tun?«

»Ich werde Ihnen etwas Rückenmark entnehmen. Es wird ein bißchen unangenehm sein.

Aber als er es tat, rang sie nach Luft, und Wasser schoß ihr in die Augen. »He!«

»Baby.« Er klatschte ein Pflaster auf die Stelle. »Kommen Sie in einer Stunde wieder«, sagte er ungerührt.

Als sie in das Büro zurückkam, war Dr. Williams in Schreibarbeiten vertieft.

»Hallo. Ich möchte, daß Sie einige Bluttransfusionen bekommen.«

»Transfusionen?«

»Sie haben eine aplastische Anämie. Wissen Sie, was das bedeutet?«

Gaby faltete die Hände fest im Schoß. »Nein.«

»Ihr Knochenmark hat aus irgendeinem Grund aufgehört, genügend Blutzellen zu produzieren, und ist fettig degeneriert. Deshalb brauchen Sie Transfusionen.«

Sie überlegte. »Aber wenn ein Körper keine Blutzellen produziert . . .«

»Müssen wir sie durch Transfusionen ergänzen.«

Ihre Zunge fühlte sich seltsam an. »Ist die Krankheit tödlich?«

»Manchmal«, sagte er.

»Wie lange kann ein Mensch in meinem Zustand leben?«

»Oh . . . Jahre und Jahre.«

»Wie viele Jahre?«

»So etwas kann ich nicht voraussagen. Wir werden sehr hart arbeiten, um Sie durch die ersten drei bis sechs Monate zu bringen. Nachher geht's dann fast immer aufwärts.«

»Aber diejenigen, die sterben. Die meisten sterben in drei bis sechs Monaten?«

Er sah sie verärgert an. »Bei so etwas muß man sich an die positiven Seiten halten. Sehr viele werden wieder ganz gesund. Warum sollten Sie nicht eine von ihnen sein?«

»Wieviel Prozent werden gesund?« sagte sie und wußte, daß sie es ihm schwermachte, aber es war ihr egal.

»Zehn Prozent.«

»Nun ja.« Du lieber Gott, dachte sie.

Sie ging in die Wohnung zurück und saß da, ohne Licht zu machen, obwohl das einzige Fenster nicht genug Licht zum Lesen gab.

Niemand kam an die Tür. Das Telefon läutete nicht. Nach langer Zeit bemerkte sie, daß der winzige Sonnenfleck, der jeden Nachmittag drei Stunden lang auf die Avocadopflanze fiel, verschwunden war. Sie untersuchte die vergilbende Pflanze und erwog, ihr mehr Dünger und Wasser zu geben, entschied sich aber dann anders. Das war es ja eben, dachte sie; sie hatte sie überfüttert und durchweicht, zweifellos verfaulten die Wurzeln auf dem Grund des Topfes in einem winzigen Sumpf.

Kurze Zeit später sah sie Mrs. Krol über die Haupttreppe näher kommen, und nach einigen Sekunden packte sie die Avocadopflanze und beeilte sich, Mrs. Krol im Vorhaus einzuholen.

»Hier«, sagte sie.

Bertha Krol sah sie an.

»Kümmern Sie sich um sie. Vielleicht wird sie für Sie wachsen. Stellen Sie sie in die Sonne. Verstehen Sie?«

Bertha Krol ließ nicht erkennen, ob sie verstanden hatte oder nicht. Mit starrem Blick stand sie wie angewurzelt da, bis Gaby sich abwandte und in ihre Wohnung zurückkehrte.

Sie saß auf dem Sofa und fragte sich, warum sie die Pflanze weggegeben hatte.

Schließlich begriff sie, daß sie zwar noch vor einem Augenblick mit dem Gedanken gespielt hatte, bis zum nächsten Morgen warten zu können, wenn Adam heimkam, jedoch genau gewußt hatte, daß sie nicht hier sein würde, wenn er kam.

Sie packte nur ihre Kleider ein. Alles andere ließ sie zurück. Als der Koffer geschlossen war, setzte sie sich nieder und schrieb einen Brief, hastig, aus Angst, daß sie ihn nicht würde schreiben können, wenn sie sich Zeit ließ. Sie legte ihn auf die Couch und beschwerte ihn mit der Papierblumenvase, so daß er ihn bestimmt nicht übersehen konnte.

Instinktiv floh sie aus der Stadt. Als sie es merkte, war sie auf Route 128, fuhr jedoch in die falsche Richtung, nordwärts nach North Hampshire. Wollte sie zu ihrem Vater? Nein, danke, dachte sie. In Stoneham fuhr sie auf die andere Seite der Autobahn, wieder südwärts, den Fuß auf das Gaspedal gedrückt. Weder der grobe Polizist, der ihr einmal auf dieser Strecke ein Strafmandat verpaßt hatte, noch einer seiner Kollegen tauchten auf, um sie zu demütigen, als sie den Plymouth in ein Geschoß verwandelte und ruhig zwischen den großen Betonpfeilern der Überführungen durchraste.

Man sah sie in den Zeitungen und im Fernsehen, diese unbeweglichen Klötze, samt dem, was von dem Fahrzeug und den Menschen übriggeblieben war, die sie in periodischen Abständen als Tribut forderten. Aber sie wußte, daß ihr Leben unter einem Bann stand und dazu bestimmt war, zu verrieseln, nicht in einem Blitz oder Donnerschlag zu enden; ihre Hand würde ihr nicht gehorchen, wenn sie den Entschluß fassen sollte, das Lenkrad einzuschlagen, sobald sie sich einer Überführung näherte.

Erst später, als sie sich in halsbrecherischem Tempo durch

den Schnellverkehr schlängelte, der über die Route 24 dahinstob, erkannte sie, wie dumm es gewesen war, Mrs. Krol die Pflanze zu geben. Sicher würde sich Bertha Krol betrinken, in ihr Geschrei ausbrechen und die Pflanze aus dem Fenster werfen. Die schwarze Erde aus dem Supermarkt würde sich zusammen mit Berthas Müll über die Phillips Street ergießen, und das Pflänzchen würde nie zu einem Avocadobaum heranwachsen.

Er klopfte, fand die Tür versperrt und brummte dann vor Überraschung, als er sah, daß die Morgenzeitung nicht hineingeholt worden war. Die Wohnung war düster, aber er entdeckte den Brief unter seinem blumigen Kennzeichen sofort.

Adam,

zu sagen, daß es nett war, hieße uns beide beleidigen. Ich werde an die Zeit denken, solange ich lebe. Aber wir haben vereinbart, Schluß zu machen, wenn einer von uns die Verbindung lösen möchte. Und leider muß ich sie abbrechen, dringend. Ich wollte es schon seit einiger Zeit tun, hatte jedoch nicht den Mut, es Dir ins Gesicht zu sagen. Denke nicht allzu böse über mich. Aber denke doch manchmal an mich. Ich wünsche Dir ein wunderbares Leben, Doktor-Darling.

Gaby

Er saß auf dem Sofa, las den Brief noch einmal und rief dann den Psychiater im Beth Israel an, der ihm nichts sagen konnte.

Er sah, wie wenig sie mitgenommen hatte. Ihre Bücher waren da. Der Fernsehapparat, der Plattenspieler. Ihre Bestrahlungslampe. Alles. Nur ihre Kleider und ihr Koffer waren weg.

Nach einer Weile rief er Susan Haskell an und fragte sie, ob Gaby dort sei.

»Nein.«

»Wenn Sie von ihr hören, lassen Sie es mich wissen?«

Es entstand eine Pause. »Nein.«

»Was soll das heißen?«

»Sie hat Sie verlassen, nicht wahr?« In ihrer Stimme lag Triumph. »Sonst hätten Sie mich nicht angerufen. Nun, wenn sie herkommt, werden Sie von mir nichts erfahren.«

Sie legte auf, aber es war unwichtig. Gaby war nicht dort. Er überlegte weiter, hob dann den Hörer wieder ab und wählte die Universität.

Als sich die Telefonistin meldete, verlangte er den Studentischen Gesundheitsdienst.

Er lieh sich Spurgeons Volkswagen, und als er über die Sagamore Bridge polterte, fürchtete er sich vor dem, was ihn erwarten würde, wenn er aus dem Wagen stieg. Sowie Hyannis hinter ihm lag, drückte er das Gaspedal durch und fuhr wie sie. Die Saison war noch zu früh für starken Verkehr, und die Autobahn war fast leer. In North Truro lenkte er den Bus von der Route 6 weg, fuhr die schmale Makadamstraße hinunter und bog dann, nachdem er das Licht des Leuchtturms erblickte, mit einem Stoßgebet in die Sandstraße ein, die zum Strand führte.

Als der Volkswagen die Höhe der Bodenwelle erreichte, sah er den blauen Plymouth vor der Tür.

Die Hütte war unversperrt, aber leer. Er ging hinaus und über den Pfad zur Klippe. Von ihrer Höhe konnte er den weißen Strand unten in jeder Richtung meilenweit überblicken, der windgepeitscht und vom Strandgut der Winterstürme bedeckt war. Die Düne war verschwunden. Niemand war zu sehen.

Auf dem Meer kräuselten sich, so weit er sehen konnte, Schaumkämme.

War sie vielleicht irgendwo dort draußen, unter der Wasserfläche? Er verdrängte den Gedanken.

Als er umkehrte, um zum Haus zurückzugehen, sah er sie, eine Viertelmeile entfernt, langsam über den Kamm der Klippe gehen. Schwach vor Erleichterung lief er los, um sie einzuholen; sie schien seine Anwesenheit zu spüren. Noch bevor er sie erreichte, drehte sie sich um.

»Hallo«, sagte er.

»Hallo, Adam.«

»Was ist mit der Düne geschehen?«

»Wahrscheinlich hat sie sich ungefähr eine Viertelmeile verschoben. Gegen Provincetown zu. Manchmal bewirken das die Gezeiten im Winter.«

Sie schlug die Richtung zur Strandhütte ein, und er ging neben ihr. Später würde es hier Beeren geben. Die von ihren Füßen zertretenen Pflanzen erfüllten die Luft mit dem würzigen Duft der Blaubeerstauden.

»O Adam, warum mußtest du herkommen? Es wäre schnell und glatt vorübergegangen, ohne ... das hier.«

»Gehen wir hinein, setzen wir uns hin und reden miteinander.«

»Ich will nicht hinein.«

»Dann komm in den Wagen. Wir fahren ein Stück.«

Sie gingen zum Plymouth, aber er hielt die Tür für sie auf der Beifahrerseite auf und setzte sich selbst hinter das Steuer.

Er fuhr eine Weile, ohne zu sprechen, zurück zur Autobahn, dann nordwärts.

»Ich habe mit Dr. Williams gesprochen«, sagte er.

»Oh.«

»Ich habe dir einiges zu sagen. Ich will, daß du aufmerksam zuhörst.« Aber dann wußte er nicht, wie beginnen, er hatte noch nie vorher eine Frau geliebt, und er entdeckte plötzlich, daß es ganz anders ist, wenn man liebt. Im Bett und angesichts des Todes. Gott, betete er, von Panik ergriffen, ich habe es mir überlegt, von nun an werde ich jeden Patienten für jemanden halten, den ich liebe, nur hilf mir jetzt die richtigen Worte finden.

Sie sah aus dem Fenster.

»Wenn du wüßtest, daß ich bei einem Autounfall getötet werden könnte, würdest du dir die kostbare Zeit versagen, die dir mit mir geblieben ist?« Es klang dünn, irgendwie gönnerhaft und durchaus nicht nach dem, was er zu sagen versucht hatte. Er sah, daß ihre Augen schimmerten, aber sie würde nicht weinen.

»Dr. Williams sagte mir, du hättest versucht, ihn auf eine Vorhersage festzunageln. In deinem Fall kannst du leicht an die hundert Jahre alt werden. Wir können fünfzig miteinander verleben.«

»Oder eines, Adam? Oder keines?«

»Oder eines. Stimmt. Vielleicht hast du nur noch ein Jahr zu leben«, sagte er rundheraus. »Aber verdammt, Gaby, siehst du denn nicht, was das Heute bedeutet? Wir leben am Beginn des Goldenen Zeitalters. Man nimmt bereits das menschliche Herz aus einem Körper und überträgt es in einen anderen. Und Nieren, und Hornhaut. Jetzt Lungen und Leber. Man arbeitet an einem kleinen Apparat, der in ganz kurzer Zeit das Herz ersetzen wird. Für einen Patienten ist heute jede Woche eine sehr lange Zeit. Irgendwo in dieser Welt macht ein Team von Menschen Fortschritte bei jedem nur denkbaren wichtigen Problem.«

»Einschließlich aplastischer Anämie?«

»Einschließlich aplastischer Anämie und ordinären Schnupfens. Siehst du denn das nicht ein?« fragte er verzweifelt. »Hoffnung ist das Herz der Medizin. Ich habe das in diesem Jahr endlich gelernt.«

Sie schüttelte den Kopf. »Es hat keinen Sinn, Adam«, sagte sie leise. »Was wäre das für eine Ehe, wenn das über unseren Köpfen hinge? Nicht nur für dich. Auch für mich.«

»Über unseren Köpfen hängen solche Dinge auf alle Fälle. Die verfluchte Bombe kann morgen losgehen. Ich könnte nächstes Jahr sterben oder auf ein halbes Dutzend verschiedener Arten ums Leben kommen. Es gibt keine Garantien dagegen. Du mußt einfach das Leben leben, solange du kannst, es in beide Hände nehmen und es bis auf den letzten Tropfen ausquetschen.«

Sie schwieg.

»Man braucht Zivilcourage dazu. Vielleicht ziehst du Ralphies Weg vor. Einfach abstellen. Das ist freilich leichter.«

Die Argumente gingen ihm aus. Er war erschöpft und leer und fuhr schweigend weiter, ohne zu wissen, wie er es ihr begreiflich machen sollte.

Dann bemerkten sie hoch über sich eine Versammlung von Möwen, die kreisten und kreischten und hinabstießen, als wären sie Falken. Entlang den Straßenseiten waren Autos geparkt.

»Was ist das?« fragte er.

»Vermutlich der Heringszug«, sagte sie.

Er parkte, sie stiegen aus und gingen ans Ufer. Adam hatte so etwas noch nie erlebt. Die Fische schwammen Körper an Körper, eine fast kompakte Masse, eine phantastische Flottille von Rückenflossen, die die Oberfläche des Wassers spalteten, darunter irisierten die grün-grau-silbernen Leiber, die Bauchflossen fächelten anmutig, die gegabelten Schwänze, Hunderttausende gegabelte Schwänze, wogten in sanftem Rhythmus, während sie warteten — worauf?

»Was sind das für Fische?« fragte er.

»Alsenweibchen. Mein Großvater nahm mich jedes Frühjahr mit, um das zu sehen.«

Die Möwen schrien und hielten ein Festmahl ab. An den Ufern holten menschliche Räuber mit Netzen und Eimern, die ihr Ziel nicht verfehlen konnten, zappelnde Fische aus dem Strom. Einige Kinder bewarfen einander mit lebenden Fischen.

Sowie eine Lücke in der Fischmasse entstand, wurde sie auch schon von den geduldigen, langsam schwimmenden, vom Meer heraufziehenden Leibern gefüllt.

»Woher kommen sie?« fragte er.

Sie zuckte die Achseln. »Vielleicht von New Brunswick. Oder Nova Scotia. Sie kommen zurück, um im Süßwasser zu laichen, wo sie selbst geboren wurden.«

»Denk an all die natürlichen Feinde, die sie passieren mußten«, sagte er tief beeindruckt. »Mörderwale, Haie, Streifenbarben, alle anderen großen Fische.«

Sie nickte.

»Aale, Möwen, Menschen.« Sie ging stromaufwärts. Er folgte ihr und konnte bald sehen, weshalb die meisten Fische nicht weiterschwammen.

Das Strombett wies eine Reihe von Stufen auf, vielleicht ein Dutzend, deren Felsränder Tümpel bildeten, aus denen das Wasser in winzigen Wasserfällen herabfiel, gerade so breit, daß jeder nur einen Fisch fassen konnte. Der Hering schwamm die Strömung aufwärts in die Stille des nächsthöheren Tümpels; jede Stufe war schwerer zu überwinden, weil die vorangegangenen Sprünge an ihren Kräften zehrten.

»Mein Großvater und ich wählten immer einen Fisch und begleiteten ihn stromaufwärts«, sagte sie.

»Tun wir das doch auch«, sagte er. »Such dir einen aus.«

»Schön. Den da.«

Ihr Alsenweibchen war ungefähr fünfundzwanzig Zentimeter lang. Sie sahen zu, wie es geduldig auf einen freien Zugang zur Stufe wartete, dann nach vorn schnellte und durch das Wasser, das von dem oberen Tümpel herunterströmte, aufwärts tauchte und dort neuerlich wartete. Es erklomm die ersten sechs Stufen mit offensichtlicher Leichtigkeit.

»Du hast dir einen Sieger ausgesucht«, sagte Adam.

Vielleicht brachte diese Bemerkung dem Alsenweibchen Pech. Als es sich bemühte, die nächste Stufe zu überwinden, war der herabstürzende Wasserstrom zu gewaltig; er fing seinen Schwung ab und trug es in den Tümpel zurück.

Das nächste Mal gelang es der Alse, aber die obere Stufe zwang sie, dreimal zu springen, bevor sie sie überwunden hatte.

»Warum kämpfen sie so, nur um zu laichen?« wunderte er sich.

»Vermutlich Arterhaltung.«

Ihr Fisch bewegte sich jetzt langsamer zwischen den einzelnen Versuchen, als koste selbst das Schwimmen zuviel Anstrengung. Sie hatten das Gefühl, daß die Alse jeden Sprung erfolgreich beendete, nur weil sie es wollten, aber die Kraft versickerte aus ihrem torpedoförmigen Körper. Als sie den Tümpel unterhalb der letzten Stufe erreicht hatte, rastete sie fast bewegungslos auf dem Grund, nur ihre arbeitenden Kiemen und die das Gleichgewicht haltenden Bauchflossen verrieten, daß sie noch lebte.

»O Gott«, sagte Gaby.

»Los«, ermunterte er den Fisch.

»Los, armes Ding.«

Sie sahen zu, als sie viermal vergeblich das letzte Hindernis zu nehmen versuchte. Jedesmal war die Rastzeit länger als die vorangegangene.

»Ich glaube nicht, daß sie es schafft«, sagte Adam. »Ich glaube, ich greife einfach hinein, hebe sie auf und trage sie hinüber.«

»Laß sie.«

Eine Möwe stieß herunter, an ihnen vorbei, auf den Fisch zu.

»Nein, nicht!« schrie Gaby und schlug nach dem Vogel. Plötzlich weinte sie. »Das wirst du nicht, du Mistvieh!«

Die Möwe erhob sich, kreischte empört und flog stromabwärts zu leichterem Fang. Als spürte das Alsenweibchen die eben vorbeigegangene Gefahr, schoß es aufwärts, sprang empor, wurde jedoch unbarmherzig zurückgeschlagen. Diesmal warf es sich, ohne zu rasten, sofort noch einmal vor und schleuderte sich durch das herabstürzende Wasser empor. Oben hing es einen Augenblick am Rand in der Schwebe, wand sich hin und her und platschte dann über ihn hinweg in das stille Wasser auf der anderen Seite.

Gaby weinte noch immer.

Nach einem Augenblick krampfte sich der Schwanz zusammen, krümmte sich in triumphierender Ekstase, und der Fisch verschwand im tiefen Wasser des Tümpels.

Adam preßte Gaby fest an sich.

»Adam«, sagte sie in seine Schulter hinein. »Ich will ein Kind haben.«

»Warum nicht.«

»Wirst du es mich haben lassen?«

»Wir heiraten sofort. Heute noch.«

»Und dein Vater?«

»Wir müssen unser eigenes Leben leben. Solange ich es mir nicht leisten kann, für euch beide zu sorgen, wird er sich einfach um sich selbst kümmern müssen. Ich hätte das schon früher wissen müssen.«

Er küßte sie. Ein zweiter Hering plumpste über den Rand und flitzte die letzte Stufe hinauf, als fahre er in einem Lift.

Wieder lachte und weinte sie gleichzeitig. »Du hast überhaupt keine Ahnung«, sagte sie. »Man muß drei Tage warten, um heiraten zu können.«

»Wir haben massenhaft Zeit«, sagte er und dankte Gott und dem armen Fisch.

Am Dienstagmorgen ging sie den Beacon Hill hinunter und über den Fiedler-Steg zur Esplanade, wo ihrem Gefühl nach alles begonnen hatte. Am Flußufer öffnete sie die Handtasche und nahm die Pillenschachtel heraus. Sie warf sie, so weit sie nur konnte, und das falsche Perlmutter blitzte in der Sonne, bevor es auf das Wasser traf. Es war ein miserabler Wurf, aber er diente seinem Zweck. Sie setzte sich auf eine Bank am Ufer und dachte vergnügt an die kleine Schachtel in dem sanft dahinströmenden Wasser des Charles River. Vielleicht würde sie von Zeit zu Zeit von einer Wasserschildkröte oder einem Fisch angestoßen werden. Vielleicht würde sie von den Strömungen der Gezeiten in den Bostoner Hafen hinausgetragen und in ferner Zeit von jemandem am Quincy-Strand gefunden werden, zusammen mit Seeigeln und Muscheln, dem Gehäuse einer Krabbe, dem Kiefer eines Hundshais und einer vom Sand abgewetzten, einsatzpflichtigen Coca-Cola-Flasche, und man würde sie irgendwo unter Glas legen als Überbleibsel des Homo sapiens aus undenklich grauer Vorzeit, bis ins zwanzigste Jahrhundert zurück.

Am gleichen Nachmittag klopfte Bertha Krol zum erstenmal an Gabys Tür und gab die Pflanze ebenso stumm, wie sie diese entgegengenommen hatte, zurück, als hätte sie gewußt, daß es ein Hochzeitsgeschenk war. Sie hatte die Avocado nicht aus dem Fenster geworfen, auch hing das Laub nicht mehr schlaff herunter. Aber nichts in der Welt brachte sie zum Sprechen, als Gaby sie fragte, womit sie die Pflanze genährt hatte. Mit Bier, meinte Adam.

Sie wurden am Donnerstagvormittag getraut, mit Spurgeon und Dorothy als Brautzeugen. Als sie vom Rathaus heimkamen, riß Gaby als erstes den Klebestreifen unter dem Briefkasten ab, der ihren Mädchennamen trug. Der fehlende Streifen hinterließ eine blasse, nicht verwitterte Stelle, die sie liebte, solange sie in der kleinen Wohnung in der Phillips Street lebten.

Kurz danach arbeitete Adam eines Abends im Tierlabor, als Kender auf eine Tasse Kaffee hereinkam.

»Erinnern Sie sich noch an ein Gespräch, das wir einmal hatten, über das Erhalten des Lebens bei einem Patienten mit einer tödlichen Krankheit?« fragte ihn Adam.

»Ja, ich erinnere mich gut«, sagte Kender.

»Sie sollen wissen, daß ich meine Ansicht geändert habe.«

Kenders Augen glänzten vor Neugierde, er nickte, fragte jedoch nicht, was Adams Meinungsänderung bewirkt hatte. Sie saßen und tranken Kaffee in freundschaftlichem Schweigen. Adam fragte nicht nach der Dozentur, die er jetzt nicht nur haben wollte, sondern auch unbedingt brauchte, um da arbeiten zu können, wo bessere Männer als er mit allen Mitteln für Gaby kämpfen konnten.

XVIII
RAFAEL MEOMARTINO

Meomartino hatte das Gefühl, daß sich die Atome seines Lebens in einer Art und Weise umordneten, über die er wenig Kontrolle hatte. Er traf sich mit dem Privatdetektiv in einer Pizzeria in der Washington Street, und sie wickelten ihr Geschäft bei salzigen *linguini marinara* und geharztem Wein ab.

Kittredge hatte herausgefunden, daß Elizabeth Meomartino wiederholt zu einem Wohnhaus am Memorial Drive in Cambridge fuhr.

»Aber wissen Sie, ob sie sich dort mit jemandem getroffen hat?«

»Ich folgte ihr nur bis zu dem Haus«, sagte Kittredge. »Ich wartete sechsmal draußen, als sie hineinging. Ein paarmal fuhr ich im Lift mit ihr, als wohnte ich dort. Es ist ein sehr gutes Haus, Leute in selbständigen Berufen, oberer Mittelstand.«

»Wie lange bleibt sie?«

»Das ist verschieden.«

»Wissen Sie die Nummer der Wohnung?«

»Nein, noch nicht. Aber sie steigt immer im vierten Stock aus.«

»Nun, das sollte uns weiterbringen«, sagte Meomartino.

»Nicht unbedingt«, sagte Kittredge geduldig. »Sie könnte von dort in den fünften Stock weiterfahren oder auch einen Stock tiefer gehen.«

»Weiß sie, daß Sie ihr folgen?«

»Nein, da bin ich ganz sicher.«

»Nun, nehmen wir an, sie fährt in den vierten Stock«, sagte er angewidert und begann den Professionalismus des Detektivs zu verachten. »Sie ist schließlich keine versierte internationale Spionin.«

»Schön«, sagte Kittredge. Er nahm sein Notizbuch heraus. »Am besten, ich lese Ihnen die Namen der Leute vor, die in dem Stockwerk wohnen, vielleicht sagt Ihnen der eine oder andere etwas.«

Meomartino wartete gespannt.

»Harold Gilmartin.«

»Nein.«

»Peter D. Cohen. Mr. und Mrs. Cohen.«

»Weiter.«

»In der nächsten Wohnung sind zwei unverheiratete Mädchen, Hilda Conway und Marcia Neuhaus.«

Er schüttelte leicht empört den Kopf.

»V. Stephen Samourian.«

»Nein.«

»Bleibt nur noch einer. Ralph Baker.«

»Nein«, sagte Rafe deprimiert, weil er ein solches Spiel mitmachen mußte.

Kittredge zuckte die Achseln. Er nahm eine getippte Liste aus der Tasche und reichte sie Meomartino. »Hier die Namen aller übrigen Hausbewohner.«

Die Liste las sich wie eine Seite des Telefonbuches einer fremden Stadt. »Nein«, sagte Meomartino.

»Einer der Leute im vierten Stock, Samourian, ist ein Doktor.«

»Ich höre diesen Namen zum erstenmal.« Er schwieg eine Weile. »Besteht die Möglichkeit, daß sie etwas ganz Gewöhnliches tut, wie etwa zum Zahnarzt gehen?«

»Als Sie Dienst im Krankenhaus hatten, ging sie zweimal um die Mittagszeit nach Hause und kehrte dann in das Haus am Memorial Drive zurück, um dort den Abend zu verbringen.«

»Oh.«

»Soll ich einen Bericht schreiben?« fragte Kittredge.

»Nein. Hetzen Sie mich nicht«, fuhr er ihn an. Auf Ersuchen des Detektivs schrieb er einen Scheck über hundertsiebzig Dollar aus.

Am selben Abend um elf Uhr kam Helen Fultz zu ihm.

»Dr. Meomartino«, sagte die alte Schwester.

Sie war blaß und verschwitzt und sah aus, als hätte sie einen leichten Schock erhalten. »Was ist los, Helen?«

»Ich blute sehr stark.«

Er hieß sie hinlegen.

»Haben Sie je die Röntgenaufnahmen machen lassen?«

»Ja. Hier in der Klinik«, sagte sie.

Er schickte um Blutkonserven und um ihre Befunde und Filme. Die Röntgenaufnahmen zeigten kein Geschwür, jedoch ein kleines Aortenaneurysma, eine winzige Auftreibung im Hauptstamm der aus der linken Herzkammer aufsteigenden Aorta. Die Leute an der Klinik hatten das Aneurysma für zu klein gehalten, um die Blutungen hervorzurufen, die ihrer Meinung nach durch ein Geschwür verursacht wurden, das im Röntgenbild nicht sichtbar war. Man hatte sie einfach auf Diät gesetzt.

Er untersuchte ihren Unterleib, tastete sie sorgfältig ab und wußte, daß sie nicht recht hatten.

Er wollte den Rat eines älteren Chirurgen einholen. Am Nachrichtenbrett sah er, daß der Konsiliarchirurg auf Abruf Miriam Parkhurst war. Aber als er telefonierte, wurde ihm mitgeteilt, daß sie auf dem Weg zum Mount Auburn Hospital in Cambridge sei.

Er rief Lewis Chin an, doch der Konsiliarius war in New York. Dr. Kender nahm, wie er wußte, an einer Transplantationskonferenz in Cleveland teil, bei der er seinen Nachfolger zu bestellen hoffte. Es war kein anderer vorgesetzter Kollege greifbar.

Nur Silverstone war da.

Er ließ den Oberarzt rufen, und sie untersuchten Helen Fultz gemeinsam. Er führte Adams Hand, bis sie das Aneurysma fand. »Wie groß, würden Sie sagen?«

Silverstone pfiff laut. »Mindestens neun Zentimeter, würde ich sagen.«

Die Blutkonserven kamen, und Silverstone bereitete eine Intravenöse für Helen vor, während Meomartino nochmals zu telefonieren versuchte. Diesmal erreichte er Miriam Parkhurst. Man mußte sie aus dem Waschraum im Mount Auburn Krankenhaus holen, und sie war sehr verdrossen, daß sie die vier Minuten für das Händewaschen vergeudet hatte, beruhigte sich jedoch, als er sie über Helen Fultz informierte.

»Gott, diese Frau war Stationsschwester, als ich Hausärztin war«, sagte sie.

»Nun, dann kommen Sie lieber her, sobald Sie können«, sagte er. »Das Aneurysma kann jeden Augenblick platzen.«

»Sie und Dr. Silverstone werden bereits anfangen müssen, Dr. Meomartino.«

»Sie kommen nicht?«

»Unmöglich. Ich habe selbst einen Notfall. Einer meiner Privatpatienten hat ein großes, blutendes Geschwür, das sich über den Pförtner zum Zwölffingerdarm erstreckt. Ich komme, sobald ich hier fertig bin.«

Er dankte und rief den OP an, er komme mit einem Aneurysmafall hinunter. Dann telefonierte er nacheinander um einen Konsultanten von der Internen und einen Anästhesisten.

Helen Fultz lächelte ihn an, als er es ihr sagte. »Sie und Dr. Silverstone?« fragte sie.

»Ja.«

»Ich könnte in schlechtere Hände geraten«, sagte sie.

Sie mußten warten, während Norman Pomerantz Helen mit tödlicher Langsamkeit anästhesierte, aber endlich konnte Meomartino doch beginnen. Er machte eine lange mittlere Inzision, die zwischen die Rektusscheiden führte. Wo immer ein kleines Blutgefäß auftauchte, klemmte er ab und Silverstone band.

Er arbeitete sich vorsichtig durch das Peritoneum, und sobald sie im Abdomen waren, konnte er das Aneurysma sehen, eine große pulsierende Erweiterung an der linken Seite der Schlagader.

»Da hätten wir's«, murmelte Silverstone.

Es ließ Blut in die Eingeweide sickern, die Ursache ihrer Blutung.

»Holen wir's heraus«, sagte er. Miteinander beugten sie sich über Helen Fultz' große pulsierende Aorta.

Miriam Parkhurst kam in das Büro des OP geeilt, nachdem Silverstone Helen in den Erholungsraum gebracht hatte. Sie hörte sich Meomartinos Bericht an und versuchte, ihre Erleichterung zu verbergen. »Ich bin froh, daß wir wenigstens jemandem vom Stab helfen konnten. Haben Sie Retentionsnähte verwendet?«

»Ja«, sagte er. »Wie ist es mit Ihrem Notfall im Mount Auburn gegangen?«

Sie lächelte ihn an. »Wir hatten beide einen erfolgreichen Abend.«

»Das freut mich.«

»Rafe, was soll aus Harland Longwood werden?«

»Ich weiß es nicht«, sagte er.

»Ich liebe diesen alten Mann wirklich«, sagte sie müde. Sie winkte ihm gute Nacht zu und ging.

Meomartino saß da und horchte durch die offenen Türen den Schwestern zu, die leise miteinander plauderten, während sie den Operationssaal reinigten.

Er schloß die Augen. Er war verschwitzt und roch nach Schweiß, aber er fühlte sich fast wie nach einem Koitus, erlöst, erfüllt, durch den Liebesakt berechtigt, einen Platz auf der Erde zu beanspruchen. Ihm fiel ein, daß es stimmte, was Liz einmal zu ihm gesagt hatte: Das Krankenhaus beanspruchte ihn in einem Maß, wie es eine menschliche Geliebte nicht vermochte.

Schäbige alte Schlampe, dachte er amüsiert.

Als er die Augen öffnete, brachte ihn die Idee in Verlegenheit und er verfolgte sie nicht weiter. Er streifte die grüne Stoffkappe ab und ließ sie auf den Boden fallen. Auf dem Tisch stand ein Tonbandgerät. Er hob das Mikrofon ab, lehnte sich im Stuhl zurück und legte die Füße, die noch immer in den schwarzen Operationsstiefeln steckten, neben den Apparat auf den Tisch.

Er drückte den Knopf am Mikrofon und begann den Operationsbericht zu diktieren.

Es regnete. Den ganzen nächsten Tag und bis in den Abend hinein fiel jener Regen, den die Farmer in New England zunächst mit Freude begrüßten, dann mit Angst und schließlich mit Zorn verfolgten, je mehr die Saat weggewaschen wurde. Als er in der Nacht dalag und dem Regen lauschte, schwebte sie in einem gelbseidenen Nachthemd wie ein heller Schatten in das dunkle Zimmer.

»Was ist los? Bist du böse auf mich?« fragte sie.

»Nein.«

»Rafe, ich muß mich ändern oder zugrunde gehen«, sagte sie.

»Wann bist du zu dieser Erkenntnis gekommen?« fragte er nicht unfreundlich.

»Ich mache dir keinen Vorwurf, daß du mich haßt.«

»Ich hasse dich nicht, Liz.«

»Wenn wir bloß die Uhr zurückdrehen und unsere Fehler ungeschehen machen könnten.«

»Das wäre schön, nicht?«

Draußen trommelte der Regen immer stärker an die Scheiben.

»Mein Haar ist wieder fast ganz nachgewachsen. Mein eigenes Haar.«

»Es ist fein und weich«, sagte er und streichelte es.

»Du warst so gut zu mir. Es tut mir so leid, Rafe.«

»Sei still.« Er drehte sich herum und nahm sie in die Arme.

»Erinnerst du dich an jene erste Regennacht?«

»Ja«, sagte er.

»Ich möchte so tun, als ob«, sagte sie. »Darf ich?«

»Was?«

»Als wärst du wieder ein Junge und ich ein junges Mädchen, als hätten wir es noch nie getan.«

»O Liz.«

»Bitte, bitte, tu so, als hätten wir beide nicht die geringste Erfahrung.«

Also spielten sie wie Kinder, und er erlebte wieder, schemenhaft, halb vergessen, erste Entdeckung, erste Angst. *»Amoroso«*, nannte sie ihn schließlich. *»Delicioso, mágico, marido«*, Worte, die er sie in den ersten Wochen ihrer Ehe gelehrt hatte.

Nachher lachte er, und sie wandte sich ab und weinte bitterlich. Er stand auf, öffnete die Balkontüren, ging auf den kleinen Balkon in den Regen hinaus und brach eine Blüte in einem Blumentopf von ihrem Stengel, eine Ringelblume, kam zurück und legte sie auf ihren Nabel.

»Sie ist kalt und naß«, klagte sie, ließ es jedoch zu und hörte zu weinen auf.

»Verzeihst du mir? Läßt du mich versuchen, ganz von vorn zu beginnen?« fragte sie.

»Ich liebe dich«, sagte er.

»Aber verzeihst du mir?«

»Schlafe.«

»Sag ja.«

»Ja«, sagte er froh. Er würde Kittredge anrufen, dachte er schläfrig, und ihm sagen, daß seine Dienste nicht mehr gebraucht würden.

Er schlief ein, ihre Hand haltend, und als er erwachte, war es Morgen. In der Nacht hatte sie sich herumgerollt, die Blume war zerdrückt, auf dem Laken lagen die orangefarbenen Blumenblätter. Sie schlief tief, die Glieder entspannt, das Haar schwarz und zerzaust, das Gesicht ohne Bitterkeit, im Blute des Lamms gewaschen.

Er stand auf und zog sich an, ohne sie zu wecken, verließ die Wohnung und fuhr ins Krankenhaus, ein neuer Mann für einen neuen Tag.

Mittags rief er an, aber es meldete sich niemand. Nachmittags hatte er sehr viel zu tun. Dr. Kender war zurückgekommen und hatte zwei Konsiliarprofessoren namens Powers und Rogerson aus Cleveland mitgebracht, und sie gingen alle zusammen auf Nachmittagsvisite, eine lang hinausgezogene Formalität.

Um sechs Uhr rief er wieder an. Als sich diesmal niemand meldete, bat er Lee, einzuspringen, und fuhr in seine Wohnung in die Charles Street.

»Liz«, rief er, als er das Haus betrat.

In der Küche war niemand; auch im Wohnzimmer nicht. Das Arbeitszimmer war leer. Im Schlafzimmer standen einige Kommodeladen offen, ebenfalls leer. Ihre Kleider fehlten.

Ihr Schmuck.

Hüte, Mäntel, Gepäck.

»Miguel?« rief er leise, aber sein Sohn antwortete nicht, er war mit seiner Mutter verschwunden.

Er ging hinunter und fuhr zur Wohnung Longwoods, in die ihn eine grauhaarige Dame, eine Fremde, einließ.

»Das ist Mrs. Snyder, eine alte Freundin von mir«, sagte Longwood. »Marjorie, das ist Dr. Meomartino.«

»Elizabeth ist weg«, sagte Rafe.

»Ich weiß«, sagte Longwood ruhig.

»Wissen Sie, wohin?«

»Fort, mit einem anderen Mann. Das ist alles, was sie mir sagte. Sie verabschiedete sich heute früh von mir. Sie sagte, sie würde schreiben.« Er sah Meomartino haßerfüllt an.

Rafe schüttelte den Kopf. Anscheinend gab es sonst nichts zu sagen. Er wollte gehen, aber Mrs. Snyder folgte ihm in den dunklen Flur.

»Ihre Frau rief mich an, bevor sie wegging«, sagte sie.

»Ja?«

»Deshalb bin ich hergekommen. Sie sagte mir, Harland müsse heute zur Behandlung an irgendeinem Apparat ins Krankenhaus.« Er nickte und blickte in das besorgte alternde Gesicht, ohne wirklich zu verstehen, was sie sagte.

»Er will aber nicht«, sagte sie.

Was geht das mich an, dachte er zornig.

»Er weigert sich absolut«, sagte sie. »Ich glaube, er ist sehr krank. Manchmal hält er mich für Frances.« Sie sah ihn an. »Was soll ich machen?«

Ihn sterben lassen, dachte er; wußte sie nicht, daß ihn seine Frau verlassen hatte, daß sein Sohn fort war?

»Rufen Sie Dr. Kender im Krankenhaus an«, sagte er. Er ließ sie stehen, und sie starrte ihm nach.

Am nächsten Morgen wurde er im Krankenhaus gesucht, und als er sich meldete, teilte man ihm mit, ein Mr. Samourian warte im Empfang auf ihn. »Wer?«

»Mr. Samourian.«

Ah, dachte er und erinnerte sich an Kittredges Liste der Mieter im vierten Stock. »Ich komme sofort.«

Der Mann war eine Enttäuschung, Mitte Vierzig, mit ängstlichen braunen Spanielaugen, einer beginnenden Glatze und einem graugesprenkelten Schnurrbart. Unglaublich, daß seine Ehe, sein Familienleben an diesem kleinen untersetzten Mann gescheitert war.

»Mr. Samourian?«

»Ja. Dr. Meomartino?«

Verlegen reichten sie einander die Hand. Es war wenige Minuten nach zehn Uhr, der Kaffeesalon und Maxies Laden würden für ein Gespräch unter vier Augen zu voll sein. »Wir können hier miteinander reden«, sagte er und ging zu einem Beratungszimmer voraus.

»Ich bin gekommen, um wegen Elizabeth mit Ihnen zu sprechen«, sagte Samourian, als sie sich setzten.

»Ich weiß«, sagte Rafe. »Ich habe Sie beide schon seit einiger Zeit von einem Detektiv beobachten lassen.«

Der Mann nickte, den Blick auf ihn geheftet. »Ich verstehe.«

»Was haben Sie für Pläne?«

»Sie und der Junge sind an der Westküste. Ich fahre zu ihnen.«

»Man sagte mir, Sie seien Doktor«, sagte Rafe.

Samourian lächelte. »Der Philosophie. Ich unterrichte Wirtschaftslehre am MIT, aber ab September lese ich in Stanford«, sagte er. »Sie will die Scheidung sofort einreichen. Wir hoffen, daß Sie einwilligen.«

»Ich will meinen Sohn haben«, sagte Rafe. Seine Kehle schnürte sich zusammen. Bis zu diesem Augenblick war ihm nicht so klar gewesen, wie sehr er ihn haben wollte.

»Auch sie will ihn haben. Im allgemeinen sind Scheidungsgerichte der Ansicht, daß es das beste für Kinder ist, bei ihren Müttern zu bleiben.«

»Vielleicht wird das diesmal nicht so sein. Wenn sie versucht, ihn von mir fernzuhalten, werde ich Einspruch erheben und meinerseits die Klage einreichen. Ich habe genügend Beweise. Schriftliche Berichte«, sagte er und dachte verdrossen, daß Kittredge der einzige Gewinner dabei war.

»Wir sollten daran denken, was das beste für das Kind ist.«

»Daran denke ich schon seit langer Zeit«, sagte Rafe. »Ich habe versucht, meine Ehe aufrechtzuerhalten, um ihm ein erträgliches Leben zu sichern.«

Samourian seufzte. »Ich versuche nur, *ihr* alles so leicht wie möglich zu machen. Sie ist sehr sensibel. Zu viele Kämpfe würde sie nicht überleben. Die Krankheit ihres Onkels hat sie schrecklich mitgenommen, wie Sie wissen. Sie liebt ihn sehr.«

»Wenn das stimmt, ist es seltsam, daß sie gerade jetzt weggegangen ist«, sagte Rafe.

Der andere zuckte die Achseln. »Die Menschen zeigen ihre Liebe auf seltsame Weise. Sie konnte nicht bleiben und ihn leiden sehen.« Er sah Meomartino an. »Soviel ich höre, ist nicht viel Hoffnung.«

»Nein.«

»Ich fürchte, wenn er stirbt, würde es nicht leicht sein, ihr Halt zu geben.«

Meomartino betrachtete ihn aufmerksam. »Das fürchte ich auch«, sagte er. »Ich wußte nicht, daß Sie sie so gut kennen.«

Samourian lächelte. »Oh, ich kenne Beth«, sagte er leise.

»Beth?«

»Ich nenne sie so. Neuer Name, neues Leben.«

Rafe nickte. »An dem Bild ist nur eines falsch«, sagte er. »Es ist noch immer derselbe kleine Junge wie früher, und der gehört mir.«

»Ja«, sagte Samourian. »Diese Dinge brauchen wahrscheinlich Zeit. Anwälte und Richter haben es nicht eilig. Ich gebe Ihnen mein Wort, daß Miguel bis zur endgültigen Entscheidung ein gutes Heim haben wird. Sobald wir in Paolo Alto eine Adresse haben, benachrichtige ich Sie.«

»Danke«, sagte Rafe. Es war ihm unmöglich, ihn zu hassen. »Was bedeutet das V.?« fragte er, als sie aufstanden.

»Oh.« Samourian lächelte. »Vasken, ein alter Familienname.«

Sie verließen zusammen das Krankenhaus. Die Sonne versetzte ihnen einen Schlag, und sie mußten blinzeln, als sie einander die Hand reichten.

»Alles Gute, Vasken«, sagte Rafe. »Vorsicht vor jungen mexikanischen Gärtnern.«

Samourian sah ihn an, als sei er verrückt.

Am selben Nachmittag hielten sie in Anwesenheit der Gastprofessoren aus Cleveland eine Konferenz über die chirurgischen Komplikationen der vergangenen Woche ab. Rafe hörte dem Auf und Ab der Stimmen kaum zu. Er saß da, dachte an vieles und merkte erst nach einer Weile, daß soeben der Fall Longwood diskutiert wurde.

». . . Ich fürchte, er ist am Ende«, sagte Dr. Kender. »Der Apparat kann ihn zwar weiter am Leben erhalten, aber er lehnt es ab, sich weiter behandeln zu lassen, und diesmal ist es ihm ernst damit. Er zieht es vor, sich dem Tod zu stellen.«

»Wir können aber nicht einfach zusehen«, sagte Miriam Parkhurst.

Sack brummte. »Es wäre schön, Miriam, wenn wir in allen diesen Angelegenheiten eine Wahl hätten«, sagte er. »Leider haben wir sie nicht. Wir können einem Patienten die Dialyse anbieten, aber wir können ihn nicht zwingen, sie anzunehmen.«

»Harland Longwood ist nicht bloß ein Patient«, sagte sie.

»Er ist ein Patient«, sagte Sack verletzt. »Wir müssen ihn jetzt als Patienten betrachten. Nicht mehr, aber auch nicht weniger. Es ist das beste für ihn.«

Dr. Parkhurst vermied es, Sack anzusehen. »Selbst wenn wir vergessen, was Harland jedem von uns und der Chirurgie schon gegeben hat«, sagte sie, »ist ein zwingender Grund vorhanden, warum wir nicht einfach zusehen dürfen. Einige von uns haben das Manuskript des Buches gelesen, an dem er arbeitet. Es ist ein wertvoller Beitrag, ein Lehrbuch, das viele Generationen junger Chirurgen entscheidend beeinflussen wird.«

»Dr. Parkhurst«, sagte Kender.

»Nun, das Leben Hunderter von Menschen wird in Mitleidenschaft gezogen, wenn man zuläßt, daß dieser Mann stirbt.«

Sie hat recht, dachte Meomartino.

Sie sah die beiden Gastprofessoren aus Cleveland an. »Sie sind Nierenfachleute«, sagte sie. »Können Sie etwas vorschlagen, das wir versuchen könnten?«

Der Arzt namens Rogerson beugte sich vor. »Sie müssen warten, bis ein Nierenspender mit B-negativer Blutgruppe verfügbar ist«, sagte er.

»Aber das können wir nicht«, sagte sie verächtlich. »Haben Sie nicht zugehört?«

»Miriam«, sagte Dr. Kender, »du mußt dich mit der Situation abfinden. Wir bekommen keinen B-negativen Spender. Und wir können Harland Longwood nicht ohne B-negativen Spender retten.«

»Ich bin B-negativ«, sagte Meomartino.

Sie befaßten sich zu lange mit dem Risiko seiner eventuell verminderten Lebenserwartung. »Ich habe Nieren wie ein Roß«, sagte er. »Ich werde mit einer genauso lange auskommen wie mit beiden.«

Kender und Miriam Parkhurst sprachen unter vier Augen mit ihm und gaben ihm jede Gelegenheit, das Angebot ehrenhaft zurückzuziehen.

»Wollen Sie es wirklich tun?« fragte Kender zum drittenmal. »Im allgemeinen ist der Spender ein Verwandter.«

»Er ist mein angeheirateter Onkel«, sagte Meomartino.

Kender schnaubte, Rafe aber lächelte. Er wußte, daß sie mit ihren Argumenten am Ende waren. Ihr Gewissen war beruhigt, und sie würden sich gierig auf seine Niere stürzen.

Kender bestätigte es. »Ein nicht verwandter lebender Spender ist viel besser als eine Leiche«, sagte er. »Wir werden Tests machen müssen.« Er sah Rafe an. »Was das Chirurgische dabei betrifft, brauchen Sie sich keine Sorgen zu machen. Einen lebendigen Spender hat noch nie jemand verloren.«

»Ich mache mir keine Sorgen«, sagte Rafe. »Ich habe nur eine Bedingung. Er darf nicht wissen, von wem die Niere stammt.«

Die arme Miriam sah verwirrt aus.

»Er würde sie nicht annehmen. Wir mögen einander nicht.«

»Ich sage ihm, daß der Spender keine Publicity will«, sagte Kender.

»Nehmen wir an, er will sie trotzdem nicht annehmen«, sagte Miriam.

»Dann wiederholen Sie einfach Ihre Rede über das geniale Werk, das es zu vollenden gilt«, sagte Meomartino. »Dann nimmt er sie.«

»Wir werden diesmal Anti-Lymphocytenserum nehmen«, sagte Kender. »Adam Silverstone hat die Dosis ausgearbeitet.«

Das einzige mögliche Hindernis stellte sich als nicht vorhanden heraus, als man Gewebeproben von ihm und dem alten Mann verglich und fand, daß sie durchaus miteinander verträglich waren. In einer, wie es schien, erschreckend kurzen Zeit lag er im OP 3 auf dem Rücken: es war ein seltsames Gefühl, jetzt selbst in diesem Haus auf dem Operationstisch zu liegen und von Norman Pomerantz freundlich und schmerzlos anästhesiert zu werden.

»Rafe«, sagte Pomerantz zu ihm, und die Worte kollerten in seine Ohren.

»Rafe? Kannst du mich hören, Freundchen?«

Natürlich kann ich dich hören, versuchte er zu sagen.

Er sah, wie sich Kender dem Tisch näherte, hinter ihm Silverstone.

Schneide gut, mein Feind, dachte er.

Ausnahmsweise zufrieden, einmal andere arbeiten zu lassen, schloß er die Augen und schlief ein.

Die Rekonvaleszenz war eine langsam dahinschleichende Unwirklichkeit.

Liz' Abwesenheit fiel auf, und die Leute schienen langsam zu begreifen, daß ihre Ehe gescheitert war.

Die Flut von Besuchern versickerte zu einem Geriesel, als die Zeit verging und sich die Sensation legte. Miriam Parkhurst schenkte ihm einen kleinen trockenen Kuß und einen Korb mit Obst, der viel zu groß war. Im Lauf der Tage wurden die Bananen schwarz, und die Pfirsiche und Orangen entwickelten eine schleichende weiße Fäulnis und verbreiteten einen Geruch, der ihn zwang, alles außer den Äpfeln wegzuwerfen.

Seine Niere funktionierte in dem Alten großartig. Rafe fragte absichtlich nie danach, aber man hielt ihn über Harland Longwoods Fortschritt auf dem laufenden.

Das Fernsehen bot zeitweilige Ablenkung. Eines Tages blätterte er im Fernsehprogramm, als Joan Anderson mit Eiswasser in sein Zimmer kam. »Ist das Spiel heute auch im Fernsehen oder nur im Rundfunk?« fragte er.

»Fernsehen. Wissen Sie schon von Adam Silverstone?«

»Was ist mit ihm?«

»Er ist an die Fakultät ernannt worden.«

»Nein, wußte ich noch nicht.«

»Dozent für Chirurgie.«

»Fein. Auf welchem Kanal ist das Spiel?«

»Fünf.«

»Stellen Sie es mir ein? Seien Sie ein Schatz!« sagte er.

Oft lag er einfach nur da und dachte nach. Eines Nachmittags sah er eine Annonce im *Massachusetts Physician*, und er las sie mehrmals mit zunehmendem Interesse, bis die Idee in ihm Wurzel faßte.

Am Tag seiner Entlassung aus dem Krankenhaus nahm er ein Taxi zum Federal Building und führte dort ein sehr langes Gespräch mit einem Repräsentanten der Behörde für Internationale Entwicklungshilfe, nach dessen Beendigung er die Dokumente für achtzehn Monate Dienst als Zivilchirurg unterzeichnete.

Auf dem Weg zu der leeren Wohnung hielt er bei einem Juweliergeschäft an und kaufte eine rotsamtene Schachtel, nicht unähnlich derjenigen, in der sein Vater die Uhr aufbewahrt hatte, als Rafe noch ein kleiner Junge war. Als er heimkam, setzte er sich in seinem stillen Arbeitszimmer nieder, nahm Feder und Papier und entschloß sich nach mehreren Versuchen mit »Mein lieber Miguel«, »Mein lieber Sohn« schließlich zu folgendem Kompromiß:

Mein lieber Sohn Miguel,

ich muß Dir zunächst für ein Glück danken, das größer war, als ich es je gekannt habe: jemanden – nämlich Dich – zu lieben. In der kurzen Zeit Deines Lebens hast Du mir die schönsten Eigenschaften meiner Familie vor Augen geführt, und nicht eine einzige Schwäche, von denen, wie Du noch sehen wirst, die Welt immer zerrissen wurde, und mit der Welt auch wir selbst.

Wenn man Dir diesen Brief irgendwann einmal zu lesen gibt – wenn Du alt genug bist, ihn zu verstehen –, dann deshalb, weil ich von der Reise, die jetzt vor mir liegt, nicht zurückgekehrt bin. Falls ich aber doch zurückkehre, werde ich die gesamte Juristenwelt auf den Kopf stellen, um die Vormundschaft über Dich zu erlangen. Sollte es sich jedoch herausstellen, daß diese Welt unmöglich auf den Kopf zu stellen ist, werde ich es einzurichten wissen, Dich regelmäßig und oft zu sehen.

Es ist jedoch möglich, daß Du diese Worte lesen wirst. Daher wünsche ich, ich könnte sie zu einem Credo machen, nach dem man leben kann, zu all dem, was ein Vater seinem Sohn zu geben vermag, oder zumindest einem wesentlichen Rat, der Dir hilft, den Schmerz des Daseins zu erleichtern. Leider vermag ich das nicht. Ich kann Dir nur raten, Dein Leben so zu leben, daß Du anderen so wenig Schaden wie möglich zufügst. Versuche, bevor Du stirbst, etwas zu tun oder gutzumachen, das nicht geschehen wäre, wenn Du nicht vorhanden gewesen wärst.

Das Beste, was ich in meinem Leben gelernt habe, ist: Wenn man Angst hat, ist es am besten, sich ihr zu stellen und entschlossen darauf loszugehen. Ich weiß, daß dies einem Unbewaffneten, der vor einem hungrigen Tiger steht, als fragwürdiger Rat erscheinen mag. Ich gehe nach Vietnam, um dem Tiger zu begegnen und herauszufinden, welche moralischen Waffen ich als Mensch und als Mann besitze.

Die Uhr, die diesen Brief begleitet, ist viele Generationen hindurch jeweils dem ältesten Sohn weitergegeben worden. Ich bete, daß sie durch Dich noch viele Male weitergegeben wird. Poliere die Engel hie und da und öle das Werk. Sei gut zu Deiner Mutter, die Dich liebt und Deine Liebe und Unterstützung brauchen wird. Denke an die Familie, aus der Du kommst, und daran, daß Du einen Vater hattest, der wußte, daß sehr viel Gutes von Dir kommen wird.

In tiefster Liebe
Rafael Meomartino

Er packte die Uhr sorgfältig ein, indem er die Schachtel zuerst mit zusammengeknüllten Seiten des *Christian Science Monitor* ausstopfte, um die Uhr gegen Stöße abzusichern. Dann schrieb er einen kurzen erklärenden Begleitbrief an Samourian.

Als er fertig war, saß er da, sah sich in dem kühlen, angenehmen Raum um, dachte an Untervermietung, an Möbeleinlagerung. Nach einigen Minuten ging er zum Telefon und rief Ted Bergstrom in Lexington an, bat um eine Telefonnummer in Los Angeles und erhielt sie, wenn auch etwas kühl. Er meldete das Gespräch sofort an, hatte jedoch nicht damit gerechnet, daß es drei Stunden dauern würde, bis die Verbindung zustande kam.

Sein Telefon läutete erst um zehn Uhr abends.

»Hallo, Peg?« sagte er. »Hier spricht Rafe Meomartino. Wie geht es Ihnen? ... Gut ... Mir geht's fein, einfach prima. Ich bin geschieden, das heißt, ich werde es vermutlich jetzt jeden Augenblick sein ... Ja. Nun ... Hören Sie, ich fahre in einigen Wochen durch Kalifornien und möchte Sie sehr gern wiedersehen ... Ja? Wunderbar! Erinnern Sie sich, daß Sie mir einmal sagten, wir hätten nichts gemeinsam? Nun, das ist verdammt ...«

XIX
ADAM SILVERSTONE

Die bevorstehende Vaterschaft hatte Adam zu einem Bauch-Abtaster gemacht. »Gehen wir doch in den Park und sehen uns die Hippieversammlung an«, sagte er eines Sonntagmorgens zu seiner Frau, als er ihren Bauch streichelte. Gaby war erst drei Monate schwanger und die kleine Schwellung noch kaum bemerkbar; sie sagte, es seien Gase, aber er wußte es besser. Die Schwangerschaft hatte sie in eine Rubensfrau en miniature verwandelt, zum erstenmal in ihrem Leben zeigten die kleinen Brüste eine Andeutung von Schwere, ihre Hüften und Sitzbacken einen sanften Schwung, und ihr Bauch, der die Last trug, eine entschieden nach außen gekrümmte Ellipse, viel zu schön, um von Gasen zu stammen. Für seine anbetende Handfläche gab es nichts als die glatte Haut der noch unreifen Fleischknospe, die nur durch den einwärts gezogenen Nabel unterbrochen wurde, aber im Geist sah er durch alle Schichten hindurch das winzige lebendige Ding, das in der amniotischen Flüssigkeit schwebte, derzeit noch ein kleiner Fisch, der jedoch bald ihre Züge, seine Züge, Arme, Beine, Geschlechtsmerkmale entwickeln würde.

»Ich mag nicht mitkommen«, sagte sie.

»Warum nicht?«

»Geh du. Mach einen kleinen Spaziergang, schau dir die hübschen Mädchen an, und während du weg bist, mache ich das Frühstück«, sagte sie.

So verließ er ihr gemeinsames Bett, wusch sich, zog sich an und schlenderte an einem lieblichen Sommermorgen über den Hügel. San Francisco gehörte der Vergangenheit an. Dieses Jahr spielte sich der Hippie-Aufzug im Bostoner Common ab. Einige Teilnehmer waren Height-Ashbury-Veteranen, andere Neuankömmlinge und Möchtegern-Hippies, die sich nur gelegentlich so kostümierten, aber es war lustig, alle miteinander zu beobachten. Die Männer waren weit weniger interessant als die Frauen, und nicht nur aus physischen Gründen, sagte er sich tugendhaft; die Männer neigten dazu, sklavische Konformisten ihres Nichtkonformismus zu sein, und drängten sich mit einer begrenzten Vielfalt struppiger Stammesmerkmale zusammen. Die Frauen zeigten seiner Meinung nach mehr Phantasie und versuchten, nicht neiderfüllt eine nach Bongo schmeckende Rothaarige anzustarren, die trotz der Hitze auf Indianerart in eine graue Decke gehüllt war; sie trug eine Feder in ihrem mit Glasperlen besetzten Haarband, und als sie auf wunderbaren, nackten Füßen an ihm vorbeiging, bewegten sich hinten die Buchstaben U. S. Navy im Rhythmus eines Tamtams auf und ab. Adam machte die Runde, aber nicht einmal das atemberaubendste Hippie-Mädchen ließ ihn bedauern, daß er schon eine Frau hatte.

Er verbrachte jetzt viel Zeit in stummer Dankbarkeit für das, was sie besaßen. Mit jedem Tag wuchsen Gabys Chancen.

Als er die Dozentur bekam, fühlten sie sich einen Augenblick lang reich. Ein Mädchen, das Gaby von der Schule her kannte, gab ihre Wohnung im ersten Stock in der Commonwealth Avenue auf, viel hübscher als die Kellerwohnung in der Phillips Street, größer und in einem umgebauten Stadthaus mit einer ehrwürdigen Magnolie hinter dem winzigen Eisengitter. Aber sie hatten sich entschlossen, die Wohnung doch nicht zu nehmen. Einmal würden sie bestimmt umziehen; sie waren sich einig, daß es für ein Kind herrlich wäre, auf Wiesen im weiten Land aufzuwachsen. Aber sie besaßen das Strandgrundstück in Truro, wohin sie fahren konnten, wann immer es ihre Zeit zuließ, und vorderhand wollten sie mit dem Beacon Hill vorliebnehmen. Gaby legte jeden Monat das Geld, das sie für die Wohnung in der Commonwealth Avenue ausgegeben hätten, beiseite. Wenn sie die Babysachen kaufen mußte, waren sie dann schon bezahlt.

Er hingegen fand die Ausrede, die er gebraucht hatte, um das Rauchen aufzugeben. Statt Schuldgefühle anzuhäufen, weil er als Arzt rauchte, ließ er in entsprechenden Abständen den Preis für ein Päckchen Zigaretten in einen Pappbehälter fallen, der für pathologische Proben bestimmt war, und sparte für den Ankauf eines englischen Kinderwagens, wie er und Gaby ihn auf Spaziergängen im Stadtpark bewundert hatten. Die finanzielle Seite des Wochenbetts war geregelt. Gaby stand unter der persönlichen Betreuung von Dr. Irving Gerstein, dem Chef der Gynäkologischen Station des Krankenhauses, der nicht nur der beste Geburtshelfer war, den Adam kannte, sondern auch äußerst verständnisvoll gegenüber werdenden Vätern. Eines Tages saß Adam mit ihm in der Cafeteria des Krankenhauses. Er erörterte Gabys schmales Becken und trank Kaffee, während Gerstein eine Wassermelone aß. Er nahm einen der glatten schwarzen Samen zwischen Daumen und Zeigefinger, drückte ihn zusammen, und das kleine Ei spritzte heraus. »So leicht wird Ihr Baby geboren werden«, sagte er.

Als Adam vom Common heimkam, war er zufrieden und ungeheuer hungrig. Er aß die Gerichte, die sie ihm vorsetzte, Grapefruit, Eier und knusprigen Speck, und häufte reiches Lob auf ihre frisch gebackenen Brötchen vom Supermarkt, aber sie war eigenartig schweigsam.

»Ist etwas nicht in Ordnung?« fragte er, als er mit seiner zweiten Tasse Tee begann.

»Ich wollte dir das Frühstück nicht verderben, Darling.«

Fehlgeburt, dachte er benommen.

»Es handelt sich um deinen Vater, Adam«, sagte sie.

Sie wollte mitkommen, er bestand jedoch darauf, daß sie zu Hause blieb. Er gab den größten Teil des Geldes für den englischen Kinderwagen den Allegheny Airlines und flog nach Pittsburgh. Der Rauch, der einst alles bedeckt hatte, war durch die Technik verbannt worden, und die Luft schien nicht schmutziger zu sein als die von Massachusetts. Es gibt nichts Neues unter der Sonne: der Verkehr war der gleiche wie in Boston; das Taxi entließ ihn vor einem Krankenhaus, das ganz wie das Suffolk County General aussah; im dritten Stock fand er in einem Bett, für das die Steuerzahler aufkamen, seinen Vater, und der sah ebenfalls genauso aus wie irgendeines der Wracks, denen Dr. Silverstone täglich in seiner Abteilung begegnete.

Myron Silberstein war wegen Delirium tremens schwer sediert und würde eine Zeitlang nicht zu sich kommen. Adam saß auf einem Stuhl, den er nahe ans Bett gezogen hatte, und starrte in das hagere Gesicht, dessen Blässe durch die vielsagende Tönung der Gelbsucht noch betont wurde. Aber die Züge waren seine eigenen, erkannte er mit einem Frösteln.

Welch eine Verschwendung menschlicher Kräfte, dachte er. Ein und derselbe Mensch konnte so viel tun oder auch alles wegwerfen. Und dennoch wurde einem menschlichen Wrack oft ein langes Leben geschenkt, ohne daß es das verdiente, während ...

Er dachte an Gaby und wünschte, er hätte die Macht, dem einen Körper Krankheit wegzunehmen und sie einem anderen einzupflanzen.

Voll Scham schloß er die Augen und horchte auf die Geräusche des Krankensaals, da ein Stöhnen, dort ein verächtliches Kichern im Delirium, schweres Atmen, ein Seufzer. Eine Schwester kam vorbei, und er bat, den Oberarzt sprechen zu dürfen.

»Dr. Simpson wird später vorbeikommen, auf Visite«, sagte sie. Sie deutete mit dem Kinn auf die Gestalt im Bett. »Sind Sie mit ihm verwandt?«

»Ja.«

»Als man ihn einlieferte, regte er sich schrecklich über irgendwelche Sachen auf, die man dort, wo er wohnte, zurückgelassen hatte. Wissen Sie etwas darüber?«

Sachen? Was konnte er schon Wertvolles besitzen? »Nein«, sagte Adam.

»Haben Sie seine Adresse?«

Eine Viertelstunde später kam sie mit einem Zettel zurück.

So konnte er die Wartezeit wenigstens verkürzen. Er ging hinunter, nahm ein Taxi und war nicht überrascht, als ihn der Wagen vor einer dreistöckigen Fassade mit angeschlagenen roten Ziegeln absetzte, einem alten Wohnhaus, das jetzt eine Pension war.

Durch einen nur widerwillig geöffneten Türspalt sprach er mit der Hausfrau, die, obwohl Mittag schon vorbei war, noch immer einen alten braunen Bademantel trug, das schüttere Haar auf metallenen Lockenwicklern.

Er fragte nach Mr. Silbersteins Zimmer.

»Hier wohnt niemand dieses Namens«, sagte sie.

»Er ist mein Vater. Sie kennen ihn nicht?«

»Das habe ich nicht gesagt. Er war bis vor wenigen Tagen hier Hausmeister.«

»Ich komme seine Sachen holen.«

»Es waren nur Lumpen und Mist. Ich habe sie verbrannt. Ich bekomme einen neuen Hausmeister, der morgen früh einzieht.«

»Oh.« Er wollte gehen.

»Er schuldet mir acht Dollar«, sagte sie und sah ihm zu, als er die Noten aus der Brieftasche nahm und abzählte. Ihre Hand entriß ihm das Geld, als er es hinstreckte. »Er war ein besoffener alter Landstreicher«, kam es, gleichsam als Quittung, durch den sich schließenden Türspalt.

Als er ins Krankenhaus zurückkam, war sein Vater bei Bewußtsein. »Hallo«, sagte er.

»Adam?«

»Ja. Wie geht's dir?«

Die blutunterlaufenen blauen Augen versuchten ihn zu erfassen, der Mund lächelte. Myron Silberstein räusperte sich. »Wie soll's mir schon gehen?«

»Gut.«

»Bist du für lange hier?«

»Nein. Ich komme bald wieder, jetzt muß ich sofort zurück. Heute nacht habe ich meine letzte Schicht als Oberarzt.«

»Bist schon ein großer Mann?«

Adam lächelte hilflos. »Noch nicht.«

»Wirst einen Haufen Geld verdienen?«

»Das bezweifle ich, Paps.«

»Schon gut«, sagte Myron schüchtern. »Ich habe alles, was ich brauche.«

Sein Vater dachte, daß er seine finanziellen Aussichten verkleinerte, um sie vor elterlichen Ansprüchen zu schützen, erkannte er voll Widerwillen. »Ich bin in deine Wohnung gefahren und habe versucht, deine Sachen zu holen«, sagte er unsicher, weil er nicht wußte, was fehlte oder wieviel er ihm erzählen sollte.

»Du hast sie nicht bekommen?« fragte sein Vater.

»Was war es denn?«

»Einige alte Sachen.«

»Sie hat sie verbrannt. Die Hausfrau.«

Myron nickte.

»Was für Sachen?« fragte Adam neugierig.

»Eine Fiedel. Einen *siddur*.«

»Einen was?«

»*Siddur*. Hebräische Gebete.«

»Du betest?« Irgendwie fand er den Gedanken unglaubwürdig.

»Ich fand es in einem Antiquariat.« Myron zuckte die Achseln.

»Gehst du in die Kirche?«

»Nein.«

»Ich habe dich betrogen.«

Es war keine Entschuldigung, wußte Adam; einfach die nüchterne Feststellung eines Mannes, der durch Lügen nichts mehr zu gewinnen hatte. Ja, das hast du, auf viele Arten, dachte er. Er wollte ihm noch sagen, daß er die verlorenen Sachen ersetzen würde, als das Delirium tremens wieder einsetzte. Sein Vater wurde wie von einem Sturm geschüttelt, die dünne Gestalt bäumte sich in präkordialem Schmerz auf und begann um sich zu schlagen, der Mund öffnete sich in einem stummen Schrei.

»Schwester«, sagte Adam, froh, daß Gaby nicht da war, um das zu sehen. Er half die subkutane Injektion zu verabreichen, diesmal ein leichteres Sedativ, aber in wenigen Augenblicken war der Anfall vorbei, und sein Vater schlief wieder.

Eine Weile saß er da und betrachtete die Gestalt im Bett: ein alter Mann, der nach einer Violine und einem gebrauchten Gebetbuch schrie. Schließlich bemerkte er, daß die Hände seines Vaters nicht ordentlich gereinigt worden waren. Öl oder etwas Ähnliches hatte sich vor langer Zeit eingefressen, und das Team, von dem der eingelieferte Kranke aufgenommen worden war, hatte nicht versucht, es zu entfernen. Er besorgte sich eine Schüssel warmes Wasser und Phisohex und Mull, ließ jede Hand ein wenig weichen und wusch sie sanft, bis sie sauber war.

Als er die rechte Hand trocknete, erforschte er sie fast neugierig, die Kratzer, die gebrochenen Nägel, die blauen Flecken und die Schwielen; die einst langen schlanken Finger waren verkrümmt und verdickt. Trotz allem, überlegte er, hatte ihn diese Hand nie geschlagen. Unwillkürlich erinnerte er sich an anderes, spürte er, wie die Finger durch sein Haar fuhren und seinen Nacken umklammerten, starr vor Liebe und Qual.

Paps, dachte er.

Er vergewisserte sich, daß sein Vater noch immer schlief, bevor er die feuchte Hand mit den Lippen berührte.

Als er in seine Bostoner Wohnung zurückkehrte, traf er seine Frau auf den Knien an, wie sie ein Kinderbett strich, das er noch nie gesehen hatte.

Sie richtete sich auf und küßte ihn. »Wie geht es ihm?« fragte sie.

»Nicht sehr gut. Woher hast du denn das hier?«

»Mrs. Kender rief heute früh an und fragte, ob ich in dem Geschenkladen mithelfen könnte. Als ich hinkam, stürzte sie sich auf mich und zeigte mir das. Die Matratze war gräßlich, ich habe sie weggeworfen, aber das übrige ist in tadellosem Zustand.« Sie setzten sich.

»Wie schlimm ist es?« fragte sie.

Er erzählte ihr, was der Befund ergeben hatte: eine schlecht funktionierende zirrhotische Leber, Blutarmut, ein möglicher Milzschaden, Delirium tremens, ausgelöst durch schlechte Ernährung und Schlaflosigkeit.

»Was kann man für einen Menschen in dieser Verfassung tun?«

»Sie können ihn nicht entlassen. Noch eine einzige Sauftour, und er ist tot.« Er schüttelte den Kopf. »Seine einzige Chance ist konzentrierte Psychotherapie. Die staatlichen Krankenhäuser haben gute Leute, aber sie sind überfüllt. Es ist zweifelhaft, ob er sie dort bekommt.«

»Wir hätten das Kind nicht machen sollen«, sagte sie.

»Es hat nichts damit zu tun.«

»Wenn wir nicht geheiratet hätten ...«

»Es hätte nichts ausgemacht. Er kommt noch eineinhalb Jahre lang nicht für die staatliche Gesundheitsfürsorge in Betracht, und eine Privatklinik kostet über vierzig Dollar pro Tag. Ich werde als Dozent nicht annähernd soviel verdienen.« Er lehnte sich zurück und sah sie an. »Das Bettchen sieht hübsch aus«, sagte er müde.

»Ich habe es erst einmal gestrichen. Malst du es fertig?«

»Gern.«

»Und wir kaufen ein paar lustige Abziehbilder.«

Er stand auf, nahm ein Hemd und einen frischen weißen Anzug aus der Kommode, ging in das Badezimmer duschen und zog sich um. Er hörte, wie sie eine Nummer wählte und dann das Auf und Ab ihrer Stimme, während er das Wasser einließ.

Als er, die Krawatte bindend, ins Wohnzimmer zurückkam, wartete sie auf ihn.

»Gibt es ein gutes privates Krankenhaus hier irgendwo in der Nähe?« fragte sie.

»Es hat keinen Zweck, darüber zu reden.«

»Doch«, sagte sie. »Ich habe soeben den Grund in Truro verkauft.«

Er vergaß die Krawatte. »Mach es sofort rückgängig.«

»Es war der Realitätenmakler in Provincetown«, sagte sie ruhig. »Er hat mir meiner Meinung nach einen sehr anständigen Preis geboten. Vierundzwanzigtausend. Er sagte, er werde nur dreitausend Dollar dabei verdienen, und ich glaube ihm.«

»Sag ihm, daß du mit deinem Mann gesprochen und beschlossen hast, nicht zu verkaufen.«

»Nein«, sagte sie.

»Ich weiß genau, was dir der Platz dort bedeutet. Du brauchst ihn für deine Kinder.«

»Sollen sie sich doch ihre eigenen Liebesnester suchen«, sagte sie.

»Gaby, ich kann das nicht annehmen.«

Jetzt erst verstand sie. »Ich halte dich nicht aus, Adam. Ich bin deine Frau. Du hast zwar gelernt, mir zu geben, von mir zu nehmen aber ist schwerer, nicht wahr?«

Sie nahm seine Hand und zog ihn zu sich herunter. Er legte sein Gesicht zwischen ihre Brüste; der alte Radcliffe-Pullover roch nach Terpentin, Schweiß und dem Körper, den er so gut kannte. Als er hinunterschaute, sah er auf ihrem bloßen Fuß einen Fleck eingetrockneter weißer Farbe; er streckte die Hand aus und schälte ihn ab. Mein Gott, ich liebe sie, dachte er staunend. Ihre Haut verblaßte. Sie hatte die Bestrahlungen eingestellt, als sie schwanger wurde, und je weiter der Sommer fortschritt, desto bleicher wurde sie, umgekehrt zu der zunehmenden Sonnenbräune anderer Leute.

Er berührte den warmen runden Bauch. »Sind diese Blue jeans nicht zu eng?«

»Noch nicht. Aber ich werde sie nicht mehr sehr lange tragen können«, sagte sie etwas geziert.

Bitte, dachte er. Laß mich noch lange geben und lange nehmen.

»Es wird nicht derselbe sein, aber eines Tages werde ich dir dort unten einen anderen Platz kaufen.«

»Versprich nichts«, sagte sie, seinen Kopf streichelnd, zum erstenmal versucht, ihn zu bemuttern. »Mein Adam. Erwachsen werden tut verteufelt weh, nicht?«

Er kam verspätet ins Krankenhaus, aber es war ein ruhiger Abend, und er verbrachte die erste Stunde in seinem Büro. Er hatte wochenlang auf diese Schicht hingearbeitet und fast alle klinischen Berichte beendet. Jetzt notierte er die letzten Krankengeschichten, und plötzlich kam ihm zu Bewußtsein, daß in diesen Akten zwölf Monate seines Lebens auf dem Papier standen.

Hinter der Tür warteten vier Kartons von Campbells Soup, die er sich vor drei Tagen im Supermarkt in der Charles Street erbettelt hatte; er packte die Bücher und Zeitschriften von den Borden hinein und stand dann mit Grauen vor der Aufgabe, seinen Schreibtisch auszuräumen, jede vollgestopfte Lade, Ergebnisse seines Hamsterbetriebes. Die Entscheidung, was behalten und was wegwerfen, war schwierig, aber er blieb hart, und der Papierkorb schwoll an. Als letzter Gegenstand aus der letzten Lade tauchte ein kleiner, glattpolierter weißer Stein auf, das Geschenk eines Patienten, als er das Rauchen aufgab. Es war ein sogenannter Stress-Stein; wenn man ihn rieb, sollte er die Spannung lösen, die die nagende Nikotinsucht verursachte. Adam war überzeugt, daß er wertlos war, aber Gewicht und Beschaffenheit des Steins gefielen ihm, und er nahm ihn als Symbol dafür, daß Dinge Jahrhunderte überlebten. Jetzt allerdings verkehrte sich der Sinn des Symbols: der Stein erinnerte ihn an das Rauchen, und ein hartnäckiger Drang nach einer Zigarette plagte ihn.

Etwas frische Luft würde ihm guttun, entschied er.

Unten im Krankenwagenhof polierte Brady, ein großer magerer Mann, der jetzt Meyersons Stelle einnahm, seinen Krankenwagen liebevoll mit einem Rehleder. »'Abend, Doc«, sagte er.

»'Abend.«

Die Dunkelheit brach herein. Während er dastand, flackerten und blitzten die Lichter draußen auf, und fast gleichzeitig kamen große Nachtfalter aus der Finsternis und tanzten um die Glühbirnen. Aus der näheren Umgebung hörte man den Lärm von Knallfröschen, wie Schnellfeuergeknatter aus entfernten Frontabschnitten, und er dachte schuldbewußt und staunend an Meomartino, der einem Ort entgegenreiste, der Bensoi oder Nha Hoa oder Da Nang hieß.

»Bis zum vierten Juli sind es noch vier Tage«, sagte der Fahrer. »Man wüßte es nicht, wären nicht diese dummen Kerle. Obendrein sind Feuerwerke verboten.«

Adam nickte. Die Patientenzahl der Unfallstation würde wegen des Feiertags gegen Ende der Woche ansteigen.

»He«, sagte Spurgeon Robinson, aus dem Haus zum Krankenwagen eilend.

»Was gibt's Neues, Spur?«

»Ich weiß nur, daß ich soeben meine letzten Fahrten in diesem verdammten Ding absolviere«, sagte Spurgeon.

»Morgen früh bist du ein ausgewachsener Facharztanwärter«, sagte Adam.

»Nun ja. Dazu muß ich dir noch etwas erzählen. Mir ist auf dem Weg zur Facharztanwartschaft etwas Komisches passiert. Ich bin aus dem chirurgischen Dienst ausgetreten.«

Es gab Adam einen Stich; er hatte fest an Spurgeons chirurgische Begabung geglaubt. »In welches Fach gehst du?«

»Geburtshilfe. Ich habe gestern Gerstein darum gebeten, und glücklicherweise hat er einen Platz für mich. Kender hat mir seinen Segen gegeben.«

»Warum? Bist du überzeugt, daß du das wirklich willst?«

»Ich weiß, daß ich ohne das nicht leben kann. Ich muß Dinge wissen, die mich die Chirurgie nicht lehren kann.«

»Zum Beispiel?« sagte Adam, bereit, mit ihm zu streiten.

»Zum Beispiel alles, was ich über Empfängnisverhütung lernen kann. Und über den Embryo.«

»Wozu?«

»Mensch, es ist der Fötus, in dem der ganze verdammte Mist verewigt wird. Wenn schwangere Mütter unterernährt sind, entwickeln sich die fötalen Gehirne nicht genügend, um später, nachdem die Babys geboren sind, entsprechend lernen zu können. Und dann steigt die Zahl der Holzfäller und Wasserträger. Wenn ich schon in diese Sache einsteige, dann lieber gleich bis zur Quelle vordringen.«

Adam nickte und mußte zugestehen, daß dies etwas für sich hatte.

»Hör mal, Dorothy hat eine Wohnung für uns gefunden«, sagte Spurgeon.

»Hübsch?«

»Nicht schlecht. Billig und in der Nähe der Klinik in Roxbury. Wir machen am 3. August ein großes Einstandsfest. Merk dir den Termin vor.«

»Wir kommen, falls nicht etwas in diesem wundervollen Haus passiert, das mich fernhält. Du weißt ja, wie das ist.«

Im Krankenwagen brummte der Lautsprecher.

»Das ist für uns, Dr. Robinson«, sagte Brady.

Spurgeon stieg in den Wagen. »Weißt du, was mir soeben eingefallen ist?« sagte er aus dem Fenster herausgrinsend. »Vielleicht kann ich bei der Entbindung deines Babys schon assistieren.«

»Wenn ja, dann pfeife Bach«, sagte Adam. »Gaby liebt Bach.«

Spurgeon sah verletzt aus. »Bach pfeift man doch nicht.«

»Wenn du Gerstein bittest, läßt er dich dort vielleicht ein Klavier aufstellen«, sagte Adam, als der Krankenwagen anfuhr. Er entführte das Gelächter des Spitalarztes.

Adam lächelte ihnen nach, zu müde und zu zufrieden, um sich zu rühren. Er wußte, daß er die Zusammenarbeit mit Spurgeon Robinson vermissen würde. Wenn in einem großen Lehrkrankenhaus die Dinge brenzlig wurden, konnten die Leute der verschiedenen Stationen genausogut auf verschiedenen Kontinenten sein. Sie würden einander gelegentlich sehen, aber es würde nicht mehr dasselbe sein.

Für jeden von ihnen war es aber auch der Beginn von etwas Neuem, und er war überzeugt, daß es etwas Gutes sein würde.

Morgen würden die neuen Spitalärzte und Facharztanwärter über das Krankenhaus hereinbrechen. Die alte Regierung dankte ab, aber die Herrschaft Kenders begann soeben, und es würde genauso befriedigend sein, unter Kender zu arbeiten wie unter Longwood, genauso schwierig und herausfordernd, wann immer die Exituskonferenz zusammentrat. Morgen würden alle Leute des Stabs da sein, und diesmal gehörte er zu ihnen. Er würde die Hausärzte in der Abteilung und im Operationssaal bis September Chirurgie lehren, bis seine ersten Studenten in der Medizinischen Schule eintrafen.

Er stand in dem leeren Hof, rieb den Stress-Stein und dachte an die entscheidende erste Unterrichtsstunde und an alle folgenden Vorlesungen, ein Band, das ihn künftig mit Männern wie Lobsenz und Kender und Longwood verknüpfen würde. Er erinnerte sich leicht verlegen, daß er Gaby ungeheure Leistungen seitens der Medizin versprochen hatte, Lösungen für Probleme wie aplastische Anämie und ordinären Schnupfen. Und dennoch war es nicht unwahrscheinlich, daß er durch die namen- und gesichtslosen jungen Ärzte, deren Leben er beeinflussen würde, vor eindrucksvollen Errungenschaften stehen konnte. Ich habe Gaby nicht angelogen, dachte er, als er sich umdrehte und in das Gebäude zurückging.

Oben in dem ausgeräumten Büro setzte er sich auf den Stuhl, legte den Kopf auf den Schreibtisch und döste einige Minuten.

Wenig später fuhr er aufgeschreckt zusammen. Die Knallfrösche platzten wieder, diesmal in einer längeren unerlaubten Explosionsfolge, und im letzten Knall hörte er durch das offene Fenster das erste unheilverkündende Jammern einer weit entfernten Sirene, einen einfahrenden Krankenwagen, aber das alles war es nicht, was ihn geweckt hatte.

Im Täschchen an seinem Rockaufschlag piepste das Rufgerät, und als er zurückrief, erfuhr er, daß eine von Miriam Parkhursts Patientinnen Schmerzen hatte und nichtbewilligte Opiate verlangte. »Rufen Sie Dr. Moylan, er soll sie sich anschauen«, sagte er, weil er wußte, daß der Spitalarzt Dienst hatte und auf Abruf bereitstand, er aber zögerte, das Büro zu verlassen. Er legte den Hörer auf und lehnte sich in seinem Stuhl zurück. Seine Bücher waren in den Pappkartons, die Karteikästen mit den Krankengeschichten versperrt und die zerkratzten Metallborde leer. Das Büro sah genauso aus, wie er es angetroffen hatte, einschließlich des alten Kaffeeflecks an der Wand.

Wieder summte das Rufgerät, und diesmal wurde er bei einer chirurgischen Konsultation in der Unfallstation gebraucht.

»Ich komme sofort hinunter«, sagte er.

Langsam sah er sich zum letztenmal um.

Das Rufgerät gab wieder ein Signal von sich, während er dastand und sich, jetzt hellwach, streckte. Es war ein Geräusch, das er immer mit diesem Raum in Verbindung bringen würde, dachte er, lauter als Sirenen, lauter als Knallfrösche, sogar laut genug, falls Gott wollte, das schwache, spöttische Geklingel der Harlekinsglöckchen zu übertönen.

Unwillkürlich machten seine Finger das Zeichen der Hörner, und er grinste, als er die Tür hinter sich schloß. *Scutta mal occhio, pf, pf, pf,* dachte er und benützte die Hilfe seiner Großmutter, um den Feind zu bannen, während er auf das langsame knarrende Ungeheuer wartete, das ihn zur Unfallstation tragen sollte.

WORTERKLÄRUNGEN

Abdomen: Unterleib, Bauch
Adrenalin: Hormon der Nebenniere
agglutinieren: zur Verklumpung bringen
amniotisch: die Embryonalhülle (= Haut, die die Leibesfrucht umgibt) betreffend
Anastomose: 1) natürliche Verbindung zwischen Blut- oder Lymphgefäßen oder zwischen Nerven
2) operativ hergestellte künstliche Verbindung zwischen Hohlorganen
Aortenaneurysma: krankhafte Erweiterung oder Ausbuchtung der Aorta (= Hauptschlagader des Körpers)
aplastisch: nicht ausgebildet, (von Geburt an) fehlend

Biopsie: medizinische Untersuchung von Gewebe, das direkt dem lebenden Organismus entnommen ist

Defibrinator: Apparat zur Entfernung von Fibrin (= Eiweißstoff)
Diathermie: therapeutische Anwendung von Hochfrequenzströmen zur Erwärmung von Geweben im Körperinnern
Duodenum: Zwölffingerdarm

Emphysem: Luftansammlung im Gewebe, Aufblähung von Organen oder Körperteilen

Fascies: Bindegewebshülle

Ganglion: Nervenknoten, 2) Geschwulst, Überbein
Gangräne: Gewebebrand
gastro-intestinal: Magen und Darm betreffend
glutaeus maximus: der größte der Gesäßmuskeln

Hepatitis: Entzündung der Leber

Kolloide: gallertartige Produkte von Zellen mit durchscheinendem Aussehen
Koma: Zustand tiefer Bewußtlosigkeit

Laminektomie: operative Entfernung des hinteren Teiles eines Wirbelbogens
Lithotomie: operative Entfernung von Steinen

Nephrektomie: operative Entfernung einer Niere

Ophtalmoskop: Augenspiegel
Otoskop: mit einer Lichtquelle versehener Ohrenspiegel

Pericarditis: Herzbeutelentzündung
Peritonitis: Bauchfellentzündung
praecordial: vor dem Herzen liegend
Prostatektomie: operative Ausschälung der Vorsteherdrüse

rigor mortis: »Totenstarre«, Erstarrung der Muskulatur 2–3 Stunden nach dem Tod

Sedativ: Beruhigungsmittel, schmerzstillendes Mittel
Serosa: die äußere der 3 Hautschichten der Eingeweide
Steroide: Gruppe sterinähnlicher organischer Verbindungen
subkutan: unter der Haut liegend

Tracheotomie: Luftröhrenschnitt

urämisch: harnvergiftet

Vagotomie: Durchschneiden des nervus vagus im Bereich der Speiseröhre

zirrhotisch: geschrumpft, verhärtet

[illegible] Entdeckung [illegible]
[illegible]
[illegible]

[illegible]

[illegible]
[illegible]

[illegible]
[illegible]
[illegible]
[illegible]

[illegible]
Stunden nach dem Tod

[illegible]
[illegible]
[illegible]
[illegible]

[illegible]

[illegible]

[illegible]
[illegible]

[illegible]